ROBERT LUDLUM

L

IEK

POEMA POCKET

Voor Dolores en Charles Ryducha,
twee van de aardigste mensen die
ik ooit gekend heb.
Van een dankbare broer.

Na Zdrowie!

Voor meer informatie: kijk op **www.boekenwereld.com**

POEMA-POCKET is een onderdeel van Luitingh ~ Sijthoff

Vijftiende druk

Oorspronkelijke titel: *The Parsifal Mosaic*
Vertaling: Frans Bruning
Bewerking: Harry Haakman
Omslagontwerp: Pete Teboskins

ISBN 90 245 4777 6

HET PARSIFAL MOZAÏEK

Van Robert Ludlum zijn verschenen:

De Scarlatti erfenis*
Het Osterman weekend*
Het Matlock document*
Het Rhinemann spel*
De Fontini strijders*
Het Parsifal mozaïek*
Het Trevayne verraad*
Het Hoover archief*
Het Holcroft pact*
Het Matarese mysterie*
Het Bourne bedrog*
Het Shepherd commando*
De Aquitaine samenzwering*
Het Jason dubbelspel*
Het Medusa ultimatum*
Het Omaha conflict*
De Scorpio obsessie*
De Icarus intrige*
De Daedalus dreiging*
Het Halidon complot*
De Matarese finale*
Het Prometheus project
Het Sigma protocol

De Hades factor (met *Gayle Lynds*)*
Het Cassandra verbond (met *Philip Shelby*)*
De Armageddon machine (met *Gayle Lynds*)

*(Ook) in POEMA-POCKET verschenen

Deel een

I

De kille lichtval van de maan uit de donkere, nachtelijke hemel weerkaatste van de aanrollende branding, spatte uiteen in duizenden druppels van witte onbezielde, zwevende sproeifonteinen; hier en daar sloegen golven op de rotsen van de kustlijn. Het stuk strand tussen de massale rotsblokken van de Costa Brava was de executieplaats. Dat moest het zijn. Laat God toch deze verdomde wereld verdoemen. Het kon niet anders.

Nu kon hij haar zien. Kon hij haar horen boven de geluiden uit van de zee en de uiteenspattende branding. Ze rende vertwijfeld, gilde hysterisch.

'Pro Boha Zivetto! Proc! Co to Dlás! Prestan! Proc! Proc!'

Maanlicht glom op haar blonde haar, haar rennende silhouet kreeg gestalte door de straal van een krachtige zaklantaarn, vijftig meter achter haar. Ze viel; de afstand werd kleiner en een hamerend salvo uit een automatisch wapen doorbrak onbarmhartig, abrupt, de wanordelijke geluiden van de nacht. Kogels deden het zand en het helmgras overal om haar heen opspuiten. Haar dood zou nog maar een kwestie van seconden zijn.

Het zou het einde zijn van zijn geliefde.

Ze waren hoog op de heuvel die uitzicht gaf op de Moldau, waar schepen op de rivier door het water ploegden, naar oost en west, hun kielzog als voren. De opkringelende rook van de fabrieken beneden verspreidde zich over de heldere namiddaghemel, onttrok de bergen in de verte aan het zicht. Michael keek toe en vroeg zich af of de winden boven Praag zouden komen aanwaaien en de rook zouden wegblazen, zodat de bergen weer zichtbaar werden. Zijn hoofd rustte in Jenna's schoot, zijn lange benen lagen uitgestrekt en raakten het mandje waarin zij boterhammen had gepakt en gekoelde wijn. Ze zat op het gras met haar rug tegen de gladde schors van een berkeboom, ze streelde zijn haren, haar vingers omvatten zijn gezicht, plooiden zich zacht om zijn lippen en jukbeenderen.

'Mikhail, mijn lieveling, ik zat te denken. Die tweedjasjes van jou en die donkere broek die je draagt en dat heel keurige Engels dat afkomstig moet zijn van jouw heel keurige universiteit, die zullen nooit de Havlíček losmaken van de Havelock.'

'Ik geloof ook niet dat dat de bedoeling was. Het ene is een soort uniform en het andere leer je als een soort zelfverdediging.' Hij glimlachte en raakte haar hand aan. 'Bovendien was die universiteit een hele tijd geleden.'
'Er was zoveel een hele tijd geleden, nietwaar? Daar diep in je binnenste.'
'Het is gebeurd.'
'Jij was er bij, mijn arme schat.'
'Het maakt deel uit van de geschiedenis. Ik heb het overleefd.'
'Lang niet iedereen.'
'Het is verleden tijd.'

De blonde vrouw kwam overeind, wentelde in het zand, trok aan het helmgras, schoot naar rechts en ontsnapte secondenlang aan de straal van de krachtige lantaarn. Ze rende in de richting van de landweg boven het strand, bleef in het donker, ineengedoken, plotseling wegschietend, gebruik makend van de dekking van de nacht en de pollen hoog gras om haar lichaam te verbergen.
Het zou haar niets helpen, dacht de rijzige man in de zwarte trui, staande tussen twee bomen boven de weg, boven het afschuwelijke geweld dat zich onder hem afspeelde, boven de blonde vrouw die in paniek was en nog maar enkele tellen te leven had. Hij had al eens eerder op haar neergekeken, niet eens zo lang geleden. Toen was ze niet in paniek geweest; toen was ze fantastisch geweest.

Hij trok langzaam het overgordijn opzij, voorzichtig in het verduisterde kantoor, met zijn rug tegen de muur terwijl hij zijn gezicht uiterst behoedzaam naar het venster bewoog. Hij kon haar beneden zien terwijl ze de helverlichte binnenplaats overstak, en het klikken van haar hoge hakken op de straatkeien krijgshaftig weergalmde tussen de omringende gebouwen. De wachtposten stonden teruggetrokken in de schaduw, als omtrekken van stuurse, volgepropte, stijve marionetten in uniformen van Russische snit. Hoofden werden gedraaid, veelbetekenende goedkeurende blikken gingen in de richting van de gestalte die daar op slanke benen en met uitdagend vertrouwen naar de ijzeren poort stapte, in het midden van het ijzeren hek rond het stenen complex, dat het hart vormde van Praags geheime politie. De gedachten achter die blikken waren duidelijk: dit was niet zomaar

een secretaresse die overwerk had verricht, dit was een bevoorrechte kurva *die dictaat opnam op de sofa van een commissaris tot diep in de nacht.*
Maar er keken nog anderen toe... vanuit andere verduisterde ramen. Eén hapering in haar zekere stap, één moment van aarzeling en er zou een telefoon worden opgepakt, bevelen om haar tegen te houden zouden uitgaan naar de poort. Commissarissen moest je natuurlijk niet in verlegenheid brengen, maar als de schijn van verdenking grond bleek te hebben kon dat niet anders. Alles was schijn.
Er kwam geen enkele hapering, geen aarzeling. Ze ging het klaarspelen... Ze bracht het voor mekaar! Het was hen gelukt! Plotseling voelde hij een beklemmende pijnscheut in zijn borst; hij wist wat het was. Angst. Naakte, rauwe, misselijk makende angst. Zijn herinnering begon te werken – gedachten aan vroeger die weer nieuwe gedachten opwekten. Terwijl hij naar haar keek keerde zijn herinnering terug naar een stad in puin, naar de afschuwelijke geluiden van de massa-executie. Lidice. En een kind – een van de vele kinderen – dat zich heimelijk haastte door de opbollende, grauwe rook van de puinhopen, dat berichten meedroeg en zakken vol explosieven. Eén hapering, één aarzeling en dan... verleden tijd.
Ze bereikte de poort. Een onderdanige wachtpost mocht even wellustig naar haar gluren. Zij was fantastisch. Mijn god, wat hield hij van haar!

Ze had de berm van de weg bereikt, met armen en benen die als razend bewogen, steun zochten in zand en aarde en zich vastklampten aan het leven. Het zou niet gebeuren; ze zou zich moeten verheffen boven het zand en de aarde. Geen stengels van helmgras konden haar verbergen. Ze zou zichtbaar worden en de verzengende lichtstraal zou haar vinden, het einde zou snel volgen.
Hij bleef kijken zonder emotie toe te laten, pijn verbijtend, een menselijke spons die indrukken opnam zonder commentaar, zonder er wezenlijk bij betrokken te zijn. Dat moest hij... dat hoorde bij zijn beroep. Hij was de waarheid te weten gekomen, het stuk strand aan de Costa Brava bevestigde haar schuld, bewees haar misdaden. De hysterische vrouw daar beneden was een moordenares, een agente voor de beruchte *Vodennaja Kontra Rozvedka*, die barbaarse onderafdeling van de

Russische KGB, bakermat van wijdverbreid terrorisme. Dat was de waarheid; daaraan viel niet te tornen. Hij had het allemaal gezien, had vanuit Madrid met Washington gesproken. Onmiskenbaar. Het bevel voor het rendez-vous van die nacht was uit Moskou gekomen, VKR-agente Jenna Karras had opdracht een lijst van moordaanslagen af te leveren aan een fractie van de Baader-Meinhofgroep. Dat was de waarheid.

Het had geen bevrijding voor hem betekend. In plaats daarvan verplichtte het hem aan een andere waarheid, een verplichting van zijn beroep. Zij die verraad pleegden aan de levenden en handelden in de dood moesten sterven. Onverschillig wie, onverschillig... Michael Havelock had de beslissing genomen en ook die was onherroepelijk. Hij had zelf de laatste fase van de valstrik voorbereid... voor de dood van de vrouw die hem korte tijd meer geluk had verschaft dan wie ook ter wereld. Zijn geliefde was een moordenares; haar in leven te laten zou inhouden dat honderden, misschien duizenden zouden sterven.

Want wat Moskou niet wist, was dat Langley de code van de VKR had gebroken. Zelf had hij het laatste bericht overgeseind naar een schip op een halve kilometer voor de kust van de Costa Brava. *Bevestiging KGB. Contactagent gecompromitteerd door VS inlichtingendienst. Lijsten vals. Elimineren.* De codes waren haast onmogelijk te breken; ze vormden een garantie voor eliminatie.

Nu kwam ze overeind! Haar slanke lichaam kwam boven de berm van zand en aarde uit. Het ging gebeuren! De vrouw die op het punt stond te sterven was zijn geliefde. Ook dat was onherroepelijk! Het lag ergens in de duistere uithoeken van hun herinnering. Ze hadden elkaar omhelsd en ze hadden rustig gesproken over een leven met z'n tweeën, over kinderen die nog geboren moesten worden maar die welkom waren. Over vrede en over dat heerlijke, behaaglijke gevoel van één te zijn... samen. Eens had hij het allemaal geloofd, maar het mocht niet gebeuren.

Ze lagen in bed, haar hoofd op zijn borst, haar zachte blonde haar viel over zijn gezicht. Hij streek het opzij, tilde de slierten op die haar ogen verborgen en lachte.

'Je verstopt je,' zei hij.

'Het lijkt wel of we ons altijd verstoppen,' antwoordde ze met

een droevige glimlach. 'Behalve wanneer we opgemerkt willen worden door mensen die ons horen te zien. We doen niets alleen maar omdat we dat willen. Alles is berekend, Mikhail. Gereglementeerd. We verblijven in een verplaatsbare gevangenis.'
'Zolang heeft het niet geduurd en het zal niet eeuwig duren.'
'Ik neem aan van niet. Op een dag komen ze er achter dat ze ons niet nodig hebben, ons misschien niet langer willen vasthouden. Denk je dat ze ons zullen laten gaan? Of zullen we verdwijnen?'
'Washington is Praag niet. Of Moskou. Wij zullen weglopen uit onze verplaatsbare gevangenis, ik met een gouden horloge, jij met een of andere versluierde decoratie bij je papieren.'
'Weet je dat zeker? Wij weten zoveel. Misschien te veel.'
'Onze bescherming ligt juist in wat we weten. Wat ik weet. Ze zullen zich altijd afvragen: heeft hij het ergens opgeschreven? Wees voorzichtig, hou hem in de gaten, wees aardig voor hem... Dat is echt niet zo ongebruikelijk. We komen er wel uit.'
'Altijd bescherming,' zei ze, terwijl ze met een vingertop over zijn wenkbrauwen streek. 'Het blijft je altijd bij, nietwaar? De dagen van vroeger, die afschuwelijke dagen.'
'Verleden tijd. Ik ben ze vergeten.'
'Wat zullen we doen?'
'Leven. Ik hou van je.'
'Denk je dat we kinderen zullen hebben? Kunnen zien hoe ze naar school gaan? Ze kunnen liefhebben, kunnen berispen? Naar hockeywedstrijden kunnen gaan?'
'Voetballen... of baseball. Geen hockey. Ja, dat hoop ik.'
'Wat ga jij doen, Mikhail?'
'Lesgeven, denk ik. Op een of andere universiteit. Ik heb een paar graden die me daartoe bevoegd maken. We zullen gelukkig zijn, dat weet ik. Daar reken ik op.'
'Waarin zul je les gaan geven?'
Hij keek haar aan, raakte haar gezicht aan en zijn ogen zwierven naar het versleten plafond in de sjofele hotelkamer. 'Geschiedenis,' zei hij. En toen sloeg hij zijn armen om haar heen.

De lichtstraal doorboorde de duisternis! Ze werd erdoor gevangen, een vogel in vlammen die trachtte op te vliegen naar de hemel, die gekooid zat in het licht dat voor haar duisternis betekende. De schoten volgden... terroristen die vuurden op een terroriste. De vrouw kromde zich achterover, de eerste kogels boorden zich onder in haar ruggegraat, haar blonde haar viel golvend achter haar omlaag. Toen volgden er drie afzonderlijke schoten, het oog van een scherpschutter dat het doel vond voor een scherpschutter; ze drongen door in haar nek en in de achterkant van haar schedel, wierpen haar naar voren over de welving van zand en aarde, terwijl haar vingers zich in de grond vastklauwden en haar met bloed besmeurde gezicht gelukkig verborgen bleef. Een laatste stuiptrekking en toen hield alle beweging op.

Zijn liefde was dood – want een stukje van de liefde maakte deel uit van wat ze dan ook waren. En wat waren ze eigenlijk? Hij had gedaan wat hij moest doen, net zoals zij dat had gedaan. Ieder van hen had gelijk, ieder had ongelijk – uiteindelijk zo afschuwelijk ongelijk. Hij sloot zijn ogen en voelde de tranen die hij niet wilde.

Waarom moest het zo zijn? We zijn dwazen. Erger nog, we zijn stommelingen. We praten niet; we sterven. Zodat mensen met mooie praatjes en plooibare geesten ons kunnen vertellen wat goed is en wat slecht – geopolitiek gezien, begrijpt u wel? – en dat wil zeggen dat alles wat ze beweren ons kinderverstand te boven gaat.

Wat ga jij doen, Mikhail?
Lesgeven, denk ik. Ergens op een of andere universiteit...
Waarin zul je les gaan geven?
Geschiedenis...
Alles was nu verleden tijd. Zaken die te pijnlijk waren om aan terug te denken. Laat het maar kille historie zijn, zoals de dagen van vroeger nu in het verleden liggen. Ze kunnen niet langer deel van mij uitmaken. Zij kan geen deel meer van mij uitmaken, als ze dat al ooit gedaan had, zelfs in haar huichelen. Toch zal ik me houden aan een belofte, nu niet aan haar, maar aan mezelf. Ik ben uitgewerkt. Ik zal verdwijnen in een ander leven, een nieuw leven. Ik zal ergens heen gaan, ergens les gaan geven. Licht werpen op dat wat het uitzichtloze mij heeft geleerd.

Hij hoorde stemmen en opende zijn ogen. Beneden hem hadden de moordenaars van de Baader-Meinhofgroep de veroordeelde vrouw bereikt die daar uitgestrekt lag in de dood, zich klemde in de aarde die haar executieplaats vormde... geopoli-

tiek gezien vooraf beschikt. Was ze werkelijk zo fantastisch geweest... in het liegen? Ja, dat was ze geweest, want hij had de waarheid gezien. Zelfs in haar ogen had hij die gezien.
De twee beulen bukten zich en grepen het lijk ruw vast, stonden klaar om haar weg te slepen, haar eens zo bevallige lichaam in haar smadelijke dood bestemd voor het vuur of om verzwaard in zee te worden geworpen. Hij zou niet ingrijpen; het bewijsmateriaal moest voelbaar zijn, moest worden aangeraakt. Er moest later aan worden teruggedacht wanneer de valstrik werd onthuld, weer een lesje werd geleerd. Doelloosheid... geopolitiek vereist.
Een windvlaag geselde plotseling het open strand; de moordenaars zetten zich schrap, hun voeten gleden weg in het zand. De man aan de linkerkant stak zijn rechterhand op in een vergeefse poging om het visserspetje op zijn hoofd vast te houden; het waaide weg, rolde naar het duin dat de berm van de weg vormde. Hij liet het lijk onder hem los en rende er achteraan. Havelock keek toe toen de man naderbij kwam. Er was iets aan hem... was het het gezicht? Nee, het was het haar, dat duidelijk te zien was in het maanlicht. Het was sluik, donker haar, maar niet helemaal donker; vanaf de lijn boven zijn voorhoofd ontsproten strepen wit, duidelijk zichtbaar in het donkere haar, niet te missen. Hij had die haardos eerder gezien, had dat gezicht ergens eerder gezien. Maar waar? Er waren zoveel herinneringen. Bestudeerde dossiers... foto's... contracten, bronnen, vijanden. Waar kwam die man vandaan? KGB? De gevreesde *Vodennaja*? Een splinterpartijtje dat door Moskou werd betaald, of misschien wel uit het fonds Onvoorzien van een CIA-bureauchef in Lissabon? Waar kwam hij vandaan?
Het deed er niet toe. Het was voorbij, alles was voorbij. De dodelijke marionetten en de kwetsbare pionnen gingen Michael Havelock niet langer aan... of Mikhail Havlíček, dat was hetzelfde. In de ochtend zou hij via de ambassade in Madrid een telegram versturen naar Washington. Hij was uitgewerkt, hij had niets meer te geven. Als zijn superieuren een eindrapport van hem verlangden zou hij hen dat geven. Zelfs naar een kliniek zou hij gaan; het kon hem eenvoudig niets meer schelen. Maar van zijn leven zouden ze niets meer krijgen.
Dat was verleden tijd. Het was geëindigd op het verlaten strand Montebello aan de Costa Brava.

2

De tijd was het juiste verdovingsmiddel voor pijn. Ofwel de pijn trok weg wanneer hij uitgeziekt was, of je leerde ermee te leven. Havelock begreep dit, wist dat op het punt waarop hij was aangeland – op dit punt in de tijd – iets van beide toepasselijk was. De pijn was niet weggetrokken, maar wel minder geworden. Geaccepteerd had hij het nog niet helemaal, maar er waren zeker momenten waarop de herinneringen vager waren geworden, de wonden lang geleden leken... waarop de huid op het litteken alleen gevoelig was, als je erop drukte. Er was geen aanleiding om er hard op te drukken. En het reizen vormde zo'n goede afleiding; hij was helemaal vergeten hoe het aanvoelde wanneer je weer blootstond aan de koortsachtige complicaties van het toeristenleven. De verloren reserveringen, de bagage die in het verkeerde vliegtuig terechtkwam, de trein of het vliegtuig dat vertraging had, op een andere tijd vertrok of helemaal niet meer vertrok, zodat je strandde in onbekende steden, afschuwelijke restaurants en cafés waar je je niet thuisvoelde.
Er was geen twijfel mogelijk: hij was verwend. Zijn voorafgaande leven had moeilijkheden en risico's gekend, maar daarbij waren niet inbegrepen geweest de kwellende gevaren waartegenover de reiziger op elke straathoek kwam te staan. Van de andere kant was er in zijn andere leven, telkens wanneer hij het doel van zijn reis had bereikt, die... verplaatsbare gevangenis geweest. Nee, geen verplaatsbare gevangenis! Hij moest afspraken nakomen, contact leggen met bronnen, informanten betalen. Te vaak bij avond, in het donker, zonder veel te zien of gezien te worden.
Dat was er nu in elk geval niet meer bij. Al bijna acht weken niet meer. Hij verplaatste zich bij daglicht, zoals hij nu over het Damrak in Amsterdam liep, op weg naar het kantoor van American Express. Hij vroeg zich af of het telegram er zou liggen. Als het er was dan zou het een begin betekenen van iets. Een tastbaar begin. Een baan.
Werk. Vreemd, zoals het onverwachte vaak samenhing met de sleur. Die avond aan de Costa Brava lag drie maanden achter hem, twee maanden en vijf dagen was het geleden sinds hij zijn laatste rapportering had beëindigd en formeel zijn ontslag had genomen uit regeringsdienst. Hij was naar Wash-

ington gegaan om zijn papieren op te halen, vanuit de kliniek in Virginia waar hij twaalf dagen in therapie had doorgebracht. (Wat ze dan ook verwacht hadden te zullen vinden zat er niet; dat had hij hun wel kunnen vertellen. Hij had er gewoon geen zin meer in. Begrepen ze dat dan niet?) Hij was om vier uur in de namiddag als vrij man de deuren uitgestapt van het ministerie van buitenlandse zaken... ook als werkloos burger, zonder pensioen, met bepaalde geldelijke middelen die nauwelijks van een zodanige omvang waren dat je ze als een lijfrente kon beschouwen. Toen hij daar die middag op het trottoir stond was het bij hem opgekomen dat hij op een zeker moment in de toekomst een baan moest zoeken, een baan waarin hij licht kon werpen op de lessen uit... de lessen. Maar voorlopig nog niet; voorlopig zou hij het minimale doen van wat er vereist werd voor een functionerend menselijk wezen.

Hij zou gaan reizen, opnieuw al die plaatsen bezoeken die hij eigenlijk nooit echt had bezocht... onder het licht van de zon. Hij zou gaan lezen... opnieuw gaan lezen, eigenlijk... geen codes en schema's en dossiers, maar al die boeken die hij sinds zijn eindexamen niet meer had gelezen. Als hij voor wie dan ook licht wilde gaan werpen op wat dan ook, dan moest hij veel opnieuw gaan leren van wat hij vergeten was.

Maar één ding beheerste zijn gedachten om vier uur in die middag, twee maanden en vijf dagen geleden, en dat was een heerlijk diner. Nadat hij twaalf dagen in therapie was geweest met al die chemicaliën en dat beperkte dieet, had de gedachte alleen al aan een lekkere maaltijd hem pijn gedaan. Hij had op het punt gestaan terug te gaan naar zijn hotel om een douche te nemen en zich te verkleden toen er net op tijd een taxi de straat was komen inrijden. Het was niet te zien of er passagiers inzaten, omdat de zon in de raampjes weerkaatste. Hij was vóór hem aan de stoeprand gestopt; Michael had aangenomen dat hij reageerde op zijn armzwaai. In plaats daarvan was er snel een passagier uitgestapt met een aktentas, een gehaast man die te laat was voor een afspraak en die onhandig naar zijn portefeuille zocht. Aanvankelijk hadden noch Havelock noch de passagier elkaar herkend, omdat Michael aan een restaurant liep te denken en de gehaaste man zich concentreerde op het afrekenen van een onbeduidend bedrag.

‘Havelock?’ had de passagier plotseling gevraagd, terwijl hij zijn bril rechtzette. ‘Je bent het toch, Michael?’

‘Harry? Harry Lewis?’

‘Precies! Hoe gaat het met je, M.H.?’

Lewis was een van de weinige mensen die hij kende – en hij ontmoette Harry maar zelden – die hem bij zijn initialen noemde. Het was een onbeduidend overblijfsel uit hun studententijd; hij en Lewis waren studiegenoten geweest op Princeton. Michael was in regeringsdienst gegaan. Lewis was in de wetenschappelijke wereld gebleven. Dr. Harry Lewis was hoofd van de faculteit Politicologie aan een kleine, invloedrijke universiteit in New England, die nu en dan naar Washington reisde voor advieskarweitjes bij Buitenlandse Zaken. Ze hadden elkaar verschillende keren toevallig ontmoet wanneer ze beiden in de stad waren.

‘Prima. Word je nog steeds per dag betaald, Harry?’

‘Heel wat minder dan vroeger. Iemand heeft jullie geleerd hoe je de evaluatierapporten van onze geheime universiteiten moet lezen.’

‘Godallemachtig, ik word nog eens vervangen door een baardaap in spijkerbroek die rare sigaretjes rookt.’

De bebrilde professor had verstomd gestaan. ‘Je meent het. Ben jij weg? Ik dacht dat jij er je leven lang bij zou blijven.’

‘Integendeel, Harry. Het leven is tussen vijf en zeven minuten geleden begonnen toen ik mijn laatste handtekening zette. En over een paar uur krijg ik de eerste rekening voor een diner gepresenteerd die ik niet kan betalen uit mijn fonds Onvoorzien.’

‘Wat ga je doen, Michael?’

‘Nog niet aan gedacht. Wil ik voorlopig ook nog niet doen.’

De wetenschapsman had gezwegen, terwijl hij zijn wisselgeld terugkreeg van de taxichauffeur en had daarna snel gesproken. ‘Luister, ik ben al te laat voor mijn hoge piet, maar ik blijf vannacht hier over. Aangezien ik hier per dag wordt betaald, moet je mij maar laten betalen voor dat diner. In welk hotel zit je? Misschien heb ik wel een idee.’

Geen enkele daguitkering van welke regering in de beschaafde wereld ook, zou groot genoeg zijn geweest voor de rekening van het diner van die avond, twee weken en vijf dagen geleden, maar Harry Lewis had inderdaad een idee. Ze waren vroeger vrienden geweest; ze werden opnieuw vrienden. Havelock vond het gemakkelijker om te praten met iemand die tenminste een vaag idee had van het werk dat hij had verricht voor de regering, dan met iemand die daar helemaal niets van wist. Het was altijd moeilijk uit te leggen dat je over iets geen nadere uitleg kon geven; Lewis begreep dat. Van het ene was het andere gekomen en dat had hen tenslotte op Harry's idee gebracht.

'Heb je er ooit aan gedacht om weer terug te gaan naar de universiteit?'

Michael had geglimlacht. 'Ik denk er voortdurend over om terug te gaan.'

'Ja, ja, ik weet het,' zei Lewis, met een zweem sarcasme. 'Jullie geleerden krijgen allerlei aanbiedingen van multinationals die dik willen betalen. Dat weet ik. Maar, M.H., jij was een van de besten. Jouw dissertatie is overgenomen door een stuk of tien universiteiten; je hebt je eigen cursussen gehad. Je academische staat van dienst in combinatie met je jaren bij de buitenlandse dienst – en ik besef dat je daarover niet in details kunt treden – maken je een aantrekkelijke kandidaat voor een universitaire loopbaan. We zeggen altijd: "Laten we iemand met praktische ervaring nemen, niet alleen een theoreticus." En verdomme, Michael, volgens mij ben jij degene die we hebben moeten. Kijk, ik weet dat het geld niet...'

'Harry, je begrijpt me niet. Ik meende het echt. Ik denk er de hele tijd over om terug te gaan.'

Nu was het Harry Lewis' beurt om te glimlachen. 'Dan heb ik nog een idee.'

Een week later was Havelock naar Boston gevlogen en vandaar was hij naar de campus van bakstenen gebouwen gereden, met klimop begroeid, omringd door witte berken, in de buitenwijken van Concord, New Hampshire. Hij had er met Harry Lewis en zijn vrouw vier dagen doorgebracht, rondgezworven, verschillende lezingen en colleges bijgewoond en gesprekken gevoerd met die leden van het professorencorps en het bestuur die Harry belangrijk vond. Men had 'terloops' naar zijn meningen geïnformeerd bij de koffie, in het borreluurtje en bij diners; mannen en vrouwen hadden hem aangekeken alsof... ze benieuwd waren. Lewis had uitstekend zendelingenwerk verricht. Aan het einde van de vierde dag had Harry bij de lunch aangekondigd:

'Ze mogen jou!'

‘Waarom niet?’ was zijn vrouw hem in de rede gevallen. ‘Hij is verdomd aardig.’
‘Ze doen in feite nogal lyrisch. Precies zoals ik laatst al zei, M.H. *Jij hebt het allemaal meegemaakt*. Jij bent iets bijzonders met je zestien jaar bij Buitenlandse Zaken.’
‘En?’
‘Over acht weken is de jaarlijkse bespreking tussen het bestuur en de curatoren. Dan gaan ze zich over de vraag-en-aanbodquota buigen. Paardenmarkt. Ik denk dat jij een aanbieding krijgt voor een baan. Waar kan ik je bereiken?’
‘Ik ben dan op rondreis. Ik bel jou wel.’

Hij had Harry twee dagen geleden gebeld vanuit Londen. De bespreking was nog aan de gang, maar Lewis dacht dat er ieder moment een antwoord kon komen.
‘Telegrafeer me maar bij American Express, Amsterdam,’ had Michael gezegd. ‘En bedankt, Harry.’
Niet ver voor zich uit zag hij de glazen deuren van het American Express-kantoor openzwaaien. Er kwam een echtpaar uit waarvan de man onhandig de draagriemen van twee camera’s in balans hield terwijl hij geld telde. Havelock bleef even staan en vroeg zich af of hij werkelijk naar binnen wilde gaan. Als het een afwijzing was zou hij gewoon verder trekken... verder zwerven... en hij vond dat geen onbehaaglijk gevoel; die zwevende passiviteit van geen plannen te hoeven maken was hem wat waard geworden. Maar het telegram zou ook een aanbieding kunnen inhouden. Wat dan? Was hij daar klaar voor? Was hij zover dat hij een beslissing kon nemen? Geen beslissing om in de buitendienst te gaan waar snelheid en instinct samengingen, waar men direct moest reageren om in leven te blijven, maar meer een verbintenis. Kon hij zich tot iets laten binden? Wat was er van de verbintenissen uit het verleden terecht gekomen?
Het echtpaar was verdwenen. Hij haalde diep adem, zette bewust zijn ene voet voor de andere en liep op de glazen deuren af.

FUNCTIE BESCHIKBAAR BUITENGEWOON HOOGLERAAR STAATSKUNDE VOOR PERIODE VAN TWEE JAAR. VASTE AANSTELLING AFHANKELIJK VAN WEDERZIJDSE INSTEMMING NA AFLOOP VAN DIE PERIODE. BEGINSALARIS ZESENDERTIG-VIJF. JE MOET WEL

BINNEN TIEN DAGEN ANTWOORDEN. HOU ME NIET IN SPANNING.

GROETEN, HARRY

Michael vouwde het telegram op en stak het in zijn colbertzak; hij ging niet terug naar de balie om zijn eigen telegram te schrijven aan Harry Lewis, Concord, New Hampshire, Verenigde Staten. Dat kwam later wel. Voorlopig was het voldoende om te weten dat ze hem wilden, dat er een opening was. Het zou nog een paar dagen duren voordat het besef van zijn eigen legitimiteit zou doordringen, en daarna misschien nog een paar dagen voordat hij er iets mee kon doen. Want in die legitimiteit lag de mogelijkheid van een gevoel van verbondenheid; zonder dat was er geen echte opening mogelijk.
Hij liep het Damrak weer op, ademde de koude lucht van Amsterdam in en voelde de vochtige kilte die oprees uit de gracht. De zon ging onder; even was zij afgeschermd door een laaghangende wolk. Toen kwam ze weer te voorschijn als een oranje bal die zijn stralen stuwde door de tussenhangende nevels. Het deed Havelock denken aan een zonsopgang uit zee aan de kust van Spanje... aan de Costa Brava. Hij was daar de hele nacht gebleven... die nacht... tot de zon zich tot boven de horizon had geworsteld en de mistflarden boven het water in brand had gezet. Hij was omlaag gelopen naar de wegberm, naar het zand en de aarde...
Hou op! Dat was een ander leven!
Twee maanden en vijf dagen geleden was Harry Lewis, door je reinste samenloop van omstandigheden, uit een taxi gestapt en was hij begonnen de wereld te veranderen voor een vriend van jaren geleden. Nu, twee maanden en vijf dagen later, lag die kans voor het grijpen. Hij zou hem grijpen, dat wist Michael, maar hij miste nog iets. Kansen moest je delen en er was niemand met wie hij hem kon delen, niemand die vragen zou: 'Waarin zul je les gaan geven?'

De ober in smoking bij *Dikker en Thijs* duwde de rand van het vlammende cognacglas in de zilveren suikerpot; daarna zouden de ingrediënten komen voor *café Jamique.* Het was een belachelijke uitspatting en waarschijnlijk een verspilling van goede likeur, maar Harry Lewis had erop gestaan dat ze er beiden een zouden nemen, die avond twee maanden en vijf dagen geleden in Washington. Hij zou Harry vertellen dat hij dat ritueel had herhaald in Amsterdam, al had hij dat waarschijnlijk niet gedaan als hij zich had gerealiseerd hoe helder die verdomde vlammen waren en hoeveel aandacht ze zouden vestigen op zijn tafel.

'Bedankt, Harry,' zei hij in gedachten verzonken toen de ober eenmaal weg was en hij tilde zijn glas een paar centimeter van de tafel voor zijn onzichtbare tafelgenoot. Het was toch maar beter om niet helemaal alleen te zijn.

Hij kon de naderende aanwezigheid van de man voelen en hij was zich ook bewust dat er in zijn ooghoek iets steeds donkerder werd. Een gestalte die gekleed ging in een conservatief streepjespak zocht zich een weg door de schaduwen en het kaarslicht naar zijn afgeschutte zitplaats. Havelock nam een laatste slok en richtte zijn ogen op 's mans gelaat. De naam van de man was George; hij was hoofd van het CIA-bureau in Amsterdam. Ze hadden al eens samengewerkt, niet altijd even prettig, maar beroepsmatig.

'Dat is ook een manier om aan te kondigen dat je hier bent gearriveerd,' zei de inlichtingenman, terwijl hij naar het dienblad keek waar de zilveren suikerpot nog op stond. 'Mag ik gaan zitten?'

'Met genoegen. Hoe gaat het met je, George?'

'Kon beter,' zei de man van de CIA terwijl hij de bank tegenover Michael op schoof.

'Het spijt me dat te horen. Wil je een borrel?'

'Dat hangt ervan af.'

'Waarvan?'

'Of ik lang genoeg zal blijven zitten.'

'Wat doen we weer geheimzinnig,' zei Havelock. 'Maar je bent waarschijnlijk nog aan het werk.'

'Ik was me er niet van bewust dat we zulke regelmatige werktijden hadden.'

'Nee, dat is ook zo. Ben ik de reden, George?'

'Op het ogenblik misschien,' zei de man van de CIA. 'Ik ben verbaasd jou hier te zien. Ik hoorde dat je eruit was gestapt.'

'Dat heb je goed gehoord.'

'Waarom ben je dan hier?'

'Waarom niet? Ik ben op rondreis. Ik hou van Amsterdam. Je zou kunnen zeggen dat ik een hele hap van mijn afvloeiingsgeld aan het uitgeven ben om al die plaatsen te bezoeken die ik maar zelden bij daglicht te zien kreeg.'

'Dat zou je kunnen zeggen, maar dat betekent nog niet dat ik het geloof.'

'Geloof me maar, George. Het is de waarheid.'

'Geen dekmantel?' vroeg de inlichtingenman met ogen die nieuwsgierig op Michael waren gericht. 'Je weet dat ik erachter kan komen!'

'Helemaal niet. Ik lig eruit, *finito*, tijdelijk zonder werk. Als je het natrekt dan krijg je dat te horen, maar ik denk niet dat je er radiotijd met Langley aan hoeft te verspillen. Ik weet zeker dat de centrexcodes zijn veranderd waar het mij betrof, dat alle bronnen en informanten in Amsterdam zijn gewaarschuwd over mijn positie. Ik ben verboden toegang, George. Iedereen die zaken met mij doet vraagt erom van de salarislijst te worden afgevoerd en misschien wel om stil begraven te worden.'

'Dat zijn de feiten die iedereen kent,' stemde de man van de CIA in.

'Het zijn de enige feiten. Doe geen moeite om er iets anders achter te zoeken; je zult het niet vinden.'

'Goed dan, stel dat ik je geloof. Je bent op rondreis, je maakt je gouden handdruk op.' De agent zweeg even en boog zich naar voren. 'Daar komt ooit een eind aan.'

'Waaraan?'

'Aan je gouden handdruk.'

'Onvermijdelijk. Tegen die tijd verwacht ik een goed betaalde baan gevonden te hebben. Nu we het erover hebben, vanmiddag...'

'Waarom zou je wachten?' viel de inlichtingenman hem in de rede. 'Ik kan je daar misschien mee helpen.'

'Nee, dat kun je niet, George. Ik heb niets te koop.'

'Natuurlijk heb je dat. Deskundigheid. Een honorarium als adviseur dat betaald wordt uit Onvoorzien. Geen naam, geen nota's, niet na te gaan.'

'Als je me op de proef stelt, dan leg je het niet handig aan.'

'Nee hoor. Ik ben bereid te betalen om me beter voor te kunnen doen dan ik ben. Dat zou ik niet toegeven als ik je op de proef stelde.'

'Misschien toch wel maar dan zou je een verdomde dwaas zijn. Het is een derderangs manier om iemand erin te laten luizen:

het is zo onhandig dat je het waarschijnlijk al eens in werkelijkheid hebt gedaan. Niemand van ons wil zijn fondsen Onvoorzien binnenste buiten gekeerd zien, waar of niet?'
'Ik ben misschien niet van jouw klasse, maar ik ben niet derderangs. Ik heb hulp nodig. Wij hebben hulp nodig.'
'Da's beter. Nou doe je een beroep op mijn ego. Veel beter.'
'Hoe denk je erover, Michael? Heel Den Haag is vergeven van de KGB. We weten niet wie ze hebben omgekocht of hoe hoog ze zitten. De NAVO is in gevaar.'
'We zijn allemaal in gevaar, George, en ik kan niet helpen. Want ik geloof niet dat het enig verschil maakt. Wij komen op vierkantje vijf en duwen hen terug naar vier, dus springen ze over ons heen naar zeven. Dan kopen wij ons in op acht; zij blokkeren ons op negen en niemand komt op vierkantje tien. Iedereen knikt nadenkend en we beginnen weer helemaal opnieuw. Intussen betreuren we onze verliezen en overdrijven het aantal lijken en geven nooit toe dat het allemaal geen enkel verschil uitmaakt.'
'Wat een waanzin! Niemand krijgt ons eronder.'
'O jawel, George. Ze krijgen ons er allemaal onder. En dat gaat nog generaties lang door. Tenzij ze slimmer zijn dan wij, wat heel goed zou kunnen. Jezus, ik hoop van wel.'
'Waar heb je het in godsnaam over?'
'Het atoomtestament van die klote-oorlog.'
'Waar heb je het nou in hemelsnaam over?'
'Verleden tijd, George. Laten we die borrel maar drinken.'
'Nee, dank je wel.' Het hoofd van het CIA-bureau schoof terug over de bank. 'En volgens mij moet jij niet meer drinken,' voegde hij eraan toe terwijl hij overeind kwam.
'Toch wel.'
'Val maar dood, Havelock.' De inlichtingenman begon zich om te draaien.
'George.'
'Wat is er?'
'Je hebt wat gemist. Ik wou iets gaan zeggen over vanmiddag maar je liet mij niet uitpraten.'
'Nou en?'
'Je wist dus wat ik je wilde vertellen. Wanneer hebben jullie het telegram onderschept? Rond het middaguur?'
'Val maar dood.'
Michael bleef kijken terwijl de man van de CIA terugliep naar

zijn tafel. Hij had alleen zitten eten, maar Havelock wist dat hij niet alleen was. Zijn mening werd bevestigd voordat er drie minuten verstreken waren. George tekende zijn rekening af – slechte gewoonte – en liep snel door de gewelfde ingang de hal in. Driekwart minuut later stapte er een vrij jonge man op van een tafeltje aan de rechterkant van het restaurant en voerde bij de elleboog een verbaasde dame mee. Er ging een minuut voorbij en twee mannen die in een afgeschutte ruimte aan de linkerkant hadden gezeten stonden als één man op en liepen naar de uitgang. Door het kaarslicht heen keek Michael ingespannen naar de borden op de zojuist verlaten plaatsen. Ze waren beide nog vol met eten. Slechte gewoonte.

Ze hadden hem gevolgd, hem in de gaten gehouden, tussenpersonen gebruikt. Waarom? Waarom konden ze hem niet met rust laten?

Dat was dus Amsterdam.

De middagzon in Parijs zag er diffuus en verblindend geel uit en haar stralen weerkaatsen van het water van de Seine onder de brug in trillende schittervlekjes. Havelock bereikte het midden van de Pont Royal, zijn hotelletje lag maar een paar straten verder aan de Rue du Bac, en de route die hij had genomen was de meest logische vanaf het Louvre. Hij wist dat het belangrijk was om er niet vanaf te wijken, de mensen achter hem niet te laten merken dat hij hun aanwezigheid vermoedde, of zijn of haar aanwezigheid, of wat dan ook. Hij had de taxi in de gaten gekregen, dezelfde taxi, toen die twee snelle bochten maakte in het verkeer om hem in het oog te houden. Wie er dan ook aanwijzingen gaf aan de chauffeur verstond zijn vak; de taxi was minder dan twee of drie tellen gestopt op een hoek en was toen snel in tegenovergestelde richting weggereden. En dat betekende dat wie hem ook volgde zich nu te voet bevond op de brug vol mensen. Als het de bedoeling was om contact te leggen dan vormde een menigte daarvoor een ideale plaats en een brug zelfs nog meer. Mensen bleven staan op bruggen over de Seine, enkel om verstrooid te staren in het water beneden hen; dat hadden ze al eeuwenlang zo gedaan. Gesprekken konden onopvallend worden gevoerd. Als het tenminste de bedoeling was om contact te leggen en niet alleen om te schaduwen.

Michael bleef staan, leunde tegen de stenen muur die tot zijn

borst reikte en die als afzetting diende, en stak een sigaret op, terwijl zijn ogen gericht waren op een *bateau mouche* die op het punt stond onder de brug door te varen. Als iemand hem in de gaten hield zouden ze denken dat hij naar de toeristenboot keek en ongedwongen zwaaide naar de passagiers beneden hem. Maar dat deed hij niet; hij maakte gebruik van de zon, hield zijn hoofd scheef, beschermde zijn ogen tegen de zonnestralen en concentreerde zich op de rijzige gestalte die van rechts op hem afkwam.
Hij kon de grijze deukhoed onderscheiden, de overjas met fluwelen kraag en de glimmende, zwartleren schoenen; dat was voldoende. De goedgeklede man was de personificatie van Parijse rijkdom en elegantie, het soort man die door heel Europa en rond de Middellandse Zee reisde en zich ophield in de artistieke kringen en salons van de rijken, die gebrand waren op zijn aanwezigheid. Hij werd beschouwd als de meest deskundige criticus van klassieke kunst in Parijs – en dat betekende het hele continent – en alleen zij die het hoorden te weten wisten dat hij ook veel meer verkocht dan zijn kennis. Zijn naam was Gravet en hij bleef bij de leuning staan op twee meter afstand, rechts van Havelock. Hij trok zijn fluwelen kraag recht en sprak juist hard genoeg om te kunnen worden verstaan.
'Ik dacht al dat jij het was. Ik heb je al gevolgd vanaf de Rue Bernard.'
'Ik weet het. Wat wil je?'
'De vraag is, wat wil jij? Waarom ben je in Parijs? Ze hebben ons te verstaan gegeven dat je niet meer actief bent. Om je de waarheid te zeggen, we moesten bij je uit de buurt blijven.'
'En er moest onmiddellijk rapport worden uitgebracht als ik contact zocht, klopt dat?'
'Natuurlijk.'
'Maar jij draait de zaken om. Jij hebt mij benaderd. Is dat niet een beetje dwaas?'
'Een onbelangrijk risico dat de moeite van het nemen waard is,' zei Gravet terwijl hij rechtop bleef staan en om zich heen keek. 'Wij kennen elkaar al heel lang, Michael. Ik geloof er geen snars van dat jij in Parijs bent voor je culturele wedergeboorte.'
'Dat ben ik ook niet. Wie zei er van wel?'
'Je was precies zevenentwintig minuten in het Louvre. Een te

korte tijd om wat dan ook in je op te nemen en te lang om even naar het toilet te gaan. Maar het was heel aannemelijk dat je iemand ontmoet hebt bij een donkere drukke uitgang, laten we zeggen aan het andere einde van de derde verdieping.'

Havelock begon te lachen. 'Luister nou eens, Gravet...'

'Kijk alsjeblieft niet naar me! Blijf naar het water kijken.'

'Ik ben naar de Romeinse verzameling gaan kijken op de *entresol.* Die was barstensvol met een reisgezelschap uit de Provence, dus ben ik weggegaan.'

'Jij bent altijd al erg bij de pinken geweest, ik heb je daarom bewonderd... En nu dat onheilspellende alarm. "Hij is niet meer actief. Blijf bij hem uit de buurt".'

'Toevallig is het wél waar.'

'Wat die nieuwe dekmantel van jou ook is,' vervolgde Gravet snel, terwijl hij de ellebogen van zijn jasje afklopte, 'hij is zo radicaal dat het alleen maar kan betekenen dat je in zeer voornaam gezelschap verkeert. Ik ben ook handelaar en wel in een heel uitgebreide collectie inlichtingen. Hoe gedistingeerder mijn cliënten zijn, hoe liever ik dat zie.'

'Het spijt me, ik ben niet in de markt. Blijf bij me weg.'

'Doe niet zo belachelijk. Je weet niet eens wat ik heb aan te bieden. Er gebeuren overal ongelooflijke dingen. De Perzische Golf staat in brand en heel Afrika beweegt in kringetjes die tegen elkaar in draaien; het Warschaupact vertoont scheuren waar jij niets van af weet en Washington jaagt een aantal tegenstrijdige strategieën na die hun weerga alleen maar vinden in de ongelooflijke stommiteit van de Russen. Ik zou je man en paard kunnen noemen over hun laatste dwaasheden. Scheep me niet af, Michael. Betaal me maar. Je zult zelfs nog hoger klimmen.'

'Waarom zou ik hoger willen klimmen als ik eruit geklommen ben?'

'Dat is belachelijk. Jij bent een betrekkelijk jonge man; ze zouden je niet laten gaan.'

'Ze kunnen me in de gaten houden maar ze kunnen me niet vasthouden. Ik hoefde alleen maar ergens onderweg afstand te doen van een pensioen.'

'Te eenvoudig. Jullie hebben allemaal bankrekeningen in verafgelegen maar toegankelijke plaatsen, dat weet iedereen. Fondsen Onvoorzien die zijn afgetapt, versluierde betalingen aan niet-bestaande bronnen, geld om plotseling te kunnen vertrekken of om papieren in handen te krijgen die ineens noodzakelijk zijn. Jij had al voor je pensioen gezorgd tegen de tijd dat je vijfendertig was.'

'Je overdrijft zowel mijn talenten als mijn zorg voor financiële zekerheid,' zei Havelock met een glimlach.

'Of misschien een vrij uitvoerig document,' ging de elegante Fransman verder, alsof Michael hem niet in de rede was gevallen, 'met bijzonderheden over bepaalde geheime procedures... oplossingen zou je kunnen zeggen... die vanzelfsprekend specifieke gebeurtenissen en personeel moeten beschrijven. Bewaard buiten bereik van degenen die er het meest in zijn geïnteresseerd.'

Havelock glimlachte niet langer. Gravet accepteerde het stilzwijgen en liet er snel op volgen: 'Dat is natuurlijk geen financiële zekerheid, maar het draagt wel bij tot een gevoel van welbehagen, nietwaar?'

'Je bent je tijd aan het verspillen, ik ben niet in de markt. Als je iets waardevols hebt krijg je er wel voor betaald. Je weet met wie je moet onderhandelen.'

'Dat zijn tweederangs angsthazen. Niemand van hen heeft jouw directe toegangswegen tot de... centra waar beslissingen worden genomen, om het zo maar eens te noemen.'

'Die heb ik niet meer.'

'Ik geloof je niet. Jij bent de enige man hier in Europa die rechtstreeks contact heeft met Anthony Matthias.'

'Laat hem erbuiten. En als het je soms interesseert, ik heb in geen maanden met hem gesproken.' Plotseling ging Havelock recht staan en wendde zich openlijk tot de Fransman. 'Laten we een taxi nemen en naar de ambassade gaan. Ik ken daar een paar mensen. Ik zal je voorstellen aan een topattaché en hem zeggen dat je iets te koop hebt, maar dat ik noch de middelen heb, noch de interesse om erbij betrokken te raken. Goed?'

'Je weet dat ik dat niet kan doen! En, alsjeblieft...' Gravet hoefde zijn verzoek niet af te maken.

'Oké, oké.' Michael keerde zich weer naar de muur en keek naar de rivier beneden hem. 'Geef me dan een telefoonnummer of een contactadres. Ik zal het doorbellen en jij kunt meeluisteren.'

'Waarom doe je dit? Waarom doe je zo raadselachtig?'

'Omdat ik niet raadselachtig doe. Zoals je zei, wij kennen elkaar een hele tijd. Ik zal je dit genoegen doen en misschien ben je dan overtuigd. Misschien kun je anderen wel overtuigen als ze erom vragen. Zelfs als ze er niet om vragen. Hoe vind je dat?'
De Fransman schudde zijn hoofd terwijl hij over de muur leunde en Havelock aanstaarde. 'Nee, dank je wel, Michael. Zo gaat het nu eenmaal met verleiders, beter een tweederangs mannetje waarmee ik zaken heb gedaan dan iemand die ik niet ken. Laat ik je maar geloven. Jij zou een bron zoals ik ben niet bekendmaken, zelfs niet aan een hoge attaché. Ik zit te diep verstopt, ik ben te respectabel; misschien heb je me nog eens nodig. Ja, ik geloof je echt.'
'Maak het me wat gemakkelijker. Hou het niet geheim.'
'Hoe zit het met je tegenspelers bij de KGB? Zullen zij overtuigd zijn?'
'Daar ben ik zeker van. Hun mollen hebben het waarschijnlijk al overgebriefd aan het Dzerzjinskiplein, nog voordat ik mijn ontslagpapieren tekende.'
'Ze zullen denken dat het een slinkse manoeuvre is.'
'Des te meer reden om me met rust te laten. Waarom zou je in giftig aas bijten?'
'Ze hebben serums. Jullie hebben allemaal serums.'
'Ik kan ze niets vertellen wat ze al niet weten en wat ik weet is al veranderd. Dat is juist het gekke van de zaak: mijn vijanden hebben niets van mij te vrezen. De paar namen die ze misschien te weten komen zijn de prijs niet waard. Er zouden represailles worden genomen.'
'Jij hebt heel wat schade bij hen aangericht. Er is zoiets als trots, wraakneming; dat is nu eenmaal menselijk.'
'Niet van toepassing. Op dat terrein staan we quitte en nogmaals, ik ben het niet waard want er zou geen praktisch resultaat uit voortvloeien. Niemand doodt tenzij er een reden voor is. Niemand van ons wil verantwoordelijk zijn voor de gevolgen. Gek, nietwaar? Bijna Victoriaans. Als we zijn uitgewerkt staan we erbuiten. Misschien komen we allemaal nog eens bij elkaar in een grote, zwarte conferentiezaal in de hel en drinken we samen een borrel, maar terwijl we hier zijn staan we erbuiten. Dat is de ironie, de doelloosheid van de zaak. Als we erbuiten staan interesseert het ons niet meer. We hebben geen reden om te haten of iemand te vermoorden.'

'Mooi gezegd, mijn vriend. Je hebt kennelijk over dit soort zaken nagedacht.'
'Ik heb de laatste tijd veel tijd gehad.'
'En dan heb je nog degenen die verschrikkelijk geïnteresseerd zijn in jouw recente observaties, je gevolgtrekkingen... je rol in het leven zou je kunnen zeggen. Maar dat valt natuurlijk te verwachten. Het zijn zulke maniakken, gemelijk, jubelend; de ene minuut vol gewelddadigheid, de volgende vol gezangen over het land en droefgeestigheid. En vaak heel paranoïde; volgens mij de meer donkere kanten van het classicisme. De expressieve diagonalen van een Delacroix in een nationale ziel die uit vele rassen is samengesteld, zo vérstrekkend, zo tegengesteld. Zo wantrouwig... zo Russisch.'
Havelock hield de adem in; op zijn beurt staarde hij Gravet aan. 'Waarom heb je het gedaan?'
'Er stak geen kwaad in. Als ik iets anders te weten was gekomen, wie weet wat ik hen dan verteld zou hebben? Maar aangezien ik je echt geloof leg ik je uit waarom ik je op de proef moest stellen.'
'Moskou denkt dat ik nog steeds actief ben?'
'Ik zal ze vertellen dat je dat volgens mij niet meer bent. Of ze dat accepteren of niet is een andere zaak.'
'Waarom zouden ze het niet accepteren?' vroeg Havelock die nu weer ademde en weer in het water beneden hem keek.
'Ik heb géén idee... Ik zal je missen, Michael. Jij was altijd beschaafd. Moeilijk, maar beschaafd. Maar ja, je bent ook geen geboren Amerikaan, nietwaar? Jij bent eigenlijk een Europeaan.'
'Ik ben Amerikaan,' zei Havelock zacht.
'Je hebt je goed ingezet voor hun zaak, dat moet ik zeggen. Als je van gedachten verandert – of als iemand jouw gedachten voor jou verandert – neem dan contact met me op. Wij kunnen altijd zaken doen.'
'Dat is onwaarschijnlijk, maar evengoed bedankt.'
'Dat is evenmin een rechtstreekse afwijzing.'
'Ik druk me beleefd uit.'
'Beschaafd. *Au revoir*, Mikhail... Ik geef de voorkeur aan de naam waarmee je geboren bent.'
Havelock keerde zijn hoofd langzaam om en zag de elegante Gravet met bestudeerde gratie over het trottoir van de Pont Royal naar het begin van de brug wandelen. De Fransman

had hem, zonder de reden te kennen, aan de tand gevoeld over mensen die hij verachtte; hij moest er veel geld voor hebben gekregen. Maar waarom?
In Amsterdam was het de CIA en de CIA geloofde hem niet. In Parijs was het de KGB en de KGB geloofde hem ook niet. Waarom?
Dat was dus Parijs. Hoe ver zouden ze gaan om hem onder een microscoop te houden?

Het *Arethusa Delphi Hotel* was een van die hotelletjes nabij het Syntagmaplein in Athene, dat de reizigers steeds voor ogen hield dat hij in Griekenland was. Elke kamer had smalle, dubbele deuren die uitkwamen op een miniatuurbalkon – groot genoeg voor twee kleine stoelen en een lilliputtafeltje – waaraan de gasten zwarte ochtendkoffie konden drinken, van buiten verblind door de zon, van binnen door de koffie. Behalve deze weinig subtiele wenken had de hotelleiding ook de prikkels via de gehoorkanalen niet verwaarloosd. Nergens in de hal en in de liften viel er te ontkomen aan het ritmische gebonk van Griekse volksmuziek, snaarinstrumenten en cimbalen op z'n *prestissimo Greco*.
Havelock begeleidde de vrouw met de olijfkleurige huid de lift uit en terwijl de deuren dichtschoven, bleven ze beiden in geveinsde verwachting staan. De muziek was verdwenen; ze zuchtten van opluchting.
'Zorba houdt even pauze.' Michael maakte een gebaar naar links, naar zijn kamer.
'De rest van de wereld moet wel denken dat wij zenuwpatiënten zijn,' zei de vrouw lachend, terwijl ze haar kapsel aanraakte en de lange witte jurk gladstreek die haar huid deed uitkomen, de aandacht vestigde op haar borsten en op haar slanke figuur. Ze sprak Engels met een zwaar accent, opgedaan op die eilanden in het Middellandse-Zeegebied waar de rijken van die landen zich vermaakten. Zij was een dure courtisane wier gunsten gevraagd werden door handelsprinsen en echte prinsen, een vriendelijke, vrolijke hoer, goedlachs met een behoorlijk gevoel voor humor; een vrouw die wist dat haar tijd van plezier maken beperkt was. Kennelijk maakte ze er het beste van. 'Je hebt me gered,' vervolgde ze en ze kneep Havelock in zijn arm terwijl ze de gang afliepen.
'Ik heb je ontvoerd,' zei hij.

'Dat zijn vaak uitdrukkingen die verwisselbaar zijn,' antwoordde ze, opnieuw met een lach.
Het was van alletwee iets geweest. Michael had op de Marathonos een man ontmoet met wie hij vijf jaar geleden had samengewerkt in de Thermaikos-sector. Er werd die avond een dineetje gegeven in een café bij het Syntagmaplein; omdat het hem wel uitkwam nam Havelock de uitnodiging aan. Daar was de vrouw in gezelschap van een aanzienlijk oudere, onbehouwen zakenman. De *ouzo* en het *prestissimo Greco* hadden hun schade aangericht. Havelock en de vrouw bleken naast elkaar te zitten; benen en handen legden contact, blikken werden uitgewisseld en de vergelijking was nogal vanzelfsprekend. Michael en de eiland-courtisane waren weggeglipt.
'Ik geloof dat ik morgen tegenover een boze Athener kom te staan,' zei Havelock terwijl hij de deur van zijn kamer opende en de vrouw voorging naar binnen.
'Doe niet zo gek,' protesteerde ze. 'Hij is geen heer. Hij komt van Epidaurus; op Epidaurus heb je geen heren. Hij is een ouwe boerenpummel die geld verdiend heeft onder de kolonels. Een van de minder prettige gevolgen.'
'Als je in Athene bent,' zei Michael terwijl hij naar het dressoir liep waarop een fles whisky stond met wat glazen, 'moet je uit de buurt blijven van de Epidauriërs.' Hij schonk een paar borrels in.
'Ben je vaak in Athene geweest?'
'Een paar keer.'
'Wat heb je er gedaan? Wat voor werk doe je?'
'Ik heb dingen gekocht, dingen verkocht.' Havelock droeg de borrels de kamer door. Wat hij zag was wat hij wilde zien, alleen had hij niet verwacht het zo gauw te zien. De vrouw had haar dunne zijden cape afgelegd en vouwde die op een stoel. Toen knoopte ze haar jurk van bovenaf los en onthulde de uitnodigende welving van haar borsten.
'Mij heb je niet gekocht,' zei ze en nam met haar vrije hand het glas aan. 'Ik kwam uit eigen, vrije wil. *Efgaristou*, Michael Havelock. Zeg ik dat goed?'
'Heel keurig.'
Ze raakte zijn glas met het hare – een zacht tinkelen terwijl zij naderbij kwam. Haar hand kwam omhoog en ze legde haar vingers op zijn lippen, toen zijn wang en tenslotte achter rond zijn nek, en ze trok zijn gezicht naar het hare. Ze kusten el-

kaar, haar lippen gingen vaneen en de zachte rondingen, het vocht in haar mond wekten zijn hartstocht op; ze drukte haar lichaam tegen het zijne aan, trok zijn linkerhand naar de borst onder haar openhangende jurk. Ze leunde, diep ademhalend, achterover.

'Waar is je badkamer? Ik ga... wat luchtigs aantrekken.'

'Daarginds.'

'Waarom doe jij dat ook niet? Iets luchtigs aantrekken, bedoel ik. We zien elkaar wel weer in bed. Ik verlang er eigenlijk erg naar. Jij bent heel, heel aantrekkelijk en ik... verlang er erg naar.'

Ze pakte haar cape weg van de stoel en liep op haar gemak, met sensueel wiegende tred naar de deur aan de andere kant van het bed. Ze ging naar binnen, keek nog even over haar schouder en haar ogen beloofden dingen die waarschijnlijk niet waar waren maar die toch opwindend leken voor de nacht. De geoefende hoer zou haar belofte nakomen, wat voor redenen ze daarvoor ook mocht hebben en de bevrijding van haar optreden was wat hij wilde, wat hij nodig had.

Michael trok zijn kleren uit, op zijn onderbroek na, liep met zijn glas naar het bed en trok de sprei en de deken opzij. Hij ging onder het laken liggen en stak zijn hand uit naar een sigaret, waarbij hij zijn lichaam van de muur afdraaide.

'Dobrij vjehtsjeer prijatjel.'

Op het geluid van de diepe mannenstem wentelde Havelock zich om op het bed, met handen als klauwen, klauwen die geen wapen vonden. In de deuropening van de badkamer stond een kalende man wiens gezicht Michael herkende van tientallen foto's van jaren geleden. Hij kwam uit Moskou, een van de machtigste mannen in de Russische KGB. In zijn hand lag een wapen, een groot, zwart, automatisch Graz-Boerja-pistool. Er weerklonk een klik; de haan werd achteruit getrokken in de stand om te vuren.

3

'U kunt nu wel gaan,' zei de Rus en zijn aanwijzingen betroffen de vrouw die achter hem verborgen stond. Ze gleed hem voorbij, keek even naar Havelock, rende toen naar de deur en verliet de kamer.

'U bent Rostov. Pjotr Rostov. Directeur Planbureau Buitenland. KGB. Moskou.'
'Uw gezicht en uw naam zijn mij ook bekend. En uw dossier.'
'U hebt een heleboel moeite gedaan, *prijatjel*,' zei Michael, terwijl hij oogknipperend en starend met enige moeite probeerde weer tot zichzelf te komen. Hij schudde zijn hoofd en trachtte zijn ogen en zijn gedachten te bevrijden van de ijle, misselijk makende nevel van de *ouzo*. 'U had me op straat kunnen aanhouden en me kunnen uitnodigen om een borrel te gaan drinken. U zou niet veel meer of niet veel minder te weten zijn gekomen en heel weinig wat waardevol is. Tenzij dit een *njet garjah* is.'
'Geen executie, Havlíček.'
'Havelock.'
'Zoon van Havlíček.'
'U doet er beter aan mij daaraan niet te herinneren.'
'Het wapen ligt in mijn hand, niet in de uwe,' Rostov ontspande voorzichtig de haan van zijn pistool maar hield het wapen nog op Michaels hoofd gericht. 'Maar dat behoort tot het verre verleden en ik heb er niets mee te maken. Maar uw recente activiteiten, die gaan mij wel erg aan. Gaan ons aan, zo u wilt.'
'Dan zijn jullie mollen hun geld niet waard.'
'Ze sturen hun rapporten irriterend vaak in, al was het alleen maar om waar voor hun geld te leveren. Maar zijn ze juist?'
'Als ze u hebben verteld dat ik ben uitgewerkt dan waren ze juist.'
'"Uitgewerkt"? Een woord dat zo afdoende klinkt, maar waarvan toch interpretaties mogelijk zijn, niet? Uitgewerkt met wat? Uitgewerkt met de ene fase en klaar voor een andere?'
'Uitgewerkt met alles wat u zou kunnen interesseren.'
'Een strafmaatregel?' vroeg de KGB-agent en hij stapte uit de deuropening en leunde tegen de muur, zijn Graz-Boerja, nu gericht op Havelocks keel. 'Verwijderd uit actieve dienst? Dat is moeilijk te accepteren. Het moet een klap zijn geweest voor uw dierbare vriend Anthony Matthias.'
Michael bestudeerde het gezicht van de Rus en liet zijn blik zakken naar het enorme pistool dat op hem was gericht. 'Pas geleden noemde een Fransman Matthias nog. Ik zal u vertellen wat ik hem heb verteld, hoewel ik eigenlijk niet weet waarom ik dat doen moet. U hebt hem betaald om de naam van

Matthias naar voren te brengen.'
'Gravet? Hij veracht ons. Hij is alleen maar beleefd tegen ons wanneer hij door de tentoonstellingszalen van het Kremlin loopt of door de Hermitage in Leningrad. Die zou ons van alles kunnen vertellen.'
'Waarom hebt u dan gebruik van hem gemaakt?'
'Omdat hij u graag mag. Het is veel gemakkelijker om een leugen te ontdekken wanneer de leugenaar het heeft over iemand die hij graag mag.'
'U hebt hem dus geloofd.'
'Of u hebt hem overtuigd en onze mensen konden niet anders. Zeg het mij maar. Hoe heeft de briljante en inspirerende Amerikaanse minister van buitenlandse zaken gereageerd op het ontslag van zijn *krajan*?'
'Ik heb geen idee, maar ik neem aan dat hij het begreep. Dat heb ik precies zo tegen Gravet gezegd. Ik heb Matthias in geen maanden gezien of gesproken. Hij heeft genoeg problemen; hij hoeft er de problemen van een vroegere student niet bij te krijgen.'
'Maar u was veel meer dan een student. Zijn familie kende uw familie in Praag. U werd wat u bent...'
'Was,' viel Havelock hem in de reden.
'... door *Anton* Matthias,' maakte de Rus zijn zin af.
'Dat was lang geleden.'
Rostov zweeg; hij liet zijn wapen een weinig zakken en zei toen: 'Goed dan, een hele tijd geleden. Hoe zit het nu? Niemand is onvervangbaar maar u bent een waardevol man. Deskundig, produktief.'
'Waarde en produktiviteit hangen gewoonlijk samen met toewijding. Die heb ik niet meer. Laten we maar zeggen dat ik dat kwijtgeraakt ben.'
'Moet ik daaruit afleiden dat u verleid zou kunnen worden?' De man van de KGB liet zijn wapen nog verder zakken. 'Dat u uw toewijding ergens anders zou kunnen vinden?'
'U weet wel beter. Afgezien van persoonlijke afkeer die van enkele tientallen jaren terug stamt, hebben wij ook nog een paar mollen zitten aan het Dzerzjinskiplein. Ik ben niet van plan om een kaartje om mijn nek te krijgen met "niet-meer-te-redden" erop.'
'Een huichelachtige uitdrukking. Hij houdt in dat uw beulen medelijden zouden voelen.'

'Hij drukt het uit.'
'Dat is niet goed.' Rostov bracht zijn pistool omhoog en vervolgens langzaam naar voren. 'Zulke woordspelingen hebben wij niet. Een verrader is een verrader. U weet dat ik u mee zou kunnen nemen.'
'Niet gemakkelijk.' Michael hield zich stil, zijn ogen boorden zich in die van de Rus. 'Er zijn gangen en liften, hallen die overgestoken moeten worden en straten; er zijn veel risico's. U zou kunnen verliezen. Alles. Omdat ik niets anders te verliezen heb dan een cel in de Lubjanka.'
'Een kamer, geen cel. We zijn geen barbaren.'
'Sorry. Een kamer. Net zo'n kamer als wij in Virginia hebben voor mensen van jullie soort – dubbelzijdige geldverspilling. Wanneer mensen zoals jij en ik eruit komen met ons hoofd nog op onze schouders, is alles veranderd. Amytal en pentothal leiden alleen maar tot valstrikken.'
'Maar dan zijn de mollen er nog.'
'Ik weet niet wie dat zijn, net zo min als jij dat wist toen je nog actief was – om dezelfde redenen, vanwege diezelfde kamers. Dat weten we aan geen van beide zijden. We kennen alleen de huidige codes, woorden die ons brengen waar we zijn moeten. De woorden die ik had, hebben al lang geen betekenis meer.'
'Zeg eens eerlijk, probeert u mij er werkelijk van te overtuigen dat een man met uw ervaring voor ons geen waarde zou hebben?'
'Dat zei ik niet,' viel Havelock hem in de rede. 'Ik suggereer alleen maar dat u de risico's moet afwegen. Er is nog iets anders, iets wat jullie, eerlijk gezegd, twee jaar geleden met redelijk succes hebben klaargespeeld. Wij vingen een van jullie mensen die uitgewerkt was, die klaar was voor een boerderij in Grasnov. We haalden hem het land uit via Riga, brachten hem naar Finland en vlogen hem vandaar uit naar een kamer in Fairfax, Virginia. Hij werd ingespoten met alle waarheidsserums die je maar kunt bedenken en we kwamen een boel te weten. Voorgenomen acties werden afgebroken, hele netwerken werden opnieuw opgebouwd, overal heerste verwarring. Toen ontdekten we iets anders: alles wat hij ons had verteld was gelogen. Zijn hoofd was geprogrammeerd als een computerdisk; waardevolle mensen werden onbruikbaar, tijd ging verloren. Stel dat u me Lubjanka in kon krijgen – iets wat ik

niet geloof – hoe weet u dan dat ik niet ons antwoord vorm op wat jullie ons hebben geflikt?'
'Omdat u de mogelijkheid niet vooraf zou bekendmaken.' Rostov trok het pistool terug maar liet het niet zakken.
'O ja? Het komt me voor als een vrij goede dekmantel. Ik bedoel, jullie zouden het nooit te weten komen, nietwaar? Aan de andere kant hebben wij een serum ontwikkeld – waarover ik verder niets weet, alleen dat het aan de schedelbasis wordt ingespoten – dat het programmeren opheft. Het heeft iets te maken met het neutraliseren van de lobus occipitalis, wat dat ook mag zijn. Als het zover is kunnen we vaststellen wat er aan de hand is.'
'Het verbaast me dat u dat toegeeft.'
'Waarom zou u dat verbazen? Misschien bespaar ik onze respectieve directeuren wel een heleboel ergernis; dat zou mijn opzet kunnen zijn. Of misschien is er niets van waar; misschien bestaat zo'n serum niet, is er geen bescherming en verzin ik dat allemaal maar. Dat is ook een mogelijkheid.'
De Rus glimlachte. '*Chvatit!* U staat er werkelijk buiten. U amuseert ons beiden met logica waarvan u profijt zou kunnen trekken. U bent op weg naar die boerderij in jullie eigen Grasnov.'
'Dat heb ik alsmaar geprobeerd u bij te brengen. Ben ik het risico waard?'
'Laten we maar eens kijken.' De Rus draaide onverwachts zijn pistool om, met de loop naar boven; hij liet het weer in de palm van zijn hand klappen en gooide het naar Havelock op het bed. Michaels hand schoot omhoog en plukte het wapen uit de lucht.
'Wat word ik verondersteld hiermee aan te vangen?'
'Niets. Als we aannemen dat de eerste drie kogels rubber capsules met kleurstof zijn, maak ik alleen je kleren maar smerig.' Havelock drukte op de knop van het magazijn; het viel op het bed. 'Het is sowieso geen erg goede test. Stel dat de slagpin werkt en dat het ding ook maar enig lawaai maakt, dan stormen er twintig *khruschei* naar binnen die me het park uitblazen.'
'De slagpin werkt en er staat niemand op de gang. Het Arethusa Delphi ligt overduidelijk in het Amerikaanse kamp; het wordt in de gaten gehouden, en ik ben niet zo gek dat ik onze mensen hier laat rondlopen. Volgens mij weet je dat best.

Daarom ben je hier.'
'Wat probeert u te bewijzen?'
De Rus glimlachte opnieuw en haalde de schouders op. 'Ik weet het eigenlijk niet zeker. Een korte flits in de ogen misschien. Wanneer een man bedreigd wordt door een vijandelijk wapen en dat wapen is ineens van hem, dan is er een onmiddellijke aandrang om de voorafgaande bedreiging te elimineren... aangenomen dat de vijandigheid wederkerig is. Het zit in iemands ogen; hoe groot je beheersing ook is, dat haal je er niet uit... als het een actieve vijandelijkheid is.'
'Wat lag er in mijn ogen?'
'Een volkomen gebrek aan belangstelling. U kunt het vermoeidheid noemen.'
'Ik weet nog niet zo zeker of u gelijk hebt, maar ik bewonder uw moed, die zou ik niet opbrengen. Werkt de slagpin echt?'
'Ja.'
'Geen kogels?'
De Rus knikte, zijn gezichtsuitdrukking was lichtelijk geamuseerd. 'Geen kogels. Dat wil zeggen, geen kruit in de hulzen.' Rostov tilde zijn linkerhand op en trok met zijn rechter de mouw van zijn overjas omhoog. Tegen de vlakke zijde van zijn pols, doorlopend tot aan zijn elleboog, zat een dunne buis gebonden waarvan het afvuurmechanisme kennelijk werd geactiveerd door het buigen van zijn arm, '*Snetvornaje jat*,' zei hij, en hij raakte de strakgespannen draden aan die op veren leken. 'Wat u verdovingspijlen noemt. U zou rustig hebben geslapen tot laat morgenochtend, terwijl een dokter erop gestaan zou hebben dat die vreemde koorts van u onderzocht werd in het ziekenhuis. Wij zouden u daaruit hebben gehaald, naar Saloniki hebben gevlogen en via de Dardanellen naar Sebastopol.' De Rus gespte een riem los boven zijn pols en haalde het wapen eraf.
Havelock keek nadenkend naar de man van de KGB, behoorlijk verbaasd. 'U zou me werkelijk te pakken hebben kunnen krijgen.'
'Je weet dat pas wanneer je het geprobeerd hebt. Ik zou met het eerste schot gemist kunnen hebben en u bent jonger, sterker dan ik; u had in de aanval kunnen gaan, mijn nek kunnen breken. Maar ik had de beste kansen.'
'Volgens mij alle kansen. Waarom hebt u ze niet benut?'
'Omdat u gelijk hebt. Wij willen u niet. De risico's zijn te groot

– niet die waar u het overhad, maar andere. Ik moest gewoon de waarheid weten en nu ben ik overtuigd. U bent niet meer in dienst van uw regering.'
'Wat voor risico's?'
'We kennen ze niet, maar ze zijn er wel. Alles wat je in dit soort zaken niet begrijpt is een risico, maar dat hoef ik u niet te vertellen.'
'Vertel me maar iets. Ik heb zojuist gratie gekregen; ik zou graag weten waarom.'
'Goed dan.' De Russische inlichtingenman aarzelde; hij liep verstrooid naar de dubbele deuren die toegang gaven tot het miniatuurbalkon en trok er één enkele centimeters open. Toen sloot hij hem weer en keerde zich om naar Havelock. 'Ik moet u eerst vertellen dat ik hier niet ben op bevel van het Dzerzjinskyplein, niet eens met hun goedvinden. Om eerlijk te zijn geloven mijn superieuren op leeftijd in de KGB dat ik in Athene ben voor zaken die hier niets mee te maken hebben. U kunt dat geloven of niet.'
'Vertel me maar waarom niet of wel. Iemand moet het weten. Jullie *jednatels* doen niets op eigen houtje.'
'Om precies te zijn, nog twee mensen. Een collega met wie ik nauw samenwerk in Moskou en een toegewijd man – inderdaad een "mol" – die in Washington zit.'
'Bedoelt u Langley?'
De Rus schudde zijn hoofd; zijn antwoord klonk zacht. 'Het Witte Huis.'
'Ik ben onder de indruk. Dus twee hoge *Kantraljors* van de KGB en een Russische "mol" binnen loopafstand van het Ovale Kantoor besluiten dat ze met me willen praten... maar ze willen me niet grijpen. In plaats daarvan vertelt de zegsman voor die drie me – een man die ik alleen van foto's ken en van reputatie – dat er risico's aan mij zijn verbonden die hij niet nader kan omschrijven, maar waarvan hij weet dat ze bestaan en daarom wordt mij de keuze gelaten om al of niet te praten... over iets waarvan ik niet het flauwste benul heb. Zie ik het zo ongeveer goed?'
'U hebt de Slavische neiging om precies door te dringen tot de kern van een onderwerp.'
'Ik zie helemaal geen voorvaderlijke connecties. Het is gewoon gezond verstand. U sprak, ik heb geluisterd; dat zei u – of u stond op het punt om het te zeggen. Fundamentele logica.'

Rostov stapte van de balkondeuren vandaan, met een nadenkende, weifelende trek op zijn gezicht. 'Ik ben bang dat dat nu juist de enige factor is die ontbreekt. De logica.'
'Nou hebben we het weer over iets anders.'
'Ja, inderdaad.'
'Wat?'
'U. De Costa Brava.'
Havelock zweeg, in zijn ogen brandde woede maar hij hield die in bedwang. 'Ga door.'
'De vrouw. Zij is de reden van uw ontslag, nietwaar?'
'Dit gesprek is beëindigd,' zei Havelock abrupt. 'Maak dat u wegkomt.'
'Alstublieft.' De Rus hief beide handen op, een gebaar voor wapenstilstand, een smekende geste misschien. 'Ik geloof dat u naar mij moet luisteren.'
'Ik geloof van niet. U zou niets kunnen zeggen wat me ook maar enigszins zou interesseren. De *Vodennaja* kan gelukgewenst worden; het was een geweldig karwei. Zij hebben gewonnen... zij heeft gewonnen. En toen heeft ze verloren. Het is voorbij en er valt verder niets meer over te zeggen.'
'Toch wel.'
'Niet tegen mij.'
'Het zijn maniakken bij de VKR,' drong de Rus zacht, maar dringend aan. 'Dat hoef ik jou niet te vertellen. Jij en ik zijn vijanden, en we doen ons niet anders voor, maar we erkennen bepaalde omgangsregels. We zijn geen kwijlende honden, we zijn professionals. Ieder heeft een fundamenteel respect voor de ander, misschien gestoeld op angst, hoewel dat niet eens zo hoeft te zijn. Dat zul je toch moeten toegeven, *prijatjel*.'
Hun blikken waren strak, indringend. Havelock knikte. 'Ik ken je uit de dossiers, net zoals jij mij kent. Je was er niet bij.'
'Ook overbodige moord is moord, en overbodig. Onnodige en provocerende moord is een bijzonder gevaarlijke verspilling. Die kon wel eens uit pure woede tienmaal zo erg vergolden worden aan de moordenaar.'
'Zeg dat maar tegen de *Vodennaja*. Wat hun betreft is er niets overbodigs gebeurd. Het was gewoon nodig.'
'Slagers zijn het!' viel Rostov grommend uit. 'Die kun je niets wijsmaken. Afstammelingen van de vroegere OGPU-slachthuizen zijn het, erfgenamen van die krankzinnige moordenaar Yagoda. En ze zitten tot hun nek in de paranoïde fantasieën van

een halve eeuw geleden, toen Yagoda de rustige, redelijk denkende mensen neermaaide, omdat hij de pest had aan hun hun gebrek aan fanatisme – dat stond volgens hem gelijk aan verraad aan de revolutie. Ken jij de VKR?'
'Voldoende om er met een boog omheen te lopen en te hopen dat je ze in godsnaam de baas kunt.'
'Ik wilde dat ik dat in vol vertrouwen kon beweren. Het lijkt wel alsof een stelletje schreeuwerige rechtse dwepers de officiële status heeft gekregen van onderafdeling van de CIA.'
'We houden wel eens controles om de zaak in balans te houden – af en toe. Als zo'n onderafdeling zou ontstaan – en dat zou kunnen – dan zou die voortdurend in de gaten gehouden en openlijk bekritiseerd worden. De fondsen zouden nauwlettend in de gaten gehouden worden, de methodes bestudeerd. En uiteindelijk zou zo'n groep eruit gegooid worden.'
'Jullie hebben wel eens terugvallen gehad, verschillende comités voor On-Amerikaanse Activiteiten, McCarthy bijvoorbeeld, de Huston-plannen, zuiveringsacties in de onverantwoordelijke pers. Er zijn carrières vernield, levens verpest. Jazeker, jullie hebben zo jullie terugvallen gehad.'
'Die waren altijd maar van korte duur. Wij hebben geen goelags, geen rehabilitatieprogramma's in een *Lubjanka*-achtig oord. En die onverantwoordelijke pers wil af en toe nog wel eens verantwoordelijk worden. Er is een aantal arrogante bonzen afgezet. Het Kremlin laat de wilde jongens aanblijven.'
'Dan hebben we allebei onze terugvallen. Maar wij zijn zo veel jonger, en de jeugd mag vergissingen maken.'
'En er is niets,' onderbrak Michael, 'dat vergeleken kan worden met de *paminjatsjik*-operatie van de VKR. Zoiets zou nooit gefinancierd of zelfs maar getolereerd worden door het slechtste Congres of de slechtste regering in de hele geschiedenis.'
'Nog zo'n paranoïde fantasie!' riep de KGB-officier, waarna hij er geringschattend aan toevoegde: 'De *paminjatsjiks*! Het woord alleen al is absurd, betekenisloos! Een in onbruik geraakte strategie van tientallen jaren geleden. Je gelooft toch zeker niet echt dat zoiets nog bestaat.'
'Misschien niet zo sterk als de *Vodennaja*. Maar duidelijk sterker dan jij – als je niet liegt.'
'Kom nou, Havelock! Russische baby's die naar de Verenigde Staten worden gestuurd en daar opgroeien bij hopeloos seniele marxisten van de oude stempel, zodat het doorgewinter-

de Sovjet-agenten worden? Waanzin! Denk nou eens redelijk na. Dat is psychologisch onverantwoord, misschien zelfs rampzalig, om nog maar niet te spreken over bepaalde onvermijdelijke vergelijkingen. We zouden de meerderheid verloren zijn aan spijkerbroeken, popmuziek en snelle auto's. We zouden gek geweest zijn.'

'Nu lieg je. Ze bestaan wel. Dat weet jij en dat weten wij.'

Rostov haalde zijn schouders op. 'Een kwestie van aantallen, dan. En van waarde, als ik het mag zeggen. Hoeveel kunnen er nog over zijn? Vijftig, honderd, tweehonderd op z'n hoogst? Zielige amateurs met een samenzweerdersmentaliteit, die in een paar steden rondlopen en in kelders bijeenkomen om onzin uit te wisselen, onzeker over hun eigen waarden, over de reden waarom ze zijn waar ze zijn. Op die zogenoemde reizigers wordt bijzonder weinig acht geslagen, neem dat van mij aan.'

'Maar jullie hebben ze niet teruggehaald.'

'Waar moeten we heen met ze? Er zijn er maar een paar die de Russische taal machtig zijn; ze zijn alleen maar lastig. Boetvaardigheid, *prijatjel*, dat is de oplossing. En ze wegsturen met lippendienst, zoals jullie Amerikanen zeggen.'

'De *Vodennaja* stuurt ze niet weg.'

'Ik heb het al gezegd, de mannen van de VKR volgen heel verkeerde ideeën.'

'Ik vraag me af of jij dat gelooft,' zei Michael terwijl hij de Rus bestudeerde. 'Niet al die gezinnen waren zielig en seniel, niet alle reizigers zijn amateurs.'

'Als er momenteel, of in het recente verleden, iets belangrijks gebeurt of gebeurd is met de *paminjatsjiks*, dan zijn wij ons daar niet van bewust,' zei Rostov op besliste toon.

'En als dat zo is zonder dat jullie het weten, dan zou dat belangrijk zijn, of niet soms?'

De Rus stond roerloos; hij sprak, zijn stem zacht en nadenkend. 'De VKR laat verschrikkelijk weinig los. Het zou zeker belangrijk zijn.'

'Dan heb ik je misschien iets gegeven om over na te denken. Noem het een afscheidsgeschenk van een gepensioneerde vijand.'

'Zulke geschenken hoef ik niet,' zei Rostov kil. 'Die zeggen me even weinig als jouw aanwezigheid hier in Athene.'

'Als je het er niet mee eens bent, ga dan terug naar Moskou en strijd je eigen strijd. Jullie infrastructuur is mijn zaak niet meer. En tenzij je nog een speelgoedwapen in je andere mouw hebt, zou ik willen voorstellen dat je nu vertrekt.'

'Daar gaat het juist om, *pjehsjkah*. Ja, *pjehsjkah*. *Pion*. Zoals u al zei... een infrastructuur. Inderdaad aparte afdelingen, maar één geheel. Eerst is er de KGB; al het andere komt daarna. Een man – of een vrouw – kan zich aangetrokken voelen door de *Vodennaja Kontra Rozvedka*, kan zelfs uitblinken in haar meest geheime operaties, maar eerst moet hij – of zij – zijn voortgekomen uit de KGB. Op zijn allerminst moet er ergens een Dzerzjinski-dossier zijn. Met uit het buitenland gerekruteerde mensen is het, zoals u zou zeggen, dubbel noodzakelijk. Interne bescherming, natuurlijk.'

Havelock ging overeind zitten op het bed en bij de woede in zijn ogen kwam verwarring. 'Zeg wat je probeert te zeggen en zeg het snel. Je stinkt, *prijatjel*!'

'Ik vermoed dat we dat allemaal een beetje doen, Mikhail Havlíček. Onze neus raakt daar nooit aan gewend, is het wel? Integendeel juist, hij wordt er gevoelig voor... hij ruikt varianten van die fundamentele stank. Net als dieren.'

'Zeg het.'

'Er komt in de KGB-dossiers nergens ene Jenna Karasova voor.'

Havelock staarde de Rus aan, draaide toen plotseling bliksemsnel, zonder waarschuwing of aanduiding, het bed af, greep een laken, zwaaide het omhoog en belemmerde zo het uitzicht van de Rus. Hij stortte zich naar voren, drong Rostov met geweld tegen de muur naast de balkondeuren, draaide de KGB-man tegen de richting van de klok in aan zijn pols, smakte zijn hoofd tegen de plastic lijst van een goedkoop schilderijtje, terwijl hij zijn rechterarm om de schouders van Rostov sloeg en zijn nek in een houdgreep klemde. 'Daar zou ik je voor kunnen vermoorden,' fluisterde hij buiten adem, terwijl de spieren van zijn kaak tegen het kale hoofd van Rostov klopten. 'Je zei dat ik je je nek zou kunnen breken. Dat zou ik op dit moment kunnen doen!'

'Dat zou je kunnen,' antwoordde de Rus snakkend naar adem. 'En je zou worden neergemaaid. Ofwel in deze kamer of buiten op straat.'

'Ik dacht dat je niemand in het hotel had.'

'Verkeerd gedacht. Er zijn drie man, twee gekleed als kelners in de gang bij de liften, eentje op de trap... je bent hier in Athene helemaal zonder bescherming. Mijn mensen zijn daar buiten – ook op straat – elke uitgang is gedekt. Mijn instructies zijn duidelijk: ik moet langs een bepaalde uitgang weer naar buiten komen, op een bepaalde tijd. Als het maar even anders verloopt wordt dat jouw dood. De kamer zal worden bestormd, het cordon rond het Arethusa is niet te doorbreken. Ik ben geen idioot.'

'Misschien niet, maar je bent wel een beest!' schreeuwde Michael terwijl hij de Rus losliet en hem door de kamer slingerde. 'Ga maar terug naar Moskou en zeg ze dat het lokaas te doorzichtig is, de stank te rot! Ik hap niet, *prijatjel*. Donder op!'

'Geen lokaas,' protesteerde Rostov terwijl hij met zijn hand aan zijn keel overeind krabbelde. 'Je eigen argument: wat kun jij ons nou echt vertellen wat de risico's waard zou zijn, of misschien zelfs de represailles? Of de onzekerheden? Je bestaat niet meer. Zonder programmering kun je ons in wel honderd vallen laten lopen – dat idee is trouwens wel in ons opgekomen. Je praat vrijuit en wij handelen op basis van wat jij zegt, maar wat je zegt geldt al niet meer. Via jou gaan we achter strategieën aan – geen simpele codes en cijfers, maar kennelijk vitale strategieën op de lange termijn – die Washington heeft laten vallen zonder het jou te vertellen. En daarbij blijkt dan wie onze mensen zijn. Dat moet je toch beseffen. En jij praat over logica? Let op je woorden.'

Havelock staarde de Rus aan, hoorbaar ademhalend, terwijl woede en verwarring zijn emotie nog vergrootten. De kleinste mogelijkheid dat er een fout was gemaakt aan de Costa Brava was meer dan hij kon verdragen. Maar er was geen fout gemaakt! Een overloper van de Baader-Meinhofgroep had de reeks onthullende gebeurtenissen op gang gebracht. Het bewijsmateriaal was naar Madrid gezonden en hij had het uiterst zorgvuldig bestudeerd, had elk fragment uitgezeefd om maar een snippertje van het tegendeel te vinden. Er was niets; alles was er. Zelfs Anthony Matthias – *Anton* Matthias, vriend, mentor, plaatsvervangend vader – had diepgaande verificatie geëist; het was teruggekomen: positief.

'Nee! Het bewijs lag er! Zij was daar! Ik heb het zelf gezien! Ik zei dat ik het zelf moest zien en ze stemden ermee in!'

'"Zij"? Wie zijn zij?'

'Dat weet jij net zo goed als ik! Mensen zoals jij! De hoogste regionen... strategiebepalers! Je hebt niet goed genoeg gezocht.

Je hebt ongelijk!'
De Rus bewoog zijn hoofd langzaam in het rond en zijn linkerhand masseerde zijn keel; hij sprak zacht. 'Ik wil niet ontkennen dat de mogelijkheid bestaat – zoals ik zei, de maniakken van de VKR zijn ontstellend gesloten, vooral in Moskou – maar die mogelijkheid is niet groot... We waren stomverbaasd. Een ongewoon produktief lokkanaal wordt door haar eigen mensen in een valstrik van terroristen geleid... en die geven vervolgens de KGB de schuld van haar dood door te beweren dat ze een van de onzen was. Het resultaat van dat manipuleren is dat de vaste metgezel van de vrouw buiten spel wordt gezet, haar minnaar, een zeer geheime spionageagent die vele talen spreekt en die uitzonderlijk getalenteerd is. Desillusie en walging maken zich van hem meester; hij neemt zelf ontslag. Wij staan verbaasd; we lopen de dossierkelders na, met inbegrip van de meest ontoegankelijke. Zij is nergens. Jenna Karras heeft nooit tot de onzen behoord.' Rostov zweeg even, uit zijn ogen bleek dat hij op zijn hoede was: Michael Havelock was een gevaarlijke, uitgedaagde panter die op het punt stond toe te springen. De Rus ging verder, met vlakke stem. 'We zijn dankbaar; wij trekken profijt van jouw uitschakeling, maar we vragen ons af waarom? Waarom werd dit gedaan? Is het een truc? Als dat zo is, met welk doel? Wie wint erbij? Oppervlakkig gezien wij, maar nogmaals, waarom? Hoe?'
'Vraag dat de VKR maar!' schreeuwde Michael smalend. 'Zij hebben het zo niet georganiseerd maar het is wel zo gebeurd. Ik ben de bonus! Vraag het hen maar!'
'Dat hebben we gedaan,' zei de Rus. 'Een sectiedirecteur die verstandiger is dan de meesten, is bang voor zijn collega's, juist omdat hij zijn verstand nog heeft. Hij vertelde ons dat hij die vrouw Karras persoonlijk niet kende en ook niet wist wat er precies gebeurd was aan de Costa Brava, maar aangezien de mensen in de buitendienst geen vragen stelden nam hij aan dat er ook geen vragen gesteld dienden te worden. Zoals hij al duidelijk maakte waren de resultaten gunstig: twee condors neergeschoten, beiden getalenteerd, speciaal de ene. De *Vodennaja* nam met genoegen de verantwoordelijkheid op zich.'
'Waarom zouden ze ook niet? Ik was uitgerangeerd en voor haar was er een rechtvaardiging. Een offer blijft een offer, hoe je het ook noemt. Het wordt opgeofferd voor een doel. Hij

zei het; hij bevestigde het.'
'Hij heeft het niet bevestigd en hij zei iets heel anders. Ik zei het al, de man is bang. Alleen vanwege mijn rang durfde hij zover te gaan.'
'Je zoekt er te veel achter.'
'Ik luisterde. Zoals jij zoëven naar mij hebt geluisterd. Hij vertelde me dat hij niet het flauwste idee had van wat er was gebeurd of waarom.'
'Hij wist het zelf niet,' wierp Havelock woedend tegen. 'De mensen buiten wisten het. Zij wisten het!'
'Een vergezochte redenering. Zijn bureau is verantwoordelijk voor alle activiteiten in de zuidwestelijke sector van het Middellandse-Zeegebied. De Costa Brava valt daaronder. Een onvoorzien rendez-vous – vooral eentje waarbij schijnbaar de Baader-Meinhofgroep was betrokken – zou zeker door hem moeten worden goedgekeurd.' Rostov zweeg even en voegde er toen zacht aan toe: 'Onder normale omstandigheden.'
'Een niet-zo-vergezochte redenering?' vroeg Michael.
'Ik houd alleen maar rekening met een hele kleine kans dat ik me vergis. Die mogelijkheid die uiterst onwaarschijnlijk is.'
'Die mogelijkheid accepteer ik!' schreeuwde Havelock weer, plotseling ongerust over zijn eigen uitval.
'Je wilt hem accepteren. Misschien moet je het wel.'
'De VKR krijgt haar bevelen heel vaak rechtstreeks van de allerhoogste kringen in het Kremlin. Dat is geen geheim. Als je niet liegt dan ben je erbuiten gehouden.'
'Dat zou kunnen en de gedachte jaagt me meer angst aan dan ik je kan zeggen. Maar hoezeer ik ook moet toegeven dat jij je vak verstaat, *prijatjel*, ik kan me niet voorstellen dat de allerhoogste kringen in het Kremlin zich bezighouden met mensen zoals jij en ik. Ze hebben belangrijker zaken aan hun hoofd, zaken die de hele wereld aangaan. En, om de waarheid te zeggen, weten ze weinig over ons.'
'Maar ze weten wel veel over Baader-Meinhof! En over de PLO en de *Brigate Rosse* en nog zo'n stuk of tien "rode legertjes" die overal de rotzooi de lucht inblazen! Dat is politiek!'
'Beleid voor maniakken.'
'En daar hebben we het nu precies over! Maniakken!' Michael zweeg toen het voor de hand liggende hem te binnen schoot. 'Wij hebben de codes van de VKR gebroken. Die waren authentiek; ik heb zoveel varianten gezien dat ik dat onderhand

wel weet. Ik heb het contact voorbereid. Zij reageerde erop. Ik stuurde dat beslissende radiobericht naar de mensen aan boord van het schip dat voor de kust lag. Zij reageerden! Verklaar dat maar eens!'

'Dat kan ik niet.'

'Maak dan dat je wegkomt!'

De agent van de KGB keek op zijn horloge. 'Ik moet hoe dan ook gaan. De tijd is voorbij.'

'Ja, dat is hij zeker.'

'We zitten in een impasse,' zei de Rus.

'Ik niet.'

'Nee, ik geloof ook van niet en dat maakt het risico wat jou betreft groter. Jij weet wat je weet en ik weet wat ik weet. Impasse, of je het nu leuk vindt of niet.'

'Je tijd is voorbij, weet je nog?'

'Ik vergeet het niet. Ik heb geen zin om tussen twee vuren te raken. Ik ga nu weg.' Rostov liep naar de deur en keerde zich om, met de knop in zijn hand. 'Enkele minuten geleden zei je dat het lokaas te doorzichtig was, de stank te erg. Zeg dat maar tegen Washington, *prijatjel*. Wij happen ook niet toe.'

'Maak dat je wegkomt!'

De deur ging dicht en Havelock stond bijna een minuut lang roerloos, terwijl hij zich de ogen van de Rus voor de geest haalde. Er had te veel waarheid in gelegen. Door de jaren heen had Michael geleerd om de waarheid te onderscheiden, speciaal bij zijn vijanden. Rostov had niet gelogen; hij had de waarheid gesproken zoals die volgens hem luidde. En dat betekende dat deze machtige strategiebepaler voor de KGB door zijn eigen mensen in Moskou werd gemanipuleerd. Pjotr Rostov was, zonder dat hij het wist, gebruikt om een onderzoek in te stellen – een invloedrijk inlichtingenman die wordt uitgezonden met informatie waarvan hij overtuigd is dat zijn superieuren die niet bezitten, om contact te leggen met de vijand en op een geloofwaardige manier een tegenstander te winnen voor de Russen. Hoe hoger de agent, des te geloofwaardiger zijn verhaal – zolang hij maar de waarheid sprak zoals hij hem zag en zoals hij door zijn vijand werd gezien.

Michael liep naar het nachtkastje waarop hij een halfuur geleden zijn glas whisky had neergezet. Hij nam het op, dronk het leeg en keek neer op het bed. Hij glimlachte bij de gedachte hoe heel anders de avond was verlopen dan hij dertig minuten geleden leek te zullen aflopen. De hoer had haar werk verricht, maar niet op een manier zoals hij van haar had mogen verwachten. De zinnelijke courtisane die gewend was met de rijken te spelen was onderdeel geweest van een goed opgezet plan. Wanneer zou er een einde komen aan de plannen? Amsterdam. Parijs. Athene.

Misschien zouden ze pas ophouden als hij ophield. Misschien bleven ze vallen zetten zolang hij in beweging bleef, bleven ze hem in de gaten houden en klemzetten, wachtend tot hij de misdaden zou begaan die ze van hem verwachtten. De beweging zelf was de reden voor hun achterdocht. Iemand die zijn leven lang op bevel heeft rondgezworven, slaat niet zomaar aan het dolen. Als hij bleef zwerven, moest dat betekenen dat hij andere orders opvolgde, nieuwe orders. Anders bleef hij wel waar hij was. Waar dan ook.

Misschien werd het tijd dat hij ermee ophield. Misschien was er een einde gekomen aan zijn zwerftocht van herontdekken; er moest een telegram worden verzonden, hij moest een verbintenis aangaan. Een begin. Een bijna vergeten vriend was opnieuw een vriend geworden en die man had hem een nieuw leven aangeboden, waarin het oude leven begraven kon worden maar de ervaringen nog wel beschikbaar waren, waarin hij wortel moest schieten, waarin relaties moesten worden opgebouwd, waarin... les gegeven moest worden.

Waarin zul je les gaan geven, Mikhail?

Hou op! Jij bent geen deel meer van mij. Dat ben je nooit geweest!

Morgen zou hij Harry Lewis het telegram sturen. Dan een auto huren en naar het noordwesten rijden, naar de Adriatische havenstad Kérkira, waar hij de boot zou nemen naar Gagliano del Capo in Italië. Dat had hij eerder gedaan, onder god weet wat voor naam, met welk doel. Nu zou hij het doen als Michael Havelock, buitengewoon hoogleraar staatskunde. Vanaf Gagliano zou hij via omslachtige treintrajecten Italië doorkruisen naar Rome, een stad waar hij enorm veel van hield. Hij zou een week of twee in Rome blijven. Het zou zijn laatste haltepaats zijn op zijn zwerftocht, de plaats waar hij alle gedachten aan een leven dat voorbij was zou begraven.

Hij kon echter niet te lang in Rome blijven. Hij had een taak... hij moest wat doen... in Concord, New Hampshire, Verenigde Staten. Misschien een kort bezoek aan Matthias die zeker ideeën had bij te dragen, specifieke plannen zelfs, waaraan vorm kon worden gegeven en die ontwikkeld konden worden tot ze pasten in zijn geheel eigen manier van college geven. Hoe druk Matthias het ook had, hij zou er de tijd voor nemen, omdat Anton meer dan wie ook het gelukkigst zou zijn voor hem. Zijn oud-leerling was teruggekeerd naar de universiteit. Daar was het allemaal begonnen.

Zoveel dingen te doen.

Hij moest ergens wonen: een huis, meubels, potten en pannen en boeken, een stoel om op te zitten, een bed om in te slapen. Keuzes. Hij had nog nooit over dergelijke zaken nagedacht. Nu dacht hij erover, en voelde van binnen de opwinding groeien.

Hij liep naar het dressoir, schroefde de dop van de whiskyfles en schonk zich een borrel in. '*Prijatjel,*' zei hij zacht, zonder bepaalde reden, terwijl hij zijn gezicht in de spiegel bekeek. Plotseling staarde hij naar zijn ogen, zijn eigen ogen, en in een plotselinge vlaag van doodsangst sloeg hij de whisky neer met zoveel kracht dat het glas kapotsprong en bloed zich langzaam over zijn hand begon te verspreiden. Hij moest zich in de ogen blijven kijken! En hij begreep het. Hadden zijn eigen ogen die nacht aan de Costa Brava de waarheid gezien?

'Hou op!' gilde hij en hij wist niet of het een gil was die alleen in zijn hoofd weerklonk of in de kamer. 'Het is voorbij!'

Dr. Harry Lewis zat aan zijn bureau, omgeven door de boekenplanken van zijn studeerkamer met het telegram in zijn hand. Hij wachtte op het geluid van de stem van zijn vrouw. Het weerklonk. 'Tot straks, schat,' riep ze vanuit de hal buiten zijn kamer. De voordeur ging open en dicht. Ze was het huis uit.

Lewis pakte de telefoon op en draaide het kengetal 202. Washington, D.C. De zeven cijfers die daarna volgden had hij in zijn hoofd geprent, nooit opgeschreven. Ze zouden ook niet op zijn telefoonrekening voorkomen, omdat ze elektronisch door de computers werden overgeslagen.

'Ja?' vroeg de mannenstem aan het andere einde van de lijn.

'Berkeboom,' zei Harry.

'Ga uw gang, Berkeboom. De band draait.'

'Hij heeft het aangenomen. Het telegram kwam uit Athene.'

'Verandert er nog iets in de data?'

'Nee. Een maand voordat het trimester begint zal hij hier zijn.'
'Zei hij nog waarheen hij vanuit Athene ging?'
'Nee.'
'We zullen de vliegvelden in de gaten houden. Dank u, Berkeboom.'

Het Rome waar Havelock een bezoek wilde afleggen was niet het Rome waarin hij veel zin had te blijven. Overal werd gestaakt en het werd nog erger gemaakt door de grillige Italiaanse temperamenten die soms ineens opvlamden op elke straathoek, overal waar stakers postten, in de parken en rond de fonteinen. In de goten lag post naast de massa's huisvuil die niet waren opgehaald; taxi's waren nergens te krijgen en de meeste restaurants waren dicht omdat er niets werd bezorgd.

De *poliziotti*, die lang genoeg slecht behandeld waren, hadden het werk een weeklang neergelegd, zodat het verkeer in Rome nog waanzinniger was dan gewoonlijk. En daar de telefoon deel uitmaakte van de overheidspostdienst, functioneerden de lijnen nog minder dan normaal, dat wil zeggen: zo goed als niet meer. De stad verkeerde in een soort hysterie, die alleen maar versterkt werd door de zoveelste strenge uitspraak van de paus – een buitenlander, een Pool! – die rechtstreeks inging tegen alle progressieve stappen sinds het tweede Vaticaans concilie. *Giovanni Ventitreesimo! Dove sei?*

Het was de tweede avond en Michael had meer dan twee uur geleden zijn *pensione* verlaten aan de Via Due Macelli, om iets meer dan een kilomer te wandelen naar de Via Flamina Vecchia, in de hoop daar een favoriet restaurant open te vinden. Het was gesloten en hoe geduldig hij ook wachtte, er kwam geen taxi opdagen die hem terug kon brengen naar de Spaanse Trappen.

Hij had het noordelijke uiteinde van de Via Veneto bereikt en was op weg naar de zijstraat om de mensenmassa's te vermijden op de bonte kermis die de Veneto vormde toen hij er aankwam.

Een affiche in de verlichte etalage van een reisbureau verkondigde de heerlijkheden van Venetië en nodigde de reiziger uit om zich er in te baden.

Waarom niet? Waarom niet, verdomme! De zwevende passiviteit van geen plannen te maken hield in dat plannen plotseling veranderd konden worden. Hij keek op zijn horloge; het was nog maar net halfnegen, waarschijnlijk te laat om naar het vliegveld te gaan en te gokken op een plaatsje in een vliegtuig, maar als hij het zich goed herinnerde – en dat deed hij – bleven er tot middernacht treinen vertrekken uit Rome. Waarom geen trein? De trage, omslachtige rit vanuit Gagliano del Capo per trein was schitterend geweest, door landschappen die in geen eeuwen waren veranderd. Waarom niet per trein? Hij kon in een paar minuten zijn ene koffer pakken, in twintig minuten naar het station lopen. Het geld dat hij bereid was ervoor te betalen zou hem zeker een plaats in de trein bezorgen; zo niet dan kon hij altijd nog terugkeren naar de Via Due Macelli. Hij had een week vooruit betaald.

Vijfenveertig minuten later liep Havelock de enorme hal door van het grootse Ostia-station, gebouwd door Mussolini in de voorspoedige dagen van trommels en trompetten en marcherende laarzen en treinen die op tijd reden.

Italiaans was niet de taal die Michael het meest vloeiend sprak maar hij kon het behoorlijk lezen.

Biglietto per Venezia. Prima Classe.

Er stonden weinig mensen voor het loket en zijn geluk bleef aanhouden. De beroemde *Venezia Ferrovia* vertrok over acht minuten en als de signore bereid was het hoogste tarief te betalen, dan kon hij de mooiste plaats krijgen in een eigen coupé. Dat wilde hij wel en terwijl de lokettist het fraai bedrukte kaartje afstempelde kreeg hij te horen dat de *Ferrovia* vertrok vanaf *Binario Trentasei*, een dubbel perron, enkele honderden meters verwijderd van het loket.

'*Fa te presto, signore! Non perdete tempo! Fate in Jretta!*'

Michael begaf zich snel tussen de massa's haastende mensen en zocht zich zo snel hij kon een weg naar perron 36. Zoals gewoonlijk – zoals hij zich herinnerde uit het verleden – was de enorme hal stampvol mensen en heerste overal chaos. Gillende aankomsten en loeiende vertrekken weerklonken in contrapunt; handen en armen bewogen, stemmen weerklonken in voortdurend crescendo – scheldwoorden werden boven het oorverdovend lawaai uitgegild, want de kruiers waren kennelijk ook in staking. Het duurde bijna vijf transpirerende minuten voordat hij zich een weg had gebaand door de hoge stenen boog en was aangeland op het dubbele perron. Dat was zo mogelijk nog chaotischer dan het station zelf. Een vol-

le trein was net aangekomen uit het noorden, terwijl de *Venezia Ferrovia* op het punt stond te vertrekken. Bagagewagentjes botsten op hordes in- en uitstappende passagiers. Een scène uit de onderste lagen van Dante, een gillend gekkenhuis.
Plotseling zag hij, aan de andere kant van het perron, door de krioelende massa's heen, het hoofd van een vrouw – de achterkant van haar hoofd – met de rand van een slappe hoed die opzij haar gezicht verborgen hield. Ze stapte uit de binnengelopen trein uit het noorden en had zich omgedraaid om met een conducteur te praten. Het was al eerder gebeurd; dezelfde kleur haar of hetzelfde kapsel, de vorm van een hals die vaag op de hare leek. Een sjaal of een hoed of een regenjas, net zoals zij die had gedragen; het was al vaker voorgekomen. Te vaak.
Toen draaide de vrouw zich om en vlijmende pijnscheuten vlamden door Havelocks ogen en slapen, schoten omlaag – als hete messen in zijn borst. Het gezicht aan de andere kant van het perron, dat hij nu en dan zag door de krioelende, opeengepakte mensenmassa's was geen illusie. Zij was het.
Hun ogen ontmoetten elkaar. De hare sperden zich open in rauwe, naakte angst; haar gezicht verstijfde een moment van schrik. Toen draaide ze met een ruk haar hoofd om en stortte zich in de muur van mensen voor haar.
Michael perste zijn oogleden dicht, opende ze toen weer in een poging om zich los te maken van de pijn en de schrik en het plotselinge sidderen die zich van hem hadden meester gemaakt. Hij liet zijn koffer vallen; nu moest hij vooruit, opschieten, rennen, vliegen achter die levende dode aan van de Costa Brava! Ze leefde! Die vrouw die hij had liefgehad, die verschijning die verraad had gepleegd aan die liefde en ervoor was gestorven: ze leefde!
Als een dolgeworden dier stootte hij de lichamen die hem in de weg stonden uiteen, schreeuwde haar naam, beval haar te blijven staan, beval de mensenmenigte haar tegen te houden. Hij rende de glooiende oprit op en onder de enorme stenen koepel door zonder te letten op de gillende, woedende passagiers tegen wie hij opbeukte tijdens zijn doorgang, zich niet bewust van de klappen en stoten die hij opliep, de lichamen die hem trachtten tegen te houden, de handen die zijn kleren kapotscheurden.

Ze was nergens meer te zien tussen de mensenmenigten in het station. Maar hij had haar gezien. Zij had hem gezien!
Wat was er in godsnaam gebeurd?
Jenna Karras leefde!

4

Als met de verschrikkelijke klap van een bliksemflits werd hij teruggeslingerd in de wereld van schaduwen die hij verlaten had. Ze leefde! Leefde! Hij moest in beweging blijven; hij moest haar vinden! Hij stortte zich blindelings door de massa's, duwde armen en gesticulerende handen opzij en protesterende schouders. Eerst de ene uitgang, toen de andere; en een derde en vierde, de paar politieagenten die hij tegenkwam aanhoudend, woorden plukkend uit een vage woordenlijst van Italiaans, ergens in zijn hoofd. Hij schreeuwde haar beschrijving uit, beëindigde elke verwarde zin met '*Soccorso!*' Hij ontmoette enkel schouderophalen en afkeurende blikken.
Hij bleef rennen. Een trap! Een deur! Een lift! Tweeduizend lire aan een vrouw die het damestoilet binnenging; vijfduizend aan een witkiel; smeekbeden gericht aan drie conducteurs die het station uitliepen met tasjes die aangaven dat ze op hun eindbestemming waren.
Niets. Ze was nergens.
Havelock stond over een vuilnisbak geleund terwijl het zweet van zijn gezicht en zijn nek afstroomde, uit zijn gescheurde kleren, met handen die bloedig geschramd waren door de doolhof van paniek die hij botsend had doorlopen. Hij dacht even dat hij moest overgeven in de vuilnis; hij had de grens van de hysterie overschreden. Hij moest weer tot zichzelf komen; hij moest zichzelf weer meester worden. En de enige manier om dat te doen was in beweging te blijven, steeds langzamer, maar in beweging blijven. Hij moest het bonken in zijn borst laten afnemen, uit het gedonder de echo's ervan weer terugvinden, een hoekje van zijn geest vinden waarmee hij kon denken. Hij herinnerde zich vaag zijn koffer; de mogelijkheid dat die er nog lag was niet erg groot maar het was iets wat hij kon doen, een plek waar hij op dat moment naartoe kon gaan. De tijd tikte ongrijpbaar verder; hij had er geen idee van hoe lang hij erover deed om weer onder de koepel door te lopen, de glooi-

ende oprit af naar het bijna verlaten perron. De *Ferrovia* was vertrokken, de schoonmaakploegen namen onverschillig bezit van de trein uit het noorden die was blijven staan... de trein die Jenna Karras had aangevoerd, een dode vrouw van de Costa Brava.

Daar lag hij, ingedeukt, riemen gebroken, kleren die eruit puilden, maar vreemd genoeg nog intact. Zijn koffer zat geklemd in de enge ruimte tussen de rand van het perron en de platte, smerige kant van de derde wagon. Hij knielde en trok hem uit de spleet waarin hij vastgeklemd zat, door eerst aan de ene kant te zeulen, vervolgens aan de andere, onder het protesterend piepen van het leer, terwijl hij de gekartelde scheuren verder vaneen zag gaan bij het ingespannen trekken om hem los te krijgen. De koffer schoot vrij; Michael verloor zijn evenwicht en viel op het beton met het halfkapotte handvat nog in zijn hand. Er kwam een man in een overall aan, een brede bezem voor zich uit duwend. Michael kwam onhandig overeind, in de wetenschap dat de schoonmaker was blijven staan, zijn bezem roerloos, zowel vermaak als walging in zijn blik. De man dacht dat hij dronken was.

Toen brak het handvat af; de koffer hing opeens schuin naar beneden, nog vastgehouden door een enkele beugel. Havelock trok hem met een ruk omhoog en nam hem in zijn armen; hij begon het perron af te lopen naar de glooiende oprit en hij wist dat hij liep als een robot en dat zijn gedachten in trance rondmaalden.

Hoeveel minuten later of via welke uitgang zou hij nooit weten, maar hij bevond zich op straat met de koffer tegen zijn borst geklemd en hij stapte onzeker langs een rij verlichte winkelpuien. Hij besefte dat de mensen naar hem keken, naar zijn gescheurde, gehavende kleren en de ingedeukte, kapotte koffer met zijn uitpuilende inhoud. Hij moest weer tot zichzelf komen; hij moest zich gaan concentreren op onbeduidende zaken. Beginnen met de buitenkant: zijn gezicht wassen, andere kleren aantrekken, gaan zitten, een sigaret roken... een andere koffer kopen.

Emporio Per Viaggiatori.

De neonletters gloeiden imposant in diep rood boven de brede etalage die de hele winkelpui in beslag nam en die vol lag met benodigdheden voor de reiziger. Het was een van die winkels in de buurt van het Ostia-station die hun klandizie zoch-

ten onder de rijke vreemdelingen. De winkelier handelde in dure replica's van gewone voorwerpen in een luxe uitvoering met zilver en glanzend koper.
Havelock bleef even staan, haalde diep adem en klampte zich vast aan de koffer alsof het een voorwerp was dat hem ergens naartoe zou dragen... naar een of andere kust. Een plank in een stormachtige zee; als hij die niet had zou hij verdrinken. Maar hij kon niet verdrinken: hij had nu een taak. Hij liep naar binnen; het was gelukkig bijna sluitingstijd en er waren verder geen klanten in de winkel.
De chef kwam te voorschijn vanachter de middelste toonbank met een bezorgde, gealarmeerde uitdrukking. Hij aarzelde en stapte toen weer terug als om zich snel uit de voeten te kunnen maken. Havelock sprak snel in nauwelijks verstaanbaar Italiaans.
'Ik kwam vast te zitten in een waanzinnige menigte op het perron. Ik geloof dat ik gevallen ben. Ik zal een paar dingen moeten kopen... behoorlijk veel zelfs. Ik heb binnenkort een afspraak in het Hassler Hotel.'
Bij het noemen van het meest exclusieve hotel in Rome begon het gelaat van de chef meteen sympathie te vertonen, broederlijk medelijden zelfs.
'*Animali!*' riep hij uit en hij maakte een gebaar naar de hemel. 'Wat afschuwelijk voor u, *signore!* Kom, ik zal u eens helpen...'
'Ik heb een nieuwe koffer nodig... van heel goed, zacht leer, als u het hebt.'
'*Naturalmente...*'
'Ik weet dat het veel gevraagd is, maar zou ik me misschien ergens wat kunnen wassen? Ik zou niet graag de *contessa* begroeten zoals ik er nu uitzie.'
'Deze kant op, *signore*! Duizendmaal excuus! Ik spreek namens geheel Rome! Deze kant op...'
Terwijl Michael zich waste en andere kleren aantrok in de achterkamer begon hij zich te concentreren – naarmate hij zijn zelfbeheersing hervond – op de korte bezoeken die Jenna Karras en hij hadden afgelegd in Rome. Het waren er twee geweest, het eerste maar voor één nacht, het tweede veel langer, erg officieel; drie of vier dagen als hij het zich goed herinnerde. Ze hadden gewacht op opdrachten van Washington, nadat ze als een Joegoslavisch echtpaar door de Balkan waren

gereisd, waar ze de plotselinge toename van grensverdedigingswerken hadden vastgelegd. Er was een man geweest, een officier van de legerinlichtingendienst die je niet gemakkelijk vergat; hij was de contactman met Washington geweest. Wat de man zo gedenkwaardig maakte was zijn dekmantel; hij deed zich voor als de enige zwarte attaché op topniveau aan de ambassade.

Hun eerste ontmoeting was niet zonder humor geweest – zwarte humor. Michael en Jenna moesten de attaché ontmoeten in een afgelegen restaurant ten westen van de Palatijnse Heuvel. Ze hadden staan wachten in de drukke bar waar alleen maar staande gedronken werd omdat ze er de voorkeur aan gaven dat de contactman een tafeltje zou zoeken. Ze waren zich niet bewust geweest van de lange neger die rechts van hen een martini bestelde. Na enkele minuten had de man geglimlacht en gezegd:

'Ik ben gewoon die neger die dat gat in die emmer niet gemaakt kreeg, massa Havelock. Denkt u dat we kunnen gaan zitten?'

Hij heette Lawrence Brown. Luitenant-kolonel Lawrence B. Brown; de middelste letter stelde zijn echte naam voor, Baylor. 'Je kunt me geloven of niet,' had de overste hen die avond bij een borrel na het diner verteld, 'die kerels in G-2 vonden dat er meer "concrete associatie" zat – zo noemden ze dat – in het gebruik van Brown als schuilnaam. Verrek, ik neem aan dat het beter is dan attaché Koffiesmoel.'

Baylor was een man met wie hij kon praten... als Baylor met hem wilde praten. Het kon niet in de buurt van de ambassade gebeuren. De regering van de Verenigde Staten had nogal wat verschrikkelijke dingen uit te leggen aan een man van de buitendienst op non-actief.

Hij had er meer dan twintig minuten voor nodig – telefonerend in de winkel, terwijl de chef Michaels kleren opnieuw aan het inpakken was in een schandalig dure koffer – voordat hij doordrong tot de centrale van de ambassade. Eerste attaché Baylor woonde op dit moment een receptie bij op de eerste verdieping.

'Zeg hem maar dat het dringend is,' zei Michael. 'Mijn naam is... Baylor.'

Lawrence Baylor had weinig zin om met Havelock te praten. Alles wat een inlichtingenagent op non-actief te vertellen had kon maar het beste verteld worden in de ambassade. Om een groot aantal redenen.

'En als ik u nu eens zei dat ik net weer in dienst ben gekomen. Ik sta dan misschien niet in uw dienst – of in dienst van wie dan ook – maar ik sta er weer helemaal middenin. Ik raad u aan om dit niet te verknoeien, overste.'

'Er is een café aan de Via di San Pancrazio, La Ruota del Pavone. Kent u dat?'

'Ik vind het wel.'

'Over drie kwartier.'

'Ik zal er zijn. Ik wacht op u.'

Havelock keek toe vanaf een tafeltje in de donkerste hoek van het café terwijl de legerofficier een karaf wijn bestelde aan de bar en er het schaars verlichte vertrek mee begon door te wandelen. Het mahoniekleurige gezicht van Baylor stond strak; hij voelde zich niet op zijn gemak en toen hij het tafeltje bereikte stak hij geen hand uit. Hij ging tegenover Michael zitten, zuchtte diep en probeerde het met een zure glimlach.

'Leuk om u te zien,' zei hij zonder veel overtuiging.

'Dank u.'

'En tenzij je iets te zeggen hebt wat wij graag willen horen maak je het me verrekte lastig. Ik hoop dat je dat weet.'

'Ik heb iets waar je steil van achterover zult slaan,' antwoordde Havelock en hij begon onwillekeurig te fluisteren. Het beven was weer teruggekeerd; hij pakte zijn pols vast om het onder controle te brengen. 'Ik ben er helemaal kapot van.'

De overste bekeek Havelock en liet zijn ogen zakken naar diens handen.

'Je bent gespannen, dat zie ik. Wat is het?'

'Zij leeft. Ik heb haar gezien!'

Baylor zweeg en bleef roerloos zitten. Zijn ogen zwierven over Michaels gezicht: het was duidelijk dat hij de tekenen zag van recente krassen en builen op Havelocks huid. Het was ook duidelijk dat hij het verband had gelegd. 'Heb je het over de Costa Brava?' vroeg hij tenslotte.

'Je weet verrekte goed dat ik het daar over heb!' zei Michael woedend. 'Mijn plotselinge ontslag en de omstandigheden daaromheen zijn overgeseind naar elk verdomd bureau, naar elke post die we hebben. Daarom zei je wat je net zei. Pas op voor het losgeslagen talent, zegt Washington tegen jou. Hij zou van alles kunnen doen, van alles kunnen zeggen, kunnen menen dat hij rekeningen te vereffenen heeft.'

'Het is eerder gebeurd.'

'Niet met mij. Ik heb geen rekeningen om over te piekeren, want ik ben helemaal niet geïnteresseerd in de wedstrijd. Ik denk redelijk. Ik zag wat ik zag. En zij heeft mij gezien! Ze herkende mij! Ze ging er vandoor!'

'Emotionele spanning is familie van hysterie. Een mens kan heel wat dingen zien die er niet zijn. En je hebt een schok gehad.'

'Verleden tijd, nu niet meer van toepassing. Ik stond erbuiten. Ik heb de feiten en de redenen geaccepteerd...'

'Toe nou, vriend. Je gooit zo maar geen zestien jaar betrokkenheid overboord.'

'Ik wel.'

'Je bent met haar hier in Rome geweest. Herinneringen komen weer tot leven, worden overtrokken. Net zoals ik zei, zoiets gebeurt.'

'Nogmaals, niet waar. Er kwam niets tot leven, er werd niets overtrokken. Ik heb het gezien...'

'Je belde mij zelfs,' viel Baylor hem scherp in de rede. 'We hebben met z'n drieën een paar avonden doorgebracht. Een paar borrels, samen wat gelachen. Associatie; je zocht mij op.'

'Er was niemand anders. Mijn dekmantel was categorie D: jij was mijn enige contact hier in Rome! Nu kan ik de ambassade binnenwandelen, toen kon ik dat niet.'

'Laten we dan maar gaan,' zei de overste snel.

'Geen kwestie van! Bovendien, daarom gaat het niet. Het gaat om jou. Jij hebt zeven maanden geleden opdrachten van Washington aan mij overgebracht en nu ga je naar diezelfde mensen een noodsein sturen. Vertel hen maar wat ik jou heb verteld, wat ik gezien heb... Je hebt geen keus.'

'Ik heb wel een mening. Ik geef door wat een vroegere agent me vertelde terwijl hij uiterst opgewonden was.'

'Prima! Goed zo! Probeer dit dan eens. Vijf dagen geleden heb ik in Athene bijna een vent vermoord die we allebei kennen uit de dossiers van Dzerzjinski, omdat hij me vertelde dat Costa Brava geen Russische operatie was. Dat zij helemaal geen deel uitmaakte van de KGB, laat staan van de VKR. Ik heb hem niet gedood, omdat ik dacht dat het een sondering was, een blinde sondering, want die man vertelde de waarheid – zoals

hij hem kende. Ik heb een boodschap teruggestuurd naar Moskou. Het lokaas was te doorzichtig, de stank was te groot.'
'Ik neem aan dat dat menslievend van je was, gezien jouw reputatie.'
'O nee, hij begon met menslievend te zijn. Want hij had me kunnen pakken. Ik had in Sebastopol kunnen belanden, op weg naar het Dzerzjinskiplein zonder zelfs maar te weten dat ik Athene had verlaten.'
'Was hij zo goed? Had hij zulke goede connecties?'
'Zo goed dat hij zichzelf kon wegcijferen. Maar hij pakte me niet. Het vliegtuig over de Dardanellen is zonder mij vertrokken. Hij wilde me niet.'
'Waarom niet?'
'Omdat hij ervan overtuigd was dat ik het lokaas vormde. Nogal ironisch, vind je niet? De Lubjanka had geen cel meer vrij. Ik werd afgewezen. In plaats daarvan gaf hij mij zijn eigen boodschap mee voor Washington. Dzerzjinski wilde me niet.' Havelock zweeg even. 'En nu dit.'
De overste kneep nadenkend zijn ogen samen en draaide met beide handen zijn glas in het rond op het tafeltje. 'Ik ben niet zo'n vakman als jij. Maar stel dat je werkelijk zag wat je beweert dat je zag...'
'Ik heb het gezien. Neem dat maar aan.'
'Ik geef niets toe, maar stel dat het mogelijk is. Dan zou het nog een lokaas kunnen zijn. Ze houden jou in de gaten, kennen je plannen, je reisschema. Met hun computers zoeken ze een vrouw uit die redelijk op haar lijkt en met wat kosmetische ingrepen hebben ze een dubbelgangster die op korte afstand aannemelijk is. "Pas op voor het losgeslagen talent." Je weet nooit wanneer hij meent dat hij "rekeningen te vereffenen heeft". Vooral als hij de tijd krijgt om te piekeren, om zich op te winden.'
'Wat ik zag lag in haar ogen! Maar zelfs wanneer je dat niet accepteert, dan is er nog iets anders; het sluit het planmatige uit en elk punt kan worden nagegaan. Twee uur geleden wist ik niet dat ik in dat station zou zijn: tien minuten voordat ik haar zag wist ik niet dat ik op dat perron zou zijn en niemand anders kon dat weten. Ik kwam hier gisteren aan en nam een *pensione* aan de Due Macelli voor een week en betaalde vooruit. Om halfnegen vanavond zag ik een affiche in een etalage en besloot naar Venetië te gaan. Ik heb met niemand gespro-

ken.' Michael stak zijn hand in zijn zak, haalde er zijn treinkaartje voor de *Venezia Ferrovia* uit en legde het voor Lawrence Baylor neer. 'De *Ferrovia* moest om vijf over halftien vertrekken. De tijd van aankoop staat hieroverheen gestempeld. Lees het!'

'Eenentwintig, zevenentwintig,' las de legerofficier hardop voor. 'Zevenentwintig over negen. Acht minuten voor het vertrek van de trein.'

'Alles na te gaan. Kijk me nou eens aan en beweer eens dat ik lieg. En terwijl je dat doet moet je me ook eens uitleggen hoe dat allemaal in elkaar gezet kon worden binnen dat tijdsbestek en gegeven het feit dat zij in een aankomende trein zat!'

'Dat kan ik niet. Als zij...'

'Ze stond met een conducteur te praten enkele tellen voordat ze uitstapte. Ik weet zeker dat ik hem kan opsporen.'

Baylor zweeg opnieuw; hij staarde Havelock aan en sprak toen zacht. 'Maak je geen zorgen. Ik stuur dat noodsein wel.' Hij zweeg en voegde eraan toe: 'Samen met een geloofwaardige ondersteuning. Wat je ook gezien hebt, je liegt niet. Waar kan ik je bereiken?'

'Het spijt me. Ik zoek wel contact met jou.'

'Ze zullen met je willen praten, waarschijnlijk hebben ze daar haast bij.'

'Ik meld me wel.'

'Waarom doe je zo moeilijk?'

'Iets wat Rostov zei in Athene.'

'Rostov? Pjotr Rostov?' De ogen van de overste gingen wijd open. 'Hoger vind je ze niet op het Dzerzjinski.'

'Er zijn nog wel hogere.'

'Hij kan er wel mee door. Wat zei hij? Wat heeft hij je verteld?'

'Dat onze neus daar nooit aan gewend raakt. Het tegengestelde, hij wordt er gevoelig voor... hij ruikt varianten van die fundamentele stank. Net als dieren.'

'Ik had iets concreters verwacht,' zei Lawrence Baylor geprikkeld.

'Oh ja? Vanuit mijn standpunt klinkt dat verdomde concreet. De Costa Brava-valstrik werd in Washington uitgedokterd. Het bewijsmateriaal werd samengesteld in de hoogste regionen, in een van die witte, steriele kantoren op de bovenste verdieping van Buitenlandse Zaken.'

'Ik had begrepen dat jij de zaak in handen had,' viel Baylor hem in de rede.
'De laatste fase. Daar heb ik op gestaan.'
'Dan heb jij...'
'Ik heb gehandeld aan de hand van alles wat ik kreeg,' viel Michael hem in de rede. 'En nu wil ik weten waarom het mij werd gegeven. Waarom ik vanavond zag wat ik gezien heb.'
'Als je het gezien hebt...'
'Zij leeft. Ik wil weten waarom! Hoe!'
'Ik begrijp het nog steeds niet.'
'Costa Brava was voor mij bedoeld! Iemand wilde mij buiten werking stellen. Niet dood, maar buiten werking. Op een handige manier geplaatst buiten de verleidingen waaraan mensen als ik vaak blootstaan.'
'Rekeningen te vereffenen?' vroeg de overste. 'Het Agee-syndroom? Het Snepp-complex? Ik wist niet dat jij daar last van had.'
'Ik heb mijn portie aan schokken gehad, mijn deel aan vragen. Iemand wilde die begraven hebben en zij werkte mee. Waarom?'
'Twee veronderstellingen die ik niet als feiten wil accepteren. En als jij van plan was om een paar schokken bekend te maken die niet in het nationale belang waren, dan geloof ik – en ik praat natuurlijk uiterst hypothetisch – dat er andere manieren zijn... om die te begraven.'
'Uit de weg ruimen? Doodverklaren?'
'Dat zei ik niet. In zo'n land leven wij niet.' De overste zweeg even, voegde er toen aan toe: 'Waarom eigenlijk niet?'
'Om dezelfde redenen waarom anderen geen onverklaarbare ongelukken hebben gekregen die tevoren uitgezochte pathologen als iets anders zouden kunnen betitelen. Zelfbescherming zit in ons vak ingebakken, broer. Dat is ook een syndroom; het heet het Neurenberg-syndroom. Die schokken zouden aan het oppervlak kunnen komen, in plaats van begraven te blijven. Verzegelde, in bewaring gegeven verklaringen die geopend moeten worden door niet genoemde notarissen in geval van twijfelachtige enzovoorts.'
'Verdomme, heb jij dat gezegd? Ben je zover gegaan?'
'Vreemd genoeg heb ik dat nooit gedaan. Niet in ernst. Ik werd alleen maar woedend. De rest werd aangenomen.'
'In wat voor wereld leven mensen zoals jij?'

'Dezelfde als waar jij in leeft, alleen leven wij er al wat langer in, wat intenser. En daarom ga ik jou niet vertellen waar jij mij kunt bereiken. Ik heb een vuile stank van de Potomacrivier in mijn neusgaten gekregen.' Havelock boog zich voorover, zijn stem klonk rauw, zacht, bijna weer fluisterend. 'Ik ken dat meisje. Om haar zover te krijgen dat ze deed wat ze gedaan heeft moest er haar eerst iets worden aangedaan, moest zij ergens mee worden bedreigd. Het moet iets vuils zijn. Ik wil weten wat het was en waarom.'
'Aangenomen,' begon Baylor langzaam, '... aangenomen dat je gelijk hebt, en ik geef geen moment toe dat je dat hebt, waarom denk je dan dat ze het je zullen vertellen?'
'Het ging allemaal zo plotseling,' zei Michael. Hij leunde achterover, zijn lichaam verstrakte en zijn stem klonk zwevend als in een smartelijke droom. 'Het was op een dinsdag en we waren in Barcelona. We waren daar een week geweest. Er ging iets gebeuren in die sector, meer had Washington ons niet verteld. Toen kwam er bericht uit Madrid: er was een vier-nullenmededeling binnengebracht door een koerier; de inhoud mocht de ambassade niet uit, hoogste geheimhouding. Alleen voor mij bestemd. Er is geen bureau Consulaire Operaties in Madrid, niemand met bevoegdheid om de informatie door te geven, daarom vloog ik er woensdagochtend naartoe, tekende voor die verrekte stalen bus en maakte hem open in een kamer die door drie mariniers werd bewaakt. Alles zat er in, alles wat ze gedaan had, alle informatie die ze had doorgegeven – informatie die ze alleen maar van mij had kunnen krijgen. De valstrik zat er ook bij, ik kon zelf de zaak in handen houden als ik dat wilde en ik wilde dat. Zij wisten dat dat de enige manier was waarop ik overtuigd kon worden. Vrijdag was ik terug in Barcelona en zaterdag was het voorbij... en was ik overtuigd. Vijf dagen en de muren waren ingestort. Geen trompetten, alleen maar lichtstralen en gegil en luide, dreigende geluiden die boven de branding uitklonken. Vijf dagen... zo plotseling, zo snel, alles liep op tot een crescendo. Het was de enige manier waarop het kon gebeuren.'
'Je hebt geen antwoord gegeven op mijn vraag,' viel de militair hem rustig in de rede. 'Als je gelijk hebt, waarom denk je dan dat ze het je zullen vertellen?'
Havelock keek Baylor recht in de ogen; er lichtte woede in zijn ogen en verwarring. 'Omdat ze bang zijn. Het gaat om

het "waarom". De vragen, de schokken; welke was het?'
'Waarover heb je het?'
'De beslissing om mij buiten spel te zetten kwam niet geleidelijk tot stand, overste. Iets heeft het ineens noodzakelijk gemaakt. Ze dwingen een man niet om eruit te stappen zoals ze mij hebben gedwongen, alleen maar vanwege een opeenhoping van meningsverschillen. Getalenteerde agenten zijn kostbaar, mensen die hun vaardigheid in het veld hebben bewezen zijn moeilijk te vervangen. Er kunnen voorzieningen worden getroffen, er kan uitleg worden gegeven, je kunt tot een akkoord komen. Dat wordt allemaal geprobeerd voordat ze een goede agent laten gaan. Maar niemand heeft het met mij geprobeerd.'
'Kun je niet wat concreter zijn?' drong de officier aan, opnieuw geërgerd.
'Ik wilde dat ik dat kon. Het is iets wat ik weet, of wat zij denken dat ik weet. Iets wat ik misschien heb opgeschreven. En het is een bom.'
'Heb jij,' vroeg Baylor koel en zakelijk, 'heb jij dergelijke informatie?'
'Ik zal hem vinden,' antwoordde Havelock en hij schoof plotseling zijn stoel achteruit, klaar om weg te gaan. 'Zeg hen dat maar. Net zo goed als ik haar zal vinden, dat kun je ze ook vertellen. Het zal niet gemakkelijk zijn want ze hebben geen vat meer op haar. Ze is ontsnapt; ze is ondergedoken. Dat heb ik ook in haar ogen gezien. Maar ik zal haar vinden.'
'Misschien...' zei de legerofficier dringend terwijl hij probeerde Havelock tegen te houden. 'Misschien willen ze wel helpen, als alles wat je zegt waar blijkt te zijn.'
'Dat is ze geraden,' waarschuwde Michael terwijl hij overeind kwam en neerkeek op de militair. 'Ik zal alle hulp nodig hebben die ik kan krijgen. Intussen wil ik heel die verrekte zaak uit de doeken gedaan zien... met man en paard, om een oude bron van mij aan te halen. Want als dat niet gebeurt dan begin ik uit de school te klappen. Wanneer en van waaruit zal niemand van jullie weten, maar de woorden zullen luid en duidelijk te horen zijn. En ergens tussen die woorden zal die bom zitten.'
'Ga nou niks stoms uithalen!'
'Versta me goed, ik wil het niet. Maar wat haar is aangedaan, mij... ons... dat was gewoon niet eerlijk, overste. Ik ben weer terug. Solo. Je hoort wel van me.'

Havelock draaide zich om en liep snel het café uit, de Via Pancrazio op.

Hij kwam door de Via Galvani op zijn weg terug naar het station waar hij zijn pasgekochte koffer in een bagagekluis had geplaatst. Plotseling werd hij getroffen door de pijnlijke ironie. Het was een koffer geweest in een bagagekluis op een vliegveld in Barcelona die Jenna Karras had veroordeeld. Een overloper van de Baader-Meinhofgroep – in ruil voor het geruisloos herroepen van een doodvonnis dat bij afwezigheid was uitgesproken – had hen erheen geleid. De Duitse terrorist had Madrid verteld dat '*die Fräulein Karras*' geheime, bijgehouden buitendienstdossiers te allen tijde binnen bereik hield. Het was een gewoonte van de *Vodennaja*, die voortsproot uit de vreemde relatie welke de gewelddadige en clandestiene tak van de Russische geheime dienst onderhield met de rest van de KGB. Bepaalde buitenagenten, bezig met operaties waarvoor ze zich voor lange tijd in het andere kamp moesten ingraven, hadden toegang tot hun eigen dossiers, voor geval hun superieuren in Moskou plotseling niet bereikbaar waren. Uitzonderlijke barbaarsheid bracht vreemde vormen van zelfbescherming voort; niemand had eraan getwijfeld.

Niemand had eraan getwijfeld. Zelfs hij niet.

Iemand legt contact met haar, geeft haar een sleutel en noemt een plaats. Een kamer of een bagagekluis of zelfs een bank. Daar ligt het materiaal, met inbegrip van nieuw ontwikkelde doelen.

Twee dagen voordat hij naar Madrid was vertrokken had een man haar op een middag tegengehouden. In een café aan de Paseo Isabel. Een dronken man. Hij had haar de hand geschud en hem daarna gekust. Drie dagen later had Michael een sleutel gevonden in Jenna's handtas. De volgende dag was ze dood.

Er was een sleutel geweest, maar van wie was die sleutel? Hij had fotokopieën gezien van alles wat er in die koffer zat, gestaafd door Langley. Maar van wie was die koffer? Als hij niet van haar was, hoe kwamen er dan drie stel vingerafdrukken in terecht, die van haar afkomstig bleken te zijn? En als het haar afdrukken waren, waarom liet ze dat dan toe?

Wat hadden ze haar aangedaan...? Wat hadden ze een blonde vrouw aangedaan op de Costa Brava, die in het Tsjechisch had gegild en wier ruggegraat en nek doorboord waren met kogels? Wat voor mensen waren dat die levende marionetten aan touwtjes hielden en ze opbliezen zoals je dat met robots zou doen op het toneel, in een *danse macabre*? Die vrouw was gestorven; hij had te vaak dode mensen gezien om zich te vergissen. Het was geen toneelvoorstelling geweest, zoals de elegante Gravet had beweerd.

Toch was alles een toneelvoorstelling. Ze waren allen poppen. Maar op wat voor toneel ze optraden en voor welk publiek ze speelden... en rondrenden, en stierven?

Hij haastte zich de Galvani af; de Della Marmorata was in zicht. Hij was nog maar een paar straten verwijderd van het enorme spoorwegstation; daar zou hij beginnen. Hij had tenminste een plan; of het een goed plan was of niet, dat zou hij het volgende halfuur te weten komen.

Hij kwam langs een fel verlichte krantenkiosk, waar schreeuwerige boulevardbladen concurreerden met kleurrijke tijdschriften. Toen zag hij het beroemde gezicht dat hem aanstaarde vanaf de omslag van de internationale editie van *Time*. De heldere ogen achter de breedgerande bril schitterden zoals ze altijd deden, vol hoge intelligentie – op het eerste gezicht kil, maar op de een of andere manier warmer naargelang je er langer naar keek. Misschien verzacht door een begrip zoals weinigen op deze aarde het bezaten. Hij was het met de uitstaande jukbeenderen en de adelaarsneus, de volle lippen die zulke unieke woorden konden voortbrengen. *Een man van alle markten thuis, bekend bij alle volkeren.* Zo luidde het eenvoudige onderschrift bij de foto. Geen naam, geen titel; geen van beide waren nodig. De wereld kende de Amerikaanse minister van buitenlandse zaken, luisterde naar zijn redelijke, bedachtzame stem en begreep. Dit was een man voor iedereen; hij reikte over de grenzen en over de taalgebieden en hij stond boven de nationale dwaasheden. Er waren mensen die geloofden – en Michael was een van hen – dat de wereld ofwel zou luisteren naar Anthony Matthias of hij zou tot ver in de ruimte aan gruizels worden geblazen.

Anton Matthias. Vriend, mentor, plaatsvervangend vader. Wat de Costa Brava betrof was hij ook een pop geweest. *Wie zou dat durven?*

Terwijl Havelock verschillende bankbiljetten op de toonbank neertelde en het tijdschrift meenam, herinnerde hij zich leven-

dig het handgeschreven briefje dat de strategiebepalers in Washington op nadrukkelijk verzoek van Anton hadden bijgesloten bij het vier-nullendossier dat naar Madrid was gebracht. Uit hun korte gesprekken in Georgetown had Matthias een idee gekregen hoe diep zijn gevoelens waren voor de vrouw die hem de afgelopen acht maanden was toegewezen. De staatsman had hem er een beetje mee geplaagd; wanneer een mede-Tsjech die de veertig was gepasseerd en die in Michaels vak zat besloot om zich te concentreren op één vrouw, dan waren er onherstelbare klappen toegebracht aan de Slavische historie en aan de moderne romanschrijverij.
Maar die plagende toon had niet doorgeklonken in het briefje van Matthias.

Moje Rozmil Syn
Wat hierbij is ingesloten doet mijn hart even erg pijn als het jouwe. Jij die zoveel hebt geleden in de dagen van weleer en die jezelf zo briljant en onbaatzuchtig hebt gewijd aan het land dat je opnam gedurende de laatste jaren, jij moet opnieuw pijn lijden. Ik heb een volledige bevestiging geëist en gekregen van deze ontdekkingen. Als je er hierna uit wilt stappen mag je dat natuurlijk doen. Je hoeft je niet verplicht te voelen door bijgaande aanbevelingen. Een land kan niet alles van je verlangen en jij hebt jezelf gegeven met ere en met meer dan dat. Misschien is nu de woede waarover we jaren geleden spraken, de razernij die jou tot dit verschrikkelijke leven heeft gedwongen, wat afgezwakt zodat je kunt terugkeren naar een andere wereld die de inspanningen van jouw geest nodig heeft. Ik hoop het vurig.

Milotavi, pritel,
Anton M.

Havelock spande zich in om niet meer aan het briefje te denken; het diende enkel om het onbegrijpelijke te verergeren. Verificatie: positief. Hij sloeg het tijdschrift open en zocht het artikel over Matthias. Er stond niets nieuws in, enkel een samenvatting van zijn meer recente successen op het gebied van bewapeningsonderhandelingen. Het eindigde met de opmerking dat de minister van buitenlandse zaken was vertrokken voor een vakantie op een niet genoemde plaats. Michael glimlachte; hij wist waar dat was. Een hut in de Shenandoah-

Vallei. Het was heel goed mogelijk dat hij voor het einde van de nacht een tiental codes zou gebruiken om die berghut te bereiken. Maar pas wanneer hij ontdekt had wat er gebeurd was; hij zou Matthias niet benaderen voordat hij de afschuwelijke *danse macabre* begreep. Want ook Anton Matthias was erdoor geraakt.

De mensenmenigten onder de gigantische koepel van het Ostia-station waren afgenomen, nu de laatste treinen uit Rome vertrokken waren of op het punt stonden te vertrekken. Havelock trok zijn koffer uit de kluis en keek om zich heen naar een teken: dat moest ergens zijn. Het zou evengoed een verspilling van tijd kunnen zijn maar hij dacht van niet; het was tenminste een plaats om te beginnen. Hij had het gezegd tegen de inlichtingenman-attaché in het café aan de Via Pancrazio.

'Ze stond met een conducteur te praten enkele tellen voordat ze uitstapte. Ik weet zeker dat ik hem kan opsporen.'

Michael redeneerde dat iemand die op de vlucht was niet alleen maar voor de gezelligheid zomaar een gesprek begon met een conducteur; zo iemand had te veel aan haar hoofd. En in elke stad zijn er van die buurten waar mannen en vrouwen die willen onderduiken dat kunnen doen, waar contanten de enige valuta vormen, monden worden dichtgehouden en hotelregisters zelden de juiste identiteit aangeven. Jenna Karras kende misschien de namen van zulke buurten, zelfs de straten, maar ze kende Rome zelf niet – dat had ze niet gekend. Je zou je kunnen voorstellen dat iemand die op de vlucht was in een stad waar gestaakt werd liever de weg zou vragen aan iemand die het kon weten.

Er hing een bord aan de muur en een pijl wees naar een rij kantoren.

Amministratore della Stazione.

Vijfendertig minuten later, na de chef van de nachtdienst ervan overtuigd te hebben dat het van het hoogste belang was, en dat zowel hij als de conducteur er financieel beter van zouden worden als de conducteur werd opgespoord, had hij het adres van de man die dienst had gehad in de wagons *Tre, Quattro* en *Cinque* voor de binnenlopende trein op *Binario Trentasie*, te 20.30 die avond. Daar de spoorwegen een staatsbedrijf was zat er een foto op het personeelsformulier. Het was dezelfde man die hij met Jenna Karras had zien praten.

Bij zijn kwalificaties stond dat hij vloeiend Engels sprak. *Livello uno.*

Hij beklom de versleten stenen trappen van het flatgebouw naar de vijfde verdieping, vond de naam *Mascolo* op de deur en klopte. De conducteur had blozende wangen en ging gekleed in een wijde flodderbroek die door brede bretels werd opgehouden over een onderhemd. Zijn adem rook naar goedkope wijn en zijn ogen stonden niet helemaal helder meer. Havelock haalde een biljet van vijfduizend lire uit zijn zak.

'Wie kan zich nu één passagier herinneren tussen duizenden?' protesteerde de man die aan de keukentafel tegenover Michael zat.

'Ik weet zeker dat u het kunt,' zei Havelock en hij haalde nog een biljet te voorschijn. 'Denk eens na. Zij was waarschijnlijk een van de laatste mensen met wie u op die trein hebt gesproken. Vrij groot, een breedgerande hoed... u stond in het halletje.'

'*Si! Naturalmente. Una bella ragazza!* Ik weet het weer! De conducteur pakte het geld aan en dronk van zijn wijn; hij boerde en ging verder. 'Ze vroeg mij of ik wist waar ze de aansluiting kon vinden naar Civitavecchia.'

'Civitavecchia? Dat is een stad ten noorden van Rome, is 't niet?'

'*Si.* Een zeehaven aan de Tyrrheense Zee.'

'Wist u het?'

'Er lopen maar heel weinig treinen tussen Rome en Civitavecchia, *signore*, en zeker niet op dat uur. Het is hooguit een stoptrein voor goederen, geen passagiers.'

'Wat hebt u haar gezegd?'

'Precies dat. Ze leek me redelijk gekleed, daarom stelde ik voor dat ze met een taxi zou onderhandelen voor een rond bedrag. Als ze er eentje kon vinden. Rome is een *manieomio di pazzi*!'

Havelock bedankte met een hoofdknik, legde nog een biljet op tafel, stond snel op en liep naar de deur. Hij keek op zijn horloge; het was twintig over een in de ochtend. Civitavecchia. Een zeehaven aan de Tyrrheense Zee. Schepen die de haven verlieten op een bepaalde dag voeren steeds uit bij het eerste licht. Bij zonsopgang.

Hij had net ongeveer drie uur om in Civitavecchia te komen, de kades af te zoeken, een pier te zoeken, een schip te zoeken... een niet-geregistreerde passagier te zoeken.

5

Hij rende de marmeren lobby van het hotel in de Piazza Bernini uit, blindelings de kronkelende straatjes in, totdat hij bij de Via Veneto kwam. De portier van het hotel had hem niet kunnen helpen, hoewel hij erg zijn best gedaan had: aangespoord door een stapel bankbiljetten had hij tevergeefs op de telefoonhaak geslagen en nummers geschreeuwd tegen een slaperige telefoniste. Erg veel pijlen had de nachtportier niet op zijn boog: hij zag geen kans een auto te huren.

Havelock bleef stilstaan om op adem te komen terwijl hij de lichten van de Via Veneto bekeek. Sommige waren al uit vanwege het late uur, maar een aantal cafés en Hotel Excelsior waren nog verlicht. Iemand moest hem helpen – hij moest naar Civitavecchia! *Hij moest haar vinden. Hij mocht haar niet kwijtraken.* Niet weer, nooit weer! Hij moest haar bereiken en haar vasthouden en haar vertellen dat er vreselijke dingen met hen gebeurd waren; dat moest hij haar keer op keer vertellen, totdat ze de waarheid in zijn ogen las en die waarheid in zijn stem hoorde; totdat ze de liefde zag die hij zo diep voelde, en de onverdraaglijke schuld begreep die hem nooit verliet – want hij had die liefde vermoord.

Hij begon weer te rennen, eerst het Excelsior binnen, waar de arrogante portier zelfs voor de meest exorbitante sommen geld geen belangstelling toonde. 'U moet me helpen!'

'U bent niet eens een gast, *signore*,' zei de man, terwijl hij naar links keek.

Langzaam draaide Michael zijn hoofd om. Aan de overkant van de lobby bekeken twee agenten het tafereel. Ze overlegden met elkaar; kennelijk stond het nachtwerk van het Excelsior onder openlijke officiële controle. Handelaars in capsules en pillen, wit poeder en spuiten, deden hun werk op de wereldberoemde boulevard. Een van de mannen in uniform stapte op hem af. Havelock draaide zich om en liep snel naar de ingang; weer rende hij de halfverlaten straat in, naar de dichtstbijzijnde felle lichtbron.

De vermoeide *maître d'hotel* van het Café de Paris noemde hem een *capo zuccone*. Wie had er nu op dit uur een auto te huur voor een vreemdeling? De Amerikaanse manager van een derderangs versie van een Third Avenue-bar zei dat hij kon gaan wieberen.

Opnieuw kronkelende straten, weer het zweet dat uit zijn haar droop en langs zijn wangen liep. Het Hassler – de Villa Medici! Hij had de naam van het chique hotel gebruikt in de winkel bij het Ostia-station...

De receptionist die nachtdienst had in het Villa Medici Hassler-hotel was vindingrijk geweest en daardoor een stuk rijker geworden. Hij kende de directeur van een autoverhuurbedrijf die bereid was geweest om halftwee 's morgens uit bed te komen en Michael een Fiat te verhuren; ook hij was beloond voor zijn ongemak. De directeur had hem ook een wegenkaart van Rome verschaft waarop hij de meest directe weg naar Civitavecchia had aangegeven. Havelock was tegen kwart over drie in de havenstad aangekomen, om kwart voor vier was hij langs de waterkant op en neer gereden en had alles goed bekeken tot hij een beslissing nam waar hij zijn wagen zou parkeren en zijn speurtocht naar Jenna Karras zou beginnen.

De meeste havens hadden wel zo'n gedeelte waar de schijnwerpers de hele nacht lang de pieren verlichtten en waar het werk nooit stillag; waar ploegjes dokwerkers en matrozen samen werkten als trage robots, kriskras door elkaar heen lopend – mens en machine in een kortdurend conflict – om de ruimen te laden en de gigantische ketels en de ouderwetse motoren voor te bereiden van de grote schepen die spoedig weer zouden uitvaren. Waar kroegen en koffiehuizen lagen langs mistige stegen met hier en daar het vage schijnsel van straatlantaarns: toevluchtsoorden waar de scherpste whisky geschonken en het vetste eten geserveerd werd.

Aan de noord- en de zuidkant lagen de kleinere pieren, waar de silhouetten van masten en vallen tegen het maanlicht op en neer zwaaiden, smerige haventjes voor de vissersboten en de treilers die zich niet verder dan veertig kilometer van de kust waagden, naar die plekken in het water waar de kapiteins, volgens hun tientallen jaren van ervaring en traditie, de meest overvloedige vangsten konden ophalen. Op die plaatsen zou Jenna Karras niet zijn, waar boten met zonsopgang uitvoeren om dan weer terug te keren bij zonsondergang. Ze zou zich ergens schuilhouden in dat complex van grotere, steviger pieren, waar schepen op het getij en de kaarten rekenden en naar andere havens en andere landen voeren.

Ze was ergens in dit gedeelte van de waterkant waar warrelende mistbanken aanrolden vanuit zee over de opslagplaatsen, door verspreide plassen van schijnwerperlicht en het gehamer van nachtarbeiders. Ze zou zich schuilhouden – uit het zicht van wie haar niet mochten zien: *controllori* van de pieren, in staatsdienst en in dienst van de scheepvaartmaatschappijen om een oog te houden op stoffelijke en menselijke smokkelwaren. Een paar waren er ongetwijfeld ook betaald door andere bronnen, maar toch mocht ze niet worden gezien; het zou mensen in verlegenheid brengen. Houd haar verborgen; er komt wel een moment waarop ze aan boord gebracht kan worden.

Welke pier? Welk schip? Waar ben je, Jenna?

Er lagen drie vrachtschepen van niet te grote tonnage, naast elkaar gemeerd aan drie van de vier grote vrachtopslagplaatsen. Aan de vierde lagen twee kleinere vaartuigen – barken – met transportbanden en machines met dikke buizen, die grondstoffen transporteerden en in de open ruimen pompten. Ze zou aan boord van een van de vrachtschepen worden gebracht; het eerste wat hem te doen stond was uitvinden hoe laat elk schip vertrok.

Hij parkeerde de Fiat tegenover de vier pieren in een zijstraat die de *viale* kruiste. Hij stak de brede weg over, opzijspringend voor bestelwagens en vrachtwagens, naar de eerste pier links, naar de poort die werd bewaakt door een bewaker in uniform, een beambte die niet werd geplaagd door het bezit van enige beleefdheid. Hij deed vervelend en de moeite die hij moest doen om het nauwelijks vloeiende Italiaans van Havelock aaneen te rijgen droeg nog bij tot zijn vijandigheid.

'Waarom wilt u dat eigenlijk weten?' vroeg de bewaker, breeduit in de deur van het wachthuisje, 'wat hebt u daarmee te maken?'

'Ik probeer iemand te vinden die misschien passage heeft geboekt,' zei Michael, in de hoop dat de woorden die hij gebruikte zijn bedoeling duidelijk genoeg zouden uitdrukken.

'*Passaggio? Biglielto!?* Wie koopt er nou een kaartje op een Portugese vrachtboot?'

Havelock zag zijn kans schoon; hij boog zich wat naar voren, keek om zich heen terwijl hij sprak. 'Dit is het schip dus. Vergeef me dat ik uw taal zo moeilijk spreek, *signore controllore*. Dat is onvergeeflijk. Ik ben eigenlijk van de Portugese ambassade in Rome. Op mijn manier een... inspecteur... net als

u. We hebben gehoord dat er bepaalde onregelmatigheden zijn gebeurd met dit schip. Elke medewerking van uw kant zouden we rechtstreeks kunnen doorgeven aan uw superieuren.'
Het menselijke ego, geconfronteerd met een kans om vooruit te komen, bleek ook bij een staatsbeambte gekieteld te kunnen worden, niettegenstaande zijn lage rang. De vijandige bewaker werd ineens een en al beleefdheid en hij ging opzij staan om de *straniero importante* door te laten.
'*Scusatemi, signore!* Ik verstond u niet. Wij die deze holen van corruptie in de gaten houden moeten met elkaar samenwerken, *no*? En als mijn superieuren waarlijk... in Rome natuurlijk.'
'Natuurlijk. Niet hier.'
'Natuurlijk. Niet hier. Hier zijn het bruten. Kom binnen, kom binnen. Het zal wel kil voor u zijn.'
De *Miguel Cristobal* moest om vijf uur uitvaren. Haar kapitein was een man die Aliandro heette, die de laatste twaalf jaar in de stuurhut van de *Cristobal* had gestaan, een schipper die elk eiland, elke ondiepte in het westen van de Middellandse Zee kende, zo zei men.
De twee andere vrachtschepen voeren onder Italiaanse vlag, de bewakers aan de poorten werkten lusteloos mee, volkomen bereid om alle informatie te verschaffen die de raar pratende vreemdeling vroeg. Wat hij wilde weten kon hij uit elke krant halen onder *Navi Informazione-Civitavecchia*, pagina's die er gewoonlijk uit gescheurd werden en tegen de muren geprikt van de verschillende cafés langs de waterkant. Ze kwamen van pas wanneer bemanningsleden dronken werden en hun vaarschema's vergaten.
De *Isola d'Elba* vertrok om halfzes, de *Santa Teresa* twintig minuten later om tien voor zes.
Havelock begon weg te lopen van de derde poort, hij keek op zijn horloge. Het was acht minuten over vier; zo weinig tijd nog, zo veel te doen. Uit te zoeken.
Jenna! Waar ben je?
Hij hoorde het geluid van een bel achter zich. Het weerklonk plotseling, schel, met trillingen die elkaars echo vormden, een buitenbel die hoorbaar moest zijn boven het geschreeuw uit en de machines op de pieren. Het indringende gebel alarmeerde hem; hij draaide zich snel om. De bewaker was het glazen hokje binnengestapt dat zijn wachthuis vormde en stond aan

de telefoon. De woordenstroom van oplettende *si's* benadrukte het feit dat wie er ook aan de andere kant van de lijn stond, bevelen gaf die duidelijk begrepen moesten worden.
Michael was niet gesteld op telefoons en op wachtposten bij wegversperringen. Even was hij er niet zeker van of hij weg moest rennen of niet. Het antwoord volgde meteen, er hoefde geen beslissing te worden genomen. De bewaker legde de hoorn neer en stak zijn hoofd om de deurpost.
'U daar! U wilt toch zoveel weten over die stinkschuit, hier is iets anders! De *Teresa* blijft liggen. Ze vaart niet uit voordat zes verdomde vrachtwagens uit Turijn hier zijn aangekomen, en dat kan nog wel acht uur duren. De bonden zullen die rotzakken laten betalen, dat kan ik u wel vertellen! En dan krijgt de bemanning nog een boete omdat ze zat zijn! Stelletje rotzakken, allemaal!'
De *Teresa* deed dus niet meer mee, voorlopig althans niet. Hij kon zich concentreren op de *Elba* en de *Cristobal*. Als Jenna aan boord van de *Teresa* gesmokkeld moest worden dan had hij nog uren de tijd, maar niet als het een van de andere twee was. Welke van de twee het ook was, hij had nog maar een paar minuten speling. Die moest hij verstandig gebruiken, snel, er zo weinig mogelijk verspillen. Zijn benadering moest direct zijn: er was geen tijd voor subtiele plannen en tegenplannen, geen tijd om behoedzaam te informeren en zijn doelwitten langzaam uit te kiezen, voorzichtig, zich bewust van wie hem mogelijk in de gaten hield. Er was enkel tijd voor geld – als hij mensen kon vinden die dat aan wilden nemen. En geweld – als diezelfde mensen struikelen over hun leugens en daarmee te kennen gaven dat ze de waarheid wisten.
Havelock liep snel terug naar de tweede poort waarachter de *Isola d'Elba* aan de kade lag en veranderde zijn verhaal enigszins voor de lusteloze bewaker. Hij wilde een paar bemanningsleden van het vaartuig spreken, die waarschijnlijk aan wal waren en wachtten op het loeien van de scheepshoorn. Zou de bereidwillige beambte, nadat hij een handdruk had gekregen waarin een paar duizend lire was gevouwen, misschien weten welke cafés aan de waterkant meestal bezocht werden door de bemanning van de *Elba*?
'Ze blijven bij elkaar, *no, signore*? Als er gevochten wordt dan willen zeelui hun vrienden in de buurt hebben, zelfs degenen aan wie ze aan boord de pest hebben. Probeert u Il Pinguino

eens. Of misschien La Carozza Mare. In de eerste kroeg is de whisky beter maar het eten is om te kotsen. Het is beter in La Carozza.'
De eens vijandige maar nu onderdanige bewaker aan de poort van de *Cristobal* was meer dan bereidwillig; hij stroomde over van vertrouwelijkheid.
'Er is een café aan de Via Maggio waar heel wat zaken van eigenaar verwisselen, naar men zegt.'
'Zou de bemanning van de *Cristobal* daar zijn, beste vriend?'
'Een paar misschien. De Portugezen blijven meestal bij elkaar, natuurlijk. Niemand vertrouwt hen... niet u, *signore*! Ik heb het enkel over het schuim van de zee. Overal hetzelfde. Niet u, de hemel sta me bij!'
'Mag ik de naam, alstublieft?'
'*Il Tritone.*'
Hij had er minder dan twaalf minuten voor nodig om het café te bereiken. Michael liep door de zware deuren naar binnen, onder een lomp bas-reliëf door van een naakte man-vis, en kwam terecht in de rauwe, smerige atmosfeer van een zeemanskroeg. De rook hing er dicht, de stank van verschaalde whisky was nog indringender. Tussen de tafels stonden schreeuwende mannen; anderen stonden te wankelen. Verschillenden waren onderuit gegaan en lagen met hun hoofd op hun gekruiste armen, met plasjes alcohol rond hun handen en neusgaten en behaarde wangen.
Havelock zocht de oudst uitziende man achter de bar uit en benaderde hem eerst met drie vragen en toen met zijn voorstel.
'Zijn er hier mensen van de *Cristobal*?'
'*Portoghese*?'
'*Si.*'
'Een paar... daarginds geloof ik.'
Michael keek door de rook en langs de zwaaiende lichamen naar een tafel aan de andere kant van het vertrek. Er zaten vier mannen.
'Hoe zit het met de *Isola d'Elba*?' vroeg hij, terwijl hij zich weer tot de barkeeper wendde.
'*Porchi!*' antwoordde de man. 'Zwijnen! Als die hier binnenkomen smijt ik ze eruit! Tuig!'
'Mooi stel moet dat zijn,' zei Havelock terwijl hij de klantenkring van de Tritone bekeek. Zijn hart bonsde in zijn keel bij

de gedachte dat Jenna tussen zulke mannen zou verkeren.
'Als u mensen wilt van de *Elba* dan moet u naar Il Pinguino gaan. Daarginds, hen kan het niet schelen.'
Michael haalde een bankbiljet van vijfduizend lire te voorschijn en legde het voor de barkeeper neer. 'Spreekt u Portugees? Genoeg om u verstaanbaar te maken?'
'Als je hier wat wilt verdienen dan moet je je minstens in een half dozijn talen verstaanbaar kunnen maken.' De man stak het geld in zijn voorschoot en voegde eraan toe: 'Ze spreken ongetwijfeld Italiaans... waarschijnlijk beter dan u, *signore*. Laten we daarom maar Engels spreken. Wat wilt u dat ik doe?'
'Daarachter staat een lege tafel,' zei Havelock, terwijl hij opgelucht van taal veranderde en met zijn hoofd naar de linker achterhoek van het café gebaarde. 'Daar ga ik zitten. U gaat naar die mannen toe en zegt hen dat ik met hen wil praten... een voor een. Als u denkt dat ze me niet zullen verstaan dan komt u met iedere man mee om mijn tolk te zijn.'
'*Interprete?*'
'*Si.*'
'*Bene.*'
Een voor een kwamen de Portugese zeelui naar het tafeltje, niemand begreep er wat van, twee spraken vloeiend Italiaans, eentje Engels, een had de hulp van de tolk nodig. Tegen ieder van hen zei Michael hetzelfde.
'Ik zoek een vrouw. Het is een onbelangrijke zaak, niets om je zorgen over te maken; noem het maar een hartsaangelegenheid. Het is een vrouw die ineens domme dingen doet; die hebben we allemaal wel eens gekend, nietwaar? Maar nu is ze misschien te ver gegaan en kan ze in moeilijkheden komen. Ik heb gehoord dat ze een vriend heeft op de *Cristobal*. Het kan zijn dat ze op de pier heeft rondgezworven, waarschijnlijk met een regenjas aan en een breedgerande hoed op. Hebt u zo iemand gezien? Als dat zo is dan zou u wel eens heel wat meer geld op zak kunnen krijgen dan u nu hebt.'
En hij gaf iedere man uitleg voor zijn oproep die de zeeman kon doorvertellen aan zijn kornuiten, samen met drieduizend lire.
'Wat je me ook vertelt, het blijft onder ons. Meer voor mijn bestwil dan voor de jouwe. Wanneer je teruggaat naar je eigen tafel, kun je hetzelfde vertellen wat ik tegen iedereen zeg. Ik wil sex met iemand voordat ik uit Civitavecchia vertrek,

maar daarbij kan ik geen klojo gebruiken die geen papieren wil achterlaten bij de receptie van een hotel. Vrijgegeven door mij. Duidelijk?'

Pas bij de derde man gaf de barkeeper, die erop stond aanwezig te zijn bij ieder gesprek, Havelock een duidelijke waarschuwing. 'Deze laat zijn papieren achter bij een receptie,' zei hij.

'Dan is hij niet mijn type.'

'Bene!'

'Grazie.'

'Prego.'

Niets. Niemand had zo'n vrouw gezien of over haar gehoord op de pier van de *Cristobal*. De vier Portugese zeelui gingen weer door met drinken.

Havelock bedankte de stomverbaasde oude man naast hem en duwde nog een biljet in de zak van zijn voorschoot. 'Hoe kom ik in Il Pinguino?' vroeg hij.

'De bemanning van de *Elba*?'

'Precies.'

'Ik ga met u mee,' zei de barkeeper terwijl hij zijn voorschoot afdeed en het geld in zijn zak stak.

'Waarom?'

'U komt me voor als een fatsoenlijke man. Ook als een stommeling. Als u *Il Pinguino* binnenwandelt en vragen gaat stellen dan is uw geld voor iedereen. Er is alleen maar een zeeman voor nodig met een stiekem mes.'

'Ik kan wel op mezelf passen.'

'U bent niet alleen een stommeling, u bent een grote stommeling. Ik ben de eigenaar van *Il Tritone*; in de *Pinguino* hebben ze respect voor mij. Met mij zult u veiliger zijn. U geeft te snel geld uit.'

'Ik heb haast.'

'*Presto!* Laten we dan opschieten. Het is geen beste morgen hier. Niet zoals vroeger, toen je wist dat een halve pens vol genoeg was. Je proeft het in je keel, weet u dat? Die rotzakken verwarren gezelligheid met vergetelheid. *Vieni!*'

Het café vijf straten verder haalde bij Michael herinneringen naar boven, herinneringen aan een leven waarvan hij dacht dat het voorbij was. Hij was op te veel plaatsen geweest in dat andere leven; het was een riool dat hij had uitgebannen. Als *Il Tritone* beschikte over een smerige sfeer, verhuld door

het uitschot van de mensheid, dan nam *Il Pinguino* het restant daarvan en beschouwde dat als *primi clienteli*. De rook hing er dichter, het geschreeuw klonk luider; mannen wankelden er niet, ze deden een uitval naar je... naar niets en alles... slechts bezeten door de gewelddadigheid in hun geest.
De eigenaar van *Il Tritone* werd door zijn collega begroet binnen enkele tellen nadat hij Havelock door de deur had geduwd. De *proprietario* van de Pinguino zag eruit zoals je in zo'n omgeving kon verwachten. Hij had maar een paar tanden en armen die afhingen als gigantische, harige kazen. Hij was niet zo breed als Michaels nieuwe vriend, maar hij straalde een soort gewelddadigheid uit die deed denken aan een wild zwijn, dat snel boos kon worden.
De mannen begroetten elkaar met een snelle woordenvloed en pretendeerden er weinig hartelijkheid bij. Maar respect was er wel, zoals de eigenaar van *Il Tritone* had gezegd dat er zou zijn en de regelingen werden snel getroffen, met zo weinig mogelijk uitleg.
'De Amerikaan is op zoek naar een vrouw. Het is een *malinteso* en ze gaat ons niks aan,' zei de eigenaar van *Il Tritone*. 'Misschien vaart ze met de *Elba* mee en heeft een van die dieven hier haar gezien. Hij wil betalen.'
'Dan mag hij wel opschieten,' antwoordde de norse eigenaar van *Pinguino*. De stokers zijn een uur geleden al vertrokken: die zweten zich nu onderhand al kapot. De tweede stuurman kan hier elke minuut komen opdagen om de rest van de bemanning op te pikken.'
'Hoeveel zijn er?'
'Acht, tien, wie zal het zeggen? Ik tel lires, geen gezichten.'
'Laat een van je mensen rondlopen en het zacht vragen, zoek ze uit en zeg mij wie ze zijn. Maak een tafeltje vrij voor mijn kameraad hier. Ik zal ieder van hen naar hem toebrengen.'
'Jij geeft bevelen alsof we hier in de *Tritone* zijn.'
'Omdat ik jou dezelfde dienst zou bewijzen, ook al was mijn tong even dik als de jouwe nu is. Je kunt maar nooit weten, nietwaar? Misschien heb jij morgen mijn hulp wel nodig. Elk zwijn van de *Elba* levert jou tienduizend lire op.'
'*Bene*.' De eigenaar van de *Pinguino* liep terug naar de bar.
'Deze mensen moet u geen uitvlucht geven om met u te praten, net als u dat deed met de *Portoghese*,' zei Michaels metgezel. 'Voor hen had u dat goed bedacht, maar niet voor de-

ze. Er is geen tijd en in hun dronkenschap zouden ze het wel eens verkeerd kunnen begrijpen. Flessen worden hier snel kapotgeslagen.'

'Wat moet ik dan zeggen? Ik moet ze uit elkaar houden, ieder een reden geven om alleen met me te praten. Ik kan ze niet allemaal tegelijk aanspreken. Misschien weet er eentje iets, maar vertelt hij dat niet waar de anderen bij zijn.'

'Klopt. Daarom zegt u tegen iedereen dat u hem alleen vertrouwt. De anderen – zo hebt u gehoord – zijn niet te vertrouwen. U hebt met hen alleen voor de schijn gesproken omdat uw zaak de *Elba* betreft. Dat zal genoeg zijn.'

'Ik ben een vreemdeling. Wie zou mij zoiets vertellen?'

'Een man die zijn klanten kent, de man die u betaald hebt. De eigenaar van *Il Pinguino*.' De eigenaar van *Il Tritone* grijnsde. 'Wanneer ze eenmaal weer in de haven zijn komt hij helemaal onder de stront te zitten. Hij zal elke avond de *carabinieri* nodig hebben.'

Een voor een, op hun hoede, in uiteenlopende fasen van bedwelming, kwam de rest van de bemanning van de *Elba* aan het tafeltje zitten en luisterde naar het Italiaans van Havelock dat snel vloeiender werd, want hij stelde steeds dezelfde vraag. En bij iedere man zocht hij nauwlettend het gezicht af, de ogen, zocht naar een reactie, een flits van herkenning, naar het kort afwenden van een blik om een leugen te verbloemen. Bij de zesde man dacht hij het gevonden te hebben: het lag in zijn lippen, een plotseling trekken dat niets te maken had met door whisky verslapte spieren. Verder de doffe ogen die nog matter stonden door het instincieve verlangen om niet te luisteren: deze man wist iets.

'Je hebt haar gezien, nietwaar?' zei Michael, in het Engels omdat hij zo gespannen was

'*Ascolta*,' kwam de eigenaar van *Il Tritone* tussenbeide. '*In Italiano, signore*.'

'Sorry.' Havelock herhaalde de vraag, die meer als een beschulding klonk, in het Italiaans.

De zeeman haalde als antwoord zijn schouders op, ging verzitten en begon op te staan. Michael stak snel zijn hand uit en greep de arm van de matroos vast. Nu was de reactie dreigend; de zeeman kneep zijn waterige, roodomrande oogjes halfdicht, zijn mond zag er uit als die van een kwaaie hond, zijn lippen gingen vaneen en vieze, gele tanden werden zichtbaar.

'*Rilassati,*' beval de eigenaar van *Il Tritone.* Toen ging hij over op de andere taal en sprak snel in fluisterend Engels: 'Laat hem geld zien. Snel! Dat zwijn zal u bij de keel grijpen en ze vallen met z'n allen over u heen en u komt niets te weten. U hebt gelijk. Hij heeft haar gezien.'
Havelock liet de arm van de man los, greep in zijn zak en haalde een dik pak onhandig kleine bankbiljetten te voorschijn. Hij haalde er twee biljetten uit en legde ze voor de zeeman neer; samen waren ze veertigduizend lire waard – een dagloon aan boord van het schip.
'Zoals je ziet,' zei hij in zijn beste Italiaans, 'heb ik hier nog meer. Je kunt het me niet afnemen, maar ik kan het je wel geven. Aan de andere kant kun je weglopen en me niets vertellen.' Michael zweeg, leunde achterover op zijn stoel en staarde de man met vijandige blik aan. 'Maar ik kan het je wel moeilijk maken. En dat zal ik doen ook.'
'*In che mado*?' Het bemanningslid was al even kwaad als verward en zijn ogen schoten van Havelocks gezicht naar het geld en naar de eigenaar van *Il Tritone*, die roerloos bleef zitten en door zijn verstrakte houding aangaf dat hij zich bewust was van het gevaar dat in Michaels tactiek lag.
'Nou?' Havelock boog voorover en zijn vingers trokken de bankbiljetten naar zich toe, alsof hij twee beslissende kaarten in een spelletje *baccarat* terugtrok. 'Ik zal naar de *Elba* gaan en je kapitein opzoeken. Wat ik hem ook ga vertellen over jou, hij zal het niet leuk vinden.'
'*Che chosa? What...*? Wat kunt u hem over mij vertellen dat hij zou *sentire*?' Het plotselinge, zij het gebrekkig overschakelen van de zeeman op Engels kwam onverwacht. Hij sprak de eigenaar van *Il Tritone* aan. 'Misschien zal dit zwijn jou wel bij de keel grijpen, ouwe. Ik heb geen hulp van anderen nodig. Voor jou niet en voor deze *ricco Americano* niet.' De man trok de rits van zijn ruw-wollen jack open: het heft van een mes stak uit een schede die vastzat aan zijn broekriem: zijn hoofd zwaaide heen en weer door de uitwerking van de whisky. Even hing alles aan een zijden draad.
Abrupt, en zonder waarschuwing vooraf dat hij het zou gaan doen, ging Havelock rechtzitten op zijn stoel en lachte zacht, zonder rancune. Het was een echte lach, helemaal niet vijandig of uitdagend en dat verwarde de zeeman nog meer. '*Bene!*' zei Michael. Plotseling boog hij zich weer naar voren en

trok nog twee biljetten van vijfduizend lire uit zijn pakje losse bankbiljetten. 'Ik wou uitzoeken of je lef had en dat heb je me laten zien. Goed! Een vent die geen lef heeft weet niet wat hij ziet. Hij verzint dingen omdat hij bang is... of omdat hij geld ziet.' Havelock greep de hand van de man bij de pols vast en forceerde de handpalm open. Het was een stevige maar wel vriendschappelijke greep, bedoeld om de zeeman te laten merken hoe sterk hij was. 'Hier! Vijftigduizend lire. We gaan geen ruzie maken. Waar heb je haar gezien?'

De abrupte stemmingswisselingen gingen het begrip van de man te boven. Hij was onwillig om de uitdaging te laten lopen, maar de combinatie van het geld, de greep en de vertrouwelijke, aanstekelijke lach deden hem terugkrabbelen, aanvankelijk aarzelend.

'Bent u... gaat u naar mijn kapitein?' vroeg de zeeman in het Engels, met waterige ogen.

'Waarom? Je hebt het me net verteld. Hij heeft er niks mee te maken. Waarom haal je die *farabutto* erbij? Laat die zijn eigen geld maar verdienen. Waar heb je haar gezien?'

'Op straat. *Bionda regazza. Bella. Largo capello.*'

'Blond, aantrekkelijk. Breedgerande hoed... Dat is ze. Waar? Wie was er bij haar? Een stuurman, een scheepsofficier? *Un ufficiale*?'

'Niet de *Elba*. Het volgende schip. *Barca mercantile.*'

'Er zijn er maar twee. De *Cristobal* en de *Teresa*. Welke?'

De man keek om zich heen met knikkend hoofd en ogen die dof stonden. 'Ze stond te praten met twee mannen... eentje een *capitano*.'

'Welke?'

'*A destra*,' fluisterde de zeeman en hij wreef met de rug van zijn hand over zijn vochtige lippen.

'Rechts?' vroeg Michael snel. 'De *Santa Teresa?*'

De matroos wreef nu over zijn kin en knipperde met zijn ogen; ineens was hij bang, ineens richtten zijn ogen zich op een punt links van de tafel. Hij haalde de schouders op, frommelde het geld bijeen in zijn rechterhand en schoof zijn stoel achteruit. '*Non conosco. Niente. Una prostituta di capitano.*'

'*Mercantile Italiano?*' drong Havelock aan. 'Het Italiaanse vrachtschip? De *Santa Teresa*?'

De zeeman stond op, zijn gezicht zag bleek. '*Si... No! Destra... sinistra!*' De ogen van de man waren nu strak gericht op een

punt aan de andere kant van het vertrek; Michael draaide onopvallend zijn hoofd om. Drie mannen aan een tafeltje tegen de muur hielden het bemanningslid van de *Elba* in de gaten, ‘*Il capitano. Un marinaio superiore! Il migliore!*’ riep de zeeman schor uit. ‘Ik weet verder niets, *signore*!’ Hij liep wankelend weg en werkte zich met zijn schouders door de lijven heen die bij de bar stonden, in de richting van de uitgang naar het steegje.
‘U speelt een gevaarlijk spelletje,’ luidde het commentaar van de eigenaar van *Il Tritone*. ‘Het had ook anders uit kunnen vallen.’
‘Met zo’n ezel – dronken of niet – is er nog nooit iets beters geweest dan de wortel en de zweep,’ zei Havelock; hij hield zijn hoofd nog steeds iets opzij en keek nog steeds naar de drie mannen aan het tafeltje aan de andere kant van het vertrek.
‘U had net zo goed een bebloede buik kunnen hebben, zonder iets te weten te komen.’
‘Maar ik weet iets.’
‘Niet erg veel. Een vrachtschip aan de rechterkant, aan de linkerkant. Welke kant?’
‘Hij zei het eerst aan de rechterkant.’
‘Van de pier af lopend, of er naartoe lopend?’
‘Vanuit zijn gezichtspunt. Er naartoe lopend. *Destra*. De *Santa Teresa*. Ze zal aan boord worden gebracht van de *Santa Teresa*, en dat betekent dat ik tijd heb om haar te vinden voordat ze het afgesproken teken krijgt. Zij is ergens binnen gezichtsafstand van de kade.’
‘Dat weet ik nog niet zo zeker,’ zei de eigenaar van *Il Tritone*, en hij schudde zijn hoofd. ‘Onze ezel zei het duidelijk. De kapitein was *un marinaio superiore. Migliore*. De beste die er is, eentje die zijn vak verstaat. De kapitein van de *Teresa* is een afgetobde koopvaardijman. Hij vaart nooit verder dan Marseille.’
‘Wie zijn die mannen daar aan dat tafeltje?’ vroeg Michael en zijn vraag was nauwelijks hoorbaar in het lawaai. ‘Draai uw hoofd niet om, beweeg alleen uw ogen. Wie zijn zij?’
‘Ik ken hen niet bij naam.’
‘Wat wil dat zeggen?’
‘*Italiano*,’ zei de eigenaar van *Il Tritone* met nietszeggende stem.
‘De *Santa Teresa*,’ antwoordde Havelock en hij haalde ver-

schillende biljetten van zijn geldpakje en stak de rest terug in zijn zak. 'U hebt me goed geholpen,' zei hij. 'Ik ben de *proprietario* zesduizend lire schuldig. De rest is voor u.'
'*Grazie.*'
'*Prego.*'
'Ik loop met u mee het steegje uit tot aan de waterkant. Ik ben er nog niet gerust op. We weten niet of die kerels van de *Teresa* zijn. Iets is er niet in *equilibrio*.'
'Volgens de kansberekeningen wel. Het is de *Teresa*. Laten we gaan.'
Vergeleken met het luidruchtige café was het in het steegje betrekkelijk rustig; om het andere portiek scheen het zwakke licht van naakte lampen, omhuld door mistflarden. Het geluid van voetstappen klonk gedempt op de eeuwenoude straatkeien. Aan het eind van het steegje was de brede boulevard tegenover de pieren zichtbaar in het licht van de straatlantaarns; tot aan dat punt was het spitsroeden lopen door de schaduwen in het nauwe straatje. Je liep er voorzichtig, op je hoede voor de stille, donkere schaduwplekken.
'*Ecco!*' fluisterde de ltaliaan, terwijl hij voor zich uit tuurde. 'Er staat iemand in dat portiek. Links. Hebt u een wapen?'
'Nee. Ik heb geen tijd gehad...'
'Snel dan.' De eigenaar van *Il Tritone* begon plotseling te rennen, voorbij het portiek, waaruit een gedaante te voorschijn schoot, het silhouet van een brede, gedrongen man, met zijn armen omhoog, zijn handen klaar om te grijpen, twee tentakels die zich gereedmaakten om iemand tegen te houden. Maar er lag geen wapen in die handen, geen ander wapen dan de handen zelf.
Havelock deed snel een paar passen in de richting van de aanvaller, bleef toen staan en schoot de schaduwen in aan de overzijde van het steegje. De man deed een uitval; Michael draaide zich opnieuw om, greep met zijn linkerhand de jas van de man vast en ramde zijn rechtervoet in diens middenrif. Hij draaide nogmaals om zijn as, rukte zijn aanvaller van de grond en smakte hem tegen een muur. Terwijl hij viel sprong Havelock omlaag, plantte zijn linkerknie in de maag van de man, greep met zijn rechterhand zijn gezicht vast en klauwde naar zijn ogen.
'*Deter-se! Favor! Se Deus quizer!*' bracht de aanvaller moeizaam uit, terwijl hij naar zijn lies greep en het speeksel uit zijn

mond droop. De taal was Portugees en de man was een van de bemanningsleden van de *Cristobal.* Michael rukte hem omhoog tegen de muur aan, onder het zwakke licht; het was de zeeman die een beetje Engels had gesproken aan het tafeltje in *Il Tritone.*

'Als je wilt jatten en er ook nog mishandeling bij wilt gebruiken, dan leg je het niet erg handig aan!'

'No, *senhor!* Ik wil alleen maar praten, maar ik mag niet worden gezien! U betaalt mij, ik vertel u iets, maar niet waar ik met u gezien kan worden!'

'Ga verder.'

'U betalen!'

Havelock klemde de nek van de matroos met zijn bovenarm tegen de stenen muur, stak zijn hand in zijn zak en haalde zijn geld te voorschijn. Terwijl hij zijn knie tegen de borst van de man plantte en zijn hand vrijmaakte haalde hij twee biljetten van het stapeltje. 'Twintigduizend lire,' zei hij. 'Nou praten!'

'Het is meer waard. Veel meer, *senhor!* U zult het zien.'

'Ik kan het weer afnemen als het dat niet is... Dertigduizend, meer niet. Ga door!'

'De vrouw gaat aan boord van de *Cristobal... sette...* zeven *minutos* voordat we afvaren. Het is geregeld. Ze komt uit de deur van het pakhuis aan de oostkant. Nu wordt ze bewaakt; u kunt niet bij haar komen. Maar ze moet veertig meter lopen tot aan de loopplank voor het vrachtgoed.'

Michael liet de matroos los en stopte nog een biljet bij de drie die hij al in zijn hand had. 'Maak dat je wegkomt,' zei hij. 'Ik heb je nooit ontmoet.'

'U moet het zweren, *senhor!*' riep de man uit, terwijl hij overeind krabbelde.

'Gezworen. Nou, donder op!'

Plotseling weerklonken stemmen aan het uiteinde van het steegje; twee mannen kwamen aanrennen vanuit het licht.

'*Americano! Americano!*' Het was de eigenaar van *Il Tritone*, hij was teruggekomen met hulp. Toen de Portugees weg begon te rennen, grepen ze hem vast.

'Laat maar lopen!' gilde Havelock. 'Het is in orde. Laat maar lopen!'

Binnen een minuut had Michael de eigenaar van *Il Tritone* uitgelegd wat er was gebeurd. 'Het is niet de *Teresa.* Het is de *Cristobal.*'

'Dat ontbrak er nog aan,' zei de Italiaan. 'De bekwame *capitano*, de zeeman die zijn vak verstaat. Het was er en ik zag het niet. Aliandro. Juan Aliandro! De beste kapitein van de Middellandse Zee. Hij zou met zijn schip elke gevaarlijke kust kunnen naderen, vracht kunnen lossen waar hij maar wilde, overal waar vanwege rotsen en zandbanken geen uitkijkposten op de kust vereist zijn. U hebt uw vrouw gevonden, *signore*.'

Hij zat gehurkt in het donker onder een vaste kraan en door de openingen tussen de machine had hij vrij uitzicht. Het vrachtschip was geladen, de ploegen stuwadoors waren uiteengegaan en ieder had vloekend zijn eigen weg gezocht over de brede boulevard, door de nauwe steegjes en naar de verschillende cafés. De pier lag verlaten op de vier man van de trossenploeg na en zelfs die waren nauwelijks zichtbaar, roerloos als ze stonden bij de enorme dukdalven, twee man per tros, voor en achter.

Honderd meter achter hem lag de toegangspoort. De behulpzame bewaker zat in zijn glazen hokje en zijn gestalte was een vaag silhouet in de aanrollende ochtendmist. Schuin naar links voor de kraan, zo'n vijfentwintig meter verwijderd, lag de geribde, verweerde loopplank die omhoogliep naar het voordek van de *Cristobal*. Het was de laatste verbinding met het schip, die aan boord zou worden gehaald voordat de enorme trossen van de dukdalven getrokken zouden worden en daarmee de kolos de vrijheid zouden geven om zee te kiezen.

Rechts, op nog geen twintig meter van de kraan, lag de deur die leidde naar het pakhuiskantoor van de pier; hij was gesloten, binnen brandden geen lichten. En achter die deur was Jenna Karras, een levende dode van de Costa Brava, op de vlucht voor haar eigen verraad en dat van anderen... zijn geliefde die verraad had gepleegd aan die liefde, om redenen die zij alleen hem kon vertellen. Nog maar heel even nu en de deur zou opengaan en zij zou vanuit die deur naar de loopplank moeten lopen, vervolgens via de gespleten, houten vlonder naar het dek. Als ze eenmaal aan boord was, was ze vrij; gigantische trossen zouden op de pier worden gesmeten, er zou gefluit weerklinken en de loopplank zou omhoogschieten en aan dek worden verstouwd. Maar tot dat moment, totdat ze aan dek zou zijn, de trossen werden losgesmeten en het gefluit zou weerklinken, was zij niet het heimelijke eigendom van de

Cristobal. Was ze niet vrij; was ze menselijke smokkelwaar in vrije transito en moest ze terrein oversteken waar niemand haar durfde beschermen. In het pakhuiskantoor kon ze beschermd worden; een indringer die zich er toegang verschafte kon daarom alleen al worden neergeschoten. Niet daarbuiten; die misdaad zou men niet riskeren. Er zou geschreeuw weerklinken, alarm worden geslagen, *controlli* en *capi-operai* zouden worden opgetrommeld. Er stonden fikse gevangenisstraffen op het smokkelen van mensenvlees aan boord van schepen. Dat risico was geen paar duizend lire waard.

Zo'n vijfenveertig meter ruimte moest ze dus oversteken om te kunnen verdwijnen. Opnieuw. Niet in de dood, maar in een mysterie.

Michael keek op zijn horloge; het was acht minuten voor vijf, de secondewijzer had bijna de volle minuut afgelegd. Zeven minuten voordat, volgens het vaarschema, de *Cristobal* de haven zou doen weergalmen met de diepe bastonen van zijn scheepshoorn om het vertrek aan te kondigen, direct daarna gevolgd door de scherpere, hogere tonen die alle vaartuigen waarschuwden dat zij op het punt stond de veilige haven te verlaten; de zeereglementen onmiddellijk van kracht. Hoog boven op het schip, op het voordek en midscheeps, liepen een paar mannen rond, herkenbaar aan de ronddwalende lichtpuntjes van hun sigaretten. Behalve diegenen die de trossen moesten losgooien en de treeplank verwijderen hadden ze niets omhanden behalve roken en koffiedrinken en hopen dat hun hoofd helder zou worden zonder al te veel pijn. Vanuit de massieve zwarte romp was het gedempte gebrul van de turbines te horen; van achter de vuren gaf het geknars van reusachtige tandwielen aan dat spoedig het commando zou klinken om de gigantische schroeven in zijn vooruit te zetten. Olieachtig, donker water bruiste om de ronding van de achtersteven van de *Cristobal.*

De pakhuisdeur ging open en Havelock voelde een schroeiende pijnscheut in zijn borst, toen de gestalte met het blonde haar vanuit het zwarte donker van de deuropening de minder diepe duisternis instapte van kolkende mistflarden en schaduwen. De levende dode van de Costa Brava liep de muurloze tunnel in die haar aan boord zou leiden van de *Cristobal*, haar zou voeren naar een onbekende kust in een onbekend land, die ontsnappen mogelijk zou maken. Weg van hem. Waarom?

Het gehamer in zijn borst was onverdraaglijk, folterende pijn stak in zijn ogen; beide zou hij nog enkele tellen moeten verdragen. Zo gauw Jenna Karras op het midden van de pier was aangeland, in het zicht van de poort en de bewaker die alarm zou kunnen slaan, zou hij haar onderscheppen. Geen moment eerder.

Ze was er! Nu!

Hij schoot vanachter de kraan te voorschijn, draaide om zijn as, rende naar voren, zonder te letten op het geluid van zijn voetstappen, alleen erop gebrand om haar te bereiken, haar aan te raken...

'Jenna! In godsnaam, Jenna!'

Hij pakte haar bij de schouders; de vrouw draaide zich in doodsangst om.

En Michaels adem ontsnapte met een explosieve plof uit zijn keel, zijn lichaam stond in brand. Het gezicht dat naar hem was gekeerd, was een oud gezicht, een lelijk gezicht, het puisterige gezicht van een hoer van de waterkant. De ogen die hem aanstaarden waren de opengesperde, donkere ogen van een rat, omrand door een dikke uitlopende omlijsting van mascara; de lippen waren bloedrood en vol groeven, de tanden daarachter gelig en afgebrokkeld.

'Wie ben jij?' Zijn gil was het gegil van de waanzin. 'Leugenaar! Leugenaar! Waarom lieg je!? Waarom ben je hier?! Waarom ben je niet hier!? Leugenaar!'

Nevelflarden die niet uit zee kwamen vulden zijn geest –dwarsstromen van dompige waanzin. Hij was buiten zichzelf, wist alleen dat zijn handen klauwen waren geworden, toen vuisten... die krabden en hamerden... maak dood die rat, vermoord de indringster! Dood, dood!

Meer gegil, meer geschreeuw, bevelen en tegenbevelen vulden de galmende spelonken van eindeloos uitgestrekte verstandsverbijstering. Er was geen begin en geen einde, enkel een woedende kern van razernij; de maalstroom trok hem omlaag.

Toen voelde hij slagen... en voelde ze ook niet... pijn die werd toegebracht maar die niet doordrong. Mannen stonden om hem heen, toen boven hem; vuisten en zware laarzen beukten op hem in.

Herhaaldelijk. Overal.

En toen kwam de duisternis. De waanzin was voorbij. Er was enkel duisternis. En stilte.

Boven de pier, op de eerste verdieping van het pakhuiskantoor stond een gedaante aan het raam neer te kijken op het geweld dat zich onder haar afspeelde. Ze haalde diep adem. Haar vingers lagen tegen haar lippen geperst, tranen welden op in haar heldere, bruine ogen. Afwezig trok Jenna Karras haar hand weg van haar gezicht en drukte hem tegen de zijkant van haar hoofd, tegen het lange, blonde haar dat neerhing onder de breedgerande hoed.
'Waarom deed je dat, Mikhail?' fluisterde ze zacht bij zichzelf. 'Waarom wil je me doden?'

6

Hij opende zijn ogen, rook de misselijk makende stank van goedkope whisky, voelde het vocht op zijn borst en rond zijn keel; zijn overhemd, jasje en broek waren doordrenkt. Voor hem waren schakeringen van duisternis zichtbaar, schaduwen van grijs en zwart waarin hier en daar minuscule, dansende lichtvlekjes op en neer en heen en weer zwaaiden, helemaal achter in het donker. Overal voelde hij doffe pijn. De kern zat in zijn maag, oprijzend via zijn nek naar zijn hoofd, dat opgezwollen en dof aanvoelde. Hij was meedogenloos afgeranseld en naar het uiteinde van de pier gesleurd – helemaal naar rechts, voorbij het pakhuis als zijn beneveld oriëntatievermogen hem niet in de steek liet en hij was daar achtergelaten om bij te komen... of misschien wel om over de rand te rollen in een waterig graf, afhankelijk van de mate waarin zijn krachten waren afgenomen.
Ze hadden hem niet vermoord; daaruit kon hij iets opmaken. Langzaam bewoog hij zijn rechterhand naar zijn linkerpols; zijn horloge was er nog. Hij strekte zijn benen languit en stak zijn hand in zijn zak; ook zijn geld zat er nog. Ze hadden hem niet beroofd; daaruit kon hij nog iets opmaken.
Hij had met te veel mannen gesproken en te vele anderen hadden hem bij die vreemde gesprekken gadegeslagen. Zij hadden zijn bescherming gevormd. Moord was moord en wat de eigenaar van *Il Tritone* ook had gezegd, een 'stiekem mes' aan de waterkant was nog steeds aanleiding voor nader onderzoek, net als mishandeling en beroving van een rijke buitenlander: wie onder hen kon weten wie het slachtoffer zou kunnen zijn?

Niemand wilde dat er op de pieren te veel vragen werden gesteld; mensen die hun hoofd koel hielden hadden bevel gegeven hem aan zijn lot over te laten en dat betekende dat ze betaald waren om bevelen uit te voeren van anderen, bevelen van bovenaf. Anders zou er iets gestolen zijn. Een horloge, een paar duizend lire; dit was nu eenmaal de waterkant.
Niets. Een nieuwsgierige rijke buitenlander was dolgedraaid en had een blonde hoer aangevallen op de pier, en de mannen hadden haar beschermd. Een onderzoek was niet nodig, zolang de *ricco americano maledetto* behalve zijn verstand niet ook zijn eigendommen kwijtraakte.
Een hinderlaag. Een professioneel uitgevoerde valstrik en de strikkenzetters konden naar huis toen de val eenmaal was dichtgeklapt. De hele nacht... ochtend... was een hinderlaag. Hij liet zich op zijn linkerzij rollen; de zuidoostelijke horizon strekte zich uit als een vurige lijn. De zon begon op te komen en de *Cristobal* was een van het tiental kleine silhouetten op het water, vage vormen die onduidelijk werden gedefinieerd door de flikkerlichten die hun waarschuwingssignalen vormden voor andere silhouetten.
Langzaam werkte Havelock zich op zijn knieën, drukte ze tegen de vochtige planken onder hem, duwde zich pijnlijk omhoog met beide handen. Toen hij eenmaal stond keerde hij zich om, opnieuw langzaam, terwijl hij zijn benen testte, zijn enkels, zijn schouders bewoog, zijn nek achterover boog, toen zijn rug; het instrument beoordeelde dat zijn lichaam was. Er was niets gebroken maar zijn lichaam was zwaar gehavend; het zou niet gehoorzamen aan snelle bevelen en hij hoopte dat hij die niet hoefde te geven.
De bewaker. Had de beambte wiens ego hij had gestreeld deel uitgemaakt van het complot? Had hij opdracht gekregen om de vreemdeling aanvankelijk vijandig te behandelen, vervolgens onderdanig te worden en zo het doelwit binnen te lokken voor de valstrik die was gespannen? Het was een strategie die werkte; hij had het moeten doorzien. Geen van de beide andere bewakers had moeilijk gedaan, ieder van hen was volkomen bereid geweest hem te vertellen wat hij wilde weten. De man aan de poort van de pier waar de *Teresa* lag was zelfs zo ver gegaan dat hij hem op de hoogte had gebracht van het uitgestelde vertrek van de vrachtboot.
De eigenaar van *Il Tritone?* De zeeman van de *Cristobal* in

het smalle, donkere steegje? Maakten ook zij er deel van uit? Had de samenhang van logisch opeenvolgende gebeurtenissen hem naar die mannen geleid, die aan de waterkant op hem gewacht hadden? Maar hoe hadden ze kunnen wachten? Vier uur geleden was Civitavecchia een vaag herinnerde naam geweest op een landkaart; het had niets voor hem betekend. Hij had geen enkele reden gehad om naar Civitavecchia te gaan, er had onmogelijk een heimelijke boodschap overgebracht kunnen worden. Toch was het gebeurd; dat moest hij accepteren zonder te weten hoe en waarom. Er lag zoveel buiten zijn begripsvermogen, een waanzinnig mozaïek waarvan te veel stukjes ontbraken.

Alles wat je in dit soort zaken niet begrijpt is een risico, maar dat hoef ik u niet te vertellen. Rostov. Athene.

Een lokaas – een blonde, pokdalige hoer – hadden ze door de ochtendmist laten lopen om hem uit zijn tent te lokken en hem tot handelen te dwingen. Maar waarom? Wat hadden ze verwacht dat hij zou doen? Hij had duidelijk gemaakt wat hij wilde doen. Wat hadden ze dus geleerd, wat was er opgehelderd? Waar ging het allemaal om? Probeerde zij hem te doden? Ging het daar allemaal om aan de hele Costa Brava?

Jenna, waarom doe je dit?! Wat is er met je gebeurd...? Met ons?

Hij liep met onvaste stappen, bleef staan om zijn benen stevig neer te zetten toen hij zijn evenwicht dreigde te verliezen. Hij bereikte de rand van het pakhuis, duwde zich voort langs de muur, langs de donkere ramen en enorme toegangsdeuren, tot hij aan de hoek van het gebouw kwam. Daarachter strekte zich de verlaten pier uit, de lichtbundels van elkaar overlappende schijnwerpers hingen vol met aanrollende mistbanken. Hij keek voorzichtig om het metalen lijstwerk heen, kneep zijn ogen halfdicht om het glazen hokje duidelijk te kunnen zien dat de standplaats vormde van de bewaker. Zoals eerder was de gedaante binnen nauwelijks zichtbaar, maar hij was er wel: in het midden van de centrale glaswand gloeide het puntje van een sigaret.

Het glimlichtje bewoog naar rechts; de bewaker was van zijn stoel opgestaan en schoof de deur van het hokje open. Er werd een tweede gedaante zichtbaar die door de nevel aan kwam lopen vanaf de brede boulevard die tegenover de pieren lag. Hij was een man van middelbare lengte met een overjas aan en een hoed op die enigszins scheef stond... zoals bij een wandelaar die over de Via Veneto slentert. De kleren hoorden niet thuis aan de waterkant; het waren stadse kleren, geen dokwerkersdracht. De man liep op het glashokje af, bleef staan bij de deur en sprak met de bewaker. Beiden keken ze naar het uiteinde van de pier, naar het pakhuis; de bewaker maakte een gebaar en Michael wist dat het gebaar hem betrof. De man knikte, keerde zich om en stak zijn hand op; binnen enkele tellen werd er gehoor gegeven aan zijn oproep. Twee andere mannen werden zichtbaar en beiden droegen ze kleren die meer pasten bij de waterkant dan die van degene die bevelen gaf.

Havelock liet zijn hoofd rusten tegen de rand van metaal. Zijn pijn werd vergroot door het uitzichtloze van de situatie. Hij werd overmeesterd door uitputting. Hij was geen partij voor zulke mannen; hij kon nauwelijks zijn armen optillen en zeker niet snel. Zijn voeten al evenmin; nu hij daarover niet kon beschikken en aangezien hij geen andere wapens had, betekende dat dat hij helemaal geen wapens had.

Waar was Jenna Karras? Was ze aan boord van de *Cristobal* gegaan nadat het lokaas haar rol had gespeeld? Het was logisch... nee, dat was het niet! De opschudding zou te veel de aandacht hebben gevestigd op het vrachtschip, niet-vriendschappelijke of niet-omgekochte officiële ogen zouden te gemakkelijk zijn aangetrokken... net zoals de twee mannen die de poort naderden waren opgeroepen. Het schip zelf was een afleidingsmanoeuvre geweest, de blonde hoer het lokaas. Ze ging aan boord van een van de andere twee!

Michael keerde zich af van de muur en liep hinkend over de natte planken naar de rand van de pier. Hij wreef zijn ogen en tuurde door de zware nevel. Onwillekeurig hijgde hij diep, voelde de stekende pijn in zijn maag. De *Elba* was verdwenen. Hij was naar de verkeerde pier getrokken, gelokt in een situatie die hij niet de baas was, terwijl Jenna aan boord ging van de *Elba*. Was de kapitein van de *Elba*, net als die van de *Cristobal*, een weergaloos navigator? Zou hij – kon hij – zijn lompe schip dicht genoeg bij een kust manoeuvreren waar de kustwacht niet surveilleerde, zodat een sloep zijn smokkelwaar naar een strand kon overbrengen?

Eén man wist daarop het antwoord. Een man in een overjas en met een enigszins scheefstaande hoed op, kleren die wer-

den gedragen door iemand die op de kade niets te maken had met laadhaken en laadlieren. Iemand die niet sjouwde, die geen vorkheftrucks bediende, maar die zaken kocht en verkocht. Die man zou het weten; hij had Jenna's overtocht geregeld.
Havelock liep wankelend terug naar de hoek van de pakhuismuur. Hij moest die man bereiken; hij moest voorbij die twee anderen zien te komen die op hem afkwamen. Als hij maar een wapen had, wat voor wapen dan ook; de wapens die hij had kon hij niet gebruiken. Hij keek om zich heen in het langzaam afnemende duister. Niets. Niet eens een losse plank of een rib van een kapotte kist.
Het water. Het was een hele diepte maar hij kon het wel klaarspelen. Als hij aan het uiteinde van de pier kon komen voordat hij gezien werd, zou men aannemen dat hij over de rand was gevallen terwijl hij bewusteloos was. Hoeveel seconden had hij? Hij bracht zijn gezicht behoedzaam naar de rand en tuurde om het lijstwerk heen naar de lichtbundels van de schijnwerpers, klaar om zich af te zetten en weg te rennen.
Hij rende niet weg. De twee mannen liepen niet verder op hem af. Ze waren stil blijven staan en wachtten roerloos binnen de poort van het hek. Ze kwamen hem niet achterna. Waarom? Waarom niet? Wat maakte hem zo onkwetsbaar? Waarom werd hij kennelijk met rust gelaten, zonder verdere bemoeienis?
Plotseling weerklonk er vanuit de ondoordringbare mist een aantal pieren verderop het oorverdovende gekrijs van een scheepshoorn. Toen nog een, gevolgd door een langgerekt laag akkoord dat door de hele haven trilde. Het was de *Santa Teresa!* Dat was zijn antwoord! De twee mannen waren niet opgeroepen om hem verder af te straffen, alleen maar om hem tegen te houden, vast te houden, te dwingen op de eerste pier te blijven. De afvaart van de *Teresa* was niet uitgesteld; ook dat was een deel van de hinderlaag. Ze vertrok op tijd en Jenna Karras was aan boord. Naar gelang de vertrektijd voor het schip naderde hoefde de onderhandelaar maar één ding te doen: de buiten gevecht gestelde jager op zijn plaats houden. Maar hij kon niet op zijn plaats blijven! Hij moest op die pier komen, haar tegenhouden, de vrachtboot belemmeren de trossen los te gooien. Want als de gigantische trossen eenmaal van hun dukdalven waren gegleden dan was er niets meer wat hij kon doen, kon hij haar onmogelijk bereiken.

Hij probeerde vertwijfeld te bedenken wat de loeiende signalen betekenden, hoeveel tijd hij nog had. Hij kon alleen maar schatten. De *Cristobal* had twee stoten afgegeven; direct daarna was het blonde lokaas te voorschijn gekomen uit de schaduwen van de pakhuisdeur. Zeven minuten. Maar na dat hoge fluiten was er geen laag akkoord meer gevolgd. Betekende dat dat hij minder tijd had of meer? Hij zocht zijn herinnering af, doorliep bliksemsnel een aantal opdrachten die hem naar de waterkant hadden gevoerd.
Hij wist het weer; juister gezegd, hij dacht dat hij het wist naarmate een vage, recente herinnering aan het oppervlak probeerde te komen. Het hoge fluiten was voor schepen op afstand, de trillende, lagere tonen voor die welke dichterbij lagen: een vuistregel voor de zee... en voor de kade. En tijdens die korte periode van waanzin – terwijl hij werd afgeranseld – hadden de trillingen van een lage, op de zenuwen werkende toon hem van buitenaf bereikt, vermengd met zijn eigen kreten van protest en woede. De lage signaalstoot was gevolgd... kort na het hoge gegil; het ging vooraf aan onmiddellijke afvaart. Zeven minuten – min één, waarschijnlijker twee, misschien drie.
Hij had nog maar enkele minuten. Zes, vijf... vier, niet meer. De pier van de *Teresa* lag enkele honderden meters verderop; in de conditie waarin hij verkeerde zou het hem minstens twee minuten kosten om daar te komen en dat zou alleen lukken als hij langs de twee mannen in korte jacks kon komen die waren opgeroepen om hem tegen te houden. Vier minuten op zijn hoogst, minimaal twee. Jezus! Hoe? Hij keek weer om zich heen en probeerde zijn paniek te onderdrukken, zich ervan bewust dat elke seconde zijn kansen verkleinde.
Tussen twee dukdalven op tien meter afstand zag hij het silhouet van een gedrongen, zwart voorwerp; hij had het niet opgemerkt omdat het een vast deel uitmaakte van de kade. Nu zag hij het en bekeek het aandachtig. Het was een ton, een gewone ton die ongetwijfeld lek was geslagen bij het laden of lossen, die nu werd gebruikt als vuilnisvat voor koffiebekers, afval en om vuurtjes in te stoken tegen de ochtendkilte: op elke kade kon je die aantreffen. Hij rende erheen, greep hem vast en wrikte eraan. De ton kwam los; hij liet hem op zijn kant zakken en rolde hem terug tegen de muur. Tijd verstreek: dertig, misschien veertig seconden. Het plan dat bij

hem was opgekomen was een vertwijfeld plan... maar het was het enige dat hij had. Hij kon niet voorbij die kerels komen tenzij zij op hem afkwamen, tenzij de nevel en de doorzichtige, oplichtende ochtendschemering met hem meewerkten. Tegen hen. Er was geen tijd meer om aan de bewaker te denken en aan de man in de overjas...

Hij hurkte neer in de schaduwen, tegen de muur, met beide handen op de smerige, omgekieperde ton. Hij haalde diep adem en gilde, zo hard hij kon, in de wetenschap dat de gil over heel de verlaten pier zou weerkaatsen.

'Aiuto! Presto. Sanguino! Muoio!'

Hij hield stil en luisterde. In de verte hoorde hij geroep: er klinken vragen, toen bevelen. Hij gilde opnieuw:

'Assistenza! Soccorso!'

Stilte.

Toen rennende voetstappen. Naderend... steeds dichterbij.

Nu! Hij duwde tegen de ton met alle kracht die hij kon opbrengen. Hij rolde bonkend, schuin over de planken, door de mist, naar de rand van de pier.

De twee mannen kwamen om de hoek van het pakhuis aanrennen in het wazige, zwakke licht; de ton bereikte de rand van de kade. Hij sloeg tegen een van de dukdalven! O, mijn god! Toen draaide hij en schoot over de rand; het wachten duurde eeuwig. Toen gebeurde het. Van onderaf weerklonk een luide plons; de twee mannen schreeuwden tegen elkaar en renden naar de rand.

Nu!

Havelock kwam overeind en rende weg uit de schaduwen, met uitgestoken handen, met schouders en armen als stormrammen. Hij dwong zijn voeten hem te gehoorzamen. Op zijn onvaste benen moest elke rennende stap berekend worden, pijnlijk, maar zeker. Hij raakte hen. Eerst de man aan zijn rechterkant, die hij bewerkte met zijn beide uitgestrekte handen; toen de Italiaan aan zijn linkerkant, tegen wiens lende hij zijn schouder beukte.

Een oorverdovende stoot uit de scheepshoorn van de *Teresa* overstemde de kreten van de twee mannen toen ze neertuimelden in het water beneden. Michael zwaaide naar links, liep hinkend terug naar de hoek van het pakhuis; hij zou de verlaten pier oplopen en de eens zo onderdanige bewaker confronteren met de man die gekleed ging in kleren die niet pas-

ten bij de waterkant. De tijd verstreek: weer een minuut. Er bleven er hooguit minder dan drie over.
Hij rende met onzekere stappen de uitgestrekte ruimte in van lichtplassen vol nevelslierten en onbeweeglijke machinerieën. Hij schreeuwde in gebroken Italiaans en zijn paniekerige stem gaf uitdrukking aan een gemoedsgesteldheid die grensde aan waanzin: verward, redeloos verbijsterd.
'Help me! Help hen! Het is krankzinnig! Ik ben gewond. Twee mannen kwamen me helpen. Toen ze dichterbij kwamen werd er geschoten! Drie keer geschoten! Vanaf de volgende pier. Ik kon ze nauwelijks horen vanwege het vrachtschip maar er werd geschoten! Geweerschoten...! Snel! Ze zijn gewond. Eentje dood, geloof ik! O mijn god, schiet op!'
Het gesprek tussen de twee mannen klonk uiterst verward. Terwijl Havelock zwalkend naar de poort strompelde kon hij zien dat de bewaker zijn automatisch pistool had getrokken, maar het was niet dezelfde bewaker. Hij was minder groot, meer gedrongen, ouder, met een wijd gezicht waarop bittere wrok te lezen stond, in tegenstelling tot de gedaante van de burger, die midden dertig was, bruinverbrand, keurig verzorgd en kil. De man in de overjas beval de bewaker op onderzoek te gaan; die weigerde en schreeuwde dat hij zijn post niet zou verlaten, nog voor geen twintigduizend lire! De *capo-regime* moest maar naar zijn eigen rotzooi gaan kijken; hij was geen angstige *bambino* van de waterkant. De *capo* kon een paar uur van zijn tijd kopen, zijn afwezigheid, maar meer niet!
Een hinderlaag. Vanaf het begin... een raadsel.
'*Andate voi stesso!*' gilde de bewaker.
De man in burger begon vloekend naar het pakhuis te lopen, zette het op een rennen. Hij hield abrupt zijn pas in toen hij de hoek van het gebouw naderde. De bewaker stond nu voor het glazen hokje met zijn wapen dreigend op Michael gericht.
'Jij daar! Loop naar de afrastering,' schreeuwde hij in het Italiaans. 'Steek je handen zo hoog boven je hoofd als je kunt en pak het gaas zo hoog mogelijk vast! Draai je niet om! Ik schiet je door je kop als je dat doet!'
Nauwelijks twee minuten; als het ooit zou werken dan moest het dat nu doen.
'O, Jezus!' gilde Havelock en hij greep naar zijn borst en viel neer. De bewaker stormde naar voren; Michael bleef roerloos

ineengekrompen liggen, een dood gewicht op het vochtige, harde oppervlak. 'Sta op!' beval de man in uniform. 'Kom overeind!'
Stilte. Dood gewicht.
De bewaker stak zijn hand uit en greep Havelock bij de schouder. Dat was de beweging waarop Michael wachtte. Hij sprong omhoog, klemde het wapen vast boven zijn hoofd, hield de pols in een greep tegen zijn schouder en wrikte hem tegen de klok in om, terwijl hij opstond en zijn knie in de keel van de neervallende bewaker stootte. De loop van het wapen lag in zijn hand; hij sloeg ermee omlaag en het metaal kwam terecht op de schedel van de Italiaan. De man zakte ineen. Havelock sleurde hem de schaduw van het hokje in en rende de openstaande poort uit, terwijl hij het pistool in de zak van zijn colbertje stak.
Een langgerekt, bulkend stoomakkoord klonk uit de verte, gevolgd door vier, hysterische hoge, krijsende tonen. De *Teresa* stond op het punt uit te varen! Michael voelde zich gegrepen door een misselijk gevoel van nutteloosheid terwijl hij buiten adem de brede boulevard afrende, op benen die hem nauwelijks nog voortdroegen, met struikelende voeten die neerklapten op het plaveisel, onhandige verlengstukken die hij niet onder controle kon houden. Hij bereikte de pier van de *Teresa*, de bewaker – dezelfde bewaker – zat in zijn glazen hokje, opnieuw aan de telefoon – dezelfde verrekte telefoon – en knikte met zijn bolle hoofd, slikte met doffe ogen nog meer leugens.
Er was nu een ketting gespannen voor de openstaande poort, een officiële hindernis, geen afsluiting. Havelock greep de haak beet en slingerde die uit zijn ring die in het beton zat; de ketting kronkelde als een slang in de lucht en viel kletterend op de grond.
'Che cosa!? Fermati!'
Michael bleef rennen – hinkend nu, met benen die afschuwelijk pijn deden – over de hele lengte van de pier, door de ronde lichtbundels, langs onbeweeglijke machines, naar de enorme kolos aan het uiteinde van de kade, waarvan de omtrek vaag zichtbaar was door de mist. Zijn rechterbeen begaf het, deed hem neertuimelen, terwijl zijn handen de val braken maar niet de schok, en zijn rechterschouder over het vochtige oppervlak gleed. Hij greep zijn been vast, dwong zich omhoog

en duwde zich vooruit over de planken tot hij zijn vaart weer te pakken had.

Hij rende met longen die snakten naar lucht die ze niet kregen. Hij bereikte het uiteinde van de pier en zag hoe volkomen nutteloos zijn moeite was geweest. De vrachtboot *Santo Teresa* dreef tien meter buiten bereik van de dukdalven, de gigantische trossen kronkelden over het donkere water en werden ingehaald door mannen die door de schaduwen op hem neerkeken.

'Jenna!' gilde hij. 'Jenna! Jenna!'

Hij viel op de bodem van vochtig hout met trillende armen en benen, hijgende borst. Zijn hoofd leek uiteen te splijten alsof het werd opengelegd door een bijl. Hij had verloren... had haar verloren! Een kleine sloep kon haar afzetten op een van de duizend ongesurveilleerde kuststroken in de Middellandse Zee; zij was verdwenen.

Hij hoorde geroep achter zich, toen het roffelen van rennende voetstappen. En terwijl hij die geluiden hoorde deden ze hem denken aan andere geluiden, andere voetstappen – en een andere pier. Waar de *Cristobal* afgemeerd had!

Daar stond een man in een overjas die andere mannen bevel had gegeven achter hem aan te gaan; ook zij waren komen aanrennen over een verlaten pier door glimmerende lichtplassen en door nevel. Als hij opschoot – voor zover hij op kon schieten – kon hij die man nog vinden! En als hij hem vond zou hij de zongebruinde huid van zijn gezicht stropen tot hij had gehoord wat hij moest weten.

Hij kwam weer overeind en begon snel naar de bewaker te hinken die met uitgestoken pistool op hem af kwam rennen.

'Fermati! Algate le vostie mani!'

'Un errore!' schreeuwde Havelock terug en zijn stem klonk korzelig maar toch verontschuldigend; hij moest voorbij die man komen, mocht niet worden opgehouden. Hij haalde verschillende biljetten uit zijn zak en hield ze voor zich uit zodat ze zichtbaar waren onder het licht van de schijnwerpers. 'Wat kan ik u zeggen?' vervolgde hij in het Italiaans. 'Ik heb me vergist... en u profiteert daarvan, nietwaar? We hebben al eerder met elkaar gesproken, weet u nog wel?' Hij duwde de bewaker het geld in de hand, terwijl hij hem op de rug klopte. 'Toe nou, stop dat ding weg. Ik ben uw vriend, weet u nog wel? Wat voor kwaad kan dat nou? Ik ben er alleen wat ar-

mer op geworden en u wat rijker. En ik heb ook te diep in het glaasje gekeken.'
'Ik dacht al dat u het was!' zei de bewaker met tegenzin en hij nam de biljetten aan en stak ze haastig in zijn zak, terwijl zijn ogen schichtig in het rond dwaalden. 'U bent niet goed bij uw hoofd! U had wel neergeknald kunnen worden. En waarvoor?'
'U zei me dat de *Teresa* de eerste paar uur niet zou afvaren.'
'Zo vertelden ze het mij! Het zijn rotzakken, allemaal rotzakken! Gek zijn ze ook! Ze weten niet wat ze doen.'
'Ze weten precies wat ze doen,' zei Michael zacht. 'Ik moet nou wegwezen. Bedankt voor uw hulp.' Voordat de boze beambte antwoord kon geven zette Havelock snel zijn eerste stappen en hij kromp ineen van de pijn bij zijn pogingen zijn trillende benen en zijn pijnlijke borst tot actie te dwingen. *Schiet in godsnaam op!*
Hij bereikte het stuk afrastering dat om de pier van de *Cristobal* liep, met zijn hand nu in zijn zak, dankbaar voor het wapen. De bewusteloze bewaker lag nog steeds op de grond, onder in de schaduwen van het glazen hokje. Hij was niet verlegd en hij had zelf niet bewogen, zijn hoofd en uitgestrekte vingers lagen nog precies zoals ze voordien hadden gelegen... nog pas minuten geleden. Vijf minuten, misschien zes, niet meer. Was de man in de overjas nog steeds op de pier? De kans van wel was groot; het was logisch dat hij de bewaker zou zien of zou opzoeken – al was het alleen maar omdat hij hem niet in zijn hokje zag – en nieuwsgierigheid zou hem dwingen de ineengezakte man te ondervragen. Dan zou een of ander deel van het lichaam verlegd zijn; dat was niet zo.
Waarom zou de *capo-regime* zo lang op de pier blijven? Was het wel zo lang?
Zijn antwoord kwam aanwaaien op de wind en door de nevel van de kant van de zee. Geschreeuw... vragen die werden gevolgd door bevelen en door nog meer vragen. Zijn instinct had hem niet bedrogen; de man in de overjas was nog steeds op de pier en zijn gorilla's lagen onder hem in het water te gillen.
Michael perste zijn tanden op elkaar, dwong zich de pijn te vergeten en zond bevelen naar zijn benen. Hij sloop langs de zijmuur van het pakhuis, voorbij de deur waaruit het blonde lokaas te voorschijn was gekomen, naar de hoek van het ge-

bouw. Het ochtendlicht begon helderder te worden, de nevel trok op, en omdat de vrachtboot er niet meer lag konden de eerste zonnestralen de kade bereiken. Ver weg, op het water, voer een ander schip langzaam op de haven van Civitavecchia af; het kon wel eens op weg zijn naar de plek waar de *Cristobal* net nog gelegen had. Als dat zo was, restte er nog maar weinig tijd voordat de schoonmaakploeg arriveerde. Hij moest snel zijn, doeltreffend optreden, en hij wist niet of hij tot een van beide in staat was.

Een stuk kust zonder surveillance. Wist de man die maar enkele meters van hem vandaan stond welke kust? Hij zou er achter komen. Hij moest ertoe in staat zijn.

Hij liep om de hoek heen, het wapen tegen de stof van zijn jasje geklemd. Hij begreep dat hij het niet mocht gebruiken; dat zou nergens toe dienen, want het zou zijn bron uit de weg ruimen en de aandacht vestigen op de pier. Maar de dreiging moest echt overkomen, hij moest radeloos van woede lijken. En dat kon hij.

Hij tuurde door de optrekkende mist. De man in de overjas stond aan de rand van de kade opgewonden en afgemeten instructies te geven, maar hij schreeuwde ze nu niet meer, omdat ook hij blijkbaar bang was de aandacht te trekken van ploegen werklui die misschien nog op de aangrenzende pieren rondhingen. Het effect was komisch. Zover Michael kon opmaken hing een van de mannen aan een schoorbalk en voelde hij er weinig voor om los te laten, omdat hij blijkbaar niet kon zwemmen. De onderhandelaar stond aan te dringen bij de tweede man, vleiend en dan weer bevelend, dat hij zijn kameraad moest ondersteunen maar die tweede man weigerde kennelijk, bang dat hij onder water zou worden getrokken door die sukkel van een kameraad van hem.

'Zeg niks meer!' zei Havelock dringend in het Italiaans, in duidelijke woorden, al waren ze niet helemaal juist, met een stem die zacht bevelend klonk.

De verschrikte Italiaan keerde zich snel om en zijn rechterhand schoot onder zijn overjas.

'Als ik een wapen zie,' vervolgde Michael terwijl hij dichterbij schoof, 'dan ligt u dood in het water voordat u het kunt richten... Ga daar weg. Loop naar me toe. Nu naar links. Ginds tegen de muur. Schiet op! Niet blijven staan!'

De man had geaarzeld; hij liep wankelend door. 'Ik had u

kunnen laten doden, *signore*. Dat heb ik niet gedaan. Dat moet u toch wel wat waard zijn.'

'Dat is het – vanzelfsprekend. Ik dank u.'

'Er is u ook niets afgenomen, ik neem aan dat u daarvan op de hoogte bent. Ik had duidelijke opdrachten.'

'Ik ben ervan op de hoogte. Vertelt u me nu maar eens waarom. Het waarom van beide gevallen.'

'Ik ben geen moordenaar en geen dief, *signore*.'

'Dat is niet voldoende. Steek uw handen omhoog! Leun tegen de muur en zet uw benen uit elkaar!' De Italiaan gehoorzaamde; het was niet de eerste keer dat hij dergelijke bevelen kreeg. Havelock ging achter hem staan, trapte de man tegen zijn rechterkuit, terwijl hij gelijktijding zijn hand snel om het middel van de *capo-regime* stak en het wapen uit diens broekriem trok. Hij keek er even naar en was geïmponeerd. Het was een Spaans automatisch pistool, een Llama, kaliber .38, een greep met veiligheidspal binnen vingerbereik. Een pistool dat hier ongetwijfeld niet zo duur was. Hij schoof het onder zijn eigen broekriem. 'Vertel me maar eens over het meisje. Snel!'

'Ik ben betaald. Wat kan ik u nog meer vertellen?'

'Een heleboel.' Michael stak zijn hand op en greep er de linkerhand van de man mee beet; die was zacht. De onderhandelaar was geen gewelddadig man; de term *capo-regime* die de bewaker had gebruikt was niet juist geweest. Deze Italiaan maakte geen deel uit van de mafia; op zijn leeftijd verdienden ze hun rang met geweld en hadden ze geen zachte handen.

Vanuit de haven barstte plotseling een kakofonie van scheepshoorns los. De kreten van de eenzame man in het klotsende water beneden voegden zich daarbij. Michael maakte gebruik van de geluiden en ramde het pistool in de nier van de man. De man gilde. Havelock trok het wapen terug, hief het op en deed de greep neerkomen op de zijkant van de nek van de Italiaan. De schreeuw die daarop volgde stierf uit in snikkende, jankende smeekbeden.

'*Signore... signore!*' jammerde de onderhandelaar in het Engels. 'U bent Amerikaan; wij spreken Amerikaans! Doe me dit niet aan! Ik heb uw leven gered – dat zweer ik u!'

'Daar kom ik nog wel op terug. Het meisje! Vertel me over het meisje! Snel!'

'Ik bewijs bepaalde diensten hier op de kade. Dat weet iedereen! Zij moest iets gedaan krijgen. Ze heeft ervoor betaald!'

'Om Italië uit te komen?'
'Wat anders?'
'Ze heeft voor heel wat meer betaald dan dat! Hoeveel mensen hebt u betaald? Voor de valstrik?'
'*Che se dice?* Val... strik?'
'Dat toneelstukje dat u hebt georganiseerd? Het zwijn dat daar uit die deur kwam lopen!' Havelock greep de Italiaan bij zijn schouder en draaide hem om, waarbij hij hem met zijn rug tegen de muur smakte. 'Precies daar om die hoek,' voegde hij er met een gebaar aan toe. 'Waarvoor was dat allemaal? Zeg het me! Daarvoor heeft ze ook betaald. Waarom?'
'Zoals u al zei, *signore*. Ze betaalde. *Spiegazioni*... uitleg... was niet nodig.'
Zonder waarschuwing drukte Michael de loop van het pistool diep in de maag van de man. 'Niet voldoende. Zeg het me!'
'Ze zei dat ze het moest weten,' stootte de onderhandelaar uit terwijl hij zich voorover kromde.
'Wat moest weten?' Havelock sloeg de hoed van de man af, greep hem bij zijn haar en beukte zijn hoofd tegen de muur. 'Wat moest weten?'
'Wat u zou doen!'
'Hoe wist ze dat ik haar hierheen zou volgen?'
'Dat wist ze niet!'
'Waarom dan?'
'Ze zei dat u het zou kunnen doen! U was... *ingegnoso*... een vindingrijk man. U hebt op andere mensen jacht gemaakt; u hebt middelen tot uw beschikking. Contacten, bronnen.'
'Dat is te vaag! Hoe?' Michael greep een pluk haar in zijn vuist en trok die half uit de schedel van de Italiaan.
'*Signore*... ze zei dat ze met drie chauffeurs had gesproken op het *piattaforma* voordat ze een taxi vond die haar naar Civitavecchia wilde brengen! Ze was bang!'
Daar zat iets in, dacht Havelock. Het was niet bij hem opgekomen om aan het Ostia-station naar een taxistandplaats te zoeken; er waren niet al te veel taxi's in Rome. Hij had eigenlijk helemaal niet gedacht, was alleen maar in beweging gebleven.
'*Per avore! Aiuto! Mio Dio!*' Het gegil kwam uit het water beneden.
Het ochtendlicht was weer helderder, de schepen in de haven bliezen daverend stoomwolken de lucht in. Er was nog maar

weinig tijd: de dokwerkers zouden gauw komen, de pier zou volstromen met mannen en machines. Hij moest precies te weten komen wat de onderhandelaar had verkocht; hij nam de keel van de man in een klemgreep.

'Zij is op de *Teresa*, nietwaar?'

'*Sì!*'

Havelock herinnerde zich de woorden van de eigenaar van *Il Tritone*: de *Teresa* voer naar Marseille. 'Hoe komt ze van het schip af?'

De Italiaan gaf geen antwoord: Michael stootte zijn vingers in de keel van de man en sneed de luchtpijp af. Hij vervolgde: 'U moet me begrijpen en goed begrijpen. Als u het me niet vertelt vermoord ik u, nu meteen. Het kan mij niets schelen... En als u liegt en ze ontsnapt me in Marseille, dan kom ik terug voor u. Ze had gelijk, ik ben vindingrijk en ik heb op heel wat mensen jacht gemaakt. Ik krijg u wel te pakken.'

Een stuiptrekking voer door de onderhandelaar, zijn oogleden sperden zich open, zijn mond was een gapend gat terwijl hij probeerde te knikken, probeerde te praten. Havelock verminderde zijn greep op de keel van de man. De Italiaan hoestte fel en greep naar zijn keel.

'Wat gaat het mij aan? Ik zal het u vertellen. Ik wil met mensen als u geen *affizione, signore!* Ik had beter moeten weten. Ik had beter moeten luisteren!'

'Ga door.'

'Niet Marseille. San Remo. De *Teresa* doet San Remo aan. Hoe of waar ze aan wal wordt gebracht dat weet ik niet – dat zweer ik u! Maar dit zal ik u zeggen; ik wil u niet achter mij aan krijgen, niemand van uw mensen! Ze betaalt om in Parijs te komen. Ze wordt over de grens gebracht bij Col des Moulinettes. Wanneer, dat weet ik niet – ik zweer het! Vandaar naar Parijs. Ik zweer het bij het bloed van Christus!'

De onderhandelaar hoefde niet te zweren, hij vertelde de waarheid; het was te zien aan zijn dodelijk verschrikte ogen. Hij sprak de waarheid uit angst... doodsangst. Wat had Jenna Karras hem verteld? Waarom had de man geen opdracht gegeven om hem te doden? Er was niets gestolen... aan de waterkant nota bene. Michael verminderde zijn greep op de nek van de Italiaan. Hij sprak rustig.

'U zei straks dat u me had kunnen laten vermoorden, maar dat hebt u niet gedaan. Zeg me nu maar eens waarom.'

'Nee, *signore*, dat zeg ik u niet,' fluisterde de man en hij schudde zijn hoofd. 'In godsnaam, u krijgt mij nooit meer te zien! Ik zeg niets, weet niets!'
Havelock hief langzaam het pistool op en liet het uiteinde van de loop rusten op het linkeroog van de man. 'Vertel op,' zei hij.
'Ik heb een klein, goedlopend zaakje hier, *signore*, maar ik heb me nooit – helemaal nooit – beziggehouden met politieke activiteiten! Of iets wat er ook maar in de verte op lijkt. Ik zweer het bij de tranen van de Madonna! Ik dacht dat ze loog, dat ze met leugens een beroep op me deed! Ik heb haar helemaal niet geloofd!'
'Maar ik werd niet vermoord, er werd me niets ontstolen, geloof ik dat u zei.' Michael zweeg even en schreeuwde toen, terwijl hij de loop van het pistool in het oog van de Italiaan duwde. 'Waarom?'
De man gilde terwijl hij de woorden uitstootte. 'Ze zei dat u een Amerikaan was die met de *comunisti* werkte! Met de Russen. Ik geloofde haar niet! Ik weet niets over zulke zaken! Maar voorzichtigheid nodigt uit tot – voorzichtigheid. In Civitavecchia staan we buiten zulke oorlogen. Die zijn te... *internazionali* voor ons soort mensen, die gewoon een paar armzalige duiten verdienen in de dokken. Dit soort dingen zegt ons niets, dat is de waarheid! Wij willen geen problemen, met geen van jullie... *Signore*, dat moet u toch begrijpen. U hebt een vrouw aangevallen – een *prostituta*, dat wel – maar een vrouw op de pier. Mannen hebben u tegengehouden, u weggetrokken, maar toen ik het zag heb ik hen tegengehouden! Ik heb hun gezegd dat we voorzichtig moesten zijn. We moesten denken...'
De angstige man bleef doorbrabbelen, maar Havelock luisterde niet meer. Wat hij gehoord had verbijsterde hem meer dan wat hij ook verwacht had te zullen horen. *Een Amerikaan die werkte... met de Russen.* En dat van Jenna? Dat was krankzinnig!
Had ze geprobeerd met een leugen een beroep op hem te doen, alleen maar om die kruimeldief flink bang te maken als alles voorbij was, na de valstrik? De Italiaan had er niet omheen gedraaid; hij had de woorden uit angst herhaald. Hij had niet gelogen.
Geloofde ze het? Was dat wat hij had gezien in haar ogen op

het perron in het Ostia-station? Geloofde ze het werkelijk...? Net zoals hij er zonder de minste twijfel zeker van was geweest dat zij een mol was voor de *Vodennaja*?

O, mijn god! Met een en dezelfde manoeuvre hadden ze de een tegen de ander opgezet! Waren de bewijzen tegen hem even waterdicht als die tegen haar? Dat moest wel zo zijn; dat had hij in haar ogen gelezen. Angst, verwonding... pijn. Er was niemand die ze vertrouwen kon, nu niet, voorlopig niet, misschien nooit meer. Ze kon alleen maar vluchten, net zoals hij was blijven vluchten. God, wat hadden ze gedaan? Waarom?

Ze was op weg naar Parijs. In Parijs zou hij haar vinden. Of naar San Remo of Col des Moulinettes vliegen en haar op een van beide plaatsen onderscheppen. Hij had het voordeel van snel transport: zij zat op een oud vrachtschip dat zich moeizaam door het water werkte; hij zou door de lucht gaan. Hij had tijd.

Hij zou die tijd gebruiken. Er was een inlichtingenofficier aan de ambassade in Rome die zou merken dat hij er was, zou weten hoe intens zijn woede was. Overste Baylor zou met antwoorden voor de dag moeten komen, anders zou men alles wat er was geschreven over de clandestiene operaties van Washington kunnen beschouwen als onbelangrijke voetnoten bij wat hij zou gaan onthullen. Het geblunder, de grove wetsovertredingen, de misrekeningen en tragische fouten die elk jaar duizenden in de gehele wereld het leven kostten; hij zou die voor de ogen van de wereld in bijzonderheden beschrijven. Hij zou beginnen met een neger-diplomaat in Rome die geheime opdrachten doorgaf aan Amerikaanse agenten in heel Italië en het westelijk deel van het Middellandse-Zeegebied.

'*Capisce?* U begrijpt het toch, *signore?*' De smeekbede van de Italiaan diende om tijd te winnen, zijn ogen keken schichtig naar rechts. Over de tweede pier liepen drie mannen door het vroege ochtendlicht naar de dukdalven aan de rand van de kade. Het vrachtschip dat de haven kwam binnenvaren zou gaan aanleggen op de plaats waar de *Elba* had gelegen. Nog maar even en er zouden nog meer ploegen verschijnen. 'Wij zijn voorzichtig... *naturalmente*, maar over zulke zaken weten wij niets! Wij zijn *creaturi* van de kades, meer niet.'

'Ik begrijp het,' zei Michael, hij raakte de schouder van de man en draaide hem om. 'Loop naar de rand,' beval hij kalm.

'*Signore!* Alstublieft! Ik smeek u!'
'Doe maar wat ik zeg. Nu.'
'Ik zweer bij de patroonheilige van de genade zelf! Bij het bloed van Christus, bij de tranen van de heilige moeder!' De Italiaan huilde, zijn stem begon luider te klinken. Nog even en hij zou hysterisch worden. 'Ik ben een onbeduidend koopman, *signore!* Ik weet niets! Zeg niets!'
'Springen,' zei Havelock toen ze de rand van de pier hadden bereikt. Hij duwde de onderhandelaar over de rand heen.
'*Mio Dio! Aiuto!*' gilde de handlanger beneden toen zijn werkgever zich bij hem voegde in het water.
Michael draaide zich om en hinkte terug naar de hoek van de pakhuismuur. De kade lag nog verlaten, maar de bewaker begon zich te bewegen, schudde met zijn hoofd, duwde zich met zijn handen omhoog in de schaduwen van het hokje. Havelock schoof het magazijn uit het pistool en schudde de patronen eruit; ze vielen kletterend op de kade. Hij haastte zich zo snel hij kon naar de poort; de bewaker liet zich weer vallen, snakkend naar adem en met zijn hand aan zijn hoofd. Toen Michael bij de deur van het glazen hokje kwam gooide hij het wapen naar binnen. Hij rende zo snel als hij zich kon voortbewegen door de poort naar zijn huurauto.
Rome. In Rome zouden de antwoorden liggen.

7

De vier mannen rond de tafel in de kamer met witte muren op de vijfde verdieping van het gebouw van Buitenlandse Zaken waren vrij jong, gerekend naar de maatstaven van Washingtons hoogste regionen. Hun leeftijd varieerde van midden dertig tot achter in de veertig, maar de groeven op hun gezicht en de bezorgdheid die nu en dan in hun ogen lag, vertelden een ander verhaal. Zij waren ouder dan hun jaren en de laatste jaren hadden hun psychologische tol geëist. Vaak was het een verwoestende tol die leidde tot slapeloze nachten en lange perioden van angst, nog verergerd doordat geen van hen de crises waartegenover ze kwamen te staan in die kamer, met iemand daarbuiten konden bespreken. Zij waren de strategiebepalers van de geheime operaties, de luchtverkeersleiders van de clandestiene activiteiten. Rondzwervende condors konden worden neergeschoten als zij zich maar even misrekenden. Anderen boven hen konden om de ver uiteenliggende doelwitten hebben verzocht; anderen onder hen hadden misschien de details van de opdrachten uitgewerkt. Maar alleen deze mannen waren zich bewust van elke denkbare variant, elk mogelijk gevolg van een bepaalde operatie; alles ging via hen. Ieder van hen was een specialist, een autoriteit op zijn gebied. Alleen zij konden de beslissende toestemming geven zodat de condors konden vliegen.

Toch hadden ze geen radarschermen of ronddraaiende antennes om hen te helpen; ze hadden enkel de projecties van menselijke gedragingen die hen konden leiden. Acties en reacties – niet alleen die van de vijand, maar ook die van hun eigen mensen buiten. Situaties beoordelen was een nooit aflatend gevecht, dat zelden tot ieders voldoening werd beslist. De 'wat als...'-waarschijnlijkheden werden geometrisch vergroot door elke wending van gebeurtenissen. Zij waren analisten in een eindeloos labyrint van abnormaliteiten, hun patiënten waren de produkten van die verwarring. Zij waren specialisten in een macabere manier van leven waar de waarheid gewoonlijk een leugen was en leugens maar al te vaak de enige manier om te blijven leven. Stress was de factor die hen het meest beangstigde, want onder maximale of langdurige spanning zagen zowel je vijanden als je eigen mensen dingen en deden ze dingen die ze anders niet zouden doen. Het volkomen onvoorspelbare, gevoegd bij het abnormale, dat vormde altijd gevaarlijk terrein.

Dat was de conclusie die de vier mannen hadden getrokken toen ze zich bogen over de crisis, laat in die nacht. Het telegram van overste Lawrence Baylor in Rome was met voorrang verzonden: de inhoud ervan maakte het noodzakelijk dat er een afgelegd dossier moest worden geopend, dat iedere strategiebepaler de feiten moest bestuderen.

Er bestond geen twijfel over. De gebeurtenissen aan de Costa Brava waren geverifieerd door de bevestigingen van twee mensen die aanwezig waren geweest: een van hen de agent in dienst van Buitenlandse Zaken, namelijk Havelock zelf, de andere een man die Havelock niet kende, genaamd Steven MacKenzie, een van de meest ervaren geheime agenten voor de CIA in Europa. Hij had zijn leven op het spel gezet om bewijsmateriaal mee terug te brengen: verscheurde kledingstukken die besmeurd waren met bloed. Alles was tot in de allerkleinste details onderzocht, de resultaten waren positief: *Jenna Karras*. Over de redenen van een bevestiging door een tweede man was niet gesproken en dat was ook niet noodzakelijk geweest. De relatie tussen Havelock en de vrouw in kwestie was bekend bij hen die dat moesten weten; een man onder maximale spanning zou een inzinking kunnen krijgen, niet in staat kunnen zijn om uit te voeren wat gedaan moest worden. Washington moest het weten. Agent MacKenzie had op een plek gestaan op zeventig meter ten noorden van Havelock en hij had een onbelemmerd uitzicht gehad. Zijn bevestiging was absoluut geweest, zijn bewijsmateriaal onweerlegbaar. Het meisje Karras was die avond gedood.

Het feit dat Steven MacKenzie was gestorven aan een hartaanval, drie weken nadat hij was teruggekeerd uit Barcelona, terwijl hij aan het zeilen was in de Chesapeake Baai, verminderde niets aan zijn bijdrage. De dokter die door de kustwacht was opgeroepen was een bekende arts geweest aan de oostkust, een chirurg die Randolph heette, iemand met een onberispelijk verleden. Een uitvoerige sectie had het onherroepelijk uitgewezen: de dood van MacKenzie had zonder twijfel natuurlijke oorzaken gehad.

Behalve dat wat de Costa Brava betrof was het bewijsmateriaal tegen Jenna Karras onderworpen geweest aan een zeer diepgaand onderzoek. Minister van buitenlandse zaken Anthony Matthias had dat geëist en de strategiebepalers wisten waarom. Dat was nog een relatie waarmee rekening moest worden gehouden: die welke al bijna twintig jaar had bestaan tussen Matthias en Michael Havelock, sinds de student zijn leraar had ontmoet in de collegezalen van de Princeton-universiteit. Ze waren beiden geboren Tsjechen, de ene had zich opgewerkt tot wellicht de meest briljante geopolitieke geest in de wetenschapswereld, terwijl de ander – een jonge, opgejaagde ontheemde – nog steeds vertwijfeld op zoek was naar zijn identiteit. De verschillen waren groot maar de vriendschap was krachtig.

Anton Matthias was meer dan veertig jaar geleden naar Amerika gekomen, als zoon van een vooraanstaand Praags dokter die zijn gezin overhaast uit Tsjechoslowakije had weggevoerd, vlak voordat de nazi's er kwamen, en die verwelkomd was door de medische wereld. De immigratie van Havelock, daar-

entegen, was in het geheim geschied; een gezamenlijke inspanning van de Amerikaanse en de Britse inlichtingendiensten. Zijn afkomst was verborgen gehouden, aanvankelijk voor de veiligheid van het kind zelf. En terwijl de komeetachtige opkomst van Matthias in de regering volgde nadat allerlei invloedrijke politieke figuren hem openlijk om advies hadden gevraagd en in het openbaar zijn briljantheid hadden geroemd, bewees de veel jongere man uit Praag zijn eigen waarde door een reeks clandestiene successen die nooit in het daglicht zouden komen. Toch bestond er, ondanks de verschillen in leeftijd, in intellect en temperament, een band tussen hen, die stevig werd aangehouden door de oudere man en waarvan de jongere man nooit misbruik maakte.
Degenen die het bewijsmateriaal tegen het meisje Karras bevestigden begrepen dat er geen fouten gemaakt mochten worden, net zoals de strategiebepalers nu begrepen dat het telegram uit Rome zorgvuldig bestudeerd en delicaat behandeld moest worden. Boven alles moest het voorlopig uit handen van Anthony Matthias worden gehouden. Want ondanks de berichten van de media dat de unieke minister van buitenlandse zaken vertrokken was voor een welverdiende vakantie, luidde de waarheid enigszins anders. Matthias was ziek, ernstig ziek, zeiden sommige mensen fluisterend, en ofschoon hij voortdurend contact onderhield met zijn departement – dagelijks, vaak elk uur – via zijn ondergeschikten, was hij al bijna drie weken niet meer in Washington geweest. Zelfs die schrandere mannen en vrouwen van de pers die een andere verklaring vermoedden achter het vakantiesmoesje, zeiden niets en schreven niets. Niemand wilde daar zelfs maar aan denken; dat kon de wereld zich niet veroorloven.
En Rome mocht in ieder geval geen extra last worden voor Anthony Matthias.
'Hij heeft natuurlijk hallucinaties,' zei de kalende man die Miller heette, terwijl hij zijn kopie van het telegram voor zich op tafel legde. Paul Miller, MD was psychiater, een specialist in het diagnostiseren van afwijkende gedragingen.
'Staat er iets in zijn dossier waardoor we gewaarschuwd hadden kunnen worden?' vroeg een roodharige, gedrongen man in een gekreukt pak en een hemd waarvan de boord openstond en de das loshing. Hij heette Ogilvie en was agent in de buitendienst geweest.

'Niets dat jij had kunnen lezen,' antwoordde Daniël Stern, de strategiebepaler aan de linkerkant van Miller. Zijn titel was directeur Consulaire Operaties, wat een eufemistische betiteling was voor de afdelingschef van de clandestiene activiteiten van Buitenlandse Zaken.
'Waarom niet?' vroeg de vierde man, een conservatief gekleed man die zo uit een IBM-advertentie in de *Wall Street Journal* had kunnen stappen. Hij zat naast Ogilvie en het verschil in hun uiterlijk was nogal opvallend. Zijn naam luidde Dawson, een jurist, gespecialiseerd in internationaal recht. Hij bleef doorhameren. 'Beweer je dat er zaken zijn – waren – weggelaten uit zijn dienstdossier?'
'Ja. Een overblijfsel uit geheimhoudingsoverwegingen van jaren geleden. Niemand heeft ooit de moeite genomen om het te herwaarderen en daarom bleef het dossier incompleet. Maar het antwoord op de vraag van Ogilvie zou daar wel eens gevonden kunnen worden. De waarschuwing die we over het hoofd hebben gezien.'
'Hoezo?' vroeg Miller terwijl hij over zijn bril tuurde en zijn vingers gekruist hield over de kale plek op zijn hoofd.
'Hij zou wel eens definitief opgebrand kunnen zijn. Over de rooie.'
'Wat bedoel je?' De roodharige Ogilvie boog zich naar voren en zijn gelaatsuitdrukking was niet vriendelijk. 'Situatiebeoordelingen zijn afhankelijk van beschikbare feiten, verdomme.'
'Ik geloof dat niemand dat noodzakelijk vond. Zijn staat van dienst is boven alle lof. Met uitzondering van een paar uitbarstingen is hij enorm produktief geweest en redelijk gebleven onder zeer ongunstige omstandigheden.'
'Alleen ziet hij nu dode mensen op spoorwegstations,' viel Dawson in de rede. 'Waarom?'
'Ken je Havelock?' vroeg Stern.
'Enkel uit een vraaggesprek voor personeel van de buitendienst,' antwoordde de jurist. 'Zowat negen maanden geleden; hij kwam ervoor over. Hij leek efficiënt.'
'Dat was hij ook,' viel de directeur van *Cons Op* hem bij. 'Efficiënt, produktief, redelijk... erg hard, erg kil, erg pienter. Maar hij heeft dan ook zijn opleiding gehad onder nogal uitzonderlijke omstandigheden. Misschien zouden we daar eens naar moeten kijken.' Stern zweeg, pakte een grote envelop en

haalde er voorzichtig een dossiermap met een rode rand uit. 'Dit is het volledige achtergronddossier over Havelock. Wat we eerst hadden bevatte de hoofdzaken en was voldoende. Afgestudeerd van Princeton met een Ph.D. in politicologie, met Slavische talen als tweede vak. Woonplaats: Greenwich, Connecticut. Een oorlogswees die uit Engeland kwam en geadopteerd werd door een echtpaar dat Webster heette, beiden betrouwbaar. Waar we natuurlijk allemaal naar keken was de aanbeveling van Matthias, iemand met wie je toen al rekening had te houden. En wat de recruteringsmensen hier op BZ zestien jaar geleden zagen was tamelijk voor de hand liggend. Een zeer intelligente Ph.D. van Princeton die bereid was te werken voor een ambtenarenloontje, zelfs bereid om zich te perfectioneren in zijn moedertaal en zich in te graven in het andere kamp. Maar dat was niet noodzakelijk – dat van die talen. Slavisch was zijn moedertaal; hij kende het beter dan we dachten. Dat staat hierin; het is de rest van zijn verhaal en het zou de reden kunnen zijn voor de inzinking waarvan we nu getuige zijn.'

'Nou spring je een verrekt end terug,' zei Ogilvie. 'Kun je het ons wat duidelijker maken? Ik hou niet van verrassingen; gepensioneerde achtervolgingswaanzinnigen kunnen we missen.'

'Het ziet ernaar uit dat we er eentje hebben,' kwam Miller tussenbeide, terwijl hij het telegram oppakte. 'Als het inzicht van Baylor iets waard is...'

'Dat is het,' viel Stern hem in de rede. 'Hij is een van de besten die we hebben in Europa.'

'Maar hij valt onder het Pentagon,' voegde Dawson eraan toe. 'Inzicht is daar geen sterk punt.'

'Bij hem wel,' verbeterde de directeur van *Cons Op* hem. 'Hij is zwart en hij moest wel goed zijn.'

'Dat wilde ik ook net zeggen,' vervolgde de psychiater. 'Baylor voegt er een sterke aanbeveling aan toe om Havelock serieus te nemen. Hij zag wat hij zag.'

'En dat is onmogelijk,' zei Ogilvie. 'En dat betekent dat we met een geschifte te maken hebben. Wat staat daarin, Dan?'

'Een rotjeugd,' antwoordde Stern, en hij tilde de omslag van het dossier op en sloeg enkele bladzijden om. 'We wisten dat hij een Tsjech was, maar meer ook niet. Er waren een paar duizend Tsjechische vluchtelingen in Engeland tijdens de oorlog en dat was de verklaring die we kregen voor zijn aanwezigheid daar. Maar het was niet waar; er waren twee verhalen, een echte en een dekmantel. Hij was tijdens de oorlog niet in Engeland en zijn ouders ook niet. Hij bracht die jaren in en rond Praag door. Het was één lange nachtmerrie en voor hem heel reëel. Het begon toen hij oud genoeg was om het te begrijpen, om het te zien. Jammer genoeg kunnen we niet in zijn hoofd kijken en dat zou nu wel eens uiterst belangrijk kunnen zijn.' De directeur wendde zich tot Miller. 'Jij zult ons hier van advies moeten dienen, Paul. Hij zou wel eens heel gevaarlijk kunnen zijn.'

'Dan kun je beter maar wat meer uitleg geven,' zei de dokter. 'Hoe ver gaan we terug? En waarom?'

'Laten we eerst het "waarom" maar eens nemen,' zei Stern en hij haalde een aantal bladen uit het dossier. 'Hij heeft van kindsbeen af al met het spook van verraad geleefd. Er was een periode tijdens zijn adolescentie en toen hij net volwassen was – de middelbare school en de jaren op de universiteit – dat de druk niet aanwezig was, maar de herinneringen moeten vrij afschuwelijk zijn geweest voor hem. Toen is hij de volgende zestien jaar – deze afgelopen zestien jaar – weer terug geweest in diezelfde soort wereld. Misschien heeft hij te veel spoken gezien.'

'Bijzonderheden, alsjeblieft, Daniël,' drong de psychiater aan.

'Om die te kunnen geven,' antwoordde de directeur, terwijl zijn ogen over de bovenste bladzijde in zijn hand zwierven, 'moeten we terugkeren naar juni 1942, de oorlog in Tsjechoslowakije. Hij heet namelijk niet Havelock, hij heet Havlíček. Mikhail Havlíček. Hij is in Praag geboren, ergens midden in de jaren dertig, de juiste datum is niet bekend. Alle gegevens zijn vernietigd door de Gestapo.'

'*Gestapo?*' De jurist, Dawson, leunde achterover in zijn stoel en hij begon zich iets te herinneren. 'Juni 1942... De Neurenbergse processen.'

'Het maakte een vrij groot onderdeel uit op de agenda van Neurenberg,' gaf Stern toe. 'Op 27 mei werd Reinhard Heydrich, bekend als *der Henker*, de beul van Praag, vermoord door Tsjechische partizanen. Hun leider was een professor die ontslagen was aan de Carolinum-universiteit en die voor de Britse inlichtingendienst werkte. Zijn naam was Havlíček en hij woonde met zijn vrouw en zijn zoon in een dorpje op ongeveer veertien kilometer buiten Praag, waar hij de partiza-

nencellen organiseerde. Dat dorpje heette Lidice.'
'O, mijn god,' zei Miller en hij liet het telegram uit Rome langzaam op tafel fladderen.
'Hij was niet zo opvallend aanwezig,' klonk het droge commentaar van Stern, terwijl hij de bladzijden in zijn hand verschoof. 'Omdat hij bang was dat hij misschien was gezien op de plaats van Heydrichs moordaanslag, bleef Havlíček bijna twee weken uit zijn huis weg en leefde hij in de kelders van de universiteit. Hij was niet gezien, maar iemand anders uit Lidice wel. De prijs voor Heydrichs dood werd bepaald: alle volwassen mannen zouden geëxecuteerd worden. De vrouwen werden gerecruteerd – voor slavenarbeid in de fabrieken – en die er behoorlijk uitzagen werden naar de officiersverblijven gestuurd. De kinderen... die zouden gewoon "verdwijnen". *Jugendmöglichkeite.* Die nog aan te passen waren zouden geadopteerd worden, de rest zou vergast worden in afgesloten bestelwagens.'
'Efficiënte rotzakken, nietwaar?' zei Ogilvie. 'De bevelen uit Berlijn werden geheim gehouden tot de ochtend van de tiende juni, de dag van de massale executies,' las Stern verder voor. 'Dat was ook de dag waarop Havlíček op weg was naar huis. Toen het bekend werd, de proclamaties aangespijkerd werden tegen telefoonpalen en omgeroepen werden over de radio, hielden de partizanen hem tegen. Ze sloten hem op en hielden hem kalm met verdovende middelen; ze wisten dat hij niets kon uitrichten en vonden hem te waardevol. Tenslotte kreeg hij het allerergste te horen. Zijn vrouw was naar de hoerenkampen gestuurd – later hoorde men dat ze zich de eerste nacht had gedood en een Duits officier erbij – en dat zijn zoon nergens te vinden was.'
'Maar hij was – kennelijk – niet met de andere kinderen opgepakt,' zei Dawson.
'Nee. Hij was op konijnenjacht geweest en hij kwam op tijd terug om de razzia's te zien, de executies, de lijken die in massagraven werden gesmeten. Hij kreeg een shock, vluchtte de bossen in en leefde wekenlang als een dier. Langzamerhand begon het bekend te raken onder de boeren daar: men had een kind zien lopen in de bossen, er waren voetstappen gevonden in de buurt van schuren, voetstappen die weer terugleidden de bossen in. De vader hoorde het en wist het toen; hij had tegen zijn zoon gezegd dat hij moest ontsnappen naar

de bossen als de Duitsers hem ooit kwamen halen. Het duurde een maand, maar Havlíček kwam de jongen op het spoor. Hij had zich verborgen gehouden in grotten en bomen, als de dood om zich te vertonen, alles etend wat hij kon stelen en uit de grond kon graven en hij bleef voortdurend bezeten door de nachtmerrie van het bloedbad.'

'Een lieflijke jeugd,' zei de psychiater, terwijl hij een notitie maakte.

'Dat was pas het begin.' De directeur van *Cons Op* pakte een andere bladzijde uit het dossier. 'Havlíček en zijn zoon bleven in de sector Praag-Borislava en de ondergrondse oorlog verhevigde, terwijl de vader de leider was van de partizanen. Een paar maanden later werd de jongen een van de jongste rekruten in de *Dlska Brigáda* – de Kinderbrigade. Zij werden als koeriers gebruikt. De boodschappen bestonden meestal uit nitroglycerine en plastic springstoffen. Eén misstap, één fouillering... één soldaat die hunkerde naar een jongetje... en alles was voorbij.'

'En zijn vader stond dat toe?' vroeg Miller ongelovig.

'Hij kon hem niet tegenhouden. De jongen ontdekte wat ze met zijn moeder hadden gedaan. Drie jaar lang maakte hij die lieflijke jeugd door, zoals jij dat noemde, Paul. Het was griezelig, macaber. In die nachten, wanneer zijn vader erbij was, kreeg hij onderwijs, net als iedere andere schooljongen. Overdag in de bossen en de velden, leerden anderen hem hoe hij moest vluchten en onderduiken, hoe hij moest liegen. Hoe hij moest doden.'

'Dat was de training waar je het over had, nietwaar?' vroeg Ogilvie zacht.

'Ja. Voor zijn tiende wist hij hoe het voelde als je iemand van het leven beroofde, als je vrienden gedood zag worden. Afzichtelijk.'

'Onuitwisbaar,' voegde de psychiater eraan toe. 'Springstoffen die dertig jaar geleden zijn aangebracht.'

'Zou de Costa Brava die dertig jaar later tot ontploffing kunnen brengen?' vroeg de jurist terwijl hij de dokter aankeek.

'Dat is mogelijk. Er zweven daar een stelletje bloedrode beelden rond, een paar vrij akelige symbolen. Ik zou een verrekte hoop meer moeten weten.' Miller keerde zich naar Stern, met zijn potlood gereed boven zijn notitiebloc. 'Wat is er toen met hem gebeurd?'

'Met hen allemaal,' verbeterde Stern. 'Het werd tenslotte vrede – ik moet eigenlijk zeggen dat de oorlog formeel voorbij was – maar in Praag heerste geen vrede. De Russen hadden zo hun eigen plannen en er kwam een ander soort waanzin voor in de plaats. Havlíček senior trad politiek nogal op de voorgrond, angstvallig bezorgd voor de vrijheid die hij en de partizanen hadden bevochten. Hij merkte dat hij in een andere oorlog terecht was gekomen, even ondergronds als voorheen en even wreed. Met de Russen.' De directeur sloeg een bladzijde om. 'Voor Havlíček kwam het einde op 10 maart 1948, met de moordaanslag op Jan Masaryk en de instorting van de sociaal-democraten.'
'In welke zin?'
'Hij verdween. Naar een *goelag* in Siberië gevoerd of naar een graf dat dichterbij lag. Zijn politieke vrienden reageerden snel: de Tsjechen en de Russen kennen eenzelfde spreekwoord. "De speelse welp is de wolf van morgen." Zij verborgen de jonge Havlíček en namen contact op met de Britse MI6. Bij iemand begon het geweten zich te roeren; de jongen werd het land uitgesmokkeld en naar Engeland gebracht.'
'Dat spreekwoord over de welp die de wolf van morgen wordt...' merkte Ogilvie op. 'Dat is waarheid geworden, nietwaar?'
'Op een manier die de Russen nooit hadden kunnen voorzien.'
'Hoe pasten de Websters in het geheel?' vroeg Miller. 'Ze waren kennelijk zijn sponsors hier, maar de jongen was in Engeland.'
'Het was eigenlijk toeval. Webster was reserve-kolonel geweest in de oorlog, verbonden aan het centrale oppercommando. In '48 was hij voor zaken in Londen en zijn vrouw was erbij, en tijdens een dineetje met vrienden uit de oorlog hoorden ze over een jonge Tsjech die uit Praag was gehaald en die in een weeshuis in Kent woonde. Van het ene kwam het andere – de Websters hadden geen kinderen en het verhaal van de jongen was zeker intrigerend, zo niet ongelooflijk – dus reden die twee naar Kent en namen hem een interview af. Dat woord wordt hier gebruikt, "interview". Kil, vinden jullie niet?'
'Zij waren dat duidelijk niet.'
'Nee, dat waren ze zeker niet. Webster ging aan het werk. Papieren werden vervalst, de wet werd omgebogen en tenslotte kwam een erg verward kind hierheen vliegen met een nieuwe

identiteit. Havlíček bofte; hij ging van een Engels weeshuis naar een welgesteld gezin in een gegoede Amerikaanse voorstad, met inbegrip van de betere voorbereidende scholen en Princeton-universiteit.'

'En een nieuwe naam,' zei Dawson.

Daniël Stern glimlachte. 'Als er dan toch een alias nodig werd gevonden waren onze reserve-kolonel en zijn vrouw kennelijk van mening dat er in Greenwich verengelst moest worden. We hebben allemaal onze eigenaardigheden.'

'Waarom hun naam niet?'

'Zover wilde de jongen niet gaan. Zoals ik al eerder zei moesten de herinneringen blijven. Onuitwisbaar, zoals Paul het uitdrukte.'

'Leven de Websters nog?'

'Nee. Dan zouden ze nu zowat honderd moeten zijn. Ze stierven beiden vroeg in de jaren zestig, toen Havelock op Princeton zat.'

'Waar hij Matthias ontmoette,' voegde Ogilvie daaraan toe.

'Ja,' stemde de directeur van *Cons Op* in. 'Daardoor kwam de klap minder hard aan. Matthias raakte in hem geïnteresseerd, niet alleen vanwege het werk van Havelock. Wat misschien nog belangrijker was: zijn familie had de Havlíčeks in Praag gekend. Ze maakten allen deel uit van de intelligentsia, totdat de Duitsers die opbliezen en de Russen – daar komt het op neer – de overlevenden beproeven.'

'Kende Matthias het hele verhaal?'

'Helemaal,' antwoordde Stern.

'Die brief in het Costa Brava-dossier is nu ook beter te begrijpen,' zei de jurist. 'Het briefje dat Matthias naar Havelock stuurde.'

'Hij wilde dat dat erin bleef,' legde Stern uit, 'zodat er aan onze kant geen misverstanden zouden ontstaan. Als Havelock koos voor onmiddellijk ontslag, moesten wij dat toestaan.'

'Dat weet ik,' vervolgde Dawson, 'maar ik nam aan, toen Matthias eraan refereerde hoe Havelock al had geleden in... "de dagen van weleer" geloof ik dat hij schreef... dat hij toen gewoon bedoelde het verlies van zijn beide ouders in de oorlog. Niet zoiets.'

'Nu weet je het dan. Weten wij het.' Stern keerde zich opnieuw naar de psychiater. 'Wat zeg je ervan, Paul?'

'Dat ligt voor de hand,' zei Miller. 'Haal hem hierheen. Beloof hem wat je wilt, maar breng hem hierheen. En we kunnen ons geen enkel ongelukje veroorloven. Haal hem hier levend heen.'

'Ik ben het met je eens dat dat het allerbeste is,' merkte de roodharige Ogilvie op, 'maar ik zie niet in dat we geen andere keus zouden hebben.'

'Dat kun je maar beter wel,' zei de dokter. 'Je zei het bovendien zelf al. Paranoïde. Geschift. Costa Brava ging Havelock heel erg persoonlijk aan. Dat zou heel goed die springstoffen tot ontploffing gebracht kunnen hebben die dertig jaar geleden werden aangebracht. Een deel van hem is daar weer terug, is zichzelf aan het beschermen, een heel verdedigingsstelsel aan het bouwen tegen achtervolging, tegen een aanval. Hij rent weer door de bossen en heeft de executies in Lidice weer bijgewoond; hij is weer bij de Kinderbrigade, met nitroglycerine aan zijn lijf gebonden.'

'Waar Baylor het over heeft in zijn telegram.' Dawson pakte het op. 'Hier staat het. "Verzegelde verklaringen", "uit de school klappen". Dat zou hij allemaal kunnen doen.'

'Hij is tot alles in staat,' vervolgde de psychiater. 'Er zijn geen gedragsregels. Als hij eenmaal hallucinaties heeft kan hij heen en terug schuiven tussen fantasie en werkelijkheid – en elke fase heeft een tweeledig doel: zichzelf overtuigen dat hij wordt achtervolgd en tegelijkertijd daaraan zien te ontsnappen.'

'Hoe zit het met Rostov in Athene?' vroeg Stern.

'We weten niet of er wel een Rostov was in Athene. Het zou deel kunnen uitmaken van zijn fantasie, doordat hij zich achteraf een man herinnert die hij op straat heeft ontmoet en die op hem lijkt. Wij weten dat het meisje Karras van de KGB was. Waarom zou er ineens iemand als Rostov opduiken die dat ontkent?'

Ogilvie boog zich voorover. 'Baylor zegt dat Havelock het een blinde sondering noemde. Rostov had hem op kunnen pakken, uit Griekenland kunnen smokkelen.'

'Waarom deed hij dat dan niet?' vroeg Miller. 'Toe nou, Red, jij hebt tien jaar in de buitendienst gezeten. Blinde sondering of niet: als jij Rostov was en je wist wat er daarginds in de Lubjanka was, zou jij dan Havelock niet hebben opgepakt onder de omstandigheden zoals in dat telegram worden beschreven?'

Ogilvie zweeg even en staarde de psychiater aan. 'Ja,' zei hij tenslotte. 'Want ik zou hem altijd nog vrij kunnen laten – als ik dat wilde – voordat iemand zelfs wist dat ik hem had opgepakt.'

'Precies. Het is tegenstrijdig. Was het Rostov in Athene of ergens anders? Of was onze patiënt aan het fantaseren, bezig zijn eigen zaak voor achtervolging op te bouwen om zich vervolgens daartegen te verdedigen?'

'Naar wat die overste Baylor beweert was hij verdomd overtuigend,' merkte de jurist Dawson op.

'Een schizofreen die aan hallucinaties lijdt – als hij er zo een is – kan enorm overtuigend zijn omdat hij volkomen gelooft wat hij zegt.'

'Maar zeker weten doe je het niet, Paul,' hield Daniël Stern vol.

'Nee, dat is waar. Maar wij weten één ding zeker... twee dingen, in feite. Het meisje Karras was van de KGB en zij werd gedood aan de Costa Brava. Voor het eerste was het bewijs onweerlegbaar en voor het tweede hebben we twee bevestigingen van mensen die erbij waren, waarvan eentje van Havelock zelf.' De psychiater bestudeerde de gezichten van de drie mannen. 'Dat is alles waarop ik een diagnose kan baseren; dat en deze nieuwe informatie over een zekere Mikhail Havlíček. Iets anders kan ik niet doen. Jullie hebben om advies gevraagd, niet om definitieve uitspraken.'

'"Beloof hem wat je wilt..."' herhaalde Ogilvie. 'Dat klinkt net als zo'n verrekte televisiespot.'

'Als je hem maar hierheen haalt,' vulde Miller aan. 'En zo vlug je maar kunt. Zie hem in een kliniek te krijgen, behandel hem, als je maar uitvindt wat hij gedaan heeft en waar hij die verdedigingsmiddelen van hem heeft gelaten. De "verzegelde verklaringen" en het "klappen uit de school".'

'Ik hoef dat niemand van jullie hier bij te brengen,' merkte Dawson zacht op. 'Havelock weet een heleboel wat enorm veel schade zou kunnen berokkenen als het bekend raakte. Wat de Russen te weten zouden komen, zou uitgebreide schade veroorzaken, maar onze eigen geloofwaardigheid – hier en buiten Amerika – zou er al evenzeer onder lijden. Eerlijk gezegd, meer. Codes, informanten, bronnen – die kunnen allemaal worden veranderd, netwerken kunnen worden gewaarschuwd. Maar we kunnen niet de geschiedenis van bepaalde gebeurtenissen gaan herschrijven waar inlichtingenverdragen geschonden werden, de wetten van gastlanden werden overtreden door onze mensen.'

'Om maar niet te spreken over de binnenlandse beperkingen die ons hier zijn opgelegd,' voegde Stern eraan toe. 'Ik weet dat je die ook bedoelde, ik wilde er alleen maar de nadruk op leggen. Havelock is daarvan op de hoogte; hij heeft een paar uitwisselingen voor elkaar gebracht als een gevolg daarvan.'

'Alles wat we gedaan hebben was gerechtvaardigd,' zei Ogilvie kortaf. 'Als er iemand bewijzen wil, dan zijn er een paar honderd dossiers die laten zien wat we bereikt hebben.'

'En een paar duizend die dat niet bewijzen,' wierp de jurist tegen. 'Bovendien is er ook nog de Constitutie. Nu spreek ik natuurlijk als advocaat van de duivel.'

'Gelul!' zei Ogilvie onmiddellijk. 'Tegen de tijd dat we officiële machtigingen en bevelen hebben, wordt de vrouw of de vader van een of andere stakker naar een van die *goelags* van ze gestuurd, terwijl iemand als Havelock een deal had kunnen maken. Als we op tijd de bewaking hadden kunnen organiseren, zodat we wisten wat er gaande was.'

'Het is een grijze zone, Red,' legde Dawson uit, niet onvriendelijk. 'Wanneer is moord gerechtvaardigd, werkelijk gerechtvaardigd? Goed beschouwd zijn er mensen die vinden dat onze successen geen rechtvaardiging vormen voor onze mislukkingen.'

'Eén man die de grens oversteekt naar onze kant is voldoende rechtvaardiging.' Ogilvies blik was kil. 'Eén gezin dat weg kan uit een kamp in Magya-Orszag of Krakau of Dannenwalde of Liberec betekent rechtvaardiging. Want daar zitten ze, meneer de raadsman, en daar horen ze niet. Wie krijgt er verdomme de klappen, de echte klappen? Een paar schreeuwerige zonderlingen met politieke hakbijlen en overdreven grote ego's. Ze zijn het niet waard.'

'Volgens de wet anders wel. Volgens de grondwet.'

'Dan vegen we onze reet af aan de wet en schieten een paar gaten in de grondwet. Ik ben doodziek van al die schreeuwende, langharige betweters die de eerste de beste zaak aangrijpen om onze bewegingsvrijheid in te perken en de aandacht op zichzelf te vestigen. Ik heb die rehabilitatiekampen gezien, meneer de advocaat. Ik ben er geweest.'

'En dat is nu net je waarde,' kwam Stern snel tussenbeide om

de zaak te sussen. 'Elk van ons heeft waarde, zelfs wanneer hij een oordeel uitspreekt dat hij liever niet had uitgesproken.
'Ik geloof dat Dawson duidelijk maken wil,' kwam Stern tussenbeide, 'dat dit niet het moment is voor een onderzoek door de Senaat, of voor om de galg schreeuwende jury's van een controlecommissie van het Congres. Die zouden onze handen heel wat meer afdoende kunnen binden dan welke bende ook van sjiek-radicalen op leeftijd of van jongeren die nog niet droog zijn achter de oren.'
'Of,' zei Dawson terwijl hij even naar Ogilvie keek met een blik waaruit sprak dat ze elkaar begrepen, 'vertegenwoordigers van een half dozijn regeringen die zich melden aan onze ambassades en ons vertellen dat we bepaalde operaties moeten afbreken. Jij bent daar ook bijgeweest, Red. Ik geloof niet dat je dat wilt.'
'Onze patiënt kan ervoor zorgen dat het gebeurt,' merkte Miller op. 'En hij zal dat zeer waarschijnlijk ook doen, tenzij we hem op tijd bereiken. Hoe langer we zijn hallucinaties laten voortduren zonder medische behandeling, des te dieper zal hij wegglijden in zijn fantasie en dat zal met versnelde werking gebeuren. De vervolgingen zullen zich opstapelen totdat ze ondraaglijk voor hem worden en hij denkt dat hij van zich af moet slaan... terug moet slaan. Zelf moet aanvallen. Dat zijn zijn verdedigingsmechanismen.'
'In welke vorm zou dat kunnen gebeuren, Paul?' vroeg de directeur van *Cons Op*.
'In allerlei vormen,' antwoordde de psychiater. 'Extreem gezien zou hij contact kunnen leggen met mensen die hij gekend heeft – of over wie hij gehoord heeft in kringen van buitenlandse inlichtingendiensten en zou hij geheime informatie kunnen aanbieden. Dat zou de basisfantasie kunnen zijn van de "ontmoeting" met Rostov. Of hij zou brieven kunnen schrijven – met kopieën aan ons – of telegrammen versturen – die wij gemakkelijk kunnen onderscheppen – die zinspelen op activiteiten in het verleden waarvan wij ons het napluizen niet kunnen veroorloven. Wat hij ook doet, hij zal uiterst behoedzaam optreden, heimelijk, en met de werkelijkheid van zijn eigen deskundigheid zal hij zijn gefantaseerde manipulaties beschermen. Jij zei het al, Daniël: hij zou gevaarlijk kunnen zijn. Hij is gevaarlijk.'
'"Aanbieden om te leveren",' zei de jurist, en hij herhaalde de

uitdrukking van Miller. 'Zinspelen... Niet het leveren zelf, niet domweg afgeven?'
'In het begin niet. Hij zal proberen ons te dwingen – ons chanteren – hem te vertellen wat hij wil horen. Dat het meisje Karras leeft; dat er een samenzwering was om hem tot ontslag te dwingen.'
'En dat kunnen we geen van beide met overtuiging doen, omdat er helemaal niets is wat we hem als bewijs kunnen aanbieden,' zei Ogilvie. 'Niets wat hij zal accepteren. Hij zit in de buitendienst. Wat we hem ook sturen, hij zal het door de zeef halen, erop kauwen om te zien of het echt is en het weer op de mesthoop terugspuwen. Wat vertellen we hem dan?'
'Vertel hem niets,' zei Miller. 'Je belooft hem wat te zeggen. Kleed het maar in zoals je wilt. De informatie is zo geheim dat we het niet per koerier kunnen sturen, te gevaarlijk om buiten deze kamers te laten. Speel zijn spel maar mee, zuig hem hierheen. Denk eraan, hij verlangt er vertwijfeld naar – heeft dat nodig, als je wilt – om zijn primaire hallucinatie bevestigd te zien. Hij zag een dode vrouw; dat moet hij geloven. En de bevestiging is hier; daaraan zou hij niet kunnen weerstaan.'
'Sorry, opperhoofd.' De roodharige, gewezen agent stak zijn handpalmen omhoog. 'Dat zal hij niet slikken, niet op die manier. Zijn... hoe noemde je het ook alweer? Het deel van zijn "werkelijkheid"? – zou het verwerpen. Dat is net zoiets als een geheime code op een havermoutdoos. Dat kan gewoon niet. Hij zal iets sterkers willen hebben, veel sterker.'
'Matthias?' vroeg Dawson zachtjes.
'In het ideale geval,' stemde de psychiater in.
'Nog niet,' zei Stern. 'Niet voordat we geen andere keuze meer hebben. Er wordt gefluisterd dat hij weet dat hij achteruit gaat; hij spaart zijn krachten voor SALT-III. We kunnen hem hier nu niet mee lastigvallen.'
'Misschien kunnen we niet anders,' hield Dawson vol.
'Misschien niet, misschien ook wel.'
De directeur keerde zich naar Ogilvie. 'Waarom moet Havelock iets concreets krijgen voorgeschoteld, Red?'
'Om dicht genoeg bij hem te kunnen komen om hem te pakken te krijgen.'
'Kunnen we niet een bepaalde gegevensreeks opzetten – bijvoorbeeld een brokje informatie dat naar het volgende brok

leidt, telkens belangrijker gegevens – zodat we hem naar ons toe trekken? Hij krijgt het laatste pas als hij zijn gezicht laat zien?'

'Schatzoeken?' vroeg Ogilvie lachend.

'Daar is hij al mee bezig,' zei Miller rustig.

'Het antwoord is nee.' De roodharige man leunde naar voren, zijn ellebogen op de tafel. 'Zo'n reeks is afhankelijk van geloofwaardigheid; hoe beter de man in het veld, des te geloofwaardiger moet alles zijn. En het is een bijzonder delicate aangelegenheid. De persoon in kwestie, als het iemand als Havelock is, gebruikt stromannen, blinde tussenpersonen. Zo iemand keert het proces om en programmeert de stromannen met eigen informatie, geeft de tussenpersonen vragen die ter plekke beantwoord moeten worden. Hij slorpt jou op. Hij zal geen perfecte antwoorden verwachten; hij zou bijzonder achterdochtig worden als hij die wel kreeg, maar er moet een bepaalde lijn in te zien zijn. Dat is niet iets wat je op papier kunt zetten en analyseren; het is een instinct voor geloofwaardigheid. Er zijn niet voldoende goede mensen om zo'n reeks op te zetten voor Havelock. Eén serieuze misstap en hij slaat zijn boek dicht en vertrekt.'

'En stelt de explosieven in werking,' zei Miller.

'Ik begrijp het,' zei Stern.

En het was duidelijk dat de mannen rond de tafel het inderdaad begrepen. Het was een van die momenten waarop die slordig geklede, lichtgeraakte Ogilvie liet zien wat hij waard was, zoals hij zo vaak deed. Hij had in die doolhof gewerkt die 'buitendienst' heette en zijn samenvattingen waren vaak op een heel eigen manier veelzeggend en scherpzinnig.

'Maar er is wel een manier,' zei de gewezen agent. 'Ik geloof wel dat het zowat de enige is.'

'Wat voor manier dan?' vroeg de directeur van *Cons Op*.

'Ik.'

'Uitgesloten.'

'Denk er eens over,' zei Ogilvie snel. 'Ik ben geloofwaardig. Havelock kent mij – belangrijker nog, hij weet dat ik aan deze tafel zit. Voor hem maak ik deel uit van hen, een halfgeschifte strategiebepaler die misschien niet weet waar hij om vraagt, maar die verrekt goed weet waarom het gevraagd wordt. En met mij is het anders; er zijn er een paar buiten die daar misschien zelfs op rekenen. Ik ben daar geweest waar zij ook zijn geweest. Niemand van jullie kan dat zeggen. Buiten Matthias ben ik de enige naar wie hij zal willen luisteren, die hij zal willen ontmoeten.'

'Het spijt me, Red. Zelfs als ik het met je eens was, en ik geloof dat ik dat ben, kan ik het niet toestaan. Je kent de regels. Zodra je deze kamer binnenstapt ga je nooit meer de buitendienst in.'

'Die regel werd hier in deze kamer gemaakt. Het is geen wet van Meden en Perzen.'

'Hij werd om een hele goede reden gemaakt,' zei de jurist. 'Om dezelfde reden waarom onze huizen worden bewaakt, vierentwintig uur per dag, onze auto's worden gevolgd en onze particuliere telefoons afgetapt met onze toestemming. Als iemand van ons zou worden opgepakt door mensen die in ons geïnteresseerd zijn, van Moskou tot Peking en de Perzische Golf, dan zouden de gevolgen niet te overzien zijn.'

'Ik wil niet tegenspreken, edelachtbare, maar die veiligheidsmaatregelen werden genomen voor mensen als jij en het opperhoofd hier. Zelfs voor Daniël. Met mij is het wat anders. Mij zouden ze niet eens proberen op te pakken, omdat ze weten dat ze met lege handen zouden staan.'

'Niemand twijfelt er aan jouw vaardigheden,' wierp Dawson tegen. 'Maar volgens mij...'

'Het heeft niets te maken met vaardigheden,' viel Ogilvie hem in de rede, terwijl hij de revers van zijn versleten tweedcolbertje vastpakte en omdraaide naar de jurist die naast hem zat. 'Kijk maar eens goed, edelachtbare. Er zit een bobbeltje, zowat twee centimeter van de punt.'

Dawson keek even met nietszeggende ogen naar de stof. 'Cyanide?'

'Precies.'

'Soms, Red, krijg ik gewoon geen hoogte van jou.'

'Vergis je niet in mij,' zei Ogilvie eenvoudigweg. 'Ik wil dit nooit gebruiken... en de andere die ik binnen bereik heb al evenmin. Ik ben geen protserige malloot die jullie schrik probeert aan te jagen. Ik hou mijn arm niet boven het vuur om te laten zien hoe dapper ik wel ben, evenmin als ik iemand wil vermoorden of me door hem wil laten vermoorden. Ik heb die pillen omdat ik een lafaard ben, meneer de jurist. Jij zegt dat wij vierentwintig uur per dag bewaakt worden. Da's geweldig, maar volgens mij is dat een overdreven bescherming tegen iets wat niet bestaat. Ik geloof niet dat er van jullie een dossier bestaat aan het Dzerzjinskiplein; in elk geval niet over jou of de dokter hier. Ik weet zeker dat er een bestaat over Stern, maar hem wegpikken, dat is net zoiets als geheime codes op havermoutdozen, of hetzelfde als wanneer wij zo iemand als Rostov op zouden pakken. Zoiets gebeurt niet. Maar van mij is er wel een dossier, daar kun je je rechtskundige kop om verwedden en ik ben niet met pensioen. Wat ik weet is nog steeds heel erg van kracht, nog meer sinds ik deze kamer ben binnengestapt. Daarom heb ik die kleine krengen. Ik weet hoe ik erin zou gaan en hoe ik eruit zou komen en zij weten dat ik het weet. Vreemd genoeg vormen die pillen mijn bescherming. Zij weten dat ik ze heb en ze weten dat ik ze zou gebruiken. Omdat ik een lafaard ben.'

'En je hebt net tot in bijzonderheden de redenen verteld waarom je niet in de buitendienst kunt gaan,' zei de directeur van Consulaire Operaties.

'Is dat zo? Dan heb je ofwel niet goed geluisterd of je zou ontslagen moeten worden wegens ongeschiktheid. Omdat je geen rekening houdt met wat ik niet in bijzonderheden heb verteld. Wat wil je, schoolmeester? Een briefje van mijn dokter? Om helemaal geen werk meer te hoeven doen?'

De strategiebepalers keken elkaar vluchtig aan, ze voelden zich weinig op hun gemak. 'Toe nou, Red, hou daarover op,' zei Stern. 'Dat is niet nodig.'

'Jawel, dat is het wel, Dan. Het is een zaak die je mee laat spelen wanneer je een beslissing neemt. We zijn allemaal op de hoogte; we praten er gewoon niet over en ik denk dat daar een zekere consideratie in meespeelt. Hoe lang heb ik nog? Drie maanden, vier misschien? Daarom ben ik hier en dat was een verstandige beslissing.'

'Het was toch niet de enige reden,' zei Dawson zacht.

'Als het niet zwaar in mijn voordeel heeft gewogen dan zou het dat hebben moeten doen, edelachtbare. Je moet altijd iemand uit de buitendienst nemen op wiens lange levensduur – of net het tegengestelde – je kunt rekenen.' Ogilvie keerde zich naar de kalende Miller. 'Onze dokter weet daar alles van, nietwaar, Paul?'

'Ik ben jouw dokter niet, Red,' zei de psychiater kalm.

'Dat hoef je niet te zijn: je hebt de rapporten gelezen. Over vijf weken of zo zal de pijn erger beginnen te worden... daar-

na nog erger. Ik zal het niet voelen, natuurlijk, want tegen die tijd lig ik in een ziekenhuiskamer en daar zal de zaak onder controle worden gehouden door injecties, en al die onwaarachtige, opgewekte stemmen zullen me vertellen dat ik zelfs beter word. Tot ik ze niet meer duidelijk zie of kan horen en dan hoeven ze niks meer te zeggen.' De gewezen agent leunde achterover in zijn stoel en keek Stern aan. 'Wat we hier hebben, dat zou onze geleerde jurist een samenloop van heilzame prerogatieven noemen. De kans bestaat dat de Russen me niet aan zullen raken, maar als ze het toch zouden proberen dan is er voor mij niks verloren, daar kunnen jullie verdomd zeker van zijn. En ik ben de enige hier die Havelock uit zijn tent kan lokken, ver genoeg om hem op te pakken.'
Sterns blik was onverstoorbaar gericht op de ten dode opgeschreven man. 'Je klinkt overtuigend,' zei hij.
'Ik klink niet alleen overtuigend, ik heb gelijk.' Plotseling schoof Ogilvie zijn stoel achteruit en stond op. 'Ik heb zozeer gelijk dat ik naar huis ga, mijn koffer ga pakken en een taxi neem naar Andrews. Zie dat ik op een militair toestel naar Italië kom; het heeft geen zin om de reis te ondernemen via een lijnvlucht. Die KGB-jongens kennen elk paspoort, elk alias dat ik ooit heb gebruikt en er is geen tijd om iets te verzinnen. Laat me maar via Brussel naar de basis bij Palombara vliegen. Telegrafeer dan Baylor dat hij me kan verwachten... Noem me maar Apache.'
'Apache?' vroeg Dawson.
'Verdomd goeie spoorzoekers.'
'Aangenomen dat hij je wil ontmoeten,' zei de psychiater. 'Wat ga je dan tegen hem zeggen?'
'Niet zo veel. Zo gauw ik hem maar op armslengte heb grijp ik hem.'
'Hij is ervaren, Red,' zei Stern terwijl hij Ogilvies gezicht bestudeerde. 'Hij is misschien niet helemaal bij zijn positieven, maar hij is taai.'
'Ik zal voorbereidingen treffen,' antwoordde de ten dode opgeschreven man terwijl hij naar de deur liep. 'En ik ben ook ervaren, daarom ben ik een lafaard. Ik kom niet dicht bij iets waarvan ik niet weg kan lopen. Meestal niet.'
De agent opende de deur en vertrok zonder verder nog iets te zeggen. Het weggaan gebeurde zonder aarzeling, snel, en het

sluiten van de deur klonk definitief.
'Die zien we niet meer terug,' zei Miller.
'Dat weet ik,' zei Stern. 'En hij weet het ook.'
'Denk je dat hij Havelock zal bereiken?' vroeg Dawson.
'Daar ben ik zeker van,' antwoordde de directeur van *Cons Op*. 'Hij zal hem inrekenen, hem overdragen aan Baylor en aan een paar van de vaste doktoren die we in Rome hebben en dan zal hij verdwijnen. Dat heeft hij ons verteld. Hij gaat niet in die ziekenhuiskamer liggen met al die onwaarachtige stemmen. Hij kiest zijn eigen weg.'
'Daar heeft hij recht op,' zei de psychiater.
'Ik neem aan van wel,' stemde de jurist zonder veel overtuiging in, terwijl hij zich tot Stern wendde. 'Zoals Red zou zeggen: "ik wil niet tegenspreken", maar ik zou wel willen dat we zeker konden zijn over Havelock. Hij moet buiten werking worden gesteld. We zouden door autoriteiten in heel Europa op onze nek gezeten worden, we worden voer voor fanatici van alle mogelijke sekten. Ambassades zouden platgebrand kunnen worden, netwerken uiteengeslagen, tijd verloren raken, gijzelaars gepakt, en – maak je daarover geen illusies – heel wat mensen zouden er het leven bij inschieten. Allemaal omdat er één man uit balans raakte. We hebben het zien gebeuren met heel wat minder provocatie dan Havelock nu zou veroorzaken.'
'Daarom ben ik er zo zeker van dat Ogilvie hem te pakken zal krijgen,' zei Stern. 'Ik zit niet in Pauls vak, maar ik geloof dat ik weet wat er omgaat in Reds hoofd. Hij is beledigd, diep beledigd, volgens mij. Hij heeft vrienden zien sterven in de buitendienst – van Afrika tot Istanboel – zonder iets te kunnen doen vanwege zijn eigen dekmantel. Hij heeft meegemaakt dat een vrouw en drie kinderen hem verlieten vanwege zijn werk; hij heeft zijn kinderen in vijf jaar niet meer gezien. Nu moet hij leven met wat hij nog heeft... en sterven aan wat hij heeft. Als je alles in aanmerking neemt, als hij het rechte spoor houdt, waar haalt Havelock dan het recht vandaan, het voorrecht om over de streep te gaan? Apache is op zijn laatste jacht, hij zet zijn laatste klemmen. Hij brengt het voor elkaar, omdat hij kwaad is.'
'Dat, en nog iets anders,' zei de psychiater. 'Er blijft voor hem niets meer over. Het is zijn laatste rechtvaardiging.'
'Voor wat?' vroeg de jurist.

'De pijn,' antwoordde Miller. 'Die van hem en die van Havelock. Want eens heeft hij hem gerespecteerd. Dat kan hij niet vergeten.'

8

Het niet-gemarkeerde straalvliegtuig dook uit de hemel, zestig kilometer ten noorden van het vliegveld van Palombara. Het kwam uit Brussel, had alle militaire en civiele luchtcorridors vermeden en was ten oosten van de Lepontische sector de Alpen overgestoken, op een zodanige hoogte en zo snel dalend dat de kans op ontdekking praktisch uitgesloten was. De radar-echo van het toestel was tevoren geregeld, die zou zonder commentaar opduiken en verdwijnen. En wanneer het toestel op Palombara landde zou het een man afzetten die om drie uur in de ochtend, lokale tijd, heimelijk aan boord was gekomen in Brussel. Een man die eigenlijk geen naam had, aan wie enkel werd gerefereerd als de Apache. Die man, net als velen zoals hij, kon geen risico nemen met de formaliteiten van identificatie aan immigratiebalies of grensovergangen. Het uiterlijk mocht veranderd worden en een andere naam worden gebruikt, maar andere mensen hielden zulke plekken in de gaten, wisten waarop ze moesten letten. Hun hersenen waren erop getraind om te reageren als geheugenbanken en ze hadden te vaak succes. Voor de Apache – net als voor velen zoals hij – was deze manier van reizen meer gewoonte dan uitzondering.

De piloot – getraind op landingen op vliegdekschepen – nam gas terug en stuurde zijn toestel in een wijde boog over de bossen om het landingsterrein laag te kunnen naderen. Het was een zwarte strook van bijna twee kilometer lang, die uitgekapt was tussen de bossen, met onderhoudshangars en verkeerstorens die achteraf stonden en gecamoufleerd waren, vreemde maar nauwelijks zichtbare vormen die niet tot het landschap behoorden. Ze kwamen aan de grond en de jonge piloot draaide zich om op zijn stoel, terwijl het geluid van de remmende stuwdruk van de straalmotoren weergalmde door de kleine cabine. Hij verhief zijn stem om zich verstaanbaar te kunnen maken aan de roodharige man van middelbare leeftijd die achter hem zat.

'We zijn er, roodhuid. Je kunt je pijl en boog te voorschijn halen.'
'Grapjas,' antwoordde Ogilvie, terwijl hij zijn veiligheidsriem losgespte. Hij keek op zijn horloge. 'Hoe laat is het hier? Ik heb nog steeds de tijd van Washington.'
'05.57; je hebt zes uur verloren. Je werkt nog op middernacht maar hier is het morgen. Als je verwacht wordt op kantoor dan hoop ik dat je wat geslapen hebt.'
'Genoeg. Is er voor transport gezorgd?'
'Rechtstreeks naar de wigwam van het opperhoofd aan de Via Vitorio.'
'Erg leuk. De ambassade?'
'Juist. Jij bent een speciaal pakketje. Bezorging gegarandeerd rechtstreeks uit Brussel.'
'Helemaal niet juist. De ambassade is uitgesloten.'
'We hebben onze opdrachten gekregen.'
'Dan geef ik nu nieuwe.'

Ogilvie liep het kantoortje binnen dat gereserveerd was voor mensen zoals hij in het stationsgebouw van het geheime vliegveld. Het was een vertrek zonder ramen, met enkel de hoognodige meubels en twee telefoons die beide permanent via elektronische versluieringsapparatuur waren geleid. De buitengang die naar het kantoortje voerde werd bewaakt door drie mannen die onopvallend in overalls waren gekleed. Maar onder de uitpuilende kledingsstof droeg elk van hen een wapen. Als een onbekend persoon zich zou bemoeien met de aankomende passagier of als de aanwezigheid van een camera maar werd vermoed, dan zouden de wapens onmiddellijk te voorschijn komen, zonodig direct worden gebruikt.
Die accomodatie was het gevolg van buitengewone conferenties tussen onbekende lieden van beide regeringen wier betrokkenheid verder ging dan de uitgesproken grenzen van geheime coöperatie. Ze waren simpelweg nodig.
Overal ter wereld stonden regeringen bloot aan zowel interne als externe dreiging, van linkse en rechtse fanatici die alleen maar uit waren op de vernietiging van de status quo. Fanatisme was *self-supporting* en leefde verder van sensatiebelustheid en op de spectaculaire onderbreking van alledaagse activiteiten. Wie extremisten van welke signatuur dan ook bestreed, moest klandestiene toegang krijgen. Men nam aan

dat diegenen die door Palombara reisden, deelnamen aan die strijd. De huidige passagier wist met grote zekerheid dat hij een van die strijders was. Tenzij hij een verraderlijke agent meenam, een gevaarlijke paranoïde man met in zijn hoofd de geheime verslagen van een duizendtal nooit vertelde spionage-activiteiten waarvan sommige al zestien jaar geleden plaatsvonden, kon die man allianties en netwerken in heel Europa vernielen. Bronnen zouden verdwijnen, mogelijke bronnen opdrogen. Michael Havelock moest gevonden en opgepakt worden; een terrorist kon geen ergere schade toebrengen.

Ogilvie liep naar het bureau, ging zitten en pakte de telefoonhoorn op aan zijn linkerhand; hij was zwart, wat betekende dat hij binnen het land werd gebruikt. Hij draaide het nummer dat hij uit het hoofd had geleerd en twaalf seconden later weerklonk de slaperige stem van overste Lawrence Baylor door de hoorn.

'Baylor. Wat is er?'

'Apache?'

'Ja. Ik ben op Palombara. Heb je iets gehoord?'

'Geen woord. Ik heb door heel Rome heen mijn speurhonden aan het werk; er is geen woord over hem bekend.'

'Wat heb je?'

'Speurhonden. Elke bron die we kunnen betalen of die bij ons in het krijt staat...'

'Godverdomme, haal ze binnen! Verrek, wat denk je wel dat je doet?'

'Hé, kalm aan, vriendje. Ik geloof niet dat we erg best met elkaar zullen opschieten.'

'En mij kan het geen sodemieter schelen of we dat zullen of niet! Je hebt niet te maken met een kruiswoordpuzzel van G-2; hij is een slang, man. Als je hem maar even laat weten dat je achter hem aanzit, dan vindt hij dat je tegen de regels hebt gezondigd. En hij komt erachter. En dan bijt hij. Verrek, denk jij dat hij nooit eerder achterna is gezeten?'

'Denk jij dat ik mijn speurhonden niet ken?' wierp Baylor tegen, kwaad en in het defensief.

'Ik geloof dat we beter kunnen praten.'

'Kom dan maar hierheen,' zei de overste.

'Dat is nog zoiets,' antwoordde Ogilvie. 'De ambassade is uitgesloten.'

'Waarom?'

‘Hij zou onder andere achter een raam kunnen zitten aan de overkant van de straat.’
‘Wat dan nog?’
‘Hij weet dat ik me nooit op eigen grondgebied zou laten zien. KGB-camera’s werken vierentwintig uur per dag, gericht op elke ingang.’
‘Hij weet niet eens dat je komt,’ protesteerde Baylor. ‘Of wie je bent.’
‘Wel als jij het hem vertelt.’
‘Een naam, alstublieft?’ zei de legerofficier kortaf.
‘Apache is voorlopig voldoende.’
‘Zal dat iets voor hem betekenen?’
‘Dat zal het.’
‘Mij zegt het niks.’
‘Dat hoort ook zo.’
‘We zullen heel zeker niet met elkaar kunnen opschieten.’
‘Dat spijt me dan.’
‘Aangezien jij niet hierheen komt, waar ontmoeten we elkaar dan?’
‘De Borghese. In de tuinen. Ik vind je wel.’
‘Dat zal gemakkelijker zijn dan ik jou.’
‘Je hebt ongelijk, Baylor.’
‘Daarin?’
‘Nee. Ik geloof dat we wel met elkaar zullen opschieten.’ Ogilvie zweeg even. ‘Laten we zeggen twee uur vanaf nu. De man die we moeten hebben, probeert jou tegen die tijd misschien te bereiken.’
‘Twee uur.’
‘Zeg, Baylor?’
‘Wat?’
‘Roep die verdomde speurhonden van je terug, man.’

In maart kon je beter niet in de Borghese zijn. De kilte van de Romeinse winter – al was de winter dan nog zo zacht – hing er nog en verhinderde het uitkomen van de bloemen en de volledige explosie van de tuinen die in lente en zomer rijen en cirkels van uiteenbarstende kleuren vormden.
De duizenden paden die tussen de hoge dennebomen door naar het museum leidden, leken net niet helemaal fris, het groen van de naalden moe, slaperig. Zelfs de banken langs de smalle voetpaden waren bedekt met een laag stof. Een door-

zichtige laag was neergedaald over het park dat de Villa Borghese was; die zou verdwijnen als het in april ging regenen, maar voorlopig hing er de levenloosheid van de maand maart. Ogilvie stond naast de dikke stam van een eik aan de rand van de tuinen achter het museum. Het was zo vroeg dat er nog maar een paar studenten en nog minder toeristen waren; kleine groepjes van elk slenterden langs de paden en wachtten tot de bewakers de deuren zouden openen naar de schatten van de Villa Borghese. De vroegere agent in buitendienst – nu opnieuw in actieve dienst – keek op zijn horloge en geïrriteerde rimpels verspreidden zich over zijn doorgroefde gezicht. Het was bijna twintig minuten voor negen; de officier van de legerinlichtingendienst was meer dan een halfuur te laat. De ergernis van Ogilvie was evenzeer op zichzelf gericht als op Baylor. In zijn haast om zijn verschijnen op de ambassade af te wijzen en om bovendien duidelijk te maken dat hij het voor het zeggen had en niemand anders, had hij niet zo'n beste ontmoetingsplaats gekozen en hij wist dat. Dat zou de overste ook weten als hij erover nadacht; misschien had hij dat – misschien was hij daarom te laat. De Borghese was te rustig op dit uur, te afgelegen, met veel te veel in schaduwen gehulde nissen van waaruit mensen die een van hen zouden volgen elke beweging en elk woord konden observeren, zowel visueel als via elektronische middelen. Ogilvie vloekte in zichzelf; dit was geen manier om zijn gezag te laten blijken. De man van de ambassade had waarschijnlijk een ingewikkelde route genomen en was onderweg van auto gewisseld. Waarschijnlijk had hij frequentiescanners gebruikt in de hoop zijn bewakers te ontmaskeren en daardoor af te schudden. Er waren KGB-camera's op de ambassade gericht; de overste was in een moeilijke positie geplaatst dankzij een irritante bron uit Washington die de raadselachtige naam droeg van Apache. Een alias van een havermoutdoos.

Raadselachtig was hij wel, maar dwaas niet en er kwam geen havermoutdoos aan te pas. Zeven jaar geleden schoten twee geheime agenten, met codenamen Apache en Navajo, er bijna het leven bij in, toen ze probeerden een moordaanslag van de KGB te verhinderen op de Mesrutijet. Ze waren daar niet in geslaagd en bij die actie was Navajo in het nauw komen te zitten op de verlaten Attaturk-brug, om vier uur in de ochtend, terwijl er aan beide uiteinden ploegen KGB-moordenaars stonden. Toen was Ogilvie in een gestolen auto aan komen racen door een regen van kogels, had een schampwond opgelopen aan zijn slaap en twee kogels in zijn rechterhand gekregen, terwijl hij die enorme ochtendbarricade doorbrak. De man die zeven jaar geleden Navajo werd genoemd zou Apache niet zo gemakkelijk vergeten. Zonder hem zou Michael Havelock dood zijn geweest in Istanboel. Ogilvie rekende op die herinnering.

Knáp. Achter hem. Hij keerde zich om; een zwarte hand werd voor hem opgestoken, het zwarte gezicht achter de hand was onbeweeglijk, met opengesperde ogen die hem strak aanstaarden. Baylor schudde tweemaal scherp het hoofd, zonder iets te zeggen en bracht zijn wijsvinger naar zijn lippen. Toen kwam de legerofficier met langzame bewegingen dichterbij, trok hem met zich mee achter de boomstam en het gebladerte en gebaarde naar de tuinen aan de zuidkant, bij de achteringang van het museum. Veertig meter verder stond een man in een donker pak om zich heen te kijken, verwarring op zijn gezicht, besluiteloos, en zijn benen liepen eerst de ene kant op, toen de andere, niet in staat om een keuze te maken tussen twee paden. In de verte weerklonken drie stoten van een schelle autoclaxon, gevolgd door het razend loeien van een motor: de man in het donkere pak schrok op. Hij bleef staan, begon toen te rennen in de richting van de plotselinge geluiden en verdween achter de oostelijke muur van de Borghese.

'Dit is een verdomd stomme plaats om af te spreken,' zei de overste, terwijl hij op zijn horloge keek.

'Was die claxon van jou?' vroeg Ogilvie.

'Hij staat geparkeerd bij de poort naar de Via Veneto. Dat was dichtbij genoeg om gehoord te worden; dat was het enige waarop het aankwam.'

'Het spijt me,' zei de vroegere agent rustig. 'Het is alweer lang geleden. Zulke fouten maak ik meestal niet. De Borghese was altijd vol mensen.'

'Maak je niet te sappel. En ik weet nog niet zo zeker of het een fout was.'

'Haal die naald er maar uit. Prik me niet met vriendelijkheid.'

'Je begrijpt me niet. Jouw gevoelens kunnen mij niks schelen. Ik ben nooit eerder gevolgd door KGB-mensen – niet voor zover ik weet. Waarom nu?'

Ogilvie glimlachte; hij deelde inderdaad de lakens uit. 'Jij hebt je speurhonden uitgestuurd. Ik geloof dat ik het daarover heb gehad.'

De neger-officier zweeg, zijn donkere ogen keken nadenkend.

'Dan is het met mij gedaan in Rome,' zei hij tenslotte.

'Misschien.'

'Niks misschien. Ik ben hoe dan ook uitgewerkt. Daarom ben ik zo laat.'

'Hij heeft je bereikt.' De roodharige agent stelde het kalm vast.

'Met donderende kanonnen, en ik ben de eerste over wie hij een boekje open zal doen. Hij heeft het spoor van het meisje Karras gevonden en haar gevolgd naar de haven van Civitavecchia, waar ze ontsnapt is. Hij wil niet zeggen hoe of op welk schip. Het was een valstrik; hij worstelde zich erdoorheen en draaide de rollen om, kreeg de vent te pakken die ervoor verantwoordelijk was, een kruimeldief van de waterkant. Havelock bracht hem aan het praten en wat hij te weten kwam – wat hij denkt dat hij te weten kwam – heeft hem tot een kruitmagazijn gemaakt.'

'Wat dan?'

'Dubbele programmering. Dezelfde tactiek op hem gebruikt naar hij aanneemt. Zij werd door ons tegen hem opgezet.'

'Hoe?'

'Doordat iemand haar ervan overtuigde dat hij was overgelopen naar de Russen, dat hij haar zou doden.'

'Da's gelul.'

'Ik herhaal enkel wat hij zei – wat hem werd verteld. Goed beschouwd zit er wel logica in. Het zou een boel verklaren. De KGB heeft een paar aardige acteurs; ze zouden voor haar een toneelspelletje kunnen hebben opgevoerd. Geen gek plan. Hij ligt eruit en zij is op de loop. Een produktief span uitgeschakeld.'

'Ik bedoel dat de hele zaak gelul is,' wierp Ogilvie tegen. 'Er is geen Jenna Karras meer; zij stierf op het strand Montebello aan de Costa Brava. En ze was van de KGB – een VKR-agent in ons kamp. Er zijn geen vergissingen begaan, maar zelfs dat doet er nu niet meer toe. Het belangrijkste is dat ze dood is.'

'Hij gelooft het niet en als je met hem praat geloof jij het misschien ook niet. Ik weet niet zeker of ik het doe.'

'Havelock gelooft wat hij wil geloven, wat hij moet geloven. Ik heb de medische termen gehoord en als je het terugbrengt tot onze taal, dan is hij geschift. Hij zwenkt heen en weer tussen wat bestaat en wat niet bestaat, maar in de grond genomen is hij niet goed wijs.'

'Hij klinkt verdomd overtuigend.'

'Omdat hij niet liegt. Hij zag wat hij zag.'

'Dat zegt hij ook.'

'Maar dat kan hij niet gezien hebben; dat hoort er ook bij. Zijn visie is vervormd. Als hij doorslaat ziet hij niet met zijn ogen, alleen met zijn hoofd. En dat is beschadigd.'

'Jij klinkt ook overtuigend.'

'Omdat ik niet lieg en omdat mijn hoofd niet is beschadigd.' Ogilvie stak zijn hand in zijn zak voor een pakje sigaretten. Hij haalde er een uit en stak hem aan met een oude, dof geworden Zippo-aansteker die een kwart eeuw geleden gekocht was. 'Dat zijn de feiten, overste. Je kunt de lege plekken invullen, maar aan de onderste regel valt niet te tornen. Havelock moet worden ingerekend.'

'Dat zal niet zo gemakkelijk zijn. Hij mag dan rondrennen in zijn eigen wazige tunnels, maar hij is geen amateur. Hij mag dan niet weten waar hij naartoe gaat, maar wat jij van hem wilt, heeft hij allemaal al meegemaakt. Hij is geslepen en is op zijn hoede.'

'Dat zijn we ons bewust. Dat is een deel van de realiteit. Je hebt hem verteld dat ik hier was, nietwaar?'

'Ik heb hem verteld dat er een man was die zich Apache noemt.' De legerofficier zweeg.

'En?'

'Hij was er niet kapot van. Waarom jij?'

'Waarom ik niet?'

'Weet ik niet. Misschien mag hij je niet.'

'Hij staat bij mij in het krijt.'

'Misschien is dat je antwoord.'

'Wat ben jij eigenlijk, een psycholoog? Of een jurist?'

'Een beetje van beide. Voortdurend. Jij soms niet?'

'Op dit moment heb ik alleen maar de pest in. Waar heb je het verdomme over?'

'De reactie van Havelock op jou was heel snel, heel sprekend. "Ze hebben dus de Revolverheld gestuurd,"' zei hij. 'Is dat je andere alias?'

'Kinderspel. Een flauwe mop.'

'Hij klonk niet erg geamuseerd. Hij zal om twaalf uur opbellen met instructies voor jou.'

'Op de ambassade?'
'Nee. Ik moet een kamer nemen in het Excelsior. Jij en ik moeten daar zijn; jij moet aan de telefoon komen.'
'Klootzak.'
'Is dat een probleem?'
'Hij weet waar ik ben, maar ik weet niet waar hij is. Hij kan mij in de gaten houden, maar ik hem niet.'
'Wat maakt dat voor verschil? Hij is kennelijk bereid je te ontmoeten. Als je hem wilt inrekenen moet je hem ontmoeten.'
'Jij komt pas kijken bij dit spelletje, overste, ik bedoel daar niks beledigends mee. Hij zet mij van bovenaf naar zijn hand.'
'Hoezo?'
'Ik zal twee man nodig hebben – bij voorkeur Italianen, zo onopvallend mogelijk – die me moeten volgen wanneer ik het hotel verlaat.'
'Waarom?'
'Omdat hij mij te pakken zou kunnen nemen,' zei de vroegere buitenagent nadenkend. 'Van achteren. Op een druk trottoir. Hij kent alle kunstjes... Een man zakt op straat in elkaar, een vriend helpt hem in een auto die in de buurt staat. Beiden Amerikanen, niets verdachts.'
'Nu ga je ervan uit dat ik niet bij je zal zijn. Maar ik ben wel de tussenpersoon. Ik zou het zo officieel kunnen maken dat ik erbij moet zijn.'
'Je bent inderdaad een groentje; hij zou naar Caïro vluchten. En als je zou proberen om mij in de gaten te houden, heb ik zo'n idee dat hij dat zou merken. Niet...'
'... beledigend bedoeld,' maakte Baylor af. 'Er zitten inderdaad nadelen aan vast... Ik zal voor je dekking zorgen.' De officier zweeg opnieuw en ging toen verder. 'Maar geen twee mannen. Volgens mij zou een man en een vrouw beter zijn.'
'Dat is prima. Je hebt wat in je mars, overste.'
'Ik zou ook iets willen adviseren en als ik ooit hoor dat ik het gezegd heb, zal ik het ontkennen. En gezien die bijnaam Revolverheld geloof ik niet eens dat het me moeite zou kosten te zeggen dat ik het van jou had gehoord.'
'Je maakt me verschrikkelijk nieuwsgierig.'
'Ik ben verantwoordelijk voor een groot territoir in dit operatiegebied. Het werk dat ik doe voor het Pentagon en voor BZ loopt door elkaar heen; dat is onvermijdelijk. Ik vraag iemand me een dienst te bewijzen of men vraagt ons daarom

en zo wordt het kringetje rustig groter, zelfs al hebben we elkaar nooit ontmoet.'
'Ik hou er niet van twee keer hetzelfde te zeggen,' viel Ogilvie hem in de rede. 'Maar waar heb je het verdomme nou weer over?'
'Ik heb daarbuiten een hoop vrienden. Mannen en vrouwen die mij vertrouwen, die mijn bureau vertrouwen. Als ik moet verdwijnen zou ik natuurlijk graag zien dat het bureau blijft bestaan, maar er is nog iets belangrijkers. Ik wil niet dat die vrienden – bekende en onbekende – iets overkomt en door Havelock zou dat kunnen gebeuren. Hij heeft in Italië gewerkt, langs de Adriatische kust en de Ligurische kust – vanuit Triëst de grens over, langs de noordkust helemaal tot aan Gibraltar. Hij zou represailles kunnen oproepen. Ik geloof niet dat een gepensioneerde, geschifte agent dat waard is.'
'Dat geloof ik ook niet.'
'Ruim hem dan op. Reken hem niet in, maar ruim hem op.'
'Dat zou je van mij gehoord kunnen hebben.'
'Hoor ik het nu soms?'
De man uit Washington zweeg even en antwoordde toen: 'Nee.'
'Waarom niet?'
'Omdat je daarmee gevolgen zou kunnen oproepen die we niet willen.'
'Onmogelijk. Daar heeft hij geen tijd voor gehad.'
'Dat weten we niet. Als deze zaak is blijven doorwoekeren sinds Costa Brava, dan kunnen we onmogelijk zeggen wat voor verzegelde verklaringen hij heeft geschreven of waar hij ze heeft gedeponeerd. Hij kan wel in een half dozijn landen documenten hebben achtergelaten met specifieke instructies om ze openbaar te maken als bepaalde afgesproken contacten niet worden gelegd. De afgelopen zes weken is hij in Londen geweest, in Amsterdam, Parijs, Athene en Rome. Waarom? Waarom in die plaatsen? Hij kan uit de hele wereld kiezen, hij heeft het geld ervoor in zijn zak. En dan keert hij terug naar de steden waar hij uitgebreid als agent heeft geopereerd. Er zou lijn in kunnen zitten.'
'Het kan ook toevallig zijn. Hij kende die steden. Hij was eruit gestapt; hij voelde zich veilig.'
'Misschien wel, misschien niet.'
'Ik kan de logica niet volgen. Als je hem gewoon inrekent kan hij die contacten niet leggen.'

'Er zijn manieren.'
'De klinieken, zeker. Laboratoria waar ze met serums tongen losmaken.'
'Precies.'
'En ik geloof dat je ongelijk hebt. Ik weet niet of hij het meisje Karras gezien heeft of niet, maar wat hij ook zag – wat er ook gebeurde – dat vond allemaal de afgelopen vierentwintig uur plaats. Hij heeft geen tijd gehad om ook maar iets te doen. Misschien zegt hij van wel, maar dat heeft hij niet.'
'Is dat je mening, of ben je helderziende?'
'Geen van beide. Het is een feit. Ik heb naar een man zitten luisteren die helemaal van de kaart was. Een man die net iets had meegemaakt waar hij helemaal kapot van was – zijn eigen woorden overigens. Het was niet het resultaat van een voortwoekerende mentale afwijking, het gebeurde gewoon. Als je praat over wat hij gedaan zou kunnen hebben, de verzegelde verklaringen die hij gedeponeerd kan hebben, dan gebruik je de woorden die ik je gegeven heb, omdat hij die woorden tegen mij heeft uitgesproken. Hij zat hardop te denken over wat hij zou kunnen doen, niet over wat hij gedaan had. Dat is een verrekt groot verschil, meneer de strategiebepaler.'
'En daarom zie je hem liever dood?'
'Ik wil dat een heleboel andere mensen blijven leven.'
'Dat willen wij ook. Daarom ben ik hier.'
'Om hem levend mee naar huis te kunnen nemen,' zei Baylor spottend. 'Net als Frank Buck.'
'Zo is het wel genoeg.'
'Nee, dat is het niet. Stel dat je misgrijpt? Stel dat hij ontsnapt?'
'Dat zal niet gebeuren.'
'Mening of helderziendheid?'
'Feit.'
'Het lijkt er niet op. Het is een veronderstelling, een waarschijnlijkheidsfactor waar ik liever geen rekening mee houd.'
'Je hebt geen andere keus, soldaat. Je hebt een bevel gekregen.'
'Laat ik het dan eens netjes voor je op een rijtje zetten, burger. Praat mij niet over bevelen. Ik heb mijn zwarte kont blauw gewerkt in dit blanke leger – bovenaan blank, onderaan zwart – totdat ze een belangrijk radertje van me moesten maken in het grote, blanke wiel. Nou duik jij ineens op met je spion-

netje-spelen en met een codenaam die zo van...'
'... de achterkant van de havermoutdoos komt?' merkte Ogilvie op.
'Precies. Een havermoutdoos. Geen naam waar ik op terug kan vallen, geen identiteit met wie ik het op een akkoordje kan gooien om me schoon te praten, enkel een tekstballon uit een stripverhaal. En als je inderdaad misgrijpt en Havelock gaat er vandoor, dan zit ik in de vuurlinie – als doelwit. "Koffiesmoel" heeft het verknoeid; zijn netwerk is gecompromitteerd. Haal hem maar uit het grote, blanke wiel.'
'Schijnheilige klootzak die je bent,' zei de man uit Washington verachtend. 'Jij bent er alleen maar in geïnteresseerd je eigen hachje te redden.'
'Om allerlei redenen die voor jou veel te verheven zijn om te kunnen begrijpen. Er zullen er meer komen zoals ik, niet minder... Waar je ook gaat in deze stad, ik blijf je in de gaten houden. Als jij hem op jouw manier inrekent, vind ik dat prachtig. Ik zal jullie terugbrengen naar Palombara met een aanbevelingsbrief in klassiek Latijn geschreven. Maar als het je niet lukt en hij smeert 'm, dan verdwijnt hij op mijn manier.'
'Dat lijkt niet erg op de man die zijn verhaal geloofde, die voor zijn zaak heeft gepleit.'
'Ik heb niet voor zijn zaak gepleit, ik heb erover gerapporteerd. En het maakt helemaal niks uit of ik hem geloof of niet. Hij is een wezenlijk gevaarlijke bedreiging voor mij en voor mijn werk hier in Rome en voor een groot deel van het netwerk dat ik in stand heb gehouden op bevel van mijn regering en met het geld van de Amerikaanse belastingbetaler.' De overste zweeg; hij glimlachte. 'Meer hoef ik niet te bedenken om de trekker over te halen.'
'Je zou het ver kunnen schoppen.'
'Dat ben ik ook van plan, ik moet goeie punten halen.'
Ogilvie zette een stap van de boom vandaan; hij keek langs de struiken in het perk naar de rustige tuinen verderop. Hij sprak kalm, met vlakke, toonloze stem. 'Ik zou je kunnen ontglippen, weet je dat? Je doden als het nodig was.'
'Gelijk heb je,' gaf de officier toe. 'Ik zal het Excelsior dus maar laten schieten. Neem maar een kamer op mijn naam en als het telefoontje van Havelock komt doe je maar net of je mij bent. Hij verwacht dat ik daar zal zijn om te bevestigen dat jij erbij bent; hij weet dat ik hierbij betrokken ben. En tus-

sen haakjes, als je met hem praat met mijn stem, overdrijf dan het negertaaltje niet te zeer. Ik heb in Cambridge gestudeerd, '71.'
De agent draaide zich om. 'Je hebt ook nog iets anders. Ik kan een aanklacht tegen je indienen, zodat je gegarandeerd voor de krijgsraad komt. Rechtstreekse ongehoorzaamheid aan een meerdere in oorlogsomstandigheden.'
'Voor een gesprek dat nooit is gevoerd? Of misschien is het dat wel en heb ik als militair de situatie ter plekke beoordeeld. Betrokkene vond het contact onacceptabel; ik wilde een andere man in Rome. Wat had je daarvan gedacht. Revolverheld?'
Ogilvie bleef bijna een minuut zwijgen. Hij gooide zijn sigaret weg, trapte hem uit met zijn schoen en draaide de peuk de grond in. 'Je hebt talent, overste,' zei hij eindelijk. 'Ik heb je nodig.'
'Je bent echt op hem gebrand, nietwaar?'
'Ja.'
'Dat dacht ik al. Ik hoorde het in je stem door de telefoon. Ik wilde die bevestiging horen, meneer de strategiebepaler. Beschouw mij maar als een verzekeringspolis die je niet wilt, maar die je moet nemen van je accountant. Als ik moet uitkeren is er niets verloren. Ik kan zo'n daad gemakkelijker goedpraten dan iemand aan een conferentietafel in Washington. Ik ben de enige die met hem heeft gepraat. Ik weet wat hij wel en wat hij niet heeft gedaan.'
'Je zult niet uit hoeven keren, want ik zal niet misgrijpen en hij zal niet ontsnappen.'
'Blij dat te horen. Wat heb je verder nog nodig behalve dat stel dat jou zal volgen wanneer je het hotel uitgaat?'
'Niets. Ik heb mijn uitrusting meegebracht.'
'Wat ga je tegen hem zeggen?'
'Alles wat hij wil horen.'
'Wat ga je gebruiken?'
'Ervaring. Heb je die kamer geregeld?'
'Drie kwartier geleden,' zei Baylor met een knik. 'Het is alleen geen kamer, het is een suite. Op die manier zijn er twee telefoons. Stel dat je de verleiding niet kunt weerstaan om mij het verkeerde rendez-vous op te geven, ik zit mee te luisteren naar alles wat hij zegt.'
'Je legt me het vuur aan de schenen, jongen.'

'Dat zal ik door de vingers zien. Bekijk het eens op deze manier: als deze dag voorbij is, ben jij weer op weg terug naar Washington met hem of zonder hem, maar je hebt geen boter op je hoofd. Als je hem te pakken hebt, fijn. Als dat niet zo is, dan zit ik met de gevolgen. Mijn oordeel wordt gerespecteerd op het Pentagon; onder deze omstandigheden zal de oplossing uiterste noodzaak zijn en als zodanig geaccepteerd worden.'

'Jij kent alle regels in het boek, nietwaar?'

'Met de dikke honderd tegenspraken die erin staan erbij. Ga maar terug naar het goede leven, meneer de strategiebepaler. Leef maar lang en gelukkig tussen de betere standen in Georgetown. Leg je verklaringen maar af van een afstand en laat de buitendienst maar aan ons over. Dat is een beter leven voor jou.'

Ogilvie hield de huivering in die een lijn in zijn gezicht zou trekken. Hij kon de pijnscheut voelen opkomen door zijn ribben, onder in zijn keel voelen schieten en daar vast blijven zitten. Het ging verder; elke dag ging het iets verder, deed het wat meer pijn. Voortekenen van het onherroepelijke. 'Bedankt voor het advies,' zei hij.

9

De Palatijn. Een van de zeven heuvels van Rome, achter de triomfboog van Constantijn. Golvende vlakten, bezaaid met de albasten ruïnes uit de oudheid. Dit was de plek van het rendez-vous. Ongeveer vierhonderd meter ten noordwesten van de Gregorio-poort lag een oud arboretum met een buste van keizer Domitianus op een gecanneleerd voetstuk aan het einde van een stenen pad dat aan beide zijden was afgezet met de marmeren overblijfselen van een brokkelige muur. Een dicht gordijn van wilde olijftakken viel over de gepolijste muur, terwijl daaronder bruine en groene klimplanten woekerden, spleten opvulden en een ragdun rasterwerk vormden op het gescheurde, maar tijdloze marmer. Aan het einde van het pad, achter het strenge, gevlekte gezicht van Domitianus, lagen de overblijfselen van een fontein die in de heuvel was gebouwd. Het prieel hield abrupt op; er was geen uitgang.

In die vredige omgeving kon je je allerlei beelden voorstellen:

statige mannen in toga, slenterend in het zonlicht dat door de overhangende takken werd gefilterd, peinzend over de grootse zaak van Rome en over het steeds groter wordende keizerrijk, bezorgd over het toenemende misbruik dat werd gemaakt van de onbetwiste en ongedeelde macht, misschien hadden ze zich afgevraagd wanneer het begin van het einde zou inzetten.

Dit rustieke plekje uit een andere tijd was de plaats van samenkomst. Tijdsbestek: dertig minuten – tussen drie uur en halfvier, wanneer de zon in het midden van de westelijke hemel stond. Hier zouden twee mannen elkaar ontmoeten met uiteenlopende oogmerken, beiden zich ervan bewust dat verschillen de dood zouden kunnen veroorzaken van een van hen tweeën, zonder dat een van beiden die definitieve oplossing wilde. Behoedzaamheid was het wachtwoord voor die middag.

Over twintig minuten zou het gebeuren. Havelock had een schuilplaats gevonden achter wat struiken op de volgende heuvel die uitzag op het prieel, zo'n honderd meter boven de buste van Domitianus. Hij maakte zich zorgen en zijn boze ogen zwierven over het stenen pad en de onbewerkte velden achter de muren beneden. Een halfuur geleden had hij gezien waarvoor hij bang was geweest, vanaf een tafel op een caféterras aan de Via Veneto, tegenover het Excelsior. Slechts enkele tellen nadat de roodharige Ogilvie door de glazen deuren het trottoir opgelopen was, werd zijn spoor opgepikt door een man en een vrouw die onopvallend – te onopvallend, een beetje te haastig – uit een juwelierswinkel naast het hotel te voorschijn waren gekomen. Ogilvie had kennelijk verwacht dat er een poging zou worden gedaan hem te pakken te krijgen voordat hij de Palatijn bereikte; hij was niet van plan de macht uit handen te geven en daarom had hij voor dekking gezorgd. Over de telefoon had de vroegere agent, thans een vermaard strategiebepaler, enkel hulp aangeboden. Hij kon aannemelijke – zij het dan zeer geheime – feiten aanbieden; daarin zou Michael de antwoorden vinden die hij zocht.

Maak je geen zorgen, Navajo. We gaan praten.

Maar als de Apache een aannemelijke verklaring kon geven, had hij geen bescherming nodig. Waarom had Ogilvie zo snel toegestemd in dat afgelegen rendez-vous? Waarom had hij niet simpelweg voorgesteld elkaar op straat te ontmoeten of in een café? Een man die vertrouwen had in het nieuws dat hij mee-

droeg hoefde geen verdedigende maatregelen te nemen en dat had de strategiebepaler nu juist gedaan.
Had Washington, in plaats van een verklaring, een andere boodschap gezonden?
Uit de weg ruimen? Doodverklaren?
Dat zei ik niet. In zo'n land leven wij niet... Waarom niet? Overste Baylor, contactpersoon inlichtingendienst, Amerikaanse ambassade. Rome.
Als Washington dat besluit had genomen, dan hadden de plannenmakers een geroutineerde moordenaar gestuurd. Havelock had respect voor de talenten van Ogilvie, maar hij bewonderde de man niet. De vroegere agent was een van die gewelddadige mannen die hun geweldplegingen te gemakkelijk rechtvaardigden, met fliedertjes filosofie ten eigen gunste, waaruit viel op te maken dat ze persoonlijk walgden van die noodzakelijke daden van geweld. Mensen die ook in de buitendienst zaten wisten wel beter. Ogilvie was een slachter, voortgedreven door een innerlijke drang om zijn persoonlijke frustraties te wreken, die hij verborg voor iedereen behalve degenen die nauw met hem samenwerkten onder maximale stress; en diegenen die hem kenden, deden er alles aan om nooit meer met hem te hoeven werken.
Na Istanboel had Michael iets gedaan wat hij nooit achter zichzelf had gezocht. Hij had contact opgenomen met Anthony Matthias en hem geadviseerd om Red Ogilvie uit de buitendienst te halen. De man was gevaarlijk. Hij had aangeboden om voor een zitting van strategiebepalers achter gesloten deuren te verschijnen, maar zoals steeds wist Matthias een betere manier, die minder verdeeldheid zaaide. Ogilvie was ontegenzeglijk een expert; weinig mensen hadden zoveel ervaring in geheime operaties als hij. De minister van buitenlandse zaken had hem gepromoveerd en van Ogilvie een strategiebepaler gemaakt.
Matthias zat tegenwoordig niet in Washington. Dat was geen troostrijke gedachte. Vaak werden er beslissingen genomen zonder dat iemand persoonlijk verantwoordelijk was, om de eenvoudige reden dat diegenen die van alles op de hoogte moesten zijn, niet bereikbaar waren. Vaak was de urgentie van een bepaalde crisis meteen het groene licht voor actie.
Daar heb je de man, dacht Havelock, terwijl hij in de verte een gedaante in het oog kreeg, in de hellende velden achter

de rechtermuur. Het was de man die de vrouw had vergezeld vanuit de juwelierszaak naast het Excelsior, de helft van het stel dat achter Ogilvie was aangegaan. Michael draaide zijn hoofd naar links; daar had je de andere helft. De zwaargebouwde vrouw stond bij de trap van een bad uit de oudheid, met een schetsboek in haar linkerhand. Maar ze had geen tekenpotlood in haar rechterhand: die lag daarentegen onder de revers van haar gabardine jas. Havelock richtte zijn blik weer op de man in het veld rechts. Hij zat nu op de grond met zijn benen uitgestrekt, een open boek op zijn schoot, een Romein die een uurtje rust had gevonden om te lezen. En het was helemaal niet toevallig dat ook zijn hand ergens boven in zijn ruwe tweed jas rustte. Die twee hadden verbinding met elkaar en Michael wist in welke taal. Italiaans.

Italianen. Geen werknemers van de ambassade, geen freelance medewerkers voor de CIA, geen Baylor... geen Amerikanen te zien. Wanneer Ogilvie arriveerde zou hij de enige zijn. Het klopte; haal al het Amerikaanse personeel weg, snijd alle wegen af die tot rapportlevering kunnen leiden. Gebruik alleen lokale reservekrachten, mannen en vrouwen die zelf niet meer te redden zijn. Uit de weg ruimen.

Waarom? Waarom vormde hij een crisis? Wat had hij gedaan of wat wist hij dat mannen in Washington zover bracht dat ze zijn dood verlangden? Eerst buitenspel via Jenna Karras. Nu dood. Mijn god, wat was dat toch?

Waren er buiten het stel nog anderen? Hij keek ingespannen tegen de zonnestralen in om ieder plekje grond nauwkeurig te bestuderen, om het terrein in blokken te verdelen – een moeilijke puzzel, er mocht geen stukje ontbreken. Het arboretum van Domitianus was geen in het oog springende plek op de Palatijnse heuvel. Het was een onbeduidend stukje oudheid dat aan het verval overgelaten was. De deprimerende maand maart zorgde voor een nog geringer aantal overtreders. Ver weg, op een heuvel in het oosten, speelde een groep kinderen onder het waakzame oog van twee volwassenen. Onderwijzers misschien. In de diepte, verder naar het zuiden, lag een ongemaaid grasveld met marmeren zuilen uit het begin van het keizerrijk als rechtopstaande, bloedeloze lijken van zeer uiteenlopende hoogte. Een aantal toeristen, beladen met camera-uitrustingen – de ene draagriem over de andere heen en uitpuilende tassen – maakte foto's waarbij ze om beurten

poseerden voor de halfvergane overblijfselen.
Maar behalve het stel dat dekking gaf aan beide kanten van de prieelingang, was er niemand in de onmiddellijke nabijheid van Domitianus' rustoord. Als het competente scherpschutters waren, was er verder geen *back-up* nodig. Er was maar één ingang, en iemand die een muur beklom was een gemakkelijk doelwit; het was een doodlopende steeg met één enkele uitgang. Ook dat maakte deel uit van het afdankbeleid. Gebruik zo weinig mogelijk plaatselijke mensen, vanwege het risico van afpersing.
De ironie was onbewust in hem opgekomen. Michael was die ochtend over de Palatijnse heuvel gaan zwerven en had deze plek uitgekozen, vanwege juist die voordelen die nu tegen hem konden worden gebruikt. Hij keek op zijn horloge; veertien minuten voor drie. Hij moest snel handelen, maar pas wanneer hij Ogilvie zag. De Apache was slim; hij wist dat zijn kansen beter waren wanneer hij zo lang mogelijk uit het zicht bleef en zo de aandacht van zijn tegenstander concentreerde op het afwachten van zijn verschijning. Michael begreep dat; daarom richtte hij zich helemaal op zijn kansen. Op de vrouw met het schetsboek in haar hand en de man die rustig zat te lezen op het gras in de namiddagzon.
Ineens was hij er. Eén minuut voor drie kreeg hij de roodharige agent in het oog, eerst zijn hoofd en zijn schouders toen hij het pad opwandelde vanaf de Gregorio-poort en de man in het veld voorbijliep zonder teken van herkenning. Er is iets vreemds, dacht Michael, iets aan Ogilvie zelf. Misschien waren het zijn kleren, verfomfaaid zoals gewoonlijk, slecht passend... te groot voor zijn gedrongen gedaante? Wat het ook was, hij leek anders. Niet het gezicht – hij was nog zo ver verwijderd dat het gezicht niet duidelijk zichtbaar was. Het zat in zijn lopen, in de manier waarop hij zijn schouders hield, alsof de flauwe helling van de heuvel veel steiler was dan in werkelijkheid. De Apache was veranderd sinds Istanboel; in twee jaar was hij behoorlijk afgetakeld.
Hij kwam bij de overblijfselen van de marmeren boog die de ingang vormde van het prieel; hij zou daarbinnen blijven. Het halfuur ging nu in.
Michael sloop uit zijn schuilplaats achter het bosje struiken en kroop snel door het hoge gras van het glooiende terrein; hij hield zijn lichaam dicht bij de grond en beschreef een wij-

de boog naar het noorden, totdat hij aan de voet van de heuvel kwam. Hij keek op zijn horloge; hij had er bijna twintig minuten over gedaan.
De vrouw was nu boven hem, ongeveer honderd meter verwijderd, midden in het terrein onder en rechts van het prieel van Domitianus. Hij kon haar niet zien, maar wist dat ze zich niet had verplaatst; ze had haar uitzicht met zorg gekozen, een gewoonte bij een moordenaar die voor dekking moest zorgen. Hij begon de helling op handen en voeten te beklimmen, schoof de grasstengels opzij, luisterde of hij de geluiden van onverwachte stemmen hoorde. Er klonken er geen.
Hij bereikte de top. De vrouw stond recht voor hem, hooguit twintig meter van hem vandaan en nog steeds op de eerste trede van een gebogen, witte trap die omlaag voerde naar het oude, marmeren bad. Ze hield het schetsboek voor zich, maar ze had er haar ogen niet op gericht. Die staarden naar de ingang van het prieel, strak geconcentreerd, en haar lichaam hield zich gereed om onmiddellijk in beweging te komen. Toen zag Havelock wat hij gehoopt had te zullen zien: de hand van de zwaargebouwde vrouw rustte niet langer op haar revers. Die zat nu verborgen onder haar gabardine jas en hield ongetwijfeld een automatisch wapen vast dat ze snel te voorschijn kon halen en scherp kon richten, zonder belemmerd te worden door de onhandige, losse stof van een jaszak. Michael vreesde dat wapen maar hij vreesde de radio nog meer. Over enkele tellen zou die een bondgenoot kunnen zijn; nu was hij zijn vijand, even dodelijk als welk wapen ook.
Hij keek weer op zijn horloge, geërgerd toen hij zag hoe snel de seconden wegtikten; hij moest snel handelen. Hij ging op weg, hield zich verborgen onder de bovenste rand van het terrein en maakte een omweg naar de kapotte, stenen watergreppel die naar de bron voerde van het Romeinse bad. Hoge bossen onkruid groeiden uit de zijkanten en uit de spleten in de greppel en gaven die het voorkomen van een enorme, afzichtelijke duizendpoot. Havelock schoof het vochtige, smerige onkruid opzij, duwde zich vooruit op zijn buik en kroop langs de brokkelige, marmeren sleuf. Een halve minuut later kwam zijn hoofd te voorschijn uit het onkruid in de oude overblijfselen van het ronde bad waarin eeuwen geleden de geoliede, vertroetelde lichamen van de keizers en courtisanes hadden vertoefd. Twee meter boven hem – acht afgebrokkelde

treden van hem vandaan – stond de vrouw die de taak had hem te doden voor het geval haar werkgever van dat moment daartoe niet in staat was. Ze stond met haar rug naar hem toe, haar dikke benen stonden wijd uiteen geplant als die van een sergeant-majoor aan het hoofd van een mitrailleurploeg. Hij bekeek de resten van de marmeren trap; die zag er onbetrouwbaar uit en op de tweede trede belette een beschermend, dertig centimeter hoog ijzeren hekje nieuwsgierige bezoekers de verdere doorgang. Het lichaamsgewicht op elk van die treden kon het splijten van een steen veroorzaken en dat geluid zou hem verraden. Maar als dat lichaam, tijdens het waarnemen van het geluid, een stevige oplawaai kreeg, dan zou de verwarring die daaruit voortkwam – hoe kort die ook duurde – genoeg zijn om in fractieonderdelen van een seconde de rest van de afstand af te leggen. Toen hij dacht aan het snel verlopen van de tijd wist hij dat hij snel moest beslissen, snel moest handelen. Elke minuut die voorbijging deed de ongerustheid toenemen van de moordenaar in het prieel van Domitianus.
Onhoorbaar tastte hij met zijn handen onder het verwarde onkruid; zijn vingers stootten op een hard voorwerp met ruwe randen. Het was een brok marmer dat eens deel had uitgemaakt van een stuk beeldhouwwerk van tweeduizend jaar geleden. Hij greep het vast met zijn rechterhand, bracht zijn linker naar zijn broekriem en trok er de Spaanse Llama uit die hij de pseudo-*mafioso* had afgenomen in Civitavecchia. Lang geleden had hij zich al getraind zowel linkshandig als rechtshandig te schieten; het was een elementaire bescherming. Die vaardigheid zou hem nu van pas komen; het vormde zijn speciale reserve. Als zijn tactiek mislukte zou hij de vrouw doden die ingehuurd was om ervoor te zorgen dat hij zou sterven op de Palatijn. Maar het was een reserveplan, enkel een kans om zeker te blijven leven. Hij wilde die afspraak nakomen in het prieel van Domitianus.
Langzaam zakte hij door zijn benen en bracht toen één knie naar voren om te kunnen springen. Hij haalde zijn rechterarm achteruit, boog de elleboog boven zijn hoofd, met de zware, ruwe brok steen in zijn hand. Hij zwaaide zijn arm naar voren, naar de gespierde vrouw met de dikke benen die iets meer dan een meter van hem vandaan stond, recht boven hem. Hij slingerde het zware stuk marmer naar de brede strook ga-

bardine tussen haar schouders, zette alle kracht die hij kon opbrengen achter de zwaai van zijn arm en wierp de steenbrok met enorme snelheid over de korte afstand.
Geluid en instinct. De vrouw begon zich om te draaien, maar de ruwe steen sloeg tegen haar nek, onder aan haar schedel en bloed spreidde zich direct uit door haar donkere haren. Havelock rende de trappen op, greep haar jas vast aan haar middel, trok haar omlaag over het ijzeren hekje, terwijl hij zijn linkerhand met het wapen om haar gezicht wrong, haar mond dichtklemde met zijn onderarm en haar kreet smoorde. Beiden stortten ze neer op de marmeren vloer vol barsten en tijdens het vallen draaide Michael het lichaam van de zware vrouw. Ze sloegen neer op het harde oppervlak; hij ramde zijn knie in haar ribben, tussen haar borsten en duwde de loop van de Llama met geweld tegen haar keel.
'Luister naar me!' fluisterde hij schor, in de wetenschap dat noch de ambassade, noch Ogilvie een reservekracht zouden gebruiken die niet vloeiend Engels sprak, om te voorkomen dat bevelen misverstaan werden. 'Pak je radio en zeg tegen je vriend dat hij zo snel als hij kan hierheen moet komen! Zeg maar dat het een noodgeval is. Zeg dat hij de struiken gebruikt beneden de boog. Je wilt niet dat de Amerikaan hem ziet.'
'*Cosa dicè?*'
'Je hebt me gehoord en je hebt me begrepen! Doe wat ik zeg! Zeg hem dat je gelooft dat jullie alle twee verraden zijn. *Prudente! Io parlo Italiano! Capisci?*' voegde Havelock eraan toe, terwijl hij met zijn knie en de loop van het wapen verdere druk uitoefende. '*Presto!*'
De vrouw vertrok haar gezicht, haar adem kwam fluitend tussen haar opeengeklemde tanden door. Haar brede, mannelijke gezicht rekte zich uit als dat van een cobra die toe wilde slaan terwijl zijn nek in een vorkstok vastzat. Aarzelend stak ze haar rechterhand uit naar de revers en sloeg die om, terwijl Michael zijn knie weghaalde: een kleine, op transistors werkende microfoon werd zichtbaar in de vorm van een dikke knoop die aan de stof zat vastgenaaid. Middenin zat een kleine, platte zendknop; die drukte ze in. Er weerklonk een kort gezoem en het zendsignaal legde de honderd meter af, recht naar het westen op de Palatijn; ze sprak.
'*Trifoglio trifoglio*,' zei ze snel om zich te identificeren, '*As-*

colla! Un c'émergenza...!' Ze voerde Michaels bevelen uit en de fluisterende aandrang van haar stem bracht de paniek over die ze voelde toen de Llama harder tegen haar keel werd gedrukt. Het antwoord kwam in verontrust, metaalachtig Italiaans.

'*Che avete? Quale?*'

'*Sbrigatevi!*'

'*Arrivo!*'

Havelock sprong omhoog, rukte de vrouw op haar knieën, trok haar jas open en scheurde de stof uiteen terwijl hij dat deed. Vastgebonden met een brede riem boven haar middel zat een langgerekte holster waar de greep van een krachtig magnumpistool uitstak. Het extra lange lederen etui diende om plaats te verschaffen aan een verlengstuk van de loop. Een cylinder met gaatjes. Een geluiddemper die er blijvend aan vast was gemaakt en waar een vizier op zat om accuraat te kunnen richten. De vrouw was inderdaad een professional. Michael trok snel het dreigende, verfijnde wapen uit de holster en stak het onder zijn riem. Toen rukte hij de vrouw overeind, duwde haar ruw de gebogen trap af en dwong haar tot op de tweede trede, zodat ze beiden over de rand van het bad uit de oudheid heen konden kijken, tussen de spijlen van het ijzeren hekje door. Hij stond achter haar met zijn lichaam tegen het hare geperst om haar op haar plaats te houden, de Llama tegen haar rechterslaap geduwd en met zijn linkerarm om haar nek. Even later zag hij de gedaante van haar metgezel die diep bukkend door het struikgewas rende beneden de boog; meer hoefde hij niet te zien. Zonder enig teken vooraf rukte hij zijn linkerarm naar achteren, sneed de vrouw de adem af en duwde met geweld haar hoofd naar voren in zijn knellende greep. Haar lichaam verslapte; ze zou bewusteloos blijven totdat het donker was op de Palatijn. Hij wilde haar niet doden; hij wilde dat ze haar verhaal kon vertellen tegen de landgenoten die haar hadden ingehuurd. Hij stapte opzij; ze gleed smadelijk langs het gebarsten marmer omlaag, de met onkruid begroeide bron in. Hij wachtte.

De man kwam behoedzaam te voorschijn op de helling, zijn hand onder zijn tweed colbertje zoals de hand van de vrouw enkele minuten eerder verborgen had gezeten onder haar gabardine jas. Te veel minuten; de tijd ging te snel voorbij, het halfuur was al half voorbij. Als het nog veel langer duurde zou de moordenaar die door Washington was gestuurd ongerust worden. Als hij het prieel uitliep zou hij weten dat zijn wachtposten niet meer op hun plaatsen waren, dat hij geen controle meer had over de situatie; hij zou er vandoor gaan. Dat mocht niet gebeuren! De antwoorden die Havelock zocht, lagen vijftig meter verderop in een overblijfsel uit de oudheid. Wanneer het gezag werd verplaatst – en alleen als het werd verplaatst – werden die antwoorden duidelijk. Doe wat je moet doen, werknemer, dacht Havelock toen de Italiaan dichterbij kwam.

'*Trifoglio, trifoglio!*' fluisterde Michael hardop en hij greep wat gruis van de traptreden en gooide het over de bovenrand van het marmeren venstergat aan zijn rechterkant, tegenover het ronde bassin.

De man begon te rennen in de richting waar hij de identificatie had gehoord en waar hij het gruis zag vliegen. Havelock ging aan de linkerkant staan, ineengedoken op de derde tree, met zijn hand op een stijl van het hekje, terwijl zijn voeten voortdurend de stenen treden testten; ze moesten hem houden.

Dat deden ze. Hij wierp zich over de bovenste tree toen de Italiaan de marmeren rand bereikte en bracht de moordenaar zo aan het schrikken dat hij even naar adem snakte en zijn paniek hem vastgenageld hield op zijn plaats; langer dan een seconde zou het niet duren. Michael gebruikte die seconde; hij deed een uitval, zwaaide de Llama in een schuine boog omhoog in het gezicht van de Italiaan, botten en tanden werden verbrijzeld, overal spoot bloed te voorschijn, het liep in straaltjes uit zijn mond en spatte op zijn gestreepte hemd en zijn tweedjasje. De man begon ineen te zakken; Havelock sprong naar voren, greep hem beet, draaide zich om en duwde hem over de rand van het rustieke keizersbad. De Italiaan tuimelde omlaag, met zwaaiende armen en benen alsof ze los waren geraakt van hun eigenaar. Op de bodem bleef hij roerloos liggen, languit over het lichaam van de zwaargebouwde vrouw met zijn hoofd vol bloed op haar buik. Hij zou ook een en ander te vertellen hebben, bedacht Michael. Het was belangrijk dat de strategiebepalers in Washington het te horen kregen, want als hij in de komende paar minuten geen antwoorden te horen kreeg was de Palatijn nog maar het begin.

Havelock wrong de Llama in de binnenzak van zijn jasje en

hij voelde de hinderlijke druk van het grote magnumpistool onder zijn riem. Hij zou beide wapens behouden; de Llama was klein en kon gemakkelijk worden verborgen, terwijl de magnum met zijn vaste geluiddemper van pas zou komen onder omstandigheden die een andere soort verborgenheid vereisten – de afwezigheid van geluid. Plotseling voelde hij de kille wind van een depressie door zich heen trekken. Vierentwintig uur tevoren had hij nog gedacht dat hij nooit van zijn leven – zijn nieuwe leven – meer een pistool zou vasthouden. In feite haatte hij wapens; hij was er bang voor en haatte ze, en daarom had hij geleerd ermee om te gaan zodat hij andere wapens het zwijgen kon opleggen – de wapens uit zijn kindertijd. In het begin, in die vreselijke tijd. Op een bepaalde manier was dat waar zijn hele leven om gedraaid had, het leven waarvan hij gedacht had dat hij het eindelijk kon laten rusten. Roei het machtsmisbruik uit en laat de levenden leven – vernietig de moordenaars van Lidice in al hun verschijningsvormen. Dat leven had hij achter zich gelaten, maar de moordenaars waren er nog. In een andere vorm. En nu was hij weer terug. Hij knoopte zijn jasje dicht en begon naar de ingang van het prieel te lopen en naar de man die was gekomen om hem te doden.

Terwijl hij dichter bij de vervallen, marmeren boog kwam zochten zijn ogen instinctmatig de grond af en zijn voeten vermeden losse takjes waarop hij zou kunnen trappen en die zijn aanwezigheid zouden verraden. Hij bereikte de brokkelige muur van de boog en posteerde zich zonder geluid opzij van de opening. Behoedzaam duwde hij de afhangende klimplanten weg die voor zijn gezicht hingen en gluurde naar binnen. Ogilvie stond aan het uiteinde van het stenen pad naast het voetstuk met de buste van Domitianus. Hij rookte een sigaret en bekeek de heuvel die rechts boven het prieel lag, dezelfde heuvel – hetzelfde plekje met het struikgewas – waar Michael zich negentien minuten eerder verborgen had gehouden. De Apache had zelf een oordeel gevormd van de situatie en het was duidelijk hoe juist zijn eigen oordeel was geweest. Havelock merkte op dat het gekreukte, slecht passende jasje van Ogilvie was dichtgeknoopt. Het was vrij kil, maar dat was nog geen reden om belemmerd te worden in het snel pakken van een wapen. Toen richtte Michael zijn aandacht op het gezicht van de strategiebepaler; de verandering was opvallend.

Het zag vaal, bleker dan hij zich herinnerde het ooit gezien te hebben. De lijnen die er altijd al waren geweest waren dieper gegroefd en liepen verder door en ze leken een beetje op de spleten van het vervallen marmer die overal in het oude prieel zaten. Je hoefde geen dokter te zijn om te weten dat Ogilvie ziek was en je hoefde geen medische diagnose te krijgen om te beseffen dat hij ernstig ziek was. Als hij nog veel kracht overhad, was die even goed verborgen als zijn wapens.
Michael stapte naar binnen en lette gespannen op enige onverwachte beweging van de kant van de vroegere agent. 'Hallo, Red?' zei hij.
Ogilvie draaide zijn hoofd maar een fractie om en gaf daarmee te kennen dat hij Havelock vanuit zijn ooghoek had gezien, vlak voor de begroeting. 'Blij je weer eens te zien, Navajo,' antwoordde de strategiebepaler.
'Vergeet die Navajo maar. We zijn hier niet in Istanboel.'
'Nee, dat zijn we zeker niet, maar ik heb daar wel jouw hachje gered, nietwaar?'
'Je redde het nadat het verdomd weinig had gescheeld of ik was er geweest door jouw schuld. Ik zei je dat het een valstrik was daar op die brug, maar jij, mijn zogenaamde meerdere – een titel waarop je, tussen haakjes, te veel nadruk legde bleef erbij dat het niet zo was. Je kwam alleen maar terug om me te halen omdat ik je gezegd had dat het een valstrik was waar onze beheerder in de Merijet bij was. Hij zou niets van je heel hebben gelaten in zijn eindrapport.'
'Maar teruggekomen ben ik,' kwam het snelle, boze weerwoord van Ogilvie, terwijl een lichte blos zich over zijn bleke wangen verspreidde. Toen hervond hij zijn zelfbeheersing, met een gedwongen lachje, en haalde zijn schouders op. 'Verrek, het doet er ook niet toe.'
'Nee, inderdaad. Ik denk dat je het erop zou wagen jezelf en al je kinderen op te blazen om jezelf te rechtvaardigen, maar zoals je zelf zegt, je bent teruggekomen. Bedankt. Het was sneller, hoewel misschien niet veiliger, dan de Bosporus in te springen.'
'Dat zou je nooit gered hebben.'
'Misschien wel, misschien niet.'
Ogilvie gooide zijn sigaret op de grond, vermorzelde hem en stapte naar voren. 'Niet de kinderen, Havelock. Mezelf wel, maar niet de kinderen.'

'Goed, de kinderen niet.'
Toen ze het over kinderen hadden – hij was er zonder enig nadenken over begonnen – voelde Michael zich even gegeneerd. Hij herinnerde zich dat Ogilvies kinderen hem afgenomen waren. Deze plotseling oud geworden man stond alleen in zijn eigen schaduwwereld, alleen met zijn persoonlijke frustraties.
'Laten we maar praten,' zei de man uit Washington en hij liep naar een marmeren bank aan de rand van het stenen pad, een kopie uit het vroegere Rome voor het gemak van vermoeide toeristen. 'Ga zitten... Michael. Of is het Mike? Ik weet het niet meer.'
'Wat je wilt. Ik blijf wel staan.'
'Ik ga erbij zitten. Ik wil je best vertellen dat ik kapot ben. Het is een heel eind vanaf Washington, een verdomd end vliegen. Ik slaap niet zo best in een vliegtuig.'
'Je ziet er moe uit.'
Op die opmerking reageerde Ogilvie niet direct. Even keek hij naar Havelock. 'Aardig van je,' zei hij en ging zitten. 'Vertel me eens, Michael. Ben jij moe?'
'Ja,' zei Havelock. 'En ik heb schoon genoeg van al die verrekte leugens. Van alles wat er gebeurd is. Met haar. Met mij. Met jullie allemaal in je steriele, witte kantoortjes, waar je je smerige plannetjes uitbroedt – god zal mij bewaren, ik heb bij jullie gehoord. Wat dachten jullie wel dat je aan het doen was? Waarom hebben jullie het gedaan?'
'Dat is nogal een beschuldiging, Navajo.'
'Ik zei je toch. Vergeet die verdomde naam.'
'Net iets van een havermoutdoos, hé?'
'Erger nog. Misschien wist je dat nog niet, maar de Navajo's waren familie van de Apachen en het was een stam die in wezen vredelievend was, erop uit om zich te verdedigen, en dat waren de Apachen niet. De naam paste niet in Istanboel en hij past nu ook niet.'
'Dat is interessant; dat wist ik niet. Maar ik kan me voorstellen dat iemand die niet in een bepaald land is geboren – die daarheen verhuist na een tamelijk verschrikkelijke jeugd – zoiets zou uitpluizen. Ik bedoel maar, het bestuderen van dat soort geschiedenis is een manier om "dankjewel" te zeggen, nietwaar?'
'Ik weet niet waar je het over hebt.'

'Dat doe je wel. Een kind overleeft een massale slachtpartij, ziet vrienden en buren neergemaaid worden door mitrailleurs in een wei en in massagraven gesmeten, maakt mee dat zijn eigen moeder god weet waarheen wordt gestuurd, terwijl hij weet dat hij haar nooit zal terugzien. Dat is een heel bijzonder kind... Verrek, als zo'n kind eindelijk in een veilige haven belandt, dan gaat hij alles leren wat hij maar kan over die plaats. In wezen zegt hij daarmee: "Bedankt dat ik hierheen mocht komen." Ben je het daarmee niet eens... *Havlíček*?'

De strategiebepalers konden dus ook tot de diepste geheimen doordringen. Natuurlijk wisten ze dat, dat had hij kunnen weten, zijn eigen daden hadden daarvoor gezorgd. De enige garantie die men hem had gegeven was dat zijn echte dossier slechts bekend zou worden gemaakt op het hoogste niveau van personeelsbeoordeling, omdat die het nu eenmaal moesten weten. Iedereen onder dat niveau zou alleen maar het toevoegsel te zien krijgen van de Britse MI6. Een Tsjechische wees, waarvan de ouders waren omgekomen in een luchtaanval op Brighton, met de juiste papieren voor adoptie en immigratie. Meer hoefden ze niet te weten, meer mochten ze niet weten. Voorheen. Niet nu.

'Dat doet niet terzake.'

'Misschien toch wel,' zei de vroegere agent en hij ging wat verzitten op de bank en stak zijn hand terloops uit naar de zijzak van zijn jasje. 'Laat dat.'

'Wat?'

'Je hand. Hou die uit die zak.'

'O, het spijt me... Zoals ik al zei, al die dingen van vroeger zouden wel eens terzake kunnen zijn. Een man kan door de jaren heen niet alles slikken; zoiets hoopt zich op, begrijp je wat ik bedoel? Dan op een dag knapt er iets en zonder dat hij het beseft gaat hij dingen zien die er niet zijn. Hij keert terug – ver terug – naar de tijd toen hem van alles overkwam – afschuwelijke zaken – en de jaren en de beweegredenen van de mensen die hij toen kende, beginnen zich te vermengen met de jaren en de mensen die hij nu kent. Het overkomt een heleboel mensen die leven zoals jij en ik hebben geleefd. Het is zelfs vrij gewoon.'

'Ben je uitgepraat?' vroeg Havelock op harde toon. 'Want als dat zo is...'

'Ga terug met mij, Michael,' viel de man uit Washington hem in de rede. 'Je hebt hulp nodig. Wij kunnen je helpen.'

‘Heb jij bijna achtduizend kilometer gereisd om me dat te komen vertellen?’ schreeuwde Havelock. ‘Zijn dat de feiten, is dat jullie verklaring?’
‘Hou je nou rustig. Kalm aan.’
‘Nee, hou jij je maar rustig! Doe jij maar kalm aan, want je zult elke stalen zenuw die je hebt nodig hebben! Jullie allemaal! Ik zal hier in Rome beginnen en van daaruit verdergaan, door Zwitserland, Duitsland... Praag, Krakow, Warschau... helemaal tot in Moskou als dat nodig is! En hoe meer ik praat, des te groter zal de rotzooi zijn waarin jullie terechtkomen, jullie allemaal. Wie denk jij, verdomme, wel dat je bent om mij te komen vertellen dat ik dingen zie die er niet zijn? Ik zag die vrouw. Ze leeft! Ik heb haar gevolgd tot in Civitavecchia waar ze verdween, maar ik heb ontdekt wat jullie tegen haar hebben gezegd, wat jullie haar hebben aangedaan! Ik ga haar achterna, maar elke dag die ik daarvoor nodig heb zal jullie duur komen te staan! Ik begin meteen nadat ik hier vertrokken ben en je zult me niet kunnen tegenhouden. Luister vanavond maar naar het nieuws en lees morgenochtend de kranten maar eens. Er is een tussenpersoon hier in Rome, een gerespecteerd topattaché, een lid van een minderheid – een verdomd goede dekmantel. Maar hij gaat wel zijn waarde verliezen en die van zijn netwerk voordat de zon ondergaat! Jullie rotzakken! Wie denken jullie wel dat je bent?’
‘Goed dan, goed dan!’ pleitte Ogilvie, hij stak zijn beide handen in de lucht, duwde ze naar voren toe en knikte met zijn hoofd – snelle, verzoenende gebaren. ‘Jij hebt alle kaarten in handen maar je kunt het mij niet kwalijk nemen dat ik het probeer. Dat was mijn opdracht. “Zorg ervoor dat hij terugkomt, dan kunnen wij het hem vertellen,” hebben ze gezegd. “Probeer van alles, maar zeg hem niks, niet zolang hij niet hier in het land is.” Ik heb ze gezegd dat dat niet zou werken, niet met iemand zoals jij. Ik heb ze gedwongen me de keus te geven het bekend te maken; ze wilden me die niet geven, maar ik heb ze het mes op de keel gezet.’
‘Praat dan!’
‘Oké, oké, je hebt me zover.’ De man uit Washington zuchtte diep en schudde zijn hoofd langzaam heen en weer. ‘Verrek, wat kan de zaak in de knoei raken.’
‘Haal hem er dan maar weer uit!’
Ogilvie keek op naar Michael en stak zijn hand op naar de

linker bovenkant van zijn gekreukte jasje. 'Een sigaret, mag ik?'
'Trek hem terug.'
De strategiebepaler trok zijn revers opzij en liet zien dat er een pakje sigaretten in de borstzak van zijn hemd zat. Havelock knikte; Ogilvie haalde de sigaretten te voorschijn en een houdertje met lucifers dat erachter zat. Hij schudde een sigaret in zijn rechterhand en sloeg het klepje om van het kartonnen lucifershoudertje, het was leeg. 'Verdomme,' mompelde hij. 'Heb jij een vuurtje?'
Michael stak zijn hand in zijn zak, haalde lucifers te voorschijn en bracht ze naar de man tegenover hem. 'Wat je te vertellen hebt kan maar beter kloppen...'
O, mijn god! Of het de lichte beweging was van het hoofd met rood haar onder hem, of de vreemde houding van Ogilvies rechterhand, of de flits van het zonlicht dat weerkaatste van het cellofaan van het pakje, zou hij nooit te weten komen, maar door die samenloop van onverwachte factoren wist hij dat de valstrik dichtsprong. Hij schopte met zijn linkervoet, raakte de rechterarm van de strategiebepaler, deed die achteruit vliegen en door de kracht van de trap viel Ogilvie van de bank. Plotseling was de lucht vervuld van een ronde, kolkende nevelwolk. Hij dook naar rechts, over het pad heen, hield zijn neusgaten dicht, sloot zijn ogen en bleef over de grond rollen totdat hij met een klap terechtkwam tegen de overblijfselen van de oude, brokkelige muur, buiten bereik van de nevelwolk.
De breekbare ampul had verborgen gezeten in het pakje sigaretten en de zure, prikkelende geur die in het prieel hing vertelde hem wat erin had gezeten. Het was een zenuwgas dat alle spiercontrole wegnam als iemand in de kern werd gevangen; de uitwerking duurde niet minder dan een uur, niet meer dan drie uur. Het werd bijna uitsluitend gebruikt voor ontvoering, zelden of nooit als voorspel voor uit de weg ruimen.
Havelock opende zijn ogen en kwam overeind op zijn knieën, met zijn handen steun zoekend aan de muur. Achter de marmeren bank lag de man uit Washington te kronkelen in het lange gras, hoestend, worstelend om overeind te komen, terwijl stuiptrekkingen door zijn lichaam voeren. Hij was terecht gekomen in de rand van de wolk, voldoende om hem voor het moment buiten spel te zetten, niet genoeg voor langere tijd.

Michael kwam overeind en keek toe hoe de blauwgrijze wolk zich oploste in de lucht boven de Palatijn; de kern ervan bleef nog even hangen en werd toen door de bries uiteengedreven. Hij trok zijn jasje open en voelde de pijn van de schrammen en blauwe plekken die veroorzaakt waren door de magnum onder zijn riem bij zijn heftige bewegingen over de grond. Hij haalde het wapen met de dreigende, met gaten doorboorde cylinder op de loop te voorschijn en liep wat onzeker over het gras naar Ogilvie toe. De roodharige man ademde moeilijk, maar zijn ogen stonden helder; hij hield op met worstelen, keek omhoog naar Havelock en toen naar het wapen in diens hand.
'Ga je gang, Navajo,' zei hij, bijna fluisterend. 'Bespaar mij de moeite.'
'Dat dacht ik al,' antwoordde Havelock met een blik op het holle, doorgroefde gelaat van de vroegere agent, waarop een lijkbleke doodskleur lag.
'Niet denken. Schiet maar.'
'Waarom zou ik? Waarom zou ik het je gemakkelijker maken, bedoel ik. Of moeilijker, als het daarom gaat? Je bent niet gekomen om me te doden, maar om me in te rekenen. En je hebt helemaal geen antwoorden.'
'Ik heb het je laten weten.'
'Wanneer?'
'Een paar minuten terug... Havlíček. De oorlog. Tsjechoslowakije, Praag. Je vader en moeder. Lidice. Al die dingen die niet terzake zijn.'
'Waar heb je het, godverdomme, over?'
'Je hoofd is niet helemaal in orde, Navajo. Dat lieg ik niet.'
'Wat?'
'Je hebt het meisje Karras niet gezien. Ze is dood.'
'Ze leeft!' schreeuwde Michael, terwijl hij op zijn hurken naast de man uit Washington ging zitten en hem bij de revers van zijn verkreukte jasje pakte. 'Godverdomme, ze heeft mij gezien! Ze is er voor mij vandoor gegaan!'
'Kan niet,' zei Ogilvie, en hij schudde met zijn hoofd. 'Jij was niet de enige aan de Costa Brava, er was nog iemand. We hebben zijn ooggetuigenrapport; hij heeft bewijsmateriaal mee teruggebracht... stukken kleding, bloed dat overeenkwam met het hare, alles. Ze stierf aan de Costa Brava.'
'Dat is gelogen! Ik ben er de hele nacht geweest. Ik ben naar de weg gelopen, naar het strand. Er waren helemaal geen stuk-

ken kleding; ze liep te rennen, ze werd pas aangeraakt toen ze dood was, nadat de kogels haar hadden getroffen. Wie ze ook was, haar lichaam werd ongeschonden weggedragen, er was niets gescheurd, er bleef niets op het strand achter! Hoe kon dat ook? Waarom zou er iets achterblijven? Dat ooggetuigenverslag is een leugen!'

De strategiebepaler bleef roerloos liggen, zijn ogen boorden zich in die van Havelock, zijn ademhaling was wat rustiger. Het was duidelijk dat zijn gedachten koortsachtig werkten, dat hij waarheid afwoog tegen mogelijke onwaarheid. 'Het was donker,' zei hij met vlakke stem. 'Dat kon je niet zien.'

'Toen ik omlaag liep naar het strand was de zon al op.'

Ogilvies gezicht verkrampte en zijn hoofd werd erdoor in zijn linkerschouder gedrukt, terwijl het leek of er een schroeiende pijn opvlamde door zijn borst en langs zijn arm. 'De man die onze ooggetuige was kreeg drie weken later een hersenbloeding,' zei de strategiebepaler, en zijn stem klonk als een ingespannen gefluister. 'Hij stierf op een klotezeilboot in de Chesapeake... Als je gelijk hebt dan hebben ze in Washington problemen waar jij noch ik iets van af weten. Help me. We moeten zien in Palombara te komen.'

'Ga jij maar naar Palombara. Ik ga niet mee als ik geen antwoorden heb. Dat zei ik je al.'

'Je moet komen! Want je gaat hier niet weg zonder mij en daar kun je vergif op innemen.'

'Je bent de oude Apache niet meer. Ik heb deze magnum afgenomen van dat knappe smoeltje dat je hebt ingehuurd. Haar vriendje is trouwens bij haar, ze liggen alle twee beneden in een marmeren bad.'

'Zij niet. Hij!' De man uit Washington was plotseling bang. Hij duwde zich op zijn ellebogen omhoog, rekte zijn nek uit en bekeek met half dichtgeknepen ogen tegen de zon de heuvel boven het prieel. 'Hij ligt te wachten, houdt ons in de gaten,' fluisterde hij. 'Doe dat pistool weg! Bedreig me er niet mee. Schiet op!'

'Wie? Waarom? Waarvoor?'

'Doe in godsnaam wat ik zeg! Snel!'

Michael schudde zijn hoofd en kwam overeind. 'Jij zit vol met trucjes, Red, maar je bent te lang weggeweest. Er hangt rond jou dezelfde stank die ik helemaal vanaf de Potomac kan ruiken...'

'Niet doen! Nee!' gilde de vroegere agent met wijdopen ogen die zich ingespannen richtten op het topje van de heuvel. Toen forceerde hij zich met een onverwachte, onpeilbare krachtreserve van de grond omhoog, greep de kleren van Havelock beet en trok hem van het stenen pad af.
Michael hief de loop op waar de zware cilinder aan vastzat, klaar om Ogilvie ermee op zijn schedel te slaan toen de knallen weerklonken, twee gedempte klappen van bovenaf. De roodharige agent snakte naar lucht, blies toen met een hoorbare zucht en een afschuwelijk geluid van snel stromend water zijn adem weer uit, zakte ineen en viel achterover in het gras. Zijn keel was opengereten; hij was dood. Hij had de kogel tegengehouden die bestemd was voor Michael.
Havelock slingerde zich tegen de muur; nog drie schoten volgden en deden overal om hem heen marmer en aarde opspatten. Hij rende naar het uiteinde van de brokkelige muur, de magnum vlak bij zijn gezicht, en tuurde door een v-vormige spleet in de stenen. Stilte.
Een onderarm. Een schouder. Achter een bosje. Nu! Hij richtte zorgvuldig en vuurde vier schoten af, snel achter elkaar. Een met bloed besmeurde hand schoot de lucht in, een draaiende schouder kwam er achteraan. Toen sprong de wankelende gedaante van een gewonde man uit het struikgewas en rende hinkend over de top van de heuvel. Maar hoe snel de benen het gewonde lichaam ook voortstuwden, het scherp waarnemend oog was sneller. Het haar op het ontblote hoofd van de man die wegrende daarboven was kort en zwart, de huid van de nek daaronder en van de hand die even te zien was geweest was donkerbruin. Mahoniekleurig. De pseudosluipmoordenaar op de Palatijn was de contactpersoon in Rome voor geheime operaties in de noordelijke sector van het Middellandse-Zeegebied. Hij had de trekker afgedrukt in woede, of in angst, of in een combinatie van beide, bang en woedend omdat zijn dekmantel en zijn netwerk aan het licht zouden worden gebracht? Of had hij koudweg bevelen opgevolgd? Nog een vraag, nog een vormeloos stukje in het mozaïek.
Havelock keerde zich om en leunde tegen de muur, hij was uitgeput, angstig, hij voelde zich kwetsbaar net als... als in de dagen van vroeger, de verschrikkelijke dagen. Hij keek neer op Red Ogilvie – John Philip Ogilvie als hij het zich goed herinnerde. Minuten geleden was hij een ten dode opgeschreven

man; nu was hij een dode man. Hij was gedood terwijl hij het leven redde van een ander die hij niet wilde zien sterven. De Apache was niet gekomen om de Navajo uit de weg te ruimen; hij was gekomen om hem te redden. Maar redding was er niet te krijgen door de strategiebepalers in Washington: zij waren geprogrammeerd door leugenaars. Leugenaars hadden er de macht in handen.

Waarom? Met welk doel?

Geen tijd. Hij moest weg uit Rome, weg uit Italië. Naar de grens bij Col des Moulinettes en als dat niet lukte, naar Parijs.

Naar Jenna Karras. Altijd Jenna, nu meer dan ooit.

10

Het duurde zevenenveertig minuten om twee telefoongesprekken te voeren uit twee verschillende cellen op de drukke luchthaven Leonardo da Vinci. Het eerste was met het kantoor van de *Direttore* van Romes *Amministrazione di Sicurezza*, de waakhond van Italië tegen geheime activiteiten van buitenlanders. Door korte, beknopte toespelingen te maken op uitgevoerde clandestiene operaties van verschillende jaren terug, werd Havelock doorverbonden zonder zich te hoeven identificeren tegenover de onderdirecteur die de leiding had. Hij hield de man minder dan een minuut bezig aan de lijn en hing de hoorn op nadat hij gezegd had wat hij wilde zeggen. Het tweede gesprek, vanuit een cel aan het andere einde van de hal, werd gevoerd met de *redattore* van *Il Progresso Giornale*, de zeer politieke, zeer eigenzinnige, zeer anti-Amerikaanse krant van Rome. Gezien het onderwerp waarop werd gezinspeeld, was de redacteur heel wat minder moeilijk te bereiken. En toen de journalist Michael onderbrak om hem om identificatie en nadere uitleg te vragen, gaf Havelock als antwoord twee suggesties. De eerste was dat de redacteur de zaak maar eens moest verifiëren bij de *Direttore* van de *Amministrazione di Securezza*. De tweede om de komende tweeënzeventig uur de ambassade van de Verenigde Staten in de gaten te houden en speciaal te letten op de man in kwestie.

'*Mezzani!*' riep de redacteur woedend.

'*Addio*,' zei Michael en hij legde de hoorn op de haak.

Overste Lawrence Baylor, diplomatiek attaché en een lichtend voorbeeld van Amerika's erkenning van minderheden, zat zonder baan. De contactman was uitgewerkt, zijn netwerk buitenspel gezet; het zou maanden, misschien wel een jaar, duren voordat het weer was opgebouwd. En hoe ernstig Baylor ook gewond was, hij zou binnen enkele uren – geen tweeënzeventig; eerder vijf – per vliegtuig uit Rome worden weggehaald om een verklaring te geven voor de dood van de roodharige man op de Palatijn.

De eerste sluisdeur was opengezet. Er zouden er meer volgen. *Elke dag die ervoor nodig is zal jullie duur komen te staan.* Hij meende het.

'Ik ben blij dat jullie er zijn,' zei Daniël Stern, terwijl hij de deur sloot van het witte vertrek zonder ramen op de vijfde verdieping van het gebouw van Buitenlandse Zaken. De twee mannen tot wie hij zich richtte zaten aan de conferentietafel, de kalende psychiater dr. Paul Miller, die zijn notities doorkeek en de jurist die Dawson heette en zijn hand hield op een geel notitiebloc dat voor hem lag, en die afwezig naar de muur keek. 'Ik kom net uit het Walter Reed – het rapport van Baylor. Het is allemaal bevestigd. Ik heb het zelf gehoord, heb hem zelf ondervraagd. Daar ligt een officier die behoorlijk van de kaart is, zowel fysiek als emotioneel. Maar hij houdt zich goed in bedwang; hij is een goeie vent.'

'Geen afwijkingen van het oorspronkelijke rapport?' vroeg de jurist.

'Niets belangrijks; zijn eerste rapport was al grondig. De ampul zat verborgen in de sigaretten van Ogilvie, een mengsel van cobalomine en fosfor dat vrijkwam via een CO^{2}-patroon als die met de hand werd ingedrukt.'

'Dat bedoelde Red toen hij ons zei dat hij Havelock kon inrekenen als hij binnen armslengte kwam,' bracht Miller rustig in het midden.

'Het was hem bijna gelukt,' zei Stern en hij liep de kamer in. Er stond een rode telefoon op een tafeltje naast zijn stoel; hij knipte een schakelaar om op de schuine voorkant van het instrument en ging zitten. 'Als je het Baylor hoort vertellen leeft het heel wat meer dan wanneer je een droog rapport leest,' zei de directeur van Consulaire Operaties; hij zweeg even, maar hij was nog niet klaar; de twee strategiebepalers wachtten.

Stern vervolgde zacht. 'Hij is rustig, bijna lijdelijk, maar als je naar zijn gezicht kijkt, zie je hoe diep hij het voelt. Hoe verantwoordelijk hij zich voelt.'

Dawson boog zich voorover. 'Heb je hem gevraagd waardoor Havelock er lucht van kreeg? Dat stond niet in het rapport.'

'Het stond er niet in, omdat hij het niet weet. Tot de laatste seconde leek Havelock niets te vermoeden. Net zoals in het rapport staat stonden de twee te praten; Ogilvie haalde de sigaretten uit zijn zak en vroeg kennelijk om een vuurtje. Havelock stak zijn hand in zijn zak om lucifers te pakken, bracht die naar Red toe en toen gebeurde het. Hij trapte plotseling naar hem en schopte Ogilvie achterover van de bank en de ampul ontplofte. Toen de rook optrok lag Red op de grond en stond Havelock over hem heengebogen met een pistool in zijn hand.'

'Waarom schoot Baylor toen niet? Op dat moment?' De jurist was verontrust; het was te horen aan zijn stem.

'Vanwege ons,' antwoordde Stern. 'Onze opdracht was om Havelock levend hierheen te brengen. Alleen in het alleruiterste geval mocht de situatie anders beoordeeld worden.'

'Dat had toch gekund,' zei Dawson snel, bijna weifelend. 'Ik heb de staat van dienst van Brown... van Baylor... gelezen. Hij staat te boek als een deskundige in wapens, met speciale nadruk op handwapens. Er is heel weinig waarin hij niet te boek staat als een expert; hij is een wandelende reclame voor de NAACP en voor het officierscorps. Universitaire opleiding, speciale strijdkrachten, guerilla-oorlogvoering. Noem het maar op, het staat allemaal in zijn dossier.'

'Hij is zwart: hij moest wel goed zijn. Dat heb ik je al eerder gezegd. Wat wil je ermee zeggen?'

'Hij had Havelock kunnen verwonden. Benen, schouders, heupen. Met hun tweeën hadden Ogilvie en hij hem kunnen inrekenen.'

'Dan moet je wel erg accuraat zijn op een afstand van vijfentwintig tot dertig meter.'

'Vijfentwintig tot dertig meter. Bijna de afstand op een pistoolbaan en Havelock stond stil. Hij was geen bewegend doelwit. Heb je Baylor daar nog naar gevraagd?'

'Eerlijk gezegd zag ik er het nut niet van in. Hij heeft al genoeg te verstouwen, met inbegrip van een kapotgeschoten hand die het einde van zijn legercarrière kan betekenen. Naar mijn mening heeft hij correct gehandeld in een precaire situatie. Hij heeft gewacht tot hij Havelock zijn wapen zag richten op Ogilvie, tot hij ervan overtuigd was dat Red geen enkele kans meer had. Toen pas heeft hij gevuurd... precies op het moment dat Ogilvie een uitval deed naar Havelock en getroffen werd door de kogel. Alles klopt met de autopsie in Rome.'

'Het uitstel heeft Red zijn leven gekost,' zei Dawson, onvoldaan.

'Verkort,' verbeterde de dokter hem. 'En niet eens zoveel.'

'Dat staat ook in het autopsierapport,' voegde Stern eraan toe. 'Dit klinkt misschien nogal hardvochtig onder de omstandigheden,' zei de jurist, 'en wellicht heeft het ermee te maken. We hebben hem overschat.'

'Nee.' De directeur van *Cons Op* was het daar niet mee eens. 'We hebben Havelock onderschat. Wat heb je nog meer nodig? De Palatijn is nu drie dagen geleden en in die drie dagen heeft hij een contactman buitenspel gezet, onze lokale krachten in Rome weggejaagd – niemand wil nu meer voor ons werken – en een netwerk ineen doen storten. Daarbij heeft hij nog via Zwitserland een telegram gestuurd aan de voorzitter van de controlecommissie van het Congres, waarin hij zinspeelt op incompetentie en corruptie bij de CIA in Amsterdam. En vanmorgen kregen we een telefoontje van het hoofd van de veiligheidsdienst van het Witte Huis, die niet weet of hij in paniek moet raken of verschrikkelijk kwaad moet worden. Hij heeft ook een telegram gekregen, het zijne in de zestienhonderd-code, waaruit valt op te maken dat er een Russische mol vlak bij de president zit.'

'Dat komt uit die zogenaamde confrontatie in Athene tussen Havelock en Rostov,' zei Dawson terwijl hij op zijn gele notitiebloc keek. 'Dat staat in Baylors rapport.'

'En Paul hier betwijfelt of die wel ooit heeft plaatsgevonden,' zei Stern en hij keek Miller aan.

'Fantasie en werkelijkheid,' merkte de psychiater op. 'Als alle informatie die we hebben verzameld juist is dan glijdt hij heen en weer en is hij niet in staat het verschil te zien. Als onze feiten kloppen. Naar alle waarschijnlijkheid is er een zekere mate van incompetentie, misschien corruptie, in Amsterdam. Maar ik zou zeggen dat het even onwaarschijnlijk is dat er een Russische mol kan doordringen tot de naaste omgeving van de president.'

'Hier kunnen we fouten maken en we maken ze ook,' voegde Stern eraan toe, 'net zo goed als op het Pentagon en – god mag het weten – ook in Langley. Maar daarginds zijn de kansen op dat soort fouten minuscuul. Ik zeg niet dat dat niet kan gebeuren of dat het niet gebeurd is, maar iedereen die dichtbij de president werkt ziet ieder jaar, iedere maand, iedere week van zijn leven onder de microscoop belanden, zelfs de beste vrienden van de president. Slimme nieuwe werknemers worden *gescreend* alsof het de erfgenamen van Stalin zijn. Dat is de standaardprocedure sinds '47.'
De directeur zweeg weer, opnieuw was hij nog niet klaar. Zijn ogen dwaalden naar het vel met losse notities dat de dokter voor zich had liggen. Hij vervolgde langzaam, bedachtzaam. 'Havelock weet welke knopjes hij moet indrukken, welke mensen hij moet bereiken, welke codes hij moet gebruiken; zelfs oude codes werken door. Hij kan paniek zaaien omdat hij de echtheid bewijst... Hoe ver zal hij gaan, Paul?'
'Ik kan geen zekerheid geven, Daniël,' zei de psychiater verontrust zijn hoofd schuddend. 'Wat ik ook zeg is nauwelijks meer dan een veronderstelling.'
'Veronderstelling op basis van ervaring,' kwam de jurist tussenbeide.
'Hoe zou jij het vinden om een zaak te beoordelen zonder een verhoor voor de rechtszitting?' vroeg Miller.
'Je hebt verzegelde verklaringen, statistieken, een recent ooggetuigenverslag en een gedetailleerd dossier. Dat is een behoorlijke achtergrond.'
'Slechte analogie. Het spijt me dat ik het naar voren bracht.'
'Als we hem niet kunnen vinden, hoe ver zal hij dan gaan?' drong de directeur van *Cons Op* aan. 'Hoe lang duurt het voordat hij levens gaat kosten?'
'Dat heeft hij al,' viel Dawson in de rede.
'Daar zat geen opzet bij,' sprak Miller tegen. 'Dat was een rechtstreekse reactie op een gewelddadige aanval op zijn eigen leven. Dat maakt verschil uit.'
'Leg ons dat verschil dan maar eens uit, Paul.'
'Zoals ik het zie,' zei de psychiater terwijl hij zijn notities oppakte en zijn bril rechtzette, 'en om een geliefkoosde uitdrukking van Ogilvie te gebruiken, ik beweer niet dat het een wet is van meden en perzen. Maar er zijn een paar dingen die er een beetje licht op werpen en als ik eerlijk ben dan veront-

rusten die me. De sleutel ligt natuurlijk in het gesprek tussen Havelock en Ogilvie, maar aangezien we niet kunnen weten hoe dat verliep, kunnen we alleen maar afgaan op Baylors gedetailleerde beschrijving van wat er gebeurde, de fysieke bewegingen, de algemene tendens. Ik heb het steeds maar weer opnieuw gelezen, en tot aan de beslissende momenten – het uitbreken van geweld – is me iets opgevallen wat ik niet verwachtte te vinden. De afwezigheid van voortdurend aanwezige vijandelijkheid.'

'Voortdurend aanwezige vijandelijkheid?' vroeg Stern. 'Ik weet niet wat je daarmee bedoelt in gedragsmatige zin, maar ik hoop niet dat het betekent dat ze geen ruzie maakten, want dat deden ze wel. Baylor maakt dat duidelijk.'

'Natuurlijk maakten ze ruzie; het was een confrontatie. Er was een langdurige uitval van de kant van Havelock, waarin hij opnieuw die bedreigingen uitte die hij al eerder had uitgesproken, maar toen hield het schreeuwen op; dat moest. Er werd een soort overeenstemming bereikt. Dat kon niet anders, in het licht van wat er daarna volgde.'

'In het licht van wat daarna volgde?' vroeg Stern verbijsterd. 'Wat er volgde was de valstrik van Ogilvie, het cobalominegas, de explosie.'

'Het spijt me, dat klopt niet, Daniël. Er was een rustpauze daarvoor. Denk eraan, vanaf het moment dat Havelock opdook tot op dat moment op de bank, toen hij schopte en de valstrik doorbrak, was er niets wat op fysiek geweld leek, geen vertoon van wapens. Er werd gesproken, geconverseerd. Toen de sigaretten... de lucifers. Het is te verdomde redelijk.'

'Wat bedoel je?'

'Denk je eens in in Havelocks plaats. Je hebt enorme grieven, je woede is op het kookpunt en een man die je beschouwt als je vijand vraagt je om een vuurtje. Wat doe je dan?'

'Het is maar een lucifer.'

'Precies: maar een lucifer. Maar je bent buiten jezelf, je barst van de zenuwen, je kunt alleen maar denken aan geweld. De man die voor je zit vertegenwoordigt verraad van het ergste soort, het meest persoonlijke, diepst gevoelde verraad. Dat zijn dingen die een schizofrene paranoïde op zo'n moment voelt, met zo'n man. En die man, die vijand – zelfs al heeft hij beloofd je alles te vertellen wat je wilt horen – die vraagt jou om een vuurtje. Hoe reageer je dan?'

'Ik zou het hem geven.'
'Hoe?'
'Nou ja, ik zou...' Het sectiehoofd zweeg, hij keek Miller strak aan. Toen maakte hij zijn antwoord af met rustige stem. 'Ik zou het naar hem toegooien.'
'Of hem zeggen het maar te vergeten, dat hij dood kan vallen, of gewoon doorgaan met praten. Maar ik geloof niet dat je een doosje lucifers uit je zak zou halen, naar de man toe zou lopen en het hem zou geven, alsof er even een pauze was in een twistgesprek, in plaats van een onderbreking in een zeer gespannen moment van uiterst persoonlijke nood. Nee, ik geloof niet dat je dat zou doen. Ik geloof dat niemand van ons dat zou doen.'
'We weten niet wat Ogilvie tegen hem zei,' wierp Stern tegen. 'Hij zou...'
'Het doet er eigenlijk niet toe, zie je dat niet?' viel de psychiater hem in de rede. 'Het is het patroon, het verrekte patroon.'
'Afgeleid uit een doosje lucifers?'
'Ja, want het is symptomatisch. Tijdens heel die confrontatie was er, met uitzondering van een enkele uitval, een opmerkelijke afwezigheid van agressiviteit van de kant van Havelock. Als Baylor zo accuraat is als jij zegt – en ik vermoed dat hij dat is, omdat hij onder de gegeven omstandigheden geneigd zou zijn mogelijke dreigende gebaren of bewegingen te overdrijven – dan heeft Havelock zich enorm goed in bedwang gehad... rationeel gedrag.'
'Wat maak je daaruit op?' vroeg Dawson die al een tijdje niets had gezegd, en hij keek Miller scherp aan.
'Ik weet het niet zeker,' zei de dokter, op zijn beurt Dawson aankijkend. 'Maar ik weet wel dat het niet past bij het portret van de man met wie we naar onze eigen overtuiging te maken hebben. Om eens een gezegde om te draaien: we zien te veel gezond verstand, niet genoeg waanzin.'
'Zelfs niet als hij steeds maar de realiteit in- en uitglipt?' ging Dawson verder.
'Dat heeft hiermee niets te maken. Zijn realiteit is het produkt van zijn hele ervaring, zijn leven van alledag. Niet zijn overtuigingen; die zijn voornamelijk gebaseerd op zijn emoties. Onder de condities van het rendez-vous zouden ze dichter aan het oppervlak hebben moeten komen, zijn realiteit hebben

moeten verdraaien, hem gedwongen hebben om minder te luisteren, zich agressiever op te stellen... zich opstellen. Hij luisterde te veel.'

'Je weet wat je nu zegt, nietwaar Paul?' vroeg de jurist.

'Ik weet wat ik laat doorschemeren, gebaseerd op feiten die we allemaal als volledig accuraat hebben geaccepteerd... vanaf het begin.'

'Dat de man op de Palatijn, drie dagen geleden, niet lijkt op het portret?' suggereerde Dawson.

'Misschien niet lijkt. Geen zekerheid, enkel veronderstelling "op basis van ervaring". Nu we de woorden niet kennen zat er naar mijn smaak te veel rationaliteit in wat er beschreven is. Het lijkt niet op het portret.'

'En dat was gebaseerd op informatie die we als onfeilbaar hebben beschouwd,' luidde de conclusie van de jurist. 'In jouw woorden "vanaf het begin". Vanaf de Costa Brava.'

'Precies. Maar stel dat het dat niet was. Stel dat het niet zo is?'

'Onmogelijk!' zei de directeur van Consulaire Operaties. 'Die informatie is wel door een dozijn zeven gegaan en toen weer gezeefd door twintig andere. Vergissen is uitgesloten. Het meisje Karras was van de KGB; ze stierf aan de Costa Brava.'

'Dat hebben wij zo geaccepteerd,' stemde de psychiater in. 'En ik hoop bij god dat het juist is en dat mijn gegiste observaties waardeloze reacties zijn op een tafereel dat onjuist is beschreven. Maar als dat niet zo is en mijn observaties zijn dat niet, dan is er een heel kleine mogelijkheid dat we niet te maken hebben met een psychopaat maar met een man die de waarheid vertelt omdat het de waarheid is. En dan staan we tegenover iets waaraan ik nog niet eens wil denken.'

De drie mannen zwegen, terwijl ieder van hen worstelde met de enorme consequenties van die implicatie. Dawson begon eindelijk te spreken.

'We moeten eraan denken,' zei de jurist.

'De gedachte daaraan alleen al is verschrikkelijk,' voegde Stern eraan toe. 'Je hebt de bevestiging van MacKenzie en dat was een bevestiging. De gescheurde kleren, stukken van een blouse, een rok, die waren van haar, dat is vastgesteld. En de bloedgroep, A-negatief. Van haar.'

'En Steven MacKenzie stierf drie weken later aan een hartaanval,' kwam Miller tussenbeide. 'We hebben dat onderzocht,

maar het is ons gewoon ontglipt.'
'Toe nou, Paul,' wierp Stern tegen. 'Die arts in Maryland is een van de meest gerespecteerde aan de hele oostkust. Hoe heet hij ook alweer...? Randolph. Matthew Randolph. John Hopkins, Mayo Kliniek, in het bestuur van Massachusetts' General Hospital, van New Yorks Mt. Sinaï en met zijn eigen medische kliniek. Hij werd uitvoerig ondervraagd.'
'Ik zou nog wel eens met hem willen praten.'
'En laat ik je eraan herinneren,' drong de directeur van *Cons Op* aan, 'dat MacKenzie zowat de beste staat van dienst had in de hele CIA. Wat jij nu suggereert is gewoon ondenkbaar.'
'Dat was het paard van Troje ook,' zei de jurist. 'Als je het maar bedenkt.' Hij keerde zich naar Miller die zijn bril had afgezet. 'Veronderstelling op basis van ervaring, Paul. Laten we het eens helemaal doordenken; we kunnen het later nog altijd vergeten, maar stel dat er iets waars inzit. Wat denk jij dat hij nu zal doen?'
'Ik zal zeggen wat hij niet zal doen... als er iets waars inzit. Hij zal niet terugkomen en we kunnen hem niet lokken met trucjes, omdat hij – rationeel – begrijpt dat wij, wat er ook is gebeurd, daar ofwel geen deel van uitmaken, of het niet weten, of dat het sterker is dan wij. De aanval is op hem uitgevoerd; hij zal zich verdedigen met alles wat hij heeft geleerd in die zestien jaar die hij nu in de buitendienst zit. En van nu af aan zal hij geen genade kennen, want hij is verraden. Door mensen die hij niet kan zien, op plaatsen waar ze niet horen te zitten.' De psychiater keek Stern aan. 'Dat is je antwoord, Daniël... als er iets waars in zit. Vreemd genoeg is hij nu werkelijk terug in de dagen van weleer – de mitrailleurs, Lidice, verraad. Hij rent door de straten en vraagt zich af wie in de menigte zijn beul zou kunnen zijn.'
Een scherp, indringend gezoem weerklonk van de rode telefoon op het lage tafeltje naast Stern. De directeur liet zijn hand zakken en pakte de hoorn op, zijn ogen nog steeds gericht op Miller. 'Ja?'
Een halve minuut was het stil, een stilte die slechts werd onderbroken door rustige, afgebeten antwoorden van de kant van Stern, terwijl hij luisterde, naar de aantekeningen keek die voor de psychiater lagen en de informatie die hij kreeg in zich opnam. 'Blijf aan de lijn,' zei hij tenslotte, knipte de schakelaar om en keek op naar de beide strategiebepalers. 'Dit is

Rome. Ze hebben een man gevonden in Civitavecchia; de naam van een schip. Het kan het meisje zijn. Of bedrog van de kant van de Russen; dat is heel goed mogelijk. Dat was de theorie van Baylor en hij houdt daar nog aan vast... De oorspronkelijke opdracht blijft bestaan. Haal Havelock binnen, maar niet door hem op te ruimen; hij mag niet worden beschouwd als niet-meer-te-redden... Nou moet ik jullie iets vragen – voornamelijk jou, Paul, en ik weet dat ik niet iets onvoorwaardelijks van je kan verwachten.'

'Dat is het enige onvoorwaardelijke.'

'We zijn uitgegaan van de veronderstelling dat we te maken hebben met een man die uit balans is geraakt, met iemand wiens waanzin hem ertoe kan brengen om documenten of verklaringen waarin vroegere operaties worden onthuld bij derden te deponeren, door wie ze bekend gemaakt moeten worden na ontvangen instructies. Klopt dat?'

'In principe wel. Het is het soort manipulatie waarmee een schizofrene persoonlijkheid zich zou bezighouden en waarbij hij voldoening zou putten, zowel uit de wraakneming als uit de bedreiging. Denk er wel aan dat de derden waarover je het hebt ongetwijfeld deel zouden uitmaken van ongewenste elementen; fatsoenlijke mensen zouden zo iemand uit de weg gaan en in zijn binnenste weet hij dat. Het is een onvrijwillig spel dat hij niet kan nalaten te spelen. Winnen kan hij er echt niet mee, alleen maar wraak nemen, en daarin ligt het gevaar.'

'Zou een man die bij zijn verstand is dat spelletje spelen?'

De psychiater zweeg en speelde met zijn bril. 'Niet op dezelfde manier.'

'Hoe bedoel je dat?'

'Zou jij het doen?'

'Paul, toe nou!'

'Nee, ik meen het. Je zou meer waarde hechten aan de bedreiging dan aan wraak. Je wilt iets hebben, je denkt misschien wel aan wraak, maar niet op de eerste plaats. Je wilt antwoorden hebben. Met bedreigingen zou je die kunnen krijgen, maar onthulling van geheime informatie riskeren door die in handen te geven van zeer verdachte tussenhandelaren, daardoor streef je je doel voorbij.'

'Wat zou een man doen die bij zijn verstand was?'

'Waarschijnlijk aan diegenen die hij gaat bedreigen laten weten wat voor soort informatie hij van plan is te onthullen. Ver-

volgens zou hij betrouwbare derden gaan zoeken – uitgevers misschien, of mannen en vrouwen aan het hoofd van organisaties die zich wettig en openlijk verzetten tegen het soort werk dat wij hier verrichten – en afspraken met hen maken. Dat is de benadering van een man bij zijn verstand, zijn uiterste bedreiging.'
'Er zijn geen aanwijzingen dat Havelock iets van die dingen heeft gedaan.'
'De Palatijn is nog maar drie dagen geleden; hij heeft er de tijd niet voor gehad. Zoiets kost tijd.'
'Het maakt de lucifers aannemelijker. Zijn gezonde verstand.'
'Ik geloof van wel en ik voel me belazerd. Ik heb hem het etiketje opgeplakt – gebaseerd op wat we hadden – en nu vraag ik me af of we het niet moeten verwijderen.'
'En als we het weghalen, moeten we de mogelijkheid accepteren dat een man die bij zijn verstand is tot de aanval is overgegaan. Zoals je al zei, hij zal geen genade kennen. Veel gevaarlijker dan de manipulaties van een schizofreen.'
'Ja,' stemde de psychiater in. 'Een man uit balans kan worden geloochend, met afpersers kunnen we afrekenen... en het is belangrijk te bedenken dat sinds de Costa Brava geen van dat soort uitzuigers ons heeft getracht te bereiken. Maar erkende belangensferen, hoe verblind ze dan zijn, zouden verschrikkelijke schade kunnen aanrichten.'
'Het zou ons netwerken kosten, informanten, bronnen, jaren werk...' De hand van de directeur ging omlaag naar de telefoon, naar de schakelaar. 'En levens.'
'Maar als hij bij zijn verstand is,' viel Dawson scherp in de rede, opnieuw sprekend nadat hij zwijgend zijn metgezellen had gadegeslagen, 'als het meisje het is, dan moeten we ervan uitgaan dat er een veel groter probleem ligt, nietwaar? Haar schuld, haar dood, alles staat dan op losse schroeven. Al die onfeilbare informatie die door al die zeven op hoog niveau is gegaan, komt er dan opeens uit te zien als een gigantisch bedrog waar helemaal geen bedrog hoort te zijn. Dat zijn de antwoorden die Havelock wil hebben.'
'Wij kennen de vragen,' antwoordde Stern rustig, met zijn hand nog op de schakelaar, 'en we kunnen hem de antwoorden niet geven. We kunnen hem alleen maar weerhouden van... het aanbrengen van onherstelbare schade.' De directeur van *Cons Op* zweeg even, zijn ogen nog steeds gericht op de telefoon.

'Toen ieder van ons deze kamer binnenkwam waren we op de hoogte. Er is hier geen andere moraal dan een zakelijke moraal, geen andere filosofie dan onze eigen soort utilitarisme. Het grootste voordeel is voor de menigte... niet voor de enkelingen, niet voor het individu.'
'Als je hem niet-meer-te-redden verklaart, Daniël,' vervolgde de jurist zacht, maar met nadruk, 'dan kan ik niet met je meegaan. En niet uit ethisch oogpunt; integendeel, uit een zeer praktisch oogpunt.'
Stern keek op. 'Wat dan?'
'We hebben hem nodig om dat tweede, grotere probleem op te sporen. Als hij bij zijn verstand is dan is er een benadering die we niet hebben geprobeerd, een benadering waarnaar hij wellicht zal luisteren. Zoals je al zei zijn we uitgegaan van de veronderstelling dat hij uit balans is; het was de enige redelijke veronderstelling die we konden doen. Maar als hij dat niet is dan luistert hij misschien naar de waarheid.'
'Welke waarheid?'
'Dat we het niet weten. Laten we toegeven dat hij het meisje Karras inderdaad zag, dat ze leeft. En hem dan vertellen dat we die antwoorden even hard nodig hebben als hij. Misschien nog harder.'
'Aannemend dat we hem dat kunnen vertellen, stel dat hij niet luistert, stel dat hij enkel de antwoorden eist die we niet kunnen geven en al het andere als een truc beschouwt om hem in te rekenen. Of op te ruimen. Wat dan? We hebben de Costa Brava-dossiers; daarin staan alle namen van de mensen die erbij betrokken zijn. Wat voor hulp kan hij in werkelijkheid geven? Aan de andere kant weten we wat voor schade hij kan aanrichten, de paniek die hij kan zaaien, de levens die hij kan gaan kosten.'
'Het slachtoffer wordt de schurk,' zei Miller moedeloos. 'Jezus Christus!'
'We zien onze problemen onder ogen naar gelang ze op ons afkomen en in volgorde van belangrijkheid,' zei Stern, 'en zoals ik het zie zijn er twee verschillende crises. Ze hebben met elkaar te maken maar ze zijn verschillend. We pakken de eerste aan. Wat kunnen we anders doen?'
'We kunnen toegeven dat we het niet weten!' luidde het gespannen antwoord van Dawson.
'We zullen alles doen om ons aan de oorspronkelijke opdracht

te houden, hem levend hierheen te brengen. Maar ze moeten de keuzemogelijkheid hebben.'

'Als je hen die geeft dan zeg je hun dat hij een verrader is. Ze zullen bij de minste provocatie van die mogelijkheid gebruik maken. Ze zullen hem doden. Ik herhaal het, ik kan niet met je meegaan.'

De directeur keek langzaam op naar de jurist, met diepe rimpels rond zijn vermoeide ogen, ogen waarin de twijfel te lezen stond. 'Als we zo ver uit elkaar staan, dan wordt het tijd,' zei hij rustig en met tegenzin.

'Tijd waarvoor?' vroeg Miller.

'Om dit over te dragen aan de mensen van Matthias. Zij kunnen de oude man bereiken, of niet, in de wetenschap dat de tijd vliegt. Ik zal zelf naar boven gaan en de zaak samenvatten.' Stern knipte de schakelaar op de telefoon om. 'Rome? Het spijt me dat ik u heb laten wachten en ik ben bang dat het nog erger gaat worden. Laat het schip vanuit de lucht in de gaten houden en stuur uw mensen naar de Col des Moulinettes, met hun radioapparatuur versluierd om instructies te kunnen ontvangen. Als ze hun bevelen niet hebben tegen de tijd dat ze landen, moeten ze elk kwartier contact met u opnemen. U blijft bij dit toestel en u laat het blokkeren – alleen voor uw gebruik. We bereiken u weer zo vlug we kunnen, ofwel ikzelf, of iemand van boven. Als ik het niet ben, zal de code zijn... "Dubbelzinnigheid". Hebt u dat? "Dubbelzinnigheid". Dat is het voorlopig, Rome.' De directeur van *Cons Op* legde de hoorn neer, klikte de schakelaar om en stond op. 'Ik heb er verdomd de pest aan om dit te doen... op een moment als dit,' zei hij. 'Wij worden verondersteld het schild te vormen, de beschermende huid met duizend ogen die alles zien en alles weten. Anderen kunnen de plannen smeden, anderen kunnen ze uitvoeren, maar wij zijn degenen die de beslissingen nemen. Die verrekte beslissingen worden verondersteld hier genomen te worden, dat is onze functie, verdomme.'

'We hebben al eerder hulp nodig gehad,' zei de psychiater.

'Alleen voor tactische kwesties, waarvoor Ogilvie geen oplossing wist, nooit voor situatiebeoordelingen. Nooit voor zoiets.'

'Dan, we zitten geen monopolie te spelen in de directiekamer,' voegde Dawson eraan toe. 'Costa Brava hebben we geërfd, we hebben het niet op touw gezet.'

'Dat weet ik,' zei Stern, terwijl hij naar de deur liep. 'Ik ver-

onderstel dat zoiets een troost is.'
'Wil je dat we met je meegaan?' vroeg Miller.
'Nee, ik zal het eerlijk voorleggen.'
'Geen moment aan getwijfeld,' merkte de psychiater op.
'Het is een race tegen de klok in Rome,' vervolgde de directeur. 'Hoe minder erbij zijn van ons, des te minder vragen. Alles is trouwens teruggebracht tot één vraag: wel of niet bij zijn verstand. Niet-meer-te-redden of wel.' Stern opende de deur en vertrok: de twee strategiebepalers keken hem na met een onbehaaglijke uitdrukking van opluchting op hun gelaat.
'Besef je,' zei Miller, terwijl hij zich omdraaide in zijn stoel, 'dat voor het eerst in drie jaar tijd de term "Ik kan niet met je meegaan" werd gebruikt? Niet "Ik geloof van niet" of "Ik ben het er niet mee eens", maar "Ik kan niet met je meegaan".'
'Dat kon ik ook niet,' zei Dawson. 'Daniël is een statisticus. Hij ziet cijfers – deelsommen, vergelijkingen, totalen – en hij maakt daaruit de kansen op. Natuurlijk doet hij dat op een briljante manier; hij heeft honderden het leven gered met die statistieken. Maar ik ben een jurist; ik zie complicaties, vertakkingen. Directe betrokkenen keren zich tegen indirecte betrokkenen. Aanklagers worden in hun onderzoek gefrustreerd omdat een wetsartikel ervoor zorgt dat het ene bewijsstuk niet gekoppeld kan worden aan het andere, terwijl dat wel mogelijk zou moeten zijn. Misdadigers razend vanwege kleine afwijkingen in de getuigenverklaringen, terwijl de enige echt ernstige zaken hun eigen misdaden waren. Ik heb alles al meegemaakt, Paul en er zijn tijden dat je de kansen niet vindt in cijfers. Die vind je dan in dingen die je op dat moment niet kunt waarnemen.'
'Vreemd, vind je niet? Die verschillen tussen ons bedoel ik. Daniël ziet cijfers, jij ziet complicaties en ik zie... geheel afgeronde mogelijkheden die gebaseerd zijn op deeltjes.'
'Een doosje lucifers?'
'Ik geloof van wel.' De psychiater keek de jurist in de ogen. 'Ik geloof in die lucifers. Ik geloof in wat ze betekenen.'
'Ik ook. In elk geval in de mogelijkheid die ze kunnen betekenen. Dat is de complicatie, "opperhoofd" – zoals Ogilvie zou zeggen. Als er een mogelijkheid is dat Havelock bij zijn verstand is, dan is alles wat hij zegt waar. Het meisje: schuld die vervalst is in onze geheimste laboratoria, in leven, op de vlucht. Rostov in Athene: lokaas dat niet werd meegenomen

naar de *Lubjanka*, om redenen die we niet kennen, een Russische mol op zestienhonderd... complicaties, dokter. We hebben Michael Havelock nodig om een gesmolten bal was uit elkaar te pluizen. Als het gebeurd is – wat het dan ook is – dan is het beangstigend.' Dawson schoof abrupt zijn stoel achteruit en ging staan. 'Ik moet terug naar mijn kantoor. Ik zal een boodschap achterlaten voor Stern; misschien wil hij wel even bij me langs komen om te praten. Hoe zit het met jou?'

'Wat? O, nee bedankt,' antwoordde Miller verstrooid. 'Ik heb om halfzes een afspraak in het Bethesda-hospitaal, een marinier uit Teheran.' De psychiater keek op. 'Het is beangstigend, nietwaar?'

'Ja Paul. Erg.'

'We hebben juist gehandeld... Niemand van de mensen van Matthias zal Mikhail Havlíček niet-meer-te-redden verklaren.'

'Dat weet ik. Daar rekende ik op.'

De directeur van Consulaire Operaties kwam uit het kantoor op de vijfde verdieping van BZ, L-sectie, sloot de deur zacht maar vastberaden achter zich – en sloot daarmee ook een deel van het probleem uit zijn gedachten. Hij had het nu gedeeld, de verantwoordelijkheid berustte bij meer mensen. De man aan wie hij zijn verhaal gedaan had, de man die naar Rome zou reizen onder de codenaam Dubbelzinnigheid en die het oordeel zou vellen, was met zorg gekozen. Hij maakte deel uit van de kleinste kring rond Anthony Matthias, iemand die de minister van buitenlandse zaken volledig vertrouwde. Hij zou alle opties in overweging nemen voordat hij zijn beslissing nam, en dat zou hij ongetwijfeld niet alleen doen.

De zaak lag niet zo duidelijk als men zou wensen. Als Havelock bij zijn verstand was en de waarheid sprak, zou hij buitengewoon grote schade kunnen aanrichten omdat hij verraden was. En als dat het geval was, had dat verraad hier in Washington plaatsgevonden op een onvoorstelbare plek. Afzonderlijke crises, die echter wel onderling verband hadden. Moest hij dan onmiddellijk niet-meer-te-redden verklaard worden, zodat zijn dood zou voorkomen dat er gigantische schade werd berokkend aan spionagediensten in heel Europa? Of moest het bevel tot Havelocks executie worden uitgesteld in de hoop dat er iets zou gebeuren waardoor een onschuldig slachtoffer werd verzoend met degenen die hem niet verraden hadden?

Op de Col des Moulinettes was er maar één manier mogelijk: ze moesten de vrouw vinden, en als het werkelijk Jenna Karas was moesten ze haar bij Havelock brengen, zodat ze samen de tweede, mogelijk veel grotere crisis hier in Washington konden opsporen. Maar als de vrouw niet Jenna Karas was, als het een truc van de Russen was, als ze alleen maar bestond als een dodelijke marionet die een man de waanzin en het verraad in moest drijven, wat dan? Of als ze in leven was maar onvindbaar, zou Havelock dan luisteren? Zou Mikhail Havlíček, slachtoffer, overlevende van Lidice en Praag, dan luisteren? Of zou hij verraad zien waar het niet was en op zijn beurt zijn eigen mensen verraden? Was uitstel in dat geval te rechtvaardigen? Het was bij god niet te rechtvaardigen tegenover ontmantelde netwerken of geheim agenten die in *Lubjanka* belandden. En als dat het antwoord was, was er de mogelijkheid – de grote kans – dat iemand moest sterven omdat hij gelijk had.

De enige moraal hier is die van de praktijk, geen filosofie maar onze eigen versie van utilitarisme: het grootste voordeel voor de massa – met voorbijzien van kleinere groepen en het individu.

Dat was het echte antwoord, de statistieken leverden het bewijs. Maar dit was het binnenste gebied van Anthony Matthias' terrein. Zouden ze het hier zien? Naar alle waarschijnlijkheid niet, besefte Stern. Uit angst zou de man met wie hij gepraat had, zich gedwongen voelen contact op te nemen met Matthias, en de hooggeëerde minister zou de beslissing opschorten.

En een deel van Daniël Stern, niet zijn professionele maar zijn menselijke kant, maakte geen bezwaar. Een mens hoeft niet te sterven omdat hij gelijk heeft, omdat hij bij zijn volle verstand is. Toch had Stern professioneel zijn best gedaan om de opties duidelijk te maken, om die dood te rechtvaardigen als het daarop zou uitdraaien. En in één opzicht had hij geluk gehad, dacht hij terwijl hij op de deur naar de receptie af liep. Hij had met zijn probleem niet naar een eerlijker, nuchterder persoon kunnen gaan. In naam was Arthur Pierce, evenals zo vele andere veertigers in het departement, niet meer dan staatssecretaris van buitenlandse zaken, maar hij stak met kop en

schouders boven die vele anderen uit.
Toen Stern de vijfde verdieping bereikt had werkten er nog een stuk of twintig hoge ambtenaren in sectie L, maar Pierce viel op. Om te beginnen was Pierce niet dagelijks in Washington; hij werkte bij de Verenigde Naties in New York als belangrijkste verbindingsman tussen de ambassadeur en de buitenlandse dienst. Die post was hem verleend door Anthony Matthias, een man die wist wat hij deed. Na verloop van een respectabel aantal jaren zou Arthur Pierce ambassadeur worden bij de VN. Daarmee zou een goed mens, een fatsoenlijk mens, zijn beloning krijgen; niet alleen voor zijn grote intelligentie, maar ook voor zijn fatsoen.
En fatsoen was waar ze momenteel behoefte aan hadden... Hoewel? vroeg Stern zich af, zelf verwonderd over die gedachte, terwijl hij zijn hand uitstrekte naar de deur van de receptie. De enige moraal hier is die van de praktijk... Daarin lag fatsoen voor honderden mogelijke slachtoffers in het veld. Nu ja, de zaak lag niet meer in zijn handen, dacht Stern terwijl hij de deur opende. De beslissing die moest worden genomen en doorgegeven onder de codenaam Dubbelzinnigheid was nu een zaak voor Pierce' geweten. De rustige, intelligente, begripvolle Arthur Pierce – afgezien van Mikhail Havlíček degene die Matthias het naast stond – zou alle aspecten van de kwestie overdenken en er dan anderen bijhalen. Als er een beslissing moest komen, zou die genomen worden door een commissie. Zij vormden nu Dubbelzinnigheid.
De kwestie was zo duidelijk als hij maar zijn kon en dat betekende dat hij niet echt kon worden opgehelderd. Een man die bij zijn verstand was kon de grootste schade aanrichten in de onmiddellijke toekomst, maar in dat gezonde verstand lag een mogelijk nog grotere crisis: verraad op onvoorstelbare plaatsen. Dit was de kring van vertrouwensmensen in het domein van Anthony Matthias. Zouden ze het daar inzien...? Naar alle waarschijnlijkheid zouden ze dat niet, besefte Stern. Angst zou de staatssecretaris, met wie hij had gesproken, ertoe dwingen om contact op te nemen met Matthias. En de minister van buitenlandse zaken, tegen wie iedereen opzag, zou de zaak uitstellen.
Toch kon hij zijn probleem nauwelijks aan een evenwichtiger man hebben overgedragen dan aan Arthur Pierce. Diens werk lag bij de Verenigde Naties, als belangrijkste liaison tussen de

ambassadeur en BZ. Op den duur zou Arthur Pierce zeker ambassadeur bij de VN worden en een goede man, een fatsoenlijke kerel, zou worden beloond, niet alleen voor zijn intelligentie maar ook voor zijn rechtschapenheid. De beslissing over 'Dubbelzinnigheid' lag op het bureau van de staatssecretaris...
'Meneer Stern?' klonk de oproep van de receptioniste, toen hij haar voorbij liep op weg naar de lift.
'Ja?'
'Boodschap voor u, meneer.'
Daniël. Ik zit nog een tijdje op mijn kantoor. Als je zin hebt kom dan een borrel halen. Ik rij je wel naar huis, schijterd.
Dawson had er geen naam onder gezet en dat was ook niet nodig. De vaak wat gereserveerde, behoedzame jurist leek altijd precies te weten wanneer er behoefte was aan een rustig gesprek; dat hoorde bij zijn warmere kant. Twee kille, analytische mannen die nu en dan de soelaas nodig hadden van elkaars zelden zichtbare stemming. Het humoristische aanbod om hem naar huis te rijden sloeg op de afkeer die Stern had van het verkeer in Washington. Altijd nam hij taxi's, tot ergernis van zijn persoonlijke bewakingsploeg. Nou ja, de ploeg die nu dienst had kon even uitrusten en hem later thuis in Virginia weer oppikken; de bewakers van Dawson konden tot dat tijdstip hen beiden wel onder hun hoede nemen.
Ogilvie had gelijk gehad, de hele zaak was dwaasheid, een restant van de dagen van Angleton in Langley. Stern keek op zijn horloge; het was twintig minuten over zeven, maar hij wist dat de jurist nog op zijn kantoor zou zijn, nog zou wachten op dat rustige gesprek.

Ze spraken meer dan een uur met elkaar voordat ze naar Dawsons auto liepen, analyseerden keer op keer de gebeurtenissen aan de Costa Brava en beseften dat er geen verklaring voor was, geen antwoord dat ze zo konden oppikken. Allebei hadden ze hun vrouw gebeld; beide vrouwen waren gewend aan de eindeloze uren die Buitenlandse Zaken vergden, en zeiden dat ze er begrip voor hadden. Ze logen allebei, en hun echtgenoten wisten dat. De clandestiene domeinen van de regering legden te veel druk op huwelijksbeloften. Op een dag zou er een einde komen aan dit deprimerende leven. Aan de overkant van de Potomac lag een veel gezondere wereld dan een van beide mannen een groot aantal jaren gekend had.

'Pierce zal naar Matthias gaan en Matthias zal er nog niet over denken, dat weet je, nietwaar?' zei Dawson terwijl hij vanaf de drukke hoofdverkeersweg een secundaire weg insloeg in Virginia. Borden kondigden een 'werk in uitvoering' aan. 'Hij zal eisen dat de zaak opnieuw wordt bekeken.'

'Ik heb maar één man gesproken, Pierce,' antwoordde Stern, terwijl hij afwezig in zijn buitenspiegel staarde in de wetenschap dat er zo meteen een paar koplampen zouden opduiken. De waakhonden bleven aan hun leibanden. 'Ik ben eerlijk geweest maar vastberaden; elk van beide beslissingen heeft zijn verdiensten, beide hebben hun nadelen. Wanneer hij met zijn comité praat besluiten ze misschien om Matthias te passeren vanwege de tijdsfactor. Daarop heb ik de nadruk gelegd. In minder dan drie uur zullen onze mensen in Col des Moulinettes zijn; en Havelock ook. Ze moeten weten hoe ze moeten handelen.'

'Wat voor beslissing er ook wordt genomen, ze zullen toch eerst proberen hem levend in te rekenen.'

'Zo ligt de prioriteit; niemand hier wil dat anders zien.' Stern keek door de flitsende schaduwen heen naar de jurist. 'Maar maak jezelf niets wijs, je had straks gelijk. Als het neerkomt op niet-meer-te-redden, dan is hij zo goed als dood. Het is een vrijbrief om iemand te doden, die jou zal doden als hij de kans krijgt.'

'Dat hoeft niet. Misschien zag ik de zaak wel te somber. Als de opdracht duidelijk is – als er niets anders opzit dan hem op te ruimen – dan heb ik misschien wel ongelijk.'

'Ik ben bang dat je nu ongelijk hebt. Denk je dat Havelock hen een keuze zal laten? Hij heeft de Palatijn overleefd; hij zal elk trucje gebruiken dat hij kent en hij kent ze zowat allemaal. Niemand zal dicht genoeg bij hem kunnen komen om hem in te rekenen. Maar hem in het vizier van een geweer te krijgen, dat is wat anders. Dat kan gedaan worden en het zal ongetwijfeld gebeuren.'

'Ik weet niet zeker of ik het wel met je eens ben.'

'Dat is beter dan niet met me kunnen meegaan.'

'Het is gemakkelijker,' zei Dawson met een flauwe glimlach. 'Maar Havelock weet niet dat wij de man in Civitavecchia hebben gevonden; hij weet niet dat we weten dat hij naar de Col des Moulinettes gaat.'

'Dat zal hij aannemen. Hij heeft Baylor verteld over het ontsnappen van het meisje Karras, hoe hij ervan overtuigd is dat ze verdwenen is. Hij zal verwachten dat we dat gaan uitzoeken. We zullen ons natuurlijk op haar concentreren. Als het Jenna Karras is, dan is zij het antwoord op alles; dan winnen wij zonder dat er een schot valt. Met Havelock kunnen we dan achter de rotzooi hier aangaan. Dat is het beste wat er kan gebeuren en ik hoop in godsnaam dat het gebeurt. Maar misschien gebeurt het niet.'

'En dan zitten we met een man in de haarlijnen van een geweervizier,' zei Dawson met een stem die een beetje scherp klonk, terwijl hij gas gaf op een recht stuk van de secundaire weg. 'Als het het meisje Karras is dan moeten we haar vinden. Dat moeten we.'

'Het doet er niet toe wie het is, we zullen ons uiterste best doen,' antwoordde Stern en zijn ogen dwaalden opnieuw af naar het spiegeltje buiten het raam. Er waren geen koplampen. 'Dat is vreemd. De waakhonden zijn verdwaald of jouw voet is te snel voor hen.'

'Er was een heleboel verkeer op de hoofdweg. Als ze op een langzaam rijdende wegstrook zijn geraakt, dan zijn ze daar zomaar niet van af. Het is vrijdag in Virginia, cocktailtijd voor de diplomaten in het forensenland. Op zulke avonden begin ik te begrijpen waarom jij niet wilt rijden.'

'Welke ploeg heeft er, tussen haakjes, vanavond dienst?'

Op die vraag kwam nooit antwoord. In plaats daarvan ontsnapte er aan de keel van de jurist een gillende kreet toen de denderende, afschuwelijke botsing plaatsvond, de voorruit verbrijzelde in duizend scherpgekante fragmenten van rondvliegend glas die vlees en ogen doorboorden, aderen en slagaderen doorsneden. Metaal wrong gillend langs metaal; draaide, brak, krulde op, stootte verpletterend op elkaar, terwijl de linkerkant van de auto de hoogte inschoot en de lichamen in het laagste deel geslingerd werden waar dieprode stroompjes bleven gutsen.

Buiten trilde de stalen kolos in geel en zwart, met zijn kleuren die glommen in de weerschijn van zijn ene schijnwerper aan de voorzijde, onophoudelijk met donderend geraas. De gigantische loopvlakken met de uitstekende pieken rolden door de enorme wielmantels en stuwden het gedrocht meedogenloos vooruit. De monsterachtige machine die aarde verzette van bergen en wouden kroop vooruit, verpletterde het ver-

nielde voertuig en duwde het over het achterafweggetje in Virginia heen en nog verder. Het volbracht zijn taak; de wagen van de jurist tuimelde langs de steile helling van een ondiep ravijn, de benzinetank ontplofte, overal spoot vuur te voorschijn en verteerde de lichamen die erin zaten.
Toen rolde de felgekleurde machine, met zijn gebogen werktuig van vernietiging hydraulisch in triomf geheven, heen en weer. De enorme massale versnellingen pakten weer, het geluid van de motor klonk hoger – een beest dat aankondigde dat het zijn prooi had gedood. En met spaarzame, maar overwogen bewegingen trok het zich terug naar de overkant van de weg en reed het zijn hol weer binnen, dat was uitgekapt in het bos.
Hoog in de duisternis van de cabine zette de onzichtbare bestuurder de enorme, bulderende motor af en hief de radio in zijn hand naar zijn mond.
'Dubbelzinnigheid uitgeschakeld,' zei hij.
'Maak dat je daar wegkomt,' luidde het antwoord.

De lange, grijze sedan reed met gierende banden de afrit van de autoweg af, de secundaire weg op. Zoals uit de nummerborden bleek, was de auto geregistreerd in de staat North Carolina. Een volhardende speurder zou echter ontdekken dat de persoon in Raleigh die te boek stond als de eigenaar, in werkelijkheid deel uitmaakte van een groep van vierentwintig in Washington, D.C. gestationeerde mannen. Ze vormden een eenheid waarvan alle leden grote ervaring bij de marechaussee en contraspionage hadden; ze maakten deel uit van Buitenlandse Zaken. De wagen die nu de duistere landweg in Virginia afraasde was er een van een vloot van twaalf. Ook de auto's behoorden toe aan Buitenlandse Zaken, afdeling Consulaire Operaties.
De man naast de chauffeur sprak in een microfoon die vastzat aan een groot radiopaneel onder het dashboard. 'Dien een rapport in bij de verzekeringsmaatschappij in Raleigh,' zei hij. 'Een of andere zot heeft ons van opzij geramd, en we zijn op een vent uit Jersey geknald. We hebben zelf uiteraard geen schade, maar bij hem is er niet veel van zijn achterbank over. We wilden er zo snel mogelijk weg, dus we hebben gezegd dat...'
'Graham!'

'Wat?'
'Daarginds! Brand!'
'Verrek! Schiet op!'
De grijze sedan schoot vooruit en het geluid van zijn krachtige motor klonk luid door het donkere landschap van Virginia. Negen seconden later bereikte hij de steile helling van het ondiepe ravijn, met gillende banden toen er op de remmen werd gestampt. Beide mannen sprongen eruit en renden naar de rand. Ze werden gedwongen om weer terug te stappen door de hitte daar beneden, waartegen ze hun handen voor hun ogen moesten houden.
'O, mijn god!' riep de bestuurder uit. 'Het is de wagen van Dawson! Misschien kunnen we...'
'Nee!' schreeuwde de man die Graham heette en hij weerhield zijn metgezel ervan langs de zijkant van het ravijn naar beneden te klimmen: zijn ogen werden getrokken naar de geelzwarte kolos die roerloos op zijn plaats stond naast de weg. 'Miller!' gilde hij. 'Waar is Miller?'
'Op de kaart stond Bethesda, geloof ik.'
'Zoek hem!' beval Graham terwijl hij rennend de weg overstak, neerhurkte en zijn hand naar achteren stak om het wapen te pakken in zijn heupholster. 'Roep Bethesda op! Zie hem te pakken te krijgen!'

De hoofdzuster aan de receptiebalie op de zesde verdieping van het Bethesda-marinehospitaal hield voet bij stuk. En ze had ook weinig waardering voor de agressieve toon waarmee de man over de telefoon sprak; het was toch al een slechte verbinding en dat geschreeuw van hem maakte het alleen maar erger.
'Ik herhaal: dokter Miller kan niet worden gestoord.'
'Zorg dat u hem aan het toestel krijgt en doe dat nu! Dit is een viernullen-noodgeval, Buitenlandse Zaken, Consulaire Operaties. Dit is een rechtstreeks bevel dat gecodeerd via de centrale loopt van BZ. Wilt u even bevestigen?'
'Bevestigd,' zei een derde stem vlakweg. 'Dit is telefonist eenzeven, BZ, u kunt het nagaan.'
'Goed dan, telefonist een-zeven, en u kunt er zeker van zijn dat we het zullen nagaan.' De verpleegster drukte fel met haar wijsvinger de wachtknop in, waarmee ze verder spreken onmogelijk maakte, stond op uit haar stoel en liep de hoek om.

Hysterische mannetjes zoals die zogenaamde speciale agent van Consulaire Operaties houden de psychiatrische afdelingen volop aan het werk, dacht ze terwijl ze de witte gang afliep naar de rij therapievertrekken. Bij het minste en geringste riepen ze dat het een noodgeval was, meestal in een poging om indruk te maken met hun zogenaamde macht. Misschien zou de dokter weigeren om aan de telefoon te komen, en dat was dan net goed voor speciaal agent Consulair-en-nog-wat. Maar de dokter zou niet weigeren; dat wist de hoofdverpleegster zeker. Hoe briljant dokter Miller ook was, hij was ook oprecht vriendelijk. Zijn enige fout was misschien zijn overdreven generositeit.

Dr. Miller werkte in therapievertrek 20. Toen ze die kamer naderde zag ze dat het rode licht naast de deur brandde, ten teken dat het vertrek bezet was. Ze drukte op de intercomknop. 'Dokter Miller, ik vind het erg vervelend om u te storen, maar er is een man van BZ aan de telefoon. Hij zegt dat het dringend is.'

Er kwam geen antwoord; misschien werkte de intercom niet. De hoofdzuster drukte opnieuw op de knop, dit keer harder en ze sprak luider.

'Dokter Miller? Ik weet dat dit hoogst ongewoon is, maar er is een man van BZ aan de telefoon. Hij dringt erg aan en de telefonist heeft de echtheid van het gesprek bevestigd.'

Niets. Stilte. Geen geluid van een deurknop die werd omgedraaid, geen enkel antwoord. De dokter kon haar zeker niet horen; de intercom werkte inderdaad niet. Ze klopte op de deur.

'Dokter Miller? Dokter Miller?'

Zeg, die man was toch niet doof? Wat was hij aan het doen? Zijn patiënt was een marinier, een van de gijzelaars uit Teheran. Niet gewelddadig; eigenlijk te passief. Was er een terugval geweest? De verpleegster stak haar hand uit, draaide de deurknop om en opende de deur van therapievertrek 20.

Daarna kon ze alleen nog maar gillen. En weer gillen. En nog eens. Trillend ineengedoken in een hoek zat de jonge marinier in zijn door het rijk verstrekte kamerjas. Hij zat te staren door het licht van de bureaulamp en zijn ogen waren strak gericht op de gedaante die achterover lag op de stoel. De ogen van dokter Paul Miller stonden open... wijd open, levenloos als glas, dood. In het midden van zijn voorhoofd zat één enkel kogelgat waaruit bloed stroomde, omlaag langs zijn gelaat tot in de boord van zijn witte hemd.

De man in Rome keek op zijn horloge. Het was kwart over vier in de morgen, zijn mannen hadden hun positie al ingenomen in Col des Moulinettes, en nog was er geen bericht uit Washington. De enige andere persoon in de coderingskamer was de radio-operateur, die zich verveelde door het gebrek aan activiteit, afwezig aan zijn afstelschijven draaide en onbelangrijk radioverkeer oppikte, voornamelijk van schepen. Nu en dan leunde hij achterover, sloeg de pagina's van een Italiaans tijdschrift om en vormde met zijn mond stilzwijgend de zinnen die zijn derde taal waren geworden, naast zijn tweede taal, de radio.

Het lichtje op de telefoon ging branden voordat het apparaat overging. De man pakte de hoorn op. 'Rome,' zei hij.

'Dit is "Dubbelzinnigheid", Rome.' De stem klonk helder, vastberaden. 'Is de kryptofoon volledig ingeschakeld?'

'Volledig.'

'Er mag geen band worden gemaakt van ons gesprek en het mag niet in het register komen. Is dat begrepen?'

'Begrepen. Geen band, ongeregistreerd. Hoe luidt de beslissing?'

'Niet-meer-te-redden. Volledig.'

'Dat is het dus.'

'Niet helemaal. Er is nog meer.'

'Wat?'

'Opheldering. Er was geen contact met het vrachtschip?'

'Natuurlijk niet. Het is geschaduwd vanuit de lucht met een klein toestel tot het te donker werd. Toen zijn we overgegaan op waarnemingen vanaf de kust.'

'Goed. Ik neem aan dat ze ergens voor San Remo aan land gebracht zal worden.'

'Wij zijn gereed.'

'Heeft de Corsicaan de leiding?' vroeg de stem uit Washington.

'De man die drie dagen geleden aan boord kwam?'

'Ja.'

'Hij heeft de leiding. Hij heeft de ploeg samengesteld en ik kan u wel zeggen dat we hem dankbaar zijn. We hebben hier niet zoveel hulpkrachten meer.'

‘Goed.’
‘Nu u het over opheldering hebt, ik neem aan dat de opdracht van de overste nog van kracht is. We rekenen de vrouw in.’
‘Niet meer van kracht. Wie ze ook is, ze is niet het meisje Karras: die is gedood aan de Costa Brava, dat weten we.’
‘Wat moeten we dan doen?’
‘Moskou mag haar weer hebben. Deze is Russisch vergif, lokaas om onze man gek te maken. Het heeft gewerkt; hij heeft al gesproken. Hij is...’
‘Niet-meer-te-redden,’ maakte Rome af.
‘Zorg alleen dat ze daar wegkomt. We willen geen enkel spoor dat op ons zou kunnen wijzen, geen speculaties over Costa Brava. De Corsicaan weet wel wat hij moet doen.’
‘Ik moet zeggen, ik geloof niet dat ik het begrijp.’
‘U hoeft het niet te begrijpen. We willen alleen maar bewijs van het opruimen. Van zijn opruiming.’
‘U krijgt het. Onze ooggetuige is erbij.’
‘Laat het een goede dag voor jullie worden, Rome. Een goede dag, zonder fouten.’
‘Geen fouten, geen band, geen register.’
‘Over en uit,’ zei de stem, alleen bekend als Dubbelzinnigheid.

Van de man achter het bureau was alleen een silhouet zichtbaar. Hij zat voor een raam dat uitkeek over de tuinen rond het gebouw van Buitenlandse Zaken. Het enige licht dat in het donkere kantoor naar binnen viel, was het zachte schijnsel van de lantaarns in de verte. De man zat naar het raam toe gekeerd, de telefoon dicht aan zijn lippen. Hij draaide rond op zijn stoel, zijn gelaatstrekken in de schaduw, en legde de hoorn terug op de haak. Hij leunde naar voren en legde zijn voorhoofd op de gestrekte vingers van beide handen; de eigenaardige witte lok in zijn donkere haar glansde even in het matte licht.
Staatssecretaris van buitenlandse zaken Arthur Pierce, geboren Nikolai Petrovich Malyekov in het dorp Ramenskoye ten zuidoosten van Moskou en opgegroeid in de Amerikaanse staat Iowa, haalde diep en regelmatig adem. Hij dwong zichzelf tot kalmte zoals hij in de loop der jaren geleerd had, telkens wanneer een crisis moest worden opgelost met snelle, gevaarlijke beslissingen. Hij besefte maar al te goed wat de gevolgen van een mislukking zouden zijn. Dat was uiteraard de kracht van

lieden zoals hij: ze waren niet bang om te falen. Ze begrepen dat de grootste prestaties in de geschiedenis waren voorafgegaan door de grootste risico's; dat de geschiedenis zelf werd gevormd door moed, niet in collectieve actie maar in individueel initiatief. Wie in paniek raakte bij de gedachte aan een mislukking, wie niet helder en vastberaden kon optreden in tijden van crisis, verdiende de beperkingen die zijn eigen angst hem oplegde.

Er was nog een beslissing nodig geweest, een die geen grein minder gevaarlijk was dan het antwoord dat hij aan Rome doorgegeven had, maar het kon niet anders. De strategen van *Cons Op* hadden de gebeurtenissen die nacht aan de Costa Brava opnieuw opgerakeld. Ze hadden de lagen bedrog afgepeld, bedrog waarvan zij niets wisten. Alles moest begraven worden – ze moesten zelf begraven worden. Tot iedere prijs, tot ieder risico. Costa Brava moest weer verdwijnen en een vage vorm van bedrog worden in een ingewikkelde wereld van leugens. Over een paar uur zou het bericht verzonden worden vanuit de Col des Moulinets: 'Opdracht "niet-meer-te-redden" uitgevoerd. Autorisatie: code Dubbelzinnigheid – vastgesteld en vrijgegeven door D.S. Stern, directeur *Cons Op*.'

Maar alleen de strategen wisten met wie Stern had gesproken over zijn dubbele dilemma. In feite had Stern zelf niet geweten wie hij zou aanspreken totdat hij op de vijfde verdieping was aangekomen en de presentielijst van hogere ambtenaren ter plaatse had bestudeerd; dat had hij duidelijk gemaakt. Nu ja, dacht Arthur Pierce in zijn donkere kantoor, terwijl hij naar de gesigneerde foto van Anthony Matthias aan de wand keek. Goed beschouwd was het ondenkbaar dat hij niet geraadpleegd zou zijn, gezien de ernst van de crisis. Het was gewoon handiger voor hem geweest om in zijn kantoor te zitten toen Stern en de andere strategen de beslissing genomen hadden om het onoplosbare probleem boven voor te leggen. Als hij niet aanwezig geweest was, hadden ze hem wel opgezocht om zijn mening te vragen. Het resultaat zou hetzelfde geweest zijn: 'niet-meer-te-redden'. Alleen de manier waarop dat resultaat bereikt was, zou anders geweest zijn: niet-erkende consensus door een naamloze commissie. Dit was de beste oplossing; de afgelopen twee uur waren goed georganiseerd. Men had aan mislukking gedacht zonder er verder bij stil te staan. Mislukking was geen reële mogelijkheid. De strategen

waren dood, alle banden met codenaam Dubbelzinnigheid verbroken.
Ze hadden tijd nodig. Dagen, een week, een maand. Ze moesten de man vinden die het onmogelijke gedaan had – met hun hulp. Ze zouden hem vinden, want hij liet een spoor van angst na, nee, geen angst: verschrikking. En sporen waren te vinden. En wanneer ze hem vonden, zouden het niet de zachtmoedigen zijn die de aarde zouden erven. Het zou de *Vodennaja* zijn.
Er waren nog maar zo weinig van hen over aan deze kant van de wereld. Zo weinigen, maar zo sterk, zo juist. Ze hadden alles gezien, alles meegemaakt. De leugens, de corruptie, de essentiële verdorvenheid aan de kern van de macht; ze hadden er deel van uitgemaakt ten gunste van een grotere zaak. Ze waren niet vergeten wie ze waren, of wat ze waren. Of waarom ze waren. Ze waren trekvogels, en een hogere roeping bestond niet. De filosofie stoelde op de realiteit, niet op romantische illusies. Het waren mannen en vrouwen van de nieuwe wereld, en de oude wereld had hen wanhopig nodig. Er waren er niet veel – nog geen honderd, toegewijd tot in de dood – maar ze vormden precies op elkaar ingespeelde eenheden, voorbereid om onmiddellijk te reageren op een gegeven kans of een noodtoestand. Ze hadden de posities, de juiste papieren, de juiste vervoermiddelen. De *Vodennaja* was genereus, en op hun beurt waren zij trouw aan het elitecorps van de KGB.
De dood van de strategen was van groot belang geweest. In het daardoor ontstane vacuüm zouden de oorspronkelijke breinen achter de Costa Brava verlamd raken en stilvallen. Ze zouden hun mond niet opendoen; de zaak zou volledig in de doofpot verdwijnen. Want de man in de schaduw achter het bureau had niet gelogen tegen Rome: er zouden geen nieuwe speculaties volgen over de Costa Brava. Aan geen van beide zijden.
Amper zichtbaar in het donker stond Arthur Pierce, de machtigste *paminjatsjik* bij Buitenlandse Zaken, van achter zijn bureau op en liep zwijgend naar de fauteuil tegen de muur. Hij ging zitten en strekte zijn benen uit; daar zou hij blijven tot het ochtend werd, totdat grote groepen hogere en lagere ambtenaren de vijfde verdieping zouden opvullen. Dan zou hij zich tussen de anderen begeven en een vergeten presentielijst teke-

nen; die ochtend zou hij maar even in Washington zijn, want men had hem nodig in New York. Tenslotte was hij de hoogstgeplaatste assistent van de ambassadeur van de Amerikaanse delegatie bij de Verenigde Naties. In wezen was hij de belangrijkste spreekbuis van Buitenlandse Zaken; binnenkort zou hij ambassadeur worden. Dat was wat Anthony Matthias met hem voorhad, dat wist iedereen. De zoveelste belangrijke stap in zijn buitengewone carrière.
Plotseling veerde Malyekov-Pierce overeind in zijn stoel. Er moest nog een laatste telefoontje met Rome gepleegd worden, een laatste stem die het zwijgen moest worden opgelegd: een man in een centrale die een steriel telefoontje beantwoordde en een bericht in ontvangst nam dat niet mocht worden opgenomen of genoteerd.

II

'Zij is niet aan boord, ik zweer het!' protesteerde de gekwelde kapitein van het vrachtschip *Santa Teresa*, gezeten aan zijn bureau in de kleine hut achter de stuurhut. 'U kunt gaan zoeken als u wilt, *signore*. Niemand zal u lastig vallen. We hebben haar aan land gezet drie... drieënhalf uur geleden. *Madre dio!*'
'Hoe? Waar?' vroeg Havelock met een stem van een man die geen wapen nodig had, geen andere bedreiging dan zijn autoriteit.
'Net als u. Een motorboot kwam ons tegemoet varen, twaalf kilometer ten zuiden van Arma di Taggia. Ik zweer het u, ik wist van niets! Dat zwijn in Civitavecchia zal ik nog eens vermoorden! Alleen maar een politieke vluchteling uit de Balkan, zei hij... een vrouw met wat geld en vrienden in Frankrijk. Er zijn tegenwoordig zovelen. Wat is het voor misdaad om er nog eentje te helpen?'
Michael boog zich voorover en pakte het verlopen diplomatieke identiteitsbewijs op dat hem de status verschafte van consulair attaché, VS, ministerie van buitenlandse zaken, en hij sprak kalm, met een ondertoon van begrip. 'Helemaal geen misdaad, als u dat echt geloofde.'
'Het is waar, *signore*! Bijna dertig jaar heb ik met mijn ouwe schuiten door deze wateren gevaren. Ik zal spoedig de zee ver-

laten; ik heb een stukje land en wat geld. Ik kweek druiven. Nooit *narcotici*! Nooit *contrabandi*! Maar mensen... ja. Nu en dan mensen en daar schaam ik me niet voor. Zij die op de vlucht zijn voor plaatsen en mensen waarover u en ik niets weten. Ik vraag het u weer, wat is dat voor een misdaad?'

'Die kan liggen in het maken van fouten.'

'Ik kan niet geloven dat die vrouw een misdadigster was.'

'Dat zei ik niet,' verbeterde Havelock hem. 'Ik zei dat we haar moesten vinden.'

De kapitein knikte berustend. 'Zo dringend dat u mij moest aangeven. Ik verruil de zee voor de gevangenis. *Grazie, signore Americano grande*.'

'Dat heb ik ook niet gezegd,' zei Michael rustig.

De kapitein sperde zijn ogen open toen hij opkeek en zijn hoofd roerloos hield. '*Che cosa*?'

'Ik verwachtte u niet.'

'*Quale*?'

'Laat u maar. Er zijn tijden waarop moeilijkheden vermeden dienen te worden. Als u meewerkt hoeft er niets gezegd te worden. Als u meewerkt.'

'Op elke mogelijke manier! Het is een gift die ik niet had verwacht.'

'Vertelt u mij alles maar wat ze tegen u heeft gezegd. En snel.'

'Er was veel wat niets te betekenen had...'

'Dat is niet wat ik wil horen.'

'Ik begrijp het. Ze was rustig, kennelijk zeer intelligent, maar daaronder een zeer bange vrouw. Ze woonde in deze hut.'

'O?'

'Niet met mij, dat kan ik u verzekeren. Ik heb dochters van haar leeftijd, *signore*. We hebben drie keer samen gegeten; er was geen andere plaats voor haar en mijn bemanning is niet van het soort waarmee ik mijn dochters zou laten eten... Ze verwachtte veel moeilijkheden. Vannacht.'

'Wat bedoelt u?'

'Ze vroeg me of ik ooit in het dorpje Col des Moulinettes was geweest in de Ligurische bergen...'

'Heeft ze je verteld over de Col des Moulinettes?'

'Ik denk dat ze ervan uitging dat ik dat wist, dat ik gewoon één etappe van haar reis was en dat ik de andere kende. Toevallig ben ik inderdaad een paar keer in Moulinettes geweest. De schepen die ik krijg moeten vaak op de helling, hier in San

Remo of in Savona of Marseille, wat overigens mijn verste haven is. Ik ben geen zogenaamde *capitano superiore*...'
'Gaat u alstublieft verder.'
'We hebben hier in San Remo een paar keer in het dok gelegen en toen ben ik de bergen ingegaan, naar Col des Moulinettes. Het ligt over de Franse grens, ten westen van Monesi, een mooi plaatsje vol bergstroompjes en... hoe noemt u die? *Ruote a pale*?'
'Watermolentjes. *Moulinettes* in het Frans.'
'*Si.* Het is een onbelangrijke pas in de Maritieme Alpen die niet veel wordt gebruikt. Hij is moeilijk bereikbaar, heeft weinig faciliteiten en het transport is nog slechter. En de grenswachten zijn de meest lakse die je kunt vinden in de Ligurische en Maritieme Alpen; ze nemen nauwelijks de tijd om de gauloises uit hun mond te nemen bij het doorkijken van de papieren. Ik heb mijn bange vluchtelinge verzekerd dat ze geen moeilijkheden zou krijgen.'
'Denkt u dat ze zal proberen via een grenspost te gaan?'
'Er is er maar eentje, een korte brug over een bergrivier. Waarom niet? Ik betwijfel of het zelfs nodig zou zijn om een grenswacht om te kopen; één vrouw, tussen een groepje goed geklede mensen bij avond, ongetwijfeld onder invloed van *vino*. Wie geeft daar nu om?'
'Mannen zoals ik.'
De kapitein zweeg; hij leunde achterover in zijn stoel en nam de Amerikaan op alsof hij hem in een enigszins ander licht zag. 'Dan moet u daarop zelf het antwoord geven, *signore*. Wie weten het verder nog?' Beide mannen keken elkaar aan, beiden zwegen. De kapitein knikte en vervolgde. 'Maar dit kan ik u wel vertellen: als ze niet via de brug gaan dan zullen ze hun weg moeten banen door zeer dicht bos met veel steile rotsen. En vergeet de rivier niet.'
'Bedankt. Dat soort informatie zoek ik juist. Zei ze nog waarom ze op deze manier reisde?'
'Het gewone verhaal. De vliegvelden werden bewaakt, de treinstations en de grote wegen naar Frankrijk ook.'
'Bewaakt door wie?'
'Mannen zoals u, *signore*?'
'Zei ze dat?'
'Ze hoefde niet meer te zeggen dan ze deed, en ik heb niet verder gevraagd. Dat is de waarheid.'

'Ik geloof je.'
'Wilt u de vraag dan beantwoorden? Zijn er nog meer die hiervan weten?'
'Daar ben ik niet zeker van,' zei Michael. 'De waarheid.'
'Want als dat zo is, dan word ik opgepakt. Dan ga ik vanaf zee zo de cel in.'
'En dan komt de zaak in de openbaarheid?'
'Jazeker. Dan wordt er een aanklacht gedeponeerd bij een *commissione*.'
'In dat geval denk ik dat ze je met rust laten. Volgens mij is dit incident wel het laatste dat de mannen waarmee ik te maken heb, willen bekendmaken. Als ze nu nog geen contact gemaakt hebben – per radio, of met een snelle boot of een helicopter – dan weten ze niet van je bestaan of ze willen je niet.'
Weer bleef de kapitein even stil, terwijl hij Havelock zorgvuldig bekeek. 'De mannen waarmee u te maken hebt, *signore*...' zei hij, waarbij zijn woorden in de lucht bleven hangen.
'Ik begrijp je niet.'
'Waarmee u te maken hebt, maar niet uw mannen, nietwaar?'
'Dat doet er niet toe.'
'U wilt die vrouw helpen, hè? U zit niet achter haar aan om... haar te straffen.'
'Het antwoord op het eerste is ja. Het tweede, nee.'
'Dan zal ik u eens wat vertellen. Ze vroeg mij of ik het vliegveld kende bij Col des Moulinettes. Daar had ik nog nooit van gehoord.'
'Een vliegveld?' Michael begreep het. Dat was extra informatie die hij tien seconden geleden niet zou hebben gekregen.
'Een brug over een bergrivier en een vliegveld. Vannacht.'
'Dat is alles wat ik u kan vertellen.'

De bergweg die vanuit Monesi naar de Franse grens voerde was breed genoeg, maar de grote massa rotsen en rotsblokken en de begroeiing langs de bermen deden hem smal lijken, meer geschikt voor vrachtwagens met zware banden en voor ruige jeeps dan voor normale auto's. Dat was het excuus dat Michael had gebruikt om het laatste halfuur te voet verder te gaan, tot dankbare opluchting van de taxichauffeur uit Monesi.
Hij had gehoord dat er een herberg lag, net voor de brug, waar de Franse en de Italiaanse patrouilles kwamen drinken.

Beide talen waren voldoende verstaanbaar voor de kleine garnizoenen aan weerszijden van de grens en voor de weinige inwoners en de nog minder talrijke toeristen die van tijd tot tijd de grens passeerden. Van het weinige wat Havelock had gezien en gehoord, wist hij dat de kapitein van de *Santa Teresa* de waarheid had gesproken. De grenspost van Col des Moulinettes was een weinig belangrijke pas in de Maritieme Alpen, niet gemakkelijk bereikbaar en door weinig mensen bezet. Dat hij bezet was kwam ongetwijfeld omdat hij er was – al tientallen jaren geweest was – en omdat de bureaucratische wetgeving geen moeite had gedaan om hem op te heffen.
De grote stroom verkeer tussen de twee landen gebruikte de brede kustwegen langs de Middellandse Zee bijna dertig kilometer naar het zuiden, of de grotere, gemakkelijker te nemen passen in het noorden, zoals de Col de Larche of de Col de la Madeleine, ten westen van Turijn.
De late namiddagzon was nu een waaiervormige boog van diep oranje en geel die opsproeide van achter de hogere bergen en die de lucht boven de Maritieme Alpen vervulde met overlopende banden van licht. De schaduwen op de primitieve weg werden langer en scherper; nog enkele minuten en hun omtrekken zouden vervagen en onduidelijke, grauwe vormen worden die niet meer te onderscheiden waren van de grijze duisternis van de vooravond. Michael liep langs de rand van het bos, gereed om het struikgewas in te springen bij de eerste geluiden die geen deel uitmaakten van het woud. Hij wist dat elke handeling die hij verrichtte gebaseerd moest zijn op de veronderstelling dat Rome lucht had gekregen van Col des Moulinettes.
Hij had niet gelogen tegen de kapitein van de *Santa Teresa*; er was een groot aantal redenen waarom de mensen die voor de ambassade werkten, zich verre zouden houden van een schip in internationale wateren. De vaart van het trage vrachtschip kon in de gaten gehouden worden – waarschijnlijk was dat ook gebeurd – maar het was een heel andere zaak om *à titre officiel* aan boord te gaan. Dat was veel te riskant, want dan kon er gemakkelijk een onderzoekscommissie in het leven geroepen worden.
Had Rome de man in Civitavecchia gevonden? Hij kon slechts aannemen dat anderen konden doen wat hij had gedaan; niemand was er zo uniek of had zoveel geluk. Hij had in zijn

woede – nee, in zijn razernij – de naam van de havenstad in de telefoon geschreeuwd en Baylor had hem herhaald. Als de gewonde inlichtingenofficier nog bij zijn positieven was na de Palatijn, zou hij zijn mensen opdracht hebben gegeven om de waterkant van Civitavecchia af te zoeken, speurend naar een handelaar in illegale passage.

Toch waren er altijd gaten, lege plekken die niet konden worden opgevuld. Zou de man in Civitavecchia de naam van het schip zelf afgeven, wetend dat hij aan de waterkant nooit meer vertrouwd zou worden als hij dat deed? Vertrouwd, verrek, hij kon vermoord worden in een van de tientallen nevelige steegjes. Of misschien beweerde hij wel dat hij niet op de hoogte was van die fase in de ontsnapping – verkocht door anderen die hij niet kende – maar onthulde hij Col des Moulinettes om in de gunst te komen bij de machtige Amerikanen in Rome, van wie iedereen wist dat ze ongewoon gul waren voor hen die in de gunst stonden... Nog een zo'n vluchteling uit de Balkan, wat was dat voor misdaad, *signore*?

Zovele lege plekken, zo weinig concreets... zo weinig tijd om na te denken, zovele dingen die niet klopten. Wie had gedacht dat er een vermoeide kapitein op leeftijd was, die niet mee wilde doen aan het profijtelijk smokkelen van verdovende middelen of contrabande, maar die zeer ontvankelijk was voor het uit Italië smokkelen van vluchtelingen. Niet minder riskant, ook strafbaar met de cel, zo tegengesteld aan het tevoren gevormde beeld.

Of die botte Red Ogilvie, een gewelddadige man die altijd geprobeerd had geweld te rechtvaardigen. Er lag een dubbelzinnigheid in die vreemde rechtvaardiging. Waar kwam die drang bij John Philip Ogilvie vandaan? Waarom strijdt iemand zijn leven lang tegen zelfopgelegde boeien? Wie was de Apache werkelijk geweest? De Revolverheld? Wie dan ook, wat dan ook, hij was een gewelddadige dood gestorven op hetzelfde moment dat hij een gewelddadige waarheid begrepen had. De leugenaars waren aan de macht in Washington.

En bovenal Jenna. Zijn liefde, die die liefde niet verraden had, maar juist verraden was. Hoe kon ze die leugenaars geloofd hebben? Wat konden ze haar verteld hebben, wat voor onweerlegbare bewijzen hadden ze haar voorgelegd voordat ze hen geloofde? En het allerbelangrijkste: wie waren die leugenaars? Hoe heetten ze, waar kwamen ze vandaan?

Hij was nu dicht bij de oplossing, hij kon het voelen met elke stap die hij zette op de bergweg, waar de schemering viel terwijl de bergen in de verte in brand stonden. Voordat de ondergaande zon opkwam aan de andere kant van de wereld zou hij de antwoorden hebben, zou hij zijn geliefde terughebben. Als er mensen uit Rome waren gekomen dan kon geen van hen tegen hem op; dat wist hij. Het maakte deel uit van het zelfbewustzijn dat in hem oprees, dat zo vaak ten onrechte was maar dat zo noodzakelijk was. Je overleefde de dagen van vroeger, de verschrikkelijke dagen, niet zonder dat zelfbewustzijn. Met elke stap kwam hij dichterbij.
En als hij de antwoorden had, en zijn lief, zou er een telefoontje naar een hut in een bergketen duizenden kilometers verderop gaan. Naar de Blue Ridge en de Shenandoah in de VS. Zijn mentor, zijn *pritel*, Anton Matthias, zou een samenzwering gepresenteerd krijgen die tot in het merg van clandestiene operaties zat, een samenzwering die niet meer ongedaan gemaakt kon worden en met een onbekend doel.
Een kleine lichtcirkel was plotseling zichtbaar voor hem uit, het licht scheen door het gebladerte aan de linkerkant van de weg. Hij ging gehurkt zitten en bestudeerde het in een poging het thuis te kunnen brengen. Het bewoog niet; het was alleen daar waar voorheen geen licht had geschenen. Hij sloop vooruit, gebiologeerd, angstig; wat was het?
Toen kwam hij opgelucht overeind en haalde weer adem. Er was een bocht in de weg en in zijn buiging waren de omtrekken van een gebouw zichtbaar; het was de herberg. Iemand had net een buitenlicht ontstoken; er zouden nu gauw nog meer lichten verschijnen. De duisternis was snel neergedaald alsof de zon abrupt in een afgrond was gevallen, buiten bereik, buiten het zicht, terwijl de hoge pijnbomen en de massale rotsblokken de banden oranje en geel afsloten die nog zichtbaar waren in de hemel. Er volgden inderdaad nog meer lichten; er waren ramen te zien, drie aan de kant het dichtst bij hem, meer aan de voorkant. Hoeveel kon hij niet zeggen, maar minstens het dubbele aantal, gezien het lichtschijnsel dat over het gras en het grindpad voor het gebouw viel.
Michael stapte het bos in en lette op de takken onder zijn voeten en het struikgewas voor hem. Ze leverden geen moeilijkheden op en daarom baande hij zich een weg naar de drie ver-

lichte ramen. Het had geen zin om nog langer op de weg te blijven; als er verrassingen in petto waren dan zag hij liever dat die niet voor hem waren bestemd.
Hij bereikte de rand van het bos en hield zich schuil achter de dikke stam van een denneboom tussen hem en een oprijlaantje met diepe sporen in hardgeworden modder. De inrit liep langs de zijkant van de herberg en in een boog achterlangs tot aan een soort parkeerterrein naast wat op een ingang leek voor leveranciers. De afstand naar het raam recht tegenover hem was zowat acht meter; hij kwam te voorschijn vanachter de boom en ging op weg...
De koplampen verblindden hem! De vrachtwagen denderde vanaf de primitieve weg aan zijn rechterkant en slingerde de smalle oprit in van harde moddersporen. Havelock sprong weer terug in het struikgewas, achter de stam van de denneboom en stak zijn hand tussen de plooien van zijn jasje om het Spaanse pistool te pakken dat tegen zijn borst zat gegespt. De vrachtwagen – een vrachtwagen op zware banden – sprong voorbij, stampend en slingerend als een kleine bark in onstuimig water over de verharde sporen van de oprit. Vanuit de achterbak waren woedende kreten te horen van mannen die protesteerden tegen de ongemakken van hun rit.
Havelock kon niet opmaken of hij gezien was of niet; hij bleef weer in zijn schuilplaats en wachtte af. De vrachtwagen kwam slingerend tot stilstand bij de ingang van de vlakke, brede parkeerplaats; de bestuurder opende het portier en sprong naar buiten. Michael kroop nog enkele passen terug en hield zich gereed om het bos in te rennen. Het was niet nodig; de bestuurder rekte zich uit terwijl hij vloekte in het Italiaans. Zijn gestalte was plotseling zichtbaar onder een schijnwerper die iemand binnenin het gebouw had ontstoken. Wat hij te zien kreeg was verwarrend: de chauffeur droeg het uniform van het Italiaanse leger en uit zijn onderscheidingstekens viel op te maken dat hij tot de grensbewakingstroepen hoorde. Hij liep naar de achterkant van de vrachtwagen en opende de grote, dubbele deuren.
'Kom naar buiten, rotzakken!' schreeuwde hij in het Italiaans. 'Jullie hebben zowat een uur om je vol te zuipen voordat jullie dienst hebben. Ik loop wel even naar de brug om te zeggen dat we er zijn.'
'Zoals jij rijdt, sergeant,' zei een van de soldaten met een gri-

mas bij het uitstappen, 'hebben ze je al vanaf halverwege Monesi gehoord.'
'Val dood!'
Drie andere mannen stapten moeizaam uit, stampten met hun voeten en rekten zich uit; het waren allen grenswachten.
De sergeant vervolgde:
'Paulo, jij neemt die nieuwe vent. Vertel hem wat hij moet doen.'
De onderofficier sjokte de inrit op langs Havelock, hij krabde aan zijn lies en trok het ondergoed omlaag onder zijn broekspijpen, tekenen van een lange, oncomfortabele reis.
'Hé, Ricci!' schreeuwde een soldaat aan de achterkant van de vrachtwagen, terwijl hij naar binnen keek. 'Je heet toch Ricci, nietwaar?'
'Ja,' zei de stem van binnenuit en een vijfde gestalte kwam uit de schaduwen te voorschijn.
'Jij hebt de beste dienst die er in het leger te vinden is, *paesano*! Onze kwartieren liggen bij de brug maar we hebben het een en ander geritseld: we wonen praktisch hier. We gaan daar alleen maar naartoe als we moeten. Zo gauw je binnen bent teken je de presentielijst, begrepen?'
'Begrepen,' zei de soldaat die Ricci heette.
Maar hij heette geen Ricci, dacht Michael, terwijl hij naar de blonde man staarde die zijn kwartiermuts op zijn hand uitklopte. De herinnering van Havelock draaide bliksemsnel terug over een dozijn foto's; het oog van zijn herinnering koos er eentje uit. Die man was geen Italiaanse soldaat, laat staan grenswacht. Hij was een Corsicaan, een zeer vaardige hulpkracht met een geweer of een handwapen, een stuk draad of een mes. Zijn echte naam deed er niet toe; hij gebruikte er zoveel dat ze niet meer te tellen waren. Hij was een 'specialist' die alleen werd ingezet in situaties waarbij iemand moest worden opgeruimd, een betrouwbare beul die de weg kende in het westelijke Middellandse-Zeegebied, beter dan de meeste van die mannen. Hij was een 'specialist', alleen ingezet in extreme gevallen; een betrouwbare moordenaar die in het westelijk deel van het Middellandse-Zeegebied beter de weg wist dan de meeste van zijn collega's en die zich evenzeer thuis voelde op de Balearen als in de bossen van Sicilië. Een aantal jaren geleden had een CIA-agent Michael in een hermetisch afgesloten vertrek in Palombara een foto van de man en een lijst met ge-

registreerde prestaties gegeven. Havelock was een eenheid van de *Brigate Rosse* op het spoor gekomen en bereidde zich voor op een anonieme moord. Hij had geen gebruik willen maken van de blonde man die nu tien meter van hem vandaan op het verlichte pad stond. Hij had hem niet willen vertrouwen, zoals Rome nu wel deed.

Rome wist het. De ambassade had de man gevonden in Civitavecchia en Rome had een beul gestuurd... voor een moord die niet kon worden nagegaan. Iets of iemand had de leugenaars in Washington ervan overtuigd dat de man die zijn lesje had geleerd aan de Costa Brava nu alleen maar een bedreiging vormde als hij in leven bleef; daarom hadden ze bekend gemaakt dat een vroegere agent niet-meer-te-redden was, dat zijn onmiddellijke opruiming de hoogste voorrang had. Maar het mocht natuurlijk niet worden nagegaan.

De leugenaars konden het zich niet veroorloven dat hij Jenna Karras bereikte, want zij maakte deel uit van hun leugen, haar gespeelde dood aan de Spaanse kust was daar nauw mee verbonden. Maar Jenna was ook op de vlucht; op de een of andere manier was ze aan hen ontsnapt na de Costa Brava. Was zij nu ook inbegrepen in het bevel voor executie? Het was onvermijdelijk; het lokaas mocht niet in leven worden gelaten en daarom was de blonde moordenaar niet de enige moordenaar op de brug bij Col des Moulinettes. Of in de buurt.

De vier soldaten en de nieuwe recruut begonnen naar de achteringang van de herberg te lopen. De deur onder de schijnwerper ging open en een zwaargebouwde man zei met luide stem:

'Als jullie zwijnen al je geld in Monesi hebben opgemaakt dan kunnen jullie wel opsodemieteren!'

'Och Gianni, dan zullen we je tent moeten sluiten, omdat je Franse meisjes duurder verkoopt dan de onze!'

'Dat zal ik je betaald zetten!' brulde de zwaargebouwde man.

'Ricci, dit is Gianni-de-dief. Die mesthoop hier is van hem. Pas maar op wat je eet.'

'Ik moet even naar de wc,' zei de nieuwe rekruut. Hij had zojuist op zijn horloge gekeken; dat was iets ongewoons.

'Wie moet dat niet?' schreeuwde een andere soldaat en ze liepen alle vijf naar binnen.

Zo gauw de deur dichtging rende Havelock de oprit over naar het eerste raam. Het zag uit op een eetkamer, de tafels waren gedekt met roodgeruite kleedjes, bestek en glazen waren op hun plaatsen. Maar er zaten geen eters; het was ofwel nog te vroeg voor de keuken of er waren die avond geen eetklanten. Daarachter lag de grotere, centrale gelagkamer, slechts afgescheiden door een boog die zich uitstrekte over de hele lengte van de muur. Zover hij kon zien zaten er mensen aan kleine, ronde tafeltjes, hij schatte tussen tien en vijftien... bijna allemaal mannen. De twee vrouwen die hij kon zien waren in de zestig, eentje was er moddervet, de andere broodmager; ze zaten aan tafeltjes naast elkaar met wat besnorde mannen naar elkaar gebogen te praten en bier te drinken. Theetijd in de Ligurische Alpen. Hij vroeg zich af of er nog meer vrouwen in dat vertrek waren; hij vroeg zich af – met pijn in zijn borst – of Jenna ineengedoken aan een hoektafeltje zat dat hij niet kon zien. Als dat het geval was moest hij in staat zijn een deur vanuit het achterhuis in de gaten te houden – vanuit de keuken, misschien – waarlangs de vijf soldaten de gelagkamer in zouden komen. Hij moest het kunnen zien! De komende paar minuten zouden hem kunnen vertellen wat hij moest weten, het waarnemen met zijn ogen kon ervoor zorgen dat hij in leven bleef. Wie tussen de clientèle in die gelagkamer zou de blonde moordenaar herkennen, al was het maar met een snelle blik, het even trekken van zijn lippen of een onmerkbaar hoofdknikje? Michael moest het te weten komen.

Hij rende gebukt naar het tweede raam langs de oprit; de gezichtshoek was daar nog te beperkt. Hij holde naar het derde, keek snel wat hij kon zien, verwierp het en liep de hoek van het huis om naar het eerste raam aan de voorkant. Nu kon hij de deur zien. *Cucina* stond erop; de vijf soldaten konden nu elk moment die deur uit komen, maar hij had niet alle tafeltjes in het zicht. Er waren nog twee ramen over voordat het stenen pad begon dat naar de ingang voerde en het laatste lag te dicht bij de deur om een goede dekking te hebben. Hij hoopte; hij kroop snel naar het tweede raam en ging rechtop staan in de schaduw van een jonge denneboom met wijduitstaande takken. Hij bracht zijn gezicht voorzichtig naar het glas en wat hij zag bracht hem ertoe zijn ingehouden adem te laten ontsnappen. Hij kon nu het hele vertrek zien en Jenna Karras was niet het doelwit in een hinderlaag aan een tafeltje in de hoek. Het raam lag achter de boog in het vertrek; hij kon niet alleen de keukeningang zien maar elk tafeltje, el-

ke persoon in de gelagkamer. Jenna was er niet. En toen dwaalden zijn ogen naar de rechtermuur aan de overkant; daar was nog een deur, een smalle deur met twee aparte rijen letters. *Uomini* en *Hommes*, het herentoilet.
De deur waarop *Cucina* stond zwaaide open en de vijf soldaten liepen achter elkaar naar binnen, met Gianni-de-dief, die zijn hand had gelegd op de schouder van de blonde man wiens naam niet Ricci was. Havelock tuurde naar de ervaren moordenaar, tuurde volledig geconcentreerd naar zijn ogen. De eigenaar van de herberg gebaarde naar links – de rechterkant voor Michael – en de sluipmoordenaar begon het vertrek over te steken naar het herentoilet. De ogen. Hou de ogen in de gaten!
Het kwam. Nauwelijks een trilling van de oogleden, maar het was er, de snelle blik was er. Herkenning. Havelock volgde de blikrichting van de blonde man. Bevestiging. Twee mannen aan een tafeltje in het midden van het vertrek; de ene keek omlaag in zijn glas terwijl hij sprak, de andere... slechte gewoonte... had zelfs zijn benen verplaatst om zijn hoofd te kunnen afwenden van de looprichting die de moordenaar nam voor de bar langs. Nog twee leden van de ploeg... maar slechts één van hen was actief. De andere was een waarnemer. De man die zijn benen had verplaatst was de rapporteringsagent, die het opruimen zou bevestigen maar op geen enkele manier eraan zou deelnemen. Hij was een Amerikaan; zijn fouten maakten dat duidelijk. Hij ging gekleed in een duur Zwitsers windjack, niet passend in die omgeving en bij het seizoen; zijn schoenen waren van soepel, zwart leer en hij droeg een glimmend digitaal horloge aan zijn pols... allemaal zo imponerend, zo onweerstaanbaar, opgebracht door het vette salaris van zijn buitenlandse dienst, zo contrasterend met de sjofele bergkleding van zijn metgezel. Zo Amerikaans. De rapporteringsagent, maar voor een dossier dat hooguit zes man in de hele wereld ooit te zien zouden krijgen.
Er was nog iets wat niet klopte; het zat in het aantal mannen. Een ploeg van drie man, waarvan er slechts twee hun wapens zouden hanteren, was te klein, gezien het gewicht van de aanslag en de achtergrond van de agent die het belangrijkste doelwit vormde. Michael begon alle gezichten in het vertrek te bestuderen, nam ze één voor één onder de loep, keek naar de ogen, lette op of er ogen waren die afdwaalden naar het vreemd

bij elkaar passende stel aan het middentafeltje. Na de gezichten volgden de kleren, vooral die welke behoorden aan de paar gezichten die van hem afgekeerd waren. Schoenen, broeken en broekriemen mochten daar gezien worden; hemden, jasjes, hoeden hoorden daar thuis, evenals dat wat er aan sieraden zichtbaar was. Hij bleef proberen of hij nog zo'n duur horloge kon zien of een Alpenwindjack, of zachte schoenen. Dingen die niet klopten. Als ze er waren, dan kon hij ze niet vinden. Met uitzondering van de twee mannen aan het middentafeltje vormden de drinkers in de herberg een bonte verzameling mensen uit de bergen. Boeren, gidsen, winkeliers – kennelijk Fransen van de andere kant van de brug – en, natuurlijk, de grenswachten.

'*Ehi! Che avete?*' De woorden werden hem toegesnauwd, een aanroeping van een soldaat die door een soldaat werd uitgesproken. De sergeant van de vrachtwagen stond in halve duisteris van het pad dat naar de ingang van de herberg voerde, met zijn benen uiteen, zijn hand op zijn holster.

'*Mia sposa*,' zei Havelock snel, met zachte, gespannen stem waaruit het juiste respect klonk. '*Noi siamo molto disturbati, Signore Maggiore. Io vado ad aiutare una ragazzafrancese. Mia sposa seguira!*' De soldaat grijnsde, haalde zijn hand van zijn pistoolholster en vermaande zijn angstige gevangene in kazerne-Italiaans: 'De mannen van Monesi gaan dus nog steeds de grens over voor Franse kutjes, hè? Als je vrouw niet daarbinnen zit dan is ze waarschijnlijk in je eigen slaapkamer en wordt ze bereden door een Fransman! Heb je daar wel eens aan gedacht?'

'Zo gaat het nu eenmaal in de wereld, majoor,' antwoordde Michael onderdanig, met een schouderophalen voor zijn eigen onbelangrijkheid en met de vurige wens dat die schreeuwerige pummel naar binnen zou gaan en hem met rust zou laten. Hij moest terug zien te komen aan dat raam!

'Jij komt niet uit Monesi,' zei de sergeant alsof hij plotseling onraad rook. 'Jij praat niet zoals iemand uit Monesi!'

'De Zwitserse grens, majoor. Ik kom uit Lugano. Ik ben hier twee jaar geleden komen wonen.'

De militair zweeg even en zijn ogen keken wantrouwig. Havelock bewoog in het duister zijn hand langzaam naar zijn middel waar de zware magnum met vaste geluidsdemper oncomfortabel onder zijn broekriem stak. Als het zover kwam mochten er geen schoten weerklinken. Tenslotte stak de sergeant zijn handen omhoog en schudde vol afkeer zijn hoofd. 'Zwitsers! Italiaans-Zwitsers, maar meer Zwitsers dan Italiaans! Jullie allemaal. Stiekeme rotzakken. Ik ga niet dienen in een bataljon ten noorden van Milaan, dat zweer ik je. Ik ga nog liever het leger uit. Ga maar terug naar je stiekeme gedoe, Zwitser!' De militair trok zijn stekels in; hij liep naar de dikke, houten deur, trok die met een ruk open en schreed waardig binnen.

Binnen ging er nog een deur open, de smalle deur naar het herentoilet. Er kwam een man uit en Michael wist dat hij niet alleen een derde wapen had gevonden in de ploeg uit Rome, maar besefte dat er nog een vierde moest zijn. De man maakte deel uit van een span, twee springstofexperts die samenwerkten, ervaren huurlingen die verschillende jaren in Afrika hadden doorgebracht met het opblazen van van alles en nog wat, van dammen en vliegvelden tot luxe villa's die plotseling bewoond werden door despoten in carnavalspak. De CIA had hen in Angola gevonden, aan de verkeerde kant, maar de Amerikaanse dollar was toen gezonder en had nogal wat overredingskracht. De twee deskundigen waren samen in één dossier met een zwarte rand geplaatst, diep in de archiefkasten van clandestiene operaties.

En omdat zij bij de brug van Col des Moulinettes waren was dat voor Havelock belangrijke informatie: men verwachtte een voertuig – of voertuigen – en één methode van opruimen was al duidelijk. Want elk van deze twee springstofdeskundigen kon tien tellen bij een auto blijven staan en die zou dan tien minuten later in honderdduizend brokken vuur uiteenspatten en iedereen doden die er inzat en verder wie er nog in de buurt was. Men verwachtte dat Jenna Karras de grens zou overgaan per auto; minuten later zou ze dood zijn, een succesvolle aanslag die niet kon worden nagegaan.

Het vliegveld. Rome had gehoord over dat vliegveld van de man in Civitavecchia. Ergens op de weg buiten Col des Moulinettes zou zij, in wat voor vervoermiddel ook, de nachtelijke hemel worden ingeblazen.

Michael liet zich op de grond vallen achter de denneboom. Door het raam kon hij de springstofexpert recht naar de voordeur van de herberg zien lopen; de man keek op zijn horloge, net als de blonde moordenaar minuten geleden had ge-

daan. Er was een bepaald tijdschema, maar wat voor een schema?
De man kwam naar buiten en zijn gebruinde gezicht zag nog donkerder onder het zwakke licht van de straatlantaarn aan het einde van het pad. Hij begon sneller te lopen, maar de versnelling was eigenlijk niet te merken; dit was een beroepsman die de waarde van zelfbeheersing kende. Havelock kwam voorzichtig overeind, klaar om hem te volgen; hij keek even naar het raam, keek toen weer, nu nieuwsgierig, gealarmeerd. Binnen, naast de bar, stond de sergeant te praten tegen de blonde rekruut die hij Ricci noemde, kennelijk bracht hij een onwelkom bevel over. De moordenaar leek te protesteren en stak zijn bier omhoog alsof het een noodzakelijk medicijn betrof en als zodanig een excuus. Toen vertrok hij zijn gezicht, dronk zijn glas in enkele slokken leeg en begon naar de deur te lopen.
Een tijdschema, men hield zich aan een tijdschema. Kansen op fouten werden niet toegelaten. Het was van tevoren geregeld dat iemand op de brug instructies had de nieuwe rekruut op te roepen voordat zijn dienst begon; zijn wacht begon voor de aflossing. Wachtprocedures zouden het excuus vormen en niemand zou er iets tegenin brengen, want het ging niet om de procedures. Het ging om het tijdschema.
Ze waren op de hoogte. De ploeg uit Rome wist dat Jenna Karras op weg was naar de brug. Een motorboot was opgemerkt in Arma di Taggia, het gezelschap was geschaduwd, het voertuig waarin zij de Ligurische bergen inreed was nu gezien op enkele minuten van de controlepost van Col des Moulinettes. Het was zo logisch. Er was geen betere tijd om een grens over te steken dan bij het wisselen van de wacht, wanneer de soldaten moe waren, lusteloos door de doffe verveling, wachtten op hun aflossing... zorgelozer waren dan gewoonlijk.
De deur ging open en Michael dook weer ineen. Hij keek naar rechts door de takken van de denneboom naar de weg achter de lantaarn. De huurling was de weg schuin overgestoken naar de berm aan de overkant en hield links aan, naar de brug – een gewone wandelaar, een Fransman misschien die terugkeerde naar Col des Moulinettes. Maar binnen enkele ogenblikken zou hij in het bos verdwijnen en een vooraf vastgestelde positie innemen ten oosten van de oprit van de brug,

van waaruit hij naar een auto kon kruipen die even door de wachtposten zouden worden opgehouden. De blonde moordenaar was nu halverwege de straatlantaarn; hij bleef even staan en stak een sigaret op, een handeling die zijn oponthoud om meer dan één reden aannemelijk maakte. Hij hoorde het geluid en was tevredengesteld; de deur ging weer open, nu met meer lawaai en er klonk zacht lachen bij. De 'soldaat' liep door, terwijl de twee mannen van het middentafeltje naar buiten kwamen: de Amerikaanse rapporteringsagent en zijn metgezel, de tweede schutter in de ploeg uit Rome.

Havelock begreep het nu. De hinderlaag was met grote nauwkeurigheid ontworpen: over niet meer dan enkele minuten zou hij gelegd zijn. Twee scherpschutters om de indringer die zou proberen de auto met Jenna Karras tegen te houden uit de weg te ruimen – die hem afdoende zouden opruimen zo gauw hij gezien werd in een hagel van kogels. En twee springstofspecialisten die moesten garanderen dat de auto die gemakkelijk doorgelaten zou worden, ergens in de straten van Col des Moulinettes zou exploderen, of op een weg naar een onbekend vliegveld.

Hij kon nog meer opmaken, behalve het feit dat er een tijdschema was ingegaan betreffende een auto onderweg naar de brug. De ploeg uit Rome wist dat hij daar was, wist dat hij zich dicht genoeg bij de grenspatrouille bevond om iedereen, in wat voor voertuig ook, te kunnen waarnemen die zijn paspoort aan de wachtposten aanbood. Ze zouden elke mannelijke gedaante die ze in het oog kregen nauwkeurig opnemen, met hun handen op hun wapens. Hun voordeel lag in hun aantal, maar hij had ook een voordeel dat vrij groot was: hij wist wie zij waren.

De goedgeklede Amerikaan en zijn werknemer, de tweede schutter, gingen op de weg uit elkaar, de rapporteringsagent sloeg rechtsaf om niet aanwezig te zijn op de executieplaats, de moordenaar linksaf de brug op. Twee kleine vrachtwagens kwamen ratelend aanrijden uit de richting Monesi, eentje met slechts één koplamp, de andere met twee koplampen maar geen voorruit. Noch de Amerikaan, noch zijn huurmoordenaar in ruwe kledij schonken er enige aandacht aan: ze kenden het voertuig waarop ze wachtten en het was geen van deze twee.

Als je een strategie kent dan kun je een tegenstrategie ontwer-

pen. Dat waren de woorden van zijn vader van vele jaren geleden. Hij zag de lange, intelligente man weer voor zich terwijl hij kalm uitleg gaf aan een cel partizanen, hun vrees kalmeerde, hun woede in banen leidde. Lidice was hun zaak, de dood van de Duitsers hun doelwit. Hij dacht er nu weer aan terug terwijl hij terugsloop naar de inrit en de bossen inrende.

Hij zag de brug voor het eerst toen hij er driehonderd meter vandaan was, op de rand van de bocht die hij eerst had vermeden door de bossen in te lopen. Van wat hij kon opmaken was hij smal en niet lang, de lengte een zegen voor bestuurders, want twee auto's die tegelijkertijd overstaken zouden ongetwijfeld met hun bumpers langs elkaar schuren. Een dubbel snoer van kale lampen was nu ontstoken; ze waren opgehangen over de middelste, stalen overspanning, zakten door tussen hun steunpunten en verschillende waren kapot en zouden pas worden vervangen wanneer er nog meer kapotte bijkwamen. De controlepost zelf bestond uit twee tegenover elkaar liggende keetjes die dienst deden als wachthuisjes, met hoge, brede ramen, elk met een plafondverlichting en tussen de twee, vierkante gebouwtjes een met de hand bediende sluitboom die in een fel, reflecterend oranje was geschilderd en de oprit afsloot. Rechts van het draaimechanisme was een poortje op schouderhoogte dat toegang gaf tot de voetgangersstrook.
Twee soldaten in bruine uniformen met rode en groene strepen stonden aan weerszijden van de tweede vrachtwagen lusteloos met de bestuurder te praten. Een derde wachtpost stond aan de achterkant, zijn aandacht niet bij de vrachtwagen maar gericht op de bossen achter de brug. Hij nam het gebied aan beide kanten in zich op zoals een jager die een gewonde bergluipaard besloop dat zou doen: op zijn plaats blijvend, zijn ogen ronddwalend, zijn hoofd nauwelijks in beweging. Hij was een jager; hij was de blonde sluipmoordenaar op zijn vernuftig onopvallende post. Wie zou vermoeden dat een gewoon soldaat aan een grenspost een moordenaar was met een reeks successen op zijn naam die het hele Middellandse-Zeegebied besloegen.
Een vierde man was net doorgelaten door het voetgangerspoortje. Hij sjokte langzaam tegen de lichte helling op naar het midden van de brug. Maar hij was niet van plan over te

steken naar de andere kant, niet van plan om de Franse patrouilles te begroeten in het Ligurische *patois* en te beweren, zoals zovelen deden, dat de lucht anders was in *La belle France* en dat de vrouwen hier godzijdank slank waren. Nee, dacht Michael, deze ruw geklede boer uit de bergen met zijn afgezakte broek en het ruime, zware jasje aan zou midden op de brug in de schaduwen blijven staan. Als het licht zwak genoeg was zou hij zijn wapen controleren – ongetwijfeld een snelvuur-machinepistool met draagband, de kolf een metalen steun die met klemmen aan de schouders vastzat en die gemakkelijk onder de kleding verborgen kon worden. Hij zou de veiligheidspal omzetten en zich gereedhouden om naar de controlepost te rennen op het moment van de executie, klaar om de Italiaanse wachten te doden als ze tussenbeide zouden komen, er zeker op gebrand om te vuren op het lichaam van de man die uit de duisternis opdook om bij een vrouw te komen die de grens overstak. Want die man, die zojuist nog aan een middentafeltje zat in de herberg, was de reserve voor de blonde moordenaar.

Het werd spitsroeden lopen; de weg was simpel aangelegd en goed bemand en er werd gebruik gemaakt van zowel natuurlijke als van administratieve wegversperringen: zo gauw het doelwit de val binnenliep zat hij aan alle kanten vast. Twee man wachtten met explosieven en wapens aan de ingang van de hinderlaag, eentje in het midden en een vierde aan de buitenrand. Goed opgezet, heel professioneel...

12

Het gloeiende puntje van een sigaret die gerookt werd achter een beschermende hand was te zien in het struikgewas schuin over de donkere weg. Slechte gewoonte. De rapporteringsagent was een genotzoeker die zich in de beginfase van een aanslag noch dure horloges en kostbare schoenen, noch sigaretten ontzegde. Hij hoorde vervangen te worden; hij zou vervangen worden.

Havelock schatte de hoek van de sigaret, de afstand van de grond; de man zat op zijn hurken of op de grond, hij stond niet. Het gebladerte was zo dicht dat hij onmogelijk een goed uitzicht kon hebben op de weg en dat betekende dat hij de auto met Jenna Karras voorlopig nog niet verwachtte; hij zat daar te nonchalant om direct iets te kunnen waarnemen. De sergeant had op de inrit gezegd dat de soldaten een uur hadden om zich vol te zuipen; twintig minuten waren er verstreken, dan bleef er nog een tijdsbestek van veertig minuten over. Maar niet helemaal veertig. De laatste tien minuten van de wachtperiode zouden worden vermeden, omdat het aflossen van de wacht een uitwisseling van informatie vereiste, hoe onbelangrijk of *pro forma* die ook was. Michael had heel weinig tijd om te doen wat er gedaan moest worden, om zijn eigen tegenstrategie op gang te brengen. Hij moest zoveel mogelijk te weten zien te komen van Rome.

Hij liep zijdelings een stuk terug langs de rand van het gebladerte tot het lichtschijnsel van de brug in de verte vrijwel was belemmerd door de bomen. Hij stak rennend de weg over, liep zonder geluid het struikgewas in, sloeg linksaf en zette elke stap behoedzaam om zich zo stil mogelijk voort te bewegen. Even, een vreselijk moment lang, was hij terug in de bossen buiten Praag, de echo's van de geweren in zijn oren, de aanblik van gillende, kronkelende lichamen voor zijn ogen. Toen kwam hij met een klap terug in het heden en wist weer wie en waar hij was. Hij was de bergleeuw; de belangrijkste nestplaats van zijn leven was bevuild, bezoedeld door leugenaars die geen haar beter waren dan degenen die de geweren in Lidice bediend hadden – of dan anderen, die opdrachten gaven tot 'zelfmoord' of *goelags* oprichtten als de kanonnen stilvielen. Hij was in zijn element, in de bossen waarmee hij vriendschap had gesloten toen hij niemand anders had. En niemand kende er zijn weg beter in dan hij.

De rapporteringsagent zat inderdaad op een rotsblok en geheel overeenkomstig zijn voorliefde voor materiële zaken zat hij met zijn horloge te spelen, kennelijk knopjes in te drukken, de tijd te beheersen, de baas te spelen over een halve seconde. Havelock stak zijn hand in zijn zak en haalde er een van de dingen uit die hij in Monesi had gekocht: een mes om een vis af te schrappen, een decimeter lang en verborgen in een leren schede. Hij trok het eruit, duwde de takken voor hem opzij, dook ineen en sprong.

'Jij! Godverdomme...! Niet doen, niet doen! Wat doe je nou? O, mijn god.'

'Als je harder praat dan fluisterend, heb je geen gezicht meer!'

De knie van Michael zat tegen de keel van de agent gedrukt, de vlijmscherpe, gekartelde rand van het mes lag tegen de wang van de man onder zijn linkeroog. 'Met dit mes maak je vis schoon, rotzak die je bent. Ik stroop er je huid mee af als je me niet vertelt wat ik wil weten. Nu, op dit moment.'
'Je bent een maniak...!'
'En jij zult verliezen als je dat gelooft. Hoe lang zitten jullie hier?'
'Zesentwintig uur.'
'Wie heeft de opdracht gegeven?'
'Hoe moet ik dat weten?'
'Omdat zelfs een klootzak zoals jij zou zorgen dat hij zelf gedekt was! Dat is het eerste wat we leren als er iemand moet worden opgeruimd, nietwaar? Het bevel! Wie gaf dat?'
'"Dubbelzinnigheid"! Codenaam "dubbelzinnigheid",' riep de rapporteringsagent uit toen de rand van het mes in zijn gezicht werd geduwd. 'Ik zweer het je, meer weet ik niet! De code uit Washington was "dubbelzinnigheid".'
'Dat zal ik accepteren. Geef me nu het fasenplan maar eens. Helemaal. Jullie hebben haar opgepikt in Arma di Taggia en ze is vanaf daar geschaduwd. Hoe?'
'Door vanaf de kust telkens andere auto's te nemen.'
'Waar is ze nu? In wat voor auto zit ze? Wanneer wordt die verwacht?'
'Een Lancia. Verwachte aankomsttijd zoals die een halfuur geleden was, uitgezonderd...'
'Vergeet het maar! Wanneer?'
'Aankomst om zeven uur veertig. Er is een microzendertje geplaatst in de auto; ze zullen hier zijn om twintig voor acht.'
'Ik weet dat je geen radio hebt, in jullie geval is een radio bewijsmateriaal. Hoe stonden jullie in contact?'
'De telefoon in de herberg. Verrek! Haal dat ding weg!'
'Nog niet, mooie jongen. Het plan, de fasen? Wie schaduwt de auto nu?'
'Twee man in een oude vrachtwagen, zo'n halve kilometer erachter. Voor het geval jij de zaak onderschept zullen ze het horen en weten waar je zit.'
'Als ik dat niet doe, wat dan?'
'We hebben maatregelen getroffen. Vanaf halfacht moet iedereen die de grens passeert uit zijn auto komen of uit zijn vrachtwagen of wat dan ook. Voertuigen worden doorzocht –

we hebben met lires gestrooid – en zo zal ze zich op de een of andere manier bloot moeten geven.'
'En zo dachten jullie mij uit mijn tent te lokken?'
'Als wij... zij... je al niet eerder gevonden hadden. Ze denken dat ze je zullen zien voordat ze hier is.'
'En als ze dat niet doen?'
'Dat weet ik niet. Het is hun plan.'
'Het is jouw plan!' Havelock stak door de gezichtshuid van de agent heen; bloed stroomde langs zijn wang omlaag.
'Verdomme! Doe dat niet, alsjeblieft!'
'Vertel het me!'
'Ze leggen het zo aan dat het er uitziet of jij het eerst aanvalt. Ze weten dat je een wapen hebt, of je het laat zien of niet. Ze nemen je te grazen en trekken het te voorschijn, of je het in je hand hebt of niet. Het maakt niets uit; het is alleen maar om verwarring te zaaien. Zij gaan er vandoor: de vrachtwagen heeft een sterke motor.'
'En de auto? Hoe zit het met de auto?'
'Die wordt zo doorgelaten. Die willen we alleen maar hier weg hebben. Zij is Karras niet, ze is lokaas van de Russen. We moeten haar terug laten gaan naar Moskou. De Fransen zullen ons niets in de weg leggen, er is een wachtpost omgekocht.'
'Leugenaar. Verdomde leugenaar!' Michael schoof het lemmet van het vismes over het gezicht van de agent naar de andere wang. 'Leugenaars moeten een stempel krijgen! Jij gaat een stempel krijgen, leugenaar!' Hij stak de punt door de huid. 'Die twee nitro-clowns, die kerels die in Afrika hebben gewerkt – Tanzania, Mozambique, Angola – die zitten hier niet vanwege de berglucht, leugenaar!'
'O, mijn god! Je vermoordt me!'
'Nog niet, maar het zou best kunnen gebeuren. Waarvoor zijn zij hier?'
'Ze zijn alleen maar reserves! Ricci heeft hen meegebracht!'
'De Corsicaan?'
'Ik ken geen... Corsicaan.'
'Die blonde.'
'Ja! Snij me niet! Alsjeblieft, snij me niet!'
'Reserves? Net als je vriend aan het tafeltje?'
'Het tafeltje? Verrek, wat ben jij voor iemand?'
'Een waarnemer en jij bent een stommeling. Zijn ze voor jou enkel schutters?'

'Verrek, ja! Meer zijn ze niet!'

De leugenaars in Washington logen dus zelfs tegen hun eigen mensen in Rome. Jenna Karras bestond niet. De vrouw in de auto moest worden opgeruimd zonder medeweten van Rome. Leugenaars! Moordenaars!

Waarom?

'Waar zitten ze?'

'Ik bloed! Ik heb bloed in mijn mond!'

'Ik zal je erin verzuipen als je het me niet zegt. Waar?'

'Aan weerszijden! Zeven tot tien meter voor de poort. Mijn god, ik ga dood!'

'Nee, je gaat niet dood, rapporteringsagent. Je hebt alleen maar een merkteken gekregen; jij bent uitgewerkt. Je bent het mes van een chirurg niet waard.' Havelock pakte het mes vast met zijn linkerhand en stak zijn rechter omhoog, zijn vingers recht naar voren, strak, met de spieren aan de onderzijde van de palm gespannen. Hij stootte uit alle macht zijn vingers in de keel van de man; die zou voor ongeveer een uur buiten gevecht zijn. Het zou lang genoeg zijn; dat moest het zijn.

Hij kroop door het struikgewas, een grote kat die precies wist wat hij deed, thuis in het gastvrije bos.

Hij vond hem. De man zat op zijn knieën gebogen over een tas van canvas – een rugzak of een kleine handtas – en het licht van de brug was juist voldoende om de omtrek van zijn gestalte zichtbaar te maken. Net niet sterk genoeg om duidelijk te kunnen zien als je niet wist waarnaar je moest kijken, omdat schaduwen en dicht gebladerte het uitzicht belemmerden. Plotseling weerklonk er het toenemende geluid van een motor, dat vergezeld ging van het geklepper van een losse uitlaat of een bumper die over de weg vol stenen sleepte. Michael draaide zich zonder geluid om en hield zijn adem in; zijn hand ging naar zijn broekriem. Een gammele bestelwagen kwam in zicht; een twijfelend, misselijk makend gevoel overmeesterde hem. Had de agent gelogen? Hij keek weer naar de springstofspecialist; de man dook wat verder ineen maar maakte verder geen enkele beweging en Havelock slaakte een opgeluchte zucht.

De bestelwagen rammelde voorbij en stopte bij de brug. De blonde moordenaar stond naast een wachtpost, kennelijk met de opdracht om op de procedure te letten; in plaats daarvan zwierven zijn ogen door het bosgebied en over de weg die daaronder lag. Luide stemmen weerklonken bij de slagboom, een echtpaar in de bestelwagen protesteerde tegen het onverwachte bevel om uit te stappen, omdat ze kennelijk dagelijks de grens overstaken.

Michael wist dat het lawaai een dekmantel voor hem was; hij kroop naar voren, zijn knieën en ellebogen waren de gespierde ledematen van een sluipende kat die op het punt stond toe te springen. Hij was nog geen twee meter meer van de man, toen de achterdeur van de bestelwagen werd geopend en het gevloek en geschreeuw een hoogtepunt bereikte. De deur werd dichtgesmeten. Havelock sprong te voorschijn uit het struikgewas met uitgestrekte armen, vingers gekromd als klauwen, recht op zijn doel af.

'*Di quale...?*'

De specialist kreeg de kans niet om te schrikken. Zijn hoofd werd in de zachte aarde en tegen de rotsbodem gesmakt, zijn nek zat geklemd in Michaels rechterhand, zijn schedel werd door de linker op zijn plaats gehouden. Hij kuchtte krampachtig en zakte slap in elkaar. Havelock draaide het bewusteloze lichaam om, rukte de riem van de man uit de broek, schoof die onder de armen tot aan de schouderbladen. Hij trok hem strak, legde een lus in het leer en knoopte het vast. Toen haalde hij de Llama uit de holster op zijn borst, mikte opnieuw in het zwakke licht en liet de korte loop neerdalen op het hoofd van de man, boven de rechterslaap. De periode van bewusteloosheid voor de specialist was verlengd.

Michael stortte zich op de canvas tas. Het was het verplaatsbare laboratorium van een expert, vol met harde blokken dynamiet en rollen zachte, plastic springstof. De instrumenten met draden die uit geminiaturiseerde klokken met verlichte wijzerplaten staken waren ontstekers, hun positieve en negatieve polen zaten in elkaar gestoken over het dodelijke kruit heen en ze waren afgesteld om op een vastgesteld moment elektrische impulsen af te geven door even met de vingers te draaien. Er zat ook een ander soort ontstekers bij: kleine, platte, ronde modulen, niet groter dan een wijzerplaat van een polshorloge, waar alleen maar een strookje op stond met lichtgevende cijfers en een uiterst klein knopje aan de rechterkant waarmee de gewenste tijd kon worden ingesteld. Die waren speciaal ontworpen voor de plastic ladingen, ze werden er in-

genieus in verstopt en ze waren accuraat tot op de vijf seconden binnen een tijdsbestek van vierentwintig uur. Havelock betastte de verpakking van een enkele staaf plastic. Aan de bovenkant zat een automatisch afsluitende lip waarlangs de module in de staaf kon worden aangebracht en de onderkant was aangegeven door een klep die er enkele minuten voor het plaatsen moest worden afgetrokken. Door dat wegtrekken kwam er een epoxylijm vrij die sterker verbond dan een lasnaad; die zou aan een tweede oppervlak blijven zitten, al ging er een aardbeving of een orkaan overheen. Hij haalde er drie ladingen en modules uit, stak die in zijn zakken, kroop toen weg, trok de canvas tas achter zich aan en schoof hem onder een afgevallen dennetak, drie meter verderop in het bos. Hij keek op zijn horloge. Hij had nog twaalf minuten.
Bij de brug was het geschreeuw opgehouden. Het woedende echtpaar zat weer in de bestelwagen en de wachtposten sloten vrede door zich te verontschuldigen voor die krankzinnige, tijdelijke voorschriften. *Funzionari burocratici*! De motor werd gestart en voordat hij aansloeg klonk er een langgerekt, metaalachtig gekreun dat werd gevolgd door een luidruchtig gebrul toen het gaspedaal tot op de plank werd ingedrukt. De koplampen werden weer ontstoken, de oranje slagboom ging omhoog, terwijl de versnelling afschuwelijk kraakte en het gammele voertuig de brug opkroop. Het gekletter klonk nu luider. Het was zelfs oorverdovend, want het oppervlak van de brug was bekleed met smalle, open metalen stroken.
Het weergalmde van beneden en van boven, het vulde de lucht met een overbiddelijk *staccato* dat een van de wachtposten ineen deed krimpen en zijn beide handen tegen zijn oren deed leggen. Het gekletter, de koplampen; het eerste was verwarring, het tweede was afleiding. Als hij de man goed in zijn gezichtsveld kon krijgen, dan zou hij – heel misschien – zijn reservebeul kunnen uitschakelen; hij zou geen poging doen tenzij de kansen gunstig voor hem waren.
De forse man in het zware jack zou dicht tegen de reling blijven staan, misschien eroverheen leunen om zo onopvallend mogelijk te blijven in de verblindende koplampen, een vermoeide voetganger die te diep in het glaasje had gekeken. Op één enkel schot kon hij niet rekenen, geen mens kon zo accuraat schieten op meer dan vijfentwintig meter. Maar de magnum was een machtig wapen, met de permanent gemonteerde

demper die speciaal ontworpen was om zo scherp te richten als je maar kon verwachten van een handwapen. Een ervaren schutter die vijf of zes rondes afvuurde op een bepaald doelwit maakte dan ook een goede kans, maar alleen als de kogels razend snel achter elkaar werden afgeschoten; de tijd die tussen de afzonderlijke schoten lag, vergrootte alleen de kans op afwijkingen. Daarvoor was een vaste hand nodig, iets stevigs om op te leunen, en een blikveld zonder storende licht- en schaduweffecten. Het zou geen kwaad kunnen als hij wat dichterbij kon komen.
Terwijl hij zijn concentratie gelijk verdeelde tussen het struikgewas voor hem en de blonde moordenaar die hij door de bomen heen aan de linkerkant kon zien, baande hij zich zo snel en geluidloos als hij kon een weg naar de rand van het ravijn waardoor de rivier stroomde.
Achter hem flitste de lichtstraal op van een zaklantaarn! Hij schoot achter een enorm rotsblok, gleed een stukje omlaag langs het gladde oppervlak, tot zijn voet op een uitstekende richel bleef staan. Zijn schuilplaats lag boven op een wal van brokkelige rotsstenen en bosjes die afliep naar het onstuimige water, zo'n honderd meter onder hem. Aan de andere kant had hij vrij uitzicht; hij staarde naar het begin van de lichtstraal. Ergens had er iets geknapt terwijl hij door het struikgewas holde en in het donker had het geluid nog harder geklonken. De blonde moordenaar stond roerloos met de zaklantaarn in zijn hand; langzaam verslapte zijn aandacht weer, hij dacht dat een dier of een nachtvogel de oorzaak was geweest van zijn alarm, omdat er geen menselijk wezen te zien was.
Boven hem naderde de ratelende vrachtauto het midden van de brug. Daar stond hij! Minder dan veertig meter van hem vandaan leunde hij over de reling, met zijn hoofd diep verborgen in de kraag van zijn zware jack. Het gerammel was nu oorverdovend, het galmde aan alle kanten toen de reservebeul werd gevangen in de felle koplampen. Havelock keerde zich om op het rotsblok en zette zijn voeten schrap op de rotsen die ernaast lagen. Meer dan een seconde zou hij niet hebben om een beslissing te nemen. Om die uit te voeren had hij niet meer dan twee of drie seconden. Om de magnum af te vuren juist in die korte spanne tijds, wanneer de achterkant van de bestelwagen het uitzicht belemmerde vanuit de hokjes aan de

oprit. Michael voelde zich erg onzeker toen hij het zware wapen uit zijn riem trok, zijn arm steunde tegen de rots, zich schrap zette door zijn voeten tegen de steen te drukken, met zijn linkerhand zijn rechterpols omklemde en zo de loop stilhield en schuin naar boven richtte. Hij moest zekerheid hebben; hij kon die avond en alles wat die avond betekende niet riskeren. Maar als hij geluk had...

Hij had geluk. Toen de kap van de bestelwagen voorbij de man reed ging hij rechtop staan en was zo als silhouet zichtbaar tegen de achterlichten, een groot, stilstaand doelwit, de vizierlijn als een smalle gang op een schietbaan. Havelock vuurde kort achter elkaar vier schoten af, en het geluid viel samen met het oorverdovende gekletter op de brug. De reservemoordenaar vormde een achterwaartse boog en zakte toen ineen in de schaduwen van de dichte, metalen reling langs de voetgangersstrook.

Het gekletter stierf weg toen de bestelwagen het uiteinde van de brug bereikte. Er lag geen oranje slagboom over de oprit aan de Franse kant; er waren francs betaald en de twee wachtposten hingen sigaretten rokend tegen de muur van het controlehokje. Wel begon er een ander geluid door te dringen, in plaats van het *staccato* gekletter van losliggend metaal; het kwam van achter hem, ver achter hem, vanaf de weg naar Monesi. Michael leunde achterover tegen het oppervlak van het rotsblok en gleed weer de rand van het bos in, daar dook hij meteen ineen en stopte de warme magnum tussen zijn riem en de stof van zijn broek. Hij keek even door de bomen naar de controlepost; de twee echte soldaten stonden in het dichtstbijgelegen controlehokje aan de rechterkant, ze waren zichtbaar achter de grote, glazen ramen en stonden naar elk raam te knikken alsof ze met onzichtbare handen aan het tellen waren. De lires hadden het tweede niveau bereikt. De blonde moordenaar stond buiten, voor wat die laatste transactie betrof, ook daar stond hij buiten. Hij tuurde de weg af met zijn ogen half dichtgeknepen in het zwakke licht.

Hij tilde zijn hand op tot midden voor zijn borst en schudde twee keer met zijn pols – een onschuldig gebaar, een man die de bloedsomloop herstelde in een onderarm die pas een te zware last had gedragen. Maar dat was het geen van beide: het was een signaal.

De hand kwam omlaag naar de heup van de moordenaar en

er was geen verbeelding voor nodig om te weten dat hij de knop op zijn holster losmaakte terwijl hij zijn aandacht nog gevestigd hield op de weg beneden hem. Havelock kroop op handen en voeten snel door het bos tot hij bij de bewusteloze gedaante van de springstofspecialist kwam. Het geluid van de motor weerklonk luider en het ging nu vergezeld van een zwak, diep brommen dat nog verder weg opklonk, een tweede voertuig dat geleidelijk zijn snelheid opvoerde. Michael duwde de dikke takken opzij van een laaghangende denneboom, boog zijn hoofd naar rechts en gluurde naar links. Een paar honderd meter de weg af werd het glimmende chroom zichtbaar van een grote auto, in de lichtreflectie van de brug. Hij zwaaide door de bocht; de wagen was een *Lancia*. Het was Jenna! Havelock dwong zijn geest en zijn lichaam een beheersing af die hij nooit voor mogelijk had gehouden. De volgende paar minuten zou hij alles moeten toepassen wat hij ooit had geleerd – wat niemand zou moeten hoeven – sinds zijn jeugd in Praag; elke vaardigheid die hij had opgezogen in die duistere wereld waarin hij zo lang had geleefd.

De zware Lancia kwam dichterbij en scherpe pijnscheuten verspreidden zich door Michaels borst terwijl hij naar de voorruit staarde. Jenna was er niet. In plaats daarvan waren twee mannen zichtbaar in het lichtschijnsel van het dashboard, de bestuurder die zat te roken en zijn metgezel die kennelijk druk zat te praten en nadrukkelijk met zijn handen zat te zwaaien. Toen draaide de chauffeur zijn hoofd opzij en zei iets tegen iemand op de achterbank. De Lancia begon vaart te minderen; hij was op bijna tweehonderd meter van de controlepost. De blonde moordenaar aan de oranje slagboom keerde zich om en liep snel naar het controlehokje, klopte op het raam, wees naar het naderende voertuig en toen op zichzelf. Hij was de overgedienstige rekruut die zijn ervaren meerderen zei dat hij dit geval kon afhandelen. De twee soldaten keken op, geërgerd door de onderbreking, zich misschien afvragend of de indringer gezien had dat hun geld werd toegestopt; ze knikten, wuifden afwijzend naar hem en hun beider gebaren maakten hun gebrek aan belangstelling duidelijk.

Toen deed de sluipmoordenaar in dienst van Rome iets vreemds, hij stak zijn hand in zijn zak en haalde er een voorwerp uit, terwijl hij zich onopvallend bewoog in de richting van de gesloten deur van het hokje. Hij bukte en plaatste het voorwerp in de lijst onder het raam en de beweging van zijn schouders gaf aan dat hij nogal wat kracht zette. Havelock probeerde zich voor te stellen wat de moordenaar aan het doen was. En toen wist hij het; de deur van het hokje was een schuifdeur, maar nu kon hij niet meer schuiven. De man die Ricci heette had een dun, stalen plaatje met schuinstaande punten in de ruimte geklemd tussen stijl en paneel; de deur zat dichtgeklemd. Hoe meer kracht er werd gezet om hem te openen, des te dieper zouden de kleine punten zich ingraven, totdat er geen beweging meer in te krijgen was. De twee soldaten in het hokje zaten daar vast en net als op alle controleposten – hoe onbelangrijk ook – waren de hokjes stevig gebouwd en zat er dik glas in de ramen. Toch kon het plan falen: een telefoontje naar de kazerne ergens aan de overkant zou hulp opleveren. Michael tuurde door het vage licht boven de poort en zag dat het plan niet kon falen: aan een boomtak bungelde een zware telefoonkabel – doorgesneden. De moordenaars uit Rome hadden de grenspost in handen.

De blonde man stapte naar de metalen plank die de weg scheidde van de oprit naar de brug, nam een krijgshaftige houding aan – voeten uiteen, linkerhand op zijn middel, rechterhand opgestoken om halt toe te roepen – en stelde zich op tegenover de aanrijdende auto.

De Lancia stopte, de raampjes in de voorportieren werden omlaag gedraaid, paspoorten werden aangereikt door de twee mannen op de voorbank, met uitgestrekte armen en handen die de documenten omklemden. De moordenaar liep naar het raampje van de bestuurder en sprak zacht – te zacht voor Havelock om de woorden te verstaan – terwijl hij langs de chauffeur heen naar de achterbank keek.

De bestuurder gaf antwoord, bezorgd naar het leek, en keerde zich al uitleg gevend naar zijn metgezel voor bevestiging. De tweede man boog zich voor de bestuurder langs, knikte met zijn hoofd en schudde het toen, een beetje treurig. De pseudo-wachtpost zette een stap achteruit en sprak luider met de autoriteit van een soldaat.

'Het spijt me, *signori* en *signora*,' zei hij in het Italiaans. 'Volgens de voorschriften van vanavond moeten alle passagiers uitstappen als de auto wordt doorzocht.'

'Maar er is ons verzekerd dat we zo snel mogelijk door zouden kunnen rijden naar Col des Moulinettes, *caporale*,' pro-

testeerde de chauffeur met luide stem. 'Die arme vrouw heeft nog geen twee uur geleden haar echtgenoot begraven. Ze is diep bedroefd... Hier zijn haar papieren, haar paspoort. De onze ook. Alles is in orde, dat kan ik u verzekeren. We worden om acht uur in de mis verwacht. Zij komt van een deftige familie, een Frans-Italiaans huwelijk dat tragisch is geëindigd door een afschuwelijk ongeval. De burgemeesters van zowel Monesi als Moulinettes waren op de begrafenis...'
'Het spijt me, *signore*,' herhaalde de moordenaar zelfgenoegzaam. 'Wilt u, alstublieft, uitstappen. Er staat een vrachtwagen achter u en het is niet juist dat u oponthoud veroorzaakt.'
Havelock draaide zijn hoofd om en keek naar de gammele vrachtauto met de krachtige motor. Er zat niemand in. In plaats daarvan stonden de twee mannen tegenover elkaar, ieder op een berm van de weg, gekleed in bergkledij, terwijl hun ogen de omgeving van de landweg en de bossen afzochten en ze hun handen in hun zakken hielden. Reserves voor reserves, ondersteuning voor ondersteuning. De grens werd beheerst door de ploeg uit Rome, die zich veilig voelde in de wetenschap dat niemand kon passeren zonder gezien te worden. En als het doelwit gezien werd, zou het doelwit sterven.
De rijzige, slanke gedaante in het zwart kwam uit de auto, een vrouw in rouwkleren, een doorzichtige sluier van zwarte kant hing af van haar wijdgerande hoed en bedekte haar gelaat. Havelock staarde en de pijn in zijn borst werd bijna ondraaglijk; ze stond niet meer dan acht meter van hem af, maar de kloof die hen scheidde was gevuld met de dood en haar dood zou kort daarna volgen, of hij zou sterven of niet.
'Het spijt me nog meer, *signora*,' zei de moordenaar in uniform. 'Het is noodzakelijk dat u uw hoed afzet.'
'Mijn god, waarom?' vroeg Jenna Karras met zachte stem, beheerst maar met een lichte beving; vrees en bedroefdheid waren moeilijk te onderscheiden.
'Alleen maar om uw gezicht te vergelijken met de foto op de pas, *signora*. U weet toch wel dat dat noodzakelijk is.'
Jenna tilde langzaam de sluier omhoog en daarna de hoed van haar hoofd. De huid, zo vaak zongebruind, zag krijtwit in het vage, spookachtige licht van de brug. Haar tere gelaatstrekken stonden strak, de hoge jukbeenderen leken een masker en haar lange blonde haar was naar achteren getrokken in een strenge staart. Michael keek toe, langzaam en zwijgend adem-

halend. Een deel van hem wilde het uitschreeuwen terwijl een ander deel hen wanhopig, dwaas terugplaatste in een andere tijd... samen liggend in het gras met uitzicht over de Moldau, lopend over de Ringstrasse, hand in hand als kinderen, lachend om de ironie van twee geheime agenten die zich gedroegen als echte mensen... In bed, in elkaars armen, terwijl ze tegen elkaar zeiden dat ze op een of andere manier uit deze verplaatsbare gevangenis zouden uitbreken.

'*Signora* heeft prachtig haar,' zei de blondharige moordenaar, met een glimlach die niet bij zijn rang paste. 'Het zou de instemming van mijn moeder wegdragen. Wij komen ook uit het noorden.'

'Dank u. Mag ik mijn sluier weer voordoen, *caporale*? Ik ben in de rouw.'

'Even nog, alstublieft,' antwoordde Ricci, terwijl hij de pas omhooghield zonder ernaar te kijken. Hij keek daarentegen overal tegelijk in het rond en bewoog er nauwelijks zijn hoofd bij, maar het was duidelijk dat hij woedend begon te worden. De begeleiders van Jenna stonden roerloos naast de auto en ontweken de blikken van de soldaat. Achter de Lancia, aan weerszijden van de versleten vrachtwagen, stonden de reservemoordenaars. Gespannen tuurden ze in de schaduwen, keken dan herhaaldelijk naar de herberg alsof er ieder ogenblik iets kon gebeuren. Het leek wel of ze verwachtten dat hij plotseling uit het donker zou opduiken, alsof hij nonchalant of juist resoluut vanuit de herberg het pad op zou lopen, of van achter een dikke denneboom langs de weg zou verschijnen om de vrouw die bij de auto stond te roepen. Dat was wat ze verwachtten; dit waren de momenten die volgens hun berekeningen de ware crisis vormden – als het doelwit niet al gevonden was, zou dat nu gebeuren. En vanuit hun standpunt bekeken was dat ook zo. De hele opzet was schoon, volledig kreukvrij. Het doelwit was de afgelopen zesentwintig uur de brug niet overgestoken – en als hij langer dan zesentwintig uur geleden overgestoken was, zou dat een stomme zet geweest zijn. Hij kon onmogelijk weten in welke auto Jenna Karras zat, of welke weg ze zouden nemen over de Col des Moulinettes. En verder was er voor iemand die opstapte geen enkele reden om te weten dat er een eenheid uit Rome bij de grenspost stond. Het was nu of nooit.

De spanning werd langzamerhand ondragelijk. Hij werd nog

vergroot door de twee soldaten in het wachthuisje die probeerden de deur open te schuiven, stonden te schreeuwen terwijl hun stemmen door het dikke glas werden gedempt. Jenna Karras en haar betaalde begeleiders namen alles in zich op; de bestuurder was voorzichtig naar het portier geschoven, zijn metgezel naar de rand van de weg en het bos. Er werd een valstrik gespannen, maar om redenen die ze niet konden begrijpen – niet eens konden bevroeden – was de valstrik niet voor hen bestemd. Als dat zo was zouden ze zonder vorm van proces zijn neergeschoten.

Havelock wist dat alles nu neerkwam op de keuze van het juiste moment, het eeuwige wachten tot dat moment er was en dan die ene tel wanneer zijn instinct hem zei te handelen. Hij kon zijn kaarten niet opnieuw schudden zodat ze in zijn voordeel lagen, maar hij kon de kansen tegen hem doen afnemen. Tegen Jenna. Het moment was er, die ene tel zou volgen.

'*Finira in niente*,' zei de moordenaar in uniform, nog net verstaanbaar en hij bracht zijn hand naar zijn middel, schudde twee keer met zijn pols, zoals hij al eerder had gedaan, daarmee een teken gevend zoals hij dat al eerder had gegeven.

Michael stak zijn hand in zijn zak, haalde er een pakje plastic springstof uit met een module. De lichtgevende cijfers stonden op *0000*; hij drukte voorzichtig de afstelknop in tot hij de cijfers had die hij wilde hebben en duwde de module toen in de automatisch afsluitende lip. Hij had uiterst voorzichtig zijn positie gecontroleerd in het donker; hij wist in welke richting de minste belemmeringen lagen en ging daar nu gebruik van maken. Hij sloop behoedzaam een meter of twee het bos in, lette op de omtrekken van de takken tegen de nachtelijke hemel en wierp het pakje in de lucht. Het moment was nu aangebroken, hij stoof terug naar de weg, in een boog naar rechts, nu parallel met de gammele vrachtauto, drie meter van de reservemoordenaar gekleed in bergkleren. Hij had nog twee patronen over in de magnum; het was mogelijk dat ze beide eerder gebruikt zouden moeten worden dan hij wilde, maar de gedempte geluiden waren te prefereren boven de knallen van het Llamapistool. Nog seconden nu.

'Nogmaals mijn verontschuldigingen voor het oponthoud, *signora* en *signori*,' zei de sluipmoordenaar die door Rome was gestuurd en hij liep van de Lancia vandaan naar het mecha-

nisme dat de oranje slagboom bediende. 'Voorschriften moeten nu eenmaal worden opgevolgd. U kunt nu weer instappen, alles is in orde.' De blonde man liep langs de ramen van het hokje en lette nauwelijks op de woedende kreten van de soldaten die erin zaten; hij kon geen tijd verspillen aan bijrollen. Er was een plan mislukt, een fijnafgestemde strategie was volkomen nutteloos geworden en zijn woede en frustratie werden slechts geëvenaard door zijn professionele instinct om te maken dat hij wegkwam. Er moest nog maar één karwei worden opgeknapt, een daad waarover een rapporteringsagent niets mocht weten. Hij liet de oranje slagboom omhooggaan, stapte toen meteen weer terug naar het midden van de oprit en belemmerde de doorgang. Hij haalde een aantekenboekje uit zijn zak en een potlood, helemaal de grenswacht die voldeed aan zijn laatste voorschrift, en noteerde het kenteken van het voertuig. Dat was ook een signaal.
Slechts enkele seconden nog.
Jenna en haar twee begeleiders stapten weer in de auto en op het gezicht van de twee mannen stonden verwarring en behoedzame opluchting te lezen. De portieren klapten dicht en op dat geluid kwam de gedaante van een kleine, gedrongen man langzaam uit het struikgewas te voorschijn, aan de overkant van de weg bij de kofferruimte van de Lancia. Hij liep rechtstreeks naar de achterkant van de auto, maar zijn aandacht was niet op de wagen gericht; hij keek naar het bos langs de weg. Hij hief zijn rechterhand op tot aan zijn middel, schudde tweemaal met zijn pols en keek verbijsterd toen hij geen antwoord kreeg op zijn teken. Even bleef hij staan; de frons op zijn voorhoofd gaf aan dat hij een beetje ongerust was, maar niet in paniek. Mensen in zijn vak begrepen de problemen die zich voor konden doen door weigering van de apparatuur; die waren er ineens en ze waren dodelijk en daarom trokken de beide specialisten samen rond. Hij draaide zijn hoofd snel naar het controlepunt; de moordenaar was ongeduldig. De man knielde neer terwijl hij een voorwerp van zijn linkerhand naar zijn rechter overbracht. Hij stak zijn hand onder de auto, op de plaats vlak onder de benzinetank.
Er waren geen seconden meer over. Het doelwit kon niet wachten.
Havelock had de man in het vizier van zijn magnum. Hij schoot; de specialist gilde; zijn lichaam schoot omhoog tegen

het metaal van de bumper aan, het pakje vloog uit zijn hand toen zijn arm achteruit werd geslingerd en in zijn ruggegraat zat een kogel die zijn lichaam deed krommen in schroeiende pijn. De moordenaar naast de vrachtwagen zwenkte snel om zijn as bij het horen van de droge kuch in het bos; hij trok een pistool uit zijn zak en richtte het in één beweging. Michael rolde woest van zijn plaats af... een meter, twee meter... tot het struikgewas te dicht was en zijn voortgang tegenhield. Overal weergalmden schoten, kogels deden de aarde opspuiten, terwijl Havelock zijn magnum ophief en de laatste patroon verschoot. Het gedempte geluid werd gevolgd door een scherp snakken naar adem van de man naast de vrachtwagen. Meer kon er niet komen; zijn nek was half weggeschoten.

'*Di dove? Dove!*' schreeuwde de blondharige sluipmoordenaar bij de controlepost terwijl hij om de Lancia heenrende.

De ontploffing zinderde door de lucht, het verblindende licht van de geëxplodeerde plasticbom deed de duisternis van het bos toenemen en weergalmde tussen de bergen. De sluipmoordenaar wierp zich met getrokken wapen op de grond en schoot zonder ergens op te richten. De motor van de Lancia kwam brullend tot leven, de wielen sloegen door het wegoppervlak en de zware wagen schoot de brug op. Hij was vrij! Jenna was ontkomen! Nog enkele seconden. Hij moest het afmaken.

Michael kwam overeind en rende het bos uit, de lege magnum in zijn riem, de Llama in zijn hand. De sluipmoordenaar zag hem bij het licht van de verzengende, zich verspreidende vlammen in het bos; de blonde man wierp zich op de grond, draaide zich op zijn knieën, mikte op Havelock waarbij hij zijn arm ondersteunde door de greep van zijn linkerhand. Hij vuurde snel enkele malen achtereen; de kogels ricocheerden gillend en klapten als zweepslagen boven en rechts van Michael voorbij toen hij zwenkend de dekking van de vrachtauto opzocht. Maar het was geen dekking; hij hoorde het gekras, toen de voetstappen achter zich en wierp zich met zijn rug tegen het portier. Van achter de vrachtwagen kwam de moordenaar-chauffeur aanrennen, zwaaiend, bukkend – de bewegingen van een professional die een prooi van dichtbij in het nauw drijft – terwijl hij zijn wapen ophief en schoot. Havelock liet zich vallen zo gauw hij hem zag, schoot tweemaal terug en voelde de ijskoude pijn in zijn schouder; hij wist dat hij was geraakt maar hij wist niet hoe ernstig de wond was. De bestuurder rolde krimpend de rand van de weg af; nu was het geen opzettelijke beweging, geen professioneel spelletje. Als hij al niet dood was zou dat niet lang meer duren.

Plotseling spoot de aarde voor Michael omhoog; de blonde moordenaar kon weer schieten nu zijn collega was opgeruimd. Havelock week uit naar rechts, dook onder de vrachtwagen en kroop gespannen en in paniek naar de andere kant. *Seconden, een paar seconden maar. Hij moest die hebben.* Hij sprong overeind, zette een stap opzij naar het portier en zag de groep bange mensen die bij de herberg tegen elkaar stonden te schreeuwen en alle kanten uitrenden. Er was zo weinig tijd; zo meteen zouden manschappen hun verblijven uit komen rennen, misschien kwamen ze nu al aanhollen. Hij pakte de portierknop vast en rukte de deur open; de sleuteltjes zaten in het contact zoals hij gehoopt had dat ze zouden zitten. De ploeg van Rome had alles onder controle en controle betekende dat ze in staat moesten zijn onmiddellijk weg te vluchten van de plaats van de executie.

Hij sprong op de bestuurdersplaats, hield zijn hoofd laag en scharrelde wild met zijn vingers. Hij draaide het sleuteltje om, de krachtige motor sloeg aan en op het eerste geluid weerklonken er schoten van de weg voor hem, klapten de kogels in het metaal. Even was het stil en Michael wist waarom; de sluipmoordenaar was bezig zijn wapen te herladen. *Seconden. Dit waren die seconden.* Hij knipte de koplampen aan – net als de motor waren ze krachtig, op zich al verblindend. Voor hem uit zat de blonde man ineengedoken opzij van de wegberm en klapte een magazijn in de greep van zijn pistool. Havelock stampte de koppeling in, rukte aan de versnellingshendel en drukte het gaspedaal tot op de plank.

De zware vrachtwagen sprong vooruit en zijn banden gilden over het zand en de stenen. Michael draaide het stuurwiel naar rechts en zijn snelheid nam iedere halve meter toe. Snel opeenvolgende schoten; de voorruit werd doorboord en een web van scheuren verspreidde zich door het glas, terwijl kogels gierend de cabine invlogen. Havelock stak zijn hoofd net voldoende op om te zien wat hij moest zien; de moordenaar stond precies midden in de straal van de koplampen. Michael hield zijn koers aan tot hij de schok voelde en hoorde, vergezeld van het gegil van woede en frustratie, dat abrupt werd afgesneden toen de geüniformeerde gedaante van de sluipmoordenaar slingerde, midden in de lucht omzwenkte maar op zijn plaats bleef, omdat zijn benen vastgepind zaten onder de zware, gegroefde banden van de vrachtwagen. Havelock draaide weer aan het stuur, nu naar links, om weer terug te komen op de weg; hij schoot langs de twee wachthuisjes de brug op en zag bij zijn snelle vaart nog net de twee wachtposten voorover liggen op de vloer van het hokje rechts.

Aan de Franse kant heerste chaos maar er was geen slagboom om hem de doorgang te belemmeren. Soldaten liepen heen en weer naar en van de controlepost, tegen niemand en iedereen werden bevelen uitgeschreeuwd; in een verlicht wachthuisje zaten vier wachtposten in een kluitje op elkaar terwijl er eentje in een telefoon zat te schreeuwen. De weg naar Col des Moulinettes draaide na de brug naar links, maakte vervolgens een bocht naar rechts en liep rechtdoor tussen de silhouetten van in hout gevatte huisjes, dicht bijeen, met hellende daken, typerend voor wel duizend dorpjes in de beneden- en boven-Alpen. Hij reed een smalle straat in met een wegdek van kinderkopjes; verschillende voetgangers sprongen de smalle stoep op, even verschrikt door het horen als door het zien van de zware Italiaanse vrachtwagen.

Hij zag de rode lichten... de brede, achterlichten van de Lancia! hij reed ver voor hem uit; hij sloeg een straat in – god weet welke straat, er stoven er ongelooflijk veel langs zijn cabine. Col des Moulinettes was een van die dorpjes waar ieder pad van lang geleden en elk weideweggetje geplaveid was met steen, van sommige waren straten gemaakt, andere waren enkel typische zijsteegjes die nauwelijks breed genoeg waren voor groentekarren. Maar hij zou het weten wanneer hij hem bereikte; hij moest het weten!

De zijstraten werden breder, de huizen en winkels waren verder naar achteren gebouwd: smalle stoepjes werden trottoirs en er waren steeds meer dorpelingen te zien die langs de verlichte etalages wandelden. De Lancia was nergens te zien; hij was verdwenen! *'S'il vous plaît! Où est l'aéroport?'* gilde hij vanuit het raampje naar een oud stel dat op het punt stond vanaf de stoeprand de keistenen van de straat op te stappen.

'Vliegveld?' zei de oude man in een Frans dat hij meer Italiaans uitsprak dan als Frans. 'Er is geen vliegveld in Col des Moulinettes, *monsieur*. U kunt de weg naar het zuiden nemen, naar Cap Martin.'

'Er is een vliegveld bij het dorp, ik weet het zeker,' riep Havelock uit, terwijl hij trachtte zijn zenuwen in bedwang te houden. 'Een vriend, een heel goede vriend zei me dat hij naar Col des Moulinettes zou vliegen. Ik moet hem afhalen. Ik ben laat.'
'Uw vriend heeft Cap Martin bedoeld, *monsieur*.'
'Misschien niet,' riep een jongere man hem toe die tegen de deurpost leunde van een winkel die al gesloten was. 'Er is geen echte luchthaven, *monsieur*, maar er is een vliegveldje zo'n tweeëntwintig tot dertig kilometer naar het noorden, langs de weg naar Tenda. Het wordt gebruikt door de rijkelui die villa's hebben in Roquebillière en Breil.'
'Dat is het! Hoe kom ik daar het snelst?'
'U neemt de volgende rechts, dan weer rechts drie straten terug naar Rue Maritimes. Naar links; dan komt u op de autoweg de bergen in. Tweeëntwintig, dertig kilometer naar het noorden.'
'Dank u.'
De tijd werd een voorbijsnellende montage van licht en schaduw, vol drukke straten en wegspringende gedaanten, kleine autootjes die in de weg reden en verblindende koplampen, die langzamerhand plaatsmaakten voor minder huizen, minder mensen, minder straatlantaarns; hij had de rand van het dorp bereikt. Als de grenswachten in paniek de politie gewaarschuwd hadden, was hij ontkomen doordat het gebied te groot was voor een kleine groep mensen. Even later, hoeveel later zou hij nooit weten, scheurde hij door het donkere landschap van de Maritieme Alpen, met overal de heuvels die de voorlopers waren van de bergen verderop, barricades die hij moest nemen met alle snelheid waartoe de vrachtwagen in staat was. En terwijl de versnellingen knarsend tot het uiterste gedreven werden en de banden onder hem steeds luider gilden, zag hij de silhouetten van de schepraden. Evenals de heuvels waren ze overal, naast huizen aan bergstroompjes en riviertjes. Traag draaiden ze rond, een zekere majesteit in hun eeuwig doorgaande beweging – een bewijs te meer dat tijd en natuur constant waren. Op een of andere bizarre manier had Michael die bevestiging nodig; hij was aan het doordraaien!
Op de autoweg waren geen lichten te zien, geen rode puntjes in het donker. De Lancia was nergens te bekennen. Reed hij eigenlijk wel in de goede richting? Of had zijn koortsachtige

haast zijn zintuigen parten gespeeld, gaten geslagen daar waar verstand en zelfbeheersing in de eerste plaats vereist waren? Zo dichtbij en toch zo verschrikkelijk ver weg, de ene kloof overgestoken en weer lag er een volgende die overwonnen moest worden.

Miluji vás, má drahá. Wij verstaan die woorden, Jenna. Wij hoeven de taal van de leugenaars niet te leren. Die hadden we nooit moeten leren. *Luister niet naar de leugenaars! Ze hebben ons buiten spel gezet en nu willen ze ons vermoorden. Ze moeten wel, want ik weet van hun bestaan. Ik weet het, en jij binnenkort ook.*

Een zoeklicht! De bundel streek langs de nachtelijke hemel. Achter de meest dichtbij liggende heuvels, schuin vooruit aan de linkerkant. Ergens zou de weg wel een bocht maken; ergens op enkele minuten afstand was een vliegveld en een toestel... en Jenna.

De tweede heuvel was steil, de helling naar beneden nog steiler en bochtig; hij moest het stuurwiel met alle kracht vasthouden terwijl hij overhelde in de bocht. Lichten! Brede, witte lichtbundels van voren, twee rode punten achteraan. Het was de Lancia! Anderhalve, hooguit drie kilometer voor hem uit en beneden hem; het was onmogelijk te onderscheiden, maar het terrein was er wel. Parallel lopende rijen van gele landingslichten kruisten elkaar op ongeveer vijfenveertig graden, de valleiwinden waren bestudeerd om maximale stijgkracht te krijgen. En het was een vallei, hij was breed en lang genoeg voor kleine straalvliegtuigen en voor propellertoestellen... in gebruik bij de rijke lui die villa's hebben in Roquebillière en Breil.

Havelock hield het gaspedaal helemaal ingedrukt, tikte de rem alleen dan even met zijn linkervoet aan wanneer hij gevaar liep uit de bocht te vliegen. De weg helde niet meer, het was nu enkel nog een vlakke baan die om het hek van het vliegveld liep. Op het uitgestrekte veld waren helder glanzende vleugels en motoren te zien, een tiental vliegtuigen stond aan de grond, in verschillende posities ten opzichte van de landingsbanen – de jachten van weleer hadden plaatsgemaakt voor zilveren sigaren die door de hemel konden zeilen. De drie meter hoge omheining was bovenaan afgezet met prikkeldraad en een meter naar binnen omgeslagen. De rijken van Roquebillière en Breil zorgden goed voor hun vliegend bezit. Zo'n om-

heining – meer dan drie kilometer lang in totaal – kostte een vermogen. En zou er dan geen bewaking zijn die iets alerter was dan de Franse en Italiaanse soldaten?
Plotseling gingen de lichten uit; ergens in die uitgestrektheid van gras en asfalt was er een vliegtuig in het zicht gekomen. Lichten zouden kentekenen zichtbaar maken en kentekenen waren sporen; als hij de koplampen van de Lancia van kilometers ver in de duistere vallei kon zien, dan waren de zijne ook te zien. Er waren nu nog maar seconden en halve seconden over; elke minuscule beweging van een klok vernauwde de laatste kloof of verbreedde hem. Seconden.
Hij bleef het stuur in zijn greep houden, terwijl hij zijn beide handpalmen op de rand van de claxon drukte en daarmee het enige waarschuwingsteken uitbeukte dat hem te binnen schoot. SOS, SOS, SOS! Hij bleef het herhalen terwijl hij de oprit naar de poort opjakkerde.
Binnen de omheining stonden twee bewakers in uniform. Eén duwde de dikke metalen dwarsbalk van de toegangspoort weg, de ander stond klaar om de glijdende balk op te vangen en vast te zetten. Toen de balk op driekwart was, staarden de twee door het gaas naar de grote vrachtwagen die op hen afgedenderd kwam; de boodschap van het onafgebroken getoeter kwam luid en duidelijk over. Op hun verschrikte gezichten stond te lezen dat ze niet van plan waren te blijven staan wachten op het wilde voertuig dat hun post ging vermorzelen. De bewaker bij de dwarsbalk liet de balk los en rende naar links; de poort zwaaide gedeeltelijk terug – gedeeltelijk maar – toen hij losliet. De man aan de andere kant krabbelde naar rechts en dook het gras in, zodat hij beschermd was door de rest van het hek.
De schok kwam, de vrachtwagen scheurde de poort weg. De balk werd van de scharnieren afgewrongen en in het hokje geslingerd, terwijl glas in het rond vloog en een elektrische kabel knapte in een regen van vonken en geknetter. Michael stoof het veld op, helde vervaarlijk over en miste maar net twee toestellen die naast elkaar geparkeerd stonden in de schaduw van een brede hangar. Hij gooide het stuur om naar links en zwaaide de vrachtwagen in de richting die hij de Lancia had zien nemen, minder dan een minuut geleden.
Niets. Helemaal niets! Waar was hij? Waar was hij?
Even flikkerde er licht. Beweging. Aan het uiteinde van het

veld, achter de gloed van de gele lijnen van de noordelijke landingsbaan, iets boven de verst verwijderde rij geparkeerde toestellen. De cabine van een vliegtuig was geopend, de binnenverlichting was even aangeknipt en toen meteen weer uit. Hij zwenkte het stuur naar rechts en joeg schuin over de enorme, verharde baan; zware, waterdichte lampen ploften onder de banden terwijl hij in volle vaart op het stuk terrein afstoof waar seconden geleden dat korte licht was opgeflitst.
Daar stond het! Geen straalvliegtuig maar een tweemotorig toestel, waarvan de propellers als bezeten ronddraaiden terwijl het vuur uit de uitlaten spoot. Hij stond niet op de landingsbaan maar achter de gloed van de parallel lopende rijen gele lichten en de piloot stond op het punt naar de plek te taxiën vanwaar hij zou opstijgen. Maar hij was nog niet in beweging; hij wachtte af!
De Lancia. Hij bevond zich rechts achter het toestel. Opnieuw, een licht! Deze keer niet uit het vliegtuig maar uit de Lancia zelf. Portieren werden opengegooid, gedaanten werden zichtbaar die eruit sprongen en zich naar het toestel haastten. De deur van de cabine, weer een licht! Heel even dacht Michael eraan om de romp te rammen of tegen de dichtstbijzijnde vleugel te botsen; dat zou een tragische fout kunnen zijn. Hij kon gemakkelijk een benzinetank raken en het toestel binnen enkele seconden de lucht in laten vliegen. En hij had nog maar seconden! Hij zwenkte de zware vrachtwagen naar rechts, toen naar links en stopte tussen de auto en het vliegtuig. Hij ramde het portier open.
'*Jenna! Jenna! Poslouchat já! Stat! Luister naar mij!*'
Ze klom aan boord, werd de trap opgeduwd door de bestuurder van de Lancia die achter haar aanliep. Hij zette het op een rennen, aan niets anders denkend dan aan haar; hij moest haar tegenhouden! Het vliegtuig draaide in het rond als een groteske, donkere aalscholver. De Lancia stond niet langer in de weg.
De klap daalde neer uit de schaduwen, gedempt en tegelijkertijd versterkt door de felle wind die door de propellers werd veroorzaakt. Zijn hoofd knakte naar achteren terwijl zijn benen het onder hem begaven en bloed zijn haren aaneen deed kleven boven zijn rechterslaap. Hij zat op zijn knieën, hield zich overeind met zijn handen en keek op naar het vliegtuig, naar het raampje van het voortbewegende vliegtuig en hij kon

zich niet bewegen! De cabinelichten bleven nog enkele tellen branden en hij zag haar gezicht achter het glas, haar ogen die naar hem terugstaarden. Het was een gezicht dat hij zijn leven lang niet meer zou vergeten... als hij in leven mocht blijven. Een tweede klap met een stomp voorwerp kwam onder op zijn nek terecht.

Hij kon nu niet nadenken over het afschuwelijke gezicht, over haar! Hij kon de sirenes horen die over het veld kwamen aangillen, kon de gloed van schijnwerpers zien die over de landingsbaan schoten en het glanzende metaal van het toestel in hun bundels vingen terwijl het zich in volle vaart tussen de gele lichten spoedde. De man die hem twee keer had geslagen rende naar de Lancia: hij moest wat doen! Hij moest nu wat doen, anders zou hij niet blijven leven, zou hij haar nooit meer mogen zien, nooit de leugenaar kunnen opsporen. Hij worstelde zich overeind op zijn wankelende benen, terwijl zijn hand de Llama te voorschijn trok van onder zijn jasje.

Hij schoot twee keer boven het dak van de Lancia; de man die achter het stuur sprong had hem zojuist kunnen doden: hij wilde die man nu niet dodelijk raken. Zijn handen waren te onzeker, de flitsende, zwenkende lichten waren te verwarrend om zekerheid te hebben dat hij alleen maar zou verwonden. Maar hij moest die wagen hebben! Hij vuurde opnieuw en de kogel ricocheerde van het metaal toen hij op het raampje afliep.

'Kom eruit of ik schiet je kapot!' schreeuwde hij terwijl hij de knop van het portier vastgreep. 'Je hebt gehoord wat ik zei! Kom eruit!' Havelock greep de man bij zijn kleren vast, rukte hem tot buiten het portier en duwde hem op het gras. Hij gleed achter het stuur en trok het portier dicht; de motor liep. De volgende driekwartminuut reed hij met enorme vaart kriskras over het vliegveld, zwenkte de bundels van de zoeklichten in en uit, botste verschillende malen bijna tegen geparkeerde vliegtuigen, totdat de poort recht voor hem lag en er geen versperringen het wegrijden belemmerden. Hij stoof naar buiten, zonder op de weg te letten, slechts rijdend op zijn zenuwen en zijn instinct. Voor zijn ogen stond alleen maar de afschuwelijke aanblik van Jenna Karras in het raampje van het voortrollende vliegtuig.

In Rome had hij haar gelaat gezien; toen was het vervuld geweest met naakte angst en verwarring. Minuten geleden had

er iets anders in gelegen; het was duidelijk zichtbaar in haar ogen.
Kille, zinderende haat.

13

Hij reed in zuidwestelijke richting naar de Provence, toen recht naar het zuiden naar de kust, naar het kleine stadje Cagnes sur Mer. Hij had jarenlang in het noordelijk deel van het Middellandse-Zeegebied gewerkt en hij kende een dokter tussen Cagnes en Antibes; hij had hulp nodig. Hij had de mouw van zijn hemd afgescheurd en een knoop gelegd om de wond in zijn schouder, maar het hield het bloeden niet tegen. Zijn hele borst was doorweekt, de stof plakte aan zijn huid vast en hij rook de bitterzoete geur die hij maar al te goed kende. Zijn nek was alleen maar gekneusd – door die diagnose werd de pijn trouwens in geen enkel opzicht minder – maar voor de klap op zijn hoofd had hij hechtingen nodig; als hij er maar even langs streek zou de nauwelijks dichtgestolde scheur weer opengaan. Hij had ook andere hulp nodig en dokter Henri Salanne kon daarvoor zorgen. Hij moest contact zoeken met Matthias; het was onverantwoord dat nog langer uit te stellen. Specifieke identiteiten konden worden nagegaan via opdrachten, via een codenaam, Dubbelzinnigheid; er was informatie genoeg. Zichtbaar bewijsmateriaal van de massale samenzwering lag in het feit dat Jenna Karras de Costa Brava had overleefd – niet dood was, zoals de officiële rapporten luidden – en in het feit dat hij niet-meer-te-redden was verklaard. Het eerste bewijs zou Matthias accepteren van zijn *pritel*, het tweede kon worden bevestigd door verzegelde, zwartomrande opdrachten in de archieven van Consulaire Operaties. Havelock had weliswaar de waaroms nog niet in handen, maar de feiten lagen er; ze bestonden en Matthias kon aan de hand daarvan in actie komen. En terwijl de minister van buitenlandse zaken zijn maatregelen trof moest Michael zo snel hij kon naar Parijs gaan. Het zou niet gemakkelijk zijn; elk vliegveld, elke autoweg en elk spoorwegstation in de Provence en in het gebied van de Maritieme Alpen zou bewaakt worden en daaraan kon Matthias niets veranderen. Tijd en verbindingslijnen waren in het voordeel van de leugenaars. Het uitgeven van clandestiene bevelen was veel gemakkelijker dan het weer herroepen ervan; ze spreidden zich uit als een duister net van inkt op vloeipapier, de mensen die de bevelen hadden ontvangen verdwenen, omdat iedereen het doden van de prooi op zijn naam wilde brengen.

Binnen een uur – als het nu al niet was gebeurd – zou Rome op de hoogte zijn gesteld van de gebeurtenissen bij Col des Moulinettes. Telefoons en weinig gebruikte radiofrequenties zouden worden ingeschakeld om het bericht overal te verspreiden: *de man die niet-meer-te-redden is, is losgebroken; hij kan ons te veel kosten wat waardevol is, met inbegrip van tijd en onze levens. Al het personeel van het netwerk is gealarmeerd; gebruik iedere bron, elk wapen dat ter beschikking staat. Doelgebied: Col des Moulinettes. Actieradius: Hooguit twee uur rijden, men meldt dat hij gewond is. Voertuigen waarvan hij voor zover bekend het laatst gebruik heeft gemaakt: een onopvallende landbouwvrachtwagen met een krachtige motor en een grote Lancia. Zoek hem. Dood hem.*

Ongetwijfeld hadden de leugenaars aan de Potomac Salanne al bereikt, maar zoals zo vaak in de schaduwwereld waren er geheime confidenties, dingen in en van zijn verleden, waarvan degenen die de betalingen verrichtten in Washington, Rome of Parijs niet wisten. En werkbijen als dokter Henri Salanne waren maar bij een paar mensen in het veld bekend, als ze op een bepaald moment op een bepaalde plaats geweest waren. De namen van zulke personen werden opgeslagen voor later, persoonlijk gebruik, mocht de gelegenheid zich ooit voordoen. Er zat zelfs iets vaag ethisch aan die manier van handelen, want vaak genoeg waren de belastende informatie of de gebeurtenissen zelf het gevolg van een tijdelijke crisis of een zwakte die niet zo ernstig was dat de man of vrouw vernietigd of gedood moest worden.

In het geval van Salanne was Havelock ter plekke geweest toen het gebeurde – om precies te zijn, elf uur nadat de handeling had plaatsgevonden, tijd genoeg om de gevolgen te wijzigen. De dokter had een Amerikaanse agent in Cannes verraden die een paar zeewaardige plezierjachten beheerde om de scheepsposities van de Russen in de sector te kunnen controleren. Salanne had de man in ruil voor geld verkocht aan een KGB-informant, en Michael had dat niet begrepen. De dokter leek niet iemand die gevoelig zou kunnen zijn voor geld of verraad. Eén niet eens al te zwaar gesprek was voldoende om achter de waarheid te komen, en dat was een waarheid – of een stelsel van waarheden – zo oud als de groteske wereld waarin ze met elkaar verkeerden. De vriendelijke, hoewel licht-cynische arts van middelbare leeftijd was een dwangmatig gokker; dat was de belangrijkste reden waarom jaren geleden een briljante jonge chirurg uit het *Hôpital de Paris* een praktijk gezocht had in de buurt van Monte Carlo. Zijn diploma's en referenties maakten grote indruk in Monaco, en dat was plezierig, maar zijn verliezen in het casino niet.

En daar was dan een Amerikaan, die onder de vlag van een jet-setter, eigenaar van meerdere jachten, het geld van de belastingbetalers voorzichtig maar hinderlijk uitgaf aan de speeltafels. En niet alleen bij *chemin de fer* stelde hij zich hinderlijk op: hij was een groot versierder, met een voorliefde voor jonge meisjes. Dit imago kon, zei hij zelf, alleen maar bijdragen aan zijn vermomming. Een van de meisjes die hij meenam naar zijn drukbezochte bed was Salannes dochter, Claudie, een gevoelig kind dat in een diepe depressie geraakte toen de relatie verder op niets uitliep.

De Russen waren in de markt; de verliezen van de dokter konden gedekt worden en een gevaar voor zijn dochter kon worden opgeruimd. *Pourquoi pas?* Hij had gehandeld.

Maar Havelock was het verraad op het spoor gekomen, had de huid van de Amerikaan gered en Henri Salanne geconfronteerd met de feiten. Hij had zijn bevindingen nooit gerapporteerd; het had geen zin en de dokter begreep de voorwaarden van zijn 'pardon'. Nooit meer... en een verplichting werd aangegaan.

Michael vond een telefooncel in een verlaten buurt in de buitenwijken van Cagnus sur Mer. Met moeite werkte hij zich de auto uit en trok zijn colbert stevig om zich heen terwijl hij rechtop ging staan; hij had het koud, voelde zich onbehaaglijk en bloedde nog steeds. In de cel trok hij de Llama uit de holster, sloeg het plafondlampje kapot en bekeek de kiesschijf in het halfdonker. Na wat hem voorkwam als een eindeloze wachttijd kreeg hij het nummer van Salanne van 'informatie' in Antibes.

'*Comment va votre fille Claudie?*' vroeg hij zacht, maar met een stem die duidelijk herkenbaar was.

Het zwijgen dat volgde leek even oneindig als het wachten op de telefoniste van Antibes. Tenslotte sprak de dokter in zorgvuldig Engels: 'Ik vroeg me al af of ik iets van u zou horen. Als u het inderdaad bent dan zeggen ze dat u misschien gewond bent.'
'Dat ben ik.'
'Hoe erg?'
'Schoonmaken en een paar hechtingen. Meer niet geloof ik.'
'Niets inwendigs?'
'Voor zover ik kan nagaan niet.'
'Ik hoop dat u gelijk hebt. Een ziekenhuis zou op dit moment niet zo verstandig zijn. Ik vermoed dat alle klinieken voor spoedopnames in de buurt in de gaten worden gehouden.'
Michael voelde zich plotseling gealarmeerd. 'Hoe zit het met u?'
'Ze kunnen niet onbeperkt over mensen beschikken. Die gaan ze niet verspillen aan iemand van wie ze aannemen dat hij nog liever tien patiënten zou zien sterven op de operatietafel dan afgesneden te worden van hun vrijgevigheid.'
'Zou u dat ook?'
'Laten we het halveren,' zei Salanne met een lachje. 'Ondanks mijn gewoonten zou ik het met mijn geweten slechts op een akkoordje kunnen gooien voor vijf man.' De dokter zweeg even, niet lang genoeg om Havelock tussenbeide te laten komen. 'Maar er is misschien een probleem. Ze zeggen dat u in een middelgrote vrachtauto rijdt...'
'Dat klopt niet.'
'Of misschien in een donkergrijze, grote Lancia,' vervolgde Salanne.
'Dat klopt.'
'Zie dat u hem kwijtraakt of blijf erbij uit de buurt.'
Michael keek naar de grote wagen die voor de cel stond. De motor kookte, stoom steeg op uit de radiator, damp walmde omhoog, loste zich op onder het licht van de straatlantaarn en trok de aandacht. 'Ik weet niet zeker hoe ver ik kan lopen,' zei hij tegen de dokter.
'Bloedverlies?'
'Zoveel dat ik het kan voelen.'
'*Merde!* Waar bent u?'
Havelock zei het hem. 'Ik ben hier al eerder geweest maar veel herinner ik me niet meer.'

'Moeite om u te oriënteren of laat uw geheugen u in de steek?'
'Wat maakt dat uit?'
'Bloed.'
'Ik voel me wat duizelig, als u dat bedoelt.'
'Dat bedoel ik. Ik geloof dat ik die hoek ken. Is er een *bijouterie* aan de overkant? Huppelepup-en-Zoon?'
Michael gluurde door het glas langs de Lancia. '*Ariale et Fils?*' vroeg hij, terwijl hij de grote witte letters oplas van een naambord boven een donkere winkelpui aan de overkant van de straat. '"Elegante sieraden, horloges, diamanten". Is dat 'm?'
'Ariale, natuurlijk. Ik heb ook nachten gehad dat ik geluk had, moet u weten. Zij zijn heel wat redelijker in prijs dan die dieven in de Spélagues... Een paar winkels ten noorden van Ariale is een steegje dat toegang geeft tot een kleine parkeerplaats achter de winkels. Ik kom daar naartoe zo snel ik kan, hooguit twintig minuten. Ik ga onder de gegeven omstandigheden liever niet door de straten jakkeren.'
'Alstublieft niet.'
'Dat moet u ook niet doen. Loop langzaam en als er een auto geparkeerd staat, kruip er dan onder en ga plat op uw rug liggen. Zo weinig mogelijk beweging, hebt u dat begrepen?'
'Begrepen.'
Havelock stapte uit de telefooncel. Voordat hij de straat overstak, opende hij zijn jasje, trok het van bloed doorweekte overhemd uit zijn riem en wrong het uit totdat er donkerrode druppels op het plaveisel verschenen. Naar voren geleund nam hij een tiental snelle stappen recht vooruit, voorbij de hoek de schaduw in. Met zijn schoenzolen smeerde hij het bloed uit, naar achteren. Wanneer iemand de Lancia en de directe omgeving zou bekijken, zou hij aannemen dat Michael de zijstraat in gerend was. Toen hij klaar was trok hij omslachtig beide schoenen uit en stapte voorzichtig de stoep op. Hij trok zijn jasje dicht om zich heen. Hij liep terug en stak de kruising over naar *Ariale et Fils*.

Hij lag op zijn rug met lucifers in zijn hand omhoog te kijken naar de vette zwarte onderkant van een Peugeot die met zijn neus naar de muur van de parkeerplaats stond en hij stimuleerde zijn geest met een oefening in het onwaarschijnlijke. Probleem: de eigenaar kwam terug met een metgezel en beiden stapten ze in. Wat zou Michael doen en hoe zou hij het doen zonder gezien te worden? Het antwoord op de eerste vraag luidde: er onderuit rollen – dat was duidelijk – maar aan welke kant?

Twee bundels van koplampen doorboorden de inrit naar het parkeerplaatsje en maakten een einde aan zijn gedachten. Opluchting; het antwoord hoefde niet te worden gegeven, het bleef speculeren. De koplampen werden uitgedraaid toen ze drie meter binnen de onbewaakte ingang waren; de auto stopte met lopende motor. Het was Salanne die hem liet weten dat hij er was. Havelock kroop tot aan de rand van zijn schuilplaats en ontstak een lucifer. Enkele tellen later zag hij de dokter boven zich en enkele minuten later reden ze beiden op de weg naar het zuiden in de richting van Antibes, met Michael op de achterbank, schuin in de hoek, zijn benen uitgestrekt naar voren, onzichtbaar.

'U herinnert zich nog wel,' zei Salanne, 'dat mijn huis een zijingang heeft die via de oprit bereikbaar is. Die geeft rechtstreeks toegang tot mijn spreekkamer en de onderzoekkamer.'

'Ik weet het nog. Ik ben er ooit door naar binnen gegaan.'

'Ik ga het eerst naar binnen, om zekerheid te hebben.'

'Wat gaat u doen als er auto's voor uw huis staan?'

'Daar denk ik maar liever niet over.'

'Misschien zou u dat toch moeten doen.'

'Ik heb daar in feite wel over gedacht. Ik heb een collega in Villefranche, een man op leeftijd op wie niets valt aan te merken. Ik zou hem er natuurlijk liever niet bij betrekken.'

'Ik heb waardering voor wat u doet,' zei Havelock, terwijl hij in het wisselende licht naar het achterhoofd van de dokter keek; hij merkte dat het haar, dat nog maar een jaar of wat geleden hier en daar wat grijs vertoonde, nu praktisch wit was.

'Ik stel het op prijs wat u voor mij hebt gedaan,' antwoordde Salanne met zachte stem. 'Ik heb een schuld op me genomen. Ik heb dat nooit anders gezien.'

'Ik weet het. Dat is tamelijk gevoelloos, nietwaar?'

'Helemaal niet. U vroeg hoe het met Claudie ging, laat ik u dat dus maar eens vertellen. Ze is gelukkig, in verwachting en getrouwd met een jonge internist in het ziekenhuis te Nice. Twee jaar geleden pleegde ze bijna zelfmoord. Hoeveel is mij dat waard, mijn vriend?'

'Ik ben blij dat te horen.'

'Bovendien, wat ze over u zeggen is belachelijk.'

'Wat zeggen ze dan?'
'Dat u krankzinnig bent, een gevaarlijke psychopaat die ons allemaal bedreigt met onthullingen – een zekere dood door de handen van de rondzwervende jakhalzen van de KGB – als u blijft leven.'
'En dat vindt u belachelijk?'
'Sedert een uur geleden wel, *mon mauvais ami.* U herinnert zich de man in Cannes die betrokken was bij mijn misstap?'
'De informant van de KGB?'
'Jawel. Zeker.'
'Zou u zeggen dat hij zijn vak verstaat?'
'Zo goed als iedereen in de sector. Tot op het punt dat we hem met rust lieten en probeerden hem valse inlichtingen toe te spelen. Wat is er met hem?'
'Toen ik dat allemaal hoorde over u heb ik hem opgebeld – vanuit een openbare cel, natuurlijk. Ik wilde een bevestiging horen over deze ongewone, ongelooflijke uitspraak, daarom vroeg ik hem wat de markt kon bieden, hoe de prijzen lagen voor de Amerikaanse consulaire attaché die oorspronkelijk uit Praag kwam. Wat hij me vertelde was zowel verbijsterend als heel duidelijk.'
'En dat was?' vroeg Michael terwijl hij pijnlijk voorover leunde.
'Er bestaat voor u geen markt, geen prijs, hoog, laag of hoe dan ook. U bent een melaatse en Moskou is niet van plan die ziekte op te lopen. U mag niet aangeraakt worden, er mag zelfs geen nota van u worden genomen. Wie zou er dus op die manier door u verraden kunnen worden?' De dokter schudde het hoofd. 'Rome heeft gelogen en dat betekent dat iemand in Washington tegen Rome heeft gelogen. Niet-meer-te-redden? Niet-te-*geloven*.'
'Zou u die woorden tegen iemand willen herhalen?'
'En door dat te doen mijn eigen executie over me afroepen? Er zijn grenzen aan mijn dankbaarheid.'
'Uw identiteit zal erbuiten blijven, daarop geef ik u mijn woord.'
'Wie zou u geloven, zonder dat u een bron noemde die hij zou kunnen nagaan?'
'Anthony Matthias.'
'Matthias?' riep Salanne uit; hij draaide zijn hoofd met een ruk opzij, greep het stuur vast terwijl zijn ogen moeite deden

om op de weg te blijven kijken. 'Waarom zou hij...?'
'Omdat u bij mij bent betrokken. Opnieuw, ik geef u mijn woord.'
'Een man als Matthias vraagt meer dan je woord, hoe goed ook bedoeld, mijn vriend. Hij stelt vragen en u moet daar antwoord op geven.'
'Alleen als u het zou bevestigen.'
'Waarom zou hij u geloven? Of mij geloven?'
'U hebt het net gezegd. De attaché die oorspronkelijk uit Praag kwam. Daar komt hij ook vandaan.'
'Ik begrijp het,' zei de dokter nadenkend met zijn hoofd weer naar voren gericht. 'Ik heb nooit het verband gelegd, er zelfs nooit over gedacht.'
'Het zit ingewikkeld in elkaar en ik geef u dat verband ook niet. We kennen elkaar al heel lang, onze families kenden elkaar.'
'Ik moet nadenken. Als je met zo'n man te maken hebt krijgt alles een ander perspectief, nietwaar? Wij zijn gewone mensen die onze dwaasheden begaan; hij is niet gewoon. Hij leeft op een ander niveau. De Amerikanen hebben een naam voor wat jij vraagt.'
'Een ander spelletje?'
'Precies.'
'Dat is het niet. Het is hetzelfde spel, alleen werkt het nu tegen hem. Tegen ons allemaal.'
Er stonden geen auto's in de verre omtrek van het huis van Salanne, het was niet nodig om door te rijden naar Villefranche, naar een oude dokter op wie niets viel aan te merken. In de onderzoekkamer werden Havelocks kleren uitgetrokken, zijn lichaam werd afgesponsd en de wonden werden gehecht, waarbij Salanne werd geassisteerd door zijn *petite*, nogal zwijgzame vrouw.
'U zou een paar dagen rust moeten nemen,' zei de Fransman, nadat zijn vrouw was weggegaan en die kleren van Michael had meegenomen die nog te wassen waren. De rest zou ze verbranden. 'Als de hechtingen houden, kan het verband een dag of vijf, misschien zes, blijven zitten. Dan moet het verschoond worden. Maar je moet je rustig houden.'
'Dat kan ik niet,' antwoordde Havelock en hij nam een zittende houding aan op de tafel met zijn benen over de rand, en met een grimas van pijn.

'Het doet al pijn als u maar even beweegt, nietwaar?'
'Alleen de schouder, meer niet.'
'U hebt bloed verloren, dat weet u.'
'Ik heb meer verloren en dat weet ik ook.' Michael zweeg en keek Salanne aan. 'Hebt u een dictafoon in uw spreekkamer?'
'Natuurlijk. Brieven en rapporten – medische rapporten – worden afgehandeld lang nadat de verpleegsters en de receptionistes zijn vertrokken.'
'Ik zou graag zien dat u me uitlegt hoe ik het moet gebruiken en ik wil dat u toeluistert. Het zal niet lang duren en uw identiteit blijft buiten de geluidsband. Vervolgens wil ik een telefoongesprek aanvragen met Amerika.'
'Matthias?'
'Ja. Maar het zal van de omstandigheden afhangen hoeveel ik hem kan vertellen. Wie er bij hem is, hoe veilig de telefoon is; hij weet wel wat hij moet doen. Nadat u gehoord hebt wat ik te vertellen heb, op de geluidsband, ligt de beslissing bij u of u met hem wilt spreken of niet... als het ter sprake komt.'
'U belast me behoorlijk.'
'Dat spijt me, maar veel meer zal er niet op volgen. Morgen zal ik kleren nodig hebben. Alles wat ik had ligt in Monesi.'
'Geen probleem. De mijne zouden u niet passen, maar mijn vrouw doet altijd mijn inkopen. Morgen zal ze voor u inkopen doen.'
'Over inkopen gesproken, ik heb nog behoorlijk wat geld, maar ik zal meer nodig hebben. Ik heb bankrekeningen in Parijs; u krijgt het terug.'
'Nu brengt u mij in verlegenheid.'
'Dat was niet de bedoeling, maar, ziet u, er is een moeilijkheid. Om het u terug te kunnen betalen moet ik naar Parijs.'
'Matthias zal toch zeker wel voor snel en veilig transport kunnen zorgen?'
'Dat betwijfel ik. U zult dat begrijpen wanneer u hoort wat ik te zeggen heb in uw spreekkamer. De mensen die tegen Rome hebben gelogen zitten heel hoog in Washington. Ik weet niet wie ze zijn of waar ze zitten, maar ik weet dat ze slechts zullen doorgeven wat ze zelf willen. Zijn opdrachten zullen op een zijspoor worden gewerkt, omdat hun opdrachten al zijn uitgegaan en ze willen niet dat die geannuleerd worden. En als ik zeg waar ik ben, waar ik bereikt kan worden, dan sturen ze mensen achter mij aan. Hoe dan ook, ze zouden suc-

ces kunnen hebben en daarom heb ik die geluidsband nodig. Kunnen we er nu aan beginnen, alstublieft?'

Vierendertig minuten laten drukte Havelock de stoptoets in op de cassetterecorder en legde die op het bureau van de Fransman. Hij had alles verteld, te beginnen bij de gillende kreten aan de Costa Brava tot en met de explosies bij Col des Moulinettes. Hij kon het niet voor zich houden: hij moest een laatste oordeel toevoegen. De beschaafde wereld mocht de crisis van iedere andere uitgebreide, monolithische spionagedienst misschien overleven – ongeacht ras, geloof of nationale achtergrond – maar de zaak lag anders wanneer een van de slachtoffers een man was van wie diezelfde beschaafde wereld afhankelijk was: Anthony Matthias, een staatsman die door geopolitieke vrienden en vijanden overal ter wereld gerespecteerd werd. Hij was systematisch belogen met betrekking tot een zaak die hij diepgaand bestudeerd had. Hoeveel leugens waren hem nog meer verstrekt?
Dokter Henri Salanne zat tegenover hem in de spreekkamer, diep weggedoken in een zachtlederen leunstoel, met roerloos lichaam, onbewogen gelaat en ogen die staarden naar Havelock. Hij was met stomheid geslagen, vond geen woorden, omdat de woorden die hij hoorde hem onbegrijpelijk voorkwamen. Na enkele ogenblikken schudde hij zijn hoofd en verbrak het stilzwijgen.
'Waarom?' vroeg hij, nauwelijks verstaanbaar. 'Het is allemaal zo ongerijmd, even ongerijmd als dat wat ze over u vertellen. Waarom?'
'Dat heb ik me ook steeds weer afgevraagd en ik kom steeds weer terecht bij dat wat ik in Rome tegen Baylor heb gezegd. Zij denken dat ik iets weet wat ik niet hoor te weten, iets wat hen bang maakt.'
'Weet u dat dan?'
'Dat vroeg hij me ook.'
'Wie?'
'Baylor. En ik was eerlijk tegenover hem – misschien te eerlijk – maar ik was helemaal van de kaart door de schok dat ik haar had gezien. Ik wist niets slims te bedenken. Vooral niet na datgene wat Rostov had verteld in Athene.'
'Wat hebt u gezegd?'
'De waarheid. Dat als ik al iets wist, dat ik het dan vergeten

was, of dat het nooit bijzondere indruk op me had gemaakt, niet de moeite waard om het te herinneren.'
'Dat is niets voor u. Ze zeggen dat u een wandelende databank bent, iemand die zich een naam kan herinneren, een gezicht, een onbelangrijke gebeurtenis die jaren geleden is voorgevallen.'
'Net als de meeste van die opvattingen is ook dit een mythe. Ik ben lange tijd student geweest, ik legde me toe op de wetenschap en daarom ontwikkelde ik bepaalde disciplines, maar ik ben geen computer.'
'Dat besef ik,' zei de Fransman rustig. 'Geen computer zou hebben gedaan wat u voor mij gedaan hebt.' Salanne zweeg even en leunde voorover in zijn stoel. 'Bent u de maanden nagelopen die voorafgingen aan de Costa Brava?'
'Maanden, weken, dagen... alles, elke plaats die we bezochten... waar ik was. Belgrado, Praag, Krakow, Wenen, Washington, Parijs. Er was niets wat ook maar in de verte ongewoon leek, maar ik veronderstel dat zoiets betrekkelijk is. Met uitzondering van een actie in Praag toen we enkele documenten ontvreemdden uit de *státni bezpenost* – het hoofdkwartier van de geheime politie – was alles nogal routinewerk. Het verzamelen van inlichtingen, wat zowat iedere verrekte toerist ook had kunnen doen, meer niet.'
'Washington?'
'Nog veel minder. Ik ben er vijf dagen teruggeweest. Buitenagenten doen dat elk jaar, een beoordelingsgesprek, wat grotendeels tijdverspilling betekent, maar ik neem aan dat ze zo nu en dan een halve gare vangen.'
'Een halve gare?'
'Iemand die ze niet allemaal meer op een rijtje heeft, denkt dat hij iemand anders is, die een gewoon routine-karweitje gefantaseerd heeft. Ongewenste gevolgen van het spionnetje-spelen zou je ze misschien kunnen noemen. Het hoort bij de druk waaronder je staat, het te vaak voorgeven dat je inderdaad iemand bent die je niet bent.'
'Interessant,' zei de dokter en hij knikte alsof hij het, verstrooid, ergens van herkende. 'Is er nog iets gebeurd terwijl u daar was?'
'Helemaal niks. Ik ben een avond in New York geweest om een stel op te zoeken dat ik kende toen ik nog jong was. Hij heeft een jachthaven op Long Island en als hij ooit een poli-

tieke opinie in zijn hoofd heeft gehad dan heb ik die nog nooit gehoord. Verder heb ik twee dagen doorgebracht met Matthias, eigenlijk een bezoek waar ik niet omheen kon.'

'Het was een hechte vriendschap... is het nog.'

'Ik zei u al, we kennen elkaar al heel lang. Hij was er toen ik hem nodig had; hij toonde begrip.'

'Hoe zat het met die twee dagen?'

'Helemaal niks. Ik zag hem alleen maar 's avonds wanneer we samen aten, twee keer hebben we dat gedaan. Zelfs dan, ofschoon we alleen waren, werd hij voortdurend onderbroken door telefoongesprekken en door haastige mensen van BZ – smekelingen, noemde hij ze – die erop stonden hem rapporten te overhandigen.' Havelock zweeg toen hij de plotselinge gelaatsverandering zag bij Salanne; hij vervolgde snel. 'Niemand heeft me gezien, als u dat soms denkt. Hij voerde dan zijn gesprekken met hen in zijn bibliotheek en de eetkamer ligt aan de andere kant van het huis. Ook daarvoor had hij begrip; we waren overeengekomen onze vriendschap verborgen te houden. Eigenlijk uitsluitend omwille van mij. Niemand is dol op het vriendje van de leraar.'

'Ik vind het moeilijk om in die termen aan jou te denken.'

'Als je met ons aan tafel zat, zou het helemaal onmogelijk zijn,' zei Michael, zachtjes lachend. 'Het enige wat we gedaan hebben was artikelen herkauwen die ik bijna twintig jaar geleden voor hem geschreven heb; hij prikte er nog steeds gaten in. Dat is pas een absoluut geheugen.'

Havelock glimlachte en toen verdween de glimlach weer. 'Het is tijd,' zei hij terwijl hij zijn hand uitstak naar de telefoon.

De berghut in de Shenandoah kon bereikt worden door een reeks van telefoonnummers, waarvan het eerste een veraf gelegen mechanisme in het huis van Matthias in werking stelde; dat werd op zijn beurt elektronisch verbonden met een lijn die meer dan tweehonderd kilometer verder weg lag in de Blue Ridge-bergen en die de privé-telefoon van de minister van buitenlandse zaken deed overgaan. Als hij niet thuis was werd die telefoon nooit opgenomen; als hij er was nam hij alleen de hoorn op. Het oorspronkelijke nummer was aan misschien maar een dozijn mensen in het land bekend, onder wie de president en de vice-president, de voorzitter van het Huis van Afgevaardigden, de voorzitter van de Verenigde chefs-staven, de minister van landsverdediging, de voorzitter van de Veiligheidsraad van de Verenigde Naties, twee belangrijke stafmedewerkers op BZ en Mikhail Havlíček. Voor dat laatste had Matthias erop gestaan gebruik te maken van zijn bevoorrechte positie, ten behoeve van zijn *krajan*, zijn *uenec* van de universiteit, wiens vader in Praag een intellectuele geestverwant was geweest, al had hij niet het voorrecht van de vrede gekend. Michael had het nummer in de afgelopen zes jaar tweemaal gebruikt. De eerste keer omdat Matthias een boodschap in zijn hotel had achtergelaten om dat te doen, een gelegenheid waarbij hij korte tijd naar Washington was teruggekeerd om nieuwe opdrachten te ontvangen. Het telefoontje had slechts bestaan uit groeten van zijn *pritel*. De tweede keer vormde een onprettige herinnering voor Havelock. Het had een man betroffen die Ogilvie heette en die volgens de vaste overtuiging van Michael uit de buitendienst moest worden verwijderd.

De telefoniste in Antibes bood aan, terug te bellen wanneer ze verbinding had met Washington, D.C., maar uit ervaring wist Havelock dat hij beter aan de lijn kon blijven. Niets bracht de concentratie van een telefoniste zozeer in gevaar als een open lijn; je werd sneller doorverbonden als je aan de lijn bleef. Terwijl Havelock wachtte op de verbinding nam Salanne het woord.

'Waarom hebt u niet eerder contact met hem opgenomen?'

'Omdat er nergens lijn in zat en daarop wilde ik wachten. Ik wilde hem iets concreets geven. Een naam of namen, een positie, een titel, wat voor identiteit dan ook.'

'Maar voor zover ik naar u heb geluisterd kunt u dat nog niet.'

'Jawel, dat kan ik wel. De machtiging tot uit de weg ruimen kwam ergens vandaan. Codenaam "Dubbelzinnigheid". Die kon enkel komen uit één van drie of vier afdelingen en de opdracht zelf moest worden vrijgegeven door iemand die heel hoog is op BZ en die verbinding had met Rome. Matthias belt Rome, laat de registers nazien van binnengekomen gesprekken, praat met de man die de opdracht heeft ontvangen en vindt uit wie "Dubbelzinnigheid" zijn autoriteit heeft gegeven. Dan heeft hij een naam... Er is nog een naam, maar ik weet niet of daaruit veel valt op te maken. Er was een tweede, zogenaamde bevestiging van het Costa Brava-gebeuren, met inbegrip van verscheurde stukken met bloed bevlekte kleren. Het

is allemaal gelogen; er bleven geen kleren achter.'
'Laat hem dan die man vinden.'
'Hij is dood. Ze zeggen dat hij stierf aan een hartaanval, drie weken later, op een zeilboot. Maar er zijn dingen die kunnen worden uitgezocht – of kunnen worden bestudeerd – als ze niet in de doofpot zijn gestopt. Waar hij vandaan kwam, wie hem die opdracht aan de Costa Brava heeft gegeven.'
'En als ik ook wat mag voorstellen,' voegde de Fransman eraan toe, 'de dokter die de overlijdensakte heeft opgesteld.'
'U hebt gelijk.' De zangerige klanken verdwenen van de lijn, er weerklonk een aanhoudend zoemen, toen was het even stil en dat werd gevolgd door normaal overgaan van het apparaat. De elektronische afstandsbediening had gewerkt; de telefoon in de hut in de Shenandoah ging over. Michael voelde zijn hart in zijn keel kloppen, voelde het stokken van zijn adem, veroorzaakt door zijn zenuwen. Hij had zijn *pritel* zoveel te vertellen; hij hoopte bij god dat hij het kon zeggen en zo kon beginnen een eind te maken aan de nachtmerrie. Het overgaan hield op, er werd opgenomen. Godzijdank!
'Ja?' antwoordde een stem meer dan zevenduizend kilometer verder in de Blue Ridge-bergen, een mannenstem, maar niet de stem van Anton Matthias. Of was het geluid vervormd, dat ene woord te kort om de man te herkennen?
'*Jak se vam dae?*'
'Wat? Met wie spreek ik?'
Het was Matthias niet. Waren de regels veranderd? Als dat zo was had dat geen zin. Dit was de lijn voor noodgevallen, omdat de privé-telefoon van Matthias dagelijks werd gecontroleerd op afluisteren; alleen hij nam hem op. Na vijf keer overgaan moest degene die belde ophangen, het normale telefoonnummer bellen, zijn naam achterlaten en wat voor boodschap hij ook wilde afgeven, in het besef dat geheimhouding veel minder was verzekerd. Misschien was er een simpele verklaring, een nonchalant verzoek van Matthias aan een vriend in de buurt om even de hoorn op te pakken.
'Mag ik de minister van buitenlandse zaken, Matthias?' vroeg Havelock.
'Met wie spreek ik?'
'Het feit dat ik dit nummer heb gebruikt maakt het volgens mij overbodig om daarop te antwoorden. De minister, alstublieft. Dit is een noodgeval en bovendien vertrouwelijk.'

‘Meneer Matthias is momenteel in conferentie en hij heeft gevraagd om alle telefoongesprekken op te houden. Als u mij uw naam geeft...’

‘Godverdomme, je luistert niet naar me! Dit is een noodgeval!’

‘Hij heeft er ook één onder handen, meneer.’

‘Gaat u maar even storen in die conferentie en zegt u de volgende woorden maar tegen hem. *Krajan*... en *boue*. Hebt u dat? Alleen maar twee woorden! *Krajan*... en *boue*. Nu meteen! Want als u dat niet doet, dan bent u uw baantje en uw kop kwijt wanneer ik met hem spreek! Nu meteen!’

‘*Krajan*,’ zei de mannenstem aarzelend, ‘*Boue*.’

Er was niets meer te horen over de lijn en het stilzwijgen werd even onderbroken door het zwakke gemompel van mannen die op afstand met elkaar spraken. Michael lag op de pijnbank terwijl hij wachtte en hij kon de echo horen van zijn eigen ademhaling; hij klonk ongelijk, snel, haperend. Eindelijk was de stem er weer.

‘Ik ben bang dat u wat duidelijker zult moeten zijn, meneer.’

‘Wat?’

‘Als u mij de bijzonderheden kunt vertellen van het noodgeval en een telefoonnummer kunt geven waar u bereikt kunt worden...’

‘Hebt u hem die boodschap gegeven? De woorden! Hebt u ze tegen hem gezegd?’

‘De minister heeft het zeer druk en hij verzoekt u meer uitleg te geven over dat waarover u belt.’

‘Godverdomme, hebt u ze tegen hem gezegd?’

‘Ik herhaal wat de minister heeft gezegd, meneer. Hij kan nu niet worden gestoord, maar als u een idee geeft van de bijzonderheden en een telefoonnummer achterlaat dan zal iemand contact met u opnemen.’

‘Iemand? Verrek, wat is dit toch? Wie bent u? Hoe heet u?’

Even was het stil. ‘Smith,’ zei de stem.

‘Uw naam! Ik wil uw naam!’

‘Die heb ik u net gegeven.’

‘Zorg dat Matthias aan die telefoon komt!’

Er klonk een klik; de lijn was dood.

Havelock staarde naar de hoorn in zijn hand en sloot toen zijn ogen. Zijn mentor, zijn *krajan*... zijn *pritel* had opgehangen. Wat was er gebeurd?

Hij moest erachter komen: het klopte niet, helemaal niet! Er was nog een nummer in de Blue Ridge-bergen, het huis van een man die Matthias vaak opzocht als hij in de Shenandoah was, een oudere man wiens voorliefde voor schaken en goede, oude wijn Matthias hielp zijn enorme beslommeringen te vergeten. Michael had Leon Zelienski een paar maal ontmoet en altijd was hem de kameraadschap opgevallen die er bestond tussen de beide geleerden en hij was blij geweest voor Matthias dat er zo iemand bestond, die weliswaar niet uit Praag kwam, maar ook niet veel verder weg uit Warschau.
Zelienski had als hoogleraar in de geschiedenis hoog aangeschreven gestaan en hij was jaren geleden naar Amerika gehaald vanuit de universiteit van Warschau om college te geven op Berkeley. Anton had Leon ontmoet tijdens zijn begindagen aan de universiteit. Er was een vriendschap ontstaan – voornamelijk via brieven en schaken – en toen Zelienski gepensioneerd werd en zijn vrouw stierf, had Anton de oude geleerde overgehaald om naar Shenandoah te komen.
De telefoniste in Antibes had veel meer tijd nodig voor het tweede gesprek, maar eindelijk, terwijl zijn handen langzamerhand begonnen te trillen, hoorde Havelock de stem van de oude man.
'Goedenavond?'
'Leon? Ben jij dat, Leon?'
'Met wie spreek ik?'
'Met Michael Havelock. Ken je me nog, Leon?'
'*Mikhail!* Of ik jou nog ken? Nee, natuurlijk niet, en ik raak ook nooit een druppel wodka aan, jij snotneus van een *dupa!* Hoe gaat het met je? Ben je op bezoek in onze vallei? Je klinkt zo ver weg.'
'Ik ben heel ver weg, Leon. Ik maak me grote zorgen...' Havelock legde uit wat zijn zorgen waren; hij was niet in staat hun geliefde, wederzijdse vriend te bereiken en was Zelienski nog van plan om Anton op te zoeken terwijl Matthias in de Shenandoah verbleef?
'Als hij hier is, Mikhail, dan weet ik daar niets van. Anton heeft het natuurlijk heel erg druk... ik denk wel eens dat niemand in de wereld het drukker heeft dan hij... maar de laatste tijd heeft hij voor mij geen tijd meer. Ik laat boodschappen achter bij zijn berghut, maar ik ben bang dat hij daar geen aandacht aan schenkt. Ik begrijp het, natuurlijk. Hij be-

weegt zich tussen beroemde personen... hij is zelf een beroemd persoon en daar hoor ik niet echt bij.'

'Het spijt me dat te horen... dat jullie geen contact meer hebben.'

'Och, er komen mannen bij me langs om te zeggen dat het hem spijt, te zeggen dat hij tegenwoordig maar zelden meer naar onze vallei komt, maar ik zeg je, onze schaakpartijen lijden eronder. Tussen haakjes, ik moet genoegen nemen met een andere wederzijdse vriend van ons, Mikhail. Een paar maanden geleden kwam hij hier vaak. Die uitstekende journalist, Raymond Alexander. Alexander de Grote, noem ik hem, maar hij schrijft veel beter dan hij schaakt.'

'Raymond?' vroeg Havelock die nauwelijks luisterde. 'Doe hem de groeten van mij. En, bedankt, Leon.' Havelock legde de hoorn op de haak en keek naar Salanne. 'Hij heeft geen tijd meer voor ons,' zei hij verbijsterd.

14

Tegen acht uur in de ochtend was hij in Parijs aangekomen, tegen negenen had hij Gravet bereikt en nu om kwart over elf liep hij in zuidelijke richting tussen de mensenmenigten op de boulevard Saint Germain. De luxueus levende kunstcriticus en handelaar in geheimen zou ergens tussen de Rue de Pontoise en de Quai St. Bernard contact met hem zoeken. Gravet had die twee uur nodig om zoveel mogelijk bronnen op te zoeken die in verband stonden met de informatie die Havelock nodig had. Michael, daarentegen, gebruikte die tussentijd om langzaam in beweging te blijven, te rusten – rechtop leunend tegen muren, nooit zittend – en om iets aan zijn garderobe te doen.

Salannes vrouw had de tijd niet gehad om kleren voor hem te gaan kopen, hij had nergens anders aan gedacht dan om zo snel mogelijk in Parijs te komen, want elk verloren moment vergrootte de afstand tussen Jenna en hem. Ze was alleen nog maar met hem in Parijs geweest en er stonden niet veel keuzemogelijkheden voor haar open; hij wilde erbij zijn wanneer ze de laatste paar overwoog.

De dokter was in drieëneenhalf uur in razende vaart naar Avignon gereden, waar om één uur een goederentrein naar Parijs

was vertrokken. Michael had die gehaald, gekleed in wat er nog te redden was geweest van zijn kleren, plus een trui en een slecht passende gabardine jas die hij van Salanne had gekregen. Hij keek naar zijn spiegelbeeld in een etalageruit; het jasje, de broek, het openstaande hemd en de hoed die hij drie kwartier geleden op de confectieafdeling van de Raspail had gekocht voldeden aan zijn opzet. Ze waren slobberig en onopvallend. Wie zulke kleren droeg, viel niet op en de rand van de slappe hoed viel net laag genoeg over zijn voorhoofd om een schaduw over zijn gezicht te werpen.
Achter het raam stond een smalle helder glazen zuil, een deel van het etalagemateriaal, een spiegel. Hij werd er naartoe getrokken, naar het gezicht in de schaduw van de rand van de hoed. Zijn gezicht. Het stond verschrikt, met zwarte kringen onder de ogen en donkere baardstoppels. Zelfs toen hij zijn inkopen deed op de Boulevard Raspail had hij er niet aan gedacht zich te scheren. Er waren spiegels in de winkel geweest, maar hij had alleen naar de kleren gekeken en intussen gedacht aan het Parijs dat Jenna en hij samen gezien hadden: een paar contacten bij de ambassade, een paar geheime collega's, een paar Franse vrienden, de meesten uit de regering, zodat ze via hun ministeries in elkaars kringen verzeild geraakt waren. En drie of vier kennissen uit nachtelijke cafés, die niets te maken hadden met de wereld waarin hij zijn geld verdiende.
Nu deed hij dat wel aan de Saint Germain, in de ruit van de etalage waarvoor hij toevallig stond en het vaalbleke, ingevallen gezicht dat hij zag deed hem eraan denken hoe moe hij was, hoe heel zijn bovenlichaam hem pijn deed, hoezeer hij alleen maar wilde gaan liggen en weer op krachten wilde komen. Salanne had het gezegd; hij was erg aan rust toe. Hij had geprobeerd te slapen in de trein van Avignon, maar het herhaalde stoppen op landelijke stationnetjes waar boeren hun produkten afleverden had hem wakker geschokt, telkens wanneer hij was ingedut. En als hij wakker was had hij zijn hoofdpijn voelen kloppen, was zijn geest vervuld geweest met een diep gevoel van verlies, verwarring en woede. De enige man op aarde die hij zijn vertrouwen en zijn liefde had geschonken, de reus die de plaats van zijn vader had ingenomen, die vorm had gegeven aan zijn leven, die had zich van hem afgewend en hij wist niet waarom. De afgelopen jaren, op de meest

verschrikkelijke en eenzame momenten, was hij op een of andere manier nooit alleen geweest, want een deel van Anton Matthias was altijd bij hem. Anton was de drijfveer die hem beter maakte dan hij was, zijn bescherming tegen de herinneringen aan de vreselijke begindagen, want zijn *pritel* had er betekenis en perspectief aan gegeven. Geen rechtvaardiging, dat zeker niet, maar een reden om te doen wat hij nu deed, om zijn leven door te brengen in een abnormale wereld, totdat iets in hem zei dat het tijd werd om over te stappen naar het gewone leven. Hij had gevochten tegen de geweren van Lidice en tegen de bevelhebbers in de *goelags*, in iedere gedaante waarin hij ze had aangetroffen.

'Die kanonnen blijven je altijd bij, *pritel*. Ik wou dat je ervoor kon weglopen, maar ik denk niet dat dat kan. Dus moet je doen wat je kunt om de pijn te verzachten, iets wat je een doel in het leven geeft, waardoor je het schuldgevoel kwijtraakt omdat jij het overleefd hebt. Vergiffenis vind je niet hier tussen de boeken en de redetwistende theoretici; al dat gefilosofeer is niets voor jou. Jij moet praktisch resultaat zien... Op een dag ben je vrij, is je woede uitgeraasd en kom je terug. Ik hoop dat ik die dag nog mag beleven. Ik ben het wel van plan.'

Hij was zo dicht bij de vrijheid geweest, zijn woede herleid tot een abstract besef van futiliteit, zijn terugkeer naar een normale wereld binnen handbereik en bevattelijk. Het was tweemaal gebeurd. Eenmaal met de vrouw die hij liefhad, die een andere dimensie aan zijn leven had gegeven... en toen zonder haar, toen hij noch van haar, noch van de herinnering aan haar hield, toen hij de leugens van leugenaars geloofde en zijn allerdiepste gevoelens verraden had – en haar. O, god!

En nu had de enige man die de profetie in vervulling kon laten gaan die hij jaren geleden had uitgesproken tegenover zijn *krajanu*, zijn student, zijn zoon, hem uit zijn leven gezet. De reus bleek achteraf toch sterfelijk. En hij was zijn vijand geworden.

'*Mon dieu*, je ziet eruit als een overlevende van Auschwitz!' fluisterde de lange Fransman in zijn overjas met fluwelen kraag en met zijn glimmend zwarte schoenen aan die iets meer dan een meter rechts van Havelock stond voor de etalageruit. 'Wat is er met je gebeurd? Nee, vertel het me hier maar niet! Niet hier.'

'Waar?'

'Aan de Quai St. Bernard, voorbij de universiteit, ligt een kinderspeelplaats,' vervolgde Gravet, terwijl hij zijn figuur bewonderde in het glas. 'Als de banken bezet zijn zoek je maar een plekje bij het hek en dan kom ik wel bij je. Koop onderweg erheen een zak snoepjes en probeer eruit te zien als een vader en niet als een seksmaniak.'
'Bedankt voor het vertrouwen. Heb je iets voor me meegebracht?'
'Laten we zeggen dat je zwaar bij mij in het krijt staat. Veel zwaarder dan jij met je armzalige voorkomen ooit zou kunnen betalen.'
'Iets over haar?'
'Daar ben ik nog mee bezig. Met iets over haar.'
'Wat dan?'
'De Quai St. Bernard,' zei Gravet en hij trok zijn das recht en zette zijn grijze deukhoed wat schuin in de weerspiegeling van het raam. Hij keerde zich om met de gratie van een balletmeester en wandelde weg.
De speelplaats lag in een koude wind die van de Seine woei, maar dat weerhield de hordes verpleegsters, kindermeisjes en jonge moeders er niet van hun rumoerige kroost mee te nemen naar de attracties van schommel, klimrek en wip. Gelukkig voor de afnemende kracht van Michael was er een kleine bank vrij tegen de muur aan de achterzijde, wat afgezonderd van het chaotische centrum van het park langs de rivier. Hij ging zitten en begon verstrooid kleine, gekleurde snoepjes te eten uit een wit-papieren zak, terwijl hij naar een bijzonder irritant kind op een driewieler keek. Hij hoopte dat iemand die hem observeerde, zou denken dat het kind bij hem hoorde, en redeneerde dat de echte verzorger van het kind zo ver mogelijk weg zou blijven. Het kind hield lang genoeg op met het molesteren van de drie wielen om met verbijsterende kwaadwilligheid terug te staren.
De rijzige, elegante Gravet wandelde de rood gestreepte ingang in en zocht zwevend zijn weg om de buitenring van de speelplaats, vriendelijk knikkend, welwillend voor iedereen die hij tegenkwam – een volwassene vol welbehagen voor de jonge generatie. Een hele prestatie, dacht Havelock, want hij wist dat de wat verwijfde criticus een dergelijke omgeving niet kon uitstaan. Tenslotte kwam hij aan de bank, ging zitten en klapte een krant open die hij voor zich hield.

'Moet jij niet naar een dokter?' vroeg de criticus met zijn ogen gericht op de krant.
'Ik heb pas een paar uur geleden afscheid genomen van een dokter,' antwoordde Michael met zijn mond aan de rand van de witte zak. 'Met mij gaat het goed, ik ben alleen maar moe.'
'Dat is een pak van mijn hart, maar ik stel voor dat je je wat opknapt en dat je je scheert. Zoals wij met z'n tweeën hier in dit park zitten zouden we de *gendarmes* op onze nek kunnen halen. De tegenpolen van een onzedelijk spectrum zou de conclusie luiden.'
'Ik heb geen zin in grapjes, Gravet. Wat heb je voor me?'
De criticus vouwde de krant op, klapte hem weer dubbel en zei: 'Een tegenspraak, als mijn bronnen het bij het rechte eind hebben en ik heb alle redenen om te geloven dat dat het geval is. Een nogal ongelooflijke tegenspraak, eigenlijk.'
'Wat is het?'
'De KGB is helemaal niet in jou geïnteresseerd. Ik zou je kunnen afleveren, als een welwillende, praatgrage overloper die uit de klauwen van de imperialisten is gered, aan hun hoofdkwartier in Parijs – een importfirma aan de Beaumarchais, maar ik vermoed dat je dat weet – en ik zou geen sou ontvangen.'
'Waarom is dat een tegenspraak? Ik heb een paar weken geleden hetzelfde tegen je gezegd op de Pont Royal.'
'Daarin zit de tegenspraak niet.'
'Waarin dan wel?'
'Er is iemand anders naar je op zoek. Hij is gisteravond aangekomen op het vliegveld, omdat hij denkt dat je ofwel in Parijs bent of op weg bent hierheen. Men zegt dat hij een fortuin wil betalen voor je lijk. Hij is geen KGB in de normale zin, maar vergis je niet, het is een Rus.'
'Niet... in de normale zin?' vroeg Havelock verbaasd, maar met een gevoel alsof er een onheilspellende herinnering naderbij kwam, een recente herinnering.
'Ik kwam hem op het spoor via een bron in de *Etrangères Militaire*. Hij hoort tot een speciale afdeling van de Russische inlichtingendienst, een elitekorps van...'
'*Vodennaja Kontra Rozvedka*,' onderbrak Michael hem snel, schor fluisterend de woorden afbijtend.
'Als dat wordt afgekort tot VKR, dan is hij dat.'
'Dat wordt het.'

'Hij wil jou hebben. Hij zal er veel voor betalen.'
'Maniakken.'
'Mikhail, dit moet ik je zeggen. Hij kwam aan uit Barcelona.'
'*Costa Brava!*'
'Kijk me niet aan! Ga op de rand van de bank zitten!'
'Weet je wat je me net hebt verteld?'
'Je bent van streek. Ik moet weggaan.'
'Nee...! Goed dan, goed dan!' Havelock hield de witte zak voor zijn gezicht, zijn beide handen beefden, zijn adem kwam stotend, de pijn in zijn borst vlamde op tot aan zijn slapen. 'Je weet wat je me nu moet leveren, nietwaar? Je hebt het, geef het me dus.'
'Je bent niet in goede conditie.'
'Dat zal ik zelf wel beoordelen. Zeg het me!'
'Ik vraag me af of ik dat wel moet doen. Afgezien van de betaling die ik waarschijnlijk nooit zal krijgen, is er een moreel dilemma. Weet je, Mikhail, ik mag jou. Jij bent een beschaafd man, misschien zelfs een goed mens in een hele smerige wereld. Je bent er zelf uitgestapt; heb ik het recht om jou er weer in terug te zetten?'
'Ik ben alweer terug!'
'De Costa Brava?'
'Ja!'
'Ga dan naar je ambassade.'
'Dat kan ik niet! Begrijp je dat niet?'
Gravet zondigde tegen zijn eigen onschendbare regels. Hij liet de krant zakken en keek Havelock aan. 'Mijn god, dat kunnen ze niet maken,' zei hij zacht.
'Zeg het me nu maar.'
'Je laat me geen andere keus.'
'Zeg het me! Waar zit hij?'
De elegante criticus stond op van de bank, vouwde zijn krant op en zei: 'Er is een sjofel hotelletje aan de Rue Etienne. La Couronne Nouvelle. Hij zit op de eerste verdieping, kamer 23. Dat is aan de voorkant; hij kan iedereen die binnenkomt in de gaten houden.'

De gebogen gedaante van de zwerver zag er uit als een rondsnuffelende armoedzaaier in welke grote stad ook. Zijn kleren waren haveloos, maar dik genoeg om hem te beschutten tegen de kou in verlaten steegjes gedurende de nacht. Zijn schoeisel bestond uit afgedankte laarzen met dikke zolen, kapotte veters waarin onhandige, grote knopen zaten, het moeizame werk van knokige vingers. Op zijn hoofd zat een gebreide, wollen muts, laag op zijn voorhoofd. Zijn ogen waren naar beneden gericht om de wereld te vermijden waarin hij niet kon mededingen en die op haar beurt zenuwachtig werd van zijn aanwezigheid – die door velen gelijk werd gesteld met een nederlaag. Maar over de schouder van de zwerver hing zijn smerige canvas tas, met strakke, vettige riemen die hij stevig vastklemde alsof hij er de waardigheid van zijn bezit mee wilde uitdrukken; dit is alles wat er nog van mij over is, en het is van mij, De man die op La Couronne Nouvelle afschuifelde telde alleen zijn verlies, niet zijn jaren en uit zijn hele voorkomen sprak berusting. Hij bleef staan bij een vuilnisbak van ijzerdraad en grabbelde in de inhoud met het methodisch geduld van een trottoir-archeoloog.

Havelock trok een kapotte lampekap los van een kleffe zak met een halfverorberde lunch en hield het kleine, gekleurde spiegeltje schuin tussen beide in, terwijl zijn handen verborgen zaten in de smerige stof van de kap. Hij kon de Rus zien, recht boven hem voor het raam op de eerste verdieping; de man stond met uitgestrekte armen tegen het raamkozijn geleund naar de straat te kijken, hij nam de voorbijgangers op en wachtte. Michael kende hem – niet van naam of van reputatie, of zelfs niet van een foto in een dossier, maar hij kende hem, kende de gelaatsuitdrukking, de blik in zijn ogen, Havelock had meegemaakt wat die man ook allemaal had meegemaakt – wat hij nu meemaakte. Het proces was op gang gebracht, het bericht was behoedzaam en selectief doorgegeven en op de eenmanscommandopost werd gewacht op berichten die terug zouden komen. De dodelijke tussenpersonen waren op de hoogte en geen van hen kende een andere trouw aan iets of iemand dan aan de dollar, de franc, het pond en de Duitse mark. Geldsommen waren rondgedeeld ter aanmoediging, volgens een variabele schaal en de bonussen kwamen overeen met de waarde van de uiteenlopende bijdragen, waarvan de hoogste natuurlijk zou zijn voor het doden van de prooi met bewijzen van het doden, maar onder die definitieve bijdrage lag een heel gamma van positieve hulpverlening. Berichten over de aankomst van het doelwit en hoe hij was gearriveerd, hem waarnemen op specifieke locaties, alleen of met bekende of onbekende metgezellen, een hotel, een café, een pension, een huurkamer... dat had allemaal waarde in de vorm van onmiddellijke uitbetaling. Er was een concurrentiestrijd ontbrandt onder de begaafde beoefenaren van geweldpleging en ieder van hen was professioneel genoeg om te weten dat je de commandopost geen leugens op de mouw kon spelden. Het verlies van vandaag betekende een gedode prooi op een ander tijdstip.

Vroeg of laat zou de man in het raam zijn eerste antwoorden binnenkrijgen. Een paar daarvan zouden niet meer zijn dan speculatie, gebaseerd op informatie uit de tweede hand en het antwoord zou een aanmoediging vormen; andere zouden onbedoelde fouten zijn, die niet werden bestraft maar die op hun waarde werden getoetst en waarvan de bevestiging onwaarschijnlijk zou blijken. Dan zou er één telefoontje binnenkomen waarvan de echtheid kon worden vastgesteld uit een beschrijvende uitdrukking of een fragment van een reactie – die onmiskenbaar op het doelwit duidde – en de commandopost zou zijn eerste meevaller hebben. Een straat, een café, misschien een bankje op een kinderspeelplaats aan de Seine; het was heel goed mogelijk, want de praktijkmensen hadden zich overal verspreid. De jacht was geopend, de prijs vele malen groter dan een jaarinkomen. En als dat gebeurde zou de man aan het raam uit zijn... verplaatsbare gevangenis stappen. Ja, dacht Michael, hij had het allemaal meegemaakt. Het wachten was het ergste van alles.

Hij draaide zijn pols en keek op zijn horloge terwijl zijn handen nog verborgen zaten in het afval. Verderop langs de straat stond nog een vuilnisbak, aan de andere kant van de ingang van het armoedige hotel; hij vroeg zich af of hij verder moest gaan met zijn plundertocht. Hij was twee keer het hotel voorbijgereden in een taxi, had verkend hoe hij moest lopen, berekend hoe hij zijn acties moest coördineren, en daarna pas had hij een winkel in tweedehandskleren opgezocht in de Séverin... en een winkel in sportartikelen aan de Sommerard, waar hij ammunitie had gekocht voor de Llame en de magnum. Hij had Gravet zeven minuten geleden gebeld en hem gezegd dat de tijd nu inging; de Fransman zou bellen vanuit een cel op de Place Vendôme waar hij zich kon oplossen in de anonimiteit van de mensenmenigte. Waarom belde hij niet? Er waren zovele mogelijkheden. Bezette cellen, telefoons die niet werkten, een babbelzieke kennis van wie hij zich niet kon losmaken tijdens een praatje op een straathoek, dat waren allemaal redelijke veronderstellingen, maar wat het ook was, Havelock wist dat hij niet meer kon blijven staan waar hij nu stond. Moeizaam, als een oude man die overal pijn heeft – en hij was een niet meer zo jonge man die overal pijn had – begon hij zich op te richten. Het was onvermijdelijk dat een oog dat beneden over de straat dwaalde, zag wat het niet zien mocht.

De man aan het raam draaide met een ruk zijn hoofd om. Er was iets wat zijn concentratie, gericht op de straat, had onderbroken; hij liep het halfdonker van de kamer in. Gravet had opgebeld. Nu.

Michael tilde het schoudertasje van de grond, liet het in de vuilnisbak vallen en liep snel, schuin over het trottoir, naar de paar traptreden die naar de ingang van het hotel voerden. Bij elke stap ging hij iets minder voorover lopen, keerde zijn normale lengte weer terug, maar geleidelijk, zonder abrupte bewegingen. Hij beklom de betonnen treden en hield zijn hand naast zijn gezicht met zijn vinger aan de rand van de wollen muts. Nog tweeënhalve meter boven hem was het raam waarvoor slechts enkele tellen eerder de Russische VKR-agent had gestaan en waarheen hij over enkele seconden zou terugkeren. Het gesprek van Gravet zou kort zijn, professioneel, en er zou op geen enkele manier een list achter gezocht kunnen worden. Er was een kans dat er iemand was gezien in Montparnasse; was de man die gezocht werd gewond? Liep hij duidelijk hinkend? Wat voor antwoord de Rus ook gaf, het gesprek zou onmiddellijk worden afgebroken, misschien wel midden in een zin. Als het de gezochte man was, dan liep hij nu naar de *métro*; de achtervolger zou terugbellen.

In de donkere, bedompte hal met de vloer van gebarsten tegels en spinrag in de vier hoeken van het plafond, zette Havelock zijn muts af, streek de revers van zijn verfomfaaide jasje glad en scheurde het stuk rafelige stof af dat onder uit zijn jas hing. Veel beter werd het er niet op, maar in het schemerachtige licht en als hij rechtop bleef lopen week hij niet zo heel erg af van wat men verwachtte te zien in een hotel dat zwervers en hoeren als klanten had, mensen van de straat met buit in hun zakken of aan hun armen. Het was geen etablissement waar men nauwkeurig lette op de clientèle, wel op de

echtheid van de aangeboden betaling.
Michael was van plan geweest zich voor te doen als een man die langzaam opdook uit een lange, moeizame dronkenschap, die een bed zocht waar hij zijn laatste, zware roes kon uitslapen. Het was niet nodig; de corpulente conciërge achter de balie van gebarsten marmer zat te dutten in een stoel, met zijn zachte, dikke handen gevouwen op zijn uitbollende buik en met een aantal kinnen die de open kraag van zijn smerige hemd vulden. Er bevond zich nog één man in de hal. Een uitgemergelde grijsaard op een bank, met een sigaret die uit zijn mond bungelde onder een slordige, grijze snor, zijn hoofd voorovergebogen terwijl zijn ogen een krant in zijn handen doorliepen; hij keek niet op.
Havelock liet de muts op de grond vallen, schopte hem opzij naar een muur en liep links naar een smalle trap, met treden die waren afgesleten door tientallen jaren gebruik en gebrek aan onderhoud, met een leuning die op verschillende plaatsen gebroken was door de hardhandige aanpak van de hotelgasten. Hij begon naar boven te lopen, ergerde zich aan het kraken onder zijn voeten en was opgelucht toen de trap maar kort bleek. Er zaten geen hoeken in, geen overlopen halverwege, de treden voerden van de ene verdieping naar de volgende met een zo spaarzaam mogelijk gebruik van de ruimte. Hij kwam op de eerste verdieping en bleef roerloos staan luisteren. Er klonk geen ander geluid dan het gonzen van het verkeer in de verte, nu en dan onderbroken door het gillen van ongeduldige claxons. Hij keek naar de deur die drie meter van hem af lag, naar de verbleekte, geschilderde cijfers, *23*. Hij hoorde geen gemurmel van een eenzijdig gevoerd telefoongesprek; Gravet had alweer opgehangen en de Russische VKR-agent stond weer aan het raam, de tijd die verstreken was had niet meer bedragen dan driekwart minuut. Michael knoopte zijn rafelige jasje los, stak zijn hand eronder en greep de kolf van zijn magnum. Hij trok hem uit zijn riem vandaan en de dreigende, geperforeerde cilinder bleef even hangen aan het leer; met zijn duim haalde hij de veiligheidspal om en begon de donkere, smalle gang af te lopen naar de deur.
Gekraak van vloerplanken, niet de zijne, niet die onder hem, achter hem. Hij draaide zich bliksemsnel om terwijl de eerste deur links na het trapgat langzaam werd geopend: hij was niet gesloten geweest, de beweging was niet voorafgegaan door het

geluid van een knop die werd omgedraaid, de open spleet diende als uitkijkpost voor iemand die binnen stond. De gedaante van een korte, gedrongen man kwam te voorschijn, met zijn schouders en ruggegraat tegen de deurstijl, een wapen in zijn hand – opzij omlaaghangend en op het punt opgeheven te worden. Er was geen tijd meer om de situatie op te nemen en te beoordelen, enkel tijd voor reactie, instinct. Onder andere omstandigheden zou Havelock misschien zijn hand hebben opgestoken en doordringend hebben gefluisterd, een woord, een teken, even een waarschuwing om een afschuwelijk misverstand te vermijden: in plaats daarvan schoot hij. De man werd omver geworpen, kromde achterover tegen de deurstijl terwijl Michael zijn ogen gericht hield op het wapen dat nog omklemd werd door de hand van de indringer. Hij had gelijk gehad: het pistool was een *Graz-Boerja*, het krachtigste, meest accurate handwapen dat in Rusland werd gemaakt. De VKR-agent was niet alleen. En als er eentje was...

Er werd een knop omgedraaid; het was de deur recht tegenover kamer 23. Havelock drukte zich tegen de muur rechts van de deurpost; de deur ging open en Michael wentelde zich om, de magnum op borsthoogte, gereed om te vuren of er een klap mee te verkopen of zijn arm te laten zakken als hij tegenover een hotelgast zou staan die er niets mee te maken had. Het gezicht waar hij op neerkeek! De ineengedoken houding... het pistool... Hij liet de loop van de magnum met geweld neerkomen op het hoofd van de man, dat zich ter hoogte van Havelocks borst bevond, recht achter zijn wapen. De Rus viel achterover de kamer in, terwijl Michael de deur vastgreep en hem dichtduwde om zo min mogelijk geluid te maken. Hij hield de spleet een centimeter open, bleef staan, wachtte. In de hal was het stil, alleen de verre geluiden van het verkeer drongen erin door. Hij liep achteruit weg van de deur, de magnum erop gericht en zijn ogen zochten de vloer af naar het wapen van de Rus. Het lag ongeveer een meter achter de uitgestrekte, bewusteloze gedaante; hij schopte het naar voren tot naast het lichaam, knielde neer en pakte het op. Het was ook een *Graz-Boerja* – de ploeg die naar Parijs was gestuurd was uitgerust met de allerbeste wapens. Hij stak het in de zijzak van zijn jasje, bukte zich en trok de Rus naar zich toe; de man was helemaal slap en zou nog uren bewusteloos blijven.

Havelock kwam overeind, liep naar de deur en ging naar buiten. De bliksemsnelle actie had hem uitgeput: hij bleef tegen de muur geleund staan, haalde diep en langzaam adem en probeerde de zwakte van zijn lichaam en de pijn uit zijn bewustzijn te bannen. Maar hij kon niet ophouden, nu niet. Die eerste man in de deuropening naast het trapgat; de deur stond open. Er zou iemand voorbij kunnen lopen, naar binnen kunnen kijken en hysterisch gaan gillen – nadat ongetwijfeld eerst de zakken van de dode heimelijk en rustig waren doorzocht naar geld. Michael duwde zich van de muur af en sloop geluidloos, op de ballen van zijn dikgezoolde voeten, de smalle gang door tot voorbij het trapgat. Hij trok de deur dicht en liep weer terug naar kamer 23.

Hij stond voor de nauwelijks leesbare cijfers en wist dat hij de kracht moest opbrengen. Er zat niets anders op; het kon alleen maar worden uitgevoerd door de verrassing van iets totaal onverwachts. Hij spande zijn borst, draaide zijn gezonde schouder naar de deur, zette een stap achteruit, rende toen naar voren en wierp het volle gewicht van zijn lichaam tegen het hout. De deur versplinterde en vloog open; de VKR-agent keerde zich bliksemsnel om van het raam en zijn hand vloog naar de open holster dat aan zijn riem zat. Hij onderbrak zijn beweging, stak snel zijn beide handen voor zich uit met zijn ogen gericht op de grote loop van de magnum die naar zijn hoofd wees.

'Ik geloof dat u naar mij op zoek was,' zei Havelock.

'Het ziet ernaar uit dat ik de verkeerde mensen vertrouwd heb,' antwoordde de Rus in vloeiend Engels.

'Maar niet uw eigen mensen,' kwam Michael tussenbeide.

'U bent een bijzonder iemand.'

'En u bent de verliezer.'

'Ik heb nooit opdracht gegeven u te doden. Zij misschien wel.'

'Nu liegt u, maar het doet er niet toe. Zoals ik al zei, u bent de verliezer.'

'Dat hebt u knap gedaan,' mompelde de VKR-agent en zijn ogen dwaalden over Havelocks schouder naar de kapotte deur.

'U hebt niet naar me geluisterd. U bent de verliezer. Er ligt een man in de kamer hier tegenover; daar hebt u niets meer aan.'

'Ik begrijp het.'

'En nog eentje verderop in de gang, naast het trapgat. Die is dood.'

'*Njet! Molnija!*' De Russische agent verbleekte, zijn ogen sperden zich wijd open, zijn vingers reikten strak naar voren op vijftien centimer van zijn riem.
'Ik spreek Russisch als u dat liever hebt.'
'Het maakt niets uit,' zei de geschrokken man terwijl hij probeerde zijn schrik de baas te worden. 'Ik ben afgestudeerd aan het *Massachusetts Institute of Technology*.'
'Of aan het Amerikaanse complex in Novgorod, KGB-graad.'
'Cambridge, niet Novgorod,' wierp de Rus tegen met verachting in zijn stem.
'Dat vergat ik. De VKR is een elitekorps. Een graad bij de moederorganisatie zou als een belediging kunnen worden beschouwd. De ongeletterden en ongeschoolden die graden uitdelen aan superieuren in hun eigen gelederen.'
'Dat soort onderscheid kent de Russische regering niet.'
'Maak dat de kat wijs.'
'Dit heeft geen zin.'
'Jawel, dat heeft het wel. Wat is er aan de Costa Brava gebeurd?'
'Ik weet helemaal niet waarover u praat.'
'U bent VKR, Barcelona! De Costa Brava ligt in uw sector! Wat is er die nacht van de vierde januari gebeurd?'
'Niets dat ons aanging.'
'Ga staan!'
'Wat?'
'Tegen de muur!'
Het was een buitenmuur, gebouwd van zware stenen en cement om tientallen jaren te weerstaan, met zijn opeengestapelde gewicht bestand tegen alles behalve misschien dynamiet. De Rus bewoog zich langzaam en ging er aarzelend voor staan. Havelock vervolgde.
'Ik ben zoiets bijzonders dat uw sectorhoofd in Moskou niet eens de waarheid kent. Maar u wel. Daarom bent u hier in Parijs, daarom hebt u een prijs op mijn hoofd gezet.'
'U hebt niet de juiste informatie ontvangen. Het is een misdaad die gelijk staat met verraad om inlichtingen te verbergen voor onze superieuren. Dat ik uit Barcelona kom, moet u toch wel begrijpen. Het was uw laatste opdracht, ik was uw laatste tegenspeler. Ik had de meest recente informatie over u. Wie kon er dan beter achter u aan worden gestuurd dan ik?'
'U bent heel goed. U praat er mooi omheen.'

'Ik heb u niets verteld wat u niet weet, niets dat u niet te weten zou kunnen komen.'
'U hebt iets gemist. Waarom ben ik zo bijzonder? Uw collega's in de KGB hebben niet de minste belangstelling voor mij. Integendeel, ze willen me niet eens aanraken; voor hen ben ik vergif. Toch zeg ik u dat ik een bijzonder iemand ben. De *Vodennaja* wil me hebben.'
'Ik zal niet tegenspreken dat er een zekere mate van rivaliteit bestaat tussen onze diensten, zelfs tussen onze departementen. Misschien hebben we dat van u geleerd. Bij u is het schering en inslag.'
'U hebt geen antwoord gegeven op mijn vraag.'
'U weet bepaalde dingen waarvan onze kameraden niet op de hoogte zijn.'
'Zoals?'
'U werd niet-meer-te-redden verklaard door uw eigen regering.'
'Weet u waarom?'
'De redenen zijn in dit verband van minder belang. Wij bieden asiel.'
'De redenen zijn nooit van minder belang,' verbeterde Michael hem.
'Goed dan,' stemde de Rus onwillig in. 'Men oordeelde dat u uit balans was geraakt.'
'Op welke gronden?'
'Uitgesproken vijandigheid, gepaard met bedreigingen, telegrammen, waanvoorstellingen, hallucinaties.'
'Vanwege de Costa Brava?'
'Ja.'
'Gewoon zo? De ene dag loop ik rond met mijn volle verstand, rapporteer ik, word ik eervol ontslagen; de volgende dag loop ik met molentjes? Nu bent u niet zo goed. Nu praat u er helemaal niet zo mooi meer omheen.'
'Ik vertel u wat ik weet!' hield de Rus met scherpe stem vol. 'Ik neem die besluiten niet, ik volg bevelen op. De prijs op uw hoofd, zoals u dat noemt, moest betaald worden voor een ontmoeting tussen ons. Waarom zou dat anders zijn? Als het doel was u te doden dan zou het veel eenvoudiger zijn om te betalen voor inlichtingen over uw schuilplaats, uw ambassade te bellen aan de Gabriël en daar naar een speciaal nummer te vragen; ik kan u verzekeren dat we dat kennen. De informa-

tie bereikt de juiste mensen en wij hebben er niets mee te maken, we kunnen geen fouten begaan die later kunnen leiden tot tegenmaatregelen.'

'Maar door mij asiel aan te bieden en me in te rekenen, brengt u een trofee mee die door uw minder getalenteerde kameraden werd vermeden, omdat ze dachten dat ik een valstrik vormde, geprogrammeerd of op een andere manier.'

'In principe wel, ja. Kunnen we praten?'

'We zijn al aan het praten.' Havelock nam de man goed in zich op: hij klonk overtuigend, vertelde waarschijnlijk zijn versie van de waarheid. Asiel of een kogel, welke van de twee? Dat kon alleen maar te voorschijn komen als er leugens werden blootgelegd. Je moest naar de leugens zoeken, niet naar de interpretatie van de waarheid door een ondergeschikte. Nog net binnen zijn gezichtsbereik zag Michael even de weerspiegeling van een doffe spiegel boven een sjofel dressoir dat tegen de muur stond; hij sprak opnieuw. 'U zou ervan uitgaan dat ik u informatie verschaf waarvan u weet dat ik die bezit.'

'We zouden u het leven redden. De opdracht dat u opgeruimd moet worden als niet-meer-te-redden zal niet worden ingetrokken, dat weet u.'

'U stelt dus voor dat ik overloop?'

'Wat voor keuze hebt u anders? Hoe lang denkt u dat u op de vlucht kunt blijven? Hoeveel dagen of weken zal het duren voordat u door hun netwerken en hun computers wordt achterhaald?'

'Ik heb ervaring. Ik heb mensen op wie ik terug kan vallen. Misschien wil ik het er wel op wagen. Het is al meer gebeurd dat mensen verdwenen – niet in *goelags* maar naar andere plaatsen – en nog lang en gelukkig leefden. Wat kunt u verder nog bieden?'

'Wat zoekt u? Comfort, geld, een goed leven? Die bieden wij aan. Het komt u toe.'

'Niet in uw land. Ik wil niet in de Sovjetunie leven.'

'O?'

'Stel dat ik u vertelde dat ik me een plaatsje had uitgezocht. Het ligt duizenden kilometers hiervandaan, op de Britse Solomon-eilanden. Ik ben daar geweest; het is beschaafd maar ver weg, niemand zou me er ooit vinden. Als ik genoeg geld had zou ik daar heel best kunnen leven.'

'Dat kan geregeld worden. Ik heb volmachten om u dat te garanderen.'
Leugen nummer één. Geen enkele overloper kwam ooit de Sovjetunie uit en de VKR-agent wist dat.
'U bent gisteravond naar Parijs komen vliegen. Hoe wist u dat ik hier was?'
'Informanten in Rome, hoe anders?'
'Hoe kwamen zij erachter?'
'Je kunt informanten niet al te uitvoerig ondervragen.'
'Dat kun je verdomde goed.'
'Als ze te vertrouwen zijn,' viel de Rus in de rede.
'U vraagt naar een bron. U verlaat uw bureau niet om honderden kilometers te gaan vliegen zonder verrekte zeker te zijn dat er een bevestiging is van de bron.'
'Goed dan,' zei de VKR-agent en hij liet zich weer vol vertrouwen meedrijven met de tegenstromen. 'Er was een onderzoek; er werd een man gevonden in Civitavecchia. Hij zei dat u op weg was naar Parijs.'
'Wanneer hoorde u dat?'
'Gisteren natuurlijk,' antwoordde de Rus ongeduldig.
'Wanneer gisteren?'
'Laat in de middag. Halfzes, geloof ik. Vijf over halfzes, om exact te zijn.'
Leugen nummer twee en nu lag de onwaarheid in de exactheid. De beslissing om naar Parijs te gaan werd hem opgedrongen na Col des Moulinettes. Acht uur 's avonds.
'U bent ervan overtuigd dat datgene wat ik kan onthullen over onze inlichtingenoperaties in Europa zo waardevol is voor u, dat u bereid bent de vergeldingen te accepteren die volgen op overlopen op mijn niveau?'
'Natuurlijk.'
'Die opinie wordt niet gedeeld door het leidinggevend comité van de KGB.'
'Dat zijn dwazen. Bange, vermoeide konijnen tussen de wolven. We zullen hen vervangen.'
'U maakt er zich geen zorgen over dat ik geprogrammeerd kan zijn? Dat alles wat ik u vertel vergif zou kunnen zijn, waardeloos?'
'Geen moment. Daarom bent u niet-meer-te-redden.'
'Of paranoïde?'
'Nooit. U bent niet paranoïde en u hebt geen hallucinaties. U

bent wat u altijd bent geweest, een zeer intelligente specialist op uw gebied.'

Leugen nummer drie. Er was overal gewaarschuwd voor zijn zogenaamde psychotische toestand. Ogilvie had op de Palatijn bevestigd dat Washington het geloofde.

'Ik begrijp het,' zei Havelock en hij vertrok zijn gezicht, onder voorwending van pijn waar heel weinig voorwendsel voor nodig was. 'Ik ben zo verdomde moe,' zei hij, terwijl hij de magnum langzaam iets liet zakken, een weinig naar links draaide, met zijn ogen nog maar millimeters verwijderd van contact met de spiegel aan de muur. 'Ik ben geraakt door een kogel. Ik heb niet geslapen. Net zoals u zei, ik blijf maar op de vlucht, probeer uit te vinden...'

'Wat valt er verder nog uit te vinden?' vroeg de Rus en zijn stem klonk nu medelijdend. 'In de grond genomen is het een economische, tijdsparende beslissing, dat weet u. In plaats van codes te veranderen, netwerken om te gooien en bronnen te vervangen, hebben ze besloten om de man te elimineren die te veel weet. Zestien jaar in de buitendienst en dit is uw pensioenbonus. Niet-meer-te-redden.'

Michael liet het wapen nog verder zakken, draaide zich iets meer om, maar zijn ogen waren nu op de spiegel gericht. 'Ik moet nadenken,' fluisterde hij.

Leugen nummer vier – de meest pertinente leugen! De Rus probeerde zijn pistool te pakken, zijn hand rukte het uit zijn holster!

Havelock keerde zich bliksemsnel om en schoot, het geluid van de dreigende kuch klonk versterkt door de schamele kamer, de kogel smakte in de muur. De VKR-agent greep naar zijn elleboog, het bloed begon door zijn hemd te dringen, drupte op de vloer.

'*Levobokec!*' riep hij uit.

'We zijn nog maar net begonnen!' zei Michael en zijn fluisterende stem klonk hem als gebulder in de oren. Hij liep op de Rus toe, duwde hem tegen de muur, trok het vrijliggende wapen uit de holster en gooide het de kamer door. 'Jij bent te zeker van jezelf, kameraad, te zeker van je feiten! Je moet die nooit zo vol vertrouwen op tafel leggen; je moet ruimte laten voor fouten, want die kunnen er zijn. Jij maakte er verschillende.'

Het antwoord van de Rus was stilzwijgen en in zijn ogen viel zowel walging als overgave te lezen. Havelock kende die blik, kende die combinatie van haat en het besef van de eigen sterfelijkheid; die maakte onlosmakelijk deel uit van de aard van sommige mensen, die jarenlang getraind waren om te haten en te sterven. Ze waren altijd herkenbaar, hoe ze zich ook noemden: *Gestapo, Nippon Kai,* PLO, *Vodennaja*... En dan waren er nog de mindere goden, amateurs die niets anders kenden dan arrogantie en haat, waarbij hun eigen dood geen deel uitmaakte van hun kinderlijke zaken; gillende fanatici die marcheerden op het ritme van zelfgenoegzame minachting.

Michael beantwoordde dat stilzwijgen met zwijgen van zijn kant, zijn ogen drukten hetzelfde uit. En toen sprak hij.

'Je hoeft niet bang te zijn,' zei hij zacht. 'Ik ga je niet vermoorden. Daar ben je op voorbereid; jarenlang ben je daar op voorbereid. Ik mag barsten als ik je daarmee van dienst ben. Ik plaats daarvan schiet ik allebei je knieschijven kapot... en dan je handen. Je bent er niet op voorbereid om met de gevolgen te leven. Niemand is dat eigenlijk, zeker jouw soort niet. Er zijn dan zoveel gewone dingen die je niet meer kunt doen. Eenvoudige dingen. Een telefoonnummer draaien of naar de wc gaan. Een pistool trekken en de trekker overhalen.'

Het gelaat van de Rus verbleekte, zijn onderlip zakte iets en begon te trillen. '*Njet*,' fluisterde hij schor.

'*Da*,' zei Havelock. 'Er is maar één manier waarop je me kunt tegenhouden. Zeg me maar wat er aan de Costa Brava gebeurd is.'

'Dat heb ik gezegd! Niets!'

Michael liet de grote magnum zakken en schoot de Rus in zijn dij. Bloed spatte op terwijl stukken huid en stof tegen de muur kleefden. De Rus begon te gillen en zakte ineen op de vloer; Havelock klemde zijn linkerhand over zijn mond.

'Ik heb de knieschijf gemist. Nu zal ik niet missen. Geen van beide.' Hij ging rechtstaan en richtte het wapen omlaag.

'Nee! Stop!' De VKR-agent liet zich op zijn zij rollen terwijl hij zijn been vastklemde. Hij was gebroken; de dood kon hij aanvaarden maar niet wat Michael hem beloofd had. 'Ik zal u zeggen wat ik weet.'

'Ik zal weten of je liegt. Mijn vinger zit aan de trekker, het pistool is op je rechterhand gericht. Als je liegt heb je die niet meer.'

‘Wat ik u vertelde is waar. Wij waren die nacht niet aan de Costa Brava.’

‘Jullie code was gebroken, door Washington. Ik heb het gezien. Ik heb het bericht verstuurd!’

‘Washington heeft niets gebroken. Die code werd al zeven dagen voor de nacht van de vierde januari niet meer gebruikt. Zelfs al had u het bericht verstuurd en wij hadden het geaccepteerd, dan hadden we er niet op kunnen reageren. Het zou fysiek onmogelijk zijn geweest.’

‘Waarom?’

‘Wij waren helemaal niet in dat gebied, niemand van ons. We werden de sector uitgestuurd.’ De Rus hoestte van pijn met vertrokken gezicht. ‘Voor het tijdsbestek waar het om gaat werden alle activiteiten geannuleerd. Het werd ons verboden binnen dertig kilometer van de Costa Brava te komen.’

‘Leugenaar!’

‘Nee,’ zei de VKR-agent, met zijn bloedende been onder zich getrokken, zijn lichaam verstrakt, zijn ogen op Michael gericht. ‘Nee, man met je pistool, ik lieg niet. Zo luidden de bevelen uit Moskou.’

Deel twee

15

De avondregen in Washington was een echte maartse bui, met venijnige, schuin striemende vlagen, waardoor zowel autorijders als voetgangers in hun zicht misleid werden, omdat het licht van de koplampen nu eens diffuus brak, dan weer van hoek veranderde en verblindde. De chauffeur aan het stuur van de limousine die door 14th Street naar de oostingang van het Witte Huis reed werd er ook door misleid. Hij ging op zijn remmen staan en week uit om een tegemoet snellende kleinere wagen te ontwijken die met zijn hoog geplaatste lichtbundels de indruk gaf van een enorm, aanvallend insekt. De kleine wagen bevond zich op een kleine meter afstand aan zijn linkerkant, ruim binnen zijn eigen rijbaan, en de manoeuvre was onnodig geweest. De chauffeur vroeg zich af of zijn zeer belangrijke passagiers de fout hadden bemerkt.

'Het spijt me, heren,' zei hij in de richting van de intercom, terwijl zijn ogen in de achteruitkijkspiegel naar de glaswand keken die hem van hen scheidde.

Geen van beide mannen reageerde. Het was net of ze hem niet hadden gehoord, maar hij wist dat dat wel het geval was; het blauwe intercomlichtje brandde en dat betekende dat zijn stem was overgekomen. Het rode licht was natuurlijk uit; hij kon niets horen van wat er op de achterbank werd gezegd. Het rode licht was altijd uit, behalve wanneer er instructies gegeven werden, en tweemaal daags werd het systeem in de garage gecontroleerd voordat hijzelf of een andere chauffeur het terrein verliet. Er werd gezegd dat er verklikkers waren aangebracht die een signaal gaven zodra er maar even met het intercomsysteem geknoeid werd. De mannen die in deze limousines reden, waren aangesteld door de president van de Verenigde Staten, en de chauffeurs die de wagens bestuurden werden voortdurend onderworpen aan de strengste beveiligingscontroles. Ze waren allemaal ongehuwd en kinderloos, en allemaal oorlogsveteraan met uitgebreide ervaring in guerrilla- en afleidingstactieken. De auto's die ze bestuurden waren zo ontworpen dat ze optimale bescherming boden. De vensters waren bestand tegen kogels van .45-kaliber; de hele bodem was overdekt met zelfgeleidende projectielen en het hele chassis was voorzien van straalpijpen die twee verschillende soorten gas konden uitblazen: de ene soort verdoofde alleen maar en werd gebruikt bij rellen en lastige demonstranten, de andere was een dodelijke dioxide-verbinding, bestemd voor terroristen. De chauffeurs hadden de opdracht, hun passagiers met hun eigen leven te beschermen. Die passagiers bewaarden de geheimen van het land; het waren de belangrijkste adviseurs van de president in tijden van crisis.

De bestuurder keek op het dashboardklokje. Het was 21.20 uur, bijna vier uur nadat hij hetzelfde voertuig had teruggereden naar de garage en naar huis was gegaan. Vijfendertig minuten later zat hij net aan een borrel in een restaurant in K-Street en stond hij op het punt zijn eten te bestellen, toen het doordringende, eentonige signaal had weerklonken uit zijn pieper in het etui aan zijn riem. Hij had het geheime nummer gebeld voor de garage van de veiligheidsdienst en had opdracht gekregen zich onmiddellijk te melden. Het Ovale Kantoor had op een knopje gedrukt; de topchauffeurs werden opgeroepen voor dienst en alle eerder gemaakte rijplannen waren geannuleerd.

In de garage aangekomen was hij lichtelijk verbaasd geweest toen hij zag dat er maar twee wagens klaarstonden voor transport. Hij had verwacht dat er zes of zeven zwarte *Abrahams* met verlengd chassis uit hun parkeerplaatsen waren gereden, klaar om te vertrekken. Maar er waren er slechts twee, een die opdracht kreeg naar een adres te rijden in Berwyn Heights, Maryland, de tweede – de zijne – naar de luchtbasis Andrews, om daar te wachten op de aankomst van twee mannen die met straalvliegtuigen van de luchtmacht van twee verschillende eilanden in de Caribische Zee werden afgehaald. De aankomsttijden waren gecoördineerd: ze werden binnen vijftien minuten na elkaar verwacht.

De jongste van de twee oude mannen was het eerst gearriveerd en de chauffeur had hem onmiddellijk herkend; wat niet iedereen zou hebben gedaan. Zijn naam was Halyard, luitenant-generaal Malcomb Halyard: Tweede Wereldoorlog, Korea, Vietnam. De kale militair was begonnen met het commando te voeren over pelotons en compagnieën in Frankrijk en bij de opmars over de Rhône, daarna bataljons in Kaesong en Inchon, en tenslotte hele legers in Zuidoost-Azië, waar de chauffeur hem meer dan eens had gezien in Da Nang. Hij was een beetje een vreemde vogel in de hoogste rangen van de militaire hiërarchie. 'Koorddanser' Halyard werd beschouwd als een briljant tacticus, een van de eersten die voor de *Congressional Record* verklaarde dat Vietnam een idioterie was die niet tot een overwinning kon leiden, maar hij was kennelijk van mening dat militairen zich niet zoals politici, filmsterren en rockzangers in het zonnetje moesten laten zetten. Hij vermeed algemene bekendheid met dezelfde hardnekkigheid waarmee hij vocht op het slagveld en, naar men zei, de president werd aangetrokken door zijn onopvallende persoonlijkheid.

De gepensioneerde generaal was onder escorte naar de limousine gevoerd, had de bestuurder gegroet en had op de achterbank zitten wachten zonder verder nog iets te zeggen.

De tweede man was twaalf minuten later aangekomen. Hij was even verschillend van aard van 'koorddanser' Halyard als een adelaar van een leeuw, en beiden waren ze sublieme voorbeelden in hun soort. Addison Brooks was jurist geweest, internationaal bankier, adviseur voor staatslieden, ambassadeur en tenslotte zelf een capabel staatsman en adviseur voor presidenten. Hij was de belichaming van de aristocratie zoals die aan de Amerikaanse Oostkust gevonden werd, zo iemand die zijn schooldas in ere hield, de ultieme WASP; dat beeld werd echter verzacht door zijn snelle verstand, dat zowel vriendelijk en meelevend als vernietigend kon werken. Hij had de politieke oorlogen overleefd door dezelfde souplesse te gebruiken die Halyard op het slagveld had getoond. In wezen waren beide mannen bereid een compromis af te sluiten met de realiteit, maar niet met hun principes. Dat was uiteraard niet de persoonlijke mening van de chauffeur; hij had erover gelezen in de *Washington Post*, omdat zijn belangstelling gewekt was door een politieke column waarin de twee adviseurs geanalyseerd werden – en hij kende de ambassadeur en had de generaal gezien in Danang. Hij had de ambassadeur een aantal malen in zijn auto gehad en voelde zich gevleid dat Brooks zijn naam kende en altijd wel een persoonlijke opmerking maakte: 'Mijn kleinzoon zweert dat hij je bij de Steelers heeft zien spelen, Jack.' Of: 'Verdorie, Jack, word jij nooit dikker? Mijn vrouw wil dat ik mijn gin drink met een of ander afgrijselijk ongezoet vruchtensap.' Dat laatste was beslist overdreven; de ambassadeur was lang en slank; met zijn zilvergrijze haar, zijn haviksneus en zijn keurig verzorgde grijze snor zag hij er eerder Engels dan Amerikaans uit.

Vanavond was er echter geen persoonlijke begroeting geweest op Andrews Field, geen grapje. Brooks had afwezig geknikt toen de chauffeur het achterportier voor hem had opengehouden; toen had hij geaarzeld – was hij roerloos blijven staan – terwijl zijn ogen zich richtten op de generaal die daar zat. Op dat moment werd er slechts één woord gesproken.
'Parsifal,' had de ambassadeur gezegd, met zachte, sombere stem; meer werd er ter begroeting niet gesproken.
Nadat Brooks naast Halyard was gaan zitten hadden ze kort met elkaar gesproken, met strakke gezichten, waarbij ze elkaar herhaaldelijk aankeken alsof ze vragen stelden die ze geen van beiden konden beantwoorden. Toen was het stil geworden, tenminste zo leek het voor de bestuurder, telkens wanneer zijn ogen naar de achteruitkijkspiegel dwaalden. De paar keren dat hij naar hen had gekeken – zoals hij nu naar hen keek – hadden zowel de diplomaat als de militair recht voor zich uit zitten staren – zoals ze dat nu deden – hun ogen naar voren gericht, nadenkend, ieder diep in gedachten verzonken en zonder te spreken. Wat de crisis dan ook was die hen naar het Witte Huis had gebracht, ieder van een eiland in de Caribische Zee, er kon niet over worden gesproken, de emotionele prijs van bespiegelingen daarover was op een of andere manier te hoog.
Terwijl de chauffeur de korte oprit opreed, kwamen er herinneringen bij hem boven. Evenals een groot aantal leerlingen die op het sportveld beter presteerden dan in de klas of in een laboratorium, had hij op voorstel van zijn klasseleraar een aantal lessen algemene muzikale kennis gevolgd. Dat was geen succes gebleken. Maar toch was er iets blijven hangen. *Parsifal* was een opera van Wagner.

De chauffeur van de *Abraham Zeven* reed vanaf Kenilworth Road het bebouwde gedeelte van Berwyn Heights, Maryland in. Hij was tweemaal eerder naar dat huis geweest en daarom was hij vanavond uitgekozen voor de rit, ondanks een vroeger verzoek om niet meer te hoeven rijden voor de staatssecretaris van buitenlandse zaken, Emory Bradford. Toen zijn baas hem vroeg, waarom kon hij alleen maar antwoorden dat hij hem niet mocht.
'Daar hebben wij eigenlijk niks mee te maken, Bullebak,' had het antwoord geluid. Jouw voorkeur en jouw afkeer maken

hier voorlopig de dienst nog niet uit. Doe nou maar wat je wordt opgedragen.'

Dat was nu net de kwestie – doen wat je opgedragen werd. Als hij voor zijn werk zijn eigen leven moest wagen om dat van Bradford te verdedigen, wist hij niet of hij dat zou kunnen. Twintig jaar geleden was de kille, analytische Emory Bradford een van de besten en de slimsten geweest, de nieuwe generatie jonge pragmatici die links en rechts tegenstanders aan hun degen regen op weg naar de top. En de tragedie in Dallas had zijn streven niet gehinderd; de rouw had al snel plaatsgemaakt voor aanpassing aan een gewijzigde situatie. Het land was in gevaar en degenen die de agressieve aard van het verscheurde communisme konden doorgronden, moesten sterk staan en hun krachten bundelen. Bradford, altijd in de plooi en verstoken van emoties, werd een hartstochtelijke havik. De regels van het dominospel werden plotseling een theorie waarop de overleving van de vrijheid was gebaseerd.

En in Idaho werd een gezonde boerenzoon bevangen door de koorts. Hij gaf gehoor aan de oproep; dat was zijn persoonlijke antwoord op het langharige tuig dat vlaggen en oproepkaarten voor de militaire dienst verbrandde en zaken die fatsoenlijk en Amerikaans waren aan zijn laars lapte. Acht maanden later zat de boerenzoon in de jungle en zag hoe de hoofden, gezichten en armen en benen van zijn vrienden weggeschoten werden. Hij zag ARVN-troepen vluchten tijdens vuurgevechten en hij zag commandanten geweren en jeeps en de rantsoenen van complete bataljons verkopen. Hij begon te begrijpen wat voor iedereen behalve voor Washington en het hoofdkwartier in Saigon duidelijk was: de zogenaamde slachtoffers van de zogenaamde goddeloze hordes kon het geen flikker schelen wat er gebeurde, zolang zij maar in leven bleven en winst maakten. Zij waren degenen die overal schijt aan hadden en alles verbrandden wat niet geruild of verkocht kon worden, de lachende derden. God, wat lachten ze! Ze lachten hun zogenaamde redders uit, die rondogige sukkels die salvo's en landmijnen trotseerden en hun hoofden en gezichten en armen en benen kwijtraakten.

En toen was het gebeurd. De felle havik, Emory Bradford, zag in Washington plotseling het licht. Van havik was hij duif geworden en in het openbaar had hij voor een senaatscommissie zijn zonden beleden.

Hij had een staande ovatie gekregen.
Een staande ovatie. Terwijl hoofden en gezichten en armen en benen overal verspreid lagen in het oerwoud en een boerenjongen uit Idaho zijn uiterste krachten inspande om als krijgsgevangene in leven te blijven. Een staande ovatie, godverdomme! Nee, meneer Emory Bradford, ik ga mijn leven niet riskeren voor jou. Voor jou zal ik niet sterven – niet nog een keer.
Het grote huis van twee verdiepingen, in koloniale stijl gebouwd, stond aan het uiteinde van een kortgeschoren gazon, dat er uitzag alsof er ergens achter het huis ook nog een zwembad en een tennisbaan lagen. De besten en de knapsten moesten ook hun verzetje hebben; dat hoorde zo bij hun stijl van leven, was een wezenlijk deel van hun waarde en hun imago. De boerenjongen uit Idaho vroeg zich af hoe staatssecretaris van buitenlandse zaken Emory Bradford het eraf zou brengen in een kooi vol ratten in een rivier in de Mekong-delta. Waarschijnlijk heel best, godverdomme.
De bestuurder stak zijn hand onder het dashboard en trok de losse microfoon te voorschijn. Hij drukte de knop in en sprak.
'Abraham Zeven aan garage.'
'Ga je gang Abraham Zeven.'
'Heb bestemming bereikt. Wilt u het vrachtje waarschuwen per telefoon?'
'In orde, Zeven. Mooi op tijd. Jij en Abraham Vier zullen zowat op dezelfde tijd je bestemming bereiken.'
'Blij dat u het apprecieert. We doen ons best.'

De drie daalden samen af in de lift en de twee oudere mannen waren lichtelijk verrast dat de bespreking gehouden zou worden in een van de ondergrondse strategievertrekken en niet in het Ovale Kantoor. De jongere, streng kijkende staatssecretaris, met zijn aktentas in de hand, leek het echter niet vreemd te vinden. De voordelen lagen natuurlijk in de apparatuur. Er waren computers en projectoren die beelden en informatie op een groot muurscherm brachten, communicatiemiddelen die het Witte Huis verbonden met vrijwel alle punten in de wereld en informatie verwerkende apparaten die feiten selecteerden uit dikke boeken vol overtollige geleerdheid. Toch was heel dat verfijnde instrumentarium van het Witte Huis nutteloos als ze niet ineens veel verder waren opgeschoten.

Was dat gebeurd? vroegen de oudere adviseurs zich af, terwijl ze elkaar vragend aankeken. Was er meer bekend geworden? Als dat zo was, dan was dat niet gebleken uit de oproep van de president. In plaats daarvan leek eerder het tegendeel het geval te zijn; de onverwachte sommatie deed eerder aan een ramp denken, en ieder voelde hoe zijn maagspieren zich spanden toen ze de benedenverdieping bereikten en ze via de liftdeur de maagdelijk witte gang instapten. Ze liepen samen die gang door naar het aangewezen vertrek en naar de president van de Verenigde Staten. President Charles Berquist begroette elke man kort en afgemeten en ieder begreep het. Het lag niet in de aard van de stevig gebouwde man uit Minnesota om afstandelijk te zijn – lastig, ja, heel lastig – maar niet afstandelijk; hij was bang. Hij gebaarde ongeduldig naar de verhoogde, hoefijzervormige tafel aan het einde van het vertrek; die stond op tien meter afstand tegenover het muurscherm; er zouden inderdaad beelden worden geprojecteerd.
De drie mannen liepen met de president de twee treden op en namen hun plaatsen in aan de tafel; ieder wist zijn plaats en iedere plaats had een verstelbaar leeslampje dat scheen op een notitieblok. Addison Brooks zat rechts van Berquist, generaal Halyard aan zijn linkerzij en de jongere Emory Bradford zat een stoel verwijderd van de militair, zodat hij hen alle drie kon toespreken. Het was een opstelling die verankerd lag in logica; de meeste vragen zouden aan Bradford worden gericht, terwijl hij op zijn beurt de meeste vragen zou stellen aan iedereen die er voor ondervraging zou worden binnengehaald. Lager dan de hoefijzervormige tafel en er naartoe gekeerd, halverwege het projectiescherm, stond nog een tafel, kleiner, rechthoekig, met twee draaistoelen die iedereen die erin zat in staat stelden zich om te keren en de geprojecteerde beelden te zien.
'U ziet er moe uit, meneer de president,' zei Brooks toen ze allemaal hun plaatsen hadden ingenomen en de lampen waren ingesteld.
'Ik ben moe,' stemde Berquist in. 'Ik voel me ook schuldig dat ik jou en Mal hierheen moest halen in dit rotweer.'
'Aangezien u het nodig oordeelde om ons terug te halen,' luidde het oprechte commentaar van Halyard, 'is het weer volgens mij nog ons minste probleem.'
'Ik ben bang dat je gelijk hebt.' De president drukte een knop

in die links van hem in de tafel zat. 'De eerste dia, alstublieft.' De bovenlichten gingen uit, alleen de leeslampjes bleven aan en de foto's van vier mannen verschenen in een vierkant gegroepeerd aan het einde van het vertrek. 'Kennen jullie iemand van die mensen?' vroeg Berquist en hij voegde er haastig aan toe: 'De vraag is niet voor Emory. Hij kent ze.'
De ambassadeur en de generaal keken even naar Bradford en toen weer naar de foto's. Addison Brooks sprak.
'Die vent daar rechtsboven heet Stern. David of Daniël Stern, geloof ik. Hij zit op BZ, nietwaar? Een van de Europese specialisten, knap, analytisch, een goeie vent.'
'Ja,' bevestigde Berquist rustig. 'En jij, Mal? Ken jij daar iemand van?'
'Ik weet het niet zeker,' zei de gepensioneerde generaal, terwijl hij ingespannen naar het scherm tuurde. 'Die ene onder Stern, rechtsonderaan. Ik geloof dat ik die eerder heb gezien.'
'Dat hebt u,' kwam Bradford tussenbeide. 'Hij is een tijdje op het Pentagon geweest.'
'Ik kan me zijn uniform, zijn rang, niet voor de geest halen.'
'Hij droeg geen uniform en had geen rang. Hij is dokter; hij heeft getuigd voor een aantal commissies over de problemen van krijgsgevangenen. Van twee of drie daarvan was u lid, geloof ik.'
'Ja, natuurlijk, ik weet het weer. Hij is psychiater.'
'Een van de beste deskundigen op het gebied van stressgedrag,' vulde Bradford aan terwijl hij de twee mannen aankeek.
'Wat?' riep de ambassadeur uit.
Het woord verontrustte de adviseurs; het was te zien aan hun doorgroefde gezichten, aan hun ogen. De oud-militair leunde voorover. 'Bestaat er verband?' vroeg hij de jongere man.
'Met Parsifal?'
'Verrek, wat zou ik anders bedoelen? Is er verband?'
'Dat wel, maar daar gaat het nu niet om.'
'Waarom gaat het niet?' vroeg Brooks bezorgd.
'Om de specialisatie van Miller. Zo heet hij. Dokter Paul Miller. We geloven niet dat zijn verband met Parsifal iets te maken heeft met zijn studies over stress.'
'Godzijdank,' mompelde de generaal.
'Wat heeft er dan wel mee te maken,' drong de oude diplomaat aan, met kille, ongeduldige stem.
'Mag ik, meneer de president?' vroeg Bradford, zijn ogen ge-

richt op de opperbevelhebber. Berquist knikte zwijgend; de staatssecretaris keerde zich naar het scherm en naar de foto's. 'Die twee mensen daar links, respectievelijk boven en onder, zijn John Philip Ogilvie en Victor Alan Dawson.'
'Dawson is een jurist,' onderbrak Addison Brooks hem. 'Ik heb hem nooit ontmoet, maar ik heb een aantal van zijn pleidooien gelezen. Hij is absoluut briljant op het gebied van onderhandelingen voor internationale verdragen. Hij heeft gevoel voor wetssystemen en hun nuances.'
'Briljant,' stemde de president zacht in.
'De laatste man,' vervolgde Bradford snel, 'was al evenzeer een specialist op zijn gebied. Hij is bijna twintig jaar geheim agent geweest, een van de meest deskundige mensen op het gebied van de tactiek voor geheime operaties.'
Het feit dat de staatssecretaris de verleden tijd gebruikte ging niet ongemerkt voorbij aan de twee adviseurs. Ze keken elkaar aan en hun blikken kwamen daarbij vanzelf op president Berquist te rusten. De man uit Minnesota knikte.
'Ze zijn dood,' zei de president. Hij legde zijn rechterhand op zijn voorhoofd en masseerde zijn wenkbrauwen met zijn vingers. 'Alle vier. Ogilvie stierf vier dagen geleden in Rome, een kogel die voor een ander was bestemd, de omstandigheden waren aannemelijk. Bij de anderen was het geen toeval; zij werden hier vermoord. Dawson en Stern tegelijk, Miller op dertig kilometer afstand op dezelfde tijd.'
Het hoofd met de zilverwitte haardos van de ambassadeur boog zich naar voren, zijn ogen bleven op het scherm gericht. 'Vier man,' zei hij peinzend. 'Eentje specialist in Europese zaken en beleidskwesties, een ander jurist die bijna uitsluitend werkte op het gebied van de internationale wetgeving. De derde een ervaren geheim agent met een brede ervaring in de buitendienst en de vierde een psychiater die bekend staat als een vooraanstaand specialist op het terrein van stressgedrag.'
'Een ongewone verzameling slachtoffers,' was de conclusie van de oud-militair.
'Er zit verband tussen, Mal,' zei Brooks. 'Ze hadden met elkaar te maken vóór Parsifal. Heb ik het bij het rechte eind, meneer de president?'
'Laat Emory het maar uitleggen,' antwoordde Berquist. 'Het komt op zijn kop neer, laat hem dus maar uitleg geven.'
De blik van Bradford maakte duidelijk dat hij dan misschien

wel uitleg zou geven, maar dat de verantwoordelijkheid gedeeld moest worden. Toch bleek uit het feit dat hij even diep zuchtte en met zachte stem sprak, dat hij was voorbereid op het ergste. Dat kreeg hij dan ook.

'Die mannen waren de strategiebepalers van Consulaire Operaties.'

'Costa Brava!' De naam ontsnapte met een scherpe sisklank van de lippen van de ambassadeur.

'Ze hebben de schil eraf gehaald en ons gevonden,' zei Halyard, zijn ogen vol woede, woede waarmee een soldaat het onvermijdelijke accepteert. 'En ze hebben ervoor betaald.'

'Ja,' stemde Bradford in, 'maar we weten niet hoe het gebeurde.'

'Hoe ze vermoord werden?' vroeg de generaal ongelovig.

'Dat weten we,' antwoordde de staatssecretaris. 'Zeer professioneel, nadat er snel een beslissing werd genomen.'

'Wat begrijpt u dan niet?' Brooks was geïrriteerd en het klonk door in zijn overdreven beleefde toon.

'Het verband met Parsifal.'

'Maar u zei dat er een verband bestond,' hield de oude staatsman vol. 'Moet ik daaruit opmaken dat u er omheen draait? Is er een verband of niet?'

'Het moet er zijn. We zien alleen niet hoe.'

'Ik kan u niet volgen,' zei de militair.

'Begin maar vooraan, Emory,' viel de president in de rede. 'Wat jij als het begin ziet. Rome.'

Bradford knikte. 'Vijf dagen geleden ontvingen de strategiebepalers een dringend telegram van onze contactman aan de ambassade in Rome, een overste Baylor – alias Brown. Hij controleert het clandestiene netwerk in Europa.'

'Larry Baylor?'

'Ja, generaal.'

'Een prima officier.'

'Kolonel Baylor is zwart, excellentie.'

'Zoiets begreep ik al.'

'In godsnaam, Emory,' zei Berquist.

'Jawel, meneer de president. Om de draad weer op te pakken: het telegram van overste Baylor betrof een ontmoeting die hij had gehad met...' Bradford zweeg even en gaf de naam slechts weifelend prijs, '... Michael Havelock.'

'Costa Brava,' zei de militair zacht.

'Parsifal,' voegde Brooks eraan toe, zweeg even, ging toen verder en zijn woorden klonken als een protest. 'Maar Havelock werd uitgesloten geacht. Na de kliniek en zijn ontslagname werd hij geschaduwd, op de proef gesteld, en elke handeling van hem werd als onder een microscoop bekeken. Men verzekerde ons dat er niets was, helemaal niets.'
'Nog minder dan niets,' stemde de man van BZ in. 'We konden regelen dat hij een hoogleraarschap aanvaardde – buitengewoon hoogleraar – aan de Concord-universiteit in New Hampshire. Hij stond er in alle opzichten volkomen buiten en wij zaten weer met ons oorspronkelijke scenario.'
'Waardoor is het veranderd?' vroeg de militair. 'Waardoor veranderde de positie van Havelock?'
Weer zweeg Bradford, weer antwoordde hij aarzelend. 'Het meisje Karras,' zei hij zacht. 'Zij kwam boven water; hij zag haar. In Rome.'
De stilte rond de tafel toonde aan hoe hard dit aankwam. De gezichten van de twee oude mannen kregen harde trekken, de ogen van beiden waren star gericht op de staatssecretaris van BZ, die met ijzeren berusting de blikken over zich heen liet gaan. Tenslotte sprak de oude staatsman. 'Wanneer is dit gebeurd?'
'Tien dagen geleden.'
'Waarom werden wij niet op de hoogte gesteld, meneer de president?' vervolgde Brooks, zijn ogen nog steeds gericht op Emory Bradford.
'Heel eenvoudig,' antwoordde de staatssecretaris voordat de president iets kon zeggen, en hij keek de staatsman recht aan, 'omdat ik niet op de hoogte werd gesteld.'
'Ik vind dat onaanvaardbaar.'
'Schandelijk,' voegde de oud-militair er fel aan toe. 'Verdomme, wat voor tent hebben jullie daarginds?'
'Een zeer efficiënte organisatie die reageert op wat je erin stopt. In dit geval misschien te efficiënt, te fijn afgesteld.'
'Leg dat maar eens uit,' beval Halyard.
'Deze vier mannen,' zei Bradford met een gebaar naar de geprojecteerde foto's van de dode strategiebepalers, 'waren er absoluut van overtuigd dat het meisje Karras gedood was aan de Costa Brava. Ze konden niets anders geloven. We hebben het hele spel uitgespeeld – alles uitgevoerd – tot in de kleinste details. Niets werd er aan speculatie overgelaten: Havelock

was getuige van haar dood, en later is er bewijsmateriaal gekomen van met bloed besmeurde kleding. Wij wilden dat het zo werd geloofd en niemand heeft eraan getwijfeld. Havelock zelf nog het minst.'

'Maar zij kwam boven water,' drong Halyard aan. 'U zegt dat hij haar gezien heeft. Ik neem aan dat die informatie in het telegram van overste Baylor stond.'

'Ja.'

'Waarom werd dat dan niet onmiddellijk gerapporteerd?' wilde Brooks weten.

'Omdat ze het niet geloofden,' antwoordde Bradford eenvoudigweg. 'Ze dachten dat Havelock gek was – hallucinaties had, wat dan ook. Ze stuurden Ogilvie naar Rome en dat was op zichzelf al iets heel bijzonders, het toonde aan hoe ernstig ze de toestand vonden. Baylor bevestigde het. Hij zei dat Ogilvie hem vertelde dat Havelock zijn verstand had verloren, dat hij dingen zag die er niet waren, dat zijn hallucinaties werden veroorzaakt door diepliggende, sluimerende vijandigheid en jaren van druk. Hij klapte gewoonweg in elkaar; tenminste dat is wat Ogilvie liet doorschemeren.'

'Dat zou dan het oordeel van dokter Miller moeten zijn,' viel de president in de rede. 'Als je erover nadenkt is dat de enige conclusie die hij had kunnen trekken.'

'Het gedrag van Havelock verslechterde,' vervolgde de staatssecretaris. 'Hij dreigde met het onthullen van vroegere operaties die ons niet alleen hier in Washington gecompromitteerd zouden hebben maar in heel Europa, als hij geen antwoorden, geen uitleg kreeg. Hij stuurde zelfs telegrammen om verwarring te zaaien, al was het alleen maar om te laten zien wat hij kon doen. De strategiebepalers namen hem heel erg serieus. Ogilvie was in Rome om ofwel Havelock hierheen terug te halen... of om hem te doden.'

'In plaats daarvan werd hij zelf gedood,' zei de militair. Het was het vaststellen van een feit.

'Op tragische wijze. Overste Baylor fungeerde als dekking bij de ontmoeting met Havelock op de Palatijnse Heuvel; het was een verlaten gebied. Er ontstond een handgemeen doordat Ogilvie voortijdig zenuwgas tot ontploffing bracht en toen dat mislukte bedreigde Havelock hem met een pistool. Zoals Baylor het vertelt, heeft hij gewacht tot hij niet langer kon wachten. Hij schoot op het moment dat hij meende dat Havelock op het punt stond Ogilvie te doden; kennelijk had hij gelijk. Ogilvie moet hetzelfde gevoeld hebben; op dat moment deed hij een uitval en onderschepte de kogel. Het staat allemaal in Baylors rapport en dat kunt u natuurlijk beiden te lezen krijgen.'

'Dat waren de aannemelijke omstandigheden, meneer de president?' vroeg Brooks.

'Enkel als verklaring, Addison.'

'Natuurlijk,' zei Halyard, terwijl hij knikte en Bradford aankeek. 'Als dat de woorden zijn van Larry Baylor hoef ik zijn rapport niet te lezen. Hoe is hij eronder? Die negerjongen houdt er niet van te verliezen of de zaak te verknoeien.'

'Hij werd ernstig gewond in zijn rechterhand, zodanig dat hij er niets meer mee kan uitrichten. Het zal hem beperken in zijn activiteiten.'

'Zet hem niet aan de kant; dat zou een vergissing zijn. Zet hem maar achter een stafbureau.'

'Ik zal dat aanbevelen bij het Pentagon, generaal.'

'Kunnen we terugkeren naar het onderwerp?' vroeg de staatsman. 'Het is me nog steeds niet duidelijk waarom die mensen de informatie van overste Baylor niet hebben doorgegeven en ik begrijp nog minder de redenen voor de daaropvolgende... "verwarring zaaiende telegrammen van Havelock" zoals u ze, geloof ik, noemde. Hoeveel verwarring zaaiden ze eigenlijk?'

'Alarmerend is een beter woord; vals alarm slaat er nog beter op. Een bericht kwam hier binnen – in een recente zestienhonderd-voorrangscode – en daarin stond dat er een Russische mol in het Witte Huis zat. Een ander werd gestuurd aan de controlecommissie van de Senaat; dat beweerde dat er CIA-corruptie was in Amsterdam. Beide gevallen – het gebruik van de code en het noemen van namen in Amsterdam – verleenden een zekere mate van echtheid aan de feiten.'

'Was er iets van waar?' vroeg de militair.

'Helemaal niets. Maar de reacties waren verontrustend; de strategiebepalers wisten dat ze erger konden worden.'

'Des te meer reden waarom ze de motieven van Havelock bekend hadden moeten maken,' hield Brooks vol.

'Dat hebben ze misschien ook gedaan,' antwoordde Bradford zacht. 'Aan iemand. Dat komt nog ter sprake, meneer.'

'Ik zou graag willen weten waarom ze vermoord werden. Wat het verband is met Parsifal.' De generaal ging zachter spre-

ken. 'Met de Costa Brava.'
'Er bestond geen "Costa Brava" totdat wij het verzonnen, Mal,' zei de president. 'Maar ik geloof dat ook dat in de juiste samenhang moet worden verteld. Dat is de enige manier waarop we er de betekenis van kunnen inzien... als er tenminste enige zin bestaat.'
'Het had nooit mogen gebeuren,' kwam de staatsman met zijn witte haardos en zijn haviksneus tussenbeide. 'We hadden er het recht niet toe.'
'We hadden geen keus, meneer de ambassadeur,' kwam het felle antwoord van Bradford terwijl hij zich voorover boog. 'Minister Matthias heeft de zaak tegen het meisje Karras opgebouwd, dat weten we. Voor zover we kunnen nagaan was zijn oogmerk om Havelock uit de dienst te verwijderen, maar daarvan konden we nooit zeker zijn. Hun vriendschap was sterk, bestond al jaren, de band tussen hun families nog sterker, die ging helemaal terug tot in Praag. Maakte Havelock er deel van uit of niet? Was hij een gewillig speler die voorgaf alsof hij deed wat anderen volkomen begrijpelijk zouden vinden, of was hij het nietsvermoedende slachtoffer van een afschuwelijke manipulatie? We moesten erachter komen.'
'We zijn erachter gekomen,' protesteerde Addison Brooks zacht, verontwaardigd. 'In een kliniek in Virginia. Hij werd doorgelicht met alles wat dokters en laboratoria maar hebben om iemand door te lichten; hij wist helemaal niets. Zoals u al zei, we zijn weer terug bij ons oorspronkelijke scenario, we tasten zelf volkomen in het duister. Waarom wilde Matthias hem buitenspel zetten? Dat is de onbeantwoorde, nu misschien niet meer te beantwoorden vraag. Toen we het wisten hadden we hem de waarheid moeten vertellen.'
'Dat konden we niet.' De staatssecretaris leunde achterover in zijn stoel. 'Jenna Karras was verdwenen; we hadden geen idee of ze leefde of dood was. Onder de omstandigheden zou hij vragen hebben gesteld, leidend tot antwoorden die niet buiten het Ovale Kantoor bekend mogen worden... of buiten een vertrek als dit.'
'Antwoorden,' voegde de president van de Verenigde Staten eraan toe, 'die als ze onthuld zouden worden, de samenleving binnen enkele uren in een wereldomvattende atoomoorlog zouden storten. Als de Russen of de Chinezen wisten dat onze regering de draad kwijt is, zouden er aan beide zijden raketten

gelanceerd worden en duizend onderzeeërs in beide oceanen klaar zijn voor een secundaire tactische aanval – we zouden van de kaart geveegd worden. En we zijn de draad kwijt.'
Stilte.
'Ik zou graag iemand aan u voor willen stellen,' zei Emory Bradford tenslotte. 'Ik heb hem laten overvliegen vanaf een Alpenpas die Col des Moulinettes heet. Hij komt uit Rome.'
'Atoomoorlog,' fluisterde de president, terwijl hij de knop indrukte op de grote, gebogen tafel en het scherm verduisterd werd.

16

Havelock trok twee strepen door de zeventiende en de achttiende naam op de lijst, zette zich af tegen de muur in het armoedige cafeetje in Montmartre waaraan de telefoon hing en liep naar de deur. Meer dan twee gesprekken per telefoon stond hij zichzelf niet toe. Verfijnde elektronische opsporingsapparatuur kon een bepaalde plaats binnen enkele minuten vaststellen en als iemand van degenen die hij belde verbonden was met apparatuur in de Amerikaanse ambassade, dan had hij net zo goed de Parijse contactman voor *Cons Op* kunnen bellen en de tijd voor zijn executie kunnen vaststellen. Twee gesprekken per telefoon, elke telefoon minstens zes straten verder dan de vorige, elke conversatie beperkt tot hooguit anderhalve minuut. Hij had de halve lijst afgewerkt, maar de rest van de namen zou hij later moeten doen. Het was bijna negen uur en de bonte lichten van de wijk Montmartre overspoelden de straten met felle kleuruitspattingen die pasten bij de dolle geluidskakofonie – de nachtelijke festiviteiten van het district waren begonnen. En hij had een afspraak met Gravet in een steegje dat uitliep op de Rue Norvins. De kunstcriticus had de middag doorgebracht met het nalopen van iedereen in zijn speciale wereldje die iets zou kunnen weten over Jenna Karras.
Op een bepaalde manier had Michael dat ook gedaan, maar hij had het gedaan door zijn hersenen te laten werken. Hij had zijn kleren uit een bagagekluis in de *métro* gehaald, enkele hoognodige toiletartikelen gekocht, een notitieblok en een ballpoint en hij had een kamer genomen in een goedkoop hotel,

om de hoek bij La Couronne Nouvelle. Als de gewonde VKR-agent hulp zou inroepen, zo redeneerde hij, dan zou hij die zeker niet in dezelfde straat naar zijn doelwit laten zoeken. Havelock had zich geschoren, een bad genomen en was op het gammele bed gaan liggen, waar zijn lichaam rustte maar niet zijn geest. Hij was teruggegaan in de tijd, had systematisch zijn geheugen nagezocht en elk moment weer opgeroepen dat Jenna en hij samen in Parijs hadden doorgebracht. Hij en Jenna, Jenna en hij; waar ze heen gegaan waren, wat ze gezien hadden, met wie ze hadden gesproken, alles in de juiste volgorde. Elke plek en elk tafereel had een eigen locatie en een reden van bestaan: tenslotte had elk gezicht dat iets betekende een naam, en als het al geen specifieke naam was, dan was het een identiteit van iemand die hem kende... of haar.

Na twee uur en veertig minuten diep nadenken was hij recht gaan zitten, had pen en papier gepakt die op een stoel naast het bed lagen en was aan zijn lijst begonnen. Een halfuur later was hij compleet – zo compleet als zijn geheugen hem kon maken en hij was ontspannen weer op bed gaan liggen in de wetenschap dat de slaap die hij hard nodig had zou komen en tevens dat de klok in zijn hoofd hem zou wekken wanneer het daglicht voorbij was.

Dat gebeurde ook. Een tijdje later stond hij op straat, op weg van de ene telefooncel naar de andere, van het ene café met een bordje *Téléphone* in het raam naar het volgende, en elk toestel zes straten verder van het laatst gebruikte.

Hij begon met snel te praten, maar eerst over koetjes en kalfjes, liet geen alarm doorklinken in zijn stem maar stelde zijn oor in om iets van alarm op te vangen in de antwoorden van degenen met wie hij sprak. Zijn benadering was steeds dezelfde: hij zou Jenna die middag ontmoet hebben in de Bar Meurice, nadat ieder vanuit een andere stad naar Parijs was komen vliegen, maar zijn toestel was uren vertraagd geweest. En aangezien Jenna de naam van de betreffende persoon vaak had genoemd – en hij liet doorschemeren dat zoiets met warmte was gebeurd – vroeg Michael zich af of zij hem misschien had gebeld... of haar... wellicht op zoek naar een metgezel voor de middag in een stad die ze nauwelijks kende.

De meesten waren een beetje verrast Havelock aan de telefoon te krijgen – vooral in zo'n vluchtig gesprek – waren zelfs nog meer verrast dat Jenna Karras zich hun namen zou heb-

ben herinnerd, veel minder verbaasd dat ze met warmte aan hen terugdacht; ze hadden elkaar over het algemeen slechts korte tijd gekend. In geen enkel geval was er echter ook maar de geringste aarzeling, behalve de normale voorzichtigheid die samenging met het onverwachte in een beroep waarin men het ongewone meestal behoedzaam benaderde. Achttien namen. Niets. Waar was ze gebleven? Wat was ze aan het doen? Ze kon in Parijs niet onderduiken, niet als ze hem uit de weg wilde gaan; dat moest ze weten, verrek, waar zit je toch?
Hij kwam in de Rue Ravignan en begon de fikse helling te beklimmen, tegen de heuvel van Montmartre op, voorbij de donkere, oude huizen die eens de woonplaatsen waren geweest van legendarische figuren, kwam uit op het pleintje dat Place Clément heette en begon de Rue Norvins in te lopen. Het steegje dat Gravet had beschreven lag juist voor de smalle Rue des Saules; hij kon de onderbreking zien in de rij oude gebouwen voor zich uit en hij begon sneller te lopen.
Het oude, met keien bestrate steegje was donker, er waren geen mensen in te bekennen. De namaak-bohémiens wisten dat ze niet eindeloos konden doen voorkomen alsof ze in Montmartre thuishoorden; een roofpartij op de heilige heuvel der martelaren was iets anders dan een ijzeren staaf in Soho of New York. Havelock liep erin; zijn rechterhand kroop instinctmatig naar de opening in zijn jasje waar zijn riem zat en waar de magnum ongemakkelijk in stak. Gravet was te laat, een onbeleefdheid die de criticus verafschuwde. Wat was er gebeurd?
Michael ontdekte een donker portiek in de schaars verlichte straat; hij leunde tegen de stenen kozijnstijl, haalde zijn sigaretten te voorschijn en ontstak een lucifer. Terwijl hij de vlam beschermde, dacht hij aan de Palatijn, aan een kartonnetje met lucifers en een man die hem niet had willen doden maar had geprobeerd zijn leven te redden. Een man die stervende was en die even later gestorven was, in de wetenschap dat er een verrader zat op een zeer hoge plek in de regering van zijn land.
Aan de kant van de Rue Norvins ontstond even tumult, een korte woordenwisseling tussen twee mannen die tegen elkaar aanliepen. Toen bleef een lange, slanke figuur even rechtop stilstaan terwijl een reeks Franse scheldwoorden uit zijn mond stroomde. Zijn veel jongere, meer gedrongen tegenstander gaf stuurs commentaar op de afkomst van de oudere man en liep

verder. De beledigde partij streek zijn kraag recht, keerde zich naar links en liep het steegje in. Gravet was gearriveerd en niet zonder zijn bekende elan.

'*Merde!*' gooide de criticus eruit, toen hij Havelock vanuit de schaduw het schaarse licht in zag stappen. 'Dat komt door die smerige, haveloze militaire jacks die ze dragen! Je weet gewoon dat ze kwijlen bij het eten en dat hun tanden geel zijn. De hemel mag weten wanneer ze voor het laatst een bad hebben genomen of een fatsoenlijk woord hebben gesproken. Het spijt me dat ik te laat ben.'

'Het is maar een paar minuten. Ik ben hier ook nog maar net.'

'Ik ben te laat. Ik was van plan een halfuur geleden in de Rue Norvins te zijn om er zeker van te zijn dat je niet werd gevolgd.'

'Dat werd ik niet.'

'Ja, jij zou zoiets weten, nietwaar?'

'Ik zou het weten. Waardoor ben je opgehouden?'

'Een jongeman die ik versierd heb en die in de catacomben van de Quai d'Orsay werkt.'

'Je bent nogal eerlijk.'

'En jij begrijpt het verkeerd.' Gravet liep naar de muur, draaide zijn hoofd heen en weer en keek naar beide ingangen van het steegje; hij was tevreden. Hij vouwde zijn handen onder zijn middel met uitgestrekte armen, als een priester op het toneel die op het punt staat een priesterlijke vermaning uit te spreken. 'Sinds jij belde na je karwei in de Coronne Nouvelle – een telefoontje overigens waarvan ik niet zeker wist of het wel zou komen – heb ik me in verbinding gesteld met elke mogelijke contactpersoon die iets zou kunnen weten over een vrouw alleen in Parijs, op zoek naar asiel, of papieren, of klandestien vervoer en niemand kon me helpen. Het was eigenlijk erg onlogisch; er zijn per slot van rekening niet zoveel bronnen voor onwettige machinaties en er zijn er maar heel weinig die ik niet ken. Ik ben zelfs de Italiaanse buurten nagelopen, aannemende dat haar begeleiders van Col des Moulinettes haar misschien een of twee namen hadden gegeven. Niets... Toen drong het tot me door. Onwettige pogingen? Misschien zocht ik in de verkeerde hoek. Misschien zou zo'n vrouw in plaats daarvan juist meer wettige hulp zoeken, zonder daarbij haar onwettige redenen te hoeven prijsgeven. Uiteindelijk was zij een geroutineerde agente. Ze moest bepaalde personeelsle-

den kennen – of over hen hebben gehoord – in bevriende regeringen, al was het alleen maar via jou.'
'De Quai d'Orsay.'
'*Naturellement*. Maar dan in het souterrain, de catacomben. Waar voor mensen als jullie bepaalde hulp te krijgen moest zijn maar waarover zeker niet werd gesproken.'
'Als dat zo was, weet ik er niets van. Ik heb een aantal mensen in de ministeries een enkele keer ontmoet, maar ik heb nog nooit van de catacomben gehoord.'
'Buitenlandse Zaken in Londen noemt ze *clearing centres*. Jullie eigen Buitenlandse Zaken geeft ze een wat minder subtiele naam: afdeling van diplomatieke verplaatsingen.'
'Onschendbaarheid,' zei Havelock. 'Heb je wat gevonden?'
'Mijn jonge vriend heeft de afgelopen paar uur doorgebracht met het na te zoeken. Ik zei hem dat het korte tijdsbestek de zaak gemakkelijker maakte. Als er iets was voorgevallen dan kon het alleen vandaag zijn gebeurd. Na zijn avondeten is hij dus teruggekeerd naar zijn kleine grot onder een of ander voorwendsel en heeft er alle kopieën doorlopen van alle paperassen van vandaag die met de veiligheidsdienst te maken hebben. Hij gelooft dat hij het gevonden heeft, maar hij weet het niet zeker en dat weet ik ook niet. Maar jij kunt misschien het verband zien.'
'Wat is het?'
'Om kwart voor elf vanmorgen was er een memo van het *ministère des Affaires Etrangères* waarin bevel werd gegeven een open identiteit samen te stellen. Onderwerp: blanke vrouw, vooraan dertig, talen: Slavisch, Russisch, Servo-kroatisch, met het verzoek om onmiddellijk een alias en bijbehorende gegevens te verschaffen. Ik besef dat er natuurlijk tientallen...'
'Welke sectie in het ministerie?' viel Havelock hem in de rede.
'Vier. Sectie Vier.'
'Régine Broussac,' zei Havelock. 'Madame Régine Broussac. Eerste assistent-referendaris. Sectie Vier.'
'Daar heb je het verband. Dat is de naam en de handtekening op het memo.'
'Zij is de negenentwintigste op mijn lijst, negentwintigste van eenendertig. We ontmoetten haar – ik ontmoette haar – niet langer dan een minuut op straat, bijna een jaar geleden. Ik heb Jenna nauwelijks voorgesteld. Het klopt niet; ze kent haar

nauwelijks, kent haar helemaal niet.'
'Waren de omstandigheden speciaal toen je haar een jaar geleden zag?'
'Ik neem aan van wel. Een van hun mensen was een dubbelagent aan de Franse ambassade in Bonn; hij vloog regelmatig naar het oosten via Luckenwalde. We vonden hem aan de verkeerde kant van Berlijn. Op een bijeenkomst van de *Geheime Nachrichtendienst*.'
'Het rode marionettenkindje van de ss. Dan was het wel heel bijzonder.' Gravet zweeg en haalde zijn handen uit elkaar. 'Die Broussac. Zij is een wat oudere vrouw, nietwaar? Jaren geleden een heldin van de *résistance?*'
'Zij en haar man, ja. Hij werd gepakt door de Gestapo; wat ze van hem terugvonden was niet zo lekker.'
'Maar zij zette de strijd voort.'
'Ja.'
'Heb je daarover misschien iets aan je vriendin verteld?'
Havelock dacht na terwijl hij aan zijn sigaret trok, liet die toen vallen en draaide hem uit onder zijn voet. 'Waarschijnlijk. Régine is geen gemakkelijke tante; ze is kortaf, scherp, een hoop mensen noemen haar een rotwijf, maar dat is ze niet meer. Ze moest wel zo doen.'
'Laat ik je dan nog eens iets anders vragen, iets waarop ik het antwoord vaag vermoed, maar dat is enkel gebaseerd op geruchten; niet op iets wat ik heb gelezen dat officieel bleek te zijn.' De criticus vouwde opnieuw zijn handen. 'Wat heeft je vriendin ertoe gebracht te doen wat ze deed, het soort leven te leiden dat ze deelde met jou en kennelijk voordat jij er was?'
'1968,' antwoordde Havelock vlakweg.
'De invasie van het Warschaupact?'
'De *cry den* van augustus. De donkere dagen. Haar ouders waren dood en ze woonde in Ostrava met haar twee oudere broers, een van hen getrouwd. Beiden waren ze activisten onder Dubek, de jongste student, de oudste ingenieur aan wie het *Novoty régime* verboden had enig zinvol werk te verrichten. Toen de tanks aan kwamen rollen werd de jongste broer gedood op straat, de oudste werd ingerekend door de voorhoede van de Russen om "ondervraagd" te worden. Hij werd verminkt voor de rest van zijn leven – armen en benen – volkomen hulpeloos. Hij schoot zich een kogel door zijn kop en zijn vrouw verdween. Jenna reisde naar Praag waar niemand

haar kende en dook daar onder. Ze wist met wie ze contact moest opnemen, wat ze wilde doen.'
Gravet knikte en zijn scherp gesneden gezicht zag strak in het vage licht, diep doorgroefd. 'De mensen die doen wat jullie doen, rustig, heel efficiënt, die hebben allemaal uiteenlopende verhalen, maar er loopt dezelfde rode draad doorheen. Geweld, pijn... verlies. En onvervalste wraak.'
'Wat dacht je anders? Alleen ideologen kunnen zich veroorloven hard te roepen; wij houden ons meestal met andere zaken bezig. Daarom worden wij het eerst uitgezonden. Er is niet veel voor nodig om ons efficiënt te maken.'
'Of om elkaar te herkennen, stel ik me zo voor.'
'Onder bepaalde omstandigheden, ja. We maken daar niet zoveel ophef over. Wat wil je ermee zeggen?'
'Die vrouw Broussac. Je vriendin van de Costa Brava zou zich haar herinneren. Een man, broers, pijn, verlies... een vrouw alleen. Zo'n vrouw zou zich... een andere vrouw herinneren, die ook de strijd voortzette.'
'Dat heeft ze kennelijk gedaan, ik zou het alleen niet gedacht hebben.' Havelock knikte zwijgend, vervolgde toen: 'Je hebt gelijk,' zei hij zacht. 'Bedankt dat je het in het juiste licht hebt gebracht. Natuurlijk zou ze dat.'
'Wees voorzichtig, Michael.'
'Waarvoor?'
'Onvervalste wraak. Er moet een sympathie tussen hen bestaan. Ze zou je kunnen overleveren aan je eigen mensen, je in de val kunnen lokken.'
'Ik zal voorzichtig zijn; en dat zal zij ook. Wat kun je me nog meer vertellen over dat memo? Werd er een bestemming genoemd?'
'Nee, die zou overal kunnen zijn. Die zal bepaald worden op *Affaires Etrangères* en geheim worden gehouden.'
'Hoe zit het met haar alias? Een naam?'
'Daar werd nog aan gewerkt en mijn vriend heeft het niet onder ogen gekregen, tenminste vanavond niet. Misschien kan hij morgen dossiers doorzoeken die vanavond zijn opgesloten.'
'Te laat. Je zei dat het memo onmiddellijke actie eiste. Dat paspoort is al ineengeflanst en uitgegeven. Ze staat op het punt Frankrijk te verlaten. Ik moet opschieten.'
'Wat maakt één dag nu uit? Over twaalf uur hebben we misschien een naam. Je pleegt een paar spoedtelefoontjes naar de

luchtvaartmaatschappijen en zij kijken hun passagierslijsten na. Dan weet je waar ze naartoe is gegaan.'
'Maar niet hoe.'
'*Je ne comprends pas.*'
'Broussac. Als ze dit allemaal heeft gedaan voor Jenna dan zal ze meer doen. Ze laat haar niet in haar eentje op een of ander vliegveld staan. Er werden regelingen getroffen. Ik zal moeten weten wat voor regelingen.'
'En jij denkt dat zij je dat zal vertellen?'
'Ze zal wel moeten.' Havelock knoopte zijn slobberige jasje dicht en trok de kraag omhoog rond zijn nek. Het was kil op Montmartre, het steegje fungeerde als een tunnel voor de vochtige bries die over de grond waaide. 'Op de een of andere manier zal ze het me moeten vertellen. Bedankt, Gravet, ik sta bij je in het krijt.'
'Ja, inderdaad.'
'Ik zal Broussac vanavond opzoeken en morgen vertrekken... op de een of andere manier. Maar voordat ik ga, er is hier in Parijs een bank waar ik een privé-kluis heb; die zal ik leegmaken en ik zal voor jou een envelop achterlaten aan het kluisloket. Noem het maar een gedeeltelijke betaling. Het is de Banque Germaine aan de Avenue Georges Cinque.'
'Je bent heel erg attent, maar is het wel verstandig? Niet om op te scheppen, maar ik ben hier nogal bekend en ik moet oppassen met wie ik omga. Iemand daar kent je misschien.'
'Niet onder een naam die jij ooit gehoord hebt.'
'Wat voor naam moet ik dan noemen?'
'Geen naam. Zeg alleen maar de 'meneer uit Texas'; die heeft een envelop voor jou achtergelaten. Als je je er beter bij voelt kun je zeggen dat je me nooit hebt ontmoet. Ik onderhandel over de aankoop van een schilderij voor een anoniem koper in Houston.'
'En als er complicaties optreden?'
'Die zullen niet optreden. Je weet waar ik vanavond naartoe ga en daardoor ook waar ik morgen ben.'
'In laatste instantie zijn we beroepsmensen, nietwaar, Michael?'
'Ik zou het niet anders willen. Veel minder complicaties.' Havelock stak zijn hand uit. 'Nogmaals bedankt. Je weet hoe je me hebt geholpen. Ik zal er niet over doorzagen.'
'Je kunt dat wel vergeten als je wilt, die envelop,' zei Gravet,

terwijl hij Michaels hand schudde en in het halfdonker zijn gezicht bestudeerde.
'Misschien heb je het geld wel nodig en mijn onkosten waren maar heel klein. Je kunt me altijd nog betalen de volgende keer dat je in Parijs bent.'
'Regels moet je niet veranderen; daar zijn we te zeer vertrouwd mee geraakt. Maar ik waardeer je blijk van vertrouwen.'
'Jij hebt je altijd fatsoenlijk gedragen en ik begrijp niets van deze zaak. Waarom zij? Waarom jij?'
'Ik zou het, bij god, wel eens willen weten.'
'Dat is de sleutel, nietwaar? Iets wat je wel weet.'
'Als dat zo is dan heb ik niet het flauwste benul wat het zou kunnen zijn. *Adieu*, Gravet.'
'Zeg liever *au revoir*. Ik wil die envelop echt niet, *Mikhail*. Kom maar terug naar Parijs. Dat ben je me schuldig.' De eminente criticus keerde zich om en liep elegant het steegje uit.

Het had geen zin om er bij Régine Broussac omheen te draaien; zij zou dat onmiddellijk aanvoelen, de toevallige samenloop in de tijd zou haar te ongelooflijk voorkomen. Van de andere kant zou het even dwaas zijn om haar het voordeel te geven een plaats voor de afspraak vast te stellen: ze zou de omgeving af laten zetten door personeel waarvan de Quai d'Orsay niet het minste idee had dat het op haar loonlijst stond. Broussac was geen gemakkelijke tante, ze wist wanneer ze haar regering wel of niet moest inschakelen en afhankelijk van datgene wat Jenna haar verteld had zou ze alle transacties met een vroegere – uit balans geraakte – Amerikaanse agent wel eens beter geschikt kunnen achten voor onconventionele methoden. Die methoden waren oncontroleerbaar; ze waren gevaarlijk, omdat er geen hiërarchie van verantwoordelijkheden was, alleen verdwaalde sommen geld die niemand erkende. De mensen met andere namen of betalingen waren rechtstreeks verwant aan de plegers van geweld, of ze nu in dienst waren van Rome bij de Col des Moulinettes of van een VKR-agent in een goedkoop hotelletje aan de Rue Étienne. Ze waren allemaal dodelijk, het was uitsluitend een kwestie van gradatie, en tenzij je hun opdrachtgever was, kon je ze beter uit de weg gaan. Havelock begreep het; hij moest alleen met Broussac spreken en om dat te doen moest hij haar ervan overtuigen dat hij niet gevaarlijk was – voor haar – en dat hij, ondanks

een zekere oppervlakkige waanzin, informatie voor haar had die van onschatbare waarde zou kunnen zijn.
Hij kreeg een onwaarschijnlijke inval terwijl hij de eindeloze trappen van Montmartre afdaalde. Hij had het tegen zichzelf steeds maar over de waarheid. Hij zou haar een deel van de waarheid vertellen, niet alles. Leugenaars verdraaiden de waarheid en misschien luisterde zij wel naar hen.
Ze stond in het telefoonboek van Parijs. Rue Losserand.
'... Ik heb je nog nooit verkeerde informatie gegeven en ik ga daar vanavond ook niet mee beginnen. Maar het is erg vertrouwelijk. Heel erg. Als je weten wilt hoe vertrouwelijk, bel dan de ambassade maar eens, onder de naam van iemand anders aan de Quai d'Orsay. Vraag maar eens hoe mijn positie is en stel die vraag aan de hoogste attaché van Consulaire Operaties. Zeg maar dat ik je heb opgebeld vanuit ergens in het zuiden en een afspraak met je wilde maken. Vraag maar om instructies, als officieel functionaris van een bevriende natie. Ik zal je over tien minuten terugbellen... niet via deze telefoon natuurlijk.'
'Natuurlijk. Tien minuten.'
'Régine?'
'Ja?'
'Denk aan Bonn.'
'Tien minuten.'
Havelock liep in zuidelijke richting naar de Place Berlioz en keek daarbij vaak op zijn horloge, want hij wist dat hij zo'n vijf tot zeven minuten zou toevoegen aan de opgegeven tien. De andere persoon onthulde vaak meer dan hij van plan was wanneer de wachttijd waarmee teruggebeld zou worden, werd verlengd. Er stond een *cabine* op de hoek waarin een jonge vrouw in de hoorn stond te schreeuwen, terwijl ze als een razende met haar linkerhand gesticuleerde. Woedend gooide ze de hoorn neer en stoof de cel uit.
'*Vache!*' riep het nijdige meisje uit toen ze Havelock voorbij liep en de schouderriem van haar grote tas rechttrok.
Hij opende de deur en ging naar binnen; de extra wachttijd was tot negen minuten uitgelopen. Hij draaide het nummer en wachtte.
'Ja?' Direct na de eerste keer overgaan klonk de stem van Broussac. Ze zat in spanning; ze had met de ambassade gesproken.

'Heb je met de attaché gepraat?'
'Je bent laat. Je zei tien minuten.'
'Heb je met hem gesproken?'
'Ja. Ik zal je ontmoeten. Kom maar zo gauw je kunt naar mijn flat.'
'Het spijt me. Ik bel je zo wel weer terug.'
'Havelock!'
Hij legde de hoorn op en liep de cel uit en zijn ogen zochten de straat af naar een vrije taxi.
Vijfentwintig minuten later stond hij in een andere cel, waar hij de cijfers niet kon lezen omdat het er zo donker was. Hij ontstak een lucifer en draaide het nummer.
'Ja!'
'Neem de *métro* naar het station Bercy en loop naar de straat. Een paar straten verder aan de rechterkant staat een rij pakhuizen. In die buurt ben ik. Kom alleen, want als je dat niet doet zal ik het merken. En dan krijg je mij niet te zien.'
'Dit is belachelijk! Een vrouw alleen, 's avonds laat in Bercy!'
'Als er rond deze tijd nog iemand rondhangt zal ik hem voor jou waarschuwen.'
'Wat een waanzin! Waar denk je in hemelsnaam aan?'
'Een jaar geleden, in een andere straat,' zei Michael, 'in Bonn.'
Hij liet de hoorn op de haak vallen en verbrak zo de verbinding.
De buurt was verlaten, de rij pakhuizen was donker. De straatlantaarns gaven weinig licht, volgens gemeenteverordening brandden er lampen in met een laag wattage. Er waren weinig plekken waar een onbekend waarnemer zich kon verbergen. De paar bewoners van die buurt die uit de verlichte spelonk van de *métro* de straat opkwamen waren goed zichtbaar en aarzeling of plotseling wegduiken zou worden opgemerkt. Een eenzame auto was op straatlengten afstand te zien. Het voordeel werd natuurlijk nog versterkt doordat hij op de plaats van het rendez-vous was nog voordat het was vastgesteld. Dat was hij; hij verliet de cel en stak de Boulevard de Bercy over. Twee vrachtwagens stonden achter elkaar geparkeerd aan het trottoir voor een laadperron. Hun laadbakken van open latwerk waren leeg, onbeweeglijke tekenen dat de chauffeurs die ochtend vroeg een karweitje hadden. Hij zou tussen de beide voertuigen blijven wachten, dan had hij naar twee kanten vrij uitzicht. Régine Broussac zou zeker komen, ze was opgewon-

den en haar jachtinstinct was geprikkeld, uitgedaagd, ze zou niet kunnen weerstaan aan iets wat haar niet duidelijk was.
Elf keer achter elkaar hoorde hij het gedempte gerommel van de ondergrondse treinen en voelde hij duidelijk de trillingen in het beton en de aarde onder zijn voeten. Bij de zesde keer begon hij zijn aandacht te concentreren op de ingang van de *métro*; eerder kon ze niet zijn aangekomen. Wel was hij binnen enkele minuten na het tweede gesprek begonnen de straten af te zoeken, had hij gelet op de weinige passerende auto's, de nog schaarsere fietsen. Hij zag niets dat hem alarmeerde en als er ook maar iets ongewoons was geweest zou hem dat zijn opgevallen.
Het twaalfde gerommel stopte, de zwakke trillingen vibreerden nog na onder hem en tegen de tijd dat het ondergrondse bolderen weer begon, kon hij haar de trappen op zien klimmen; haar korte, gedrongen figuur kwam uit het heldere licht te voorschijn in de zwakke lichtschijn van de straat. Een echtpaar liep voor haar uit; Michael hield hen nauwkeurig in de gaten. Ze waren bejaard, ouder dan Broussac, ze stapten langzaam en voorzichtig; aan hen zou ze niets hebben. Ze sloegen linksaf, om het vierkante, ijzeren rasterwerk van de ingang heen, en verwijderden zich van de vrachtwagens en de pakhuizen, geen onderdeel van een nachtelijke surveillanceploeg. Régine bleef rechtdoor lopen, stappend als een norse boerin. Ze draaide langzaam en weifelend haar hoofd met kort gekapt, grijs haar heen en weer op elk geluid dat haar vreemd voorkwam, echt of ingebeeld. Ze liep onder een straatlantaarn door en Havelock wist het weer: haar huid was even grijs als haar kortgeknipte haar, getuigenis van jarenlange niet-erkende folteringen. Haar gezicht werd echter verzacht door grote blauwe ogen, soms expressief, soms niet. Toen ze van het licht in de schaduw aankwam, schoten Gravets woorden Havelock te binnen: 'Geweld, pijn, verlies.' Régine Broussac had het allemaal meegemaakt en overleefd, rustig, op haar hoede, taai op een stilzwijgende manier en geenszins verslagen. Ze genoot van de geheime, onzichtbare macht die haar regering haar gegeven had, zo kon ze zich wreken. Michael begreep haar; ze was tenslotte een van hen. Een overlevende. Hij riep zacht vanaf zijn standplaats tussen de twee vrachtwagens: 'Régine.' Ze bleef staan, roerloos, haar ogen waren recht vooruit gericht, keken niet naar hem. Ze antwoordde. 'Is het nodig om

een wapen op me gericht te houden?'
'Ik heb geen wapen op jou gericht. Ik heb er een, maar ik heb het niet in mijn hand.'
'*Bien!*' Broussac keerde zich abrupt om met haar handtas omhoog. Een explosie scheurde een gat in de stof, het beton en de stenen spatten op onder Havelocks voeten en stukjes steen en cement drongen door zijn broekspijpen en schramden langs zijn huid. 'Dat is voor wat je Jenna Karras hebt aangedaan!' schreeuwde de oude vrouw, terwijl haar grauwe, geplooide gezicht zich vertrok. 'Beweeg je niet! Eén stap, één gebaar en ik schiet je door je keel!'
'Wat doe je nou?'
'Wat heb jij gedaan? Voor wie werk je nu?'
'Voor mezelf, godverdomme! Voor mezelf en voor Jenna!' Havelock stak zijn hand op, een instinctief gebaar, meer smekend eigenlijk. Het werd niet geaccepteerd.
Een tweede explosie weerklonk uit de kapotte handtas, de kogel schampte langs de buitenkant van zijn handpalm, ricocheerde van het metaal van de vrachtwagen en verdween fluitend in het nachtelijke duister.
'*Arrêtez!* Het kan me niet schelen of ik een lijk aflever of een lichaam dat nog leeft. In jouw geval liever een lijk, *cochon*.'
'Aan wie aflever?'
'Je zei dat je me terug zou bellen... "Ik bel je zo weer terug," zei je dat niet? Welnu dan, nog even en dan zullen er verschillende collega's van mij hier zijn, een tijdsbestek dat ik wel durfde riskeren. In minder dan dertig minuten zou je je veilig hebben gevoeld; zou je te voorschijn zijn gekomen. Als zij er zijn, dan rijden we naar een huis buiten Parijs waar we eens samen zullen praten. Dan dragen we je over aan de *Gabriël*. Ze zijn er erg op gebrand je te hebben. Ze noemen je gevaarlijk, meer hoefde ik niet te weten... bij wat ik al wist.'
'Niet voor jou! Ik ben gevaarlijk voor hen, niet voor jou!'
'Waar zie je me voor aan? Zie je ons voor aan?'
'Je hebt Jenna ontmoet. Je hebt haar geholpen...'
'Ik heb haar ontmoet. Ik heb naar haar geluisterd. Ik heb de waarheid gehoord.'
'Zoals zij die gelooft, niet zoals zij is! Luister naar mij! Wacht op wat ik je te vertellen heb!'
'Je gaat praten onder de juiste omstandigheden. Je weet net zo goed als ik wat dat betekent.'

'Ik heb geen chemische troep nodig, rotwijf dat je bent! Je zult niets anders te horen krijgen!'

'We zullen op de juiste manier te werk gaan,' zei Broussac terwijl ze haar hand en het pistool uit haar kapotte handtas haalde. 'Kom daar vandaan,' vervolgde ze en ze gebaarde met het wapen. 'Je staat daar in de schaduw. Dat zint me niet.'

Natuurlijk zinde haar dat niet, dacht Havelock, terwijl hij erop lette hoe de oude vrouw met haar ogen knipperde. Zoals bij zovele oudere mensen was haar gezichtsvermogen niet zo goed in het donker. Daarom had ze ook steeds haar hoofd heen en weer bewogen toen ze de verlichte ingang van de *métro* uitliep; ze was al even verdacht geweest op onverwacht opduikende schaduwen als op geluiden. Hij moest haar aan de praat houden, een deel van haar concentratie afleiden.

'Denk jij dat de Amerikaanse ambassade zal tolereren wat je nu aan het doen bent?' vroeg Michael, terwijl hij naar voren stapte in de stroken afwisselend donker en flauw licht die gevormd werden door het latwerk van de open vrachtwagen en het schijnsel van de straatlantaarns.

'Er zal zich geen onopvallend internationaal incident voordoen; we konden niet anders doen dan je verdoven. In hun woorden: je bent gevaarlijk.'

'Dat zullen ze niet accepteren, en jij weet dat.'

'Ze zullen weinig keuze hebben. De Gabriël is gewaarschuwd dat er een zeer abnormale situatie is ontstaan waarin een gewezen Amerikaans inlichtingenfunctionaris – een expert in klandestiene operaties – misschien een poging doet een functionaris van Quai d'Orsay te compromitteren. Naar verwacht zal de ontmoeting plaatsvinden op dertig kilometer buiten Parijs, in de buurt van Argenteuil, en de Amerikanen is verzocht een voertuig met gewapende bemanning in de buurt te houden. Er is een golflengte voor radioverkeer afgesproken. Wij zullen een Amerikaans probleem overdragen aan de Amerikanen... wanneer we eenmaal weten wat de basis is voor de afpersing. Wij moeten de belangen van onze regering verdedigen. Volkomen aanvaardbaar, zelfs genereus.'

'Verrek, jullie hebben het goed voor elkaar.'

'Heel goed. Ik ken mannen zoals jij. En vrouwen: die schoren we vroeger hun koppen kaal. Ik veracht jou.'

'Vanwege dat wat zij je heeft verteld?'

'Net zoals jij zal ik het weten wanneer ik de waarheid heb ge-

hoord. Zij heeft in ieder geval niet gelogen.'
'Dat ben ik met je eens. Omdat ze het allemaal gelooft... net als ik. En ik had ongelijk – mijn god, wat had ik ongelijk – net zoals zij nu ongelijk heeft. Er is gebruik van ons gemaakt, van ons beiden.'
'Door jullie eigen mensen? Met welk doel?'
'Dat weet ik niet!' Ze was aan het luisteren, haar concentratie begon te verflauwen. Ze kon het niet helpen, het onbekende intrigeerde haar te zeer. 'Waarom denk je dat ik met jou contact opnam? Verdomme, als ik de middelen had om jou te vinden, dan had ik ook wel zonder jou gekund! Ik heb jou niet nodig, Régine. Ik had zonder jou ook wel uit kunnen vinden wat ik wil weten. Ik heb jou gebeld omdat ik je vertrouwde!'
Broussac knipperde met haar ogen, in de gezwollen, grauwe huid rond haar ogen werden denkrimpeltjes zichtbaar. 'Je krijgt je kans om te praten... onder de juiste omstandigheden!'
'Doe dat nou niet!' riep Michael uit en hij zette een korte stap naar voren. *Ze schoot niet, ze bewoog haar pistool niet.* 'Je hebt de zaak op gang gebracht; je zult me over moeten dragen! Ze weten dat ik het ben en je zult ertoe worden gedwongen. Je vrienden zullen erop staan. Ze gaan niet ten onder met jou, wat je ook van mij te horen krijgt... onder de juiste omstandigheden!'
'Waarom zouden wij ten onder gaan?'
'Omdat er gelogen wordt tegen de ambassade. Door mensen die verdomd hoog zitten!'
De ogen van de oude vrouw werden even heel kort en pijnlijk dichtgeknepen. Ze had niet geschoten toen hij zich enkele tellen geleden had bewogen.
Nu!
Havelock deed een uitval met uitgestrekte rechterarm, strak vooruit, zo recht als een ijzeren staaf en zijn linkerhand lag onder zijn pols. Hij raakte het pistool en zwaaide het opzij terwijl een derde explosie weerklonk door de verlaten straat. Zijn linkerhand schoot onder zijn rechter te voorschijn, greep de loop vast, rukte die los uit haar greep, terwijl hij haar met geweld tegen de muur duwde.
'*Cochon! Traître!*' gilde Broussac, haar grauwe gezicht vertrokken, lelijk, haar gerimpelde mond nu eens samengetrokken dan weer vaneen terwijl ze naar hem spuugde. 'Vermoord me maar, *cochon!* Je zult niets van mij te weten komen!'

Hij hield zijn onderarm over haar keel en duwde haar hoofd achteruit tegen de muur met het wapen in zijn hand. 'Wat ik wil weten, Régine, dat kan ik je niet afdwingen,' zei hij, zwaar hijgend. 'Begrijp je dat niet? Je moet het vrijwillig geven.'
'Niks! Wat voor terroristen hebben jou omgekocht? Meinhof-lafaards? Arabische zwijnen? Fanatici uit Israël? Rode Brigade? Wie wil er nu weten wat jij te koop hebt...? Zij was op de hoogte. Zij heeft het ontdekt! En je moet haar doden. Dood mij eerst maar, verrader!'
Langzaam verminderde Havelock de druk van zijn arm, nog langzamer trok hij zijn lichaam terug van het hare. Hij kende het risico; hij aanvaardde het niet zonder het heel goed overwogen te hebben. Van de andere kant kende hij Régine Broussac. Uiteindelijk... was zij één van hen. Hij trok zijn arm weg en bleef voor haar staan, keek haar rustig recht in haar ogen.
'Ik heb niemand anders verraden dan mezelf,' begon hij. 'En door mezelf iemand van wie ik heel veel houd. Ik meende wat ik zei. Ik kan je niet dwingen me te zeggen wat ik moet weten. Een van de dingen is dat je te gemakkelijk tegen me zou kunnen liegen en je zou er iets mee bereiken ook, en dan zou ik weer op hetzelfde punt zijn als tien dagen geleden. Ik wil niet terugkeren naar dat punt en als ik niet vooruit kan komen doet het er wellicht weinig toe. Ik heb de jaren door geleerd hoe uitzichtloos de dingen kunnen zijn.' Hij bracht het pistool omhoog dat hij in zijn linkerhand hield en pakte de loop vast met zijn rechter. Hij stak het haar toe. 'Je hebt drie keer geschoten; er zijn nog vier patronen over.'
Ze bleef stilstaan, maakte geen aanstalten om het wapen aan te pakken, staarde hem aan, bekeek zijn gezicht, zijn ogen. Haar grauwe, verwrongen gelaatstrekken plooiden zich weer tot het soort gezicht dat hij van haar kende.
'*Déraisonnable*,' fluisterde ze. 'Dit is dus de waarheid.'
'De waarheid.'
Régine keek op haar horloge. '*Vite!* We moeten verdwijnen. Ze zullen binnen een paar minuten hier zijn; ze zullen overal gaan zoeken.'
'Waarheen? Er zijn geen taxi's...'
'De *métro*,' viel Broussac hem in de rede. 'Die zullen we nemen tot Rochereau. Er is daar een parkje waar we kunnen praten.'

'Hoe zit het met je ploeg? Wat ga je hen vertellen?'
'Dat ik hun waakzaamheid op de proef stelde,' zei de oude vrouw, terwijl ze hem bij de arm nam en ze beiden over het trottoir naar de verlichte ingang van de ondergrondse liepen. 'Dat ik wilde zien hoe ze in een bepaalde situatie zouden reageren. Ze kennen dat. Het is laat; ze zijn vrij van dienst en ik ben een rotwijf.'
'Je zit nog steeds met de ambassade.'
'Dat weet ik; ik heb het gedegen georganiseerd, ik zal iets moeten verzinnen.'
'Misschien ben ik helemaal niet gekomen.'
'*Merci.*'
Het miniatuurparkje in Denfert Rochereau bestond uit een gazon met hier en daar wat stenen banken, in vormen gesnoeide bomen en een grindpad dat om een vijvertje liep met een fontein in het midden. De enige lichtbron bestond uit een straatlantaarn op tien meter afstand, waarvan het lichtschijnsel door de takken van de bomen viel. Ze gingen naast elkaar zitten, de bank was koud, de nachtlucht was kil. Michael vertelde Broussac wat hij gezien had – en wat hij niet gezien had – aan de Costa Brava. Toen moest hij de vraag stellen.
'Heeft ze je verteld wat er gebeurde?'
'Ze werd gewaarschuwd, ze moest instructies opvolgen.'
'Instructies van wie?'
'Van een hoge regeringsfunctionaris uit Washington. Ze heeft nooit geweten hoe hij heette.'
'Hoe kon ze hem dan accepteren?'
'Hij werd met haar in contact gebracht door een man die zich identificeerde als de hoogste attaché van Consulaire Operaties in Madrid.'
'Consulaire... Madrid? Waar was ik dan?'
'In Madrid.'
'Verrek, tot op het uur georganiseerd!'
'Wat georganiseerd?'
'De hele verdomde zaak. Wat kreeg ze voor instructies?'
'Die avond een man te ontmoeten en met hem Barcelona te verlaten.'
'Heeft ze dat gedaan?'
'Nee.'
'Waarom niet?'
'Ze raakte in paniek. Zoals zij het zei, was alles voor haar in-

eengestort. Ze had een gevoel alsof ze niemand meer kon vertrouwen. Ze ging er vandoor.'
'Godzijdank. Ik weet niet wie er werd vermoord op dat strand, maar de bedoeling was wel dat het Jenna was geweest. Op een bepaalde manier wordt de hele zaak er nog walgelijker door. Wie was zij? Iemand die er geen barst van afwist? Een vrouw die daarheen werd gebracht en die te horen kreeg dat ze in het maanlicht een *frisbee* achterna moest lopen, op wie ineens werd geschoten, die wist dat ze ging sterven? Mijn god, wat zijn dat toch voor mensen?'
'Zoek het maar uit via Madrid. Die attaché van Consulaire Operaties.'
'Dat kan ik niet. Die identificatie was een leugen; er werd opnieuw tegen haar gelogen. Er bestaat geen *Cons Op*-bureau in Madrid; het klimaat is er te rot. Het opereert vanuit Lissabon, op een uur rijden van de stad.'
Régine zweeg, haar ogen waren op hem gericht. 'Wat gebeurt er allemaal, Michael?'
Havelock keek naar de fontein in het midden van de donkere vijver. De neervallende stralen namen af, vouwden zich samen, stierven weg; ergens draaide een hand een knop om, sloot het af voor de rest van de nacht. 'Er zijn leugenaars aan het werk op heel hoge plaatsen in mijn regering. Ze zijn doorgedrongen tot op terreinen waarvan ik altijd had gedacht dat ze ondoordringbaar waren. Ze oefenen macht uit, doden... liegen. En iemand uit Moskou werkt met hen samen.'
'Moskou? Weet je dat zeker?'
'Ik weet het zeker. Het woord van een man die niet bang was om te sterven, maar die doodsbenauwd was voor de manier van leven die ik hem beloofde. Iemand in Moskou – iemand die volkomen onbekend is bij de leiders van de KGB – staat in verbinding met de leugenaars.'
'Met welk doel? Jij? Om je geloofwaardigheid te vernietigen en je dan te doden? Om een of ander recent succes teniet te doen door het verleden te besmeuren van een man die er niet meer is?'
'Ik ben het niet; ik maak er slechts deel van uit. Voorheen was ik niet belangrijk, maar nu ben ik het wel.' Havelock wendde zijn hoofd en keek de oude Broussac aan, haar grauwe gezicht zag vaaldonker in het vage licht. 'Omdat ik Jenna heb gezien; omdat ik ontdekte dat ze in leven was. Nu moe-

ten ze mij doden. Ze moeten haar ook doden.'
'Waarom? Jij was een van de besten!'
'Ik weet het niet. Ik weet alleen dat ik bij Costa Brava naar de antwoorden moet zoeken. Daar begon het voor Jenna en voor mij... waar het zogenaamd moest eindigen. Een van ons dood, de ander van binnen afstervend, uitgewerkt. Buitenspel.'
'Zij sterft ook langzaam van binnen af. Het verbaast me dat ze nog kan functioneren, dat ze nog in actie kan blijven. Zij is een bijzondere vrouw.' Régine zweeg. De bundel van de fontein was helemaal ingezakt, er drupten alleen nog wat straaltjes over zijn bordvormige bekken in de vijver. 'Ze hield van jou, dat weet je.'
'Verleden tijd?'
'O, ja. We leren te leven met nieuwe waarheden, toch? Dat kunnen wij beter dan de meeste mensen, omdat plotselinge verandering niet alleen een vijand maar ook een oude bekende is. We zijn voortdurend op zoek naar verraad in anderen, we prediken het. En zelf worden we de hele tijd op de proef gesteld; onze vijanden proberen ons verstand en onze lusten te verleiden. Soms hebben wij succes, soms zij. Dat is de realiteit.'
'De futiliteit,' zei Havelock.
'Jij bent te filosofisch voor dit bestaan.'
'Daarom ben ik er ook uitgestapt.' Michael keek weg. 'Ik zag haar gezicht in het vliegtuigraam in Col des Moulinettes. Haar ogen. Verschrikkelijk.'
'Dat wil ik wel geloven. Het kan. Liefde kan omslaan in haat, nietwaar? In zo'n geval is dat de enige verdediging... Als ze kan, zal ze je vermoorden.'
'O, mijn god...' Havelock leunde voorover op de bank, zijn ellebogen op zijn knieën, zijn kin rustend in de kom van zijn handen, zo zat hij naar de uitgewerkte fontein te staren. 'Ik houd zoveel van haar. Ik hield van haar toen ik haar die nacht doodschoot, in de wetenschap dat een deel van mij, m'n leven lang, op dat strand zou achterblijven. Mijn ogen zien haar rennen, in het zand vallen, mijn oren horen haar roepen... ik wilde naar haar toe rennen, haar in mijn armen nemen en zeggen dat de hele wereld één leugen was en dat niets ertoe deed, behalve wij! Alleen wij... Binnenin me probeerde iets me duidelijk te maken dat ons vreselijke dingen werden aangedaan, maar ik wilde niet luisteren... Ik was te diep gewond om naar

mezelf te luisteren. Ik, ik, ik! Ik kon mezelf niet ontwijken zodat ik de waarheid kon horen die zij uitschreeuwde!'
'Je was een professional in een professionele crisis,' zei Régine zachtjes, een hand op zijn arm. 'Met alles wat je geleerd had, met alles waarmee je jarenlang had geleefd, deed je wat je moest doen. Professioneel.'
Michael draaide zijn hoofd om en keek haar aan. 'Waarom was ik mezelf niet?' vroeg hij. 'Waarom luisterde ik niet naar dat andere geroep, dat ik niet uit mijn keel kreeg?'
'We kunnen niet altijd vertrouwen op wat we instinct noemen, Michael. Dat weet je.'
'Ik weet dat ik van haar houd... van haar hield toen ik dacht dat ik haar haatte, toen die professional in mij dacht dat hij haar zag sterven omdat ik een vijand in de val had. Ik haatte haar niet, ik hield van haar. Weet je hoe ik dat weet?'
'Hoe dan, *mon cher?*'
'Doordat de overwinning geen triomf was, helemaal niet. Ik voelde walging, verdriet... ik wilde dat de dingen anders waren dan ze konden zijn.'
'En daarom ben je eruit gestapt, nietwaar? Dat hadden we gehoord, dat vond ik zo moeilijk te geloven. Nu begrijp ik het. Je hebt heel veel van haar gehouden. Het spijt me vreselijk, Michael.'
Havelock schudde zijn hoofd en sloot zijn ogen. Even was het donker een troost. 'In Barcelona,' zei hij terwijl hij zijn ogen weer opende en naar de rustige vijver voor hen keek, 'wat is daar gebeurd? Vertel me eens wat ze zei.'
'Ze kan maar niet begrijpen wat er gebeurd is. Werd je nu eigenlijk omgekocht door de Russen of heeft Washington bevel gegeven voor haar executie? Het is haar een raadsel – een raadsel vol gewelddadigheid. Ze kwam Spanje uit en ging naar Italië, trok van stad naar stad en zocht die paar mensen op die ze dacht te kunnen vertrouwen en van wie ze hulp en een schuilplaats verwachtte. Maar altijd weer dezelfde vragen: waar was jij? Waarom was ze alleen en was jij er niet bij? Eerst was ze bang om het te vertellen en toen deed ze het toch en wilde niemand haar geloven. Telkens wanneer ze haar verhaal vertelde en het niet werd geloofd, meende ze dat ze weer moest vluchten, overtuigd als ze was dat die paar mensen contact met jou zouden opnemen en dat jij achter haar aan zou komen. Ze leeft in die nachtmerrie dat jij er altijd bent, altijd

achter haar aanzit... haar in het nauw drijft. En toen ze een keer voor korte tijd een veilige schuilplaats had gevonden, dook er een Rus op, iemand die jullie beiden hadden gekend in Praag, een slachter van de KGB. Toeval? Wie kon het zeggen? Ze ging weer op de vlucht, ditmaal met een groot bedrag dat ze van haar werkgever had gestolen.'
'Dat vroeg ik me af. Hoe kon ze haar vlucht uit Italië betalen, de grens over en naar Parijs? Vergeleken met sommige andere routes reisde ze eerste klas.'
Broussac glimlachte, haar blauwe ogen levendig in de schaduw als teken dat er een amusant verhaal kwam.
'Ze lachte er zelf om – zachtjes, maar toch – maar het was goed dat ze kon lachen, Michael. Snap je wat ik bedoel? Even leek ze een meisje dat zich een ondeugende streek herinnerde.'
'In mijn slaap hoor ik haar lachen... als ik haar niet hoor schreeuwen. Ze lachte altijd zachtjes, nooit hardop, maar wel voluit... een echo van heel diep. Ze lachte graag, het was een soort bevrijding, iets was niet vaak toegestaan was en daarom des te plezieriger als het voorkwam.' Hij zweeg, zijn blik weer op de zwijgende fontein. 'Hoe heeft ze dat geld gestolen? Waar?'
'Milaan.'
'Milaan is vergeven van de Russen. Iedereen die ze daar zag was een toevallige ontmoeting... Sorry, wat is er gebeurd?'
'Ze werkte in die gigantische winkel aan de Piazza del Duomo, waar ze boeken en tijdschriften en kranten uit de hele wereld verkopen. Ken je die?'
'Ik heb hem gezien.'
'Ze kreeg de baan vanwege haar talenkennis, en ze had haar haar geverfd, een bril opgezet, de gebruikelijke dingen. Maar vanwege haar figuur kreeg ze de onverdeelde aandacht van de eigenaar, een zwijn met een vierkante vrouw waar hij als de dood voor was en acht kinderen. De hele tijd vroeg hij haar in zijn kantoor en zat aan haar en beloofde haar de Galleria Vittorio in ruil voor haar gunsten. Op een middag kwam de Rus binnen. Ze herkende hem en wist dat ze ervandoor moest. Ze was bang dat hij in verbinding stond met jou, dat jij Europa aan het uitkammen was op zoek naar haar... Tijdens de lunchpauze besprong ze haar werkgever en zei dat ze niet langer kon wachten op zijn gunsten, en dat een klein leninkje het enige was dat tussen hen en de volslagen extase in stond. Te-

gen die tijd had ze haar bloes uit en lag de portefeuille van de stakker onder een stoel. De man kreeg bijna een hartstilstand en opende de safe, waar de opbrengst van een paar dagen in lag; het was op een vrijdag, zoals je nog wel zult weten.'

'Hoe zou ik dat moeten weten?' onderbrak Havelock.

'Daar komen we nog op,' zei Régine, een glimlachje op haar lippen. 'Hoe dan ook, toen Lothario, niet meer de jongste en hevig zwetend, de safe open had en Jenna net haar bh uittrok, telde hij met trillende handen een paar duizend lire uit en gaf zij hem een klap op zijn kop met een bureauklok. Daarna maakte ze de safe leeg, volkomen verbijsterd over de bedragen die ze er aantrof. Dat geld was haar paspoort en dat wist ze.'

'Maar ook een uitnodiging voor een klopjacht door de politie.'

'Maar die kon worden uitgesteld, zodat zij Milaan uit kon komen.'

'Hoezo?'

'Angst, verwarring en verlegenheid,' antwoordde Broussac. 'Jenna sloot de safe, kleedde de eigenaar tot op de huid uit en smeerde hem vol lippenstift. Daarna belde ze naar zijn huis, kreeg de werkster en zei dat de vrouw van de eigenaar over een uur, niet meer en niet minder, naar de winkel moest komen in verband met een dringende zaak.'

'Angst, verwarring en verlegenheid,' beaamde Michael, knikkend. 'Ze gaf hem nog een tik zodat hij zich niet zou verroeren. Ze nam aan dat hij nauwelijks naar de safe zou rennen waar zijn vrouw bij was, want dat zou de zaak alleen nog maar erger maken... En uiteraard nam ze zijn kleren mee,' vulde Havelock aan, glimlachend bij de herinnering aan Jenna's vindingrijkheid.

'Uiteraard. De volgende paar uren pakte ze haar spullen bij elkaar en waste de verf uit haar haar, omdat ze besefte dat er vroeger of later een arrestatiebevel zou volgen. Daarna voegde ze zich bij de massa in het treinstation van Milaan.'

'De trein...?' Michael leunde naar achteren en keek Régine aan. 'De trein. Ze nam de trein naar Rome! Daar heb ik haar gezien!'

'Dat was een moment dat haar altijd bij zal blijven. Daar was je; je stond daar en staarde haar aan. De man die haar gedwongen had zich te verbergen, de oorzaak dat ze haar uiterlijk had moeten veranderen en andere talen was gaan spreken. De enige ter wereld voor wie ze doodsbang was – als je haar vond, zou je haar vermoorden – en daar was zij, al haar vermommingen verwijderd, herkend door degene die ze het meest vreesde.'

'Was ik maar niet verlamd geweest door de schok, was ik maar sneller geweest... dan zou er zoveel zo anders gelopen zijn.' Michael legde zijn hoofd in zijn nek en sloeg zijn handen voor zijn gezicht, bedekte zijn ogen. 'O, god, ze was zo dichtbij! Ik riep naar haar, ik schreeuwde en schreeuwde, maar ze verdween. Ik kon haar niet meer vinden in de menigte; ze hoorde me niet, ze wilde me niet horen – en zo raakte ik haar kwijt.' Havelock liet zijn handen zakken en greep de rand van de stenen bank vast. 'Toen kwam Civitavecchia. Heeft ze je daarover verteld?'

'Ja. Daar zag ze een dol beest die probeerde haar te doden op een pier...'

'Dat was zij niet! Hoe kon ze nu geloven dat ik dacht dat zij het was? Verrek, een verdomde hoer van de waterkant!' Michael herstelde zich: het had geen zin om zijn zelfbeheersing te verliezen.

'Ze zag wat ze zag,' zei de oude Broussac zacht. 'Ze kon niet weten wat jij dacht.'

'Hoe wist ze dat ik naar Civitavecchia zou komen? Er was daar een man die me vertelde dat ik, volgens haar, bij de taxichauffeurs navraag zou doen. Dat heb ik niet gedaan. Er wordt daar gestaakt, al zullen er, volgens mij, wel een paar lopen.'

'Dat is ook zo, en jij kon jacht maken als de beste. Je hebt haar zelf geleerd dat een drukke waterkant in de vroege ochtenduren de beste manier is om ongezien een land uit te komen. Er is altijd wel iemand die een plaatsje te koop heeft, al is het maar in een vrachtruim. Ze vroeg mensen in de trein, gaf zich uit voor de vrouw van een Poolse matroos van de koopvaardij die op een vrachtschip zat. De mensen zijn niet dom; ze begrepen het; weer een echtpaar dat de armen van de Beer wil ontvluchten. Civitavecchia, zeiden ze. Probeer het eens in Civitavecchia. Ze nam aan dat jij tot dezelfde conclusie zou komen – gebaseerd op de les die je haar had geleerd – en daarom trof ze voorbereidingen. Ze had gelijk; je kwam.'

'Via een andere weg,' zei Havelock. 'Via een conducteur in de derde wagon van de trein die zich een *bella ragazza* herinnerde.'

'Hoe dan ook, ze hield rekening met de mogelijkheid en bereidde zich voor, zorgde dat ze op een plaats kwam van waaruit ze kon waarnemen. Zoals ik al zei, ze is een bijzondere vrouw. De spanning, de druk. Om dan te doen wat zij deed zonder in paniek te raken, om alleen dat hele plan op te zetten... heel bijzonder. Ik geloof dat jij een uitstekende leraar bent geweest, Michael.'

'Ze had al tien jaar training achter de rug toen ik haar ontmoette. Er was een boel wat zij mij kon leren... en dat heeft ze ook gedaan. Jij verschafte haar een alias en diplomatieke status. Waar is ze naartoe gegaan? Wat voor regelingen heb je getroffen?'

'Hoe ben je daar achter gekomen?'

'Zet me niet onder druk, ik sta bij hem in het krijt. Laat me hem maar naar jou toesturen, in plaats daarvan. Geef hem niet aan; gebruik hem maar voor jezelf. Je zult er geen spijt van krijgen, maar ik moet de garantie hebben.'

'Dat zie ik in. Talent moet gedeeld worden en ik heb respect voor de afzender. Ik denk nog aan Bonn.'

'Waar is ze naartoe gegaan?'

'Naar de – afgezien van een paar eenzame eilanden in de Stille Oceaan – voor haar op dit moment veiligste plek in de hele wereld. De Verenigde Staten.'

Havelock staarde de oude vrouw stomverbaasd aan. 'Hoe kwam je daar zo op?'

'Ik ben een aantal geheime telegrammen nagelopen van jullie ministerie van buitenlandse zaken, op zoek naar een of andere referentie aan Jenna Karras. Die stond er ook in. Een enkele vermelding, gedateerd 10 januari, met korte bijzonderheden over de gebeurtenissen aan de Costa Brava. Zij werd beschreven als een infiltrant die terecht was gekomen in een mislukte hinderlaag en daarbij haar leven had verloren; haar dood werd bevestigd door twee onafhankelijke getuigenissen en een gerechtelijk onderzoek van met bloed besmeurde kleding. Het dossier werd afgesloten met instemming van Consulaire Operaties. Dat was natuurlijk een in het oog springende onwaarschijnlijkheid. Bij getuigenissen kunnen fouten worden gemaakt, maar een gerechtelijk laboratorium moet met stoffelijke zaken werken. Maar dat was niet mogelijk geweest, niet als het allemaal wettig was gebeurd. Jenna Karras zat niet alleen levend en wel in mijn kantoor, maar ze was ook nooit op het strand aan de Costa Brava geweest. De gerechtelijke bevestiging was een leugen en iemand moest dat weten, iemand die de leugen geaccepteerd wilde zien als waarheid.' Broussac zweeg even. 'Ik veronderstelde dat jij dat was. Uit de weg geruimd, executie volgens plan verlopen. Als je was omgekocht door de Russen, wat voor beter bewijs konden die dan verlangen dan Buitenlandse Zaken? Als je bevelen van Washington opvolgde mocht je hun niet laten denken dat je gefaald had.'

'In het licht van wat ze je verteld heeft kan ik het begrijpen.'

'Maar ik was er niet tevreden mee; het werd te gemakkelijk geaccepteerd en daarom zocht ik verder. Ik ging naar de informatieverwerkende computers en stopte haar naam in een veiligheidscyclus die betrekking had op de afgelopen drie maanden... Het was niet te geloven. Ze kwam niet minder dan twaalf keer te voorschijn, maar nooit in berichten van BZ. Ze werd vooral genoemd in telegrammen van de CIA en het werd allemaal in een vreemde, versluierde taal vermeld. Het was altijd hetzelfde, het ene telegram na het andere: de Amerikaanse regering verzocht opsporing van een vrouw die voldeed aan haar beschrijving, die misschien de naam Karras gebruikte – maar het was de derde of vierde op een lijst van een half dozijn valse namen. De opsporing was zeer geheim maar er werd kennelijk intens gezocht, men vroeg om de breedst mogelijke medewerking. Het was vreemd, haast amateuristisch. Net of één tak van jullie inlichtingendienst de andere niet wilde laten weten wat hij aan het doen was.'

'Daarmee werd ik niet vrijgepleit?'

'Integendeel. Ze hadden je ontdekt, de leugen was aan het licht gekomen.'

'Waarom werd er dan niet naar mij gezocht?'

'Dat werd er ook... wordt er ook. Sinds vijf dagen geleden.'

Vijf dagen, dacht Havelock bij zichzelf. 'Maar jij wist daar niets van?'

'De mensen op de Quai d'Orsay die jou in hun boeken hebben staan als een Amerikaanse verbindingsman, wisten ervan en op de duur zou het ook op mijn bureau terechtgekomen zijn, volgens de normale procedure. Maar noch jij, noch ik hebben ooit in rapporten melding gemaakt van elkaar. Dat hadden we afgesproken.'

'Het is goed van pas gekomen. Geeft het opsporingsbevel nog specificaties? Werd er gezegd waarom het ging?'

'Nee. Alleen dat het van het grootste belang was dat je wordt opgespoord... een zaak van interne veiligheid. Weer zocht ik er iets achter. Men had ontdekt dat je ofwel een overloper was, ofwel dat je gelogen had tegen je superieuren en verdwenen was. Het deed er eigenlijk niet toe wat het was. Vanwege Jenna Karras was je in beide gevallen een vijand. Dat werd me bevestigd toen ik de ambassade belde.'

'Dat was ik vergeten. Ik ben gevaarlijk.'

'Dat ben je. Voor iemand. Ik liep het na in Londen, Brussel, Amsterdam en Bonn. Beide opsporingsbevelen circuleren daar, beide hebben ze de hoogste voorrang. Maar ze staan niet met elkaar in verband.'

'Je hebt nog steeds geen antwoord gegeven op mijn vraag. Waarom heb je haar naar de Verenigde Statcn gestuurd?'

'Ik heb je net antwoord gegeven; je luisterde niet. Het zoeken naar haar – en nu naar jou – is geconcentreerd op Europa, Rome, het Middellandse-Zeegebied. Parijs, Londen... Bonn. De boog strekt zich uit naar het noorden, men neemt aan dat de bestemming het Oostblok is. Ze concentreren zich op dat gebied, daar hebben hun agenten zich verspreid, zoeken ze hun bronnen en contactpersonen op. Zo'n muis zoek je niet in je eigen achterhuis.'

'Voorhuis,' zei Michael afwezig.

'Wat zeg je?'

'Een uitdrukking. Laat maar. Wanneer is ze vertrokken?'

'Om halfvier vanmiddag... gistermiddag nu. Air France naar New York, diplomatieke status, alias gehaald uit een afgelegd dossier – onbesmet, natuurlijk.'

'En onbekend.'

'Ja.'

'Wat voor regelingen zijn er getroffen?'

'Ze moet een man ontmoeten; ze heeft hem ongetwijfeld al ontmoet. Hij zal het nodige doen en het is onze richtlijn om nooit te informeren wat dat nodige is. Jullie hebben ook van dat soort mensen hier... in Parijs, Londen, Amsterdam... waar dan ook. Wij staan niet rechtstreeks met hen in verbinding.'

'De huisbazen van de pleisterplaatsen,' zei Havelock met een knikje, 'die de mensen die wij hen sturen naar een veilig gebied leiden. Identiteiten, papieren, gezinnen waar ze kunnen wonen, dorpen en steden die met zorg worden uitgezocht. Wij zorgen voor het geld dat er in het begin nodig is door middel van niet te achterhalen betalingen, en na het eerste contact hebben wij er niets meer mee te maken. Maar er zit nog een kant aan. We weten niet wat er met die mensen gebeurt.'

'Als ze veilig vertrokken zijn, hebben wij aan onze verplichtingen voldaan. Ze vragen niet meer, wij bieden niet meer. Zo luidt de afspraak. Persoonlijk ben ik niet nieuwsgierig uitgevallen.'

'Ik ben niet nieuwsgierig, Régine, ik word gek! Ik heb haar in zicht, ik kan haar vinden! Ik kan haar vinden! Help me in godsnaam! Waar heb je haar heen gestuurd?'

'Je vraagt wel veel, Michael. Je wilt dat ik het vertrouwen schend van iemand die ik nooit zou hebben verraden. Dat kon me wel eens een heel goede kracht kosten.'

'En ik kan haar kwijtraken! Kijk me aan! Zeg me dat ik niet hetzelfde zou doen voor jou! Als het jouw man was, en ik was hier en de Gestapo kwam hem ophalen, zeg dan eens recht in m'n gezicht dat ik jou niet zou helpen!'

Even sloot Broussac haar ogen, alsof ze een klap had gekregen. 'Het klinkt keihard, maar er zit iets in. Je lijkt nogal op hem... Ja, je zou me geholpen hebben.'

'Zorg dat ik wegkom uit Parijs. Nu meteen. Alsjeblieft!'

Régine zweeg even, en weer gleden haar ogen over zijn gezicht. 'Het zou beter zijn als je daar zelf voor zorgde. Dat kun je best.'

'Het kan me dagen kosten! Dan moet ik via de achterdeur vanuit Mexico of Montreal. Zoveel tijd heb ik niet. Ieder uur is ze verder weg. Je weet wat er kan gebeuren. Ze kan verzwolgen worden, van de ene kring in de andere belanden, zonder dat iemand iets zegt. Ze kan verdwijnen zodat ik haar nooit meer vind!'

'Goed dan. Morgen, de middagvlucht op de Concorde. Je zult een Fransman zijn, lid van de delegatie van de Verenigde Naties. Spoel de papieren door een toilet zogauw je in de Kennedy-aankomsthal bent.'

'Bedankt. Nu de tussenpersoon. Wie is hij?'

'Ik zal zorgen dat hij bericht krijgt maar het kan zijn dat hij je niks wil vertellen.'

'Stuur hem maar bericht. Wie is hij?'
'Een man die Handelman heet. Jacob Handelman. Universiteit van Columbia.'

17

De man die op elke wang een pleister had zitten, zat aan het kleine tafeltje dat lager stond dan de gebogen tafel in het ondergrondse strategievertrek van het Witte Huis. Hij maakte een bange indruk; dat was vijfendertig minuten eerder nog erger geweest, toen het forum van de mannen tegenover hem compleet was. Nu was het dat niet, niet meer vanaf het moment dat de rapporteringsagent van Col des Moulinettes het vertrek was binnengekomen. Terwijl er vijfendertig minuten geleden nog vier mannen hadden gezeten aan de gebogen tafel, zaten er nu nog maar drie. De president van de Verenigde Staten was weggegaan. Hij keek toe bij wat er plaatsvond vanuit een onzichtbaar kamertje achter het platform, door een paneel van donker glas dat deel uitmaakte van de binnenmuur en dat daarvan niet te onderscheiden was. Er werden in die kamer woorden gesproken die niet in zijn bijzijn konden worden gesproken; hij kon geen getuige zijn wanneer bevelen tot uit de weg ruimen op een pas in de Alpen ter sprake kwamen, wanneer het ging over eerdere berichten waarin de uitdrukking 'niet-meer-te-redden' voorkwam.
De ondervraging was in volle gang, staatssecretaris Emory Bradford drong door tot in de hoofdpunten, terwijl ambassadeur Brooks en generaal Halyard aantekeningen maakten op hun notitieblokken onder het felle licht van de leeslampjes.
'Laten we dit even duidelijk stellen. U was de rapporteringsofficier en de enige die contact had met Rome. Is dat juist?'
'Jawel, meneer.'
'En u bent er absoluut zeker van dat er verder niemand in de ploeg in verbinding stond met de ambassade?'
'Ja, meneer. Nee, meneer. Ik was de enige contactpersoon. Dat is een vaste regel, niet alleen uit veiligheidsoverwegingen, maar ook om er zeker van te zijn dat de bevelen niet verkeerd begrepen worden. Eén man seint ze over, één man ontvangt ze.'
'Toch zegt u dat Havelock sprak over twee leden van de ploeg

als springstofspecialisten, een feit waarvan u niet op de hoogte was.'
'Dat was ik niet.'
'Maar als rapporteringsofficier...'
'Rapporteringsagent, meneer.'
'Sorry. Als rapporteringsagent zou u dat toch moeten weten?'
'Normaal gesproken wel.'
'Maar u wist het niet en de enige verklaring die u ons kunt geven is dat die nieuwe rekruut, een Corsicaan genaamd Ricci, die twee mannen in kwestie had aangenomen.'
'Dat is de enige reden die ik kan bedenken. Als Havelock gelijk had; als hij niet loog.'
'De rapporten over Col des Moulinettes geven aan dat er toen talrijke explosies plaatsvonden in de buurt van de oprit naar de brug.' Bradford las even een getikt vel papier door dat voor hem lag. 'Met inbegrip van een massale ontploffing op de weg die ongeveer twaalf minuten na de schermutseling plaatsvond en waarbij drie Italiaanse soldaten en vier burgers werden gedood. Havelock wist kennelijk waarover hij sprak; hij loog niet tegen u.'
'Ik zou het niet weten, meneer. Ik was bewusteloos... ik bloedde. Die verdomde... Havelock gebruikte een mes op mij.'
'Krijgt u voldoende medische verzorging?' kwam ambassadeur Brooks tussenbeide, terwijl hij opkeek van het gele blok onder de leeslamp.
'Ik geloof van wel,' antwoordde de agent, terwijl zijn rechterhand over zijn linkerpols gleed en zijn vingers het glimmende, roestvrije staal van zijn horloge betastten. 'Alleen weten de dokters nog niet zeker of ik plastische chirurgie nodig zal hebben. Ik geloof dat ik dat wel moet hebben.'
'Daar weten zij natuurlijk het meeste van,' zei de staatsman.
'Ik ben... waardevol, meneer. Zonder die chirurgie ben ik getekend.'
'Ik weet zeker dat staatssecretaris Bradford uw mening zal overbrengen aan het Walter Reed-hospitaal,' zei de generaal terwijl hij zijn aantekeningen doorlas.
'U zegt dat u die man Ricci nog nooit had ontmoet,' vervolgde Bradford, 'vóór de voorbereidende bespreking in Rome, net voordat de ploeg naar Col des Moulinettes vloog. Klopt dat?'
'Ja meneer. Nee, meneer. Ik had hem nooit ontmoet. Hij was nieuw.'

'En u hebt hem ook niet gezien toen u weer tot bewustzijn kwam na de gebeurtenissen bij de brug?'
'Nee, meneer.'
'U weet niet waar hij naartoe ging?'
'Nee, meneer.'
'En Rome weet dat ook niet,' voegde de staatssecretaris er zacht aan toe, met nadruk.
'Ik hoorde dat een Italiaans soldaat door een vrachtwagen werd geraakt en zo ernstig werd toegetakeld, dat hij aan één stuk door gilde. Iemand zei dat hij blond haar had, daarom dacht ik dat het Ricci was.'
'En?'
'Er kwam een man het bos uit – iemand met een snee in zijn hoofd – die legde de soldaat in een wagen en reed met hem weg.'
'Hoe hebt u dat gehoord?'
'Ik heb vragen gesteld, een heleboel vragen... nadat ik eerste hulp had gekregen. Dat was mijn taak, meneer. Het was daar een gekkenhuis, Italianen en Fransen gilden de hele zaak bij elkaar. Maar ik ben niet weggegaan voordat ik alles te weten was gekomen wat mogelijk was – zonder toe te staan dat iemand mij vragen stelde.'
'Dat hebt u heel goed gedaan,' zei de ambassadeur.
'Dank u, meneer.'
'Laten we aannemen dat u gelijk had.' Bradford leunde voorover. 'Dat de blonde man Ricci was en dat iemand met een hoofdwond hem heeft meegenomen. Hebt u enig idee wie die iemand kan zijn?'
'Ik geloof van wel. Een van de mensen die hij had meegebracht. De andere werd gedood.'
'Ricci en die andere vent zijn er dus vandoor gegaan. Maar u hebt net gehoord wat ik zei. Rome heeft nog niets van Ricci gehoord. Zou u zoiets normaal noemen?'
'Helemaal niet, meneer. Het is helemaal niet normaal. Als er van die mensen maar iemand gewond raakt, dan proberen ze ons tot de laatste cent uit te kleden en daar laten ze geen gras over groeien. Onze richtlijn bij geheime operaties is duidelijk. Als we de gewonden niet kunnen afvoeren...'
'Ik geloof dat we dat begrijpen,' kwam Halyard tussenbeide; de antenne van een doorgewinterd soldaat had een signaal opgepikt dat versluierd lag in militair woordgebruik.

'Volgens u zouden dus Ricci en zijn springstofspecialist, als ze veilig waren ontsnapt, zo snel als ze maar konden contact opnemen met onze ambassade in Rome.'
'Zeker, meneer. Met uitgestoken handen, en al van veraf schreeuwend. Ze zouden verwachten dat er onmiddellijk aandacht aan werd geschonken en wanneer ze die niet kregen zouden ze ons bedreigen met het soort aandacht dat wij niet wensen.'
'Wat denkt u dat er gebeurd is?'
'Volgens mij is dat nogal voor de hand liggend. Ze hebben het niet gehaald.'
'Wat zei u daar?' vroeg Brooks, terwijl hij opkeek van zijn gele blok. 'Er is geen andere uitleg mogelijk. Ik ken die mensen, meneer. Het is uitschot: ze zouden hun moeder vermoorden als de prijs maar hoog genoeg was. Ze zouden zich in verbinding stellen met Rome, gelooft u me maar.'
'"Hebben het niet gehaald?"' herhaalde Halyard en hij staarde de man van Col des Moulinettes aan. 'Wat bedoelt u?'
'De wegen, meneer. Het zijn net kurketrekkers zoals die daar de bergen op en af draaien, soms kilometers achtereen zonder licht. Een gewonde man aan het stuur, een andere die zwaar gewond is en ligt te gillen: zo'n voertuig loopt grote kans dat het daar een heel end omlaag dondert.'
'Hoofdwonden kunnen bedrieglijk zijn,' luidde het commentaar van de militair. 'Een bloedneus ziet er ook vaak een verrekt stuk ernstiger uit dan hij is.'
'Het maakt op mij de indruk,' voegde de witharige staatsman eraan toe, 'dat die man juist met grote tegenwoordigheid van geest heeft gehandeld, te midden van die chaos. Hij bleef functioneren...'
'Neemt u me niet kwalijk, meneer de ambassadeur,' viel Bradford hem in de rede, terwijl zijn stem zonder zijn respect te verliezen iets luider ging klinken; de interruptie was geen gebrek aan manieren maar weer een signaal. 'Ik geloof dat we heel goed begrijpen wat de agent bedoelt. Een grondig afzoeken van die wegen zal ongetwijfeld een auto opleveren die ergens onder in een ravijn ligt.'
Brooks wisselde een blik met de man van BZ, het signaal was ontvangen en geaccepteerd. 'Ja, natuurlijk. Als we het realistisch bekijken is er geen andere verklaring.'
'Nog een of twee punten, en dan zijn we klaar,' zei Bradford,

en hij legde zijn paperassen in een andere volgorde. 'Zoals u weet is alles wat hier wordt besproken vertrouwelijk. Er zijn geen verborgen microfoons, geen opnameapparatuur, de hier gesproken woorden worden alleen maar opgeslagen in onze herinnering. Dat is ter bescherming van ons allemaal – niet alleen u – u kunt zich dus volkomen vrij voelen om ronduit te spreken. Probeert u niet de waarheid mooier voor te stellen dan zij is; we zitten allemaal in hetzelfde schuitje.'
'Ik begrijp het, meneer.'
'Aan uw opdracht betreffende Havelock viel niet te tornen. Hij werd officieel geclassificeerd als niet-meer-te-redden en het bevel uit Rome luidde om er een einde aan te maken zonder enig voorbehoud. Klopt dat?'
'Ja, meneer.'
'Met andere woorden, zijn executie werd bevolen. Hij moest gedood worden in Col des Moulinettes.'
'Dat wordt ermee bedoeld.'
'En u kreeg die instructies van de hoogste attaché, Consulaire Operaties, Rome. Een man die Warren heet, Harry Warren.'
'Ja, meneer. Ik stond in voortdurend contact met hem, in afwachting van de beslissing... in afwachting tot Washington hem die zou geven.'
'Hoe wist u zeker dat de man met wie u sprak Harry Warren was?' De agent keek verbijsterd alsof dat een zeer dwaze vraag was, al was degene die hem stelde helemaal niet dwaas. 'Bijvoorbeeld omdat ik al meer dan twee jaar had samengewerkt met Harry. Ik kende zijn stem.'
'Alleen maar zijn stem?'
'En het nummer in Rome. Het was een rechtstreekse lijn naar de radiokamer van de ambassade, nergens vastgelegd en zeer geheim. Dat wist ik ook.'
'Is het bij u opgekomen dat hij onder dwang kon staan toen hij u die beslissende opdracht gaf? Dat hij dat tegen zijn wil deed?'
'Nee, meneer. Helemaal niet.'
'Het is nooit bij u opgekomen?'
'Als dat het geval was geweest zou hij me dat hebben gezegd.'
'Met een pistool op zijn kop gericht?' vroeg de militair. 'Hoe?'
'De code was vastgesteld en hij gebruikte hem. Dat zou hij niet hebben gedaan als er iets niet in orde was geweest.'

'Wilt u dat, alstublieft, nader verklaren?' vroeg Addison Brooks.
'Wat voor code?'
'Een woord of een paar woorden die in Washington zijn vastgesteld. Daaraan wordt gerefereerd wanneer er besluiten worden overgebracht; op die manier weet je dat de machtiging er is, zonder dat er namen worden genoemd. Als er iets fout was geweest zou Harry de code niet hebben gebruikt en dan had ik geweten dat er iets niet in orde was. Ik zou erom hebben gevraagd en hij zou mij een andere hebben gegeven. Hij deed het niet en ik heb het niet gedaan. Hij begon met de goede te gebruiken.'
'Wat was de code voor Col des Moulinettes?' vroeg Emory Bradford.
'"Dubbelzinnigheid", meneer. Het kwam rechtstreeks van *Cons Op* in Washington en hij moet vermeld staan in de telefoonregisters van de ambassade, geheime dossiers.'
'En dat is een bewijs van machtiging,' zei Bradford, een feit constaterend.
'Ja, meneer. Data, tijden en bron van het mandaat staan in die registers.'
Bradford stak een foto van het gezicht van een man, van twintig bij vijfentwintig centimeter omhoog en draaide het leeslampje zo dat het licht er goed opviel. 'Is dit Harry Warren?'
'Jawel, meneer. Dat is Harry.'
'Dank u,' De staatssecretaris legde de foto neer en maakte een aantekening in de marge van zijn notities. 'Laat me even nog iets verder teruggaan; er is iets wat volgens mij nog niet helemaal duidelijk is. Wat die vrouw betreft, die moest ongedeerd over de grens gelaten worden, indien mogelijk. Klopt dat?'
'De instructie luidde "indien mogelijk". Niemand zou enig risico voor haar nemen. Ze was alleen maar een speld.'
'Een speld?'
'Om de Russen mee te prikken. Moskou te laten weten dat we hun zwendel doorhadden.'
'Waarmee u bedoelt dat ze een instrument van de Russen was. Een vrouw met hetzelfde uiterlijk – misschien iemand die kosmetische chirurgie had ondergaan – en die de Russen verschillende malen op zorgvuldig gekozen plaatsen boven water lieten komen om door Havelock te worden gezien. Hij mocht

er dichtbij komen, maar nooit zo dichtbij dat hij haar kon pakken. Bedoelt u dat?'
'Ja, meneer.'
'Het doel zou dan zijn om bij Havelock een toestand van mentale onstabiliteit op te roepen, zodat hij over zou lopen?'
'Om hem gek te maken, ja, meneer. Ik denk dat het gewerkt heeft; het niet-meer-te-redden kwam uit Washington.'
'Van "Dubbelzinnigheid"?'
'"Dubbelzinnigheid", meneer.'
'En daarvan kan de identiteit worden nagegaan in de telefoonregisters van de ambassade.'
'Ja, meneer. In de registers.'
'Het was dus zonder enige twijfel vastgesteld dat de vrouw bij de brug niet Jenna Karras was.'
'Zonder twijfel. Zij werd gedood aan de Costa Brava; iedereen wist dat. Havelock zelf was de rapporteringsagent op dat strand. Hij werd er gek van.'
Ambassadeur Brooks legde zijn potlood met een klap neer en boog zich voorover, terwijl hij de man uit Col des Moulinettes scherp opnam. De felle, dóórklinkende tik van het potlood en de handeling zelf waren meer dan een interruptie; samen vormden ze een tegenwerping. 'Die hele operatie, vond u niet dat die erg... nou ja, bizar was, op zijn zachtst uitgedrukt? Om het heel eerlijk te zeggen, was executie de enige oplossing? Met de wetenschap die u allen had – dacht dat u had – had u dan niet kunnen proberen de man in te rekenen, zijn leven te sparen, hem hierheen te halen voor behandeling?'
'Met alle respect, meneer, dat is heel wat gemakkelijker gezegd dan gedaan. Jack Ogilvie probeerde het in Rome en kwam niet terug van de Palatijn. Havelock doodde op die brug drie mensen voor zover we weten; nog twee zijn er inmiddels waarschijnlijk dood. Hij kerfde mijn gezicht met een mes... Hij is een psychopaat.' De agent zweeg, maar was nog niet klaar. 'Ja, meneer. Dat alles in ogenschouw genomen moeten we hem doden. Dat is niet-meer-te-redden en ik heb daar niets mee te maken. Ik volg bevelen op.'
'Een uitdrukking die me erg bekend in de oren klinkt, meneer,' zei de staatsman.
'Maar onder de omstandigheden gerechtvaardigd,' kwam Bradford snel tussenbeide, terwijl hij 'Dubbelzinnigheid' schreef op een van de papieren die voor hem lagen en verder

ging voordat iemand kon spreken of protesteren. 'Wat is er met Havelock gebeurd? Bent u daar achtergekomen?'
'Ze zeiden dat er een *assassino pazzo*... een gek, een moordenaar... in een vrachtwagen in volle vaart de brug over reed en verdween. Dat moet Havelock zijn geweest. Er zijn waarschuwingen uitgegaan naar alle provincies – naar de dorpen en steden links en rechts langs de kust van de Middellandse Zee. Die kust is zijn werkterrein geweest; hij zal zich met iemand in verbinding stellen en ze zullen hem vinden. Ze zeiden dat hij gewond was; hij kan niet ver komen. Ik schat dat het hooguit een paar dagen duurt en ik wilde dat ik erbij was en hem zelf in kon rekenen.'
'Ook dat is helemaal gerechtvaardigd,' zei Bradford. 'En we willen u graag bedanken voor uw medewerking vanavond. U bent erg duidelijk en behulpzaam geweest. U kunt nu wel gaan en we wensen u het beste toe.'
De man stond op uit zijn stoel, knikte wat onbeholpen en liep naar de deur. Hij bleef staan, raakte zijn linkerwang aan en de pleister en keerde zijn gezicht naar de machtige mannen aan de tafel. 'Ik ben het waard om plastische chirurgie te krijgen,' zei hij.
'Daarvan ben ik overtuigd,' antwoordde de staatssecretaris van BZ.
De rapporteringsagent van Col des Moulinettes opende de deur en liep de gang met de witte muren in. De deur was nog niet dicht of Halyard keerde zich naar Bradford en zijn stem had de scherpe klank waarmee hij gewend was te bevelen.
'Zorg dat je Rome aan de lijn krijgt! Zie die registers te pakken te krijgen, dan weet je wie die "Dubbelzinnigheid" is! Dat probeerde u ons toch te vertellen, nietwaar? Dit is de schakel met Parsifal!'
'Ja, generaal. De code "Dubbelzinnigheid" werd vastgesteld door de directeur van Consulaire Operaties, Daniël Stern, en zijn naam komt voor in de registers van de ambassade en is erin opgetekend door de hoogste attaché van *Cons Op*, Harry Warren. Warren heeft dat heel duidelijk gedaan; het afschrift is me voorgelezen. Hij schreef het volgende.' De staatssecretaris pakte een aantekening op die boven op zijn papieren lag. '"Code: Dubbelzinnigheid. Onderwerp: M. Havelock. Beslissing hangende."'
'"Hangende?"' vroeg Brooks. 'Wanneer werd hij dan genomen?'

'Volgens de registers van de ambassade werd hij niet genomen. Er is die avond verder niets meer in aangetekend wat ook maar enige betrekking had op Dubbelzinnigheid, op Havelock of op de ploeg bij Col des Moulinettes.'
'Onmogelijk,' wierp de oud-militair tegen. 'U hebt gehoord wat die man zei. De toestemming werd gegeven, de code voor machtiging vergezelde die. Hij was daar heel zeker over. Dat telefoontje moet er geweest zijn.'
'Het is er ook geweest.'
'En niet geregistreerd?' vroeg de oude staatsman.
'Het heeft er nooit ingestaan,' zei Bradford. 'Warren heeft het nooit ingeschreven.'
'Zie hem dan te pakken te krijgen,' zei Halyard. 'Pin hem vast. Hij weet met wie hij heeft gesproken. Godverdomme, Emory, pak die telefoon. Dit is Parsifal!' De militair draaide zich om in zijn stoel en richtte zich tot de muur. 'Meneer de president?' Er kwam geen antwoord.
De staatssecretaris zocht tussen de papieren die voor hem lagen en trok er een dunne, gele envelop tussenuit. Hij opende die en haalde een tweede foto te voorschijn, gaf die aan de gewezen ambassadeur. Brooks bekeek hem en al bij de eerste blik hield hij ineens zijn adem in. Zonder te spreken gaf hij hem door aan de oud-militair.
'Verrek...' Halyard legde de foto onder de bundel van het leeslampje. Het oppervlak was korrelig, de uiterst dunne lijntjes waren het resultaat van een fax-zendapparaat, maar de afbeelding was duidelijk. Het was een foto van een lijk dat lag uitgestrekt op een witte tafel, de kleren waren aan flarden en met bloed besmeurd, het gelaat was afschuwelijk gekneusd maar schoongeveegd om geïdentificeerd te kunnen worden. Het gezicht van de dode man was hetzelfde als dat op de eerste foto die Bradford had laten zien aan de agent uit Moulinettes, nog slechts enkele minuten geleden. Het was het gezicht van Harry Warren, hoogste attaché, *Cons Op*, Rome.
'Dit kregen we vanmiddag om één uur via de fax. Het is Warren. Hij werd overreden op de Via Frascati, vroeg in de ochtend, twee dagen geleden. Er waren getuigen, maar daar werden we niet veel wijzer van. Ze konden onze mensen alleen maar vertellen dat de auto een grote sedan was met een krachtige motor; hij kwam de straat af jakkeren en won kennelijk nog aan snelheid vlak voordat Warren werd geraakt. Wie er

ook aan het stuur zat heeft er goed voor gezorgd dat hij niet kon missen; hij kreeg Warren te pakken net toen hij de stoep opstapte en smakte hem tegen een straatlantaarn, waardoor de auto behoorlijk werd beschadigd. De politie zoekt hem nog maar veel hoop is er niet. Die ligt waarschijnlijk op de bodem van een rivier in de heuvels.'

'Dan is de schakel dus verdwenen.' Halyard duwde de foto naar links, naar Addison Brooks.

'Ik vind het heel erg voor de man,' zei de staatssecretaris, 'maar ik weet niet zeker of hij wel zo'n belangrijke schakel was.'

'Iemand heeft gedacht van wel,' zei de militair.

'Of dat hij iemand dekte.'

'Wat bedoelt u?' vroeg Brooks.

'Wie er ook dat laatste telefoontje pleegde en de machtiging gaf voor niet-meer-te-redden kon niet weten wat Stern tegen Warren had gezegd. Alles wat wij weten is dat er nog geen beslissing was genomen.'

'Wilt u dat nog wat verduidelijken,' drong de staatsman aan.

'Stel dat de strategiebepalers van Consulaire Operaties besloten dat ze geen beslissing konden nemen. Oppervlakkig gezien moest dat niet zo moeilijk lijken – een psychopaat, een uitgestoten agent die enorme schade kan aanrichten, een potentiële overloper, een moordenaar – de beslissing was niet van dien aard dat ze er hun geweten onnodig mee belastten. Maar stel dat ze iets te weten kwamen, of iets vermoedden, waardoor alles op losse schroeven kwam te staan.'

'Het meisje Karras,' zei Halyard.

'Misschien. Of misschien een bericht of een teken van Havelock dat in tegenspraak was met hun veronderstelling dat hij een maniak was. Dat hij net zo goed bij zijn verstand was als zijzelf; een man bij zijn volle verstand die gevangen zat in een afschuwelijk dilemma dat hijzelf niet had veroorzaakt.'

'De waarheid,' kwam Brooks zacht tussenbeide.

'De waarheid,' stemde Bradford in. 'Wat zouden ze doen?'

'Hulp inroepen,' zei de militair. 'Advies vragen.'

'Een koersbepaling,' voegde de staatsman eraan toe.

'Of om het praktisch uit te drukken,' zei de staatssecretaris, 'vooral als de feiten onduidelijk waren, om de verantwoordelijkheid te spreiden voor de beslissing. Uren later werd die genomen en waren zij dood... en wij weten niet wie de beslissing nam, wie dat vitale telefoontje pleegde. We weten alleen dat het iemand was die hoog genoeg was, genoeg werd vertrouwd om de codenaam "Dubbelzinnigheid" in handen te krijgen. Die man nam de beslissing; hij telefoneerde met Rome.'

'Maar Warren registreerde dat niet,' zei Brooks. 'Waarom deed hij dat niet? Hoe kon dat gebeuren?'

'Zoals het al eerder is gebeurd, meneer de ambassadeur. Er wordt een directe lijn gebruikt waarvan slechts is na te gaan dat zijn oorsprong ligt in een bepaalde centrale in Arlington, de machtiging wordt geverifieerd door een codenaam en er wordt een verzoek gedaan op grond van interne veiligheid. Geen register, geen geluidsband, geen verwijzing naar het gesprek; het is in feite een bevel. De ontvanger voelt zich gevleid; hij is uitverkoren, mensen die belangrijke beslissingen nemen vinden hem betrouwbaarder dan de mensen om hem heen. En wat maakt het voor verschil? De machtiging kan altijd worden nagegaan via de code – in dit geval via de directeur van *Cons Op*, Daniël Stern. Maar die is dood.'

'Het is afschuwelijk,' zei de staatsman met de zilverwitte haardos en hij bekeek zijn aantekeningen. 'Er moet een man worden geëxecuteerd omdat hij gelijk heeft en wanneer de aanslag mislukt wordt hij verantwoordelijk gesteld voor de dood van degenen die hem trachten te doden, wordt hij zelf een moordenaar genoemd. En we weten niet wie er officieel dat bevel gaf. We kunnen hem niet vinden. Wat voor soort mensen zijn we eigenlijk?'

'Mensen die geheimen bewaren.' De stem klonk op achteruit het zaaltje, de verklaring werd zonder nadruk afgelegd. De president van de Verenigde Staten kwam te voorschijn uit de witte deur die deel uitmaakte van de witte muur. 'Neem me niet kwalijk, ik heb op jullie gelet, naar jullie geluisterd. Vaak helpt dat.'

'Geheimen, meneer de president?'

'Jazeker, Mal,' zei Berquist, terwijl hij naar zijn stoel liep. 'Het staat er allemaal, nietwaar? Strikt geheim, Persoonlijk, Staatsgeheim, Hoogste toestemming vereist, Kopiëren verboden, Toestemming uitsluitend met toegangscode... allemaal woorden. We scannen kamers en telefoonlijnen met instrumenten die zeggen of er microfoons en afluisterapparatuur zitten, en dan maken we apparaten die diezelfde scanners misleiden als we onze eigen apparaten aanbrengen. We maken radioverbindingen onverstaanbaar, ook satellietverbindingen, en maken dat dan weer ongedaan met laserstralen die de teksten vervoeren die we willen uitzenden. We plaatsen een nationaal beveiligingsdeksel op informatie die niet openbaar mag worden, zodat we naar eigen keuze hier en daar een fragment kunnen laten uitlekken terwijl de rest geheim blijft. We zeggen het een tegen de ene dienst of afdeling, en tegen een andere iets heel anders, zodat we een derde stel feiten kunnen verzwijgen – de onprettige waarheid. Nog nooit hebben we zoveel communicatiemogelijkheden gehad, en we proberen zo hard mogelijk om de communicatie onmogelijk te maken, te misbruiken.' Hij ging zitten; hij keek naar de foto van de dode man in Rome en draaide die om. 'Het bewaren van geheimen en het omleiden van de stroom van juiste inlichtingen zijn de belangrijkste doelstellingen geworden van onze almaar groeiende technologie... van communicatie. Ironisch, nietwaar?'

'Jammer genoeg vaak van het grootste belang, meneer,' zei Bradford.

'Misschien. Konden we daar maar zeker van zijn wanneer we het toepassen. Ik vraag me vaak af – in het holst van de nacht, wanneer ik naar de lichten kijk op het plafond en probeer te slapen – als we drie maanden geleden niet hadden geprobeerd een geheim te bewaren, zouden we dan staan tegenover datgene waarmee we nu worden geconfronteerd?'

'We hadden maar heel weinig keuzemogelijkheden, meneer de president. We hadden tegenover nog ergere dingen kunnen komen te staan.'

'Erger, Emory?'

'Eerder dan. Het enige wat voor ons werkt is de tijd.'

'En we moeten elke verdomde minuut daarvan gebruiken,' stemde Berquist in. Hij keek eerst even naar de generaal en toen naar Addison Brooks. 'Nu weten jullie alletwee wat er de laatste tweeënzeventig uur is gebeurd en waarom ik jullie terug moest roepen.'

'Het belangrijkste weten we nog niet,' zei de oude staatsman. 'De reactie van Parsifal.'

'Geen enkele reactie.'

'Dan weet hij het dus niet,' zei Halyard snel en met nadruk.

'Als je dat in steen gebeiteld zou kunnen krijgen, dan zou ik 's nachts tenminste kunnen slapen.'

'Wanneer is hij het laatst met u in contact geweest?' vroeg Brooks.
'Zestien dagen geleden. Het had geen zin om jullie erbij te betrekken; het was weer een eis, even schandelijk als de andere en nu even doelloos.'
'Er is nog niets gebeurd met de vorige eisen?' vervolgde de staatsman.
'Niets. Twee weken geleden hebben we overal achthonderd miljoen dollar in banken gepompt, in de Bahama's, de Camens en Midden-Amerika. We hebben iedere code...' De president zweeg; hij raakte de foto aan die voor hem lag en vouwde een hoekje ervan om tot er een stukje van een bebloede broekspijp zichtbaar werd, '... en iedere tegencode vastgesteld waarom hij vroeg, zodat hij de stortingen kon verifiëren wanneer hij maar wilde, het geld kon overmaken naar rekeningen onder nummer in Zürich en Bern waar ze toegankelijk voor hem zouden zijn. Hij heeft geen cent overgemaakt en op drie verificaties na heeft hij helemaal geen contact gehad met de andere banken. Hij is niet geïnteresseerd in het geld; het is alleen een middel om onze kwetsbaarheid te bevestigen. Hij weet dat we alles zullen doen wat hij vraagt.' Berquist zweeg opnieuw; toen hij sprak was zijn stem nauwelijks verstaanbaar. 'De hemel sta ons bij, we kunnen ons niet veroorloven dat niet te doen.'
Het was stil aan de tafel, op een of andere manier werd het ondenkbare erdoor bevestigd. Het stilzwijgen werd verbroken door de ongeduldige, praktische woorden van een militair.
'Er zitten hier wat gaten in,' zei Halyard terwijl hij zijn aantekeningen doorlas en toen zijn ogen richtte op de staatssecretaris. 'Kunt u die aanvullen?'
'Ik kan speculeren,' antwoordde Bradford. 'Maar zelfs om dat te doen moeten we terugkeren naar het allereerste begin. Vóór Rome.'
'Costa Brava?' vroeg Brooks op minachtende toon.
'Nog verder terug, meneer de ambassadeur. Tot het punt waarop we het allemaal eens waren dat er een Costa Brava moest komen.'
'Die terechtwijzing is verdiend,' zei de staatsman kil. 'Gaat u, alstublieft, verder.'
'We gaan terug tot het punt waarop we hoorden dat het Matthias zelf was die een onderzoek begon naar Jenna Karras,

niet de assistenten van de... grote man, die inlichtingen doorgaven van ongenoemde informanten en bronnen, zo diep verborgen in de Russische inlichtingendienst dat het gelijk zou staan met onze eigen operaties te onthullen als je zelfs maar speculeerde naar hun identiteit.'

'Je hoeft niet bescheiden te zijn, Emory,' viel de president hem in de rede. 'Wij hoorden dat niet, jij deed dat. Jij had het inzicht om te handelen buiten de "grote man" om, zoals jij hem noemde.'

'Maar ik voelde me daar heel vervelend bij, meneer. U eiste de waarheid van een van zijn assistenten in het Ovale Kantoor en hij heeft u die gegeven. Hij zei dat ze niet wisten uit welke bron de informatie stamde, alleen maar dat Matthias zelf ermee aankwam. Hij zou mij dat nooit hebben verteld.'

'Dat kwam door het vertrek, niet door mij. Je liegt nu eenmaal niet tegen de man die daar achter zijn bureau zit... tenzij je Anthony Matthias heet.'

'Om heel eerlijk te zijn, meneer de president,' zei Brooks zacht, 'was Matthias zich niet bewust van het bedrog. Hij dacht dat hij gelijk had.'

'Hij dacht dat hij in die stoel had moeten zitten, in dat kantoor! Goeie god, dat gelooft hij nog steeds! Ga door, Emory.'

'Ja, meneer. Onze conclusie luidde dat het doel van Matthias was om Havelock te dwingen zich terug te trekken, om een van zijn gewezen studenten en een van de beste mensen die we hebben uit de Consulaire Operaties te halen. Daar hebben we al eerder over gesproken; toen wisten we niet waarom en dat weten we nu nog niet.'

'Maar we hebben meegespeeld,' zei Berquist en hij keek de oude staatsman aan, 'omdat we niet wisten wat er aan de hand was. Een gebroken functionaris van de buitenlandse dienst die niet meer verder wilde gaan, of een verdomde bedrieger – erger dan een bedrieger. Een lakei van Matthias die bereid was om een vrouw te zien afslachten, zodat hij stiekem voor de grote man kon gaan werken. O, en wat had hij allemaal niet voor werk kunnen verrichten! De internationale, geheime afgezant voor de Heilige Matthias. Of was het keizer Matthias, heerser over alle staten en territoria van de republiek?'

'Toe nou, Charley,' De oud-militair raakte de arm van de president aan; niemand anders in dat vertrek zou of kon dat zo hebben gedaan. 'Het is voorbij. Daarom zijn we niet hier.'

'Als die klootzak er niet was zouden we helemaal niet hier zijn! Dat kan ik maar moeilijk vergeten. En dat zou de wereld op een kwade dag ook niet kunnen... als er nog iemand over is die een geheugen heeft.'
'Mogen we dan terugkeren tot die oneindig veel dreigender crisis, meneer de president?' vroeg Brooks zacht.
Berquist leunde achterover; hij keek naar de aristocratische staatsman, vervolgens naar de generaal met het diep doorgroefde gelaat. 'Toen Bradford me overtuigd had dat er een patroon van bedrog gaande was op de hoogste niveaus van Buitenlandse Zaken en dat de onvolprezen Anthony Matthias daar deel van uitmaakte, heb ik jullie beiden erbij gehaald – en niemand meer. Voorlopig tenminste. Dus kan ik maar beter bestand zijn tegen jullie kritiek, want die zullen jullie beslist hebben.'
'En daarom, geloof ik, hebt u naar ons gevraagd,' zei Halyard. 'Meneer.'
'Jij bent bikkelhard, Mal.' De president knikte naar de man van BZ 'Het spijt me. Goed dan, we wisten het toen niet en we weten nu nog niet waarom Matthias Havelock buitenspel wilde zetten. Maar we kregen een scenario onder ogen.'
'Een ongelooflijk scenario,' stemde Bradford in met zijn handen bovenop zijn papieren omdat hij nu zijn aantekeningen niet meer nodig had. 'De zaak tegen het meisje Karras was een schoolvoorbeeld van minutieuze verdichting. Ineens dook er een bekeerde terrorist op van de Baader-Meinhofgroep die schoongewassen wilde worden; hij zou informatie inruilen als wij hem een nieuwe verblijfplaats zouden bezorgen en zijn doodvonnis zouden annuleren. Bonn stemde toe – met tegenzin – en wij betaalden voor het verhaal. De vrouw die samenwerkte met een *Cons-Op*-agent die op dat moment in Barcelona zat, was in werkelijkheid een lid van de KGB. Er werd een methode beschreven hoe opdrachten werden overgebracht, en die kwam erop neer dat er een sleutel werd doorgegeven; er werd een handkoffertje aangetroffen op het vliegveld, haar koffertje, waarin al het bewijsmateriaal zat dat nodig was om haar te veroordelen. Gedetailleerde rapporten van de activiteiten waarbij zij en Havelock de laatste vijf weken betrokken waren, samenvattingen van diepgaande, geheime inlichtingen die Havelock had doorgestuurd naar Buitenlandse Zaken, en kopieën van de courante codes en radiofrequenties die wij in

de buitendienst gebruikten. In dat koffertje zaten ook instructies van Moskou en bovendien de KGB-code die ze moest gebruiken als er contact moest worden opgenomen met de noordwestelijke sector van de KGB. We testten de code en kregen antwoord; hij was echt.'

Addison Brooks hief zijn hand op tot op slechts enkele centimeters boven het oppervlak van de tafel, het gebaar van een man die gewend is de aandacht op te eisen met een minimum aan beweging. 'Generaal Halyard en ik zijn met een groot deel hiervan op de hoogte, alleen niet met de bijzonderheden. Ik neem aan dat er een reden voor is dat u alles zo gedetailleerd herhaalt.'

'Die is er, meneer de ambassadeur. Het betreft Daniël Stern. Hebt u alstublieft nog wat geduld met mij.'

'Als u het er dan toch over hebt,' zei de oud-militair, 'hoe hebben jullie de KGB-code geverifieerd?'

'Door de drie maritieme grondfrequenties te gebruiken voor dat deel van het Middellandse-Zeegebied. Dat is de normale procedure voor de Russen.'

'Dat is dan wel wat eenvoudig gedacht, of niet soms?'

'Ik ben geen expert, generaal, maar volgens mij is het juist behoorlijk slim. Ik heb eens gekeken hoe wij dat doen – ik moest wel – en ik weet niet of onze methode effectiever is. Meestal selecteren wij de zwakkere frequenties, niet altijd helder, en gemakkelijk te storen als we ontdekt worden. Met maritieme kanalen rommel je niet, en hoeveel verkeer er ook is, de codes komen binnen een redelijk tijdsbestek binnen.'

'Ik ben onder de indruk van je prestaties,' zei Brooks.

'Ik heb de afgelopen drie maanden een aantal snelcursussen gehad. En dankzij een presidentiële verordening kon ik gebruik maken van de beste hersenen binnen de inlichtingendienst.'

'Er was geen reden gegeven voor die presidentiële verordening,' onderbrak Berquist met een blik op de oudere mannen. Toen wendde hij zich weer tot Bradford.

'Oké, na verificatie bleek de KGB-code dus echt te zijn,' zei de oude staatsman.

'Het was het meest belastende document in dat koffertje; het kon niet vervalst zijn. Haar naam ging dus door de mangel bij de centrale inlichtingendienst – een hele grondige mangel.' Bradford zweeg even. 'Zoals u misschien weet of wellicht niet weet, generaal... meneer de ambassadeur, verscheen ik op dit tijdstip op het toneel. Ik stak mijn neus niet in de zaak; ik kreeg hem voorgeschoteld via mannen met wie ik had samengewerkt tijdens de ambtstermijn van Johnson... en in Zuidoost-Azië.'

'Overblijfselen van de toegewijde AID in Vientiane die in dienst van de afdeling waren gebleven?' vroeg Halyard smalend.

'Ja,' antwoordde de staatssecretaris en zijn stem klonk niet verontschuldigend. 'Twee man die een brede ervaring hadden in clandestiene operaties – zowel in gunstige als in ongunstige zin – werden op den duur wat men noemt "bronbeheerders" voor informanten die diep in het Sovjet-apparaat opereren. Ze belden me op een avond, zeiden dat ze ergens in Berwyn in een kroeg zaten en waarom kwam ik niet even een borrel met hen drinken... vanwege de goeie, ouwe tijd. Toen ik zei dat het al laat was, zei de ene met wie ik sprak dat het voor hen ook laat was, en dat Berwyn Heights een heel stuk rijden was vanuit McLean en Langley. Ik begreep het en ging naar hen toe.'

'Zoiets heb ik nog nooit gehoord,' viel de gewezen ambassadeur gefascineerd in de rede. 'Moet ik daaruit begrijpen dat die mannen niet via hun normale kanalen werkten maar in plaats daarvan rechtstreeks met u?'

'Ja, meneer. Ze waren ongerust.'

'De hemel zij geprezen voor de bekering van oude zondaars,' zei de president. 'Toen ze teruggingen naar die normale kanalen, deden ze dat op onze manier. Het kon van alles zijn, rapporteerden ze; het lag buiten hun gezichtsveld.'

'Het was een ongecompliceerd verzoek om inlichtingen,' zei Halyard. 'Waarom waren ze dan ongerust?'

'Omdat het een zeer negatief verzoek was, dat ervan uitging dat het onderwerp veel te diep verborgen zat om door de CIA ontdekt te worden. Ze was schuldig, wat er ook ontdekt zou worden over het tegendeel.'

'Dan waren ze dus boos vanwege de arrogantie?' suggereerde Brooks.

'Nee, dat zijn ze gewend van BZ. Wat hen verontrustte was dat het onmogelijk waar kon zijn. Ze namen contact op met vijf verschillende bronnen in Moskou, alle vijf opererend zonder van elkaar af te weten – mollen die toegang hadden tot elk geheim dossier in de KGB. Elke sondering liep op niets uit.

Ze was schoon, maar iemand op BZ wilde haar smerig zien. Toen een van de mannen voor een routinezaak een assistent van Matthias belde om wat meer achtergrondinformatie te krijgen van *Cons Op*, kreeg hij te horen dat hij maar gewoon moest rapporteren dat ze niets hadden gevonden. BZ had alles wat ze nodig hadden. Met andere woorden, wat de CIA ook zou rapporteren, ze werd schuldig bevonden en de bronbeheerder had sterk de indruk dat alles wat er aan BZ gerapporteerd zou worden de ijskast in zou gaan. Maar Jenna Karras was geen lid van de KGB en was dat nooit geweest.'

'Hoe verklaarden uw vrienden de code?' vroeg de militair. 'Iemand in Moskou moet die gegeven hebben, iemand die met of voor Matthias werkte.'

Opnieuw betrof op een of andere manier het stilzwijgen aan de tafel het ondenkbare en opnieuw werd het verbroken door de militair.

'Dat hebben we uitgesloten geacht,' zei Halyard.

'Ik zou het graag opnieuw willen overwegen,' zei de staatssecretaris rustig.

'We hebben die mogelijkheid tot op de bodem uitgeput,' zei Addison Brooks en hij staarde Bradford aan. 'Die theorie heeft geen enkele verdienste, noch in de praktijk, noch als uitgangsstelling. Matthias is onherroepelijk verbonden met Parsifal; de een bestaat niet zonder de ander. Als de Sovjetunie ook maar iets wist over Parsifal, dan zouden er tienduizend meervoudige kernkoppen worden opgesteld om de helft van onze steden te vernietigen en al onze militaire installaties. De Russen zouden geen andere keuze hebben dan die te lanceren en beslissende vragen pas te stellen na de eerste aanval. Onze inlichtingenpenetratie is zodanig dat we gewaarschuwd worden bij een dergelijke voorbereiding; er is nog geen alarm gegeven dat daarop betrekking heeft. Zoals u al zei, meneer Bradford, het enige wat voor ons werkt is de tijd.'

'Ik houd me maar aan dat oordeel, meneer de ambassadeur. Toch is die KGB-code in het gefingeerde bewijsmateriaal terecht gekomen en het meisje Karras was onschuldig. Ik kan niet geloven dat de code te koop was.'

'Waarom niet?' vroeg de generaal. 'Wat is er nu niet te koop?'

'Niet een dergelijke code. Je koopt niet eenvoudigweg een code die periodiek verandert, onregelmatig, zonder een vast schema voor de veranderingen.'

'Wat wilt u daarmee zeggen?' vroeg Halyard weer.
'Dat iemand in Moskou die code wel moest afgeven,' zei Bradford met stemverheffing. 'Dat we misschien dichter bij Parsifal zitten dan we denken.'
'Wat is uw theorie?' Brooks leunde voorover met zijn elleboog op de tafel.
'Er is iemand even bezeten op zoek naar Parsifal als wij... om dezelfde redenen als wij. Hij zit hier in Washington – ik vermoed dat we hem elke dag zien, ik zie hem maar ik weet niet wie hij is. Ik weet alleen dat hij uit Moskou komt en op dit moment is het verschil tussen ons dat hij langer aan het zoeken is dan wij. Hij was op de hoogte van Parsifal voordat wij dat waren. Iemand in Moskou is op de hoogte.' Bradford zweeg. 'En daarom zitten we nu midden in de grootste crisis die dit land ooit heeft meegemaakt – die de wereld ooit heeft meegemaakt. Hier in Washington zit een mol die het machtsevenwicht kan verstoren – de wereldwijde erkenning van onze fysieke en morele superioriteit, en dat is macht – als hij als eerste contact legt met Parsifal. En dat zou wel eens kunnen, want hij weet wie het is, en wij niet.'

18

De man in de donkere overjas en met de hoed met neergeslagen rand die zijn gezicht in de schaduw hield stapte uit de tweekleurige sportwagen, hield zich vast aan de verzonken armsteun en strekte zijn benen uit om niet in een brede plas te stappen op het kiezeloppervlak onder het portier aan de kant van de bestuurder. De geluiden van de avondregen weerklonken overal in het rond, druppels klaterden op de motorkap en spetterden tegen het glas van de voorruit, plompten op het nylon dak en spatten op in de talrijke plassen die zich hadden gevormd, overal op de verlaten parkeerplaats aan de oevers van de rivier de Potomac. De man stak zijn hand in een zak, haalde er een vergulde gasaansteker uit en ontstak die. De vlam was nog niet aan of hij doofde hem alweer, stak de aansteker weer in zijn zak en hield zijn gehandschoende hand erin. Hij liep naar de reling en keek omlaag op het natte gebladerte en de oever van dikke modder die verdween in het zwarte, stromende water. Hij keek op en zocht de oever aan de overkant af; de lichten van Washington flikkerden in de neerstromende regen. Hij hoorde voetstappen achter zich, leer dat over doorweekt grind schraapte. Hij draaide zich om.

Uit de onregelmatig afgetekende duisternis kwam een tweede man te voorschijn. Hij droeg een canvas regencape waarvan de camouflagetekening duidde op een militaire poncho. Schuin op zijn hoofd stond een zware, leren hoed met een brede rand. Het gezicht onder de hoed behoorde aan iemand van in de dertig, het was een hard gelaat met een stoppelbaard en doffe, ver uiteenstaande ogen die nauwelijks zichtbaar waren tussen de huidrimpels. Hij had gedronken; de grijns die volgde op de herkenning was grotesk.

'Hé, ging dat effe lekker, hè!' riep de man in de poncho met een dubbele tong en een stemgeluid dat diep uit zijn keel kwam. 'Te gek! Beng! Boing... *Klabats!* Net zo'n verrekte riksja van die spleetogen die door een tank wordt geraakt! Te gek! Zoiets heb je nog nooit gezien!'

'Prima werk,' zei de man in de overjas.

'Daar kun je donder op zeggen! Ik kreeg ze bovenaan te pakken en klabats! Hé, ik kan u haast niet zien. U bent het toch wel?'

'Jawel, maar je stelt me teleur.'

'Waarom? Ik heb het mooi opgeknapt!'

'Je bent aan het drinken geweest. Ik dacht dat we hadden afgesproken dat je dat niet meer zou doen.'

'Een paar borrels, meer niet. Op mijn kamer, niet in een kroeg... zeker niet, meneer!'

'Heb je met iemand gepraat?'

'Verrek, nee!'

'Hoe ben je hierheen gekomen?'

'Net als u zei. Met de bus... drie bussen... en de laatste paar kilometers heb ik gelopen.'

'Over de weg?'

'Naast de weg. Een stuk ernaast, net als op een oerwoudpatrouille in Danang.'

'Goed zo. Je hebt je rust verdiend.'

'Hé, majoor...? Sorry, ik bedoel... meneer.'

'Wat is er?'

'Hoe komt het dat er niks in de kranten stond? Ik bedoel maar, het was een verrekte grote brand. Dat moet wel uren

hebben gebrand en kilometers ver te zien zijn geweest? Hoe komt dat?'
'Ze waren niet belangrijk, sergeant. Het waren nare mensen waarover ik je verteld heb. Slechte mensen die mannen zoals jij en mij hebben verraden, die hier thuis bleven en ons lieten kapotschieten.'
'Ja, nou dan heb ik het ze mooi betaald gezet. Ik moet nou zeker weer teruggaan, hè? Naar het ziekenhuis.'
'Dat hoef je niet.' De burger die met 'majoor' was aangesproken haalde rustig zijn gehandschoende hand uit zijn zak. Er lag een klein pistool van .22 kaliber in, verborgen door de duisternis en de regen. Hij hield het aan zijn zijde en schoot een kogel in het hoofd van de man die hij 'sergeant' had genoemd.
De man viel, zijn groteske hoed waaide af, zijn bebloede hoofd zakte in de natte poncho. De burger stapte naar voren, terwijl hij het wapen schoonveegde aan de stof van zijn overjas. Hij knielde neer en spreidde de vingers van de dode man uiteen.

De tweekleurige sportwagen reed door de bocht op het achterafweggetje, de koplampen zwaaiden over een met stenen bezaaide wei waar het hoge gras werd neergeranseld door de kracht van de wind en de avondregen. De bestuurder in de donkere overjas en met de hoed met neergeslagen rand zag wat hij verwachtte te zien en minderde vaart; voordat hij stopte schakelde hij de koplampen uit. In de berm van de weg, langs een afscheiding van prikkeldraad, stond onbeweeglijk een glimmend witte ambulance, met nummerplaten van de federale regering en een zwart opschrift op de deur dat aangaf dat dit gedeeltelijk eigendom was van de belastingbetaler.

BETHESDA-MARINEHOSPITAAL
SPOEDOPNAME AFD. 14

De bestuurder reed zijn wagen tot vlak langs het lange, witte voertuig. Hij haalde zijn vergulde gasaansteker te voorschijn, knipte de bovenkant omhoog en hield de vlam heel even uitgestrekt naar het raampje aan de andere kant. De deur van de ambulance ging open en een man van achter in de twintig sprong naar buiten in de regen: zijn door het rijk verstrekte

regenjas viel half open en het witte uniform van een ziekenbroeder werd zichtbaar.
De bestuurder liet het rechterraampje zakken door op een knop te drukken boven zijn armleuning. 'Kom naar binnen!' riep hij boven het geluid van de stortbui uit. 'Je wordt kletsnat daarbuiten!'
De man opende het portier en stapte in, klapte het portier dicht en wreef met zijn rechterhand over zijn gezicht. Hij had zuidelijk bloed; zijn grote ogen glinsterden als twee vurige, zwarte kolen, zijn haar was pikzwart en het zat tegen de donkere huid van zijn voorhoofd geplakt.
'Je staat bij me in het krijt, mama,' zei de man van zuidelijke komaf. 'Oho, grote mama is mij grote, dikke plakken schuldig.'
'Je krijgt je geld, al zou ik, volgens mij, kunnen zeggen dat je een schuld hebt afbetaald die je al lang bij mij had uitstaan.'
'Geen schulden, mama majoor!'
'Je zou standrechtelijk zijn neergeschoten of nog steeds met rotsblokken lopen sjouwen in Leavenworth als ik er niet geweest was. Vergeet dat niet, korporaal.'
'Ik heb die zielknijper voor je om zeep geholpen! Betalen!'
'Je hebt, zoals je het zelf stelt, twee marechaussees om zeep geholpen in Pleiku, toen ze je betrapten op diefstal van verdovende middelen uit een vrachtwagen. Wat een bof dat ik net in de buurt was, hè? Nog twee MIA's in een rivier.'
'Jazeker, mama, een geweldige bof. En welke *puerco* had me verteld over die vrachtwagen? Jij, majoor!'
'Ik wist dat je een ondernemende geest had. De afgelopen jaren heb ik je in de gaten gehouden. Je hebt me nooit gezien, maar ik zag jou wel. Ik wist altijd waar ik je vinden kon, want schulden moeten afbetaald worden.'
'O ja, nou, dan zit je fout, majoor. Ik heb je laatst op het nieuws gezien. Je stapte in New York uit een slee. Ergens bij de Verenigde Naties, toch? Dat was jij toch?'
'Dat betwijfel ik!'
'Jazeker was jij dat! Ik herken je echt wel als ik je zie. Je zult wel iets hoogs zijn! Dat wordt een dure grap, mama, dat wordt een hele dure grap.'
'Mijn god, wat doe je toch lastig.'
'Betaal me nou maar.'
'Eerst het pistool,' zei de man in de overjas. 'Ik heb je dat ge-

geven en ik wil het terughebben. Ik heb je beschermd; niemand kon de ballistiek ervan nagaan.'
De ziekenbroeder stak zijn hand in de zak van zijn regenjas en haalde er een klein pistool uit, even groot en van hetzelfde kaliber als het wapen dat de bestuurder van de sportwagen een uur geleden had gebruikt op een parkeerplaats aan de oever van de Potomac.
'Kogels zitten er niet meer in,' zei de man uit het zuiden, terwijl hij het pistool in het donker voor zich uit stak. 'Hier, pak aan.'
'Geef het me.'
'Pak aan! Verdomme, ik zie hier geen flikker! Au! Verrek! Wat is dat...?'
De hand van de bestuurder was langs de korte loop van het pistool gegleden en had de brede mouw van de broeder gedeeltelijk omhooggeschoven langs zijn onderarm. 'Het spijt me,' zei de man in de overjas. 'Mijn zegelring zit gedraaid. Heb ik je gekrast?'
'Vergeet het maar, mama. Het geld. Geef me dat verdomde *dinero!*'
'Zeker.' De man nam het pistool over, liet het in zijn zak glijden en pakte de vergulde aansteker die in zijn schoot lag; hij ontstak hem. Op de voorbank tussen hen in lag een bundel papiergeld die bijeen werd gehouden door een elastiek. 'Daar is het. Vijftig biljetten van honderd dollar, niet na te gaan, natuurlijk. Wil je het nog natellen?'
'Waarvoor? Ik weet waar ik je kan vinden,' zei de broeder, terwijl hij het portier opende. 'En je zult me nog vaak terugzien, grote mama.'
'Met genoegen,' antwoordde de bestuurder.
Opnieuw woei de wind de regenjas van de ziekenbroeder vaneen en was het witte uniform zichtbaar, terwijl hij het portier dichtklapte en over het gras naar de geparkeerde ambulance liep. De man in de sportwagen leunde opzij in het donker en keek toe door het raampje aan de andere kant, met zijn vingers op de hendel naast zich, klaar om die omhoog te rukken en naar buiten te springen, zodra hij zag wat hij verwachtte te zien.
De ziekenbroeder begon te wankelen, liet zich, uit zijn evenwicht geraakt, naar voren vallen met uitgestrekte armen tot zijn handen in aanraking kwamen met de zijkant van de am-

bulance. Hij schreeuwde met opgeheven hoofd en de regen kletterde op zijn gezicht; drie tellen later zakte hij in het natte gras ineen.
De man in de overjas stapte uit de sportwagen en liep om de achterkant heen, terwijl hij een buisvormig glazen voorwerp uit zijn linkerzak haalde. Toen hij de gevallen man had bereikt knielde hij neer en duwde de brede mouw omhoog langs de roerloze arm. Hij pakte het glazen buisje goed vast in zijn linkerhand en trok met zijn rechter een injectienaald eruit. Die plantte hij in het zachte vlees, duwde de steel in totdat alle witte vloeistof van het buisje in de arm was gespoten. Hij liet de lange naald zitten, stevig vastgezet in de huid. De man stak toen zijn hand over het lichaam van de broeder uit naar diens loshangende, levenloze hand en trok die naar het injectiebuisje toe. Hij duwde de vingers om het glas heen en plantte de duim stevig op de steel; hij liet de hand weer vallen.
De man kwam overeind en zag in het zwakke licht de overal verspreide biljetten liggen, vele op hun plaats gehouden door het gewicht van het levenloze lichaam. Hij draaide zich om en opende de deur van de ambulance; binnen zag alles er netjes uit, de apparatuur stond op zijn plaats, zoals dat paste bij een vertrouwd employé van het Bethesda-Marinehospitaal. De man in de overjas, wiens gezicht verborgen was door de duisternis en de neergebogen rand van zijn hoed, haalde het kleine pistool uit zijn zak en gooide dat op de voorbank. Toen stak hij zijn hand in een binnenzak van zijn overjas en haalde de inhoud daarvan te voorschijn. Nog vier glazen buisjes, twee vol, twee leeg. Hij las de etiketten; op elk stond hetzelfde.

BETHESDA-MARINEHOSPITAAL
INHOUD: C_{17} H_{19} NO_3 H_2O
MORFINE

Hij stak ze naar voren en liet ze op de vloer van de ambulance vallen.
Plotseling woei er een windvlaag van de kant van de wei, warrelde tussen de beide voertuigen en deed de regen in schuine stralen neerplensen. De man stak zijn hand uit naar zijn hoed maar hij was te laat. De wind was onder de rand geslagen, had de hoed van zijn hoofd getild en hem tegen de zijkant

van de sportwagen geslingerd. Hij liep het gras over om hem terug te halen, bukte zich en raapte hem op. Zelfs in het donker was de streep wit zichtbaar die vanaf het voorhoofd van de man door zijn sluike, zwarte haar liep.
Hij was behoorlijk geïrriteerd en zijn nu doorweekte hoed was daar niet uitsluitend de oorzaak van. Als staatssecretaris van BZ zou hij zich moeten verkleden, andere schoenen aantrekken en zich wat opknappen. Het was al laat, maar een man met zijn positie liep niet door de modder en de plensregen te sjouwen; hij zou zijn limousine bellen zogauw hij thuis was. Hij had afgesproken om nog een late borrel te gaan drinken met de Britse ambassadeur; er lag weer een OPEC-probleem, er waren andere staatsaangelegenheden waaraan hij zijn aandacht moest besteden.
Het was wel niet wat zijn mensen in Moskou wilden, maar het was niet onbelangrijk als hij op de hoogte was van een nieuwe Anglo-Amerikaanse oliestrategie. Al dergelijke informatie bracht de *Vodennaja* dichter bij de macht waarnaar ze gestreefd had sinds Yagoda die route uitgestippeld had, meer dan vijftig jaar geleden. Maar alleen de man die onvindbaar was, de man die Anthony Matthias' geheim kende, kon de *Vodennaja* naar haar bestemming leiden – tot heil van de wereld.
Arthur Pierce, opgegroeid als boerenzoon in Iowa maar geboren in het Russische dorpje Ramenskoye, liep door de regen naar zijn auto. Er was geen tijd voor vermoeidheid, geen tijd om het masker te laten zakken. Niet voor hem.

'De mol was op de hoogte van Parsifal voordat wij dat waren?' riep de ambassadeur uit, terwijl hij Bradford aanstaarde. 'Op grond waarvan legt u die uitzonderlijke verklaring af?'
'Costa Brava,' zei de staatssecretaris. 'En de afgelopen tweeënzeventig uur.'
'Begin vanaf het begin!' beval de president.
'Gedurende de laatste uren van Costa Brava kreeg Havelock een radiozender waarvan de frequentie-afstellingen waren veranderd door mensen van de CIA in Madrid. Ze hadden dat gedaan zonder te weten waarvoor; ze hadden er geen idee van waarvoor de zender gebruikt zou worden en door wie. U weet dat de hele Costa Brava-operatie in handen was van een man die Steven MacKenzie heette, de meest ervaren agent voor

clandestiene operaties in de CIA; geheimhouding was verzekerd.'

'Volkomen,' kwam Berquist tussenbeide. 'MacKenzie stierf aan een hartaanval drie weken nadat we hem uit Barcelona hadden weggehaald. Er was niets verdachts aan. De dokter was een bekend arts en hij werd uitvoerig ondervraagd. MacKenzie is een natuurlijke dood gestorven.'

'Hij alleen kende alle bijzonderheden,' vervolgde Bradford. 'Hij had een boot gehuurd, twee mannen en een blonde vrouw die Tsjechisch sprak en die vanuit de verte moest gillen – in het donker – tijdens dat lugubere toneel dat ze speelden daar op dat strand. Ze waren uitschot, onbelangrijke handelaren in verdovende middelen en een prostituée, die een behoorlijk honorarium kregen en geen vragen stelden. Havelock stuurde zijn bericht in de KGB-code naar wat hij dacht dat een Baader-Meinhofploeg was in de boot die voor de kust lag. MacKenzie ving het op op zijn ontvanger en beduidde de mensen in zijn boot om naar het strand te komen. Een paar minuten later zag Havelock wat we hem wilden laten zien... of hij dacht dat hij het zag. De Costa Brava-operatie was voorbij.'

'Zoals ik al zei, zijn generaal Halyard en ik op de hoogte van de hoofdpunten...' De ambassadeur was ongeduldig.

'Het was voorbij en behalve de president en wij drieën wist er verder niemand iets van,' vervolgde de staatssecretaris gehaast. 'MacKenzie had het in fragmenten opgezet, geen enkele ploeg wist wat de ander deed. Het enige bericht dat binnen beperkte kring gecirculeerd werd, was de versie van de dubbelspion die in de val was gelopen. Geen geheime rapporten, geen dossier binnen een dossier dat in tegenspraak was. En met de dood van MacKenzie is de laatste man verdwenen die buiten ons de waarheid kende.'

'De laatste man misschien,' zei Halyard. 'Niet de laatste vrouw. Die Jenna Karras was op de hoogte. Ze is u ontsnapt, maar ze was op de hoogte.'

'Ze wist alleen wat haar verteld was en ik was degene die met haar heeft gesproken in het hotel in Barcelona. Met het verhaal dat ze te horen kreeg wilden we twee dingen bereiken. Ten eerste, haar zo bang maken dat ze precies zou doen wat we haar vroegen, zodat we ogenschijnlijk haar leven konden redden en de man die haar zou doden in de val konden lokken. En ten tweede om haar zo van streek te maken dat Havelock ervan zou schrikken en daar mede door overtuigd zou raken dat ze inderdaad een KGB-agent was, mocht hij op het laatste moment nog twijfelen of zich emotioneel geremd voelen. Als zij zich had gehouden aan mijn instructies, dan zou ze nu in veiligheid zijn, een nieuwe verblijfplaats hebben en misschien zelfs de waarheid te horen gekregen hebben. Of als wij haar hadden kunnen opsporen, zou ze nu niet op de vlucht zijn voor de mannen die geprobeerd hebben haar te doden bij Col des Moulinettes. Die haar nu moeten doden... en Havelock moeten doden... om te zorgen dat de waarheid over de Costa Brava verborgen blijft. Omdat zij die waarheid kennen.'

Ambassadeur Brooks floot zacht: het was een zacht, aanzwellend fluiten, het geluid van een briljant man die versteld staat. 'We zijn aan die laatste tweeënzeventig uur begonnen,' zei hij, 'met een niet te traceren telefoongesprek met Rome dat vooraf werd gegaan door een machtigingscode die was vastgesteld door Daniël Stern.'

'Ja, meneer, Col des Moulinettes. Ik zag het verband vaag toen ik het rapport las van de rapporteringsagent, maar niets was er duidelijk. Alleen maar vage vormen, schaduwen. Het werd duidelijker toen hij ons hier vanavond die dingen vertelde.'

'Een man die Ricci heette die hij nooit eerder had ontmoet,' zei de staatsman. 'Twee springstofspecialisten van wie hij niets afwist.'

'En een enorme ontploffing die plaatsvond ongeveer twaalf minuten na het vuurgevecht op de brug,' voegde Bradford eraan toe. 'Vervolgens zijn beschrijving van de vrouw als een "speld" voor de Russen, een Russische bedriegster die terug werd gestuurd naar Moskou om Moskou een lesje te leren.'

'En dat was gelogen,' wierp Halyard tegen. 'Die bom was bestemd voor de auto waarin zij zat. Hoeveel mensen werden erdoor gedood? Zeven maar liefst, die daar waarschijnlijk rondliepen, niet op een kluitje stonden? Verrek, dat was krachtig genoeg om die wagen in duizend stukjes te blazen met iedereen die erin zat. En onze eigen mensen mochten daar geen moer van afweten.'

'Door de hand van een man die Ricci heette,' zei Bradford, 'een Corsicaan die niemand kende en twee zogenaamde reservekrachten met pistolen die in werkelijkheid springstofspecialisten waren. Ze werden door Rome gestuurd, maar de twee

die ontsnapten hebben later nooit geprobeerd contact op te nemen met de ambassade. Zoals onze agent al zei, zoiets is niet normaal. Ze durfden niet terug te keren naar Rome.'
'Ze werden door onze mensen gestuurd,' zei Berquist, 'maar ze maakten geen deel uit van onze mensen. Ze hadden een aparte afspraak met dezelfde man die dat laatste, niet te traceren telefoongesprek voerde tussen Washington en Rome. Dubbelzinnigheid.'
'Diezelfde man, meneer de president, die in staat was Moskou over te halen een authentieke KGB-code af te staan – iets minder zou Havelock nooit geaccepteerd hebben. Iemand die op de hoogte was van de waarheid omtrent Costa Brava en die even bezorgd was, misschien even vertwijfeld, als wij om de zaak geheim te houden.'
'Waarom?' vroeg de militair.
'Omdat wij, als we alles terug zouden draaien en elk detail van de operatie onder de loep zouden nemen, misschien zouden ontdekken dat hij daar aanwezig was.'
De president en de generaal reageerden alsof ze hoorden dat er iemand plotseling was overleden; alleen de oude staatsman bleef rustig en staarde Bradford aandachtig aan, een scherp verstand dat de aanwezigheid van een even spitse geest erkende.
'Nou maak je een verrekte grote sprong, jongen,' zei Halyard.
'Ik kan er geen andere verklaring voor vinden. Voor de executie van Havelock was machtiging gegeven en de machtiging wekte zelfs begrip bij diegenen die zijn goede staat van dienst kenden. Hij was overgelopen; hij was een psychopaat, een moordenaar, een gevaar voor iedere man in de buitendienst. Maar waarom moest de vrouw bij Col des Moulinettes bij de grens worden doorgelaten, werd er gezegd dat zij een "speld" was, een bedriegster, dat haar ontsnapping een lesje moest zijn voor de Russen. Terwijl al die tijd een bom, die was afgesteld om minuten later te ontploffen, haar onherkenbaar aan stukken zou hebben gereten?'
'Om de illusie van Costa Brava in stand te houden,' zei Addison Brooks. 'Als ze bleef leven zou ze om asiel vragen en haar verhaal vertellen; ze zou niets te verliezen hebben.'
'En ze zou de oorzaak zijn dat de gebeurtenissen van die nacht op het strand opnieuw onderzocht werden,' vulde de president aan. 'Ze moest gedood worden toen ze eenmaal de brug voor-

bij was, terwijl ze de leugen overeind hield dat ze aan de Costa Brava gestorven was.'

'En de man die het telefoontje pleegde om de executie van Havelock te machtigen,' zei Halyard met gefronst voorhoofd en onzekerheid in zijn stem, 'die de codenaam Dubbelzinnigheid gebruikte en via Rome die Ricci en de twee springstofmensen naar Col des Moulinettes stuurde... jij beweert dat hij die nacht op het strand was?'

'Alles wijst erop, ja, generaal.'

'Waarom dan, verdomme?'

'Omdat hij wist dat Jenna Karras leefde,' antwoordde de ambassadeur terwijl hij nog steeds naar Bradford staarde. 'Hij wist in elk geval dat ze niet gedood was aan de Costa Brava. Niemand anders wist dat.'

'Dat is speculatie. Het mag dan geheim zijn gehouden, maar wij zijn al bijna vier maanden naar haar op zoek.'

'Zonder ooit duidelijk te maken dat zij het was; zonder ooit toe te geven dat ze leefde,' verklaarde de staatssecretaris, 'was dat opsporingsbevel voor een persoon, niet voor een naam, voor een vrouw die zo ervaren was als geheim agent dat ze daardoor mensen zou kunnen opsporen met wie ze eerder had gewerkt onder vele verschillende identiteiten. De nadruk lag op fysiek uiterlijk en op talen.'

'Wat ik niet kan accepteren is die sprong die u hebt gemaakt.' Halyard schudde het hoofd, een militair strateeg die een leemte zag in de praktijk van een veldoefening, al was die theoretisch waardevol. 'MacKenzie heeft Costa Brava in fragmenten opgebouwd en daarbij alleen aan u gerapporteerd. Langley wist niets over Madrid en geen van beiden wisten ze iets over Barcelona. Hoe kon onder die omstandigheden iemand binnendringen in iets wat niet bestond? Tenzij u denkt dat MacKenzie u verraden heeft of de zaak in het honderd heeft gestuurd.'

'Ik geloof in geen van beide mogelijkheden,' zei de staatssecretaris en zweeg even. 'Ik geloof dat de man die de codenaam Dubbelzinnigheid aannam, drie maanden geleden wist waar hij moest zoeken en nattigheid voelde toen Havelock onder een Vier-Nullengeheimhouding naar Madrid werd gestuurd.'

'Iemand die als hoogst betrouwbaar wordt beschouwd hier midden in Buitenlandse Zaken,' kwam de ambassadeur tussenbeide. 'Iemand met toegang tot vertrouwelijke stukken.'

'Ja. Hij was buitengewoon geïnteresseerd in Havelock en hij zag dat er iets ging gebeuren. Hij vloog naar Spanje, vond hem in Madrid en schaduwde hem toen hij terugging naar Barcelona. Ik was daar; MacKenzie ook. Hij zou mij zo goed als zeker herkennen en aangezien ik twee keer een ontmoeting had met MacKenzie kunnen we redelijkerwijs aannemen dat we samen werden gezien.'
'En aannemende dat dat zo is, mogen we ook redelijkerwijs veronderstellen dat Moskou een dossier had over MacKenzie dat dik genoeg was om de Russische inlichtingendienst te alarmeren.'
Brooks boog zich voorover en keek Bradford opnieuw strak in de ogen. 'Even een foto doorfaxen naar de KGB en de man die we zoeken, die u samen zag, wist dat er een geheime operatie op touw werd gezet.'
'Op die manier zou het gebeurd kunnen zijn, ja.'
'Met een heleboel giswerk van uw kant,' zei Halyard.
'Ik geloof niet dat de staatssecretaris alles heeft verteld, Mal.' De ambassadeur knikte naar de papieren die Bradford net had opgenomen en die hij doorzocht. 'Ik geloof niet dat hij zijn fantasie zo vèrgaand zou gebruiken als er niet iets was waardoor hij geprikkeld werd. Heb ik geen gelijk?'
'In grote trekken wel, ja?'
'Waarom zeg je niet gewoon ja,' zei de president.
'Ja,' zei de man van BZ. 'Ik neem aan dat ze me voor de rechtbank kunnen slepen voor wat ik vanmiddag gedaan heb, maar ik beschouwde het als uiterst belangrijk. Ik moest me vrijmaken van alle telefoontjes en onderbrekingen; ik moest een deel van dit materiaal opnieuw doorlezen en al mijn verbeeldingskracht op gang brengen. Ik ben naar het hoogstgeheime archief van *Cons Op* gegaan, heb daar het dossier van Havelock uitgehaald met zijn onder chemotherapie verkregen verslag over Costa Brava en heb dat meegenomen naar huis. Ik heb het vanaf drie uur zitten bestuderen... en dacht daarbij aan het mondelinge verslag dat MacKenzie heeft uitgebracht toen hij terugkwam uit Barcelona. Er zitten dingen in die niet kloppen.'
'Hoezo dan?' vroeg Brooks.
'In dat wat MacKenzie van plan was te doen en wat Havelock zag.'
'Hij zag wat wij hem wilden laten zien,' zei de president. 'Dat

heb je zojuist nog benadrukt.'

'Hij heeft misschien meer gezien dan wij denken, meer dan wat MacKenzie in elkaar had gezet.'

'MacKenzie was erbij,' protesteerde Halyard. 'Waar heb je het over, verdomme?'

'Hij stond ruim vijftig meter van Havelock vandaan en hij kon niet het hele strand overzien. Hij had meer aandacht voor de reacties van Havelock dan voor wat er zich beneden afspeelde. Hij had een paar keer gerepeteerd met de twee mannen en de blonde vrouw. Volgens die repetities zou alles vlak bij het water moeten gebeuren, de schoten zouden worden afgevuurd in de branding, de vrouw zou op het vochtige zand vallen, haar lichaam zou door de golven heen en weer worden gerold en de boot zou vlak bij liggen, binnen bereik. De afstand, de duisternis... dat alles moest het effect verhogen.'

'Visueel was het overtuigend,' kwam Brooks tussenbeide.

'Heel overtuigend,' stemde Bradford in. 'Maar het was niet wat Havelock beschreef. Wat hij zag was oneindig veel meer overtuigend. Toen hij in de kliniek in Virginia onder invloed van een serum was, heeft hij letterlijk zijn ervaringen opnieuw doorleefd, met inbegrip van het emotionele trauma dat er deel van uitmaakte. Hij beschreef het zand dat opspatte door de kogels, de vrouw die omhoog liep, naar de weg, niet beneden bij het water bleef en twee man die haar lichaam wegdroegen. Twee man.'

'Er waren twee man ingehuurd,' zei Halyard perplex. 'Wat is daar voor onbegrijpelijks aan?'

'Eentje moest er in de boot blijven; die lag zo'n acht meter van het strand af, met draaiende motor. De tweede man zou moeten schieten en de vrouw in het water moeten trekken en daarna haar "dode lichaam" in de boot moeten gooien. De afstand, de duisternis, de straal uit de zaklantaarn... dat waren onderdelen van het toneelstukje van MacKenzie; dat had hij gerepeteerd met de mensen die hij had gehuurd. Maar de zaklantaarn was het enige wat klopte tussen wat MacKenzie had uitgebroed en wat Havelock zag. Hij was geen getuige van een gespeeld drama; hij zag een vrouw die echt werd vermoord.'

'Verrek.' De generaal ging rechtzitten in zijn stoel.

'Heeft MacKenzie het daar nooit over gehad?' vroeg Brooks.

'Ik geloof niet dat hij het gezien heeft. Hij zei alleen maar tegen mij "mijn mensen moeten zich geweldig hebben geweerd". Hij bleef waar hij was op die heuvel boven de weg en hield Havelock een paar uur lang in de gaten. Hij ging weg toen het licht begon te worden; hij kon het risico niet lopen dat Havelock hem zou ontdekken.'

Addison Brooks steunde zijn kin op zijn rechterhand. 'De man naar wie we dus op zoek zijn, de man die de trekker overhaalde aan de Costa Brava, die van Stern de codenaam Dubbelzinnigheid hoorde en Havelock tot niet-meer-te-redden verklaarde, is een Russische spion op Buitenlandse Zaken.'

'Ja,' zei de staatssecretaris.

'En hij is even vertwijfeld op zoek naar Parsifal als wij,' concludeerde de president.

'Ja, meneer.'

'Toch, als ik u goed begrijp,' zei Brooks snel, 'dan zit er een enorme inconsequentie in. Hij heeft de verbazingwekkende informatie die hij bezit niet doorgegeven aan zijn normale KGB-leiders. Als hij dat had gedaan zouden wij het weten. Mijn god, òf we het weten zouden!'

'Hij heeft het niet alleen voor zich gehouden, meneer de ambassadeur, hij heeft met opzet een van de hoogste directeuren van de KGB om de tuin geleid.' Bradford pakte het bovenste vel notities op en schoof het met een gebaar van respect naar de oude staatsman aan zijn rechterzij. 'Dit heb ik voor het laatst bewaard. Overigens niet om u te verbazen of aan het schrikken te maken, maar alleen omdat het onbegrijpelijk was tenzij we alles wat ermee in verband staat in een ander licht zouden bekijken. Eerlijk gezegd weet ik nog steeds niet zeker of ik het wel begrijp. Het is een telegram van Pjotr Rostov in Moskou. Hij is de directeur van het Planbureau Buitenland van de KGB.'

'Een telegram van de Russische inlichtingendienst?' zei Brooks verbijsterd, terwijl hij het blad oppakte.

'In tegenstelling tot wat de meeste mensen geloven,' voegde de staatssecretaris eraan toe, 'hebben strategen van beide inlichtingendiensten vaak contact met elkaar. Het zijn mensen van de praktijk, in een dodelijk praktisch soort werk. Ze kunnen zich geen foute signalen veroorloven... Volgens Rostov had de KGB niets van doen met de Costa Brava en dat wilde hij ons laten weten. Overigens zei Baylor in zijn rapport dat Rostov Havelock klem had in Athene, en hoewel hij hem uit Grie-

kenland naar Rusland had kunnen krijgen, wilde hij dat niet doen.'
'Wanneer hebt u dit gekregen?' vroeg Brooks terwijl hij het papier oppakte.
'Vierentwintig uur geleden,' antwoordde de president. 'We hebben het bestudeerd, geprobeerd het te begrijpen. Er wordt kennelijk geen antwoord op verwacht.'
'Lees het eens, Addison,' zei Halyard.
'Het werd verstuurd aan D.S. Stern, directeur van Consulaire Operaties, Amerikaans ministerie van...' De oude staatsman zweeg: hij keek Bradford aan. 'Stern werd drie dagen geleden vermoord. Zou Rostov dat dan niet weten?'
'Hij zou het niet verstuurd hebben als hij het geweten had. Hij zou zich niet de minste speculatie hebben veroorloofd, zelfs geen speculatie uit het ongerijmde. Hij zou er zover mogelijk met zijn vingers vanaf zijn gebleven: iets anders kon hij zich niet veroorloven. Hij verzond dat telegram omdat hij onkundig was van het feit dat Stern dood was... of de anderen.'
'We hebben alleen de dood van Miller bekend gemaakt,' zei Berquist. 'Om de eenvoudige reden dat we die niet geheim konden houden; heel Bethesda sprak erover. We hebben een mantel gegooid over Stern en Dawson, voorlopig tenminste, tot we ontdekken wat er aan de hand is. We hebben hun gezinnen overgebracht naar het veiligheidscomplex in Cheyenne in Colorado Springs. Zij begrepen het.'
'Lees nou,' drong de generaal aan.
Addison Brooks hield het vel papier onder het felle licht van het leeslampje. Hij las langzaam, met eentonige stem: '"Het verraad aan de Costa Brava kwam niet van ons. Ook hebben we niet gehapt in het lokaas in Athene. De beruchte Consulaire Operaties blijven doorgaan met hun provocerende activiteiten en de Sovjetunie blijft protesteren tegen hun geringschatting voor mensenlevens en de daden van terrorisme die zij plegen tegen onschuldigen – mensen zowel als volkeren. En mocht deze beruchte afdeling van het ministerie van buitenlandse zaken soms denken dat het medewerkers heeft binnen de muren van Dzerzjinski, dan kunnen ze ervan verzekerd zijn dat die verraders opgespoord zullen worden en de straf krijgen die ze verdienen. Ik herhaal, Costa Brava kwam niet van ons."'
De staatsman was klaar; het telegram was voorgelezen. Hij

liet zijn hand op de tafel zakken, het vel papier nog steeds tussen duim en wijsvinger. 'Mijn god,' fluisterde hij.

'Ik begrijp de woorden,' zei Halyard, 'maar niet wat hij ons probeert duidelijk te maken.'

'"Beter een duvel die je kent dan eentje die je niet kent,"' antwoordde Brooks. 'Er zijn geen muren op het Dzerzjinskiplein.'

'Dat is het,' zei Bradford en hij keerde zich naar de president. 'Daarmee zagen we het verband niet. De muren zijn in het Kremlin.'

'Van binnen en van buiten,' vervolgde de gewezen ambassadeur. 'Hij maakt u duidelijk dat hij weet dat Costa Brava niet had kunnen gebeuren zonder een medewerker of medewerkers in Moskou...'

'Dat hadden we begrepen,' kwam Berquist tussenbeide. 'Hoe zit het met die muren? Het Kremlin? Hoe leg je dat uit?'

'Hij waarschuwt ons. Hij zegt dat hij niet weet wie ze zijn – "zullen opgespoord worden", niet "zijn opgespoord" – en dat ze, als zodanig niet in de hand te houden zijn.'

'Omdat ze buiten de normale communicatiekanalen vallen?' vroeg de president.

'Zelfs buiten de abnormale kanalen,' zei Brooks.

'Een machtsstrijd.' Berquist keerde zich naar de staatssecretaris van BZ. 'Is daar iets van serieuze aard over bekend bij een van onze inlichtingendiensten?'

'Niet meer dan de normale wrijvingen. De oude garde die aan het uitsterven is, de jongere commissarissen die ambitieus en ongedurig zijn.'

'Aan welke kant staan de generaals?' wilde de generaal weten.

'De helft wil Omaha de lucht in laten vliegen, de andere helft wil SALT-III.'

'En Parsifal zou hen bij elkaar kunnen brengen,' zei de staatsman. 'Al hun handen zouden rusten op de atoomknoppen.'

'Maar Rostov is niet op de hoogte van Parsifal,' wierp Bradford tegen. 'Hij heeft geen idee...'

'Hij voelt het aan,' viel de ambassadeur hem in de rede. 'Hij weet dat Costa Brava een operatie was van Buitenlandse Zaken die op een of andere manier in verband stond met elementen in Moskou. Hij heeft geprobeerd hen op te sporen en hij kan dat niet; daar is hij enorm van geschrokken. Er is iets uit balans, de normen op de hoogste niveaus zijn aan het veranderen... en het moet wel op de hoogste niveaus zijn.'

'Waarom zeg je dat?' De president nam het telegram van Brooks over en las het door om te zien wat hij eerder gemist had.

'Het staat daar niet in, meneer,' zei Bradford; hij begreep het en knikte al pratend tegen de staatsman. 'Met uitzondering van het woord "lokaas". Het staat tussen de regels en dat woord bevestigt het. Rostov is zich bewust van de ongewone relatie tussen Havelock en Anthony Matthias. Tsjech en Tsjech, leraar en student, overlevenden eigenlijk... haast vader en zoon; waar houdt de ene op en begint de andere? Met wie staat de ene in contact, of staan ze beiden in contact met iemand in Moskou? Met welk doel? Redelijke doeleinden kunnen het niet zijn; dat zou hij moeten weten via zijn geheime kanalen. Nog niet zo heel veel maanden geleden vroegen wij ons hetzelfde af. Met dat doel hebben we Costa Brava op gang gebracht.'

'En toen kwam Parsifal en toen maakte het niets meer uit,' viel Berquist hem in de rede. 'We stonden tegen de muur. We staan nog steeds tegen de muur, alleen is die nu nog groter geworden, is in tweeën gebroken zodat we nu tegen twee muren staan, altijd met onze rug tegen een muur, welke kant we ons ook opdraaien. Bij het zoeken naar Parsifal is nu het zoeken gekomen naar een andere man. Iemand vlak bij ons die elke beweging die we maken in de gaten houdt en net zoveel weet als wij. Een Russische mol die in staat is een geheime code uit Moskou los te peuteren en die diep genoeg verscholen zit om het aanzien van Costa Brava te veranderen... Mijn god, we moeten hem boven de grond zien te krijgen. Als hij Parsifal vindt vóór ons, dan kunnen hij en die waanzinnigen aan wie hij rapporteert in het Kremlin dit land elke voorwaarde opleggen die ze maar willen.'

'Je weet waar hij zit,' zei de nuchter ingestelde, agressieve militair. 'Ga maar achter hem aan. Hij zit op BZ. Heel hoog; hij heeft toegang tot telegrammen naar en van ambassades en hij zit duidelijk verrekte dicht bij Matthias. Want als ik u goed heb begrepen, heeft hij het meisje Karras klem gezet. Hij heeft die code geleverd; hij zorgde ervoor dat die in haar koffer terechtkwam. Hij heeft haar klem gezet!'

'Volgens mij heeft hij alles geleverd,' Bradford schudde langzaam zijn hoofd en trok zijn wenkbrauwen op alsof hij dacht aan iets wat onmogelijk was. 'Met inbegrip van de koffer, de informant van Baader-Meinhof, onze eigen codes en de instructies van Moskou. Alles kwam zomaar in Barcelona boven water... uit het niets. En niemand weet eigenlijk hoe.'

'Ik neem aan dat het geen zin heeft om verder aan te dringen bij Matthias?' zei Brooks, die ondanks dat de vraag toch stelde.

'Geen enkele zin,' antwoordde Bradford. 'Hij herhaalt wat hij vanaf het begin heeft volgehouden. "Het zat erbij. Het was waar. Het werd aan mij doorgegeven".'

'De Heilige Antonius heeft de klokken horen luiden!' viel de president uit.

'De mol op BZ,' hield Halyard vol. 'Verrek, die moet toch niet zó moeilijk te vinden zijn. Met hoeveel mensen zou Stern praten? Over welk tijdsbestek gaat het? Een paar minuten? Een paar uur? Ga maar terug in de tijd en loop alles na wat hij heeft gedaan.'

'De strategen van Cons Op hebben in het striktste geheim gewerkt,' zei Bradford. 'Er werd geen agenda bijgehouden, geen conferentieschema. Eén persoon boven, of bij de dienst, of het NSC kreeg een telefoontje, en dan werd er ruim baan gemaakt voor de strateeg in kwestie, maar van geen enkel gesprek is ooit een verslag gemaakt. Ook weer interne beveiliging; informanten met toegang tot dergelijke verslagen zouden daar een heleboel uit kunnen halen.'

'De stroom accurate gegevens moet tot elke prijs omgebogen worden,' zei de president zacht.

'Naar onze schatting zou Stern met iedereen van zo'n zestig tot vijfenzeventig mensen gesproken kunnen hebben,' antwoordde Bradford. 'En dat aantal zou wel eens te laag kunnen zijn. Er zijn autoriteiten binnen ploegen van specialisten en specialisten die tussen de erkende autoriteiten zitten. Het is een gebed zonder end en al die mensen hebben toegang tot de allergrootste geheimen.'

'Maar we praten over Buitenlandse Zaken,' zei Brooks met nadruk. 'We hebben het over het tijdsbestek tussen Sterns laatste gesprek met Rome en vier uur later, toen de machtiging werd gegeven aan Col des Moulinettes. Daardoor worden de mogelijkheden nogal beperkt.'

'En wie het ook is weet dat,' zei de staatssecretaris. 'Zijn handelingen worden er nog verder door versluierd. Zelfs op de presentielijsten zal niet te zien zijn waar hij was.'

'Heeft niemand Stern dan gezien?' hield Brooks vol. 'Dat hebt u toch zeker wel nagevraagd.'
'Zo rustig als we konden. Niemand van degenen die we ondervraagd hebben gaf toe hem gezien te hebben binnen vierentwintig uur voor en na de periode waar het om gaat, maar we verwachtten ook niet dat degene die hem wel zag daarmee voor de dag zou komen.'
'Niemand heeft hem gezien?' vroeg de generaal met een frons van ongeloof.
'Nou ja, iemand zag hem,' zei Bradford met een hoofdknik. 'De halreceptioniste op de vierde verdieping, Sectie L. Dawson had een boodschap voor Stern achtergelaten; die nam hij mee toen hij naar de lift liep. Er liggen vijfenzeventig kantoren achter die receptie en in elk daarvan had hij kunnen zitten.'
'Wie was er op die tijd op zijn plaats?' De ambassadeur schudde zijn hoofd op hetzelfde moment dat hij de vraag stelde, alsof hij eraan toevoegde, het spijt me, vergeet het maar.
'Precies,' zei Bradford, in antwoord op de niet-uitgesproken gedachte van de staatsman. 'Daar kwamen we niet verder mee. Er stonden drieëntwintig mensen genoteerd als nog aanwezig. Er vonden besprekingen plaats, secretaresses namen dictaat op en er waren instructiebijeenkomsten voor personeel van de afdeling. Voor alles was een aanwijsbare reden. Niemand ging lang genoeg weg uit een vergadering om dat telefoontje te plegen.'
'Maar, godverdomme, je hebt een verdieping!' riep de militair uit. 'Vijfenzeventig kantoren, vijfenzeventig mensen. Dat zijn er geen honderdvijftig en geen duizend; het zijn er vijfenzeventig en een van hen is jullie mol! Begin maar met de mensen die het dichtst bij Matthias staan en reken hen in. Stop ze verdomme allemaal maar in een kliniek als dat nodig is!'
'Er zou paniek ontstaan; het hele ministerie zou gedemoraliseerd worden,' zei Brooks. 'Tenzij... er een kliek is, een bepaalde groep die heel dicht bij Matthias staat?'
'U begrijpt hem niet.' Bradford legde zijn kin op zijn gevouwen handen en zocht naar woorden. 'Hij is op de eerste plaats, op de laatste plaats en altijd doctor Matthias, de professor, de grote verlichter die de mensen aan het denken zet. Een manipulerende Socrates aan de Potomac, die zijn aanbidders overal vandaan haalt, degenen die het licht zien de hemel in prijst

en de ongelovigen neersabelt met de wreedste humor die ik ooit gehoord heb. Wreed, maar altijd ingebed in briljant nederige bewoordingen. En net als de meeste zelfbenoemde scheidsrechters van een elite, wordt hij door zijn arrogantie zo onberekenbaar als wat. Een paar mensen krijgen zijn aandacht en kunnen dan een tijdlang geen kwaad doen, totdat er een ander groepje voorbijkomt en hem op het juiste moment naar de mond praat, en dan is er plotseling een nieuwe hofhouding van bedelaars die hij kan onderwijzen. Het afgelopen jaar is het natuurlijk wel erger geworden, maar het is er altijd geweest.' Bradford stond zichzelf het begin van een gespannen glimlachje toe. 'Maar ik geef toe: misschien ben ik bevooroordeeld. Ik heb zelf nooit deel mogen uitmaken van een van die bevoorrechte kringen.'

'Waarom mocht je niet meedoen, denk je?' vroeg de ambassadeur.

'Dat weet ik niet zeker. Ooit genoot ik zelf een zekere reputatie. Misschien voelde hij zich daar niet lekker bij. Maar ik denk dat het was omdat ik hem nauwlettend in de gaten hield. Ik was gefascineerd, en ik weet dat dat hem niet lekker zat... Zie je, de beste mensen kregen een aantal heel vreemde zaken te horen van mensen zoals Matthias. Sommigen van ons zijn sindsdien gegroeid, en ik weet niet of Matthias het daarmee wel eens was. Daarmee groeide het scepticisme. Eerst zien, dan geloven is niet goed genoeg meer, en blind vertrouwen kan je ogen bederven – en je perspectief.' Bradford leunde naar voren, zijn blik op Halyard gericht. 'Het spijt me, generaal, mijn antwoord aan u en aan ambassadeur Brooks luidt dat er geen bepaalde groep is waarop ik me zou richten, geen garantie dat onze mol gesnapt wordt voordat hij er in paniek vandoor gaat. En dat mogen we niet laten gebeuren. Ik weet dat ik gelijk heb. Als we hem kunnen vinden, kan hij ons brengen naar de man die we Parsifal noemen. Hij is hem misschien even kwijt, maar hij weet wie Parsifal is.'

De oudere mannen zwegen. Ze keken naar elkaar en toen weer naar Bradford. De generaal fronste, een vragende blik in zijn heldere ogen. De president knikte langzaam, terwijl hij zijn rechterhand naar zijn wang bracht en naar de man van Buitenlandse Zaken staarde.

De ambassadeur begon te spreken, zijn slanke gestalte stijf rechtop in zijn stoel. 'Mijn complimenten, Bradford. Mag ik proberen het nieuwe scenario te reconstrueren...? Om onbekende redenen had Matthias een onweerlegbare zaak tegen Karras nodig, zodat Havelock zou opstappen. En nu is Matthias de marionet van Parsifal, vanwege wat hij gedaan heeft. Maar Parsifal weet dat het in zijn eigen belang is, toe te geven aan Matthias' obsessie. Hij gaat naar een goed ingevoerde Sovjet-agent in de hogere echelons van Buitenlandse Zaken en krijgt daar de belastende stukken tegen Karras. Die worden bestudeerd en geaccepteerd. Maar dan komen er twee controleurs van de CIA, die zeggen dat dit niet waar kan zijn, geen van die stukken, en dan kom jij, Emory Bradford, in beeld. In feite haalt de president, geschrokken door wat een samenzwering binnen Buitenlandse Zaken lijkt te zijn, ons er allemaal bij. Op onze beurt huren wij iemand in die clandestiene operaties uitvoert, en die zorgt voor Costa Brava. Costa Brava was bedoeld als oefening, meer niet, maar ontaardt in moord. Volgens jou is op dat moment de mol het contact met Parsifal kwijtgeraakt.'

'Ja. Hij had van de mol gekregen wat hij nodig had en liet hem toen vallen. De mol is stomverbaasd, misschien wel verbijsterd; hij heeft Moskou ongetwijfeld beloftes gedaan die een belangrijke tegenvaller voor de buitenlandse politiek van Amerika inhielden, waarschijnlijk de algehele ineenstorting.'

'Elk van beide,' kwam de president met rustige, monotone stem tussenbeide, 'zouden ze gunstige alternatieven vormen.'

'En degene die de informatie in handen krijgt uit de Parsifal-documenten zal de heerschappij krijgen over het Kremlin.' Addison Brooks bleef strak rechtop zitten, zijn aristocratische gelaat zag vaalbleek. 'We zijn in oorlog,' voegde hij er met zachte stem aan toe.

'Ik herhaal,' zei Halyard. 'Ga maar achter die vijfenzeventig kantoren aan op BZ. Organiseer een inval, noem het maar een medische quarantaine; het is eenvoudig maar effectief, zelfs aannemelijk. Doe het vroeg in de avond, nadat ze naar huis zijn gegaan. Haal ze maar uit hun huizen, hun flats, hun restaurants; reken ze in en stop ze in jullie laboratoria. Zie dat je je mol te pakken krijgt!'

De niet-militairen waren onder de indruk van de energieke manier waarop de generaal zijn tactiek onder woorden bracht, en zwegen. Op gedempte toon zei Halyard: 'Ik weet dat de zaak stinkt, maar er zit niets anders op.'

'Dan hebben we tweehonderd man nodig die zich voordoen als medisch analysten en chauffeurs,' zei Bradford. 'En twintig à dertig officiële auto's. Niemand mag iets weten.'
'En we krijgen te maken met gezinnen en buren en "analysten" die midden in de nacht aan de deur kloppen,' wierp Berquist tegen. 'Jezus, wat een klootzak! Wat een rots in de branding!' De president zweeg. Hij haalde diep adem en vervolgde: 'Dat spelen we nooit klaar; de geruchten zouden zich verspreiden als een prairiebrand in een droge julimaand. De pers zou de hele zaak uitvlooien en ons uitschelden voor alles wat mooi en lelijk is, allemaal verdiend ook nog. Massale arrestaties zonder grond – een verklaring zouden we nooit kunnen geven – ondervragingen zonder behoorlijk proces, stormtroepen... waarheidsserums. We zouden in alle hoofdartikelen door het hele land te schande worden gemaakt, onze beeltenissen zouden op elke campus worden opgehangen, vanaf elke preekstoel en zeepkist zouden we aan de kaak worden gesteld, om nog maar te zwijgen over de zuurspuiterij van onze wetgevende broederen. Ik zou tot aftreden gedwongen worden.'
'Wat belangrijker is, meneer de president,' zei de ambassadeur, 'en het spijt me dat ik het zeggen moet, dat meen ik, de actie op zich zou Parsifal ongetwijfeld in paniek brengen. Hij zou zien wat we aan het doen waren, hij zou weten wie we probeerden uit te graven om hem te vinden. Hij zou zijn bedreigingen gaan uitvoeren en het ondenkbare doen.'
'Ja, ik weet het. We zijn verloren als we iets ondernemen, hulpeloos als we niets doen.'
'Het zou kunnen werken,' hield de president vol.
'Als we het goed aanpakken wel,' voegde Bradford daar aan toe.
'Maar hoe, in godsnaam?'
'Wanneer iemand hevig protesteert, of zelfs weigert of met uitvluchten komt, dan is die persoon waarschijnlijk degene die we zoeken,' antwoordde Bradford.
'Of iemand die iets anders te verbergen heeft,' zei Brooks zachtjes. 'We leven in een periode van angst, Bradford, en dit is een stad met bijzonder weinig privacy. Het kan best zijn dat je iemand klemzet die niets ergers te verbergen heeft dan een afgesloten kast, of de minachting van een chef, een impopulair standpunt of een geheime affaire. Parsifal zal alleen zien wat zijn gekte hem influistert.'

Bradford luisterde en moest met tegenzin toegeven dat de staatsman gelijk had. 'Er is nog een benadering waarvoor we tot dusver de tijd nog niet hebben gehad. Een controle van de reisplannen en agenda's. Het nalopen van de verblijfplaats van iedereen op die verdieping in de week van Costa Brava. Als we gelijk hebben... als ik het niet bij het verkeerde eind heb... dan was hij niet hier. Hij was in Madrid, in Barcelona.'

'Hij zou voor een dekmantel hebben gezorgd,' wierp Halyard tegen.

'En dan nog, generaal, zou hij een verklaring moeten geven voor zijn afwezigheid uit Washington. Hoeveel mensen kunnen er op die manier afwezig zijn?'

'Wanneer kun je ermee beginnen?' vroeg Berquist.

'Morgenochtend direct.'

'Waarom vannacht niet?' kwam de militair tussenbeide.

'Als die gegevens beschikbaar waren zou ik dat kunnen. Maar dat zijn ze niet en om iemand erbij te roepen die ze beschikbaar stelt op dit uur, dat zou geruchten oproepen. Dat kunnen we ons niet veroorloven.'

'Zelfs als u het morgen doet,' zei de ambassadeur, 'hoe kunt u het onopvallend doen?'

Bradford zweeg even voordat hij met neergeslagen ogen hardop zijn gedachten uitsprak. 'Tijdstudie,' antwoordde hij en hij keek op, het klonk als een vraag. 'Ik zal de beheerder van die dossiers zeggen dat het een gewone tijdstudie is. Zoiets is er altijd wel aan de gang.'

'Aannemelijk,' stemde Brooks in. 'Alledaags en aannemelijk.'

'Niets is aannemelijk,' zei de president van de Verenigde Staten rustig, terwijl hij naar de witte muur staarde waarop een uur geleden de gezichten van de vier dode mannen geprojecteerd waren. 'Een rots in de branding,' wordt hij wel genoemd. Het origineel was een geleerde, een staatsman, de schepper van Utopia... en iemand die ketters verbrandde – dat wordt voor het gemak nog wel eens vergeten, of niet soms? "Veroordeel de ongelovigen; zij zien niet wat ik zie, en ik ben onschendbaar..." Godverdomme, als ik mijn zin kreeg zou ik doen wat koning Henry deed met Thomas More. Ik zou zijn hoofd eraf slaan en niet op London Bridge maar bovenop Washington Monument zetten als herinnering. Ook ketters zijn burgers van de republiek en dus, kan er geen ketterij bestaan! Die verdomde kerel!'

'U weet wat er dan zou gebeuren, nietwaar meneer de president?'
'Jazeker, excellentie, dat weet ik. De mensen zouden naar die bloederige nek kijken, en naar dat altijd goedmoedige gezicht – waarschijnlijk met schildpadmontuur en al – en in hun oneindige wijsheid zouden ze zeggen dat hij gelijk had, dat hij altijd gelijk gehad had. Burgers, ook de ketters, zouden hem heilig verklaren en dat is nu juist het ironische.'
'Ik denk dat hij het nog steeds zou kunnen doen,' mijmerde Brooks. 'Hij zou opstappen en het geroep zou weer beginnen. Ze zouden hem de kroon aanbieden, hij zou weigeren, zij zouden aandringen – totdat het onvermijdelijke zou gebeuren. Ook zo ironisch. Niet "Heil Caesar", maar "Heil Antonius" – een kroning. Er zou een grondwetswijziging doorgejaagd worden bij het Huis en de Senaat en dan zou president Matthias in het Ovale Kantoor zitten. Hoe ongeloofwaardig het ook klinkt, waarschijnlijk ziet hij er nog steeds kans toe. Zelfs nu nog.'
'Misschien moeten we hem zijn gang laten gaan,' zei Berquist bitter. 'Misschien heeft het volk in zijn oneindige wijsheid gelijk. Misschien heeft hij het wel altijd bij het rechte eind gehad. Soms weet ik het niet meer. Misschien ziet hij echt dingen die anderen niet zien. Zelfs nu nog.'

De aristocratische staatsman en de generaal die geen blad voor zijn mond nam verlieten het ondergrondse vertrek en de president en de staatssecretaris keken hen na. Ze zouden de volgende dag rond het middaguur opnieuw bijeenkomen, ieder van hen zou apart binnenkomen via de zuidelijke ingang om zo de nieuwsgierige ogen van de persmensen in het Witte Huis te ontlopen. Als er 's morgens opzienbarende dingen te voorschijn kwamen uit het onderzoek dat Bradford op BZ zou starten, zouden ze elkaar eerder ontmoeten, de president zou alle afspraken afzeggen; de mol had voorrang boven alles. Hij kon hen leiden naar een waanzinnige die Parsifal heette.
'"Ik moet u prijzen, meneer de staatssecretaris,"' zei Berquist met zachte stem, met een amateuristische imitatie van het gracieuze spraakgebruik van de ambassadeur. In de imitatie klonk maar een vleugje wrok door; er lag ook respect in. 'Hij is de laatste der Mohikanen, vind je niet?'
'Ja, meneer. Veel zijn er niet meer over en niet één die ik ken trekt zich de zaken zozeer aan. Belastingen en het grote de-

mocratiseringsproces hebben hen uitgeroeid... of van ons vervreemd. Ze voelen zich niet meer op hun gemak en dat vind ik een verlies voor ons land.'

'Doe niet zo somber, Emory, dat past niet bij jou. We hebben hem nodig; de machthebbers op de Heuvel hebben nog respect voor hem. Als we ooit een andere man zouden zoeken voor Matthias dan is het Addison Brooks. De Mayflower en Plymouth Rock, de Vierhonderd van New York en een fortuin dat is vergaard over de ruggen van immigranten – wat schuldgevoelens opwekt bij degenen die het erven. Welwillende liberalen die tranen plengen bij het zien van de opgezwollen zwarte buikjes in de Mississippi-delta. Als je hen in hemelsnaam hun *Chateau d'Yquem* maar niet afneemt.'

'Ja, meneer de president.'

'Je bedoelt "Nee, meneer de president". Het is te zien in je ogen, Emory; het ligt altijd in iemands ogen. Begrijp me niet verkeerd: ik bewonder die ouwe, ik respecteer wat er in zijn hoofd zit. Net zoals ik geloof dat koorddanser Halyard een van de weinige overgebleven militairen is die echt de Constitutie hebben gelezen en die begrijpt wat het burgergezag betekent. Het is niet zozeer dat oorlog te belangrijk is om aan generaals te worden overgelaten; dat is onzin. We zouden er geen van tweeën iets van terecht brengen als wij moesten oprukken langs de Rijn. Het gaat om het einde van de oorlogen, wat daar allemaal na komt; de generaals accepteren het eerste maar schoorvoetend en van het tweede hebben ze niet het flauwste benul. Halyard is anders en het Pentagon weet dat. De verzamelde Chefs-staven luisteren naar hem omdat hij beter is dan zij. Wij hebben hem ook nodig.'

'Daar ben ik het mee eens.'

'Daar komt dit hele ambt op neer. Nodig hebben. Geen voorkeur of afkeer, alleen maar nodig hebben. Als ik ooit levend en wel terugkeer naar Mountain-Iron in Minnesota, dan kan ik gaan bedenken of ik iemand mag of niet. Maar nu kan ik dat niet doen. Nu moet ik alleen denken aan wat ik nodig heb. En wat ik op dit moment moet doen is Matthias tegenhouden, stopzetten wat hij heeft uitgehaald, wat hij in beweging heeft gebracht. Parsifal tegenhouden.' De president zweeg, knikte met zijn hoofd en vervolgde: 'Ik meende wat ik zei... wat hij zei. Ik prijs je werkelijk. Het was een karwei dat je verdomd goed hebt geklaard.'

'Dank u, meneer.'
'Vooral datgene wat je niet hebt gezegd, Havelock. Waar zit hij?'
'Bijna zeker in Parijs; daarheen was Jenna Karras op weg. Toen ik vanmiddag zat te lezen heb ik een aantal telefoongesprekken gevoerd met mensen die ik kende in de Assemblée, de Senaat, verschillende ministeries, de Quai d'Orsay en onze eigen ambassade. Ik heb druk uitgeoefend, laten doorschemeren dat mijn opdracht van het Witte Huis kwam, maar zonder u met name te noemen.'
'Dat had je kunnen doen.'
'Nog niet, meneer de president. Misschien nooit, maar zeker niet nu.'
'Dan begrijpen we elkaar,' zei Berquist.
'Ja, meneer. Noodzaak.'
'Halyard had het misschien begrepen; hij is een man van de praktijk. Brooks niet, onder dat diplomatieke uiterlijk is hij door en door een moralist.'
'Zo heb ik het ook gezien, daarom heb ik niets naders gezegd over de status van Havelock.'
'Die blijft wat hij was bij Col des Moulinettes. Als hij Costa Brava aan het licht zou brengen zou dat Parsifal sneller op stang jagen dan alles wat wij zouden doen op BZ. Havelock stond in het middelpunt... vanaf het begin.'
'Ik begrijp het, meneer.'
Berquists blik dwaalde af naar het lege witte scherm aan de andere kant van het vertrek. 'Tijdens de Tweede Wereldoorlog moest Churchill een bijzonder zware beslissing nemen. De Duitse code *Enigma* was gekraakt door de geallieerde inlichtingendiensten, zodat militaire strategieën vanuit Berlijn onderschept konden worden en honderdduizenden, misschien uiteindelijk zelfs miljoenen, levens gespaard bleven. Er kwam een bericht dat er een massale luchtaanval zou plaatsvinden op Coventry. Eén enkele uitzending, gecodeerd via Enigma. Maar als daarop gereageerd was, als de stad geëvacueerd was of zelfs wanneer er plotseling abnormaal sterke verdediging aangebracht was, zou uitgekomen zijn dat Enigma ontcijferd was... De helft van Coventry werd platgegooid, en het geheim bleef bewaard. Om diezelfde reden moet het geheim van Costa Brava in de doofpot blijven – er staan miljoenen levens op het spel... Zoek Havelock, Bradford. Zoek hem en

laat hem vermoorden. Maak de annulering van de opdracht ongedaan.'

19

Havelock wist dat hij ontdekt was; het was te merken aan het abrupt laten zakken van een krant terwijl hij tussen de met dik koord verbonden paaltjes doorliep in de aankomstruimte van Air France op Kennedy, de gang in naar de douanehal. Hij was met voorrang door de Amerikaanse douane gekomen vanwege zijn diplomatieke status – dankzij de papieren die Broussac hem bezorgd had. Gezien dat privilege begreep hij dat hij de papieren zo snel mogelijk moest vernietigen. Hij droeg zijn koffertje, officieel verzegeld en van een Parijs diplomatiek stempel voorzien, en zodra hij de gang door was zou hij via de zware metalen deuren in de terminal komen; daarvoor hoefde hij alleen maar zijn papieren van de Verenigde Naties te laten zien en te verklaren dat dit zijn enige bagage was. Een naam van een afgesloten dossier zou worden vergeleken met de naam op de passagierslijst, en dan was hij vrij om op zoek te gaan of te worden vermoord in de Verenigde Staten van Amerika. Het was zo eenvoudig, allemaal. Maar ter bescherming van Régine Broussac – uiteindelijk ook zijn eigen veiligheid – moest hij die valse papieren, die het hem zo eenvoudig maakten, zien kwijt te raken. Ook moest hij uit zien te vinden wie dat was die de krant had laten zakken. De man met het grauwe gezicht was langzaam opgestaan van zijn stoel, had de krant opgevouwen onder zijn arm gestoken en hij was naar de drukke buitengang gelopen die parallel liep met het looppad in de aankomsthal en die voerde naar een twijfelachtige vrijheid. Wie was die man?
Als hij dat niet te weten kon komen zou het heel goed mogelijk zijn dat hij gedood zou worden voordat hij aan zijn speurtocht kon beginnen, voordat hij een huisbaas van een pleisterplaats vond die Jacob Handelman heette.
De immigratiebeambte in uniform was beleefd en stelde de bekende vragen, terwijl hij Havelock recht in de ogen keek.
'U hebt geen bagage, meneer?'
'*Non, monsieur*. Alleen dit ene koffertje hier.'
'U blijft dus niet lang op First Avenue?'

'Een dag, misschien twee,' antwoordde Michael met een Frans schouderophalen. '*Une conférence.*'
'Ik neem aan dat uw regering uw vervoer naar de stad geregeld heeft. Wilt u niet liever op de rest van uw groep wachten?'
Een heel goede beambte, dacht Havelock. 'Vergeeft u mij, meneer, maar u dwingt mij eerlijk te zijn.' Michael glimlachte gegeneerd, alsof hij lichtelijk in zijn waarde was aangetast. 'Er wacht een dame op me; we zien elkaar zo zelden. Misschien staat het in uw papieren, ik heb verleden jaar een paar maanden op First Avenue gezeten. Spoed, *mon ami*, spoed is het enige waaraan ik nu denk.'
De beambte controleerde zijn naam op de passagierslijst en stak zijn hand uit naar een knop naast de dubbele deuren. 'Ik wens u een prettig verblijf, meneer,' zei hij.
'Hartelijk dank,' zei Havelock en hij liep snel door het klapdeurtje van metalen buizen.
Daar had je de krant. Hij zat nog opgevouwen onder de arm, werd er toen met een ruk uitgetrokken en opengeklapt. De man met het grauwe gezicht stond naast een rijtje telefoons die allemaal bezet waren; hij was tweede in een rij achter het derde apparaat. Hij had nog niet kunnen bellen en onder de omstandigheden had Michael zich niets beters kunnen wensen.
Hij liep naar de man toe, passeerde hem snel terwijl hij recht voor zich uitkeek met een uitdrukking waaruit alleen maar haast sprak. Hij sloeg direct linksaf een brede gang in vol stromen vertrekkende passagiers die op weg waren naar hun pieruitgangen. Hij ging rechtsaf een smallere gang in, waarin veel minder mensen liepen, de meesten van hen in de uniformen van de verschillende luchtvaartmaatschappijen.
Weer linksaf, een langere gang, nog steeds smal, nog minder mensen, voornamelijk mannen in witte overalls en in hemdsmouwen: hij was een of ander bevrachtingscomplex met kantoren binnengelopen. Er waren geen passagiers, geen colberts met vest, geen aktentassen of draagtassen.
Er waren ook geen openbare telefoons. De muren waren leeg en werden enkel onderbroken door glazen deuren op flinke afstand van elkaar. De dichtstbijzijnde telefoons lagen ver achter hem, de hoek om in de eerste hoofdgang. Buiten bereik.

HERENTOILET
UITSLUITEND LUCHTHAVENPERSONEEL

Michael duwde de deur open en ging naar binnen. Het was een groot vertrek met betegelde wanden, twee ventilatoren zoemden in de tegenoverliggende muur; er waren geen ramen. Aan de linkerkant lag een rij afgesloten toiletten, rechts waren wasbakken en urinoirs. Een man in overall met de woorden *Excelsior Airline Caterers* stond voor het vierde urinoir; in een van de toilethokjes werd doorgetrokken. Havelock liep naar een wasbak en zette zijn koffertje eronder. De man bij het urinoir stapte achteruit en ritste zijn overall dicht; hij keek naar Michael, en naar een duur donker pak dat die ochtend in Parijs gekocht was. Toen, alsof hij wilde zeggen: 'Oké, hoge ome, ik was mijn handen wel,' slenterde hij naar de dichtstbijzijnde wasbak en draaide de kraan open.

Een tweede man kwam te voorschijn uit een toilethokje; hij trok zijn broekriem aan en liep naar de deur, binnensmonds vloekend; het plastic naamkaartje dat op zijn overhemd zat gepind gaf aan dat hij een veel geplaagd inspecteur was. De man in de overall scheurde een papieren handdoek uit een roestvrij stalen apparaat, veegde vluchtig zijn handen af en gooide het bruine papier in een bak. Hij bereikte de deur, opende die en stapte naar buiten, gelijktijdig met de man in overall. Toen de deur dichtzwaaide rende Havelock naar de deurstijl, drukte zich er strak tegenaan en keek met scheef gehouden hoofd naar buiten.

De onbekende surveillant stond zo'n vijftien meter verder in de gang, hij leunde nonchalant tegen de muur naast een kantoordeur en las zijn opgevouwen krant. Hij keek op zijn horloge en toen naar het matglas van de deur, sprekend het beeld van een bezoeker die wachtte op een vriend om een late lunch met hem te gaan gebruiken, of een borrel te drinken of naar een motel in de buurt van het vliegveld te gaan. Er was niets dreigends aan hem, maar Michael wist dat er bedreiging lag in die zelfbeheersing. Op zijn minst het teken van een man die zijn vak verstaat.

Maar zelfbeheersing konden ze alletwee uitoefenen, wachten konden ze alletwee, beiden verstonden ze hun vak. Degene die afwachtte achter een deur was in het voordeel; hij wist wat er achter die deur zat. De man die buiten stond wist dat niet en hij kon zich niet veroorloven weg te lopen – naar een telefoon, misschien – omdat zijn prooi hem kon ontsnappen wanneer hij hem niet meer in het oog had.

Wachten. Zelfbeheersing. En intussen die valse papieren kwijt zien te raken die zijn achtervolgers konden leiden naar Régine Broussac en naar een tussenpersoon, Jacob Handelman. Een naam uit een afgesloten dossier op de passagierslijst van een vliegtuig had geen betekenis, was ingevoegd door een willoze computer die niet kon vertellen wie de toetsen ingedrukt had, maar de oorsprong van de papieren was te achterhalen. Havelock scheurde de documenten aan stukken, spoelde ze door een toilet en opende zijn koffertje in een hokje aan het einde van de rij. Hij haalde het Spaanse Llamapistool tussen zijn kleren uit en een paspoort-etui waar zijn eigen, geldige papieren inzaten. Als die op de juiste manier werden getoond konden ze hem in wezen weinig kwaad doen. Het ging er echter om ze helemaal niet te hoeven laten zien en dat was maar zelden noodzakelijk in de straten van het land dat hem had geadopteerd, een van de weldaden waarvoor hij innig dankbaar was.

In de tijd dat hij de vervalste papieren vernietigde en zijn paspoortetui en wapen op de juiste plaatsen opborg, kreeg het personeelstoilet nog twee bezoekers. Ze kwamen samen binnen, een piloot van Air France en zijn tweede piloot, naar hun conversatie te oordelen; Michael bleef in zijn hokje. Ze ruzieden wat samen, terwijl ze voor een urinoir stonden, vloekten op de lange, administratieve procedure na hun aankomst en vroegen zich af hoeveel hun Havana Monte Cristo-sigaren zouden opbrengen in de bar van L'Auberge au Coin, kennelijk een restaurant ergens midden in Manhattan. Ze waren nog steeds aan het twisten over hun winst toen ze naar buiten liepen.

Havelock trok zijn colbertje uit, rolde het op en bleef wachten in zijn toilethokje. Hij hield de deur niet verder dan een halve centimeter open en keek op zijn horloge. Hij was nu een kwartier in het toilet. Het zou nu gauw gebeuren, dacht hij.

Het gebeurde. De witmetalen deur ging langzaam open: eerst werd het uiteinde van een schouder zichtbaar, vervolgens de rand van een gevouwen krant. De onbekende surveillant verstond inderdaad zijn vak; geen opgevouwen jasje of overjas waar een pistool onder zat, geen uitgestoken hand in textielstof verborgen die vastgegrepen en omgedraaid kon worden

en tegen de eigenaar kon worden gebruikt. Alleen maar een losse krant, die gemakkelijk weg te werpen was, terwijl het wapen onbelemmerd kon worden afgeschoten.
De man met het grauwe gezicht schoof snel en zonder geluid om de deur heen, bleef met zijn rug tegen het metalen paneel staan terwijl zijn ogen de wanden afzochten, de ventilatoren, de rij met hokjes. Toen hij tevreden was gesteld liet hij zich door de knieën zakken maar kennelijk niet met het doel om de open ruimten te controleren onder de deuren van de eerste hokjes; zijn lichaam was afgekeerd. Wat was hij aan het doen?
En toen begreep Michael het en hij zag het beeld van een andere beroepsman op de brug bij Col des Moulinettes, een blonde beroepsman in het uniform van een Italiaanse grenswacht. Maar de moordenaar met het alias Ricci was voorbereid geweest, hij had het terrein verkend, wist dat er een wachthokje was waarvan de deur moest worden klemgezet. Deze beroepsman met zijn grauwe gelaat had geïmproviseerd, bewezen dat hij vindingrijk was. Hij had een stukje hout afgebroken, een strookje goedkoop lijstwerk – dat je overal kon vinden in tientallen gangen op een vliegveld – en hij was nu bezig het onder de deur van het toilet te schuiven. Hij kwam overeind, zette zijn voet tegen het stukje hout en trok, zonder geluid te maken, stevig aan de metalen knop. De deur zat klem; ze waren alleen. De man keerde zich om.
Havelock bekeek hem nauwkeurig en maakte snel een analyse. Op het eerste gezicht lag de bedreiging niet in het fysieke uiterlijk van de man; dat was niet erg opvallend. Hij was misschien midden vijftig, met dunnend haar boven een breed, grauw gezicht met dikke wenkbrauwen en hoge jukbeenderen. Hij was niet langer dan één meter zeventig, zijn schouders waren smal, niet krachtig gebouwd... toen zag Michael zijn hand, de linkerhand, want de rechter zat nog verborgen onder de krant. Het was een grote hand, de hand van een boer, lang, dik, gevormd door jaren van hard werk met zware voorwerpen en apparatuur. Krachtig. Hij moest zijn analyse bijstellen.
De man begon de rij hokjes af te lopen; de onderkant van elke deur lag zo'n vijf centimeter boven de vloer en dat maakte het hem noodzakelijk om op een meter afstand van de deur te gaan staan om zich ervan te vergewissen of het hokje bezet was. Elke stap was even geluidloos als de voorgaande, de

zolen van zijn schoenen waren van dik, hard rubber. Toen draaide de man met het grauwe gezicht zijn rechterhand in een kring rond en wipte de krant eraf. Havelock staarde naar het pistool, woede en verbijstering maakten zich van hem meester terwijl de Rus de laatste drie hokjes naderde. Het wapen was een *Graz-Boerja*. De Rus bukte zich...

Nu. Michael wierp zijn opgerolde jasje over de bovenkant van het hokje rechts naast hem, de stof schraapte langs het plafond, het voorwerp en het geluid dwongen de Rus op te springen en zich snel naar links te keren met zijn pistool in de aanslag.

Havelock greep gelijktijdig het handvat van zijn koffertje vast, rukte de deur open en slingerde het zware stuk bagage in een schuine boog naar de man; zijn lichaam volgde zijn uitgestrekte armen, zijn ogen waren gericht op de *Graz-Boerja*, zijn linkerhand bereikte het wapen, greep het vast en rukte het naar boven. De Rus draaide van hem weg, zijn krachtige armen hielden Havelock tegen; Michael maakte gebruik van die armen. Hij klemde de linkerarm van de man onder zijn rechter, trok hem met kracht naar voren tot het gezicht van de Rus van pijn vertrok; toen wrong hij het wapen uit zijn vingers en liet de loop met geweld neerkomen op het hoofd van de man. De Rus begon te vallen en Havelock dook ineen, knelde zijn schouder in de nier van de man en dwong hem achteruit tegen de rij harde, witte urinoirs aan.

De man met het grauwe gezicht viel op zijn knieën, steunde op zijn rechterhand, met zijn linkerarm voor zijn borst, onbeweeglijk, zijn gezicht vertrokken van pijn. Hij snakte naar adem en schudde zijn hoofd.

'*Njet, njet*,' hijgde hij. 'Alleen maar praten! Alleen praten!'

'Met de deur praktisch vergrendeld en een pistool in je hand?'

'Zou u hebben ingestemd met een gesprek als ik naar u toe was gekomen en me had voorgesteld? In het Russisch misschien?'

'U had het kunnen proberen.'

'U bleef niet lang genoeg op één plaats... Mag ik?' De Rus boog zich achterover op zijn knieën, hield zijn arm vast, kwam omhoog op één been en vroeg toestemming te gaan staan.

'Ga uw gang,' zei Havelock, de *Graz-Boerja* vast op hem gericht. 'U wilde gaan bellen.'

'Zeker. Om door te geven dat u ontdekt was. Wat zou u ge-

daan hebben? Of misschien moet ik dat niet vragen, ik weet het niet.'
'Wat weet u wel? Hoe hebt u mij gevonden?' Michael hield het pistool wat hoger en richtte het op het hoofd van de man. 'Ik raad u aan de waarheid te spreken. Ik heb niets te verliezen als uw lijk hier blijft liggen.'
De Rus staarde naar de loop en keek Havelock toen in de ogen. 'Nee, u hebt niets te verliezen; u zou niet aarzelen. Ze hadden een jongere man hierheen moeten sturen.'
'Hoe wist u dat ik in dat vliegtuig zou zitten?'
'Dat wist ik niet. Dat weet niemand... Er is een VKR-agent neergeschoten in Parijs; hij kon alleen maar bij ons aankloppen.'
'Een importfirma aan de Beaumarchais?' kwam Michael tussenbeide. 'Hoofdkwartier KGB, Parijs?'
De Rus ging daar niet op in. 'We wisten dat u mensen kende in heel de Franse regering. Militaire inlichtingendienst, de Quai d'Orsay, de gedeputeerden. Als u van plan was Frankrijk te verlaten dan kon u dat maar op één manier doen. Diplomatieke status. Alle vluchten van Air France met passagiers van de diplomatieke dienst worden in de gaten gehouden. Overal. Londen, Rome, Bonn, Athene, Nederland, heel Zuid-Amerika... overal. Het is pech voor mij dat u nou net hier moest opduiken; dat werd niet verwacht. U bent niet-meer-te-redden.'
'Dat lijkt een nieuwtje dat overal goed bekend is gemaakt.'
'Het heeft gecirculeerd in bepaalde kringen.'
'Wilde u daarover praten? Want als dat het is dan heeft Moskou heel wat manuren verspild op al die vliegvelden.'
'Ik breng u een boodschap van Pjotr Rostov. Hij denkt dat u na Rome wel zult willen luisteren.'
'Rome? Wat is er met Rome?'
'De Palatijn. Het zag ernaar uit dat dat voor u het einde moest betekenen. Het was de bedoeling dat u zou sterven op de Palatijn.'
'O ja?' Havelock lette op de ogen van de man, de stand van zijn lippen. Rostov was dus op de hoogte van de Palatijn; dat viel te verwachten. Er waren daar lichamen gevonden: het lijk van een gewezen Amerikaans agent die bekend was vanwege zijn dodelijke operaties en zijn twee gewonde Italiaanse hulpkrachten die niets te verliezen hadden, maar wel iets te ver-

handelen hadden wanneer ze de waarheid vertelden. Natuurlijk was Moskou op de hoogte. Maar Rostov wist niets over Jenna Karras of Col des Moulinettes, anders zou hij zijn lokkende boodschap daar ook wel mee zijn begonnen. Onder andere omstandigheden zou het wel eens noodzakelijk kunnen zijn om die woorden snel uit te schreeuwen. *Jenna Karras leeft! Col des Moulinettes!* Dat zou geheel afdoende kunnen zijn.
'Hoe luidt de boodschap?'
'Hij laat u weten dat er anders wordt gedacht over het lokaas. Hij wil nu wel toehappen en hij gelooft dat u ermee in moet stemmen. Hij zegt dat hij niet langer meer uw vijand is, maar anderen wel die misschien ook wel zijn vijanden zijn.'
'Wat wil hij daarmee zeggen?'
'Daar weet ik het antwoord niet op,' zei de man met het grauwe gezicht, met dikke wenkbrauwen roerloos boven zijn diepliggende boerenoogjes. 'Ik ben alleen maar de boodschapper. Wat het betekent moet u weten, niet ik.'
'U was op de hoogte van de Palatijn?'
'De dood van een maniak raakt snel bekend, vooral wanneer hij je tegenstander is – heel speciaal wanneer hij een aantal van je vrienden heeft omgebracht. Hoe noemden zijn eigen mensen hem? Revolverheld, geloof ik. Een romantische held uit jullie cowboyfilms, waar ik trouwens erg veel van houd. Maar vroeger was zo iemand altijd een smerig zwijn zonder principes, moraal of ideologie; uitsluitend gemotiveerd door winstbejag of pathologische wreedheid. Tegenwoordig zou het wel eens de directeur van een gigantisch bedrijf kunnen zijn, nietwaar?'
'Spaar me. Bewaar dat maar voor de staatsscholen.'
Rostov zou graag antwoord hebben maar u hoeft het niet direct te geven. Ik kan wel contact met u opnemen. Een dag, twee dagen... een paar uur vanaf nu. U kunt de 'brievenbus' noemen. Wij kunnen u wel wegkrijgen. In veiligheid.'
Opnieuw bestudeerde Michael het gelaat van de Rus. Net als Rostov al eerder had gedaan in Athene, zo bracht ook deze man de waarheid over – de waarheid voor zover hij die kende, en voor zover hij wist wat zijn superieur in Moskou hem had verteld. 'Wat heeft Rostov te bieden?'
'Dat zei ik u al. Veiligheid. U weet wat u hier te wachten staat. De Palatijn.'
'Veiligheid in ruil voor wat?'

'Dat moet u met Rostov uitmaken. Waarom zou ik voorwaarden gaan verzinnen? U zou ze niet geloven.'

'Zeg maar tegen Rostov dat hij ongelijk heeft.'

'Wat Rome betreft? De Palatijn?'

'De Palatijn,' zei Havelock en hij vroeg zich heel even af of een KGB-directeur op vijftienduizend kilometer afstand de kern van waarheid zou ontdekken die verborgen lag in de grotere leugen. 'Ik heb de veiligheid van de Loebjanka niet nodig.'

'U weigert het aanbod dus?'

'Ik weiger te happen in het lokaas.'

Er werd plotseling op de deur van het herentoilet gebonsd, onderdrukt gevloek volgde daarop en toen weer verschillende klappen tegen het metalen paneel achter elkaar. Het stukje hout dat onder de deur zat geklemd schraapte over de tegel; het gaf maar een centimeter of zo mee, maar het feit dat er beweging in zat was voldoende voor de man die naar binnen wilde. Hij schreeuwde terwijl hij bleef bonzen: 'Hé, verdomme, wat stelt dat hier voor? Maak open!'

De Rus keek even naar de deur: Havelock niet. De man met het grauwe gezicht sprak gehaast.

'Mocht u van gedachten veranderen dan is er een rij vuilnisbakken in Bryant-Park, achter de openbare bibliotheek. Zet een teken in rood op de voorkant van een van die bakken – ik raad u aan een viltstift te gebruiken of nog beter een druppel nagellak. Dan moet u diezelfde avond, vanaf tien uur, op en neer blijven lopen op Broadway, tussen 42nd en 35th Street en op het trottoir aan de oostzijde blijven. Iemand zal contact met u opnemen en u een adres geven waar u heen kunt gaan. Het zal natuurlijk buiten de stad zijn. Geen valstrikken.'

'Wat is hier eigenlijk aan de hand? Doe verdomme die klotedeur open!'

'Ik dacht dat u zei dat ik de "brievenbus" kon uitzoeken.'

'Dat kunt u ook. U hoeft de man die contact met u opneemt alleen maar te vertellen waar u ons wilt ontmoeten. Geef ons drie uur de tijd.'

'Om de zaak te onderzoeken?'

'Klootzak! Doe open!' De metalen deur werd een paar centimeter verder terug geduwd, het stukje hout kraste over de tegels.

Een tweede, meer autoritaire stem voegde zich bij die van de woedende rustverstoorder. 'Hé, hé, wat is hier aan de hand?'

'De deur zit vast. Ik kan er niet in maar ik hoor ze praten! Ze hebben die klotedeur klemgezet!' Weer een bons, weer geknars, weer een centimeter.

'Wij nemen voorzorgen, net als jullie,' zei de Rus. 'Wat er tussen u en Rostov bestaat... bestaat tussen u en Moskou. We zijn niet in Moskou, ik ben niet in Moskou. Ik kan de politie er niet bijhalen als ik in New York City in moeilijkheden kom.'

'Zeg, hoe zit dat daar!' riep de tweede stem op donkere, gewichtig klinkende toon. 'Ik waarschuw jullie, stelletje hufters! Het belemmeren van de normale gang van zaken op een internationale luchthaven is een misdrijf, en dat geldt ook voor de toiletten! Ik ga de luchthavenpolitie erbij halen!' De streng klinkende stem richtte zich tot de boze indringer. 'Als ik u was zou ik een ander herentoilet opzoeken. Die lui gebruiken drugs; als ze high zijn moet je voor ze oppassen.'

'Man, ik moet zeiken als een rund! En zo te horen zijn het geen jongens... daar heb je een smeris! Hé, politie!'

'Hij hoort je niet. Hij loopt door. Ik zal wel even bellen.'

'Verdomme!'

'Laten we gaan,' zei Havelock, terwijl hij zich bukte om zijn jasje op te rapen.

'U spaart dus mijn leven?' vroeg de Rus. 'Geen lijk in een herentoilet?'

'Ik wil dat mijn antwoord wordt bezorgd. Vergeet de nagellak op die vuilnisbakken maar.'

'Mag ik dan, alstublieft, mijn wapen terughebben?'

'Zo vrijgevig ben ik nu ook weer niet. Begrijp me goed, u bent mijn vijand. Dat bent u al een hele tijd.'

'Het is moeilijk een verklaring te geven voor het feit dat je je pistool bent kwijtgeraakt. U moet dat begrijpen.'

'Zeg ze maar dat je het op de vrije markt hebt verkocht; dat is je eerste stap als kapitalist. Goedkoop inkopen – of voor niks krijgen – en duur verkopen. De *Boerja* is een goed pistool; het zou heel wat winst opleveren.'

'Alstublieft!'

'U begrijpt het niet, kameraad. Je zou ervan staan te kijken hoeveel mensen in Moskou je zouden respecteren. Schiet op!' Havelock schoot in zijn jasje, greep de man bij de schouder en duwde hem naar de deur. 'Schop dat hout los,' beval hij terwijl hij het wapen in zijn broekriem stak en zijn koffertje oppakte.

De Rus deed wat hem bevolen werd. Hij duwde de zijkant van zijn schoen op de uitstekende belemmering, schoof ermee heen en weer terwijl hij de deur dichtduwde. De wig kwam eruit; hij schopte hem met zijn voet opzij en trok de deur open.
'Verrek nogantoe!' riep een dikke man uit in een hemelsblauwe overall. 'Een stelletje flikkers!'
'Ze komen eraan!' gilde een man in hemdsmouwen die uit een kantoor aan de overkant kwam rennen.
'Ik denk dat u te laat bent, meneer de inspecteur,' zei de bevrachtingsbeambte met opengesperde ogen, terwijl hij naar Havelock en de Rus staarde. 'Hier zijn die hufters van u. Twee ouwe nichten die het op de parkeerplaats te koud vonden.'
'Laten we opschieten!' fluisterde Havelock en hij greep de Rus bij zijn elleboog.
'Walgelijk! Weerzinwekkend!' schreeuwde de inspecteur. 'Op jullie leeftijd! Schamen jullie je niet? Jullie smeerlappen zitten overal!'
'U verandert niet van gedachten over dat pistool?' vroeg de Rus terwijl hij buiten adem de gang door liep en hij van pijn rilde, terwijl Michael hem vasthield aan zijn geblesseerde arm. 'Ze zullen me hiervoor behoorlijk te grazen nemen. Ik heb het in jaren niet gebruikt; het wordt een soort kledingstuk, weet u.'
'Smeerlappen! Jullie horen in de bak thuis, niet in openbare toiletten! Jullie horen achter slot en grendel!'
'Ik meen het, u krijgt een promotie als de juiste mensen denken dat u er een kapitaaltje aan hebt verdiend.'
'Stelletje flikkers!'
'Laat mijn arm los. Die idioot heeft ons in de gaten!'
'Waarom? Je bent een echte schat.'
Ze bereikten de tweede gang en sloegen linksaf naar het midden van het stationsgebouw. Voor hen lag de grote, brede gang waar mensenmassa's zich in beide richtingen doorheen worstelden, naar pieruitgangen en bagagebanden.
Binnen enkele tellen waren ze opgenomen in de stroom aankomende passagiers. Even later werd een drietal geüniformeerde agenten zichtbaar die zich door de stroom vertrekkende passagiers heenworstelde, en die schouders en koffertjes en plastic kledinghoezen opzij duwden. Havelock ging aan de andere kant van de man lopen, rukte hem naar links en toen ze op gelijke hoogte waren met de politie in de tegenoverge-

stelde mensenstroom ramde Michael zijn schouder tegen die van de Rus en slingerde hem over de onzichtbare grens heen tegen een van de blauwe uniformen aan.
'*Njet! Kisjki!*' gilde de Rus.
'Godverdomme!' schreeuwde de politieman en viel naar rechts, tussen de mensen in, haakte een van zijn metgezellen mee die op zijn beurt boven op een oude dame met blauw haar viel, die begon te gillen.
Havelock versnelde zijn pas en zocht zich een weg langs verschrikte passagiers die zich naar voren haastten om bij de lopende banden te wachten tot hun bagage te voorschijn werd gespuugd; als ze geluk hadden gebeurde dat voordat ze vergeten waren waarover ze met familie en vrienden moesten praten. Een roltrap en een gewone trap aan de rechterkant voerden naar de bagagegewelven. Aan de linkerkant lag wat een architect kennelijk had bedoeld als een hemelse boog waardoor men het middendeel van het stationsgebouw bereikte. Hij liep nog sneller door, het was nu minder druk op zijn weg, en hij kwam in het heldere licht van de middagzon die door de plafondhoge glaswand scheen. Hij keek om zich heen terwijl hij naar de uitgang bleef lopen waarboven *Taxi's* stond. Er waren rijen balies onder enorme borden waarop de vertrek- en aankomsttijden in witte letters stonden aangegeven, aparte stalletjes waaromheen voortdurend mensen krioelden; ronde kiosken waar souvenirs en snuisterijen werden verkocht stonden overal verspreid in het midden van het overkoepelde gebouw; en langs de muren had je hele batterijen telefoons... en inspringende rekken met telefoonboeken. Hij draaide zich abrupt om naar de dichtstbijzijnde.
Dertig seconden later had hij het gevonden.
Handelman, J.
Het adres was in het noorden van Manhattan, aan 116th Street, Morningside Heights.
Jacob Handelman, tussenpersoon, handelaar in asiel voor de vervolgden en verdroevenen.
Schutsheer van Jenna Karras.

'Wilt u daarginds stoppen,' zei Havelock en hij boog zich voorover op zijn zitplaats en wees op een blauw baldakijn, waarop een kleine gouden kroon stond afgebeeld, met de woorden *The King's Arms Hotel* op de geschulpte, afhangende rand. Hij hoopte dat hij er niet de nacht hoefde door te brengen – elk uur vergrootte de afstand tussen Jenna en hem – maar aan de andere kant kon hij niet in de Columbia-universiteit rondwandelen met zijn koffertje in de hand, op zoek naar Jacob Handelman. Hij had de bestuurder van de *yellow cab* gezegd om de Triborough-brug te nemen westwaarts in de richting van de Hudson-rivier, dan naar het zuiden te rijden naar 125th Street en zo naar Morningside Heights; hij wilde voorbij het adres aan 116th rijden en dan een veilige plek vinden om zijn bagage achter te laten. Het was bij drieën en de tussenpersoon kon zich overal bevinden binnen de uitgestrekte campus in de stad.

Tijdens zijn studie aan Princeton was Michael tweemaal in Columbia geweest, eenmaal voor een lezing over het Europa na Napoleon, gehouden door een vervelende gastspreker uit Oxford, en de tweede maal voor een conferentie voor doctoraalstudenten van verschillende universiteiten over universiteitsplaatsen voor genieën in de dop. Geen van beide bezoeken waren gedenkwaardig geweest, beide waren kort en hij wist dan ook bijna niets over Columbia.

The King's Arms lag om de hoek van Handelmans flat, een van die kleine hotels die er op een of andere manier in slagen een smaakvol bestaan op te bouwen in de omgeving van een stadsuniversiteit; het equivalent voor de chic van Manhattan voor het oude Taft bij New Haven of, wat verder gezocht, de Inn in Princeton – in feite iets wat bij de campus hoorde. Het was eerder een tijdelijk onderkomen voor gastdocenten dan een plek waar jongerejaars iets gingen drinken. De donkere leren meubels deden Engels aan, en het rook er naar geleerdheid. De mogelijkheid was niet groot, maar aangezien het hotel zo dicht bij het adres van Handelman lag, bestond er een kans dat iemand hem kende.

'Jazeker, meneer Hereford,' zei de receptionist, terwijl hij de registratiekaart las. 'Doctor Handelman komt hier nog wel eens... een glas wijn of een dineetje met vrienden. Een reuze aardige man met een verrukkelijk gevoel voor humor. Net als bijna iedereen noemen wij hem hier de Rabbi.'

'Dat wist ik niet. Dat hij een rabbi was, bedoel ik.'

'Ik weet niet zeker of hij het in werkelijkheid wel is, al denk ik niet dat er iemand aan zijn bevoegdheid zou twijfelen. Hij is bijzonder hoogleraar in de filosofie en naar ik hoor geeft

hij vaak college aan de joodse theologische faculteit. Het wordt een plezierig interview voor u.'
'Dat denk ik ook wel.'
'Bagage,' zei de receptionist en tikte op een bel.

De flat van Handelman lag tussen Broadway en Riverside Drive en de aflopende straat gaf uitzicht op Riverside Park en de Hudson. Het was een groot gebouw van zware witte steen, ooit een monument van New Yorks streven naar meer en beter, dat langzaam aan het verouderen was. Af en toe leefde het nog even op, maar verder zakte het weg naar het kerkhof voor grote gebouwen met zulke overdadige ornamenten dat het onderhoud niet meer op te brengen was. Ooit had er iemand in uniform voor de glas-in-loodfaçade gestaan; nu was er een dubbel slot op de binnendeur en een intercomsysteem. Havelock drukte op de bel, alleen maar van plan om vast te stellen of Handelman thuis was; uit het luidsprekertje kwam geen antwoord. Hij belde opnieuw. Niets.
Hij liep weer naar buiten, stak de straat over naar een portiek aan de overkant en dacht na over zijn mogelijkheden. Hij had het informatiecentrum van de universiteit gebeld en had daar het adres en het nummer van Handelmans kantoor gekregen. Een tweede gesprek – anoniem gevoerd, onder het voorwendsel dat hij een man van de administratie was die verzocht om de collegeagenda voor donderdag – had het feit opgeleverd dat Handelman tot na vier uur in de middag in de collegezaal was. Het was nu bijna vijf uur en Michaels frustratie nam toe. Waar zat die tussenpersoon? Het was natuurlijk helemaal niet zeker dat hij rechtstreeks naar huis zou gaan vanuit zijn kantoor, maar een handelaar in asiel die net onderdak had gevonden – of bezig was te vinden – voor een vluchtelinge uit Parijs had bepaalde verplichtingen. Havelock had overwogen om naar het kantoor van Jacob Handelman te gaan of hem op straat op te vangen; hij dacht daar nu opnieuw aan. Misschien was er een afspraak uitgelopen of was hij uitgenodigd om te komen eten: het kon zijn dat er nog iemand was die dat wist, die hem zou kunnen helpen.
De spanning van het wachten, iets wat hij normaal uitstekend beheerste, bezorgde hem pijn, acute, fysieke maagpijn. Hij haalde diep adem; hij kon de tussenpersoon niet aanschieten in een kantoor of op straat of in welke openbare gelegenheid

ook en dat wist hij. De ontmoeting moest plaatsvinden daar waar er namen en cijfers onder bereik waren, kaarten en codes; dat waren de instrumenten van de tussenpersoon. Die zouden enkel bewaard worden waar hij ze veilig weg kon bergen, snel kon pakken. Onder een vloerplank, of diep in een muur, of microscopisch verkleind en in de neus van een schoen of in knopen verborgen.

Hij had geen foto van Handelman gezien, maar hij wist hoe hij er uitzag. De barkeeper met de blozende wangen in het *King's Arms Hotel* – zelf kennelijk behorend tot het meubilair van het hotel, met de flair en de radheid van tong van een op een zijspoor geraakte, vijfderangs dichter uit Dublin – had 'de Rabbi' beschreven. Jacob Handelman was een man van gemiddelde lengte en met lang, wit haar en een korte, grijze baard. Hij was een beetje aan de zware kant en vertoonde meer dan een beetje een buikje. Zijn manier van lopen was 'langzaam en statig,' had de barkeeper gezegd, 'alsof hij van koninklijken joodsen bloede is, meneer, steeds bezig met het scheiden van wateren of de ark beklimmend om met de dieren te praten. Oho, maar hij heeft glimlichtjes in zijn ogen en een liefhebbend hart, meneer.'

Havelock had de man aangekeken en een dubbele whisky besteld.

Drie minuten over vijf. *Haal maar weer eens adem. Haal diep adem en denk aan Jenna, bedenk wat je tegen haar gaat zeggen. Misschien nog een uur of twee, of langer, misschien tot middernacht. Middernacht voor de tussenpersoon. Niet aan blijven denken.*

De schemering bleef hangen. De koude, oranje zon zette het silhouet van New Jersey in vlam aan de overkant van de rivier de Hudson. De West Side Highway zat verstopt, de parallelweg, Riverside Drive, nauwelijks minder; koplampen en claxons hielden elkaar in evenwicht. Het werd kouder en grijze wolken maakten de hemel nog donkerder; er zat maartse sneeuw in de lucht.

En aan de overkant van de straat liep langzaam een man van gemiddelde lengte in een lange, zwarte overjas, die breed uitstond aan zijn middel, over het trottoir. Zijn houding was werkelijk statig, passend bij het beeld van zijn spierwitte haren, die verschillende centimeters onder de rand van zijn zwarte hoed uitstaken, tot achter in zijn nek. Bij het licht van een straatlantaarn kon Michael de grijze baard onderscheiden; het was de tussenpersoon.

Jacob Handelman naderde de glazen buitendeuren van zijn flatgebouw en stond nu onder het licht van de sterke lampen die bij de ingang brandden. Havelock staarde naar hem, zowel gebiologeerd als in de war; kende hij de tussenpersoon? Had 'de Rabbi' deelgenomen aan een operatie, acht... tien jaar geleden? Misschien in het Midden-Oosten, Tel Aviv, Libanon? Michael had het gevoel dat hij hem inderdaad kende. Was het zijn manier van lopen? Dat bedachtzame schrijden dat bijna anachronistisch leek, alsof de gedaante hoorde rond te wandelen in middeleeuwse gewaden? Of was het het smalle brilletje in het stalen montuur dat zo stevig midden in het brede gezicht zat?

Het moment was voorbij; er was natuurlijk een groot aantal situaties mogelijk waarin een tussenpersoon zijn pad gekruist kon hebben. Misschien zaten ze op hetzelfde moment in dezelfde sector, een gerespecteerde professor die op vakantie leek te zijn, maar die in werkelijkheid een afspraak had met iemand als Régine Broussac. Dat was heel goed mogelijk.

Handelman liep de voorhal in, beklom enkele treden en bleef staan bij een rij brievenbussen. Michael had de grootste moeite zich te beheersen; het verlangen om de straat over te hollen en de tussenpersoon aan te schieten hield hem helemaal in de greep en werd hem bijna te machtig.

Het kan zijn dat hij je niks wil vertellen. Broussac.

Een oude man die niet wilde onderhandelen kon op de trap gaan staan schreeuwen en om hulp roepen. En degene die werkelijk hulp nodig had wist niet wat er achter een deur aan de overkant van de straat zat, wat voor apparatuur een groep intelligente stadsbewoners had aangebracht om zich te verdedigen tegen dieven in het trappenhuis.

De markt was overspoeld met alarmsystemen; hij moest wachten totdat Jacob Handelman veilig en wel in zijn flat zat. Daarna zouden een klop op de deur en de woorden 'Quai d'Orsay' genoeg zijn. Er was respect voor iemand die alarmsystemen kon omzeilen, een impliciete dreiging in iemand die voor een gesloten deur stond in de wetenschap dat binnen een tussenpersoon zat. Handelman zou de deur opendoen, hij kon zich niet permitteren om te weigeren.

De oude man verdween achter de binnendeur, het zware pa-

neel van smeedwerk en glas viel langzaam achter hem dicht. Havelock wachtte drie minuten: achter verschillende ramen op de vierde verdieping werden lichten ontstoken. Het flatnummer van Handelman was 4a en dat was logisch: een tussenpersoon had verschillende dingen gemeen met agenten in de buitendienst en de Russische VKR; hij moest de straten in het oog kunnen houden.
Maar nu stond hij niet uit te kijken; er was geen gedaante te zien achter de gordijnen. Michael verliet zijn portiek en stak de straat over. In de fraaie voorhal ontstak hij een lucifer, hield die ter hoogte van zijn middel en zocht er een rij namen mee af die boven de knopjes waren geplaatst.

R. CHARLES, FLATBEHEERDER ID

Hij drukte op het knopje en bracht zijn mond dicht bij de met gaas afgezette microfoon.
'Ja, wat is er?' vroeg een mannenstem in duidelijk, beschaafd Engels.
'Meneer Charles?' vroeg Havelock en hij wist niet waarom de stem van de man hem vreemd voorkwam.
'Ja, dit is Charles. Wie is daar?'
'Amerikaanse regering, ministerie van buitenlandse zaken...'
'Wat?'
'Niets alarmerends, meneer Charles. Als u even naar de deur komt dan kunt u mijn identiteitsbewijs controleren door het glas en u kunt me ofwel binnenlaten, of ik kan u een nummer geven dat u kunt bellen.'
R. Charles zweeg even en antwoordde toen langzaam. 'Akkoord.'
Dertig seconden later verscheen er een enorme, gespierde jongeman in de hal achter de deur. Hij droeg een sportbroekje en een sweater met een groot nummer *20* erop. Het gaf zijn leeftijd aan of het was het rugnummer van een van de potige achterspelers van Columbia. Dit was dus de bescherming, die flatbewoners van Morningside Heights zich hadden aangemeten. Ook dat was logisch; zorg voor je eigen bescherming. Gratis wonen in ruil voor een imponerende verschijning. Michael hield zijn oude identiteitskaart omhoog in het zwarte, plastic etui; de data waren natuurlijk onleesbaar.
R. Charles tuurde door het glas, haalde de schouders op en

opende de deur. 'Verrek, wat stelt dit voor?' vroeg hij, meer nieuwsgierig dan vijandig. Een man van zijn postuur hoefde niet agressief te zijn; zijn dikke benen en nek en zijn gespierde armen intimideerden al voldoende, evenals zijn jeugd.
'Er woont hier een man die ik namens Buitenlandse Zaken even zou willen spreken, maar hij is niet thuis. Ik heb natuurlijk gebeld: hij kent me.'
'Wie is het?'
'Doctor Jacob Handelman. Hij is een van onze consulenten, maar daar praat hij liever niet over.'
'Aardige ouwe baas, Handelman.'
'Een van de besten, meneer Charles. Ik denk alleen dat hij het niet op prijs zou stellen als ik herkend zou kunnen worden.' Havelock grijnsde. 'Het is daarbuiten bovendien verdomd koud.'
'Ik kan u niet binnenlaten in zijn flat. Dat doe ik ook niet.'
'En dat zou ik niet eens toestaan. Ik zal gewoon hier op hem wachten als u het goedvindt.'
R. Charles aarzelde en zijn ogen dwaalden af naar het open identiteits-etui dat Michael nog steeds in zijn hand hield. 'Nou ja, goed dan. Ik zou u wel bij mij binnen willen vragen maar mijn kamergenoot en ik zitten ons rot te blokken voor een tentamen morgen.'
'Alstublieft, het zou nog niet bij me opkomen...'
Havelock werd onderbroken door het verschijnen van een zelfs nog potiger jongeman in een deuropening aan het einde van de hal. Hij ging gekleed in een compleet trainingspak, had een boek in zijn ene hand en een bril in de andere. 'Hé, man, wat is er?'
'Niks. Iemand die de Rabbi moet hebben.'
'Weer eentje? Schiet op, we verspillen onze tijd. Jij hebt de hersenen, ik wil er morgen doorheen komen.'
'Uw kamergenoot zit ook in de ploeg?' vroeg Michael in een poging om op de hoogte te lijken.
'Nee. Hij worstelt. Dat wil zeggen, dat doet hij wanneer ze hem niet de mat afsmijten vanwege ongeoorloofde grepen. Oké, Bulldog, ik kom eraan.' De kamergenoot verdween naar binnen.
'Nogmaals bedankt.'
'Geen dank. U klinkt zelfs officieel. De Rabbi kan elk moment thuiskomen.'

'Erg punctueel, hé?'
'Als een Zwitserse klok.' Nummer Twintig keerde zich om en keek toen weer naar Havelock. 'Weet u, zoiets als dit verwachtte ik al. Zo iemand als u, bedoel ik.'
'Hoezo?'
'Ik weet het niet... de mensen die bij hem op bezoek komen denk ik. Soms nog laat in de avond; nou niet precies studententypes.'
Hij had niets te verliezen met vragen, dacht Michael. Hij had een springplank gekregen. 'We maken ons erge zorgen over de vrouw, dat zal ik u wel vertellen. We hopen voor... voor de Rabbi dat ze hier is aangekomen. Hebt u haar toevallig gezien? Een lange vrouw, blond haar. Gisteren? Vandaag?'
'Gisteravond,' zei de jongeman. 'Ik heb haar niet gezien, maar Bulldog wel. Mooi wijffie, zei hij tegen me. Maar zenuwachtig; ze drukte op de verkeerde bel en kreeg de ouwe Weinberg – die zit in 4b en die is nog zenuwachtiger.'
'Het is een opluchting dat ze hier is. Hoe laat gisteravond?'
'Zowat dezelfde tijd als nu zou ik zeggen. Ik was aan het telefoneren toen Weinberg ons waarschuwde via de huistelefoon.'
'Dank u.' *Vierentwintig uur. Een tussenpersoon op de bovenverdieping. Ze was binnen bereik – hij was er zeker van, voelde het.* 'Overigens hebt u nu heel toevallig zaken gehoord die vertrouwelijk zijn. Ik hoop dat u dat voor u houdt.'
'Man, wat doe jij officieel. Ik heb u nooit gezien, meneer Havelatch. Maar als ze de dienstplicht invoeren zoek ik u misschien nog wel eens op.'
'Doet u dat. En nogmaals bedankt.'
'De mazzel.' De enorme student liep door de hal naar de openstaande deur.
Zo gauw die dicht was liep Havelock snel naar de brede, stenen trap in het midden van de hal; de treden waren afgesleten, enigszins hol door tientallen jaren gebruik. Hij kon de lift daarachter niet gebruiken; het geluid daarvan zou best eens een goedgelovige, gespierde student kunnen alarmeren, die dan plotseling het idee van vertrouwelijke inlichtingen opzij zou kunnen zetten in ruil voor meer in het oog springende verantwoordelijkheden.
Michael had in Parijs de vooruitziende blik gehad om de dure zwarte schoenen die hij bij zijn pak kocht meteen te laten

verzolen met hard rubber. Die kwamen hem goed van pas op de versleten traptreden; hij liep snel naar boven, zonder geluid te maken, nam twee, drie treden tegelijk en bewoog zich geruisloos over de overlopen. In minder dan een halve minuut was hij op de vierde verdieping; flat 4a lag aan het einde van een betegelde, zwak verlichte hal die tot aan de voorkant van het gebouw liep. Hij bleef enige minuten staan om op adem te komen, liep toen naar de deur en drukte op het in de stijl verzonken knopje. Vanachter de deur hoorde hij het zachte melodietje van een deurklok en enkele tellen later het geluid van voetstappen.

'Ja?' vroeg de vreemd hoogklinkende stem, met een golvende buiging die deed denken aan een Europees accent.

'Doctor Jacob Handelman?'

'Wie is daar als ik vragen mag?' De tongval was jiddish-Duits.

'Ik heb nieuws voor u van de Quai d'Orsay. Kunnen we praten?'

'*Wass?'* Even maar was het stil, de woorden die daarop volgden klonken gehaast. 'U bent verkeerd. Ik heb geen idee over wie u praat. Ik ken niemand in... wat zegt u, de Quai d'Orsay?'

'In dat geval zal ik me in verbinding moeten stellen met Parijs en mijn contactpersoon vertellen dat ze een afschuwelijke fout heeft gemaakt. Natuurlijk zal Jacob Handelman dan uit het computerbestand van de catacomben worden verwijderd.'

'Een minuutje, alstublieft. Ik moet het geheugen van deze oude man wat op gang brengen.'

Havelock hoorde de voetstappen weer, dit keer sneller, vervagend en weer terugkerend lang voordat de gevraagde minuut voorbij was. Achter het dikke hout waren de metaalachtige geluiden hoorbaar van verschillende sloten; de deur ging open, de tussenpersoon staarde hem aan en gebaarde vervolgens met zijn hoofd dat Michael binnen moest komen.

Wat was dat? Waarom wist hij zo zeker dat hij die man kende, die oude man met zijn grijze baard en het lange, witte haar? Het brede gezicht was week, maar de ogen die verzonken lagen tussen huidrimpels achter de dikke brilleglazen in hun dunne, stalen montuur waren... hij wist het niet zeker, hij kon het niet zeggen.

'U bent nu in mijn huis, meneer,' zei Handelman, terwijl hij de deur sloot en prutste met de sloten. 'Ik heb natuurlijk verre reizen gemaakt, niet altijd uit vrije wil zoals zovele duizenden met mij. Misschien hebben wij een wederzijdse kennis die ik me op dit ogenblik niet voor de geest kan halen. Die Quai d'Orsay, dat is toch iets van de Franse regering, is het niet? Ik ken natuurlijk een aantal professoren aan de Sorbonne.'

Was het die hoge, zangerige stem? Of dat vragende schuin houden van het hoofd? Of de manier waarop de oude man stond, op stevige voeten, de houding slap maar toch op de een of andere manier stram? Nee, het was niet één enkel ding; het was alles bij elkaar... op de een of andere manier.

'"Een wederzijdse kennis" is niet helemaal juist. U kent een naam, Broussac, ministerie van buitenlandse zaken, Sectie Vier. Zij zou vandaag contact met u opnemen; zij is iemand die haar woord houdt. Ik denk dat ze dat gedaan heeft.'

'Ach, maar mijn kantoor ligt vol met talloze boodschappen waarvan alleen mijn secretaresse op de hoogte is, meneer... meneer...?'

'Havelock.'

'Ja, meneer Havellacht. Kom binnen, kom binnen. Ik heb een Habernicht gekend, vroeger in Berlijn. Frederich Habernicht. Lijkt er nogal op, niet?'

'Een beetje wel, geloof ik.' Was het de manier van lopen? Dezelfde bedachtzame schreden die bij buiten al had opgemerkt? Die statige... arrogante schreden die thuishoorden bij middeleeuwse gewaden, of de soutane van een priester. Hij moest het vragen. 'We hebben elkaar al eens eerder ontmoet, nietwaar?'

'Wij?' De wenkbrauwen van de tussenpersoon gingen omhoog; hij zette zijn bril met stalen montuur recht en tuurde erdoor naar Michael. 'Ik kan me niet voorstellen waar. Tenzij u een student was in een volle collegezaal, maar dat zou een aantal jaren geleden moeten zijn geweest, zou ik denken. In zo'n geval zou u zich mij herinneren, maar ik u nog niet direct. Leeftijd en de grote hoeveelheid mensen, u begrijpt dat wel.'

'Het doet er niet toe.' *Een aantal jaren geleden? Hoeveel jaren?* 'Wilt u daarmee zeggen dat u nog niets hebt gehoord van Broussac?'

'Ik wil niets zeggen... Gaat u zitten, ga zitten... Ik zeg alleen dat ik het niet weet. U beweert dat die Broussac mij vandaag een boodschap heeft doorgegeven en *ik* zeg u dat ik *elke* dag tientallen boodschappen ontvang die ik vaak dagenlang moet laten liggen. Ook hier, leeftijd en de grote hoeveelheid mensen.'

'Dat heb ik al eerder van u gehoord,' viel Havelock hem in de rede, terwijl hij bleef staan, niet ging zitten, en de kamer opnam. Overal waren boekenplanken, oude meubels – zwaar beklede fauteuils, lampen met franjes, voetkussens – helemaal niet spartaans. Er hing een universiteitslucht. 'Jenna Karras!' zei Michael onverwacht, snel en met luide stem.

'Weer een boodschap?' vroeg Handelman ongekunsteld, een oude man die er niet veel van begreep en die tegelijkertijd van de wijs werd gebracht door een jongere tegenpartij. 'Er liggen zovele boodschappen... ik moet eens praten met mijn secretaresse. Ze beschermt me te veel.'

'Jenna Karras is gisteravond bij u geweest, dat weet ik!'

'Drie... nee, *vier* mensen hebben me gisteravond bezocht, allemaal studenten van mij. Ik heb hier zelfs hun namen en de concepten van twee werkstukken,' Jacob Handelman liep naar een rommelig bureau dat tegen de muur stond.

'Hou daar maar mee op!' schreeuwde Havelock. 'U hebt haar onderkomen geregeld en ik *moet* haar vinden! Dat was de boodschap van Broussac.'

'Zovele boodschappen,' intoneerde de tussenpersoon, alsof hij een tegenzang uit de talmoed reciteerde. 'Aha, hier hebben we de namen, de concepten van de werkstukken,' vervolgde Handelman en hij boog zich over de rommelige stapel papieren. 'Zoveel bezoekers... zoveel boodschappen. Wie kan dat allemaal bijhouden?'

'*Luister* naar me! Broussac zou mij uw naam niet hebben gegeven of me hebben gezegd waar ik u kon vinden als ik u de waarheid niet vertelde. Ik moet haar *vinden!* Er is haar iets afschuwelijks aangedaan – *ons* aangedaan – en zij begrijpt dat niet!'

'"De *Filioque* Verloochening in de Concilies van Arius,"' zong Handelman terwijl hij zich oprichtte en een stapel papier onder het licht van een staande lamp hield. 'Dat moeten dan de Niceense verloocheningen zijn van de Oosterse kerk rond de vijfde eeuw. Door weinig mensen begrepen – nu we het toch over begrijpen hebben.'

Misschien wil hij je wel niks vertellen. 'Godverdomme, waar hebt u haar *naartoe gestuurd*?! Schei uit met dat *spelletje!* Want... als ik moet... dan zal ik...'

'Ja?' Jacob Handelman draaide zijn hoofd om onder het schijnsel van de staande lamp en tuurde opnieuw door de bril met stalen montuur. Hij zette enkele stappen naar links en legde de papieren weer op het bureau.

Toen was het er, op datzelfde moment. Toen was het er helemaal. De ogen achter die smalle, zilveren randen, de stramme houding van het slappe lichaam... de manier van lopen. Niet het schrijden van een priester in de kerk of een ridder uit de middeleeuwen die een grote zaal binnenstapte... maar de arrogante pas van een man in uniform. Een zwart uniform!

Bliksemflitsen flakkerden voor Havelocks ogen, terwijl pijnscheuten door zijn hoofd schoten. Zijn hoofd barstte uit elkaar... *toen en nu, nu en toen!* Niet acht of tien jaar, maar de jaren van vroeger de *afschuwelijke jaren!* Hij was een van *hen!* De beelden uit zijn geheugen bevestigden het! Hij zag de man die nu voor hem stond zoals hij *toen* was! Het brede gezicht – zonder baard, met lang en sluik haar – niet wit maar *arisch blond.* Lopend... arrogant stappend... naar de rijen open graven. *Geratel van mitrailleurs. Gegil.*

Lidice!

Gebiologeerd en zonder te spreken begon Michael naar de tussenpersoon toe te lopen, zijn handen gespannen en hard, zijn vingers gebogen tot klauwen, zoals het paste voor de strijd met een ander dier – een lager soort dier.

'*Wass?*' Handelman hield de sissende 's' aan in dat hoge geteem van hem. 'Wat is er met u aan de hand? Bent u misschien gek? Kijk eens naar dat gezicht... bent u ziek? Blijf bij me vandaan!'

'De Rabbi...? O god, jij rotzak. Jij ongelooflijke rotzak! Wat was het? *Oberstleutnant? Majorsrang...?* Nee, het was *Standartenführer! Jij* was het! Lidice!'

De oude man sperde zijn ogen wijd open, ze werden nog vergroot door de dikke lenzen, zijn wenkbrauwen trokken uiteen zoals de wenkbrauwen van een of ander duivels creatuur dat zichtbaar wordt onder een bundel licht in de donkere hoek van een zwarte tempel. 'U bent gek, volkomen, totaal waanzinnig! Verlaat mijn huis! U bent hier niet welkom. Na alle pijn die ik heb geleden zal ik niet luisteren naar het geraaskal van een waanzinnige!'

Het doordringende zangerige van de woorden verhulde de beweging van de tussenpersoon. Zijn rechterhand gleed omlaag

naar het bureau, naar de stapel paperassen. *Voetstappen, sneller, vervagend, terugkerend.* Havelock deed een uitval op het moment dat er een pistool verscheen in Handelmans hand, dat daar minuten geleden was neergelegd door een *Obergruppenführer* die zich nooit kon veroorloven zijn afkomst te vergeten. De tussenpersoon was de moordenaar van Tsjechen en Polen en joden, die de identiteit had overgenomen van een uitgeteerde gevangene die hij een douchecel met gas of een oven vol vuur had ingejaagd.
Havelock greep de hand met het pistool vast, klemde zijn middenvinger achter de trekker en smakte er herhaaldelijk mee tegen de rand van het bureau. Hij kreeg het niet los! De tussenpersoon lag gebogen onder hem en zette zijn rechterarm klem, het gegroefde gezicht was grotesk, de mond – de afschuwelijke mond vertrokken als van een dolle hond, het slappe lichaam plotseling hard, stuiptrekkend. Handelmans linkerhand schoot omhoog en belandde met een klap op Michaels gezicht, de vingers groeven zich in zijn ogen, klauwden, drongen erin door.
Havelock wrong zich met een heftige beweging van achteren naar voren; de tussenpersoon gleed onder hem vandaan. Ze lagen naast elkaar tegen de rand van het bureau, de armen krom tot ze bijna braken, het wapen vastgeklemd, als een onbeweeglijk verlengstuk. Plotseling voelde Michael dat zijn rechterhand vrij was; hij balde hem tot een vuist, hief hem op en deed hem als een hamer neerkomen op het punt waar hij vaag het gelaat van Handelman kon onderscheiden.
De bril met stalen montuur werd verbrijzeld. De Duitser gilde; het wapen viel kletterend op de vloer terwijl Handelman zijn beide handen voor zijn gezicht sloeg.
Havelock sprong achteruit, rukte de tussenpersoon overeind en klemde zijn hand over de vertrokken mond van Handelman. Zijn ogen brandden, tranen en bloedspatten belemmerden zijn uitzicht. Maar hij kon zien; de nazi kon dat niet.
'Als je te hard gaat praten, ouwe, dan vermoord ik je op datzelfde moment. Nou ga jij zitten!'
Hij trok de Duitser van het bureau vandaan en duwde hem met zo'n kracht in de dichtstbijzijnde stoel dat de nek van de tussenpersoon achteruit knakte. De kapotte bril bleef echter stevig op Handelmans gezicht staan; ze vormden deel van dat gelaat, maakten het nog lelijker.

'U hebt me blind gemaakt!' jammerde de militair van Lidice buiten adem. 'Een waanzinnige dringt zich binnen in mijn huis...'
'Hou maar op!' snauwde Michael. 'Ik ben erbij geweest!'
'Waanzin!' Zwaar ademend door zijn vertrokken, open mond stak Handelman zijn handen op om zijn bril af te zetten.
'Blijf eraf!' beval Havelock. 'Laat die maar mooi daar zitten.'
'Jongeman, u bent...'
'Hou je bek! Luister. Ik kan een onderzoek laten instellen naar een man die Jacob Handelman heet, vijftig jaar terug. Alles over hem... oude foto's, Duitsers die nog leven en die hem gekend hebben – als hij al ooit bestaan heeft. Dan een foto van jou laten circuleren, zonder de baard natuurlijk, in bepaalde buurten van Praag. Jij was daar; ik heb je later gezien en ik wilde je vermoorden. Een jongen van negen of tien wilde een mes in je rug steken op straat. En iemand die nog woont in Praag of Rudna of Kladno zou zelfs nu nog datzelfde willen doen. Je bent aan het einde van de rit, rotzak die je bent! Praat me dus niet over mensen die hier gisteravond niet waren, praat maar eens over die ene die er wel was. Waar is zij?'
'Ik ben een zeer waardevol man...'
'Dat wil ik wel geloven. Wie zou er meer weten over het vinden van veilige verblijfplaatsen dan iemand die het zo goed heeft klaargespeeld? En wie zou zichzelf beter kunnen beschermen dan iemand die zo goed de schuilplaatsen van zovelen aan het licht zou kunnen brengen. Je hebt je heel goed verstopt, *Mörder!* Maar niet voor mij, begrijp je dat? Want mij kan het niet schelen. Nou, waar is Jenna Karras?'
'Al ga ik dan niet in op die belachelijke beschuldigingen die u maakt,' jammerde de Duitser, 'we moeten het toch hebben over uitwisselingsvoorwaarden.'
'Jij kunt je leven behouden,' zei Havelock. 'Daarin ben ik niet geïnteresseerd. Het is voor jou voldoende dat je weet dat ik rondloop en dat ik er op elk gewenst moment een einde aan kan maken. Dat is jouw uitwisseling. Waar is zij?'
'De bovenste la van het bureau.' De tussenpersoon gebaarde met zijn bevende hand, zijn ogen waren niet te zien achter de kapotte bril. 'Til het potlodenbakje maar op. Er ligt een opgevouwen groen papier.'
Michael liep naar het bureau, trok de la open en haalde het bakje voor pennen en potloden eruit. Er lag een lichtgroen

stuk papier; hij pakte het en vouwde het open. Het was een blocnootvel van de Columbia-universiteit, afdeling filosofie. In precieze, met de hand geschreven blokletters stond de informatie waarvoor Havelock bereid was geweest te doden; alles stond er.

Broussac. Kandidatuur voor doctoraal.
Naam: Arvidas Corescu, p/a Kohoutek
Postbus 3, Mason Falls, Penna.

'Is Corescu de naam die ze gebruikt?' vroeg Havelock fel.
'Tijdelijk. De papieren zijn maar tijdelijk; ze moesten in een paar uur worden vervaardigd. Er komen nog andere... als die ze komen.'
'En dat wil zeggen?'
'Dat ervoor betaald moet worden. Niets voor niets.'
'Natuurlijk; de vis is aan de haak geslagen en de lijn blijft van de molen rollen. Je moet daar aardig wat vis hebben uitgezet.'
'U zou kunnen zeggen dat ik machtige... vrienden heb. Op vele plaatsen.'
'Wie is die Kohoutek?'
'Een Slaaf,' zei de tussenpersoon, spottend zijn schouders ophalend. 'Hij heeft daar een boerderij.'
'Wanneer is ze weggegaan?'
'Ze is vanmorgen afgehaald.'
'Wat is haar dekmantel?'
'Weer een arme vluchteling – een nicht, misschien – die uit de Balkan is ontsnapt, of waarvandaan dan ook. Ontsnapt aan de Beer, zoals ze zeggen. Kohoutek zal haar werk bezorgen; hij heeft vrienden in de textielvakbonden.'
'En van dat werk betaalt ze hem en jou, anders komen er geen papieren.'
'Je hebt nu eenmaal papieren nodig', jammerde Handelman en zijn brede, bebaarde gezicht werd nog verder gevormd door de gebarsten brilleglazen die nog steeds op hun plaats zaten. 'Om auto te kunnen rijden of naar een bank te gaan...'
'Of om met rust te worden gelaten door Immigratie,' viel Michael hem in de rede. 'Die bedreiging is er altijd, nietwaar?'
'Er zijn nu eenmaal wetten in ons land, meneer.'
'Ik moet kotsen van jou,' zei Havelock, hij liep op de stoel af

en keek neer op het groteske, oude beest van Lidice. 'Ik zou je nu kunnen vermoorden en er alleen maar plezier aan beleven,' voegde hij er rustig aan toe. 'Kun je dat begrijpen, filosoof? Maar dat doe ik niet, want ik wil dat je weet hoe het voelt te beseffen dat het elk moment kan gebeuren, iedere dag... iedere nacht. Beginnend met een klop op je deur. Leef jij daar maar mee, *schmutzige Schlange*. Heil Hitler.'

Hij keerde zich om en liep naar de deur.

Het *krák* klonk achter hem! Luid, scherp, dreigend. Hij draaide zich bliksemsnel om en zag het lange lemmet van een enorm groot mes op zich af vliegen, recht op zijn borst af, het heft in handen van de tussenpersoon die zijn verbrijzelde bril van zijn gezicht had gerukt. Het wapen had verborgen gezeten in de fauteuil; de duffe geur van het studeervertrek werd plotseling de verrottingsstank van niemandsland op een ver verwijderd slagveld. Hij sprong achteruit; het lemmet scheurde door zijn colbertje, de vlijmscherpe snijrand raakte net even zijn huid en tekende een streep van bloed op zijn witte overhemd.

Hij blokkeerde met zijn linkerhand terwijl zijn rechter snel onder zijn jasje reikte naar het Llamapistool. Hij schopte woest voor zich uit in de hoop ergens een of ander lichaamsdeel van de Duitser te raken; dat lukte, terwijl het lemmet weer in een boog op hem afkwam, met dodelijke snijrand en punt. Hij wierp zich weer om, uit de baan van het wapen, bracht zijn pistool omhoog en mikte op het brede gezicht, de grijze baard, het lange, witte haar.

Hij schoot tweemaal; de tussenpersoon viel op de grond, zijn hoofd doordrenkt met bloed, één oog uit de kas geschoten.

Het moordend wapen uit Lidice was door een ander wapen tot zwijgen gebracht. Maar er lag geen enkele voldoening in; het was verder niet meer van belang.

Alleen Jenna was er nog. Hij had haar gevonden en zij kon hem niet beletten contact met haar op te nemen. Ze zou hem misschien doden, maar eerst zou ze hem in de ogen moeten kijken. Dat was van belang.

Hij stak de Llama in zijn broekriem, het vel groen papier in zijn zak en rende de flat uit.

20

'Ze heet Broussac, meneer de president,' zei Emory Bradford in de telefoon op zijn bureau in het ministerie van buitenlandse zaken. 'Madame Régine Broussac. Quai d'Orsay, ministerie van buitenlandse zaken, Sectie Vier. Ze heeft eergisteravond contact opgenomen met de ambassade, en opdracht gegeven om een ploeg met een radiowagen in de buurt van Argenteuil te posteren met het doel een gewezen Amerikaans agent op te pikken die haar daar zou ontmoeten. Onder zeer ongewone omstandigheden, zei ze.'

'Havelock?'

'Dat heeft ze in elk geval toegegeven, ja.'

'En?'

'Die wagen heeft de hele nacht in de straten van Argenteuil op en neer gereden. Er is helemaal geen contact gelegd.'

'Wat zei die Broussac? Ik neem aan dat ze ondervraagd is.'

'Ze was boos. Ze beweerde dat hij nooit is komen opdagen.'

'Nou?'

'Onze mensen denken dat ze liegt.'

'Waarom?'

'Een van onze mensen is naar haar flat gegaan en heeft hier en daar wat vragen gesteld. Hij ontdekte dat ze om één uur 's nachts thuiskwam. Als dat het geval was – en dat was het kennelijk; het werd door twee buren bevestigd – waarom heeft ze dan de ambassade niet gebeld om de wagen terug te roepen?'

'Heeft men haar dat gevraagd?'

'Nee, meneer. Onze mensen wachten op nadere instructies. Het is niet gebruikelijk dat ambassadepersoneel overal in het geheim vragen gaat stellen over hoge functionarissen van de Quai d'Orsay.'

Charles Berquist zweeg even en sprak toen met vastberaden stem. 'Laat ambassadeur Richardson madame Broussac opbellen en beleefd vragen of ze een uitnodiging wil aanvaarden naar de ambassade te komen, zo snel als het haar uitkomt, het liefst binnen een uur. De president van de Verenigde Staten wenst op vertrouwelijke voet met haar te spreken.'

'Meneer de president...'

'Doet u nu maar wat ik u zeg, meneer de staatssecretaris.'

'Jawel, meneer.'

'En, Emory...'
'Meneer?'
'Schiet je al op met dat andere werk? Die ruim zestig diplomaten die misschien de stad uit zijn geweest toen we met dat Spaanse probleem zaten?'
Bradford zweeg voordat hij antwoord gaf – en toen hij sprak was het duidelijk dat hij probeerde zijn stem in bedwang te houden.
'Zoals het er nu voor staat ontbreken er vijf.'
'Wat?'
'Ik wilde nog niets zeggen tot vanmiddag, tot ik alle informatie heb, maar volgens de laatste rapporten waren er negentien personeelsleden buiten het ministerie. Van veertien weten we waarom, van vijf niet.'
'Zie het te weten te komen! Zorg dat je alle informatie krijgt!'
'Ik ben ermee bezig.'
'Om twaalf uur! Zorg dat je het hebt!'

De koude regen van de avond tevoren was in hevigheid afgenomen, de hemel buiten het Ovale Kantoor zag donker. Als de temperatuur nog een graad of twee zakte, zouden er dunne, onregelmatige plekken sneeuw komen te liggen op het gazon van het Witte Huis. Berquist stond bij het raam en vroeg zich even af hoe diep de opgewaaide sneeuw zou liggen in Mountain Iron, Minnesota. En hij voelde een heftig verlangen om daar op dit moment te kunnen zijn. Er klonk gezoem van zijn telefoontafeltje. Hij keek op zijn horloge terwijl hij terugliep naar zijn bureau; het was kwart over elf.
'Ja?'
'Uw gesprek uit Parijs, meneer.'
'Dank u.' Berquist drukte op de rode knop voor de buitenlijn. 'Madame Broussac?'
'*Oui, monsieur le président*. Ik beschouw het als een eer, meneer. Ik voel me gevleid dat ik ben opgeroepen om met u te spreken.' De stem van de oude vrouw klonk vast, maar niet zonder verbazing. En niet zonder een heel klein beetje angst.
'En ik ben u zeer dankbaar, *madame*. Ik heb opdracht gegeven om alleen met u te spreken, is dat het geval?'
'Ja, *monsieur le président*. Ambassadeur Richardson is zo vriendelijk geweest mij zijn kantoor te laten gebruiken. Om u de waarheid te zeggen ben ik erg verbaasd.'

'U hebt het erewoord van de president van de Verenigde Staten dat we alleen zijn, mevrouw Broussac. Niemand luistert mee op deze lijn, dit gesprek wordt door niets of niemand opgenomen. Accepteert u die toezegging?'
'Jazeker. Waarom zou zo'n hooggeplaatst persoon een gewone functionaris van de Quai d'Orsay bedriegen?'
'Daar zouden voldoende redenen voor zijn, maar ik bedrieg u niet.'
'*Mais oui.* Ik geloof u.'
'Mooi. Ik heb uw medewerking nodig bij een zeer belangrijke en delicate zaak. Hij raakt op geen enkele manier de regering van Frankrijk, maar elke hulp die u ons zou kunnen verschaffen zou uiteindelijk ook in het belang zijn van uw regering. Nogmaals, daarop geef ik u mijn woord. Mijn woord als president.'
'Dat is voldoende, *monsieur le président*.'
'Het is van het uiterste belang dat wij in contact komen met een gewezen geheim agent die onlangs ontslag heeft genomen bij Buitenlandse Zaken. Zijn naam is Michael Havelock.'
'*S'il vous plaît, monsieur le...*'
'Nee,' viel Berquist in de rede, 'laat u mij, alstublieft, uitpraten. Ik heb hier in mijn werk zo'n ontstellend groot aantal zorgen dat ik me niet bezig kan houden met wat u doet of met de activiteiten van meneer Havelock. Ik vraag u alleen ons te helpen hem te vinden. Een bestemming, een reisplan, een naam die hij misschien gebruikt. Alles wat u mij vertelt zal strikt geheim blijven; geen enkele bijzonderheid zal uitlekken, of ooit tegen u of uw operaties worden gebruikt. Dat beloof ik u.'
'*Monsieur...*'
'Tenslotte,' vervolgde de president terwijl hij over haar stem heenpraatte, 'heeft zijn regering nooit kwaad tegen hem in de zin gehad, wat hij u ook misschien verteld mag hebben. We hebben te veel respect voor zijn staat van dienst, we zijn te dankbaar voor zijn bijdragen. De tragedie waar hij alleen denkt voor te staan, raakt ons allemaal, en meer kan ik u niet vertellen, maar ik hoop dat u begrip hebt voor de bron – voor het ambt waaruit u deze informatie hoort. Wilt u ons helpen, mij helpen, madame Broussac?'
Berquist kon haar ademhaling horen over de lijn naar Parijs, net als het onregelmatige, bonzende kloppen in zijn eigen borst.

Hij keek uit het raam; kleine, wattige vlekjes wit vermengden zich met de miezerige motregen. De maagdelijke bergen opgewaaide sneeuw op de velden van Mountain Iron waren het mooist bij zonsondergang; je streelde ze met je ogen, raakte op afstand de kleuren aan, wenste dat ze nooit zouden veranderen.
'Net zoals u hem zoekt,' begon Broussac, 'zo zoekt hij iemand anders.'
'Dat weten we. Wij hebben ook naar haar gezocht. Om haar leven te redden. Het zijne te redden.' De president sloot zijn ogen; het was een leugen waaraan hij nog vaak zou denken wanneer hij weer terug was tussen de heuvels van het Mesabi-land. Maar hij zou ook denken aan Churchill en Coventry. De *Enigma*-code... Costa Brava.
'Er is een man in New York.'
'New York?' Berquist ging verschrikt rechtop zitten. 'Hij is hier? Zij is...?'
'Dat verbaast u, *monsieur le président?*'
'Heel erg.'
'Zo was het ook bedoeld. Ik heb haar daarheen gestuurd. Hem ook.'
'Die man in New York?'
'Hij moet benaderd worden op zeer – zoals u het noemde – delicate wijze. Hij mag niet in gevaar worden gebracht. U hebt ook van zulke mensen in Europa; we hebben die allemaal nodig, *monsieur le président*. Zelfs wanneer we op de hoogte zijn van zulke mensen die... bij andere firma's werken, dan laten we ze toch met rust.'
'Ik begrijp het maar al te goed.' Dat deed Berquist; de waarschuwing was duidelijk. 'Die man kan ons vertellen waar hij is?'
'Hij kan u vertellen waar zij is. Meer hoeft u niet te weten. Maar hij moet ervan overtuigd zijn dat hij niet in gevaar verkeert.'
'Ik zal maar één man sturen en hij alleen zal het weten. Op mijn woord.'
'*Je la respecte*. Ik moet u zeggen dat ik hem niet ken, alleen maar via zijn dossier. Hij is een groot man met veel begrip, een overlevende, *monsieur*. In april 1945 werd hij bevrijd uit Bergen Belsen in Duitsland.'
'Hij zal door ons met het grootste respect worden behandeld

en ook met de grootste geheimhouding, zoals ik u heb beloofd. Zijn naam, alstublieft.'
'Jacob Handelman. Universiteit van Columbia.'

De drie mannen luisterden aandachtig terwijl Emory Bradford langzaam en in de juiste volgorde in het strategievertrek van het Witte Huis rapport uitbracht over zijn bevindingen. Met nadrukkelijk monotone stem beschreef hij waar de verblijfplaatsen waren, van alle negentien stafleden van BZ van de vierde verdieping, Sectie L, die niet in Washington waren tijdens de week van Costa Brava. Toen hij klaar was lag er op ieders gezicht pijnlijke frustatie te lezen. Bij niemand meer dan bij president Charles Berquist. Hij boog zich voorover over de tafel, zijn grove, Scandinavische gelaat vertoonde zorgelijke rimpels, zijn intelligente ogen stonden woedend.
'Je was er zo zeker van, vanmorgen,' zei hij. 'Je zei me dat er vijf werden vermist, vijf van wie de afwezigheid niet te verklaren viel. Wat is er gebeurd?'
'Ik had het bij het verkeerde eind, meneer de president.'
'Godverdomme, ik had iets anders willen horen.'
'King Richard wilde het ook niet horen toen Richmond aan land kwam,' zei Addison Brooks zachtjes. 'Hij sloeg de gezant met het bericht neer.'
Berquist wendde zich tot de ambassadeur en keek naar hem voordat hij antwoordde: 'Richard de Derde had al twee berichten ontvangen die hij voor leugens aanzag. Misschien was het een test voor het derde bericht.'
Brooks schudde zijn hoofd, bewondering in zijn blik. 'U blijft me verbazen, meneer de president.'
'Dat hoeft niet. U hebt voor Truman gewerkt. Hij wist meer over geschiedenis dan alle Commagers en Schlesingers bij elkaar. Ik heb zelf het een en ander gelezen, en dit is tijdverspilling.' Berquist wendde zich weer tot de staatssecretaris van buitenlandse zaken. 'Wie waren die vijf?'
'De vrouw die een operatie onderging. Het was een abortus. Haar man is jurist en is al verschillende maanden betrokken bij een langdurig proces in Den Haag. Ze hebben elkaar al die tijd niet gezien. Het beeld was vrij duidelijk.'
'Hoe kon u zelfs maar denken aan een vrouw?' wilde Halyard weten. 'Ik wil niet met twee maten meten, maar als het een vrouw was, dan hadden we dat toch ergens gemerkt.'

'Niet als zij – via Moskou – de leiding had over mannen. Ik was in feite erg geïnteresseerd toen haar naam opdook. Ik dacht mijn god, dat is perfect. Maar dat was het niet.'
'Hou het maar op die operatie en zeg dat tegen iedereen met wie je gesproken hebt. Wie waren de anderen?'
'De twee attachés aan onze ambassade in Mexico. Ze waren teruggeroepen om instructies te krijgen over een veranderde politiek en keerden pas op vijf januari in Mexico City terug.'
'Verklaring?' vroeg de president.
'Verlof. Ze zijn ieder hun eigen weg gegaan, ieder met hun gezinnen. De ene naar een skihut in Vermont, de andere naar de Caribische Zee. Betalingen via hun creditcards hebben alles bevestigd.'
'Wie nog meer?' drong Berquist aan.
'Arthur Pierce.'
'Pierce?' kwam de militair verbaasd tussenbeide. 'Die vent die nu bij de VN zit?'
'Ja, generaal.'
'Daarover had ik u wel gerust kunnen stellen. Addison hier ook.'
'Matthias ook,' stemde Bradford in. 'Ik ken niemand op BZ die langer dan hij rechtstreeks toegang had tot Matthias. Hij benoemde Pierce bij de VN met de voor de hand liggende bedoeling om hem voor te stellen voor een post als ambassadeur.'
'Als ik je even mag corrigeren,' zei Berquist, 'ik heb hem benoemd nadat Matthias hem aan ons had gegeven en hem toen weer weghaalde. Hij heeft hier verleden jaar een paar maanden gewerkt in de *National Security Council* totdat de grote man beweerde dat hij hem nodig had in New York.'
'En het is bovendien een man met een nog betere staat van dienst dan ik,' riep de militair uit. 'Ik wilde hem in het leger houden; hij was te goed om kwijt te raken. Hij hield evenmin van die rotzooi in Zuidoost-Azië als ik, maar zijn staat van dienst was even goed als die van mij... Eerlijk gezegd, een stuk beter.'
Addison Brooks ging recht zitten in zijn stoel. 'Ik ken Pierce. Hij werd onder mijn aandacht gebracht door een BZ-functionaris van de oude stempel. Ik geloof dat ik even verantwoordelijk ben als wie dan ook dat hij op BZ binnenkwam. Naar mijn weten een boerenjongen uit Iowa; briljante staat van

dienst op de universiteit, alles op een beurs. Hij was een van de weinigen in die tijd die werkelijk van schoenpoetser tot miljonair werden. Althans, hij werd misschien niet letterlijk miljonair, maar hij kreeg veel invloed. Een tiental van de grootste bedrijven in het hele land zat achter hem aan, plus Rand en Brookings. Ik gebruikte praktische en overtuigende argumenten. Ik maakte hem duidelijk dat, nog afgezien van patriottisme, een periode bij Buitenlandse Zaken zijn marktwaarde alleen maar kon vergroten. Hij is uiteraard nog tamelijk jong; als hij de regering verlaat, kan hij zelf bepalen hoeveel hij wil gaan verdienen. Hij is het schoolvoorbeeld van het Amerikaanse succesverhaal; hoe kom je in hemelsnaam op een band met Moskou?'

'Ik heb alles zo objectief mogelijk bekeken, speciaal in dit geval. Arthur Pierce is een vriend van me... en ik heb er niet zoveel. Ik beschouw hem als een van de meest briljante mensen die we hebben op BZ. Maar ondanks onze vriendschap ging ik af op de rapporten die ik kreeg. Tussen haakjes: alleen ik. Niet mijn secretaresse, niet een of andere assistent. Alleen ik.'

'Wat hebt u dan gekregen waardoor u ging denken dat Pierce iets te maken zou kunnen hebben met de Russische inlichtingendienst? Verrek, Amerikaanser dan hij vind je ze niet!'

'Een fout in de boodschappenregisters van de VN. Volgens het eerste rapport zou Pierce in de laatste dagen van december en de eerste dagen van januari – de week van Costa Brava – geen antwoord hebben gegeven op vier verschillende vragen van de Sectie Midden-Oosten. Toen kwamen ze natuurlijk toch te voorschijn – vier antwoorden die je zo zou kunnen overnemen in een handleiding voor de diplomatieke dienst. Iets scherpzinnigers heb ik op dat gebied nog nooit gelezen en ze pasten precies in de besprekingen die op dat moment in de Veiligheidsraad aan de gang waren. Ze werden in feite gebruikt om een bijzonder agressief voorstel van de Russen te blokkeren.'

'De fout in de registers vormde de verklaring?' vroeg Brooks.

'Dat is het krankzinnige. Er is altijd een verklaring, vervolgens een bevestiging van een verklaring. Er gaan zoveel boodschappen in en uit dat zo'n twintig procent niet op zijn plaats komt. De antwoorden van Pierce hadden er al die tijd gelegen.'

'Wie is de laatste man?' Berquist gaf het zomaar niet op. Uit zijn ogen bleek dat hij de gewijzigde bevindingen niet zonder

meer kon accepteren; vertwijfeling joeg hem op.
'Eentje van wie ik zo overtuigd was dat hij misschien de mol was dat ik hem bijna heb laten inrekenen door de veiligheidsmensen van de geheime dienst van het Witte Huis. De hemel zij dank dat ik het niet heb gedaan; hij is wispelturig; een herrieschopper.'
'Wie?'
'Nikolai Sitmarin. Geboren en getogen in Leningrad, zijn ouders waren tientallen jaren geleden al dissidenten. Hij is de meest deskundige analist van BZ voor wat betreft binnenlandse zaken in de Sovjetunie. Zijn analyses zijn voor gemiddeld zeventig procent juist gebleken. Hij is daarvoor een ideale man en in zijn geval dacht ik... hoe zou Moskou beter een mol in de grond kunnen stoppen? Een achttienjarige zoon van immigranten, dissidenten die een visum kregen voor familiebezoek toen die verdomd moeilijk te krijgen waren.'
'Is Sitmarin een jood?' vroeg de generaal.
'Nee, maar ik geloof dat de meeste mensen denken dat hij dat is; naar mijn mening maakte dat zijn dekmantel nog aannemelijker. Dissident-zijn in Rusland is niet voorbehouden aan Russische joden, al lijkt iedereen dat wel zo'n beetje te denken. Er is ook nogal veel over hem geschreven in de media... een *Wunderkind* van dertig jaar dat bezig is met een persoonlijke wraakoefening. Het leek allemaal zo logisch in elkaar te zitten, zo kloppend.'
'Wat waren de omstandigheden?' De president sprak zijn woorden bijtend, zijn vaste voornemen om achter de waarheid te komen klonk er in door.
'Ook alweer een afwezigheid zonder verklaring. Hij is vanaf het midden van de kerstweek tot acht januari niet op zijn kantoor geweest. Hij was helemaal niet in Washington en er lag nergens een afspraak vast waardoor hij niet hier kon zijn. Ik heb een tijdstudieman laten bellen met zijn sectiechef; de verklaring werd gegeven.'
'En die was?' drong Berquist aan.
'Hij had bijzonder verlof gekregen. Sitmarins moeder lag ernstig ziek in Chicago.'
'Een ziekte die verrekte mooi uitkwam, nietwaar?'
'Ze was zo ziek dat ze bijna stierf. Het is bevestigd door het Cook County General-Hospital.'
'Maar ze is niet gestorven,' kwam Brooks tussenbeide.

'Ik heb persoonlijk gesproken met de dienstdoende arts en hij had een heel duidelijk idee hoe belangrijk mijn vraag was. Hij heeft de dossiers aangehaald.'
'Laat ze naar je opsturen,' beval de president. 'Er zijn te veel verklaringen; eentje ervan moet gelogen zijn.'
'Dat ben ik met u eens, maar welke?' voegde Bradford eraan toe. 'Niet alleen deze vijf, maar alle negentien. Iemand die denkt dat hij – of zij – een meerdere een onschuldig genoegen doet, verbergt "Dubbelzinnigheid" voor ons, beschermt een mol. Wat genoteerd staat als een paar dagen extra skiën of Caribische Zee of in de koffer kruipen... neem me niet kwalijk.'
'Och, verrek nogantoe. Ga maar terug en pluis elke verklaring uit die je hebt gekregen. Zie dat je er eentje vindt die niet overeind blijft.'
'Een waarin iets niet klopt,' voegde de ambassadeur eraan toe. 'Vergaderingen die niet gehouden zijn, een uitgestelde conferentie, creditcard-rekeningen met twijfelachtige handtekeningen, een doodzieke vrouw die een valse naam gekregen kan hebben.'
'Dat duurt wel even,' zei de staatssecretaris.
'Je hebt een heleboel voor elkaar gekregen in iets meer dan twaalf uur,' vervolgde Berquist meevoelend. 'Nogmaals, mijn complimenten. En je kunt altijd onder geheimhouding terugvallen op mij om in handen te krijgen wat je nodig hebt, alles wat je nodig hebt. Gebruik het. Zoek die mol.' Berquist schudde vertwijfeld zijn hoofd. 'Hij en wij rennen samen achter een waanzinnige aan die we Parsifal noemen. Als de Russen hem het eerst bereiken dan kan dit land zijn buitenlandse politiek wel op de mesthoop gooien. En als Parsifal in paniek raakt maakt het helemaal niks meer uit. De president legde zijn handen op de tafel. 'Is er verder nog iets? Ik laat twee nieuwsgierige senatoren wachten en het is er de tijd niet naar om dat te doen. Ze zitten in het comité voor buitenlandse betrekkingen en ik voel in mijn botten dat ze lucht hebben gekregen van Matthias.' Berquist zweeg; hij stond op en keek naar Bradford. 'Stel me maar weer eens gerust. Iedereen op Pooles Eiland is betrouwbaar.'
'Jawel, meneer. Iedereen is tot op de nagels van zijn vingers onderzocht en ondervraagd en niemand komt er van het eiland af, zolang als het duurt.'

'Ook daaraan komt een einde,' zei Addison Brooks. 'Hoe lang zal het duren? Het is een onnatuurlijke toestand.'
'We leven onder onnatuurlijke omstandigheden,' kwam generaal Halyard tussenbeide. 'De patrouilles zijn bewapend, het is daar een fort.'
'Bewapend?' De president zei het zacht, diep bezorgd als hij was. 'Natuurlijk zijn ze bewapend. Waanzinnig!'
'Hoe zit het met Havelock?' vroeg de staatsman. 'Is daar iets over bekend?'
'Nee,' antwoordde de opperbevelhebber, terwijl hij wegliep van de tafel naar de deur. 'Bel me later maar, meneer de staatssecretaris,' zei hij zonder nadere uitleg. 'Bel me maar om drie uur.'

De sneeuwbui bestond uit stuifsneeuw, niet dicht. De vlokken stuiterden van de voorruit, minuscule witte vlokjes die op het glas afstoven en zonder geluid de ruimte in botsten, als duizenden miniatuurasteroïden die door de ruimte zwierven. Havelock was het bord een paar minuten geleden gepasseerd, de letters waren opgelicht in de bundel van de koplampen.

MASON FALLS
5 KILOMETER

Zijn handen omknelden het stuur van de huurauto en hij probeerde met alle macht om niet te schreeuwen van opluchting en angst. In New York had hij een kaart van Pennsylvania gekocht in een boekwinkel in Morningside Heights, had daarop Mason Falls gevonden en beseft dat zijn enige kans lag in een binnenlandse vlucht naar Pittsburg. Hij had zijn rekening betaald in het *King's Arms Hotel* en was opgelucht geweest toen hij een andere receptionist trof; daarna had hij een taxi genomen naar het vliegveld La Guardia. Hij maakte zich toen geen zorgen meer over verder schaduwen door de Russen. De Rus die hij te pakken had genomen had ongetwijfeld gemeld dat hij was aangekomen, maar zelfs als hij dat niet had gedaan – hij zou maar schoorvoetend zijn vernedering en het verlies van zijn wapen melden – dan nog was La Guardia geen internationale luchthaven. Diplomatieke staf vertrok vandaar niet naar buitenlandse bestemmingen.
Hij had nog net een plaatsje kunnen krijgen op een vlucht van

Allegheny's, het toestel van 19.56 u., had Pittsburg bereikt tegen kwart over negen en reed een halfuur later over Route 51, in zuidelijke richting door lange stukken donker landschap.

MASON FALLS
GESTICHT 1858

Door de warrelende wolken sneeuw – nu dichter, voller – kon Michael het schijnsel zien van een rode neonreclame voor zich uit aan de rechterkant. Hij kwam dichterbij en minderde vaart terwijl hij de letters las: zijn speurtocht begon iets absurds te krijgen.

HARRY'S BAR

Ofwel iemand langs de oevers van de Monongahela had gevoel voor humor, of er was een man die Harry heette en die niet wist hoe ver hij verwijderd was van Parijs. Of misschien wist hij dat juist wel.

Hij wist het kennelijk. Binnen hingen er vergeelde vergrotingen uit de Tweede Wereldoorlog aan de muren met afbeeldingen van Parijs, en op verschillende was een soldaat te zien die voor de deur stond van *Harry's Bar* op de *rive gauche*. De tent was rustiek ingericht; het dikke hout zag dof door gebruik en was kennelijk nooit gepolitoerd, het drinkgerei was van dik glas en de barkrukken hadden hoge rugleuningen. In de hoek stond een jukebox die country-muziek over de vijf of zes verveelde klanten aan de bar uitblèrde. Hun kleding was in overeenstemming met de omgeving: allemaal mannen, veel roodgeruite flanellen hemden, brede ribbroeken en halfhoge laarzen zoals op het veld en in de schuur gedragen worden. Het waren boeren en boerenknechten; dat had hij kunnen opmaken uit de pickup-wagens buiten, maar vanwege de snijdende wind had hij daar niet bij stilgestaan – en door het feit dat hij in Mason Falls, Pennsylvania was. Hij keek rond of hij een telefoon zag; die hing aan de muur op de plek waar je hem kon verwachten, twee meter van de jukebox.

Daarover maakte hij zich niet ongerust, wel over het feit dat er geen telefoonboek bij lag; hij moest een adres hebben. Er was op La Guardia geen tijd geweest om het juiste boek voor Mason Falls op te zoeken en omdat Pittsburg een internatio-

nale luchthaven was wilde hij daar zo snel mogelijk vandaan komen zonder rond te zwerven door de aankomsthal. Hij liep naar de bar, ging tussen twee lege krukken staan en wachtte tot de knorrig kijkende Harry-op-leeftijd hem zou bedienen.
'Zeg het maar?'
'Scotch met ijs en een telefoonboek als u dat hebt, alstublieft.'
De eigenaar bekeek Havelock even. 'Ik krijg niet zoveel vraag naar Schotse whisky. Hij is niet zo best.'
'Ik weet waarschijnlijk niet eens hoe de beste smaakt.'
'Het is jouw keel.' Harry stak zijn hand naar rechts onder de bar, maar in plaats van een glas met ijs haalde hij een dun telefoonboek te voorschijn dat hij voor Michael neerlegde. Toen liep hij naar links, naar een rij flessen op een verlicht schap. Havelock bladerde snel de pagina's door en zijn wijsvinger kroop langs de rij met k's omlaag.
Kohoutek, Janos Postbus 3
Godverdomme!
Postbus 3 kon overal wel zijn in Mason Falls waar weliswaar maar weinig mensen woonden, maar dat een behoorlijk groot gebied besloeg. Bunders en bunders akkerland, kronkelende weggetjes die zich door het landschap slingerden. En het nummer bellen betekende dat hij hen zou alarmeren; als er speciale codewoorden waren, dan kende hij die niet en alles goed beschouwd zouden er zeker wel codewoorden zijn. Het noemen van Jacob Handelman zou uitlopen op een telefoontje om bevestiging naar New York. De telefoon van de dode tussenpersoon zou pas weer worden opgenomen als hij gevonden was, wellicht in de ochtend, het kon ook nog wel dagen duren.
'Alsjeblieft,' zei Harry en hij zette het glas op de bar.
'Kent u misschien een man die Kohoutek heet?' vroeg Havelock zacht.
'Janos Kohoutek?'
De eigenaar fronste zijn wenkbrauwen in oppervlakkig nadenken. 'De naam ken ik, maar hem niet. Hij is een van die buitenlanders die wat land hebben aan de westkant.'
'Zou u misschien weten waar... aan de westkant?'
'Nee. Staat dat daar niet in?' Harry gebaarde naar het telefoonboek.
'Daar staat alleen een postnummer in.'
'Verrek, bel hem dan op.'

'Liever niet... Zoals u al zei is hij een buitenlander; hij verstaat me misschien niet via de telefoon.'
'Hé, stelletje klootzakken!' schreeuwde Harry boven de schelle muziek van de jukebox uit. 'Kent iemand van jullie klootzakken een vent die Kohoutek heet?'
'Buitenlander,' zei er eentje in een rood geruit overhemd.
'Hij heeft meer dan veertig bunder aan de westkant,' voegde een kerel met een jachthoedje die wat verderop zat eraan toe. 'Klotebuitenlanders met hun subsidie kunnen zich dat permitteren. Wij niet.'
'Weet u misschien waar het is?' vroeg Havelock.
'Het is ofwel in Chamberlain of in Youngfield, misschien Fourforks, ik weet niet precies waar. Staat het niet in dat boek?'
'Nee, alleen maar een postbusnummer. Nummer drie.'
'Nummer drie,' zei een andere klant, deze keer eentje met een stoppelbaard en waterige oogjes. 'Die ligt op de route van Davey Hooker. Hij is postbode en die klootzak stopt ze geld toe. Kreeg dat baantje door zijn oom, de smerige dief.'
'Weet u misschien hoe die route loopt?'
'Jazeker. Fourforks Pike. Loopt recht naar het westen, anderhalve kilometer vanaf het station dat langs Route 51 ligt.'
'Erg bedankt.' Michael bracht het glas aan zijn lippen en dronk. Het was niet alleen niet zo lekker, het was zelfs geen Schotse whisky. Hij stak zijn hand in zijn zak, haalde zijn geld te voorschijn en legde twee dollar op de bar. 'Nogmaals bedankt,' zei hij tegen de eigenaar.
'Het is maar zestig cent,' zei Harry.
'Vanwege de goeie ouwe tijd,' antwoordde Havelock. 'Vanwege die andere tent in Parijs.'
'Hé, ben jij daar geweest?'
'Een paar keer.'
'Waarom heb je me dat niet gezegd! Dan zou je nog fatsoenlijke whisky hebben gekregen ook. Ik zal je eens vertellen, in '45 gingen ik en...'
'Het spijt me echt, maar ik heb geen tijd meer.'
Michael liep weg van de bar in de richting van de deur. Hij zag niet dat er aan de andere kant van het vertrek een man van zijn kruk gleed en naar de telefoon liep.

Fourforks Pike was een eindeloos achterafweggetje met wijde bochten, op minder dan anderhalve kilometer ten westen van het oude spoorwegstation. De eerste postbus droeg het nummer 5; hij was rechts van de weg stevig in de grond verankerd en duidelijk zichtbaar door de sneeuw in het licht van zijn koplampen. De volgende bus zou hij echter gemist hebben als hij niet plotseling een opening tussen de bladeren gezien had; het was een smal zandpad aan zijn linkerhand, en de postbus was vanaf de weg niet te zien. Het was nummer 7, in tegenstelling tot de regel die zei dat even en oneven nummers aan tegengestelde zijden van de weg lagen. Hij zou langzamer moeten rijden en beter opletten.

De volgende drie bussen stonden binnen een kilometer afstand, op nummer. De laatste was nummer 10, en daarna volgde een splitsing in de weg – de eerste van de vier. Hij nam de meest rechte lijn, de rechtse aftakking. Nummer 11 volgde pas na meer dan twee kilometer; toen hij hem zag, sloot hij even zijn ogen van pure opluchting. Even had hij gedacht dat hij de verkeerde aftakking genomen had. Hij drukte zijn voet op het gaspedaal. Zijn mond was droog, de spieren in zijn gezicht strak, en ingespannen keek hij om zich heen.

De weg was eindeloos lang, en het leek nog erger door de neerdwarrelende sneeuw tegen de voorruit, maar het ergst was het wachten totdat nummer 3 eindelijk in zicht kwam. Hij reed door een schijnbaar eindeloos gebied van vlakke, effen grond, voor zover hij kon vaststellen begrensd door weiden of akkers. Nergens huizen of lichten te bekennen. Was hij er al voorbij gereden? Werd zijn uitzicht zo belemmerd door dat geluidloze bombardement van gewichtloze, witte deeltjes dat hij de brievenbus voorbij was gereden zonder hem op te merken? Lag er links of rechts van hem een weg die hij niet had gezien, een metalen bus achter de berm, misschien ondergesneeuwd? Dat was niet logisch; de sneeuw was dichter, maar nog niet te dicht, en de wind was zo krachtig dat de sneeuw zich niet ophoopte.

Daar was het! Aan de rechterkant. Een grote, zwarte brievenbus, in de vorm van een miniatuur, halfronde golfplaten hut, de overdekte opening breed genoeg voor pakjes. Het nummer, 3, was erop geschilderd, dik, wit en geëmailleerd, zodat het licht erin weerkaatste. Havelock minderde vaart en tuurde door het raampje; ook dit keer waren er verderop geen lichten zichtbaar, geen enkel teken van leven. Alleen iets wat eruit zag als een lange weg die leek te verdwijnen in een muur van

bomen in de duisternis verderop.
Hij reed verder en zijn ogen spanden zich nog steeds in, deze keer op zoek naar iets anders, iets opvallends. Hij hoopte alleen dat het gauw zou zijn. En een paar honderd meter na nummer 3 vond hij iets wat er redelijk op leek. Niet ideaal, maar met de sneeuw wel bruikbaar. Het was een wal van dooreengegroeid struikgewas dat naar de rand van de weg was toegekropen, het einde van een akkergrens, of een grenslijn die aangaf dat niemand er aanspraak op maakte. Hoe dan ook, het was bruikbaar.
Hij reed de huurauto de berm in, tussen de bosjes en het hoge gras. Hij doofde zijn koplampen en maakte zijn koffertje open op de voorbank. Hij verzamelde alles wat hij aan identificatie bij zich had en schoof het in het elastische vak achterin; hij haalde er een zware, met loodverf bewerkte plastic zak uit die ongevoelig was voor röntgenstralen en die vaak werd gebruikt voor het vervoeren van belichte films. Hij vouwde hem open en haalde het Llamapistool eruit; het magazijn zat vol. Tenslotte zocht hij in het koffertje naar het vismes dat hij had gebruikt op het gezicht van de leugenaar bij Col des Moulinettes; het zat in een schede van dun leer waaraan een metalen klem zat. Onhandig trok hij de zijkanten van zijn overjas omhoog en schoof het mes helemaal naar achteren tot hij het vast kon zetten aan zijn riem, onder aan zijn ruggegraat. Hij hoopte dat hij geen van beide wapens nodig zou hebben; woorden genoten veruit de voorkeur, waren vaak veel effectiever.
Hij stapte uit de wagen, sloot hem af, duwde de besneeuwde takken langs de zijkanten omhoog en begon Fourforks Pike af te lopen in de richting van postbus 3, Mason Falls, Pennsylvania.
Hij sloeg de smalle weg in die verderop leek te verdwijnen in een muur van duisternis, en na een kleine tien meter lopen bleef hij staan. Of het nu de jaren waren die hij had doorgebracht met het instinctmatig bestuderen van vreemd terrein – zich ervan bewust dat een onbekend pad bij duisternis dodelijke verrassingen kon verbergen, of de wind die van de velden woei en die hem ertoe bracht zijn hoofd schuin naar beneden te houden, dat kon hij niet zeggen. Hij was alleen dankbaar dat hij het zag. Een minuscuul, groenachtig puntje licht aan zijn rechterkant, zowat zes decimeter boven de met

plekken sneeuw bedekte grond. Het leek in de lucht te zweven maar hij wist dat dat niet zo was. In plaats daarvan zat het met draad verbonden aan een dunne, zwart metalen buis die voor de stevigheid minstens een halve meter in de grond zat verankerd. Het was een foto-elektrische cel. Het andere deel stond aan de overkant van de weg, terwijl een onzichtbare lichtstraal de duisternis overspande en beide polen verbond. Alles wat die straal doorbrak, langer dan een seconde, of met een gewicht van meer dan vijftig pond zou ergens een alarm doen afgaan. Kleine dieren konden dat niet; auto's en mensen ontsnapten er nooit aan. Michael zette voorzichtig een paar passen naar rechts door het koude, natte struikgewas en liep langs het instrument. Hij bleef opnieuw staan aan de rand van het dooreengegroeide struikgewas en merkte dat er een trillende witte lijn parallel liep aan zijn schouders; plotseling wist hij dat hier weer een hindernis lag. Het was een omheining van prikkeldraad die langs een aangrenzende akker liep; sneeuwvlokjes bleven kort aan de stekels hangen voordat ze weggeblazen werden. Die had hij niet gezien toen hij de zijweg was ingelopen die door postbus 3 was aangegeven; hij keek achter zich en begreep het. Het prikkeldraad begon pas daar waar het struikgewas dicht genoeg was om hem te verbergen. En dat betekende dat hij nog iets doorhad: voldoende druk tegen de dichtopeenlopende draden zou nog meer alarminstallaties doen afgaan. Janos Kohoutek was erg op zijn veiligheid gesteld. Gezien zijn locatie en omdat hij beschikte over mensen die hem waarschuwden, betaalde hij voor het beste dat er te krijgen was.
Dit was dus het pad, dacht Havelock. Tussen het groene waarschuwingslichtje en het prikkeldraadhek op schouderhoogte. Want als er één fotocel-alarminstallatie was dan zouden er langs de weg nog meer zijn; men moest er bij een dergelijke technologie altijd rekening mee houden dat het onklaar kon raken. Hij vroeg zich af hoe lang 'de weg' was; hij kon vrijwel niets anders zien dan struikgewas en duisternis en dwarrelende sneeuw voor hem. Hij begon zich een weg te duwen – letterlijk duwen – door het dichte kreupelhout en de ineengegroeide takken, die zich bogen onder de druk van zijn handen, terwijl zijn ogen strak gericht bleven op de grond, zoekend naar kleine puntjes, spookachtig groen licht.
Hij liep er nog drie, zelfs vier voorbij, elk op ongeveer vijf-

enzeventig tot honderd meter van elkaar. Hij kwam aan de muur van hoge bomen en het hek werd hoger, alsof het meegroeide met de natuur in de omgeving. Hij was nu doorweekt, zijn gezicht was koud en zijn wenkbrauwen waren bevroren, maar het voortbewegen ging gemakkelijker tussen de hoge stammen, die wel op willekeurige afstand van elkaar geplant leken maar die toch een zichtbare muur vormden. Plotseling besefte hij dat hij naar beneden liep, afdaalde, nu hij het gewicht voelde drukken in zijn knieschijven en op de ballen van zijn voeten. Hij keek over de weg; daar was de helling steiler, het geschakeerde oppervlak van aarde en sneeuw was niet meer te zien. Er kwam een open plek tussen de bomen. Het smalle, afhellende pad dat hij moest nemen was nog overwoekerd met kreupelhout, het hoge gras en de wildgroeiende bosjes bogen zich onder de kracht van de wind en waren met wit rijp afgezet.

En toen lag er onder hem uitgespreid een beeld dat hem zowel biologeerde als verontrustte... net als de eerste blik op Jacob Handelman hem zowel gehypnotiseerd als ontsteld had. Hij stortte zich naar voren door het dichte struikgewas, viel een paar keer in de koude, prikkende bosjes terwijl zijn ogen gericht bleven op de vlakke grond beneden, op dat verbijsterende dat hij daar beneden zag.

Op het eerste gezicht zag het eruit als een gewone boerderij: diep tussen de velden verborgen, van voren beschermd door oplopende weidegrond, aan de achterkant door eindeloze bossen. Er lagen wat gebouwen in een groepje bijeen, van solide, simpel, zwaar hout, gebouwd voor strenge winters; de lichten in verschillende vensters trilden achter het gordijn van sneeuw. Ze konden bestaan uit een woonhuis en verschillende schuren, een silo, gereedschapsketen en afdakken voor tractoren, ploegen en oogstmachines. Dat alles waren ze, dacht Havelock, maar ze waren ook meer. Veel meer.

Het begon al met de poort aan het einde van de aflopende weg. Hij was onopvallend opgehangen in een staketsel van ijzeren buizen. Het gaaswerk was gewoon gaaswerk, maar het was hoger dan het moest zijn, hoger dan normaal was voor de ingang naar een gewone boerderij. Niet zoveel hoger dat het direct opviel; alleen maar hoger dan noodzakelijk leek – alsof de bouwer een kleine vergissing had begaan met het opgeven van de hoogte en besloten had het verder maar zo te laten. Dan was er het hek dat aan weerszijden van de onopvallende poort begon; ook dat zag er wat vreemd uit, op de een of andere manier scheef, ook al hoger dan het moest zijn om alleen maar de grazende dieren buiten te houden op het weiland dat ervoor lag. Was het alleen de hoogte? Het was niet hoger dan iets meer dan twee meter, schatte Michael terwijl hij dichterbij kwam; van bovenaf had het veel lager geleken, ook daaraan was niets opvallends... maar op de een of andere manier was het niet zoals het hoorde te zijn. En toen besefte hij wat het was, waarom het woord scheef bij hem was opgekomen. De bovenkant van het prikkeldraad was in een hoek naar binnen gebogen. Dat hek was niet bedoeld om dieren te belemmeren erin te komen, het was ontworpen om te voorkomen dat mensen eruit zouden breken!

De silo! De verblindende bundel van een zoeklicht flitste plotseling uit het bovenste deel van de silo! Hij begon rond te zwaaien... in zijn richting!

Dit waren de jaren tachtig, maar hij stond voor een afschuwelijk spookbeeld, een symbool van menselijke slachtpartijen dat veertig jaar terugging. Het was een *Konzentrationslager*. Een concentratiekamp!

'We vroegen ons al af hoe lang u erover zou doen,' zei een stem achter hem.

Hij draaide zich bliksemsnel om en stak zijn hand uit naar zijn wapen. Het was te laat.

Krachtige armen grepen hem om zijn nek en bogen hem achterover, terwijl een paar handen een zachte, natte, scherp ruikende doek in zijn gezicht duwden.

De bundel van het zoeklicht concentreerde zich op hem. Hij kon het zien, voelen. Zijn voorhoofd was ijskoud van de sneeuw, zijn neus die brandde in een prikkelend, aromatisch vuur. Toen heerste er duisternis en kon hij niets meer zien of voelen.

21

Hij voelde de warmte het eerst, geen prettige warmte, gewoon het tegengestelde van kou. Hij opende zijn ogen en zag enkel vage vormen die langzaam scherper werden, terwijl hij zich tegelijkertijd bewust werd van de misselijke smaak in zijn keel

en het prikkelen van zijn gezicht. Overblijfselen van de bijtende geur hingen nog in zijn neus, ze hadden hem verdoofd met pure ethylether.
Hij zag vlammen, brandende houtblokken achter een met zwart omzoomd haardscherm en de stenen daaromheen waren verwerkt in een grote rechthoek die de haard vormde. Hij lag op de grond voor de haard van leisteen, zonder overjas, terwijl hij zijn kleren oncomfortabel voelde drogen op zijn huid. Maar een deel van het ongemak zat onder in zijn rug; het vismes zat nog op zijn plaats en de leren schede schuurde langs zijn huid. Hij was dankbaar voor het ongemak.
Hij rolde zich langzaam op zijn zij, centimeter voor centimeter, met halfdichte ogen die alles opnamen wat ze konden in het licht van het vuur en verschillende schemerlampen. Hij hoorde het gedempte geluid van stemmen; twee mannen zaten rustig met elkaar te praten achter een gewone, bruine sofa aan de andere kant van de kamer; ze stonden in de hal. Ze hadden niet gezien dat hij zich bewoog, maar ze waren zijn bewakers. De kamer zelf was in overeenstemming met de rustieke gebouwen buiten – stevig, functioneel meubilair, dikke gevlochten lompe matten die overal verspreid lagen over een brede balkenvloer, ramen die waren afgezet met roodgeruite gordijntjes.
Het was een eenvoudige woonkamer in een boerderij, niets meer en niets minder, en er was niets wat een bezoeker zou opvallen, dat hem zou kunnen doen denken dat dit iets anders was... of ergens anders. De kamer was Spartaans, meer niet, alsof zij de zorg van een vrouw miste, het geredder van een boerin die alles wat meer bewoonbaar maakte.
Michael manoeuvreerde voorzichtig zodat hij op zijn horloge kon kijken. Het was één uur 's nachts; hij was bijna drie kwartier bewusteloos geweest.
'Hé, hij is bijgekomen!' riep een van de mannen uit.
'Ga meneer Kohoutek halen,' zei de ander terwijl hij door de kamer heen op Havelock afliep. Hij liep om de sofa heen en bleef staan waar hij stond, stak zijn hand onder zijn leren jack en haalde er een pistool onderuit. Hij glimlachte; het wapen was de Spaanse Llama, dat vanaf een mistige pier in Civitavecchia, via de Palatijn en Col des Moulinettes, was beland in Mason Falls, Pennsylvania.
'Da's een mooi schietijzer, meneer-Zonder-naam. Zo eentje heb

ik in jaren niet meer gezien. Bedankt.'
Michael stond op het punt te antwoorden, maar dat werd verhinderd door het dreunend binnenstappen van nog een man die vanuit de hal naar binnen liep met een glas dampende vloeistof in zijn hand.
'Je bent vrij slordig met je spullen,' bulderde Janos Kohoutek. 'Pas maar op, anders kom je nog met blote voeten in de sneeuw te lopen.' *Nie shodz sniegu bez buttow.*
Het accent van Kohoutek stamde uit de Karpaten, ten zuiden van Otrokovice, en de woorden die betrekking hadden op blote voeten in de sneeuw vormden een deel van een Tsjechisch-Moravische berisping voor niksnutten die hun brood noch hun kleren konden verdienen. *Als je wilt weten wat kou is, loop dan maar eens op blote voeten door de sneeuw.*
Kohoutek liep om de bewaker heen en was nu helemaal te zien. Hij was een beer van een kerel en zijn openstaande hemd benadrukte de breedte van zijn nek en zijn borst, de strakstaande stof liet zien hoe breed zijn zware schouders waren; hij had een voorkomen dat nog niet door leeftijd was aangetast. Hij was niet groot, maar hij was breed; een beer uit de bergen en de enige aanduiding van zijn jaren lag in zijn gezicht – meer wang dan gezicht – zwaar doorgroefd, diepliggende ogen, een nog gave huid ondanks meer dan zestig jaar zwaar leven. De hete, donkerbruine vloeistof in het glas was thee – zwarte Karpatische thee – en het glas werd vastgehouden door een man die Tsjech was van geboorte maar Moravisch gezind.
'Daar hebben we dus onze indringer!' bulderde hij, terwijl hij op Havelock neerkeek. 'Een man met een pistool maar zonder identificatie – niet eens een rijbewijs of een creditcard of een portefeuille waarin je zulke zaken meedraagt – die valt mijn boerderij aan als een commando! Wie is die nachtelijke insluiper? Wat heeft hij hier te zoeken? Hoe heet hij?'
'Havlíček,' zei Michael met zachte, norse stem en hij sprak de naam uit in een dialect dat leek op het Moravisch. 'Mikhail Havlíček.'
'*Esk?*'
'*Ano.*'
'*Obchodni?*' schreeuwde Kohoutek, vragend wat Havelock daar te maken had.
'*Má Ìena,*' antwoordde Michael, 'de vrouw'.

'*Co Ìena?*' wilde de oude beer weten.
'Die hier vanmorgen werd gebracht,' vervolgde Havelock in het Tsjechisch.
'Er zijn er vanmorgen twee gebracht! Welke?'
'Lang. Blond haar... toen ik haar voor het laatst zag.'
Kohoutek grijnsde, maar er lag geen humor in. '*Chlipn,*' zei hij met een wellustige blik.
'Haar lichaam interesseert me niet, de informatie die ze heeft wel.' Michael kwam half overeind. 'Mag ik opstaan?'
'*Vìádnim pipad!*' De beer uit de bergen brulde weer terwijl hij naar voren schoot, met zijn rechtervoet schopte en Havelock met zijn laars in zijn keel raakte zodat hij achterover viel tegen de leistenen haard.
'*Proklat!*' schreeuwde Havelock en hij greep naar zijn hals. Het was het juiste moment om kwaad te worden, beginnend met woorden die aandacht trokken. 'Ik heb betaald!' schreeuwde hij in het Tsjechisch. 'Wat maak je me nou?'
'Wat heb je betaald? Om vragen over mij te stellen aan de grote weg? Om midden in de nacht naar mijn huis te sluipen? Om een pistool mijn boerderij binnen te brengen? Ik zal jou eens betalen!'
'Ik heb gedaan wat me gezegd werd.'
'Door wie?'
'Jacob Handelman.'
'Handelman?' Het gehavende vollemaansgezicht van Kohoutek kreeg een verbaasde uitdrukking. 'Jij hebt Handelman betaald? Hij heeft jou gestuurd?'
'Hij zei me dat hij u zou bellen, contact met u zou opnemen,' zei Michael gehaast en hij gebruikte daarbij een waarheid uit Parijs die de tussenpersoon had geloochend in New York; geloochend om er winst uit te halen. 'Ik mocht u onder geen enkele voorwaarde opbellen. Ik moest mijn auto aan de weg laten staan, voorbij uw brievenbus, en de weg aflopen naar uw boerderij.'
'De grote weg? Je hebt vragen over mij gesteld in een café aan de grote weg!'
'Ik wist niet waar Fourforks Pike was. Hoe kon ik dat weten? Had u een man daar? Heeft hij u gebeld?'
De Tsjechische Moraviër schudde zijn hoofd. 'Het doet er niet toe. Een Italiaan met een vrachtwagen. Hij rijdt mijn landbouwprodukten nu en dan.' Kohoutek zweeg; de dreiging keer-

de terug in zijn ogen. 'Maar je bent mijn weg niet afgelopen. Je kwam als een dief, een gewapende dief!'
'Ik ben niet gek, *pritel*. Ik weet wat u hier hebt en ik heb uitgekeken naar alarminstallaties. Ik ben bij de *Podzemni* geweest. Ik heb ze gevonden en daarom was ik voorzichtig. Ik wilde geen honden achter me aan of kerels die op me schoten. Waarom dacht u anders dat ik er zo lang over had gedaan vanaf dat café aan de grote weg?'
'Jij hebt Handelman betaald?'
'Heel behoorlijk. Mag ik opstaan?'
'Kom maar overeind. Ga zitten, zitten!' beval de beer uit de bergen en hij wees naar een laag bankje dat links van de haard stond; zijn uitdrukking was nog verbaasder dan even daarvoor. 'Je hebt hem geld gegeven?'
'Een heleboel. Hij zei dat ik een punt zou bereiken langs de weg van waaraf ik beneden een boerderij kon zien liggen. Iemand zou bij de poort op me wachten en me een teken geven met een zaklantaarn. Ik kon niemand zien, er was niemand bij de poort. Maar het weer is immers zo slecht en daarom ben ik maar naar beneden gelopen.'
Met het dampende glas thee in zijn knuist draaide Kohoutek zich om en liep de kamer door naar een tafel tegen de muur. Er stond een telefoon op; hij zette het glas neer, pakte de hoorn van de haak en begon te draaien.
'Als u Handelman soms gaat bellen...'
'Ik bel Handelman niet,' viel de Tsjech hem in de rede. 'Ik bel Handelman nooit. Ik bel een man die iemand anders belt; die belt de Duitser.'
'U bedoelt de Rabbi?'
Kohoutek hief zijn hoofd op en keek Havelock aan. 'Ja, de Rabbi,' zei hij zonder verder commentaar.
'Nou ja, wie dan ook... er wordt toch niet opgenomen in zijn flat. Dat is alles wat ik u zeggen wilde.'
'Waarom niet?'
'Hij zei tegen me dat hij vertrok naar Boston. Hij houdt een lezing ergens, Brandese of Brandeis of zoiets.'
'Jodenschool,' zei de beer en vervolgens in de hoorn. 'Je spreekt met Janos. Bel New York. Je geeft de naam Havlíček op, heb je dat? Havlíček. Ik wens nadere uitleg.' Hij legde de hoorn neer, pakte zijn thee en liep weer naar de haard. 'Steek dat ding weg!' beval hij de bewaker in het leren jasje die de Lla-

ma opwreef aan zijn mouw. 'Ga in de hal staan.' De man liep weg terwijl Kohoutek naar het vuur ging en tegenover Michael in een rustieke schommelstoel plaatsnam. 'Nu gaan we wachten, Mikhail Havlíček. Het zal niet lang duren, een paar minuten, tien... misschien een kwartier.'

'Ik kan er ook niks aan doen als hij niet thuis is,' zei Havelock met een schouderophalen. 'Ik zou hier niet zijn als we niet tot overeenstemming waren gekomen. Ik zou uw naam niet kennen of weten waar ik u moest zoeken, als hij het me niet had gezegd. Hoe kon ik anders?'

'We zullen zien.'

'Waar is de vrouw?'

'Hier. We hebben verschillende gebouwen,' antwoordde de man uit de Karpaten terwijl hij slokjes van zijn thee nam en langzaam heen en weer schommelde. 'Ze is natuurlijk van streek. Het is niet precies wat ze verwachtte, maar ze zal het wel begrijpen; dat doen ze allemaal. Wij vormen hun enige hoop.'

'Hoe van streek?'

Kohoutek loensde naar hem. 'Je bent geïnteresseerd?'

'Alleen beroepsmatig. Ik moet haar meenemen en ik wil geen moeilijkheden.'

'We zullen zien.'

'Maakt ze het goed?' vroeg Michael, zijn bezorgdheid onderdrukkend.

'Net als een paar anderen – die verstand hebben – raakte ze even buiten zichzelf.' Kohoutek grijnsde en kuchte toen een vals lachje terwijl hij zijn thee dronk. 'We vertelden hoe de regels waren en toen zei zij ons dat ze die niet acceptabel vond. Kun je je dat voorstellen? Niet acceptabel!' De beer bulderde en vervolgde toen met zachte stem: 'Ze zal goed in de gaten worden gehouden en voordat ze de buitenwereld in gaat zal ze het begrijpen. Zoals ze dat allemaal doen.'

'U hoeft zich geen zorgen te maken. Ik neem haar mee.'

'Dat zeg jij.'

'Ik heb betaald.'

Kohoutek boog zich voorover en hield op met schommelen. 'Hoeveel?'

Het was een vraag die de Tsjech al enkele minuten geleden had willen stellen, maar Karpatiërs gaan via omweggetjes te werk, nooit recht op hun doel af. Michael wist dat hij zich op een strak gespannen koord bevond; in New York zou niet

worden opgenomen. Hij stond op het punt te gaan onderhandelen en beide mannen wisten dat.
'Zou u dat niet liever van Handelman horen? Als hij thuis is?'
'Misschien zou ik het liever van jou horen, *pritel*.'
'Hoe weet u dat u mij kunt vertrouwen?'
'Hoe weet ik dat ik de Rabbi kan vertrouwen? Hoe weet jij dat jij hem kunt vertrouwen?'
'Waarom zou ik dat niet kunnen? Ik heb u gevonden, deze boerderij gevonden. Niet op de manier waarop ik het gewild had, maar ik ben er.'
'Je moet wel invloedrijke belangen vertegenwoordigen,' zei Kohoutek, met een snelle wending in het gesprek, zoals mensen uit de bergen dat doen bij onderhandelingen.
'Zo invloedrijk dat ik geen identificatie bij me heb. Maar dat weet u.'
De oude beer begon weer te schommelen. 'Maar mensen met een dergelijke invloed hebben altijd geld.'
'Genoeg.'
'Hoeveel heb je Handelman betaald?' Niets bewoog er meer toen die vraag werd gesteld.
'Twintigduizend Amerikaanse dollars.'
'Twintig...?' Het doorgroefde gezicht van Kohoutek verbleekte enigszins, zijn diepliggende ogen waren nauwelijks te zien tussen de huidplooien. 'Een behoorlijk bedrag, *pritel*.'
'Hij zei dat het redelijk was.' Havelock legde zijn ene been over het andere, zijn vochtige broekspijpen waren verwarmd door het vuur. 'We waren bereid om dat te betalen.'
'Ben je ook bereid om uit te vinden waarom hij me niet heeft gebeld?'
'Met die ingewikkelde regelingen die jullie hebben om contact met elkaar te zoeken verbaast me dat niets. Hij vertrok naar Boston, en als er iemand niet bij een zekere telefoon zat...'
'Er is altijd iemand bij een telefoon; hij is gehandicapt. En jij was onderweg naar een hinderlaag die je je leven had kunnen kosten.'
Michael haalde zijn ene been weer van het andere en keek Kohoutek strak aan. 'De alarminstallaties?'
'Je had het over honden; we hebben honden. Ze vallen enkel aan als ze daar bevel toe krijgen, maar een indringer weet dat niet. Ze sluiten hem in en blijven vals blaffen. Wat zou jij gedaan hebben?'

'Mijn pistool gebruiken natuurlijk.'
'En daarvoor hadden we je neergeknald.'
Beide mannen zwegen. Tenslotte begon Havelock te spreken. 'En de Rabbi heeft twintigduizend dollar waar u niets van af weet en waar ik u niets over kan vertellen.'
'Nou zie je eens.'
'Zou hij u zoiets aandoen... voor twintigduizend dollar?'
De beer uit de bergen begon weer met zijn stoel te schommelen. 'Er zouden andere overwegingen in het spel kunnen zijn. Ik heb hier wat moeilijkheden gehad; niets dat we niet aankunnen, maar dit is een achtergebleven gebied. De mensen worden soms jaloers wanneer je een goedlopende boerderij hebt. Handelman wil me misschien vervangen, hij kan daartoe een reden hebben.'
'Dat begrijp ik niet.'
'Dan zit ik opgescheept met een lijk, een lijk dat toen het nog leefde misschien een telefoontje gepleegd heeft. Misschien heeft hij iemand verteld waar hij heen ging.'
'Je hebt een insluiper neergeschoten, een man met een pistool, die dat pistool waarschijnlijk gebruikt heeft. Je verdedigde je terrein, dat kan niemand je kwalijk nemen.'
'Dat is zo,' beaamde Kohoutek, nog steeds heen en weer schommelend. 'Maar het kan genoeg zijn. De Moraviër is een lastpost, zoiets kunnen we niet hebben. Weg met hem.'
'Weg waarvan?'
De man uit de bergen nam een slokje van zijn thee. 'Je was bereid om twintigduizend dollar uit te geven. Ben je bereid om meer te betalen?'
'Misschien ben ik wel over te halen. We willen die vrouw hebben; ze heeft voor onze vijanden gewerkt.'
'Wie is "we"?'
'Dat ga ik u niet vertellen. U zou er toch niets van begrijpen als ik dat deed.'
Kohoutek haalde zijn forse schouders op. 'Dit is pas de eerste stap voor dit soort mensen... net als dat meisje Corescu.'
'Zo heet ze niet.'
'Daar ben ik zeker van, maar dat gaat mij niet aan. Net als de anderen zal ze tot rust worden gebracht, van hieruit een maand of twee gaan werken en daarna wordt ze ergens anders heen gestuurd. Het zuiden, zuidwesten... het noordelijke deel van het midwesten, waar we haar ook maar onderbren-

gen.' De beer grijnsde. 'De papieren liggen er altijd net aan te komen – nog een maandje, nog één congreslid die betaald moet worden, nog één senator die ingeschakeld moet worden. Na een tijdje zijn het net schapen.'
'Zelfs schapen kunnen in opstand komen.'
'Met welk doel? Voor zichzelf? Om te worden teruggezonden naar de plaats waar ze vandaan kwamen? Naar een vuurpeloton, of een *goelag*, of een sluipmoordenaar in een steegje? Je moet dat begrijpen, deze mensen zijn in paniek. Het is een fantastische zaak!'
'Komen er ooit papieren?'
'O, ja, vaak. Vooral voor de mensen met talent, die behoorlijk kunnen gaan verdienen. De betalingen gaan nog jaren door.'
'Ik zou denken dat er risico's aan vast zitten. Iemand die weigert, iemand die dreigt de zaak aan het licht te brengen.'
'Dan zorgen we voor een ander papier, *pritel*. Een overlijdenscertificaat.'
'Nu mag ik het vragen. Wie is "we"?'
'Nu mag ik antwoorden. Dat ga ik jou niet vertellen.'
'Maar de Rabbi wil u uit deze fantastische zaak verwijderen.'
'Dat is mogelijk.' De telefoon ging over, de bel klonk irriterend luid, werkte op de zenuwen. Kohoutek stond op uit zijn schommelstoel en liep snel de kamer door. 'Misschien horen we het nu,' zei hij, zette zijn glas thee op tafel en pakte de hoorn op, midden in het tweede belsignaal. 'Ja?'
Havelock hield onwillekeurig zijn adem in; er was zoveel mogelijk. Een nieuwsgierige universiteitsatleet die moest zorgen voor het welzijn van zijn huurders... die misschien de hal in was gelopen. Een student met een afspraak. Er waren zoveel... toevalligheden.
'Blijf maar proberen,' zei de man uit de Karpaten.
Michael haalde weer adem.
Kohoutek keerde terug naar de stoel en liet zijn thee op tafel staan. 'De telefoon van Handelman wordt niet opgenomen.'
'Hij zit in Boston.'
'Hoeveel zou je bereid zijn te betalen?'
'Ik draag geen grote bedragen bij me,' antwoordde Havelock, terwijl hij naging hoeveel contanten hij in zijn koffertje had. Bijna zesduizend, meegenomen uit Parijs.
'Je had twintig grote bedragen voor de Rabbi.'

'Dat was tevoren afgesproken. Ik zou u een aanbetaling kunnen geven. Vijfduizend.'
'Aanbetaling op wat?'
'Ik zal open kaart spelen,' zei Michael en hij leunde naar voren op het lage krukje. 'De vrouw is ons vijfendertigduizend waard; dat was het bedrag dat ervoor werd uitgetrokken. Ik heb er twintig uitgegeven.'
'Met vijf, dan zijn er nog tien over,' zei de beer.
'Het ligt in New York. U kunt het morgen krijgen maar ik moet de vrouw vanavond nog spreken. Ik moet haar vanavond meenemen.'
'En op een vliegtuig stappen met mijn tienduizend dollar?'
'Waarom zou ik dat doen? Het is gebudgetteerd en ik bemoei me niet met financiën. Ik heb ook zo'n vermoeden dat u Handelman een aardig bedrag kunt aftroggelen. Een dief die betrapt wordt op diefstal van een dief. U hebt hem nou te pakken; u zou hem erbuiten kunnen zetten.'
Kohoutek lachte zijn bulderende lach. 'Jij komt uit de bergen, esk! Maar wat voor garantie heb ik?'
'Stuur uw beste man maar met ons mee. Ik heb geen wapen; zeg hem maar dat hij mij onder schot moet houden.'
'Door een hele luchthaven heen? Ik ben niet achterlijk.'
'We gaan rijden.'
'Waarom vannacht?'
'Ze verwachten haar vroeg in de ochtend. Ik moet haar naar een man brengen op de hoek van 62nd Street en York Avenue, bij de oprit naar de East River Drive. Hij heeft de rest van het geld. Hij moet haar meenemen naar Kennedy Airport waar regelingen zijn getroffen voor een vlucht met *Aeroflot*. Uw man hoeft niet bang te zijn; ze stapt niet in de auto voordat het geld is betaald. Wat wilt u nog meer?'
Kohoutek schommelde, de loensende blik keerde terug in zijn ogen. 'De Rabbi is een dief. Is de esk dat ook?'
'Waar zit het gat? Kunt u uw beste man niet vertrouwen?'
'Ik ben de beste. Stel dat ik meeging?'
'Waarom niet?'
'Afgesproken! We zullen samen reizen, de vrouw op de achterbank met mij. Een pistool op haar gericht, het andere op jou. Twee pistolen, *pritel!* Waar zijn de vijfduizend dollar?'
'In mijn auto langs de weg. Stuur maar iemand met me mee, maar ik haal het er zelf uit; hij blijft erbuiten. Dat is de voor-

waarde, anders vervalt onze afspraak.'
'Jullie communisten zijn allemaal zo achterdochtig.'
'Dat hebben we in de bergen geleerd.'
'Esk!'
'Waar is de vrouw?'
'In een gebouw daarachter. Ze heeft straks geweigerd te eten, gooide het dienblad naar onze Cubaan. Maar zij heeft koppie koppie; dat is niet altijd gunstig – al brengt het later wel meer geld op. Eerst moeten we haar breken; misschien is de Cubaan daar al mee begonnen. Hij is zo'n hete *macho* met ballen die over de vloer slepen. Hij heeft het liefst grote vrouwen.'
Michael glimlachte; het was de moeilijkste glimlach die hij ooit in zijn leven had opgebracht. 'Zijn er microfoons in de kamers?'
'Waarvoor? Waar gaan zij naartoe? Wat voor plannen kunnen ze alleen uitbroeden? Bovendien zou er kletspraat ontstaan als dat soort zaken geïnstalleerd en onderhouden moesten worden. De installaties op de weg geven al moeilijkheden genoeg; er komt een man uit Cleveland om ze na te kijken.'
'Ik wil haar spreken. Dan wil ik haar hier wegkrijgen.'
'Waarom niet? Zo gauw ik mijn vijfduizend dollar heb gezien.'
Kohoutek hield op met schommelen en schreeuwde in het Engels terwijl hij zich naar links wendde: 'Hé, jij daar? Breng onze gast in de vrachtwagen naar zijn auto. Laat hem rijden en hou hem onder schot!'
Zestien minuten later telde Havelock het geld uit in de handen van de Moraviër.
'Ga maar naar die vrouw, *pritel,*' zei Kohoutek.

Hij stak het omheinde binnenterrein over dat links van de silo lag, de man met de Spaanse Llama liep achter hem.
'Daarginds, naar rechts,' zei de bewaker.
Er stond een schuur aan de rand van het bos, maar het was meer dan een schuur. Er brandden lichten achter verschillende ramen boven de benedenverdieping; er zat een eerste verdieping in. En tegen die lichten staken rechte, zwarte lijnen af; het waren tralies. Wie er ook achter die ramen zat, kon er niet meer uit. Het was een *Baracke – ein Konzentrationslager*.
Michael kon de druk van de leren schede onder tegen zijn ruggegraat voelen; het vismes zat nog op zijn plaats en hij was

dankbaar voor het irriterende gevoel. Hij wist dat hij de bewaker kon overmeesteren en de Llama kon afpakken – even uitglijden op de sneeuw, het ijzig-koude gras inslippen en de man in het leren jasje was dood – maar dat kon nu niet. Later misschien, wanneer Jenna het begreep, wanneer – en als – hij haar had overtuigd. En als hij dat niet kon zouden ze beiden sterven. De ene zou zijn leven verliezen, de ander zou voortleven in een hel die haar zou doden.

Luister naar me! Luister naar me, want wij zijn de enige mensen die hun verstand hebben bewaard! Wat is er met ons gebeurd? Wat hebben ze ons aangedaan?

'Klop maar op de deur,' zei de man achter hem.

Havelock klopte op het hout. Een stem met een Zuidamerikaans accent antwoordde.

'Ja? Wat is er?'

'Openmaken, opdracht van meneer K. Dit is Ryan. Schiet op!'

De deur ging een centimeter of vijf open en door de spleet was een gedrongen man te zien in een bolerojasje en spijkerbroek. Hij keek eerst naar Michael, zag toen de bewaker en trok de deur helemaal open.

'Er heeft niemand gebeld,' zei hij.

'We dachten dat je het misschien druk zou hebben,' zei de man achter Havelock met een vuil lachje in zijn stem.

'Waarmee? Twee zwijnen en een getikte vrouw?'

'Zij is degene die we moeten hebben. Hij moet haar hebben.'

'Dan kan-ie maar beter een *pene* hebben van steen, neem dat maar van mij aan! Ik heb tien minuten geleden nog gekeken; ze slaapt. Ik geloof dat ze een paar dagen lang niet heeft geslapen.'

'Dan kan hij boven op haar springen,' zei de bewaker en hij duwde Michael door de deur.

Ze beklommen de trap en kwamen in een smalle gang met aan beide zijden deuren. Stalen deuren met gleuven midden in het bovenpaneel en uitstekende knopjes om de gleuf open te schuiven en naar binnen te gluren.

We zitten in een verplaatsbare gevangenis. Waar was het ook weer? Praag? Triëst...? Barcelona?

'Ze zit in deze kamer,' zei de Cubaan en hij bleef voor de derde deur staan. 'Wilt u kijken?'

'Maak de deur maar open,' zei Havelock. 'En wacht beneden.'

'*Ojála...*'

'Opdracht van meneer K.,' kwam de bewaker in leer tussenbeide. 'Doe maar wat die vent zegt.'
De Cubaan haalde een sleutel van zijn broekriem, ontsloot de celdeur en ging opzij staan.
'Maak dat jullie wegkomen,' zei Michael.
De twee mannen liepen de gang uit.
Havelock opende de deur.
Het kamertje was donker en het donkere licht van de nacht viel maar aarzelend door het raam, terwijl de witte vlokken van het glas en de tralies stuiterden. Hij kon haar zien liggen op het bed, meer een stretcher dan een bed. Ze lag op haar buik, haar blonde haren hingen over haar schouders, haar arm hing slap omlaag met de hand net op de vloer. Ze lag helemaal gekleed boven op de dekens, haar kleren zaten slordig, de houding van haar lichaam en het geluid van haar diepe ademhaling gaven aan hoe uitgeput ze was.
Naar haar kijken was een kwelling, hij voelde een knellende pijn op zijn borst vanwege de pijn die zij verdragen had en waarvan een groot deel zijn schuld was. Het vertrouwen was geschonden, instinct verworpen, liefde afgestoten; hij was even goed een beest geweest als de beesten die haar dit aangedaan hadden... hij voelde zich beschaamd. En vol liefde.
Hij kon de omtrek zien van een staande lamp naast het bed: als die aan was zou het licht op haar vallen. Kille, plotselinge angst maakte zich van hem meester, hij voelde hoe zijn keel zich bevend samentrok. Hij had eerder tegenover risico's gestaan, maar nooit een gevaar als dit, nooit had het een ogenblik betroffen dat zoveel voor hem betekende. Als het nu misging, als hij haar kwijtraakte, de band met haar onherstelbaar verbroken, zou niets er nog toe doen, behalve de dood van een aantal leugenaars. Hij was er grondig van doordrongen dat hij met liefde een aantal jaren van zijn leven zou geven om dit moment te kunnen bevriezen, als hij het licht niet hoefde aan te doen. Als hij gewoon zachtjes haar naam kon zeggen, zoals hij honderden keren gedaan had, zodat haar hand in de zijne zou vallen en ze haar gezicht tegen het zijne aan zou drukken. Maar het wachten was ook een zelfopgelegde kwelling; hoe luidden de woorden ook weer? *Tussen de uitvoering van iets vreselijks en de eerste stap ligt een periode als een fantasme of een nachtmerrie.* Het zou eindigen of het zou beginnen wanneer hij de lamp ontstak. Zachtjes liep hij op het bed af.

De arm schoot omhoog in het donker! Bleke huid flitste even in het zwakke licht en de hand duwde zich in zijn buik. Hij voelde de slag, voelde een of ander spits voorwerp – geen mes – iets anders! Hij voelde hoe zijn hemd scheurde, hoe de punt door zijn huid sneed; hij sprong achteruit, greep de hand vast, draaide hem om, maar niet te ver... hij kon niet nog meer pijn doen. Hij kon haar helemaal geen pijn doen!

Ze zal je vermoorden als ze de kans krijgt. Broussac.

Jenna liet zich het bed afrollen, haar linkerbeen was gebogen, haar knie drong met geweld in zijn nier, haar scherpe vingernagels klauwden in zijn nek, trokken groeven in zijn huid. Hij kon haar niet slaan, hij kon het eenvoudig niet! Ze greep hem bij zijn haar, trok zijn gezicht omlaag, rukte haar rechterknie omhoog en smakte die tegen zijn neusbrug. De duisternis spatte uiteen in splinters van wit licht.

'Cun!' schreeuwde ze met een lage, gedempte kreet die haar woede diep uit haar keel liet komen.

Hij begreep het; ze had zijn lessen goed onthouden. *Gebruik een vijand. Dood hem als dat moet. Maar gebruik hem eerst.* Haar plan was ontsnappen; dat werd nu duidelijk door haar slordige kleren, de opgetrokken rok die haar dij liet zien. Hij had het allemaal aan uitputting toegeschreven maar hij had het verkeerd gezien; dat uitzicht was bestemd voor een *prase* die door een gleuf in de celdeur keek.

'*Stuj!*' fluisterde hij schor, terwijl hij zich oprichtte, haar draaide, haar vasthield, niets verrekte, niets beschadigde. '*Tsim!*' Hij maakte zijn linkerhand vrij en trok haar tegenstribbelende lichaam het kamertje door naar de lamp. Hij stak zijn hand uit en vond de schakelaar: hij drukte die in met haar gezicht voor het zijne.

Ze staarde hem aan, met grote, bruine, uitpuilende ogen waarin die vreemde mengeling lag van naakte angst en walging, die hij gezien had achter het raampje van het kleine vliegtuig in Col des Moulinettes. De schorre kreet die aan haar lippen ontsnapte kwam uit het binnenste van haar ziel, de gil die eruit ontstond was langgerekt en afschuwelijk, een kind in een griezelkelder, een vrouw die een schrijnende pijn steeds weer voelde opkomen. Ze schopte en wrong zich los, verbrak zijn greep, maakte haar linkerhand vrij en wierp zich over het bed, tegen de muur. Ze beukte haar vuist op en neer, ranselde als een waanzinnige, een doodsbenauwd dier met wijd opengesperde

ogen dat in een hoek was gedreven, dat niets anders meer kon doen dan gillend, klauwend, beukend zijn leven te beëindigen terwijl de val dichtklapte, pieken of ijzeren kaken neerdaalden. In haar hand hield ze het instrument geklemd dat haar enige hoop op vrijheid was geweest; het was een vork en de tanden waren gekleurd met zijn bloed.
'Luister naar me!' fluisterde hij opnieuw fel. 'Het werd ons beiden aangedaan! Dat kwam ik je vertellen, probeerde ik je in Col des Moulinettes duidelijk te maken!'
'Het werd mij aangedaan! Je probeerde me te vermoorden... hoe vaak? Als ik moet sterven, dan ga jij...'
Hij deed een uitval en pinde haar hand vast tegen de muur, klemde haar rechterarm onder de zijne, duwde haar tegen de houten wand en dwong haar op te houden met tegenstribbelen.
'Broussac geloofde je... maar daarna geloofde ze mij ook! Probeer het te begrijpen. Ze wist dat ik haar de waarheid vertelde!'
'Jij weet niet wat waarheid is! Leugenaar, leugenaar!' Ze spuugde hem in het gezicht, schopte van zich af, wrong zich, klauwde haar vastgeklemde hand in zijn rug en haar nagels drongen door zijn hemd heen.
'Ze wilden mij buitenspel zetten en jij was de manier om dat te doen! Ik weet niet waarom maar ik weet dat er mannen zijn vermoord... ook een vrouw die jou moest voorstellen! Ze willen ons nu beiden vermoorden, dat moeten ze!'
'Leugenaar!'
'Er zijn leugenaars aan het werk ja, maar ik behoor niet tot hen!'
'Dat hoor je wel, dat is wel waar! Je hebt jezelf verkocht aan de *zvíta! Kurva!*'
'Nee!' Hij verdraaide haar hand terwijl de bebloede vork uit haar gebalde vuist stak. Haar gezicht vertrok van pijn toen hij haar pols omlaag trok. Toen bood ze langzaam wat minder tegenstand, maar haar opengesperde ogen stonden nog angstig, haatten nog steeds, maar kregen nu ook langzaam een verwarde blik. Hij drukte de vork tegen zijn keel.
'Je weet wat je doen moet,' fluisterde hij nadrukkelijk en duidelijk. 'De luchtpijp. Zo gauw die doorboord is kan ik hier niet meer wegkomen... Maar jij wel. Doe net alsof je je overgeeft: wees passief maar hou de bewaker in de gaten – je weet dat hij geil is. Hoe sneller je meewerkt, des te eerder zullen ze

werk voor je vinden in de buitenwereld. Denk erom, alles wat je nodig hebt zijn je papieren; ze betekenen alles voor je. Maar wanneer ze je laten gaan, zie dan op een of andere manier bij een telefoon te komen en bel Broussac in Parijs, dat kun je best. Zij zal je helpen want zij kent de waarheid.' Hij zweeg, haalde zijn hand weg en maakte zo de hare vrij. 'Doe het nu maar. Vermoord me of geloof me.'

Haar starende blik was als een gil in zijn oren, hij weergalmde in de duistere gewelven van zijn geest, trok hem omlaag onder huizenhoge golven, smakte hem tegen de puntige rotsen van duizenden herinneringen. Haar lippen beefden en langzaam gebeurde het. Angst en verwarring bleven in haar ogen... maar de haat trok eruit weg. Er kwamen tranen die langzaam en stil opwelden; zij waren de balsem – het genezingsproces kon beginnen.

Jenna liet haar hand zakken en hij pakte hem vast, hield hem in de zijne. De vork viel uit haar hand en haar lichaam werd slap terwijl ze diep en vreselijk begon te huilen.

Hij hield haar tegen zich aan. Dat was het enige wat hij kon doen, het enige wat hij wilde doen. Het snikken werd minder en de minuten gingen stilzwijgend voorbij, alleen hun ademhaling was hoorbaar, alleen de druk van hun omhelzing was voelbaar. Tenslotte fluisterde hij: 'We gaan hier weg, maar het zal niet gemakkelijk zijn. Heb je Kohoutek ontmoet?'

'Ja, een afschuwelijke vent.'

'Hij gaat met ons mee, zogenaamd om een laatste betaling voor jou in ontvangst te nemen.'

'Maar er is geen geld meer,' zei Jenna terwijl ze haar gezicht terugtrok, het zijne bestudeerde, hem met haar ogen opdronk, hem omhelsde met een blik die over zijn hele lichaam dwaalde. 'Laat me naar je kijken, alleen maar naar je kijken.'

'Er is geen tijd...'

'Ssst.' Ze legde haar vingers op zijn lippen. 'Er moet tijd zijn, want dat is het enige wat we hebben.'

'Ik dacht hetzelfde toen ik hierheen liep en daarna toen ik op je neerkeek.' Hij glimlachte, streelde haar haren en liefkoosde met zijn hand haar lieflijke gezicht. 'Je hebt je best geweerd, *prkrásn*.'

'Ik heb je pijn gedaan.'

'Een klein sneetje en een paar flinke schrammen. Verbeeld je maar niks.'

'Je bloedt... je nek.'
'En mijn rug. En een vorkkras, zo moet je die geloof ik noemen, op mijn maag,' vulde Michael aan. 'Later mag je me verplegen en ik zal er je dankbaar voor zijn, maar nu past het bij het beeld dat ze zich hebben gevormd. Ik breng je terug via *Aeroflot*.'
'Moet ik doorgaan met vechten?'
'Nee, gedraag je alleen maar vijandig. Je hebt je erbij neergelegd; je weet dat je niet kunt winnen. Het zal moeilijker voor je zijn als je blijft tegenstribbelen.'
'En Kohoutek?'
'Hij zegt dat je met hem op de achterbank moet zitten. Hij zal een pistool op ons beiden gericht houden.'
'Dan zal ik flink gaan roken. Dan zakt zijn hand.'
'Zoiets. Het is een lange tocht, er kan veel gebeuren. Een benzinestation, pech, geen lichten. Hij mag dan een beer van een vent zijn, maar hij is bijna zeventig.' Havelock hield haar vast bij haar schouders. 'Misschien besluit hij om je onder narcose te brengen. Als hij dat doet zal ik proberen hem tegen te houden.'
'Hij zal me niets geven wat gevaarlijk is; hij wil zijn geld hebben. Ik ben er niet bang voor, *odvâìn*. Ik weet dat jij er bent en ik weet wat jij kunt doen.'
'Kom op dan.'
'*Mikhail*.' Ze pakte zijn handen vast. 'Wat is er gebeurd? Met mij... met jou? Ze zeiden zulke afschuwelijke dingen, zulke afgrijselijke dingen! Ik kon hen niet geloven en toch moest ik hen geloven. Het lag voor me!'
'Het was er allemaal. Tot het punt waarop ik jou zag sterven.'
'O, mijn god...'
'Ik ben sindsdien steeds op de vlucht geweest, tot die avond in Rome. Toen begon ik een andere richting uit te rennen. Achter jou aan, achter hen aan... achter de leugenaars aan die ons dit hebben aangedaan.'
'Hoe hebben ze dat toch gedaan?'
'Er is nu geen tijd voor. Ik zal je later alles vertellen en dan wil ik jou horen. Alles. Jij hebt de namen, jij kent de mensen. Later.'
Ze gingen staan en omhelsden elkaar, drukten zich even tegen elkaar aan, voelden de warmte en de hoop die ze elkaar gaven. Michael trok een zakdoek uit zijn borstzak en hield die

tegen zijn nek. Jenna trok zijn hand weg, depte zelf de diepe schrammen, raakte zijn neusbrug aan waar ze hem had geraakt met haar knie en streek toen de haren aan zijn slapen glad.

'Denk erom, schat,' fluisterde ze. 'Behandel me streng. Duw me maar en stoot me vooruit en pak me stevig vast bij mijn arm terwijl je dat doet. Een man die krassen heeft opgelopen door een vrouw, of ze zijn vijand is of niet, is een woedende man. Vooral als er andere mannen bij zijn; zijn gekwetste mannelijkheid doet meer pijn dan zijn verwondingen.'

'Dank je, Sigmund Freud. Laten we maar gaan.'

De bewaker in het leren jasje glimlachte bij het zien van Havelocks bloedende nek terwijl de Cubaan knikte en door zijn uitdrukking te kennen gaf dat hij zoiets wel had gedacht. Zoals hem was opgedragen hield Michael Jenna's arm stevig omkneld en duwde haar naast zich voort, met strakke mond, ogen die beheerst maar woedend keken.

'Ik wil terug naar Kohoutek en dan hier weg!' zei hij kwaad. 'En geen praatjes, begrepen?'

'Heeft het kleine, lieve meisje de grote sterke man pijn gedaan?' vroeg de bewaker grijnzend.

'Hou je bek, verdomde idioot!'

'Goed beschouwd is ze niet eens zo klein.'

Janos Kohoutek ging gekleed in een dik houthakkersjasje en had een bontmuts op. Ook hij glimlachte bij het zien van de zakdoek die Havelock tegen zijn nek gedrukt hield. 'Misschien is dit wel een heks uit de Karpaten,' zei hij in het Engels en liet zijn vuile tanden zien. 'Volgens de bakerpraatjes daar zijn ze zo sterk als bergkatten en zo sluw als duivels.'

Michael duwde Jenna naar de deur. 'Ik wil weg; met die sneeuw zal het een langere reis worden.'

'Het valt nogal mee. Je hebt meer last van de wind,' zei de beer, terwijl hij een rol dik koord uit zijn zak haalde en daarmee naar Jenna liep. 'Ze houden de grote weg schoon.'

'Wat is dat?' vroeg Michael en hij gebaarde naar het touw.

'Laat ze haar handen uitsteken,' beval Kohoutek de bewaker. 'Jij wil dat katje misschien aanpakken, maar ik niet.'

'Ik rook,' protesteerde Jenna. 'Laat me roken, ik ben erg nerveus. Wat kan ik nou doen?'

'Misschien heb je liever een naald? Dan hoef je niet eens aan roken te denken.'

'Mijn mensen accepteren geen verdovende middelen,' kwam Michael vastberaden tussenbeide. 'De vliegvelden worden in de gaten gehouden, vooral onze pieruitgangen. Geen narcotica.'
'Dan moet ze gebonden worden. Schiet op, pak haar handen.'
De bewaker in het leren jasje liep op Jenna af. Aarzelend stak ze haar handen vooruit, om te voorkomen dat men haar zouden aanraken, en ze vermeed iemand aan te kijken. Kohoutek wachtte even. 'Is ze naar het toilet geweest?' vroeg hij ruw aan niemand in het bijzonder en niemand gaf ook antwoord. 'Zeg me eens, dame, ben je naar het toilet geweest?'
'Ik hoef niet,' zei Jenna.
'Een paar uur achtereen? We gaan onderweg niet stoppen, hoor je dat? We gaan niet stoppen, ook niet om met een pistool op je gericht langs de weg te gaan hurken, *Rozumt?*'
'Ik zei toch dat ik niet hoefde.'
'Bind haar vast en laten we gaan.' Havelock zette een aantal ongedurige stappen in de richting van de deur, langs de Moraviër, en keek even naar Jenna. Haar ogen stonden zo onpersoonlijk als glas; ze was fantastisch.
'Ik neem aan dat deze vluchteling uit een *Ìalár* onze chauffeur zal zijn in de vrachtwagen.'
De bewaker keek woedend en Kohoutek grijnsde terwijl hij bezig was Jenna's handen vast te binden. 'Je zit er niet ver naast, Havlíček. Hij heeft een paar jaar gezeten wegens herhaalde zware mishandeling. Ja, hij zal rijden.' De beer trok het koord strak, draaide zijn hoofd om en schreeuwde: '*Axel!*'
'Hij heeft mijn pistool,' zei Michael en hij gebaarde naar de man in het leren jasje. 'Dat zou ik graag terughebben.'
'Je krijgt het terug. Op een straathoek in New York.'
De tweede bewaker liep vanuit de hal de kamer in, het was de man die het eerst had gezien dat Havelock was bijgekomen op de vloer. 'Ja, meneer Kohoutek?'
'Jij houdt morgen de dienstregeling bij, he?'
'Ja, meneer.'
'Houd radiocontact met de vrachtwagens in het noorden en laat er eentje mij oppikken in Monogahela als mijn vliegtuig morgen is aangekomen. Ik zal wel bellen vanaf het vliegveld en jou de aankomsttijd doorgeven.'
'Begrepen.'
'We gaan,' zei de beer uit de bergen, hij liep naar de deur en trok die open.

Michael pakte Jenna bij de arm, de bewaker in het leren jasje volgde hen. Buiten was de wind krachtiger dan voorheen, de sneeuw was onstuimiger, warrelde in kringen rond en prikte in het gezicht. Met Kohoutek voorop liepen ze op een drafje het pad van de boerderij af naar de vrachtwagen op de weg. Een derde bewaker, in een wit jack met capuchon, stond vijftig meter verder bij de poort; hij zag hen en liep naar de poort toe om die te openen.
De vrachtwagen was een gesloten voertuig, er stonden houten banken in tegenover elkaar; er was voldoende ruimte om zo'n vijf of zes mensen die aan weerszijden zaten te vervoeren. Aan de wanden hingen bundels opgerolde touwen. Bij de aanblik van de overdekte, vensterloze wanden was Jenna zichtbaar aangeslagen, en Havelock begreep waarom. In haar land – zijn geboorteland – waren de afgelopen jaren te veel van dergelijke voertuigen te zien geweest, waren te veel verhalen gefluisterd over convooien die mannen, vrouwen en kinderen wegvoerden die nooit meer gezien waren. Dit was Mason Falls, Pennsylvania, maar de eigenaars en de chauffeurs van deze vrachtwagens verschilden in niets van hun broeders in Praag en Warschau, in Moskou en daarvoor in Berlijn.
'Instappen, instappen!' schreeuwde Kohoutek die nu een grote .45 automatische revolver vasthield, die hij uit zijn zak had gehaald, en die hij zwaaiend liet zien, terwijl de bewaker de hendel van de achterdeur vastgreep.
'Ik ben jouw gevangene niet!' gilde Havelock, 'We hebben een afspraak! We zijn het eens geworden!'
'En deel van die afspraak, *pritel*, is dat jij zowel mijn gast als mijn gegijzelde bent totdat we in New York zijn. Na de levering – na beide leveringen – zal ik deze revolver graag wegsteken en je tracteren op een etentje.'
De beer lachte bulderend terwijl Jenna en Michael in de achterbak klommen. Ze gingen naast elkaar zitten, maar dat was niet naar de zin van Kohoutek. Hij sprak met zachte, maar bevelende stem.
'Die vrouw komt bij mij zitten. Jij gaat aan de overkant zitten. Schiet op!'
'Je bent geschift,' zei Havelock, terwijl hij op de andere bank ging zitten en zorgde dat hij in het donker kwam.
De deur werd dichtgedaan, grendel en slot werden door de bewaker gesloten. Het enige licht was een flauw schijnsel dat

naar binnen viel door de voorruit. Binnen enkele tellen, dacht Michael, zouden de koplampen worden ontstoken en zou het binnenste van de achterbak gedeeltelijk worden verlicht door de weerschijn. In het donker trok hij zijn overjas omhoog, stak zijn rechterhand naar achteren en schoof die voorzichtig naar het vismes dat achter aan zijn riem zat geklemd. Als hij het er nu niet uithaalde zou dat straks veel moeilijker gaan, achter het stuur van zijn eigen wagen.
'Wat doe je daar?' schreeuwde de beer, terwijl hij in het donker zijn revolver ophief en hem op Havelock richtte. 'Wat voer je daar uit?'
'Die rotgriet heeft mijn rug kapotgekrast; het bloed kleeft aan mijn hemd vast,' zei Michael op normale toon. Toen schreeuwde hij. 'Wil je het soms zien, voelen?'
Kohoutek grijnsde en keek Jenna aan. 'Een Karpatische *arodjka*. Het is waarschijnlijk volle maan, maar die kunnen we niet zien.' Hij lachte weer op zijn grove manier. 'Ik hoop dat de *Lubjanka* nog even potdicht is als altijd. Zij zal jullie bewakers levend opvreten!' Toen ze het woord *Lubjanka* hoorde stiet Jenna een sidderende zucht uit, en zei langzaam. 'O, god! O, mijn god!'
Kohoutek keek weer naar haar en weer begreep Havelock het. Ze dekte hem; snel trok hij het mes uit de schede en hield het verborgen in zijn rechterhand. Alles bij elkaar had het minder dan twaalf seconden geduurd.
Het portier aan de kant van de bestuurder werd geopend: de bewaker klom de cabine in en ontstak de koplampen. Hij keek over zijn schouder; de oude beer knikte en hij draaide het contactsleuteltje om. Het voertuig had een krachtige motor en een minuut later waren ze de poort gepasseerd en bezig de steile heuvel te beklimmen, waarbij de zware sneeuwbanden knerpend door de sneeuw en de zachte ondergrond ploegden, en de oneffenheden slingerend en trillend in het terrein volgden. Ze kwamen bij de muur van bomen waar de weg vlak begon te worden; het was nog iets meer dan een halve kilometer over de kronkelweg tot aan Fourforks Pike. De chauffeur-bewaker gaf meer gas en trapte toen onverwachts en zonder te waarschuwen op de rem, waardoor de vrachtwagen onmiddellijk tot stilstand kwam. Op het dashboard begon een rood lichtje te flikkeren. Hij stak zijn hand uit naar een schakelaar, toen naar een tweede, gooide die bei-

de om en uit de radio weerklonk een lange stoot van atmosferische storingen waar doorheen een opgewonden stem schreeuwde.
'Meneer Kohoutek! Meneer *Kohoutek!*'
'Wat is er?' vroeg de bewaker terwijl hij een microfoon van het dashboard greep en een knop indrukte. 'Je zit op het kanaal voor noodgevallen.'
'De mus in New York... ik heb hem aan de telefoon! Handelman is dood! Hij heeft het over de radio gehoord! Hij is doodgeschoten in zijn flat, en de politie is op zoek naar een man...'
Havelock deed een uitval naar voren, draaide het heft van het mes zodat dat in zijn gebalde vuist kwam te liggen en het lemmet er onder uitstak; zijn linkerhand bewoog zich bliksemsnel naar de loop van de .45-revolver. Jenna sprong opzij. Hij knelde het lange, vlakke metaal vast terwijl Kohoutek overeind kwam, toen smakte Michael het wapen omlaag op de houten bank en plantte het mes door de hand van de beer heen zodat de punt door vlees en botten heendrong en de hand waar het bloed uit opspoot werd vastgespiest.
Kohoutek gilde; de bewaker op de voorbank draaide zich om terwijl Jenna zich op hem wierp, haar gebonden handen met geweld deed neerkomen op zijn nek, de microfoon uit zijn hand griste en de verbinding verbrak. Havelock sloeg de revolver omhoog tegen de kop van de oude beer; Kohoutek vloog achteruit tegen de wand aan en viel met uitgestrekte arm, voorover op de vloer van de vrachtwagen terwijl zijn hand nog steeds aan de houten bank zat vastgenageld.
'*Mikhail!*'
De bewaker was bekomen van Jenna's klappen; hij stond op het punt de Spaanse Llama uit zijn leren jasje te trekken. Michael sprong naar voren drukte de zware loop van de .45 tegen de slaap van de man, stak zijn arm over diens schouder en drukte de Llama omlaag.
'*Meneer Kohoutek?* Hebt u het gehoord?' gilde de stem door de storingen in de radio heen. 'Wat moet de mus doen? Hij wil het weten!'
'Zeg hem dat je het hebt gehoord,' beval Havelock, zwaar hijgend, terwijl hij de haan van de revolver omhaalde. 'Zeg de mus dat hij niets moet doen. Hij hoort nog van jullie.'
'We hebben het ontvangen.' De stem van de bewaker klonk

fluisterend. 'Zeg tegen de mus dat hij niks moet doen. Hij hoort nog van ons.'
Michael rukte de microfoon uit zijn hand en wees op de Llama. 'Geef me die maar langzaam,' zei hij. 'Gebruik je vingers, alleen maar twee vingers,' vervolgde hij. 'Hij is per slot van rekening van mij, nietwaar?'
'Ik zou het toch wel terug hebben gegeven,' zei de angstige bewaker met trillende lippen.
'Hoeveel jaar kun je die mensen teruggeven die je in dit ding hebt vervoerd?'
'Daar heb ik niets mee te maken, ik zweer het u! Ik verdien hier enkel mijn brood mee. Ik doe wat me wordt gezegd.'
'Dat doen jullie allemaal.' Havelock pakte de Llama aan, draaide de revolver tot achter het hoofd van de man en drukte hem onder tegen zijn schedel. 'Nou rij je ons hiervandaan,' beval hij.

22

De slanke man van middelbare leeftijd met het sluike, zwarte haar opende de deur van de telefooncel op de hoek van 116th Street en Riverside Drive. De natte stadssneeuw bleef kleven op het glas en vervaagde de rode zwaailichten van de politiewagens verderop. Hij stak een munt in de gleuf, draaide een *o* en vervolgens nog eens vijf cijfers; hij hoorde de zoemtoon en draaide opnieuw. Even later ging een privé-toestel over in het woongedeelte van het Witte Huis.
'Ja?'
'Meneer de president?'
'Emory? Hoe is het gegaan?'
'Het ging helemaal niet. Hij is dood. Doodgeschoten.'
De stilte aan de Washington-kant werd slechts onderbroken door het geluid van Berquists ademhaling. 'Vertel me wat er gebeurd is,' zei de president.
'Het was Havelock, maar de naam werd niet juist opgegeven. We kunnen het bestaan van zo iemand op BZ ontkennen.'
'Havelock? Bij...? O, mijn god!'
'Ik ken niet alle bijzonderheden, maar voldoende. Het vliegtuig kreeg vertraging door de sneeuw en we hebben bijna een uur rondgecirkeld boven La Guardia. Tegen de tijd dat ik hier

arriveerde stond het vol mensen, waren er politieauto's, wat lui van de journalisten en een ambulance.'
'Journalisten?'
'Ja, meneer. Handelman is hier nogal prominent. Niet alleen omdat hij een jood was die Bergen Belsen had overleefd, maar ook vanwege zijn positie aan de universiteit. Men had respect voor hem, vereerde hem zelfs.'
'Mijn god... Wat heb je ontdekt? Hoe heb je het ontdekt? Je naam komt toch zeker niet ter sprake?'
'Nee, meneer. Ik heb gebruik gemaakt van mijn rang op BZ en het districtsbureau van politie opgezocht; de rechercheur werkte mee. Handelman had kennelijk een afspraak met een studente die twee keer naar het gebouw kwam voordat ze de flatbeheerder belde. Ze zijn samen naar de flat van Handelman gegaan, zagen dat de deur openstond, liepen naar binnen en vonden hem. De flatbeheerder belde de politie en toen die daar kwam gaf hij toe dat hij een man binnen had gelaten die identiteitspapieren had van BZ. Hij zei dat hij Havilitch heette; hij herinnerde zich de voornaam niet meer, maar hield bij hoog en bij laag vol dat de identiteitskaart in orde was. De politie is nog steeds in de flat van Handelman om naar vingerafdrukken te zoeken, stukjes stof en bloedmonsters te verzamelen.'
'Zijn er al bijzonderheden gepubliceerd?'
'In deze stad gebeurt dat altijd heel snel. Het werd allemaal twintig minuten geleden al vrijgegeven. Ik kon het op geen enkele manier tegenhouden, al had ik het gewild. Maar BZ hoeft geen verklaring te geven; we kunnen het ontkennen.'
De president zweeg even en sprak vervolgens. 'Wanneer het zover is zal het ministerie volledig samenwerken met de autoriteiten. Voor het zover is wil ik een dossier aan laten leggen – en op beperkte schaal laten circuleren – van de activiteiten van Havelock sinds zijn ontslag uit rijksdienst. De bezorgdheid van de regering moet erin tot uitdrukking komen over zijn mentale gezondheid, zijn duidelijk moordzuchtige neigingen... zijn loyaliteit. In het belang van de nationale veiligheid moet dat dossier echter zeer geheim blijven. Het zal niet in de openbaarheid worden gebracht.'
'Ik geloof niet dat ik het helemaal begrijp.'
'De feiten zullen bekend worden gemaakt wanneer Havelock niet langer een bedreiging vormt voor de belangen van dit land.'

'Meneer?'
'Het leven van één man is onbetekenend,' zei de president zacht. 'Coventry, meneer de staatssecretaris. De *Enigma*-code... Parsifal.'
'Ik accepteer die redenering, meneer, maar niet die veronderstelling. Hoe weten we zeker dat we hem zullen vinden?'
'Hij zal ons vinden; hij zal jou vinden. Als alles wat we te weten zijn gekomen over Havelock precies zo klopt als wij dat geloven, dan zou hij Jacob Handelman niet hebben vermoord als hij daar geen bijzondere reden voor had. En hij zou hem niet hebben vermoord als hij niet te weten was gekomen waarheen Handelman het meisje Karras had gestuurd. Als hij haar bereikt, dan hoort hij dat jij erbij betrokken bent.'
Bradford zweeg, zijn adem ontsnapte in een wolkje aan zijn mond en de damp werd kort onderbroken. 'Ja, natuurlijk, meneer de president.'
'Kom zo snel als je kunt hierheen terug. We moeten ons voorbereiden... jij moet je voorbereiden. Ik zal twee man van Pooles eiland hierheen laten vliegen. Ze zullen op je wachten op de luchthaven National; blijf onder de hoede van de veiligheidsmensen van de luchthaven tot zij er zijn.'
'Ja, meneer.'
'Luister eens goed naar me, Emory. Mijn opdracht is rechtstreeks aan jou gericht en ik zal hem duidelijk onder woorden brengen. Op bevel van de president krijg jij dag en nacht bewaking; jouw leven ligt in hun handen. Je wordt achterna gezeten door een moordenaar die de geheimen van zijn land heeft verraden aan de vijand. Dat zullen de woorden zijn die ik gebruik; de jouwe zullen anders luiden. Jij zult de taal van de Consulaire Operaties gebruiken: Havelock is niet-meer-te-redden. Ieder uur dat hij verder nog leeft vormt hij een gevaar voor onze mensen in de buitendienst.'
'Ik begrijp het.'
'Emory?'
'Meneer?'
'Voordat dit allemaal gebeurde kende ik je niet echt, niet persoonlijk,' zei Berquist op zachte toon. 'Hoe ziet het er bij jou thuis uit?'
'Thuis?'
'Dat is waar hij je zal komen opzoeken. Heb je kinderen die nog thuis wonen?'

'Kinderen? Nee, nee, er wonen geen kinderen. Mijn oudste zoon studeert, de jongste zit op een kostschool.'
'Ik dacht dat je ook nog dochters had?'
'Twee. Die wonen bij hun moeder. In Wisconsin.'
'Aha. Dat wist ik niet. En ben je opnieuw getrouwd?'
'Tweemaal. Maar dat is ook voorbij.'
'Dus er wonen geen vrouwen in je huis?'
'Vaak wel, maar momenteel niet. De afgelopen vier maanden maar heel weinig.'
'Aha.'
'Ik woon alleen. De omstandigheden zijn ideaal, meneer de president.'
'Ja, ik geloof van wel.'

Ze gebruikten de touwen die aan de wand van de achterbak hingen om de bewaker aan het stuur vast te binden en Kohoutek aan de bank.
'Zoek maar iets waarmee je zijn hand kunt verbinden,' zei Michael. 'Ik wil dat hij blijft leven. Ik wil dat iemand hem vragen stelt.'
Jenna vond een rode zakdoek in het dashboardkastje. Ze trok het vismes uit de grote klauw van de oude beer en verbond de wond vakkundig, waarbij ze de zakdoek in tweeën scheurde en het bloed stelpte van beide wonden in handpalm en pols. 'Het blijft drie, vier uur zitten,' zei ze. 'Daarna weet ik het niet. Als hij bijkomt en het kapotscheurt zou hij dood kunnen bloeden... Na wat ik nu weet kan ik er niet rouwig om zijn.'
'Iemand vindt hem wel. Hen. Deze vrachtwagen. Over een uur of zo is het licht en de Fourforks Pike is een provinciale weg. Blijf maar even zitten.' Havelock startte de motor, wrong zijn voet over het been van de bewaker, drukte de koppeling in en schakelde de versnelling in. Door de man heen en weer te wringen over het stuurrad manoeuvreerde hij het voertuig net zolang tot het dwars over de weg stond. 'Oké, laten we uitstappen.'
'Je kunt me hier niet zo achterlaten!' jammerde de bewaker. 'Jezus!'
'Ben je naar het toilet geweest?'
'Wat?'
'Ik hoop het voor je.'

'Mikhail?'
'Ja?'
'De radio. Er kan best iemand voorbijkomen die hen bevrijdt. Hij zou hem gebruiken. We mogen geen minuut missen.'
Havelock pakte de .45 van de voorbank en hamerde de dikke, stompe greep herhaalde malen tegen de kiesschijven en de schakelaars aan tot er niets meer over was dan glasscherven en kapot plastic. Tenslotte rukte hij de microfoon uit de haak en trok de draden los; hij opende het portier en wendde zich tot Jenna. 'We zullen de lichten aanlaten, dan kan er niemand tegenop botsen,' zei hij terwijl hij uitstapte en de bank naar voren trok om haar te laten uitstappen. 'We moeten nog één ding doen. Kom mee.'
Door de wind lag er op Fourforks Pike maar een centimeter sneeuw, alleen op het bermgras waren hier en daar wat hopen opgewaaid. Michael gaf de .45 aan Jenna en pakte de Llama in zijn rechterhand. 'Die maakt te veel lawaai,' vervolgde hij. 'Door de wind zouden ze het op de boerderij kunnen horen. Blijf hier staan.'
Hij ging voor de vrachtwagen staan, liet het pistool zakken en schoot tweemaal, een keer naar rechts en een keer naar links, dwars door de beide voorbanden. Hetzelfde deed hij met de achterbanden. De vrachtwagen schommelde heen en weer toen de lucht uit de banden liep, stond toen weer stil op de weg. De wagen kon de berm in gereden worden om de weg vrij te maken, maar verder zou hij niet komen. Hij stak de Llama in zijn zak.
'Geef mij de .45,' zei hij tegen Jenna, terwijl hij zijn overhemd uit zijn broek trok.
Ze gaf hem het pistool. 'Wat ga je doen?'
'Schoonvegen. Niet dat dat veel zal uitmaken, want onze vingerafdrukken zitten in de hele wagen. Maar misschien gaan ze daar niet zoeken, en het pistool wordt zeker onderzocht.'
'Nou, en?'
'Ik gok erop dat onze chauffeur in zijn eigen belang uit alle macht zal roepen dat het niet van hem is, dat het van zijn baas is, jouw gastheer Kohoutek.'
'Ballistiek,' zei Jenna, knikkend. 'Een dossier met moordzaken.'
'Misschien nog iets anders. Die boerderij wordt helemaal overhoop gehaald, en misschien gaan ze nog graven ook. Er zou-

den wel eens niet-geregistreerde doden kunnen liggen.' Hij hield het pistool met zijn overhemd vast, opende de deur van de vrachtwagen en gooide het wapen met een boog op de voorzitting van de bestelwagen.
'Hé, ben je nu helemaal,' riep de chauffeur, terwijl hij draaide en kronkelde om los te komen. 'Maak me los, wil je? Ik heb je niets gedaan! Ik word voor tien jaar teruggestuurd!'
'Ze zijn veel soepeler tegenover mensen die hun mond opendoen. Denk er eens over na.' Havelock smeet het portier dicht en liep terug naar Jenna. 'De auto staat zowat een halve kilometer verderop aan de andere kant van Kohouteks weg. Alles goed met je?'
Ze keek hem aan, terwijl sneeuwvlokjes bleven kleven in haar blonde haren die uitwapperden op de wind en haar ogen flonkerden in haar kletsnatte gezicht. 'Ja, schat... met mij is alles goed... Waar we dan op dit moment ook zitten, ik ben thuis.'
Hij pakte haar bij de hand en ze begonnen de weg af te lopen. 'Loop maar in het midden. Dan komen onze voetstappen onder de sneeuw.'

Ze zat dicht bij hem, raakte hem aan, haar hand lag onder zijn arm, haar hoofd rustte nu en dan tegen zijn schouder onder het rijden.
Er werden weinig woorden tussen hen gewissseld en de perioden van stilzwijgen werkten verkwikkend; ze waren te moe en te bang om serieus met elkaar te praten, voorlopig tenminste. Ze hadden dit al eerder meegemaakt; ze wisten dat er een brokje van de vrede terug zou keren wanneer ze rust hadden... en bij elkaar waren.
Denkend aan de woorden van Kohoutek bleef Havelock naar het noorden rijden naar de Pennsylvania Turnpike, vervolgens oostwaarts naar Harrisburg. De oude Moraviër had gelijk gehad; de windvlagen scheerden over de grond en veegden het brede oppervlak van de autoweg praktisch schoon en de vrieskou hield de sneeuw droog en stuivend. Er was weliswaar weinig zicht, maar ze schoten goed op.
'Is dit de hoofdverkeersweg?' vroeg Jenna.
'Dit is een doorgaande autoweg, ja.'
'Is het verstandig om daarop te blijven? Als Kohoutek gevonden wordt voordat het licht wordt, zouden er dan geen mannen zijn die deze... *turnpike*... in de gaten houden... zoals

ze dat doen op de *Autobahnen* en de *dráhas*?'
'Wij zijn zowat de laatsten die hij door de politie wil laten oppikken. Wij weten wat hij daar voor boerderij heeft. Hij zal eromheen draaien, het verhaal gebruiken van de indringer, zeggen dat hij gegijzeld werd als slachtoffer. En de bewaker zegt niks totdat hij niet anders kan.'
'Nu heb je het over de politie, schat,' zei Jenna terwijl ze haar hand zachtjes op zijn onderarm legde. 'Stel dat het de politie niet is? Jij wilt dat het de politie is en daarom overtuig je jezelf. Maar stel dat het iemand anders is? Een boer of een chauffeur van een melkwagen. Ik denk dat Kohoutek een heleboel geld zou betalen om weer veilig in zijn huis te komen.'
Michael keek haar aan, bij het zwakke licht dat van het dashboard straalde. Haar ogen stonden vermoeid, er lagen donkere kringen onder, de huid erboven zag bleek en diep in haar blik was de angst nog te zien. Toch, ondanks haar uitputting en de vrees, dacht ze na... beter dan hij. Hij boog zich opzij en streek met zijn lippen langs haar wang.
'Je bent fantastisch,' zei hij.
'Ik ben bang,' antwoordde ze.
'Maar je hebt ook gelijk. Er is een kinderliedje met de tekst: "Als je iets wenst wordt het zo". Dat is een leugen en het gaat alleen op voor kinderen, maar ik rekende erop, hoopte erop. De kansen dat de politie Kohoutek vindt, of een burger die de politie meldt wat hij heeft aangetroffen, staan niet beter dan zeventig-dertig. In ons nadeel. We nemen de volgende afrit en dan rijden we naar het zuiden.'
'Waarheen? Waar gaan we naartoe?'
'Eerst naar een plek waar we alleen kunnen zijn en niet op de loop. Niet op de vlucht.'

Ze zat in een stoel bij het raam van het motel en buiten in de verte begon het vroege licht zich te verspreiden op en over het Allegheny-gebergte. De gouden stralen vielen op haar opvallende maar vermoeide gelaatstrekken en deden de blonde kleur van haar lange haren die over haar schouders vielen nog beter uitkomen. Nu en dan keek ze naar hem, keerde dan haar gezicht af en sloot haar ogen, zo pijnlijk waren de woorden dat ze ze in het licht niet kon aanhoren.
Hij was klaar; hij had haar alles verteld en de donkerste schaduw, die het dieptepunt vormde van zijn folterende pijn, was

gevallen toen hij bekende: hij was haar beul geweest. Hij had zijn geliefde gedood en er was geen liefde meer in hem overgebleven.

Jenna kwam overeind uit haar stoel en bleef zwijgend bij het raam staan, het licht werd sterker en deed haar opnieuw haar ogen sluiten – het licht en de woorden die ze had gehoord.

'Wat hebben ze ons aangedaan?' fluisterde ze.

Havelock stond aan de andere kant van de kamer naar haar te kijken. Hij kon zijn blik niet afwenden. En toen dreef hij terug naar een onbepaald moment in het verleden, door de rollende mistbanken van een telkens terugkerende angstdroom die hem nooit verlaten had. De beelden waren er, hij herinnerde zich de momenten, maar ze waren uit zijn leven verdreven en weer teruggekomen, hem aanvallend en razend makend wanneer de herinneringen weer bovenkwamen. *Wat is er nog over als je geheugen weg is, meneer Smith?* Niets, natuurlijk, maar hoe vaak had hij niet verlangd naar vergetelheid, zonder beelden of herinneringen, liever leegte dan die pijn. Maar nu had hij de nachtmerrie van de onderbroken slaap doorstaan en was tot leven gekomen, net zoals de tranen in Jenna's ogen gekomen waren en de haat weggewassen hadden. Maar de werkelijkheid was breekbaar, de fragmenten moesten aan elkaar gepast worden.

'Dat moeten we te weten zien te komen,' zei Michael. 'Broussac heeft me verteld wat jou is overkomen, maar er waren leemten die ik niet kon begrijpen.'

'Ik heb haar niet alles verteld,' zei Jenna terwijl haar ogen naar buiten staarden. 'Ik heb niet tegen haar gelogen, maar ik heb haar niet alles verteld. Ik was bang dat ze me niet zou helpen.'

'Wat heb je weggelaten?'

'De naam van de man die me kwam opzoeken. Hij zit al een paar jaar in jullie regering. Er is vroeger nogal wat om hem te doen geweest, maar hij wordt, geloof ik, nog steeds gerespecteerd. Ik kende hem tenminste van horen zeggen.'

'Wie was het?'

'Een man die Bradford heet. Emory Bradford.'

'Goeie god...' Havelock was verbijsterd.

Bradford was een naam uit het verleden, uit een onrustbarend verleden. Hij was een van de politieke kometen geweest, opgestaan onder Kennedy, die zijn dubieuze sporen verdiend had onder Johnson. Toen de kometen verdwenen waren uit het firmament van Washington, op weg naar internationale banken en instellingen, prestigieuze advocatenkantoren en commissariaten, was Bradford aangebleven; minder gevierd, dat wel, en met beslist minder invloed, terwijl de politieke oorlogen gevoerd werden. Niemand had ooit begrepen waarom. Afgezien van een zekere persoonlijke rijkdom had hij duizend andere dingen kunnen doen, maar daar had hij niet voor gekozen. *Bradford*, dacht hij en de naam weergalmde in zijn hoofd. Had Emory Bradford, al die jaren na zijn publiekelijke metamorfose van havik tot duif, en nu een *enfant terrible* op middelbare leeftijd, alleen maar gewacht op een nieuwe versie van Camelot, die van hem een nieuwe ster aan het firmament kon maken? Dat moest het zijn. De kern van het bedrog aan de Costa Brava lag bij hem, een bedrog dat veel verder ging dan het manipuleren van twee mensen die van elkaar hielden. Het bracht onzichtbare mannen in Moskou in verband met machtige mannen in de regering van de Verenigde Staten.

'Ken je hem?' vroeg Jenna en ze bleef uit het raam staren.

'Niet persoonlijk. Ik heb hem nooit ontmoet. Maar je hebt gelijk, er is heel veel om hem te doen geweest en bijna iedereen kent hem. Het laatste wat ik gehoord heb is dat hij een staatssecretaris is op BZ die vrij onopvallend opereert, maar die in hoog aanzien staat – begraven maar waardevol, zo zou je kunnen zeggen. Hij vertelde jou dat hij met *Cons Op* in Madrid werkte?'

'Hij zei dat jij op een speciale missie was voor Consulaire Operaties, een spoedgeval dat te maken had met de interne veiligheid.'

'Ik?'

'Ja. Hij liet me kopieën zien van documenten die gevonden waren in een bankkluis aan de Ramblas.' Jenna keerde zich van het raam af. 'Herinner je je nog dat je me verschillende keren zei dat je naar de Ramblas moest?'

'Het was een "brievenbus" voor Lissabon, dat heb ik je ook gezegd. Hoe dan ook, het was doorgestoken kaart.'

'Maar je kunt het begrijpen. De Ramblas bleef me bij.'

'Daar hebben ze wel voor gezorgd. Wat voor documenten waren dat?'

'Instructies van Moskou die alleen maar voor jou bedoeld konden zijn. Er waren data, reisschema's; alles klopte met waar

wij waren geweest, waar we naartoe gingen. En er waren codes bij; als die niet echt waren, dan heb ik nog nooit een Russische code gezien.'
'Hetzelfde materiaal dat ik te zien kreeg,' zei Havelock en zijn woede begon zichtbaar te worden.
'Ja, ik wist het toen je aan het vertellen was. Niet allemaal natuurlijk, maar vele van diezelfde documenten en veel van dezelfde informatie die ze jou lieten zien, kreeg ik ook onder ogen. Tot zelfs de radio in de hotelkamer.'
'De maritieme golflengte? Ik dacht dat je onvoorzichtig was geweest; we luisterden nooit naar de radio.'
'Toen ik dat zag stierf er een groot deel van me af.'
'Toen ik de sleutel vond in je handtas en het dezelfde bleek te zijn als het exemplaar dat ik in Madrid had gekregen, kon ik niet meer met jou in dezelfde kamer blijven.'
'Dat was het, nietwaar? De uiteindelijke bevestiging voor ons beiden. Ik was veranderd, ik kon het niet helpen. En toen jij terugkwam uit Madrid, toen was je anders. Het was net of je met geweld verschillende kanten werd opgetrokken, of je maar één verplichting had en die was niet jegens mij, niet jegens ons. Je had jezelf verkocht aan de Russen om beweegredenen die ik niet kon begrijpen... Ik probeerde er zelfs een reden voor te bedenken; misschien was er na dertig jaar nieuws over je vader, er zijn wel vreemdere dingen gebeurd. Of misschien werd je ergens als mol geplaatst zonder mij; was je een overloper die op den duur een dubbelagent zou worden. Ik wist alleen maar dat de verandering – welke het ook was – mij buitensloot.' Jenna zweeg en keerde zich weer naar het raam. Toen ze weer begon te praten was haar stem nauwelijks hoorbaar. 'Toen kwam Bradford opnieuw bij me, dit keer in paniek, bijna buiten zichzelf. Hij zei dat ze een bericht hadden onderschept – Moskou had mijn executie bevolen. Jij moest me in een hinderlaag lokken... en dat zou je diezelfde avond doen.'
'Aan de Costa Brava?'
'Nee, hij heeft de Costa Brava helemaal niet genoemd. Hij zei dat er rond zes uur een man zou bellen, wanneer jij weg zou zijn, en een zin of een beschrijving zou gebruiken waarvan ik zou weten dat die alleen maar van jou afkomstig kon zijn. Hij zou zeggen dat jij niet aan de telefoon kon komen, maar ik moest de auto nemen en langs de kust naar Villanueva rijden;

daar zou jij me ontmoeten bij de fontein op het pleintje. Maar daar zou je niet zijn want ik zou daar nooit aankomen. Ze zouden me onderweg te pakken nemen.'

'Ik had je verteld dat ik naar Villanueva zou gaan,' zei Michael. 'Dat was een onderdeel van de strategie van *Cons Op*. Terwijl ik ogenschijnlijk twintig kilometer verder naar het zuiden zat, kon jij naar het Montebello-strand aan de Costa Brava gaan. Dat was het ultieme bewijs tegen je. Ik moest daar getuige van zijn – dat eiste ik, terwijl ik bij god hoopte dat je nooit zou komen opdraven.'

'Je ziet wel dat alles klopte,' gilde Jenna. 'Bradford zei dat als dat gebeurde – als die man belde – dan was dat het signaal. Ik moest ervandoor gaan. Voor dat ogenblik moest ik je in de gaten houden, luisteren, onthouden wat ik kon, maar als dat telefoontje kwam moest ik maken dat ik wegkwam. Met hen. Er zou nog een Amerikaan bij hem zijn in de lobby, die zou uitkijken naar de KGB, klaarstaan om me naar het consulaat te brengen.'

'Maar je bent niet met hem weggegaan. De vrouw die ik zag sterven was iemand anders.'

'Ik kon het niet opbrengen. Plotseling kon ik niemand meer vertrouwen... Weet je nog van die avond in dat café aan de Paseo Isabel, vlak voordat je naar Madrid ging?'

'Die zatlap,' zei Havelock die het maar al te goed wist. 'Hij botste tegen je aan, viel in feite zowat op je, stond er toen op je de hand te schudden en die te kussen. Hij pakte je helemaal in.'

'We hebben erom gelachen. Jij nog meer dan ik.'

'Een paar dagen later lachte ik niet meer. Ik was ervan overtuigd dat je toen de sleutel had gekregen voor de bagagekluis op het vliegveld.'

'Waar ik helemaal niets van wist.'

'En die ik in jouw handtas vond omdat Bradford hem erin had gestopt terwijl hij in de hotelkamer was. Ik neem aan dat je die even hebt verlaten?'

'Ik was me doodgeschrokken; ik was misselijk. Ik weet zeker dat ik weg geweest ben.'

'Dat verklaart de radio, de maritieme golflengte... Hoe zit het met die zatlap?'

'Hij was die andere Amerikaan in de hal van het hotel. Ik liep zo snel als ik kon weer naar boven.'

'Hij zag je niet?'
'Nee, ik ben langs de trap gegaan. Zijn gezicht joeg me angst aan, ik kan je niet zeggen waarom. Misschien omdat hij zich al eerder voor iemand anders had uitgegeven, iemand die zo heel anders was, ik weet het niet. Ik weet wel dat zijn ogen me niet bevielen; ze stonden kwaad maar ze keken niet in het rond. Hij stond niet op de uitkijk naar de KGB; hij keek alleen maar telkens op zijn horloge. Tegen die tijd was ik zelf in paniek... in verwarring, pijnlijker gekwetst dan ik ooit eerder in mijn leven gekwetst was. Jij zou me gewoon laten vermoorden en plotseling kon ik hen niet langer vertrouwen.'
'Ben je teruggegaan naar je kamer?'
'Mijn god, nee, daar zou ik als een rat in de val hebben gezeten. Ik liep naar boven naar mijn verdieping, bleef staan in het trappenhuis en probeerde de zaken te overdenken. Ik dacht dat ik misschien hysterisch was, te bang was om redelijk te handelen. Waarom vertrouwde ik die Amerikanen niet? Ik had net zo ongeveer besloten om weer naar beneden te gaan, toen ik geluiden hoorde vanuit de gang buiten het trappenhuis. Ik opende de deur op een kiertje... en ik wist dat ik juist had gehandeld.'
'Ze kwamen je halen?'
'De lift. Bradford klopte verschillende keren op de deur en terwijl hij dat deed, haalde die andere man – de zatlap van het café – een pistool te voorschijn. Toen er geen antwoord kwam wachtten ze tot ze er zeker van waren dat er niemand in de gang was. Met één harde schop brak de man met het pistool de deur open en rende de kamer in. Dat was nou niet bepaald een handelwijze van mannen die iemand komen redden. Ik ging op de vlucht.'
Havelock bleef op zijn plaats zitten, keek naar haar, probeerde na te denken. Er waren zovele dubbelzinnigheden... *dubbelzinnigheid*. Welk beeld moest hij zich vormen van de man die de codenaam *Dubbelzinnigheid* had gebruikt?
'Hoe zijn ze aan jouw koffer gekomen?' vroeg hij.
'Volgens jouw beschrijving was het een oude die ik in Praag al had. Het laatste wat ik me herinner is dat ik hem gewoon heb achtergelaten in de berging van de flat die ik had gehuurd. Jij hebt hem er zelfs misschien wel naartoe gedragen.'
'De KGB zou hem kunnen vinden.'
'De KGB?'

'Iemand in de KGB.'
'Ja, dat zei je, nietwaar...? Er moet iemand zijn.'
'Wat voor zin of beschrijving gaf die man jou via de telefoon? De woorden die jou moesten overtuigen dat ze van mij afkomstig waren?'
'Opnieuw Praag. Hij zei dat er "een met keien bestrate binnenplaats was in het centrum van de stad".'
'*Veejná mistnostmi*,' zei Michael en hij knikte. 'De Russische politie in Praag. Dat zouden ze moeten weten. In een rapport dat ik naar Washington heb gestuurd beschreef ik hoe jij daar was uitgekomen, hoe geweldig je was. En hoe ik het zowat bestierf van angst terwijl ik vanuit een raam twee verdiepingen hoger naar je stond te kijken.'
'Bedankt voor de aanbeveling.'
'We zouden eruit stappen, weet je nog? We zouden uit onze verplaatsbare gevangenis breken.'
'En jij zou les gaan geven.'
'Geschiedenis.'
'En we zouden kinderen krijgen...'
'En ze naar school sturen...'
'En ze liefhebben en berispen...'
'En naar hockeywedstrijden gaan kijken.'
'Jij zei dat die er niet waren.'
'Ik hou van je...'
'Mikhail?'
De eerste stappen waren aarzelend gezet, maar plotseling kwam er een einde aan de *pavane*. Ze vlogen op elkaar af en omhelsden elkaar, duwden de tijd en de pijn van zich af en de duizenden folterende momenten. Haar tranen kwamen... en die van hem ook... en spoelden de laatste hindernissen weg die waren opgeworpen door leugenaars en door mannen die de leugenaars dienden. Hun armen omstrengelden elkaars lichamen krachtiger, het spannen van hun spieren werd een inspanning die ze beiden begrepen, hun monden vonden elkaar, met zachte, tastende lippen die zochten naar de bevrijding die ze elkaar konden geven. Nooit eerder hadden ze zo gevangen gezeten in hun verplaatsbare gevangenis – dat begrepen ze ook – maar ze waren vrij.

De droom was volledig werkelijkheid geworden, niet langer een broze realiteit. Ze lag naast hem, haar gezicht raakte zijn schouder, haar lippen stonden vaneen, de streling van haar diepe, regelmatige ademhaling verwarmde zijn huid. Zoals zo vaak in het verleden – beleefd en herinnerd – vielen de strengen van haar haar over zijn borst, op de een of andere manier een teken dat ze zelfs in haar slaap deel uitmaakte van hem... het diepst doorleefde deel. Hij draaide zich voorzichtig om, heel voorzichtig om haar niet wakker te maken, en keek op haar neer. De donkere schaduwen onder haar ogen lagen er nog, maar ze trokken weg naarmate er wat meer kleur terugkeerde in haar bleke huid. Het zou dagen duren, weken misschien voordat de angst verdwenen zou zijn in haar grote ogen, maar ondanks dat lag daar ook haar kracht; die had haar over het onverdraaglijke heengeholpen.

Ze bewoog zich, rekte zich uit, en haar gezicht baadde in het zonlicht dat door de ramen naar binnen stroomde. Terwijl hij naar haar keek, dacht hij aan wat ze doorgemaakt had, aan de innerlijke krachten die ze moest hebben opgeroepen om te kunnen overleven. Wie had haar geholpen, wie had haar gekwetst? Waar was ze geweest? Zoveel vragen, zoveel dingen die hij wilde weten. Een deel van hem was een onbeholpen puber, jaloers op beelden die hij niet wilde zien, terwijl een ander deel van hem een overlevende was die maar al te goed wist wat er voor prijs moest worden betaald om in leven te blijven in hun wanordelijke, vaak gewelddadige wereld. De antwoorden zouden komen, langzaam onthuld, of in uitbarstingen van herinneringen en verzet, maar hij zou haar niet dwingen. Het zou te gemakkelijk zijn voor Jenna om terug te zinken en de verschrikkingen nogmaals te beleven – en daardoor zou de pijn nog langer duren.

Ze bewoog zich weer, legde haar wang wat verder op zijn schouder en hij voelde haar warme adem weer. En toen trof hem het absurde van de situatie. Hoe kon hij denken dat er een genezingsproces op gang was gekomen? Hoeveel leven zou hun verder nog worden toegestaan? Hoe durfde hij denken dat ze samen nog tijd konden doorbrengen?

Jacob Handelman was dood, zijn moordenaar was bijna zeker bekend... in elk geval bij de leugenaars in Washington. De jacht op hem zou een officiële basis krijgen; hij zag de kranten al voor zich. Een geliefde geleerde was op wrede wijze afgemaakt door een waanzinnige geheim agent – een gewezen geheim agent – die door zijn regering werd gezocht vanwege allerlei misda-

den. Wie zou er nu de waarheid nog geloven? Een vriendelijke, oude jood die de verschrikkingen van de kampen had doorgemaakt... in werkelijkheid een arrogant menselijk monster die de mitrailleurs van Lidice had laten ratelen? Waanzin!
Broussac zou overstag gaan; iedereen op wie hij zou kunnen rekenen zou zich nu van hem afkeren, van hen afkeren. Er was geen tijd om te genezen; ze hadden elk uur nodig, het was van essentieel belang dat hun acties – zijn actie – snel werden uitgevoerd. Hij keek op zijn horloge; het was kwart over drie 's middags. De dag was al voor driekwart voorbij. Ze moesten hun strategie bepalen, snel plannen maken... in de avond contact zoeken met leugenaars.
Maar er moest toch iets zijn. Voor hen, alleen maar voor hen zelf; om de pijn te verlichten en elke schijn van misverstand uit te vagen. Als dat er niet was, was er niets.
Hij deed datgene waarover hij had gedroomd, waarvan hij zwetend was wakker geworden telkens wanneer de droom terugkeerde, in de wetenschap dat het nooit meer kon gebeuren. Het gebeurde nu. Hij fluisterde haar naam, riep naar haar over de spelonken van de slaap.
En alsof ze geen moment uit elkaar waren geweest, zo reikte haar hand naar de zijne. Ze opende haar ogen en liet ze dwalen over zijn gezicht; zonder iets te zeggen tilde ze de dekens op en draaide zich om tot ze op hem lag. Ze drukte haar naakte lichaam tegen hem aan, haar armen kropen omhoog en om hem heen, haar lippen zochten de zijne, gingen opnieuw zacht en vochtig trillend uiteen.
Ze spraken geen woord terwijl hun bewegingen toenamen, alleen een enkele diepe kreet van behoefte en verlangen. Ze hadden behoefte aan elkaar en het verlangen hoefde niet gevreesd te worden.
Nog twee keer verloren ze zich zo in hun liefde, de tweede keer was het meer een lofwaardige poging dan een tot het einde toe volvoerde daad. De stralen van de zon schenen niet meer schuin door het raam; een oranje gloed deed het glas oplichten, de weerkaatsing van een zonsondergang in het open veld. Ze gingen rechtop in bed zitten. Michael stak haar sigaret aan en beiden lachten ze zacht over hun verkeerd gerichte energie, over hun tijdelijke uitputting.
'Ik lijk wel een geile bok uit Ankara, je gooit me er nog eens uit.'

‘Je hoeft je helemaal nergens voor te verontschuldigen, lieveling van me... mijn Mikhail.’
‘Dan voel ik me opgelucht.’
‘Je bent een schat.’
‘Ik heb mijn schat weer terug. Ik moet zoveel goedmaken.’
‘Wij alle twee, niet jij alleen. Zo moet je niet denken. Ik heb die leugens net zo goed geaccepteerd als jij. Ongelooflijke leugens en op een ongelooflijke manier gebracht. En we weten niet waarom.’
‘Maar we weten het doel en daardoor ook een stukje van het waarom. Om mij op hun manier buiten spel te zetten, onder een microscoop te krijgen.’
‘Door mij over te laten lopen, mij te laten doden? Er zijn andere manieren om je van een man af te maken die je niet langer nodig hebt.’
‘Door hem te doden?’
‘Dat is zo’n manier, ja,’ zei Michael.
‘Maar dan kun je onmogelijk nog controleren hoeveel schadelijke bewijzen hij heeft achtergelaten. Vaak blijft iemand in leven vanwege de mogelijkheid dat hij die informatie ergens heeft achtergelaten.’
‘Maar ze willen je nu doden. Je bent niet-meer-te-redden.’
‘Iemand is van gedachten veranderd.’
‘Die “Dubbelzinnigheid”,’ zei Jenna.
‘Ja. Wat ik dan ook weet – of wat zij denken dat ik weet – is verdrongen door een grotere bedreiging, veel gevaarlijker voor hen. Opnieuw, ik. Wat ik ontdekt heb, te weten ben gekomen.’
‘Ik begrijp het niet.’
‘Jij,’ zei Havelock. ‘De Costa Brava. Die moet begraven worden.’
‘De verbinding met de Russen?’
‘Ik weet het niet. Wie was die vrouw op het strand? Wat was ze volgens haar daar aan het doen? Waarom was jij het niet – godzijdank was je het niet – maar waarom niet? Waar zouden ze jou naartoe brengen?’
‘Naar mijn graf, denk ik.’
‘Mogelijk. Maar als dat het geval was, waarom werd je dan niet naar dat strand gebracht?’
‘Misschien dachten ze dat ik niet wilde gaan. Ik ben niet met hen het hotel uitgegaan.’

'Dat hadden ze toen niet kunnen weten. Ze dachten dat ze je in hun macht hadden... op zoek naar bescherming. Het gaat erom dat ze de Costa Brava nooit genoemd hebben; ze hebben niet eens geprobeerd je die richting uit te krijgen.'
'Je beseft natuurlijk,' zei Jenna, 'dat ze het strand hadden kunnen noemen in plaats van Villanueva en nooit de moeite hadden hoeven nemen om contact met mij te zoeken. Alleen maar met jou... in Madrid. Ik zou daar die avond naartoe gereden zijn. Ze zouden dan hun executie gehad hebben; jij zou gezien hebben wat ze wilden dat je zag.'
'Het klopt niet.' Michael ontstak een lucifer en stak zelf een sigaret op. 'En dat is in de grond genomen het inconsequente van de zaak, want wie Costa Brava ook organiseerde, het was een verrekt goeie deskundige, een expert in clandestiene operaties. Het is gewoon niet logisch.'
Het lange stilzwijgen waarin ze beiden nadachten werd onderbroken door Jenna Karras. 'Mikhail,' zei ze zacht, terwijl ze voorover ging zitten, met starende ogen die naar geen enkel punt bewust keken, maar naar binnen gericht waren. 'Twee operaties,' fluisterde ze.
'Wat?'
'Stel dat er twee operaties waren, niet eentje?' Ze keek hem aan en nu flonkerden haar ogen. 'De eerste wordt in Madrid op gang gebracht – het bewijsmateriaal tegen mij – en vervolgens overgebracht naar Barcelona – het bewijsmateriaal tegen jou.'
'Nog steeds één deken,' zei Havelock.
'Maar toen werd die in tweeën gescheurd,' drong Jenna aan. 'Het werden er twee.'
'Hoe?'
'Onderschept,' zei ze.
'Veranderd,' voegde hij eraan toe, nu hij het begon te begrijpen. 'De dekmantel is dezelfde, maar de naden zijn verdraaid en het wordt iets anders.'
'Dan nog, met welk doel?'
'De zaak in handen houden,' antwoordde hij. 'Toen ontsnapte jij en hadden ze de zaak niet meer onder controle. Broussac vertelde me dat er een gecodeerd opsporingsbevel voor jou is uitgegeven, direct na de Costa Brava.'
'Heel erg versluierd,' stemde Jenna in terwijl ze haar sigaret uitdrukte. 'En dat zou kunnen betekenen dat wie die opera-

tie dan ook onderschept en veranderd heeft, die misschien niet wist dat ik inderdaad levend en wel uit Barcelona was ontsnapt.'

'Tot het moment waarop ik jou zag en het iedereen liet weten... iedereen voor wie dat belangrijk was. Toen moesten we beiden sterven; de ene als niet-meer-te-redden, de andere uit strategische overwegingen – terwijl niemand die er iets over te zeggen had op de hoogte was – een bom die een auto opblaast voorbij Col des Moulinettes. Alles onder de grond.'

'Opnieuw "Dubbelzinnigheid"?'

'Niemand anders had het kunnen doen. Alleen de man met de juiste code had zich binnen kunnen wringen bij de actie op die brug.'

Jenna keek hem aan, daarna dwaalde haar blik naar de ramen; de oranje gloed was aan het vervagen, de zon ging onder. 'Er zijn nog te veel leemten. Te veel gaten, zoals jij dat noemt.'

'Sommige daarvan zullen we wel vullen, misschien wel allemaal.'

'Emory Bradford natuurlijk.'

'En iemand anders,' zei Havelock. 'Matthias. Vier dagen geleden heb ik geprobeerd hem te bereiken vanuit Cagnes sur Mer via een privé-nummer dat heel weinig mensen kennen. Hij wilde niet met me praten; jij kunt niet weten hoe krankzinnig dat was, eigenlijk ongelooflijk. Maar hij weigerde en ik dacht het ergste; de man die me het naast is, had zich van me afgewend. Nou kom jij met Bradford en nu begin ik te denken dat ik het bij het verkeerde eind had.'

'Hoe bedoel je dat?'

'Stel dat Anton er niet was? Stel dat anderen dat geheel eigen plekje van hem hadden overgenomen, dat nummer dat uiterst privé is?'

'Bradford?'

'En wat er verder nog over is van zijn aanhang. Volgens *Time Magazine* is Matthias langere tijd met vakantie, maar als dat nu eens niet zo is? Stel dat de meest gevierde minister van buitenlandse zaken in onze geschiedenis van elk contact met de buitenwereld verstoken wordt gehouden. Ergens in een kliniek waar alle communicatie is afgesneden.'

'Dat is een ongelooflijke aanklacht, Mikhail. Een man als hij moet in verbinding blijven met zijn departement. Er zijn da-

gelijks besprekingen, beslissingen...'
'Dat zou kunnen gebeuren via tweeden en derden, assistenten die bekend zijn bij de staf van BZ.'
'Het is gewoon belachelijk.'
'Misschien toch niet. Toen ze me zeiden dat Anton niet met me wilde spreken kon ik het gewoon niet accepteren. Ik belde iemand anders... een oude man, een buurman van Matthias die hij altijd opzocht, wanneer hij naar zijn hut in de Shenandoah ging. Hij heet Zelienski en hij is goed voor Anton, een gepensioneerd professor, die een paar jaar geleden uit Warschau is gehaald. Ze zaten altijd samen te schaken en over vroeger te praten. Hij vormde een echte opkikker voor Matthias en beiden wisten ze dat, vooral Anton, maar toen ik met Zelienski sprak zei hij dat Anton tegenwoordig geen tijd meer voor hem had. Geen tijd had.'
'Dat kan toch heel goed, Mikhail.'
'Maar het is niet logisch, Matthias zou tijd maken; hij zou niet alle banden met een oude vriend doorsnijden zonder tenminste een of andere verklaring, net zo min als hij dat met mij zou doen. Zo is hij niet.'
'Hoe bedoel je dat?'
'Ik herinner me de woorden van Zelienski. Hij zei dat hij boodschappen achterliet voor Anton en... dat er dan mannen kwamen om excuses te maken namens Matthias, te zeggen dat hij tegenwoordig nog maar zelden naar de vallei kwam. Maar dat deed hij wel; hij was er toen ik belde. Of hij hoorde er te zijn. Ik wil maar zeggen dat hij er misschien niet was.'
'Nou ben jij niet logisch,' viel Jenna hem in de rede. 'Als het waar is wat je zegt, waarom zeiden ze dan niet gewoon dat hij er niet was?'
'Dat konden ze niet. Ik belde via het privé-nummer en die hoorn mag alleen worden opgenomen wanneer hij in huis is, en hij alleen dat mag doen. Iemand beging een vergissing en probeerde die goed te maken.'
'Iemand die voor Bradford werkt?'
'Iemand die deel uitmaakt van een samenzwering tegen Matthias in elk geval, en ik zie Bradford er best voor aan. Nu zeker. Er zitten mensen in Washington die in het geheim in contact staan met mensen in Moskou. Samen hebben die de Costa Brava georganiseerd; overtuigden Matthias dat jij een Sovjetagent was – zijn briefje maakte dat duidelijk. We weten niet

of het scheef is gelopen of niet, maar we weten wel dat Matthias er niets mee te maken had en Bradford wel... Anton vertrouwde Emory Bradford en zijn aanhang niet; hij beschouwde hen als opportunisten van het ergste soort. Hij haalde hen er niet bij wanneer er erg moeilijke onderhandelingen werden gevoerd, omdat hij geloofde dat zij die zouden gebruiken om er zelf beter van te worden. Hij zag dat goed; ze hadden het al eerder gedaan, hadden het land alleen dat laten weten wat zij wilden dat men zou horen, en het stempel "geheim" was daarbij hun handtekening.' Michael zweeg even, en trok aan zijn sigaret terwijl Jenna hem aankeek. 'Misschien is hij wel weer bezig, met god weet wat voor doel. Het zal gauw donker zijn en dan kunnen we gaan rijden. We steken over naar Maryland en gaan zo naar Washington.'

'Naar Bradford?' Havelock knikte en Jenna raakte zijn arm aan. 'Ze zullen het verband zien tussen jou en Handelman en aannemen dat je mij hebt gevonden. Ze weten dat de eerste naam die ik je zou noemen die van Bradford is. Ze zullen hem bewaken.'

'Dat weet ik,' zei Michael. 'Laten we ons maar eens aankleden. We moeten wat eten en een krant zien te krijgen die het nieuws van de persbureaus brengt. We kunnen in de auto wel praten.' Hij zweeg en besefte dat hij uit het bed was gestapt en naar zijn koffer liep. 'Mijn god, je kleren. Daar heb ik niet aan gedacht; je hebt je kleren niet.'

'De mensen van Kohoutek hebben ze afgenomen, allemaal. Ze zeiden dat etiketten uit het buitenland, Europese koffers, brieven, al dat soort dingen – geconfisceerd moesten worden voor ons eigen bestwil. Er mochten geen sporen overblijven van onze afkomst. Ze zouden me later wel iets geschikts geven.'

'Geschikt voor wat?'

'Daar durfde ik niet eens aan te denken.'

'Al je bezittingen afnemen en je alleen in een cel stoppen.' *Nog zoveel goed te maken.* 'Laten we maken dat we wegkomen,' zei hij.

'We moeten onderweg ergens stoppen en een EHBO-doos kopen. Het verband op je schouder moet vernieuwd worden. Dat kan ik wel doen.'

Zoveel in te halen!

23

Ze vonden een wegrestaurant in de buitenwijken van Hagerstown en het licht van de ingang weerkaatste op een rek met kranten. Er waren nog twee kranten over, alle twee middagedities van *The Baltimore Sun*. Ze namen beide exemplaren, omdat ze niet wisten of er foto's in stonden die iemand in het restaurant op hen attent konden maken. Ze verkleinden de negatieve kansen instinctief.

Ze zaten tegenover elkaar in een hoek. Snel sloegen ze de pagina's om, en toen ze alles doorgewerkt hadden, haalden ze opgelucht adem. Er waren geen foto's. Dadelijk zouden ze het artikel aandachtig doorlezen; het stond op pagina drie.

'Je zult wel rammelen van de honger,' zei Havelock.

'Om je de waarheid te zeggen zou ik best een borrel willen, als ze die hier serveren.'

'Dat doen ze; ik zal wel bestellen.' Hij keek naar de balie en stak zijn hand op.

'Ik heb helemaal nog niet aan eten gedacht.'

'Dat is vreemd. Kohoutek zei dat je gisteravond niet wilde eten, dat je het dienblad naar de Cubaan had gegooid.'

'Een blad vol met restjes. Ik heb gegeten; je hebt me altijd geleerd om nooit eten te laten staan als je in een moeilijk parket zit, dat je nooit kunt weten.'

'Je hebt goed naar moeder geluisterd.'

'Ik luisterde naar een kind dat voor zijn leven rende door de bossen.'

'Dat is verleden tijd. Waarom heb je met dat blad gegooid? Om hem van je af te houden?'

'Om de vork te pakken te krijgen. Er was geen mes.'

'Da's niet mis, dame.'

'Ik was vertwijfeld. Hou op met die complimentjes te maken.'

Een dikke, sterk opgemaakte dienster kwam bij hun tafel staan en nam Jenna op met een blik waarin droefheid en jaloezie lagen. Michael begreep waarom, zonder dat hij daarbij voldoening of neerbuigendheid voelde; hij begreep het. Jenna Karras was een van die vaak vergeten personen, of ze nu moest doden om zelf te overleven of zich om diezelfde reden moest laten verleiden. Ze was een dame. Michael bestelde hun drankjes. De dienster glimlachte een ogenblik, knikte en liep snel weer weg.

'Laten we het slechte nieuws maar eens lezen,' zei Michael en hij opende de krant.
'Het staat op pagina drie.'
'Ik weet het. Heb je het al gelezen?'
'Alleen de slotregel waaronder stond "vervolg op pagina elf". Ik dacht dat ze daar misschien een fout gepubliceerd hadden.'
'Dat dacht ik ook.' Havelock begon te lezen en Jenna bleef naar hem kijken. De dienster keerde terug en zette hun glazen op de tafel. 'We zullen zo meteen ons eten bestellen,' zei Michael terwijl hij zijn ogen op de krant gericht hield. De dienster liep weg en Havelock sloeg snel de pagina om en vouwde de krant weer dicht. Hij las verder, voelde eerst opluchting, toen bezorgdheid en tenslotte ontsteltenis. Hij las het einde en ging recht zitten op de bank, terwijl hij Jenna aanstaarde.
'Wat is er? Wat staat erin?'
'Ze stoppen het in de doofpot,' zei hij zacht.
'Wat?'
'Ze nemen me in bescherming... echt in bescherming.'
'Je hebt het vast niet goed gelezen.'
'Ik ben bang van wel.' Hij boog zich voorover en zijn vinger liep de regels van de krantekolom na. 'Luister maar eens. "Volgens Buitenlandse Zaken is er geen enkel persoon van die naam op wie dat signalement van toepassing is of van wie die vingerafdrukken zijn, momenteel in dienst van het ministerie en is die ook nooit in dienst geweest. Verder zei een zegsman voor BZ dat het speculeren over de overeenkomst van de opgegeven naam van de moordenaar met de naam van enige huidige of vroegere employé zeer onbillijk en onjuist zou zijn. Uit het rapport van Buitenlandse Zaken kwam echter een interessante toelichting te voorschijn. Er werd bekend gemaakt dat op de vermoorde professor Handelman in het verleden al eens een beroep was gedaan, om op te treden als consulent voor het ministerie inzake de ontheemding van Europese vluchtelingen, met name van die personen die de nazi-tijd hadden overleefd. Dit heeft geleid tot een theorie die momenteel door de politie van Manhattan wordt bestudeerd, als zou de moordenaar lid zijn van een terroristische organisatie die zich uiterst vijandig opstelt tegenover het joodse bevolkingsdeel. BZ wees erop dat het in diverse landen wel gebeurt dat terroristen de identiteit aannemen van regeringsfunctionarissen."' Ha-

velock zweeg en keek Jenna aan. 'Dat was het,' zei hij. 'Ze hebben iedereen op een dwaalspoor gebracht.'
'Zouden ze het kunnen menen?'
'Onmogelijk. Om te beginnen zijn er wel honderd mensen, zowel in als buiten BZ die weten dat ik voor Consulaire Operaties werkte. Zij zouden die namen samenvoegen en de mijne vinden. Ten tweede moeten mijn vingerafdrukken door de hele flat van Handelman verspreid zijn; die zijn geregistreerd. Tenslotte had Handelman helemaal niets te maken met welk onderdeel van de regering dan ook; dat was zijn kracht. Hij was een tussenpersoon voor de Quai d'Orsay en die zouden hem nooit hebben gebruikt als ze dachten dat hij in de kijkerd liep bij de regering. Zoiets doe je niet; wij vormen allemaal verboden terrein.'
'Wat maak je eruit op?'
Michael leunde achterover op de bank, pakte zijn whisky en dronk. 'Het ligt er te dik op,' mijmerde hij, met zijn glas vlak voor zijn lippen.
'Een hinderlaag dus,' zei Jenna. 'Ze willen je lokken, waarschijnlijk met Bradford – en je inrekenen.'
'En me behandelen als niet-meer-te-redden. En ben ik eenmaal dood dan kan ik niet meer praten, maar ze kunnen als uitleg geven dat ze een moordenaar te pakken hebben gekregen. Het zou gemakkelijk zijn Bradford te bereiken, maar hem meetronen is onmogelijk... Tenzij ik hem uit zijn tent kan lokken, hem kan dwingen naar mij toe te komen.'
'Dat zouden ze nooit toestaan. Hij zou aan alle kanten gedekt zijn en ze zouden naar jou uitkijken. Ze zouden je doden zo gauw ze je zien.'
Havelock nam opnieuw een slok, hij dacht kennelijk aan iets wat hem nog niet helder voor de geest stond. 'Naar mij uitkijken,' herhaalde hij en hij zette het glas neer. 'Naar mij uitkijken... Maar niemand kijkt naar me uit, behalve de mensen die ons dit hebben aangedaan.'
'De leugenaars, zoals jij hen noemt,' zei Jenna.
'Ja, we hebben hulp nodig maar ik ging ervan uit dat we die niet konden krijgen... dat niemand die ik zou willen aanspreken iets met me te maken zou durven hebben. Dat is nu niet het geval; ze hebben een eind gemaakt aan de jacht.'
'Doe niet zo dwaas, Mikhail,' kwam Jenna tussenbeide. 'Dat maakt deel uit van de hinderlaag. Er is een opsporingsbevel

voor jou uitgevaardigd, net zoals voor mij en het jouwe is niet eens in code: er is niets dubbelzinnigs aan. Jij bent jij en elk bureau dat je zou kunnen helpen heeft jou op zijn lijst staan. Wie denk je in jouw regering nog te kunnen vertrouwen?'

'Niemand,' stemde Havelock in. 'En als ik iemand zou vertrouwen, zou hij niet lang meer te leven hebben na hulp aan een man die niet-meer-te-redden is.'

'Wat wil je dan eigenlijk zeggen?'

'Cagnes sur Mer,' zei Michael terwijl hij zijn ogen samenkneep. 'Bij Salanne thuis heb ik, toen ik Anton niet kon bereiken, Zelienski opgebeld. Dat heb ik je verteld, weet je nog? Hij noemde zijn naam. "Alexander de Grote" noemt hij hem. Raymond Alexander. Niet zomaar een wederzijdse kennis, maar eigenlijk een verrekte goeie vriend... zowel van mij als van Matthias. Hij zou het kunnen doen.'

'Hoe?'

'Omdat hij buiten de regering staat. Erbuiten, maar op een bepaalde manier is hij er toch ook heel nauw bij betrokken; Washington heeft hem nodig en hij heeft Washington nodig. Hij is journalist voor *The Potomac Review* en hij weet net zoveel van de regering als iedereen die ik ken. Maar hij is afhankelijk van zijn contacten; hij zou me nooit in de buurt laten komen als ik met naam en toenaam in de kranten zou staan, maar dat is niet het geval.'

'Hoe zou hij ons kunnen helpen?'

'Ik weet het niet zeker. Misschien kan hij Bradford voor ons uit zijn tent lokken. Hij graaft heel diep in zijn interviews en het is een voorrecht voor elk regeringsbureau om door hem te worden uitgekozen. Hij staat boven elke verdenking. Ze zouden Bradford er misschien in een tank naartoe brengen, maar ze zouden hem alleen het huis laten binnengaan. Ik zou kunnen zinspelen op iets onverwachts, een belangrijke verandering binnen Buitenlandse Zaken, met Bradford als middelpunt. Dan een interview voorstellen... met mij in het huis om te luisteren, te verifiëren.'

'Het huis?'

'Hij werkt thuis; dat vormt deel van zijn imago. Net als James Reston bij *The Times:* als een politicus of een regeringsfunctionaris zegt dat hij op *Fiery Run* is geweest weet iedereen wat hij bedoelt; dan komt er een verhaal. Als hij zegt dat hij in Fox Hollow is geweest dan weten diezelfde mensen dat

Raymond Alexander hem een interview heeft afgenomen. Fox Hollow ligt in Virginia, precies ten westen van Washington. We zouden daar over anderhalf uur kunnen zijn, hooguit twee uur.'

'Zou hij het doen?'

'Misschien wel. Ik zal hem niet vertellen waarom, maar misschien doet hij het. Wij zijn vrienden.'

'De universiteit?'

'Nee, maar er is wel verband. Ik heb hem bij Matthias ontmoet. Toen ik bij Buitenlandse Zaken begon, kwam Matthias vaak naar Washington. Hij legde er contacten en smeerde volop stroop om de mond van allerlei invloedrijke lieden, en vaak kreeg ik op het laatste moment een telefoontje van Anton om te vragen of ik met hen uit eten wilde. Ik heb nooit geweigerd, niet alleen vanwege het gezelschap maar ook omdat het restaurants waren die ik me niet permitteren kon.'

'Dat was attent van je *pritel.*'

'En niet zo slim voor een briljant man, gezien de aard van mijn opleiding. Hij was de *ucitel*, die een niet al te begaafde student uit Praag de hemel in prees, terwijl dat soort aandacht het laatste was dat ik nodig had. Dat heb ik op een rustig moment aan Alexander uitgelegd. We moesten er beiden om lachen en daarna hebben we af en toe samen gegeten wanneer Anton veilig in zijn eigen toren in Washington zat om zijn eigen academische tuin te wieden, wanneer hij niet probeerde een arboretum aan te leggen in Washington. Vergis je niet, de geweldenaar Matthias voelde zich niet te goed om wat mest te strooien bij de zaden die hij gezaaid had.'

'Dus dan aten jullie bij Alexander thuis?'

'Steevast. Hij besefte dat hij ook iemand was met wie ik niet in het openbaar gezien wilde worden.'

'Dan zijn jullie dus ècht goede vrienden.'

'Tamelijk.'

'En hij heeft invloed?'

'Natuurlijk.'

Jenna boog zich voorover en legde haar hand op zijn arm. 'Mikhail, waarom zou je hem alles niet vertellen?'

Havelock fronste zijn wenkbrauwen en legde zijn hand over de hare. 'Ik denk niet dat hij het zou willen horen. Dat is niet het soort onderwerp waarover hij schrijft.'

'Hij is journalist! In Washington. Hoe kun je zoiets zeggen?'

'Hij analyseert, geeft commentaar op het politieke gebeuren. Hij schrijft niet over sensationele zaken, stelt geen dingen aan de kaak. Hij houdt er niet van op tenen te gaan staan, hij geeft slechts zijn mening.'

'Maar wat je hem te vertellen hebt is iets heel bijzonders.'

'Hij zou me vertellen dat ik rechtstreeks naar de veiligheidsdienst van BZ zou moeten gaan, dat ze daar onbevooroordeeld naar me zouden luisteren. Dat zouden ze niet. Ze zouden me een kogel door mijn kop schieten. Alexander is een ouwe zuurpruim van vijfenzestig jaar die het allemaal al gehoord heeft – van Dallas tot Watergate – en volgens hem is honderdtien procent van dat alles een grote hoop stront. En als hij erachter kwam wat ik allemaal had uitgevoerd – afgezien van Handelman – dan zou hij zelf de veiligheidsdienst bellen.'

'Dan is hij niet zo'n grote vriend.'

'Volgens hem is hij dat wel; zolang je maar niet over de streep gaat.' Michael zweeg en draaide haar hand om. 'Maar behalve de mogelijkheid dat hij Bradford naar Fox Hollow zou kunnen lokken, is er nog iets wat hij zou kunnen ophelderen. Mijn *pritel.* Ik zal hem vragen uit te zoeken waar Matthias zit, zeggen dat ik hem zelf niet wil bellen, omdat ik misschien geen tijd heb om hem op te zoeken. Anton zou zich dat aantrekken. Dat zou hij doen; met zijn contacten zou hij het kunnen doen.'

'Stel dat hij het niet kan?'

'Dan komen we daardoor iets te weten, nietwaar? In dat geval zal ik hem dwingen om Bradford naar zijn huis te halen, al moet ik hem bedreigen met een pistool. Maar als hij Matthias inderdaad bereikt... in een berghut in de Shenandoahs... dan weten we nog iets wat me doodsbenauwd zou maken. Dan betekent dat dat de minister van buitenlandse zaken van Amerika in Moskou in contact staat met de KGB.'

Het dorpje Fox Hollow was maar klein; de straten werden verlicht door gaslantaarns, er bestond een gemeenteverordening dat de architectuur in koloniale stijl moest zijn en de winkels werden *boutiques* genoemd en telden hun klanten in de rijkste kringen van Washington en New York. De charme van het dorpje was niet alleen duidelijk zichtbaar, ze lag er dik bovenop, maar zij was niet bestemd voor vreemdelingen; toeristen waren er niet welkom, als ze al niet lastig werden geval-

len. De zeer kleine politiemacht was tot de tanden bewapend en bezat een communicatiesysteem waar het Pentagon jaloers op kon zijn – en het was daar waarschijnlijk ook ontworpen. Fox Hollow lag midden in Virginia als een eiland in een zee van land, even ontoegankelijk als wanneer er een wijdse oceaan omheen had gelegen.
In de buitenwijken van Harpers Ferry lag geen sneeuw meer omdat de lucht er werd verwarmd door de Potomac. In plaats daarvan viel er bij Leesburg een kille motregen en tegen die tijd had Havelock zijn scenario rond voor Raymond Alexander. Er was een moord gepleegd in New York – als Alexander er nog niets van wist dan zou hij het morgen weten; hij was een hartstochtelijk krantenlezer – en de moordenaar had een alias in elkaar geflanst, met inbegrip van identiteitsbewijs en voorkomen, dat onbehaaglijk veel op dat van Michael leek. BZ had hem uit Londen laten overvliegen met een militair transporttoestel. Alle hulp die de gewezen agent kon geven aan Consulaire Operaties zou op prijs worden gesteld: en hij was immers toch in Londen, nietwaar?
Het spelletje met Bradford zou hij bijvijlen naar gelang hun gesprek verliep, maar de fundamentele angel was dat de staatssecretaris die vroeger uit de gunst was geweest, op het punt stond gerehabiliteerd te worden en opnieuw voor het voetlicht zou verschijnen. In Londen zou Havelock zeggen, had hij een gedetailleerd verslag gehoord over Bradfords uitgebreide maar geheime onderhandelingen betreffende de delicate kwestie van de raketplaatsingen binnen de NAVO; het betekende een belangrijke verandering van politiek. Het nieuws was ook sensationeel genoeg om Raymond Alexander lekker te maken. Havelock had geboekt op een retourvlucht naar Londen in de middag... en als hij tijd had en zijn afspraken het toelieten zou hij natuurlijk ook graag zijn oude mentor, Anton Matthias opzoeken, al was het maar voor een paar minuten. Als Alexander wist waar hij op dit moment was.
Wat Bradford betreft, die moest wel. Als hij werd opgeroepen door de gevreesde journalist moest hij wel komen. Al waren andere zaken – zoals Costa Brava – nog zo belangrijk, hij moest ten koste van alles buiten schot blijven en dat zou niet het geval zijn wanneer hij weigerde zich door Raymond Alexander te laten interviewen. En wanneer hij eenmaal in het huis in Fox Hollow was, en zijn bewakers buiten wachtten in de

limousine, dan zou Michael hem grijpen en er zou een verdwijnkunstje worden vertoond dat de leugenaars versteld zou doen staan, evenals de bewakers die door de leugenaars waren ingehuurd. Want het grote, onregelmatig gebouwde huis van de journalist was omgeven door kilometers dicht bos, open stukken vol struikgewas en diepe ravijnen. Niemand kende de bossen zoals Mikhail Havlíček ze kende; met een leugenaar voor zich uit zou hij zich een weg erdoorheen banen tot ergens aan een landweggetje en een auto en een vrouw die door de leugenaar was gebruikt in Barcelona. Na zijn ontmoeting met Alexander hadden ze de hele nacht de tijd om de kaart te bestuderen en de wegen af te rijden, op hun hoede voor de politie van Fox Hollow en klaar met een uitleg als ze aangehouden mochten worden. Ze konden het doen. Ze moesten het doen.

'Wat enig!' riep Jenna uit, onder de indruk van de met gas verlichte straten en de kleine albasten zuilen in de winkelpuien.

'Wat bedrieglijk,' zei Michael toen hij een blauwwit gestreepte surveillancewagen van de politie aan de trottoirrand zag staan.

'Ga liggen!' beval hij. 'Laat je niet zien.'

'Wat?'

'Alsjeblieft!'

Jenna deed wat haar werd gezegd en ging ineengedoken op de vloer liggen.

Hij minderde vaart, reed vlak langs de politieauto, zag de agent achter het raampje, stuurde toen naar rechts en parkeerde pal voor de auto.

'Wat ga je doen?' fluisterde Jenna verbijsterd.

'Mijn papieren laten zien voordat iemand ernaar vraagt.'

'Héél goed, Mikhail.'

Havelock stapte uit en liep terug naar de politiewagen. De agent draaide het raampje omlaag nadat hij eerst de nummerplaat van Michaels huurauto had opgenomen. Dat was net wat Michael wilde zien; het zou later die avond van nut kunnen zijn als er een 'verdacht voertuig' werd gerapporteerd.

'Agent, kunt u me zeggen waar ik hier ergens kan opbellen? Ik dacht dat er op de hoek een cel zou staan, maar het is al een paar jaar geleden dat ik hier voor het laatst ben geweest.'

'U bent hier al eerder geweest?' vroeg de politieagent, met

vriendelijke stem, maar wantrouwige ogen.
'Jazeker. Ik kwam hier vaak voor weekends.'
'Hebt u zaken te doen in Fox Hollow, meneer?'
'Nou ja...' Havelock zweeg even alsof hij de vraag nog net niet onbeleefd vond. Toen haalde hij zijn schouders op; de politie was er nu eenmaal niet voor niets, vertelde dat gebaar. Hij sprak iets zachter. 'Goed dan, ik begrijp het wel. Ik wil naar een oude vriend toe, Raymond Alexander. Ik wil hem bellen en zeggen dat ik hier ben... voor het geval er iemand bij hem op bezoek is die hij liever niet met mij in contact brengt. Zo gebeurt dat altijd met meneer Alexander, agent, maar dat weet u waarschijnlijk. Ik zou wel wat rond kunnen rijden, om een cel te zoeken. Dat zal ik straks misschien toch moeten doen.'
De houding van de agent was zichtbaar verbeterd bij het noemen van Alexanders naam. Het was vrij normaal om limousines en militaire stafauto's te zien die op weg waren naar het afgezonderde huis van de geziene politieke commentator. Het voertuig dat voor hem stond hoorde niet tot die categorie, maar de doeltreffende zinnen waren te lezen in de ogen van de agent. *Een oude vriend. Ik kwam hier vaak voor weekends...*
'Jawel, meneer. Zeker, meneer. Vijf straten verder is er een restaurant met een telefoon in de hal.'
'*The Lamplighter?*' vroeg Havelock, het zich herinnerend.
'Precies.'
'Liever niet, agent. Het zou er wel eens druk kunnen zijn. Is er niet een cel op straat?'
'Er is er eentje op Acacia...'
'Als u me zegt hoe ik daar naartoe moet rijden, dan zouden zowel R.A. als ik dat erg op prijs stellen.'
'Rijdt u mij maar achterna, meneer.'
'Erg bedankt.' Michael liep op zijn auto af, bleef toen staan en keerde terug naar het raampje. 'Het klinkt misschien gek, maar meestal werd ik hierheen gereden. Ik geloof dat ik de weg naar zijn huis weet. In de Websterstraat rijd je linksaf naar Underhill Road en dan een kilometer of drie, viereneenhalf rechtdoor, nietwaar?'
'Het is dichter bij de negen kilometer, meneer.'
'O ja? Bedankt.'
'Als u gebeld hebt kan ik wel voor u uit rijden, meneer. Het is hier rustig vanavond.'

'Dat is erg vriendelijk van u. Maar dat mag ik u echt niet vragen.'
'Geen probleem. Daar zijn we voor.'
'Nou, nogmaals bedankt. Ik stel het op prijs.'

Het telefoontje met Raymond Alexander leverde het resultaat op dat Havelock had verwacht. Hij moest en zou even langskomen om de journalist op te zoeken, al was het alleen maar om een borrel te drinken. Michael zei dat hij blij was dat Raymond niet bezet was, niet alleen om oude vriendschapsbanden weer aan te knopen, maar ook omdat hij in Londen iets had gehoord wat Alexander misschien zou interesseren. Misschien kon hij er zelfs een groot aantal dure diners mee goedmaken dat Havelock op kosten van Raymond had genoten.
Toen hij van de cel terug aan het lopen was naar de auto bleef Michael een ogenblik staan bij het raampje van de agent.
'Meneer Alexander wilde dat ik uw naam zou vragen. Hij is u erg dankbaar.'
'Graag gedaan, meneer. Mijn naam is Lewis. Agent Lewis; er is er maar eentje.'
Lewis, dacht hij. Harry Lewis, hoogleraar politieke wetenschappen aan de Concorde-universiteit. Hij had nu geen tijd om aan Harry te denken, maar dat moest er binnenkort wel van komen. Lewis moest ervan overtuigd zijn dat hij uit de beschaafde wereld verdwenen was. Dat was ook zo, en om er weer in terug te komen moesten er leugenaars gevonden en aan de kaak gesteld worden.
'Is er iets, meneer?'
'Nee, niets. Ik ken een man die Lewis heet. Harry Lewis. Het schiet me net te binnen dat ik hem nog moet bellen. Nogmaals bedankt. Ik rijd u wel na.'
Havelock ging achter het stuur van de huurauto zitten en de blik die Jenna hem toewierp was niet erg geruststellend. 'Hoe gaat het met je?'
'Oncomfortabel en doodsbenauwd! Stel dat die man naar me toe was komen lopen?'
'Dan zou ik hem hebben tegengehouden door vanuit de cel naar hem te roepen, maar ik dacht niet dat het waarschijnlijk was. De politie in Fox Hollow blijft in de buurt van hun radio's. Ik wil alleen maar dat ze jou niet zien. Niet in deze buurt en zeker niet met mij.'

Het ritje naar het huis van Alexander duurde minder dan twaalf minuten. Toen viel het licht van de koplampen van beide wagens op de witte omheining van latwerk die het bezit van de journalist markeerde. Het huis zelf stond ver van de weg. Het was een smaakvolle combinatie van steen en hout, met een ronde oprit die door schijnwerpers werd verlicht en die eindigde voor een brede, leistenen trap die naar de zware eikehouten voordeur voerde. Het terrein voor en naast het huis was open en hier en daar groeiden dikke, hoge bomen op het kort geschoren gazon. Maar aan beide kanten begon, waar het gazon ophield, abrupt het dichte bos, als wilde het kenbaar maken dat de mens daar een indringer was en dat de woonplaats die hij zich daar had uitgehakt in strijd was met het maagdelijke bos. Michael kon zich de achterkant van het huis nog herinneren; de bossen groeiden even dicht bij de achterveranda als bij de zijkanten van het huis. Hij zou die bossen gebruiken en er samen met Bradford in doordringen.
'Als je de politieauto hoort wegrijden,' zei hij tegen Jenna, 'dan kun je opstaan en je benen wat strekken, maar ga niet uit de auto. Ik weet niet wat voor alarminstallaties Alexander hier allemaal heeft.'
'Vreemde kennismaking met dat vrije land van jou, Mikhail.'
'O, en je moet niet roken.'
'*Dkuji.*'
'Niks te danken.'
Havelock drukte met opzet even op de rand van de claxon toen hij uitstapte. Het geluid klonk kort en onverwacht, het was gemakkelijk te verklaren. Er waren geen honden. Hij liep naar de surveillancewagen die voor de zijne stond en hoopte dat de claxon zijn dienst zou bewijzen voordat hij aan het raampje kwam. Dat deed hij; de voordeur ging open en in de opening stond een dienstbode in uniform die naar buiten keek.
'Hallo, Margaret!' gilde Michael boven het dak van de politiewagen uit. 'Ik kom er zo aan.' Hij keek omlaag naar de politieagent die even naar de deur had gekeken en het tafereeltje had opgenomen. 'Nogmaals bedankt, meneer Lewis,' zei hij terwijl hij een bankbiljet uit zijn zak haalde. 'Ik zou graag...'
'O, nee, meneer, evengoed bedankt. Ik wens u een prettige avond.' De agent knikte glimlachend, schakelde en reed weg. Havelock zwaaide; geen politie, geen honden, enkel onzichtbare alarminstallaties. Zolang Jenna in de auto bleef was ze

veilig. Hij liep de leistenen trap op naar de deur en de dienstbode.
'Goedenavond, meneer,' zei de vrouw met een duidelijk Iers accent. 'Mijn naam is Enid, niet Margaret.'
'Het spijt me heel erg.'
'Meneer Alexander verwacht u. Ik heb nog nooit over ene Margaret gehoord; het meisje voor mij heette Gretchen. Ze heeft het vier jaar volgehouden, God hebbe haar ziel.'
Raymond Alexander stond op uit de zachte gemakkelijke leunstoel in zijn grote, gelambrizeerde bibliotheek met wanden vol boeken en kwam met uitgestrekte hand op Michael af. Hij liep kwieker dan je van zijn gezette figuur zou verwachten, zijn heldere groene ogen lagen diep in zijn engelengezicht en daarboven groeide een bos verwarde haren die er in waren geslaagd donkerder te blijven dan bij zijn leeftijd te verwachten was. Passend bij zijn anachronistische levensstijl droeg hij een dieprood, fluwelen huisjasje. Havelock had sinds zijn jeugd in Greenwich, Connecticut, geen huisjasje meer gezien.
'Michael, hoe gaat het met je? Mijn god, het is nu alweer vier, vijf jaar geleden!' riep de journalist uit met zijn afgebeten, hoge stem.
'Jij bent er in die tijd niet op achteruit gegaan, Raymond. Je ziet er geweldig uit.'
'Jij niet. Neem me niet kwalijk, jongeman, maar je ziet eruit als iets wat een van mijn katten buiten zou doen. Ik geloof niet dat die pensionering zo goed voor je is.' Alexander liet Havelocks hand los en stak snel zijn beide handen omhoog. 'Ja, ik weet er alles van. Ik hou me op de hoogte wanneer vrienden vragen beantwoorden. Schenk je maar een borrel in; je kent hier de regels en je ziet eruit alsof je er wel een kunt gebruiken.'
'Dat zal ik graag doen,' zei Michael en hij liep naar de koperen huisbar die tegen de muur stond.
'Ik geloof dat je er beter uit zou zien als je wat geslapen had...'
Dat was precies de goede opening. Havelock ging tegenover de journalist zitten en vertelde hem het verhaal van de moord in New York en dat BZ hem om vier uur in de ochtend, lokale tijd, uit Londen had opgehaald.
'Daar heb ik vanmorgen over gelezen,' zei Alexander hoofdschuddend. 'Vanzelfsprekend heb ik aan jou gedacht – de naam natuurlijk – maar ik wist meteen dat het belachelijk was. Jij

zou zoiets doen, jij met jouw achtergrond? Had er iemand een oud identiteitsbewijs van je gestolen?'
'Nee, het was vervalst, dat denken we tenminste. Hoe dan ook het zijn twee lange dagen geweest. Even dacht ik dat ik gevangen gezet werd.'
'Nou, ze zouden je nooit op die manier hierheen hebben gehaald als Anton ervan op de hoogte was geweest, dat kan ik je wel vertellen.'
Alleen de beste vrienden van Matthias noemden hem bij zijn Tsjechische voornaam en omdat Michael dat wist verontrustte die uitspraak hem. Nu werd hij noodzakelijkerwijs geconfronteerd met een omgekeerde gang van zaken, maar het was niet natuurlijk als hij niet verder vroeg. Het spelletje met Bradford moest het laatst komen; nu Matthias.
'Dat vroeg ik me al af,' zei Havelock, hij draaide zijn glas rond in zijn hand en zijn stem klonk nonchalant. 'Ik dacht gewoon dat hij het te verrekte druk had. Ik wilde jou in feite vragen of hij in Washington was. Ik zou graag even bij hem langs gaan om hem op te zoeken, maar mijn tijd is beperkt. Ik moet terug naar Londen en als ik hem zelf bel... nou ja, jij kent Anton. Hij zou erop staan dat ik een paar dagen bij hem bleef.'
Alexander boog zich voorover in zijn zwaar gecapitonneerde stoel en zijn intelligente gelaat keek zorgelijk. 'Je weet het dus nog niet?'
'Wat weet ik niet?'
'Verdomme, nou vind ik toch dat de achtervolgingswaanzin van de regering te ver gaat. Hij is praktisch een vader voor jou en jij bent praktisch zijn zoon! Jij hebt de geheimen van zo'n duizend operaties bewaard en ze hebben het jou niet eens verteld.'
'Me wat verteld?'
'Anton is ziek. Het spijt me dat je het van mij moet horen, Michael.'
'Hoe ziek?'
'De geruchten schommelen tussen ernstig en doodziek. Hij is zich kennelijk van zijn toestand bewust en omdat hij nu eenmaal zo is, denkt hij het laatst aan zichzelf. Toen BZ erachter kwam dat ik het had ontdekt, stuurde hij me een persoonlijk briefje waarin hij me bezwoer het geheim te houden.'
'Hoe ben je erachter gekomen?'

'Een van die rare dingen die je eigenlijk niet voor mogelijk houdt... tot ze gebeuren. Ik werd meegetroond naar een feestje in Arlington, een paar weken geleden – je weet hoezeer ik de pest heb aan die uitputtende proeven in verbaal uithoudingsvermogen, maar de gastvrouw was een goede vriendin van mijn overleden vrouw.'
'Het spijt me dat te horen,' kwam Havelock tussenbeide, terwijl hij zich vaag de vrouw van de journalist herinnerde, een tenger vrouwtje dat de voorkeur had gegeven aan een leven op de achtergrond in haar tuin en tussen fraai geschikte bloemen. 'Dat wist ik niet.'
'Het gaat nu wel weer. Het is al meer dan twee jaar geleden.'
'Dat feestje in Arlington...'
'Ja, nou, ik vond het erg gênant, maar een vrij jonge vrouw die behoorlijk dronken was bleef maar met me bezig en randde me zowat aan. Als het nou zo'n wijf was geweest dat op jacht was naar een vent om mee in bed te kruipen, dan had ik me kunnen voorstellen dat ze zich aangetrokken had gevoeld tot de meest aantrekkelijke man op het feest, maar ik ben bang dat zoiets niet het geval was. Ze had kennelijk huwelijksmoeilijkheden van zeer ongebruikelijke aard. Haar man was een legerofficier die al bijna drie maanden uit het gezin – lees "echtelijke sponde" – weg was en niemand in het Pentagon wilde haar vertellen waar hij was. Ze had het doen voorkomen alsof ze ziek was – en ik denk niet dat ze daarvoor veel komedie hoefde te spelen – en hij kwam terug met bijzonder verlof. Toen ze hem in haar net had verstrikt wilde ze weten waar hij geweest was, wat hij aan het doen was – lees "andere vrouw". Hij weigerde het haar te zeggen, en toen ons soldaatje sliep doorzocht ze dus zijn kleren en vond een veiligheidspas voor een standplaats waarvan ze nog nooit had gehoord; ik trouwens ook niet. Ik begrijp dat ze hem wakker beukte en een verklaring eiste en dat hij dit keer in zelfverdediging eruitflapte dat het iets was onder de allerhoogste geheimhouding. Er werd een zeer beroemd man verpleegd – meer kon hij niet zeggen.'
'Anton?' vroeg Michael.
'Ik kreeg er geen hoogte van tot de volgende morgen. Het laatste wat ze tegen me zei – voordat een of andere welwillende of seksueel uitgehongerde gast haar naar huis reed – was dat zulke zaken aan het volk bekend gemaakt hoorden te wor-

den, dat de regering zich net zo gedroeg als moedertje Rusland. Toen werd het ochtend en belde ze me op, helemaal nuchter en echt in paniek. Ze verontschuldigde zich voor wat ze haar "afgrijslijke gedrag" noemde en smeekte me alles te vergeten wat ze me had verteld. Ik leefde helemaal met haar mee, maar liet wel doorschemeren dat haar instinct misschien wel juist was, al was ik niet degene op wie ze een beroep moest doen; er waren anderen die haar beter van dienst konden zijn. Ze antwoordde zoiets dat haar man geruïneerd zou kunnen worden, dat een briljante militaire carrière naar de knoppen zou gaan. Dat was dus dat.'

'Dat was dus wat? Hoe ontdekte je dat het Matthias was?'

'Omdat ik diezelfde morgen in *The Washington Post* las dat Anton een korte vakantie had verlengd tot een langere en dat hij niet zou verschijnen voor het comité voor buitenlandse betrekkingen van de Senaat. Ik bleef maar denken aan wat die vrouw me had verteld... en aan het feit dat Anton maar zelden een kans voorbij liet gaan om op te treden voor de tv-camera's van zo'n hoorzitting. En toen dacht ik, waarom niet? Net als jij weet ik waar hij elk vrij moment dat hij heeft doorbrengt...'

'De berghut in de Shenandoah,' viel Havelock hem in de rede en hij kreeg een gevoel van *déjà-vu*.

'Precies. Ik redeneerde dat als het verhaal waar was en hij een paar dagen extra nam, dat we dan samen wat konden gaan vissen in de vallei of een potje konden schaken. Ook weer net als jij, heb ik het telefoonnummer, dus belde ik hem.'

'Hij was er niet,' zei Michael.

'Dat zeiden ze niet,' verbeterde de journalist hem. 'Ze zeiden dat hij niet aan de telefoon kon komen.'

'Dat toestel?'

'Ja... dat toestel. Het was zijn privé-nummer.'

'Waarvan niemand de hoorn opneemt, tenzij hij er is.'

'Ja.' Alexander hief zijn cognacglas op en nam een slok.

Havelock kon wel gillen. Hij kon wel op de gezette schrijver met zijn wilde haardos afrennen en hem door elkaar rammelen. *Ga door! Ga door! Zeg het me!* Maar hij zei zacht: 'Dat moet een schok voor je zijn geweest.'

'Zou het dat voor jou ook niet zijn geweest?'

'Jazeker.' *Het was een schok! Zie je dat dan niet in mijn ogen?*

'Wat heb je gedaan?'

'Het eerste wat ik deed was Zelienski bellen. Je herinnert je die ouwe Leon nog wel, nietwaar? Telkens wanneer Matthias naar de hut vloog of reed was het vaste regel dat Zelienski ontboden werd om te komen eten, dat is nu al jaren zo geweest.'
'Heb je hem te pakken gekregen?'
'Ja, en hij vertelde me iets heel vreemds. Hij zei dat hij Anton in maanden niet had gezien, dat Matthias nooit meer opnam als hij belde – niet persoonlijk – en dat hij geloofde dat onze beroemde man tegenwoordig geen tijd meer had voor de vallei.'
Nu was de *déjà-vu* compleet voor Michael. Nu zag en hoorde hij het door de ogen en oren van een ander. Toen schoot hem iets te binnen. 'Jij bent bevriend met Zelienski, nietwaar?'
'Voornamelijk via Anton. Zo ongeveer zoals wij elkaar hebben leren kennen. Hij komt zo nu en dan om te lunchen en te schaken. Nooit voor het avondeten; hij rijdt niet bij donker. Maar wat ik zeggen wil is dat Matthias maar op één plaats kon zijn voor zijn vakantie, en daar was hij niet. Ik kan me werkelijk niet voorstellen dat hij geen tijd meer zou hebben voor Zelienski. Jij wel? Per slot van rekening laat Zelienski hem altijd winnen.'
'Ik kan me ook niet voorstellen dat jij de zaak daarbij zou laten zitten.'
'Precies, dat heb ik ook niet gedaan. Ik belde Antons departement en vroeg zijn eerste assistent te spreken. Ik zei nadrukkelijk dat ik iemand verwachtte die de minister van buitenlandse zaken vertegenwoordigde bij zijn afwezigheid. Zo belangrijk vond ik mijn verzoek om inlichtingen. En met wie had je wel gedacht dat ze me doorverbonden?'
'Wie?'
'Emory Bradford. Herinner je je hem nog? Bradford de "boemerang", gesel van de hoge piefen voor wie hij eerst de zegsman was geweest. Ik was erdoor gefascineerd, want in feite bewonder ik hem – omdat hij de moed had om een stap terug te zetten – maar ik heb altijd gedacht dat Matthias die hele kliek verachtte. Integendeel, hij bracht juist meer begrip op voor degenen die in vlammen waren opgegaan, omdat zij niet van gedachten veranderd waren.'
'Wat heeft Bradford je verteld?' Michael klemde het glas in zijn hand en was plotseling bang dat hij het in stukken zou breken.

'Je bedoelt wat heeft hij me verteld, nadat ik hem had verteld wat ik dacht dat er was gebeurd. Ik heb natuurlijk niet gesproken over die vrouw en dat was ook helemaal niet nodig. Bradford schrok zich kapot. Hij smeekte me om niets te zeggen of te schrijven en zei dat Matthias zelf contact met me zou opnemen. Ik stemde in en tegen het middaguur kreeg ik via een koerier een briefje van Anton. Ik heb me aan zijn verzoek gehouden... tot dusverre. Ik kan gewoon niet aannemen dat hij het voor jou ook verborgen zou willen houden.'
'Ik weet niet wat ik ervan moet zeggen.' Havelock liet de druk op het glas wat afnemen en haalde diep adem, de journalist moest dat dan maar uitleggen zoals hij zelf wilde. Maar voor Michael was het het voorspel op misschien de belangrijkste vraag die hij ooit in zijn leven had gesteld. 'Herinner je je de naam van de standplaats waar de man van die vrouw gestationeerd was? Die plaats waar je nog nooit van had gehoord?'
'Ja,' zei Alexander, terwijl hij aandachtig naar Havelock keek. 'Maar niemand weet dat ik het weet. Of van wie ik het heb gehoord.'
'Wil je het me vertellen? Niemand zal ooit horen waar ik het heb gehoord, daar kun je van op aan.'
'Waarom, Michael?'
Havelock zweeg even, glimlachte toen. 'Waarschijnlijk om een fruitmand te sturen. In elk geval een brief.'
De journalist knikte en zijn glimlach beduidde dat hij antwoord ging geven. 'Het is een plek die Pooles Eiland heet, ergens voor de kust van Georgia.'
'Dank je.'
Alexander merkte dat zijn glas leeg was. 'Kom op, we staan beiden droog. Schenk het jouwe nog maar eens vol en het mijne ook als je toch bezig bent. Dat hoort ook bij de regels, weet je nog wel?'
Michael stond op, schudde zijn hoofd en bleef glimlachen ondanks de spanning die hij voelde. 'Ik wil jou graag inschenken, maar ik moet nu echt weg.' Hij pakte het glas van de journalist. 'Ik had een uur geleden al in Maclean moeten zijn.'
'Ga je weg?' riep de oude ijzervreter uit terwijl hij zich met opgetrokken wenkbrauwen omkeerde in zijn stoel. 'Hoe zit het met die informatie uit Londen, waarvan je beweerde dat het een paar van de beste maaltijden die je ooit hebt gehad goed zou maken, jongeman?'

Havelock stond aan de huisbar en schonk cognac in. 'Ik heb daarover nagedacht toen ik hierheen reed,' zei hij peinzend. 'Misschien ben ik wel te hard van stapel gelopen.'
'Spelbederver,' zei Alexander grinnikend.
'Nou ja, je moet zelf maar zien. Het gaat over een zeer gecompliceerde, clandestiene operatie van de inlichtingendienst die volgens mij tot niets zal leiden. Wil je het horen?'
'Hou maar op, beste jongen! Je bent aan het verkeerde adres, ik hou me erbuiten. Ik ben het eens met de stelregel van Anton. Tachtig procent van al het inlichtingenwerk is een schaakspel dat door idioten wordt gespeeld ten voordele van een stelletje geschiften!'

Michael stapte in de auto; er hing een vage geur van sigaretten. 'Je hebt gerookt,' zei hij.
'Ik voel me net als een kleine jongen achter de schuur,' antwoordde Jenna die ineengedoken op de vloer lag. 'Hoe zit het met Bradford? Zal je vriend hem uit zijn schulp halen?'
Havelock startte de motor, schakelde en reed snel de ronde oprijlaan af naar de ingang. 'Je kunt nu wel omhoogkomen.'
'Hoe zit het met Bradford?'
'We laten hem een tijdje in zijn sop gaar koken, hij kan wachten.' Jenna kroop op de bank naast hem en staarde hem aan.
'Wat zeg je me nou, Mikhail?'
'We rijden de hele nacht door, rusten morgen even en gaan dan verder. Ik wil er morgen laat in de middag aankomen.'
'Mijn god, waar?'
'Het heet Pooles Eiland, waar dat dan ook mag zijn.'

24

Het lag voor de kust, ten oosten van Savannah, vijf jaar geleden was het een dun bevolkt eilandje geweest van minder dan vijf vierkante kilometer, en het rijk had het overgenomen voor oceaanonderzoek. Een paar keer per week, zeiden de vissers, kon je helikopters van de luchtmachtbasis Hunter laag over het water zien scheren naar een onzichtbare landingsplaats ergens achter de hoge dennebomen die langs de rotsachtige kust groeiden.
Ze waren tegen halfvier in de middag in Savannah aangeko-

men; tegen vieren hadden ze een onopvallend motel gevonden aan de autoweg langs de oceaan. Om tien voor halfvijf liepen ze de pieren op van een vissershaventje aan de overkant van de weg, op tijd om zowat een dozijn vissersboten te zien binnenlopen met hun vangst van die dag. Tegen kwart over vijf hadden ze met verschillende vissers gesproken en om halfzes had Havelock een gesprek onder vier ogen met de havenmeester. Tegen tien voor zes was tweehonderd dollar van eigenaar verwisseld en kreeg hij een viereneenhalf meter lange roeiboot ter beschikking met een buitenboordmotor van twaalf pk en was de nachtwaker van de haven op de hoogte van de huurovereenkomst.

Ze reden via de autoweg terug naar een winkelcentrum in Fort Pulaski waar Michael een winkel in sportartikelen vond en de artikelen kocht die hij nodig had: een wollen, gebreide muts, een strakke sweater, een dikke katoenen broek en stevige hoge schoenen met rubber zolen – alles in het zwart. Behalve de kleren kocht hij nog het volgende: een waterdichte zaklantaarn en een canvas pakje, een jachtmes en vijf bosjes leren schoenveters van een meter tachtig lang, dat alles met instemmend knikken van Jenna voordat zij sprak.

‘Een trui, een muts, een zaklantaarn, een mes,’ zei ze gehaast, kwaad. ‘Je koopt één van elk. Koop er maar twee. Ik ga met je mee.’

‘Nee, dat doe je niet.’

‘Ben je Praag en Warschau vergeten? Triëst of de Balkan?’

‘Nee, maar jij wel. In elk van die plaatsen – overal waar we heengingen – was er iemand op wie we konden terugvallen, al was het alleen maar om tijd te rekken. Iemand op een ambassade of een consulaat die we de juiste woorden verschaften als tegenwicht voor een bedreiging.’

‘Zulke mensen hebben we nooit hoeven gebruiken.’

’We zijn ook nooit gepakt.’

Ze keek hem aan met ogen die met tegenzin zijn logica aanvaardden. ‘Wat voor woorden heb ik dan?’

‘Ik zal ze voor je opschrijven. Aan de overkant is een kantoorboekhandel. Daar wil ik een schrijfblok kopen en carbonpapier. Kom op.’

In het motel zat Jenna in een leunstoel naast het bureau waaraan Havelock aan het schrijven was. Ze nam de kopieën van hem aan wanneer hij ze uit het blok scheurde en controleerde de blauwe afdruk op leesbaarheid. Hij had negen pagina's volgeschreven, elke regel in zorgvuldige blokletters, elk onderdeel genummerd, elk detail nauwkeurig omschreven, elke naam juist. Het was een samenvatting van uitgelezen, hoogst geheime operaties van de inlichtingendienst en interventies die waren uitgevoerd door de Amerikaanse regering door heel Europa gedurende de afgelopen achttien maanden. Het bevatte bronnen, informanten, geheime agenten en dubbelagenten, evenals een lijst van diplomaten en attachés in drie ambassades die in werkelijkheid een post van de CIA waren. Op het tiende vel deed hij verslag over Costa Brava, noemde de naam van Emory Bradford en van de mannen met wie hij had gesproken en die de bevestiging hadden gegeven van bewijsmateriaal dat alleen maar verkregen had kunnen worden met medewerking van de KGB, en vertelde hij over een VKR-agent in Parijs die had toegegeven dat de Russen op de hoogte waren van het bedrog. Op het elfde vel beschreef hij de fatale ontmoeting op de Palatijn en schreef hij over de Amerikaanse agent die gestorven was doordat hij zijn leven redde en die enkele tellen voor zijn dood had uitgeroepen dat er leugens werden verteld door mensen die aan de macht waren in Washington. Op het twaalfde beschreef hij in het kort de gebeurtenissen bij Col des Moulinettes en een opdracht tot executie die was uitgegeven door een codenaam: Dubbelzinnigheid. Op de dertiende en laatste pagina vertelde hij de waarheid over een moordenaar uit Lidice die zich Jacob Handelman noemde en wat de opzet was van een boerderij in Mason Falls, Pennsylvania, die even efficiënt slavendiensten verkocht als wat voor kamp ook onder Albert Speer. De laatste regel was beknopt.

Minister van buitenlandse zaken Anthony Matthias wordt tegen zijn wil vastgehouden in een rijksnederzetting die Pooles Eiland heet, in Georgia.

'Hier zijn je woorden,' zei hij terwijl hij Jenna het laatste vel aanreikte en opstond om zich uit te rekken. Zijn lichaam deed pijn; hij had bijna twee uur ingespannen geschreven. Terwijl Jenna las stak hij een sigaret op en liep naar het raam dat uitzicht gaf op de autoweg en op de oceaan die verderop lag. Het was donker en de maan was slechts nu en dan zichtbaar aan een nachtelijke, halfbewolkte hemel. Het weer was goed, de zee rustig; hij hoopte dat het zo zou blijven.

'Dat zijn woorden die er niet om liegen, Mikhail,' zei Jenna en ze legde de laatste kopie op het bureau.
'Het is de waarheid.'
'Vergeef het me dat ik het er niet mee eens ben. Hiermee zou je vele mensen, vele vrienden de dood kunnen injagen.'
'Niet de laatste vier pagina's. Daar staan geen vrienden in... met uitzondering van de Apache. En die is er niet meer.'
'Gebruik dan alleen de laatste vier pagina's.'
Havelock keerde zich van het raam af. 'Nee, ik moet het helemaal doen of niets doen. Er is geen middenweg; ze moeten geloven dat ik het zal doen. Wat nog belangrijker is, ze moeten geloven dat jij het zult doen. Als er maar de minste twijfel over bestaat, is het met me gedaan en dat zou voor jou waarschijnlijk ook gelden. De bedreiging moet reëel zijn.'
'Je neemt aan dat je gepakt wordt.'
'Als ik er vind wat ik denk te zullen vinden, dan wil ik gepakt worden.'
'Dat is waanzin!' riep Jenna uit terwijl ze snel overeind kwam.
'Nee, dat is het niet. Meestal heb je gelijk, maar dit keer niet. Dat eiland vormt de kortere weg die we zochten om ons doel te bereiken.' Hij liep naar de stoel waarop hij de inkopen uit de sportwinkel had neergelegd. 'Ik ga me omkleden en dan zullen we afspreken hoe we het gaan doen met de telefoon.'
'Je bent dit serieus van plan, hè?'
'Ik ben dit serieus van plan.'
'Vanuit cellen dan,' zei ze met tegenzin. 'Geen gesprek dat langer dan twaalf seconden duurt.'
'Maar slechts één nummer.' Michael veranderde van richting en liep naar het bureau. Hij pakte een potlood, schreef op het blok, scheurde het vel eraf en gaf het aan Jenna. 'Hier, dit is de centrale voor noodgevallen bij *Cons Op*. Rechtstreeks draaien – ik zal je wel laten zien hoe – en zorgen dat je een handtas vol los geld bij je hebt.'
'Ik heb geen handtas.'
'En geen geld en geen kleren,' voegde Havelock eraan toe en hij pakte haar bij de schouders en trok haar naar zich toe. 'Wil je daar eens wat aan doen? Dan denk je eens even aan andere dingen. Ga maar winkelen.'
'Je bent gek.'
'Nee, ik meen het. Je zult niet veel tijd hebben, maar de meeste winkels in dat winkelcentrum zijn open tot halfelf. Verder

is er een kegelbaan, er zijn een paar restaurants en een nachtwinkel.'

'Je maakt grapjes, geloof ik,' riep ze uit terwijl ze haar hoofd achterover boog en hem aankeek.

'Geloof me nou maar,' zei hij. 'Het is veiliger dan telefooncellen langs de grote weg.' Hij keek op zijn horloge. 'Het is nu tien voor negen en Pooles Eiland ligt maar tweeënhalve kilometer uit de kust. Het mag me niet veel meer dan twintig minuten kosten om er te komen, zeg tegen tienen. Om elf uur wil ik dat je dat nummer begint te bellen en de woorden zegt... "kruis of munt". Heb je dat?'

'Zeker. "Kruis of munt".'

'Goed, als je niet direct antwoord krijgt, leg je op en zoek je een andere telefoon. Bel elk kwartier.'

'Je zegt antwoord. Wat zal dat zijn?'

Havelock fronste zijn voorhoofd. '"We geven de voorkeur aan munt."'

'"We geven de voorkeur aan munt." En dan?'

'Een laatste telefoontje, weer een kwartier later. Iemand anders dan de telefonist heeft dan een aansluiting op die speciale lijn. Hij zal zijn naam niet noemen, maar hij zal het antwoord geven. Zo gauw hij dat doet lees je hem de eerste twee regels voor van het eerste vel. Ik zal de kopieën meenemen, zodat de woorden zullen kloppen. Doe het snel en leg op.'

'En dan begint het wachten,' zei Jenna, terwijl ze hem tegen zich aandrukte en haar wang tegen de zijne vleide. 'Nu is het onze onwrikbare gevangenis.'

'Heel onwrikbaar; als een rots zelfs. Haal wat eten in de supermarkt en blijf hier. Ga niet weg. Ik bel je wel.'

'Hoe lang zal dat duren, denk je?'

Havelock trok zijn wang langzaam van de hare weg en keek haar aan. 'Het kan wel een dag duren, twee zelfs. Ik hoop van niet, maar het kan.'

'En als...' Jenna kon die zin niet afmaken. Tranen welden op in haar ogen en haar bleke, aantrekkelijke gezicht zag er afgetobd uit.

'Na drie dagen bel je Alexander in Fox Hollow en zeg je hem dat ik gedood of gevangen genomen ben, dat Anton Matthias gevangen gehouden wordt. Zeg maar dat je het bewijs daarvan in mijn eigen handschrift bezit, plus mijn stem op de geluidsband die ik heb gemaakt in het huis van Salanne in Cag-

nes sur Mer. Zoals het er nu voorstaat kan hij zijn handen niet van je aftrekken. Dat zal hij ook niet. Zijn geliefde republiek wordt vergiftigd.' Michael zweeg. 'Alleen de laatste vier pagina's,' zei hij zacht. 'Verbrand de eerste negen maar. Ze verdienen inderdaad niet te sterven.'
Jenna sloot haar ogen. 'Dat kan ik je niet beloven,' zei ze. 'Ik houd zoveel van je. Als ik jou kwijtraak, doet geen van hen er meer toe. Niemand.'

Het water was woelig, zoals zo vaak het geval is wanneer kuststromingen worden onderbroken door onverwachte landmassa's voor de kustlijn. Hij was ongeveer een halve kilometer verwijderd van de rotskust van het eiland en naderde van lijzijde, zodat de wind het uiterst geringe geluid van de motor naar zee blies. Hij zou hem nu spoedig afzetten en de riemen gebruiken en naar het donkerste deel van de omringende dennebomen roeien, op de zachte gloed af van het lichtschijnsel boven de boomtoppen.
Hij had zijn eigen regelingen getroffen met de nachtwaker van de haven, eenvoudige regelingen die elke ervaren agent zou proberen te treffen als bij een boot huurde en er een kans bestond dat hij hem achter zou moeten laten. Je sneed ontsnappingswegen nooit af, tenzij het absoluut noodzakelijk was, maar je versluierde die zo goed je kon, al was het alleen maar om tijd te winnen; vijf minuten verwarring maakte vaak het verschil uit tussen gevangenneming en ontsnapping. De tocht was tot dusver echter zonder moeilijkheden verlopen. Hij kon het bootje de donkerste baai binnen roeien en hem daar op het strand slepen.
Nu was het zo ver. Hij sloot de brandstoftoevoer af; de motor kuchte even en zweeg. Hij ging snel op de zitplank zitten met zijn lichaam naar voren en tilde de riemen in hun dollen. Het aflopende tij was krachtiger dan hij had verwacht; hij zette zich schrap tegen de zuigende stroming en hoopte dat die af zou nemen voordat zijn armen en schouders moe begonnen te worden. De wond van Col des Moulinettes begon weer pijn te doen; hij moest oppassen en het gewicht van zijn lichaam gebruiken...
Geluid. Niet van hem, niet het schurende kraken van riemdollen of het klotsen van golfjes tegen de boeg. Een gedempt geluid... een motor.

Een licht, een zoeklicht. Zo'n duizend meter aan zijn rechterkant streek het over het water. Het was een patrouilleboot die om de uitstekende punt van het eiland kwam aanvaren, naar stuurboord zwenkte en recht op hem afkwam. Beschikte het bewakingssysteem van het eiland over oppervlakteradar? Geluidsgolven die vlak boven het water waren gericht, op en neer gaand met het getij, die kleine vaartuigen konden oppikken die de kust naderden? Of was het een boot op een normale patrouille? Dit was niet het moment om te speculeren. Havelock bukte zich diep, haalde snel de riemen uit hun dollen en schoof ze beide onder de zitplanken, zodat ze op de vloer van de romp kwamen te liggen. Hij stak zijn hand uit naar het meertouw, gooide het over de boeg en liet zich toen overboord in het water glijden; hij haalde diep adem en spande zijn spieren om zich te verzetten tegen de kou. Hij gleed naar achteren en hield zich vast aan de schacht van de schroef, terwijl hij water over de buitenboordmotor plensde om het oppervlak af te koelen. Hij had weinig toeren gemaakt tijdens zijn tocht; over enkele minuten zou alleen een heel gevoelige hand kunnen uitmaken of de motor had gelopen – als iemand eraan dacht om dat te controleren.

Plotseling werd hij verblind door het zoeklicht; het bootje was ontdekt. Het motorgeluid in de verte nam sterk toe en het afwisselend hoge en lage loeien van een sirene weerklonk. De patrouilleboot versnelde zijn vaart en voer op hem af. Hij dook onder water en zwom weg, van het eiland af, voortgestuwd door de stroming. De roeiboot lag nog bijna vierhonderd meter van het strand, te ver om op je gemak even naartoe te zwemmen; het was een feit dat in zijn voordeel kon uitvallen wanneer er veronderstellingen werden gemaakt.
Tegen de tijd dat de grote patrouilleboot met de hank tegen de skiff was aangedreven en zijn motoren had afgezet, lag Michael twintig meter achter de achtersteven te watertrappen en trok hij de natte wollen muts diep over zijn hoofd. Het zoeklicht zwaaide alle kanten op over het water; twee keer dook hij met open ogen onder en kwam weer boven toen de bundel voorbij was. Hij bleef de omgeving afzoeken, maar nu niet meer aan de achterkant; alleen de voorkant en de zijkanten. Twee mannen hielden de roeiboot met enterhaken op zijn plaats; de man die aan de boeg stond riep:

'*Leo's Marina*, luitenant! Hij komt uit Savannah! Kenteken GA 082!'
'Zeg dat ze op de basis *Leo's Marina* in Savannah bellen en dat ze ons moeten doorverbinden!' schreewde de officier tegen een onzichtbare radiotelefonist in de open hut. 'Het nummer is GA 082!'
'Jawel, meneer!' klonk het antwoord.
'En zeg de basis waar we ergens zitten. Laat een veiligheidscontrole uitvoeren in Sector Vier.'
'Dit ding had daar nooit kunnen komen, luitenant,' zei de man met de haak aan de achtersteven. We zouden gewaarschuwd worden door de vlakke netten. Overal waar geen rotsen liggen hebben we vlakke netten.'
'Wat doet hij dan, verdomme, hier? Liggen er kleren in, uitrustingsstukken? Wat dan ook?'
'Niets, meneer!' riep de eerste man terwijl hij zich in het bootje liet zakken. 'Het stinkt er alleen maar naar vis.'
Havelock keek toe terwijl hij dobberend watertrapte. Er viel hem iets vreemds op: de manschappen op de patrouilleboot droegen kakiuniformen, de officier droeg een militair jack. Ze hoorden tot het leger, niet bij de marine. Toch had de boot een registratienummer van de marine.
'Luitenant!' De stem klonk op uit de hut en een gezicht dat omlijst was door een koptelefoon verscheen in de deuropening. 'De nachtwaker bij Leo zegt dat een stelletje zatlappen de boot hadden gehuurd en hem laat hadden teruggebracht. Hij dacht dat ze hem niet goed hadden vastgebonden en dat hij met het tij is afgedreven. Hij zou het op prijs stellen als we hem opsleepten; anders is hij de klos. De boot is niks waard, maar de buitenboordmotor wel.'
'Ik vertrouw het niet,' zei de officier.
'Toe, kom nou, meneer. Wie gaat er nou zo'n driekwart kilometer zwemmen in dit water? De vissers hebben hier haaien in de buurt gezien.'
'Stel dat hij al aan de kust is geweest?'
'Met die vlakke netten?' vroeg de man die de achtersteven vasthield met een haak. 'Hij krijgt hem nergens geparkeerd, luit.'
'Verrek maar! Gooi dat touw op. Laten we wat rondvaren, dichter bij de rotsen. Met die Leo hebben we nog een appeltje te schillen.'

En Havelock wist dat wat hij aan de nachtwaker te danken had veel meer waard was dan de honderd dollar die hij hem had gegeven. De motoren van de patrouilleboot brulden terwijl de eerste man aan boord klom en een ander het meertouw van de roeiboot vastlegde aan een haak op de achtersteven. Even later zette de surveillanceboot koers naar de kustlijn en voer zigzaggend door het water, terwijl zijn krachtige zoeklicht de duisternis afzocht.

Vlakke netten. Hele velden van lichte, gespannen vezels die net onder het oppervlak drijvend werden gehouden door kurk of schuimplastic en waar strengen pianodraad doorheen geweven waren. De draden konden niet door vissen worden doorbroken, maar wel door scheepsschroeven; als dat gebeurde werden er alarminstallaties in werking gesteld. *Rotsen.* Stukken van de kust van het eiland die door geen enkel vaartuig, van welke grootte dan ook, benaderd konden worden. Hij moest de patrouilleboot in het oog houden; die naderde de rotsen. *Haaien.* Daar kon hij maar beter niet aan denken; dat had eenvoudig geen zin.

Waar hij zich wel op moest concentreren was aan land te komen. Er was haast niet tegen de stroom op te komen, maar door de schoolslag te gebruiken tussen de golven en de onderstroom in, kwam hij vooruit. Hij kwam langzaam vooruit, meter na moeizame meter, maar toen hij de bundels van een dozijn zaklantaarns door de dennebomen kon zien schijnen wist hij dat hij dichterbij kwam. De tijd was niet belangrijk, het verstrijken daarvan was enkel verbonden met de kramp in zijn armen en zijn benen, maar zijn concentratie was volledig. Hij moest een net zien te bereiken, of een rotspunt of een obstakel onder hem waardoor hij wist dat hij kon gaan staan.

Het net kwam het eerst. Hij worstelde zich naar rechts, werkte zich vooruit langs het dikke, gladde nylonkoord tot er een enorme drijvende ton kwam, een stevige boei van schuimplastic. Hij werkte zich eromheen en trok zich vooruit aan de buitenste koorden totdat zijn knieën tegen twee puntige voorwerpen stootten waardoor hij wist dat hij de rotsen had bereikt. Hij hield zich vast aan het net, zijn lichaam werd heen en weer geslingerd door de inkomende branding, en wachtte af, naar adem snakkend wanneer hij maar kon. De bundels van de zaklantaarns verdwenen geleidelijk tussen de dennebomen; de veiligheidscontrole had niets opgeleverd. Toen de laatste bundel tussen de stammen verdween worstelde hij zich langzaam naar het strand toe, hield vol met inspanning van al zijn krachten, terwijl de golven over hem heen sloegen en hem in het met draden doorweven net smakten. Hij moest uit de buurt van de rotsen blijven! Ze torenden hoog boven hem uit, scherpe, witte, ongelijke punten van steen die vlijmscherp waren geslepen door duizenden jaren van woelig water. Eén geweldige golf en hij zou erop worden gespiest.

Hij viel naar links, kwam languit bovenop het net te liggen... en plotseling was het verdwenen. Het was verdwenen! Hij kon het zand voelen onder zijn voeten. Hij had het door mensenhanden gemaakte rif doorkruist en was aan land!

Hij kroop het water uit, zijn armen waren nauwelijks in staat zijn bovenlichaam te ondersteunen, zijn benen waren uitgeputte, gewichtloze aanhangsels die steeds maar bezweken in de zachte, natte matras onder hem. De maan kwam even te voorschijn en scheen op een met helmgras begroeid duin zo'n twintig meter voor hem; hij kroop vooruit, elke decimeter bracht hem dichter bij een plek om uit te rusten. Hij bereikte het duin, klom tegen het droge zand omhoog, liet zich op zijn rug rollen en staarde naar de donkere lucht.

Meer dan een halfuur bleef hij roerloos liggen, tot hij kon voelen dat het bloed in zijn armen weer begon te stromen en het gevoel terugkeerde in zijn benen. Tien, of zelfs vijf jaar geleden nog, dacht hij, zou hij zich in hoogstens vijftien minuten hersteld hebben van zo'n situatie. Nu had hij een paar uur, of zelfs een hele nacht slaap nodig, en een heet bad. Hij hief zijn hand op en keek op de verlichte wijzerplaat van zijn horloge. Het was 22.43 uur. Over zeventien minuten zou Jenna voor het eerst bellen met de centrale voor noodgevallen van *Cons Op*. Hij had een uur willen hebben op het eiland – om te verkennen, plannen te beramen – voor dat eerste telefoontje, maar dat kon nu eenmaal niet. Hij lag drieënveertig minuten achter op zijn schema. Van de andere kant zou er helemaal geen schema meer geweest zijn als hij die spitsroeden niet had gelopen... niet over dat rif was gekomen.

Hij krabbelde overeind, keek of hij op zijn benen kon staan, schudde zijn armen en draaide zijn bovenlijf naar voren en achteren, zich amper bewust van het ongemak van natte kleren en het schurende gevoel van zand over zijn hele lichaam. Het was genoeg dat hij functioneerde, dat er nog signalen van

zijn brein naar zijn spieren doorkwamen via de juiste kanalen. Hij kon zich bewegen, indien nodig zelfs snel, en hij was helder van geest. Meer had hij niet nodig.
Hij controleerde wat hij bij zich had. De waterdichte zaklantaarn zat met een riem om zijn middel vast, naast het canvas pakje, beide aan zijn linkerkant, het jachtmes in zijn schede aan de rechterkant. Hij haalde het tasje eraf, ritste de waterdichte klep open en betastte de inhoud. De dertien opgevouwen vellen waren droog, het kleine, Spaanse pistool ook. Hij haalde het wapen te voorschijn, schoof het onder zijn riem en maakte het pakje weer aan de riem vast. Toen liep hij de inhoud van zijn zakken na; de leren schoenveters waren doorweekt maar intact, elke veter apart opgerold tot een balletje, vijf in zijn rechterzak, vijf in zijn linker. Als er meer dan tien nodig waren dan had hij er net zo goed geen een kunnen meenemen, dan was alles waardeloos. Hij was klaar.
Voetstappen...? Waren dat voetstappen? Als dat zo was klopte het geluid niet met het zand en de zachte grond die onder de dennebomen aan de zee moesten liggen. Het was een langzaam geroffel van harde geluiden... leren hakken die op een hard oppervlak klakten. Havelock dook ineen en rende vooruit naar de bescherming van de hoge bomen, schuin naar rechts turend in de richting van het geluid.
Weer zo'n geroffel, nu aan zijn linkerkant, verder weg maar dichterbij komend. Het leek op het eerste geluid, langzaam, bedachtzaam, het zetten van vastberaden passen. Hij kroop nog dieper tussen de dennebomen tot hij nog enkele meters van de rand verwijderd was, waar hij zich languit op de grond liet vallen en onmiddellijk zijn hoofd ophief om gebruik te maken van het onverwachte, nieuwe licht. Wat hij zag verklaarde het geluid van de voetstappen, maar verder niets. Vlak voor hem lag een brede weg met een glad betonnen oppervlak en vlak daarachter een schutting van zeker vier meter hoog die zich, zo ver zijn oog reikte, naar rechts en naar links uitstrekte. Het licht kwam daarachter vandaan, een koepel van licht die zich naar alle kanten uitstrekte. Het was de gloed die hij had gezien vanaf het water, nu veel helderder, maar toch vreemd gedempt, zonder felheid.
De eerste soldaat kwam van rechts te voorschijn. Hij liep langzaam, laconiek, zijn laarzen klapten met elke stap op het beton, zijn aanwezigheid scheen volkomen overbodig. Net als de

bemanning van de patrouilleboot droeg hij een legeruniform, maar aan zijn middel hing een door het rijk verstrekte automatische Colt .45-revolver. Hij was een jong soldaat op wacht, hij bewaakte wat toch al ondoordringbaar was, zijn verveelde gezicht dat zichtbaar was onder het vage licht drukte uit dat hij het verspilling van tijd en beweging vond. Zijn tegenhanger kwam links uit het donker te voorschijn, misschien zo'n vijftig meter verder weg en zijn pas was zo mogelijk nog langzamer dan die van zijn kameraad. Ze naderden elkaar als robots in een tredmolen. Ze ontmoetten elkaar op nauwelijks tien meter afstand van Havelock vandaan.
'Heeft iemand je verteld wat het was?' vroeg de soldaat aan de rechterkant.
'Ja, een of andere roeiboot met een motor kwam op het getij van Savannah aandrijven, meer niet. Er zat niemand in.'
'Heeft iemand de motor gecontroleerd?'
'Wat bedoel je?'
'De olie. De olie blijft warm als hij gelopen heeft. Net als elke motor.'
'Hé, schei nou uit. Wie zou hier verdomme nou binnen kunnen dringen?'
'Ik zei niet dat ze dat zouden kunnen. Ik zei alleen maar dat ze het op die manier uit kunnen vinden.'
'Vergeet 't maar. Ze zijn nog steeds bezig met een 360-controle... voor geval er iemand vleugels heeft, denk ik. Die hoge omes hier hebben 'm allemaal om.'
'Zou jij dat niet willen dan?'
De wacht aan de linkerkant draaide zijn pols om en keek op zijn horloge. 'Daar zeg je zowat. Ik zie je binnen wel.'
'Alleen maar als Jackson zich laat zien. Gisteravond was hij een halfuur te laat. Moet je nagaan! Hij zei dat hij het einde van een of andere stomme tv-film wilde zien.'
'Dat doet-ie vaak. Willis zei hem laatst nog dat er op een goeie dag iemand gewoon wegloopt van wacht en zegt dat hij hem heeft overgenomen. Laat hem maar een douw krijgen.'
'Hij zou er zich nog uitlullen ook.'
Beide mannen keerden zich om en begonnen hun vertrouwde, nutteloze baan weer af te leggen. Michael begon het wezenlijke van wat hij had gehoord aaneen te rijgen. Een verkenningspatrouille kamde het eiland af en de wacht was bijna voorbij... en het was een wacht die kennelijk niet zo nauw

werd genomen, als er een middernachtelijke aflossing een half-uur te laat kon komen. Het klopte niet helemaal; het eiland werd als een fort bewaakt, maar de wachtdienst werd beschouwd als iets wat voorgeschreven, maar toch overbodig was. Waarom?

Het antwoord lag misschien in iets wat al lang bekend was. Kazernepersoneel en onderofficieren waren de eersten die in de gaten kregen wanneer dienst onnodig was. Dat kon alleen maar betekenen dat de alarminstallaties voor de kust tegenhangers moesten hebben op het eiland. Michael nam de hoge, houten schutting nauwkeurig op. Hij was nieuw, het hout was lichtbruin en er was weinig verbeeldingskracht voor nodig om je de trillingsgevoelige draden voor te stellen die erachter gespannen waren. Dubbele bundels die in werking werden gesteld door massa, gewicht en lichaamswarmte, waar je onmogelijk onderdoor kon graven of overheen kon springen en die je niet kon doorknippen. En toen zag hij wat hij nog niet tot zich had laten doordringen: de schutting liep in een boog, net zoals de betonweg in een boog liep... naar beide kanten. Buiten zijn gezichtsveld moesten er poorten liggen, ingangen die bemand waren door personeel op de enige punten waar de schutting onderbroken was, personeel dat heel wat waakzamer zou zijn. *Een verkenning over 360 graden.*

Soldaten liepen met zaklantaarns tussen de dennebomen door en over het strand, op zoek naar de geringste mogelijkheid. Ze waren vlak achter hem begonnen, op een stuk strand dat Sector Vier werd genoemd, hadden het haastig gedaan – misschien een dozijn manschappen, dertien, zo het al geen hele groep was. Waar ze dan ook vandaan waren gekomen, daar zouden ze ongetwijfeld terugkomen zodra ze hun cirkel hadden voltooid... en de nacht was donker, de maan kwam steeds minder vaak te voorschijn. Gebruik maken van die verkenningspatrouille was een kleine kans – de enige die hij kon bedenken – maar als hij die tactiek wilde laten slagen dan moest hij opschieten. *Nu.*

De soldaat aan zijn rechterkant was niet alleen het dichtste bij, hij was ook de meest logische mogelijkheid, en hij had een aflossing die best eens een lesje mocht krijgen. Hij was bijna niet meer te zien, in de bocht van de weg en haast verdwenen achter de gebogen lopende schutting. Havelock kwam overeind en rende de weg over, begon toen de zanderige berm af te lopen, terwijl hij het geluid van zijn doorweekte laarzen vervloekte. Hij bereikte de bocht; in de verte waren lichten van een poort zichtbaar, misschien zeshonderd meter verderop. Hij begon sneller te lopen, haalde de langzaam voortstappende wacht in en hoopte dat de wind die tussen de bomen doorruiste het geluid van zijn sopperige voetstappen zou dempen. Hij was minder dan vier meter verwijderd toen de man verschrikt bleef staan en zijn hoofd met een ruk opzij wendde, tegelijk met het omdraaien van zijn schouders. Havelock sprong en legde zwevend de laatste twee meter af, zijn ogen waren op zijn doel gericht, zijn rechterhand klemde zich over de mond van de soldaat, zijn linker greep het achterhoofd van de man vast en zo brak hij de val van hen beiden. Hij hield de soldaat stevig vast, zijn knie drukte hij onder de rug van de jongeman en daar overheen boog hij het lichaam.

'Probeer niet te schreeuwen!' fluisterde hij. 'Dit is alleen een toetsing van het veiligheidssysteem – net als manoeuvres, weet je wel? De helft van de bezetting hier is op de hoogte, de andere helft niet. Nou ga ik jou naar de overkant van de weg brengen en je vastbinden en een prop in je mond stoppen, maar ik doe het allemaal niet zo strak. Je speelt gewoon niet meer mee. Oké?'

De jonge wachtpost was zo geschrokken dat hij alleen maar kon antwoorden door met zijn opengesperde, angstige ogen te knipperen. Michael kon niet op hem vertrouwen, of beter gezegd: niet vertrouwen op de angst van de man. Hij raapte de afgevallen kwartiermuts op, kwam overeind met de soldaat, trok de jongeman omhoog terwijl hij zijn hand nog steeds over zijn mond geklemd hield en rende de weg over, schuin naar rechts op de dennebomen af. Toen hij eenmaal in het donker onder de takken was hield Havelock halt, haakte de soldaat zodat hij viel; ze waren ver genoeg in Sector Vier.

'Nu ga ik mijn hand weghalen,' zei Michael terwijl hij neerknielde, 'maar als je maar één kik geeft, dan moet ik je buiten westen slaan, begrepen? Als ik dat niet deed zou ik minder punten krijgen. Oké?'

De jongeman knikte en Havelock haalde langzaam zijn hand weg, klaar om hem weer neer te klappen bij de eerste stemverheffing. De wacht wreef over zijn wangen en sprak zacht. 'Ik ben me kapot geschrokken van jou. Wat is er verdomme aan de hand?'

'Net wat ik je vertelde,' zei Michael, terwijl hij de wapenriem van de soldaat losgespte en hem van zijn jack afrukte. 'We stellen de bewaking op de proef,' voegde hij eraan toe, terwijl hij in zijn zak naar een leren veter zocht en de armen van de wachtpost achter zijn lichaam dwong. 'We proberen naar binnen te komen.' Hij bond de polsen en de onderarmen van de wacht aan elkaar en wond het leer op tot aan de ellebogen.

'Binnen het complex?'

'Juist.'

'Vergeet het maar, man. Dat lukt je nooit!'

'De alarminstallaties?'

'Het is godsonmogelijk. Laatst op een avond vloog er een pelikaan in brand op de schutting; hij bleef daar wel een halfuur pruttelen. Ik mag doodvallen als we de volgende dag geen kip te vreten kregen.'

'Hoe zit het met de binnenkant?'

'Hoe bedoel je?'

'Zijn er alarminstallaties binnen?'

'Alleen in Georgetown.'

'Wat? Wat is Georgetown?'

'Hé, ik ken de voorschriften. Ik hoef je alleen maar mijn naam, rang en legernummer op te geven!'

'De poort,' zei Havelock dreigend. 'Wie staat er bij de poort?'

'De wachtploeg, wie anders? Wat eruit gaat komt erin.'

'Vertel me nu maar eens...'

Een vaag lichtschijnsel drong zich aan Michael op; het was ver weg, door de bomen, een straal van een zaklantaarn op afstand. De verkenningspatrouille had het hele eiland afgezocht. Er was geen tijd om te praten. Hij scheurde een reep stof van het hemd van de soldaat af, rolde die ineen en stopte de rol in zijn protesterende mond. Een tweede leren veter werd om het hoofd van de jongeman getrokken en van achteren vastgebonden en hield zo de prop op zijn plaats. Een derde veter werd gebruikt om zijn enkels bijeen te binden.

Havelock kwam overeind, trok het militaire jack aan, gespte de wapenriem om zijn middel en trok zijn wollen muts af, stopte die in zijn zak. Hij zette de kwartiermuts op zijn hoofd en trok die zo ver hij kon omlaag; toen stak hij zijn hand onder zijn doorweekte trui en maakte de waterdichte zaklantaarn los. Hij berekende zijn looprichting tussen de bomen door, de afstand tot de lichtbundels die zichtbaar werden en begon schuin naar rechts te rennen tussen de dennebomen, naar een rotsrand of een stuk strand, hij wist niet wat het zou worden. Hij klampte zich vast aan de rotswand, terwijl de zee onder hem bulderend stuksloeg op de klippen en de wind voortjoeg, en wachtte tot de laatste soldaat boven hem voorbijkwam. Ze gauw dat gebeurde trok Michael zich omhoog, spurtte naar de gedaante die voor hem uit liep, knelde de hals van de man in zijn elleboog, met de ervaring die was ontstaan uit honderden van zulke schermutselingen, en sneed alle geluid af terwijl hij hem op de grond smeet. Dertig seconden later was de bewusteloze soldaat geboeid – armen, benen en mond. Havelock kwam overeind en rende om de anderen in te halen.

'Opgelet, jullie allemaal!' schreeuwde een commandostem. 'Afgelopen met het luie leventje! Terug naar jullie kennels!'

'Verrek kapitein,' schreeuwde een soldaat. 'We dachten dat u een boot met lekkere meiden had binnengeloodst en dat dit een soort vossejacht was!'

'Dit was alleen maar om te oefenen, eikel. Volgende keer mag je een punt zetten!'

'Hij kan geeneens een punt van een komma onderscheiden!' schreeuwde een ander. 'Wat stelt-ie zich dan helemaal voor met een meid?'

Havelock volgde de lichtbundels door de dennebomen. Ze kwamen aan de weg en het lichtgekleurde, gladde oppervlak van het beton weerkaatste het verblindende licht van de lampen bij de poort. De groep liep ordeloos door elkaar bij het oversteken van de weg; Michael drong zich wat naar voren zodat er soldaten achter hem liepen. Ze passeerden het stalen staketsel, terwijl een wachtpost de nummers afriep bij iedere man die naar binnen ging.

'*Een, twee, drie, vier...*'

Hij was nummer acht, hij liep met gebogen hoofd in zijn ogen te wrijven en dekte zo zijn gezicht af.

'*Zeven, acht, negen...*'

Hij was binnen. Hij haalde zijn handen van zijn ogen, liep met de groep over het vreemd gladde plaveisel en keek op.

Zijn adem stokte, zijn benen voelden aan als water. Hij kon zich nauwelijks meer vooruit bewegen, want alle beweging gebeurde in een andere tijd, een andere plaats. De beelden die voor hem lagen en rond hem heen, waren plotseling abstracte beelden, alleenstaande fragmenten van een onwezenlijk tafereel.

Hij bevond zich niet binnen een complex op een klein eiland voor de kust van Georgia dat Pooles Eiland heette. Hij bevond zich in Washington, D.C.

25

Het was iets uit een macabere droom, waarin de werkelijkheid verwrongen en vervormd wordt om uitdrukking te geven aan een demonische fantasie. Er waren door bomen omzoomde straten, die ineens begonnen en ineens ophielden en straatlantaarns en straatnaamborden... alles in miniatuur. Het vage schijnsel van de lampen drong door in portieken en gedeeltelijk opgetrokken gebouwen... nee, geen gebouwen... enkel gevels van gebouwen. Het waren panden die hij goed kende. Daar had je de glazen deuren van het ministerie van buitenlandse zaken! En daarginds de stenen ingang van het nieuwe FBI-gebouw... en aan de overkant, achter een parkje waarin hier en daar stenen banken stonden, lagen de bruine treden die naar de hoofdingang van het Pentagon voerden. Ver naar links kon hij een hoog, donker smeedijzeren hek zien, met in het midden een doorgang naar een oprit met links en rechts twee glazen wachthuisjes; hij had foto's gezien van die plek. Het was de zuidelijke ingang van het Witte Huis.

Ongelooflijk!

En auto's van normale grootte, die glommen onder het licht. Een taxi, twee stafauto's van het leger, twee uit hun krachten gegroeide limousines, alle op afzonderlijke plaatsen geparkeerd, niets dan stationaire symbolen van een andere stad. En nog meer symbolen... hij zag ze in de verte, rechts van hem, achter het kleine parkje. Kleine, albasten afbeeldingen van het Jefferson Memorial, het Washington Monument en de vlakke waterspiegels langs de promenade... alles badend in het licht... van veraf gezien perfecte imitaties, onmiskenbare herkenningspunten.

Het was er allemaal, pure waanzin! Het was een uitgestrekte filmset, vol absurd korrelige foto's, miniatuurmodellen, delen van gebouwen. De hele scène kon het voortbrengsel zijn van een waanzinnige verbeelding, een filmmaker die een levende

nachtmerrie wilde maken, zijn eigen verwrongen, persoonlijke mening over Washington, D.C.
Griezelig!
Er was een bizarre, valse wereld in het leven geroepen als toonbeeld van een vervormde versie van de echte, honderden kilometers ver weg!
Het was te veel voor Havelock om allemaal in zich op te nemen. Hij moest zich losmaken en een paar ogenblikken tot zichzelf komen; trachten de betekenis te vinden van die macabere droom. Hij moest Anton Matthias vinden.
Van de groep begon iedereen zijn eigen weg te gaan, een paar naar links, anderen naar rechts. Achter de loze gevel van BZ lag een uitgestrekt gazon en wilgebomen met neerhangende takken, daarachter duisternis. Plotseling werd er hartgrondig gevloekt achter hem, bij de toegangspoort, en Michael verstrakte.
'Die godverdomde klerelijer, waar zit hij nou weer?'
'Wie, sergeant?'
'Jackson, luitenant! Die is weer eens te laat.'
'Hij gaat op rapport, sergeant. Het wordt hier veel te gemakkelijk. Ik wil meer discipline zien.'
Er werd gegniffeld in de groep, iemand keek lachend achterom. Havelock sloop de straat door en de hoek om en bevond zich in de schaduwen van het gazon.
Hij leunde tegen een muur van ruwe steen; die was massief, liep om iets heen en maakte geen deel uit van de geïmiteerde gevel aan de voorkant. Hij kroop achteruit het donker in om beter te kunnen denken, probeerde een verklaring te vinden. En dat was juist het probleem: het ging zijn begrip volkomen te boven. Hij was natuurlijk op de hoogte van het Russische trainingscentrum in Novgorod, dat het Amerikaanse Complex werd genoemd: een uitgestrekt complex waar alles veramerikaniseerd was. Waar winkels waren en supermarkten en motels en benzinestations, waar iedereen Amerikaans geld gebruikte en Amerikaans-Engels sprak, doorspekt met platte woorden en verschillende dialecten. En hij had gehoord over verdere Russische experimenten in de Oeral, waar complete Amerikaanse legerkampen gebouwd waren, waar de Amerikaanse militaire gebruiken en voorschriften met uitzonderlijke accuratesse werden toegepast en waar ook uitsluitend Amerikaans-Engels werd gesproken, waar platte soldatentaal werd

aangemoedigd, waar alles volkomen authentiek was tot in de kleinste details. Verder was er die theorie – volgens Havelock meer dan een theorie – dat er honderden, misschien duizenden *paminjatsjiks* bestonden in verschillende delen van de Verenigde Staten. Mannen en vrouwen die er als kleine kinderen naartoe waren gebracht en in gezinnen werden geplaatst als zoons en dochters, die door en door Amerikaans opgroeiden, maar van wie het de taak was om als volwassenen de Sovjetunie te dienen. Er werd gezegd, en Rostov had het bevestigd, dat de *paminjatsjiks* waren opgegaan in de *Vodennaja*, die maniakaal geheimzinnige cultus van fanatici die zelfs de KGB amper onder controle had. En er werd ook gezegd dat enkele van die fanatici hoge en invloedrijke posten bereikt hadden. Waar hield een gerucht op en begon de waarheid? Wat was hier de werkelijkheid?

Was het mogelijk? Was het zelfs maar denkbaar dat Pooles Eiland bewoond werd door afgestudeerden van Novgorod en de Oeral, en dat de lagere rangen bestonden uit *paminjatsjiks* die net volwassen waren... en de hogere rangen werden ingenomen door anderen, die aan de macht waren op Buitenlandse Zaken, in staat om Anton Matthias te ontvoeren. Emory Bradford... was hij...

Misschien niet. Mensen in Washington werkten samen met mensen in Moskou. Dat was al idioot genoeg.

Hij zou niet veel te weten komen als hij daar gebukt bleef zitten in het donker tegen die ruwstenen muur aan; hij moest wat gaan doen, op verkenning uit, vooral zorgen dat hij niet gepakt werd. Hij kwam overeind, kroop voorzichtig naar de hoek van het gebouw en gluurde eromheen naar de met bomen omzoomde straten die onder het zachte licht van de lantaarns lagen en naar de nagemaakte miniatuurbouwsels. Achter de bewakers bij de poort slenterde een drietal officieren door het miniatuurpark, in de richting van de albasten monumenten in de verte, en vier dienstplichtigen renden naar een grote blokhut op een grasveld, midden tussen twee onbekende bakstenen bouwsels die eruitzagen als de begane grond van een smaakvol appartementencomplex. Toen kwam er, tot Havelocks verrassing, een burger te voorschijn uit de deur van het bakstenen gebouw aan de linkerkant, gevolgd door een ander in een witte laboratoriumjas. De laatste leek zachtjes, maar met nadruk te praten. Michael vroeg zich even af of de taal Russisch zou zijn. De twee mannen liepen het pad af en sloegen rechtsaf naar een toneelmatig aangelegde 'kruising', waarvan de geïmiteerde verkeerslichten echter niet werkten. Ze sloegen nogmaals rechtsaf en zetten hun gesprek voort, waarbij de eerste burger zijn collega in de witte jas vermanend maar niet hinderlijk toesprak. Niets gebeurde op luide toon; alleen de krekels verbraken de stilte. Wat voor geheimen Pooles Eiland ook mocht verbergen, ze lagen verborgen onder een vredig uiterlijk. Ook dat was een leugen, gemaakt door leugenaars.

Terwijl ze langs het laantje met bomen uit het gezicht verdwenen zag Havelock een metalen bordje aan een paal aan de overkant van de straat. Had hij dat niet eerder gezien? Natuurlijk had hij dat! Iedere keer wanneer hij met zijn eigen auto of met een taxi naar het huis van Matthias was gereden in Georgetown. Er was een blauwe pijl met de woorden *Chesapeak and Ohio Canal*. Het was het pittoreske kanaaltje dat het helse spektakel van Washington scheidde van de rust van de woonoorden in Georgetown. Stille straten waarlangs de rijkste en de machtigste mannen in de rijkshoofdstad woonden. Georgetown.

Zijn er daarbinnen alarminstallaties?

Alleen in Georgetown.

Ergens langs die straat moest Matthias zijn, ergens aan de andere kant van een brug, al dan niet over water, in nog zo'n leugenachtig namaak-bouwwerk. Mijn god! Hadden ze zijn huis nagebouwd om zo zijn ontvoering te repeteren? Het was heel goed mogelijk; het woonhuis van Anton stond onder bewaking volgens opdracht van de president. Vierentwintig uur lang bewakers en alarminstallaties, zoals dat hoorde voor het kostbaarste dat het land bezat. Het was niet alleen mogelijk, het was de enige manier waarop het gebeurd zou kunnen zijn! Matthias moest wel thuis ontvoerd zijn, de alarminstallaties op een of andere manier omzeild, de wachtposten teruggetrokken, vervangen op bevel van Buitenlandse Zaken... bevelen die door leugenaars waren uitgegeven. Een opdracht was gerepeteerd en uitgevoerd.

Hij liep met nonchalante pas de straat op, een soldaat die een luchtje schept of die even de eenzaamheid zoekt. Hij kwam bij het bakstenen gebouw dat links van hem lag en liep dwars over het gazon naar het trottoir; de straat strekte zich donker

voor hem uit, boven de rij lage bomen hingen geen lampen. Hij begon sneller te lopen, voelde zich meer op zijn gemak in de schaduw en zag de paden die schuin naar rechts liepen, naar drie donkere barakken van golfplaat – donker op een paar verlichte ramen na en het schijnsel van enkele televisietoestellen. Hij nam aan dat het de woonbarakken waren van de officieren die er bijhoorden en hun niet-militaire tegenhangers. Afgestudeerden van Novgorod en de Oeral?
Ineens hield de beschaving op, kwam er een einde aan de straat en het trottoir. Er strekte zich voor hem enkel een landweg uit, omzoomd door struikgewas en duisternis. Maar het was een weg; hij liep ergens heen. Havelock ging in een rustig drafje lopen; als hij werd tegengehouden, zou joggen de uitvlucht zijn... voordat hij zijn ondervrager onschadelijk maakte. Er schoot van alles door hem heen en hij dacht vooral aan Jenna die van telefooncel naar telefooncel liep, acht kilometer verder op het vaste land, die sprak met een verbijsterde telefonist van *Cons Op* en woorden gebruikte waarop geen antwoord kwam. Misschien kwam er wel nooit antwoord op, begreep Michael, en dat maakte hem vreemd genoeg alleen maar verschrikkelijk kwaad. Je aanvaardde nu eenmaal de risico's in je beroep, je ging er respectvol mee om want ze brachten vrees en behoedzaamheid teweeg, beschermende elementen, maar je kon geen verraad aanvaarden van je eigen mensen. Daarmee was de cirkel van uitzichtloosheid gesloten, het was het bewijs van het grootste bedrog... van een verspild leven.
Een lichtschijnsel, heel in de verte, links van de weg. Hij begon harder te lopen, wetend dat hij zou stilhouden, een heel stuk voor hij er zou zijn. Naarmate hij dichterbij kwam wist hij wat het was: de omtrekken van een huis... een deel van een huis, dat ophield bij de eerste verdieping. Maar wat er stond was overduidelijk. Hij had het bij het rechte eind gehad: het was de voorgevel van Antons huis in Georgetown, het stuk straat ervoor klopte tot in de kleinste details... dertig meter tastbare leugen. Hij bereikte het eind van de landweg, bleef staan waar aan de linkerkant het plaveisel begon en staarde met ongelovige ogen. De bakstenen treden waren dezelfde treden die voerden naar de witte deur onder de door zuilen geschraagde luifel, met de koetslantaarns en het koperen beslag. Alles was volkomen identiek aan het origineel dat honderden kilometers verder weg lag, tot zelfs de tulen gordijnen voor de

ramen; hij kon zich de kamers binnen voorstellen en wist dat ook die dezelfde waren. De lessen van Novgorod waren goed geleerd, de vruchten ervan waren overgeplant naar een eilandje op enkele minuten verwijderd van de kust van Amerika, enkele seconden door de lucht. *Mijn god, wat is er gebeurd?*

'Blijf staan waar je staat, soldaat!' klonk het commando achter hem. 'Wat voer jij hier uit, verdomme?'

Havelock keerde zich om en hield de .45 zo goed mogelijk verborgen, al was de vraag een uitnodiging om die te trekken. Uit het struikgewas kwam een wachtpost te voorschijn. Maar hij was geen militair: hij was gekleed in burgerkleren en in zijn hand lag een pistool.

'Wat mankeert jou? Kun je tegenwoordig niet eens meer een wandelingetje maken?'

'Jij was niet aan het wandelen, je liep hard.'

'Joggen, man. Nog nooit van gehoord?'

'Elke morgen, man, als ik die klotenachtdienst niet heb. Maar op de harde weg waar iedereen loopt, niet hier. Je kent de regels. Niemand komt er voorbij Sector Zes; je gaat niet van de harde wegen af.'

'Ach, hou toch op man,' zei Havelock. 'Dienstkloppers hebben we al genoeg...'

Hij werd onderbroken door opzwellende muziek die uit het huis kwam, het duister overspoelde en de krekels overstemde. Michael kende haar goed; het was een van de favoriete stukken van Matthias. De Watermuziek van Händel. Zijn *pritel* was daar!

'Iedere avond zo'n verrekt concert,' zei de burger.

'Hoezo?'

'Verdomme, hoe kan ik dat weten? Hij gaat in de tuin zitten en speelt die rommel een uur of langer.'

Muziek is om bij na te denken Mikhail. Hoe beter de muziek, des te beter kun je denken. Er is een causaal verband moet je weten.

'Aardig van jullie om hem dat toe te staan.'

'Waarom niet? Wat heeft hij verder nog en waar gaat hij heen? Maar jij krijgt de douw van je leven als je hier niet opsodemietert.' De wacht stak zijn pistool in de holster onder zijn jasje. 'Je mag blij zijn dat ik... Hé, wacht 's even! Jij draagt een wapen!'

Havelock deed een uitval, greep de man bij de keel, knelde de

luchtpijp dicht en slingerde hem over zijn linkerbeen heen op de grond. Hij liet zich bovenop hem vallen, ramde zijn knie in de borst van de man, terwijl hij zijn jack openrukte en zijn jachtmes trok. 'Jij mag helemaal niet blij zijn!' fluisterde hij. 'Waar kom je vandaan, *skotina?* Novgorod? De Oeral? Een *paminjatsjik?*' Michael zette de punt van het lemmet tussen de bovenlip en de neus van de man. 'Ik haal het vel van je gezicht als je me niet vertelt wat ik wil weten. Eerst, hoeveel man zijn daarginds? Kalm aan!' Hij verminderde de druk op de keel van de man enigszins; de wacht hoestte.
'Je zult... hier nooit vandaan komen,' bracht hij met moeite uit.
Havelock drukte even door met de punt en een dikke druppel bloed bedekte de lip van de man. 'Breng me niet tot het uiterste, slachter! Ik heb nog veel herinneringen, *panimaju.* Hoeveel man?'
'Eentje.'
'Leugenaar!'
'Nee, eentje! We hebben met z'n tweeën dienst tot vier uur. Eén buiten, één binnen!'
'Alarminstallaties. Waar zitten die? Waaruit bestaan ze?'
'Gekruiste bundels, van schouder tot knie. In de deur.'
'Meer niet?'
'Meer staat er niet aan. Om hem binnen te houden.'
'De tuin?'
'Muur. Te hoog. Waar moet hij, in godsnaam, naartoe? Wat ben jij van plan?'
'Dat zien we nog wel.' Michael trok met zijn hand het hoofd van de wachtpost omhoog, liet zijn mes vallen en gaf hem een felle, stevige tik achter het rechteroor. De man zakte ineen. Havelock haalde een leren veter voor den dag, sneed die met het mes middendoor en bond de wacht aan handen en voeten. Tenslotte stopte hij de zakdoek van de man als een prop in zijn mond en bond die vast met een van de drie overgebleven veters. Hij sleepte het bewusteloze lichaam de bosjes in en ging op weg naar het huis.
De Watermuziek klonk luider en zwol aan tot het marstempo van haar thema; hoorns en violen vermengden zich en weergalmden tot boven en achter het groteske halfhuis. Havelock klom op een heuveltje naast de bakstenen treden tot hij op iets meer dan een meter van het eerste raam met de gordijnen

kwam. Hij dook in elkaar en kroop er naartoe, met zijn hoofd beneden de vensterbank, stapte toen opzij en ging rechtop staan en bracht zijn gezicht voorzichtig tot bij het glas. De kamer zag er precies uit zoals hij zich herinnerde... uit een andere tijd, een andere plaats, niet hier. De afgesleten oosterse tapijten, de zware, comfortabele leunstoelen, de koperen lampen... het was de voorkamer van Matthias, zijn salon, zoals hij hem noemde, waar hij zijn bezoekers ontving. Michael had heel wat genoeglijke uren doorgebracht in die kamer, alleen niet in die kamer.

Hij bukte zich en zocht zich een weg naar de hoek van het macabere bouwsel, liep eromheen en bleef doorlopen naar de achterkant, naar een muur die hij zich zo voor de geest kon halen, precies zoals de muur die om een tuin lag... honderden kilometers daar vandaan. Hij moest voorbij drie ramen, moest er gebukt onderdoor lopen, moest even naar binnen kijken. Het tweede raam toonde hem wat hij wilde weten. Binnen zat een fors gebouwde man op een sofa een sigaret te roken, met zijn voeten op een salontafeltje, terwijl hij naar de televisie keek. Het geluid klonk hard, was waarschijnlijk harder gezet om boven de klassieke muziek uit te komen.

Havelock rende naar de muur en sprong; hij bleef met twee handen aan de rand hangen, en toen, met pijn in zijn borst en terwijl zijn wond bijna weer openscheurde, trok hij zichzelf op. Hij bleef op zijn buik liggen om op adem te komen en wachtte tot de pijn afnam.

Onder hem lag de spookachtig verlichte tuin zoals hij hem zich herinnerde. Zacht licht stroomde uit het huis, op de hoogst belangrijke schaaktafel. Tussen twee bruine, rieten stoelen, stond één enkele lamp, er stonden nog wat witte rieten meubelen en een pad van *flagstones* kronkelde in cirkels om de bloemperken heen.

Daar zat hij, zijn geliefde *pritel*, in een stoel aan het einde van de tuin, met gesloten ogen te kijken naar de beelden die de muziek in zijn geest opriepen. De nooit afwezige bril met zwaar hoornen montuur steunde nog op zijn neus, het zilveren haar viel golvend naar achteren over zijn krachtige kop.

Zonder geluid zwaaide Havelock zijn beide benen naar de tuinkant, bleef even op zijn buik bovenop de muur hangen en liet zich toen vallen. Hij bleef even in het halfdonker staan; de muziek was afgenomen tot pianissimo en het geluid van de televisie was duidelijk hoorbaar. De bewaker zou binnen blijven, dat wil zeggen: hij zou binnen blijven totdat Michael hem nodig had. En wanneer hij de huurmoordenaar van de leugenaars had overmeesterd, zou hij hem gebruiken of hem doden. Op de een of andere manier.

Langzaam verwijderde Havelock zich van de muur en liep over het ronde pad op Matthias af.

Zonder waarschuwing of teken vooraf opende de staatsman plotseling zijn ogen. Michael rende naar voren en hield beide handen omhoog, een gebiedend gebaar om stil te zijn. Maar Matthias sprak en zijn diepe, markante stem klonk op tegen de achtergrond van de muziek.

'*Dobré Srovnani*, Mikhail. Wat fijn dat je nog even langskomt. Ik dacht laatst nog aan je, ik dacht aan die verhandeling die je een paar weken geleden schreef. Waar ging het ook alweer over? De "Gevolgen van het Hegeliaanse revisionisme" of zo'n soort onbescheiden en ontoepasselijke titel. Per slot van rekening, mijn *darebak akademik*, is Hegel zijn eigen, beste revisionist, nietwaar? De revisionist maximus! Hoe vind je dat?'

'Anton...?'

Weer onverwacht, zonder waarschuwing of teken vooraf, stond Matthias op uit zijn stoel, met opengesperde ogen, vertrokken gelaat; zijn lichaam wankelde. Hij begon achteruit te lopen, hield zijn armen gekruist voor zijn borst en zijn stem was nu een afschuwelijk gefluister.

'Nee! Je kunt niet... je mag niet... dichterbij komen! Je begrijpt het niet, je zult het nooit begrijpen! Maak dat je wegkomt hier!'

Havelock stond aan de grond genageld naar hem te staren, de waarheid trof hem als een mokerslag.

Anthony Matthias was krankzinnig.

Deel drie

26

'Steek je handen omhoog! Loop naar de muur en spreid je benen! Opschieten...! Nu! Ga voorover tegen de stenen staan, je handpalmen uitgestrekt!'
Gebiologeerd, met zijn ogen nog steeds op Matthias gericht die als een kind ineengedoken zat op één knie bij een rozenstruik, gehoorzaamde Havelock aan het bevel van de wachtpost. Hij kon niet meer denken, alle indrukken waren vaag, hij was verlamd van schrik. Zijn *pritel*, zijn mentor... zijn vader... was krankzinnig. Het omhulsel van de man die de wereld versteld had doen staan met zijn briljante talenten, door zijn inzichten, zat angstig ineengehurkt bij de bloemen, zijn hoofd beefde, in de opengesperde ogen achter de brilleglazen lag een doodsangst waar hij alleen mee leefde.
Hij kon de voetstappen van de bewaker op de flagstones horen en wist dat de klap zou volgen. Op een of andere manier deed het er niet meer toe. Niets was meer belangrijk.
Als een ster van barsten verspreidde de pijn zich door zijn hoofd en het werd donker voor zijn ogen.

Hij lag op een tapijt, kringen van helder wit licht wentelden voor zijn ogen, zijn slapen klopten, zijn doorweekte broek vol zand kleefde aan zijn huid. Buiten kon hij mannen de traptreden op horen rennen, op gebiedende toon en in paniek bevelen horen uitschreeuwen. Terwijl ze binnen kwamen lopen betastte hij zijn jack, zijn middel; zijn wapen was hem afgenomen maar hij was niet gefouilleerd, dat en de ondervraging was overgelaten aan de meerderen van de bewaker.
Twee mannen liepen op hem af, eentje in het uniform van een majoor, de ander in burger. Die laatste kende hij; hij was van BZ, een agent van *Cons Op* met wie hij had samengewerkt... Londen of Beiroet of Parijs, of... hij herinnerde het zich niet meer.
'Dat is 'm,' zei de burger. 'Bradford zei me dat hij het kon zijn hij wist niet hoe, maar hij is het. Hij heeft me de bijzonderheden verteld: u kunt erbuiten blijven.'
'Zorg alleen dat hij hier verdwijnt,' antwoordde de militair. 'Wat je met hem doet is jullie zaak.'
'Hallo, Havelock.' De man van BZ keek op hem neer en zijn stem klonk minachtend. 'Je heb het druk gehad. Je moet er

plezier in hebben gehad toen je die ouwe kerel in New York doodschoot. Waar was je mee bezig? Wilde je hem afpersen voor je fonds Onvoorzien en datzelfde kunstje hier ook nog eens uithalen? Sta op, rotzak die je bent!'

Michael draaide zich langzaam om op zijn knieën, terwijl pijnscheuten door zijn lichaam en zijn hoofd vlamden, en duwde zich omhoog. 'Wat is er met hem gebeurd? Wat is er gebeurd?'

'Ik geef geen antwoord op vragen.'

'Iemand moet dat toch doen... in godsnaam, iemand moet me antwoord geven.'

'En jou de vrije hand geven? Vergeet het maar, vuile rotzak.' De burger richtte zich tot de bewaker die aan de andere kant van het vertrek stond. 'Heb je hem gefouilleerd?'

'Nee, meneer. Ik heb alleen zijn wapen afgenomen en het alarm in werking gesteld. Er hangt een zaklantaarn aan zijn riem en een of ander tasje.'

'Ik zal je wel eens helpen, Charley,' zei Havelock en hij sloeg zijn jack open en stak zijn hand uit naar het tasje van zeildoek. 'Je heet toch Charley, nietwaar? Charley Loring... was het Beiroet?'

'Ja, en hou je handen stil!'

'Wat je hebben moet zit hierin. Toe maar, pak het maar. Het zal niet ontploffen.'

De man van BZ knikte tegen de majoor; de militair stapte naar voren en greep Michaels handen vast, terwijl Charley het tasje van de riem rukte.

'Maak maar open,' vervolgde Havelock. 'Jij krijgt het van mij. Jullie allemaal.'

De agent van *Cons Op* trok het tasje open en haalde er de opgevouwen bloknootvellen uit. De majoor liet de handen van Michael los en de burger liep naar een staande lamp en begon te lezen. Hij hield op, keek Michael aan en richtte zich toen tot de militair. 'Wilt u buiten wachten, majoor. En jij,' voegde hij eraan toe terwijl hij naar de bewaker keek. 'In de andere kamer, alsjeblieft.'

'Weet u het zeker?' vroeg de officier.

'Heel zeker,' zei Charley. 'Hij zal niet weglopen en ik roep wel als ik jullie nodig heb.' De twee mannen gingen weg, de militair via de voordeur, de bewaker naar de aangrenzende kamer. 'Jij bent het gemeenste stuk vuil dat ik ooit heb gekend,' zei de man van BZ.

'Het is een kopie, Charley.'
'Dat zie ik ook wel.'
'Bel de noodcentrale van *Cons Op* maar. Vanaf elf uur hebben ze elk kwartier een boodschap gekregen. In de vorm van een vraag. "Kruis of munt?" Het antwoord luidt "We geven de voorkeur aan munt". Zeg maar dat ze dat antwoord moeten geven.'
'En dan?'
'Laat je doorverbinden bij het volgende gesprek, geef het antwoord en luister.'
'Om me dit door een ander stuk vuil te laten voorlezen.'
'O, nee, niet meer dan een stukje van twaalf seconden. Op geen enkele manier na te gaan. En probeer maar niet om me een spuit te geven. Ik ben al eerder in therapie geweest en ik heb voorzorgen genomen. Ik heb geen idee van waaruit er gebeld wordt, geloof dat nou maar.'
'Ik geloof niks van jou, verdomd stuk vuil!'
'Dat kun je nu toch maar beter wel doen, want als je dat niet doet dan worden er kopieën van die pagina's verstuurd aan de juiste adressen in heel Europa. Van Moskou tot Athene, van Londen tot Praag... van Parijs tot Berlijn. Ga maar bellen.'
Eenentwintig minuten later staarde de man van BZ naar de muur, terwijl Jenna Karras het antwoord gaf. Elf seconden daarna legde hij de hoorn op en keek naar Havelock. 'Je bent alles wat ze van je zeiden. Je bent eenvoudig niet meer schoon te poetsen.'
'En niet-meer-te-redden?'
'Precies.'
'Dan ben jij dat ook, Charley, want je bent geprogrammeerd.'
'Wat?'
'Je hebt net de uitspraak te horen gekregen. Je hebt nooit de moeite genomen om te vragen waarom. Niemand van jullie heeft dat.'
'Ik kan je wel kapot maken.'
'En verder leven met de gevolgen? Doe dat nou maar niet. Bel het Witte Huis maar op.'

Hij kon het oorverdovende lawaai horen van de rondwentelende wieken van een enorme helikopter en wist dat de president van de Verenigde Staten op Pooles Eiland was aangekomen. Het was midden op de ochtend, de zon van Georgia blikkerde op het plaveisel buiten het open raam. De kamer waarin hij zat was een cel, ook al zaten er geen tralies in het enige venster. De grond lag twee verdiepingen onder hem, daar stonden vier soldaten en de spookachtige gevels van nagemaakte, vertrouwde gebouwen verderop zagen er in het zonlicht nog veel griezeliger uit. Het was een wereld van leugens, van namaak, van overgeplante, verwrongen werkelijkheid.

Havelock liep terug naar het bed – meer stretcher dan bed – en ging erop zitten. Hij dacht aan Jenna, aan wat zij allemaal moest doormaken, wat zij allemaal moest opbrengen om de ondraaglijke spanning te overleven. En aan Matthias... goeie god, wat was er gebeurd?! In gedachten zag Michael het afschuwelijke tafereel in de tuin weer voor zich en hij probeerde er een glimp van een verklaring voor te vinden.

Je mag niet dichterbij komen. Je begrijpt het niet. Je zult het nooit begrijpen.

Wat begrijpen?

Hij had geen idee hoe lang hij daar zat na te denken, alleen dat zijn gedachten werden onderbroken door het klikken van het glazen ruitje in het midden van de deur. Er verscheen een hoofd met een officierspet erop; weer zo'n militaire leugenaar. De deur ging open en een breedgeschouderde kolonel van middelbare leeftijd kwam binnen met in zijn handen een stel handboeien.

'Draai je om,' beval hij. 'Steek je armen achteruit.'

Havelock deed wat hem werd bevolen en de boeien klikten om zijn polsen. 'Hoe zit het met mijn voeten?' vroeg Michael kortaf. 'Beschouwt u die niet als wapens?'

'Ik heb een veel effectiever wapen in mijn hand,' zei de officier, 'en ik zal je geen seconde uit het oog verliezen. Als je ook maar iets uithaalt wat ik zelfs maar verkeerd zou kunnen begrijpen, dan kom ik naar binnen en dan ben jij dood.'

'Een conferentie onder vier ogen. Ik voel me gevleid.'

De kolonel draaide Havelock ruw om. 'Ik weet niet wie je bent of wat je aan het doen bent of wat je gedaan hebt, maar één ding moet je niet vergeten, cowboy. Ik ben verantwoordelijk voor die man en niemand kan me tegenhouden om jou dwars door de kamer te schieten en pas daarna vragen te stellen.'

'Wie is hier nou de cowboy?'

Als om zijn dreigementen te benadrukken duwde de officier Michael ruw tegen de muur. 'Blijf daar staan,' beval hij. Hij keerde zich om, liep naar de deur en ging naar buiten. Hij deed de deur achter zich dicht.

Dertig seconden later ging die weer open en president Charles Berquist kwam binnen. In zijn hand had hij de dertien pagina's van Havelocks aanklacht. De president bleef staan en keek Michael aan. Hij stak de bloknootvellen omhoog.

'Dit is een heel bijzonder document, meneer Havelock.'

'Het is de waarheid.'

'Ik geloof u. Een groot deel ervan vind ik natuurlijk uiterst verachtelijk, maar aan de andere kant bedenk ik dat een man met uw staat van dienst niet zomaar het verraad en de dood van zovelen zou veroorzaken. Ik geloof dat dit in feite een dreigement vormt... een onweerstaanbaar dreigement... om ons te dwingen naar u te luisteren.'

'Dan bedenkt u weer een leugen,' zei Michael, terwijl hij roerloos tegen de muur bleef staan. 'Ik werd niet-meer-te-redden verklaard. Waarom zou ik me om wie dan ook druk maken?'

'Omdat u een intelligente man bent die weet dat er verklaringen moeten zijn.'

'Leugens, bedoelt u zeker?'

'Er zijn leugens bij en die moeten dat blijven voor het welzijn van dit land.'

Havelock zweeg en keek aandachtig naar het strenge Scandinavische gezicht van de president, naar de vastberaden ogen die leken op de ogen van een jager. 'Matthias?'

'Ja.'

'Hoe lang denkt u dat u hem hier verborgen kunt houden?'

'Zolang we maar enigszins kunnen.'

'Hij heeft hulp nodig.'

'Dat hebben wij ook. Hij moest worden tegengehouden.'

'Wat hebt u hem aangedaan?'

'Ik was er slechts een onderdeel van, meneer Havelock. Dat was u ook. Dat waren we allemaal. We hebben hem tot keizer gekroond toen er geen persoonlijke keizerrijken te vergeven waren, laat staan dat van ons. Hij werd gedwongen om te bestaan onder de eeuwige illusie van uniek te zijn onder alle mensen. We hebben te veel gevraagd. Hij werd krankzinnig. Dat brein – dat uitzonderlijke instrument – heeft zijn grenzen doorbroken en toen het zichzelf niet meer de baas kon zijn zocht het ergens anders naar macht. Als compensatie misschien, om zichzelf ervan te overtuigen dat hij was wat hij zei dat hij was, hoewel een deel van hem zei dat dat niet het geval was. Niet meer.'

'Wat bedoelt u met "hij zocht ergens anders naar macht"? Hoe kon hij dat doen?'

'Door dit land te binden aan een reeks verplichtingen die nog nooit eerder in de geschiedenis zijn voorgekomen. Probeert u dat te begrijpen, hij had voeten van kwikzilver, niet van klei, zoals u en ik. Ja, zelfs ik, de president van de Verenigde Staten – volgens sommigen de machtigste man van de wereld. Het is niet waar. Ik ben gebonden door de staat, afhankelijk van die verrekte opiniepeilingen, word geleid door de zogenaamde principes van een politieke ideologie, en mijn hoofd ligt voortdurend op het hakblok van het congres. Staatkundig evenwicht, meneer Havelock. Maar hij niet. We hebben van hem een superster gemaakt; hij was aan niets gebonden, aan niemand verantwoording schuldig. Zijn woord was de wet van de allerhoogste staatsman, alle oordelen van anderen ondergeschikt aan zijn genialiteit. En charme, zou ik er nog aan toe kunnen voegen.'

'Algemeenheden,' zei Michael. 'Abstracties.'

'Leugens?' vroeg Berquist.

'Ik weet het niet. Hoe luiden de bijzonderheden?'

'Die ga ik u tonen. En als u zich, nadat u die hebt gezien, gedwongen voelt om uw dreigementen uit te voeren, laten ze dan maar op uw hoofd neerkomen en niet op het mijne.'

'Ik heb geen hoofd meer. Ik ben niet-meer-te-redden.'

'Ik zei het u toch, ik heb deze vellen gelezen. Allemaal. De opdracht is ingetrokken. U hebt het woord van de president van de Verenigde Staten.'

'Waarom zou ik dat geloven?'

'Als ik u was zou ik het waarschijnlijk ook niet doen. Ik zeg het u alleen maar. Er zijn vele leugens en er zal nog wel meer worden gelogen, maar dit maakt daar geen deel van uit... ik zal de handboeien los laten maken.'

Als de nagemaakte miniatuurgevels in de nagebootste, met bomen omzoomde en zonbeschenen straten al macaber waren, dan was het tafereel in het grote, donkere vertrek zonder ramen zonder meer een bovenaardse afbeelding van een science-fictionachtige nachtmerrie. Aan de muur hing een dozijn televisieschermen op een rij, monitors die de door vele camera's opgenomen activiteiten lieten zien en vastlegden. Onder de schermen stond een enorm instrumentenpaneel dat bediend werd door vier technici. Artsen in witte jassen kwamen binnenlopen, bekeken een beeld of lieten een beeldband afdraaien, maakten aantekeningen en liepen snel weer weg of confereerden met collega's. En het doel van heel die vernuftige installatie was het vastleggen en analyseren van elke beweging die Anthony Matthias maakte en elk woord dat hij sprak. Zijn gezicht en lichaam waren op zeven schermen tegelijk te zien en onder elke monitor lieten groene, digitale getallen het juiste uur en de minuut zien van de opname; het scherm aan de linkerkant had het opschrift *Actueel.* De dag was een illusie voor Matthias, hij begon met ochtendkoffie in een tuin die precies gelijk was aan de zijne in Georgetown.

'Voordat hij ontwaakt krijgt hij twee injecties,' zei de president die naast Havelock aan een ander, kleiner instrumentenbord zat tegen de achterwand. 'De ene ontspant de spieren en vermindert fysieke en mentale spanningen, de andere is een stimulerend middel dat de hartslag versnelt, de bloedsomloop prikkelt, zonder van invloed te zijn op het eerste middel. Vraag me niet naar de medische termen, die ken ik niet, ik weet alleen dat het werkt. Hij is vrij om met anderen om te gaan tot een bepaalde graad van gefingeerde vertrouwelijkheid... op een bepaalde manier een nabootsing van zijn vroegere persoonlijkheid.'

'Dan begint zijn dag? Zijn... gefingeerde dag?'

'Precies. Hij begint met ontbijt in de tuin. Zijn assistenten brengen hem op de hoogte van de onderwerpen die hij die dag behandelt. Op het volgende scherm zie je hem zijn "huis" uit lopen, de trap af, met een assistent die tegen hem praat en de opties van het probleem toespitst, de zaak verduidelijkt, wat het ook is. Alles wordt overigens uit zijn eigen logboek gehaald, dat gebeurt de hele "dag" lang.' Berquist zweeg, en gebaarde naar de derde monitor van rechts. 'Daar zie je hem in zijn limousine; de assistent praat nog steeds tegen hem zodat hij een centraal punt heeft. Hij wordt een tijdje rondgereden, langs een paar punten die hij kent: het Jefferson-monument, het Washington-monument, bepaalde straten, langs de zuidelijke ingang – de volgorde doet er niet toe.'

'Maar ze zijn niet compleet,' hield Michael aan. 'Het zijn maar fragmenten!'
'Dat ziet hij niet; het gaat om de impressie die hij krijgt. Maar zelfs als hij zou merken dat het slechts fragmenten zijn, zoals u ze noemt, of miniaturen van bestaande plaatsen, dan zou hij, zoals de dokters me vertellen, de werkelijkheid van die impressies aanvaarden. Net zoals hij weigerde zijn eigen achteruitgang te zien en steeds maar meer verantwoordelijkheden wilde, totdat hij uiteindelijk gewoon pakte wat hij wilde... Kijk nu eens naar het vierde scherm. Hij stapt uit bij Buitenlandse Zaken, gaat naar binnen en daar zie je hem zijn kantoor binnenlopen – een exacte replica van zijn eigen kantoor op de achtste verdieping – en onmiddellijk neemt hij de telegrammen door, en kijkt wat hij die dag voor afspraken heeft. Dat zijn overigens exact dezelfde als hij op die dag had. Op het zesde scherm zie je hem telefoneren, dezelfde gesprekken die toen ook binnenkwamen. Vaak slaan zijn antwoorden nergens op, maar andere keren is het verbijsterend wat we te horen krijgen... Hij is hier nu bijna zes weken en soms denken we dat we alleen nog maar het begin hebben gehoord.'
'U bedoelt het begin van wat hij heeft gedaan?' vroeg Havelock, stomverbaasd door de angstaanjagende wending die de gebeurtenissen hadden genomen. Berquist keek Michael aan in het schijnsel van de monitor en het flikkerende licht van de schermen aan de andere kant van het vertrek. 'Ja, meneer Havelock, de "dingen" die hij gedaan heeft. Als er ooit iemand in de loop der geschiedenis van volksvertegenwoordigingen bestaan heeft die zijn macht schromelijk misbruikte, dan is het Anthony Matthias wel. Hij beloofde, hij garandeerde mensen de maan uit naam van de regering der Verenigde Staten. Neem vandaag. Er is een beleid uitgezet dat momenteel geïmplementeerd wordt, maar op dit bepaalde moment van zijn waanzin komt het de minister van buitenlandse zaken niet goed uit. Dus wijzigt hij het beleid. Moet je eens kijken naar het zevende scherm, met het opschrift "Vandaag". Luister. Hij zit aan zijn bureau, en in de geest is hij vijf maanden terug. Toen hadden beide partijen gezamenlijk besloten de ambassade in een jong Afrikaans land te sluiten, omdat er burgers werden afgeslacht in massale lynchpartijen en met doodseskaders. De beschaafde wereld was in rep en roer. De assistent is het aan het uitleggen.

'Meneer de minister. De president en de verzamelde Chefs-Staven, evenals de Senaat, hebben nadrukkelijk gesteld dat ze op dit moment geen verder contact wensen...'
'Dan zullen we het hun niet vertellen, nietwaar? Voorwereldlijke reacties kunnen geen hoeksteen vormen van een buitenlandse politiek met enige samenhang. Ik zal zelf contact opnemen en een verstandig en goed gefundeerd voorstel doen.'
Michael was verbijsterd. 'Heeft hij dat gezegd? Heeft hij dat ècht gezegd?'
'Hij beleeft het momenteel opnieuw,' antwoordde Berquist. 'Over een paar minuten belt hij de missie in Genève, en dan wordt er weer een ongelooflijke toezegging gedaan. Dit is echter maar een klein voorbeeld, waaraan ze vanochtend werken. Het is weliswaar bijzonder irritant, maar het is van geen betekenis in vergelijking met een heleboel andere zaken. Zoveel, zo gevaarlijk, zo ongelooflijk.'
'Gevaarlijk?'
'Eén stem die alle andere overstemt, die ondenkbare onderhandelingen aangaat, overeenkomsten sluit die rechtstreeks ingaan tegen alles waar ons land geacht wordt voor te staan – overeenkomsten waarover het Congres zo kwaad zou worden dat ik geschorst werd als ik ze maar overwoog. Maar zelfs dat feit, en het ìs een feit, is onbelangrijk. We mogen de wereld niet laten weten wat hij gedaan heeft. Dat zou een vernedering voor ons zijn – een reus op zijn knieën, smekend om vergiffenis – en als die niet kwam zouden er bommen en granaten volgen. Zie je, hij heeft het allemaal op papier gezet.'
'Kon hij dat dan?'
'Volgens de constitutie, nee. Maar hij was een superster. De ongekroonde koning van de republiek had gesproken, een god had zijn woord gegeven. Wie twijfelt er aan het woord van koningen of goden? Het bestaan alleen al van dergelijke documenten vormt de meest vruchtbare grond die er bestaat voor internationale afpersing. Als we die onderhandelingen niet zonder veel ophef ongeldig kunnen maken door schikkingen, of ze langs diplomatieke weg nietig kunnen verklaren omdat we voorzien dat ze door het congres zullen worden verworpen, dan zullen ze aan het licht worden gebracht. Als dat gebeurt dan zal elk verdrag, elke overeenkomst die we in de afgelopen tien jaar zijn aangegaan – al die gevoelige allianties waarover we momenteel over de gehele wereld aan het onderhan-

delen zijn – op losse schroeven komen staan. De buitenlandse politiek van dit land zal ineenstorten; we zouden nooit meer worden vertrouwd. En wanneer een land als het onze geen buitenlandse politiek meer heeft, meneer Havelock, dan is het in oorlog.'
Michael boog zich voorover over het instrumentenpaneel en legde zijn hand op zijn voorhoofd; hij kon de zweetdruppels voelen aan de rand van zijn haren. 'Is het zo erg met hem?'
'Erger. Vergeet u niet, hij is bijna zes jaar minister van buitenlandse zaken geweest en voordat hij die portefeuille kreeg was zijn invloed al zeer groot, om niet te zeggen buitensporig groot, onder de twee vorige presidenten. Voor beiden was hij niet meer en niet minder dan gevolmachtigd ambassadeur, die de wereld afreisde en de banden smeedde voor zijn macht.'
'Maar dat waren goede banden, niet dit!'
'Dat waren ze, en niemand wist dat beter dan ik. Ik ben degene die hem heeft overgehaald om zijn positie als consulent overboord te gooien en de macht over te nemen. Ik zei dat de wereld zijn *imprimatur* nodig had, dat de tijd er rijp voor was. Ziet u, ik deed een beroep op zijn ego; grote mannen hebben altijd een ego, dat buiten alle proporties is. De Gaulle had gelijk: de man die het lot van de wereld in zijn handen heeft weet dat zelf het eerst. Wat hij niet kent is de grens van zijn mogelijkheden. Bij god, dat wist Matthias niet.'
'U zei het net zelf, meneer de president. We hebben een god van hem gemaakt. We hebben te veel van hem gevergd.' Langzaam schudde Havelock zijn hoofd, overdonderd.
'Wacht even,' zei Berquist, zijn stem koud, zijn blik doordringend in het schijnsel. 'Dat bedoelde ik als simpel gestelde verklaring. Niemand kan een ander tot god verheffen als die persoon dat zelf niet wil. En Jezus op een houtvlot, Matthias was zijn leven lang al op zoek naar dat soort goddelijke macht! Al jaren proeft hij van de godendrank – hij baadt erin... Weet je hoe iemand hem laatst noemde? Een manipulerende Socrates aan de Potomac, en dat is precies wat hij was. Hij manipuleerde, meneer Havelock. Een eersteklas, hoog-intelligente, briljante opportunist. Iemand die buitengewoon overtuigend overkomt, in staat tot eersteklas wereldwijde diplomatie, de beste die we konden inzetten, zolang hij in het oog van de wereldwijde orkaan stond. Hij kon schitteren, en, zoals ik ook gezegd heb, niemand wist dat beter dan ik en ik heb hem ge-

bruikt. Maar desalniettemin was hij een manipulator. Hij heeft nooit opgehouden de alwetende Anthony Matthias te promoten.'

'En terwijl u dat wist,' zei Michael, weigerend zijn ogen eerder neer te slaan dan de president, 'hebt u hem toch gebruikt. U hebt hem evenzeer gepromoot als hij zelf gedaan heeft. U hebt een beroep gedaan op een "man die het lot bestuurde", was dat het niet?'

De president keek omlaag naar de wijzers op de monitor. 'Ja,' zei hij zacht. 'Totdat het fout ging. Want ik keek naar de prestaties, niet naar de man, en ik was verblind. Ik heb niet gezien wat er werkelijk aan de hand was.'

'Het is moeilijk te geloven, allemaal zo moeilijk te geloven...'

'Omdat ik dat voorzag,' viel de president hem in de rede, 'heb ik verschillende banden voor u klaar laten maken. Zet u de koptelefoon maar op dan zal ik op de juiste knoppen drukken. De beelden zullen verschijnen op het meest rechtse scherm.'

Wat er in de volgende twaalf minuten op dat scherm verscheen was een portret van een man die Havelock niet kende. Het waren de beelden van een onmetelijk intellect dat worstelde met zijn eigen kwellingen, een ego dat blootgelegd werd en dat het ene moment gilde, het volgende huilde, dan weer een diplomaat over de telefoon vleiend bepraatte, vol charme en briljante nederigheid, om de man een dwaas en een idioot te noemen zo gauw het gesprek beëindigd was. Bovenal waren er de leugens, waar er vroeger de essentiële waarheid was geweest. Zijn instrument was de telefoon, zijn diepe stem met de Europese tongval was het orgel.

'Dit eerste,' zei Berquist terwijl hij boos op een knop drukte, 'is zijn antwoord op mij toen ik hem net verteld had dat ik een andere lijn wilde volgen voor de buitenlandse hulp in San Miguel.'

Uw politiek is krachtig, meneer de president, een klaroenstoot voor fatsoen en mensenrechten. Ik juich u toe, meneer. Tot ziens... Idioot! Imbeciel! Je hoeft het niet eens te zijn met een broeder, je moet slechts de geopolitieke realiteiten aanvaarden! Bel generaal Sandoz voor me. Arrangeer een hoogst privé onderhoud met zijn ambassadeur. De kolonels zullen weten dat we hen ondersteunen.

'En dit volgde op een resolutie die door de afgevaardigden en de senaat gezamenlijk genomen was, en waar ik vierkant achter stond, om geen diplomatieke erkenning te geven...'

U begrijpt, meneer de premier, dat de akkoorden die wij momenteel hebben in uw deel van de wereld datgene wat u voorstelt verhinderen, maar u dient te weten dat ik het met u eens ben. Ik heb een onderhoud met de president... nee, nee, ik verzeker u dat hij zich nog geen oordeel heeft gevormd... en ik heb de voorzitter van het senaatscomité voor buitenlandse betrekkingen al overtuigd. Een verdrag tussen onze beide landen is gewenst en mocht dat niet in overeenstemming zijn met voorgaande overeenkomsten... welnu, verstandig eigenbelang was het hoofdkenmerk van Bismarcks regeringsperiode.

'Niet te geloven,' zei Havelock, gebiologeerd.

'Dat vond ik ook, maar het is zo.' De president drukte een derde knop in. 'We zitten nu in de Perzische Golf...'

U spreekt uiteraard à titre personnel, *niet als de minister van financiën van uw land maar als vriend, en wat u nu zoekt is een extra garantie van achthonderdvijftig miljoen voor uw huidige fiscale jaar, plus één komma twee miljard voor volgend jaar... Geloof me, dat zijn geheel en al plausibele cijfers. Ik zeg dit in vertrouwen, maar onze territoriale strategie is niet wat het lijkt. Ik zal, wederom op vertrouwelijke basis, een intentieverklaring opstellen.*

'En nu zijn we in de Balkan, een Sovjet-satelliet, trouw aan Moskou en uit op onze huid... Waanzin!'

Excellentie, de restricties op wapenverkoop aan uw land zullen niet in acht genomen worden, als ze al niet meteen opgeheven kunnen worden. Ik zie zekere en aanzienlijke voordelen in een samenwerking tussen onze beide landen. Wij kunnen en zullen 'apparatuur' naar u doorsluizen via zekere Noordafrikaanse régimes die in naam tot het kamp der tegenstanders behoren maar die we, laat ik zeggen op inofficiële basis, zeer regelmatig ontmoeten. In vertrouwen, er wordt een nieuwe geopolitieke as gevormd...

'Wordt gevormd,' barstte Berquist uit. 'Zelfmoord! Dit is een coup in Yemen. Dat wordt instabiliteit, en bloedvergieten op grote schaal!'

De opkomst van een grote, nieuwe, onafhankelijke natie, Sirach Bal Shazar, zal misschien niet zo snel de erkenning krijgen die u verdient, maar kan verzekerd zijn van de stilzwijgende steun van deze regering. Wij erkennen de noodzaak om met vaste hand en op realistische wijze om te gaan met interne subversie. U kunt ervan verzekerd zijn dat de gevraagde fondsen zullen worden toegewezen. Zodra er driehonderd miljoen overgemaakt is, zal dat een teken zijn voor de wetgevende macht binnen uw regering van het vertrouwen dat we in u hebben.

'En tot slot,' zei de president terwijl hij een laatste knop indrukte, op gespannen fluistertoon en met een dodelijk vermoeide uitdrukking op zijn gegroefde gelaat, 'de nieuwe gevaarlijke gek in Afrika.'

Wanneer ik heel eerlijk en in uiterste vertrouwen met u spreek, generaal-majoor Halafi, dan stemmen wij in met de uitbreiding van uw invloedssfeer naar het noorden van de Straat van Malakka, zoals u die voorstelt. Onze zogenaamde geallieerden daar hebben zich zwak en onbekwaam getoond, maar we moeten ons, volgens de lopende verdragen, natuurlijk geleidelijk van hen losmaken. Het opvoedingsproces is altijd moeilijk, de heropvoeding van de gevestigde machten is een waanzinnnig schaakspel, dat gelukkig wordt gespeeld door diegenen onder ons die het begrijpen. U zult uw wapens krijgen. Salaam, mijn krijgsmakker.

Wat Michael had gezien en had gehoord werkte verlammend. Verbintenissen die niet in het belang waren van de Verenigde Staten waren aangegaan of half aangegaan, verdragen waren voorgesteld of afgesloten die andere, bestaande verdragen schonden; er waren ongeautoriseerde garanties gegeven van miljarden die niet betaald konden worden, laat staan dat ze door het Congres aanvaard zouden worden en door de Amerikaanse belastingbetaler... militaire verplichtingen waren aangegaan, die immoreel waren van opzet, die de grenzen overschreden van de nationale eer, die nodeloos provocerend waren. Het was een portret van een briljante geest die zichzelf had verbrijzeld in een sterrenregen van wereldwijde verbintenissen waarvan elk fragment in de ruimte een dodelijk projectiel vormde.

De ontzetting nam af, alleen al omdat hij niet te bevatten was; de verlamming verminderde. Plotseling werd de leemte duidelijk zichtbaar; zij moest worden opgevuld, verklaard. Havelock zette de koptelefoon af en keerde zich tot de president. 'Costa Brava,' fluisterde hij schor. 'Waarom? Waarom niet-meer-te-redden?'

'Ik was betrokken bij het eerste, maar voor het tweede heb ik helemaal geen opdracht gegeven. Voor zover we dat kunnen

nagaan werd het nooit officieel goedgekeurd.'
'"Dubbelzinnigheid"?'
'Ja, we weten niet wie hij is. Ik moet u echter wel zeggen dat ik de opdracht tot uit de weg ruimen later wel heb bevestigd.'
'Waarom?'
'Omdat ik me beriep op één aspect van de eed die u hebt ondertekend toen u in dienst trad van uw regering.'
'En dat was?'
'Om uw leven te geven voor uw land, indien uw land vertwijfeld genoeg was om daarom te vragen. Dat zou ieder van ons doen, dat weet u net zo goed als ik. En ik hoef u er ook niet aan te herinneren dat ontelbare duizenden dat hebben gedaan, zelfs toen de noodzaak twijfelachtig was.'
'Waarmee u wilt zeggen dat er aan de noodzaak voor mijn leven – mijn dood – geen twijfel bestond?'
'Toen ik de opdracht gaf, nee, toen bestond die twijfel niet.'
Michael hield zijn adem in. 'En de Tsjechische vrouw? Jenna Karras?'
'Haar dood is nooit vereist geweest.'
'Dat was hij wel!'
'Niet door ons.'
'"Dubbelzinnigheid"?'
'Kennelijk.'
'En u weet niet... O, mijn god. Maar mijn executie werd goedgekeurd. Door u.'
De president knikte, zijn Scandinavische gelaat minder streng dan voorheen, zijn ogen nog steeds rustig en vastberaden, maar niet meer de ogen van een jager.
'Mag de veroordeelde man vragen waarom?'
'Komt u maar met me mee,' zei Berquist, terwijl hij opstond van achter het instrumentenbord, in het vage, flikkerende lichtschijnsel. 'Het is tijd voor de laatste fase van uw opvoeding, meneer Havelock. Ik hoop, bij god, dat u er klaar voor bent.'
Ze verlieten het vertrek met de monitors en betraden iets wat leek op een korte, witte gang, die bewaakt werd door een enorme sergeant-majoor, wiens gezicht en vele lintjes duidden op een lange dienstperiode met vele veldslagen. Hij sprong in de houding zodra hij de president zag; zijn opperbevelhebber knikte en liep door naar een brede, zwarte deur aan het einde van de gang. Maar het was echter geen deur, besefte Michael toen hij dichter achter Berquist stond. Het was een kluis;

in het midden zat het toegangsrad en rechts van de deurpost een plaatje dat reageerde op een handafdruk. De president legde zijn rechterhand erop; een rijtje gekleurde lichtjes knipperden heen en weer boven de plaat en bleven staan op groen en wit. Toen stak hij zijn linkerhand uit en greep het rad vast; weer flikkerden de lichtjes. Het eindresultaat was een combinatie van drie groene lampjes.

'Ik weet zeker dat u meer weet over dit soort trucs dan ik,' zei Berquist. 'Daarom zal ik alleen nog maar zeggen dat deze kluis slechts door mij geopend kan worden... en door één ander iemand, in geval van mijn dood.'

De betekenis daarvan was duidelijk en er was geen commentaar op nodig. De president zwaaide de zware kluisdeur open, deed zijn hand omhoog en drukte die op een onzichtbare plaat in de binnenstijl; ergens werden gekruiste stralenbundels buiten werking gesteld. Opnieuw knikte hij tegen de militair en gebaarde naar Havelock dat hij naar binnen moest gaan. Ze liepen het vertrek in, terwijl de sergeant-majoor op de stalen deur afkwam, hem sloot en het rad omdraaide tot het dichtklikte.

Het was een vertrek, maar geen gewoon vertrek want er waren geen ramen in, er hing niets aan de muren, er stond geen overbodig meubilair. Geen tekenen van leven; alleen het zachte zoemen van ventilatoren gaf aan dat er lucht aanwezig was. In het midden stond een langwerpige vergadertafel waaromheen vijf stoelen stonden, bloknoten, potloden en asbakken stonden op hun plaats, en in de verste linkerhoek stond een papier-vernietigingsmachine; het was een tafel in een vertrek die in gereedheid was gebracht voor een onmiddellijke bespreking en voor ogenblikkelijke vernietiging van alles wat er uit zo'n bespreking resulteerde. Terwijl de ruimte die ze net hadden verlaten twaalf televisieschermen tegen de wand had, bevond zich in dit vertrek één enkel groot projectiescherm, en een vreemd gevormde projector die was vastgemaakt aan de tegenover liggende muur, naast een paneel van ronde schakelaars.

Zonder iets te zeggen liep Charles Berquist rechtstreeks naar het paneel, doofde de plafondlichten en knipte de projector aan. Het scherm aan de overzijde van het donkere vertrek werd onmiddellijk gevuld met een dubbel beeld, waarin een rechte zwarte lijn de twee foto's scheidde. Elke foto was een

enkele pagina van twee verschillende documenten; beide hielden duidelijk verband met elkaar en hun vorm was vrijwel dezelfde. Havelock staarde ernaar met toenemende angst.
'Hier hebt u de essentie van wat wij "Parsifal" noemen,' zei de president zacht. 'Kent u de laatste opera van Wagner?'
'Niet zo goed,' antwoordde Havelock, nauwelijks in staat een woord uit te brengen.
'Het doet er niet toe. Denkt u er alleen maar aan dat Parsifal, telkens wanneer hij de speer oppakte die gebruikt werd bij de kruisiging van Christus, de macht had om wonden te genezen. Omgekeerd heeft degene die deze documenten hier in zijn macht heeft de macht om wonden open te rijten. Over de gehele wereld.'
'Ik... geloof... dit niet,' fluisterde Havelock.
'Ik zou, bij god, willen dat ik het niet hoefde te geloven,' zei Berquist, terwijl hij zijn hand ophief en naar de linker pagina wees. 'Deze eerste houdt een nucleaire aanval op China in, die gelijktijdig wordt uitgevoerd door de gecombineerde strijdkrachten van de Verenigde Staten van Amerika en de Sovjetunie. Doel: de vernietiging van alle militaire installaties, regeringscentra, waterkrachtcentrales, communicatiesystemen en zeven grote steden, vanaf de Mantsjoerijse grens tot aan de Chinese Zee.' De president zweeg en gebaarde naar het projectiebeeld aan de rechterzijde. 'Dit document gaat over een bijna gelijke aanval op de Sovjetunie uitgevoerd door de gecombineerde strijdkrachten van de Verenigde Staten en China. De verschillen zijn maar klein en enkel van belang voor de paar miljoen mensen die in de atoomgloed de verbrandingsdood zullen vinden. Er zijn vijf steden meer bij inbegrepen: ook Moskou, Leningrad en Kiev. Totale vernietiging: twaalf steden die van het aardoppervlak worden weggevaagd. Ons land is twee afzonderlijke overeenkomsten aangegaan, een met de Sovjetunie en een met China. In beide gevallen hebben we toegezegd al onze kernwapens te zullen inzetten in een gezamenlijke aanval met een partner, om de wederzijdse vijand te vernietigen. Twee lijnrecht tegenover elkaar staande overeenkomsten, en de Verenigde Staten als knecht van twee meesters, het pad volslagen bijster. Massale vernietiging. De wereld heeft zijn atoomoorlog, meneer Havelock, en die is met briljante precisie op touw gezet door Anthony Matthias, superster.'

27

'Dit is... waanzin!' fluisterde Havelock, zijn ogen aan het scherm gekluisterd. 'En wij zijn de partner van beide machten? In beide gevallen moeten wij een kernwapenaanval inzetten – een eerste aanval?'

'En een tweede, en indien nodig een derde, vanuit onderzeeërs die in een kring rond de kusten van China en daarna van Rusland liggen. Twee waanzinnige overeenkomsten, meneer Havelock, en wij maken inderdaad deel uit van beide overeenkomsten. Hier staat het zwart op wit.

Nu begrijpt u het,' zei Berquist, ook zijn blik gevestigd op de contracten die beide helften van het scherm vulden, zijn gezicht betrokken en met holle blik. 'Dat is de onverdraaglijke dreiging waarmee wij leven. Tenzij we de instructies die bij mij binnenkomen, op de letter nauwkeurig opvolgen, staan we voor een wereldwijde catastrofe in de waarste zin van het woord. De dreiging is simpel: het nucleaire pact met Rusland wordt getoond aan China en de overeenkomst wordt doorgegeven aan Moskou. Beide landen weten dan dat ze verraden zijn, door de rijkste hoer in de geschiedenis. Dat zullen ze geloven, en dan zal de wereld vergaan in duizenden kernexplosies. De laatste woorden die gehoord worden, zullen luiden: "Dit is geen oefening, dit is ècht!" En dat is de waarheid, meneer Havelock.'

Michael voelde zijn handen trillen, zijn slapen kloppen. Iets in Berquists woorden had hem een plotseling onaangenaam gevoel gegeven, maar hij kon zich niet voldoende concentreren om te weten waar dat vandaan kwam. Hij kon alleen maar staren naar de twee documenten die op het scherm geprojecteerd waren. 'Er staat niets over data,' zei hij, hoewel dat geen zinvolle opmerking leek.

'Die staan op een aparte pagina – dit zijn voorlopige overeenkomsten. In de maanden april en mei zullen besprekingen plaatsvinden waarbij de juiste data zullen worden vastgesteld. April staat op het programma voor de Russen, mei is voor China. De volgende maand dus en de daaropvolgende. De aanvallen moeten plaatsvinden binnen vijfenveertig dagen na elke bespreking.'

'Het is... niet te geloven.' Havelock voelde plotseling de verlamming weer opkomen, toen alles goed tot hem doordrong.

Hij staarde Berquist aan. 'U hebt mij hiermee in verband gebracht? Met deze documenten?'
'Er was een verband met u. God weet niet door uw eigen schuld, maar er bestond een gevaarlijk verband. We weten op welke manier; we weten niet waarom. Maar het hoe was genoeg om u niet-meer-te-redden te verklaren.'
'Hoezo dan, in godsnaam?'
'Om te beginnen heeft Matthias de zaak tegen uw vriendin, Jenna Karras, op touw gezet.'
'Matthias?'
'Hij was degene die u buitenspel wilde plaatsen. Maar we konden er niet zeker van zijn. Stond u er echt buiten of veranderde u eenvoudig van baan? Van de regering van de Verenigde Staten naar het keizerrijk van Matthias de Grote?'
'Daarom werd ik geschaduwd in Londen, Amsterdam, Parijs... God weet waar nog meer.'
'Overal waar u heenging. Maar we werden niets wijzer van u.'
'En dat was de reden voor niet-meer-te-redden?'
'Ik zei u al: met de oorspronkelijke opdracht had ik niets te maken.'
'Goed dan, dat was die "Dubbelzinnigheid". Maar toen was u het. U bevestigde de opdracht opnieuw.'
'Later, veel later; toen we ontdekten wat hij had ontdekt. Beide opdrachten werden om dezelfde reden gegeven, eentje met machtiging, de andere niet. U was bezig in het complot door te dringen – in de structuur – achter deze documenten... de schakel tussen mannen in Washington en hun onbekende tegenhangers in de KGB. We zitten in een race. Eén misrekening van uw kant, één ontmaskering van de zwakke plekken in die structuur en dan zouden deze documenten, deze uitnodigingen voor een wereldbrand, naar onze vaste overtuiging getoond worden aan de regeringsleiders in Moskou en Peking.'
'Wacht eens even!' riep Havelock uit, verbijsterd, gefrustreerd, kwaad. 'Godverdomme! Er is dus onderhandeld met Moskou en Peking!'
De president van de Verenigde Staten gaf geen antwoord. Hij liep naar de dichtstbijzijnde stoel aan de tafel en ging er zitten, terwijl zijn achterhoofd en zijn dunnende blonde haren oplichtten onder de bundel uit de projector. En toen sprak hij. 'Nee, dat is niet het geval, meneer Havelock,' zei hij met zijn ogen op het scherm gericht. 'Dit zijn de gedetailleerde verzin-

sels van een waanzinnige, briljante geest, de geschreven woorden van een razend knappe onderhandelaar.'
'Goeie god, dan kunt u ze toch ontkennen! Ze zijn niet waar!'
Berquist schudde langzaam zijn hoofd. 'Lees maar wat er staat. Het valt letterlijk niet meer te ontkennen. Er staan gedetailleerde verwijzingen in naar de meest geheime wapenen in ons arsenaal. Locaties, afvuurcodes, specificaties, logistiek – je wordt als verrader bestempeld als je dit soort informatie bekend maakt, je zou je leven lang in de gevangenis komen, en niemand zou voor een dergelijke daad minder dan dertig jaar krijgen. In Moskou of Peking zouden mensen die zelfs maar in de verte betrokken waren bij de bewapeningsfeiten in deze documenten, zonder vorm van proces worden neergeschoten, vanwege de mogelijkheid alleen al dat ze zelfs maar een deel ervan, bewust of onbewust, bekend hadden gemaakt.' De president zweeg en keerde zijn hoofd een weinig naar links, terwijl zijn ogen nog steeds op het scherm gericht bleven. 'U moet begrijpen dat als de regeringsleiders in Moskou of Peking het tegen hen gerichte document onder ogen zouden krijgen, dat ze dan zonder enige twijfel overtuigd zouden zijn van de echtheid ervan. Elke strategische locatie, de uitwerking van elke raket, elk brokje verantwoordelijkheid voor de vernietiging is tot in de laatste bijzonderheden uitgekiend, er is niets waarover nog gedisputeerd dient te worden... tot zelfs de uren toe waarop de landen bezet zullen worden door op afstand bestuurde voertuigen.'
'Uitgekiend?' vroeg Michael en het woord klonk als een grove onderbreking.
Berquist keerde zich om en zijn ogen waren opnieuw die van een jager, maar behoedzaam, bevreesd. 'Ja, meneer Havelock, uitgekiend. Nu bent u doorgedrongen tot in de kern van Parsifal. Deze overeenkomsten werden samengesteld door twee uitzonderlijke – en uitzonderlijk goed ingelichte – breinen. Twee. Twee man kienden elk detail uit, elke stap, elk punt, alsof hun plaats in de geschiedenis ervan afhing. Een nucleair schaakspel met het heelal als prijs voor de winnaar... wat er dan nog van over is.'
'Hoe weet u dat?'
'Het taalgebruik. Het is het eindprodukt van twee mensen, het zijn twee aparte gedachtengangen. Een voorwaardelijke zin begint op één manier en eindigt op een andere. Er is geen psy-

chiater, geen deskundige op het gebied van schizofrenie, voor nodig om de verschillende bijdragen te zien. Een jurist of een functionaris van Buitenlandse Zaken die getraind is in het voeren van internationale onderhandelingen zou hetzelfde kunnen doen... Twee man.'

Met zijn ogen vast gericht op de president, sprak Havelock op één toon. 'Die andere man is Parsifal, nietwaar?' vroeg hij zacht. 'De man die wonden zou kunnen openrijten... over de gehele wereld.'

'Ja. Hij heeft de originelen van beide documenten, het enige exemplaar dat ervan bestaat, zegt hij. We moeten hem wel geloven. Hij heeft een atoomwapen op onze hoofden gericht – op mijn hoofd.'

'Dan heeft hij dus contact met u gehad,' zei Michael en zijn ogen dwaalden weer naar het scherm. 'U hebt... die documenten... van hem gekregen, niet van Anton.'

'Ja. Aanvankelijk waren zijn eisen financieel, namen ze toe met elk contact, totdat ze niet eens meer schandalig genoemd konden worden; ze waren astronomisch. Miljoenen op miljoenen... en daarna nog eens miljoenen. We namen aan dat hij een politiek motief moest hebben. Hij had het geld nodig om minder belangrijke regeringen om te kopen, om in heel de Derde Wereld revoluties te financieren, om terrorisme aan te moedigen. We hebben tientallen onstabiele regeringen uiterst nauwkeurig in de gaten gehouden, zijn met onze beste mensen doorgedrongen tot degenen die het dichtst bij de machthebbers staan en hebben hen opgedragen slechts uit te kijken naar veranderingen die ook maar van enig belang zijn. We dachten dat we hem op het spoor konden komen, in de val konden lokken. En toen ontdekten we dat Parsifal geen vinger had uitgestoken naar het geld: het was maar een middel voor hem om erachter te komen of we zouden doen wat hij ons opdroeg. Hij is niet geïnteresseerd in geld; dat is hij nooit geweest. Hij wil heersen, macht bezitten; hij wil de sterkste natie op aarde zijn wil kunnen opleggen.'

'Hij heeft zijn wil opgelegd. Daarmee hebt u uw eerste fout begaan.'

'We probeerden uitstel te krijgen. Dat proberen we nog steeds.'

'Ten koste van vernietiging?'

'In de vertwijfelde hoop dat we die kunnen voorkomen. U begrijpt het nog steeds niet, meneer Havelock. We kunnen en zullen waarschijnlijk aan de hele wereld laten zien hoe waanzinnig Anthony Matthias is en daarbij de geloofwaardigheid vernietigen van tien jaar onderhandelen en verdragen sluiten, maar dat zal geen antwoord geven op de fundamentele vraag. Hoe is het in godsnaam mogelijk dat die informatie in deze overeenkomsten terecht is gekomen? Werd die aan een man gegeven die al officieel krankzinnig was verklaard? Als dat zo was, aan wie heeft hij het dan nog verder doorgegeven? En gaan we willens en wetens aan potentiële vijanden de diepste geheimen blootgeven van onze offensieve en defensieve macht? Of laten we hun weten hoe diep we zijn doorgedrongen in hun eigen bewapeningssystemen...? Wij hebben geen prioriteiten of nucleaire maniakken. Er zijn mensen in Moskou en Peking die hun hand zouden uitsteken naar de knoppen en hun raketten zouden lanceren. Weet u waarom?'

'Ik weet het niet zeker... ik weet niets meer zeker.'

'Dan heet ik u welkom in een zeer exclusieve club... Ik zal u eens vertellen waarom. Omdat het ons met z'n allen veertig jaar en ontelbare miljarden heeft gekost om te komen aan het punt waar we nu zijn. Met nucleaire messen op elkaars kelen. Er is geen tijd en niet genoeg geld over om opnieuw te beginnen. Het land dat dit overleeft – als er van overlevenden gesproken kan worden – is het land dat het eerst aanvalt. Kort gezegd, meneer Havelock, we zouden wel eens een atoomoorlog kunnen beginnen in een vertwijfelde poging om een nucleaire wereldbrand te voorkomen.'

Michael slikte en hij was zich ervan bewust dat hij dat deed, zo dichtgeknepen voelde zijn keel aan. 'Zo eenvoudig is dat,' zei hij.

'Eenvoudiger kan het al niet,' antwoordde Berquist.

'Wie is Parsifal?'

'Dat weten we niet. Net zomin als we weten wie "Dubbelzinnigheid" is.'

'Dat weet u niet?'

'Alleen maar dat er verband bestaat tussen beiden. Dat mogen we aannemen.'

'Wacht eens even!'

'Dat zegt u nou telkens.'

'U hebt Matthias toch! U laat hier met computers een toneelspel voor hem opvoeren. Keer zijn hoofd binnenstebuiten! U hebt wel honderd therapieën! Gebruik die. Haal het eruit!'

'Denkt u dat we dat niet hebben geprobeerd? Er staat niets in de medische boeken wat we niet hebben geprobeerd... dat we niet aan het proberen zijn. Hij heeft de realiteit uit zijn geest gebannen; hij heeft zich ervan overtuigd dat hij heeft onderhandeld met de militaristen in Peking en Moskou. Iets anders kan hij zich niet veroorloven; zijn fantasieën moeten voor hem werkelijkheid zijn. Dat is zijn bescherming.'

'Maar Parsifal leeft; dat is geen fantasie. Hij heeft een gezicht, ogen, gelaatstrekken! Anton moet u toch wel iets kunnen geven!'

'Niets. In plaats daarvan beschrijft hij – en ongetwijfeld juist – bekende extremisten in het Sovjet-Presidium en het Centrale Comité van China. Dat zijn de mensen die hij bezoekt wanneer deze overeenkomsten worden genoemd... met of zonder waarheidsserum. Dat brein van hem – dat ongelooflijke instrument – is even creatief om hem nu te beschermen als toen het vroeger lesgaf aan de wereld van minder belangrijke stervelingen.'

'Abstracties!' riep Havelock uit.

'Dat hebt u ook al eerder gezegd.'

'Die Parsifal is echt! Hij bestaat! Hij houdt een wapen op u gericht!'

'Dat zijn mijn woorden, geloof ik.'

Michael rende naar de tafel en beukte zijn gesloten vuist op het blad. 'Dat kan ik niet geloven!'

'Geloof het maar,' zei de president, 'maar wat je net deed moet je niet meer doen. Er is hier een of ander sonisch ding dat alleen maar decibellen registreert, geen gesprekken. Als ik nu niet onmiddellijk iets zeg wordt de kluisdeur geopend en zou u er het leven bij in kunnen schieten.'

'O, mijn god!'

'Ik heb uw stem niet nodig. Er is geen derde ambtstermijn meer – misschien helemaal geen "meer" meer – en ik zou me toch niet herkiesbaar stellen.'

'Probeert u lollig te zijn, meneer de president?'

'Misschien. In tijden als deze, en als de omstandigheden je toestaan ouder te worden, dan vind je soms een bepaalde troost in de zeldzame poging om lollig te zijn. Maar dat weet ik niet zeker... Ik ben nergens meer zeker van. Miljoenen om deze plek te bouwen, ongeëvenaarde geheimhouding, de beste psychiaters van het hele land. Word ik met een kluitje in het riet gestuurd? Ik weet het niet. Ik weet alleen dat ik nergens anders heen kan.'

Havelock liet zich vallen in de stoel aan het einde van de tafel en had een vaag ongemakkelijk gevoel dat hij ging zitten in aanwezigheid van Berquist zonder daartoe verlof te hebben gekregen. 'O,' zei hij zonder zin, terwijl zijn stem wegstierf.

'Vergeet het maar,' zei de president. 'Ik heb opdracht gegeven voor het aantreden van uw privé-vuurpeloton, weet u nog wel?'

'Ik begrijp nog steeds niet waarom. U zei dat ik in iets was doorgedrongen, een zwakke plek in een of andere structuur. Als ik op die manier door bleef gaan zouden deze...' Michael keek met vertrokken gezicht op naar het scherm, 'deze documenten aan Moskou of aan Peking worden gegeven.'

'Niet zouden, zouden misschien. We mochten niet het geringste risico lopen dat Parsifal in paniek zou kunnen raken. Als dat zou gebeuren, zou hij ongetwijfeld naar Moskou lopen. Ik denk dat u weet waarom.'

'Hij staat in contact met de Russen. Het bewijsmateriaal tegen Jenna, alles wat er in Barcelona is gebeurd; dat zou helemaal niet hebben kunnen gebeuren zonder de Russische geheime dienst.'

'De KGB ontkent het, dat wil zeggen: één man ontkent het uit officiële gronden. Volgens de rapporten van *Cons Op* en een zekere overste Lawrence Baylor heeft u die man ontmoet in Athene.'

'Rostov?'

'Ja. Hij wist natuurlijk niet wat hij ontkende maar hij vertelde ons in feite dat, als er een verbinding bestond, daarvoor geen machtiging was gegeven. We geloven dat hij een man is die zorgen heeft: hij heeft geen idee hoezeer hij het bij het rechte eind heeft.'

'Misschien heeft hij dat wel,' zei Havelock. 'Hij probeert u duidelijk te maken dat het de VKR kan zijn.'

'Wat is dat nou, verdomme, weer?'

'*Vodennaja Kontra Rozvedka*. Een afdeling van de KGB, een elitecorps dat iedereen schrik aanjaagt die nog maar een greintje gezond verstand bezit. Ben ik daarin doorgedrongen?' Michael zweeg en schudde zijn hoofd. 'Nee, dat kan niet. Daar ben ik achter gekomen in Parijs, na Col des Moulinettes. Een VKR-agent uit Barcelona die mij achterna zat. Ik werd in Rome al niet-meer-te-redden verklaard.'

'Dat kwam van "Dubbelzinnigheid",' zei Berquist. 'Niet van mij.'
'Maar om dezelfde reden. Uw woorden... meneer.'
'Ja.' De president boog zich voorover. 'Het was de Costa Brava. Die nacht aan de Costa Brava.'
De frustratie en de woede kwamen weer opzetten; Michael kon zich nauwelijks in bedwang houden. 'Dat was nep! Een toneelstukje! Ik werd gebruikt en daarom heb ik van u dat stempel gekregen! U wist ervan. U zei dat u eraan meegewerkt had!'
'U was er getuige van dat er op dat strand een vrouw werd gedood.'
Havelock schoot overeind uit zijn stoel, met zijn hand om de rugleuning geklemd. 'Probeert u nu weer leuk te doen... meneer de president?'
'Ik heb niet de minste behoefte aan grapjasserij. Er zou die nacht aan de Costa Brava niemand worden gedood.'
'Niemand... Verrek! Jullie hebben het gedaan! U en Bradford en die klootzakken in Langley met wie ik vanuit Madrid heb gesproken! Maakt u mij niets wijs over de Costa Brava, ik was erbij! En u bent verantwoordelijk, ieder van u!'
'We hebben er het initiatief toe genomen, we hebben het op gang gebracht... maar we hebben het niet afgemaakt. En dat, meneer Havelock is de waarheid.'
Het begon Michael te duizelen, hij wilde wel op het scherm afstormen en zijn handen kapotslaan tegen die afschuwelijke beelden. Maar toen hoorde hij de woorden weer. Jenna's woorden. *Niet één operatie maar twee*. En daarna de zijne. *Onderschept. Veranderd.*
'Wacht eens even,' zei hij.
'Probeer dat eens anders te zeggen.'
'Nee, alstublieft. U begon eraan en zonder dat u het wist werd het scenario gelezen, en toen overgenomen. Er kwamen andere garens en het patroon van het weefsel werd veranderd.'
'Dat soort uitdrukkingen komt in mijn boekje niet voor.'
'Ze zijn heel duidelijk. Je bent een tapijt aan het weven en de vogels in het patroon zijn zwanen; ineens worden het condors.'
'Ik moet toegeven dat u gelijk hebt. Zo is het gegaan.'
'Wat een mesthoop! Neemt u me niet kwalijk.'
'Ik kom uit Minnesota. Ik heb in mijn leven meer mest ge-

kruid dan u ooit hebt gezien, en het meeste nog in Washington.' Berquist ging recht zitten. 'Begrijpt u me nu?'
'Ik geloof van wel. Dat is de zwakke plek die hem zou kunnen verraden. Parsifal was aan de Costa Brava.'
'Of zijn Russische tegenhanger,' voegde de president eraan toe. 'Toen u drie maanden later het meisje Karras zag begon u die nacht uiteen te pluizen. Als u het bedrog aan het licht had gebracht dan had Parsifal in paniek hebben kunnen raken. We weten het niet of dat gebeurd zou zijn, maar zolang de mogelijkheid bestond konden we de gevolgen niet riskeren.'
'Waarom heeft niemand het me verteld? Waarom heeft er niemand contact met me opgenomen en me het fijne ervan uit de doeken gedaan?'
'U wilde niet terugkomen. De strategiebepalers bij Consulaire Operaties hebben er alles aan gedaan om u terug te halen. U was hen te slim af.'
'Niet vanwege...' Havelock maakte een hulpeloos, woedend gebaar naar het scherm. 'Deze. U had het me kunnen vertellen, zonder direct te proberen me te doden!'
'Er was geen tijd, en we konden ook geen koerier sturen met wat voor deel van deze informatie. Of ook maar de geringste wenk geven over de mentale toestand van Matthias. We wisten niet wat u van minuut tot minuut zou doen, wat u over die nacht zou kunnen zeggen of tegen wie u het zou zeggen. Naar onze mening – naar mijn mening – zou de man die we Parsifal noemen, als hij aan de Costa Brava was, of deel uitmaakte van de veranderde plannen, en dacht dat hij via die nacht zou kunnen worden opgespoord, heel goed geprovoceerd kunnen worden om het onvoorstelbare te doen. Zelfs het spookbeeld van zoiets konden we ons niet eens permitteren.'
'Zoveel vragen...' Michael knipperde met zijn ogen in de felle lichtschijn. 'Zoveel wat ik niet aaneen kan passen.'
'Dat kunt u misschien wanneer er aan beide kanten besloten wordt u helemaal op de hoogte te stellen.'
'De Apache,' zei Havelock, zonder op de opmerking van Berquist in te gaan. 'De Palatijn... Jack Ogilvie. Was het een ongeluk? Was dat schot voor mij bedoeld of was het in werkelijkheid voor hem bestemd, omdat hij iets wist van wat er in Washington gebeurde? Hij had het over een man die stierf aan een hartaanval in de Chesapeake-Baai.'

'De dood van Ogilvie was precies wat hij leek te zijn: een vergissing. De kogel was voor u bedoeld... Maar de anderen, dat waren geen ongelukken.'
'Welke anderen?'
'De overgebleven drie strategiebepalers bij Consulaire Operaties werden vermoord in Washington.'
Havelock bleef roerloos staan en nam de mededeling zwijgend in zich op.
'Vanwege mij?' vroeg hij tenslotte.
'Indirect. Maar u zit, hoe dan ook, ergens in de kern van alles vanwege die ene, onoplosbare vraag. Waarom deed Matthias dat wat hij u aandeed?'
'De strategiebepalers, alstublieft.'
'De Russische schakel van Parsifal,' zei de president. 'Ze wisten wie hij was. Of ze zouden het de volgende avond hebben geweten wanneer u vermoord was bij Col des Moulinettes.'
'Codenaam: "Dubbelzinnigheid",' maakte Michael af. 'Hij zit hier.'
'Ja. Stern heeft zijn code vrijgegeven. We weten waar hij zit, niet wie hij is.'
'Waar?'
'Ik kan nog niet zeggen of u die informatie krijgt.'
'In godsnaam! Met alle respect, meneer de president, is het zelfs nu nog niet bij u opgekomen om mij te gebruiken? Niet mij te doden, maar me te gebruiken!'
'Waarom zou ik daaraan denken? Zoudt u mij kunnen helpen? Ons helpen?'
'Ik heb zestien jaar ervaring als geheim agent, ik heb jacht gemaakt op mensen en ik ben zelf opgejaagd. Ik spreek vijf talen vloeiend, met drie kan ik me behelpen en ik spreek meer dialecten dan ik zo kan opnoemen. Ik ken één kant van Anthony Matthias beter dan wie ook; ik ken zijn gevoelens. En wat rechtstreeks met deze zaak te maken heeft, ik heb meer dubbelagenten ontmaskerd dan welke man in Europa ook. Ja, ik geloof dat ik kan helpen.'
'Dan moet ik nu uw antwoord hebben. Bent u van plan uw dreigementen uit te voeren? Die dertien pagina's waarheid die zouden...'
'Die kunt u verbranden,' onderbrak Havelock; hij keek de president aan en geloofde hem.
'Het zijn kopieën,' zei Berquist.

'Ik neem wel contact met haar op. Ze zit een paar kilometer verderop in Savannah.'
'Goed dan. Codenaam "Dubbelzinnigheid" zit op de vierde verdieping van het ministerie van buitenlandse zaken. Een van vijfendertig of veertig man. Ik geloof dat het juiste woord "mol" is.'
'U bent al zo dichtbij?' vroeg Michael en hij ging weer zitten.
'Dat heeft Emory Bradford gedaan. Hij is een betere man dan u denkt. Hij wilde niet dat het meisje Karras iets overkwam.'
'Dan is hij daar niet in geslaagd.'
'Hij zou de eerste zijn om het daarin met u eens te zijn. Maar toch, als zij zijn instructies had opgevolgd zou ze op den duur de waarheid te horen hebben gekregen, en zouden u en zij zijn teruggebracht.'
'In plaats daarvan werd ik niet-meer-te-redden verklaard.'
'U moet mij eens wat vertellen, meneer Havelock,' zei de president terwijl hij opnieuw voorover leunde in zijn stoel. 'Als u in mijn schoenen stond en wist wat u nu weet, wat zou u dan gedaan hebben?'
Michael keek naar het scherm en de ongelooflijke woorden stonden hem vlammend voor de geest. 'Hetzelfde wat u hebt gedaan.'
'Dank u.' De president stond op. 'Tussen haakjes, niemand hier op Pooles Eiland weet iets over deze zaken, de doktoren niet, noch de technici, noch de militairen. Slechts vijf mensen zijn hiervan op de hoogte. Of van Parsifal. Een van hen is een psychiater van Bethesda, een specialist in hallucinaire aandoeningen, die eens per week komt overvliegen om met Matthias alleen in dit vertrek te komen werken.'
'Ik begrijp het.'
'Laten we nou maar maken dat we hier wegkomen, zolang we ons gezond verstand nog hebben,' zei Berquist en hij liep naar de projector, klikte die uit en draaide de plafondlampen weer aan. 'Er zal voor worden gezorgd dat u beiden vanmiddag wordt overgevlogen naar de luchtbasis Andrews. We zullen ergens buiten Washington een plekje voor u zoeken. We kunnen niet riskeren dat u wordt gezien.'
'Als ik iets wil bereiken zal ik toegang moeten hebben tot dossiers, registers, archieven. Die kunnen niet naar een plekje buiten Washington worden verhuisd, meneer de president.'
'Als dat niet kan zullen we u er met de grootst mogelijke voor-

zorgen naartoe brengen... Er zullen twee stoelen meer aan de tafel worden geplaatst. En Bradford zal u zo spoedig mogelijk geheel op de hoogte brengen.'
'Voordat ik hier wegga wil ik met de artsen praten. Ik zou ook graag Anton even willen opzoeken, maar ik begrijp dat het maar kort kan zijn, een paar minuten maar.'
'Ik weet niet zeker of ze dat wel zullen toestaan.'
'Dan moet u uw gezag maar laten gelden. Ik wil met hem in het Tsjechisch praten, zijn eigen taal. Hij zei iets tegen me waarop ik dieper moet ingaan. Hij zei... "Je begrijpt het niet. Je kunt het nooit begrijpen." Het zit diep binnen in hem, iets tussen hem en mij. Misschien ben ik de enige die het te weten kan komen. Het zou van alles kunnen zijn, waarom hij deed wat hij gedaan heeft, niet alleen wat hij mij heeft aangedaan maar ook zichzelf. Ergens in mijn hoofd zit een bom, dat heb ik vanaf het begin geweten.'
'Ik zal mijn gezag laten gelden tegenover de artsen. Maar ik herinner u eraan, u hebt twaalf dagen in een kliniek doorgebracht, in totaal vijfentachtig uur onder chemotherapie en u kon ons niet helpen.'
'U wist niet waar u moest zoeken. God sta me bij, maar dat weet ik ook niet.'

De drie doktoren konden hem niets vertellen wat hij zich al niet had kunnen voorstellen uit de beschrijving van de president; diens karakterisering van een delicaat, briljant instrument dat ineengeklapt was onder de druk van onmenselijke verantwoordelijkheden, was veel beeldender dan hun gortdroge verklaring van stresstolerantie. Toen kwam een van de analisten tussenbeide, naar bleek de jongste.
'Er bestaat voor hem geen werkelijkheid in de geaccepteerde zin van het woord. Hij zeeft zijn indrukken en laat alleen die toe die ondersteunen wat hij wil zien en horen. Die vormen zijn werkelijkheid – misschien wel reëler dan alles daarvoor – omdat het zijn fantasieën zijn en die moeten hem nu beschermen. Hij heeft niets anders, enkel fragmenten van herinneringen.'
President Charles Berquist was niet alleen goed in het beschrijven, dacht Michael. Hij kon ook luisteren.
'Kan de aftakeling niet worden teruggedraaid?' vroeg Havelock.

'Nee,' zei een andere psychiater. 'De celstructuur is in een stadium van degenererende seniliteit gekomen. Die is niet omkeerbaar.'
'Hij is te oud,' zei de jongere man.
'Ik wil hem spreken. Ik zal het niet lang maken.'
'We hebben er een protest tegen aangetekend,' zei de derde dokter, 'maar de president denkt daar anders over. U moet, alstublieft, begrijpen dat wij hier onder vrijwel onmogelijke omstandigheden werken, met een patiënt die achteruitgaat. Hoe hard is moeilijk te zeggen. Hij moet zowel kunstmatig onderdrukt als gestimuleerd worden, anders bereiken wij helemaal geen resultaten. Het luistert allemaal uiterst gevoelig en een trauma van enige uren zou ons dagen kunnen kosten. Daar hebben we de tijd niet voor, meneer Havelock.'
'Ik zal het kort maken. Tien minuten.'
'Maak er vijf van. Alstublieft.'
'Goed dan. Vijf minuten.'
'Ik breng u er wel naartoe,' zei de jongere psychiater. 'Hij zit waar u hem gisteravond hebt gezien. In de tuin.'
Buiten op straat liep de witgejaste arts voor Michael uit naar een legerjeep achter het rode bakstenen gebouw. 'Je zat je daar kwaad te maken,' zei hij. 'Dat was niet nodig. Het zijn twee van de besten van het hele land, en niemand was er aan het overdrijven. Soms denk je dat je hier in Futiliteitsvoort zit.'
'Wat zeg je?'
'De resultaten zijn te traag. We halen hem nooit in.'
'Hoezo?'
'Wat hij gedaan heeft.'
'Aha. Maar je zult zelf ook wel geen kleine jongen zijn,' zei Havelock terwijl ze over de met bomen omzoomde weg naar het zandpad reden dat naar Matthias' namaakhuis leidde.
'Ik heb een aantal artikelen geschreven en ik ben goed met statistieken, maar ik vind het niet erg om hier als krullenjongen dienst te doen.'
'Waar hebben ze jou vandaan?'
'Ik heb onder doctor Schramm gewerkt bij Menninger – dat was degene die stond op die vijf minuten, een van de beste neuropsychiaters op dit gebied. Ik heb met machines gewerkt voor hem – hersenscanners, elektrospectografen, dat soort dingen. Dat doe ik nog steeds.'
'Er staat hier een hele hoop apparatuur, hè?'

'Kosten noch moeite zijn gespaard.'
'Ik kan het maar niet geloven,' riep Michael uit, terwijl hij om zich heen keek naar het landschap in de verte, de macabere façades en de albasten miniaturen, de verkleinde straten en lantaarns en vreemdgevormde fronten op de keurige gazons. 'Het is ongelooflijk. Het lijkt wel iets uit een film – een heel bizarre film. Wie heeft dit in godsnaam gebouwd, en hoe heb je ze zover gekregen dat ze niet praatten? Het zuiden van Georgia moet gonzen van de geruchten.'
'Niet afkomstig van de mensen die dit gebouwd hebben.'
'Hoe heb je dat voor elkaar gekregen?'
'Ze zitten hier heel ver vandaan. Honderden mijlen verderop werken ze aan vijf of zes andere projecten.'
'Wàt?'
'Je hebt het net zelf gezegd,' legde de jonge arts grinnikend uit. 'Een film. Dit hele complex is aangelegd door een Canadees filmbedrijf dat denkt dat het was ingehuurd door een kostenbewuste producent aan de Westkust. Vierentwintig uur nadat de genie de omheining had aangebracht, zijn ze begonnen met de bouw van dit alles en hebben ze de bestaande gebouwen aangepast.'
'En die helicopters die vanuit Savannah aankomen?'
'Die moeten een bepaalde route vliegen en blijven achter een drempel in de omheining. Ze kunnen niets zien. En hoe dan ook, afgezien van de president en een paar anderen, komen ze allemaal van de kwartiermeester en leveren voorraden. Ze denken dat dit een maritiem onderzoekscentrum is en ze hebben geen aanleiding om iets anders te denken.'
'En het personeel?'
'De artsen, de technici, die zo'n beetje alles zelf afkunnen, een paar assistenten, de bewakers, een peloton dienstplichtigen en vijf officieren. Die laatsten zitten allemaal in het leger, zelfs de mannen in de patrouilleboot.'
'Wat weten zij?'
'Zo weinig mogelijk. Afgezien van onszelf weten de technici en de assistenten meer dan de anderen, maar ze zijn gescreend alsof ze naar Moskou gezonden werden. De bewakers ook, maar ik neem aan dat je dat weet. Ik hoor trouwens dat jullie al kennisgemaakt hebben.'
'Met een, tenminste.' De jeep bereikte het hobbelige zandpad en veroorzaakte grote stofwolken. 'Het leger, dat snap ik niet.

Hoe houden ze het stil?'
'Om te beginnen komen ze nergens. Niemand van ons, dat is de opdracht. En zelfs al kwamen ze ergens, dan zouden de officieren geen probleem opleveren. Ze komen allemaal uit een speciale *Rolodex* in het Pentagon, en ze beschouwen zichzelf stuk voor stuk als toekomstig stafchef. Ze doen hun mond niet open; dat is hun garantie voor snelle promotie.'
'En de dienstplichtigen? Daar moet het toch behoorlijk borrelen.'
'Dat is nogal stereotiep gedacht, nietwaar? Dit soort jonge kerels heeft ooit een flink aantal stranden veroverd, in een heleboel jungles gevochten.'
'Ik bedoelde alleen dat er gepraat moet worden, dat de wildste verhalen moeten circuleren. Hoe hou je dat in de hand?'
'Om te beginnen zien ze niet zoveel, niets belangrijks. Ze denken dat Pooles Eiland een gesimuleerde oefening in overlevingstechnieken is, supergeheim, tien jaar opsluiting als het geheim geschonden wordt. Verder zijn ze allemaal gescreend en zijn het allemaal gewone soldaten. Dit is hun thuis, waarom zouden ze dat verpesten?'
'Toch klinkt het niet echt solide.'
'Tja, je kunt je natuurlijk afvragen waar het voor dient. Binnenkort maakt het toch geen enkel verschil meer, of wel?'
Havelock draaide met een heftige beweging zijn hoofd om en staarde de psychiater aan. *En trouwens, niemand hier op Pooles Eiland weet ergens van. De artsen niet, de technici niet...* Berquists woorden. Was er iemand in dat gewelf, die eigenaardige kamer, geweest? 'Wat bedoel je?'
'Een dezer dagen glijdt Matthias zachtjes weg. En als hij weg is, maken de geruchten ook geen verschil meer uit. Over alle belangrijke mannen en vrouwen wordt gepraat, na hun dood. Dat hoort bij het spel.'
Als het een spel is, dokter.

'*Dobr odpoledne pítel*,' zei Michael zacht terwijl hij vanuit het huis de zonovergoten tuin inwandelde. Matthias zat in dezelfde stoel aan het einde van het slingerende pad van flagstones, waar hij de vorige avond ook had gezeten, beschermd tegen de zon door de bladeren van een breed uitwaaierende palm voor de muur. Havelock bleef Tsjechisch praten, rad en heel zacht. 'Ik weet dat ik u verontrust, mijn vriend, en ik wil alleen maar uit de weg ruimen wat tussen ons in staat. U bent immers mijn geliefde professor, de enige vader die ik nog heb, en het is niet goed wanneer er tussen vader en zoons misverstanden bestaan.'

Aanvankelijk deinsde Matthias achteruit in zijn stoel, trok hij zich verder terug in de schaduw van de palmboom, waarbij flikkerende lichtstrepen over zijn angstige, verwrongen gelaat trokken. Maar in de opengesperde ogen achter de bril met het dikke montuur verscheen een waas, een waas van onzekerheid, van herinnerde woorden van lang geleden; misschien de woorden van een vader in Praag, of de smeekbede van een kind. Het deed niet ter zake. De taal, de zachte, nadrukkelijke cadans... die begonnen hun uitwerking te krijgen. Het was nu uiterst belangrijk hem aan te raken. Het aanraken was van vitaal belang, een symbool van zoveel dat tot die andere taal behoorde, tot dat andere land... van niet vergeten vertrouwen.

Michael kwam dichterbij, de woorden vloeiden zacht, de cadans was ritmisch en riep een andere tijd op, een ander land.

'Zo zijn er de heuvels boven de Moldau, onze machtige Vltava met haar prachtige bruggen, en de Wencelas wanneer de sneeuw valt... het Striba-Meer in de zomer. En de valleien van de Vah en de Nitra die op hun stromingen naar de bergen drijven.'

Ze raakten elkaar aan; de hand van de student rustte op de arm van de professor. Matthias beefde, haalde diep adem, zijn eigen hand kwam aarzelend omhoog uit zijn schoot en bedekte die van Havelock.

'U zei me dat ik het niet begreep, dat ik het nooit zou begrijpen. Dat is niet waar, mijn leraar... mijn vader... ik kan het begrijpen. Boven alles moet ik het begrijpen. Er mag niets tussen ons zijn... nooit. Ik heb alles aan u te danken.'

Het waas in Matthias' ogen begon weg te trekken, ze gingen weer helder staan en in die scherpe blik lag plotseling iets wilds... iets waanzinnigs.

'Nee, alstublieft, Anton,' zei Michael gehaast. 'Zeg me wat het is. Help me, help me het te begrijpen.'

Het holle fluisteren begon weer zoals het de avond tevoren begonnen was in de duisternis van de tuin. Alleen nu scheen de zon verblindend en was de taal anders, de woorden verschillend.

'De meest verschrikkelijke overeenkomsten op aarde vormen

de eindoplossing. Dat kon jij nooit begrijpen... Maar je hebt hen allemaal gezien... al dat komen en gaan, de onderhandelaars van de wereld! Die naar mij toe kwamen! Die mij smeekten! De wereld wist dat ik het kon bereiken en de wereld is naar mij gekomen!' Matthias zweeg en toen veranderde, even onverwacht als de avond tevoren, het intense fluisteren in een geschreeuw dat het zonlicht leek te verdringen, een nachtmerrie in het licht van een zomermiddag. 'Ga weg! Je zult me verraden! Je zult ons allemaal verraden.'

'Hoe kan ik dat nu?'

'Omdat je het weet!'

'Ik weet het niet!'

'Verrader! Verrader van je landgenoten! Je vader! Verrader van de wereld!'

'Waarom doodde je me dan niet!' raasde Michael, in de wetenschap dat er niets anders opzat, dat er met Anton Matthias niets meer te bereiken viel. 'Waarom heb je me niet laten doden?'

'Havelock, hou daarmee op!' schreeuwde de jonge dokter vanuit de deuropening.

'Nu niet!' gilde Michael in het Engels.

'Ja, godverdomme!'

'*Já slyim!*' brulde Havelock Matthias in het gezicht, waarbij hij weer overging op het Tsjechisch. 'Je had me kunnen laten doden, maar dat deed je niet! Waarom niet? Vergeleken met de hele wereld stel ik niets voor, vergeleken met jouw oplossingen voor de wereld! Wat hield je tegen?'

'Nou is het wel genoeg, zeg!'

'Laat me met rust! Hij moet het me zeggen!'

'Wat zeggen?'

'*Ted', star pán.*' Michael greep de armleuning vast van Matthias' stoel en sloot hem zo in. 'Wat hield je tegen?'

Het holle fluisteren begon weer, de verwilderde ogen weken weer voor het waas van onzekerheid. 'Je ging weg uit de bespreking en we zagen je niet, we konden je niet vinden. We moesten weten wat je gedaan had, tegen wie je het had verteld.'

Waanzin.

'Nu is het wel genoeg, Havelock!' zei de psychiater en hij greep Michael bij zijn arm en trok hem bij de stoel vandaan. 'Waar hebben jullie het over? Ik weet dat het Tsjechisch is, maar meer weet ik niet. Wat heeft hij tegen u gezegd? Ik wil het woordelijk horen!'

Havelock trachtte de verlammende verdoving van zich af te schudden, dat gevoel van het volslagen... uitzichtloze. Hij keek de dokter aan. 'Dat zou u niets helpen. Hij was terug in zijn jeugd; het was gebazel zonder betekenis... een boos, angstig kind. Ik dacht dat hij me iets zou gaan vertellen. Dat heeft hij niet gedaan.'

De dokter knikte en zijn ogen waren die van een ervaren, oudere man. 'Dat doet hij vaak,' zei de psychiater en zijn stem en gezicht ontspanden zich weer. 'Het hoort bij het ziektebeeld van de degeneratie in oudere mensen die in een ander land zijn geboren waar een andere taal wordt gesproken. Het maakt niet veel verschil uit of ze nog bij hun verstand zijn of niet; ze keren terug. En waarom niet? Ze hebben recht op dat soort troost... Het spijt me. Geprobeerd maar niet gelukt. Kom, ik moet zorgen dat u hier wegkomt. Er staat een helikopter op u te wachten.'

'Dank u.' Michael liep achteruit het flagstonepad af en hij wist dat hij Anton Matthias voor het laatst zag... Zijn *prítel*, mentor, vader. De vroeger zo grote man zat weer ineengedoken, zocht de schaduw op van de palmboom, vond daar zijn toevluchtsoord.

Waanzin? Of toch niet?

Was het mogelijk? Kende hij – Michael Havelock – het antwoord? Kende hij Parsifal?

28

Het werd Steriel Huis Vijf genoemd, in de wandeling Steriel Vijf, en het lag zo'n vijftien kilometer ten zuiden van Alexandria in het landelijke deel van Fairfax. Ooit was het het landgoed van een paardenfokker geweest, en nu was het aangekocht door een ouder, kennelijk rijk gepensioneerd echtpaar. Het stond op hun naam, maar behoorde toe aan de regering van de Verenigde Staten. Het echtpaar vormde een goed stel 'eigenaars', want ze hadden hun hele leven doorgebracht in de buitenlandse dienst. Ze hadden gewerkt bij verschillende ambassades en hadden verschillende taakomschrijvingen gehad, maar in werkelijkheid waren het twee van de beste codekrakers binnen de Amerikaanse inlichtingendienst. Hun verhaal was eenvoudig: hij was bankier geweest en had tientallen jaren in Europa gewoond. Dit was uiterst geloofwaardig voor de rijke buren in de verte, en vormde de verklaring voor de limousines die regelmatig de landweg verlieten en de lange oprit naar het huis opreden. Als er een bezoeker gearriveerd was, waren de 'eigenaars' slechts zelden te zien, tenzij dat vooraf geregeld was, want hun deel van het huis lag in een noordelijke vleugel, met een eigen ingang en aparte faciliteiten.

Steriel Vijf was een andere soort pleisterplaats, met een clientèle die de Amerikaanse regering veel meer te bieden had dan de gestrande bewoners van Mason Falls, Pennsylvania. Door de jaren heen was er een hele processie van overlopers op hoog niveau door zijn deuren naar binnen gegaan voor een periode van ondervraging en inlichtingenvergaring. Geleerden, diplomaten, geheime agenten, militairen die de waarheid hadden gezien – allen hadden ze daar van tijd tot tijd gewoond. Steriel Vijf was gereserveerd voor het soort mensen dat Washington van vitaal belang oordeelde voor de onmiddellijke belangen van het land gedurende bepaalde crisisperioden. Havelock en Jenna arriveerden er in een onopvallende regeringsauto om tien voor halfvijf. Staatssecretaris van buitenlandse zaken Emory Bradford wachtte hen op.

De verwijten duurden maar kort, de bestaande crisis overheerste alle belangen; het had geen zin om fouten en incompetentie uit het verleden opnieuw onder de loep te nemen. Bradford had met de president gesproken en begrepen dat de tafel was uitgebreid met twee stoelen. In Steriel Vijf echter zaten ze in de 'studeerkamer van de eigenaar', een klein vertrek dat in landelijke stijl was ingericht, met een sofa en gemakkelijke stoelen met brede leuningen; leer, koper en kostbaar hout waren in harmonie met elkaar, aan de muren hingen weinigzeggende foto's. Achter die ene sofa stond een zware tafel van grenehout en in het midden daarvan een zilveren dienblad met glazen, ijs en flessen. Havelock schonk voor Jenna en voor zichzelf iets in; Bradford bedankte.

'Wat hebt u juffrouw Karras verteld?' vroeg de staatssecretaris.

'Alles wat ik op Pooles Eiland te weten ben gekomen.'

'Het is moeilijk om daar iets over te zeggen... om daar aan te

denken,' zei Jenna. 'Ik geloof dat ik zowel doodsbang ben als verbijsterd.'
'Dat is een goede combinatie,' stemde Bradford in.
'Wat ik van u wil weten,' zei Havelock tegen Bradford, terwijl hij met de glazen om de sofa heenliep en naast Jenna ging zitten, 'is alles wat u hebt, de namen van iedereen die erbij betrokken is – hoe zijdelings ook – vanaf het begin. Het kan me niet schelen hoe lang het duurt; misschien wel de hele nacht. Terwijl u vertelt zal ik vragen stellen, aantekeningen maken en wanneer u klaar bent zal ik u een lijst geven van wat ik nodig heb.'
In minder dan vier minuten kwam Michael met zijn eerste vraag: naar aanleiding van een naam. 'MacKenzie? CIA. Clandestiene operaties. Een van Langley's beste mensen.'
'Ik hoorde dat hij de beste was.'
'Hij organiseerde Costa Brava dus?'
'Ja.'
'Hij was de tweede ooggetuige, de man die de met bloed besmeurde kleren meebracht voor onderzoek?'
'Dat wilde ik net...'
'Vertelt u me eens,' viel Havelock hem in de rede. 'Stierf hij aan een hartaanval... in Chesapeake-Baai?'
'Op zijn boot, ja.'
'Is er een onderzoek geweest? Een lijkschouwing?'
'Formeel niet, maar het antwoord luidt opnieuw, ja.'
'Wat wilt u daarmee zeggen?'
'Met zo'n man ga je niet af op speculaties. De dokter werkte mee en werd uitvoerig ondervraagd; hij is een zeer gerespecteerd arts. Röntgenfoto's werden door hem bekeken en ook door onze eigen mensen, de conclusie luidde unaniem: flinke bloeding van de aorta.' Bradford sprak wat zachter. 'Het was het eerste wat we dachten toen we het nieuws hoorden. We hebben aan alles gedacht.'
'Bedankt,' zei Havelock en hij maakte een aantekening. 'Gaat u door.'
Jenna zette haar glas op de salontafel. 'Was hij de man die u bij u had in de hal van het hotel in Barcelona?'
'Ja, het was zijn operatie.'
'Hij was een verbolgen man. Zijn ogen stonden kwaad, niet bezorgd, alleen maar kwaad.'
'Hij had een boos beroep.'

'Hij trapte mijn deur in; hij had een wapen in zijn hand.'
'Hij maakte zich zorgen, dat deden we alletwee. Juffrouw Karras, als u naar beneden was gekomen of zelfs in uw kamer was gebleven...'
'Gaat u, alstublieft, verder,' kwam Michael tussenbeide.
De staatssecretaris vervolgde zijn relaas, Havelock en Jenna luisterden vol spanning, vielen hem in de rede wanneer een van hen een vraag had of meende dat er meer bijzonderheden nodig waren. Binnen een uur was het Emory Bradford duidelijk dat Jenna Karras een verstand had waarmee je rekening diende te houden en een brok ervaring die daarbij paste. Ze stelde bijna evenveel vragen als Michael en diepte bepaalde bijzonderheden zodanig uit dat er plotseling mogelijkheden aan het licht kwamen, waaraan niet eerder was gedacht.
Bradford kwam aan de avond waarop de drie strategiebepalers vermoord werden, waarop de onbekende 'Dubbelzinnigheid' het telefoongesprek met Rome voerde en Havelock tot niet-meer-te-redden werd verklaard. De staatssecretaris sloeg niets over, hij beschreef in bijzonderheden hoe hij het personeel in Sectie L op de vierde verdieping had gecontroleerd op hun bezigheden tijdens de betreffende uren. Geen van hen, daar was hij zeker van, kon 'Dubbelzinnigheid' zijn.
'Omdat hun besprekingen en de afspraken die ze hadden waren... hoe zeg je dat?' Jenna keek Michael aan. '*Potvrdit?*'
'Bevestigd,' zei Havelock terwijl hij haar aankeek. 'Vastgelegd in de officiële registers.'
'Ja, officieel,' wendde ze zich weer tot Bradford. 'Is dat de reden waarom u die mensen niet meerekent?'
'Geen van hen is lang genoeg uit de besprekingen weggeweest om Rome via een versluierde telefoon te bereiken.'
'Neemt u me niet kwalijk,' vervolgde Jenna, 'maar houdt u dan geen rekening met de mogelijkheid dat die "Dubbelzinnigheid" medeplichtigen zou kunnen hebben? Mensen die voor hem zouden willen liegen?'
'Daar wil ik niet eens aan denken,' zei de staatssecretaris. 'Maar als ik rekening houd met de verscheidenheid van mensen die erbij betrokken waren, dan geloof ik dat het, mathematisch gezien, onmogelijk is. Ik ken te veel van die mensen, ken hen al jaren, sommigen bijna twintig jaar.'
'Maar toch...'
'*Paminjatsjiki?*' vroeg Havelock, terwijl hij Jenna aankeek.

'Pro ne? To je moìné.'
'Nemluv o tom.'
'Vy nemáte pravdu.'
'Waar hebt u het over?' vroeg Bradford.
'Het is niet beleefd van ons,' zei Jenna. 'Het spijt me. Ik dacht...'
'Ze dacht dat het iets was waarover we verder moesten nadenken,' kwam Michael tussenbeide. 'Ik legde uit dat de aantallen niet klopten. Gaat u verder, alstublieft.'
Jenna keek Havelock aan en stak haar hand uit naar haar glas.
De staatssecretaris sprak bijna vier uur en de helft van die tijd was gewijd aan het beantwoorden van vragen en het bijvijlen van talloze details, tot er in het elegante studeervertrek een sfeer van onderdrukte geladenheid begon te heersen, zoals in een rechtszaal. Bradford was de onwillige, tegenstribbelende getuige die tegenover twee handige en genadeloos doorzettende advocaten stond.
'Wat doet u met het geval Jacob Handelman?'
'Onopgelost. De president heeft me over de telefoon voorgelezen wat u geschreven hebt. Het is ongelooflijk... dat over Handelman, bedoel ik. Weet u zeker dat u zich niet vergist?'
'Het was zijn pistool, zijn mes. Geen vergissing mogelijk.'
'Berquist zei dat u een buitengewone reden moest hebben gehad om hem te doden.'
'Vreemd genoeg was dat niet zo. Ik wilde hem laten zweten... jarenlang als ik kon. Hij viel mij aan. Gaat u de waarheid over hem vertellen?'
'De president zegt van niet. Hij zegt dat de joden al genoeg hebben meegemaakt; we laten het zo.'
'Nog een noodzakelijke leugen?'
'Niet noodzakelijk; meer uit erbarmen, volgens mij.'
'Kohoutek? Die boerderij in Mason Falls?'
'Hij wordt nu ingerekend!'
'Zijn clientèle?'
'Elk geval zal apart worden bestudeerd en beoordeeld, ook hier met het nodige erbarmen.'
Havelock bladerde de pagina's van zijn aantekenboek door, legde dat toen op de salontafel en pakte zijn lege glas. Hij keek even naar Jenna; zij schudde haar hoofd. Hij stond op en liep om de sofa heen naar het zilveren blad waar hij zich

opnieuw inschonk. 'Laat ik proberen dit eens samen te vatten,' begon hij rustig. '"Dubbelzinnigheid" zit ergens op de vierde verdieping van BZ en hij heeft daar waarschijnlijk al jaren gezeten, terwijl hij alles wat hij te pakken kon krijgen doorgaf aan Moskou.' Michael zweeg en liep doelloos naar het venster waar dikke ruiten in zaten; buiten werd het fraai aangelegde terrein rond het huis verlicht door schijnwerpers. 'Matthias ontmoet die Parsifal en samen creëren ze die ongelooflijke – nee, niet ongelooflijke – onvoorstelbare overeenkomsten.' Havelock zweeg, keerde zich plotseling van het raam af en keek Bradford fel aan. 'Hoe kon dat gebeuren? Waar waren jullie, in godsnaam, allemaal? Jullie zagen hem elke dag, praatten met hem, zagen hem bezig! Konden jullie dan niet zien wat er met hem aan de hand was?'

'We wisten nooit wat voor rol hij speelde,' zei de staatssecretaris en hij beantwoordde de blik terwijl zijn woede langzaam de overhand kreeg. 'Charisma heeft vele facetten, net als een diamant anders is onder verschillend licht, vanuit een andere hoek bezien. Was hij rector Matthias die een academisch oordeel uitsprak, of doctor Matthias achter het spreekgestoelte, orerend voor zijn in vervoering gebrachte toehoorders? Of was hij een Europese mr. Chips, met een glaasje sherry, met Händel op de achtergrond, die zijn favoriete aanbidders van dat moment onderwees? Dat kon hij erg goed. Verder was er de *bon vivant*, de lieveling van gastvrouwen in Georgetown, Chevy Chase en de Oostkust. God, wat een bof voor een gastvrouw! En wat een schitterende voorstellingen hield hij... wat een charme! Wat een humor! De kracht van zijn persoonlijkheid, een kort dik mannetje dat plotseling macht uitstraalde! Als hij gekund had, had hij iedere vrouw kunnen krijgen die hij wilde. Dan was er natuurlijk ook nog de tiran op zijn departement, zelfzuchtig, jaloers... zozeer gebrand op zijn imago dat hij de kranten navlooide naar de geringste vermelding, dat hij een hoge borst opzette als hij in de koppen voorkwam, woedend was bij de geringste kritiek! En nu we het toch over kritiek hebben, wat deed hij vorig jaar toen een onbeduidende senator vragen stelde over zijn motieven bij de conferentie van Genève? Hij verscheen op tv, met verstikte stem, bijna in tranen, en zei dat hij zich zou terugtrekken uit het openbare leven. Jezus, wat een paniek! Die senator is nu een paria!' Bradford zweeg en schudde zijn hoofd, verlegen met zijn uitval. Hij ging verder met zachte stem. 'Dan had je nog Anthony Matthias, de meest geniale minister van buitenlandse zaken die dit land ooit heeft gekend... Nee, meneer Havelock, we zagen hem en we zagen hem eigenlijk ook niet. We kenden hem niet, omdat hij zoveel verschillende persoonlijkheden had.'

'Nu bent u aan het vitten op de ijdelheid van een man,' zei Michael en hij liep naar de sofa. 'Dat worden tekortkomingen genoemd; u hebt er misschien geen, maar de rest van ons wel. Hij was vele persoonlijkheden; dat moest hij zijn. Uw probleem is dat u hem haatte.'

'Nee, dat ziet u verkeerd.' Opnieuw schudde Bradford zijn hoofd. 'Een man als Matthias haat je niet,' vervolgde hij en hij keek even Jenna aan. 'Je bent misschien vervuld met ontzag voor hem, of bang voor hem... eigenlijk voortdurend gebiologeerd, maar je haat hem niet.'

'Laten we het weer eens over Parsifal hebben,' zei Havelock terwijl hij op de leuning van de sofa ging zitten. 'Waar denkt u dat hij vandaan kwam?'

'Hij kwam nergens vandaan en hij is weer in het niets verdwenen.'

'Dat tweede kan hij gedaan hebben, maar het eerste was niet mogelijk. Hij kwam ergens vandaan. Hij heeft keer op keer met Matthias gesproken, zelfs wekenlang, mogelijk maandenlang.'

'We hebben de agenda's van Matthias van voor tot achter doorgesnuffeld. Ook zijn registers, de verslagen van zijn telefoongesprekken, zijn geheime afspraken, elk reisschema – waar hij naartoe ging, wie hij er ontmoette, van diplomaten tot portiers toe. Er waren geen consequente herhalingen. Niets.'

'Ik zal ze allemaal nodig hebben. Kunt u dat regelen?'

'Het is al geregeld.'

'Iets bekend over een tijdsbestek?'

'Ja, spectraalanalyse van de letterafdrukken in de documenten wijst uit dat ze recent zijn getikt. Binnen de laatste zes maanden!'

'Heel goed.'

'Dat hadden we wel kunnen aannemen.'

'Wilt u mij een plezier doen?' vroeg Michael, terwijl hij ging zitten, zijn glas op de salontafel plaatste en zijn aantekenboek pakte.

'Wat dan wel?' vroeg de staatssecretaris.

'Neem nooit iets aan.' Havelock schreef even iets in zijn boek en voegde eraan toe: 'En dat is nu precies wat ik op dit moment ga doen. Parsifal is een Rus. Naar alle waarschijnlijkheid een onbekende, niet-geregistreerde overloper.'

'Dat hebben we... aangenomen. Iemand met een uitzonderlijke kennis van zaken betreffende de Russische strategische bewapening.'

'Waarom zegt u dat?' vroeg Jenna Karras.

'De overeenkomsten. Daar staan feiten in over offensieve en defensieve atoomaanvallen die kloppen met onze diepste en meest accurate penetraties van hun systemen.'

Michael maakte opnieuw een aantekening. 'Wat even belangrijk is,' zei hij. 'Parsifal wist waar hij "Dubbelzinnigheid" kon vinden.'

'Of heeft "Dubbelzinnigheid" hem gevonden?' kwam Jenna tussenbeide.

'Dat doet er niet toe,' wierp Havelock tegen. 'De verbinding wordt gelegd, de mol neemt contact op met Moskou en het bewijsmateriaal tegen jou komt te voorschijn... bestemd voor mij. Vervolgens dringt "Dubbelzinnigheid" door in Costa Brava, herschrijft het scenario op het strand.' Michael wendde zich opnieuw tot de staatssecretaris. 'En hier kwamen wij, volgens u, voor het eerst iets te weten, nietwaar?'

'Dat geloof ik en ik ben het met u eens. Volgens mij was het "Dubbelzinnigheid" daar op dat strand, en niet Parsifal. Ik geloof verder dat "Dubbelzinnigheid" terugkeerde naar Washington en ontdekte dat Parsifal verdwenen was. Hij was gebruikt, vervolgens aan de kant geschoven, een situatie waardoor hij in paniek moet zijn geraakt.'

'Omdat hij bij mensen in de KGB had gesuggereerd dat er iets heel bijzonders zou voortvloeien uit hun samenwerking?' vroeg Havelock.

'Ja, maar we hebben ook het telegram van Rostov en dat klopt dus niet. Hij vertelde ons in feite dat, als er verband was, zij daarvan geheel onkundig waren, dat ze er zelfs geen zeggenschap over hadden.'

'Hij had gelijk. Ik heb het aan Berquist uitgelegd en het klopt helemaal... vanaf het begin. Het is de verklaring van Athene. Rostov had het over een afdeling van de KGB, afstammend van de slachthuismaniakken van de vroegere OGPU, een troep wolven.'

'*Vodennaja Kontra Rozvedka*,' zei Jenna en ze liet er zacht de afkorting op volgen: 'VKR.'

'"Dubbelzinnigheid" is niet zomaar een majoor of een kolonel in de KGB, hij hoort tot een horde wolven. Dat zijn de mensen met wie hij te maken heeft en dat, meneer Bradford, is zowat het slechtste nieuws dat u te horen kunt krijgen. Ondanks alle achtervolgingswaanzin van de KGB is het gewoon een solide organisatie die inlichtingen verzamelt, in vergelijking met de fanatici van de *Vodennaja*.'

'Fanatici en alles wat maar met atoomwapens te maken heeft is een combinatie die de wereld zich niet kan veroorloven.'

'Maar die combinatie bestaat wel.' Michael nam een grotere slok dan hij van plan was, zo diep vrat de angst aan hem. Hij pakte zijn aantekenboek op. 'We hebben dus een mol die "Dubbelzinnigheid" heet, die samenwerkte met een mede-Rus die we Parsifal hebben genoemd, de partner van Matthias; samen hebben ze iets waanzinnigs op touw gezet dat de hele wereld naar de knoppen kan helpen. Matthias klapt praktisch in elkaar, wordt onder bewaking gesteld – gaat in therapie – op Pooles Eiland, en Parsifal gaat alleen verder. Maar nu echt alleen, want hij heeft zich ontdaan van de mol.'

'U bent het dus met mij eens,' zei Bradford.

Havelock keek op van zijn schrijfblok. 'Als je geen gelijk had, zouden we dat weten. Of misschien niet, misschien waren we dan nu een hoopje as... Of vanuit een minder melodramatisch maar volgens mij niet minder tragisch, standpunt bekeken, zou de Sovjetunie hier nu regeren, met de goedkeuring van de rest van de wereld. "De reus is opstandig geworden, sla hem in godsnaam in de boeien." Misschien kreeg Moskou dan zelfs het vertrouwen van onze eigen bevolking. "Liever dood dan rood" is geen eufemisme dat ik op de proef zou willen stellen. Als het erop aankomt, kiezen de mensen voor leven.'

'Maar jij en ik weten wat dat leven is, Mikhail,' onderbrak Jenna. 'Zou jij daarvoor kiezen?'

'Natuurlijk,' zei de staatssecretaris, tot verrassing van de twee anderen. 'Wanneer je doodgaat of zelfmoord pleegt kun je niets meer veranderen – tenzij je een martelaar bent. Vooral wanneer je het ergste al een keer gezien hebt.'

Havelock keek Bradford opnieuw aan en dit keer nam hij hem nauwkeurig op. 'Volgens mij heeft de jury zojuist het niet schuldig over u uitgesproken, meneer de staatssecretaris. Daarom bleef u hier in de stad, nietwaar? U zag het ergste dat er kon gebeuren.'

'Het gaat niet om mij.'

'Wat ons betreft een tijd lang wel. Het is goed om te weten dat we wat vastere grond onder de voeten hebben. Noem mij maar Havelock, of Michael, maar waarom laat u dat "meneer" niet achterwege?'

'Bedankt. Ik heet Emory... of hoe je me ook wilt noemen.'

'Ik ben Jenna en ik barst van de honger.'

'Er is hier een volledig uitgeruste keuken, compleet met vaste kok. Hij is ook een van de bewakers. Wanneer we klaar zijn zal ik jullie voorstellen.'

'Nog een paar minuten.' Havelock trok een vel uit zijn notitieboek. 'Je zei dat je de verblijfplaatsen aan het nalopen was van iedereen op de vierde verdieping tijdens Costa Brava...'

'Opnieuw aan het nalopen,' viel Bradford in de rede. 'De eerste controle was volkomen negatief. Iedereen had een verklaring.'

'Maar we weten dat er eentje geen verklaring kon hebben,' zei Michael. 'Hij was aan de Costa Brava. Een van jouw controles is in een rookgordijn terecht gekomen, en de man die daarin zat sloop eruit en weer terug terwijl hij verondersteld werd op zijn post te zijn.'

'O?' Nu was het de beurt van de staatssecretaris om een aantekening te maken; hij deed dat op de achterkant van een van zijn talloze pagina's. 'Op die manier heb ik er nog niet over gedacht. Ik zocht naar een afwezigheid waarvoor een verklaring was die niet overeind kon blijven. Jij zegt nu iets heel anders.'

'Dat doe ik zeker. Daar is onze man te goed voor; er zal geen verklaring zijn. Zoek niet naar iemand die vermist werd; zoek naar iemand die er niet was, die niet daar was waar hij verondersteld werd te zijn.'

'Mensen met een officiële missie.'

'Daarmee zou je kunnen beginnen,' stemde Havelock in en hij scheurde een tweede vel uit zijn boek. 'Hoe hoger hij op de ladder staat, trouwens, hoe beter. Denk erom dat we op zoek zijn naar een man die tot vrijwel alles toegang heeft; rookgordijnen werken het best voor de meer prominenten. Denk maar aan de diarree van Kissinger in Tokio, terwijl hij in Peking zat.'

'Ik begin nu te begrijpen hoe u aan uw staat van dienst komt.'
'Gezien de fouten die ik heb begaan,' antwoordde Michael, schrijvend op het vel dat hij zojuist uit zijn blok had gescheurd, 'zou ik niet eens goed genoeg zijn voor een kaart in een kwartetspel achter op een havermoutdoos.' Hij kwam overeind, liep om de salontafel heen naar Bradford en stak hem de twee vellen toe. 'Dit is de lijst. Wil je hem nog even nakijken om te zien of er nog problemen aan vastzitten?'
'Natuurlijk.' De staatssecretaris nam de vellen aan en leunde achterover in zijn stoel. 'Tussen haakjes, als je het niet erg vindt wil ik nu die borrel wel. Bourbon met ijs, alsjeblieft.'
'Ik dacht al dat je er nooit om zou vragen.' Havelock keek Jenna aan; ze knikte. Hij nam haar glas van de tafel en liep om de sofa heen terwijl Bradford begon te spreken.
'Er zitten hier wel een paar verrassingen bij,' zei hij en hij keek op met gefronst voorhoofd. 'Het materiaal over Matthias levert geen moeilijkheden op – zijn afspraken, registers, reisschema's – maar waarom wil je al dat spul hebben over die dokter in Maryland? Achtergrond, accountantsverklaringen, employés, laboratoria. We zijn echt grondig te werk gegaan, geloof me maar.'
'Toch wil ik het hebben. Ik heb dat al eerder meegemaakt. Ik ken een dokter in Zuid-Frankrijk, een verdomd knappe geneeskundige. Maar hij krijgt het op z'n heupen als hij in de buurt van de goktafels komt; hij is een paar keer over de kop gegaan en hij moest op borgtocht worden vrijgemaakt.'
'Dat is hiermee niet te vergelijken. Randolph heeft nooit hoeven werken sinds zijn moeder hem voor het eerst zag in het ziekenhuis. Zijn familie bezit zowat de halve Oostkust, de rijke helft dan.'
'Maar de mensen die voor hem werken niet,' zei Michael terwijl hij de glazen inschonk. 'Die hebben misschien niet eens een zeilboot.' Bradford richtte zijn blik weer op het papier.
'Ik begrijp het,' zei hij en uit zijn stem klonk meer verbijstering dan overtuiging. 'Ik geloof niet dat ik dit begrijp. Je wilt de namen hebben van mensen in het Pentagon die zitting hebben in de comités voor nucleaire verhoudingen.'
'Ik heb ergens gelezen dat er drie zijn,' voegde Havelock eraan toe terwijl hij de glazen naar de tafel droeg. 'Ze spelen strategische spelletjes, stellen zich op op de plaats van de tegenstanders en zoeken zo de zwakke plekken in hun strategi-

sche plannen. Hij reikte Bradford zijn bourbon aan en ging naast Jenna zitten; zij nam haar glas aan en hield haar ogen op Michael gericht.
'Denk je dat Matthias hen heeft gebruikt?' vroeg de staatssecretaris.
'Ik weet het niet. Hij moest iemand gebruiken.'
'Met welk doel? Er zit niets in onze wapenarsenalen waarvan hij niet op de hoogte is. Hij moest het weten; hij was de onderhandelaar.'
'Ik wil gewoon met alles rekening houden.'
Bradford knikte met een verlegen glimlach. 'Dat heb ik eerder gehoord. Oké.' Hij bekeek de bladzijde weer en las hardop. '"Lijst van negatieve mogelijkheden tot tien jaar terug. Nagetrokken informatie over ieder afzonderlijk. Bronnen: CIA, *Cons Op*, legerinlichtingendienst." Ik weet niet wat dit betekent.'
'Dat weten zij wel. Het zullen er tientallen zijn.'
'Wat bedoel je ermee?'
'Mannen en vrouwen die hoog op de lijst stonden voor overlopen, maar die nooit kwamen opdagen.'
'Nou ja, als ze niet kwamen...'
'Moskou maakt niet bekend wie er allemaal uit zichzelf overlopen,' kwam Havelock tussenbeide. 'Als je het natrekt via de computer kom je te weten waar ze nu zitten.'
Bradford zweeg, knikte toen weer en las zwijgend verder.
Jenna raakte Michaels arm aan; hij keek haar aan. Ze sprak zacht en haar ogen stonden vragend. '*Pro ne paminjatsjik?*'
'*Ne ted.*'
'Pardon?' De staatssecretaris keek op terwijl hij een vel omsloeg.
'Niks,' zei Havelock. 'Ze heeft honger.'
'Ik ben zo klaar, dan ga ik terug naar Washington en laat ik jullie alleen; de rest van die lijst is gemakkelijk. De psychiatrische rapporten over de hallucinaties van Matthias moeten worden vrijgegeven door de president en er moeten hier aanvullende veiligheidsmaatregelen worden getroffen, maar dat kan allemaal. Ik ga naar hem toe wanneer ik vanavond terug ben.'
'Waarom brengen jullie mij niet naar Bethesda?'
'De rapporten liggen daar niet. Die liggen in dat vertrek – die kluis – op Pooles Eiland. Ik zal ze moeten halen.'

'Dan ben jij dus de andere man die daar binnen mag.'
'Ja. Ik vlieg er morgen heen.' Bradford hield op met lezen en keek verrast op. 'Dit laatste punt... weet je dat zeker? Wat kun je daaruit te weten komen? Wij konden er niets uit opmaken?'
'Beschouw het maar als mijn privé-beroep op de wet op vrijheid van informatie.'
'Het zou wel eens erg pijnlijk voor je kunnen zijn.'
'Wat is het?' vroeg Jenna.
'Hij wil de rapporten hebben over zijn eigen twaalf dagen in therapie.'

Ze aten bij kaarslicht in de elegant rustieke eetkamer, en hun stemming schommelde tussen dodelijke ernst en het lichtelijk belachelijke. Het contrast werd nog versterkt door een forse, zwijgzame man die een verrassend goede kok bleek te zijn, maar onder wiens witte jasje de uitstulping van een wapen zichtbaar was, die niets te maken had met zijn talenten in de keuken. Er lag echter niets grappigs in zijn blik. Hij was een militaire bewaker en was even goed met een pistool als wanneer hij *Beef Wellington* maakte. Maar telkens wanneer hij het vertrek verliet als hij iets gebracht of afgeruimd had, keken Jenna en Michael elkaar over de tafel aan en probeerden tevergeefs hun lachen in te houden. Maar zelfs lachen deden ze maar even; geen moment vergaten ze het ondenkbare.
'Jij vertrouwt Bradford,' zei Jenna toen ze aan de koffie zaten. 'Ik weet dat je dat doet. Ik zie het wanneer jij iemand vertrouwt.'
'Je hebt gelijk, ik vertrouw hem. Hij is gewetensvol en volgens mij heeft het hem het nodige gekost om zo te worden. Zo'n man kun je vertrouwen.'
'Waarom heb je mij dan tegengehouden toen ik over de *paminjatsjiks* wilde beginnen... de trekvogels?'
'Omdat hij die niet aan zou kunnen en ik hem daarbij niet kan helpen. Je hebt hem gehoord; hij is een man van orde en regelmaat, stap voor stap, en elke stap wordt tot op de bodem geanalyseerd. Dat is zijn kracht. Met de *paminjatsjiks* moet hij alles ineens geometrisch in twijfel trekken.'
'Ik begrijp het niet. Geometrisch?'
'Van een dozijn verschillende kanten tegelijkertijd. Iedereen wordt onmiddellijk verdacht; hij zou niet op zoek gaan naar

één man, hij zou hele groepen onder de loep nemen. Ik wil dat hij zich concentreert op rookgordijnen, elke officiële opdracht op de vierde verdieping binnenstebuiten keert, of het nu acht straten verder of achthonderd kilometer verwijderd is van BZ, tot hij iemand vindt die misschien niet daar was waar hij verondersteld werd te zijn.'

'Je hebt het heel goed uitgelegd.'

'Bedankt.'

'Je zou er echter nog het gebruik van een marionet aan toe hebben kunnen voegen.'

Havelock keek haar aan door de gloed van de kaarsen en er speelde een flauwe glimlach om zijn lippen. Ze keek hem recht in de ogen en glimlachte eveneens. 'Verdomme, weet je dat je absoluut gelijk hebt?' zei hij lachend.

'Ik was die lijst niet aan het opstellen, jij wel. Ze kunnen niet verwachten dat je aan alles denkt.'

'Bedankt voor je hulp, ik zal het er morgen over hebben. Maar waarom heb je dat niet gedaan? Jij was niet verlegen, daarbinnen.'

'Ik stelde vragen, ik gaf geen opdrachten of advies. Er is een verschil. Ik wil Bradford geen opdrachten of advies geven totdat hij me accepteert. En als ik gedwongen was, zou ik dat doen in de vorm van vragen, zodat er een suggestie zou ontstaan.'

'Wat een vreemde opmerking. Je bent geaccepteerd, dat heeft Bradford van Berquist gehoord. Hoger gezag bestaat niet.'

'Zo bedoel ik het niet. Ik bedoel hem. Hij is niet op zijn gemak met vrouwen; ongeduldig, misschien. Ik benijd zijn vrouw of vrouwen niet; hij heeft grote problemen.'

'Er bestaan geen grotere problemen dan hij nu heeft.'

'Hij heeft ze al heel lang, Mikhail. Hij doet me denken aan een briljant, getalenteerd man bij wie briljantie en talent niet goed samengaan. Volgens mij voelt hij zich impotent, en dat straalt hij uit naar zijn vrouwen... naar alle vrouwen, in feite.'

'Hallo, is dat dokter Sigmund?'

'Limbursk'y s'yr!' lachte Jenna. 'Ik kijk naar mensen, dat weet je. Weet je nog van die juwelier in Triëst, die kale man in die winkel die een dropplaats van MI6 was? Wat is dat vreemde woord ook weer? Voor *houkacka*?'

'Geil. Ik zei dat het een geile man was, dat hij om de vrouwen in zijn winkel heen liep met een paal in zijn broek.'

'En ik zei dat het een homo was.'
'En je had gelijk, want toen je je bloes een eind opengeknoopt had bleef die kerel achter mij aan zitten.'
Ze lachten allebei, waarbij hun stemmen werden gedempt door de met fluweel beklede muren. Jenna leunde voorover en raakte zijn hand aan. 'Het is goed om weer te lachen, Mikhail.'
'Het is goed om te lachen met jou. Ik weet niet hoe vaak we dat nog kunnen doen.'
'We moeten er tijd voor maken. Dat is vreselijk belangrijk, volgens mij.'
'Ik houd van je, Jenna.'
'Zullen we onze gewapende Escoffier dan vragen waar we slapen? Ik wil niet *nevyspan'y* overkomen, lieveling, maar ik houd ook van jou. Ik wil dicht bij je zijn, niet met een tafel tussen ons in.'
'Je bent erachter dat ik geen homo ben.'
'Latent, misschien. Ik neem gewoon wat ik krijgen kan.'
'Eerlijk. Ik heb altijd gezegd dat je eerlijk bent.'
De gewapende vier-sterrenkok kwam binnen. 'Nog koffie?' vroeg hij.
'Nee, dank u,' zei Havelock.
'Cognac misschien?'
'Toch maar niet,' zei Jenna.
'Wilt u televisie kijken?'
'Op de slaapkamer?'
'Geen beste ontvangst daarboven.'
'We spelen het wel klaar,' zei Michael.

Hij zat op de antieke bank voor het uitdovende vuur in de open haard in de slaapkamer, en strekte zijn nek en bewoog zijn schouders in cirkels. Hij zat daar op order van Jenna, die hem haar gunsten zeven jaar lang zou onthouden als hij niet gehoorzaamde. Ze was naar beneden gegaan voor ontsmettingsmiddel, verband en wat ze nog maar meer kon vinden, zodat ze zijn wond kon verbinden.
Tien minuten geleden waren ze samen de kamer ingelopen, hand in hand, hun lichamen tegen elkaar, zacht lachend. Toen ze tegen hem aan leunde, had Michael zijn gezicht vertrokken van de pijn in zijn schouder. Ze had hem aangekeken, zijn overhemd losgeknoopt en het verband op zijn schouder bekeken bij het licht van een tafellamp. Een vriendelijke bewa-

ker had meer dan een uur tevoren het vuur aangemaakt in de haard; het was bijna uit, maar de houtskool gloeide nog na en de stenen schouw straalde warmte af.
'Ga hier zitten en zorg dat je warm blijft,' had Jenna gezegd, terwijl ze hem naar de bank bracht. 'We hebben die Rode Kruis-trommel nooit opgehaald. Beneden zal wel iets zijn.'
'Je kunt het maar beter een verbandtrommel noemen, anders denken ze nog dat je een verzameling begint.'
'Stilzitten, lieveling. Het is een flinke wond.'
'Ik heb er niet aan gedacht, ik voelde hem niet meer,' zei Havelock terwijl hij keek hoe ze naar de deur liep en naar buiten ging.
Het was waar; hij had niet meer gedacht aan de wond uit Col des Moulinettes en afgezien van enkele lichte pijnscheuten had hij geen pijn meer gevoeld. Daar was geen tijd voor geweest. Het was niet belangrijk genoeg geweest om over na te denken. Er was te veel te snel achter elkaar gebeurd. Hij keek naar het grote slaapkamerraam, een raam met hetzelfde dikke glas als het raam in de studeerkamer een verdieping lager. Hij zag de schijnwerpers in de verte, vervormd door het glas, en vroeg zich even af hoeveel mannen er over het terrein slopen om de onschendbaarheid van Steriel Vijf te beschermen. Toen dwaalde zijn blik terug naar de brandende blokken die het eind van het vuur betekenden. Zo veel... zo overdonderend... zo snel. Het verstand moest alles bijbenen voordat het verdronk in de stroom van onthullingen vanuit de sluizen die geen ondenkbare, onverdraaglijke waarheden meer tegenhielden. Als hij zijn gezond verstand wilde behouden, moest hij tijd vinden om na te denken.

Haar blonde haren lagen in strengen over zijn gezicht verspreid, haar arm rustte op zijn borst, maar geen van beiden sliepen ze. De verrukkelijke warme vertroosting van hun liefdesspel had hen niet in slaap gewiegd, maar juist het gevoel versterkt dat ze alleen waren met het onvoorstelbare. Een flauwe lichtbundel viel door de gedeeltelijk geopende deur van de badkamer.
'Je hebt me niet alles verteld wat er met je gebeurd is op Pooles Eiland, hè?' zei Jenna, met haar hoofd vlak naast het zijne op het hoofdkussen. 'Je zei tegen Bradford van wel, maar dat is niet waar.'

'Bijna alles,' antwoordde Havelock naar het plafond starend. 'Ik probeer er nog steeds hoogte van te krijgen.'

Jenna haalde haar arm weg, kwam omhoog en staarde hem aan, steunend op haar elleboog. 'Kan ik je helpen?' vroeg ze.

'Ik geloof niet dat iemand dat kan. Het is die bom in mijn hoofd.'

'Wat is dat dan, schat?'

'Ik ken Parsifal.'

'Wat...?'

'Dat zei Matthias met evenveel woorden. Hij zei dat ik ze allemaal heb zien komen en gaan, de "onderhandelaars van de wereld". Maar er was er maar eentje en ik moet hem gezien hebben. Ik moet hem kennen.'

'Dat was de reden waarom hij jou dat heeft aangedaan? Ons heeft aangedaan? Waarom hij jou eruit wilde werken?'

'Hij zei dat ik het nooit zou kunnen begrijpen... de meest verschrikkelijke overeenkomsten vormen de eindoplossing.'

'En ik werd opgeofferd?'

'Ja. Wat moet ik ervan zeggen? Hij is niet bij zijn verstand; dat was hij niet toen hij dat bewijsmateriaal tegen jou liet verzamelen. Jij moest sterven en ik moest blijven leven en in de gaten gehouden worden.' Michael zuchtte diep en schudde gefrustreerd zijn hoofd.

'Dat kan ik niet begrijpen.'

'Mijn dood?'

'Nee, dat in leven blijven van mij.'

'Zelfs in zijn waanzin bleef hij van je houden.'

'Niet hij. Parsifal. Als ik een bedreiging vormde, waarom heeft Parsifal mij dan niet gedood? Waarom werd het aan de mol overgelaten om die opdracht drie maanden later te geven?'

'Dat heeft Bradford uitgelegd,' zei Jenna. 'Jij had mij gezien; je begon Costa Brava overhoop te halen en dat zou je op het spoor van de mol kunnen brengen.'

'Dat verklaart Parsifal nog niet. Hij had me wel twintig keer kunnen laten opruimen. Dat heeft hij niet gedaan. Dat is de leemte. Met wat voor man hebben we te maken?'

'Zeker geen rationele man. Dat is juist het enge.'

Havelock wendde zijn hoofd om en keek haar aan. 'Dat vraag ik me af,' zei hij.

Het gerinkel weergalmde scherp en onverwacht door de kamer. Hij schoot overeind, gewekt uit zijn diepe slaap; Jenna rolde dwars over het bed en zijn hand reikte naar een niet aanwezig wapen... tastte overal in het rond. Het was de telefoon en Michael staarde ernaar voordat hij de hoorn oppakte. Hij keek op zijn horloge terwijl hij sprak. Het was kwart voor vijf in de ochtend.

'Ja?'

'Havelock, Bradford hier.'

'Wat is er aan de hand? Waar ben je?'

'Op mijn kantoor. Ik ben hier vanaf elf uur geweest. Tussen haakjes, ik heb mijn mensen de hele nacht door laten werken. Alles wat je wilde hebben zal om acht uur in Steriel Vijf zijn, behalve de rapporten die op Pooles Eiland liggen. Die zullen een paar uur later komen.'

'Bel je me daarvoor zo vroeg?'

'Natuurlijk niet.' Bradford zweeg even terwijl hij hoorbaar inademde. 'Ik heb hem misschien gevonden,' zei hij gehaast. 'Ik heb gedaan wat jij me aanraadde. Ik heb gezocht naar iemand die misschien niet daar was waar hij verondersteld werd te zijn. Ik weet het pas laat in de ochtend zeker; door die vertraging met Pooles Eiland. Als het waar is, is het ongelooflijk; een onbevlekter staat van dienst vind je nergens, zijn militaire dienst...'

'Zeg me verder maar niets,' beval Michael.

'Jullie telefoon is net zo steriel als dat huis.'

'De mijne misschien wel. De jouwe zou het wel eens niet kunnen zijn. Of je kantoor. Luister alleen maar naar me.'

'Wat is er?'

'Zoek naar een marionet. Hij zou levend of dood kunnen zijn.'

'Een wat?'

'Iemand die de plaats inneemt voor een ander. De touwtjes kunnen je naar je man voeren. Begrijp je dat?'

'Ja, ik geloof van wel. Ik weet het eigenlijk wel zeker. Het maakt deel uit van wat ik al heb ontdekt.'

'Bel me wanneer je het zeker weet. Vanuit een telefooncel. Maar leg hem het vuur niet aan de schenen, doe helemaal niets.' Havelock legde de hoorn op en keek Jenna aan. 'Bradford heeft "Dubbelzinnigheid" misschien gevonden. Als dat zo is, had jij gelijk.'

'*Paminjatsjik?*'

'Een trekvogel.'

29

Het was een ochtend zoals Steriel Vijf nog nooit beleefd had en waarschijnlijk nooit meer zou beleven. Een patiënt met veel overtuigingskracht had het gekkenhuis overgenomen. Ondanks de spanningen, ondanks het verwachte telefoontje van Bradford, had Jenna tegen halfnegen de keuken onder haar gezag gebracht, daarbij de vier-sterrenkok met het pistool degraderend tot de positie van assistent. Er werden ingrediënten afgewogen en gemengd onder begeleiding van goedkeurende blikken en het langzaam afbreken van culinaire barrières; de gewapende kok begon te glimlachen. Er werden pannen uitgekozen en de grote oven werd aangestoken; daarna verschenen er twee extra bewakers ten tonele alsof het bloedhonden waren en de keuken een vleesmarkt.
'Zeg alsjeblieft Jenna,' zei Jenna tegen de anderen, toen Havelock met een krant verbannen was naar een tafel in de hoek. Iedereen noemde zijn voornaam, er werd breed gegrijnsd en al snel was het gesprek doorspekt met gelach. Woonplaatsen werden vergeleken op basis van bakkerijen, en er begon een soort frivoliteit te heersen in de keuken van Steriel Vijf. Het leek wel alsof niemand ooit de drukkende sfeer van het zwaarbeveiligde gebouw had durven verlichten. Dat gebeurde nu, en Jenna was de brengster van dat licht. Het was niet overdreven om te stellen dat de mannen – professionals op het gebied van dodelijke kunsten – gecharmeerd waren van Jenna. Ze hadden plezier, en plezier was niet normaal in Steriel Vijf. De wereld verging in een galactische ramp en Jenna Karas bakte *koláce.*
Om vijf voor tien keerde de ernstige sfeer echter terug in het gebouw, nadat er grote hoeveelheden zoete broodjes genuttigd waren in de keuken en over het hele terrein verdeeld. Op een tiental radio's was statisch geruis te horen, en binnen werden bellen en beeldschermen aangezet. Er was een geblindeerde wagen van Buitenlandse Zaken aangekomen over de lange, bewaakte oprijlaan. Die was verwacht.
Om halfelf zaten Havelock en Jenna opnieuw in het studeervertrek dat ingericht was met leder, koper en gepolitoerd, donker hout en hadden de rapporten en foto's naar onderwerp gescheiden. Ze hadden zes stapels, sommige wat hoger dan andere, vier op het bureau bij Michael, twee op het salontafel-

tje voor Jenna die ze op de sofa zat te lezen. Ze waren direct na acht uur begonnen, slechts enkele minuten nadat de gepantserde bestelwagen het materiaal had afgeleverd dat die nacht bijeengegaard was. Emory Bradford was grondig geweest, zoals je van een man als hij kon verwachten, en om helemaal zeker te zijn had hij nu en dan in duplo geleverd, wat niet de bedoeling was. Het was nu kwart voor twaalf, de zon die bijna op het hoogst stond scheen volop door de ramen, weerkaatste in het dikke, kogelvrije glas en de stralen tekenden zich af op de muren. Het was stil en alleen het omdraaien van de pagina's was te horen.

Ze gebruikten een methode die normaal was voor het doorlopen van zo'n massa uiteenlopende informatie. Ze lazen alles snel door, concentreerden zich op het geheel en niet op bijzonderheden, probeerden een totaalindruk te krijgen, in de wetenschap dat de details later zouden komen en grondig zouden worden uitgeplozen. Toch was het onvermijdelijk dat er nu en dan een opmerking werd gemaakt.

'Ambassadeur Addison Brooks en generaal Malcomb Halyard,' zei Michael bij het lezen van een bladzijde waarop alle namen voorkwamen van degenen die betrokken waren – hoe zijdelings ook, met of zonder kennis van zaken – bij het Parsifal mozaïek. 'Zij zijn de mensen waarop de president terug kan vallen als hij gedwongen wordt de toestand van Matthias te onthullen.'

'In welke zin?' vroeg Jenna.

'Na Anton zijn zij de mensen die in het land het meeste respect afdwingen. Berquist zal hen nodig hebben.'

Een paar minuten later zei Jenna iets. 'Jij staat hierbij.'

'Waar?'

'Een aantekening in een oude agenda van Matthias.'

'Hoe oud?'

'Van acht, nee, negen maanden geleden. Je logeerde bij hem thuis. Het was toen je naar Washington was gereisd voor dat stafonderzoek van *Cons Op*, geloof ik. We kenden elkaar toen nog niet zo lang.'

'Lang genoeg wat mij betrof om zo snel mogelijk weer naar Praag te willen terugkeren. De gesprekken waren meestal een enorme tijdsverspilling.'

'Je hebt me ooit eens verteld dat ze wel zin hadden, omdat de buitendienst vaak een vreemde invloed heeft op bepaalde mensen en dat ze regelmatig gecontroleerd moeten worden.'

'Daar hoorde ik niet bij. Hoe dan ook, ik heb meestal gezegd, niet altijd. Zo nu en dan haalden ze er wel eens... een revolverheld uit.'

Jenna legde de bladzijde op haar schoot. 'Mikhail, kan het toen zijn geweest? Dat bezoek bij Matthias? Kun je Parsifal toen hebben gezien?'

'Anton was zichzelf nog, negen maanden geleden. Er was geen Parsifal.'

'Je zei dat hij moe was, "verschrikkelijk moe", die woorden gebruikte je. Je maakte je zorgen over hem.'

'Zijn gezondheid, niet zijn hersenen. Hij had zijn verstand nog.'

'Maar toch...'

'Geloof je soms niet dat ik in gedachten niet elke minuut heb nagelopen?' viel Havelock haar in de rede. 'Het was in Georgetown en ik logeerde daar twee dagen, twee nachten, zolang het onderzoek duurde. We hebben twee keer samen gegeten, beide keren alleen. Ik heb niemand gezien.'

'Er kwamen toch zeker wel mensen naar zijn huis.'

'Inderdaad; ze gunden hem nooit één moment rust, zelfs 's nachts niet.'

'Dan heb je hen dus gezien.'

'Ik ben bang van niet. Je zou dat oude huis moeten kennen; aan de voorkant is het een doolhof van kamertjes. Rechts van de hal is een salon, links de bibliotheek die je door moet lopen om in zijn kantoor te komen. Volgens mij had Anton dat graag zo; dan kon hij mensen laten wachten die elkaar beter niet konden zien. Smekelingen die in fasen van de ene kamer naar de volgende gingen. Hij begroette ze altijd in de salon, dan werden ze naar de bibliotheek gebracht en tenslotte in het heilige der heiligen – zijn kantoor.'

'En jij was nooit in die vertrekken?'

'Niet met iemand anders. Wanneer hij gestoord werd onder het eten bleef ik in de eetkamer aan de achterkant. Ik maakte zelfs gebruik van een zijingang wanneer ik naar het huis kwam of ervandaan ging, nooit de voordeur. We hadden daar een afspraak over.'

'Ja, nu weet ik het weer. Je werd liever niet met hem samen gezien.'

'Dat zou ik anders zeggen. Ik zou me vereerd hebben gevoeld – dat meen ik, vereerd – als ik samen met hem zou zijn gezien. Het was alleen niet zo'n goed idee... voor geen van ons beiden.'

'Maar als het niet tijdens die twee dagen was, wanneer was het dan? Wanneer had je Parsifal kunnen zien?'

Michael keek haar aan met een hulpeloos gevoel. 'Dan zou ik een half leven terug moeten gaan. Dat hoort bij de waanzin. In zijn fantasie ziet hij me weglopen uit een bespreking; dat zou van alles kunnen zijn, van een collegezaal tot een studiebijeenkomst of een aula. Hoe vaak ben ik daarbij geweest? Vijftig, honderd, duizend keer? Afstuderen kost tijd. Kan ik me al die keren nog herinneren? Is het daar gebeurd, bij een van die gelegenheden? Hoorde Parsifal tot een deel van dat leven?'

'Als dat zo was zou jij nu nauwelijks beschouwd kunnen worden als een bedreiging voor hem.' Jenna ging rechtop zitten, alsof ze plotseling ergens aan dacht. 'Hij had je wel twintig keer kunnen doden, maar dat heeft hij niet gedaan,' herhaalde ze. 'Parsifal heeft niet geprobeerd je te doden.'

'Precies.'

'Dan zou hij dus iemand kunnen zijn die je jaren geleden al kende.'

'Er is ook nog een andere mogelijkheid. Ik zei dat hij me had kunnen opruimen en dat kon hij ook, maar hoe voorzichtig iemand ook is, hoezeer hij op een afstand blijft, er is altijd een risico als je iemand doodt of laat doden, hoe gering ook. Misschien kan hij zich zelfs dat greintje risico niet veroorloven. Misschien is hij een van de duizenden gezichten die ik mij herinner en kan ik hem er niet uithalen. Maar als ik wist wie hij was of hoe hij eruit zag, dan zou ik ook weten, waar ik hem moest zoeken. Ik zou het weten maar daarmee is niet gezegd dat al te veel anderen dat ook zouden kunnen, waarschijnlijk niemand in ons vak.'

'De mol zou je beide kunnen verschaffen, een identiteit en een beschrijving.'

'Ik wens je goede jacht, meneer de staatssecretaris,' zei Havelock. 'Is er verder nog iets bij?' voegde hij eraan toe, terwijl hij zich weer verdiepte in het materiaal over een dokter in Maryland.

'Ik ben nog niet zo ver met de agenda's. Maar er staat iets in de reisschema's dat herhaaldelijk terugkomt. Wat is de *Shenandoah*, Mikhail?'

Havelock keek op van de pagina en in zijn hoofd weergalmde een vaag, onwelluidend akkoord.

Emory Bradford moest moeite doen om zijn ogen open te houden: zijn oogleden waren zo zwaar dat ze steeds weer zakten... donkere gewichten in het midden van zijn gezicht. Op een paar korte hazeslaapjes na... toen hij echt niet meer kon... had hij in bijna zesendertig uur niet geslapen. Maar hij moest wakker blijven; het was na twaalven. De videobanden van de nieuwsdienst en de foto's uit New York konden elk moment arriveren, ze werden in grote haast overgebracht door een behulpzame televisiemaatschappij die een onschuldige verklaring accepteerde in ruil voor een nieuwe, vertrouwelijke bron op het ministerie van buitenlandse zaken. De staatssecretaris had de geschikte apparatuur laten komen; hij kon de banden direct afspelen als ze binnenkwamen. En dan zou hij het weten. Ongelooflijk. Arthur Pierce! Was het Pierce eigenlijk wel? De belangrijkste functionaris van BZ in de delegatie bij de Verenigde Naties, eerste assistent van de ambassadeur, een beroepsdiplomaat met een staat van dienst waarop zowat iedereen die in de hogere regionen van de regering werkte jaloers kon zijn, een staat waarop met grote, onzichtbare letters de aanbeveling 'promotie!' was geschreven. En voordat hij in Washington verscheen was zijn legercarrière al even opvallend geweest. Als hij in het leger gebleven was, zou hij nu op weg geweest zijn naar de gezamenlijke chefs-staven. Pierce was in Zuidoost-Azië aangekomen als tweede luitenant, kersvers van de universiteit van Michigan, *summa cum laude* afgestudeerd. Hij had viermaal achter elkaar vrijwillig bijgetekend en had de rang van majoor bereikt, compleet met onderscheidingen voor moed en aanbevelingen wegens zijn leiderskwaliteiten en voor verdere strategische studie. En daarvoor, nog voor Vietnam, was er een dossier dat het schoolvoorbeeld vormde van wat een Amerikaanse boerenzoon kon bereiken: koorknaap, padvinder, klasseleider, een beurs met academische onderscheidingen en een lidmaatschap van een jongerenvereniging. Zoals generaal Halyard had gezegd, was Arthur Pierce een combinatie van de Amerikaanse vlag, moeder, appeltaart en God. Waar was de schakel met Moskou?
Toch moest die er zijn als Havelocks gebruik van de uitdrukking 'rookgordijn' enige waarde had. Vooral in de twee-

de definitie, de marionet die dood of levend zou kunnen zijn. Maar de aandacht van Bradford was vooral getrokken door de oorspronkelijke uitleg. *Zoek naar een man die er niet was, die niet daar was waar hij verondersteld werd te zijn.*
Hij was bezig geweest met het stelselmatig bestuderen – te stelselmatig want het idee leek te vergezocht – van de aanbevelingen en de standpunten van de Amerikaanse delegaties in de vergaderingen van de Veiligheidsraad tijdens de week van Costa Brava. Daarbij waren inbegrepen de vertrouwelijke besprekingen binnen de delegatie, zoals die werden samengevat door een attaché die Carpenter heette. Zijn meerdere, Pierce, de man die direct onder de ambassadeur werkte, werd er herhaaldelijk in genoemd, zijn aanbevelingen waren bondig, verstandig, precies zoals van hem te verwachten viel. Toen stuitte Bradford op een afgekorte term die tussen haakjes was geplaatst, helemaal verborgen in de tekst van de vergadering van die donderdag:
(Afgel./FC)
Hij volgde op een krachtige, uitvoerige aanbeveling die door Pierce aan de ambassadeur werd gegeven. Bradford had het niet eerder opgemerkt, eigenlijk voornamelijk door het onnodige gemanipuleer met woorden zoals dat nu eenmaal in diplomatieke verslagen voorkomt; maar zeven uur geleden was het hem plotseling opgevallen.
(Afgel./FC)
Afgelegd door Franklin Carpenter
Vertaald luidde dat: niet uitgesproken door de eerste zaakgelastigde van de ambassadeur, Arthur Pierce, van wie wel de tekst was, maar in zijn plaats doorgegeven door een ondergeschikte. Dat betekende: Pierce was niet daar waar hij verondersteld werd te zijn.
Bradford had vervolgens elke volgende regel in het verslag van de delegatie bestudeerd. Hij had nog twee FC's tussen haakjes gevonden voor donderdag en weer drie voor vrijdag. *Vrijdag.* Toen had hij gedacht aan het voor de hand liggende en was hij teruggekeerd naar het begin van de week. Het was aan het einde van het jaar geweest; de operatie aan de Costa Brava had plaatsgevonden in de nacht van de vierde januari. Zondag. *Een weekeinde.*
Er was die woensdag geen vergadering van de Veiligheidsraad geweest, de meerderheid van de delegaties die nog met elkaar

op goede voet stonden, hielden hun diplomatieke recepties voor oudejaar. Op donderdag, de eerste dag van het nieuwe jaar, was de raad weer bijeengekomen, als wilde ze de wereld tonen dat de VN het nieuwe jaar serieus wilden beginnen, vervolgens opnieuw op vrijdag... maar niet op zaterdag of zondag.

Als Arthur Pierce niet daar was waar hij verondersteld werd te zijn en een ondergeschikte opdracht had gegeven zijn woorden door te geven, dan zou hij het land op donderdagavond hebben kunnen verlaten en vijf dagen gehad hebben voor Costa Brava. Als, als... als. 'Dubbelzinnigheid'?

Hij had Havelock gebeld en te horen gekregen waar hij vervolgens naar moest zoeken. Een marionet.

De tijd was onbelangrijk. Bradford had een telefonist ingeschakeld van een oproepcentrale die dag en nacht opereerde en hem gezegd ene Franklyn Carpenter op te speuren, waar hij ook mocht zijn. Acht minuten later had de man teruggebeld; Franklyn Carpenter had iets meer dan drie maanden geleden ontslag genomen bij Buitenlandse Zaken. Het nummer dat geregistreerd stond was niet meer te gebruiken; de telefoon was afgesloten. Bradford had hem toen de naam gegeven van de enige andere man die vermeld stond bij de Amerikaanse delegatie tijdens die donderdagvergadering van de Veiligheidsraad, een attaché van lagere rang die ongetwijfeld nog in New York moest zijn.

De oproeptelefonist had teruggebeld om kwart over vijf en hij had de VN-attaché aan de lijn.

'U spreekt met staatssecretaris van BZ Bradford...'

Uit de aanvankelijke reactie van de man had verwondering geklonken, vermengd met slaap en ook behoorlijk wat angst. Bradford had een paar minuten nodig gehad om hem op zijn gemak te stellen en te proberen die paar dagen, bijna vier maanden geleden, weer bij hem op te roepen.

'Herinnert u het zich nog?'

'Redelijk wel, geloof ik.'

'Was er aan het einde van die week iets wat u ongewoon voorkwam?'

'Niets dat ik me kan herinneren, meneer.'

'De Amerikaanse delegatie voor die vergaderingen – en het gaat mij voornamelijk om de donderdag en de vrijdag – bestond uit de ambassadeur, de eerste functionaris van BZ, Ar-

thur Pierce, uzelf en een man die Carpenter heet, klopt dat?'
'Die laatste twee kunt u wel omdraaien. Ik was toen de laagste in het rijtje.'
'Was u alle vier iedere dag daar?'
'Nou ja... ik geloof van wel. Het is moeilijk om je iedere dag voor de geest te halen, vier maanden geleden. Dat zou u uit de presentielijsten moeten kunnen opmaken.'
'Donderdag was nieuwjaarsdag, weet u het nu misschien?'
Het had even geduurd voordat de attaché antwoord gaf. Toen hij het deed had Bradford zijn ogen gesloten. 'Ja, nu weet ik het weer. Ik stond misschien geregistreerd als aanwezig bij de delegatie, maar ik was er niet. *De Witte Tornado* had... neemt u me niet kwalijk, het spijt me, meneer.'
'Ik weet wie u bedoelt. Wat heeft staatssecretaris Pierce gedaan?'
'Ik moest van hem naar Washington vliegen om een analyse samen te stellen van de goedgekeurde bestedingen in het hele Midden-Oosten. Ik heb er zowat het hele verrekte weekeinde aan gewerkt. En wat denkt u: toen heeft hij dat niet gebruikt. Tot de dag van vandaag niet.'
'Ik heb één laatste vraag,' had Bradford rustig gezegd terwijl hij probeerde zijn stem in bedwang te houden. 'Wanneer de aanbevelingen van een delegatielid aan de ambassadeur door iemand anders in de delegatie worden gegeven, wat wil dat dan precies zeggen?'
'Dat is gemakkelijk. De hoogste functionarissen proberen op voorstellen van de tegenpartij te anticiperen en strategiebepalingen of tegenvoorstellen te ontwerpen om die te blokkeren. Voor het geval dat hij niet in de vergaderzaal aanwezig is wanneer er zo'n voorstel van de tegenpartij wordt gedaan, ligt zijn advies klaar voor de ambassadeur.'
'Is dat niet gevaarlijk? Zou niet iemand zomaar iets op kunnen schrijven onder een officiële titel en het aan een delegatielid kunnen geven?'
'O, nee, zo gaat dat niet. Dat soort zaken improviseer je zomaar niet. Je moet in het gebouw blijven, dat is verplicht. Stel dat de ambassadeur het eens is met een argument, er gebruik van maakt en dan een tegenargument om zijn oren krijgt dat hij niet aankan... Dan wil hij de verantwoordelijke man weer in de vergadering zien om hem uit de rotzooi te halen.'
'Staatssecretaris Pierce liet een aantal van die aanbevelingen,

zoals u ze noemt, afgeven, tijdens de vergaderingen op donderdag en vrijdag.'

'Dat is normaal. Hij is net zo vaak buiten die zaal als erin. Hij doet het erg goed in de conversatiezaal voor de diplomaten, dat moet ik zeggen. Hij is daar heel vaak, schiet iedereen aan; maar het werkt. Ik geloof dat niemand hier zo efficiënt werkt; ik bedoel maar, hij is werkelijk imponerend. Zelfs de Russen mogen hem.'

Inderdaad, meneer de attaché. Ze mogen hem zelfs zo graag dat controversiële voorstellen door voorbesprekingen voorkomen konden worden, zei Bradford bij zichzelf.

'Ik weet dat ik zei dat ik een laatste vraag zou stellen; mag ik er nog eentje?'

'Daar kan ik moeilijk tegen protesteren, meneer.'

'Wat is er van Carpenter geworden?'

'Dat zou ik verdomd graag willen weten. Ik wou dat ik hem kon vinden. Volgens mij is hij gewoon ingestort.'

'Wat bedoelt u?'

'Dat wist u zeker niet. Zijn vrouw en kinderen kwamen om bij een auto-ongeluk, een paar dagen voor Kerstmis. Hoe zou u dat vinden, drie lijkkisten bij de kerstboom en alle cadeautjes nog ingepakt?'

'Wat verschrikkelijk.'

'Hij hield zich kranig, want hij kwam vrij snel weer terug. We waren het er natuurlijk allemaal over eens dat dat het beste voor hem was. Mensen om je heen te hebben die met je meevoelen, niet alleen blijven.'

'Ik denk dat staatssecretaris Pierce het daar wel mee eens was.'

'Ja, meneer. Hij was degene die hem overhaalde om terug te komen.'

'Zo.'

'Toen kwam hij op een ochtend gewoon niet opdagen. De volgende dag kwam er een telegram: hij diende zijn ontslag in, met onmiddellijke ingang.'

'Was dat niet ongebruikelijk? Volgens mij zelfs tegen de regels.'

'Na wat hij had doorgemaakt denk ik niet dat iemand er officieel werk van wilde maken.'

'En de staatssecretaris was het daar ook mee eens.'

'Ja, meneer. Volgens Pierce was Carpenter gewoon ondergedoken. Ik hoop dat het goed met hem gaat.'

Hij is dood, meneer de attaché. De marionet is dood.
Bradford had doorgewerkt tot de zon opkwam, tot zijn ogen pijn deden van de inspanning. Het volgende dat hij had onderzocht waren de presentielijsten voor de avond dat de 'Dubbelzinnigheid'-code was gestolen en de specificatie niet-meer-te-redden naar Rome was gezonden. Hij zag wat hij verwachtte te zullen zien: Arthur Pierce was niet in New York geweest maar in Washington, op zijn kantoor op de vierde verdieping... en hij was, natuurlijk, kort na vijven in de avond naar huis gegaan, dezelfde tijd als een half dozijn anderen. Hoe eenvoudig moest het niet zijn geweest om in een groep mensen naar buiten te lopen, de presentielijst af te tekenen en meteen weer naar binnen te lopen. Hij had er de hele nacht kunnen blijven, had zich 's morgens weer in kunnen laten schrijven en niemand zou iets hebben gemerkt. Precies zoals hij, staatssecretaris Emory Bradford, deze ochtend hetzelfde zou kunnen doen.
Hij had militaire transcripten doorgenomen, een vertrouwelijk militair dossier, een dossier van Buitenlandse Zaken, een lijst met prestaties, een jeugd die zich liet lezen als een jongensboek. Een door en door normale Amerikaanse jongen. Waar zat in hemelsnaam de connectie met Moskou?
Tegen achten lieten zijn ogen hem in de steek; hij kon zich niet meer concentreren en daarom was hij achterover gaan liggen in zijn stoel om te slapen. Om vijf over halfnegen had het geroezemoes van het kantoorleven achter zijn kantoordeur hem wakker gemaakt. De dag was begonnen voor het ministerie van buitenlandse zaken. Er werd koffie gezet en ingeschonken, afspraken werden nagelopen, werkschema's opgesteld, terwijl de secretaresses wachtten op het verschijnen van hun energieke, keurig geklede bazen. Er was in die tijd een ongeschreven wet hoe je je moest kleden op BZ waaraan iedereen zich hield; gekroesd haar, fel gekleurde dassen en slordige baarden werden niet getolereerd. Hij was uit zijn stoel gekomen, zijn kantoor uitgelopen en had zijn eigen secretaresse van middelbare leeftijd begroet; ze was geschrokken van zijn verschijning, dat had hij in haar ogen gezien. Op dat moment drong het pas tot hem door hoe hij er uit moest zien, zonder stropdas, in hemdsmouwen, met donkere kringen onder zijn ogen, zijn haar door de war en zwarte baardstoppels op zijn wangen.
Hij had om koffie gevraagd en was op weg gegaan naar het

toilet om te plassen en zich zo goed mogelijk op te frissen. En toen hij door het grote kantoor liep, langs bureaus en secretaresses en managers die net binnenkwamen, voelde hij hoe er naar hem gestaard werd. Ze moesten eens weten, had hij bij zichzelf gedacht.
Tegen tienen had hij gedacht aan de raad die Havelock hem had gegeven en was het gebouw uitgelopen naar een publieke telefooncel om te regelen dat de videobanden en de foto's per vliegtuig vanuit New York zouden worden verzonden. Hij was in de verleiding gekomen om de president te bellen. Dat deed hij niet; hij sprak met niemand.
Nu keek hij op zijn horloge. Het was tweeëntwintig minuten over twaalf, drie minuten later dan de laatste keer dat hij had gekeken. De pendeldienst vertrok elk halfuur uit New York; op welk toestel zouden ze zitten?
Zijn gedachten werden onderbroken door een zacht kloppen op de deur, dat zijn hart deed overslaan. 'Binnen!'
Het was zijn secretaresse en ze keek hem aan zoals ze hem eerder die ochtend had aangekeken, met een bezorgde blik in haar diepliggende, door rimpels getekende ogen. 'Ik ga lunchen, is dat goed?'
'Natuurlijk, Liz.'
'Kan ik iets voor u halen?'
'Nee, dank je wel.'
De vrouw bleef verlegen in de deuropening staan en zweeg even voordat ze vervolgde: 'Voelt u zich wel goed, meneer Bradford?'
'Ja, ik voel me prima.'
'Is er iets wat ik voor u kan doen?'
'Schei uit met je zorgen over me te maken en ga maar lunchen,' zei hij met een poging tot glimlachen; geen succesvolle poging.
'Dan zie ik u straks wel weer.'
Zijn telefoon ging over. Het was de bewakingsdienst in de hal; het pakje in blanco couvert was aangekomen uit New York.
'Teken er maar voor en laat het door een bewaker naar boven brengen, alstublieft.'
Zeven minuten later zat de band in de machine en verscheen er op het scherm een overzicht van de zaal van de Veiligheidsdienst van de Verenigde Naties. Onderaan het beeld flitste een datum op: *dinsdag, 30 december, 14.56.* Er werd een

toespraak gehouden door de ambassadeur van Saoedi-Arabië. Toen die een paar minuten had gesproken, volgde er een opname om de reacties te laten zien, eerst van de delegatie uit Israël, toen die uit Egypte en vervolgens de Amerikaanse ploeg. Bradford liet de band stoppen met de afstandsbediening en bestudeerde het beeld. De vier mannen zaten op hun plaatsen; vooraan de ambassadeur en zijn zaakgelastigde, Arthur Pierce, twee mannen achter hen. Bradford bracht de band weer op gang en zocht de knop voor snel doorspoelen; het had geen zin om verder te luisteren of te kijken naar dinsdag de dertigste. Hij drukte de knop in en er verscheen een snel voortschitterende, grijze vlek op het scherm. Hij liet de knop los: de Saoediër was nog steeds in beeld. Hij wilde net weer verder spoelen toen de camera snel even naar de Amerikaanse delegatie draaide. Arthur Pierce was er niet bij.

Bradford drukte een paar keer op de terugspoelknop tot hij het voorval vond waarnaar hij zocht; hij wist dat het er moest zijn. Een functionaris van BZ liep niet zo maar weg bij een goedgezinde toespraak, zonder op zijn minst zijn vertrek kenbaar te maken. Daar had je het. Pierce keek op zijn horloge, stond op, boog zich eerst fluisterend naar de ambassadeur, toen naar de man achter hem, zo te zien de attaché van lagere rang, die knikte. Uit de luidspreker klonk de stem van een omroepster.

'Er is een telefoongesprek voor de Amerikaanse delegatie, zeer waarschijnlijk van de minister van buitenlandse zaken die er misschien prijs op stelt zijn commentaar te laten vastleggen op de zeer lovende woorden van Ibn Kashani.'

Bradford drukte opnieuw op de knop en het beeld liep verder, hij drukte weer en nog eens. De toespraak was geëindigd; vele delegaties kwamen overeind om een ovatie uit te brengen. Arthur Pierce was niet op zijn stoel teruggekeerd.

Donderdag, 1 januari, 10.43 uur. De nieuwjaarsrede door de voorzitter van de Veiligheidsraad. Pierce zat niet bij de Amerikaanse delegatie. Op zijn plaats zat een man, waarschijnlijk Franklyn Carpenter die achter de ambassadeur had gezeten; nu zat hij naast hem met een stapel papieren in zijn handen.

Vrijdag, 2 januari, 16.10 uur. Een provocerende toespraak van de gedelegeerde van China, waarvoor de koptelefoons voor een vertaling nodig waren. Pierce zat niet bij de Amerikaanse delegatie.

Maandag, 5 januari, 11.43 uur. Arthur Pierce was afwezig.
Maandag, 5 januari, 14.16 uur. Arthur Pierce was afwezig.
Maandag, 5 januari, 16.45 uur. Arthur Pierce zat in zijn stoel ontkennend met zijn hoofd te schudden in antwoord op commentaar door de gedelegeerde uit Yemen.

Bradford zette de beeldband stop en keek naar de grote, bruine envelop met foto's van de oudejaarsrecepties. Die had hij eigenlijk niet nodig, hij wist dat de staatssecretaris van de Amerikaanse delegatie op geen enkele foto zou voorkomen.

Hij was aan de Costa Brava geweest.

Er moest nog een laatste controle plaatsvinden en via de computer zou dat minder dan een minuut in beslag nemen. Bradford pakte de hoorn van de telefoon; hij vroeg naar het reisbureau, stelde zijn vraag en wachtte af terwijl hij in zijn ogen wreef en er zich van bewust was dat hij snel was gaan ademen. Vijfenveertig seconden later had hij het antwoord.

'Op dinsdag 30 december zijn er vijf vluchten vertrokken uit New York naar Madrid. 10.00 uur, 12.00 uur, 13.15, 14.30 en 17.10... Op maandag 5 januari waren er vier vluchten vanuit Barcelona, via Madrid, en beginnend om 07.30 lokale tijd Spanje geland op Kennedy Airport, om 12.21 lokale tijd oostkust; 09.15, aankomst Kennedy Airport, lokale tijd Oostkust 15....'

'Dank u,' kwam Bradford tussenbeide. 'Ik weet wat ik weten wilde.'

Dat was ook zo. Pierce was op dinsdag om 17.10 vertrokken naar Madrid en was op maandag om 09.15 weer uit Barcelona vertrokken, zodat hij om 16.45, lokale tijd Oostkust, weer bij de Verenigde Naties kon zijn. Ergens op de passagierslijsten zou iemand voorkomen die alleen reisde, en wiens naam op het paspoort niet in de verste verte zou lijken op die van de staatssecretaris van de delegatie.

Bradford draaide zijn stoel een kwartslag om, haalde diep adem en staarde door het brede raam naar de met bomen omzoomde straten van Washington beneden hem. Het werd tijd om een van die straten in te lopen en weer een telefooncel te zoeken. Havelock moest het weten. Hij stond op en liep om zijn bureau heen naar zijn colbert en overjas die beide slordig gedrapeerd lagen over een stoel met rechte rugleuning die tegen de muur stond.

De deur ging open zonder dat er eerst werd geklopt en de

staatssecretaris van BZ verstijfde, alle gevoel trok weg uit zijn lichaam. Daar stond nog een staatssecretaris van BZ, die de deur sloot en zich voor de deurpost opstelde; zijn donkere haar was doorschoten met een afstekende streep wit. Het was Pierce, de mol. 'Dubbelzinnigheid'. Hij stond rechtop, zijn ogen keken doordringend, ook wat vermoeid, zijn stem klonk vlak toen hij sprak.

'Je ziet er uitgeput uit, Emory,' zei hij. 'Je bent ook niet erg ervaren. Uitputting en onervarenheid vormen een slechte combinatie; samen veroorzaken ze fouten. Als je vragen stelt aan een ondergeschikte moet je niet vergeten er bij te zeggen dat het onder geheimhouding gebeurt. Die jongeman, die Carpenter opvolgde, was vanmorgen erg opgewonden.'

'Jij hebt Carpenter vermoord,' fluisterde Bradford met moeite. 'Hij heeft geen ontslag genomen, jij vermoordde hem.'

'Hij was een volslagen gebroken man.'

'O, mijn god... Zijn vrouw en kinderen, dat heb jij ook gedaan!'

'Je moet nu eenmaal plannen maken, omstandigheden scheppen, behoefte kweken... afhankelijkheid. Jij begrijpt zoiets, nietwaar? Mijn hemel, vroeger zou je daar geen moment bij hebben stilgestaan. Hoeveel heb jij er vermoord? Dat wil zeggen vóór jouw beroemde ommekeer? Ik ben in Vietnam geweest, Emory. Ik heb gezien wat jij daar hebt uitgehaald.'

'Maar je was daar toch...'

'Ik vond het vreselijk. Ik was ziek van alle verspilling, de lijkentellingen aan beide zijden, en de leugens. Altijd weer die leugens, vanuit Saigon en Washington. Het was een slachtpartij van kinderen, de jouwe en die van hen.'

'Waarom jij? Er is geen enkele verklaring voor! Waarom jij?'

'Omdat we overeengekomen waren dat ik daar zou zijn. We staan aan verschillende kanten, Emory, en ik geloof veel vaster in de mijne dan jij in de jouwe gelooft. Dat is begrijpelijk; jij hebt gezien hoe het er hier aan toe gaat en je kunt er niets aan veranderen. Ik kan dat wel en ik zal het doen ook. Er is een betere toekomst weggelegd voor de wereld dan die van jullie. Wij zullen die toekomst opbouwen.'

'Hoe? Door de wereld op te blazen? Door ons allemaal in een atoomoorlog te storten die niemand ooit heeft gewild?!'

Pierce bleef roerloos staan en zijn ogen waren strak gericht op die van Bradford. 'Het is dus waar,' zei hij zacht. 'Ze hebben het klaargespeeld.'

'Je hebt niet... O, mijn god!'
'Maak jezelf geen verwijten, we hebben er dichtbij gezeten. We kregen te horen, ik kreeg te horen, dat er uit zijn waanzin een strategie werd geboren die zo onaanvaardbaar was dat de hele wereld ervan zou walgen. Als dat gebeurd was en als wij hem in handen zouden hebben, zouden wij de ammunitie bezitten om onze wil op te leggen of te vernietigen, de keuze zou aan ons zijn, in beide gevallen zou het het einde betekenen van jullie systeem, het zou worden weggevaagd van de aardbodem die jullie hebben verkracht.'
'Je ziet het verkeerd... je hebt het bij het verkeerde eind.' Bradford fluisterde. 'Grote vergissingen, ja! Gigantische inschattingsfouten, ja! Maar we zien ze onder ogen. Uiteindelijk zien we ze altijd onder ogen!'
'Alleen als iemand je betrapt. Want je hebt niet de moed om te falen, en zonder falen kun je niet winnen.'
'En onderdrukking zou dan het antwoord zijn?' brulde Bradford. 'Denk je dat mensen niet gehoord worden alleen omdat je ze het zwijgen oplegt?'
'Niet op die plekken waar het belangrijk is; dat is het antwoord uit de praktijk. Jullie hebben ons overigens nooit begrepen. Jullie lezen onze boeken, maar je kunt de inhoud niet bevatten. Jullie lezen zelfs over bepaalde dingen heen. Marx heeft het gezegd, Lenin heeft het bevestigd; maar jullie hebben niet geluisterd. Ons systeem verandert constant, allemaal overgangsfases die we door moeten tot er geen verandering meer nodig is. Op een dag is onze vrijheid compleet, niet zoals die van jullie. Niet hol.'
'Dat is je met de paplepel ingegoten! Geen verandering? Mensen moeten veranderen. Dagelijks! Vanwege het weer, geboorte, dood... behoeften! Je kunt er geen robots van maken, dat pikken ze niet. Dat is wat jullie niet begrijpen. Jullie zijn juist bang om te falen. Je staat geen tegenspraak toe!'
'Niet van mensen die meer dan zestig jaar hoop en vooruitgang ongedaan kunnen maken. Onze grote wetenschappers, de artsen, de ingenieurs... van de meesten konden de ouders niet eens lezen!'
'Dus heb je de kinderen lesgegeven en boeken verbannen!'
'Ik had je hoger ingeschat.' Pierce nam een paar stappen naar voren, weg van de deur. 'Jullie kunnen hem niet vinden, nietwaar? Hij heeft zijn nucleaire blauwdrukken afgeleverd en is

toen ondergedoken. Je weet niet aan wie hij ze heeft laten zien, of aan wie hij ze heeft verkocht. Jullie zijn in paniek.'
'Jij kunt hem ook niet vinden. Je bent hem kwijt geraakt.'
'Maar wij weten wie hij is. We hebben zijn gewoonten bestudeerd, zijn behoeften, zijn talenten. Zoals alle mannen met een uitzonderlijk scherp verstand is hij gecompliceerd maar voorspelbaar. We vinden hem wel. Wij weten waarnaar we moeten zoeken, jullie niet.'
'Hij is een overloper, nietwaar?'
'Tijdelijk. Hij was het niet eens met de bureaucratie, met superieuren zonder fantasie, maar wel met de doelstellingen van de staat. Toen hij mij benaderde had ik hem kunnen inrekenen, maar ik gaf er de voorkeur aan dat niet te doen; hij had te veel in handen wat hij me aan kon bieden. Weet je, hij gelooft in ons, niet in jullie... zeker niet in jullie, nooit in jullie. Zijn vader was een lijfeigene op het landgoed van prins Vorosjin in St. Petersburg. Hij is door die beroemde edelman opgehangen omdat hij in de winter een wild zwijn had gestolen om eten te hebben voor zijn gezin. Hij zal ons niet verraden.'
'Wie is "ons"? Moskou erkent jou niet, dat zijn we tenminste door Costa Brava te weten gekomen. De KGB had niets te maken met Costa Brava: er werd nooit machtiging toe gegeven.'
'Niet door een instantie waarmee jullie te maken hebben. Dat zijn oude, vermoeide mannen; ze zijn plooibaar. Zij zijn onze belofte uit het oog verloren, onze voorbestemming als je dat zo wilt noemen. Wij niet.' Pierce keek naar het televisietoestel en naar het videoapparaat dat eronder stond, toen naar de doos op Bradfords bureau. 'De filmbibliotheek van een televisiemaatschappij – of komt het uit het archief? Beelden die zijn opgeroepen door dood of onenigheid.' De mol keek op. 'We zouden er nog een derde woord aan toe kunnen voegen. Verdwijning. Ja, daaruit zou je het te weten kunnen komen: die slappe lul van een diplomaat die we ambassadeur noemen zou het zeker niet kunnen zeggen. Hij zou zijn rapporten doorlopen, ontdekken dat ik hem de beste argumenten in handen had gegeven voor die vergaderingen en zweren dat ik aanwezig was. Misschien vind je het wel amusant te horen dat ik in de conversatiezaal vaak met mijn echte collega's praat en ze zeg dat ze het hem niet te moeilijk moeten maken, hem ook eens moeten laten winnen. Hij was voor mij een geschenk uit de hemel.'

'Ik vind het niet amusant.'
Pierce liep op Bradford af en ging recht voor hem staan. 'Havlíček is teruggekeerd, nietwaar?'
'Wie?'
'Wij geven de voorkeur aan zijn echte naam. Mikhail Havlíček, zoon van Vaclav, een vijand van de staat en genoemd naar een grootvader uit Rovno, aan de andere kant van de Karpaten. Mikhail is een Russische naam, wist je dat? Niet Tsjechisch. Nee, ik denk niet dat je dat weet; jullie schenken zo weinig aandacht aan afkomst. Onder andere omstandigheden zou hij hier in mijn plaats hebben kunnen staan. Hij is een begaafd man; het spijt me dat hij zo is afgedwaald. Hij is hier, nietwaar?'
'Ik weet niet waarover je het hebt.'
'Och, toe nou, Emory. Dat krankzinnige verhaal in de krant, dat heel doorzichtige schoonwassen dat jullie op BZ hebben gedaan om de moord in Morningside Heights te verklaren. Die oude jood wist iets, nietwaar? En die ziekelijke Havlíček schoot hem door zijn kop toen hij wist wat het was. Toen hebben jullie hem de hand boven het hoofd gehouden, omdat hij jullie spelletje door had en ongetwijfeld ook het meisje had gevonden. Jullie hebben hem nu nodig; hij zou niets meer van jullie heel laten. Je hebt het met hem op een akkoordje gegooid. Jullie hebben hem de waarheid verteld, je moest wel. Het is allemaal terug te voeren naar de Costa Brava, nietwaar?'
'Jij bent terug te voeren naar de Costa Brava!'
'Jazeker. We waren bezig een van de machtigste mannen in heel de westerse wereld te compromitteren. We wilden er zeker van zijn dat het goed gebeurde. Jullie hadden er het lef niet voor. Wij wel.'
'Maar je wist niet waarom. Dat weet je nog steeds niet!'
'Het is nooit belangrijk geweest, snap je dat dan niet? Hij was gek aan het worden. Jullie maakten hem gek met jullie overspannen verwachtingen. Hij was een man met talent, die het werk van twintig man deed. Het syndroom van Georgië, Emory. Tegen de tijd dat Stalin vermoord werd, was hij een kwetterende idioot. Het enige dat we met Matthias hoefden te doen, was voedsel verstrekken aan zijn fantasieën, hem in alles zijn zin geven, zijn grieven en achterdocht serieus nemen – zijn waanzin aanmoedigen. Want door die waanzin werd jullie land

meegetrokken naar zijn eigen waanzin.'
'Nu valt er niets meer mee te trekken. Nu volgt alleen nog de totale vernietiging. Uitroeiing.'
Pierce knikte langzaam. 'Dat risico is er, uiteraard, maar we mogen niet bang zijn om te falen.'
'Nu ben jij degene die waanzinnig is.'
'Helemaal niet. Jullie worden uitgeroeid en vernietigd. De wereldopinie waar je zo vaak over zeurt, zal daarvoor zorgen. En momenteel is er maar één ding van belang: we moeten de man vinden die in zijn eentje de neergang van Anthony Matthias heeft ingeleid, en we willen die documenten. Maak je geen zorgen over Havlíček; jullie waren van plan hem niet-meer-te-redden te verklaren; dat wilden wij niet.'
'Je hebt het gedaan. Jij hebt het gedaan!'
'Op dat moment was dat juist. Nu niet. Nu zal hij ons helpen. Ik maakte zojuist geen grapjes; hij is een van de meest begaafde mensen die jullie ooit buiten hebben gehad, een zeer kundig jager. Met zijn ervaring en onze kennis zullen we de man vinden die deze regering op de knieën zal dwingen. Of het land zal vernietigen.'
'Ik heb mensen verteld wie je bent!' fluisterde Bradford. 'Wat je bent!'
'Dan zou ik geschaduwd zijn op het vliegveld – vooral op het vliegveld – en dat gebeurde niet. Je hebt het aan niemand verteld omdat je het een paar minuten geleden pas hebt ontdekt. Ik ben een veel te belangrijke figuur, een man als jij kan zich over mij geen speculaties veroorloven. Je hebt te veel fouten gemaakt; je kunt je er geen enkele meer veroorloven. Je bent niet gezien in deze stad, meneer de staatssecretaris.'
'Havelock zal je doden zo gauw hij je ziet.'
'Daar ben ik zeker van als hij ons kon zien, maar dat is nu juist zijn probleem, nietwaar? Wij kennen Havlíček; hij kent ons niet; hij kent mij niet. Dat is een groot nadeel voor hem. We zullen hem alleen maar in de gaten houden: meer hoeven we niet te doen.'
'Je zult hem nooit vinden!' Bradford zwenkte plotseling naar links, maar hij werd meteen geblokkeerd door de Russische trekvogel die hem tegen de muur duwde.
'Niet doen, Emory. Je bent moe en erg zwak. Voordat je zou kunnen roepen zou je dood zijn. Wat dat vinden van hem betreft, hoeveel beschermde contactplaatsen zijn er? Steriel Een

tot en met Zeventien? En wie zou een man als mij niet vertellen – een man die betrokken is geweest bij talloze diplomatieke "overlopers" – welke huizen er beschikbaar zijn? Ik heb heel wat benijdenswaardige vangsten binnengebracht... of wat men meent dat vangsten zijn,' Pierce zette enkele stappen en stond weer voor Bradford. 'Ga nou maar niet dood. Zeg het me maar. Waar is dat catastrofale document? Ik neem aan dat het een fotokopie is en dat het origineel boven jullie hoofd wordt gehouden, een atoomzwaard aan een hele dunne draad.'
'Waar jij nooit bij kunt komen.'
'Ik geloof je,' zei de trekvogel. 'Maar jij kunt er wel bij.'
'Vergeet het maar... ik zou het niet kunnen en niet willen.'
'Jammer genoeg geloof ik dat ook.'
Even klonk er een knappend geluid toen Pierce plotseling zijn rechterhand naar voren stak. Bradfords blote arm vastpakte en zijn handpalm in de spieren van de arm drukte. Tegelijkertijd stak de mol zijn linkerhand op, klemde zijn vingers over Bradfords mond, draaide het lichaam van de staatssecretaris om en wrong hem opzij. Binnen enkele tellen sperden Bradfords ogen zich open, gingen toen dicht terwijl de gesmoorde geluiden uit zijn keel wegstierven. Hij zakte ineen op de vloer; Pierce trok de naald terug die hij in zijn palm verborgen hield, rende om het bureau heen en tilde de doos op met de banden; eronder lag een aantekening op briefpapier van BZ. Hij nam de hoorn van de telefoon, drukte op de knop voor een buitenlijn en draaide een nummer.
'*Federal Bureau of Investigation*, kantoor New York.'
'Interne veiligheid, alstublieft. Agent Abrams.'
'Abrams,' zei een mannenstem enkele tellen later.
'U hebt een goede reis gehad, hoop ik?'
'Een voorspoedige vliegreis,' luidde het antwoord. 'Ga uw gang.'
'Er is een functionaris van een televisiemaatschappij,' vervolgde Pierce terwijl hij de aantekening las, 'ene R.B. Denning bij de *Trans American News Division*. Hij heeft beeldbanden uit hun archief geleverd aan de verkeerde man op BZ, een man die Bradford heet en die kwade bedoelingen had, strijdig met de belangen van de regering van de Verenigde Staten. De banden zijn door Bradford in een psychopatische woedeaanval vernietigd maar in het belang van de nieuwsafdeling van *Trans Am* – in feite dus voor de hele firma – krijgt Denning van of-

ficiële zijde de raad om er geen werk van te maken. Het ministerie van buitenlandse zaken vindt het absoluut noodzakelijk dat het gênante voorval binnenskamers blijft, enzovoort, enzovoort. Dit is een uiterst groen licht.'
'Ik zorg dat ik hem meteen te pakken krijg, ook al is hij aan zijn tweede borrel bezig.'
'U zou er nog aan toe kunnen voegen dat BZ er in de toekomst niet zoveel meer voor voelt om samen te werken met *Trans Am*, omdat ze hun materiaal uit handen hebben gegeven zonder via de juiste kanalen na te gaan uit welke bron het verzoek kwam. Maar, wanneer iedereen bereid is om in het belang van het land mee te werken...'
'Ik zal het ze heel duidelijk vertellen,' viel de *paminjatsjik* uit New York hem in de rede. 'Ik ga erop af.'
Pierce hing op, liep naar het televisietoestel en zette het voorzichtig weer tegen de muur. Hij zou het videoapparaat laten weghalen, in een ander kantoor laten plaatsen. Er zou geen spoor van de banden zijn, evenmin als een mogelijkheid ze te ontdekken.

Er weerklonk geen langgerekte, hartverscheurende doodskreet, geen gil van protest om de laaghartige goden of stervelingen uit te dagen, er was enkel het geluid van verbrijzelend glas in het brede venster en een lichaam dat neerstortte van de zesde verdieping van het ministerie van BZ.
De mensen die hem die ochtend hadden gezien zeiden dat het voor hem de enige uitweg was. In een bevlieging van waanzin, van diepe wanhoop, wilde hij er een eind aan maken, wilde hij niet meer denken. De spanningen van de geest kunnen een mens te veel worden; hij had zich nooit echt helemaal hersteld van die dagen van grievend zelfonderzoek in de late jaren zestig, dat wist iedereen. Hij was iemand wiens tijd was gekomen en voorbijgegaan, en hij had nooit beseft welke rol hij had gespeeld in dat proces. Hij had geen greep meer op de zaken, en uiteindelijk was hij niet meer dan een stem in de schaduw, een stem die voor velen lastig was, maar waarover anderen hun schouders ophaalden omdat hij niets kon doen.
De pers vermeldde het in alle avondedities en de in memoriams liepen uiteen van begrijpend tot koel, afhankelijk van de redactionele opstelling. Maar het viel op dat ze geen van alle erg lang waren; niemand trok er zich eigenlijk veel van

aan. Inconsequent gedrag ging niet samen met die begeerlijkste van alle politieke zonden: beeldvorming. Als je veranderde, was je zwak. We willen Jezus of een cowboy met vierkante kaken. Wie kan beide rollen tegelijk spelen?
Staatssecretaris van buitenlandse zaken Emory Bradford, een fervent havik bekeerd tot hartstochtelijk duif, was dood. De hand aan zichzelf geslagen natuurlijk.
En op het tafeltje onder het televisietoestel stond geen videoapparaat meer dat daar niet thuishoorde. Het was in het verkeerde kantoor afgeleverd en een G-12 op de tweede verdieping bevestigde dat hij er oorspronkelijk om had verzocht. Het apparaat werd weer tegen de muur gerold. Ongebruikt.

30

'Jij had het niet kunnen voorkomen,' zei Jenna op besliste toon terwijl ze tegenover Havelock aan zijn bureau stond. 'Je mag niet naar het ministerie van BZ gaan en dat is een voorwaarde die je accepteert. Als de mol je zag zou hij je ofwel zonder opzien doden en blijven waar hij was, of hij zou er in paniek vandoor gaan naar Moskou. Je wilt hem hebben, maar door je te laten zien krijg je hem niet te pakken.'
'Misschien had ik het niet kunnen voorkomen maar ik had aan zijn dood – zijn leven – meer betekenis kunnen hechten dan nu het geval was. Hij wilde het me vertellen en ik zei hem verder te zwijgen. Hij zei dat zijn telefoon even steriel was als dit huis en dat wilde ik niet accepteren.'
'Zo zei je het niet. Je zei hem dat zijn telefoon, zijn kantoor, niet steriel zou kunnen zijn. Door alles wat je de jaren door hebt geleerd, door alles wat je hebt meegemaakt, trok je de logische conclusie. En ik geloof nog steeds dat er *paminjatsjiks* zijn in jullie ministerie van BZ die voor deze man bereid zijn te liegen, die een telefoon willen afluisteren.'
'Weet je, dertig jaar geleden zei een paranoïde figuur als McCarthy zulke dingen en hij zaaide er verdeeldheid mee in het hele land. Verdeeldheid door angst en waanzin.'
'Misschien was hij er zelf een. Wie zou het beter gedaan kunnen hebben?'
'Het kan zijn. De *paminjatsjik* doet zich voor als heel verknocht aan het vaderland. Hij eist elk moment een eed van

trouw omdat hij die zelf zonder enige wroeging tekent.'
'Daar moet je nu naar gaan zoeken, Mikhail. Iemand die met hart en ziel is verknocht aan Amerika, iemand met een vlekkeloze staat van dienst; hij zal de mol zijn.'
'Als ik te weten kon komen waarop Bradford gisteren zat te wachten dan zou ik volgens mij beide hebben. Hij zei dat hij het pas "laat in de ochtend" zou weten. Dat betekent dat hij iets verwachtte wat hem zou vertellen waar een man niet was, bewijsmateriaal dat iemand op de vierde verdieping niet daar was waar hij verondersteld werd te zijn. De receptie van de bewakingsdienst zei dat Bradford om 12.25 uur een pakje kreeg, maar niemand weet wat er in zat. En was het later natuurlijk al verdwenen.'
'Stond er geen adres op van de afzender, of de naam van een bedrijf?'
'Als dat zo was heeft niemand het opgemerkt. Het werd door iemand afgegeven.'
'Loop de firma's na die dergelijke besteldiensten verrichten. Er zal toch wel iemand zijn die zich de kleur van het uniform kan herinneren; dan weet je al heel wat meer.'
'Het was niet iemand van zo'n soort besteldienst; zij was dat niet. Ze droeg een tweed jas met een bontkraag en het enige wat de bewakingsdienst erover weet te vertellen is dat ze er iets te deftig uitzag voor het afgeven van pakjes.'
'Deftig?'
'Aantrekkelijk, beschaafd sprekend, zelfverzekerd. Ik geloof dat het daarmee wel duidelijk is.'
'Iemands secretaresse.'
'Ja, maar van wie? Tot wat voor iemand zou Bradford zich wenden, wat voor soort bewijsmateriaal zou hij opvragen?'
'Hoe groot was het pakje?'
'De bewaker die het naar boven bracht zei dat het een grote, gecapitonneerde envelop was, met onderin een verdikking en verder goed gevuld. Papieren en nog wat.'
'Papieren?' vroeg Jenna. 'Kranten? Zou hij naar een krant zijn gegaan?'
'Misschien. Knipsels van vier maanden geleden die een gebeurtenis of gebeurtenissen uit die tijd beschreven. Hij kan ook gegevens hebben opgevraagd bij de CIA; daar had hij vrienden. Iets uit de dossiers dat te maken had met het bewijsmateriaal tegen jou, of misschien Costa Brava... iets wat wij niet

hebben opgemerkt. Of misschien was hij ziekenhuizen aan het doorzoeken, of ski-oorden, of kleine stadjes en dorpen, of dossiers van echtscheidingszaken – vertegenwoordiging bij afwezigheid – of reserveringen in vakantieoorden in het Caribisch gebied – handtekeningen op restaurant- en caférekeningen, een ober of een badmeester die geld verdient met wat hij nog weet. Dat is allemaal mogelijk, want alles wat ik heb genoemd heeft te maken met iemand in deze rapporten.' Michael legde zijn hand op de stapel papieren op het bureau, en haalde zijn duim langs de zijkant. 'En een dozijn andere mogelijkheden waaraan ik zelfs niet heb gedacht.' Havelock leunde achterover in zijn stoel en legde zijn ineengestrengelde vingers onder zijn kin. 'Onze man is goed, Jenna. Hij zal zich verbergen onder een laag onzichtbare verf.'

'Pak dan iets anders aan.'

'Dat doe ik. De dokter in Maryland. De meest gewaardeerde geneeskundige in die omgeving.'

'Mikhail?'

'Ja?'

'Zojuist... las je de rapporten over je eigen therapieperiode in de kliniek. Na de Costa Brava.'

'Hoe wist je dat?'

'Zo nu en dan sloot je je ogen. Die bladzijden waren niet gemakkelijk voor je.'

'Ze waren niet gemakkelijk.'

'Heb je er iets uit opgestoken?'

'Nee. Op de beschrijving van jouw executie na en mijn reactie daarop, niets.'

'Mag ik ze eens lezen?'

'Ik kan geen reden verzinnen om je tegen te houden, hoe graag ik het ook zou willen.'

'Dat jij ze mij niet wilt laten lezen is reden genoeg.'

'Nee, dat is niet waar. Jij bent degene die vermoord werd; je moet het weten.' Hij trok de la aan zijn rechterkant open, stak er zijn hand in en haalde een dikke, stevige envelop met een zwarte rand te voorschijn. Hij gaf hem haar en even keken ze elkaar in de ogen. 'Ik ben er niet trots op,' zei hij. 'En ik zal ermee moeten leren leven. Nu weet ik wat dat betekent.'

'We zullen elkaar helpen... voor zolang we samen leven. Ik heb er ook in geloofd.'

Ze nam de envelop mee naar de sofa, ging zitten, maakte hem

open en haalde er de dossiermappen uit die erin zaten. Ze lagen op volgorde; ze pakte de eerste, liet zich langzaam achterover zakken en keek naar dat wat ze in haar handen hield alsof het iets afschuwelijks, maar tegelijk iets heiligs was. Ze sloeg de map open en begon te lezen.
Havelock kon zich niet bewegen, zich niet concentreren. Hij bleef stram in zijn stoel zitten, de papieren die voor hem lagen niets anders dan vage, donkere regels, losstaande woorden die hem niets zeiden. Terwijl Jenna las doorleefde hij opnieuw, onder ondraaglijke pijnen, de beelden van die verschrikkelijke nacht, die voor zijn geestesoog voorbijflitsten en uiteenspatten in zijn hoofd. Want zoals hij had toegekeken terwijl zij stierf, zo was zij nu getuige van de scherpomlijnde, naakte gedachten van een brein dat onder invloed stond van een waarheidsserum, zijn gedachten, zijn diepste, geheimste emoties. Zij keek toe terwijl ook hij stierf.
De zinnen – het gillen – kwamen hem weer voor de geest; ook zij hoorde ze. Dat moest wel, want nu was zij het die de ogen sloot en de adem inhield; nu begonnen haar handen te trillen onder het verder lezen... steeds verder. Ze was klaar met de derde map en hij voelde hoe ze naar hem keek; hij kon haar blik niet beantwoorden. Het gillen dreunde in zijn oren, donderklappen van ondraaglijke felheid, onvergeeflijke fouten. Verraad.
Maak er snel een einde aan! Sterf nu maar gauw! Ga vlug van me weg! Je hoorde nooit bij mij. Je was een leugen en ik beminde een leugen, maar je hebt nooit deel van me uitgemaakt...! Hoe kun je zijn wat je niet bent en toch zoveel zijn wat je bent? Waarom heb je ons dit aangedaan? Mij aangedaan? Jij was mijn enige bezit en nu heb je daarvan een hel gemaakt voor mij... Sterf nu maar, maak er een einde aan...! Nee! Laat mij in godsnaam met jou sterven! Ik wil sterven... maar ik wil niet sterven voor jou...! Alleen voor mezelf, tegen mezelf! Nooit voor jou. Je hebt jezelf aan mij gegeven maar je gaf me een hoer en ik heb een hoer genomen... en ik heb in die hoer geloofd. Een rottige sloeri van een hoer...! O, mijn god, ze is getroffen! Ze wordt opnieuw getroffen. Ga naar haar toe! Ga in godsnaam naar haar toe! Houd haar vast...! Nee, blijf bij haar weg! Het is voorbij! Alles is voorbij en het is verleden tijd en ik zal niet langer naar de leugens luisteren. O, mijn god, ze kruipt, ze kruipt door het zand als een verscheurd, bloedend dier. Ze leeft nog! Ga naar

haar toe. Houd haar vast! Verminder die pijn van het sterven – desnoods met een kogel, als het niet anders kan! Nee...! Het is afgelopen. Ze beweegt nu niet meer, er zit alleen maar bloed aan haar handen en het kleeft in haar haren. Ze is dood en een deel van mij is ook gestorven. Toch moet het tot het verleden gaan behoren, zoals ook die dagen van vroeger tot het verleden behoren... O, mijn god, ze slepen haar weg, ze slepen het dode, doorboorde dier weg. Wie? Wie zijn zij? Heb ik ze gezien... foto's, dossiers... het doet er niet toe. Weten ze wat ze hebben gedaan? Wist zij het? Moordenares, sloerie, hoer...! Mijn vroegere, mijn enige geliefde. Het behoort nu tot de verleden tijd, het moet tot de verleden tijd behoren. Een moordenares is verdwenen... liefde is vervlogen. Er blijft enkel een verrekte dwaas in leven.

Ze was klaar. Ze legde het laatste dossier op de salontafel voor zich neer en keek naar hem; ze huilde zwijgend. 'Zoveel liefde en zoveel haat. Haat en zelfhaat. Ik hoefde niet door te maken wat jij hebt doorgemaakt; misschien was het gemakkelijker, hoewel verbijsterender, om het slachtoffer te zijn. Maar toen die verbijstering plaatsmaakte voor woede, voelde ik hetzelfde als jij. Ik haatte je zo grondig, maar tegelijkertijd verachtte ik mezelf vanwege die haat, en nooit vergat ik de liefde die er ooit was geweest, dat wist ik absoluut zeker. Die kon niet vals geweest zijn, niet zo veel, niet alles. De woede kreeg de overhand bij de grens en later op het vliegveld bij de Col des Moulinettes toen ik dacht dat je was gekomen om me alsnog te doden. Me te vermoorden met het geweld dat je had getoond met die vrouw op de pier van Civitavecchia. Ik zag je gezicht door het vliegtuigraampje en – als er een god is hoop ik dat hij me vergeeft – jij was mijn vijand. Mijn liefde was mijn vijand.'

'Ik weet het nog,' zei Michael. 'Ik zag je ogen en ik herinner me de haat. Ik probeerde te roepen, je alles te vertellen, maar je kon me niet horen. Ik kon mezelf niet horen door het geluid van de motoren. Maar die nacht waren je ogen wapens, angstaanjagender wapens dan ik ooit gezien heb. Ik zou de moed niet kunnen opbrengen om die ogen nog eens te zien, maar waarschijnlijk zal ik ze op een bepaalde manier altijd blijven zien.'

'Alleen in je herinnering, Mikhail.'

De telefoon ging over: Havelock liet hem bellen want hij kon zijn blik niet van Jenna losmaken. Toen pakte hij de hoorn op.

'Ja?'

'Havelock?'

'Meneer de president.'

'Hebt u de informatie over Emory gekregen?' vroeg Berquist en zijn stem, waaruit verdriet en uitputting klonk, forceerde toch een illusie van kracht.

'Ik heb nog veel meer nodig.'

'Wat u nodig hebt is een verbindingsman. Ik zal hier in het Witte Huis iemand kiezen, iemand die autoriteit bezit en die ik kan vertrouwen. Ik zal hem op de hoogte moeten stellen, daar valt niets aan te doen. Bradford is er niet meer en je hebt hoe dan ook een spreekbuis nodig.'

'Nog niet, meneer. En niet iemand in het Witte Huis.'

In Washington was het even stil. 'Vanwege dat wat Rostov u heeft verteld in Athene?'

'Het is mogelijk. De kansen zijn klein maar ik wil liever geen enkel risico lopen. Niet nu.'

'Geloofde u hem?'

'Neemt u me niet kwalijk dat ik het zeg, meneer de president, maar hij was de enige die me de waarheid vertelde. Vanaf het begin.'

'Waarom zou hij u zo'n waarheid vertellen?'

'Ik weet het niet zeker. Van de andere kant, waarom stuurde hij dat telegram aan *Cons Op?* In beide gevallen was de informatie zo opzienbarend dat we er allemaal aandacht aan moesten schenken. Dat is de eerste opzet van het geven van zo'n signaal.'

'Addison Brooks zei zowat hetzelfde.'

'Hij gebruikte diplomatieke taal en hij had gelijk. De *Vodennaja* is geen woordvoerder voor Moskou.'

'Ik begrijp het. Bradford...' Berquist zweeg, alsof hij er ineens aan dacht dat hij het over een dode had. 'Bradford heeft het me gisteravond uitgelegd. U gelooft dus werkelijk dat er een Russisch spion in het Witte Huis werkt?'

'Zoals ik al zei, ik weet het niet zeker. Maar het is mogelijk... of nog waarschijnlijker: dat is het geval geweest. Ik geloof niet dat Rostov erover begonnen zou zijn als hij de werkelijkheid niet hard had kunnen maken, of het nu heden of verleden was. Hij onderzocht alles grondig, zocht naar reacties. De meest waarachtige reactie wordt uitgelokt door de waarheid; daar kwam hij achter toen hij over de Costa Brava begon. In dit geval wil ik het risico niet lopen.'

'Akkoord dan, maar hoe kunt u dan werken? U kunt niet zo maar openlijk mensen gaan ondervragen.'

'Nee, maar ik kan hen ondervragen zonder gezien te worden. Ik kan de telefoon gebruiken als zoiets op de juiste manier georganiseerd wordt. Ik weet wat ik wil vragen en waarop ik moet letten bij de antwoorden. Uit die gesprekken kan ik de mensen zeven die ik wil zien en contacten leggen... In zoiets heb ik ervaring, meneer de president.'

'Dat wil ik direct van u aannemen. Hoe wordt zoiets... op de juiste manier georganiseerd?'

'Geeft u me maar een naam en noem me adjunct-consulent voor de president, of zoiets. Het is toch niet ongebruikelijk dat het Ovale Kantoor voor bepaalde zaken discreet zijn eigen informaties inwint?'

'Verrek, nee, daar heb ik mijn staf voor en die hoeft niet eens discreet te werk te gaan. Wekelijks worden er honderden rapporten naar het Witte Huis gestuurd. Die moeten gecontroleerd worden, experts moeten ondervraagd worden, cijfers geverifieerd. Als dat niet gebeurt, kunnen er geen verantwoorde beslissingen worden genomen. In Lincolns tijd had hij twee jongemannen, en die zorgden voor alles, inclusief de correspondentie. Nu zijn er tientallen assistenten en assistenten voor assistenten en secretaresses voor assistenten en ze kunnen de helft van het werk nog niet aan. Het antwoord is ja.'

'Wat gebeurt er als iemand wordt gebeld door een consulent of de assistent van een consulent en zo iemand twijfelt aan de autoriteit van degene die hem vragen stelt?'

'Dat gebeurt vaak, vooral op het Pentagon; daar is een eenvoudige oplossing voor. Hij krijgt dan te horen dat hij de centrale van het Witte Huis moet bellen en zich moet laten doorverbinden met het kantoor van de consulent of de assistent. Dat werkt.'

'Het zal werken,' zei Michael. 'Kunt u aan de lijnen die al op dit toestel zitten er eentje toe laten voegen waarvan het nummer via de centrale in het Witte Huis loopt, met een doorverbinding naar hier?'

'Havelock, het is een van de plezierige buitenissigheden van president te zijn, of nauw met een president samen te werken,

dat je op korte termijn een hele koffer vol elektronische foefjes tot je beschikking hebt. Binnen een uur staat u op de klapper van de centrale en bent u doorverbonden. Wat voor naam wilt u gebruiken?'
'Die zult u moeten kiezen, meneer. Ik zou de naam kunnen nemen van iemand die al bij u werkt.'
'Ik zal u terugbellen.'
'Meneer de president, voordat u afbreekt...'
'Wat is er?'
'Ik zal nog een van die dingen moeten hebben die niet in uw boekje voorkomen. Een context-bevestiging.'
'Die staat er zeker niet in. Wat is dat?'
'Voor geval iemand de centrale van het Witte Huis belt en precies wil weten wat ik doe, dan moet er daar iemand anders zijn die hem dat kan vertellen.'
Opnieuw was het even stil in Washington.
'U had gelijk toen we op Pooles Eiland waren,' zei Berquist nadenkend. 'De woorden drukken precies datgene uit wat ze betekenen, nietwaar? U hebt iemand nodig die de samenhang kan bevestigen van dat wat u verondersteld wordt te doen of te zijn.'
'Precies, meneer.'
'Ik bel u terug.'
'Mag ik u ergens op wijzen?' vroeg Michael voordat de telefoonverbinding verbroken werd.
'Waarop?'
'Binnen de komende paar dagen – als we die paar dagen nog hebben – wordt die persoon in het Witte Huis benaderd door iemand die hem of haar vraagt waar mijn kantoor is. Als dat gebeurt, reken hem dan in, wie het ook is, want die persoon kan ons een eind op weg helpen.'
'Als dat gebeurt,' zei Berquist kwaad, 'dan zou een boerenjongen uit Minnesota die wie-het-dan-ook-wel-is wel eens de nek kunnen omdraaien voordat u een kans krijgt met hem of haar te praten.'
'Ik weet zeker dat u dat niet meent, meneer de president.'
'Ik ga ook geen atoombom gooien op Leningrad. Ik bel u wel.'
Havelock hing op en keek naar Jenna. 'We kunnen beginnen ons op een paar namen te concentreren. Over een uur gaan we bellen.'

'Uw naam is Cross. Robert Cross; uw titel is speciaal zaakgelastigde van de president. En alle vragen aangaande uw positie en werkzaamheden moeten gericht worden aan mevrouw Howell, zij is ambtenares op Interne Zaken van het Witte Huis. Zij weet wat ze moet doen.'
'Hoe zit het met mijn kantoor?'
'U hebt er een.'
'Wat?'
'U hebt zelfs een assistent. In het bewaakte kantoorcomplex van het Witte Huis. Er is een sleutel voor nodig om daar de hoofdgang binnen te komen en uw man heeft instructies om iedereen te arresteren die daar naar meneer Cross komt zoeken. Hij behoort tot de vaste bewaking van de geheime dienst en als er inderdaad iemand op komt dagen die naar u vraagt zal hij u op de hoogte stellen en die persoon onder bewaking naar Fairfax brengen. Ik neem aan dat u zoiets in het hoofd had.'
'Inderdaad. Hoe zit het met de andere kantoren in dat complex? Zullen die mensen niet nieuwsgierig zijn?'
'Niet waarschijnlijk. Dit soort taken is meestal maar tijdelijk en iedereen werkt er aan zijn eigen vertrouwelijke project. Nieuwsgierigheid wordt niet aangemoedigd. En als ze de kop opsteekt hebt u daar uw eigen man.'
'Zo te horen kan er niets misgaan.'
'Ik geloof van niet. Waar gaat u beginnen...? Emory liet me een lijst zien van de zaken die u wilde hebben en verzekerde me dat u alles de ochtend daarna zou krijgen. Is dat gebeurd?'
'Ja, ik heb alles. De secretaresse van Bradford staat als eerste op de lijst, dan de dokter in Maryland. De dood van MacKenzie.'
'Met hem zijn we heel grondig te werk gegaan,' zei Berquist. 'Onder de gegeven omstandigheden konden we de CIA inschakelen en die mensen pakken de zaken zonder handschoenen aan. Waar gaat u naar zoeken?'
'Ik weet het niet zeker. Iemand die er misschien niet meer is. Een marionet.'
'Dat zal ik maar niet proberen te snappen.'
'Het kan zijn dat ik uw rechtstreekse interventie nodig heb op één bepaald gebied. U zei al eerder dat het Pentagon er vaak weinig op gesteld is ondervraagd te worden door de staf van het Witte Huis.'

'Dat hoort bij het uniform; dat wordt hier niet gedragen. Ik veronderstel dat u doelt op de comités voor nucleaire verhoudingen. Die zag ik op uw lijst staan.'
'Inderdaad.'
'Die zijn heel voorzichtig. Met recht zou ik zeggen.'
'Ik moet met ieder lid van de drie teams spreken; dat zijn vijftien hoofdofficieren. Kunt u de voorzitter duidelijk laten maken dat u van hen verwacht dat ze allemaal hun medewerking geven aan meneer Cross? Niet op het gebied van de allergeheimste informatie, maar in de zin van... rapportering over de stand van zaken.'
'Weer zo'n frase.'
'Maar wel duidelijk. Het zou gemakkelijker zijn als u Matthias erbij betrekt.'
'Goed,' zei Berquist langzaam. 'Ik zal het de grote man voorstellen. Het lijkt niet logisch, maar hij kan moeilijk ontkennen. Ik zal mijn militaire assistent het nieuws laten overbrengen: de minister van buitenlandse zaken wil dat de commissies een grondig voortgangsrapport opstellen voor het Ovale Kantoor. Een eenvoudig memo waarin medewerking binnen de grenzen van optimale geheimhouding wordt gevraagd zal wel voldoende zijn... Ze gaan uiteraard zeggen dat er iemand overgelopen is. Je kunt het een niet hebben zonder het ander geweld aan te doen.'
'Zeg dan dat ze moeten dwalen op het gebied van de geheimhouding. Het uiteindelijke rapport is toch alleen voor u bestemd.'
'Verder nog iets?'
'Het psychiatrische dossier over Matthias. Bradford zou dat voor me ophalen.'
'Ik ga morgen naar Camp David. Ik maak wel een omweg via Pooles Eiland en dan breng ik het mee.'
'Nog één ding. Die mevrouw Howell; behalve dat ze de geheime dienst erbij moet halen als iemand haar over mij benadert, wat is haar nog meer verteld? Over mij, over mijn opdrachten?'
'Alleen maar dat u aan een speciale opdracht werkt voor de president.'
'Kunt u dat veranderen?'
'In wat?'
'Een routineklus: het nalopen van de oude dagoverzichten zo-

dat de dossiers van het Witte Huis op allerlei gebied kunnen worden bijgewerkt.'
'Wij hebben mensen om dat te doen. Zoiets is in de grond genomen een politieke zaak – hoe wordt dit standpunt verdedigd of waarom heeft de senator ons belazerd en hoe kunnen we verhinderen dat hij dat nog een keer doet.'
'Maak mij maar lid van dat gezelschap.'
'U bent er lid van. Veel geluk... maar u zult nog heel wat meer nodig hebben dan geluk alleen. Deze wereld heeft meer nodig dan geluk. Soms denk ik dat er een wonder voor nodig is om het nog een week uit te kunnen zingen... Hou me maar op de hoogte; mijn opdracht luidt dat men mij moet storen zo gauw meneer Cross belt.'

De secretaresse van Bradford, een zekere Elisabeth Andrews, was thuis, want de sensationele dood van haar meerdere had haar nogal van streek gemaakt. Een aantal persmensen had haar gebeld en ze had de gebeurtenissen van die ochtend rustig, verdrietig maar duidelijk verteld, totdat een verslaggeefster met een roddelrubriek, die op de hoogte was van Bradfords huwelijksmoeilijkheden, had gezinspeeld op de mogelijkheid van een liefdesverwikkeling.
'Misselijk rotwijf,' had Elisabeth gezegd en de hoorn op de haak gegooid.
Havelock belde twintig minuten later en Elisabeth Andrews had niet veel zin meer om het verhaal opnieuw te vertellen. Hij stelde haar voor om hem terug te bellen op het Witte Huis wanneer ze zich beter voelde: die manoeuvre had succes. De telefoon in het studeervertrek in Fairfax ging over, zes minuten nadat Michael de hoorn had opgelegd.
'Het spijt me, meneer Cross. Ik heb de laatste paar uur erg veel door moeten maken en die verslaggevers waren erg vervelend.'
'Ik zal het zo kort mogelijk maken.'
Ze vertelde het verhaal van die ochtend weer en begon met het plotselinge en onverwachte verschijnen van Bradford, kort nadat ze op kantoor was gekomen.
'Hij zag er afschuwelijk uit. Hij was kennelijk de hele nacht aan het werk geweest en hij was uitgeput, maar er was nog iets anders. Een soort maniakale energie; hij was erg opgewonden over iets. Ik heb hem natuurlijk heel vaak zo gezien,

maar op de een of andere manier was het gisteren anders. Hij sprak harder dan gewoonlijk.'

'Dat zou kunnen komen door de uitputting,' zei Havelock. 'Die heeft vaak zo'n uitwerking. Je compenseert omdat je uitgeput bent.'

'Misschien, maar ik geloof van niet, niet bij hem, niet gistermorgen. Ik weet dat het afgrijselijk klinkt, maar volgens mij had hij zijn besluit genomen... het is afschuwelijk om zoiets te zeggen, maar dat geloof ik. Het was net of hij overdreven opgewekt was, zelfs verlangde naar het moment waarop het zou gebeuren. Het klinkt monsterachtig, maar hij ging even voor tienen weg uit zijn kantoor, hij zei dat hij maar een paar minuten afwezig zou zijn en ik zie dat verschrikkelijke beeld van hem op straat, terwijl hij omhoogkijkt naar het raam... en bij zichzelf denkt "Ja, zo doe ik het".'

'Zou er een andere verklaring voor kunnen zijn? Zou hij iemand ontmoet kunnen hebben?'

'Nee, dat geloof ik niet. Ik vroeg hem of hij op een ander kantoor zou zijn voor het geval er voor hem gebeld werd en hij zei nee, hij ging even een luchtje scheppen.'

'Hij heeft niet gezegd waarom hij de hele nacht was gebleven?'

'Alleen maar dat hij gewerkt had aan een project waarmee hij achterop was geraakt. Hij had de laatste tijd vrij veel gereisd...'

'Hebt u die reizen voor hem geregeld?' viel Havelock haar in de rede.

'Nee, dat deed hij meestal zelf. Zoals u waarschijnlijk weet nam hij vaak... iemand mee. Hij was gescheiden, meer dan eens zelfs. Hij was een heel gesloten iemand, meneer Cross. En heel ongelukkig.'

'Waarom zegt u dat?'

Mevrouw Andrews zweeg even en sprak toen met vastberaden stem. 'Emory Bradford was een geniale man, maar ze namen geen notitie van hem. Hij heeft vroeger in deze stad veel invloed gehad totdat hij de waarheid vertelde – zoals hij die waarheid zag – en zo gauw het applaus was weggestorven liepen ze allemaal van hem weg.'

'U hebt een hele tijd voor hem gewerkt.'

'Heel lang. Ik heb het allemaal zien gebeuren.'

'Kunt u een voorbeeld geven van wat er toen gebeurde?'

'Zeker. Om te beginnen werd hij nooit gevraagd wanneer zijn

ervaring en zijn kennis van zaken van waarde geweest zouden zijn. Hij schreef een heleboel beschouwende artikelen waarin hij mannen en vrouwen aan de top corrigeerde – senatoren, congreslieden, allerhande secretarissen – die domme fouten hadden gemaakt in interviews en bij persconferenties, maar als tien procent ooit reageerde of hem bedankte, dan ben ik daar niet van op de hoogte. En dat zou ik geweest zijn. Hij keek naar de vroegste ontbijtprogramma's, waar de ergste blunders begaan worden, net als hij gisteren tot het einde toe deed, en dicteerde wat hij "ophelderingen" noemde. Wat hij schreef was altijd vriendelijk, mild en nooit beledigend en er werden inderdaad "ophelderingen" uitgegeven, maar er volgde nooit een bedankje.'

'Gisterochtend heeft hij tv gekeken?'

'Een tijdje... voordat het gebeurde. Het toestel was in elk geval tot voor zijn bureau gerold. Hij heeft het nog teruggerold... voordat het gebeurde. Tot op het laatste moment kon hij niet breken met zijn gewoonte om alles keurig op te ruimen. Hij wilde dat de mensen beter waren dan ze echt waren. Hij wilde dat de regering beter was.'

'Lagen er nog aantekeningen op zijn bureau waaruit u zou kunnen opmaken waarnaar hij had gekeken?'

'Nee, niets. Dat was zoiets als een laatste gebaar van zijn kant, zijn wereld netter achterlaten dan hij hem had aangetroffen. Ik heb zijn bureau nog nooit zo schoon, zo keurig opgeruimd gezien.'

'Daar ben ik van overtuigd.'

'Pardon?'

'Niets. Ik zei dat ik het met u eens was... Ik weet dat u was gaan lunchen, maar waren er nog mensen in de buurt van zijn kantoordeur die iemand in of uit hadden kunnen zien gaan?'

'Dat heeft de politie al gevraagd, meneer Cross. Er lopen hier altijd mensen rond; onze lunchtijden zijn altijd verschillend, afhankelijk van wat er op uiteenlopende plaatsen in de wereld aan de gang is, maar niemand zag iets ongewoons. We hadden om halftwee een vergadering van alle secretaresses, zodat de meesten van ons...'

'Wie had die vergadering uitgeschreven, mevrouw Andrews?'

'De voorzitter voor deze maand natuurlijk, maar die zei dat hij zich had vergist, dus hebben we maar wat koffie zitten drinken.'

'Hebt u geen memo gekregen voor die vergadering?'
'Nee, het werd gewoon die ochtend mondeling doorgegeven. Dat gebeurt vaak; zoiets is normaal.'
'Dank u hartelijk. U hebt me erg geholpen.'
'Het is allemaal zo zonde, meneer Cross. Zo vreselijk jammer.'
'Ik weet het. Nogmaals dank.' Havelock legde de hoorn op en zei, met zijn ogen nog steeds op het apparaat gericht: 'Onze man is inderdaad goed. Onzichtbare verf.'
'Ze heeft je niets kunnen vertellen?'
'Jawel, toch wel. Bradford heeft naar me geluisterd. Hij ging naar een telefooncel op straat en belde van daaruit om wat hij dan ook wilde hebben. Het nummer dat we nodig hebben is niet op te sporen via zijn telefoon op kantoor; het is verloren gegaan tussen een paar miljoen anderen in de ondergrondse kabels.'
'Niets anders?'
'Misschien nog iets.' Michael keek naar Jenna met gefronst voorhoofd en ogen die nadenkend stonden. 'Probeer hier eens een exemplaar van de krant van gisteren te vinden, wil je dat doen? Ik wil de naam weten van iedere man in Washington die in de ochtendprogramma's van de televisie werd geïnterviewd. Het is krankzinnig. Het laatste waar Bradford aan dacht was televisie.'
De krant kwam er. Niemand van Buitenlandse Zaken was die ochtend geïnterviewd.

31

Talbot County, Maryland, mocht dan in dokter Matthew Randolph een gewaardeerd medicus bezitten, ze hadden ook een hoogst onplezierige man aan hem. Hij was geboren in een rijke familie aan de Oostkust, was opgegroeid met die bevoorrechte positie waar de deftigste scholen bijhoorden en de meest exclusieve clubs. Hij beschikte over vrijwel ongelimiteerde fondsen; toch zei men van hem dat hij van iedereen en alles binnen deze exclusieve kringen misbruik maakte in zijn uitoefening van de geneeskunde.
Toen hij *magna cum laude* was afgestudeerd aan Johns Hopkins vond hij dat zijn talenten niet tot hun recht kwamen binnen de wat bekrompen sfeer van een normaal ziekenhuis. Hij

vergaarde, praktisch door afpersing, een groot bedrag van de rijke families rond de Chesapeake-Baai, gooide daar nog zo'n twee miljoen dollar van zichzelf bij en opende zijn eigen medische kliniek met vijftig bedden. Het werd op zijn manier geleid, dat wil zeggen: een niet bepaald vriendelijke dictatuur. Het opnamebeleid was niet exclusief, maar er was een vuistregel: rijke mensen moesten verschrikkelijk veel betalen voor verleende diensten, en arme mensen kregen gereduceerde prijzen als ze de vernedering doorstaan hadden van de onthulling van overtuigende bewijzen van hun armoede, en nadat ze een preek over de zonde van de indolentie hadden aangehoord. Zowel rijk als arm bleef de beledigingen echter in groten getale slikken, want in de loop der jaren had de kliniek een geweldige reputatie opgebouwd. De laboratoriumapparatuur was van de allerbeste kwaliteit, de goedbetaalde artsen waren de best afgestudeerden van de beste universiteiten, die de zwaarste co-schappen gelopen hadden; er werden chirurgen en pathologen vanuit de hele wereld bij gehaald en de talenten van de overbetaalde technici en het verplegend personeel overschreden die van normale ziekenhuisnormen. In feite was een behandeling in de kliniek zowel een medisch hoogstandje als een persoonlijke bonus. De enige denkbare verbetering, volgens sommigen, was de verwijdering van de onaangename persoon van de achtenzestigjarige Matthew Randolph zelf. Anderen wezen er echter op dat de manier om een goedlopend schip in ruw water onklaar te maken zoiets was als de schroef verwijderen omdat het geluid van de motor onaangenaam was. En in Randolphs geval was er, afgezien van zijn dood die waarschijnlijk nog eeuwen op zich zou laten wachten, maar één manier om hem te verwijderen, namelijk door hem lijfelijk weg te sleuren.

Bovendien, wie anders kon vlak voor een operatie naar een neef van Emile du Pont kijken met de vraag: 'Hoeveel is je leven je waard?' In het geval van Du Pont was het een computerverbinding met vier van de grootste onderzoekscentra, ter waarde van meer dan een miljoen dollar.

Dat alles stond in het materiaal van de CIA dat Havelock onder ogen kreeg toen hij dieper dook in de officiële doodsoorzaak van een agent in clandestiene operaties die Steve MacKenzie heette, de man die Costa Brava had georganiseerd. In Cagnes sur Mer had Henri Salanne zijdelings de geloofwaardigheid in twijfel getrokken van de dokter die de overlijdensakte van MacKenzie had ondertekend. Michael was in zijn conclusies nog verder gegaan: hij had gedacht aan laboratoriumrapporten waarmee geknoeid was, autopsieresultaten die niet klopten met de toestand van het lijk en, nadat de president het had gehad over röntgenfoto's, het voor de hand liggende verwisselen van opnamen. Toch was het, in het licht van de informatie over Randolph en zijn medische kliniek, moeilijk om aan die mogelijkheden te blijven geloven. Alles wat verband hield met de officiële doodsoorzaak was onderzocht in persoonlijke aanwezigheid van Randolph en in zijn eigen laboratoria. De kortaangebonden dokter mocht dan een kleine dictator zijn, zeker kribbig, absoluut eigenwijs en lastig, maar als er ooit het woord integriteit van toepassing was op een man en zijn instelling, dan was dat het geval met Matthew Randolph en zijn medische kliniek. Alles welbeschouwd – letterlijk alles – bestond er geen enkele reden waarom de bevindingen niet juist zouden zijn.

En voor Havelock zat daar nu juist de zwakke plek. Het klopte gewoon allemaal te goed. Stukjes van een legpuzzel pasten zelden of nooit zo precies in elkaar – zelfs niet als het om een negatief resultaat ging. Er waren altijd wel grotten die nader onderzocht konden worden en die leidden naar ondergrondse meren. Of dat het geval was of niet deed er niet toe, ze waren er gewoon. Hier was er geen enkele.

De eerste aanwijzing die Michael kreeg dat er wel eens grond zou kunnen bestaan voor zijn twijfel, was het feit dat Matthew Randolph niet terugbelde na zijn eerste telefoontje. In alle andere gevallen, met inbegrip van de acht hoofdofficieren van de comités voor nucleaire verhoudingen in het Pentagon, de secretaresse van Bradford, de CIA en het personeel van de NSC, was de telefoon in Fairfax binnen enkele minuten overgegaan nadat hij het eerste telefonische contact had gelegd; je legde nu eenmaal niet zo gemakkelijk het verzoek naast je neer om een zaakgelastigde van de president te bellen die in het Witte Huis zat.

Dokter Matthew Randolph voelde zich daartoe kennelijk niet verplicht. Dus had Havelock nog eens gebeld en te horen gekregen: 'De dokter heeft het vandaag verschrikkelijk druk. Hij zei dat ik u moest zeggen dat hij u zou bellen, meneer Cross, zo gauw hij er de tijd voor heeft.'

'Hebt u hem uitgelegd dat ik op het Witte Huis gebeld moest worden?'
'Ja, meneer.' De secretaresse had even gezwegen en uit die korte stilte was gebleken dat ze verlegen was met de hele zaak. 'Hij zei dat ik u moest zeggen dat de kliniek ook wit geschilderd is,' voegde ze er met hele zachte stem aan toe. 'Dat zei hij, meneer Cross, mijn woorden zijn dat niet.'
'Zegt u dan maar namens mij tegen Djingiz-Chan dat ik ofwel binnen een uur iets van hem hoor of dat hij anders de sheriff van Talbot County aan zijn deur krijgt om hem naar de grens van Maryland en D.C. te begeleiden, waar mensen van het Witte Huis hem zullen overnemen en hem hierheen zullen brengen.'
Matthew Randolph belde na achtenvijftig minuten terug.
'Wie denkt u, voor de donder, wel dat u bent, Cross?'
'Een onbetekenend iemand die zwaar overwerkt is, dokter Randolph.'
'U hebt mij bedreigd! Ik hou niet van dreigementen of ze nu uit een wit huis komen of een blauw huis of een schijthuis! Ik hoop dat u dat goed begrijpt.'
'Ik zal uw gevoelens overbrengen aan de president.'
'Dat moet u doen. Hij is de kwaadste niet, maar ik kan me betere voorstellen.'
'Daar zou hij misschien wel in mee kunnen gaan.'
'Dat betwijfel ik. Ik heb een hekel aan oprechte politici. Oprechtheid en politiek staan lijnrecht tegenover elkaar. Wat wilt u? Als het steun is voor het een of ander kunt u beginnen met een stevige subsidie van de regering.'
'Ik heb zo'n idee dat president Berquist zoiets alleen maar zou overwegen wanneer u falikant tegen hem was.'
Randolph zweeg even. 'Niet slecht,' zei hij. 'Wat wilt u? We hebben het hier druk.'
'Ik wil u een aantal vragen stellen over een man – een man die dood is – die Steven MacKenzie heet.'
Opnieuw was het even stil aan de andere kant, maar het was een ander soort stilzwijgen. En toen de dokter weer begon te praten was het op een andere toon. Eerst was zijn vijandigheid echt geweest; nu was die geforceerd.
'Verdomme, hoe vaak moeten we daar weer over beginnen? MacKenzie stierf aan een hartaanval... een flinke bloeding van de aorta om precies te zijn. Ik heb het pathologisch rapport

overgedragen en ik heb met die clandestiene dokters van jullie geconfereerd tot ik er groen en geel van zag. Ze hebben alles.'

'Clandestiene dokters?'

'Ze kwamen om de donder niet uit *Mary-General* of uit *Mother of Mercy* in Baltimore, dat kan ik u wel vertellen. Ze zeiden ook niet dat ze daar vandaan kwamen.' Randolph zweeg opnieuw even; Michael onderbrak het stilzwijgen niet. Hij was aan het luisteren met een geoefend oor, stilte en hoorbaar ademhalen maakten deel uit van het abstracte geluidsbeeld dat hij zich trachtte te vormen. De dokter begon weer te praten en zijn zinnen waren te gehaast, er klonk een scherpe klank in door; het zelfvertrouwen dat hij eerst getoond had was aan het afnemen, ervoor in de plaats kwam alleen maar stemverheffing. 'Als u enige informatie wilt hebben over MacKenzie, dan moet u die maar bij hen halen. We waren het allemaal eens; er heeft nooit enige twijfel bestaan. Bloeding van de aorta, meer niet, en ik heb geen tijd om zoiets weer helemaal uit te leggen. Is dat duidelijk?'

'Meer dan u denkt, dokter Randolph.' Nu was het de beurt aan Havelock om even te zwijgen. Dat deed hij totdat hij voor zijn geestesoog het beeld zag van een vage mond met opeengeklemde lippen en de agressieve ademhaling hoorde van een man die iets te verbergen had. 'Als ik u was zou ik er tijd voor maken. Het dossier is hier nog niet afgelegd, dokter, en er wordt een bepaalde druk van buitenaf uitgeoefend die ons verhindert het af te leggen... hoe graag we dat ook zouden willen doen. Ziet u, wij willen het precies zo afsluiten zoals uw eindconclusie heeft geluid, maar we moeten nu eenmaal samenwerken. Is u dat ook duidelijk?'

'De pathologische conclusie was ondubbelzinnig, bent u het daar allemaal over eens?'

'We willen het erover eens zijn. Begrijpt u dat nou, alstublieft. U kunt er wel van overtuigd zijn.'

'Wat bedoelt u, "druk van buitenaf"?' Het zelfvertrouwen van de dokter keerde terug, de vraag werd in alle oprechtheid gesteld.

'Laten we zeggen een stelletje herrieschoppers van de inlichtingendienst in eigen huis. We willen hen graag de mond snoeren.'

Costa Brava was nooit ver weg. Zelfs in listig bedrog niet.

Opnieuw zweeg Randolph enkele tellen, nu voor het laatst. 'Kom morgen maar,' zei hij. 'Zorg dat u hier om twaalf uur bent.'

Havelock zat op de achterbank van een onopvallende, gepantserde auto, met drie man van de geheime dienst als medepassagiers. Er werd weinig gesproken, de twee man voorin en de vriendelijke maar zwijgzame agent naast Michael hadden kennelijk opdracht gekregen geen vragen te stellen.

De Randolph Kliniek was inderdaad wit geschilderd. Het was een glanzend, wit complex van drie gebouwen, met elkaar verbonden door overdekte gangen en gelegen te midden van uitgestrekte gazons, met wandelpaden en een kronkelende oprit in het midden. Ze parkeerden in het dichtstbijzijnde vak naast de ingang waarboven *Opname en Administratie* stond. Michael stapte uit, liep het vlakke betonpad op dat naar de dubbele glazen deuren voerde en ging naar binnen; hij werd verwacht.

'Dokter Randolph is op zijn kantoor, meneer Cross,' zei een verpleegster in uniform achter de marmeren balie. 'U neemt de eerste gang rechts; de laatste deur aan het eind is van zijn kantoor. Ik zal zijn secretaresse zeggen dat u eraan komt.'

'Dank u.'

Terwijl Havelock de smetteloze, witte gang afliep naar het kantoor van Randolph, overwoog hij de keuzemogelijkheden die voor hem openstonden. Hoeveel hij de dokter vertelde hing af van wat Randolph al wist over Steven MacKenzie. Als het weinig was zouden Michaels woorden doorspekt worden met toespelingen op geheimhouding. Als het veel was stak er geen kwaad in om delen van de waarheid te bevestigen. Waar het Havelock echter voornamelijk om ging was de reden achter het zeer vreemde gedrag van de dokter. De man had zo goed als toegegeven dat hij een bepaald aspect van MacKenzies dood had verdraaid of verborgen en of hij dat nu een minder belangrijk aspect achtte of niet deed er niet toe; het was een gevaarlijke daad. Knoeien met een doodsoorzaak of het achterhouden van informatie die daarop betrekking had was een misdrijf. Wat had de dokter gedaan en waarom had hij het gedaan? Het was absurd om zelfs maar te denken dat Matthew Randolph deel had uitgemaakt van een of andere samenzwering op het terrein van inlichtingen; het was volkomen ongerijmd. Wat had hij eigenlijk gedaan?

Een secretaresse met een streng gezicht en haar dat gedisciplineerd fanatiek naar achteren was getrokken in een knot, stond op uit haar stoel. Haar stem was echter in tegenstelling met haar voorkomen: het was dezelfde stem die het commentaar van de dokter had overgebracht, dat de kleur van zijn kliniek dezelfde was als die van het Witte Huis. De vrouw was niet kil gedienstig, ze had een muur gebouwd om zich te beschermen tegen de wind met orkaankracht Randolph.

'Hij is vandaag niet in zo'n beste bui, meneer Cross,' zei ze met dat bewogen, kwetsbare stemmetje van haar. 'U kunt maar beter met de deur in huis vallen. Hij heeft een hekel aan tijd verspillen.'

'Dat heb ik ook,' zei Michael terwijl de vrouw hem voorging naar een deur met rijk bewerkte panelen. Ze klopte tweemaal; niet eenmaal of driemaal maar precies twee keer, en ze bleef daar staan met bewonderenswaardige zelfbeheersing, alsof ze op het punt stond zonder blinddoek een vuurpeloton te trotseren.

De oorzaak van haar gelatenheid kwam al gauw te voorschijn. De deur ging open en daar stond een rijzige, slanke, hoekige man met een krans van licht grijs haar rond een kale schedel en met levendige, ongeduldige oogjes achter een bril met stalen montuur. Dokter Matthew Randolph was rijk, gehouwen uit Amerikaans graniet, hij had iets van een boeteprediker en zijn lange, elegante handen zagen er op een onverklaarbare manier uit alsof ze geschikt waren voor een hooivork, een toorts of een ontleedmes. Hij keek langs zijn secretaresse heen en blafte; spreken deed hij niet.

'U bent Cross?'

'Ja.'

'U bent acht minuten te laat.'

'Uw horloge loopt voor.'

'Misschien. Kom binnen.' Nu keek hij zijn secretaresse aan die opzij was gaan staan. 'Ik wens niet gestoord te worden,' beval hij.

'Ja, dokter Randolph.'

De arts deed de deur dicht en knikte naar een stoel voor zijn grote bureau vol paperassen. 'Ga zitten,' zei hij, 'maar voor u dat doet wil ik verdomd zeker weten of u niet een of ander opnameapparaat bij u hebt.'

'Ik geef u mijn woord.'
'Kan ik daarop vertrouwen?'
'Kan ik op het uwe vertrouwen?'
'U hebt mij gebeld. Ik heb u niet gebeld.'
Havelock schudde zijn hoofd. 'Ik heb geen recorder bij me om de eenvoudige reden dat ons gesprek ons veel meer kwaad zou kunnen doen dan u.'
'Misschien,' mompelde Randolph en hij liep om zijn bureau heen terwijl Michael ging zitten. 'Misschien niet. We zullen zien.'
'Dat is een veelbelovend begin.'
'Hou je gladde praatjes maar voor je, jongeman.'
'Het spijt me als ik zo klonk. Ik meende het. We hebben een probleem en u zou het kunnen oplossen.'
'Waarmee u bedoelt dat ik dat eerder nog niet heb gedaan.'
'Laten we zeggen dat er wat twijfel gerezen is. Eerlijk gezegd niet helemaal zonder grond en het zou ons in verlegenheid kunnen brengen, niet alleen politiek gezien maar ook met betrekking tot het moreel in bepaalde kringen van de inlichtingendienst. Er zijn er misschien wel die erover willen gaan publiceren. Dat is ons probleem.'
'Zo mag ik het horen.' De arts knikte en schoof zijn bril omlaag, zodat hij over het stalen montuur heen kon kijken. 'Uw probleem. Laat maar eens horen.'
Havelock begreep het. Randolph wilde dat het Witte Huis schuld bekende, voordat hij zichzelf verstrikte in iets wat mogelijk verkeerd uitpakte. Daarom was het een redelijke veronderstelling dat Randolph meer zou loslaten over zijn eigen geknoei, naarmate er in eerste instantie meer schuld werd bekend. Een gesprek tussen dieven met twee handen op één buik; wie kon er dan bij het gerecht gaan klikken?
'Weet u wat voor soort werk MacKenzie deed?'
'Ik ken Mac en zijn familie al langer dan veertig jaar. Zijn ouders waren goed bevriend met de mijne en zijn drie kinderen zijn hier in de kliniek geboren. Ik heb zelf zijn kinderen op de wereld geholpen... en zijn vrouw Midge waarschijnlijk ook.'
'Dat is geen antwoord op mijn vraag.'
'Toch wel. Ik heb de MacKenzies voor het grootste deel van hun leven onder mijn hoede gehad en dat gold zowel voor de jonge Steve als voor de volwassen Steve... voorzover jullie hem de kans hebben gegeven als volwassene te leven. Om het nog

preciezer te zeggen heb ik, in feite, de laatste jaren min of meer een extra controle uitgeoefend op alles wat de artsen in Walter Reed deden; over het algemeen was het verdomde goed wat ze deden. Je kon uit de littekens nauwelijks opmaken dat er vier waren veroorzaakt door schotwonden.'

'Dan wist u het dus,' zei Michael met een hoofdknik.

'Ik heb hem gezegd dat hij ermee op moest houden. Mijn god, dat heb ik hem de laatste vijf, zes jaar keer op keer gezegd. Hij stond onder een enorme spanning en dat was, geloof ik, nog erger voor Midge. Hij vloog daar maar de halve wereld over, en zij wist nooit of hij nog wel terug zou komen; niet zozeer dat hij haar daarover ooit veel vertelde, dat wilde hij niet... Ja, meneer Cross, ik wist wat Steve deed – niet in bijzonderheden of wat voor titel hij had of zoiets, maar ik wist dat het geen alledaagse bureaukarweitjes waren.'

'Het is vreemd,' mijmerde Havelock en zo voelde hij dat inderdaad. 'Ik heb nooit aan MacKenzie gedacht als iemand met vrouw en kinderen, iemand met een relatief normale achtergrond.' *Hij was geen 'overlever'. Waarom deed hij het dan?*

'Misschien was hij daarom zo goed. Als je naar hem keek dan zag je een doorsneeman die succes had in zaken, iemand zoals u, eigenlijk. Maar hij was bezeten omdat jullie klootzakken hem vergiftigd hadden.'

Het onverwachte van die beschuldiging, het wrange ervan en het feit dat hij op normale gesprekstoon werd uitgesproken, werkte ontnuchterend. 'Daar beweert u nogal wat,' zei Michael en zijn ogen zochten het gezicht van de dokter af. 'Zou u dat nader willen verklaren? Voor zover ik weet heeft nog nooit iemand MacKenzie met een pistool bedreigd en hem gezegd dat hij moest doen wat hij dan ook deed.'

'Dat was ook niet nodig en je kunt er donder op zeggen dat ik dat nader wil verklaren. Volgens mij is dat jullie blauwdruk om een man zodanig te narcotiseren dat hij zich afkeert van een normaal, produktief – betrekkelijk gelukkig – leven en de voorkeur geeft aan een leven waarbij hij midden in de nacht, nat van het angstzweet, wakker wordt omdat hij waarschijnlijk de laatste paar weken de luxe van slapen helemaal niet gekend heeft. Of als hij slaapt duikt hij weg bij het eerste harde geluid om dekking te zoeken. Of om een pistool te pakken.'

'U bent erg dramatisch.'

'Dat hebben jullie gedaan.'

‘Hoe?’
‘Door hem op een dieet te stellen van spanning, opwinding... zelfs razernij – met een paar behoorlijke porties bloed erbij.’
‘Nu bent u zelfs melodramatisch.’
‘Weet je waar het voor hem begonnen is?’ Randolph sprak verder alsof Havelock niets gezegd had. ‘Een jaar of dertien, veertien geleden was Mac een van de beste zeilers aan de Oostkust, en waarschijnlijk ook aan de Atlantische kust en in het Caribisch gebied. Hij kon een nieuwe wind voelen en stromingen ruiken. Hij kon naar de sterren in een donkere hemel kijken en een schip met motor of zeil de hele nacht door op koers houden, zodat je ’s ochtends vlak bij de plek was waar hij had gezegd dat je zou uitkomen. Het was een gave... Toen kwam de oorlog in Vietnam, en hij was scheepsofficier. Het duurde uiteraard niet lang of de hoge omes wisten wat ze in huis hadden. Voordat je de naam van een van die onuitsprekelijke plaatsen kon uitspreken, was hij al bezig manschappen en voorraden langs de kust te brengen, via de rivieren het binnenland in. Daar begon het. Hij was de allerbeste, hij kon waardeloze kaarten lezen en iedereen overal heen brengen.’
‘Dat begrijp ik niet, geloof ik.’
‘Dan ben je wel erg traag van begrip. Hij bracht moord- en sabotagecommando’s achter vijandelijke linies. Hij had hele vloten kleine scheepjes onder zijn bevel. Hij was in z’n eentje een geheime marine. Toen gebeurde het.’
‘Wat?’
‘Op een dag vervoerde hij die mensen niet alleen, hij werd er zelf een.’
‘Ik snap het.’
‘Dat vraag ik me af. Daar werd hij het eerst geraakt door de koorts. Mannen die niets meer waren dan lading werden vrienden met wie hij plannen maakte, aan wier zijde hij vocht, die voor zijn ogen stierven. Dat deed hij achtentwintig maanden lang. Toen raakte hij gewond en werd naar huis gestuurd. Midge had op hem gewacht; ze trouwden en hij ging zijn studie afmaken. Maar hij kon er niet tegen. Voordat er een jaar voorbij was, liep hij weg en ging praten met mensen in Washington. Een deel van hem miste die krankzinnige... Jezus, ik weet niet hoe je zoiets noemt.’
‘Doet er niet toe,’ zei Havelock rustig. ‘Ik weet wat u bedoelt.’
De arts keek strak naar Michael. ‘Misschien wel. Misschien

bent u daarom hier... Net als een heleboel anderen was Mac door de oorlog veranderd; niet aan de buitenkant, maar van binnen. Er zat een woede in hem zoals ik nog nooit gezien had, een behoefte om agressief te streven naar het hoogste wat hij kon vinden. Hij kon geen twintig minuten stilzitten, en de finesses van de wet kon hij al helemaal niet in zich opnemen. Hij moest in beweging blijven.'

'Ja, dat is zo,' onderbrak Michael onwillekeurig.

'En jullie rotzakken in Washington wisten precies wat je hem te eten moest geven wanneer hij weer even tot rust was gekomen. Jaag hem terug naar dat opwindende leven, die spanning. Beloof hem de beste – of de slechtste – wedijver die jullie konden vinden en maak de inzet zo hoog dat geen normaal mens hem ooit zou accepteren. En al die tijd bleven jullie hem maar vertellen dat hij de beste was, de beste, de beste! Daardoor bloeide hij op... en tegelijkertijd werd hij erdoor verscheurd.'

Havelock knelde zijn handen ineen, omdat hij zowel door begrip als door woede werd gegrepen. Maar dit was niet het moment om een van beide te laten merken; hij moest informatie hebben. 'Wat hadden wij... rotzakken in Washington... dan moeten doen?' vroeg hij rustig.

'Dat is zo'n stomme vraag dat hij alleen door een klootzak van jullie soort gesteld kan worden.'

'Wilt u er toch maar antwoord op geven?'

'Hem onder medische behandeling stellen. Psychiatrische behandeling!'

'Waarom deed u dat dan niet? U was zijn arts.'

'Godverdomme, ik heb het geprobeerd! Ik heb zelfs geprobeerd jullie tegen te houden!'

'Pardon?'

'Ergens in een vergeten archief zitten brieven van mij aan de CIA die een beschrijving geven... godverdomme, een diagnose stellen... van een man die getroubleerd was, een man die uit zijn evenwicht was. Mac kwam thuis en dan verborg hij het een paar weken, reisde op en neer naar Langley als een normale forens. Dan kon je het zien gebeuren; hij begon wat zwaarmoedig te worden, zei niet veel meer en als hij dat al deed luisterde hij nergens naar. Vervolgens werd hij rusteloos, ongedurig... in gedachten was hij altijd ergens anders. Want ziet u, hij zat te wachten, te wachten op zijn volgende injectie!'

'En die gaven wij hem dan,' maakte Michael de zin af.
'Precies! Jullie wisten precies hoe lang hij het kon uithouden. Jullie laadden hem op, stelden zijn motor zodanig af dat hij ofwel uit elkaar zou spatten of terug kon gaan naar... wat voor verrekte naam jullie daaraan dan ook gaven.'
'De buitendienst,' zei Havelock.
'Juist, die verdomde buitendienst! Dan kwam Midge bij mij aankloppen om me te vertellen dat Mac het niet meer kon uithouden, niet meer sliep, niet meer praatte en dan schreef ik weer een brief. Weet u wat ik dan terugkreeg? Een dank-u-voor-uw-belangstelling-briefje, alsof ik had voorgesteld een andere wasserij te nemen! Stelletje klootzakken dat julllie d'r zijn. Midge en de kinderen maakten een helse tijd door en die lui van jullie bleven maar doordrammen! Midge en de kinderen verkeerden in een hel, en jullie dachten er alleen maar aan of jullie overhemden precies goed gesteven waren!'
Michaels blik dwaalde af naar de kale witte muur achter Randolph. *Hoeveel verborgen brieven waren er in hoeveel ongeopende dossiers? Hoeveel MacKenzies... en Ogilvies... en Havelocks? Mensen werden getraind, machines afgesteld voor volslagen nutteloze zaken. Dodelijke talenten werden op het veld gehouden omdat ergens geschreven stond dat ze hun werk konden doen, ongeacht de telling van lijken en verziekte geesten... die van henzelf en anderen. Wie werd daar beter van?* 'Het spijt me,' zei Havelock. Met uw instemming zal ik rapport uitbrengen over dit gesprek op een plaats waar ze het niet zullen negeren.'
'Tot dusver hebt u die instemming. Tot op dit punt.'
'Tot op dit punt,' stelde Michael in.
De dokter ging rechtop zitten in zijn stoel. 'Ik heb u een bepaald beeld voorgehouden. Het is geen mooi beeld maar ik heb daar zo mijn redenen voor. Laat u me nu maar eens van uw kant zien, dan weten we waar we staan.'
'Goed.' Havelock kruiste zijn benen en begon toen te praten, zijn woorden zorgvuldig kiezend. 'Ik weet zeker dat u beseft dat het meeste inlichtingenwerk saai en alledaags is. Het is een routinematig graven naar feiten, het lezen van talloze kranten, rapporten, wetenschappelijke bladen en het vergaren van informatie uit een grote verscheidenheid van tipgevers, waarvan de meerderheid bestaat uit redelijke mensen die gaarne bereid zijn datgene mede te delen wat ze weten omdat ze geen

enkele aanleiding zien het verborgen te houden. Dan zijn er natuurlijk ook anderen die zich bezighouden met het verkopen van de feiten die zij hebben ingekocht; kopen voor weinig geld, verkopen voor meer geld, een aloud principe. Dat soort mensen krijgt meestal te maken met een ander soort inlichtingenagent, een die geoefend is in het maken van onderscheid tussen feiten en verzinsels; die handelslui die laag inkopen en hoog verkopen kennen heel wat trucjes.' Michael zweeg even, omdat hij wist dat het van vitaal belang was in welke volgorde hij zijn uitspraken deed. 'Normaal gesproken,' vervolgde hij, 'is de combinatie van die bronnen en de omvang van de informatie die ze verschaffen voor specialisten alleen al voldoende om een accuraat patroon samen te stellen van feiten en gebeurtenissen, net als het samenpassen van een legpuzzel. Dat is een clichématige uitdrukking, maar hij maakt het wel duidelijk.' Opnieuw zweeg Havelock. Wat Randolph wilde – moest – horen, dat moest vooraf worden gegaan door een zwijgende introductie. Drie seconden waren voldoende. 'Tenslotte is er nog een laatste categorie van potentiële informatie. Die is het moeilijkst te verkrijgen, omdat hij moet worden afgedwongen, omdat de bronnen beseffen dat ze in het bezit zijn van geheimen die hun het leven zouden kosten als hun superieuren wisten dat ze deze onthuld hadden. Daarvoor is een heel ander soort inlichtingenagent nodig, één die zelf een specialist is. Hij wordt getraind om te manipuleren, om situaties te creëren waarin personen ervan overtuigd zijn dat er niets anders voor hen overblijft dan een bepaalde weg te bewandelen en waarbij ze uiteindelijk geheimen bekendmaken – of een daad stellen – iets waaraan ze voordien nooit zouden hebben gedacht. Steven MacKenzie was zo'n specialist en hij was inderdaad een van de besten; niemand hoefde hem daarvan te overtuigen. Maar bij zijn laatste opdracht, die voor hem het einde betekende, kwam er iemand tussenbeide en veranderde de situatie die hij had gecreëerd. En omdat die originele situatie de situatie moest blijven zoals hij algemeen werd aangenomen, stond hij op de nominatie om geëxpedieerd te worden.'

'Verrek, wat is dat nou weer, een bord spaghetti?'

'Hij werd vermoord.'

Randolph schoot naar voren in zijn stoel. 'Hij werd wat?'

'Vermoord. We hadden het kunnen voorkomen als we de juis-

te voorzorgsmaatregelen hadden genomen. Dat is ons probleem, dokter, en steeds meer mensen komen daarachter. "Mac", zoals u hem noemt, is niet gestorven aan een hartaanval op zijn boot, hij werd vermoord. We zijn ons daarvan bewust maar we willen het niet toegeven... Nu begrijpt u zeker wel waarom ik nergens een opnameapparaat verborgen heb. Het beeld dat ik u zojuist schetste ziet er heel wat gemener uit dan het uwe.'
'Dat doet het zeker... als het waar was. Maar ik ben bang dat dat niet het geval is. We zullen ons maar houden aan die bloeding van de aorta omdat dat het beste uitkomt. Die rotzakken van jullie konden de plank niet verder misslaan. Jullie hebben het verpest.'
'Wat wilt u daarmee zeggen?'
'Steven MacKenzie heeft zelfmoord gepleegd.'

32

'Dat is onmogelijk!' riep Havelock uit terwijl hij overeind kwam. 'U hebt het mis!'
'O ja? Bent u soms ook dokter, meneer Cross?'
'Dat hoef ik niet te zijn. Ik ken mensen als MacKenzie. Ik ben zelf zo iemand!'
'Dat had ik al gedacht en die verklaring zegt zowat evenveel als mijn oordeel over dat hele stel daar bij jullie.'
'Nee, begrijp me niet verkeerd,' zei Michael snel en hij schudde nadrukkelijk zijn hoofd. 'Het is geen melodramatische generalisatie. Ik ben de eerste om toe te geven dat de gedachte om alles op te geven een mens blijvend kan fixeren, dat zij soms een obsessie kan worden, maar niet op deze manier. Niet alleen op een boot. Dat klopt niet!'
'Het spijt me. De pathologie – als bewijsmateriaal – spreekt u tegen. Ik zou, bij god, willen dat het niet zo was, maar dat is het wel.'
Havelock kon zich niet in bedwang houden; hij boog zich over het bureau van Randolph heen en schreeuwde: 'Er was bewijsmateriaal tegen een vrouw die ik goed ken en dat was een leugen!'
'Ik weet niet wat dat te maken heeft met de prijs van parfum in Alaska maar er verandert niets door.'

'In dit geval wel. Er is verband!'
'Ik kan er geen touw aan vastknopen, jongeman.'
'Alstublieft. Luistert u naar mij. Ik ben geen jongeman en ik ben geen raaskallende idioot. Het was vooraf de bedoeling dat u datgene zou ontdekken wat u dan ook hebt ontdekt.'
'U weet niet eens wat het was.'
'Dat hoef ik niet te weten! Probeer me nu eens te volgen, dokter. Een agent voor clandestiene operaties als MacKenzie... is een organisator, een manipulator... een man die de machtiging bezit om gebeurtenissen op touw te zetten waarbij mensen gedood kunnen worden – meestal worden gedood – omdat het moet gebeuren. Zulke mannen hebben, vaker dan ik u duidelijk kan maken, hele zware twijfels, enorme schuldgevoelens, gevoelens van... godverdomme, het uitzichtloze van alles! Natuurlijk worden ze gedeprimeerd, heel zeker hebben ze eraan gedacht om zich een kogel door de kop te schieten, maar niet op deze manier. Er zijn andere manieren die effectiever zijn, want als er één ding geheid zit in de koppen van zulke mannen dan is het functioneren, functioneren, functioneren! Maak jezelf in godsnaam van kant, maar zorg dat je wat bereikt wanneer je dat doet! En doe het goed!'
'Dat is psychologie uit de kleutercrèche,' wierp Randolph tegen.
'U kunt het noemen zoals u wilt, maar het is waar. Het is het allereerste, het belangrijkste waarop recruteringsmensen letten wanneer ze op zoek zijn naar kandidaten. Dat is de factor die alles overheerst... U hebt het zelf gezegd. U zei dat MacKenzie moest wedijveren – dat hij een verbeten mededinger was – om de hoogste inzet die hij kon vinden.'
'Uiteindelijk deed hij dat ook. Met zichzelf als inzet.'
'Nee, dat is verspilling! Daarmee stel je geen daad... Luister, ik ben geen dokter, geen psychiater en ik kan u waarschijnlijk ook niet overtuigen, maar ik weet dat ik gelijk heb, laat u het dus maar zo. Vertelt u me alleen maar wat u hebt ontdekt, wat u hebt gedaan.'
'Mac gaf zichzelf een spuitje en liet alles van zich afglijden.'
'Bestaat niet.'
'Het spijt me. Hij deed het nog verdomd handig ook. Hij gebruikte een steroïde samenstelling van digitoxine gecombineerd met genoeg alcohol om een olifant drijvend te houden. Het alcoholgehalte in het bloed overschaduwde al het andere, maar

het hart ging eraan door de digitoxine. Het is een verrekt dodelijke combinatie.'
'Het was dus te zien op de röntgenfoto?'
Randolph gaf aanvankelijk geen antwoord. Hij tuitte zijn dunne lippen en duwde tegen de brug van zijn bril. Toen sprak hij. 'Nee.'
'U hebt dus de opnamen verwisseld.'
'Ja.'
'Waarom?'
'Om het plan dat Mac had verder uit te voeren. Om zeker te zijn.'
'Vertelt u eens vanaf het begin.'
De dokter boog zich voorover. 'Hij wist wat hij Midge en de kinderen al die jaren had aangedaan en het was zijn manier om te proberen dat goed te maken, om daar vrede mee te vinden. Midge kon niet veel meer verdragen; smeekbeden hadden voor haar geen zin meer. Ze zei hem dat hij uit de CIA moest stappen of anders uit huis kon verdwijnen.' Randolph zweeg even en schudde zijn hoofd. 'Mac wist dat hij geen van beide kon doen en daarom besloot hij om zelf te verdwijnen, punt uit.'
'U hebt iets overgeslagen.'
'Hij had een dijk van een levensverzekering en gezien het werk dat hij verrichtte – werk waar de levensverzekeringsmaatschappij geen barst van af wist – was dat te begrijpen. Dat soort polissen betalen niet uit op zelfmoord. Ik zou nog liever barsten dan dat ik Midge en de kinderen datgene wat hun rechtens toekwam, af zou laten troggelen... Zo ligt het verhaal, meneer Cross. Jullie hebben hem gemaakt tot wat hij was en hij en ik samen maakten hem beter.'
Havelock staarde de arts aan, draaide zich toen om en ging in zijn stoel zitten met zijn blik nog steeds gericht op Randolph. 'Zelfs als u gelijk had,' begon hij vermoeid, 'en gelooft u me maar, dat had u niet – dat hebt u niet – dan had u dat duidelijk kunnen maken aan de CIA en zij zouden met u zijn meegegaan; het laatste wat ze willen is dat een dergelijke gewelddadige dood in de kranten komt. In plaats daarvan hebt u iedereen op een dwaalspoor gebracht zodat zij hier geen aandacht meer aan schonken. U hebt waardevolle tijd verspild en de schade die u hebt aangericht valt niet te becijferen.'
'Wel verrek nogantoe...! Twintig minuten geleden zei u dat u

het zo wilde! Gisteren aan de telefoon zei u nog dat u de herrieschoppers tot zwijgen wilde brengen!'
'Dat was gelogen. Net zo goed als u gelogen hebt. Maar ik wist tenminste wat ik deed; dat wist u niet... Als u de waarheid had verteld – al was het maar aan één persoon geweest – dan zou elke minuut van MacKenzies dag zijn nageplozen; iets zou er te voorschijn zijn gekomen, ergens zou een schakel zichtbaar zijn geworden... Niemand heeft zelfs maar de moeite genomen om de boot te onderzoeken. O, mijn god!'
'Misschien hebt u me niet begrepen!' schreeuwde de dokter met verwilderde ogen en vertrokken gelaat. 'Midge MacKenzie had haar laatste ultimatum gesteld! Hij kon geen kant meer op. Hij kon – zoals u dat zei – niet meer functioneren! Het werd hem allemaal te veel!'
'Dat verklaarde de alcohol, daaraan twijfel ik niet.'
'En toen hij bezopen was nam hij zijn eindbeslissing. Het is allemaal duidelijk!'
'Dat is het niet,' zei Michael en hij voelde zich oneindig veel ouder dan de dokter op leeftijd tegenover hem. 'Ik verwacht niet dat u dit gelooft, maar het laatste wat een man als MacKenzie zou doen is een beslissing nemen wanneer hij dronken was.'
'Waanzin.'
'Laat ik u eens iets vragen. Ik neem aan dat u nu en dan een borrel drinkt en dat u weet wanneer u gedronken hebt.'
'Jazeker.'
'Zou u ooit opereren wanneer u wist dat u te veel ophad?'
'Zeker niet en dat mag u daarmee niet vergelijken.'
'Jawel, dat mag ik wel, dokter Randolph. Omdat mannen als MacKenzie of ik – en ik zou er nog wel twintig of dertig kunnen opnoemen – ook als chirurgen werken wanneer we in de buitendienst zijn. We noemen zelfs de meeste karweien die we opknappen "operaties". Dat wordt ons ingehamerd vanaf de eerste dag van onze opleiding, dat elke reflex, elke observatie, elke reactie zo accuraat en zo snel en zo duidelijk moet zijn als maar enigszins mogelijk is. We zijn opgeladen... onze motoren zijn afgesteld.'
'Nu speelt u met woorden – met de uwe en de mijne! Mac was niet in de buitendienst.'
'Als het waar is wat u zegt dan was hij dat wel. De hoogste inzet. Zichzelf als inzet.'

'Godverdomme, u draait alles om wat ik heb gezegd!'
'Nee, dat doe ik niet. Want een boel van wat u zei is helderder uitgedrukt dan ik het ooit eerder heb gehoord. Daar heb ik respect voor... Begrijpt u het dan niet? MacKenzie zou zichzelf op die manier niet hebben gedood, omdat – al het andere daargelaten – het misschien niet gewerkt zou hebben! En dat kon hij niet accepteren. Dat maakte te zeer deel van hem uit, te lang al. Als het zijn eindbeslissing moest worden, kon hij zich één ding niet veroorloven: dat er iets fout zou gaan. Ziet u dat dan niet?'
Het leek alsof Matthew Randolph door de donder was getroffen. Zijn ogen staarden opengesperd voor zich uit, zijn gelaatstrekken stonden strak, zijn mond was één rechte lijn. Toen hij sprak kwamen zijn woorden er fluisterend uit. 'Godallemachtig...' zei hij en zijn stem stierf weer weg. Toen stond hij zwijgend en onverwachts op uit zijn stoel en bleef roerloos staan, een hulpeloze, oude man die worstelde met een enorme vergissing die hij niet wilde toegeven. 'O, mijn god,' voegde hij eraan toe terwijl hij zijn bril afzette en diep ademhaalde.
Havelock keek naar hem en wilde het hem gemakkelijker maken. 'Zoals u de zaken zag hebt u juist gehandeld. Als ik in uw schoenen had gestaan had ik het ook zo gedaan. Maar op het verkeerde tijdstip en op de verkeerde manier. Toch kunnen we alles nog eens nalopen. Misschien vinden we iets.'
'Hou je bek!'
Dat was wel het laatste wat Michael verwachtte te zullen horen.
'Wat?'
'Ik zei, hou je bek!'
'U zit vol met verrassingen.'
'Misschien heb ik wel een echte voor u.'
'MacKenzie?'
Randolph gaf geen antwoord. In plaats daarvan liep hij snel naar een archiefkast die tegen de muur stond en haalde een dunne ketting met sleutels te voorschijn; hij koos er eentje uit en ramde die letterlijk in het bovenste slot. 'Dit is mijn privé-archief, heel privé. Als die stukken gelezen werden zouden er heel wat gebroken huwelijken en veranderde testamenten uit voortkomen. Mac zit hierin.'
'Wat is er met hem?'

'Niet met hem. De afdelingspatholoog die het helemaal heeft samengesteld. Die samen met mij die kerels uit Langley heeft overtuigd dat het gewoon een hartaanval was, meer niet.'
'Een vraag,' viel Havelock hem in de rede. 'Volgens het CIA-rapport vond het hele onderzoek hier plaats. Uw laboratoria, uw apparatuur... uw staf. Hoe komt het dat ze het lijk niet naar Bethesda of naar Walter Reed hebben gebracht?'
De dokter keerde zich om met zijn handen in een opengetrokken archieflade en zijn lange vingers gestoken tussen de dossiermappen. 'Wat gespierde taal van mijn kant, met de verzekering dat Midge MacKenzie nog heel wat krachtiger woorden zou gebruiken als ze dat probeerden. Ik heb gezegd dat zij een rotzooi zou trappen zoals ze sinds de Varkensbaai niet meer hadden meegemaakt, dat zij hun bloed wel kon drinken, dat ze van mening was dat overspanning de aanleiding was geweest tot de dood van Mac en dat ze hem op zijn minst met rust konden laten.'
'Hebben ze met haar gesproken?'
'Ze hebben het geprobeerd. Ze heeft hun vijf minuten gegeven, hun vragen beantwoord en ze toen verteld dat ze konden opsodemieteren. Ze begrepen het; ze wilden door haar luidkeels geroep niet in moeilijkheden komen.'
'Dat kan ik me levendig voorstellen.'
'Bovendien,' zei Randolph terwijl hij zich weer omkeerde naar de archiefkast, 'hebben wij hier een verrekt goede reputatie, een paar van de belangrijkste mensen van het hele land zijn bij ons onder behandeling. Wie durft ons dan leugenaars te noemen?'
'Daar hebt u op gerekend, nietwaar?'
'Daar kun je donder op zeggen... Hier is hij.'
'Wat heeft uw patholoog ontdekt waarvan u denkt dat het ons zou kunnen helpen?'
'Het gaat niet om wat hij ontdekte. Zoals ik al zei, het gaat om hem. Hij was hier een invaller.'
'Een wat?' Michael voelde plotseling zijn adem stokken in zijn keel.
'U hebt het best gehoord,' vervolgde Randolph en hij nam het dossier mee naar zijn bureau en ging zitten. 'Hij was een tijdelijke vervanger, nam de zaak over van onze vaste man die met een geval van mono zat.'
'*Mononucleosis?*'

'Ziekte van Pfeiffer, virus uit de herpesgroep. Verdomd gemakkelijk over te dragen, als je dat wilt.'
'Ik kan u niet meer volgen.'
'Haal me maar in,' zei de arts terwijl hij de vellen in de map ombladerde. 'Een paar dagen voor de dood van Mac krijgt onze patholoog mono. Vervolgens duikt er, dankuwel, een zeer bevoegd man op; hij zit net tussen twee banen, heeft een maand of zo vrij en logeert bij een zuster in Easton. Ik haalde hem natuurlijk meteen naar binnen.'
'En?'
'Het lijk van Mac wordt naar binnen gebracht; hij begint eraan en wil me vervolgens spreken op mijn kantoor. Ik zal het nooit vergeten; het eerste dat hij tegen me zegt is: "Hoe goed hebt u die MacKenzie gekend?"'
Havelock knikte. 'Van het een kwam het ander en het einde van het liedje was dat MacKenzies lichaam niet uit handen kon worden gegeven voor een onafhankelijke autopsie.'
'Hij had hele kleine spoortjes digitoxine gevonden.'
'En een gaatje in de huid, op een plek en in een hoek die aangaf dat de injectie waarschijnlijk door hemzelf was toegediend.'
'Precies.'
'Ik ben er zeker van dat hij ook informeerde naar het werk dat MacKenzie deed, zijn geestelijke gezondheid, zijn gezin... en dat hij terwijl hij daarmee bezig was de verzekering ter sprake bracht.'
'Dat deed hij. O, mijn god!'
'Maak u maar niet te dik. Die mensen doen hun huiswerk zoals je nooit iemand eerder hebt zien doen.'
'Wat voor mensen?'
'Ze worden *paminjatsjiks* genoemd.'
'Hoe?'
'Doet er niet toe. En doet u geen moeite om het te doorgronden. Hij heeft zich ingedekt; hij heeft u niet één leugen verteld, dat is zijn dekmantel. Hij wist het gewoon allemaal van tevoren. U zou niets tegen hem kunnen beginnen zonder de verdenking op uzelf te laden en uw kliniek te ruïneren.'
'Ik wil het niet doorgronden,' antwoordde de arts, terwijl hij snel de vellen doorliep.
'Een zuster in Eaton? Vergeet het maar. Zij heeft nooit bestaan en hij is verdwenen en u zult hem nooit vinden.'
'Dat is 't 'm juist. Ik weet waar hij zit.'

Michael schoot omhoog in zijn stoel. 'U *wat?*'

'Zijn naam dook verschillende weken geleden op. Ik was aan het praten met een artsenbezoeker en hij had het erover dat hij onze inkooporders had moeten doorlopen omdat een patholoog een bepaald apparaat wilde hebben dat wij ook hadden. Ik herkende de naam natuurlijk, maar niet de plaats. Het was niet de plaats waar ik dacht dat zijn nieuwe baan was.'

Randolph zweeg en keek op van het dossier. 'Ik deed iets vreemds,' vervolgde hij. 'Kinderachtig, neem ik aan. Het was net of ik hem niet wilde erkennen of wilde denken aan wat hij en ik samen hadden uitgevoerd... of ik alleen maar wilde weten waar hij gebleven was. Ik heb mijn secretaresse niet gezegd – wat ik meestal wel doe – dat ze zijn huidige standplaats moest vermelden in het kaartsysteem van ons personeel. In plaats daarvan ben ik hier naartoe gegaan en heb het in Macs dossier opgeschreven. Ergens.' De dokter keerde weer terug naar zijn papieren.

Verbijsterd bleef Havelock op het randje van zijn stoel zitten. In de vele jaren die hij in zijn wereld van schaduwen had doorgebracht had hij geleerd dat de meest ongelooflijke ommekeer in omstandigheden vaak tot stand kwam door de meest aannemelijke oorzaken. Zijn stem klonk nauwelijks harder dan fluisteren terwijl hij uitlegde: 'Hij hield die naam aan, omdat hij wist dat u de laatste zou zijn die achter hem aan zou komen. Omgekeerd had hij u aan de haak met de naam, niet met een andere naam. Gelooft u me maar, dokter, vroeg of laat zou hij u hebben opgehaald, effectief en zonder medelijden.'

'Ik heb het,' zei Randolph en hij richtte zijn blik op Michael. 'Dat zou hij nog kunnen, weet u dat? Me ophalen bedoel ik.'

'Dat zou ik ook kunnen, maar dat doe ik niet, tenzij u die informatie op die bladzijde vernietigt. Dat is onwaarschijnlijk want ik zou u er de kans niet toe geven. Van de andere kant zal hij wel bij u wegblijven omdat ik hem de kans niet zal geven. Hij heeft de enige fout begaan die hij zich niet kan veroorloven in dat hele bizarre leven van hem. Een fatale fout. De naam, alstublieft.'

'Colin Shippers. Hoofdpatholoog *The Regency Foundation.* Het is een privé-onderzoekscentrum.'

Het is veel meer dan dat, dokter. Het is de plek waar we een paminjatsjik kunnen vinden. De eerste echte stap naar 'Dubbelzinnigheid'. Naar Parsifal.

'Ik wil dat u het volgende gaat doen,' zei Havelock. 'En ik vrees dat u verplicht bent dat te doen.'

Het was van vitaal belang om niet alleen op afstand te opereren, maar ook vrijwel in den blinde, en voor Michael was zoiets het moeilijkste dat hij kon doen. Het zwaar geconcentreerde surveillancewerk werd aan anderen overgelaten en Havelock had daar een hekel aan, omdat ze volkomen in het donker opereerden en te horen hadden gekregen dat ze alleen maar instructies moesten opvolgen zoals ze dat in hun leven nog nooit eerder hadden gedaan, zonder dat hun een duidelijke reden werd gegeven voor hun karwei. Aan dergelijke methoden waren altijd risico's verbonden; verantwoordelijkheid zonder kennis en autoriteit leidde tot wrevel en wrevel was het broertje van zorgeloosheid. Dat kon niet worden toegestaan. Ongelukkigerwijs konden er ook geen inlichtingen worden ingewonnen aangaande gewoonten, vrienden, collega-medici, plaatsen die vaak door hem werden bezocht... al die bijzonderheden die hen zouden kunnen helpen waren hun ontzegd. Want als door MacKenzies dood dokter Colin Shippers werd gekoppeld aan de aanvankelijke geheimhouding van Costa Brava, een geheimhouding die geen deel uitmaakte van de strategie van het Witte Huis, stond hij in het Medisch Centrum onder bevel van de mol bij Buitenlandse Zaken, de *paminjatsjik* die de code Dubbelzinnigheid moest aannemen. En een *paminjatsjik* in zo'n positie zou een opdracht die zo gevoelig was als de moord op een geheime CIA-officier nooit overlaten aan iemand van buiten. Ze moesten dus aannemen dat Shippers zelf een trekvogel was, en dat hij bij de gedachte aan een alarmmelding alleen al ondergronds zou gaan, zodat de koppeling met Dubbelzinnigheid werd verbroken en daarmee iedere mogelijkheid om de mol op te sporen via de koppeling. Trekvogels werkten constant aan gegevensbronnen; personeelsafdelingen, bank- en kredietreferenties, professionele cv's en FBI-controles werden nauwgezet nageplozen door informanten – sommigen deden het vrijwillig, anderen niet, Russische infiltranten en gechanteerde ambtenaren – die de door en door veramerikaniseerde Sovjet-agenten waarschuwden wanneer er iemand in hen geïnteresseerd was. Deze praktij-

ken, in overeenstemming met amendementen IV, V en VI van het Burgerlijk Wetboek, maakten het vrijwel onmogelijk om de *paminjatsjik* te pakken te krijgen: hij was een staatsburger en hij had recht op de bescherming van de Constitutie van de Verenigde Staten. Tegen de tijd dat er was voldaan aan alle voorschriften die volgens de grondwet een burger beschermen tegen onrechtmatig arrest, was de trekvogel al lang gevlogen om na weken of maanden weer op te duiken met een andere identiteit, een heel nieuwe achtergrond en vaak ook nog een nieuw gezicht, dank zij de plastische chirurgie in Moskou.
Zoals Rostov echter in Athene had aangegeven, lag de ironie van deze langdurige Sovjet-penetratie in de praktische resultaten. Heel vaak werd de toewijding van de Russen ondermijnd door het Amerikaanse luxeleven. Wanneer hij af en toe zijn noodzakelijke reis naar het Moskouse Dzerzjinskiplein maakte, ontkwam de *paminjatsjik* niet aan onvermijdelijke vergelijkingen tussen de twee landen. In de uiteindelijke analyse bleken de trekvogels veel minder produktief te zijn dan de KGB vond dat ze mocht verwachten, gezien de investering van tijd en geld. Maar wanneer er gedreigd werd, kon het hele programma wel eens in de openbaarheid gebracht worden.
Nutteloze arbeid werd niet altijd alleen verricht door diegenen die God aan hun zijde hadden, dacht Havelock.
Maar ook hier waren er uitzonderingen, en die zouden nooit zorgen voor openbaarmaking. Een mol met de naam Dubbelzinnigheid, die door de heilige gangen van Buitenlandse Zaken kroop, en een intelligente, welbespraakte patholoog genaamd Colin Shippers, die van het ene naar het andere laboratorium kon overspringen – en hoe vaak waren die laboratoria geen afdelingen van de geheime dienst? – dat soort mensen maakte de kosten en de energie die Moskou in operatie *Paminjatsjik* stopte, de moeite waard. 'Dubbelzinnigheid' was ongetwijfeld de meerdere van Shippers, de beheerder ter plekke en hij was zonder twijfel een gerespecteerd satelliet aan het KGB-firmament – al hield hij zijn KGB-kanalen niet op de hoogte van de crisis van dit moment. Costa Brava en alle waanzin die eraan vastzat, werden niet alleen geloochend door het Dzerzjinskiplein, maar het beetje dat ze erover wisten alarmeerde mensen als Pjotr Rostov.
Dat moest wel; er hadden gebeurtenissen plaatsgevonden die

nooit hadden kunnen plaatsvinden zonder medeplichtigen in Moskou. Een VKR-agent was in Parijs in de val gelokt en verwond door de centrale figuur van Costa Brava en er was weinig verbeeldingskracht voor nodig om erachter te komen dat de opdrachten die de agent opvolgde zo versluierd waren dat ze binnen de complexe machinerie van de Russische inlichtingendienst niet meer waren na te gaan. Natuurlijk was Rostov gealarmeerd; het spookbeeld van de fanatieke VKR was voldoende om de meest fervente marxist schrik aan te jagen, net zoals dat spookbeeld Havelock beangstigde. Want de onbekende 'Dubbelzinnigheid' stuurde kennelijk normale berichten door naar zijn centrale bij de KGB, maar hij reserveerde het meest gevaarlijke nieuws voor zijn meesters in de *Vodennaja.* Rostov voelde dat aan, maar hij kon er de vinger niet op leggen, laat staan het aan de kaak stellen. Dat was de reden voor zijn aanbod aan een vroegere tegenspeler in Consulaire Operaties. *Hij zegt dat hij onze vijand niet meer is, maar anderen, die misschien ook zijn vijanden zijn, zijn dat wel.*

Als Rostov eens wist hoe juist zijn instincten waren, dan zou hij het vuurpeloton riskeren om contact te leggen, dacht Michael. Maar Rostov had ongelijk; de Rus was inderdaad nog zijn vijand. In feite konden ze elkaar helemaal niet vertrouwen, omdat noch Washington, noch Moskou een dergelijk vertrouwen zou goedkeuren en zelfs het afschrikwekkende van een Parsifal kon daar niets aan veranderen.

Een uitzichtloze situatie in een wereld die krankzinnig was geworden... even krankzinnig als haar vroegere redder, Anthony Matthias.

'Hoe lang denk je dat het zal duren?' vroeg Jenna die tegenover Havelock zat, in de kleine, zonovergoten erker die vastzat aan de keuken en waar ze hun ochtendkoffie dronken.

'Dat is moeilijk te zeggen. Dat zal er vanaf hangen hoe overtuigend Randolph is en hoe snel Shippers vermoedt dat een verzekeringsmaatschappij wel eens iets anders zou kunnen zijn, iets dat hem verontrust. Het zou vandaag kunnen gebeuren, vanavond, morgen... overmorgen.'

'Ik zou zeggen dat je hem tot een onmiddellijke reactie zou willen dwingen. Kun je je die tijd veroorloven?'

'Ik kan me niet veroorloven hem kwijt te raken; hij is de enige schakel die we hebben. Zijn naam kwam niet voor in het laboratoriumrapport – en daar kon hij gemakkelijk onderuit, gezien de beslissing van Randolph om het feit verborgen te houden dat het volgens hem een zelfmoord was. Shippers weet dat hij alleen maar in het daglicht zou komen wanneer Randolph de verdenking op zich laadt en dat zal hij nooit doen. Afgezien van praktische overwegingen zou zijn ego zoiets nooit toestaan.'

'Maar snelheid is alles, Mikhail,' wierp Jenna tegen. 'Ik geloof niet dat ik je strategie begrijp.'

Havelock keek haar in de ogen en in zijn eigen ogen lag ook onzekerheid. 'Ik weet niet zeker of ik het zelf begrijp. Ik heb altijd geweten dat als je in dit werk – dit zogenaamde beroep van ons – iets wilt klaarspelen, dat je dan moet denken zoals je vijand denkt, dat je in zijn huid moet kruipen en dan datgene moet doen wat hij niet verwacht. Nu wordt er van me gevraagd om te denken zoals iemand die ik me met geen mogelijkheid kan voorstellen, als een man die letterlijk twee mensen moet zijn.' Michael nam een slok van zijn koffie en staarde nu naar de rand van zijn kop. 'Ga eens na. Een Amerikaanse jeugd, jongensjaren... de *Yankees*, de *Knicks*, de *Denver Broncos*, de *Lakers*... vrienden op school en op de universiteit: uitgaan met meisjes, praten over jezelf, mensen vertrouwen die je echt mag. Dat zijn de jaren wanneer er geheimen worden toevertrouwd; het is tegen de menselijke natuur om die voor je te houden... het is een deel van je groeiproces dat je laat zien wie je bent. Leg me dat dus maar eens uit. Hoe bewaart zo'n man, zo'n *paminjatsjik*, het enige geheim dat hij nooit kan onthullen zo diep in zijn binnenste.'

'Dat weet ik niet, maar je hebt zojuist wel iemand beschreven die ik erg goed ken.'

'Wie dan?'

'Jezelf, schat.'

'Dat is waanzin.' Havelock zette zijn kop neer. Hij wilde weg van die tafel; dat was ook in zijn ogen te lezen.

'Is dat nou zo?' Jenna stak haar hand uit en legde die even op de zijne. 'Hoeveel vrienden op school en op de universiteit, hoeveel meisjes en mensen die je echt graag mocht, hebben iets te horen gekregen over Mikhail Havlíček, over Lidice? Hoeveel zijn er op de hoogte van de verschrikkingen van Praag en van een kind dat zich verstopte in de bossen en geheime berichten overbracht met explosieven vastgesnoerd op zijn lijf? Zeg me dat eens, hoeveel?'

'Dat had geen zin. Het was voorbij.'
'Ik zou het nooit geweten hebben, wij zouden het nooit geweten hebben, maar onze leiders eisten een grondige achtergrondcontrole. Jullie inlichtingendiensten hebben niet altijd de beste mensen naar ons deel van Europa gestuurd, en voor de mislukkingen hebben we betaald. Maar toen we het dossier van Havlíček en het gezin Havlíček kregen, wat gemakkelijk te controleren was geweest, werd dat verzegeld overhandigd, met een man uit de hoogste regionen van jullie afdeling Buitenlandse Zaken, die het weer meenam. Het bleek dat je onmiddellijke superieuren, onze normale contactpersonen, niet op de hoogte waren van je jeugd. Om een of andere reden was die verborgen. Om een of andere reden was jij... twee personen. Waarom, Mikhail?'
'Dat heb ik je net verteld. Dat hadden Matthias en ik afgesproken; het was voorbij.'
'Je wilde er dus niet meer mee leven. Je wilde dat dat deel van je leven verborgen bleef, uit zicht.'
'Daar laten we het maar bij.'
'Ik ben zo vaak bij je geweest als oudere mensen het hadden over die periode; en nooit heb je iets gezegd, laten doorschemeren dat jij er ook bij geweest bent. Want als je dat gezegd had, dan kon je geheim wel eens uitkomen, de jaren waarover je niet wilde praten.'
'Dat is logisch.'
'Net als die Shippers was je er geweest en bleef je uit zicht. Je was er wel, maar je handtekening stond nergens.'
'Dat is een vergezochte vergelijking.'
'Anders, misschien, maar niet vergezocht,' hield Jenna vol. 'Je kunt niet eens de normale inlichtingen over Shippers opvragen, want dan kunnen zijn informanten hem waarschuwen en zou hij verdwijnen, ter bescherming van zijn geheim. Je wacht tot hij nadenkt over Randolphs telefoontje; en misschien zal hij uiteindelijk, hoop je, bedenken dat hij moet uitzoeken of dat verzekeringsbedrijf werkelijk... hoe noem je dat?'
'Moeilijk doet?' stelde Michael voor. 'Op het laatste moment vragen stellen voordat er een uitbetaling plaatsvindt op MacKenzies polis. Dat is standaard, ze hebben er de pest aan om te betalen.'
'Ja, je gelooft dat hij dat zal doen. En als hij ontdekt dat er geen vragen zijn, zal hij schrikken, stappen ondernemen om

contact te zoeken met zijn superieur, Dubbelzinnigheid, hoop je.'
'Ik denk dat hij dat zàl doen. Het is de beste en veiligste manier die ik kan verzinnen. Bij alle andere oplossingen gaat hij meteen ondergronds.'
'En ieder uur dat hij...' Jenna schudde haar hoofd, op zoek naar woorden.
'... erover nadenkt,' zei Havelock. 'Zich concentreert.'
'Ja, zich concentreert. Ieder moment is een verloren moment, waarin hij weer kans heeft om zijn bewakers te ontdekken, de mensen waarover jij je zorgen maakt omdat je ze niet kent en omdat je ze geen werkelijk achtergrondmateriaal over hun subject kunt geven.'
'Ik doe het niet graag, maar het is eerder voorgekomen.'
'Niet onder deze omstandigheden, nooit met zulke verschrikkelijke gevolgen als er een fout gemaakt wordt. Snelheid is alles, Mikhail.'
'Je probeert me iets te zeggen en ik weet niet wat het is.'
'Je bent bang dat je Shippers zult opjagen, bang dat hij zal onderduiken.'
'Doodsbenauwd is een beter woord.'
'Ga dan niet achter hem aan. Ga achter de man aan die zijn mond hield, die in de Randolph Kliniek was toen MacKenzie stierf, maar geen handtekening zette. Net zoals jij twee mensen was toen je hier opgroeide, zo is hij nu ook twee mensen. Ga achter de man aan die zichtbaar is, want je hebt geen redenen om aan te nemen dat hij twee mensen is, of dat hij een geheim te verbergen heeft.'
Havelock raakte zijn hoofd aan terwijl hij Jenna strak aankeek. 'Achter een pathologische laboratoriummedewerker aangaan,' zei hij zacht. 'Aannemend dat er iemand met Randolph moest hebben samengewerkt... Bekrachtiging. De verzekeringsmaatschappij staat erop bevestiging te krijgen van een tweede arts.'
'In mijn land zijn vijf handtekeningen nauwelijks toereikend voor wat voor document ook.'
'Hij zal het natuurlijk weigeren.'
'Kan hij dat wel? Hij was erbij.'
'Hij zal tegen Randolph zeggen dat hij hem die bekrachtiging niet kan geven, niet officieel kan instemmen met de diagnose van een bloeding van de aorta.'

‘Dan moet de dokter, volgens mij, stevig voet bij stuk houden. Als dat het medische standpunt is van Shippers, waarom heeft hij dat dan niet eerder ingenomen?’
Michael glimlachte toen dat goed tot hem doordrong. ‘Dat is heel goed. Een afperser chanteren met zijn eigen materiaal.’
‘Waarom niet? Randolph heeft... hoe zeg je dat... de overhand? Hij heeft de leeftijd mee, zijn reputatie, rijkdom; wie is die Shippers om zich tegen hem te verzetten?’
‘En niets van dat alles maakt eigenlijk een barst verschil uit. We dwingen hem gewoon om snel te handelen. Om zichzelf te beschermen – niet alleen als trekvogel, maar ook als dokter – zal hij moeten vaststellen hoe serieus de mensen van de verzekering het menen. Of dit enkel een pro-formazaak is, of dat ze erop staan. Dan ontdekt hij dat er niets aan de hand is en moet hij opnieuw handelen.’
‘Hoe ziet de agenda er voor vandaag uit?’ vroeg Jenna.
‘De eerste surveillanceploeg zal Shippers oppikken wanneer hij vanmorgen zijn flat uitkomt, de tweede ploeg neemt het over binnen de Regencygebouwen.’
‘Hoe...? Het spijt me. Ik heb gisteravond niet geluisterd toen je aan het bellen was.’
‘Dat weet ik, ik zag je bezig. Heb je straks nog iets voor me?’
‘Later misschien. Hoe heb je toegang gekregen tot die gebouwen?’
‘De *Regency Foundation* is een privé-instelling die een aantal geheime regeringscontracten heeft. Dat is duidelijk de reden waarom Shippers daar ging werken; een hoop van die contracten hebben met defensie te maken. In *Regency* werd voor het eerst de verbrandingsuitwerking van napalm onderzocht... Het is heel gewoon dat daar een stel regeringstechnocraten en ander personeel rondloopt dat met papieren speelt en er gewichtig loopt te doen. Vanaf vanmorgen zijn er zo nog twee bijgekomen.’
‘Ik hoop dat niemand hun vragen stelt.’
‘Ze zouden geen antwoord geven als dat gebeurde; dat is normaal. Ze hebben ook aktentassen en plastic indentificatieplaatjes op hun jassen. Als iemand hen natrekt hebben ze een dekmantel.’
Havelock keek op zijn horloge terwijl hij van tafel opstond. ‘Randolph belt tussen tien en halfelf. We gaan. Ik zal hem opbellen en hem het nieuwe plannetje doorgeven.’

'Als Shippers reageert,' zei Jenna terwijl ze door de hal achter Michael aanliep naar het studeervertrek, 'dan zal hij geen gebruik maken van de telefoon op zijn kantoor.'
'Er zijn drie rijdende schaduwploegen op straat, op een paar straatlengten van elkaar af, allemaal met elkaar in verbinding via radio, met polscamera's die werken op armbewegingen. Ze kunnen te voet volgen of per auto – auto's die elkaar in het verkeer aflossen. Als ze iets waard zijn zullen ze hem niet kwijtraken.'
'Toch maak je je zorgen over hen, nietwaar?'
'Ik maak me zorgen.' Havelock opende de deur van het studeervertrek en liet Jenna voorgaan. 'Ik zou me nog meer zorgen maken, als er niet een vent was die Charley heet en die ginds op Pooles Eiland een kogel door mijn kop wilde schieten.'
'Die man van Consulaire Operaties?'
Michael knikte en liep naar het bureau. 'Hij is gisteravond over komen vliegen; op mijn verzoek en daar was hij niet zo gelukkig mee. Maar hij is goed, hij werkt grondig en hij weet dat Shippers betrokken is bij de crisis rond Matthias. Dat is genoeg om hem beter te maken dan hij ooit geweest is. Hij heeft de leiding en als hij de microfoon in zijn auto niet inslikt van opwinding dan zal hij me op de hoogte houden, me laten weten wanneer er iets gaat gebeuren.'
Jenna was naar haar eigen bureau gelopen – de sofa – waar keurige stapeltjes papier lagen op het salontafeltje dat er voor stond, een aantal vellen met de hand geschreven notities aan de uiterste rechterkant. Ze ging zitten, pakte een samengeniet, getikt rapport op van het linkse stapeltje en sprak terwijl ze las, met enigszins verstrooide stem omdat ze haar aandacht had verdeeld. 'Heb je de verzekeringsmaatschappij op de hoogte gesteld?'
'Nee, dat risico wil ik niet lopen,' antwoordde Havelock terwijl hij aan het bureau ging zitten en naar Jenna bleef kijken, haar antwoord gaf met zijn gedachten bij iets anders. 'Misschien houden ze de polis van MacKenzie speciaal in de gaten.'
'Daar kon je wel eens gelijk in hebben.'
'Wat heb je daar eigenlijk? Je zat daar gisteravond ook al in te lezen.'
'Het is het rapport van jullie CIA. De lijst van potentiële Rus-

sische overlopers van de laatste tien jaar, van wie er niet één is komen opdagen.'
'Kijk maar naar een atoomgeleerde of een bewapeningsdeskundige die verdwenen is.'
'Er zijn ook nog anderen verdwenen, Mikhail,' zei Jenna en terwijl ze zat te lezen zocht haar hand naar een potlood. Havelock hield zijn blik nog enkele tellen op haar gezicht gericht, keek toen op een vel papier waarop een aantal telefoonnummers gekrabbeld stonden. Hij streepte er een aan, pakte de hoorn van de haak en begon te draaien.

'Hij is een koele kikker, dat kan ik u wel vertellen,' zei dokter Matthew Randolph afgebeten. 'Toen ik hem eenmaal de zaak had voorgelegd hield hij zijn waffel, stelde een paar vragen zoals een begrafenisondernemer die de zaken aan het regelen is met de advocaat van een rouwende familie en zei dat hij me terug zou bellen.'
'Hoe hebt u hem de zaak voorgelegd en wat voor vragen stelde hij?' vroeg Michael, terwijl hij het vel papier neerlegde met het briefhoofd van het Pentagon waarop de namen stonden van de hoofdofficieren die deel uitmaakten van de comités voor nucleaire verhoudingen. Hij had een naam omcirkeld. 'Probeert u het zo precies mogelijk te herhalen.'
'Ik zal het letterlijk herhalen,' wierp de arts geprikkeld tegen.
'Ik bedoelde ook de woorden die hij gebruikte, de zinnen.'
'Dat zal niet zo moeilijk zijn; het waren er verrekte weinig en ze waren verrekt kort... Zoals u al dacht zei hij dat ik het recht niet had om hem erbij te betrekken, zo luidde onze afspraak. Hij had mij gewoon voorgelegd wat hij had ontdekt en hoe ik die zaak veranderde was mijn verantwoordelijkheid, niet de zijne. Dus zei ik weer dat ik geen verrekte advocaat was maar als ik een paar kleinigheden goed in mijn hoofd had, dan was hij medeplichtig en daar was niet onderuit te komen. En dat ik mocht barsten als ik Midge MacKenzie en die kinderen zou laten belazeren over datgene wat hun toekwam.'
'Heel goed tot dusver. Hoe reageerde hij daarop?'
'Hij reageerde helemaal niet, dus ging ik door met hem de wind van voren te geven. Ik zei dat hij een verdomde idioot was als hij soms dacht dat hij hier vier maanden geleden onzichtbaar was en nog een grotere gek als hij soms dacht dat iemand van het personeel zou geloven dat ik uren helemaal

alleen zou hebben doorgebracht in een pathologisch laboratorium met het lichaam van een vriend.'
'Heel goed.'
'Daar had hij een antwoord op. Als een pratende klomp ijs vroeg hij me wie dat dan wel allemaal wisten.'
Havelock voelde plotseling iets samentrekken in zijn borst en zag het spookbeeld oprijzen van een onnodige executie. 'Hebt u iemand genoemd?'
'Verrek, ik zei dat iedereen het waarschijnlijk wist!'
Michael ontspande zich weer. 'U kunt wel bij ons komen werken, dokter.'
'Jullie zouden me niet kunnen betalen, jongen.'
'Gaat u, alstublieft, verder.'
'Ik bond een beetje in, zei hem dat hij zich druk maakte om niets. Ik vertelde hem dat die kerel van de verzekeringsmaatschappij zei dat het enkel een formaliteit was, dat ze een tweede handtekening moesten hebben op het pathologisch rapport voordat ze een cheque gingen sturen. Ik stelde hem zelfs voor Ben Jackson te bellen bij Talbot Verzekeringen als hij zich zorgen maakte, dat Ben een oude bekende was...'
'Hebt u hem een naam gegeven?'
'Natuurlijk. Ben is een goede bekende; hij heeft de polis voor Mac uitgeschreven. Ik dacht dat als iemand Ben zou bellen dat hij dan bij mij zou komen vragen wat er eigenlijk aan de hand was.'
'En wat zou u dan tegen hem hebben gezegd?'
'Dat wie hem dan ook gebeld had er niks van snapte. Ik was de man die de tweede handtekening wilde hebben voor ons eigen archief.'
'Wat zei Shippers?'
'Een paar woorden maar, en die sprak hij als een bevroren computer. Had ik Ben of de man van de verzekeringsmaatschappij gezegd wie hij was.'
'En.'
'Ik zei, nee, dat had ik niet. Eerlijk was eerlijk en ik vond het maar het beste om het onder de tafel te houden. Dat hij maar even hier moest komen om dat verrekte rapport te tekenen zonder verdere poespas.'
'Zijn antwoord daarop?'
'Weer zo verrekte kort en kil.' Randolph zweeg even en sprak toen nadrukkelijk en monotoon: '"Hebt u me alles verteld?"

wilde hij weten, ik zeg u, hij klonk als een levend lijk.'
'Wat zei u toen?'
'Ik zei, natuurlijk had ik dat, wat was er verder nog? Toen zei hij me dat hij terug zou bellen. Meer niet, "Ik zal u terugbellen", op die griezelige toon.'
Havelock haalde diep adem, zijn blik ging omlaag naar de namen onder het briefhoofd van het Pentagon, naar één naam in het bijzonder. 'Dokter, u hebt het er ofwel bijzonder goed vanaf gebracht, of ik maak u een kopje kleiner.'
'Waar hebt u het, godverdomme, nou weer over?'
'Als u het op mijn manier had gedaan, alleen maar de verzekeringsmaatschappij had gebruikt en geen naam had genoemd, zou Shippers hebben aangenomen dat de dood van MacKenzie opnieuw werd onderzocht door derden, zonder dat u dat wist. Als hij nu die Jackson belt dan weet hij dat u liegt.'
'Wat dan nog? Het resultaat is toch immers hetzelfde?'
'Niet voor u, dokter, en we kunnen uw vriend ook nog niet eens op de hoogte stellen van deze zaak; dat risico kunnen we niet nemen. Ik hoop voor u dat hij aan het vissen is. En dat meen ik: als u me nog eens zo'n complicatie bezorgt, laat ik uw kop over straat rollen.'
'Nou moet jij eens goed naar me luisteren, jongeman. Het zou wel eens een straat kunnen zijn met tweerichtingverkeer, waarover twee koppen rollen, of niet soms? Daar komt me zo'n opgeblazen kikker van het Witte Huis vertellen dat het uitvoerend orgaan van onze regering aan het proberen is de onmenselijke moord te versluieren op een van onze dappere strijders, een medewerker van de CIA, en ik ben gewoon een dorpsdokter die de belangen van de bedroefde weduwe en die bloedjes van kinderen wil beschermen, omdat ze meer hebben doorgemaakt dan iemand het recht had op hun dak te schuiven... Wil je soms een robbertje met me vechten, klootzak?'
'Als u verder nog iets hoort, dokter Randolph, wilt u me dan bellen?'

Gedelegeerd agent Charles Loring, Consulaire Operaties, voorheen werkzaam op Pooles Eiland, wreef in zijn ogen en bracht de thermosfles met zwarte koffie aan zijn lippen; hij zat op de voorbank van een grote grijze auto. De chauffeur was in feite een vreemdeling voor hem: dat wil zeggen, Loring had hem pas om tien uur de vorige avond voor het eerst ontmoet, toen

hij kennis had gemaakt met de hele ploeg die door Havelock was geselecteerd uit zo'n dertig dossiers van de FBI, hem ter beschikking gesteld op verzoek van het ministerie van justitie. Hij had nu de verantwoordelijkheid voor die ploeg, hij was op de hoogte van zijn opdracht tot vierentwintig-uurssurveillance, kende de redenen daarvoor niet en dat was niet zo verstandig wanneer je met geroutineerde krachten werkte.
En afgezien van Havelocks kleine, heel kleine poging om hem te paaien, wist Charley Loring dat de voormalige veldman van *Cons Op* iets van wraak proefde door tegen zijn zin een privilege te verlenen. De enige aanwijzing die Havelock hem gegeven had, was dat Shippers iets te maken had met Pooles Eiland, en dat was, met tegenzin, voldoende voor Charley. Havelock was een hufter die lage klappen uitdeelde, en hij had Savannah voorgoed belachelijk gemaakt, maar als hij iets te maken had met Matthias in Washington, had hij meer problemen dan zij. Loring zou doen wat hij kon om te helpen. Soms deed het er niet toe of je iemand mocht of niet; de ramp, de tragedie van Pooles Eiland was zo'n moment.
De ploeg was om tien uur bij elkaar gekomen in Steriel Elf in Quantico en was tot vier uur in de ochtend bezig geweest met het bespreken van alle mogelijke varianten die meespeelden wanneer iemand vierentwintig uur geschaduwd moest worden... zonder dat ze een barst wisten van die persoon. Ze hadden een foto, maar veel meer hadden ze niet, op wat ontoereikende informatie na, uit een personeelsdossier van de Randolph Kliniek. De foto was een vergroting die in Steriel Elf was gemaakt uit een jaarboek van 1971 van de medische faculteit van Jefferson; dat boek had de FBI in Philadelphia opgespoord en de betrokken agenten tastten in het duister over de reden daarvoor, wisten alleen dat het zeer geheim was. Het was in feite gestolen uit de bibliotheek door een agent die van toeten noch blazen wist en het maar onder zijn jas had verstopt. Van die grofkorrelige vergroting moest de ploeg zich een beeld vormen van een man, die aanmerkelijk ouder was dan het gezicht op de foto en omdat niemand hun kon vertellen hoe Shippers er de laatste vier maanden uitzag, was het heel goed mogelijk dat hij inmiddels een snor en een baard had. Tenslotte konden ze met niemand over dokter Colin Shippers praten, met helemaal niemand. Opdracht van Havelock. De eerste surveillanceploeg kon melden dat er geen extra haar

te zien was op het gelaat van de gezochte, dat het wezenlijke verschil tussen zijn voorkomen van nu en de foto uit het jaarboek donkere brilleglazen waren in een zwaarder montuur. De mannen in het gebouw van de *Regency Foundation* hadden twee keer de radio naar buiten gebruikt; ze hadden Shippers gevonden, één man stond in de hal bij het laboratorium waar de patholoog werkte, de ander hield zijn kantoor in de gaten op de verdieping daaronder. Het wachten was begonnen, dacht Loring. Maar waarop wachtten ze?

De komende uren of dagen zou dat wel duidelijk worden. Alles wat Charles Loring wist was dat hij alles had gedaan om zijn ploeg zo goed mogelijk op te stellen, op voldoende afstand van elkaar en met elkaar in verbinding om zoveel mogelijk ongezien te blijven. De auto's bevonden zich op kruispunten met eenrichtingstraten, zijn eigen wagen stond schuin tegenover het onderzoekscentrum en hij had voluit zicht op de ingang en de garage voor de wagens van het personeel, die daarnaast lag.

Een schel, hoog gezoem klonk op van het dashboardpaneel; het was een signaal van een van de mannen die binnen was. Loring pakte de microfoon, drukte de knop in en sprak.

's-vijf. Wat is er?'

's-drie. Hij is net zijn laboratorium uitgelopen, lijkt haast te hebben.'

'Enig idee waarom?'

'Ik hoorde daar een paar minuten geleden een telefoon overgaan. Hij was alleen dus hij kon vrij praten, al weet ik dat natuurlijk niet zeker. Ik kon geen gesprek afluisteren.'

'Zo is het al goed. Blijf waar je bent en laat je niet zien.'

Loring hing de microfoon op, maar voordat hij achterover kon leunen klonk voor de tweede keer dat irriterende geluid.

's-vijf.'

's-twee. Gezochte is zijn kantoor ingelopen. Te oordelen naar de manier waarop hij loopt – zijn hele voorkomen – is hij opgewonden.'

'Goeie beschrijving; klopt met wat ze boven zeiden. Er zit misschien meer schot in dan iemand van ons...'

'Wacht even! Blijf luisteren,' klonk de instructie van Surveillance-twee, terwijl er gekraak klonk uit de luidspreker. De man had zijn radio onder zijn kleren verstopt zonder de verbinding te verbreken. Binnen enkele tellen was zijn stem er weer. 'Sorry. Gezochte kwam meteen weer naar buiten en ik moest me snel omdraaien. Hij heeft zijn witte jas uitgetrokken en draagt nu zijn normale kleren. Dezelfde geelbruine regenjas, dezelfde slappe hoed. Ik denk dat jullie hem over moeten nemen.'

'Dat denk ik ook. Uit.' Loring hield de microfoon in zijn hand en wendde zich tot de bestuurder. 'Hou je gereed, het pakje komt onze kant op. Als ik moet gaan lopen moet jij het overnemen. Ik blijf in verbinding.' Hij stak zijn hand onder zijn colbertje en haalde de kleine, compacte handzender te voorschijn, controleerde uit gewoonte de batterij. Toen trok hij zijn linkermouw omhoog waardoor de platte, snelle miniatuurcamera zichtbaar werd die aan de onderkant van zijn pols zat gegespt. Hij draaide met zijn hand en hoorde het zachte klikken; hij was klaar. 'Ik vraag me af wie die Shippers is,' zei hij terwijl hij de ingang van de *Regency Foundation* in de gaten hield.

De telefoon ging over en verstoorde Havelocks concentratie op zijn notities over het Pentagon. Hij pakte de hoorn op.

'Ja?'

'Cross?'

Michael knipperde met zijn ogen en herkende de snijdende stem waarmee Randolph meteen zijn naam noemde. 'Ja, dokter?'

'Misschien kunnen we allebei onze koppen behouden. Ben Jackson heeft net gebeld en hij was des duivels.'

'Waarover?'

'Het schijnt dat er een advocaat belde en hem vroeg waarom die uitbetaling op de polis van MacKenzie werd vastgehouden.'

'Shippers,' zei Havelock.

'Precies, en Ben was pisnijdig. Er hoefde niks meer uitbetaald te worden. De hele zaak is zowat acht weken geleden afgemaakt met de advocaat van Midge.'

'Waarom belde Jackson u en niet de advocaat van mevrouw MacKenzie?'

'Omdat Shippers – ik denk dat het Shippers was of iemand die namens hem belde – opgewonden raakte en zei dat er verwarring was over handtekeningen op een of ander medisch rapport en of Ben daar iets van wist. Ben zei natuurlijk van niet; het geld was betaald – via zijn agentschap – en daarmee was de zaak rond. Hij voegde er ook aan toe dat hij het niet leuk vond dat zijn reputatie...'

'Luistert u eens naar mij,' viel Havelock hem in de rede. 'Ik zal mijn kop niet verliezen maar u zou wel eens een kogel door de uwe kunnen krijgen. Ik wil dat u in uw kantoor blijft en niemand binnenlaat totdat ik een paar mensen daarheen kan sturen. Als iemand u wil spreken laat de receptie dan maar zeggen dat u aan het opereren bent.'

'Vergeet het maar!' blafte Randolph terug. 'Over zo'n stuk verdriet als die Shippers maak ik mij geen zorgen. Als die hier in de buurt komt dan laat ik hem door een van de bewakingsmensen in een dwangbuis opsluiten.'

'Als hij dat deed en u zou dat kunnen dan zou ik u van hier af om de hals vallen, maar Shippers zal het niet zijn. Hij belt u misschien; maar dichterbij dan dat zal hij zich niet wagen en dat zou het beste zijn wat u kan overkomen. Als hij belt zegt u hem dan maar dat het u spijt van dat leugentje om bestwil, maar u hebt er lang over nagedacht en u wilt zich toch maar liever indekken wat dat rapport betreft.'

'Dat gelooft-ie nooit.'

'Dat zou ik ook niet doen, maar zo winnen we tijd. Ik zal binnen een uur een paar man daar hebben.'

'Ik wil ze niet!'

'U hebt geen keus, dokter Randolph,' zei Michael. Hij legde de hoorn neer en concentreerde zich onmiddellijk op de lijst van telefoonnummers die voor hem lag.

'Geloof je werkelijk dat Shippers achter hem aan zal gaan?' vroeg Jenna die met het CIA-rapport in haar hand bij het raam stond.

'Hij niet, maar er zullen anderen naar hem toe worden gestuurd, niet om hem direct te doden maar om hem mee te nemen. Ze zullen hem meenemen en hem op een eenzame plek net zo lang op zijn kop gaan zitten tot ze erachter komen met wie hij in verbinding staat, voor wie hij aan het liegen is. Hij zou beter af zijn als ze hem vermoordden.' Havelock pakte de hoorn van de haak met zijn blik gericht op de lijst met nummers.

'Aan de andere kant,' merkte Jenna op, 'heeft de wetenschap dat Randolph loog en dat hij erbij betrokken was, Shippers sneller in beweging gezet dan wij voor mogelijk hadden gehouden. Hoe lang geleden was dat laatste gesprek met Loring?'

‘Meer dan een uur geleden. Shippers nam een taxi naar de binnenstad; ze schaduwen hem nu te voet. We moeten gauw iets horen.’ Michael draaide een nummer en kreeg direct verbinding. ‘Hier Steriel Vijf, Fairfax. Ik ben gisteren onder begeleiding gebracht naar de Randolph Kliniek, Talbot County, Maryland, Oostkust. Wilt u dat, alstublieft, bevestigen?’ Onder het wachten legde Havelock zijn hand over de speaker en zei tegen Jenna: ‘Ik bedacht net iets. Als we een beetje geluk hebben kunnen we uit deze complicatie nog een voordeeltje halen... Ja, dat klopt. Een ploeg van drie man; vertrek om elf uur. Bent u klaar voor instructies...? Laat twee man daar onmiddellijk naar terugkeren, met de hoogste prioriteit. Het gaat om dokter Matthew Randolph; hij moet beschermd worden, mag zo weinig mogelijk uit het oog worden verloren, maar het is niet eenvoudig. Ik wil dat die mensen deel uitmaken van de hele omgeving daar, ziekenbroeders of assistenten of wat ik ook maar met Randolph kan organiseren. Zeg dat ze vertrekken en mij, via jullie centrale, bellen over de mobilofoon.’ Michael zweeg weer even, keek opnieuw naar Jenna, terwijl de telefonist van de geheime dienst de dienstroosters nakeek. ‘Randolph heeft ons misschien weer geholpen, maar hij zal nooit begrijpen met wat voor gevaar voor zichzelf.’

‘Als hij meewerkt.’

‘Hij heeft geen keus, dat meende ik.’ De telefonist was er weer: Havelock luisterde en begon toen te spreken. ‘Nee, dat is prima. Ik heb zelfs liever mensen die daar gisteren niet waren. Tussen haakjes, het codewoord zal luiden... Michael zweeg en zijn gedachten keerden terug naar de Palatijn in Rome, naar een dode man wiens woorden hem naar de Oostkust van Maryland hadden gebracht. ‘Apache,’ zei hij. ‘Dat waren jagers. Zeg tegen Apache dat hij me over twintig minuten belt.’

Dokter Matthew Randolph bereikte niets met zijn bulderend uitgeschreeuwde tegenwerpingen. Hij kon ofwel meewerken, zei Havelock, of ze konden alle twee in moeilijkheden raken door elkaar de voet dwars te zetten. ‘Meneer Cross’ was bereid om zijn zaak tot het uiterste te drijven, zelfs als hij daarbij moest verklaren dat een CIA-agent die Steven MacKenzie heette was vermoord. En Randolph, die begreep dat hij tussen twee vuren in zat, ging in het gevaarlijke toneelspel meespelen met een behoorlijke portie vindingrijkheid. De Apacheploeg zou een stel tijdelijk gedetacheerde cardiologen uit

Californië vormen compleet met witte jasjes en stethoscopen. Havelocks opdrachten waren heel duidelijk, fouten konden er niet worden gemaakt. Wie er ook kwam voor Matthew Randolph – en er zou zeker iemand komen – die man of mannen moesten levend worden gepakt. Verwonden was toegestaan, maar alleen in de benen, de voeten, niets boven het middel. Het was een vier-nullenopdracht en in de geheime diensten waagde niemand het daaraan te tornen.

'Havelock, Loring hier.'
'Hoe gaat het?'
'Mijn bestuurder zei dat hij u niet te pakken kon krijgen.'
'Ik had een lastige dokter aan de lijn, maar als het een noodgeval was dan had uw man ertussen kunnen komen. Dat weet hij.'
'Dat was het niet en dat is het niet. Het is alleen erg vreemd.'
Loring zweeg en het was een onbehaaglijk stilzwijgen.
'Wat is er aan de hand, Charley?'
'Dat is 't 'm juist. Niks. Shippers' taxi heeft hem afgezet voor het warenhuis van Garfinkel. Hij is naar binnen gegaan, heeft opgebeld via een van de toestellen op de begane grond en hij struint nou al zowat een uur rond op de afdeling herenkleding op de vierde. Van daaruit bel ik; ik heb hem in het vizier.'
'Hij wacht op iemand.'
'Als dat zo is dan is het een vreemde manier om het onopvallend te doen.'
'Wat bedoel je?'
'Hij is kleren aan het kopen alsof hij op een cruise-tocht gaat, past links en rechts en maakt grapjes met de verkopers. Hij maakt er een dagje van.'
'Gewoon is het niet, maar bewaar je geduld maar. Het belangrijkste is dat hij heeft gebeld, voor het eerst uit zijn schulp is gekropen. Je doet het prima.'
'Wat is het voor een vent, Havelock?'
Michael dacht na. Loring verdiende het om meer te weten dan wat hij te horen had gekregen; het werd tijd dat hij iets meer over de waarheid hoorde. Er hing zoveel af van die gewiekste, openhartige *Cons Op*-agent.
'Een diep ingegraven spion die een vent gaat ontmoeten die het hele Pooles Eiland zou kunnen torpederen. Ik ben blij dat

jij daar zit, Charley. We moeten weten wie die vent is.'
'Ik weet genoeg, en bedankt. Alle verdiepingen en uitgangen worden bewaakt, we staan met elkaar in verbinding en we hebben onze camera's klaar... Als het een kwestie van kiezen wordt, laten we dan Shippers schieten en blijven we bij zijn contactpersoon?'
'Dat is misschien niet nodig. Het kan zijn dat je hem herkent. De anderen misschien niet; maar jij waarschijnlijk wel.'
'Verrek, van BZ?'
'Precies. Volgens mij vrij hoog, vijfenveertig tot midden vijftig en een of andere expert. Mocht je hem herkennen blijf dan zover mogelijk uit de buurt tot ze uit elkaar gaan, dan reken je Shippers in en je brengt hem hierheen. Maar als je op hem afgaat, doe het dan heel snel en heel voorzichtig en onderzoek hem op capsules.'
'Zit die Shippers zo diep? Verrek, hoe doen ze dat?'
'Verleden tijd, Charley. Deden. Heel lang geleden.'

Het wachten zou ondraaglijk lang hebben geduurd als Havelock niet in toenemende mate gefascineerd raakte door een luitenant-ter-zee, Thomas Decker, USN, Annapolis '61, voorheen gezagvoerder van de onderzeeër *Starfire* en lid van een van de comités voor nucleaire verhoudingen van het Pentagon. Decker was een leugenaar zonder dat daar een aanwijsbare reden voor was.
Michael had met alle vijftien hoofdofficieren van de comités gesproken, een paar had hij twee keer gebeld, een enkeling drie keer, met het voorwendsel om zich een duidelijk beeld te vormen over de werkmethodiek van de comités, teneinde daarmee de president volledig op de hoogte te kunnen brengen. Tijdens de meeste gesprekken waren de eerste opmerkingen aan de voorzichtige kant. Uiteraard wilde iedereen verificatie door het Witte Huis zien. Maar als het gesprek op gang kwam en de mannen beseften dat Havelock wist waarover hij sprak, werden ze minder voorzichtig en meer specifiek binnen de grenzen van wat ze mochten zeggen. Er werden theoretische antwoorden gegeven op hypothetische gebeurtenissen, en afgezien van de eigenlijke reden waarom hij met de mensen sprak, was Havelock onder de indruk. Als er volgens een natuurwet een gelijke en een tegengestelde reactie was op iedere actie, dan hadden de NCC-teams een betere vergelijking gevonden. Voor

iedere vijandelijke nucleaire actie bestond een reactie die niet gelijk was, maar ongelooflijk veel sterker. Zelfs de bijdragen van luitenant-ter-zee Decker waren bijzonder boeiend in die zin. Hij verklaarde dat een buitenring van rondzwervende atoomonderzeeërs alle belangrijke vijandelijke lanceerinrichtingen kon vernietigen vanaf de noordelijke Atlantische Oceaan tot aan de Zwarte Zee en op de meeste plaatsen tussen die twee gebieden – en dat alles binnen enkele minuten. Op dat terrein vertelde hij geen leugens: op een ander gebied wel. Hij zei dat hij de minister van buitenlandse zaken Anthony Matthias nooit had ontmoet.

Zijn naam had gestaan in drie verschillende telefoonregisters uit het kantoor van Matthias, allemaal binnen de laatste zes maanden.

Het was natuurlijk mogelijk dat de verklaring van Decker wel waar was, dat hij Matthias niet echt had ontmoet, hem alleen via de telefoon had gesproken. Maar als dat het geval was geweest, waarom had hij dat dan niet uit zichzelf gezegd? Wanneer aan iemand wordt gevraagd of hij een van de meest inspirerende figuren in de hele wereld kent of niet, dan ontkent zo iemand dat niet zo gauw zonder er snel bij te vertellen dat hij hem kent, in die zin dat hij met hem heeft gebeld. Het was onnatuurlijk, eigenlijk in tegenspraak, omdat het een duidelijk ambitieus marineofficier betrof die in het Pentagon snel aan het opklimmen was. Voor zoiets klampte je je uit alle macht vast aan de jaspanden van Anthony Matthias.

Thomas Decker, USN, had gelogen. Hij kende Matthias wel en hij wilde dat, om onduidelijke redenen, niet toegeven.

Het werd tijd om luitenant-ter-zee Decker voor de vierde keer te bellen.

'Weet u, meneer Cross, ik heb u alles verteld wat ik in deze kwestie kan en mag vertellen. Ik ben er zeker van dat u beseft dat ik onder bepaalde geheimhouding sta, die alleen maar kan worden opgeheven door de president zelf... en in zijn aanwezigheid, zou ik nog kunnen zeggen.'

'Daarvan ben ik me bewust, meneer, maar ik kan niet goed wijs uit een van mijn aantekeningen. Het heeft waarschijnlijk niets te maken met dat waarover we hebben gesproken, maar de minister van buitenlandse zaken begreep het ook niet. U zei dat u hem niet kende, nooit had ontmoet.'

Het stilzwijgen van Decker was al even opzienbarend als zijn

uiteenzettingen over de oorlogvoering met atoomonderzeeërs.
'Zo wilde hij het zelf,' zei hij zacht. 'Hij zei dat het op die manier moest gebeuren.'
'Dank u, meneer. Tussen haakjes, minister Matthias was vanmorgen bezig de puntjes op de i te zetten. Hij kon zich niet meer herinneren waar u en hij het laatst met elkaar hadden gesproken.'
'In de berghut, natuurlijk. In augustus of september, geloof ik.'
'Natuurlijk. De berghut. De Shenandoah.'
'Daar was het, daar was het altijd. Niemand wist ervan. Alleen hij en ik. Hoe kan hij dat nou niet meer weten?'
'Dank u, commandant. Tot ziens.'
De *Shenandoah*.

Het belgerinkel klonk oorverdovend en aan één stuk door; op die manier gaf de centrale aan dat er een noodgeval was! Havelock had door het vertrek lopen ijsberen en nagedacht; hij rende de kamer door en greep de hoorn. Het was Loring.
'Je krijgt mijn staart op een presenteerblaadje opgediend en ik zal hem zelf voor je aansnijden! Verrek, het spijt me verschrikkelijk!'
'Je bent hem kwijt,' zei Michael met een hol gevoel en een droge keel.
'Verdomme. Ik ga mijn ontslag indienen! Zo gauw ik me heb afgemeld!'
'Kalm nou maar, Charley. Wat is er gebeurd?'
'Een verwisseling. Een verrekte persoonsverwisseling! Ik... ik keek gewoon even niet! Dat had ik moeten doen, maar dat deed ik niet!'
'Vertel maar wat er is gebeurd,' herhaalde Michael, terwijl hij ging zitten en Jenna opstond van de sofa en op het bureau afliep.
'Shippers betaalde voor de spullen die hij had gekocht en regelde dat het meeste bij hem thuis zou worden afgeleverd, op een paar dozen na die hij meenam. Hij ging een kleedkamer in en kwam naar buiten met zijn eigen kleren aan, dezelfde regenjas, dezelfde slappe hoed en met de dozen.'
'Die hij voor zich uit droeg,' kwam Havelock vermoeid tussenbeide en dat uitzichtloze gevoel maakte zich weer van hem meester.

'Natuurlijk,' stemde Loring in. 'Ik liep hem na naar de lift, door een tussengang die wat verder weg lag... en eigenlijk hield ik iedere klootzak op die herenafdeling in de gaten, omdat ik dacht dat jouw man ertussen zou kunnen zitten. Een of andere stomme klootzak die misschien even vlak langs Shippers was gelopen en iets van hem had gekregen...! De liftdeur ging dicht en ik waarschuwde de mensen op elke verdieping die de lift in de gaten hielden en die daarna naar beneden moesten gaan om zich bij de anderen te voegen zo gauw de lift voorbij was... Mijn S-negen pikte hem op aan de uitgang en volgde hem en gaf zijn positie per radio aan ons door; we verspreidden ons te voet en met de wagens. Verdomme!'
'Wanneer gebeurde het?' vroeg Michael.
'Op een straathoek, vier minuten nadat ik de winkel was uitgegaan en ik was de laatste man die naar buiten kwam. Shippers riep een taxi aan, gooide zijn dozen erin en net voordat hij instapte nam hij zijn hoed af. Het was Shippers helemaal niet. Het was een vent die zo'n tien vijftien jaar ouder was en zo goed als kaal.'
'Wat deed jouw S-negen?'
'Alles wat hij kon. Hij probeerde de taxi tegen te houden maar dat lukte niet; die schoot meteen een open gat in het verkeer in. Hij gaf ons alle bijzonderheden door, de nummerplaat van de taxi en een beschrijving. Vijf van ons renden terug naar de winkel en hielden alle uitgangen in de gaten, maar we wisten allemaal dat we hem kwijt waren. S-elf en -twaalf gingen de taxi achterna; ik zei dat ze die moesten blijven achtervolgen, al zouden ze het hele verkeersreglement moeten overtreden – nu we de gezochte kwijt waren konden we tenminste zijn plaatsvervanger nog grijpen... Ze kregen de taxi zes straten verder te pakken en er zat niemand in. Alleen de regenjas, de hoed en twee dozen lagen er nog.'
'De chauffeur?'
'Hij zei dat er een of andere geschifte vent instapte, zijn jas uittrok hem vijf dollar gaf en bij het eerste het beste verkeerslicht naar buiten sprong. De mensen nemen de dozen mee voor mogelijke afdrukken.'
'Ze zullen in de computers van de FBI geen afdrukken vinden die hiermee kloppen.'
'Het spijt me echt, Havelock, dat moet je geloven. Die hele trammelant van Shippers was een afleidingsmanoeuvre en ik

ben erin getrapt. Nou ga je eens één keer niet af op je instinct en dan gebeurt dit.'

Michael schudde zijn hoofd terwijl hij sprak. 'Je liet je instinct niet los, Charley; ik heb het uit je hoofd geveegd. Jij voelde tenminste dat er iets niet klopte in het geheel en ik zei je dat je dat wel kon vergeten. Ik zei je dat je geduld moest hebben en je moest concentreren op een man die nooit van plan is geweest om daar op te duiken.'

'Je hoeft dit echt niet te doen,' zei Loring. 'Dat zou ik ook niet doen als ik jou was.'

'Dat weet jij niet. Ik heb jou bovendien nodig. Je bent nog niet van me af, Charley, ik wil gebruik maken van dat instinct van jou. Er is een marineofficier in het Pentagon, een luitenant-ter-zee, Thomas Decker. Hou je zo gedeisd als je maar kunt en probeer alles over hem te weten te komen. Alles.'

'Een mol?'

'Nee. Een leugenaar.'

Jenna Karras leunde naast Havelock op het bureau en keek over zijn schouder, terwijl hij de namen bestudeerde en de korte samenvattingen van de mensen die ze had geselecteerd uit de rapporten van de CIA, *Cons Op* en de legerinlichtingendienst. Van 135 potentiële Russische overlopers die noch naar het Westen waren gekomen, noch ergens anders te vinden waren, had zij er acht uitgekozen om speciaal onder de loep te nemen.

Michael was klaar met zijn lijst, legde hem neer en draaide zich langzaam naar haar toe. 'Dit is een rotdag geweest. Ik heb geen zin in grapjes.'

'Ik maak geen grapjes, Mikhail,' zei Jenna en ze ging weer rechtop staan.

'Er zit hier maar één bewapeningsexpert bij, geen militair met een hoge rang en niet eens een atoomgeleerde. Dit zijn doktoren... specialisten... Het zijn nu oude mannen van wie er niet één ook maar in de verte iets heeft te maken met wat voor strategische plannen dan ook of met de bijzonderheden van een atoomaanval.'

'Parsifal heeft dergelijke verbindingen niet nodig.'

'Dan ben ik misschien niet duidelijk genoeg geweest over de inhoud van die documenten. Daarin worden in alle details een serie atoomaanvallen beschreven – eerste en tweede aanvallen, onderscheppende tegenaanvallen, gebiedsneutralisatie en bezetting via afstandsbediening – gedetailleerde strategieën die alleen maar kunnen worden samengesteld en besproken door specialisten.'

'Matthias had dat soort bijzonderheden niet in zijn hoofd, dat zei je zelf.'

'Natuurlijk niet en daarom zit ik achter die mensen in de comités aan – achter eentje in het bijzonder. Maar Parsifal wel. Hij moest de beschikking hebben over dat soort gegevens. Het waren fiches, daarmee moest hij onderhandelen in hun krankzinnige spel.'

'Dan missen we nog iemand,' hield Jenna vol en ze liep om het bureau heen, draaide zich onverwacht om toen ze tegenover Havelock stond. 'Wie sprak er voor China? Wie onderhandelde voor de positie van China? Wie verschafte daarover de gegevens, daarvan de strategische plannen? Volgens jouw theorie moet er een derde onderhandelaar zijn.'

'Nee, dat hoeft niet. Hun gecombineerde bronnen zouden toereikend zijn om een strategie voor China volkomen aannemelijk te maken. Het is algemeen bekend in de kringen van de inlichtingendienst, dat als alles wat Amerika en Rusland weten over de wapenarsenalen van de Volksrepubliek bijeen wordt geveegd, we meer zouden weten over de nucleaire mogelijkheden van China dan wie ook in Peking.'

'Volkomen aannemelijk?'

'Helemaal.'

'Gecombineerde bronnen, Mikhail? Waarom?'

Havelock keek Jenna aandachtig aan en begon zwijgend en geleidelijk te begrijpen wat ze wilde zeggen. 'Eén bron,' zei hij zacht.

'Waarom niet?'

De telefoon ging over en het bellen was als een schril angstsignaal, dat Michael ineens de keel dichtkneep. Hij pakte de hoorn op; de president van de Verenigde Staten was aan de lijn en zijn eerste woorden klonken onheilspellender dan Havelock ooit had gehoord.

'De Russen zijn op de hoogte van Matthias. Het is niet te voorspellen wat ze nu zullen doen.'

'Parsifal?' vroeg Michael ademloos.

'Ze kunnen hem ruiken en hun neusgaten staan wijd open door die geur. Ze staan op het punt in paniek te raken.'

'Hoe hebt u het ontdekt?'
'Ze hebben het tegen iemand verteld op een hoge diplomatieke post, die voor ons zo ongunstig is als maar zijn kan en hun dreigementen lopen uiteen van onthulling tot waanzin. De enige hoop die we hebben op dit moment is dat de man die het van hen heeft gehoord een van onze beste mensen is. Ze respecteren hem; hij is wellicht onze enige hoop dat we de zaken stil kunnen houden... Ik ga hem van alles op de hoogte stellen; hij neemt de plaats van Bradford in. Hij moet alles te horen krijgen, alles begrijpen.'
'Wie is hij?'
'Een man die Pierce heet. Arthur Pierce.'

33

De *paminjatsjik* zat in het ondergrondse strategievertrek van het Witte Huis en de president van de Verenigde Staten en twee van de meest invloedrijke mannen van het land brachten hem op de hoogte. De vergadering had voorrang gekregen boven alle reeds gemaakte afspraken en verplichtingen van Charles Berquist. Tot dusver had zij bijna drie uur geduurd, de stomverbaasde staatssecretaris bij de delegatie van de Verenigde Naties maakte snel korte aantekeningen, zijn intelligente, grijze ogen lieten zien hoe intens hij de afschuwelijke ramp aanvoelde, en toch was het brein achter dat gevoel de toestand volledig meester, zocht naar antwoorden en weigerde in paniek te raken.
De spanning was geladen, af en toe onderbroken door uitdrukkingen van beleefdheid en respect. Arthur Pierce was geen vriend van de president of van Addison Brooks, maar hij was ook geen vreemde. Hij was een professionele kracht met wie beide mannen eerder hadden samengewerkt, en in wie beiden vertrouwen hadden. Ze herinnerden zich met dankbaarheid zijn doordringende analyses in vorige crisissituaties. Generaal Malcolm Halyard had majoor Pierce jaren geleden in Saigon ontmoet, en was zo onder de indruk van zijn prestaties dat hij een telegram naar het Pentagon had gestuurd waarin hij Defensie voorstelde te onderzoeken of hij geen majoor kon blijven, in tegenstelling tot reserve-officier.
Ondanks deze uitzonderlijk positieve beoordelingen had de uit-

muntende burger-militair toch voor de burgerstatus gekozen, hoewel hij wel op de regering georiënteerd bleef. En aangezien, tot zijn afschuw, de legertop vaak deel uitmaakte van de regering, had zijn reputatie zich verspreid: er was een uitzonderlijke man beschikbaar, op zoek naar uitdagend werk. Iemand moest iets verzinnen voordat de *headhunters* van grote bedrijven op hem afkwamen. Washington had al het talent nodig dat het vinden kon.

Het was zo gemakkelijk gegaan, volgens de logica der wiskunde: een plus een plus een. De mensen werden stappen, en de stappen leidden naar een hoge plek. Een oudere beroepsofficier bij Buitenlandse Zaken had gezegd dat hij net op een diner in Alexandrië geweest was, waar zijn militaire gastheer Pierces naam genoemd had. Uiteraard had de beroepsofficier het nodig gevonden om Pierces naam te noemen op een conferentie die Addison Brooks bijwoonde. Buitenlandse Zaken was voortdurend op zoek naar die zeldzame vogel die zijn sporen al verdiend had en mogelijkheden tot verdere intellectuele groei in zich had. Arthur Pierce werd opgeroepen voor een gesprek, dat uitliep in een langdurige lunch met de aristocratische politicus. En dat leidde weer tot het aanbod van een baan, een geheel en al aannemelijke beslissing, gezien zijn staat van dienst.

De mol zat op zijn plek. In werkelijkheid was er geen diner in Alexandrië geweest, geen gastheer die over een uitmuntend soldaat in Saigon had gesproken in uitsluitend lovende bewoordingen. Brooks had dat gecontroleerd. Een tiental bedrijven stond op het punt de briljante jongeman een aanbod te doen, dus Addison Brooks had als eerste zijn zet gedaan.

In de loop der jaren bleek het een goede beslissing te zijn geweest, Arthur Pierce aan te nemen. Hij gaf inderdaad blijk van groot talent en kon steeds beter de Sovjet-manoeuvres begrijpen en een tegenzet doen, vooral in rechtstreekse confrontaties. Er waren uiteraard specialisten die de *Izvestia* en de verschillende Russische journalen en communiqués bestudeerden om de vaak onduidelijke Sovjet-standpunten te interpreteren, maar Pierce was het best aan de conferentietafel, of dat nu in Helsinki was, in Wenen of Genève. Soms waren zijn observaties bijna griezelig; vaak leek het alsof hij de vertegenwoordigers uit Moskou tien stappen voor was; hij bereidde zijn tegenvoorstellen al voor, voordat het Sovjet-standpunt duidelijk gemaakt was. Zo kreeg het Amerikaanse team het voordeel van een onmiddellijke reactie. Steeds vaker verzochten hoge diplomaten zijn aanwezigheid, totdat het onvermijdelijke gebeurde: hij werd in dienst gesteld bij Matthias, en het duurde niet lang of de minister van buitenlandse zaken bevorderde Arthur Pierce zelf tot hoge diplomaat.

De *paminjatsjik* had zijn doel bereikt. Als kind was hij volgens de wetten van de erfelijkheidsleer in Moskou geselecteerd en in het geheim in het hart van Amerika overgeplant; door listig gemanoeuvreer en met behulp van reeds aanwezige trekvogels had hij een snelle en briljante carrière gemaakt tot in de hoogste regionen van de regering en nu zat hij op zijn plaats, na een leven van voorbereidingen. Op dit moment werd hij toegesproken door de president van de Verenigde Staten.

'Nu kent u heel het onmenselijke beeld, meneer de staatssecretaris.'

Berquist zweeg bij de pijnlijke herinnering. 'Het is vreemd om die titel te gebruiken,' vervolgde hij zacht. 'Pas een paar dagen geleden zat er een andere man aan deze tafel, met dezelfde titel.'

'Ik hoop dat ik ook iets kan bijdragen, al is het maar een fractie van wat hij gedaan heeft,' zei Pierce terwijl hij zijn aantekeningen doorlas. 'Het feit dat hij vermoord werd is afgrijselijk. Emory was een vriend van mij... hij had niet zoveel vrienden.'

'Hij zei hetzelfde over zichzelf,' merkte Addison Brooks op. 'En over u.'

'Over mij?'

'Dat u zijn vriend was.'

'Ik voel me gevleid.'

'Dat zou u zich toen wellicht niet gevoeld hebben,' zei generaal Halyard. 'U was een van de achttien... negentien mensen die hij nader aan het onderzoeken was.'

'In welke zin?'

'Hij probeerde iemand te vinden op de vierde verdieping van BZ die misschien in het buitenland was, die aan de Costa Brava had kunnen zijn,' legde de president uit.

'De man die later de codenaam "Dubbelzinnigheid" gebruikte?' vroeg Pierce met gefronste wenkbrauwen.

'Juist.'

'In welk verband werd mijn naam daarbij genoemd? Emory

heeft me er nooit iets van gezegd, me nooit gebeld.'

'Gezien de omstandigheden kon hij dat niet,' zei de ambassadeur. 'Verschillende antwoorden op vragen tussen u en Washington waren in die week onvindbaar. Ik hoef u niet te vertellen hoezeer hij daardoor aanvankelijk was geschokt. Ze werden natuurlijk weer gevonden.'

'Dat verkeerde opbergen blijft irritant,' zei Pierce, terwijl hij zijn notities weer bekeek en hier en daar een punt afstreepte met zijn doublé ballpoint. 'Ik geloof dat er niet eens een oplossing voor is. Er is gewoon te veel van dat materiaal en er zijn te weinig mensen met de bevoegdheid om documenten op dat niveau te lezen.' De staatssecretaris trok een kringetje om een aantekening en terwijl hij verder las voegde hij er peinzend aan toe: 'Aan de andere kant kun je beter de irritatie voor lief nemen dan de kans lopen dat sommige van die geheime memo's ooit bekend raken.' Hij keek op en schudde langzaam en ongelovig zijn hoofd, diep verontrust door de notities die hij had gemaakt.

'Hoeveel van wat u hier hebt gehoord is volgens u bij de Russen bekend?' Het Scandinavische gelaat van Berquist stond vastberaden, zijn blik was hard en strak en zijn kaakspieren klopten.

'Niet zoveel als ik heb gehoord en meer dan we misschien vermoeden. Je hebt geen houvast aan die verdomde Russen; ook zijn ze bezig zichzelf langzaam tot een kookpunt te brengen. Ik kan er geen oordeel over vormen voordat ik kans heb gehad om die... ongelooflijke documenten te bestuderen.'

'Valse documenten,' sprak Halyard hem met nadruk tegen. 'Overeenkomsten tussen twee waanzinnigen, dat zijn het.'

'Ik ben bang dat noch Moskou, noch Peking dat zou geloven, generaal,' zei Pierce en hij schudde zijn hoofd weer. 'Een van die waanzinnigen is Arthur Matthias en de wereld is niet bereid om hem als krankzinnig te beschouwen.'

'Omdat de wereld dat niet wil,' kwam de eerbiedwaardige Brooks tussenbeide. 'Ze durft dat niet.'

'Daar hebt u gelijk aan, meneer,' stemde de staatssecretaris in. 'Maar zelfs afgezien van Matthias bevatten deze zogenaamde nucleaire-agressieovereenkomsten, zoals de president ze beschreven heeft, uitzonderlijke en uitzonderlijk geheime informatie. Locaties, hoeveelheden megatonnen, gedetailleerde lanceercapaciteiten, lanceringscodes... zelfs annuleringssystemen.

Voor zover ik het heb begrepen zijn de poorten van de wapenarsenalen van de twee supermachten en van China dat hen vlak op de hielen zit, wagenwijd opengegooid en ligt daar voor iedereen die de overeenkomsten leest het meest geheime wapentuig zo maar open en bloot.'
Pierce wendde zich tot de militair. 'Hoe zou de aanbeveling van het Pentagon luiden als de geheime diensten een dergelijk Chinees-Russisch pact tegen ons zouden aandragen, generaal?'
'Lanceren,' antwoordde Halyard vlakweg. 'Er zou niets anders opzitten.'
'Alleen wanneer je ervan overtuigd zou zijn dat het authentiek was,' merkte Brooks op.
'Ik zou ervan overtuigd zijn,' zei de generaal. 'En dat zou jij ook. Hoe zou die informatie er anders in terecht kunnen komen, tenzij door de mensen die er toegang toe hebben? Verder heb je ook nog de tentatieve data. Ik zou er hartstikke van overtuigd zijn.'
'Wanneer u zegt dat je aan de Russen geen houvast hebt,' begon de staatsman, 'dan ben ik het daar hartgrondig mee eens, maar hoe bedoelt u dat in het onderhavige geval?'
'Ze bombardeerden me met woorden... onlogische gevolgtrekkingen die nergens op sloegen... hielden me in het oog om te zien of ik ergens op zou reageren. We staan nu al een behoorlijk aantal jaren tegenover elkaar, in Wenen, of in Bern of in New York; je leert zelfs reacties onderscheiden die verborgen zitten.'
'Maar ze vertelden u eerst dat ze wisten dat Matthias krankzinnig was,' zei Berquist. 'Zo begonnen ze, nietwaar?'
'Jawel, meneer. Ik geloof niet dat ik in eerste instantie de exacte woorden heb gebruikt. Dat zal ik nu doen. Ik was in het kantoor van de Russische ambassadeur op zijn verzoek – eigenlijk was ik ontboden – samen met zijn belangrijkste zaakwaarnemer. Eerlijk gezegd dacht ik dat hij me wilde spreken om een compromis uit te werken betreffende de pan-Arabische resolutie, maar in plaats daarvan werd ik begroet met een uitspraak die alleen maar op Matthias kon slaan... "Wij hebben uit de meest betrouwbare bron vernomen dat er een vakantie is verlengd, omdat de mentale conditie van de vakantieganger is verergerd tot op een punt waarop hij niet meer kan genezen".'

'Hoe luidde uw antwoord?' vroeg Brooks. 'Graag de exacte woorden.'

'"De Russische hang naar zwaarmoedig, zelfzuchtig fantaseren is nog niets veranderd sinds Dostojewski het beschreef." Zo heb ik het precies gezegd.'

'Provocerend en toch op een brutale manier achteloos,' zei de staatsman. 'Uitstekend.'

'En toen begon het vuurwerk. "Hij is gek!" schreeuwde de ambassadeur. "Matthias is gek! Hij heeft waanzinnige dingen gedaan, ondermijnd wat er nog over is van de *détente*." Toen ging zijn zaakwaarnemer meedoen, wilde weten... waar de volgende ontmoetingen zouden plaatsvinden en met welke onstabiele regeringen Matthias in contact was geweest. En of die wisten dat hij gek was, of dat een waanzinnige erop uit was in het geheim contacten te leggen, en of hij zijn waanzin verborgen hield voor degenen die hij opzocht... Wat mij angst aanjaagt, meneer de president, meneer de ambassadeur, generaal Halyard, is dat zij datgene beschreven wat u mij hebt beschreven. Als ik het goed heb begrepen, is dat precies wat Matthias de laatste zes maanden aan het doen is geweest. Contact zoeken met onstabiele regimes, mensen die zichzelf premier hebben gemaakt, revolutionaire junta's waar we met onze vingers vanaf moeten blijven.'

'Daar hebben de Russen natuurlijk hun informatie vandaan,' zei Berquist. 'Ze denken dat een waanzinnige Matthias bezig is een paar van zijn bekende "geopolitieke realiteiten" ten uitvoer te brengen. Op hun terrein komt.'

'Ze denken veel meer dan dat, meneer,' verbeterde Pierce hem. 'Ze geloven dat hij op slinkse manieren atoommaterialen heeft verschaft aan extremistische regimes en fanatieke groeperingen – islamitische, bijvoorbeeld, of Afghaanse, of anti-Russische Arabische facties – die dergelijke zaken niet mogen krijgen, en daarover zijn we het allemaal eens. Daar zijn ze paranoïde over. We kunnen ons tegen de ander beschermen dankzij de enorme omvang van onze arsenalen, maar geen van beide zijden kan zich beschermen tegen een onredelijke partisanen-junta of een sekte die kernwapens heeft en kan gebruiken. In feite zijn we veel veiliger; we zijn omringd door oceanen. Strategisch Rusland maakt deel uit van de Euro-Aziatische landmassa, de grenzen zijn kwetsbaar, alleen al door de nabijheid van potentiële vijanden. Als ik hen goed

begrijp zijn dat de zorgen die hen naar de noodknop drijven.'
'Maar niet Parsifal,' zei Brooks. 'Zoals u het ziet heeft de man die wij Parsifal noemen geen contact gelegd met Moskou?'
'Ik kan niets uitsluiten,' protesteerde Pierce. 'Er waren zoveel woorden, dreigementen, toespelingen... zoals ik al zei, toespelingen waaraan je geen houvast hebt. Ze hadden het bijvoorbeeld over "atoommaterialen", "volgende ontmoetingen", "onstabiele regeringen". Dat alles – nogmaals, als ik het goed heb begrepen – maakt in feite deel uit van die overeenkomsten. Als ik ze kon bestuderen zou ik in staat zijn parallellen te trekken met de originele teksten.' De staatssecretaris zweeg en zei toen rustig en vastberaden: 'Volgens mij is het mogelijk dat Parsifal inderdaad contact heeft gelegd, dat hij provocerende toespelingen heeft gemaakt, misschien niet meer dan dat. En volgens mij is het uiterst belangrijk dat we zelfs dat te weten komen.'
'Hij wil ons allemaal de lucht in laten vliegen,' zei de president.
'Mijn god, meer wil hij niet doen.'
'Hoe sneller ik op Pooles Eiland kan komen, meneer...'
Pierce moest zwijgen. De witte telefoon op te witte tafel zoemde en op het kleine paneel flitste een rood lichtje aan en uit. Berquist nam de hoorn op. 'Ja?'
De president luisterde ongeveer een halve minuut zwijgend, knikte toen en antwoordde: 'Ik begrijp het. Laat me weten wat er gebeurt, zo gauw het gebeurt.' Hij legde de hoorn op en wendde zich tot de anderen. 'Dat was Havelock. Hij kan vanmiddag niet komen.'
'Wat is er dan aan de hand?' vroeg de militair.
'Te veel voor hem om van de telefoon vandaan te gaan.'
'Dat spijt me,' zei Arthur Pierce. 'Ik zou hem graag ontmoet hebben. Volgens mij is het van vitaal belang dat we verbinding houden met elkaar. Ik kan hem vertellen hoe het staat met de Russen en hij kan mij op de hoogte houden. Ik moet weten wanneer ik agressief kan zijn en wanneer ik me kalm moet houden.'
'U zult op de hoogte blijven; daartoe heb ik hem opdracht gegeven... Ze zijn de patholoog kwijtgeraakt.'
'Verdomme!' viel de militair uit.
'Hij heeft ofwel gemerkt dat hij geschaduwd werd, of hij be-

sloot onder te duiken omdat hij wist dat hij de zaak niet meer in de hand had.'

'Of hij kreeg opdracht om onder te duiken,' voegde de staatsman eraan toe.

'Dat kan ik me niet voorstellen,' zei Berquist en hij wendde zich tot de zwijgende staatssecretaris. 'De Russen hebben u niets gezegd waaruit blijkt dat ze zich ervan bewust waren dat hun regering iets te maken had met heel die verdomde zaak? Hebben ze het niet gehad over de Costa Brava of over het telegram van Rostov aan ons?'

'Nee, meneer. Dat is misschien het enige voordeel dat we hebben. Wij weten het, maar zij niet.'

'Rostov is op de hoogte,' hield de president aan.

'Dan is hij te bang om tot actie over te gaan,' antwoordde Pierce. 'Dat is wel vaker het geval met mensen van de KGB die zich helemaal hebben ingegraven; ze zijn er nooit zeker van wie ze op de tenen kunnen gaan staan. Het kan ook zijn dat hij nog aan het zoeken is; dan maakt hij geen vorderingen.'

'Nou praat u alsof u het over twee verschillende Moskous hebt,' wierp Halyard tegen.

'Ik ben het met Havelock eens,' zei de mol. 'Dat hebben we ook. En totdat het Moskou dat achter Matthias' documenten aanzit, daarin slaagt, spreekt het Moskou waar ik mee te maken heb namens het Kremlin. Andersom kan dat niet. Des te meer reden waarom ik op de hoogte moet blijven. Als Havelock ook maar één man ving die ons naar dat andere Moskou kon leiden, dan hadden we iets om mee te werken. Ik zou dat kunnen gebruiken.'

'Hij heeft het ons al verteld,' kwam Brooks tussenbeide. 'Een afdeling van de Russische inlichtingendienst die bekend staat als de VKR. Rostov heeft dat zo goed als toegegeven.'

Pierce keek stomverbaasd. 'Dat heb ik helemaal niet horen noemen.'

'Misschien ben ik het vergeten,' zei Berquist.

'Hoe dan ook, het is te vaag... De VKR is een samenraapsel van vele eenheden. Ik heb specifieke informatie nodig. Welke afdeling? Welke directeuren?'

'Die krijgt u misschien wel.'

'Pardon, meneer?' De doublé pen van Pierce zweefde even boven zijn aantekeningen.

'Het is een van de dingen waar Havelock mee bezig is in Steriel Vijf.'
'Steriel Vijf...'
'Ze zijn dan misschien Shippers uit het oog verloren, maar Havelock verwacht dat degene van wie Shippers instructies krijgt, mensen naar Maryland zal sturen om uit te vinden met wie Matthew Randolph heeft samengewerkt. Hij heeft zijn eigen mensen in positie gebracht met de opdracht te verwonden en in te rekenen. Zoals ik u vertelde heeft de dokter gelogen over MacKenzies dood, maar om de verkeerde redenen.'
'Ja, dat weet ik.' Pierce keek naar zijn aantekeningen, terwijl hij de pen terugstak in de binnenzak van zijn donkere streepjespak. 'Het helpt me om de zaken op te schrijven; ik rekende er niet op dat ik mijn aantekeningen mee zou kunnen nemen.'
'Daar ben ik blij om,' zei de president. 'Ik zou het niet hebben toegestaan... U hebt een boel te overdenken, meneer de staatssecretaris, en u hebt er niet veel tijd voor. Hoe denkt u de Russen aan te pakken?'
'Voorzichtig,' antwoordde de mol. 'Met uw toestemming zou ik graag een deel van wat ze me hebben verteld bevestigen.'
'U bent niet goed wijs,' zei de militair.
'Alstublieft, generaal, alleen maar een onbelangrijk deel. Ze hebben kennelijk een betrekkelijk betrouwbare bron en als we het helemaal ontkennen zou dat alleen maar meer vijandigheid en wantrouwen oproepen. Dat kunnen we ons nu niet veroorloven. Zoals de president al zei, moeten we hen zoveel mogelijk aan het lijntje houden en zo lang mogelijk.'
'Hoe denkt u dat te kunnen doen?' vroeg Berquist, terwijl hij hem van opzij opmerkzaam aankeek.
'Door toe te geven dat Matthias aan totale uitputting lijdt. Al het andere is schromelijk overdreven en heeft niets te maken met de medische diagnose, die helemaal niet ernstig is. Hij moet van de dokter een paar weken rust nemen, meer niet. De rest is gerucht en geroddel dat nergens op slaat, iets wat je altijd kunt verwachten rond een man als Matthias. U moet niet vergeten dat zij zich Stalin nog herinneren; dat kunnen ze niet zo maar opzijschuiven. Tegen de tijd dat Stalin dood was geloofde het grootste deel van Moskou dat hij officieel krankzinnig was.'
'Uitstekend,' was de bijdrage van ambassadeur Brooks.

'Ze kunnen de andere bronnen niet zo maar opzijzetten,' zei Halyard, die kennelijk wel wilde instemmen, maar die dat als strategiebepaler niet zo gemakkelijk kon. 'De lekken uit onstabiele regeringen... de instant-premiers, of hoe u die ook noemde. Matthias heeft contact met hen gehad.'
'En bij mij moeten ze met meer bijzonderheden komen. Ik geloof dat ik geval voor geval met hen aankan. Ze zullen op zijn minst ruggespraak moeten plegen met Moskou, de oorsprong zorgvuldig moeten nagaan. Elk geval zou tijdwinst voor ons betekenen.' Pierce zweeg en wendde zich tot Berquist. 'En, meneer de president, ik denk op dit moment alleen maar aan tijd. Ik geloof dat hoe eerder ik terugkeer naar New York en om een ontmoeting verzoek met de Russische ambassadeur – nee, niet verzoek, eis – hoe meer kans ik heb om hun handen van de knoppen weg te houden. Ik geloof echt dat ze naar me zullen luisteren. Ik kan niet garanderen hoe lang, maar een tijdje... een paar dagen, een week... zullen ze dat doen.'
'En dat brengt ons op de voor de hand liggende vraag,' zei de staatsman, met zijn keurige ellebogen op tafel en zijn slanke handen gevouwen onder zijn kin. 'Waarom denkt u dat ze met u contact hebben gezocht en niet via de meer directe kanalen in Washington, die er juist zijn voor zo'n crisis?'
'Dat zou ik ook wel eens willen weten,' zei Berquist. 'Ik ben voor dergelijke noodgevallen nooit verder dan een meter of vijftien van een telefoon verwijderd.'
Arthur Pierce gaf niet direct antwoord, hij keek om beurten naar de president en naar de ambassadeur. 'Ik kan daar moeilijk antwoord op geven zonder arrogant te lijken of overdreven ambitieus, en ik geloof niet dat ik een van beide ben.'
'Daar zullen we van uitgaan,' zei Berquist. 'Geef ons uw mening maar eens.'
'Met alle respect voor onze ambassadeur in New York, en dat meen ik, hij is een bijzonder aangenaam mens en dat is erg belangrijk, en hij heeft een uitmuntende staat van dienst bij de regering...'
'Hàd,' onderbrak de president. 'Hij is een hoge boom die veel wind vangt, maar zijn wortels zitten diep. Hij zit daar vanwege zijn absoluut beminnelijk karakter, en vanwege het feit dat hij het vertikt om ook maar een enkele beslissing te nemen. Dat nemen we ook maar aan. Ga verder.'
'De Russen weten dat u me hebt benoemd – op verzoek van

Matthias – om de woordvoerder te zijn voor het ministerie van buitenlandse zaken. Om uw woordvoerder te zijn, meneer.'
'En de woordvoerder voor Matthias,' zei Brooks terwijl hij bevestigend knikte. 'En dat houdt in dat u een nauwe band moet hebben met onze minister.'
'Die band was er ook, tot een paar maanden geleden... toen alle banden blijkbaar werden afgesneden door zijn ziekte.'
'Maar ze denken dat u die band nog steeds hebt,' merkte Halyard op. 'En waarom eigenlijk niet? Op Matthias na weet niemand meer van de zaken af.'
'Dank u, generaal. In de grond genomen geloof ik dat ze naar mij toe kwamen omdat ze dachten dat ik het zou weten als er iets waar was van de geruchten over Matthias. De waanzin.'
'En als ze dachten dat u het wist maar niet de waarheid vertelde, wat zou hun reactie dan zijn?'
'Dan zouden ze de rode telefoon niet gebruiken, meneer de president. Ze zouden hun raketten lanceren.'
'Gaat u maar terug naar New York en doet u maar wat u kunt. Ik zal het met de bewakingsdienst regelen dat u naar Pooles Eiland kunt gaan. Bestudeert u die overeenkomsten maar tot u ze woord voor woord kent.'
De *paminjatsjik* stond op van de tafel en liet de notities die hij niet nodig had achter.

De limousine reed de poort van het Witte Huis door en Arthur Pierce schoot naar voren op de achterbank, greep met zijn hand de lus boven het raampje en zei op scherpe toon tegen de chauffeur die hem door het departement was toegewezen: 'Zorg dat ik zo snel mogelijk bij een telefooncel kom.'
'De mobilofoon werkt, meneer. U vindt hem in het kastje midden op de vloer.' De chauffeur gebaarde met zijn rechterhand over de voorbank naar het zwarte leren kastje achter hem. 'Als u even aan de klink trekt gaat het open.'
'Nee, niet deze telefoon! Een cel, alstublieft.'
'Het spijt me, meneer, ik wilde alleen maar behulpzaam zijn.'
De staatssecretaris hervond zijn zelfbeheersing. 'Mijn verontschuldiging... Het zijn die mobilofoontelefonisten; het duurt soms eeuwen bij hen en ik heb grote haast.'
'Ja, die klacht heb ik meer gehoord.' De chauffeur gaf gas, maar remde even later alweer af. 'Daar is er eentje, meneer. Op de hoek.'

Pierce stapte uit en liep snel op de glazen cel af met de munten in zijn hand. Binnen trok hij de deur dicht, stopte een munt in de gleuf en draaide. 'Je reis?' vroeg hij kortaf.
'Een voorspoedige vliegreis. Ga je gang.'
'Is de ploeg al weg voor Maryland?'
'Zowat een kwartier geleden vertrokken.'
'Hou ze tegen!'
'Hoe?'
De *paminjatsjik* beet op zijn lip. Zij konden geen mobilofoons gebruiken, geen systeem waarbij nummers konden worden vastgelegd. Hij had maar één vraag over voordat hij het bevel gaf. 'Is er een manier om hen te bereiken wanneer ze eenmaal het gebouw binnen zijn? Welke manier dan ook?'
Het aanvankelijke stilzwijgen vormde zijn antwoord; de woorden die erop volgden verklaarden het nader: 'Niet op de manier zoals dit is georganiseerd,' luidde het zacht.
'Stuur direct een tweede ploeg. Politiewagen, automatische wapens, geluiddempers. Dood hen; dood hen allemaal. Er mag niemand meer in leven blijven.'
'Jij hebt hen gestuurd!'
'Het is een val.'
'O, verrek... Weet je het zeker?'
'Ik kom net uit het Witte Huis.'
Een laag fluiten was het verbaasde antwoord. 'Het is er dus echt van gekomen?'
'Ze hadden geen andere mogelijkheid. Zoals we dat hier zeggen, ik had alle troeven in handen. Ik werk van binnenuit... Er is ook nog iets anders.'
'Wat?'
'Neem contact op met Moeder. Rostov heeft lucht gekregen van Victor. Laten ze uitvinden hoeveel hij weet; elimineren valt te overwegen.'

Loring liep de trappen van het Pentagon af en dacht na over luitenant-ter-zee Thomas Decker. Hij wist niet zeker waar Havelock naar zocht maar hij was er bijna van overtuigd dat hij er naast zat. Nadat hij bij het departement van marine de complete staat van dienst van Decker had gelezen, met eindeloze beoordelings- en gezondheidsrapporten, had Charley besloten om in het Pentagon maar eens een beroep te doen op een paar mensen die hij eerder een dienst had bewezen. Onder het voorwendsel dat de officier in aanmerking kwam voor een wat delicate ambassadepost, waar tact voor nodig was en een behoorlijke dosis persoonlijkheid, belde hij een aantal vrienden bij de legerinlichtingendienst en zei dat hij een paar vertrouwelijke interviews wilde afnemen. Konden zij helpen en wisten ze nog dat hij hen van dienst was geweest? Dat wisten ze en ze konden hem helpen.

Hij werd in de gelegenheid gesteld om met vijf mensen te spreken, heel informeel en onofficieel, maar ieder van hen moest geheimhouding beloven. Er waren drie collega-marineofficieren van Decker bij die met hem aan boord van de *Starfire* hadden gediend, een secretaresse die zes maanden voor hem had gewerkt en een majoor van de mariniers die ook in zijn comité voor nucleaire verhoudingen zat.

Havelock had gezegd dat Decker een leugenaar was. Als dat zo was dan was er geen bewijsmateriaal te vinden dat hij voortdurend oneerlijk was. Hij was, integendeel, zoiets als een zedenmeester, die voor orde en regelmaat zorgde op zijn schip, gebaseerd op strikt joods-christelijke beginselen die zover gingen dat hij zelf elke week de bijbellezingen deed, tijdens de oecumenische godsdienstoefening die hij nadrukkelijk had opgenomen in het dienstschema van de *Starfire*. Hij gebruikte nooit onvermijdelijke fouten om zijn eigen superioriteit te versterken; hij aanvaardde de vergissingen van anderen met begrip; als men maar zijn best had gedaan en dat laatste stelde hij wel degelijk vast. Een leugenaar, dacht Loring, gaat niet op die manier te werk. Leugenaars maken gretig gebruik van het falen van anderen als dit hun zomaar in de schoot wordt geworpen.

Het was echter de secretaresse die de aandacht vestigde op een andere kant van Thomas Decker, die niet zo duidelijk te voorschijn kwam uit zijn staat van dienst en uit de verklaringen van zijn medeofficieren. De luitenant-ter-zee deed blijkbaar alle mogelijke moeite om zich geliefd te maken en bovendien achter zijn meerderen te gaan staan.

Hij was altijd zo tactvol, zo genereus in zijn beoordeling van het werk van anderen, zelfs wanneer je wist dat hij het niet bijzonder goed vond. Bijvoorbeeld die admiraal... Het Witte Huis had toen een richtlijn uitgegeven die hem aan handen en voeten bond, maar toch had hij... En hij stond volledig achter een JCS*-standpunt waarvan hij zei dat het in feite niet produktief was... Als*

we het toch over tact hebben, welnu, de commandant is zo'n beetje de meest diplomatieke man die ik ooit gekend heb.
De laatste man met wie Charley Loring sprak was de majoor van de mariniers, tevens lid van Deckers comité voor nucleaire verhoudingen. Zijn beoordeling van zijn collega was nogal plastisch.
Hij is een eersteklas kontlikker, maar verrek, hij is verdomde goed. En zoiets gebeurt hier wel meer. Tact...? Verrek, ja, tact heeft-ie wel maar hij doet zichzelf de das niet om als het over iets belangrijks gaat. Ik bedoel dat hij er altijd iets op weet te vinden om een kwestie zodanig in te smeren dat de hele tafel vol olie ligt.
Vertaald luidde dat: de verantwoordelijkheid voor een afwijkende mening moet je verspreiden, liefst tot helemaal boven aan toe, zodat je eigen mening er één tussen vele wordt. Luitenant-ter-zee Thomas Decker was intelligent en duidelijk ambitieus, wat hand in hand ging met opzien tegen zijn meerderen – tot op het punt van onnodige vleierij. Maar als deze algemene opvatting iemand tot een gevaarlijke leugenaar bestempelde, dan waren er weinig betrouwbare mensen in het Pentagon... of waar dan ook, als het daarop aan kwam.
Loring kwam bij zijn auto op het parkeerterrein naast het gebouw, ging achter het stuur zitten en trok de microfoon, die onder het dashboard hing, naar zich toe. Hij boog zich voorover, knipte de bedieningsschakelaar om en drukte op de zendknop, waardoor hij contact kreeg met de mobilofoontelefonist in het Witte Huis.
'Wilt u me doorverbinden met Steriel Vijf, alstublieft,' vroeg hij. Hij zou het doorgeven aan Havelock, terwijl alles nog vers in zijn geheugen lag. Wat hij er dan ook mee kon doen.

De Apacheploeg zwierf door de gangen van de Randolph Kliniek en de twee mannen namen om beurten het visuele contact met dokter Matthew Randolph van elkaar over, waar hij ook naartoe ging. Geen van beiden waren ze erg gelukkig met de arrangementen en ze lieten dat weten aan Steriel Vijf; deze specifieke persoon konden zij niet aan. Randolph gedroeg zich als een spring-in-het-veld op leeftijd en schoot deuren, gangen en buitenuitgangen in en uit als een schichtig konijn. Wat het ook geweest was dat hem er in het begin toe had gebracht zijn medewerking te verlenen – er was niets meer van over en hij was nu behoorlijk in de contramine. Het leek wel of hij er bewust op uit was de aandacht op zich te vestigen, om iets af te dwingen, om wie er dan ook misschien in een leeg vertrek of in een donkere hoek op hem wachtte, uit te dagen om te voorschijn te komen. Het was op zich al moeilijk genoeg om zo iemand te beschermen, maar de twee mannen voelden zich helemaal niet veilig omdat ze gedwongen werden op die manier zichzelf bloot te geven. Dit soort beroepsmensen was van nature en uit hoofde van hun opleiding voorzichtig en Randolph maakte het noodzakelijk dat ze zich anders moesten gedragen. Geen van beide mannen was erg gelukkig met de gedachte dat hij door een scherpschutter op zo'n honderd meter afstand zou kunnen worden neergelegd, terwijl hij de chagrijnige dokter achterna liep over een oprit of een gazon. Het was helemaal geen amusante situatie; er moest verbetering in worden gebracht met meer mensen. Al was het maar één man die buiten rondzwierf en contact hield, die dekking vormde voor hun open flank naar buiten, dan zou dat de druk al verlichten. Ze begrepen dat meer dan één schadelijk kon zijn voor hun operatie, omdat hij gezien zou kunnen worden. Maar een erbij was absoluut noodzakelijk.

Steriel Vijf gaf medewerking. Het spoedtelefoontje van Apache had Lorings verslag aan Havelock over Decker onderbroken. Loring was nu vrij en hij zou met een helikopter van het Pentagon worden overgevlogen tot op enkele kilometers van de kliniek, waar een auto voor hem klaar zou staan. Hij zou er over ruim een halfuur zijn.

'Hoe weten we dat hij er is?'

'Vraag het de receptie maar via de huistelefoon. Hij zal naar binnen komen en de weg vragen naar... Easton. Dan zal hij wegrijden en te voet terugkeren.'

'Bedankt, Steriel Vijf.'

De zon hing net boven de toppen van de bomen in de westelijke hemel en dompelde het landschap van Virginia in zachte tinten van geel en goud. Havelock kwam moeizaam overeind van achter het bureau en zijn hand was nog warm door het eindeloos vastklemmen van de telefoonhoorn.

'De CIA zal de hele nacht doorgraven en hun bevindingen vergelijken met die van *Cons Op* en legerinlichtingen. Ze hebben

twee foto's gevonden; er missen er nog zes.'
'Ik zou zeggen dat in dit soort dossiers in elk geval foto's moesten zitten,' zei Jenna, terwijl ze bij het zilveren dienblad voor Michael een borrel inschonk. 'Je kunt zulke mensen niet hierheen halen als je niet weet hoe ze er uitzien.'
'Havelock bleef staan waar hij stond, keek haar aan en herhaalde de woorden die hij over de telefoon had gehoord. 'De mannen die u hebt uitgekozen werden nooit zo belangrijk geacht. Ze waren eigenlijk maar bijkomstig en hun waarde was beperkt.'
'Het waren specialisten.'
'Psychiaters, psychologen en een stel hoogleraren in de filosofie. Oude mannen die het voorrecht hadden hun meningen kenbaar te maken... een paar van die meningen waren lichtelijk aanstootgevend maar er was niets bij wat het Kremlin ondersteboven zou gooien.'
'Maar allen vroegen ze zich dingen af, Mikhail, en wat ze zich afvroegen had te maken met alles wat je te weten bent gekomen over Anton Matthias.'
'Ja, dat weet ik. We zullen blijven zoeken.'
Jenna bracht het glas met pure whiskey naar het bureau. 'Hier, dit heb je nodig.'
'Bedankt.' Havelock nam het glas aan en liep langzaam naar het raam. 'Ik wil Decker hierheen halen,' zei hij. 'Ik moet hem wel hier laten komen. Hij zal het me nooit over de telefoon vertellen. Niet alles.'
'Jij bent er dus van overtuigd dat hij je man is?'
'Geen twijfel mogelijk. Ik moest alleen weten waarom.'
'Loring heeft het je verteld. Hij kruipt voor zijn meerderen, zegt dat hij het met hen eens is, ook al is dat niet het geval. Zo'n man zou doen wat Matthias hem opdraagt.'
'Vreemd genoeg is dat slechts een deel ervan,' zei Michael terwijl hij zijn hoofd schudde en toen een slok nam. 'Die beschrijving geldt voor de meeste ambitieuze mannen, overal; uitzonderingen zijn zeldzaam. Te zeldzaam.'
'Wat dan?'
Havelock staarde naar buiten. 'Hij doet erg zijn best om alles wat hij doet te rechtvaardigen,' begon Michael langzaam. 'Hij leest de bijbel tijdens godsdienstoefeningen die hij zelf heeft ingesteld; hij speelt de wijze Salomo. Onder dat tactvolle, zalvende uiterlijk gaat een dweper verborgen. En alleen een

dweper in zijn positie kan een misdaad begaan waarvoor – zoals Berquist het uitdrukt – hij in de meeste landen zonder vorm van proces zou worden terechtgesteld en waarvoor hij hier minstens dertig jaar gevangenis zou krijgen... Luitenant-ter-zee Thomas Decker is tot het uiterste gegaan. Als het aan mij lag zou hij zo neergeknald moeten worden. Wat dat dan ook nog voor zin zou hebben.'

De zon was achter de bomen verdwenen. Gevlekte, oranje stralen die door de takken vielen strekten zich uit over de gazons en weerkaatsten van de witte muren van de Randolph Kliniek van dokter Randolph. Loring zat ineengedoken bij een stam van een dikke eik aan de rand van het parkeerterrein, met onbelemmerd uitzicht op de vooringang en het platform voor spoedopnamen aan de achterkant; hij had zijn zendertje in de hand. Er was zojuist door een ambulance een slachtoffer van een verkeersongeval op de US 50 binnengebracht; zijn vrouw vergezelde hem en de gewonde man werd op dit moment door dokter Randolph onderzocht terwijl de Apacheploeg op de gang buiten de onderzoekkamer stond.
De agent van *Cons Op* keek op zijn horloge. Hij was nu bijna drie kwartier op zijn post. Hij begreep de ongerustheid van de Apachemensen. De man die ze moesten beschermen maakte het hun moeilijk, maar Charley zou de zaken anders hebben aangepakt. Hij zou boven op die Randolph zijn gaan zitten en tegen de dokter hebben gezegd dat het hem geen sodemieter kon verdommen of hij werd neergeknald of niet, dat het de belangrijkste opzet van de hinderlaag was om iemand te pakken te krijgen van de mensen die achter hem aanzaten, al was het er dan maar één, dat het leven van die man heel wat belangrijker was dan dat van hem. Met een dergelijke uitleg zou Randolph heel wat beter zijn gaan meewerken. En dan had Loring misschien ergens fatsoenlijk kunnen gaan eten in plaats van op een koud, nat gazon in Maryland af te wachten tot er god weet wat zou gebeuren.
Charley keek op in de richting van het geluid dat zijn gedachtengang verstoorde. Een zwart-witte surveillancewagen reed het achterste parkeerterrein op, beschreef een korte bocht en stopte abrupt naast het platform voor spoedopnamen. Twee politieagenten stapten snel uit en renden op de deuren af, eentje sprong er op het platform en beiden hielden ze onhandig

hun armen tegen hun zijde gedrukt. Loring bracht de radio naar zijn mond.
'Apache, Buitenshuis hier. Er is net een politiewagen in volle vaart langs het platform komen rijden. Er komen twee smerissen binnen.'
'We zien hen,' klonk het antwoord door het kraken heen. 'We houden u op de hoogte.'
Charley keek opnieuw naar de surveillancewagen en wat hij zag bevreemdde hem. Beide portieren waren open blijven staan, iets wat de politie zelden doet, tenzij ze vlak bij het voertuig blijven. Het is altijd mogelijk dat er met een radio geknoeid wordt, of dat er een radiocodeboek wordt gestolen, of zelfs verborgen wapens...
Het gekraak klonk weer uit de luidspreker. 'Interessant, maar niks om je druk over te maken,' zei een Apache die de agent van *Cons Op* nog niet had gezien. 'Het schijnt dat het autowrak op de US 50 eigendom is van een prominent lid van een familie in Baltimore – en daar bedoel ik geen rijke stinkerds mee. Maffia, van boven tot onder, gezocht voor een dozijn zaken. Ze zijn juist binnengelaten om hen te indentificeren en om mogelijke laatste verklaringen op te vangen.'
'Oké. Uit.' Loring liet de radio zakken, dacht erover een sigaret op te steken, maar besloot het niet te doen vanwege het onvermijdelijke opvlammen van de aansteker. Zijn blik werd opnieuw getrokken door de geparkeerde surveillancewagen en zijn gedachten dwaalden af. Plotseling was er iets waarover hij na moest denken, iets dringends.
Op weg naar het Medisch Centrum was hij langs een politiebureau gereden, nog geen vijf minuten daar vandaan. Hij had het niet zozeer herkend aan het opschrift, maar wel aan de drie of vier naast elkaar geparkeerde surveillancewagens op het parkeerterrein ernaast... niet zwart-wit, maar *rood*-wit... de vrolijke kleurcombinatie die vaak door de politie in badplaatsen werd gebruikt. En als er een gezochte topman van de mafia was ontdekt die pas enkele minuten geleden naar een plaatselijk ziekenhuis was gebracht na een botsing, dan zou er voor die actie zeker meer dan één surveillancewagen zijn ingeschakeld.
Open portieren, rennende mannen, hun armen tegen hun zij gedrukt... verborgen wapens. O, mijn god!
'Apache! Apache, luister!'

'Wat is er, Buitenshuis?'
'Zijn die politieagenten er nog?'
'Ze zijn juist naar binnen gegaan.'
'Ga ze achterna! Nu!'
'Wat?'
'Niet tegenspreken, ga nu maar! Trek je wapens!'
Tegen de tijd dat Charley de radio in zijn zak had gestoken en zijn .38 in zijn hand had, was hij al halverwege de parkeerplaats en rende hij zo snel hij kon op het platform voor spoedopnamen af. Hij bereikte het, sprong er, steunend op één hand, op, zijn benen zochten houvast en hij stormde op de brede, metalen deuren af. Hij ramde ze open, vloog langs een verschrikte verpleegster achter het glazen scherm van de receptiebalie. Zijn hoofd draaide alle kanten op en zijn ogen kozen de gang uit die recht voor hem lag; het klopte met de standplaats van de twee Apachen, ze hadden de politiemannen direct bij binnenkomst gezien. Hij rende naar het kruispunt met een andere gang, keek eerst naar links, toen naar rechts. Daar was het, drie meter van hem vandaan!

ONDERZOEKKAMER

De deur was dicht; dat klopte niet.
Loring ging er behoedzaam op af, zonder geluid, met lange, voorzichtige passen en zijn rug tegen de muur gedrukt. Plotseling hoorde hij tweemaal een gedempt, kuchend geluid en het begin van een afschuwelijke, gorgelende kreet van achter de zware, metalen deur en hij wist dat zijn instinct juist was geweest, al had hij gehoopt dat het dit keer anders zou uitpakken. Met zijn lichaam strak tegen de muur gedrukt draaide hij zich even naar links om de deurpost heen om de metalen deurkruk gemakkelijk met zijn linkerhand te bereiken, klapte toen de kruk omlaag, gooide zijn schouder tegen de deur en wierp die open, terwijl hij terugsprong achter de dekking van de post.
Schoten volgden en sloegen kratertjes in de muur voor hem; ze waren hoog gericht, het kuchen klonk van ver achter uit de kamer, niet dichtbij. Charley dook ineen en nam een duik, liet zich voortrollen toen hij op de vloer terechtkwam, vuurde op een blauw uniform... maar richtte laag, terwijl de kogels ricocheerden van metaal op hun pad. *Benen, enkels, voe-*

ten! Armen desnoods, maar niet de borst, niet het hoofd! Houd hem in leven!

Het tweede blauwe uniform deed een uitval over een onderzoektafel heen, een flitsende, donker gekleurde vlek en Loring kon niet anders. Hij vuurde rechtstreeks op de aanvallende man die een machinepistool met een open kolf onder zijn arm geklemd had. De moordenaar – en hij was een moordenaar – wentelde van de gecapittoneerde tafel af en viel met opengescheurde keel op de vloer. Dood.

Hou de ander in leven! Hou de ander in leven! Die kreet weergalmde steeds maar door Charley's hoofd, terwijl hij de deur dichttrapte en opzij wentelde, doorrolde, naar het plafond vuurde en de heldere tl-buizen kapotschoot, waardoor enkel het felle licht overbleef van een kleine onderzoeklamp die verderop op een tafel stond.

Vanuit het halfdonker weerklonk driemaal een kuchend geluid en de kogels boorden zich in de muur en het hout boven hem. Hij draaide zich opnieuw met alle kracht naar links, botste tegen twee levenloze lichamen... waren dat de Apachen? Hij kon het niet zien; hij wist alleen dat de man die nog leefde niet mocht ontsnappen. En er waren nog maar twee mannen in leven in dat vertrek vol bloed, uiteengereten vlees en lijken.

Het was een slachtpartij geweest.

Een ratelend salvo trok een staccato-spoor over de vloer en hij kon de verzengende hitte voelen van het vurige ijs dat zijn maag had doorboord. Hij was getroffen, maar door de pijn gebeurde er iets vreemds met hem; hij had geen tijd om erover na te denken, kon enkel de reactie voelen. Een felle woede maakte zich van hem meester, maar toch een woede die hij in bedwang had, die hij ergens op kon richten. Hij had al eerder verloren. Hij mocht niet opnieuw verliezen! Het mocht niet gebeuren!

Hij sprong schuin naar rechts, viel hard tegen een rollende brancard en stootte die vooruit naar het halfdonker vanwaar het staccato-salvo had geklonken; hij hoorde de brancard botsen en kwam snel overeind, met zijn wapen in beide handen mikte hij op een andere hand in de schaduw. Hij schoot terwijl in de gangen achter de gesloten deur het gillen aanzwol. Nog één laatste zaak moest hij regelen. En dan zou hij niet verloren hebben.

34

Luitenant-ter-zee Thomas Decker liep het studeervertrek van Steriel Vijf binnen, onder begeleiding van twee mannen van de geheime dienst van het Witte Huis. Zijn hoekige, gespierde gezicht was het gezicht van een militair, met vastberaden trekken en diezelfde vastberadenheid sprak uit zijn woedende ogen. De breedgeschouderde gestalte onder het blauwe uniform van goede snit behoorde aan een man die zich in vorm hield onder keiharde dwang, niet voor zijn genoegen. De gestalte was te stram, er zat te weinig vloeiende beweging in. Toen de officier zwijgend en arrogant midden in het vertrek bleef staan had Havelock duidelijk de indruk dat van hem verwacht werd van achter zijn bureau overeind te komen en zijn verontschuldigingen aan te bieden dat hij dat zo laat deed. In plaats daarvan bleef hij dus zitten en richtte zich tot de mannen van de geheime dienst.

'Hartelijk dank, heren. De keuken is in de gang rechts, helemaal aan het eind. De kok zal wel iets te eten voor u hebben... bier, koffie, wat u maar wilt. Ik heb u vast bij het eten gestoord en ik weet niet wanneer wij hier klaar zullen zijn. Als u wilt opbellen kunt u natuurlijk uw gang gaan.'

'Dank u, meneer,' zei de man aan de linkerkant van Decker en hij knikte tegen zijn metgezel terwijl ze zich beiden omkeerden en naar de deur liepen.

'U hebt mij ook gestoord bij het eten, meneer Cross, en ik verwacht...'

'Kop dicht, meneer,' viel Michael hem rustig in de rede.

De deur ging dicht en Decker deed woedend een paar passen naar het bureau. 'Ik heb vanavond een afspraak met admiraal James in het vijfde marinedistrict!'

'Hij heeft bericht gekregen dat dringende marineaangelegenheden uw komst verhinderen.'

'Dit is schandalig! Ik eis een verklaring!'

'Een executiepeloton, daar heb je recht op.' Havelock stond op, en Decker hapte naar adem. 'Volgens mij weet je wel waarom.'

'Jij!' De officier sperde zijn ogen open. Hij slikte, en zijn maskerachtige gezicht trok wit weg. 'Jij bent degene die me gebeld heeft, die al die vragen stelde... Je zei... dat een heel belangrijk iemand... zijn geheugen kwijt was! Dat is een leugen!'

'Het is de waarheid,' zei Michael eenvoudig. 'Maar dat kun je niet begrijpen, en daar word je gek van. Dat is het enige waaraan je gedacht hebt sinds ik het vertelde – want je weet wat je gedaan hebt.'
Decker nam zijn stramme houding weer aan, met opgetrokken wenkbrauwen en een vage blik in zijn ogen; een militair die zijn legernummer heeft opgegeven maar verder elke ondervraging weigert. Er sprak berekening uit zijn houding. 'Ik heb u niets te vertellen.'
'U hebt een heleboel te vertellen en dat gaat u doen ook. Want als u het niet doet verdwijnt u op bevel van de president in de meest verborgen cel van Leavenworth en daarna wordt de sleutel ervan weggegooid omdat een rechtszitting als veel te gevaarlijk wordt beschouwd voor de veiligheid van dit land.'
'Hoe durft u!'
'Dat is gemakkelijk. De verzamelde chefs-staven en de belangrijkste leden van het Huis en de Senaat zullen het ermee eens zijn. Het zal een van die weinige gevallen zijn waarbij het allesoverheersend belang van de nationale veiligheid met het volste recht wordt gehanteerd... Hoe hebt u het aangedurfd?'
'Ik herhaal,' zei Decker, en zijn stem klonk minder vast, zijn ogen stonden niet meer zo zelfverzekerd, een verborgen angst kwam naar boven. 'Ik heb recht... op een verklaring.'
'Goed dan. U hebt uw eed als officier gebroken en de geheimhouding geschonden die u gezworen hebt in acht te zullen nemen, door tientallen van de meest vertrouwelijke documenten in de militaire geschiedenis van dit land te reproduceren en buiten het Pentagon te brengen.'
'En aan wie heb ik die overgedragen? Geef daar maar eens antwoord op!'
'Dat doet er niet toe.'
'Volgens mij wel!'
'U had daar geen machtiging toe.'
'Die man heeft alle machtiging die hij nodig heeft! En voordat we verder gaan met deze absurde conversatie, eis ik dat u de minister van buitenlandse zaken Matthias opbelt. Dan zullen we wel eens zien wie er wie bedreigt, wie er wie beveelt.'
Havelock liep van het bureau vandaan en van de telefoon en Decker ontging die reactie niet. Dit was het moment om enigszins terug te trekken, om verder te kunnen tasten voordat de waarheid bekend werd gemaakt die de verdediging van de ma-

rineofficier ineen zou doen storten. 'Ik heb mijn opdrachten gekregen, meneer,' zei Michael en hij liet wat onzekerheid doorklinken in zijn stem. 'Van de president en van verschillende van zijn naaste adviseurs. De minister van buitenlandse zaken mag in deze kwestie niet worden geconsulteerd onder welke omstandigheden ook. Hij mag niet op de hoogte worden gesteld. Ik kan u niet vertellen waarom, maar zo luiden mijn bevelen.'

Decker zette een stap vooruit, en nog een, met een gelaat als uit graniet gehouwen, opnieuw met opgetrokken wenkbrauwen maar nu met een felle blik. Zijn ogen stonden fanatiek. 'De president? Zijn adviseurs...? Mijn god, man, zie je het dan niet? Natuurlijk willen ze niet dat hij op de hoogte wordt gesteld omdat hij gelijk heeft en zij ongelijk. Zij zijn bang en hij niet! Denkt u werkelijk dat hij het niet zou merken als ik zou verdwijnen? Denkt u dat hij de president niet het hoofd zou bieden... en zijn adviseurs... en hen niet zou dwingen de kaarten op tafel te leggen? U spreekt over de verzamelde Chefs-Staven en de belangrijkste leden van het Huis en de Senaat. Mijn god, denkt u niet dat hij die niet bijeen zou kunnen roepen en hun laten zien wat voor slappe, onbruikbare, immorele regering dit eigenlijk is? Doe niet zo dwaas, meneer Cross. U moet weten waar u staat voordat u opdrachten aanvaardt van mannen die verstoten zullen worden.'

'Verstoten worden...? Door wie, meneer?'

Decker trok zijn brede schouders recht, ging stram staan en antwoordde kalm: 'Door het volk, meneer Cross. De inwoners van dit land weten het wanneer ze een reus in hun midden hebben. Ze zullen hem de rug niet toekeren omdat een slappe, amateurpoliticus en zijn slaafse adviseurs dat willen. Dat accepteren ze niet. De wereld betreurt het gebrek aan groot leiderschap al tientallen jaren. Welnu, wij hebben een groot leider voortgebracht en de wereld weet dat. En ik adviseer u om Anthony Matthias op te bellen. U hoeft niets te zeggen, ik zal wel met hem praten.'

Havelock bleef roerloos staan en zijn toon was nu meer dan onzeker. 'U gelooft dat de kaarten op tafel zouden komen?'

'Kijk eens naar Matthias. Twijfelt u dan nog? Wanneer hebben we in de laatste dertig jaar nog zo'n man gehad?'

Michael liep terug naar het bureau en uit zijn houding straalde onzekerheid. Hij liet zich in een stoel zakken en keek op

naar Decker. 'Gaat u zitten, meneer,' zei hij.
Decker ging zitten in de stoel die met opzet voor het bureau was geplaatst. 'We hebben vrij fel tegen elkaar gesproken en ik bied u daarvoor van mijn kant mijn verontschuldigingen aan. Maar u moet het begrijpen. Wij hebben gelijk.'
'Ik heb meer nodig,' zei Havelock. 'We weten dat u kopieën van uitgewerkte strategische plannen hebt weggenomen, die ontwikkeld zijn door de comités voor nucleaire verhoudingen, documenten waarin tot in de kleinste bijzonderheden alles stond beschreven wat wij aan wapens bezitten en waarin bovendien de resultaten waren vastgelegd van alles wat we te weten zijn gekomen over zowel de Russische als de Chinese bewapening. Die hebt u over een periode van enkele maanden aan Matthias afgedragen, maar we hebben nooit begrepen waarom. Als u me dat zou kunnen vertellen, geeft u me dan maar eens een reden. Waarom?'
'Om de meest voor de hand liggende reden die er bestaat. Hij heeft direct te maken met de opzet van die comités. Maatregelen voor-het-geval-dat. Maatregelen, meneer Cross, altijd maatregelen! Reactie... reactie op dit, reactie op dat! Altijd ergens op reageren, nooit het initiatief nemen! We hebben niets aan maatregelen voor-het-geval-dat. We mogen onze vijanden niet laten denken dat we alleen maar zullen reageren. We hebben een allesomvattend plan nodig en we moeten hun laten weten dat we een plan hebben dat hun totale vernietiging zal bewerkstelligen als ze hun boekje te buiten gaan. Onze kracht, onze overlevingskansen, kunnen niet langer gebaseerd zijn op verdediging, meneer Cross, ze moeten gebaseerd zijn op de aanval! Anthony Matthias begrijpt dat. De anderen zijn bang om dat onder ogen te zien.'
'En u hebt hem geholpen dat... allesomvattende plan te ontwikkelen?'
'Ik ben er trots op te kunnen zeggen dat ik ertoe heb bijgedragen. Uren achtereen heb ik samen met hem iedere mogelijke nucleaire keuzemogelijkheid overwogen, elke mogelijke reactie van Russische of Chinese zijde, en we hebben geen enkele mogelijkheid over het hoofd gezien.'
'Wanneer deed u dat dan?'
'Elke zondag, weken achtereen. Hij had me ervan overtuigd dat onze relatie onder de diepste geheimhouding stond en daarom reed ik dan in een huurauto naar zijn berghut in West-

Virginia, naar een afgelegen hut aan een landweg, waar we ongestoord konden praten.'
'De "Houtschuur",' zei Michael, voordat hij het besefte.
'U bent daar dus bekend?'
'Ik ben er geweest.' Havelock sloot even zijn ogen; hij kende de 'Houtschuur' maar al te goed. Een klein optrekje waar Anton werkte aan zijn memoires... waar hij zijn gedachten uitsprak en zijn woorden werden opgenomen door een dictafoon die door stemgeluid in werking werd gesteld. 'Is er verder nog iets?'
'Hij is werkelijk een geniale man,' vervolgde Decker en zijn stem klonk bijna eerbiedig fluisterend; zijn blik was gericht op een of ander onzichtbaar, heilig vuur. 'Die onderzoekende geest, de scherpzinnigheid van elke observatie die hij maakt, de greep die hij heeft op de realiteiten in deze wereld – de geopolitieke realiteiten – dat alles is werkelijk wonderbaarlijk. Zelfs wanneer hij eens zijn ernst laat varen, dan is hij zo amusant, vaak zo treffend, en toch zo diepzinnig. Een reus als Anthony Matthias kan dit land tot op de toppen van haar kunnen voeren, kan ons de plaats geven waartoe we zijn voorbestemd, in de ogen van de mensheid en van God. Ja, ik heb het gedaan en ik zou het opnieuw doen, omdat ik vaderlandslievend ben. Ik heb dit land lief en ik heb de bijbel lief en ik zou er mijn leven voor veil hebben, omdat ik wist dat ik mijn eer zou hoog houden... Er is werkelijk geen keuze, meneer Cross. Wij hebben gelijk. Pakt u de telefoon en bel Matthias maar, zeg hem dat ik hier ben. En ik zal hem de waarheid vertellen. Dat er kleine mannetjes die gesneden beelden aanbidden uit de grond zijn komen kruipen en hem proberen te vernietigen. Hij zal ze wel kapotstampen... met onze hulp.'
Michael leunde achterover in zijn stoel, hij voelde zich vermoeider dan ooit, alles was volslagen uitzichtloos. '"Met onze hulp",' herhaalde hij, zo zacht dat hij zich er nauwelijks van bewust was gesproken te hebben.
'Ja, natuurlijk!'
Havelock schudde langzaam zijn hoofd. 'Jij schijnheilige klootzak,' zei hij.
'Wat?'
'Je hebt me wel verstaan. Jij schijnheilige klootzak!' brulde Michael. Toen zweeg hij, haalde diep adem en vervolgde rus-

tig en snel sprekend. 'U wilt Matthias bellen? Ik zou verrekte graag willen dat ik alleen maar dat verdomde gezicht van je zou kunnen zien, hoe die staalblauwe, hautaine ogen van jou verbijsterd zouden kijken als je zou horen wat je te horen krijgt.'

'Waar hebt u het over?' fluisterde Decker.

'Matthias zou niet eens weten wie u bent! Net zo min als hij weet wie de president is, of zijn zaakwaarnemers, of de staatssecretarissen, of de diplomaten met wie hij elke dag samenwerkt... of mij, en ik heb hem meer dan twintig jaar gekend, sta hem nader dan wie ook ter wereld.'

'Nee... Nee, dat kan niet. Nee!'

'Jawel, meneer. Hij is ingestort. Juister uitgedrukt, wij hebben hem doen instorten. Dat onderzoekende, bewonderenswaardige brein van hem is verdwenen! Het ligt aan brokken. Hij is waanzinnig. Hij kon het niet langer aan. En, mijn god, u hebt daartoe uw bijdrage geleverd. U verschafte hem zijn allerhoogste machtiging, zijn beslissende verantwoordelijkheid. U stal de geheimen van de wereld – ja, van de hele wereld – en u zei hem dat zijn genie die aankon. U nam duizend feiten en honderd theoretische strategische plannen en maakte er het meest afschuwelijke wapen van dat de wereld ooit heeft gekend. Een blauwdruk voor de vernietiging van onze planeet.'

'Dat heb ik niet gedaan!'

'Goed, niet helemaal alleen, maar je hebt de – hoe heet dat ook weer in Pentagonees? – de ondersteunende structuur geboden, dat is het. Je hebt de ondersteunende structuur geboden voor een verzinsel dat zo echt is dat er geen kernwapenexpert ter wereld is die het niet zou accepteren als de waarheid. Alsof het de bijbel was, commandant.'

'We hebben alleen maar gepraat, geanalyseerd, opties bekeken! Uiteindelijk zou het zijn plan zijn, je snàpt het niet! Hij beheerste de materie door en door! Er was niets wat hij niet begreep, het was ongelooflijk!'

'Zijn geest was stervende, hij was al bijna een geavanceerd soort plant geworden. Hij wilde dat je hem geloofde, en hij was nog goed genoeg om daarvoor te zorgen. Hij moest wel, en jij wilde het.'

'Ik geloofde hem! Dat zou jij ook gedaan hebben!'

'Dat heb ik ook gehoord van een beter mens dan jij ooit zult zijn.'

'Dat heb ik niet verdiend. Hij deed een beroep op een waarheid waarin ik werkelijk geloof. We moeten sterk zijn!'

'Daar zal iedereen die bij zijn verstand is het mee eens zijn, maar er zijn verschillende soorten en gradaties van sterk. Sommigen werken, meestal rustig. Anderen werken niet, omdat ze bol staan van krijgszucht. De wilde ontploft door zijn eigen spanning, hij heeft zichzelf niet meer in de hand, hij moet buigen of barsten. En ergens in dat proces barst hij dus, zodat er een tiental reacties volgt, ook allemaal explosies.'

'Wie bèn jij? Wàt ben je?'

'Een geschiedenisstudent op het verkeerde pad. Maar het gaat niet om mij. Alles wat je Matthias gegeven hebt, ligt binnen handbereik van de Russen, commandant. Dat briljante plan, waarvan je met zoveel overtuiging zegt dat de wereld ervan moet weten, kon wel eens tot in de details op weg zijn naar Moskou. Want de man aan wie je alles gegeven hebt, is krankzinnig, en was krankzinnig aan het worden toen hij zijn materiaal van jou kreeg.'

Decker kwam langzaam omhoog uit zijn stoel. 'Ik geloof u niet,' zei hij en uit zijn woorden sprak naakte angst.

'Waarom ben ik anders hier? Dat allesomvattende plan dat naar uw vaste overtuiging bekend moet worden gemaakt aan de wereld, kan op dit moment in al zijn bijzonderheden al op weg zijn naar Moskou. Omdat de man aan wie u het hebt overgeleverd waanzinnig is, al bezig was waanzinnig te worden toen u hem het materiaal in handen gaf. Waarom zou ik het anders vertellen? Overwegingen van persoonlijke aard daargelaten, dacht u soms dat iemand die gezond verstand genoeg heeft om buiten schot te blijven dat soort verklaring wil afleggen? Hebt u enig idee wat het betekent voor dit land om te weten dat een van haar belangrijkste nationale verdedigingsmiddelen vernietigd is? Ik zou u er graag aan herinneren, meneer, dat u niet het alleenrecht hebt op vaderlandslievendheid. Niemand van jullie heeft dat.'

Decker keek op Havelock neer tot hij het niet langer kon uithouden. Hij wendde zich af en het breedgeschouderde lichaam leek kleiner te worden in zijn uniform. 'U hebt me bedrogen.'

'Dat is nu eenmaal mijn beroep.'

'Alles is voorbij voor mij. Ik lig eruit.'

'Misschien niet. Het lijkt mij dat u nu voor het Pentagon wel de laatste bent om geheimen aan toe te vertrouwen. U hebt uw vingers gebrand aan een legendarische figuur en dat is een pijn die u nooit zult vergeten. Niemand weet beter dan ik hoeveel overredingskracht Matthias heeft... We hebben hulp nodig, geen gevangenisstraffen. Als we u naar Leavenworth zouden sturen zou dat alleen maar vragen oproepen die iedereen wil vermijden. We zijn bezig geblinddoekt een wedloop te houden; misschien kunt u helpen.'

Decker keerde zich om, met een vaal gezicht waarop alle arrogante trekken verdwenen waren. 'Op elke mogelijke manier. Hoe?'

Michael stond op uit zijn stoel, liep om het bureau heen en ging tegenover de officier staan. 'Om te beginnen mag niets van wat ik u heb verteld bij derden terechtkomen.'

'Mijn god, natuurlijk niet.'

'Nee, natuurlijk niet. U zou uzelf de strop omdoen.'

'Ik zou het land de strop omdoen. Ik mag dan geen alleenrecht hebben op vaderlandslievendheid, meneer Cross, maar ik hou wel van mijn land.'

Havelock liep langs de salontafel en de sofa en was zich bewust van Jenna's afwezigheid. Omdat ze het erover eens waren geweest dat haar aanwezigheid belemmerend zou werken, was ze naar boven gegaan. Juister gezegd, ze had het zelf nadrukkelijk zo gewild. Hij liep tot de muur, bekeek daar een koperen bord zonder het goed te zien, en zei: 'Ik ga weer aan het gissen, meneer. Er kwam een moment waarop Matthias u niet meer wilde zien. Klopt dat?'

'Ja. Ik belde herhaalde malen – natuurlijk niet op BZ – maar hij belde me nooit terug.'

'Niet op BZ?' vroeg Michael en hij draaide zich om. 'Maar daar hebt u wel gebeld. Zo heb ik u ontdekt.'

'Maar drie keer. Twee keer om te zeggen dat er op zondag vergaderingen zouden zijn op het Pentagon en een keer om hem te zeggen dat ik voor een onbelangrijke operatie het ziekenhuis in moest op een vrijdag en dat ik verwachtte daar tot dinsdag of woensdag te moeten blijven. Hij was erg bezorgd, maar hij zei me ook dat ik hem nooit meer mocht bellen op BZ.'

'Toen belde u verder naar de berghut?'

'En zijn huis in Georgetown.'

'Later?'

'Ja. Ik belde avond op avond maar hij wilde niet aan het apparaat komen. Probeert u zich dat eens in te denken, meneer

Cross. Ik was me bewust van wat ik had gedaan, van het afgrijselijke misdrijf dat ik had gepleegd. Vergeet u niet: tot voor een paar minuten geleden heb ik er nooit spijt van gehad, ik kan mijn overtuigingen nu eenmaal niet veranderen; die zitten in me vastgebakken. Maar toen – zo'n vijf, zes maanden geleden – voelde ik me verbijsterd, bang misschien wel, ik weet het niet zeker. Ik was in de steek gelaten...'

'U was aan het afkicken,' viel Havelock hem in de rede. 'U was *high* geweest van een van de krachtigste verdovende middelen ter wereld. Anthony Matthias. Ineens was die er niet meer.'

'Ja, precies. Die dagen stegen je naar je hoofd, het waren magnifieke herinneringen. En toen ineens, zonder dat ik wist waarom, werd de verbinding met die hoogste regionen verbroken. Ik dacht dat het misschien iets was wat ik had gedaan en wat niet naar zijn zin was, of informatie die ik hem had gegeven en die niet juist was, incompleet. Ik wist het niet, ik wist alleen maar dat mijn verbinding was verbroken en dat ik daar geen verklaring voor kreeg.'

'Ik begrijp het,' zei Michael die zich nog zo helder die avond in Cagnes sur Mer voor de geest kon halen, toen zijn *pritel* op achtduizend kilometer van hem vandaan, niet aan de telefoon wilde komen. 'Het verwondert me dat u geen verklaring hebt geëist, hem op de een of ander manier niet het hoofd hebt geboden. U had recht op die verklaring.'

'Dat hoefde ik niet. Uiteindelijk kreeg ik die verklaring.'

'Wat?'

'Op een avond, nadat ik weer had geprobeerd hem te bereiken, en weer tevergeefs, belde me een man terug. Een heel vreemde man...'

Het langgerekte, ononderbroken overgaan van de bel maakte een einde aan dat moment, verbrak de strakke lijn van concentratie. Havelock keerde zich om naar het bureau, rende op de telefoon af, naar dat aanhoudende bellen dat een noodgeval beduidde.

'Met Loring,' sprak de zwakke, gespannen stem, half fluisterend, half roepend. 'Ik ben geraakt. Ik ben oké, maar ik ben geraakt.'

'Waar zit je?'

'In een motel langs Highway 3-17, in de buurt van Harrington. Motel "De Fazantenjacht". Bungalow twaalf.'

'Ik zal een dokter sturen.'
'Een heel speciale dokter, Havelock. Gebruik het vliegveld in Denton maar.'
'Wat bedoel je?'
'Ik moest maken dat ik daar wegkwam. Ik heb een politieauto gepakt...'
'Een politie...? Waarom?'
'Zal ik je later wel vertellen. Alles... Een speciale dokter met een tas vol naalden.'
'In godsnaam Charley, vertel me wat meer!'
'Ik heb een van die klootzakken. Hij ligt hier naakt op een bed gebonden, geen capsules, geen scheermesjes. Ik heb er een!'

Havelock duwde de knoppen van de telefoon achter elkaar in en gaf het ene bevel na het andere, terwijl luitenant-ter-zee Decker aan de andere kant van de kamer kaarsrecht stond toe te zien, te luisteren; het hulpeloze, lege omhulsel van een kruisvaarder wiens heilige zaak ineen was gestort. De president werd op de hoogte gesteld en er werd een heel speciale dokter opgespoord die per helikopter naar Maryland zou worden gezonden, onder begeleiding van mensen van de geheime dienst. Een tweede helikopter zou klaarstaan om op te stijgen zodra Michael op het vliegveld in Quantico arriveerde, tien kilometer verder; hij zou er door een van de geheime-dienstmensen die Decker hadden begeleid naartoe worden gereden. Het laatste gesprek voerde Havelock binnen het huis zelf. Met de bovenverdieping. Met Jenna Karras.
'Ik moet weg. Loring in Maryland. Hij is gewond, maar hij heeft misschien een trekvogel gevangen – vraag me niet hoe... En je had gelijk. Eén bron. Hij is hier en heeft nog meer te vertellen; wil je naar beneden komen en het van me overnemen? Ik moet nu gaan... Bedankt.'
Michael stond op van achter het bureau en sprak de verschrikte marineofficier aan. 'Er komt een dame hierheen, en ik beveel u – beveel u, meneer – haar alles te vertellen wat u mij wilde vertellen en alle vragen die ze u mocht stellen volledig te beantwoorden. Uw escorte zal over een minuut of twintig terugkeren. Als u klaar bent en als zij u toestemming geeft, mag u gaan. Maar zo gauw u thuis bent mag u uw huis niet meer verlaten om welke reden dan ook. U zult worden geschaduwd.'

'Ja, meneer Cross.'
Havelock graaide zijn jasje van de rugleuning van de stoel en liep naar de deur. Hij bleef staan met zijn hand op de deurknop en draaide zich om naar Decker. 'Tussen haakjes, haar naam is mevrouw Cross.'
Al het laag vliegende verkeer was omgeleid toen de twee helikopters binnendenderden in het kleine privé-vliegveld van Denton, Maryland. Het vliegtuig van het Bethesda Marinehospitaal was elf minuten voor de helikopter uit Quantico geland. Havelock rende over het asfalt naar de limousine die vanuit Annapolis gestuurd was, met als chauffeur een verpleger die de wegen aan de oostelijke kust van Chesapeake Baai kende. De verpleger wist verder niets; niemand wist iets, zelfs de dokter niet die in eerste instantie voor Charles Loring moest zorgen en die Lorings gevangene niets mocht geven voordat Steriel Vijf was gearriveerd. Twee politiewagens waren naar motel *De Fazantenjacht* gestuurd. Zij zouden hun instructies krijgen van de geheime dienst.
Mocht de naam *De Fazantenjacht* al beelden oproepen van landheren en jachtpartijen, dan was dat niet van toepassing op de rij gammele bungalows die samen het complex vormden van het ordinaire motel langs de autoweg. Loring had zijn verstand gebruikt. Een gewonde man die zijn wonden verborgen moest houden, die geen bagage had maar wel met een gevangene liep die hij stiekem wilde verstoppen, kon nauwelijks verwachten dat hij een kamer zou kunnen nemen in een twee verdiepingen hoge, helder verlichte *Motor Lodge* van Howard Johnson.
Havelock bedankte de adelborst die zijn auto had bestuurd omdat hij de buurt goed kende en zei hem terug te keren naar Annapolis: hij herinnerde hem eraan dat de hele spoedoperatie uiterst geheim was. Washington kende zijn naam en zijn medewerking zou niet worden vergeten. De jongeman, die duidelijk was geïmponeerd door de zoeklichten en de militaire helikopters in het donker, en ook door zijn eigen deelname daaraan, antwoordde op één toon.
'U kunt verzekerd zijn van mijn stilzwijgen, meneer.'
'Zeg maar dat u een biertje bent gaan drinken, dat is goed genoeg. Misschien nog wel beter.'
Een regeringsbeambte die een zilveren penning in leren etui in zijn handpalm liet zien, onderschepte Michael toen die de rij

bungalows afrende op zoek naar nummer 12.
'Steriel Vijf,' zei Havelock en hij zag voor het eerst de twee wagens van de federale politie die zo'n meter of vijf van elkaar in het halfdonker geparkeerd stonden, links van hem. Nummer 12 was vlak bij.
'Deze kant op, zei de man, hij stak zijn penning in zijn zak en voerde Michael tussen twee bungalows door naar de achterkant van het motelterrein. Daar stond een kortere rij bungalows die vanaf de voorkant niet te zien waren. Loring had kostbare ogenblikken, vol pijn en bezorgdheid, doorgebracht met de ligging van het motel te bestuderen, opnieuw een aanwijzing dat hij zichzelf meester was.
In de verte, achter de bungalow aan de linkerkant, was de motorkap te zien van een geparkeerde wagen, maar het was geen gewone auto. Midden over het zwarte chassis liep een witte strook die eindigde in een pijlpunt. Het was de surveillancewagen die Loring had gestolen, de enige aanwijzing dat zijn zelfbeheersing, waarvan ze allemaal zozeer hadden geprofiteerd, hem misschien even in de steek had gelaten. Iemand in Washington zou zich in verbinding moeten stellen met een paniekerig politiehoofdkwartier in Maryland om de achtervolging te stoppen.
'Hier is het,' zei de federale agent en hij wees naar de deur van de bungalow, boven een opstapje van drie treden; het nummer 12 zat rechts van de deurpost. Deuren konden worden verwisseld, maar niet met nummer en al. 'Ik zal hier blijven staan,' voegde de man eraan toe en hij ging niet verder mee. 'Pas op die treden; die liggen los.'
'Bedankt,' zei Havelock en hij liep op de deur af, waarbij hij zijn voeten snel maar voorzichtig neerzette op de gammele planken. Hij probeerde de knop; die was afgesloten en dus klopte hij aan.
'Wie is daar?' klonk het van binnen.
'Steriel Vijf,' antwoordde Michael.
De deur werd geopend door een gedrongen man met rood haar, midden dertig, in hemdsmouwen, zijn keltische gezicht vol sproeten en met wantrouwige ogen. 'Havelock?'
'Klopt.'
'Mijn naam is Taylor. Kom binnen, we moeten snel praten.'
Michael liep een smerige kamer met smerig behang in; de dokter sloot de deur. Op het bed lag een naakte man, zijn be-

bloede handen en voeten lagen wijd uitgespreid en waren vastgebonden aan het bedstel; riemen om de polsen, enkels vastgesnoerd met doorgescheurde beddelakens. Zijn mond was wijd uitgerekt en strak getrokken door een gestreepte, blauwe stropdas, die elk hard geluid belemmerde, zijn ogen waren opengesperd in een mengeling van angst en woede.

'Waar is...?'

Taylor gebaarde naar een andere hoek van de kamer. Daar op de vloer, met zijn hoofd op een kussen en een deken over hem heen, lag Charles Loring, met halfopen ogen waar versuftheid of shock uit sprak. Havelock liep het vuile, grauwe tapijt over, maar werd tegengehouden door de hand van de dokter die zijn arm stevig omkneld hield.

'Daarover moeten we praten. Ik weet niet wat hier aan de hand is, maar ik kan geen verantwoording dragen voor het leven van die man tenzij we hem een uur geleden naar een ziekenhuis brengen. Is dat duidelijk?'

'Zo gauw mogelijk, niet nu direct,' zei Michael terwijl hij zijn hoofd schudde. 'Ik moet hem ondervragen. Hij is de enige man die mij de informatie kan geven die ik nodig heb. Iedereen is verder dood.'

'Misschien hebt u me niet verstaan. Ik zei een uur geleden.'

'Ik heb u wel verstaan maar ik weet wat me te doen staat. Het spijt me.'

'Ik mag jou niet,' zei Taylor terwijl hij Havelock aanstaarde en zijn hand wegtrok alsof hij iets had aangeraakt wat verrot was.

'Ik wou dat me dat iets kon schelen, dokter, want ik mag hem. Ik zal zo kort en zo rustig zijn als ik maar kan... Hij wil het zelf zo, neemt u dat maar van mij aan.'

'Dat moet ik wel. Ik kon hem tien minuten geleden niet overhalen hier weg te gaan.'

Michael liep naar Loring toe, knielde neer en bracht zijn hoofd dicht bij het gezicht van de gewonde man. 'Charley, ik ben het, Havelock. Kun je me verstaan?'

Loring opende zijn ogen verder en zijn lippen trilden terwijl ze moeite deden woorden te vormen. Eindelijk klonk het fluisterend. 'Ja. Hoor... je... goed.'

'Ik zal je zeggen wat ik te weten ben gekomen en dat is verdomd weinig. Knik maar met je hoofd als ik het goed heb, schud als ik er naast zit. Verspil geen woorden of adem. Oké?'

De *Cons Op*-agent knikte en Michael ging verder. 'Ik heb met de politie gesproken die het verhaal proberen compleet te maken. Naar zij zeggen bracht een ambulance een verkeersslachtoffer binnen met zijn vrouw. Randolph, een arts van de kliniek en een verpleegster waren bezig hem schoon te maken om te zien hoe zwaar gewond hij was.' Loring schudde zijn hoofd maar Havelock ging verder. 'Laat mij maar uitpraten, dan komen we er wel op terug... Ze waren daar nog geen vijf minuten toen er twee federale politieagenten binnen kwamen rennen en met onze cardiologen spraken. Niemand weet wat er werd gezegd maar ze werden binnengelaten in de onderzoekkamer.' Opnieuw schudde de *Cons Op*-agent zijn hoofd. 'Een paar minuten later gooide een derde man – ik neem aan dat jij dat was – met geweld de opnamedeuren open en toen gebeurde er ineens van alles.' Loring knikte.
Havelock haalde adem en ging zacht en gehaast verder. 'Het personeel hoorde schieten, misschien vijf of zes keer, niemand weet dat zeker. De meesten renden het gebouw uit, terwijl anderen zich verborgen hielden in de gangen en in de ziekenkamers achter gesloten deuren en iedereen probeerde bij een telefoon te komen. Toen het schieten ophield zagen de mensen die buiten waren jou en een van de politieagenten het hellend vlak van het platform af komen rennen, jij voorover gebogen met een pistool in je hand, de agent bloedend en hinkend terwijl hij zijn arm vasthield. Jij dwong hem in te stappen in de surveillancewagen en ging er vandoor. De politie probeert uit te vinden wie de andere agent was, maar de papieren waren meegenomen – van sommigen, niet van allemaal.' Loring schudde heftig zijn hoofd en Michael raakte zijn schouder aan. 'Kalm aan; we komen daar wel op terug... Ik hoef je niet te zeggen dat er verder alleen maar lijken lagen. Randolph, de dokter, de verpleegster, het verkeersslachtoffer en zijn vrouw en onze Apache-groep. Er werden twee automatische wapens met geluiddempers aangetroffen; ze zijn de hulzen nog aan het tellen. Het schieten dat ze hoorden kwam van jou; ze proberen de wapens thuis te brengen door vingerafdrukken te vergelijken. Niemand weet wat er gebeurd is, op datgene na wat ik je verteld heb... Laten we nu eens teruggaan.' Havelock fronste zijn wenkbrauwen en wist het weer. 'Het verkeersongeluk.'
Loring schudde zijn hoofd en fluisterde: 'Geen verkeersongeluk.'

'Waarom niet?'
'Dat waren geen politiemensen.'
Michael keek op naar de naakte man die vastgesnoerd lag op het bed en naar het gekreukelde uniform dat op de vloer lag. 'Natuurlijk niet. En die surveillancewagen was nep. Dat had ik kunnen weten; anders zou jij hem niet hebben meegenomen.'
De gewonde agent knikte en zijn hand kwam van onder de deken uit en gebaarde Havelock dat hij dichterbij moest komen. 'De man en de vrouw... uit de ambulance... het verkeersongeval. Identiteitspapieren?'
'Nee.'
'De agenten net zo, klopt?'
'Klopt.'
'Het ongeluk,' fluisterde Loring en hij zweeg even om adem te halen. Te doorzichtig. Man gewond... vrouw wilde hem niet alleen laten. Ze komen binnen... naar een kamer... dokter, verpleegster... Randolph. Ze hebben hem.'
'Hoe konden ze weten dat Randolph daar zou zijn?'
'Maakt niks uit. Ze zouden de dokter... of de verpleegster zeggen hem te roepen... met pistool op hen gericht. Waarschijnlijk zo. Ze hebben hem. Te doorzichtig.'
'En de agenten?'
'Haast... renden als bezetenen. Gestuurd om zaak ongedaan te maken, helemaal ongedaan te maken... grote haast.'
'Hoe kom je daarbij?'
'Lieten portieren openstaan, renden gek... zware wapens onder hun jassen. Geen normaal patroon, klopte niet... Apache zei dat ongeluk belangrijke mafia-baas was die de agenten wilden ondervragen. Als dat zo was, dan tien wagens daar, niet één.' Loring zuchtte diep, kuchte en er liep een straaltje bloed uit zijn mondhoek. Zijn adem stokte, toen kreeg hij weer lucht, en de dokter stond nu achter Havelock.
'Godverdomme,' zei Taylor zacht met felle woede. 'Waarom schiet je hem niet meteen een kogel door zijn kop?'
'Waarom doe ik dat bij jou niet?' Michael boog zich weer over Loring. 'Waarom, Charley? Waarom denk je dat ze gestuurd waren om de zaak ongedaan te maken?'
'Weet niet zeker. Misschien was ik ontdekt, misschien heb ik het weer verprutst.'
'Daar geloof ik niks van.'

'Doe niet zo verdomde lief, dat kan ik niet uitstaan... Ik heb het waarschijnlijk inderdaad verprutst. Ik begin oud te worden.'
'Geef ons dan eerst maar eens jouw instincten door, Methusalem, die hebben we nodig. Je hebt niks verprutst. Je hebt er een voor ons gevangen, je hebt er eentje voor ons meegebracht, Charley.'
Loring probeerde zijn schouders op te heffen en Michael drukte ze zacht omlaag. 'Zeg me eens, Havelock. Je zei vanmorgen... over Shippers. "Heel lang geleden", zei je. Vertel me eens. Is die klootzak daar een... een trekvogel?'
'Ik geloof van wel.'
'Verdomme... Misschien ben ik toch niet zo oud.'
Michael kwam overeind en keerde zich naar de dokter achter hem. 'Oké, Taylor, neem maar over. Laat hem naar het vliegveld brengen en dan verder naar de beste faciliteiten die er te krijgen zijn in Bethesda... En klim maar in de telefoon en zeg die rotzakken dat het Witte Huis de beste chirurgen wil hebben die er te krijgen zijn en dat ze klaar moeten staan voor deze man.'
'Jawel, meneer,' zei de dokter sarcastisch. 'Verder nog iets van uw dienst, meneer?'
'O, ja, meneer de dokter. Maak uw tovertasje maar eens klaar. U kunt zo ongeveer aan het werk gaan.'

Loring werd op een brancard naar buiten gedragen, met twee ziekenbroeders ernaast, die van de dokter duidelijke instructies kregen terwijl de gewonde *Cons Op*-agent werd weggebracht. Taylor keerde zich naar Havelock.
'Gaan we nu beginnen?'
'Hoe zit het met de verwondingen?' vroeg Michael en hij keek neer op de rechterarm en linkervoet van de man die met bloed besmeurd waren en vol pleisters zaten.
'Uw vriend heeft schroefverbanden aangelegd waar dat nodig was en ik heb de pleisters aangebracht; het bloeden is gestopt. Hij heeft ook verdomd goed gemikt. Er is wat bot verbrijzeld maar op de pijn na is er niets wat hem zal verzwakken. Ik heb hem natuurlijk wel een paar plaatselijke verdovingen gegeven om de pijn te verlichten en zijn hoofd helder te houden.'
'Zullen die invloed hebben op het serum?'

'Ik zou ze niet hebben toegediend als dat zo was.'
'Spuit hem dan maar vol, dokter. Ik mag geen tijd verliezen.'
Taylor liep naar zijn grote, zwartleren tas die open op tafel stond bij een raam, onder het schijnsel van een lamp. Hij bekeek even de onzichtbare inhoud, stak zijn hand erin en haalde drie ampullen te voorschijn en drie in plastic verpakte spuiten, hield die met beide handen vast en liep ermee terug. Hij legde ze op de rand van het bed naast de blote dij van de man. De gevangene bracht zijn hoofd omhoog, met vertrokken gelaatstrekken en glazige ogen; hij was dol van angst, op het hysterische af. Plotseling begon hij als een razende te kronkelen, terwijl een wild, gedempt dierlijk gebrul opsteeg uit zijn keel. Hij hield even op toen de pijn in zijn rechterarm hem te veel werd; hij snakte naar adem en staarde naar het plafond. Toen hield hij ineens op met ademhalen, zijn longen had hij vol lucht geperst en zijn gezicht werd elke seconde roder, zijn ogen begonnen uit de kassen te puilen.
'Verrek, wat doet hij nou...'
'Ga opzij!' brulde Havelock en hij duwde de dokter weg en liet zijn gebalde vuist uit alle macht neerkomen op de blote maag van de moordenaar. Met een sissend geluid ontsnapte de lucht uit de vastgebonden mond van de trekvogel, de ogen gingen weer normaal staan en de gelaatskleur trok weer bij.
'Verrek,' zei Taylor, die naar voren rende om de ampullen tegen te houden die van de rand van het bed dreigden te rollen. 'Wat was dat nou?'
'U hebt met iemand te maken zoals u waarschijnlijk nog nooit met iemand te maken hebt gehad, dokter. Ze zijn geprogrammeerd om te doden als robots als ze daartoe opdracht krijgen... zonder een spatje emotie, zonder dat hun dat iets doet. Zelfs zichzelf.'
'Dan zal hij niet meewerken. Ik dacht dat hij dat misschien wel zou doen als hij die spullen zag.'
'Vergeet het maar. Hij zou tijd gaan winnen en ons op een dwaalspoor brengen met elke leugen die hij maar kan bedenken, en dat zijn er nogal wat. Het zijn meesters in die kunst... Laten we maar beginnen, dokter.'
'Hoe wilt u het aanleggen? In fasen, zodat hij stap voor stap terugkeert of wilt u het risico nemen van een maximumdosis? Het is de snelste manier, maar er zit risico aan vast.'
'Wat is het ergste dat er kan gebeuren?'

'Onsamenhangendheid. Gebrabbel wat nergens op slaat, geen logisch patroon.'
'Geen logisch...? Dat moet ik hebben. Ik wil die onsamenhangendheid wel riskeren, als u hem maar uit de buurt kunt houden van bepaalde patronen die geprogrammeerde reacties op gang zouden kunnen brengen.'
'Zo werkt het niet precies. De woordenvloed verliest zijn betekenis, de eerste reactie is splitsing van de persoonlijkheid. Je komt wat te weten wanneer je bepaalde woorden gebruikt...'
'U zegt alles wat ik wil horen, dokter en u staat ook tijd te verspillen.'
'Dacht u dat?' Met de snelle behendigheid van een chirurg die een plotselinge inwendige bloeding stelpt, brak Taylor het glazen puntje van een ampul af, stak er de spuit in, trok hem terug en stak hem in de dij van de trekvogel voordat de vastgebonden man wist wat er gebeurde. De moordenaar kronkelde verwoed, rukte aan de riemen en de stroken van het verscheurde laken in een poging om ze te verbreken. Eerst liet hij zich naar rechts rollen, toen naar links en een gesmoord gebrul weerklonk door de kamer terwijl zijn hoofd met geweld heen en weer sloeg. 'Hoe meer hij dat doet, hoe eerder er een uitwerking zal zijn,' voegde Taylor eraan toe en hij drukte zijn hand tegen de zijkant van de strakke, heen en weer gaande nek waarin de aderen dik waren opgezwollen. 'Hooguit een minuut.'
Michael keek toe, zowel gefascineerd als walgend, zoals steeds wanneer hij getuige was van de uitwerking van deze serums op een mens. Hij moest zichzelf dwingen eraan te denken dat deze moordenaar nog minder dan drie uur tevoren mannen en vrouwen vermoord had – zijn eigen mensen en anderen, schuldigen en totaal onschuldigen. Hoeveel mensen zouden er om de doden treuren en nooit begrijpen waarom...? En hoeveel doden had ene Michael Havelock op zijn naam staan, ter attentie van Anthony Matthias? Twee beroepsofficieren, een jonge stafarts, een nog jongere verpleegster, een man met de naam Randolph, die niets ergers gedaan had dan te proberen een vreselijke fout te herstellen.
De nutteloosheid.
'Nu is hij ongeveer zover,' zei Taylor, terwijl hij de wazige, gedeeltelijk gesloten ogen bekeek van de gevangene, wiens bewegingen waren afgenomen tot langzame, wiegende schom-

melingen die vergezeld gingen van schor gekreun.
'U moet plezier hebben in uw werk, dokter.'
'Ik ben altijd een nieuwsgierig type geweest,' antwoordde de roodharige man, terwijl hij voorzichtig de gestreepte das uit de mond van de reiziger haalde. 'Bovendien, iemand moet het doen, en de staat heeft mijn medische opleiding betaald. Mijn vader had geen nagel om zijn gat te krabben. Ik betaal mijn schulden af en dan stap ik op.'
Havelock wist niets te zeggen dat minder smakeloos was dan zijn opmerking, dus leunde hij over het bed, terwijl Taylor achteruit stapte. 'Kan ik beginnen?' vroeg hij.
'Begin maar aan uw kruiswoordpuzzel.'
'Bevelen,' begon Michael, met zijn hand op het hoofdeinde van het bed steunend, zijn lippen vlak bij het oor van de trekvogel, zijn stem duidelijk, vast, zacht. 'Bevelen, bevelen, bevelen. Niemand van ons kan iets doen zonder bevelen! Maar we moeten er zeker van zijn, we mogen geen fouten maken. Wie kan onze bevelen bevestigen, onze bevelen nu bevestigen?'
Het hoofd van de gevangene ging heen en weer, zijn mond ging open en dicht en rekte de beschadigde huid. Maar er klonk geen geluid.
'Het is een spoedoperatie,' vervolgde Havelock. 'Iedereen weet dat het een spoedoperatie is... een spoedgeval. We moeten opschieten, opschieten... opschieten.'
'Opschieten... opschieten.' Zo klonk het fluisterend, aarzelend, onzeker.
'Maar hoe kunnen we het zeker weten?' vervolgde Michael snel. 'We moeten het zeker weten.'
'De vliegreis... de vliegreis was voorspoedig. Twee keer hebben we het gehoord. Meer hoeven we niet te weten. De vliegreis... zonder bijzonderheden.'
'Natuurlijk. Een voorspoedige vliegreis. Nu is alles goed. We kunnen opschieten... Laten we nu eens terugzweven... voor de spoedoperatie. Ontspan je maar. Ga slapen.'
'Heel goed,' zei de dokter vanaf de andere zijde van de vaag verlichte, onfrisse kamer. 'U kreeg hem snel op zijn uitgangspunt, zoiets heb ik niet vaak gezien. Dat was een reactie.'
'Het was niet moeilijk,' antwoordde Havelock, terwijl hij zich oprichtte en neerkeek op de trekvogel. 'Vanaf het moment dat hij zijn bevelen had gekregen hielden hem nog maar drie dingen bezig. Spoedgeval, opschieten en bevestiging. Zijn op-

dracht luidde dat hij moest doden – een opdracht gegeven in uiterste nood en tevens een gevaarlijke – daarom was bevestiging van vitaal belang. U hebt hem gehoord, hij moest het tweemaal horen.'
'De code was een "voorspoedige vliegreis". Die heeft hij u gegeven en nu gaat u hem die teruggeven. U bent dichterbij.'
'En u bent evenmin een amateur, dokter. Wilt u me even een stoel aangeven? Ik moet ook opschieten met de spoedoperatie. Het kon er wel eens om gaan spannen.' Taylor droeg een stoel met een rechte leuning naar het bed; Michael ging zitten op de stoel, die wat wankel was maar wel te gebruiken. Hij boog zich voorover met zijn armen op de rand van het bed en sprak de vastgebonden man opnieuw aan. 'We hebben een voorspoedige reis... een voorspoedige reis... een *heel voorspoedige reis!* Nu ga je je kameraad vermoorden!'
De trekvogel rukte zijn hoofd naar rechts, zijn wazige ogen knipperden, zijn lippen bewogen – protest zonder geluid.
'Je hebt me verstaan!' schreeuwde Havelock. 'We hebben een voorspoedige reis, vermoord hem dus!'
'Wat...? Waarom?' De gefluisterde woorden kwamen achter uit de keel.
'Ben jij getrouwd? Zeg het me, nu we een voorspoedige reis hebben, ben je getrouwd?'
'Ja... Ja, getrouwd.'
'Vermoord je vrouw!'
'Waarom?'
'We hebben een voorspoedige reis! Hoe kun je dan weigeren?'
'Waarom... Waarom?'
'Vermoord je kameraad! Vermoord je vrouw! Heb je kinderen?'
'Nee!' De trekvogel sperde zijn ogen open, het waas dat ervoor lag vlamde. 'Dat zou je nooit kunnen vragen... nooit!'
'Dat doe ik wel. Een voorspoedige reis! Wat heb je nog meer nodig?'
'Bevestiging. Ik eis bevestiging! Die... moet ik hebben!'
'Waar vandaan? Van wie? Ik heb het je al gezegd. We hebben een voorspoedige reis! Meer hoef ik niet te zeggen!'
'Alstublieft...! Mij, vermoord mij maar. Ik... ik ben in de war!'
'Waarom ben je in de war? Je hebt mijn bevelen gehoord, net zoals je de bevelen voor vandaag hebt gehoord. Heb ik je die bevelen gegeven?'

'Nee.'
'Nee? Weet je het niet meer? Als ik het niet was, wie dan wel?'
'De reis... de voorspoedige reis. De... beheerder.'
'De beheerder?'
'De bron.'
'De bronbeheerder! Jouw bronbeheerder. Ik ben jouw bronbeheerder! Vermoord je kameraad! Vermoord je vrouw! Vermoord de kinderen! Alle kinderen!'
'Ik... ik. Je kunt me dat niet vragen... alsjeblieft, vraag me dat niet.'
'Ik vraag het je niet. Ik eis het, ik geef bevelen! Wil je slapen?'
'Ja.'
'Je mag niet slapen!' Michael wendde zijn hoofd om en sprak met zachte, nauwelijks hoorbare stem tegen Taylor. 'Hoe lang zal de dosis duren?'
'Als je op deze manier doorgaat de helft van de normale tijd. Hooguit nog tien minuten.'
'Maak er nog een klaar. Ik ga nog veel verder.'
'Dan gaat hij er vandoor als een raket.'
'Hij komt wel weer naar beneden.'
'U bent de dokter,' zei de dokter.
'Ik ben jouw bronbeheerder!' schreeuwde Havelock en hij stond van zijn stoel op en boog zich over het gezicht van de trekvogel. 'Je hebt niemand anders, *paminjatsjik!* Je zult doen wat ik je zeg en alleen wat ik je zeg! Nu dus, je kameraad, je vrouw, de kinderen...'
'*Ahhhhh...!*' De kreet was langgerekt, een gil van wanhopige hulpeloosheid.
'Ik ben nog maar net begonnen...'
De minuten rekten zich uit, voegden zich aaneen, de vastgebonden, verdoofde moordenaar wond zich op tot hysterie, rukte aan het leer en het laken, het lichaam kronkelde zich, de gelaatstrekken waren verwrongen, zijn geest was een doolhof van spiegels vol doodsangst, het ene slachtoffer na het andere werd geëist, alles even pijnlijk, geen uitweg mogelijk uit die afschuwelijke doolhof.
'Nu,' zei Havelock tegen de dokter die naast hem stond.
Taylor stak de spuit in de arm van de trekvogel; binnen enkele tellen kwam de reactie al, nu de ene dosis de andere versterkte. Het gillen werd dierlijk, speeksel vloeide uit de mond van de moordenaar, geweld was de enige reactie op geweld.

'Geef het me!' gilde Michael. 'Bewijs het me! Of je gaat eraan, net als alle anderen! Kameraad, vrouw, kinderen... allemaal zullen jullie sterven, tenzij je mij zelf het bewijs geeft. Nu, op ditzelfde moment...! Wat is de code voor je bronbeheerder?'
'Hamer-nul-twee! Dat weet je!'
'Ja, dat weet ik. Vertel me nu waar ik bereikt kan worden – lieg niet!'
'Weet het niet... weet het niet. Ik word gebeld... allemaal worden we gebeld.'
'Als je bevestiging wilt hebben! Wanneer je informatie moet doorgeven. Hoe bereik je me wanneer je bevestiging wilt, wanneer je informatie moet doorgeven.'
'Zeg hun... nodig hebben. Doen we allemaal. Iedereen.'
'Wie?'
'*Orphan*. Contact met... Orphan.'
'Orphan?'
'Zesennegentig.'
'Orphan-zesennegentig? Waar is dat? Waar?'
'O... r... p... h...' De laatste gil was hartverscheurend. De trekvogel wierp zich uit alle macht en met zijn hele gewicht tegen de riemen, brak er eentje, kreeg zijn linkerarm los terwijl hij omhoogkwam, in een stuiptrekking zijn rug kromde en bewusteloos neerviel op het bed.
'Dat was het dan,' zei Taylor terwijl hij voor Havelock langsreikte en de pols van de gevangene tussen zijn vingers hield. 'Zijn pols gaat tekeer als een drilboor; het duurt acht uur voordat hij opnieuw een spuit kan verdragen. Het spijt me... dokter.'
'Het is wel goed, dokter,' zei Michael, terwijl hij van het bed wegliep en in zijn zak naar een pakje sigaretten tastte. 'We hebben er aardig wat uitgekregen. U bent een verdomd goeie apotheker.'
'Het is niet mijn eigenlijke levensdoel.'
'Als het dat momenteel niet geweest was, had u misschien niet...' Havelock stopte om een sigaret op te steken.
'Wat?'
'Niets. Ik bedoelde dat ú misschien geen tijd had voor een borrel, maar ik wel.'
'En ik ook. Ik zal wel zorgen dat deze Boris in een kliniek terechtkomt.'

'Boris...? Weet u het dan?'
'Ik begrijp genoeg om te weten dat het geen padvinder is.'
'Dat is juist het gekke. Waarschijnlijk is hij dat geweest.'
'Vertel me één ding,' vroeg de roodharige arts. 'Zou een opdrachtgever hem ooit zo'n opdracht geven? Zijn vrouw en kinderen vermoorden, mensen die zo dicht bij hem staan?'
'Nooit. Dat risico neemt Moskou niet. Het zijn robots, maar vanbinnen zit bloed, geen olie. Ze worden constant in de gaten gehouden, en als de KGB vindt dat ze eruit moeten, wordt er een executieteam op afgestuurd. Een gewoon gezin maakt deel uit van de dekmantel, en het is een machtig chantagemiddel. Als iemand ooit in verleiding komt, weet hij wat er gebeurt.'
'Daarnet gebruikte je het op dezelfde manier, nietwaar? Maar dan omgekeerd.'
'Geen prestatie waar ik bijzonder trots op ben, maar zo is het wel.'
'Jezus, Maria en Paddy O'Rourke,' mompelde de arts.
Michael keek toe terwijl Taylor de telefoon naast het bed gebruikte om zijn instructies te geven via de centrale van Bethesda. De telefoon. Orphan-96. 'Wacht eens even!' riep hij plotseling uit.
'Wat is er?'
'Laat me die telefoon eens gebruiken!' Havelock rende naar de tafel, pakte de hoorn van de haak en begon te kiezen terwijl hij hardop sprak onder het draaien. 'O, r, p, h, a, n... negen, zes.'
'Centrale,' zei de vrouwenstem aan de lijn.
'Wat?'
'Wordt dit gesprek door u betaald, loopt het via een *creditcard*, of via een ander nummer?'
'Creditcard.' Michael staarde naar de muur en haalde zich het nummer voor de geest dat hem door BZ was verschaft en dat niet was na te gaan. Hij gaf het aan de telefoniste en hoorde hoe er werd doorverbonden.
'Goedenavond en hartelijk bedankt voor uw telefoontje met *The Voyagers Emporium*, koffers en reisbenodigdheden voor de verwende globetrotter. Als u het genummerde artikel of de artikelen uit onze catalogus opgeeft, die u wenst te kopen, dan zullen wij u doorverbinden met de juiste vertegenwoordiger in ons verzendhuis dat vierentwintig uur per etmaal open is.'

Havelock legde de hoorn op; hij had een code nodig. Die zou te krijgen zijn in een kliniek. Die moest gevonden worden... Doen we allemaal. Iedereen... Aan het eind van die code zat 'Dubbelzinnigheid'!
'Iets gehoord?' vroeg de verbaasde Taylor.
'Dat zal van u afhangen, dokter. Ooit gehoord van *The Voyagers Emporium*? Ik ken het niet, maar per slot van rekening heb ik mijn spullen de laatste tijd in Europa gekocht.'
'De *Voyagers?* Natuurlijk, die hebben overal filialen. Zij zijn het neusje van de zalm voor de mensen die leren of canvas koffers nodig hebben. Mijn vrouw kocht daar eens zo'n vliegtuigtas, ik zweer je, toen ik de rekening zag dacht ik dat ze een auto had gekocht. Zij zijn eersteklas.'
'Ze zijn ook eigendom van de KGB. Daar moet u aan gaan werken. Wàt u ook verder nog te doen hebt, gooi het maar overboord. Ik wil dat u in die kliniek bij onze globetrotter hier blijft. We hebben nog een cijferreeks nodig. Nog maar één reeks.'
Buiten de bungalow klonk het geluid van zware voetstappen, gevolgd door heftig kloppen op de deur.
'Wat is er?' vroeg Havelock net hard genoeg om verstaan te worden.
'Steriel Vijf, ze hebben u nodig. Dringende oproep via de wagens van de federale politie. U moet meteen naar het vliegveld worden gebracht.'
'Ik kom.' Havelock draaide zich om naar Taylor. 'Regel je zaken. Blijf erbij – bij hèm. Ik kom terug. Sorry van die borrel.'
'Dat vindt Paddy O'Rourke ook.'
'Wie is in hemelsnaam Paddy O'Rourke?'
'Een mannetje dat op mijn schouder zit om ervoor te zorgen dat ik niet te veel nadenk.'

Michael klom in de marinehelikopter; boven hem maakten de enorme wieken een oorverdovend lawaai en de piloot gebaarde dat hij naar de cockpit moest komen.
'U kunt daar achter een telefoon inpluggen!' schreeuwde de piloot. 'Het wordt wel rustiger wanneer het luik dicht is. We verbinden u door.'
'Wie is het?'
'Dat komen we nooit te weten!' gilde de radio-operateur ter-

wijl hij zich omkeerde van zijn bedieningspaneel tegen de wand. 'Onze verbinding loopt via een zeef. Het gaat via een centrale.'

De zware metalen deur werd elektronisch dichtgedraaid, sloot het schijnsel van de zoeklichten op het vliegveld buiten en bracht het geraas van de wieken terug tot een gedempt gebulder. Havelock zat ineengedoken in het donker dat werd doorschoten door lichtflitsen en knelde de telefoon vast tegen zijn rechteroor, terwijl hij met zijn andere hand zijn linkeroor afdekte. De laatste stem die uiteindelijk aan de lijn kwam was die van de president van de Verenigde Staten.

'U wordt rechtstreeks naar de luchtbasis Andrews gevlogen voor een ontmoeting met Arthur Pierce.'

'Wat is er gebeurd, meneer?'

'Hij is op weg naar Pooles Eiland met de kluisspecialist, maar hij wil eerst met u praten. Hij is behoorlijk benauwd en volgens mij wordt hij niet zo gauw bang.'

'De Russen?'

'Ja. Hij weet nog niet of ze zijn verhaal geloven of niet. Ze hebben zwijgend naar hem geluisterd, geknikt en hem weer uitgelaten. Hij heeft zo'n idee dat ze de laatste achtenveertig uur iets belangrijks te weten zijn gekomen, iets waarover ze niet willen praten... iets wat de hele zaak de vernieling in zou kunnen jagen. Hij waarschuwde hen dat ze geen ondoordachte dingen moesten doen zonder eerst op het hoogste niveau contact op te nemen.'

'Wat zeiden ze daarop?'

'Iets levensgevaarlijks. "Kijk maar naar uzelf", zeiden ze.'

'Ze hebben iets. Pierce kent zijn vijand.'

'In het alleruiterste geval zullen we gedwongen zijn om met de waarheid over Matthias voor den dag te komen... in de hoop een aanval tegen te houden, zonder enige garantie dat het zal werken. Ik hoef u niet te vertellen wat dat betekent – onze regering zal uit melaatsen bestaan, we zullen nooit meer vertrouwd worden. Als we dan nog bestaan.'

'Wat kan ik doen? Wat wil Pierce?'

'Alles wat u hebt, alles wat u weet. Hij probeert iets te vinden, wat dan ook, wat hij als breekijzer kan gebruiken. Elk uur dat hij een escalatie kan voorkomen, elke dag uitstel die hij voor ons kan krijgen, is een dag voor u. U boekt toch wel vooruitgang?'

'Ja. We kennen nu de verbindingsschakels van "Dubbelzinnigheid", waar hij opdrachten uitstuurt en ontvangt. Tegen het midden van de ochtend moeten we te weten komen hoe hij dat doet, via wie. Zo gauw we dat weten zullen we hem vinden.'
'Dan zou u dus nog maar één stap van Parsifal af kunnen zijn.'
'Ik geloof van wel.'
'Dat wil ik niet horen! Ik wil ja horen.'
'Ja, meneer de president.' Havelock zweeg even en dacht aan de paar korte woorden die nodig waren om de code van *The Voyagers* te doorbreken. Die zouden worden gehoord en worden vastgelegd in een kliniek. 'Ik geloof het.'
'Anders zou u het niet zeggen, godzijdank. Ga naar Pierce toe. Vertel hem alles wat u weet. Help hem!'

35

De elkaar kruisende landingsbanen waren afgezet met gele landingslichten, een warnet van zoeklichtenbundels zocht het dichte wolkendek af en doorboorde het, terwijl toestellen op patrouillevluchten en proefvluchten de nachtelijke hemel inklommen en uit de duisternis neerstreken op hun open, hel verlichte rustplaatsen. Andrews was een uitgestrekte, bewaakte militaire stad op zich. Zowel op het veld als ernaast heerste koortsachtige activiteit. Het vliegveld was het hoofdkwartier van de Amerikaanse luchtmacht en had verantwoordelijkheden die even veelomvattend als onbegrensd waren. Voor duizenden mensen bestond er geen verschil tussen dag en nacht, er waren alleen maar diensturen en opdrachten. Rijen computers in een tiental gebouwen werkten samen met de constante stroom gegevens van menselijke oorsprong, en samen vormden ze oordelen die betrekking hadden op NORAD, CONAD, de DEW-lijnstations en SAC. De basis besloeg een groot gebied ten oosten van de Potomac en ten westen van Chesapeake Baai, maar was van wereldwijd belang. Het doel van de basis was de verdediging van het Noordamerikaanse continent.
De marinehelikopter kreeg toestemming om laag binnen te komen en op een landingsplaats ten noorden van het hoofdveld te landen. Vanaf de grond vingen zoeklichten hen een halve

kilometer voor de landing al op, terwijl radar, radio en de scherpe ogen van de piloot hen naar de drempel voerden waar de verticale daling ingezet kon worden. Bij de instructies die via de verkeerstoren binnenkwamen was een boodschap voor Steriel Vijf. Er zou een jeep op hem wachten die hem naar een landingsbaan zou brengen op het zuidelijke deel van de basis. Die zou daar op hem wachten tot hij klaar was en hem dan terugbrengen naar de helikopter.
Havelock klom uit het luik en sprong op de grond waar de vochtige kilte van de buitenlucht nog werd vergroot door de bolderende luchtstromingen van de in snelheid afnemende wieken. Hij liep snel uit die machinaal veroorzaakte wind vandaan en wilde dat hij een hoed had gedragen... maar het enige hoofddeksel dat hij op dat moment bezat was een zwarte, gebreide muts, ergens op Pooles Eiland.
'Meneer! Meneer!' Het geroep klonk aan Michaels linkerkant, achter het staartstuk van de helikopter. Het was de bestuurder van de jeep. Het voertuig zelf stond in het halfdonker, tussen de verblindende booglampen van het platform, en was nauwelijks zichtbaar.
Havelock rende erop af en de sergeant achter het stuur wilde uitstappen, niet uit noodzaak maar als beleefdheidsgebaar.
'Laat maar,' zei Michael terwijl hij op de zijkant afliep en zijn hand op de sponning van de voorruit legde. 'Ik zag u niet,' voegde hij eraan toe, trok zich omhoog en liet zich zakken op de zitplaats.
'Zo luidden mijn instructies,' legde de onderofficier van de luchtmacht uit. 'Blijf zoveel mogelijk uit het zicht.'
'Waarom?'
'Dat zult u de man moeten vragen die de opdracht heeft gegeven, meneer. Volgens mij is hij voorzichtig en omdat er niemand een naam heeft ga ik ook geen vragen stellen.'
De jeep schoot vooruit en werd door de chauffeur handig een smalle asfaltweg opgestuurd op vijftig meter ten oosten van het helikopterplatform, waar hij linksaf sloeg en gas gaf. De weg liep praktisch helemaal om het enorme veld heen, langs verlichte gebouwen en uitgestrekte parkeerterreinen – flikkerende, zwarte bouwwerken en donkere, immense vage vlekken – afgewisseld door de verblindende gloed van tegemoetkomende koplampen; alles op Andrews speelde zich kennelijk voortdurend met opgevoerde snelheid af. De wind ranselde

door het open voertuig, de klapperende, vochtige lucht drong door Michaels kleren heen en noodzaakte hem zijn spieren te spannen tegen de kille luchtstromingen.
'Het kan me niet schelen, al heet-ie Jan Klaassen,' zei Havelock eigenlijk alleen maar om een gesprek gaande te houden. 'Als het maar warm is waar we naartoe gaan.'
De sergeant keek even kort naar Michael. 'Dan moet ik u opnieuw teleurstellen,' antwoordde hij, 'maar die man denkt daar anders over. Mijn opdracht luidt dat ik u naar een landingsbaan moet brengen in het zuidelijk deel van de basis. Dat is het, vrees ik. Een landingsbaan.'
Havelock sloeg zijn armen over elkaar en bleef voor zich uitkijken, terwijl hij zich afvroeg waarom de staatssecretaris zo voorzichtig was binnen een militair complex. Toen dacht hij even aan de man zelf en hij ontdekte een gedeelte van het antwoord – een onzichtbaar deel maar iets wat er onherroepelijk bijhoorde: er moest een reden zijn. Voor zover hij had kunnen opmaken uit het dossier van BZ over Arthur Pierce en uit wat hij uit de verte wist over de man, was de staatssecretaris een intelligente, overtuigende woordvoerder voor de Amerikaanse belangen bij de Verenigde Naties – en ook aan de internationale conferentietafels – met een uitgesproken en diep wantrouwen jegens de Russen. Dit wantrouwen was echter verborgen onder een snel, agressief soort humor, en verweven met bedrieglijk vriendelijke frontale aanvallen waarvan de Russen tegen hun Byzantijnse muren op vlogen, want ze hadden geen gelijkwaardige tegenaanvallen in hun mars – alleen gebulder en opstandigheid, en ze werden dan ook regelmatig klemgezet tijdens open forums.
Misschien was Pierces belangrijkste introductie wel het feit dat hij door Matthias zelf uitgekozen was, toen Anton op het hoogtepunt van zijn intellectuele macht verkeerde. Maar wat Havelock het helderst voor de geest stond, terwijl hij in snelle vaart over de weg rond het vliegveld reed, was de hooggeschatte zelfbeheersing die iedereen die een bijdrage had geleverd aan zijn dienstdossier toeschreef aan Arthur Pierce. Men had hem nog nooit iets horen zeggen wat niet de moeite van het zeggen waard was. Daarom, bedacht Michael, zou hij ook niets doen zonder daar een reden voor te hebben.
En hij had de voorkeur gegeven aan een ontmoeting op een landingsbaan.

De chauffeur sloeg op een kruispunt linksaf, een weg op die over de hele lengte langs een enorme onderhoudshangar liep en vervolgens stuurde hij naar rechts de berm op van een verlaten landingsbaan. In de verte tekende zich in de gloed van de koplampen het silhouet af van een alleenstaande man. Achter hem, op ruim honderdvijftig meter afstand en naast de baan, stond een klein propellertoestel, met brandende signaallichten aan binnen- en buitenzijde en een tankwagen ernaast.
'Daar staat de man,' zei de sergeant terwijl hij vaart minderde. 'Ik zal u afzetten en bij die hoop oud roest op u wachten.'
'Waar?'
'Bij de onderhoudshangar. Roept u maar als u me nodig hebt.'
De jeep stopte op tien meter afstand van Arthur Pierce. Havelock stapte uit en zag hoe de staatssecretaris op hem af kwam lopen, een rijzige, slanke man in een donkere overjas en hoed, met lange energieke passen. Rang was kennelijk niet belangrijk voor Pierce: er waren er heel wat in BZ die, hoe groot de crisis ook mocht zijn, zouden aannemen dat een gewone beambte van het ministerie wel op hen af zou komen. Michael liep in zijn richting en zag dat Pierce zijn rechter handschoen uittrok.
'Meneer Havelock?' vroeg de diplomaat met uitgestrekte hand, terwijl de jeep snel wegreed.
'Meneer de staatssecretaris?'
'Maar natuurlijk bent u het,' vervolgde Pierce, terwijl hij een stevige, welgemeende handdruk gaf. 'Ik heb een foto van u gezien. Eerlijk gezegd heb ik alles over u gelezen wat ik maar in handen kon krijgen. En nu moet het er maar van komen, denk ik.'
'Wat?'
'Tja, ik denk dat ik nogal onder de indruk ben, wat natuurlijk tamelijk idioot is voor een volwassen man. Maar uw staat van dienst in een wereld die ik werkelijk niet kan begrijpen, is bijzonder indrukwekkend.' De staatssecretaris zweeg en keek gegeneerd voor zich. 'Ik neem aan dat de buitennissige aard van uw werk vaak dit soort reacties oproept.'
'Was het maar waar, dan zou ik me geweldig voelen. Vooral gezien de fouten die ik gemaakt heb – met name de laatste paar maanden.'

'Dat waren niet uw fouten.'
'En verder moet ik u zeggen,' ging Michael verder, de opmerking negerend, 'dat ik ook een heleboel over u gelezen heb. Er zijn niet veel mannen van uw kaliber bij Buitenlandse Zaken. Anthony Matthias wist wat hij deed – toen hij nog wist wat hij deed – toen hij u uit de meute pikte en u op uw huidige plek neerzette.'
'Dat hebben we dan gemeen, nietwaar? Anthony Matthias. Voor u geldt dat meer dan voor mij, iets anders zal ik nooit beweren. Maar het voorrecht, het verdomd grote voorrecht, anders kan ik het niet noemen, om hem gekend te hebben zoals ik hem kende, maakt de jaren, de spanningen en de transpiratie de moeite waard. Het was een periode in mijn leven toen alles aan het veranderen was, en hij maakte er één geheel van.'
'Volgens mij hebben we allebei hetzelfde doorgemaakt.'
'Toen ik over u aan het lezen was, heb ik u meer benijd dan u vermoeden kunt. Ik stond dicht bij hem, maar ik kon nooit voor hem zijn wat u voor hem betekende. Wat een buitengewone ervaring moeten die jaren geweest zijn.'
'Inderdaad. Maar nu is er niets meer, voor geen van ons.'
'Ik weet het. Het is ongelooflijk.'
'Geloof het. Ik heb hem gezien.'
'Ik vraag me af of ik hem zou mogen zien. Ik ben op weg naar Pooles Eiland, moet u weten.'
'Doe uzelf een plezier. Ga hem niet opzoeken. Het is misschien een cliché, maar blijf aan hem denken zoals hij was, niet zoals hij nu is.'
'En dat brengt ons ter zake.' Pierce schudde zijn hoofd terwijl hij Havelock aankeek in het halfduister dat op de landingsbaan heerste. 'Het ziet er niet best uit. Ik geloof niet dat ik de president duidelijk heb gemaakt hoe dicht we in werkelijkheid aan het randje staan.'
'Hij heeft het begrepen. Hij vertelde me wat ze tegen u zeiden toen u hen waarschuwde. "Kijk naar uzelf", is het niet?'
'Ja. Wanneer ze zo ongecompliceerd, zo direct gaan doen, krijg ik het benauwd. Dan gaan ze uithalen naar schaduwen; één flinke duw en we zijn over de rand. Ik kan aardig mijn mond roeren bij een debat en bij onderhandelingen weet ik vrij goed wat ik moet doen, maar u kent de Russen beter dan ik. Wat is uw mening?'

'Ik denk er net zo over als u. Zij drukken zich nooit gematigd uit, altijd bombastisch. Wanneer ze de moeite niet meer nemen om te dreigen, dan dreigen ze pas echt. Dan volgen er daden in plaats van woorden.'
'Dat maakt me juist zo bang. Het enige waaraan ik me vastklamp is dat ik werkelijk niet geloof dat het is doorgedrongen tot de mannen die op de knoppen drukken. Nog niet. Ze weten dat ze absoluut zeker moeten zijn van hun zaak. Wanneer ze de concrete bewijzen hebben, niet alleen maar zinspelingen, dat Matthias nucleaire aanvalsovereenkomsten heeft gesloten tegen de Sovjetunie en als ze China daarbij alleen maar ruiken, zullen ze niet aarzelen om de beslissing naar boven te schuiven, waar hij niet meer in hun handen ligt. Dan kunnen wij allemaal wel beginnen de grond in te kruipen.'
'Nucleaire agressie...? Denkt u dat ze al zover zijn?'
'Ze zitten er dichtbij. Daar worden ze langzaam razend van. Overeenkomsten die zijn afgesloten door een maniak... met andere maniakken.'
'En nu is die razernij weg. Ze houden zich rustig en sturen u weg. U waarschuwt hen en zij zeggen tegen ons dat we maar beter naar onszelf moeten kijken. Ik ben ook bang, meneer de staatssecretaris.'
'U weet dus wat ik denk?'
'Parsifal.'
'Ja.'
'Berquist zei dat de Russen volgens u in de afgelopen achttien uur iets ontdekt moeten hebben. Is het dat?'
'Ik weet het niet zeker. Ik weet niet eens zeker of ik wel op de goede weg ben, maar er is iets gebeurd. Daarom wilde ik u ontmoeten. U bent de enige die weet wat er van uur tot uur gaande is. Als ik daarin iets zou kunnen ontdekken, en dat zou kunnen koppelen aan iets wat ze gezegd hebben of waarop ze hebben gereageerd, dan zou ik een verband kunnen leggen. Waar ik naar zoek is een persoon of een gebeurtenis, als ik het maar kan gebruiken om uitstel te krijgen, naar voren kan brengen voordat zij het doen en hen kan afleiden. Wat het dan ook is, zolang ze maar niet de maniakken in het Presidium gaan alarmeren.'
'Zij zijn niet gek, ze kennen die mannen. Ze zouden heel goed weten wat ze aan hen overdroegen.'
'Ik geloof niet dat zoiets hen tegen zou houden.' Pierce aar-

zelde, alsof hij het met zichzelf niet eens was of hij een voorbeeld moest aanhalen. Toen nam hij het besluit. 'Kent u generaal Halyard?'
'Ik heb hem nooit ontmoet. Ambassadeur Brooks ook niet. Ik had hen vanmiddag moeten ontmoeten. Wat is er met hem?'
'Ik beschouw hem als een van de meest tactvolle, sceptische militairen in dit land.'
'Klopt. Ik weet het niet alleen door zijn reputatie; ik heb ook zijn dossier gelezen. En?'
'Ik vroeg hem vanmiddag wat volgens hem de reactie zou zijn, ook zijn reactie – als onze geheime diensten aan zouden komen met een Chinees-Russisch verdrag tegen ons, eentje dat aanvalsdata binnen vijfenveertig dagen bevatte en verder het soort informatie dat te vinden is in die documenten op Pooles Eiland. Hij antwoordde met één woord. "Lanceren." Als hij zoiets kan zeggen, hoe zit het dan met minder intelligente mensen, die veel onzekerder zijn?'
Arthur Pierce stelde die vraag niet dramatisch, hij vroeg het op redelijke toon en de kilte die Michael nu voelde kwam maar gedeeltelijk van de vochtige, koude lucht. Ze werden aan alle kanten ingesloten; er was haast geen tijd meer over. 'De president zei dat ik u moest helpen,' begon hij. 'Ik weet niet of ik dat kan, maar ik zal het proberen. U zei dat u op zoek bent naar iets wat hen kan afleiden; misschien heb ik zoiets. Er bestaat een KGB-operatie die al heel lang loopt en teruggaat tot de dagen van de NKVD in de jaren dertig. Hij wordt *Operatsija Paminjatsjik* genoemd...'
'Neemt u me niet kwalijk,' kwam de man van BZ tussenbeide. 'Mijn Russisch is niet zo goed zonder tolk.'
'Het doet er niet toe, het is maar een naam. Er wordt een strategie mee aangeduid waar jonge kinderen bij betrokken zijn, peuters zelfs, die door doktoren worden geselecteerd en hierheen gebracht. Ze worden ondergebracht bij bepaalde gezinnen – clandestiene marxisten – en ze groeien op als Amerikanen, zo op het oog volkomen normaal en hoe meer succes ze hebben hoe beter. Maar al die jaren door worden ze getraind – geprogrammeerd als u wilt – voor hun opdrachten als ze volwassen zijn, en die hangen af van de vaardigheden die ze hebben en die ontwikkeld worden. Het komt neer op infiltratie, opnieuw, hoe hoger hoe beter.'
'Mijn god,' zei Pierce zacht. 'Ik zou zeggen dat er aan zo'n

operatie enorme risico's zijn verbonden. Zulke mensen moeten een wezenlijke overtuiging meegekregen hebben.'
'O, overtuiging hebben ze wel, die maakt deel uit van het programmeren. Ze worden ook op de voet gevolgd; bij de geringste afwijking worden ze ofwel geëlimineerd, of ze worden teruggebracht naar Moedertje Rusland waar ze opnieuw worden opgevoed terwijl ze anderen trainen in de Amerikaanse complexen in de Oeral en in Novgorod... Het belangrijkste is dat we er nooit in zijn geslaagd om die operatie open te breken. De paar mensen die we te pakken kregen waren de minst competente en ze stonden zo laag op de ladder dat ze ons niets konden vertellen. Maar nu zijn we er misschien in doorgedrongen. We hebben een achttien-karaats *paminjatsjik* te pakken gekregen die machtiging heeft om te doden, die deel uitmaakt van een executieploeg. Zijn soort heeft toegang – moet toegang hebben – tot machtigingscentra en bronbeheerders. Er kleeft te veel risico aan moorden, er zijn te veel mogelijkheden om te ver te gaan, om maar niet te spreken van gepakt te worden. Opdrachten moeten dubbel geverifieerd worden, machtiging moet bevestigd worden.'
'U hebt zo'n man? Mijn god, waar?'
'Hij wordt overgevlogen naar Bethesda – hij is gewond – en later op de avond zal hij worden overgebracht naar een kliniek in Virginia.'
'Hou hem vast! Is er een dokter bij? Een goede?'
'Ik geloof van wel. Hij is een specialist die Taylor heet: hij zal bij hem blijven.'
'Dus volgens u bent u morgen in staat me iets te geven wat ik kan gebruiken bij de Russen? Dit zou de afleidingsmanoeuvre kunnen zijn die ik nodig heb. Ik beantwoord hun aanvallen met een tegenaanval. Ik beschuldig hen...'
'Ik kan het u nu al geven,' viel Havelock hem in de rede, 'maar u kunt het niet gebruiken tot ik u dat zeg. Morgenavond op zijn vroegst. Kunt u zo lang vertragen?'
'Ik denk van wel. Wat is het?'
'We hebben hem een uur geleden met serum ingespoten. Ik weet niet hoe we de juiste mensen kunnen bereiken, maar ik ken de dekmantel van hun centrale. En de codenaam voor de *paminjatsjik* – bronbeheerder voor dit gebied – waarvan ik aanneem dat het de operaties in Washington omvat, de belangrijkste in Amerika.'

Arthur Pierce schudde verbaasd en bewonderend zijn hoofd. 'Daar ben ik helemaal ondersteboven van,' zei hij en er klonk respect in zijn rustige stem. 'Wat kan ik gebruiken?'
'Alles wat u moet gebruiken. Na morgen zal ik de hele *Operatsija Paminjatsjik* in kunnen ruilen voor nog een paar dagen.'
'Zo dicht zit u bij Parsifal?'
'We zijn nog dichterbij. We zullen nog dichterbij zijn wanneer we de patiënt van Taylor in de kliniek hebben. Met een paar woorden kan hij ons op armlengte brengen van de man die we "Dubbelzinnigheid" noemen. En tenzij alles wat we bijeen hebben gebracht, wat Bradford bijeen heeft gebracht, verkeerd is – en dat geloof ik niet, dat kan niet – dan zullen we weten wie Parsifal is, zo gauw we weten wie "Dubbelzinnigheid" is. Ik zal het weten.'
'Mijn god, hoe dan?'
'Matthias heeft mij zo goed als verteld dat ik hem heb gekend... Kent u een zaak, een syndicaat van zaken, die *The Voyagers Emporium* heet?'
De meeste van mijn koffers komen daar tot mijn spijt vandaan. Dat wil zeggen, mijn bankrekening betreurt dat.'
'Ergens in die zaak, op een afdeling of een onderafdeling, zit de centrale van de KGB. "Dubbelzinnigheid" moet contact houden; daar krijgt hij zijn opdrachten, daar brengt hij informatie over. We zullen ons er rustig binnenwerken – heel onopvallend – het tot de grond toe afbreken en hem vinden. Veel hebben we niet nodig; we weten waar hij zit.'
'Precies daar waar je hem elke dag ziet,' zei Pierce en hij knikte. 'Hoe zit het eigenlijk met de codenaam voor de bronbeheerder?'
'Hamer-nul-twee. Het zegt ons niets en het kan van de ene dag op de andere door het netwerk worden veranderd, maar het feit dat we hem hebben doorbroken, de kring van *paminjatsjiks* zo volledig hebben doorbroken, moet maken dat iemand binnen het Kremlin het erg benauwd krijgt.' Michael zweeg en voegde eraan toe: 'Wanneer ik u het groene licht geef dan kunt u gebruiken wat u wilt, alles of een deel ervan. Het is in de grond genomen een schijnbeweging, wat u een afleidingsmanoeuvre noemt, maar volgens mij is het een krachtige. Trapt u maar een flinke diplomatieke herrie, dan zorgt u ervoor dat er een wervelwind van telegrammen tussen Mos-

kou en New York op en neer gaat vliegen. Als u maar tijd kunt winnen voor ons.'
'Weet u het zeker?'
'Ik weet zeker dat we geen andere uitweg hebben. We moeten tijd winnen.'
'Die bronbeheerder zou u kunnen ontsnappen.'
'Dan ontsnapt hij maar. Een bronbeheerder overleven we wel – die hebben we in meer dan zestig landen. Parsifal overleven we niet. Niemand van ons.'
'Ik zal uw telefoontje afwachten.' De staatssecretaris keek op zijn horloge en tuurde ingespannen om de verlichte wijzerplaat te kunnen zien in het vage licht. 'Ik heb nog een paar minuten voordat we vertrekken. De kluisspecialist moest worden overgevlogen vanuit Los Alamos; hij praat nu met een van de mensen van zijn firma die hem de schakelschema's heeft gebracht... Er zijn zoveel dingen die ik wil vragen, zoveel wat ik moet weten.'
'Ik ben hier zolang u hier bent; wanneer u vertrekt vertrek ik ook. Ik heb mijn opdracht van de president.'
'Ik mag hem. En ik heb niet alle presidenten gemogen.'
'Omdat u weet dat het hem geen barst kan schelen of u hem mag of niet... niet zolang hij in het Ovalen Kantoor zit. Zo zie ik die man. Ik mag hem ook en ik heb heel wat redenen om het tegenovergestelde te doen.'
'Costa Brava? Ze hebben me alles verteld.'
'Dat is verleden tijd. Laten we ons met het heden bezighouden. Wat kan ik u nog meer vertellen om u te helpen?'
'Het voor de hand liggende,' zei Pierce en hij liet met tegenzin zijn stem afzwakken. 'Als Parsifal inderdaad contact heeft gehad met de Russen, wat kan ik dan zeggen... aangenomen dat ik de kans krijg om nog iets te zeggen? Als hij heeft gezinspeeld op deelname van China, op de kwetsbare plekken in de Russische bewapening, hoe kan ik dat dan verklaren? Waar heeft hij alles vandaan? Het aan de kaak stellen van Matthias is maar een deel van het antwoord. Eerlijk gezegd is het niet genoeg en ik denk dat u dat weet.'
'Ik weet het.' Havelock probeerde zijn gedachten te ordenen, zo duidelijk en beknopt te zijn als maar mogelijk was. 'Wat er in die zogenaamde overeenkomsten staat is een mengelmoes van wel duizend zetten in een driedimensionaal schaakspel, met Matthias als centrale figuur. We zijn veel dieper doorge-

drongen in de systemen van Rusland en China dan we ooit hebben laten doorschemeren, en er zijn strategische comités in het leven geroepen voor de bestudering en evaluatie van iedere denkbare optie, mocht een of andere idioot aan welke kant dan ook de opdracht tot lancering geven.'
'Ik ben er zeker van dat dergelijke comités ook in Moskou en Peking bestaan.'
'Maar noch Moskou, noch Peking kunnen een Anthony Matthias voortbrengen, de man met de geopolitieke wondermiddelen, gerespecteerd, aanbeden zelfs – nergens ter wereld vind je een man als Matthias.'
Pierce knikte. 'De Russen behandelen hem als een waardevolle koerier, niet als tegenstander. De Chinezen organiseren geweldige diners voor hem en noemen hem een ziener.'
'En toen hij begon af te takelen had hij nog fantasie genoeg om het beslissende nucleaire schaakspel te bedenken.'
'Maar hoe?'
'Hij heeft een dweper gevonden. Een marineofficier in een van de comités van het Pentagon die tot over zijn oren in de theorieën voor een massale slachtpartij zit. Hij heeft Matthias alles gegeven. Hij heeft alle strategische plannen en tegenzetten gekopieerd die de drie comités met elkaar hebben uitgewisseld. Ze bevatten alle authentieke feiten – die moesten ze bevatten; op papier zijn die oorlogsspelletjes heel reëel. Alles kan door computers worden nagegaan – de omvang van de schade door zoveel megatonbommen aangericht, de aangetoonde schade, hoever je kunt gaan met bombarderen voordat het terrein niet meer te gebruiken is. Het was er allemaal en Matthias heeft het gecombineerd. Matthias en de man die ons bij de keel heeft. Parsifal.'
'Volgens mij zal die marineofficier een behoorlijke tijd achter slot en grendel verdwijnen.'
'Ik weet niet zeker of dat veel zou uithalen. Hoe dan ook, we zijn nog niet klaar met hem; hij heeft nog meer te vertellen – heeft dat nu misschien al verteld.'
'Wacht eens even,' zei de staatssecretaris en zijn ogen flonkerden eensklaps. 'Zou hij Parsifal kunnen zijn?'
'Nee, dat kan niet.'
'Waarom niet?'
'Omdat hij op zijn eigen verblinde manier geloofde in wat hij aan het doen was. Hij is eeuwigdurend verliefd op zijn uni-

form en zijn land; hij zou de mogelijkheid voor een compromis niet toelaten en hij zou de Russen geen gram munitie geven. Zoals Decker zijn er meer, maar hij is wel echt. Ik betwijfel of de *Lubjanka* iets uit hem zou krijgen.'
'Decker... Jullie hebben hem opgeborgen, nietwaar?'
'Hij kan nergens heen. Hij is thuis en hij staat onder bewaking.'
Pierce schudde zijn hoofd en stak een hand in zijn zak. 'Het is allemaal zo'n waanzin!' zei hij terwijl hij een pakje sigaretten en lucifers te voorschijn haalde. 'Wilt u er eentje?' vroeg hij terwijl hij het pakje aanbood.
'Nee, dank u. Ik heb mijn rantsoen van vijfhonderd voor vandaag al gehad.'
De man van BZ stak een lucifer aan en hield de vlam onder de sigaret. Omdat hij deze met zijn andere hand niet beschutte, werd de lucifer door de wind uitgeblazen. Hij stak er nog eentje aan, met zijn linkerhandpalm ervoor en trok aan de sigaret; de rook kringelde uit zijn mond en vermengde zich met het wolkje van zijn adem. 'Tijdens de bespreking van vanmiddag bracht ambassadeur Brooks iets naar voren wat ik niet begreep. Hij zei dat een inlichtingenagent van de KGB contact met u had gelegd en gespeculeerd had over de identiteit van de factie in Moskou die had samengewerkt met Matthias aan de Costa Brava.'
'Hij bedoelde met Parsifal; Matthias liep tegen die tijd al aan het lijntje. En Rostov – hij heet Rostov – speculeerde niet. Hij wist het zeker. Het is een stelletje fanatiekelingen in een onderafdeling die de VKR genoemd wordt, de *Vodennaja*. Vergeleken met hen is Decker een engel. Hij probeert die te doorbreken en ik wens hem veel geluk. Het is gek, maar een toegewijde vijand zou onze enige hoop wel eens kunnen zijn.'
'Wat bedoelt u met "doorbreken"?'
'Namen vinden, ontdekken wie wat heeft gedaan en die lui doorspelen naar mensen met meer verstand. Rostov is goed; hij kan het klaarspelen en als het hem lukt zal hij het me op een of andere manier laten weten.'
'Werkelijk?'
'Hij heeft me al een veilige brievenbus laten aanwijzen. Dat gebeurde op Kennedy Airport toen ik overkwam uit Parijs.'
Uit de verte klonk het geluid van een motor die een paar keer op volle toeren liep. Pierce gooide zijn sigaret op de grond,

draaide hem uit met zijn voet en zei: 'Wat verwacht u nog meer van die Decker te horen?'
'Het kan zijn dat hij met Parsifal heeft gesproken, maar dat niet weet. Of iemand die namens Parsifal belde. Hoe dan ook, het gebeurde bij hem thuis en dat betekent dat er ergens tussen een paar honderdduizend interlokale gesprekken een bepaald gesprek zit met een bepaald nummer op een bepaald tijdstip.'
'Waarom niet een paar miljoen gesprekken?'
'Omdat we ongeveer weten waar we moeten zoeken.'
'Weet u dat?'
'Tegen morgen weet ik meer. Wanneer u terugkomt...'
'Meneer de staatssecretaris! Meneer de staatssecretaris!' Het roepen ging vergezeld van het brullen van een jeepmotor en het gillen van de banden toen de jeep op slechts een meter van hen vandaan stopte. 'Staatssecretaris Pierce?' vroeg de chauffeur.
'Wie heeft u mijn naam gegeven?' vroeg Pierce kil.
'Er is een dringend telefoongesprek voor u, meneer. Ze zeiden dat het uw kantoor bij de Verenigde Naties was en ze moeten u spreken.'
'De Russen,' zei Pierce zacht tegen Havelock en zijn ontsteltenis was duidelijk en echt. 'Blijf alstublieft op mij wachten.'
De staatssecretaris stapte lenig en snel in de luchtmachtjeep, knikte tegen de bestuurder en hield zijn ogen gericht op de lichten van de onderhoudshangar. Michael trok zijn jas strakker om zich heen en zijn aandacht werd getrokken door het kleine propellervliegtuig dat bijna tweehonderd meter van hem vandaan aan de andere kant stond. De linkermotor draaide en de piloot gaf gas; de rechter kwam een paar tellen later kuchend tot leven. Toen begreep Havelock het. Er was nog een jeep te zien; die had de plaats ingenomen van de tankwagen naast het toestel. De kluisspecialist was aangekomen, het vertrek naar Pooles Eiland zou zo dadelijk plaatsvinden.
Arthur Pierce kwam zes minuten later terug, klom uit het open voertuig en stuurde de chauffeur weg. 'Het waren de Russen,' zei hij terwijl hij op Michael toeliep. 'Ze wilden een ongenotuleerde, niet officieel vastgelegde bespreking morgenochtend; dat betekent een spoedgeval. Ik heb contact opgenomen met de eerste zaakwaarnemer van de delegatie en hem gezegd dat ik voor morgenvroeg mijn eigen spoedbespreking bijeen had

geroepen op basis van hun reacties van vanmiddag. Ik heb ook door laten schemeren dat ik misschien informatie voor hen had, die tot gevolg zou kunnen hebben... ik heb uw uitdrukking gebruikt... "een wervelwind van telegrammen" tussen New York, hun ambassade in Washington en Moskou. Ik heb erop gezinspeeld dat er nu van onze kant wel eens met de schoen op tafel zou kunnen worden geslagen.' De staatssecretaris zweeg, hij hoorde het opwarmen van de vliegtuigmotoren in de verte. De jeep die erbij stond reed net weg. 'Dat is een signaal voor mij; de kluisspecialist is er. Weet u dat het minstens drie uur zal kosten om in dat vertrek te komen? Loopt u niet even met mij mee?'
'Zeker. Wat was de reactie van de Russen?'
'Heel negatief, natuurlijk. Ze kennen me; ze ruiken een afleidingsmanoeuvre, een schijnbeweging om uw woorden te gebruiken. We hebben afgesproken dat we morgenavond bijeen zullen komen.' Pierce zweeg weer even en bleef kort stilstaan terwijl hij zich naar Havelock keerde. 'Zorg in godsnaam dat ik dan het groene licht heb. Ik zal elk argument, elk wapen nodig hebben dat ik te pakken kan krijgen. Daarbij een medisch rapport dat de mentale uitputting van Matthias beschrijft... In godsnaam niet het psychiatrische rapport dat ik voor u zal meenemen.'
'Dat was ik vergeten. De president zou me dat gisteren... vandaag, bezorgd hebben.'
'Ik breng het mee.' Pierce begon weer te lopen en Michael liep naast hem mee. 'Ik kan het zien gebeuren.'
'Wat gebeuren?'
'De dagen die overvloeien in elkaar. Gisteren, vandaag... morgen, als we dat morgen nog meemaken. Eén lange, eindeloze, slapeloze nacht.'
'Ja,' zei Havelock en hij voelde geen behoefte om daarop in te gaan. 'Hoeveel weken hebt u zo al geleefd?'
'Heel wat.'
'Verrek.' Het gebrul van de twee motoren klonk luider naarmate ze dichter bij het vliegtuig kwamen. 'Ik neem aan dat dit eigenlijk de veiligste plaats is om te praten,' zei Pierce met stemverheffing om te kunnen worden verstaan. 'Er is geen microfoon die dat geluid eruitzeeft.'
'Wilde u me daarom ontmoeten op een landingsbaan?' vroeg Michael die wist dat er een reden moest zijn.

'U denkt waarschijnlijk dat ik paranoïde ben, maar ja, dat is de reden. Al waren we in de centrale controlekamer van een NORAD-basis geweest, dan zou ik nog de muren hebben laten controleren voordat we aan zo'n gesprek begonnen dat we net hebben gevoerd. U denkt waarschijnlijk dat ik echt paranoïde ben. Dit is per slot van rekening Andrews...'

'Dat denk ik helemaal niet,' viel Havelock hem in de rede. 'Volgens mij had ik dat zelf moeten bedenken.'

De deur van het kleine toestel stond open, het metalen trapje stond klaar. De piloot gaf vanachter zijn verlichte raampje een teken; Pierce zwaaide terug en knikte bevestigend. Michael liep met de staatssecretaris tot op drie meter van de deur en de wind van de propellers werd steeds krachtiger.

'U zei dat u een vaag idee had van de plaats van waaruit Decker gebeld zou kunnen zijn,' schreeuwde Pierce. 'Waar is dat?'

'Ergens in de Shenandoah,' gilde Havelock. 'Het is maar giswerk, maar Decker heeft het materiaal daar afgeleverd.'

'Ik begrijp het.'

Het geluid van de motoren werd plotseling krachtiger, de wind van de propellers bereikte stormkracht en blies de hoed van het hoofd van Arthur Pierce. Michael bukte en liet zich door de sterke luchtstroom voortblazen achter de tuimelende zwarte hoed aan. Hij zette zijn voet erop, greep hem snel met zijn rechterhand en bracht hem terug naar de staatssecretaris.

'Hartelijk bedankt!' schreeuwde Pierce.

Havelock staarde naar het gelaat tegenover hem, naar die witte lok die vanaf het voorhoofd door de donkere massa golvend zwart haar naar achteren liep.

36

Het duurde een uur en drie kwartier voordat hij de schijnwerpers weer zag die de ingang verlichtten naar de oprit van Steriel Vijf. De vlucht vanaf Andrews naar Quantico en de autorit naar Fairfax waren hem vreemd verwarrend voorgekomen en hij wist niet waarom. Het was net of een deel van zijn hersenen weigerde te functioneren, of er een soort gat was gevallen in zijn denkproces, waarvan hij zich duidelijk bewust was omdat hij zich gedwongen voelde niet naar de oorzaak te zoeken. Het was zoiets als de weigering van een dronkelap om de lompe stommiteiten van de vorige avond onder ogen te zien, iets wat niet bestond als je er niet aan dacht. En hij was niet in staat er iets aan te veranderen; hij wist niet wat het was, alleen dat het er niet was en dus bestond.

Eén lange, eindeloze, slapeloze nacht. Misschien was het dat wel. Hij had slaap nodig... hij had Jenna nodig. Maar er was geen tijd om te slapen, geen tijd om samen te zijn zoals ze samen wilden zijn. Geen tijd voor iets anders dan Parsifal.

Wat was het? Waarom was een deel van hem plotseling gestorven?

De sedan van de marine hield stil voor de rijk bewerkte ingang van het landhuis. Hij stapte uit, dankte de chauffeur en de gewapende begeleider vluchtig en liep naar de deur. Hij belde aan en het abrupte opengaan van de deur onderbrak zijn kronkelende gedachtengang. Het gezicht van Jenna bracht hem weer terug in de werkelijkheid, haar opvallende, lieflijke gezicht, dat strak stond als een masker, terwijl de ogen hem flonkerend aankeken.

'Godzijdank!' schreeuwde ze, stak haar handen naar hem uit, omarmde hem en trok hem naar binnen. 'Je bent terug! Ik dacht dat ik gek werd!'

'Wat is er?'

'Mikhail, kom mee. Snel!' Ze greep zijn hand vast en ze renden de hal door, langs de trap naar de deur van het studeervertrek, die openstond. Ze liepen naar binnen, Havelock sloot de deur en Jenna liep naar het bureau. 'Je moet het Bethesda-ziekenhuis bellen,' vervolgde ze en pakte een aantekening op. 'Toestel zes-zeven-een. Maar eerst moet je weten wat er is gebeurd.'

'Wat...?'

'De *paminjatsjik* is dood.'

'O mijn god!' Michael rende op de telefoonhoorn af die Jenna al voor hem klaar hield. Hij draaide het nummer met trillende handen. 'Wanneer?' schreeuwde hij. 'Hoe?'

'Een executie,' antwoordde ze terwijl hij op de verbinding met Bethesda wachtte. 'Een klein uur geleden. Twee man. Ze vermoordden de bewaker met een mes, drongen de kamer binnen en doodden de trekvogel terwijl hij onder narcose was. Vier kogels in het hoofd. De dokter is des duivels.'

'Zes-zeven-een! Snel, alstublieft!'

'Ik kon het niet meer uithouden,' zei Jenna fluisterend. 'Ik dacht dat jij daar was... ergens buiten... misschien opgemerkt. Ze zeiden dat je er niet was.'

'Taylor? Hoe is het gebeurd?'

Terwijl Havelock naar de woorden luisterde verspreidde een verlammende pijn zich door zijn hele lichaam, de traag kolkende wolken van uitzichtloosheid omgaven hem, benamen hem de adem. De dokter was nog steeds niet tot zichzelf gekomen. Het was te horen aan zijn korte, met eentonige stem vertelde, onsamenhangende verhaal; de korte beschrijving van Jenna was duidelijker geweest. Taylor kon hem niet meer helpen. Twee moordenaars in de uniformen van marineofficieren waren naar de vijfde verdieping gekomen, hadden de patiënt van Taylor gevonden en kil en professioneel de executie uitgevoerd, waarbij ze ook nog een op wacht staande marinier hadden gedood.

'We zijn "Dubbelzinnigheid" kwijt,' zei Michael terwijl hij de hoorn op de haak legde met zo'n zware hand dat het een luide klap gaf. 'Hoe? Dat kan ik maar niet begrijpen...! We hebben alle veiligheidsmaatregelen genomen, militair vervoer, iedere voorzorgsmaatregel!' Hij keek Jenna hulpeloos aan.

'Was het misschien te opvallend?' vroeg ze. 'Kan het zijn dat de voorzorgsmaatregelen en het transport de aandacht hebben getrokken?'

Havelock knikte vermoeid. 'Ja. Ja, natuurlijk. We hebben een vliegveld in beslag genomen, zijn daar komen landen en opstijgen als een commando-raid, hebben al het andere verkeer om moeten leiden.'

'En het is niet zo ver van het Medisch Centrum,' voegde Jenna er nog aan toe. 'Iemand die door al die verwarring werd gealarmeerd, zou op zijn beurt daardoor kunnen worden aangetrokken. Hij zou kunnen zien wat jullie voor hem verborgen wilden houden. In dit geval was een brancard al voldoende.'

Michael trok zijn overjas uit en liet die nonchalant op een stoel vallen. 'Maar dat is geen verklaring voor wat er in het Medisch Centrum zelf gebeurde. Er werd een executieploeg heen gestuurd om een hinderlaag te belemmeren, om hun eigen mensen te vermoorden en geen kans te laten bestaan dat er iemand levend vandaan zou komen.'

'*Paminjatsjiks*,' zei Jenna. 'Het is al eerder voorgekomen.'

'Maar hoe wist hun beheerder dat het een hinderlaag was? Ik

heb alleen met de Apacheploeg en met Loring gesproken. Met niemand anders! Hoe konden ze dat weten? Hoe konden ze zo zeker zijn dat ze hun beroepsmoordenaars erop afstuurden? Het risico is enorm!' Havelock liep om het bureau heen en keek met diepe haat naar de papieren die zulke verschrikkingen betekenden. 'Loring vertelde me dat hij waarschijnlijk gezien was, dat het zijn fout was, maar dat geloof ik niet. Die nep-surveillancewagen kwam niet zomaar vanuit een straat verder te voorschijn; die werd gestuurd door iemand die bevelen gaf en die de gevaarlijkste beslissing nam die hij maar kon nemen. Die zou hij niet hebben genomen, omdat er één man was ontdekt op een parkeerplaats – een man, bovendien, die te verrekt geroutineerd is om zich zo duidelijk bloot te geven.'

'Het lijkt onlogisch,' stemde Jenna in. 'Tenzij die anderen al eerder waren ontdekt.'

'Zelfs als ze door die dekmantel van cardiologen heen hadden gekeken, dan zouden ze hooguit beschouwd kunnen worden als bescherming... Nee, de beheerder wist dat het een hinderlaag was, wist dat het belangrijkste doel – laten we er niet omheen draaien, het enige doel – was om er een levend te pakken te krijgen, al was het maar éèntje... Godverdomme, hoe?!' Michael boog zich over het bureau, met beide handen geklemd om de rand, en zijn hoofd klopte. Hij duwde zich overeind en liep naar de brede, donkere ramen met de dikke, schuin aflopende glasruiten. En toen hoorde hij de woorden die zacht door Jenna werden uitgesproken.

'Mikhail, je hebt wel met iemand anders gesproken. Met de president.'

'Natuurlijk, maar...' Hij zweeg en staarde naar het vervormde beeld van zijn gezicht in het raam, maar zag hoe dat beeld langzaam veranderde... zag in plaats ervan de vage omtrek van een ander gezicht. Toen veranderden de nachtelijke nevels die aan waren komen rollen door de bomen en over het gazon buiten, in andere nevels, uit een andere tijd. Het gebulder van golven vulde plotseling zijn oren, donderend, oorverdovend, onverdragelijk. Bliksem flakkerde over het lichtende, onzichtbare scherm voor zijn geestesoog en toen volgden de felle, doordringende slagen, de een na de ander, aanzwellend tot splijtende explosies die hem voortstuwden tot in een razend rondwentelende sterrenhemel vol flitsende lichten... en angst.

Costa Brava. Hij was terug aan de Costa Brava!
En het gelaat in de spiegel kreeg vorm... een vage vorm nog... maar een duidelijke vorm. En van dat gezicht sprong die witte lok omhoog, omgeven door golvend zwart, afgetekend, geïsoleerd... op zich weer een beeld.
'Nee... nee!' Hij hoorde zichzelf gillen; hij kon Jenna's handen voelen op zijn armen, toen op zijn gezicht... maar niet zijn gezicht! Het gelaat in het raam! Het gelaat met die duidelijk afgetekende strook wit in het haar... zijn haar, maar niet zijn haar, zijn gelaat en toch niet zijn gelaat! Toch waren het beide gezichten van moordenaars, het zijne en dat wat hij had gezien die nacht aan de Costa Brava!
Een visserspet was ineens weggeblazen door de oceaanwind. Een hoed was van het hoofd van een man gerukt door de plotselinge windvlaag van propellers. Op een landingsbaan... in halfdonker licht... twee uur geleden!
Dezelfde man? Was dat mogelijk? Zelfs denkbaar?
'Mikhail!' Jenna omvatte zijn gezicht met haar handen. 'Mikhail, wat is er? Wat is er aan de hand?'
'Het is niet mogelijk!' schreeuwde hij. 'Het kan niet waar zijn!'
'Wat, mijn lieveling? Wat kan niet waar zijn?'
'Mijn god. Ik geloof dat ik gek word!'
'Schat, hou daarmee op!' riep Jenna terwijl ze hem heen en weer schudde, zich aan hem vastklampte.
'Nee... nee, het komt wel weer goed met me. Laat me met rust. Laat me met rust!' Hij rukte zich van haar los en rende naar het bureau. 'Waar is het. Godverdomme, waar is het?'
'Waar is wat?' vroeg Jenna vastberaden, rustig, naast hem nu.
'Het dossier.'
'Welk dossier?'
'Mijn dossier!' Hij rukte de rechterbovenla open, scharrelde verwoed tussen de paperassen tot hij de map vond met de zwarte rand. Hij trok hem eruit en smeet hem op het bureau, bladerde met razend werkende vingers en felle ogen, hortend ademhalend.
'Wat zit je dwars, Mikhail? Zeg het me. Laat me je helpen. Hoe kwam je hierop? Waarom ga je nu weer terug in de tijd...? We hadden afgesproken dat we elkaar geen pijn meer zouden doen.'
'Het gaat niet om mij! Om hem!'
'Wie?'

'Ik mag geen fout maken! Dat mag ik niet!' Havelock vond de pagina waarnaar hij zocht. Hij liep de regels af met zijn wijsvinger, steeds langzamer, tot hij stilhield, met zijn blik gekluisterd aan de woorden. Hij sprak fluisterend, terwijl hij op één toon las: '"Ze gaan haar doden. O, mijn god, hij heeft haar gedood en ik kan het gillen niet verdragen. Ga naar haar toe, stop dat gegil... stop het. Nee, ik niet, ik nooit. O, mijn god, ze sleuren haar weg... ze bloedt zo, maar ze voelt nu geen pijn meer. Ze is dood. O, mijn god, ze is dood, mijn geliefde is dood... De wind is krachtig, hij heeft zijn pet afgeblazen... Het gezicht? Ken ik dat gezicht? Ergens van een foto? Een dossier? Het dossier van een moordenaar... Nee, het is het haar. Die witte strook door het midden."'

Michael richtte zich op en keek Jenna aan; hij zweette, er trilde iets in zijn keel, in zijn stem. 'Een strook... wit... haar,' zei hij langzaam, met een vertwijfelde inspanning om de woorden te uiten. 'Hij zou het kunnen zijn!'

Jenna drukte zich tegen hem aan en hield zijn schouders vast. 'Je moet jezelf weer onder controle krijgen, mijn lieveling. Je praat niet rationeel; op de een of andere manier ben je buiten jezelf. Kun je me begrijpen?'

'Geen tijd,' zei hij en hij haalde haar handen van zijn schouders en pakte de hoorn van de telefoon. 'Het is goed met me en jij hebt gelijk. Ik ben buiten mezelf, maar alleen omdat het zo ongelooflijk is. Niet te geloven!' Hij draaide een nummer, haalde diep adem en begon te spreken. 'Ik wens verbonden te worden met de hoofdcentrale van de luchtmachtbasis Andrews en ik wens dat u de officier van dienst instructies geeft om alle verzoeken om inlichtingen die ik hem zal vragen in te willigen.'

Jenna keek even naar hem en liep toen naar de tafel waarop de karaffen met whisky en cognac stonden. Van het laatste schonk ze wat in een glas en gaf het hem. 'Je ziet bleek,' zei ze. 'Ik heb je nog nooit zo bleek gezien.'

Havelock wachtte af en luisterde aandachtig terwijl het hoofd van de geheime dienst van het Witte Huis zijn instructies doorgaf aan Andrews en er omgekeerd een elektronische verificatiecontrole werd uitgevoerd door de kolonel van de verbindingsdienst. Het ongelooflijke had steeds zijn wortels in het geloofwaardige, dacht hij, in het gewone van een observatie, of dat nu was van iets normaals of van iets bizars. Hij was

die nacht aan de Costa Brava geweest om de meest geloofwaardige reden ter wereld, hij had het meest bizarre geobserveerd en het eenvoudige verschijnsel van een windvlaag die de pet van een man had afgeblazen. Nu moest hij weten of die observatie juist was geweest, beide observaties.
'Er komen voortdurend gesprekken uit New York binnen,' zei de kolonel in antwoord op zijn vraag.
'Ik heb het over die vijf of tien minuten,' wierp Michael tegen. 'Doorverbonden met een onderhoudshangar op het zuidelijk deel van de basis. Het was nog geen twee uur geleden; iemand moet zich dat herinneren. Vraag het iedere telefonist die dienst heeft. Nu!'
'Verrek, kan dat niet wat rustiger?'
'Als u het wat sneller doet!'
Geen enkele telefonist op de luchtmachtbasis Andrews had een gesprek doorverbonden met een onderhoudshangar op het zuidelijke deel van de basis.
'Er was een sergeant die een jeep bestuurde en die opdracht had een vrachtje op te pikken, dat Steriel Vijf werd genoemd, van een marinehelikopter. Volgt u mij?'
'Ik ben op de hoogte van de codenaam Steriel en van de vlucht. Helikopter, noordelijk platform.'
'Hoe heet hij?'
'De bestuurder?'
'Ja.'
De kolonel zweeg even en hij was kennelijk ongerust toen hij antwoord gaf. 'We horen net dat de oorspronkelijke bestuurder vervangen werd, dat een ander hem met een mondelinge opdracht heeft afgelost.'
'Opdracht van wie?'
'Dat hebben we niet kunnen nagaan.'
'Hoe heette de tweede bestuurder?'
'Dat weten we niet.'
'Dank u, kolonel.'
Paminjatsjik!
'Zoek het dossier van Pierce eens voor me op,' zei Havelock en hij keek Jenna aan terwijl hij de haak met zijn hand omlaaghield.
'*Arthur Pierce?*' vroeg Jenna stomverbaasd.
'Zo snel je kunt.' Michael draaide alweer een nummer terwijl hij die woorden sprak. 'Ik mag geen fout maken. Ik mag geen

fout maken. Niet hier, niet nu... Meneer de president? Havelock hier. Ik heb Pierce ontmoet en ik heb geprobeerd hem te helpen... Zeker, meneer, hij is intelligent, heel intelligent en erg goed. We zouden graag opheldering hebben over een bepaald punt; het is niet belangrijk, maar we zouden graag beiden de zaken wat duidelijker zien. Hij moest aan een boel dingen denken, heel veel in zich opnemen. Hebt u tijdens de vergadering van vanmiddag, nadat ik u had gebeld, gesproken over de Apache-operatie in de Randolph Kliniek...? Dan is iedereen dus op de hoogte. Dank u, meneer de president.' Michael legde de hoorn op, terwijl Jenna hem een donkerbruine dossiermap aanreikte.

'Hier is het dossier van Pierce.'

Havelock opende de map en zocht onmiddellijk de samenvatting op van de persoonlijke gegevens.

De persoon in kwestie drinkt matig, alleen in het maatschappelijk verkeer, en er is geen enkel geval van hem bekend van overmatig alcoholgebruik. Roken, in welke vorm dan ook, doet hij niet.

De lucifer waarvan het eerste opvlammen onbeschermd gebeurde zodat de wind de vlam uitblies... Een tweede vlammetje, een schijnsel dat langer duurde, dat onmiskenbaar was. Het opeenvolgen van die twee gebeurtenissen was al even vreemd en onmiskenbaar als de rook die enkel opkringelde uit de mond en zich vermengde met zijn ademwolkje, het onhandige uitblazen van een niet-roker van iets wat hij niet kende. Een signaal. Een signaal dat even later werd beantwoord door een onbekende bestuurder die een dringende boodschap doorgaf, die een naam gebruikte die hij niet verondersteld werd te kennen en daarmee de man die hij aansprak kwaad maakte. Elk voorval was tot in details voorbereid en met de reacties erop was rekening gehouden. Arthur Pierce was niet aan de telefoon geroepen, hij had zelf getelefoneerd.

Of misschien toch niet? Hij kon zich geen enkele fout veroorloven, nu niet. Had een telefonist die de snel achter elkaar binnenkomende gesprekken doorverbond met alle hoeken van de uitgestrekte luchtmachtbasis, er eentje vergeten, één van de zovele? En hoe vaak namen militairen geen onbelangrijke karweitjes over van vrienden zonder daar hun meerderen van in kennis te stellen? Hoe vaak schaarden mensen die veel voor het voetlicht traden zich niet aan de zijde van de medische anti-rookbrigade, door nooit in het openbaar te roken, terwijl een crisissituatie hen naar een pakje sigaretten deed grijpen, een gewoonte die ze voortdurend aan het afleren waren, waardoor het roken op zich hen wat onhandig afging...? Hoevele mannen hadden er geen strook voortijdig wit haar door hun haardos lopen?

Geen fouten. Als de beschuldiging eenmaal geuit was, kon hij niet meer worden teruggenomen. En als de beschuldiging ongegrond was, zou het vertrouwen op het hoogste niveau geschaad zijn, mogelijk vernietigd. Juist die mensen die met elkaar móesten communiceren, zouden op hun hoede zijn, voorzichtig; commandanten in stilzwijgend conflict. Waar lag het ultieme bewijs?

Moskou?

Eerst is er de KGB; al het andere komt daarna. Een man kan zich aangetrokken voelen tot de VKR, maar eerst moet hij zijn voortgekomen uit de KGB. Rostov. Athene.

Hij zegt dat hij uw vijand niet is... maar anderen zijn dat wel en die zijn misschien ook zijn vijanden. Een Russisch agent. Kennedy Airport.

'Ik kan het zien in je ogen, Mikhail.' Jenna raakte zijn schouder aan en dwong hem haar aan te kijken. 'Bel de president.'

'Ik moet absolute zekerheid hebben. Pierce zei dat het minstens drie uur zou duren voordat de kluis geopend kon worden, en dan nog twee om de documenten uit te zoeken. Ik heb nog wel wat tijd. Als hij "Dubbelzinnigheid" is zit hij in de val.'

'Hoe kun je absolute zekerheid krijgen over een *paminjatsjik?'*

'Aan de bron. In Moskou.'

'Rostov?'

'Ik kan het proberen. Hij is misschien wel even vertwijfeld als ik, maar als hij dat niet is zal ik hem zeggen dat het tijd is het te worden. Wij hebben onze maniakken en zij hebben de hunne.' Havelock pakte de hoorn op en draaide de drie cijfers van de centrale in het Witte Huis. 'Geeft u mij alstublieft het Russisch consulaat in New York. Ik ben bang dat ik het nummer niet heb... Nee, ik blijf wel aan de lijn.' Michael legde zijn hand over de microfoon en zei tegen Jenna: 'Zoek het dossier van Pierce eens na. Kijk uit naar iets wat we na kunnen gaan. Ouders, als ze nog leven.'

'Een vrouw,' zei Jenna.

'Hij is niet getrouwd.'

'Gemakkelijk voor hem... Minnaressen dan.'

'Hij is discreet.'

'Natuurlijk.' Jenna pakte het dossier van het bureau.

'*Dobriy vyetcher,*' zei Havelock in de telefoon, nadat hij zijn hand had weggehaald. '*Ja khochu govorit's nachal' nikom okhrany.*' Elke telefonist in iedere Russische ambassade en elk consulaat begreep het wanneer iemand belde met het verzoek doorverbonden te worden met de directeur van de stadsveiligheidsdienst. Een diepe, bedachtzame mannenstem kwam aan de lijn en gaf enkel aan dat hij de hoorn had opgenomen. Michael vervolgde in het Russisch. 'Mijn naam is Havelock en ik moet aannemen dat ik met de juiste persoon spreek, degene die me in contact kan brengen met de man die ik probeer te bereiken.'

'En wie is dat dan wel, meneer?'

'Ik ben bang dat ik zijn naam niet ken, maar hij kent de mijne, zoals u ongetwijfeld ook doet.'

'Daar schieten we niet veel mee op, meneer Havelock.'

'Volgens mij is het voldoende. De man heeft me ontmoet op Kennedy Airport en we hadden een lang gesprek, waarbij ik te horen kreeg op welke manier ik opnieuw met hem in contact kon komen; een tijdsbestek van achtenveertig uur en de openbare bibliotheek in New York waren daar een belangrijk onderdeel van. We hadden ook enig verschil van mening betreffende een vermist Graz-Boerja pistool, een uitstekend wapen, daar bent u het, denk ik, wel mee eens... Ik moet dringend spreken met die man – even dringend als de boodschap die hij voor mij had.'

'Als u zich misschien die boodschap nog herinnert zou dat kunnen helpen, meneer.'

'Een aanbod voor asiel van de directeur van het Planbureau Buitenland, Pjotr Rostov, KGB, Moskou. En die woorden zou ik niet gebruiken als ik van dit gesprek een opname maakte. U kunt dat doen, maar ik kan het me niet veroorloven.'

'Er bestaat altijd de kans dat zich dat alles juist omgekeerd heeft afgespeeld.'

'Neem dat risico maar, kameraad. U kunt zich niet veroorloven het niet te doen.'

'Waarom praat u dan niet met mij... kameraad?'

'Omdat ik u niet ken.' Michael keek op de lijst van direct te draaien, geheime nummers die hem waren toegewezen; hij gaf er een door aan de Rus. 'Hier ben ik de komende vijf minuten te bereiken.' Hij legde de hoorn op en reikte naar het glas cognac.

'Denk je dat hij terug zal bellen?' vroeg Jenna, die in de stoel voor het bureau zat met het dossier van Pierce in haar hand.

'Waarom niet? Hij hoeft niets te zeggen, enkel te luisteren... Staat daar iets in wat we kunnen gebruiken?'

'De moeder is in 1968 gestorven. De vader verdween acht maanden later en is sindsdien nooit meer teruggezien. Hij schreef zijn zoon, die in Vietnam was, dat hij niet langer zonder zijn vrouw kon leven, dat hij zich in de hemel bij haar zou voegen.'

'Natuurlijk. Maar geen zelfmoord, geen lijk. Gewoon op een christelijke manier stilletjes verdwenen.'

'Natuurlijk. *Paminjatsjik*. Hij was veel te waardevol voor Novgorod.'

De telefoon ging over en de verlichte toets klopte met het nummer dat hij het Russische consulaat in New York had gegeven.

'U moet begrijpen, meneer Havelock,' begon de zangerige stem in het Engels, onmiskenbaar die van de Russische agent van Kennedy Airport, 'dat de boodschap die u werd overgebracht ontsproot uit een geest van mededogen, in antwoord op het grote onrecht dat u was aangedaan door de mensen in uw regering die opdracht gaven een vreedzaam man te executeren...'

'Als u dit doet,' viel Havelock hem in de rede, 'ten bate van een mogelijke opname van dit gesprek aan onze kant, dan kunt u dat wel vergeten. En als u een goede beurt wilt maken bij het consulaat, dan moet u dat later maar doen. Ik heb daar de tijd niet voor. Ik aanvaard een deel van Rostovs aanbod.'

'Ik wist niet dat het uit delen bestond.'

'Ik neem aan dat men vooraf contact wil opnemen.'

'Ik neem aan dat dat redelijk is,' zei de Rus. 'Onder zeer beperkte omstandigheden.'

'Onder alle omstandigheden die u maar wilt, zolang u dit telefoonnummer maar gebruikt en ervoor zorgt, dat hij mij binnen een uur terugbelt.' Michael keek op zijn horloge. 'Het is nog geen zeven uur in de ochtend in Moskou. Neem contact met hem op.'

'Ik geloof niet dat die omstandigheden aanvaardbaar zijn.'

'Dat moeten ze zijn. Zeg hem maar dat ik de vijand misschien heb gevonden. Onze vijand, in de tijdelijke zin van het woord, natuurlijk, en aangenomen dat een van ons beiden nog een toekomst voor zich heeft.'
'Ik geloof echt niet...'
'U moet niet geloven. Bel hem maar. Want als u dat niet doet dan ga ik het zelf proberen en dat kon wel eens heel vervelend uitpakken – voor u, kameraad, niet voor mij. Mij kan het allemaal niets meer schelen. Om mij gaat het juist.' Havelock legde de hoorn op en hij was zich er van bewust dat er zweetdruppeltjes op zijn voorhoofd waren verschenen.
'Wat kan Rostov je eigenlijk vertellen?' Jenna stond op uit haar stoel en legde het dossier van Pierce op het bureau. 'Hier staat overigens niets in. Alleen maar een geniale, bescheiden held van de republiek.'
'Natuurlijk.' Michael veegde zijn voorhoofd af met de rug van zijn hand en leunde, steunend op zijn ellebogen, voorover. 'Rostov vertelde me in Athene dat een van zijn tipgevers voor Costa Brava een mol was die opereerde vanuit het Witte Huis. Ik geloofde hem niet; ik dacht dat hij het zei om mijn aandacht te trekken. Maar stel dat hij me de waarheid vertelde – een waarheid die was achterhaald – omdat hij wist dat de mol verdwenen was en niet meer terug te vinden? De perfecte trekvogel.'
Jenna wees op het dossier op het bureau. 'Pierce had een baan bij de Nationale Veiligheidsraad. Hij had een paar maanden lang een kantoor in het Witte Huis.'
'Ja. En Rostov meende wat hij zei; hij kon het niet begrijpen en als je in dit soort zaken iets niet begrijpt is dat alarmerend. Uit alles wat hij te weten was gekomen over Costa Brava – en dat werd door mij bevestigd – maakte hij op dat het niet gebeurd kon zijn zonder de medewerking van iemand in Moskou. Maar wie? Dit soort operaties vallen rechtstreeks onder hem maar hij had hier niets mee te maken, wist er niets over. Daarom stelde hij mij op de proef in de veronderstelling dat ik hem wat kon vertellen en hij bracht de mol naar voren om eerder te worden geloofd, omdat hij wist dat wij beiden de inlichtingen van een mol voor betrouwbaar hielden. De waarheid – zoals hij de waarheid te horen kreeg; alleen was het een leugen.'
'Hem verteld door een KGB-agent, een *paminjatsjik*-mol, die

zijn trouw aan de KGB had overgebracht naar de *Vodennaja*,' zei Jenna. 'Hij ontdoet zich van zijn vroegere meerderen om zijn nieuwe meesters te kunnen dienen.'
'Vervolgens gaat hij Costa Brava onderscheppen en overnemen. Als hij aan de Costa Brava was. Als... als.'
'Hoe ga je het aanleggen met Rostov? Dat gesprek zal worden opgenomen; hij zal worden afgeluisterd.'
'Het zal niet zo moeilijk zijn. Hij is per slot van rekening directeur Planbureau Buitenland. Ik gooi het op de machtsstrijd. KGB tegen VKR. Dat begrijpt hij wel.'
'Hij zal de *paminjatsjik*-operatie niet verraden, dat weet je. Dat kan hij niet.'
'Dat zal ik hem ook niet vragen. Ik zal de naam noemen en luisteren. Op de een of andere manier zal hij het me laten weten. We spelen dit spelletje al heel lang – te lang – en de woorden die we gebruiken zijn nooit bedoeld om datgene te betekenen wat we zeggen; de stiltes die we inlassen worden alleen maar begrepen door mensen zoals wij. Hij heeft datgene nodig wat ik heb – als ik het heb – precies zoals ik nodig heb wat hij kan bevestigen. Het zal werken. Op een of andere manier. Hij zal me zeggen of Arthur Pierce de mol is... als hij ervan overtuigd is dat de mol achter zijn rug om is overgelopen naar de maniakken.'
Jenna liep naar het salontafeltje, bukte zich, pakte een notitieblok op en ging in de leren leunstoel zitten. 'Terwijl je wacht wil je misschien praten over kapitein Decker?'
'Verdomme!' De rechterhand van Havelock schoot uit naar de telefoon, zijn linker haalde de lijst met nummers naar zich toe. Hij sprak al draaiend met gesmoorde stem. 'Ik heb het met Pierce over hem gehad. Heel nadrukkelijk...! Verbind me door met het escorte van Decker, alstublieft. Dringend.'
'Marine-escorte. Op post.'
De woorden klonken duidelijk over de mobilofoon en het plotselinge kloppen in Michaels slapen begon af te nemen. 'Hier Steriel Vijf. We hebben redenen om aan te nemen dat het in uw buurt tot vijandelijke activiteiten kan komen.'
'Niets van te merken,' luidde het antwoord. 'Alles is rustig en de straat is goed verlicht.'
'Toch zou ik er graag een paar man bij willen hebben.'
'We hebben niet zoveel mensen meer op Zestienhonderd, Steriel Vijf. Waarom halen we de politie er niet bij? Zij hoeven

niet meer te weten dan wij en wij weten toch al geen sodemieter.'
'Kunt u dat regelen?'
'Jazeker. We noemen het een diplomatieke zaak en zij krijgen overwerk uitbetaald. Wat voor vijandelijke activiteit verwacht u eigenlijk?'
'Ontvoering. Eerst jullie buiten gevecht, dan Decker pakken.'
'Bedankt voor de waarschuwing. We maken er meteen werk van. Uit.'
Havelock leunde achterover in zijn stoel met zijn hoofd over de rugleuning en staarde naar het plafond. 'Nu we weten dat er nog een luitenant-ter-zee Decker bestaat, wat heeft hij je verteld?'
'Waar was jij gebleven? Ik heb alles nog eens teruggehaald.'
Michael sloot zijn ogen en dacht terug. 'Een telefoongesprek,' zei hij langzaam. 'Het was later, na hun zondagse bijeenkomsten in de berghut. Hij heeft dagen, weken achtereen geprobeerd in contact te komen met Matthias, maar Anton wilde niet met hem praten. Toen belde iemand hem... met een verklaring. Dat was het, hij zei dat het een verklaring was.'
Jenna liep snel door haar aantekeningen, vond een pagina en ging nog twee pagina's terug. 'Een man met een vreemde stem, een ongewoon accent, "afgebeten en gejaagd", zo beschreef Decker het. Ik heb hem gevraagd om zich alles zo duidelijk mogelijk voor de geest te halen, elk woord dat de man zei. Gelukkig was dat gesprek erg belangrijk voor hem; hij herinnerde zich bijna alles nog, geloof ik. Ik heb het opgeschreven.'
'Wil je het even voorlezen?'
Jenna sloeg de pagina om. 'De man identificeerde zich als een collega van BZ en vroeg Decker een aantal dingen over zijn loopbaan bij de marine, kennelijk om er zeker van te zijn dat het Decker was... Vervolgens begint het hier – ik heb geprobeerd het op te schrijven alsof ik het zelf had gehoord... "Minister Matthias waardeert alles wat u hebt gedaan en laat u weten dat u in het oog vallend en vaak in zijn memoires genoemd zult worden. Maar u moet de regels begrijpen, tegen de regels kan niet worden gezondigd. Wil de minister succes hebben met zijn wereldomvattende strategie, dan moeten zijn plannen in het diepste geheim worden gesmeed, het verrassingselement is uiterst belangrijk, niemand binnen of buiten de regering..."' Jenna zweeg even. 'Het was Decker die die na-

druk legde,' voegde ze eraan toe. '"... binnen of buiten de regering mag weten dat er zo'n allesomvattend plan is gemaakt."' Opnieuw zweeg Jenna en ze keek op. 'Op dit punt was Decker niet erg duidelijk. De redenen van de man voor het buitensluiten van regeringsmensen waren kennelijk gebaseerd op de veronderstelling dat er te veel zouden zijn die niet te vertrouwen waren, die geheimen zouden kunnen onthullen die ze geacht werden voor zich te houden.'

'Natuurlijk was hij niet duidelijk. Hij had het over zichzelf en dat was een zinspeling waar hij moeite mee had.'

'Daar ben ik het mee eens... Ik weet zeker dat het laatste deel klopte, waarschijnlijk woord voor woord. "De minister laat u weten dat u, wanneer de tijd is aangebroken, zult worden uitgenodigd om de leiding van de dagelijkse gang van zaken in handen te nemen, dat u alle macht zult krijgen. Maar vanwege uw kolossale reputatie op het gebied van nucleaire tactiek mag er zelfs niet op worden gezinspeeld dat er een verband tussen u beiden bestaat. Als iemand u ooit vraagt of u de minister kent, dan moet u zeggen dat dat niet het geval is. Ook dat maakt deel uit van de regels."' Jenna legde het notitieblok op haar schoot. 'Dat was het. Er werd een geducht beroep gedaan op Deckers ego en zoals hij het zag was hij verzekerd van een plaatsje in de geschiedenis.'

'Meer was er niet nodig,' zei Havelock en hij ging rechtop in zijn stoel zitten. 'Heb je dat opgeschreven, zodat ik het kan lezen?'

'Ik schrijf duidelijker in het Engels dan in het Tsjechisch. Waarom?'

'Omdat ik het wil bestuderen – tot in de allerkleinste bijzonderheden. De man die die woorden sprak is Parsifal en ergens in het verleden heb ik die man eerder horen praten.'

'Ga eens terug in de tijd, Mikhail,' zei Jenna, terwijl ze op het randje van de sofa ging zitten, het bloknoot ophief en de vellen omsloeg. 'Ik ga met je mee terug. Nu! Het is best te doen. Een Rus die snel Engels spreekt en zijn woorden afbijt. Daar gaat het om. Dat zei Decker. "Afgebeten en gejaagd," zo luidden zijn woorden. Hoeveel van zulke mannen kun jij hebben gekend?'

'Eens kijken...' Havelock stond op van achter het bureau, terwijl Jenna de beide pagina's afscheurde waarop haar aantekeningen stonden over het telefoontje naar Thomas Decker.

Michael liep naar haar toe en nam ze van haar aan. 'Mensen van wie ik zeker ben dat ze Matthias hebben ontmoet. We zullen met dit jaar beginnen en terugwerken. Schrijf elke naam maar op die ik noem.'
'Waarom doen we het niet geografisch? Stad voor stad. Een paar kun je zo overslaan en je concentreren op andere.'
'Associatie van ideeën,' voegde hij eraan toe. 'Barcelona en Madrid kunnen we uitschakelen; daar zijn we nooit in aanraking geweest met de Russen... Belgrado – een pakhuis aan de kade van de Sava, de attaché van het Russische consulaat, Vasili Yankovitsj. Hij was met Anton in Parijs.'
'Yankovitsj,' zei Jenna terwijl ze de naam opschreef.
'En Ilitsj Borin, gasthoogleraar aan de universiteit van Belgrado; we hebben wat gedronken en samen gegeten. Hij kende Matthias van culturele-uitwisselingsconferenties.'
'Borin.'
'Niemand anders in Belgrado... Praag. Er moet minstens een dozijn mensen in Praag zijn. Het barst daar van de Russen.'
'Hun namen? Begin maar alfabetisch.'
De namen kwamen naar boven, sommige snel, andere langzaam, een paar waarbij even iets ging trillen, dat het mogelijk zou kunnen zijn... dan weer andere waarbij het volkomen onlogisch was. Toch schreef Jenna ze allemaal op, ze spoorde Michael aan, dwong hem zijn geheugen wakker te schudden en uit de ene naam kwam de andere.
Krakau. Wenen. Parijs. Londen. New York. Washington.
De maanden die achter hem lagen regen zich aaneen tot een jaar, toen twee, tenslotte drie. Het werd een steeds langere lijst naarmate Havelock terugging in zijn herinnering, zijn bewuste geheugen inspande en zijn onderbewustzijn ongeremd liet associëren, gespannen bleef graven, zijn hersenen afpijnigde om er het uiterste uit te halen. En opnieuw brak hem het zweet uit, begon zijn pols vreemd snel te kloppen naarmate hij aan het eind van zijn krachten raakte.
'Mijn god, wat ben ik moe,' zei Michael zacht en hij staarde naar het dikke vensterglas waar meer dan een uur geleden twee gezichten waren verschenen, het ene de plaats innam van het andere, beiden moordenaars, beiden van de Costa Brava. Of niet soms?
'Je hebt negenendertig namen,' zei Jenna. Ze liep naar hem toe en begon voorzichtig de achterkant van zijn nek te mas-

seren. 'Ga zitten en bekijk ze, lees het telefoongesprek nog eens door. Zoek Parsifal, Mikhail.'
'Zijn er bij die overeenstemmen met de namen op jouw lijst? Daar dacht ik aan toen ik Ilitsj Borin noemde; hij is doctor in de filosofie. Is er iemand bij?'
'Nee.'
'Jammer.'
'Dat vind ik ook.'
'Hij heeft niet gebeld. Rostov heeft niet gebeld.'
'Ik weet het.'
'Ik zei een uur, de limiet was een uur.' Havelock keek op zijn horloge. 'Die limiet is met vierendertig minuten overschreden.'
'Misschien hebben ze in Moskou moeilijkheden met de apparatuur. Dat zou niet voor het eerst zijn.'
'Niet voor hem. Hij heeft het contact verbroken. Hij wil zich niet blootgeven.'
'Hoe vaak heb jij niet een tijdslimiet verlengd? Gewacht tot degene die jouw telefoontje afwachtte dodelijk ongerust was en daardoor gemakkelijker te bewerken?'
'Daar kent hij mijn dossier te goed voor.' Michael keek haar aan. 'Ik moet een beslissing nemen. Als ik gelijk heb mag Pierce het eiland niet verlaten. Heb ik ongelijk dan zullen ze denken dat ik in elkaar ben geklapt, van de kook ben geraakt, niet meer kan functioneren. Berquist zal niets anders kunnen doen dan mij uitschakelen.'
'Dat hoeft niet.'
'Natuurlijk moet dat wel. Ik zie spoken in donkere kleerkasten, ik verspil kostbare uren door hersenspinsels. Dat is geen man die je bevelen wilt laten geven. Mijn god, Arthur Pierce! Het kostbaarste bezit dat we hebben... als we hem hebben.'
'Alleen jij weet wat je in werkelijkheid hebt gezien.'
'Het was donker, een nacht die voor mij het einde van alles betekende. Lees er dat dossier uit de kliniek maar op na. Is dat een man die rationeel denkt of praat? Wat zag hij in werkelijkheid...? Ik heb maar één woord nodig van Rostov, een adempauze die alles zegt.'
'Rustig, Mikhail,' zei Jenna en ze legde haar hand op zijn arm en dwong hem terug te gaan naar zijn stoel. 'Je hebt nog tijd. Bestudeer die lijst met namen, de woorden die tegen Decker werden gesproken. Misschien gebeurt het wel. Een naam, een stem, een uitdrukking. Het is mogelijk.'

Geleerden. Soldaten. Advocaten. Artsen. Attachés. Diplomaten. Verraders. Allemaal Russen die op een gegeven moment contact hadden gehad met Anthony Matthias. Havelock haalde zich iedereen voor de geest, ieder gezicht, en hij hoorde tientallen stemmen spreken in het Engels. Hij zocht de stemmen bij de gezichten, luisterde naar snel gesproken flarden, verkeerd uitgesproken woorden, harde medeklinkers. Het was om gek van te worden, de gezichten en stemmen liepen door elkaar, de lippen bewogen, plotseling was er geen geluid, daarna geroep. *Uw naam zal met nadruk en vaak genoemd worden.* Had hij dat gezegd, zou hij zoiets zeggen? *U zult worden opgeroepen...* hoe vaak was die zin gebruikt? Zo vaak. Maar wie sprak hem uit? Wie?

Er ging een uur voorbij, vervolgens het grootste deel van een volgend uur en daarmee een tweede pakje sigaretten. De verstreken tijdslimiet voor Moskou kwam dicht bij de beslissende limiet voor Pooles Eiland. Een beslissing – de beslissing – moest worden genomen. Aan alles werd gedacht, elke herinnering werd naar boven gehaald, ogen dwaalden af naar horloges, naarmate hun hersenen zich afpijnigden in het zoeken naar Parsifal tot op een punt dat het angstwekkend begon te worden.

'Ik kan hem niet vinden!' riep Michael uit en hij beukte met zijn hand op de salontafel. Hij zit hier, de woorden zijn er, maar ik kan hem niet vinden!'

De telefoon ging over. Rostov? Havelock schoot omhoog uit zijn stoel en staarde er roerloos naar. Hij was uitgeput en de gedachte dat hij de kracht moest vinden om een woordenstrijd aan te gaan met een Russisch agent op dertienduizend kilometer afstand, putte hem nog meer uit. Opnieuw weerklonk het schelle rinkelen; hij moest die kracht vinden. Hij liep naar de telefoon en pakte de hoorn op terwijl Jenna naar hem keek.

'Ja?' zei hij kalm, zich concentrerend op de eerste zetten aan beide kanten.

'Het is uw vriend van Kennedy Airport, die zijn pistool niet meer heeft...'

'Waar is Rostov? Ik heb u een tijdslimiet gegeven.'

'Daar hebben we ons aan gehouden. Luistert u goed naar me. Ik bel uit een telefooncel aan de Achtste Avenue en ik moet de straat in de gaten houden. Het gesprek kwam een halfuur geleden door. Gelukkig nam ik het aan, omdat mijn meerde-

re vanavond bezet was. Hij zal verwachten dat ik op mijn plaats ben wanneer hij terugkeert.'
'Waar wilt u naartoe?'
'Rostov is dood. Hij werd om halftien vanmorgen, lokale tijd, gevonden, nadat men na herhaaldelijk telefoneren geen gehoor had gekregen.'
'Hoe is hij gestorven?'
'Vier schoten door het hoofd.'
'Mijn god! Hebben ze enig idee wie hem heeft vermoord?'
'Volgens de geruchten de *Vodennaja Kontra Rozvedka* en ik geloof dat zonder meer. Er zijn de laatste tijd nogal wat van die geruchten geweest en als een man als Rostov kan worden opgeruimd... dan ben ik te oud en moet ik gaan bellen vanuit een telefooncel. Jullie hier zijn dwazen, maar je kunt beter met dwazen leven, dan onder jakhalzen verkeren die je de keel afbijten wanneer de manier waarop je lacht of drinkt hun niet aanstaat.'
Tijdens de bespreking van vanmiddag... iets wat ik niet begreep... Een inlichtingenagent van de KGB heeft contact gelegd... gespeculeerd over de identiteit... Arthur Pierce, terwijl hij onhandig een sigaret stond te roken op een verlaten landingsbaan.
Rostov speculeerde niet. Hij wist het zeker. Een stelletje fanatiekelingen in een onderafdeling die de VKR wordt genoemd, de Vodennaja... *Hij zal die doorbreken...* Een collega-moordenaar van de Costa Brava.
Had het telefoontje van Pierce meer gevolgen gehad dan enkel de dood van een *paminjatsjik?* Had hij de executie geëist van een man in Moskou? Vier schoten door het hoofd. Het had Rostov het leven gekost, maar het kon het bewijsmateriaal vormen dat hij nodig had. Was het afdoende? Kon er wel iets afdoende zijn?
'Codenaam Hamer-nul-twee,' zei Michael, hardop denkend, peilend. 'Zegt u dat iets?'
'Gedeeltelijk misschien, niet helemaal.'
'Welk deel?'
'De "hamer". Het werd jaren geleden gebruikt op zeer beperkte schaal. Toen heeft men het laten varen, geloof ik. Hammarskjöld, Dag Hammarskjöld. De Verenigde Naties.'
'Verrek...! Nul, nul... twee. Een nul is een cirkel... een cirkel. Een zitting van de Raad! Twee... dubbel, tweemaal, tweede. De tweede stem in de delegatie! Dat is het!'

'Zoals u wel zult begrijpen,' viel de Rus hem in de rede, 'moet ik overlopen.'
'Bel het bureau van de FBI in New York. Ga daarheen. Ik zal ze wel waarschuwen.'
'Dat is de enige plaats waar ik niet naartoe zal gaan. Dat kan ik u wel vertellen.'
'Blijf dan rondlopen en bel me over dertig minuten terug. Ik moet opschieten.'
'Dwazen of jakhalzen. Wat voor keus is er nog?'
Havelock drukte de andere knop van het apparaat in en verbrak de verbinding. Hij keek Jenna aan. 'Het is Pierce. Hamer-nul-twee. Ik heb het hem verteld – allemaal hebben we het hem verteld – dat Rostov de *Vodennaja* op de hielen zat. Hij heeft Rostov laten vermoorden. Hij is het.'
'Hij zit in de val,' zei Jenna. 'Je hebt hem te pakken.'
'Ik heb hem te pakken. Ik heb "Dubbelzinnigheid", de man die het doodvonnis over ons afriep bij Col des Moulinettes... En als ik hem in een kliniek krijg, spuit ik hem hartstikke vol. Alles wat hij weet zal ik ook te weten komen.' Michael draaide snel een nummer. 'De president, alstublieft. Meneer Cross aan het apparaat.'
'Je moet heel rustig blijven, Mikhail,' zei Jenna terwijl ze op het bureau afliep. 'Heel rustig en precies. Denk erom, het zal een vreselijke schok voor hem betekenen en hij moet je geloven, wat er ook gebeurt.'
Havelock knikte. 'Dat is het moeilijkste deel. Bedankt. Ik zou hem direct mijn conclusie voor de voeten hebben gegooid. Je hebt gelijk. Hem langzaam voorbereiden... Meneer de president?'
'Wat is er?' vroeg Berquist ongerust. 'Wat is er gebeurd?'
'Ik moet u iets vertellen, meneer. Het zal een paar minuten duren en ik zou graag hebben dat u heel zorgvuldig luistert naar wat ik u te zeggen heb.'
'Goed. Laat ik even een ander toestel pakken; er zijn mensen in de kamer hiernaast... Tussen haakjes, heeft Pierce u gebeld?'
'Wat?'
'Arthur Pierce. Heeft hij u gebeld?'
'Wat is er met Pierce?'
'Hij belde me ongeveer een uur geleden; hij had nog ergens machtiging voor nodig. Ik vertelde hem over uw telefoontje met mij, dat u beiden wilde weten of ik gesproken had over

die zaak in de Randolph Kliniek – afschuwelijke rotzooi daar – en ik zei dat ik dat had en dat we het allemaal wisten.'

'Alstublieft, meneer de president! Denkt u eens terug. Wat hebt u precies gezegd?'

'Wat is er met u aan de hand?'

'Wat zei hij tegen u?'

'Waarover?'

'Zeg het me nu maar! Eerst wat u tegen hem gezegd hebt!'

'Zeg, luister eens even, Havelock...'

'Zeg het me! U hebt geen tijd meer, we hebben geen van allen meer tijd! Wat hebt u gezegd?'

De urgentie drong tot de president door. Hij zweeg even en antwoordde toen kalm – een leider die besefte dat zijn ondergeschikte gealarmeerd was, die dat niet begreep maar die bereid was met hem mee te gaan. 'Ik zei dat u mij had gebeld en met nadruk had gevraagd of ik in de bespreking van vanmiddag de Randolph Kliniek had aangeroerd. Ik bevestigde dat en dat u opgelucht leek dat iedereen nu op de hoogte was.'

'Wat zei hij?'

'Eerlijk gezegd leek hij een beetje in de war. Ik geloof dat hij zei "Ik begrijp het", en toen vroeg hij me of u verteld had waarom u dat wilde weten.'

'Wat wilde weten?'

'Over die Medische... Wat is er toch met u?'

'Wat hebt u gezegd?'

'Dat ik begrepen had dat u zich daar beiden zorgen over maakte, al wist ik niet precies waarom.'

'Hoe luidde zijn antwoord?'

'Ik geloof niet dat hij antwoord gaf... O, jawel. Hij vroeg of u nog vorderingen had gemaakt met die man die u in Bethesda hebt.'

'Dat zou pas morgen kunnen zijn, en dat wist hij!'

'Wat?'

'Meneer de president, ik heb geen tijd voor verdere uitleg en u mag geen moment verliezen. Is Pierce al in die kluis, dat vertrek?'

'Ik weet het niet.'

'Hou hem tegen! Hij is de mol!'

'U bent gek!'

'Godverdomme, Berquist, je kunt me kapot laten schieten, maar op dit moment ben ik u aan het vertellen wat er werkelijk aan de hand is! Hij heeft camera's waar u niets van afweet! In ringen, horloges, manchetknopen! Hou hem tegen! Laat hem arresteren! Kleed hem uit en onderzoek hem op capsules, op cyanide! Ik kan dat bevel niet geven maar u wel! U moet het doen. Nu!'

'Blijf in de buurt van de telefoon,' zei de president van de Verenigde Staten. 'Misschien laat ik u nog wel doodschieten.'

Havelock stond op uit zijn stoel, al was het alleen maar om in beweging te blijven, rond te lopen. De donkere nevelwolken dreigden hem weer af te sluiten; hij moest eraan ontkomen. Hij keek Jenna aan en haar blik zei hem dat ze het begreep.

'Pierce heeft mij ontdekt. We weten nu precies wat we aan elkaar hebben.'

'Hij zit in de val.'

'Ik had hem kunnen doden aan de Costa Brava. Ik wilde hem doden maar ik wilde niet luisteren. Ik wilde niet naar mezelf luisteren.'

'Denk daar nu niet meer aan terug. Je hebt hem te pakken.'

Michael liep weg van het bureau, ontliep de donkere nevelwolken die hem achtervolgden. 'Bidden doe ik niet,' fluisterde hij. 'Geloven doe ik niet. Maar nu bid ik en ik weet niet tot wat.'

De telefoon ging over, hij draaide zich als een kat om en graaide de hoorn van het toestel. 'Ja?'

'Hij is verdwenen. Hij heeft zich door de patrouilleboot naar Savannah laten brengen.'

'Is hij in dat vertrek geweest?'

'Nee.'

'Godzijdank!'

'Hij heeft iets anders,' zei de president, nauwelijks verstaanbaar.

'Wat dan?'

'Het complete psychiatrische dossier over Matthias. Daar staat alles in.'

37

Een politiemacht zocht de straten van Savannah af, surveillancewagens reden in razende vaart naar het vliegveld en stopten met gillende banden in bus- en spoorwegstations. In de hele stad werden autoverhuurbedrijven gecontroleerd en controleposten werden ingesteld op alle grote autowegen en op secundaire wegen – in het noorden naar Augusta, het zuiden naar Saint Marys, het westen naar Macon en Valdosta. Het signalement van de man werd via de radio aan alle patrouilles doorgegeven – gemeentepolitie, provinciale en federale eenheden – en vanaf de allerhoogste autoriteiten sijpelde de opdracht door tot in de laagste rangen: *Zoek hem. Zoek de man met de witte haarlok. Met uiterste voorzichtigheid te benaderen, indien ontdekt, met getrokken wapenen. Bij onverwachte bewegingen, schieten. Schieten om te doden.*

Nog nooit waren zoveel manschappen ingeschakeld voor een mensenjacht, werd er zo intensief gejaagd, waarbij de federale regering alle instanties van het rijk, de steden en de dorpen verzekerde dat alle kosten door Washington zouden worden vergoed. Mensen die geen dienst hadden werden vanuit bureaus en stations opgeroepen; auto's die voor kleine herstelwerkzaamheden in de garage stonden werden weer op de weg gebracht, en privé-auto's van politiefunctionarissen werden voorzien van magnetische zwaailichten en de donkere landwegen opgestuurd. Overal werden auto's en voetgangers aangehouden, iedereen die maar enigszins leek te voldoen aan de omschrijving van de man kreeg het beleefde verzoek zijn hoed op te lichten als hij er een droeg, en zaklampen flitsten over gezichten en haarlijnen, op zoek naar een haastig, slordig geverfde witte haarlok boven een voorhoofd. Hotels, motels en herbergen werden overvallen, de registers gecontroleerd op late gasten, portiers werden ondervraagd door functionarissen die bedacht waren op de mogelijkheid van ontwijkende of onware antwoorden. Als er in een boerderij nog licht brandde, viel men daar binnen – beleefd, uiteraard – maar de indringers waren zich ervan bewust dat de bewoners gijzelaars konden zijn, dat ergens op het terrein een onzichtbaar kind of een vrouw gevangen gehouden werd door de man met de witte haarlok. Kamers, schuren en silo's werden doorzocht, niets werd aan het toeval overgelaten.

Het werd ochtend en duizenden vermoeide mannen meldden zich op hun punt van uitgang, boos, gefrustreerd, verbijsterd door de ouderwetse methoden van de regering. Want er waren geen foto's verspreid en tekeningen waren niet toegestaan, de enige naam die gegeven werd was die van een vage 'meneer Smith'. De alarmtoestand duurde nog voort, maar het bliksemonderzoek was praktisch voorbij en de beroepsmensen wisten dat. De man met de strook wit door zijn haardos was door het net geglipt. Hij kon nu onderhand blond zijn of kaal of grijs, hij kon lopen hinken met een stok of een kruk en gekleed gaan in haveloze kleren en er zou geen spoor meer over zijn van de verschijning zoals die het laatst was waargenomen. De kranten met de eerste berichten van die ochtend over de vreemde, massale jacht riepen plotseling hun verslaggevers terug. Respectabele regeringsfunctionarissen hadden eigenaars en redacteuren opgebeld. Ze beweerden geen bijzondere kennis van de situatie te hebben, maar wel volledig vertrouwen in diegenen die hogerop zaten en die verzocht hadden, de zaak met rust te laten, het verhaal te laten doodbloeden. In tweede edities was het verhaal teruggebracht tot een paar regels op de achterste pagina's, en de bladen die een derde editie hadden, maakten er al helemaal geen melding meer van.

Er was iets vreemds aan de hand met een telefoonnummer dat begon met de cijfers 0-7742... Vanaf middernacht had het niet meer gefunctioneerd en tegen acht uur in de ochtend, toen de verbinding onverwacht en zonder nadere verklaring was hersteld, waren er 'telefoonmonteurs' aan het werk in het gebouw naast The *Voyagers Emporium* waar de bestellingen binnenkwamen en werd elk inkomend gesprek afgeluisterd en opgenomen, en alle banden die korter dan vijftien seconden duurden werden onmiddellijk per telefoon doorgegeven naar Steriel Vijf. Door de korte tijdsduur waren het er maar een paar.

Agenten van de FBI verspreidden zich over alle internationale vliegvelden en posteerden zich bij de röntgenapparatuur waarmee aktentassen en handbagage werden doorgelicht, op zoek naar een metalen bus van vijf centimeter dik met opzij een combinatieslot. Men ging uit van twee veronderstellingen: ten eerste, het dossier dat zoveel vernietigingskracht bezat zou niet in het grote bagagecompartiment worden gedeponeerd en, ten tweede, het zou in de oorspronkelijke, officiële verpakking gelaten worden vanwege de authenticiteit. voor het geval de houder en het dossier gescheiden waren gaf alles wat er maar op leek voldoende aanleiding tot nader onderzoek. Tegen halftwaalf 's ochtends waren meer dan 2700 aktentassen en diplomatenkoffertjes geopend en onderzocht, van Kennedy tot

Atlanta en Miami International.
'Hartelijk bedankt,' zei Havelock in de telefoon, met geforceerde energie in zijn stem omdat hij de uitwerking begon te voelen van de slapeloze nacht. Hij legde de hoorn op en keek naar Jenna die koffie aan het inschenken was. 'Ze snappen er niets van en ik kan het hun niet vertellen. Pierce zou Orphan-96 alleen maar bellen wanneer hij dacht dat hij zijn boodschap kon overbrengen met heel weinig, snel uitgesproken, woorden. Hij weet dat ik die plaats nu onderhand vol afluisterapparatuur en personeel heb zitten!'
'Je hebt alles gedaan wat je kon,' zei Jenna terwijl ze de koffie naar het bureau bracht. 'Alle vliegvelden worden in de gaten gehouden...'
'Niet vanwege hem,' kwam Michael tussenbeide. 'Hij zou dat niet riskeren en bovendien wil hij helemaal niet weg. Hij wil hebben wat ik zoek. Parsifal... Het gaat om dat dossier! Eén klein, eenmotorig vliegtuig dat over de grens naar Mexico vliegt, of een vissersboot die een andere ontmoet tussen hier en Cuba, of vanuit Galveston naar Matamoros, en dat dossier is onderweg naar Moskou, in de handen van die dolzinnigen in de *Vodennaja*. En daar kan ik geen barst tegen doen.'
'Langs de Mexicaanse grens wordt gepatrouilleerd met verdubbelde mankracht. De pieren en jachthavens worden in de gaten gehouden, zowel hier als in de Golf van Mexico; alle boten worden in het oog gehouden, aangehouden als hun koers verdacht is. Jij hebt daarop gestaan; de president heeft er bevel toe gegeven.'
'Het is een lange grens en dat zijn enorme waterplassen.'
'Ga even liggen, Mikhail. Als je uitgeput bent kun je niet meer functioneren. Dat is een van jouw stelregels, weet je nog wel?'
'Een van de stelregels...?' Havelock legde beide handen opzij tegen zijn hoofd en masseerde zijn slapen met zijn vingers. 'Ja, dat is een van de regels, het maakt deel uit van de regels.'
'Ga wat op die sofa liggen en sluit je ogen. Ik kan de telefoon wel beantwoorden, je laten weten waarover het ging. Ik heb even geslapen, jij niet.'
'Wanneer heb jij dan geslapen?' vroeg Michael, en hij keek op met een blik vol twijfel.
'Ik ben gaan liggen voor zonsopgang. Jij was aan het praten met jouw kustwacht.'
'Die is helemaal niet van mij,' zei Havelock en hij duwde zich

omhoog. 'Misschien ga ik wel even liggen... een paar minuten maar. Het hoort bij de regels.' Hij liep om het bureau heen, bleef staan bij de rand en keek de kamer rond. Zijn blik nam het elegante studeervertrek op dat vol lag met papieren, aantekenboeken en dossiermappen. 'Mijn god, wat heb ik de pest aan deze kamer!' zei hij en liep op de sofa af. 'Bedankt voor de koffie.'

De telefoon ging over en Michael zette zich schrap, vroeg zich af of de bel zou stoppen en voor een tweede keer zou overgaan, of dat het een ononderbroken gerinkel zou blijven, het teken voor een spoedgeval. Het rinkelen stopte en begon opnieuw. Havelock liet zich zakken op de sofa terwijl Jenna opnam en rustig zei: 'Met Steriel Vijf... Met wie spreek ik?' Ze luisterde, legde toen haar hand over de microfoon en keek naar Michael. 'Het is Buitenlandse Zaken, New York City, veiligheidsafdeling. Je man van het Russische consulaat is binnengekomen.'

Havelock kwam met onvaste bewegingen overeind, hij moest even naar zijn evenwicht zoeken. 'Ik moet met hem praten,' zei hij en hij liep naar het bureau. 'Ik dacht dat hij daar al uren geleden zou arriveren.' Michael nam de hoorn van Jenna over en nadat hij zich op gebiedende toon had geïdentificeerd, vroeg hij: 'Mag ik nu, alstublieft, de potentiële overloper hebben?' De Rus kwam aan het apparaat. 'Waar heb jij, verdomme, uitgehangen?'

'Het wordt hier kennelijk maar matig geapprecieerd als je probeert om buiten kantooruren over te lopen,' begon de Rus op vermoeide, zangerige toon. 'Ik was hier al om vier uur vanochtend, nadat ze me in de ondergrondse bijna hadden gemold, maar ik kreeg van een van de nachtwakers te horen dat hij niets kon doen tot de kantoren opengingen. Ik legde uit in wat voor precaire situatie ik verkeerde en toen bood die vriendelijke, stompzinnige idioot aan een kopje koffie met me te gaan drinken. Zo maar open en bloot in een cafetaria... Tenslotte ben ik toen zelf het gebouw maar binnengedrongen – jullie bewaking is een lachertje – en heb daar in een donkere, tochtige gang gewacht tot negen uur, tot jullie burgerwacht op de proppen kwam. Toen heb ik mezelf aangegeven en wilden zij de politie erbij halen! Ze wilden me laten arresteren wegens huisvredebreuk en mogelijke vernieling van rijkseigendommen!'

'Goed, maar u bent er nu dus...'
'Ik ben nog niet klaar!' gilde de Rus. 'Na dat fantastische begin heb ik ontelbare formulieren zitten invullen – ik heb er trouwens Russische kinderrijmpjes in gezet – en heb ik een aantal malen jouw nummer gegeven, en gevraagd of ik met jou kon praten. Wat ìs dat hier? Hebben jullie hier een limiet op interlokale gesprekken?'
'We praten nu...'
'Ik ben nog niet klaar! Het afgelopen uur heb ik alleen gezeten in een kamer die zo onhandig van afluisterapparatuur is voorzien dat ik in de verleiding kwam om mijn broek te laten zakken en een scheet te laten voor de microfoons in de muur. En ik heb net nog meer formulieren gekregen die ik in moet vullen, en daar zit er eentje bij waarin ze vragen naar mijn hobby's en mijn favoriete vrijetijdsbesteding! Gaan jullie me misschien naar een zomerkamp sturen?'
Michael glimlachte, hij was ontzettend dankbaar dat de spanning even werd gebroken. 'We sturen u alleen maar ergens heen waar u veilig bent,' zei hij. 'Denk eraan: wij zijn dwazen, geen jakhalzen. U hebt de juiste keuze gemaakt.'
De Rus zuchtte hoorbaar. 'Waarom maak ik me zo druk? De *fruktovyje golovy* zijn niet beter dan in het *Dzerzjinski* – waarom geef je het niet toe? Ze zijn erger. Die Albert Einstein van jullie zou bij ons al op weg zijn naar Siberië, om met muilezels te werken in een *goelag*. Wat heeft het voor zin?'
'Het heeft niet al te veel zin,' zei Havelock zacht. 'Behalve dat we willen overleven. Allemaal.'
'Daar kan ik me in vinden.'
'Dat deed Rostov ook.'
'Ik denk aan de woorden die ik u van Rostov heb overgebracht. "U bent mijn vijand niet meer, maar anderen wel die misschien ook mijn vijanden zijn". Dat zijn dreigende woorden, Havelock.'
'De *Vodennaja*.' Meer zei Michael niet.
'Maniakken!' klonk het schorre antwoord. 'In gedachten marcheren die mee met het Derde Rijk.'
'In hoeverre zijn ze operationeel?'
'Wie zal het zeggen? Ze doen alles in het geheim, ze houden er hun eigen recruteringsmethoden op na. Ze hebben contact met te veel mensen die achter de schermen blijven.'
'De *paminjatsjiks?* Die blijven achter de schermen.'

'U moet me geloven wanneer ik u zeg dat men mij vertrouwde, maar nooit met dat soort zaken. Maar speculeren staat vrij... afgaan op geruchten, die zijn er altijd, waar of niet? U zou kunnen zeggen dat ik door speculatie gedaan heb wat ik nu gedaan heb.' De Rus zweeg even. 'Ik zal toch zeker wel worden behandeld als een waardevol persoon, nietwaar?'
'Ondergebracht en bewaakt als een schat. Over wat voor speculatie praat u?'
'De afgelopen maanden hebben bepaalde figuren onze gelederen verlaten: onverwachte pensioneringen, welverdiende *dacha's*, ongelukkige ziektegevallen, verdwijningen. Nooit zo grof als in Rostovs geval, maar misschien hadden ze bij hem geen tijd om na te denken. Toch is er een verontrustende overeenkomst tussen al die verdwenen mensen. Het waren allemaal rustige realisten, mannen die oplossingen zochten en die wisten wanneer ze zich moesten terugtrekken uit een confrontatie. Pjotr Rostov was een schoolvoorbeeld; in feite was hij hun zegsman. Vergis je niet, jij was zijn vijand, hij verachtte jullie systeem – te veel voor een kleine groep, te weinig voor de massa – maar hij begreep dat er een punt kwam waarop vijanden elkaar niet langer kunnen bestrijden. Of er was niets meer. Hij wist dat wij de tijd aan onze kant hebben, niet de bommen.'
'Bedoel je dat diegenen die in plaats van de Rostovs gekomen zijn, er anders over denken?'
'Dat wordt gezegd.'
'De *Vodennaja*?'
'Daar wordt over gespeculeerd. En als die de machtscentra binnen de KGB overnemen, kan de leiding in het Kremlin daar dan ver achter zitten? Dit mag niet gebeuren. Anders...' De Rus maakte zijn zin niet af.
'... zal er niets meer overblijven?' suggereerde Havelock.
'Naar mijn oordeel, nee. Want weet u, zij denken dat jullie niks zullen doen. Zij zijn ervan overtuigd dat ze jullie aan mootjes kunnen hakken, eerst in het ene gebied, dan in het andere.'
'Dat is niets nieuws.'
'Met tactische kernwapens?'
'Dat is groot nieuws.'
'Het is waanzinnig,' zei de man van de KGB. 'Jullie moeten reageren, de wereld zal dat eisen.'
'Hoe kunnen we de VKR tegenhouden?'

'Door hun zo weinig mogelijk ammunitie te geven.'
'Wat bedoelt u met ammunitie?'
'Voorkennis over uitdagende en opruiende activiteiten van jullie kant die zij kunnen gebruiken om er vermoeide, oude mannen in het Presidium mee onder druk te zetten. Zoals hier ook gebeurt; jullie hebben ook je jakhalzen. Generaals vol lintjes, dolgedraaide kolonels die zichzelf opsluiten met hun overgewicht, stokoude senatoren en congreslieden die rampen verkondigen als je niet als eerste aanvalt. De meest wijze mensen komen niet altijd aan het woord; daar zijn jullie zelfs beter in dan wij. Jullie controle is beter.'
'Ik hoop het,' zei Michael, terwijl hij even dacht aan mensen als luitenant-ter-zee Thomas Decker.'
'Maar u zegt dat de *Vodennaja* in jullie gelederen is geïnfiltreerd, in de KGB,' zei Michael.
'Speculatie.'
'Als het waar is, betekent dat dat er tenminste een paar van hen hier kunnen rondlopen in de ambassade of in het consulaat in New York.'
'Ik wantrouw zelfs mijn eigen meerdere.'
'En een *paminjatsjik* die daarbuiten vrij rondloopt zou hen kennen, zou contact met hen kunnen opnemen, iets kunnen overdragen.'
'U veronderstelt dat ik meer weet. Dat is niet zo. Wat kunnen overdragen?'
Havelock zweeg en probeerde het kloppen in zijn slapen te onderdrukken. 'Als ik u nu eens vertelde dat er afgelopen nacht precies die ammunitie zoals u die beschreef werd gestolen, door een mol die zo diep is ingegraven dat hij toegang had tot informatie die alleen wordt vrijgegeven op machtiging van de president. Hij is verdwenen.'
'Was hij bereid om zijn ingegraven stelling vrij te geven?'
'Hij werd ontdekt. U hebt daaraan meegewerkt; u hebt mij verteld over de moord op Rostov en de VKR. Hij is een *Vodennaja*. Hij is de vijand.'
'Kijk dan uit naar een attaché van lage rang, een inlichtingenman van de buitendienst of een verbindingsfunctionaris die plotseling vertrekt op een diplomatiek paspoort. Het zou een VKR-rekruut kunnen zijn. Onderschep hem, als u kunt, houd het vliegtuig vast, als het niet anders kan. Beweer maar dat er iets gestolen is, dat er gespioneerd is, ga tot het uiterste.

Maar houd die ammunitie uit hun handen.'
'Als we te laat zijn?'
'Wat kan ik u zeggen als ik niet weet waarom het gaat?'
'Het allerergste.'
'Kunnen jullie het ontkennen?'
'Het kan niet meer worden ontkend. Een deel ervan is vals – het ergste deel – maar het zal voor waar worden aangenomen... door de jakhalzen.'
De Rus zweeg en antwoordde toen zacht: 'U moet met anderen spreken die veel hoger zitten, veel wijzer zijn. Wij hebben, zoals jullie dat hier zeggen, een vuistregel wanneer we met dergelijke zaken te maken krijgen. Wend je tot de belangrijke mannen in de Partij tussen de vijftig en de zeventig jaar oud, die Operatie Barbarossa en Stalingrad hebben meegemaakt. Hun herinneringen zijn nog vers; die helpen je misschien. Ik ben bang dat ik dat niet kan.'
'U hebt het al gedaan. We weten nu waar we op moeten letten in de ambassade en het consulaat... U zult hierheen worden gebracht voor een eindrapportering, dat begrijpt u?'
'Ik begrijp het. Zou ik toestemming kunnen krijgen om naar Amerikaanse films op de televisie te kijken? Na de ondervragingen natuurlijk.'
'Ik weet zeker dat zoiets geregeld kan worden.'
'Ik zie zo graag cowboyfilms... Havelock, hou die zending naar Moskou tegen. U kent de *Vodennaja* niet.'
'Ik ben bang dat ik ze maar al te goed ken,' zei Michael en hij liep om het bureau heen en liet zich weer in de stoel zakken. 'En ik ben bang,' voegde hij eraan toe, terwijl hij de hoorn oplegde.
Voor de komende drie uren was er geen rusten mogelijk, koffie, aspirines en koudwaterkompressen moesten hem wakker houden en de vlijmende pijn verminderen die door zijn hoofd dreunde. Elke afdeling in elke inlichtingendienst en elke rechercheafdeling die informatie bezat over of toegang had tot de Russische ambassade of het consulaat in New York werd benaderd en kreeg opdracht om alle inlichtingen door te geven die Steriel Vijf maar vroeg. De vliegschema's voor Aeroflot, LOT, de Tsjechische CSA en alle maatschappijen die op het Oostblok vlogen werden gecontroleerd; hun passagierslijsten werden nagelopen op passagiers met diplomatiek paspoort. Het aantal camera's op beide gebouwen in New York en Wash-

ington werd verdubbeld, het personeel dat de panden verliet werd geschaduwd en de schaduwploegen kregen opdracht hun doelwit niet uit het oog te verliezen, ook al liepen ze het risico zelf gezien te worden. Alles was erop gericht om contact te verhinderen, om de zending op zijn weg naar Moskou te onderscheppen. En niets werkte daarbij zo afdoende als het feit dat een VKR-agent wist dat hij de vluchteling zou kunnen verraden wanneer hij iemand anders in het geheim ontmoette, of dat Pierce besefte dat hij gepakt zou kunnen worden als hij zo'n ontmoeting arrangeerde.
Tientallen helicopters vlogen langs de Mexicaanse kust heen en weer om kleine vliegtuigjes te achtervolgen, de radio werd constant afgeluisterd en vliegtuigen met onbevredigende antwoorden kregen de opdracht terug te keren voor onderzoek. Voor de kusten van Florida, Georgia en Carolina scheerden marinestraaljagers laag over het water in achtervolging van boten die te ver naar het zuidoosten afbogen. Ook hier werden radio's gebruikt, en als de verklaringen niet bevredigend waren, werd er van richting veranderd. Buiten Corpus Christi werd gepatrouilleerd, waarbij vissers- en plezierboten werden opgespoord en aangehouden op weg naar Mexicaanse wateren; gelukkig waren er maar weinig, vanwege het slechte weer. Niemand maakte contact met andere schepen, niemand voer voorbij Port Isabel of Brazos Island.
Het was kwart voor vier toen Havelock eindelijk weer op de sofa kon gaan zitten. 'We houden stand,' zei hij en uitputting klonk door in zijn woorden. 'Tenzij we iets gemist hebben, houden we stand. Maar misschien...' Hij liet zich op de kussens vallen. 'Ik moet weer teruggaan naar die namen. Hij is daarbij. Daar zit Parsifal en ik moet hem vinden! Berquist zegt dat het niet langer mag duren dan vannacht, dat hij het risico niet aandurft. Dat de wereld het risico niet aandurft.'
'Maar Pierce is nooit in dat vertrek geweest,' protesteerde Jenna. 'Hij heeft die overeenkomsten nooit gezien.'
'Ze staan uitgebreid vermeld in het psychiatrisch rapport over Matthias... in hun volle waanzin. Op een bepaalde manier is het nog erger. Iemand die krankzinnig is verklaard heeft de leiding over de buitenlandse politiek van het machtigste, meest gevreesde land ter wereld. We zijn melaatsen... Berquist zei dat niemand ons nog zou willen aanraken. Als we tenminste nog leven.'

De telefoon ging over. Michael zuchtte diep en verborg zijn hoofd in zijn handen. De nevelbanken hingen weer om hem heen, hij ging er in onder, werd erdoor verstikt.
'Ja, hartelijk dank,' zei Jenna in de telefoonhoorn aan de andere kant van de kamer.
'Wat is er?' vroeg Havelock; hij opende zijn ogen en staarde naar de vloer.
'De CIA heeft nog vijf foto's opgescharreld. Zo blijft er nog eentje over en ze zijn er haast zeker van dat die dood is. Anderen kunnen natuurlijk ook dood zijn.'
'Foto's? Van wat, van wie?'
'De oude mannen op mijn lijst.'
'O?' Michael draaide zich om, zijn ogen waren gericht op het plafond en vielen snel dicht. 'Oude mannen,' fluisterde hij. 'Waarom?'
'Slaap nu maar, Mikhail. Je moet slapen. Op deze manier ben je niets meer waard voor jezelf en ook niet voor anderen.' Jenna liep naar de sofa en knielde naast hem neer. Ze drukte haar lippen licht tegen zijn wang. 'Slaap nu maar, lieve schat.'

Jenna Karras zat aan het bureau en telkens wanneer de telefoon begon te rinkelen schoot ze erop af als een lenige, blonde tijgerkat die haar leger verdedigde tegen andere roofdieren. De gesprekken kwamen overal vandaan; situatierapporten, uitgegeven door mensen die bevelen opvolgden zonder te weten waarom.
Ze hielden stand.

Het knappe stel dat gekleed was in rijbroek, hoge laarzen en rode jasjes met clubembleem, galoppeerde op hun jachtpaarden over het open veld. De dieren spanden zich in tot het uiterste, met opengesperde neusgaten, hun lange benen stampten op de harde grond en stortten zich door het hoge gras. In de verte lag aan hun rechterkant een houten hek dat het gebied aangaf van een aangrenzend landgoed; daarachter lag nog een stuk open veld dat in een muur van reusachtige esdoorns en eiken verdween. De man gebaarde naar het hek, lachte en knikte met zijn hoofd. De vrouw wendde eerst verrassing voor en vrouwelijke tegenzin, keerde toen plotseling haar rijdier naar rechts en versnelde haar vaart; zo ijlde ze voor haar metgezel uit, hoog in het zadel naarmate ze dichter bij het hek kwam. Ze zweefde eroverheen, de man zat maar enkele meters achter haar aan haar linkerzijde; hij sprong over het hek en ze reden snel naar de rand van het bos waar ze beiden hun paarden inhielden; de vrouw met een grimas van pijn toen ze stilhield.

'Verdomme!' riep ze uit. 'Ik heb een spier verrekt in mijn kuit! Ik barst van de pijn!'

'Stijg af en ga wat rondlopen. Blijf er niet mee zitten.'

De vrouw steeg af en de man bukte zich om de teugels van haar paard over te nemen, bracht zijn rechterknie tot over het zadel en liet zich op de grond zakken. Zijn metgezellin liep in kringetjes rond, duidelijk hinkend en zachtjes vloekend.

'Lieve god, waar zitten we?' vroeg ze, half roepend.

'Ik geloof dat dit het landgoed is van Heffernan. Hoe is het met je been?'

'Ik heb pijn, ik verrek van de pijn! Verdomme!'

'Je kunt er niet mee rijden.'

'Ik kan er nauwelijks mee lopen, stomme idioot.'

'O, wat zijn we weer boos. Kom op, we gaan een telefoon zoeken.' De man en de vrouw liepen het bos in, beide paarden werden door de man geleid en langs verscheidene dikke boomstammen gevoerd. 'Hier,' zei hij en hij greep naar een lage tak aan een dicht bosje. 'Ik kan ze hier vastbinden en ze later gaan halen; die gaan nergens naartoe.'

'Dan kun je me helpen. Ik heb nog nooit zo'n pijn gehad.'

Toen de paarden waren vastgebonden en graasden, liepen de ruiters verder. Door de bomen heen konden ze de omtrekken zien van de brede oprijlaan, die in een halve boog naar de voordeur van het grote huis liep. Ze zagen ook de gedaante van een man die uit het niets leek op te duiken. Hij droeg een gabardine overjas en had zijn handen in zijn zakken. Ze kwamen tegenover elkaar te staan en de bewaker begon te spreken.

'Kan ik u helpen? Dit is privé-terrein.'

'Ik hoop dat we allemaal privé-terrein hebben, beste kerel,' antwoordde de ruiter die de vrouw ondersteunde. 'Mijn vrouw heeft een spier verrekt bij haar laatste sprong. Ze kan niet meer rijden.'

'Wat?'

'Paarden, sport. Onze paarden zijn daarginds vastgebonden. We verkennen het parcours een beetje voor de jachtpartij van

zaterdag en ik ben bang dat we die verder wel kunnen vergeten. Wilt u ons, alstublieft, naar een telefoon brengen.'
'Nou ja, eh... ik...'
'Dit is toch het huis van de Heffernans?' wilde de man weten.
'Ja, maar meneer en mevrouw Heffernan zijn geen van beiden hier, meneer. We hebben opdracht om niemand in het huis binnen te laten.'
'Och, verdomme!' viel de vrouw uit. 'Heb je ooit zoiets onnozels gehoord? Mijn been doet pijn, stommeling! Ik moet teruggereden worden naar de club.'
'Een van onze mensen zal u graag terugrijden, mevrouw.'
'En mijn chauffeur kan me net zo goed komen ophalen! Te gek, wie zijn die Heffernans eigenlijk? Zijn ze lid, schat?'
'Ik geloof van niet, Buff. Luister, die man heeft zijn instructies, en ze mogen dan onnozel zijn, daar kan hij niets aan doen. Ga jij nu maar mee, dan haal ik de paarden.'
'Laten ze maar niet proberen om lid te worden,' zei de vrouw, terwijl de beide mannen haar over de oprijlaan naar een geparkeerde auto brachten.
De man liep door het bos terug naar de paarden, maakte ze los en leidde ze het veld over, waar hij de boom van het hek liet zakken en de paarden aanspoorde het hoge gras in te lopen. Hij legde de boom weer op zijn plaats, klom op zijn paard en begon, met het paard van de vrouw aan een leidtouw achter zich aan, het parcours van de jachtpartij van zaterdag in zuidelijke richting af te rijden voor zover hij had begrepen dat dit het parcours was na een vluchtig, eerste bestudering van de kaart, als gast van de club.
Hij stak zijn hand onder het zadel en haalde een krachtige kleine radiozender te voorschijn, drukte een knop in en bracht het apparaat naar zijn mond.
'Er zijn twee auto's,' zei hij in de microfoon. 'Een zwarte Lincoln, nummerplaat zeven-vier-nul, MRL; en een donkergroene Buick, nummerplaat een-drie-zeven, GMJ. De plaats is omgeven door bewakers en er loopt achter geen weg naar een uitgang. De vensters zijn dik; je zou een kanon nodig hebben om daar doorheen te komen en we zijn opgepikt door infrarood stralen.'
'Begrepen,' luidde het antwoord dat versterkt over de kleine luidspreker kwam. 'We zijn voornamelijk geïnteresseerd in de voertuigen... Tussen haakjes, ik kan die Buick nu zien.'

De man met de verschillende soorten zagen, die aan zijn brede leren riem bungelden, zat hoog in de rijzige denneboom langs de weg; zijn veiligheidsriem zat om de stam en was vastgegespt aan zijn klimgordel. Hij schoof de kleine zender in zijn etui en bracht de verrekijker naar zijn ogen, waarmee hij schuin omlaag door de takken keek; hij richtte de lenzen op de auto die uit de door bomen omzoomde oprijlaan te voorschijn kwam. Het uitzicht was onbelemmerd naar alle kanten. Geen enkele auto kon het terrein van Steriel Vijf ongezien verlaten – zelfs 's nachts niet, want met infrarood kon je niet alleen verklikkerlichten laten branden, je kon het ook gebruiken om te zien in het donker.
De man floot; het portier van de vrachtwagen ver beneden hem ging open, op de zijkant stonden de woorden *Topklasse Boomchirurgie*. Een tweede man stapte uit en keek omhoog.
'Rij maar weg,' zei de man bovenin, net luid genoeg om te worden verstaan. 'Los me over twee uur af.'

De bestuurder van de vrachtwagen reed ruim twee kilometer naar het noorden tot aan het eerste kruispunt. Rechts lag een benzinestation; de deuren van de reparatiewerkplaats stonden open en binnen stond boven de grond, op een hydraulische brug, een auto met de motorkap naar voren gericht. De bestuurder legde zijn vingers op de schakelaar en knipperde met zijn koplampen. Direct gingen ook de koplampen van de auto in de werkplaats aan en uit, waarmee het signaal werd beantwoord en het voertuig gereed was om weg te rijden. De eigenaar van het station verkeerde in de mening dat hij – in vertrouwen – medewerking verleende aan de narcoticabrigade. Dat was het minste dat een burger kon doen.
De chauffeur stuurde naar rechts, toen meteen scherp naar links en maakte een bocht van 180 graden op het kruispunt; hij reed naar het zuiden. Drie minuten later reed hij de denneboom voorbij waarin zijn metgezel verborgen zat tussen de takken boven in de top. Onder andere omstandigheden had hij misschien een seintje gegeven met zijn claxon; nu kon hij dat niet doen. Er mocht geen geluid zijn, geen enkel teken dat op wat voor manier dan ook de aandacht trok naar dat gedeelte van de weg. Hij gaf echter gas en bereikte vijftig seconden later een volgend kruispunt, het eerste ten zuiden van Steriel Vijf.

Schuin naar links lag een kleine, landelijke herberg, op kleine schaal gebouwd in de stijl van voor de burgeroorlog, met gladde, witte zuilen die een overhangend dak boven de ingang ondersteunden – een groot poppenhuis dat gebouwd was om herinneringen op te roepen aan een oude plantage. Erachter lag een zwarte, geasfalteerde parkeerplaats, waar zowat een dozijn auto's naast elkaar stonden als felgekleurde insekten. Op één na, de vierde van achteren, die een onbelemmerd uitzicht had op het kruispunt en snel weg kon rijden. Hij was bedekt met dikke lagen stof, hij was donker en stond met de motorkap naar de uitgang gericht, een arm familielid in gezelschap van blinkende, kostbare neven.
Opnieuw boog de chauffeur zich naar voren en knipperde met zijn koplampen. De vuile, sjofel uitziende auto – met een motor die krachtiger was dan die van enig andere auto op die parkeerplaats – deed hetzelfde. Opnieuw een bevestiging van een signaal. Wat er ook te voorschijn zou komen uit Steriel Vijf, het kon naar beide kanten worden gevolgd.

Arthur Pierce bekeek zijn gezicht nauwkeurig in de spiegel van het sjofele motel in de buitenwijken van Falls Church, Virginia; hij was tevreden met wat hij zag. De rand van grijs haar rond de kale huid van zijn geschoren hoofd klopte helemaal met de bril zonder montuur en de versleten, bruine trui over het vuile, witte hemd met de rafelige boord. Het toonbeeld van iemand die het niet gemaakt had, wiens minimale gaven en gebrek aan illusies hem veilig, hoewel amper, boven de armoedegrens hielden. Iemand die geen risico's nam, want dat was zinloos. Waarom zou je moeite doen? Niemand hield zo'n figuur aan op straat; ze liepen te langzaam, ze waren van geen belang.
Pierce keerde zich van de spiegel af en liep door de kamer naar de wegenkaart die onder het licht van een plastic lamp uitgespreid lag op het goedkope, smerige bureau tegen de muur. Aan de rechterkant werd de kaart op zijn plaats gehouden door de grijsmetalen koker, met op het deksel het embleem van de Amerikaanse marine, daaronder het insigne van de medische dienst en opzij een koperen, ingebouwd combinatieslot. Een dodelijker document had er in heel de geschiedenis nooit bestaan. De psychiatrische diagnose van een staatsman die door de hele wereld werd vereerd, een diagnose die

die man voor krankzinnig verklaarde – al krankzinnig terwijl hij functioneerde als de internationale woordvoerder van een van de twee machtigste naties ter wereld. En de natie die deze onverdraaglijke omstandigheden liet voortbestaan, kon niet langer dienst doen als de leider van de zaak die ze omarmde. Een krankzinnige had niet alleen zijn eigen regering, maar de hele wereld verraden. Hij had gelogen, bedrogen, misleid, banden met de vijand gesmeed, samengespannen tegen zijn eigen bondgenoten. Dat hij gek was, deed er niet toe. Het was gebeurd. Het stond er allemaal.

De inhoud van die metalen, grijze koker vormde een ongelooflijk wapen, maar om een waarlijk vernietigende uitwerking te hebben moest het in handen komen van de juiste mensen in Moskou. Niet de vermoeide, oude mannen die steeds maar compromissen sloten, maar de visionairs met de kracht en de wil om snel te handelen, om de corrupte, onbekwame reus op de knieën te brengen. Nee, dacht Arthur Pierce, deze metalen houder behoorde aan de VKR. Alleen aan de Vodennaja.

Iets anders kon hij niet riskeren en een paar telefoontjes hadden hem ervan overtuigd dat er inderdaad risico bestond wanneer hij het document het land uit zou smokkelen via de paar mensen die hij kon vertrouwen. Zoals te verwachten was, werd het personeel van ambassade en consulaat scherp in het oog gehouden, alle internationale vluchten werden gecontroleerd, handbagage en grotere koffers met röntgenstralen onderzocht. Te veel risico.

Hij zou het zelf wegbrengen, dit beslissende wapen, dit absoluut dodelijke wapen. Nucleaire fantasieën die uitgedacht waren door een geniale maniak, daartoe aangespoord door een van de meest briljante geesten die ooit uit de Sovjetunie was voortgekomen. Fantasieën die zo reëel waren dat de vermoeide oude mannen in het Kremlin zich zouden verstoppen in hun *dacha's* bij hun wodka en de beslissingen zouden overlaten aan degenen die ze aankonden, aan de mannen van de *Vodennaja*.

Waar was die briljante geest die dit alles mogelijk had gemaakt, de man die zich tegen zijn vaderland had gekeerd en uiteindelijk achter de waarheid was gekomen – dat hij het bij het verkeerde eind had gehad. Helemaal verkeerd! Waar was Alexi Kaljazin? Waar was Parsifal?

Die gedachtengang bracht Pierce ertoe opnieuw de wegenkaart

te bestuderen. Die dwaas van een Havelock – en toch ook weer niet zo dwaas – had de Shenandoah genoemd... dat de man die ze Parsifal noemden ergens in het gebied van de Shenandoah verbleef, hetgeen impliceerde dat hij zich op moest houden binnen redelijke afstand van het huis van Matthias. Maar zo'n redelijke afstand was een variabele quotiënt. De Shenandoah-Vallei was meer dan honderdvijftig kilometer lang en meer dan dertig breed, vanaf de Allegheny tot aan de Blue Ridge Mountains. Wat kon je als redelijk beschouwen? Daarop was geen redelijk antwoord mogelijk en de oplossing moest dus vanaf de andere kant worden gezocht. In het ploeterend brein van Michael Havelock... Mikhail Havlíček, zoon van Václav, genoemd naar een Russische grootvader uit Rovno... een man wiens grootste talenten lagen in doorzettingsvermogen en in een zekere mate van verbeeldingskracht, maar die niet geniaal was. Havelock zou de boog reduceren, zou honderd computers aan het werk zetten om één enkel telefoontje na te speuren dat op een bepaalde tijd was gevoerd met een bepaalde plaats en met een man die hij een dweper noemde. Havelock zou het werk verrichten en een *paminjatsjik* zou er de vruchten van plukken. Luitenant-ter-zee Decker zou met rust worden gelaten: hij was een sleutel die best eens een deur zou kunnen openen.

Pierce boog zich over de kaart en zijn wijsvinger schoof van de ene lijn naar de andere. De boog, die halve cirkel die lag tussen de Shenandoah en Steriel Vijf, werd bewaakt, mensen en voertuigen stonden er gereed. Vanaf Harpers Ferry tot de Valley Pike waren de Highway 11 en 66 en Route 7, 50, 15, 17, 29 en 33 allemaal bezet, men wachtte op het bericht dat een bepaalde auto op een bepaalde tijd op weg was naar een bepaalde plaats. Die plaats moest worden vastgesteld en doorgegeven, verder niets. De mannen in die voertuigen waren huurlingen, geen deelnemers, hun tijd werd betaald, ze deden het niet uit idealisme. Ze waren niet voorbeschikt.

Arthur Pierce, geboren Nikolai Petrovich Maljekov in het dorpje Ramenskoye in de Sovjetunie, dacht plotseling na over dat lot, en de jaren die geleid hadden tot zijn eigen fascininerende rol daarin. Hij had nooit getwijfeld, nooit vergeten wie hij was of waarom hij de schitterende gelegenheid gekregen had om de ultieme zaak te dienen. Een zaak die zo belangrijk en zo nodig was voor een wereld waarin de relatieve minderheid de tirannie voerde over de grote meerderheid. Waarin miljoenen en miljoenen op de rand van de wanhoop leefden of in hopeloze armoede, zodat de kapitalistische manipulatoren konden lachen boven wereldwijde balansen, terwijl hun legers kindertjes in pyjama verbrandden in landen ver van hun bed. Dat was een feit, geen opruiende propaganda. Hij had het zelf gezien – van de brandende dorpen in Zuidoost-Azië tot de sjieke bedrijfsrestaurants, waar banen vergeven werden met gegrinnik en knipoogjes en toezeggingen over aandelen. De eerste stappen in de richting van rijkdom, in de richting van het centrum van de regeringsmacht, waar hypocriete en incompetente lieden nog meer hypocrisie en incompetentie aanmoedigden. God, wat haatte hij dit alles! Hij haatte de corruptie en de hebberigheid en de huichelachtige leugenaars die de massa bedrogen voor wie ze verantwoordelijkheid droegen, misbruik makend van de macht die hun gegeven was, hun zakken en die van hun vrienden spekkend... Er wàs een betere manier. Er bestond zoiets als lotsverbondenheid. Er was de *Vodennaja*.

Hij was dertien jaar oud geweest toen hij het gehoord had van het liefhebbende stel dat hij Moeder en Vader genoemd had. Ze hadden het uitgelegd terwijl ze hem omarmden en in zijn ogen keken, zodat hij kon zien hoeveel ze van hem hielden. Hij was hun zoon, zeiden ze, maar ook niet hun zoon. Hij was geboren uit een uitverkoren echtpaar, duizenden kilometers ver weg, die zoveel van hem hielden dat ze hem aan de Staat gaven, aan een zaak die een betere wereld zou maken voor de volgende generaties. En terwijl zijn 'vader' en 'moeder' met hem praatten, begon er een groot aantal dingen in het geheugen van de jonge Arthur Pierce op hun plek te vallen. Alle gesprekken, niet alleen met zijn 'ouders', maar met de tientallen bezoekers die zo vaak naar de boerderij kwamen, gesprekken waarin verteld werd over het lijden en de onderdrukking en een despotisch bewind dat zou worden vervangen door een regering die het belang van het volk voor ogen had – het belang van àlle mensen.

Hij mocht deel uitmaken van die verandering. Toen hij nog heel klein was, waren er andere bezoekers geweest die hem spelletjes gegeven hadden, puzzels om op te lossen, leesoefeningen – allemaal intelligentietests. En op een dag, toen hij dertien was, hadden ze gezegd dat hij buitengewoon was. Die dag hoorde hij zijn echte naam. Hij was klaar voor de zaak. Het zou niet eenvoudig worden, hadden zijn 'ouders' gezegd, maar hij moest onthouden dat wanneer de druk te veel werd, zij er altijd waren, altijd. En als er iets met hen zou gebeuren, zouden anderen hun plaats innemen om hem te helpen, moed in te spreken, te leiden, terwijl weer anderen altijd zouden toekijken. Hij moest de beste worden in alles: hij moest Amerikaans worden, aardig, genereus en vooral een eerlijke indruk maken. Hij moest zijn talenten gebruiken om zo ver mogelijk te komen. Maar hij mocht nooit vergeten wie en wat hij was, of de zaak die hem het leven geschonken had en de kans om de wereld te verbeteren.

Na die belangrijke dag waren de dingen niet zo moeilijk als zijn 'ouders' voorspeld hadden. Tijdens zijn school- en studiejaren had zijn geheim hem aangespoord – want het was zijn geheim en hij wàs niet gewoon. Het waren stimulerende jaren: iedere nieuwe prijs of beloning was een bewijs van zijn superioriteit. Hij vond het niet moeilijk om aardig gevonden te worden; als in een eindeloze populariteitsstrijd kreeg hij altijd de eerste prijs. Maar er was ook zelfverloochening, en daardoor werd hij herinnerd aan zijn belofte. Hij had veel vrienden, maar geen diepgaande vriendschappen, geen relaties. Mannen mochten hem, maar accepteerden de afstand die hij creëerde; meestal dachten ze dat het kwam doordat hij steeds moest werken om zijn studie te bekostigen. Vrouwen gebruikte hij alleen als seksuele uitlaatklep; hij bond zich nooit. Meestal ontmoette hij hen kilometers van de plek waar hij woonde. Tijdens zijn doctoraalstudie in Michigan nam Moskou contact met hem op en hoorde hij dat zijn nieuwe leven ging beginnen. Het was een amusante ontmoeting. De contactpersoon was een personeelsfunctionaris van een groot bedrijf die zogenaamd de studentendossiers had doorgelezen en ene Arthur Pierce wilde spreken. Maar zijn berichten bevatten weinig amusants; ze waren dodelijk serieus – en spannend! Hij moest bij het leger gaan, waar bepaalde kansen zouden liggen om hogerop te komen, en nog hogerop, en hij moest contact opnemen met hooggeplaatste personen uit het leger en de burgerwereld. Hij moest een tijdlang in het leger blijven en zou dan niet terugkeren naar Michigan, maar naar Washington. Daar zou zijn reputatie verbreid worden. De bedrijven zouden in de rij staan, iedereen zou hem willen hebben, maar de regering

zou daar een stokje voor steken. Hun aanbod moest hij aannemen.
Maar eerst het leger, en daar moest hij zijn uiterste best doen. Hij moest de beste blijven. Zijn 'ouders' hadden een afscheidsfeest voor hem georganiseerd op de boerderij, en al zijn vrienden uitgenodigd, inclusief de meeste jongens van de padvinderij. En het was inderdaad een afscheidsfeest, in meerdere betekenissen. Aan het eind van de avond vertelden zijn ouders hem dat ze hem niet meer zouden zien. Ze werden ouder, en ze hadden hun taak volbracht: hem. En ze konden trots op hem zijn. Verder waren hun talenten elders nodig. Hij begreep; de zaak voor alles. Voor het eerst sinds zijn dertiende had hij die avond gehuild. Maar dat mocht – en bovendien waren het tranen van vreugde.
Al die jaren, dacht Arthur Pierce, terwijl hij in de goedkope motelspiegel keek naar de rand grijs haar en de rafelige boord rond zijn nek. Het was de moeite waard geweest; het bewijs zou de volgende paar uren geleverd worden. Het wachten was begonnen. De beloning zou een plek in de geschiedenis zijn.

Michael opende zijn ogen, zag een zee van donkerbruin voor zich, voelde overal vocht en drukkende hitte. Hij draaide zich om, hief zijn hoofd op en besefte plotseling dat er geen zonlicht meer was, dat het schijnsel van een lamp die een eind van de sofa vandaan stond de kamer zwak verlichtte en dat zijn gezicht kletsnat was van het zweet. Het was avond en hij was nog niet klaar voor de avond. Wat was er gebeurd?
'*Dobry den.*'
De groet zweefde langs het zwak verlichte plafond.
'Hoe laat is het?' vroeg hij en hij ging rechtop zitten.
'Tien over zeven,' zei Jenna aan het bureau. 'Je hebt iets meer dan drie uur geslapen. Hoe voel je je?'
'Ik weet het niet. Als een buitenstaander, geloof ik. Wat gebeurt er allemaal?'
'Niet veel bijzonders. Zoals je al zei, we houden stand. Wist jij dat de lichtjes op deze knoppen eigenlijk al gaan branden voordat de telefoon overgaat? Nauwelijks een halve seconde, maar het is zo.'
'Geen grote troost. Wie hebben er gebeld?'
'Heel serieuze, verbijsterde mannen die niets rapporteerden, die rapporteerden dat ze niets te rapporteren hadden. Een paar

vroegen er hoe lang ze nog door moesten gaan met het uitvoeren van wat zij noemden hun "verkenning". Ik heb gezegd tot ze het tegendeel zouden horen.'
'Daarmee is alles gezegd.'
'De foto's zijn aangekomen.'
'Wat...? O, jouw lijst.'
'Ze liggen op het salontafeltje. Bekijk ze eens.'
Havelock keek ingespannen naar de rij van vijf korrelige gezichten die hem aanstaarden. Hij wreef door zijn ogen en veegde het zweet van zijn voorhoofd, knipperde met zijn ogen in een poging zich te concentreren. Hij begon met het meest linkse gezicht; het zei hem niets. Toen het volgende en het volgende en het... volgende.
'Hij,' zei hij, niet wetend waarom hij dat zei.
'Wie?'
'De vierde. Wie is hij?'
Jenna keek op het papier dat voor haar lag. 'Het is een heel oude foto, genomen in 1948. De enige die ze konden vinden. Hij is meer dan dertig jaar oud.'
'Wie is hij? Wie was hij?'
'Een man die Kaljazin heet. Alexi Kaljazin. Herken je hem?' Jenna kwam achter het bureau vandaan.
'Ja... nee. Ik weet het niet.'
'Het is een oude foto, Mikhail. Bekijk hem. Bekijk hem nauwkeurig. De ogen, de kin, de vorm van de mond. Waar? Wie?'
'Ik weet het niet. Het is er... en het is er ook weer niet. Wat voor man is het?'
'Hij was een klinisch psychotherapeut,' las Jenna op. 'Hij schreef bepaalde verhandelingen over de uitwerking op mensen van voortdurende strijd of van langere perioden waarin onder onnatuurlijke condities wordt geleefd. Zijn ervaringen en kennis werden door de KGB gebruikt; hij werd wat jullie hier een strategiebepaler noemen, maar er was een verschil. Hij zeefde informatie die naar de KGB werd gestuurd door mensen in de buitendienst, zocht naar afwijkingen die zouden kunnen wijzen op ofwel dubbelspionnen of op mensen die niet langer in staat waren in hun baan te functioneren.'
'Iemand die aan persoonsbeoordelingen doet. Een idioot die de neiging heeft voorbij te zien aan wat voor de hand ligt.'
'Ik begrijp je niet.'
'Revolverhelden. Ze ontdekken nooit de revolverhelden.'

'Ik weet nog steeds niet waar je het over hebt.'

'Ik ken hem niet. Het is een gezicht net als zovele andere gezichten, zovele andere dossiers. Mijn god, die gezichten!'

'Maar iets is er wel!'

'Misschien, ik weet het niet zeker.'

'Blijf ernaar kijken. Concentreer je.'

'Koffie. Is er koffie?'

'Dat was ik vergeten,' zei Jenna en ze liep om het bureau heen. 'De eerste regel na het ontwaken is koffie. Zwart en te sterk. Je bent een echte Tsjech, Mikhail.' Ze liep naar de tafel achter de sofa, waar een behulpzame bewaker de stekker van de zilveren pot had aangesloten.

'De eerste regel,' herhaalde Havelock, ineens verontrust. 'De eerste regel?'

'Wat?'

'Waar zijn je notities over dat telefoontje van Decker?'

'Jij hebt ze gehad.'

'Waar zijn ze?'

'Daarginds. Op tafel.'

'Waar?'

'Onder de laatste foto. Daar rechts.'

Schenk maar een borrel in. Je kent de regels.

Michael schoof de foto van het onbekende gezicht van tafel af en griste de twee vellen met aantekeningen weg. Hij bekeek ze een voor een en schoof herhaaldelijk het ene blad voor het andere.

'O, mijn god! De regels, de verdomde regels!'

Havelock kwam overeind van de sofa en zwaaide op onzekere benen naar het bureau.

'Wat is er?' vroeg Jenna angstig, de koffiekop in haar hand.

'Decker!' schreeuwde Michael. 'Waar zijn de aantekeningen over Decker?'

'Vlak bij je. Daar links. Het notitieblok.'

Havelock sloeg de vellen om met trillende handen, met ogen die keken maar niets zagen, zoekend naar de woorden. Hij vond ze.

'"Een vreemd accent",' fluisterde hij. '"Een vreemd accent", maar wat voor accent?'

Hij graaide de hoorn van de haak, nauwelijks in staat zijn vinger in bedwang te houden bij het draaien. 'Luitenant-ter-zee Decker, alstublieft, u hebt zijn nummer op uw klapper.'

'Mikhail, doe toch wat rustiger aan.'

'Hou je mond!' Het aanhoudende zoemen betekende dat de telefoon aan de andere kant overging, het wachten werd onverdraaglijk.

'Hallo?' klonk de aarzelende stem van een vrouw.

'Luitenant-ter-zee Decker, alstublieft.'

'Ik... Het spijt me heel erg, hij is er niet.'

'Hij is er wel voor mij! U spreekt met Cross. Haal hem aan de lijn.' Er gingen twintig seconden voorbij en Michael had het gevoel dat zijn hoofd uiteen zou barsten.

'Wat is er, meneer Cross?'

'U had het over een "vreemd accent". Wat bedoelde u?'

'Pardon?'

'Het telefoontje! Het telefoontje dat u kreeg van Matthias, van die man die zei dat hij namens Matthias sprak! Toen u zei dat hij een vreemd accent had, bedoelde u toen buitenlands, Russisch?'

'Nee, helemaal niet. Het was een hoge stem en heel erg Brits. Bijna Brits, maar niet helemaal.'

'Goedenavond, meneer,' zei Michael en hij legde de hoorn op.

Schenk je maar een borrel in... je kent de regels hier... Kijk eens, we staan allebei droog. Schenk jouw glas nog eens vol en het mijne ook als je toch bezig bent. Dat maakt ook deel uit van de regels, weet je nog?

Havelock pakte de hoorn weer op en trok de lijst met nummers naar zich toe. Hij draaide en nu was het wachten bijna welkom. Het ging allemaal te snel; hij had tijd nodig om bij te komen. Pooles Eiland!

'U spreekt met Cross. Mag ik de bewakingsdienst, alstublieft.'

Er klonk tweemaal een kort zoemen en toen een stem: 'Controlepost,' zei de officier van dienst.

'U spreekt met Cross. Opdracht van de president, prioriteit nul. Wilt u even bevestigen?'

'Begint u maar te tellen,' zei de stem.

'Een, twee, drie, vier, vijf, zes...'

'Oké. Stempatronen kloppen. Wat kan ik voor u doen, meneer Cross?'

'Wie was de officier die ongeveer zes weken geleden verlof kreeg omdat zijn vrouw ziek was?'

Het stilzwijgen duurde eindeloos, het antwoord klonk beslist, gesproken door een man die wist waarover hij het had.

'Uw informatie klopt niet, meneer Cross. Er is geen verzoek om ziekteverlof geweest, noch van de officieren, noch van wie verder ook. Niemand heeft het eiland verlaten.'
'Bedankt, bewaking.'
Alexander de Grote... Raymond Alexander.
Fox Hollow!

38

'Hij is het,' zei Michael, voorovergebogen over het bureau, met zijn hand nog steeds op de telefoonhoorn. 'Hij is Parsifal. Raymond Alexander.'
'Alexander?' Jenna zette enkele stappen terug van de tafel, staarde Havelock aan en schudde langzaam en zwijgend haar hoofd.
'Dat moet! Het ligt in de woorden... de regels! "Een van de regels, deel uitmakend van de regels." Altijd regels; zijn leven bestaat uit een hele reeks onverbrekelijke regels. Het vreemde accent was niet buitenlands, niet Russisch. Het was die Anglo-Amerikaanse manier van praten die hij heeft ontwikkeld op de universiteiten in het noordoosten en in duizenden voordrachtzalen, bij honderden disputen. Een snel uitgesproken bewering, een onverwacht tegenargument, een duel met de degen – niet met echte wapens, maar met woorden. Dat is Alexander!'
'Er is een heel grote leemte, Michael, een gat dat je volgens mij niet kunt opvullen. Ga je hem ervan beschuldigen dat hij de identiteit kende van een Russische mol en dat hij daar niets aan heeft gedaan? Vooral als het zo'n gevaarlijke was op de post van staatssecretaris?'
'Nee, ik kan dat niet verklaren, maar hij wel. En dat zal hij. Hij stuurde mij naar Pooles Eiland met een of ander lulverhaal over een legerofficier die op verlof was omdat zijn vrouw ziek was en die zijn mond tegenover haar voorbij had gepraat. Die man bestaat niet; er zijn geen ziekteverloven verstrekt.'
'Misschien beschermde hij een andere tipgever.'
'Waarom dan zo ingewikkeld liegen? Waarom niet gewoon weigeren te antwoorden? Nee, hij wilde dat ik het geloofde, vroeg me mijn erewoord om hem te beschermen... in de wetenschap dat ik dat zou doen.'

'Maar waarom dan?' vroeg Jenna terwijl ze naar het bureau liep. 'Waarom vertelde hij het je dan eigenlijk? Wilde hij je laten doden?'
'Laat hem daar maar antwoord op geven.' Havelock pakte de hoorn op en drukte op de knop voor de huistelefoon. 'Ik heb een auto nodig en een escorte dat achter me aan moet komen. Het is zowat een uur rijden van hier. Nu meteen.' Hij legde de hoorn neer, keek er even naar en schudde toen zijn hoofd. 'Nee,' zei hij.
'De president?' vroeg Jenna.
'Ik ga hem niet bellen. Nog niet. Hij is op dit moment in staat om er een bataljon commando's op af te sturen; zo komen we niet achter de waarheid. Als hij in een hoek gedreven wordt, schiet hij zich misschien voor zijn hersenen.'
'Als je gelijk hebt, wat kun je dan nog meer te weten komen?'
'Waarom!' zei Michael en hij trok de middelste bureaula open en haalde er het Llamapistool uit. 'En hoe?' voegde hij eraan toe, terwijl hij het magazijn controleerde en het met een klik terugduwde. 'Die grote leemte waar jij het over had.'
'Ik ga met je mee.'
'Nee.'
'Ja! Dit keer heb je het recht niet om me te weigeren! Ik lééf hier gewoon in deze kamer... straks ga ik er nog dood ook. Ik heb er recht op om erbij te zijn.'
'Misschien heb je het recht, maar je gaat niet. Die klootzak heeft jou erin geluisd, zodat je vermoord zou worden.'
'Ik moet weten waarom.'
'Dat zal ik je zeggen.' Michael begon weg te lopen.
'En als je dat nou niet meer kunt!' riep Jenna, zijn weg versperrend. 'Ja, Mikhail, kijk me aan! Stel dat je niet terugkomt – dat is mogelijk, weet je. Zou je me alsnog van mijn verstand willen beroven?'
'We zijn daar geweest. Er zijn geen alarmsystemen, geen honden of bewakers. Bovendien verwacht hij me niet. Ik kom terug – met hem...! Wat bedoel je in vredesnaam, je 'verstand'?'
'Ik ben je al een keer kwijtgeraakt – ik hield van je en ik raakte je kwijt! Denk je dat ik het risico kan lopen dat ik je nog een keer kwijtraak, zonder dat ik ooit weet waarom? Wat wil je eigenlijk van mij?'
'Ik wil dat je leeft.'
'Ik kan niet leven, ik wil niet leven zonder jou! Ik heb het ge-

probeerd, en ik vind er gewoon niets aan. Wat er ook daarbuiten is, het is voor ons samen, niet voor jou alleen. Het is niet eerlijk, Mikhail, en dat weet je!'
'Het kan me geen donder schelen of het eerlijk is of niet!' Hij greep naar haar en trok haar in zijn armen, zich bewust van het pistool in zijn hand, wensend dat ze ergens anders waren waar er geen pistolen waren – nooit. 'Ik geef alleen om jou. Ik weet wat je doorgemaakt hebt, wat ik je heb aangedaan. Ik wil dat je hier bent, waar ik weet dat je veilig zit. Ik kan je niet op het spel zetten, begrijp je dat niet?'
'Omdat je van me houdt?'
'Zoveel... zo vreselijk veel.'
'Dan moet je respect voor me hebben!' riep Jenna, haar hoofd achterover gooiend, zodat haar blonde haar over haar schouders golfde. 'Verdomme, Mikhail, ik wil respect!'
Havelock keek haar aan, zag de woede en het smeken in haar blik. *Zoveel goed te maken.* 'Ja, ik geloof dat je gelijk hebt. Kom mee, dan pakken we onze jassen. We gaan.'
Jenna knikte, draaide zich om en liep naar de salontafel waar ze de foto's oppakte en de ene opraapte van de vloer. 'Klaar,' zei ze.
'Waarom?' vroeg Michael met een gebaar naar de foto's.
'Waarom niet?' antwoordde ze.

De man die boven in het donker van de hoge denneboom verborgen zat drukte zijn klimijzers vaster in de stam en trok zijn klimgordel recht om de druk van de riemen wat te verlichten. Plotseling zag hij in de verte beneden zich de bundels van koplampen zwaaien uit de door bomen omzoomde oprijlaan van Steriel Vijf. Met zijn rechterhand bracht hij de infraroodkijker naar zijn ogen, terwijl zijn linkerhand de zender uit zijn etui trok. Hij hield die voor zijn mond en drukte op de knop. 'Er gebeurt wat,' zei hij. 'Hou je gereed. Meld je.'
'Noord in contact,' kwam het eerste antwoord.
'Zuid ook,' luidde het tweede.
De man liet de microfoon op zenden staan, duwde het zendertje in de leren riem om zijn nek en richtte de kijker op de auto die uit de oprit kwam. Het was de Buick; hij stelde de scherpte in en zag de gestalten achter de voorruit: groen, maar duidelijk.
'Het zijn onze man en de vrouw,' zei hij. 'Slaan af naar het

noorden. Het is voor jou, Noord.'
'Wij zijn klaar.'
'Zuid, rij weg en neem je alternatieve positie in.'
'Rijden nu weg. Noord, hou ons op de hoogte. Laat ons weten wanneer je aflossing moet hebben.'
'In orde.'
'Wacht even! Er komt een tweede auto... Het is de Lincoln, twee FBI-mensen voorin; ik kan niet achterin kijken... Nu wel. Verder niemand.'
'Het is een escorte,' zei een van de twee mannen in de auto twee kilometer verder naar het noorden. 'We zullen wachten tot die voorbij is.'
'Geef hem veel ruimte,' beval de man in de boom. 'Het zijn nieuwsgierige lui.'
'Maak je geen zorgen.'

De Buick bereikte het kruispunt en sloeg linksaf, de Lincoln Continental volgde op een dikke honderd meter als een sluipend reuzendier dat zijn jong beschermt. Beide voertuigen reden naar het westen.
In de donkere werkplaats van het benzinestation werd de hydraulische brug sissend neergelaten; de motor van de auto werd onder het zakken aangezet en kreeg een dot gas. De chauffeur bracht zijn radio naar zijn mond en sprak.
'Zuid, ze hebben de B-weg genomen. Rij naar het westen op de parallelweg en wacht op ons tien kilometer verderop.'
'Rijden langs de westelijke parallelweg,' luidde het antwoord.
'Opschieten,' zei Noord. 'Ze zetten vaart.'
Het witte hek dat het begin aangaf van het terrein van Alexander verscheen in het schijnsel van de koplampen. Enkele tellen later werden links de schijnwerpers zichtbaar waarvan het licht strepen trok tussen de hoge, ranke bomen die overal op het immense gazon voor het huis stonden; daarachter was het huis in hout en steen te zien. Toen zag Havelock wat hij gehoopt had te zullen zien. Er stonden geen auto's op de ronde oprit en achter de ramen schenen maar een paar lampen. Hij minderde vaart en trok de microfoon aan het dashboard naar zich toe.
'Escorte, we zijn er,' zei hij terwijl hij de zendknop indrukte. 'Blijf hier op de weg. Er zijn geen bezoekers en ik wil dat de man die we gaan opzoeken denkt dat we alleen zijn.'

'En als u ons nodig hebt?' vroeg de escorte.
'Dat zal ik niet.'
'Dat is niet voldoende. Het spijt me, meneer.'
'Goed dan, dan horen jullie me wel. Ik ben niet verlegen; ik zal wel een paar schoten afvuren.'
'Dat is voldoende, zolang wij daarginds zijn.'
'Ik wil dat je blijft waar je bent.'
'We zullen de Abraham hier laten staan, maar we komen daar naartoe. Te voet.'
Michael haalde zijn schouders op en hing de microfoon weer op; het had geen zin om er ruzie over te maken. Hij knipte de koplampen uit en draaide de oprit in, zette de auto in zijn vrijstand en de Buick gleed tot op tien meter van de voordeur. De wagen stopte en hij keek Jenna aan. 'Klaar?'
'Meer dan mijn leven, denk ik. Of mijn dood. Hij wilde allebei.' Ze schoof de foto's onder haar jas. 'Klaar,' zei ze.
Ze stapten uit, sloten de portieren geluidloos en liepen de brede trappen op naar de enorme, gelambrizeerde houten deur. Havelock drukte op de bel en weer was het wachten ondraaglijk. De deur ging open en daar stond de dienstbode in uniform, met een verschrikte blik in haar ogen.
'Goedenavond. U bent Enid, nietwaar?'
'Ja, meneer. Goedenavond, meneer. Ik wist niet dat meneer Alexander gasten verwachtte.'
'We zijn oude vrienden,' zei Michael terwijl hij zijn hand op Jenna's arm legde en ze samen binnenstapten. 'Wij hebben geen invitatie nodig. Dat maakt deel uit van de regels.'
'Die regel heb ik nog nooit gehoord.'
'Hij is tamelijk nieuw. Is meneer Alexander op de plaats waar hij rond deze tijd meestal is? In zijn bibliotheek?'
'Ja, meneer. Ik zal hem zeggen dat u er bent. Mag ik uw naam, alstublieft?'
Plotseling was er het geluid van een holle, aanzwellende echo die voorafging aan een stem die door heel de grote hal klonk. 'Dat zal niet nodig zijn, Enid.' Het was de afgebeten, hoge stem van Raymond Alexander en hij kwam uit een onzichtbare luidspreker. 'En ik verwachtte meneer Havelock inderdaad.'
Michaels ogen zwierven snel langs de muren, zijn hand omknelde nu de arm van Jenna. 'Is dat een nieuwe regel, Raymond? Vergewis je ervan dat de gast is wie hij zegt te zijn?'

'Tamelijk nieuw,' antwoordde de stem.
Havelock liep met Jenna de elegante woonkamer door, vol stukken antiek uit alle hoeken van de wereld, naar de met houtsnijwerk versierde deur van de bibliotheek. Hij duwde haar zacht naar links, tot voorbij de deurpost; ze begreep het. Hij stak zijn hand onder zijn colbertje, pakte de Llama, hield die langs zijn zij, legde zijn andere hand op de dikke, koperen knop en draaide die om. Hij duwde de deur open, met zijn rug tegen de muur gedrukt, zijn wapen in de aanslag.
'Is dat nou echt nodig, Michael?'
Havelock draaide zich langzaam om tussen de beide deurstijlen en paste snel zijn ogen aan aan de halfdonkere, indirecte verlichting van de bibliotheek. Het licht kwam uit twee lampen, de ene onder een kap met franjes op het grote bureau aan het uiteinde van de kamer; de andere was een staande schemerlamp naast de dik beklede, leren leunstoel, die zijn schijnsel wierp op de verwarde haardos van Raymond Alexander. De oude ijzervreter van een journalist zat roerloos met een cognacglas in zijn opgezwollen, bleekwitte handen die hij voor zijn dieprode, fluwelen huisjasje hield.
'Kom binnen,' zei hij en zijn rechterhand liet het glas los en bewoog zich over de leuning van de stoel naar een doosachtig apparaat op het zijtafeltje. Hij drukte een knop in en ergens boven hem, tegen de muur boven de deur, stierf het vage schijnsel van een televisiescherm weg. 'Juffrouw Karras is een knappe vrouw. Heel knap... Kom binnen, meisje.'
Jenna kwam te voorschijn en ging naast Michael staan. 'U bent een monster,' zei ze alleen maar.
'Veel erger, maar daar zullen we het zeker wel over hebben.'
'U wilde ons beiden vermoorden,' vervolgde ze. 'Waarom?'
'Hem niet, hem nooit. Niet... Mikhail.' Alexander hief zijn glas op en nam een slok. 'Uw leven – of dood – is eigenlijk nooit echt ter sprake geweest. We hadden er niets meer over te zeggen.'
'Daarvoor zou ik je kunnen vermoorden,' zei Havelock.
'Ik herhaal. We hadden er niets over te zeggen, Eerlijk gezegd dachten we dat ze uit de dienst zou worden gehaald, teruggebracht naar Praag... op den duur zou worden gezuiverd. Zie je dan niet, Michael, zij was niet belangrijk. Alleen jij; jij was de enige op wie het aankwam. Jij moest vertrekken en we wisten dat ze dat nooit zouden toestaan, jij was te waardevol. Je

moest het zelf doen, er zelf op staan. Je walging en afkeer moesten zo intens zijn, zo pijnlijk dat je niets anders zou kunnen doen. Het werkte; je stapte eruit. Het was noodzakelijk.'
'Omdat ik jou kende,' zei Havelock. 'Ik kende de man die een zieke, aftakelende reus de weg naar de waanzin op leidde, die hem veranderde in iets grotesks, een Belial met zijn vinger op de nucleaire knop. Ik kende de man die Anton Matthias dit aandeed. Ik kende Parsifal.'
'Is dat de naam die ze hem hebben gegeven? Parsifal? Dat is van een verfijnde ironie. Die kerel geneest geen wonden, hij rijt ze alleen maar open. Overal.'
'Daarom heb je gedaan wat je deed, nietwaar? Ik wist wie jij was.'
Alexander schudde zijn hoofd, de wilde haardos zag eruit als duizenden bewegende pijpekrullen, zijn groene ogen sloten zich even onder zijn volle, gebogen wenkbrauwen. 'Ik was ook niet belangrijk. Anton stond erop; hij werd door jou geobsedeerd. Jij vormde datgene wat er nog over was van zijn afnemende integriteit, zijn aftakelende geweten.'
'Maar jij wist hoe je het moest doen. Jij kende een Russische dubbelspion die zo hoog in regeringskringen zat dat hij benoemd kon worden tot minister van buitenlandse zaken. En dat zou ook gebeurd zijn als hij niet aan de Costa Brava was geweest. Jij wist waar hij was, jij kende zijn naam, jij nam contact met hem op.'
'Wij hadden niets met Costa Brava te maken! Ik hoorde er alleen over toen ik naar jou informeerde. We konden het niet begrijpen, we waren verbijsterd.'
'Niet Matthias. Die kon niet meer verbijsterd raken.'
'Toen wisten we dat alles ons uit handen was gelopen.'
'Niet wij! Jij!'
De oude journalist bleef opnieuw roerloos zitten met zijn handen om het glas geklemd. Hij keek Michael recht in de ogen en antwoordde. 'Ja. Ik. Ik wist het.'
'Daarom stuurde je me naar Pooles Eiland, in de verwachting dat het mijn dood zou worden. En als ik eenmaal dood was zou ik een deel vormen van wat jij was, omdat ik het niet kon ontkennen. Schuldig door stilzwijgen.'
'Nee!' Nu schudde Alexander heftig zijn hoofd. 'Ik had nooit gedacht dat je daarheen zou gaan, nooit gedacht dat je daar toestemming voor zou krijgen.'

'Dat erg overtuigende verhaal dat je vertelde over die vrouw van een militair die je had ontmoet en hoe zij je had verraden. Het was allemaal gelogen. Er zijn geen ziekteverloven verstrekt, niemand heeft het eiland verlaten. Maar ik geloofde je, ik gaf je mijn woord dat ik je tipgever zou beschermen. Ik heb er nooit iets over gezegd, niet eens tegen Bradford. Jou beschermen!'

'Ja, ja, ik wilde je overtuigen, maar niet op die manier. Ik wilde dat je via de normale kanalen naar boven zou gaan, een verklaring zou eisen, hen zou dwingen je de waarheid te vertellen... En wanneer je eenmaal de waarheid te weten was gekomen, de hele waarheid, dan had het je duidelijk kunnen worden, had je het kunnen begrijpen... Je had het misschien tegen kunnen houden... Zonder mij.'

'Hoe? Hoe, in godsnaam?'

'Ik geloof dat ik het weet,' zei Jenna; ze raakte Michaels arm aan en staarde neer op Raymond Alexander. 'Hij wilde zeggen "wij". Niet "ik". Dit is Parsifal niet. Zijn handlanger misschien, maar niet Parsifal.'

'Is dat waar?' vroeg Havelock.

'Schenk een borrel in en geef juffrouw Karras er ook één, Michael. Je kent de regels. Ik moet je een verhaal vertellen.'

'Geen drank. Jouw regels zijn niet langer van toepassing.'

'Ga dan tenminste zitten en doe dat pistool weg. Je hoeft hier niet meer bang te zijn. Niet voor mij. Niet meer.'

Havelock keek Jenna aan; hij knikte en samen liepen ze naar de twee stoelen die tegenover Alexander naast elkaar stonden. Ze gingen zitten, Jenna haalde de foto's uit haar jas en legde die naast zich neer. Michael schoof het pistool in zijn zak. 'Begin maar,' zei hij kortaf.

'Een aantal jaren geleden,' begon de journalist, terwijl hij naar het glas in zijn handen keek, 'hebben Anton en ik een misdaad begaan. Naar onze mening was hij veel ernstiger dan uit wat voor straf ook zou blijken en de straf zou uiterst zwaar zijn geweest. We werden beetgenomen... "bedot" is het onschuldige woord, "bedrogen" is beter van toepassing, "verraden" drukt het nog beter uit. Maar het feit dat het ons kon overkomen – twee nuchtere intellectuelen, zoals we onszelf beschouwden – was onverdraaglijk voor ons. Toch was het gebeurd.' Alexander dronk zijn glas leeg en zette het op de tafel naast zijn stoel. Hij vouwde zijn opgezwollen, delicate handen en ging verder. 'Of het nu mijn vriendschap met Matthias was, of misschien de positie die ik bekleedde in deze stad, maar ik werd opgebeld door een man vanuit Toronto, die zei dat hij een vals paspoort te pakken had gekregen en naar Washington zou vliegen. Hij was Russisch staatsburger, een ontwikkeld man van voor in de zestig en een vrij hoog ambtenaar in de Russische regering. Hij wilde overlopen en vroeg of ik hem in contact kon brengen met Anthony Matthias.' De journalist zweeg, ging naar voren zitten, ontvouwde zijn beide handen en greep de leuningen van zijn stoel vast. 'Weet je, in die tijd wist iedereen dat Anton gedoodverfd was om heel bijzondere dingen te gaan doen, zijn invloed werd groter met elk artikel dat hij schreef, met elke reis die hij naar Washington maakte. Ik zorgde voor een ontmoeting; die vond plaats in dit vertrek.' Alexander leunde achterover en zijn ogen waren gericht op de vloer voor hem. 'Die man had heel bijzondere ervaringen aan te bieden, een zeer brede kennis van interne zaken in Rusland. Een maand later werkte hij voor BZ; drie jaar daarna was Matthias bijzonder zaakgelastigde voor de president, twee jaar later minister van buitenlandse zaken. De man die via Toronto uit Rusland was gekomen zat nog steeds in het departement, en behandelde tegen die tijd zeer vertrouwelijke inlichtingen als directeur van de rapporten die uit het Oostblok kwamen.'

'Wanneer kwam je erachter?' vroeg Havelock.

De journalist met zijn krullende haardos keek op, zijn dikke wenkbrauwen vormden een streep boven zijn vermoeide, groene ogen. 'Vier jaar geleden,' zei hij zacht. 'Opnieuw in dit vertrek. Hij wilde ons beiden spreken, wat hij ons te vertellen had was dringend... alle afspraken voor die avond moesten worden afgezegd... uitstel was niet mogelijk. Hij zat waar juffrouw Karras nu zit en vertelde ons de waarheid. Hij was een Russische spion en hij had de afgelopen zes jaar een onafgebroken stroom van de meest geheime informatie naar Moskou laten vloeien. Maar er was iets gebeurd en hij kon zijn rol niet langer spelen. Hij voelde zich oud en versleten, de druk werd te groot. Hij wilde onderduiken.'

'En aangezien jij en Anton – de nuchtere intellectuelen – verantwoordelijk waren geweest voor een infiltratie die zes jaar had geduurd, had hij jullie precies waar hij wilde.' Michaels woorden klonken vinnig, hij walgde van het hopeloze gesuk-

kel in de hoogste regionen. 'De hemel beware beroemde mannen voor een slechte naam.'
'Dat was zeker ook een overweging, maar er was ook een zekere rechtvaardiging voor. Anthony Matthias bevond zich op zijn hoogtepunt, hij gaf nieuwe vormen aan de wereldpolitiek, kwam tot vergelijken die de veiligheid vergrootten en *détente* bewerkstelligden, was bezig de wereld tot een veiliger plek te maken dan hij voorheen was. Zo'n onthulling zou politiek gezien rampzalig zijn geweest; het zou hem hebben vernietigd... en al het goede dat hij nastreefde. Ik heb dat argument zelf sterk naar voren gebracht.'
'Ik weet zeker dat er niet veel overredingskracht voor nodig was,' zei Havelock.
'Meer dan je misschien denkt,' antwoordde Alexander en in zijn stem klonk een spoor van afgematte kwaadheid door. 'Je schijnt vergeten te zijn hoe hij was.'
'Misschien heb ik dat nooit echt geweten.'
'U zei dat dit er deel van uitmaakte,' kwam Jenna tussenbeide. 'Wat was het andere deel?'
De journalist richtte zijn blik op Jenna voordat hij sprak. 'Die man had een opdracht gekregen waaraan hij niet wilde – niet kon – gehoorzamen. Hij kreeg te horen dat hij zich moest voorbereiden op een aantal verbijsterende rapporten uit het Oostblok, die hij op zodanige wijze moest interpreteren dat Anton gedwongen zou worden om een marineblokkade te eisen van Cuba en Alarmfase-Eén af te kondigen.'
'Nucleair?'
'Ja, juffrouw Karras. Een reprise van de raketcrisis van '62, alleen duizendmaal uitdagender. Die verbijsterende rapporten zouden kloppen met fotografisch "bewijsmateriaal", dat zogenaamd zou aantonen dat de oerwouden en de zuidelijke kuststreek van Cuba vol stonden met offensieve atoomwapens, het eerste stadium van een ophanden zijnde aanval.'
'Wat was het doel?'
'Een geopolitieke hinderlaag,' zei Michael. 'Als hij daar zou inlopen, was het afgelopen met hem.'
'Precies,' stemde Alexander in. 'Anton zou de complete militaire macht van Amerika op het randje van oorlog brengen en dan zouden de grenzen van Cuba plotseling opengegooid worden en inspectieteams uit heel de wereld zouden uitgenodigd worden om zelf te komen kijken. Er zou niets te zien zijn

en Anthony Matthias zou voor schut staan, te kijk als een hysterische alarmroeper – het enige dat hij nooit is geweest. Al zijn geniale onderhandelingen voor niets. En de kansen op genezing verloren, mag ik er wel aan toevoegen.'

'Maar die Russische spion,' zei Jenna verbijsterd, 'die man die zes jaar lang op heel professionele manier geheimen had verraden aan Moskou; hij weigerde. Zei hij ook waarom?'

'Op een nogal aandoenlijke manier, dacht ik. Hij zei dat Anton Matthias te waardevol was voor deze wereld om te worden opgeofferd aan een kliek heethoofden in Moskou.'

'De *Vodennaja*,' zei Havelock.

'Die verbijsterende rapporten kwamen binnen en werden genegeerd. Er kwam helemaal geen crisis.'

'Zou Matthias ze als echt hebben aanvaard, zelfs als hij het niet had geweten?' vroeg Michael.

'Iemand zou hem gedwongen hebben dat te doen. Door en door consciëntieuze mannen en vrouwen op het ministerie zouden gealarmeerd zijn, zouden misschien naar iemand zoals ik zijn gekomen... als ze niet tevoren te horen hadden gekregen wat ze te verwachten hadden, wat voor duivelse strategie erachter stak. Anton liet de Russische ambassadeur opdraven voor een lang vertrouwelijk gesprek. In Moskou werden mensen vervangen.'

'Ze zijn teruggekomen,' zei Havelock.

De journalist knipperde met zijn ogen; hij begreep het niet en hij wendde ook geen begrip voor. Hij ging verder. 'De man die ons had bedrogen, maar die uiteindelijk geen verraad wilde plegen aan een of andere innerlijke stem, dook onder. Anton zorgde daarvoor. Hij kreeg een nieuwe identiteit, een nieuw leven, buiten bereik van degenen die hem zouden hebben laten vermoorden.'

'Hij is ook teruggekomen,' zei Michael.

'Hij is in werkelijkheid nooit weggegaan. Maar inderdaad, hij is teruggekomen, zonder bericht vooraf. Zonder waarschuwing kwam hij me opzoeken en zei dat we moesten praten. Maar niet in dit vertrek; hier wilde hij niet praten en ik herinner me dat ik dat apprecieerde. Ik herinnerde me nog maar al te goed die avond toen hij ons vertelde wat we hadden gedaan. Het was laat in de namiddag en we liepen langs de ravijnrand, twee oude mannen die langzaam en behoedzaam voortwandelden, de ene door en door bevreesd, de andere op een vreem-

de wijze geëmotioneerd... bezeten, op een rustige manier.' Alexander zweeg. 'Ik zou graag wat cognac hebben; dit is niet gemakkelijk voor mij.'
'Dat interesseert me niet.'
'Waar staat hij?' vroeg Jenna; ze stond op, liep naar de tafel en pakte het glas.
'De koperen bar,' zei de oude man en hij keek naar haar op. 'Tegen de muur, meisje.'
'Ga door,' zei Havelock ongeduldig. 'Ze hoort je wel; we kunnen je alletwee horen.'
'Ik meende wat ik zei. Ik heb die cognac nodig... Je ziet er niet best uit, Michael. Je ziet er vermoeid uit; je hebt je niet geschoren en er zijn donkere kringen onder je ogen. Je moet wat beter op jezelf passen.'
'Ik zal eraan denken.'
Jenna keerde terug. 'Alstublieft,' zei ze, reikte het glas over aan Alexander en liep naar haar stoel.
Het was voor het eerst dat Havelock opmerkte dat Raymonds hand beefde. Daarom hield hij het glas met beide handen vast, stevig omkneld om het beven tegen te gaan. '"Bezeten, op een rustige manier." Daar was je gebleven.'
'Ja, ik weet het weer.' Alexander dronk en keek Jenna weer aan. 'Dank u,' zei hij.
Ze knikte. 'Gaat u, alstublieft, verder.'
'Ja, natuurlijk... We wandelden die middag langs het ravijn, twee oude mannen, toen hij ineens bleef staan en tegen me zei: "Je moet doen wat ik je vraag, want we hebben een kans die de wereld nooit meer zal krijgen." Ik antwoordde dat het mijn gewoonte niet was om te voldoen aan dergelijke verzoeken, zonder te weten wat er van me werd gevraagd. Hij zei dat het geen verzoek was, maar een eis, dat hij als ik weigerde de rol zou onthullen die Matthias en ik hadden gespeeld bij zijn spionageactiviteiten. Hij zou ons beiden aan de kaak stellen, ons beiden vernietigen. Daarvoor had ik het meeste angst... voor ons beiden, meer voor Anton dan voor mezelf, natuurlijk. Maar toch ook voor mezelf, ik kan het niet anders zeggen.'
'Wat wilde hij je laten doen?' vroeg Havelock.
'Ik moest de Boswell zijn, mijn dagboeken moesten worden gewijd aan de aftakeling en het fiasco van een man die zoveel macht bezat dat hij de wereld kon storten in de waanzin waar-

heen hij zelf op weg was. Mijn Samuel Johnson was natuurlijk Anthony Matthias en de boodschap aan de mensheid was er een met een ontnuchterend effect. "Dit mocht niet nog eens gebeuren, geen man mocht nog ooit tot zulke hoogten worden verheven."'

'"We maakten een god van hem,"' zei Michael, terugdenkend aan de woorden van Berquist, '"toen we de hemel niet in bezit hadden."'

'Mooi uitgedrukt.' De journalist knikte. 'Ik wou dat ik het had geschreven. Maar om met Wilde te spreken, waarschijnlijk schrijf ik het nog wel eens, als ik de kans krijg.'

'Die man, die Rus,' zei Jenna, 'vertelde hij u die middag wat er met Matthias aan de hand was?'

'Ja. Hij had hem gezien, was bij hem geweest, kende de symptomen. Plotselinge uitvallen van woede, gevolgd door tranen, voortdurende zelfrechtvaardiging, onoprechte nederigheid die er alleen toe diende om nadruk te leggen op zijn eigen prestaties... toenemend wantrouwen tegenover iedereen in zijn omgeving, maar als hij in het openbaar optrad altijd die façade van normaal-zijn. Vervolgens was er het geheugenverlies, voornamelijk waar het fouten betrof en als hij eraan werd herinnerd dan was er die noodzaak om anderen de schuld te geven van die fouten... Ik kreeg het allemaal te zien, schreef het allemaal neer. Ik reed zowat elke week naar de Shenandoah...'

''s Zondags?' viel Havelock hem in de rede.

'Ja, 's zondags.'

'Decker?'

'O, ja, kapitein Decker. Tegen die tijd, moet je weten, had de man die jullie Parsifal noemen een aftakelende Anton ervan overtuigd dat al zijn politieke capaciteiten, al zijn visioenen hun uiterste rechtvaardiging zouden vinden in uiterste macht. Ze noemden het het Allesomvattende Plan... en ze vonden de man die hun kon geven wat ze nodig hadden.'

'Voor dat allerlaatste schaakspel,' zei Michael.

'Ja. Decker arriveerde via achterafweggetjes en ontmoette Anton in de hut die hij gebruikte wanneer hij alleen wilde zijn.'

'De Houtschuur,' zei Havelock. 'Een dictafoon met een microfoon die door het geluid van de stem in werking werd gesteld.'

'Het werkte altijd,' stemde Alexander in, bijna fluisterend. 'Altijd. Zelfs later, toen Matthias en... Parsifal hun afschuwelij-

ke spel speelden, dat zo afschrikwekkend was omdat Matthias een van de spelers was. Ook vanuit een ander gezichtspunt was het beangstigend, want Anton werd dan de oorlogszuchtige staatsman, de geniale onderhandelaar, die niet de man zag die jullie Parsifal noemen, maar anderen zag, zich tot anderen richtte. Russische generaals en geleerden die niet aanwezig waren, Chinese legercommandanten en commissarissen aan de andere kant van de wereld. Op die momenten zag hij hen, waren ze daar. Het was een aaneenschakeling van zelf opgeroepen seances, een therapie van het meest vernietigende soort. En elke keer wanneer hij daaruit terugkeerde was hij er slechter aan toe, stonden de ogen achter die bril met het dikke montuur wat vager. Het was alsof hij op een of andere *drugtrip* was geweest; zijn brein werd er steeds wat minder helder door. Toch maakten ze voortgang; hij kon nog steeds in beide werelden functioneren... Ik heb alles gezien, alles opgeschreven.'
'Op welk punt werd ik erbij betrokken?' vroeg Havelock. 'Waarom ik?'
'Jij was er al die tijd al, foto's van jou op zijn bureau... in de Houtschuur. Een album van jullie tweeën op een kampeertocht door het verre westen van Canada.'
'Dat was ik vergeten,' zei Michael. 'Het was zo lang geleden. Het was op de middelbare school, Anton was mijn mentor.'
'Veel meer dan dat. Jij was de zoon die hij nooit had gehad, je sprak tegen hem in zijn moedertaal, je riep herinneringen op aan een andere tijd, een andere plaats.' Alexander hief zijn hoofd op van zijn borst waarop het had gerust en keek Havelock strak aan. 'Jij was boven alles de zoon die weigerde te geloven dat zijn visioenen, zijn oplossingen voor de wereld, de juiste waren. Hij kon je niet overtuigen. Jouw stem vertelde hem voortdurend dat hij ongelijk had en dat kon hij niet uitstaan. Hij kon niet uitstaan van iemand te horen dat hij ongelijk had. Zeker niet van jou.'
'Hij had ongelijk. Hij wist dat ik hem dat zou zeggen.'
'Zijn ogen dwaalden dan af naar jouw foto's en ineens zag hij je dan en begon tegen je te praten, gekweld als hij werd door jouw argumenten, jouw woede. Hij was eigenlijk bang voor je... en dan kwam het werk stil te liggen.'
'Ik moest dus buiten gevecht worden gesteld.'
'Dat kon niet anders, volgens mij. Jij maakte deel uit van zijn

realiteit van elke dag, het ministerie van buitenlandse zaken. Jij moest worden losgemaakt van die realiteit. Het begon hem volledig te beheersen; hij kon jouw bemoeiingen niet uitstaan. Je moest verdwijnen; anders weigerde hij verder te gaan.'

'En Parsifal wist daar raad op,' zei Michael bitter. 'Hij kende de mol in BZ. Hij zocht hem op en zei hem wat hij doen moest.'

'Daar had ik niets mee te maken. Ik wist dat het ging gebeuren, maar ik wist niet hoe... Jij had met Anton gesproken over juffrouw Karras. Hoezeer je aan haar was verknocht en hoe je nu, na die jaren van je eigen, innerlijke woelingen – het terugkeren naar je jeugd – klaar was om eruit te stappen. Met haar. Eruit stappen was erg belangrijk voor jou. Je besluit stond vast.'

'Dacht je dat ik eruit zou stappen zonder haar? Waarom?'

'Omdat Parsifal ervaringen had met dergelijke zaken,' zei Jenna, terwijl ze de foto's oppakte, er een uithaalde en hem aan Michael gaf. 'Een klinisch psycholoog die verbonden was aan de KGB. Een man die Alexi Kaljazin heette... het gezicht dat je vagelijk bekend voorkwam.'

'Ik ken hem niet!' schreeuwde Havelock terwijl hij opstond en zich naar Raymond Alexander keerde. 'Wie is hij?'

'Vraag me niet de naam te noemen,' fluisterde de journalist, terwijl hij zijn hoofd schudde en naar achteren ging zitten in zijn stoel. 'Vraag het me niet. Ik wil er niets mee te maken hebben.'

'Godverdomme jij, je hebt er al mee te maken!' gilde Michael en hij smeet de foto op Alexanders zware, logge schoot. 'Jij bent de Boswell...! Wacht eens even!' Michael keek Jenna aan en zette een paar passen in haar richting. 'Hij was overloper. Vergeet even dat hij gestuurd werd, hij was een overloper. Zijn naam moet ergens vastliggen!'

'Alle verwijzingen naar het overlopen van Alexi Kaljazin werden uitgewist,' zei Alexander zacht. 'Alle dossiers werden verwijderd; een man met een andere naam dook eenvoudigweg onder.'

'Natuurlijk. Zodat er geen smet kon vallen op de beroemde mannen!' Havelock liep op de stoel van Alexander af; hij bukte zich, greep de revers van het roodfluwelen jasje van de journalist vast en rukte hem omhoog. 'Wie is hij? Zeg het me!'

'Kijk maar naar de foto.' Het lichaam van Alexander beefde,

zijn blik was op de foto gericht. 'Bekijk hem maar. Haal het meeste haar weg en ook de wenkbrauwen. Teken veel lijnen in zijn gezicht, vooral rond de ogen... een wit baardje, doorspikkeld met grijs.'
Michael greep de foto en staarde ernaar. 'Zelienski... Leon Zelienski!'
'Ik dacht dat je het gezien had, ik dacht dat je het zou begrijpen. Zonder mij. Het allerlaatste spelletje schaak... de beste schaakspeler die Anton kende.'
'Hij is geen Rus, hij is een Pool! Een gepensioneerde hoogleraar in de geschiedenis in Berkeley, de universiteit van Berkeley... hier jaren geleden vanuit Warschau naartoe gehaald!'
'Een nieuwe identiteit, een nieuw leven, met de juiste papieren en geen woonadres. Met een huis aan een landweggetje op nog geen drie kilometer van Matthias vandaan. Anton wist altijd waar hij was.'
Havelock legde zijn handen tegen zijn slapen, in een poging de helse pijn in zijn hoofd te stillen. 'Jij... jij en Zelienski. Twee seniele oude mannen! Weet je wel wat je hebt aangericht?'
'Het is niet meer in de hand te houden. Alles is uit de hand gelopen.'
'Jullie hebben het nooit in de hand gehad! Op het moment dat Zelienski contact opnam met de mol was alles verloren! Waren wij allemaal verloren! Kon je dan niet zien wat er gebeurde? Dacht je dat het allemaal uit zou lopen op een verdomde boodschap aan de mensheid? Kon je hem niet tegenhouden? Je wist dat Matthias op Pooles Eiland zat... hoe wist je dat trouwens?'
'Een tipgever. Een van de doktoren; hij is bang.'
'Dan wist je dus dat hij krankzinnig was verklaard! Hoe kon je het dan door laten gaan?'
'Je hebt het net al gezegd. Ik kon hem niet tegenhouden. Hij wilde niet naar me luisteren – hij wil niet naar me luisteren. *Ik kan hem niet tegenhouden!* Hij is nu even krankzinnig als Anton. Hij heeft een Jezuscomplex – hij is het enige licht, de enige weg.'
'En om jouw heilige naam in de krant onbevlekt te houden gaf je hem dat allemaal in handen. Hoe zit jij, godverdomme, in elkaar?'
'Laat nog iets van me heel, Michael. Hij had me in de tang. Zelienski zei me dat als ik er iemand bij zou halen, als er ie-

mand naar hem toe zou komen, dan zou een telefoontje dat hij elke dag pleegde vanuit verschillende telefooncellen, niet worden gepleegd en dan zouden die documenten op weg zijn naar Moskou en Peking.'

Havelock keek naar de onrustige, groene ogen van de oude journalist en naar de opgezette handen die zich om de stoelleuningen klemden. 'Nee, Raymond, dat is er maar een stukje van. Jij kon niet uitstaan dat aan het licht zou komen dat je ongelijk had. Jij bent net zoals Anton is geworden. Bang voor de waarheid van je eigen fouten. Een blinde, onbevlekte Tiresias, die dingen zag die voor anderen onzichtbaar waren, die de mythe in stand wilde houden, wat het ook zou kosten.'

'Kijk eens naar me!' schreeuwde Alexander plotseling en het beven was nu duidelijk zichtbaar, armen en hoofd schudden. 'Ik heb hier bijna een jaar mee geleefd – heb het doorleefd! Wat zou jij gedaan hebben?'

'God zij mijn getuige, ik weet het niet. Ik kan enkel hopen dat ik het beter had gedaan dan jij... maar ik weet het niet. Schenk je maar flink wat cognac in, Raymond. Hou die mythe maar in leven; blijf jezelf steeds maar weer voorhouden dat je onfeilbaar bent. Misschien helpt dat. Het maakt ook geen verschil meer uit. Verdwijn maar met een grijns op dat verwaande smoel van je... Sodemieter maar op.' Michael keerde zich tot Jenna. 'Laten we maken dat we hier wegkomen,' zei hij. 'We hebben nog een heel eind te rijden.'

'Zuid aan Noord, meld je.'

'Noord in contact. Wat is er?'

'Ga naar een telefoon en bel Victor. Er zit schot in. Onze mensen zijn haastig naar buiten komen lopen en hebben met het escorte gesproken; ze waren op het terrein. Beide wagens zijn hier zojuist voorbij komen stuiven, plankgas.'

'Hou ze in de gaten.'

'Ze kunnen niet ontsnappen. Het escorte heeft de Lincoln onbewaakt gelaten en we hebben een volgzendertje onder de kofferruimte geplakt. Dat blijft erop zitten, al komt er een aardbeving. We kunnen ze tot op een afstand van dertig kilometer volgen en dan tot op honderd meter. We hebben ze te pakken.'

39

De nachtelijke hemel was op vreemde wijze in tweeën gedeeld: achter hen helder maanlicht, voor hen in de verte een koepel van duisternis. Ze gingen er met een vaart op af, beide wagens scheurden over de smalle wegen, de mannen in de Lincoln met opdracht om bescherming te verlenen zonder het te begrijpen, Havelock en Jenna Karras die het maar al te goed begrepen en bang waren.

'Nu zijn er geen regels meer,' zei Michael. 'Dit scenario is nog niet geschreven.'

'Hij kan van gedachten veranderen, meer weet je eigenlijk niet. Hij is hierheen gestuurd met een bepaalde opdracht en hij is overgelopen naar de andere kant.'

'Of is hij gestruikeld? Alexander zei dat Zelienski... Kaljazin... hem vertelde dat hij zich oud en versleten voelde, dat de druk te groot was. Misschien heeft hij er alles bij neer gegooid en om asiel gevraagd.'

'Tot hij een andere taak ontdekte en onder een heel andere druk ging leven,' zei Jenna. 'Een dronken makende druk voor een man van zijn leeftijd, zou ik zeggen. Hij is boven de zeventig, nietwaar?'

'Zoiets, geloof ik.'

'Ga eens na. Het einde kan nog een heel eind weg liggen, maar het is wel in zicht. En als het naderbij komt ontdek je ineens een uitzonderlijke oplossing waarvan je overtuigd bent dat de wereld die hoognodig heeft, een lesje dat moet worden geleerd. Wat doe je dan?'

Havelock keek even naar haar. 'Dat maakt me juist zo bang. Waarom zou je van gedachten veranderen? Hoe kan ik hem daartoe brengen?'

'Ik wilde dat ik daarop het antwoord wist.' Jenna keek naar de voorruit en zag hoe het glas bedekt raakte met talloze waterdruppeltjes. 'We krijgen regen,' zei ze.

'Tenzij er een andere oplossing is,' zei Michael zacht terwijl hij de ruitewissers inschakelde. 'Het ene lesje uitwissen voor het andere.'

'Wat?'

'Ik ben er niet zeker van, ik weet het niet. Er bestaan geen regels meer.' Havelock pakte de microfoon en trok die naar zijn mond. 'Escorte, zijn jullie daar?'

'Zowat dertig meter achter u, Steriel Vijf.'
'Ga wat langzamer rijden en volg op ruim twee kilometer. We naderen het gebied en jullie zitten in een opvallende officiële wagen. Ik wil niet dat er verband tussen ons wordt gelegd of dat mensen schrikken. Als de man die ik op ga zoeken ook maar even lucht van jullie krijgt, zijn de gevolgen onvoorstelbaar.'
'Die afstand staat ons niet aan,' zei het escorte.
'Het spijt me dat ik niet met jullie mee kan voelen, maar dit is een bevel. Blijf uit het zicht. Jullie weten waar we naartoe gaan; je neemt gewoon die bergweg, net zoals ik het heb uitgelegd. Seneca of zo. Volg die een halve kilometer. Daar zul je ons vinden.'
'Zou u dat bevel misschien willen herhalen, meneer?'
Michael deed het. 'Is het zo duidelijk?'
'Jawel, Steriel Vijf. Het staat nu ook op de band.'

De auto met de dikke stoflaag reed het regengordijn in. Stof en vuil werden opgelost onder de stortbui, de wissers trokken strepen over de voorruit en die strepen werden weer uitgewist door de wind en het water. De bestuurder begon net aan een lange bocht toen het rode lampje op de krachtige radioversterker plotseling begon te gloeien.
'We zitten op een andere frequentie,' zei de man naast de bestuurder terwijl hij de microfoon pakte en op de zoekknop drukte om de verbinding tot stand te brengen. 'Ja?' zei hij.
'Zuid?'
'We zijn present.'
'Victor hier. Ik nader nu Warrenton op zesenzestig. Waar zit u?'
De man met de microfoon bestudeerde de kaart op zijn schoot onder een uiterst smalle lichtbundel. 'We rijden naar het noorden op zeventien, richting Marshall. In Warrenton kunt u het signaal oppikken.'
'Gang van zaken?'
'Niets bijzonders. Volgens ons zullen ze als ze in Marshall komen ofwel door blijven rijden naar het noorden op zeventien, of naar het westen rijden via Front Royal Road. We beginnen lastige bochten te krijgen; we rijden de bergen in.'
'We hebben daar mensen die beide routes in de gaten houden. Ik wil weten welke weg ze nemen en hoe ver Steriel Vijf van

zijn escorte afzit. Gebruik dit kanaal. Ik moet over een minuut of tien, vijftien bij jullie zijn.'
'Vluchtschema?'
'Het mijne.'

De blonde man in de bruine wagen voor het *Blue Ridge-cafetaria* lag helemaal weggedoken op de voorbank, de microfoon in zijn hand, zijn ogen gericht op de weg. Hij drukte op de knop en sprak. 'Het is de weg naar Front Royal,' zei hij terwijl de Buick voorbijschoot in de regen. 'Precies op tijd en met behoorlijk veel haast.'
'Hoe ver ligt de Lincoln erachter?' vroeg de stem uit de luidspreker.
'Nog niet te zien.'
'Weet je het zeker?'
'Geen koplampen en iedereen die gek genoeg is om in deze rotzooi te gaan rijden doet dat niet in het donker!'
'Het klopt niet. Ik kom zo terug.'
'Het is jouw radio.'
De blonde man liet de microfoon zakken en stak zijn hand uit naar de sigaretten die naast hem lagen. Hij rukte er een uit het pakje, stopte hem tussen zijn lippen en knipte de gasaansteker aan; er ging een halve minuut voorbij en de Lincoln was nog steeds niet te zien; er was niets te zien dan regenvlagen. Vijfenveertig seconden. Niets. Een minuut en onder luid gekraak klonk de stem weer uit de luidspreker.
'Front Royal, waar bent u?'
'Hier en ik wacht af. Je zou nog terugkomen, weet je wel?'
'Het escorte, is dat al gepasseerd?'
'Nee. Als dat zo was had ik je wel gebeld, vriend... Wacht even. Blijf aan de lijn. Misschien is het hem.' De bundel van sterke koplampen kwam de bocht door en even later schoot de lange, donkere kolos in de stromende regen voorbij. 'Hij kwam net voorbij, jongen. Ik ga rijden.' De blonde man kwam overeind, startte de motor, schakelde en reed de wagen behoedzaam de weg op.
'Ik kom zo terug,' zei de stem.
'Dat zeg je nou steeds,' zei de blonde man. Hij gaf meer gas en hield bij de verhoogde snelheid zijn ogen strak gericht op de kletsnatte weg. Hij zag de achterlichten van de Lincoln in de verte flikkeren, door de regenvlagen heen. Hij haalde wat

geruster adem. 'Front Royal,' kwam de stem onverwacht uit de luidspreker.
'Present, schatje.'
'Ga over op zeventien-twintig megahertz voor aparte instructies.'
'Ga nu over.' De blonde man stak zijn hand omlaag en drukte op de metalen knop: digitaalcijfers verschenen op de smalle, horizontale strook boven het radiopaneel. 'Front Royal in positie,' zei hij.
'Dit is de man die je niet kent, Front Royal.'
'Leuk om je niet te kennen, vriend.'
'Hoeveel krijg je betaald voor vanavond?' vroeg de onbekende stem.
'Aangezien jij de man bent die ik niet ken dacht ik dat je moest weten hoeveel.'
'Hoe goed ben je?'
'Erg goed. Hoe goed ben jij voor je geld?'
'Je bent al betaald.'
'Niet voor wat jij nou van me wilt.'
'Jij hebt het gauw door.'
'Jij laat het gauw doorschemeren.'
'Die grote kerel, voor je. Die weet waar die kleine kerel naartoe gaat, denk je niet?'
'Absoluut. Er is heel wat ruimte tussen die twee, vooral voor een avond als deze.'
'Denk je dat jij tussen die twee in kunt komen?'
'Jawel. Wat verder?'
'Een bonus.'
'Waarvoor?'
'Die kleine kerel gaat ergens stoppen. Als hij dat doet wil ik die grote kerel niet meer bij hem in de buurt zien.'
'Je hebt het over een vrij hoge bonus, meneer Zondernaam. Die wagen is een Abraham.'
'Een bedrag met vijf nullen,' zei de stem. 'Een roekeloos bestuurder. Heel roekeloos en heel accuraat.'
'Afgesproken, schatje.'

Arthur Pierce knikte achter het raampje toen hij de oude wagen passeerde, zes kilometer verder op de weg naar Front Royal. Hij bracht de microfoon naar zijn lippen en sprak op frequentie 1720. 'Ziezo, Zuid, we gaan het volgende doen. U blijft

bij mij, verder kan iedereen naar huis. Bedank hen allemaal voor de tijd die ze hier ingestoken hebben. Ze horen nog van ons.'
'Hoe zit het met Noord? Die is onderweg.'
'Ik wil dat zij terugkeren naar de marineploeg. Zij moeten het nu zelf regelen; ze kunnen elkaar aflossen. Vroeg of laat... vanavond, morgen, overmorgen... zullen ze hem van het eiland afhalen. Als dat gebeurt moet hij worden opgeruimd. Wij willen zijn stem niet meer horen.'

Havelock stopte de wagen, draaide het raampje omlaag en tuurde door de regen naar het bordje dat tegen de boom zat gespijkerd; hij wist zeker dat het het goede was. Dat klopte.

SENECA'S NOTCH
Doodlopende weg

Hij had Leon Zelienski tweemaal naar huis gereden; een keer 's middags toen de auto van de oude man niet wilde starten en daarna verschillende jaren later, op net zo'n avond als deze, toen Matthias bang was dat Leon vast zou komen te zitten in de modder. Zelienski was niet vast blijven zitten, maar Michael wel. Het was een lange, natte wandeling geweest naar Antons huis en hij herinnerde zich de wegen nog goed.
Leon Zelienski had hij naar huis gebracht; nu zat hij achter Alexi Kaljazin aan. Parsifal.
'Daar gaat-ie dan,' zei Havelock en hij draaide de weg op die tussen rotsen was uitgehouwen en waarop nog slechts enkele overblijfselen te zien waren van het al lang vergane, geteerde oppervlak. 'Als we in het midden blijven rijden komen we er wel.'
'Blijf dan maar in het midden,' zei Jenna.
Ze reden zwaaiend en slippend de smalle weg af, omgeven door de kletsnatte duisternis, met doorschietende banden die losse kiezels naar achteren en tegen de metalen spatborden slingerden. De hotsende rit was niet bijster geschikt om hun zenuwen tot kalmte te brengen of hen in de juiste stemming te brengen voor de kritieke onderhandelingen die ze voor de boeg hadden. Michael had Raymond Alexander genadeloos aangepakt, omdat hij wist dat hij gelijk had, maar slechts gedeeltelijk gelijk. Hij begon het andere aspect te begrijpen van

de felle angst van de journalist, angst die hem tot aan het randje van de hysterie dreef. Een telefonisch bericht dat dagelijks vanuit verschillende cellen werd doorgegeven door Zelienski hield de afschuwelijke documenten op hun plaats. Als dat bericht één keer niet werd doorgegeven dan gingen ze op weg naar Moskou en Peking.
En hij kon geen serum gebruiken om dat telefoonnummer te weten te komen: het risico was te groot bij een man van Zelienski's leeftijd. Een dosis hoefde maar één kubieke centimeter te groot te zijn en het hart zou uiteenspatten en met die interne uitbarsting zou het nummer verloren zijn. Hij kon alleen maar woorden gebruiken. Maar wat voor woorden kon je gebruiken bij een man die de wereld wilde redden met een blauwdruk voor haar eigen vernietiging? Zo'n man dacht niet redelijk meer, zag voor zijn geest enkel zijn eigen verwrongen visioen.
Het kleine huis werd rechts boven hen zichtbaar, nauwelijks groter dan een hut, vierkant gebouwd van zware stenen. Een hellende zandweg leidde erheen en eindigde onder een afdak waar een onopvallende auto geparkeerd stond, beschermd tegen de stortregen. Midden in de stenen voorgevel scheen een enkel licht uit het raam van een erker die je niet verwachtte in zo'n klein huisje.
Havelock schakelde de koplampen uit en keerde zich naar Jenna. 'Hier is het allemaal begonnen,' zei hij. 'In de hersenen van de man die daar woont. Alles. Van de Costa Brava tot aan Pooles Eiland, van Col des Moulinettes tot aan Steriel Vijf; hier is het begonnen.'
'Kunnen we er hier een eind aan maken, Michael?'
'We zullen het proberen, Kom op.'
Ze stapten uit en liepen onder de neerkletterende regen door de dikke modderbrei van de oprit, terwijl stroompjes water langs hun voeten omlaag liepen. Ze kwamen aan het afdak waar de auto stond; midden onder de luifel bevond zich een deur, met daarvoor een betonnen opstapje. Havelock liep op de deur af; hij keek Jenna even aan en klopte toen.
Even later werd de deur geopend en in de opening stond een tengere, gebogen oude man, kaal op een paar haarlokken na en met een wit baardje dat doorschoten was met grijs. Terwijl hij Havelock aanstaarde sperde hij zijn ogen wijd open, zijn lippen gingen vaneen, trillend zoals zijn hele hoofd beefde.

'Mikhail,' fluisterde hij.
'Hallo Leon. Ik breng je de hartelijke groeten van Anton.'

De blonde man had het bordje gezien en het enige wat voor hem van belang was waren de woorden *Doodlopende weg*. Meer hoefde hij niet te weten. Met de lichten uit keerde hij de bruine wagen en reed achteruit een dikke honderd meter verder de gladde, natte weg op, stopte aan de uiterst rechtse kant en liet de motor lopen. Hij knipte zijn koplampen weer aan, stak zijn hand onder zijn jas en haalde een groot, automatisch pistool met geluiddemper te voorschijn. Hij had de instructies van meneer Zondernaam goed begrepen; ze waren in de juiste volgorde gegeven. Eerst heel roekeloos rijden en vervolgens werd er van hem verwacht accuraat te kunnen schieten. De Lincoln kon nu elk moment komen.
Daar was hij al, tweehonderd meter van de afslag van de smalle zijweg. De blonde man trok de handrem los, liet de wagen in zijn vrijstand naar beneden rijden en trok het stuurwiel van links naar rechts, zodat hij over de weg slingerde, het onmiskenbare teken van een dronken chauffeur. De grote, zwarte wagen minderde voorzichtig vaart en ging zo ver mogelijk naar rechts rijden. De blonde man schakelde, zette vaart en het slingeren nam toe, terwijl de claxon van de Lincoln loeide door de regenvlagen. Toen de blonde man op tien meter afstand was drukte hij plotseling het gaspedaal helemaal in, slingerde naar rechts en liet daarop onmiddellijk een scherpe draai naar links volgen.
Een botsing volgde, de voorkant van de bruine wagen boorde zich in het linker achterportier van de Lincoln, de hele wagen slipte opzij tegen de grote, zwarte auto aan en zette het portier van de bestuurder klem.
'Verdomde klootzakken dat jullie zijn!' gilde de blonde man door het open raampje; zijn woorden klonken lallend, zijn hoofd zwaaide heen en weer, zijn bewegingen waren onbeheerst. 'Godverdomme, ik bloed! Mijn hele buik zit onder het bloed!'
De twee mannen tuimelden aan de andere kant uit de Lincoln. Toen ze in het verblindende licht van de koplampen om de motorkap heen renden boog de blonde man zich uit het raampje en schoot tweemaal. Accuraat.

'Moet ik je Leon of Alexi noemen?'

'Ik begrijp jou niet!' riep de oude Rus uit, zittende in zijn stoel bij het bijna uitgedoofde haardvuur, terwijl hij Havelock star aanstaarde met zijn waterige, knipperende oogjes. 'Het was een voortwoekerend proces, het was onherroepelijk. Er was geen enkele hoop meer.'
'Maar heel weinig mensen hebben een brein, een ijzeren wil, zoals Anton die heeft. Of hij ooit al zijn vermogens zal terugkrijgen kan niemand zeggen, maar hij is heel ver teruggekeerd. Geneesmiddelen hebben daarbij geholpen, en elektrotherapie; hij is nu bij zijn verstand... En hij is ontzet door wat hij heeft aangericht.' Havelock ging op de keukenstoel zitten tegenover Zelienski-Kaljazin. Jenna bleef bij de deur staan die naar het kleine keukentje voerde.
'Het is nog nooit gebeurd!'
'Er heeft ook nog nooit een man bestaan zoals Matthias. Hij heeft naar mij gevraagd; ze hebben me naar Pooles Eiland gebracht en hij heeft me alles verteld. Alleen tegen mij.'
'Pooles Eiland?'
'Daar wordt hij behandeld. Is het Leon of Alexi, oude vriend?'
Kaljazin schudde zijn hoofd. 'Niet Leon, het is nooit Leon geweest. Altijd Alexi.'
'Je hebt goede jaren gekend als Leon Zelienski.'
'Gedwongen asiel, Mikhail. Ik ben een Rus, een Sovjet, niets anders. Asiel.'
Havelock en Jenna wisselden een blik. Haar ogen vertelden hem dat ze de koers die hij plotseling gekozen had, goedkeurde, met grote bewondering.
'Je bent naar ons toe gekomen... Alexi.'
'Ik ben niet naar jullie gekomen. Ik was op de vlucht voor anderen. Mensen die de ziel van mijn vaderland zouden bederven, die de grenzen van onze overtuigingen overschreden, die nodeloos en willekeurig moordden, die alleen de macht zochten. Ik geloof in ons systeem, Mikhail, niet in dat van jullie. Maar die mannen deden dat niet, zij zouden woorden veranderd hebben in wapens en dan zou niemand gelijk gekregen hebben. Dan waren we er allemaal geweest.'
'Jakhalzen,' zei Havelock, het woord herhalend dat hij slechts enkele uren geleden gehoord had. 'Fanatici die in hun hoofd op de muziek van het Derde Rijk marcheerden. Die niet geloofden dat jullie de tijd aan jullie kant hadden, alleen bommen.'

'Zo is het wel voldoende.'
'De *Vodennaja*.'
Kaljazins hoofd vloog omhoog. 'Dat heb ik Matthias nooit verteld!'
'Ik ook niet. Ik zit al zestien jaar in het veld. Denk je dat ik de VKR niet ken?'
'Zij spreken niet voor Rusland, niet voor òns Rusland...! Anton en ik discussieerden vaak tot vroeg in de ochtend. Hij kon het niet begrijpen. Hij kwam van uit een milieu waarin iedereen eerbiedwaardig en briljant was, een milieu van geld en volgeladen tafels. Niemand hier zal het ooit begrijpen, behalve misschien de zwarten. We hadden niets en we kregen te horen dat we niets mochten verwachten, niet in deze wereld. Boeken, scholen, eenvoudigweg lezen... dat was niet voor ons weggelegd, voor miljoenen van ons. We waren op aarde gekomen als vee, we moesten werken en hogergeplaatsten over ons lot laten beschikken, zoals God het wilde... Mijn grootvader is in Voroshin opgehangen omdat hij wild gestolen had. Wild gestolen...! Dat alles veranderde, voor miljoenen van ons, geleid door profeten die geen god konden gebruiken die ons tot vee degradeerde.' Een eigenaardige glimlach verscheen op Kaljazins bleke witte lippen. 'Ze noemen ons atheïstische communisten. Maar wat moeten we dan zijn? We wìsten hoe het was onder de Heilige Kerk! Een god die met eeuwig vuur dreigt als je in opstand komt tegen een leven in de hel, is geen god voor negentig procent van de mensheid. Daar kan en moet iets anders voor in de plaats komen. God moet ontslagen worden wegens incompetentie en ongeoorloofde partijdigheid.'
'Dat argument is niet echt voorbehouden aan het Rusland van voor de revolutie,' zei Michael.
'Nee, maar het is wel symptomatisch... en wij waren dáár! Daarom zullen jullie ooit verliezen. Niet het komende decennium, of dat daarna, of misschien nog in geen jaren, maar jullie zullen verliezen. Er zijn te veel ongedekte tafels, te veel gezwollen buiken, en het kan jullie te weinig schelen.'
'Als dat zo blijkt te zijn, dan verdienen we ons verlies. Maar volgens mij is het niet zo.'
Havelock boog zich voorover, met zijn ellebogen op zijn knieën en hij keek de oude Rus in de ogen. 'Wil je soms beweren dat je asiel hebt gekregen, maar dat je daar niets voor teruggaf?'
'Niets van de geheimen van mijn land en dat heeft Anton me

ook geen tweede keer meer gevraagd. Ik denk dat hij het werk dat ik deed – het werk dat jij ook deed, voordat je eruit stapte – over het algemeen als vrij doelloos beschouwde. Onze beslissingen telden nauwelijks mee, wat we bereikten was niet belangrijk op de topconferenties. Ik heb jullie echter wel iets gegeven waarvan we beiden hebben geprofiteerd, waarvan ook de wereld heeft geprofiteerd. Ik heb jullie Anthony Matthias gegeven... omdat ik in hem geloofde en niet in de waanzinnigen van de VKR die een tijdje veel te veel macht hadden in mijn land.'
'Ja, dat heeft hij me verteld. Hij zou te gronde zijn gericht, het zou afgelopen zijn geweest met zijn invloed... Op die basis juist – jouw geloof in hem – heeft hij me gevraagd jou op te zoeken, Er moet een eind aan komen, Leon... neem me niet kwalijk, Alexi. Hij weet waarom je gedaan hebt wat je deed, maar er moet een eind aan komen.'
De blik van Kaljazin dwaalde naar Jenna. 'Ik zie geen haat in jouw ogen, jongedame. Die moet er toch zeker wel zijn.'
'Ik zal tegen u niet liegen, hij ligt dicht aan het oppervlak. Ik probeer te begrijpen.'
'Het moest gebeuren; het kon niet anders, Anton moest het spookbeeld van Mikhail kwijt. Hij moest ervan overtuigd zijn dat hij niets meer met regeringszaken te maken had, dat hij andere interesses had, andere zaken nastreefde. Hij was zo bang dat zijn... zijn zoon... te weten zou komen wat hij deed en hem ervan zou komen weerhouden.' Kaljazin keek Havelock aan. 'Die gedachte kon hij maar niet van zich afzetten.'
'Keurde hij goed wat je deed?' vroeg Michael.
'Ik geloof dat hij er niets mee te maken wilde hebben; een deel van hem walgde van zichzelf, een ander deel schreeuwde erom in leven te blijven. Tegen die tijd was hij snel aan het aftakelen, zijn geest smeekte om behoud tegen elke prijs. Juffrouw Karras werd de prijs die moest worden betaald.'
'Heeft hij je ooit gevraagd hoe je het hebt gedaan? Hoe je contact opnam met mensen in Moskou die je datgene bezorgden wat je nodig had?'
'Nooit. Ook dat maakte deel uit van de prijs. Vergeet niet dat de wereld waarin jij en ik leefden voor hem heel onbelangrijk was. Toen werd alles natuurlijk één grote chaos, we...'
'U verloor de macht erover?' opperde Jenna.
'Precies, jongedame. De dingen die we hoorden waren onge-

looflijk, zo afschuwelijk. Een vrouw die werd vermoord op een strand...'

'Wat had je dan verwacht?' vroeg Havelock en hij hield zich met moeite in bedwang. *Twee... drie demente oude mannen.*

'Dat niet. We waren geen moordenaars. Anton had opdracht gegeven dat ze teruggestuurd moest worden naar Praag en in de gaten moest worden gehouden, dat erop moest worden gelet met wie ze contact opnam. Op den duur zou haar onschuld bewezen kunnen worden.'

'Die opdrachten werden onderschept, veranderd.'

'Tegen die tijd kon hij niets meer doen. Jij was verdwenen en zijn waanzin werd tenslotte compleet.'

'Verdwenen? Ik verdween?'

'Dat zeiden ze tegen hem. En toen we hem dat zeiden betekende dat het einde voor hem, hij werd totaal krankzinnig. Hij dacht dat hij jou ook had vermoord. Het was de laatste druppel die alles deed overlopen.'

'Hoe weet je dit?' drong Michael aan.

Kaljazin weifelde even, zijn waterige ogen knipperden. 'Er was nog iemand; hij had tipgevers, een dokter. Hij kwam erachter.'

'Raymond Alexander,' zei Havelock.

'Anton heeft je dat dus verteld?'

'Boswell.'

'Ja, onze Boswell.'

'Je noemde hem toen ik je belde vanuit Europa.'

'Ik was bang. Ik dacht dat je misschien met iemand zou spreken die hem in Antons huis had gezien; hij was hier zo vaak. Ik wilde je een volkomen aanvaardbaar excuus geven voor zijn bezoeken, om jou bij hem vandaan te houden.'

'Waarom?'

'Omdat Alexander de Grote was veranderd in Alexander de Zieke. Jij bent weg geweest, je weet dat niet. Hij schrijft nauwelijks meer. Hij drinkt de hele dag en het grootste deel van de nacht; hij kan niet tegen de druk. Gelukkig is er voor zijn lezerspubliek de verontschuldiging dat hij zijn vrouw heeft verloren.'

'Matthias vertelde me dat jij een vrouw had,' zei Michael, want zijn oor hoorde iets in de stem van Kaljazin. 'In Californië. Ze stierf en hij haalde je over om hierheen te komen, naar de Shenandoah.'

'Ik had een vrouw, Mikhail. In Moskou. En zij werd vermoord door de soldaten van Stalin. Een man die mede door mijn hulp werd vernietigd, een man die uit de *Vodennaja* stamde.'
'Verschrikkelijk.'
Even rammelde er iets in het kleine huis, het klonk boven het geluid uit van de neerkletterende regen buiten. Jenna keek Havelock aan.
'Het is niets,' zei Kaljazin. Normaal gesproken steek ik een stuk hout, een wig, tussen die oude deur als het 's nachts waait. Omdat ik jou zag ben ik dat vergeten.' De man leunde achterover in zijn stoel en liet zijn kin rusten op zijn magere handen waarop de aderen te zien waren. 'Je moet heel open met me zijn, Mikhail, en je moet me tijd geven om na te denken. Daarom gaf ik je zoëven geen antwoord.'
'Betreffende Anton?'
'Ja. Weet hij werkelijk waarom ik gedaan heb wat ik deed? Waarom ik die afschuwelijke nachten met hem doorbracht? Door suggesties van buitenaf die ik aanvoerde en door autosuggestie zwol hij op tot hij begon te functioneren als het genie dat hij geweest was, begon te debatteren met mensen die er niet waren. Begrijpt hij het werkelijk?'
'Ja, inderdaad,' zei Havelock en hij voelde een gewicht van duizend pond achter op zijn nek. Hij was zo dichtbij, maar een verkeerde reactie zou Parsifal terug doen vallen in zijn zelfopgelegde stilzwijgen. Alexander had achteraf toch gelijk; Kaljazin had een Jezuscomplex. Onder dat zachtaardig praten van de oude Rus lag een beslistheid verborgen die gesmeed was uit staal. Hij wist dat hij gelijk had. 'Nooit meer,' zei Michael, 'mag er aan één man zoveel macht worden gegeven, mag één man de spanningen ondergaan die horen bij zo'n macht. Hij verzoekt je dringend, hij smeekt je op grond van alle gesprekken die jij en hij hebben gevoerd voor zijn ziekte, mij die documenten te overhandigen en alle kopieën die er van bestaan. Laat mij ze verbranden.'
'Dan begrijpt hij het, maar is dat genoeg? Begrijpen de anderen het ook? Hebben zij er iets van geleerd?'
'Wie?'
'De mensen die zulke macht toekennen, die de heiligverklaring toestaan van namaakheiligen en die daarna merken dat hun helden gewone stervelingen zijn met ego's die opgezwollen zijn door de eisen die eraan worden gesteld.'

'Zij zijn doodsbenauwd. Wat wil je nog meer?'
'Ik wil dat ze weten wat ze hebben aangericht, hoe deze wereld in brand kan worden gestoken door één enkele, geniale geest die in een maalstroom van ondraaglijke spanningen wordt geslingerd. De waanzin is besmettelijk; hij houdt niet op met een heilige die van zijn voetstuk valt.'
'Ze begrijpen het. Vooral die ene man die door de meeste mensen wordt beschouwd als de machtigste ter aarde, die begrijpt het. Hij zei me dat ze een keizer hadden geschapen, een godheid, en dat ze het recht niet hadden om een van beide te doen. Ze hebben hem te hoog laten vliegen; hij werd verblind.'
'En Icarus viel in zee,' zei Kaljazin. 'Berquist is een fatsoenlijke kerel, hard, maar fatsoenlijk. Hij heeft ook een onmogelijke taak, maar hij volbrengt die beter dan de meeste anderen.'
'Ik zou nu niemand liever dan hem op die post willen zien.'
'Ik ben geneigd om het daarmee eens te zijn.'
'Je bent bezig hem te doden,' zei Havelock. 'Laat hem met rust. Laat hem vrij. Het lesje is geleerd en zal niet meer worden vergeten. Laat hem terugkeren naar die onmogelijke taak en daar het beste van maken.'
Kaljazin keek naar de gloeiende as in de haard. 'Zevenentwintig pagina's, elk document. Ik heb ze zelf getypt en de vorm gebruikt die Bismarck bezigde in de verdragen van Sleeswijk-Holstein. Anton vond dat zo aantrekkelijk... Het geld heeft me nooit geïnteresseerd, dat weten ze toch?'
'Dat weten ze. Hij weet dat.'
'Alleen maar de les.'
'Ja.'
De oude man keerde zich weer tot Michael. 'Er bestaat maar één exemplaar en dat heb ik naar president Berquist gestuurd in een envelop van Buitenlandse Zaken, van het ministerie van Matthias, met het woord *Geheim* dwars over de voorkant gestempeld. Natuurlijk stond er ook op dat alleen hij het mocht lezen.'
Havelock zette zich schrap want hij herinnerde zich zo duidelijk wat Raymond Alexander had gezegd: Kaljazin had hem in de tang, als een bepaald telefoontje niet werd gepleegd dan zouden de documenten naar Moskou en Peking worden verzonden. De som van de cijfers was vier, niet twee. 'Helemaal geen andere kopieën, Alexi?'

'Helemaal geen.'
'Volgens mij,' merkte Jenna aarzelend op en ze zette weifelend twee passen in de richting van de tengere, oude Rus, 'zou Raymond Alexander, uw Boswell, daarop hebben moeten staan. Dat is de basis voor zijn schrijvende arbeid.'
'Het is de kern van zijn angst, jongedame. Ik houd hem in bedwang door hem te zeggen dat er kopieën naar onze vijanden zullen worden gezonden als hij iets ervan aan een ander vertelt. Dat was nooit mijn voornemen, integendeel. Aan zoiets dacht ik juist helemaal niet. Het zou juist die ramp hebben veroorzaakt die naar ik bid vermeden kan worden.'
'Jij bidt, Alexi?'
'Niet tot enige god die jij kent, Mikhail. Enkel tot een collectief geweten. Niet tot een Heilige Kerk met een bevooroordeelde Almachtige.'
'Mag ik de documenten hebben?'
Kaljazin knikte. 'Ja,' zei hij en hij rekte het woord. 'Maar niet in de zin van bezitten. We zullen ze samen verbranden.'
'Waarom?'
'Jij kent de reden; we hebben beiden hetzelfde beroep gehad. De mensen die de Matthiassen van deze wereld laten opstijgen als verblindende en verblinde kometen zullen nooit zekerheid hebben. Heeft een oude man gelogen? Ik hield ze voor de gek. Doe ik dat weer? Bestaan er toch kopieën?'
'Bestaan die?'
'Nee, maar dat zullen zij niet weten.' Kaljazin kwam met moeite overeind uit zijn stoel; hij ging recht staan, haalde diep adem en zette zijn voeten stevig op de vloer. 'Kom met me mee, Mikhail. Ze liggen begraven in het bos, langs de weg naar Seneca's Notch. Ik kom er elke middag voorbij, drieënzeventig stappen tot aan een kornoeljeboom, de enige die daar op het kerkhof staat. Ik vraag me af hoe die daar terecht is gekomen... Kom, dan maken we dat karwei af. We zullen gaan graven in de regen en verschrikkelijk nat worden en terugkeren met de wapens van Armageddon. Misschien kan juffrouw Karras wat thee voor ons zetten. Ook glazen wodka... met rietjes van buffelgras, altijd van buffelgras. Dan zullen we het bewijsmateriaal verbranden en het vuur opnieuw aansteken.'
Er klonk een explosie. Als een onverwachte donderslag knalde de keukendeur open en in de opening stond een rijzige man met een smalle krans van grijs haar rond zijn kale schedel, in

zijn hand rustte een pistool.
'Ze liegen tegen je, Alexi. Ze liegen altijd en jij hebt dat nooit door. Blijf staan, Havelock!' Arthur Pierce stak een arm uit, greep Jenna bij haar elleboog, rukte haar tegen zich aan, sloeg zijn linkerarm om haar nek en drukte het wapen tegen haar hoofd. 'Ik ga tot vijf tellen,' zei hij tegen Michael. 'En voor die tijd zul jij met twee vingers je pistool hebben weggehaald en op de vloer hebben gegooid, anders zie je de schedel van deze vrouw tegen de muur geplakt. *Een, twee, drie...*'
Havelock knoopte zijn jas los, spreidde hem open, stak drie vingers uit, twee bijeen als een pincet en trok de Llama uit zijn holster. Hij liet hem op de vloer vallen.
'Schop hem hierheen!' schreeuwde de trekvogel.
Michael deed het. 'Ik weet niet hoe je hier bent gekomen, maar je komt er niet meer uit,' zei hij kalm.
'Echt waar?' Pierce liet Jenna los en duwde haar in de richting van de stomverbaasde Rus. 'Laat ik jou dan maar eens vertellen dat jouw Abraham is neergeknald door een ondankbare Ismael. Jij kunt hier niet weg.'
'Anderen weten waar wij zijn.'
'Dat betwijfel ik. Als dat zo was moest hier langs die weg een heel leger verborgen zitten. O, nee, jij bent hier alleen op afgegaan...'
'Jij?' riep Kaljazin uit, hij beefde over zijn hele lichaam en knikte met zijn sidderende hoofd. 'Jij bent het!'
'Blij om jou er weer bij te hebben, Alexi. Je hoge leeftijd maakt je wat langzamer. Je hoort geen leugens meer wanneer ze je die vertellen.'
'Welke leugens? Hoe heb je mij gevonden?'
'Door een volhardend man te volgen. Laten we het eens over de leugens hebben.'
'Wat voor leugens?'
'Dat Matthias aan de beterende hand zou zijn. Dat is de grootste leugen van allemaal. In mijn auto ligt een metalen koker waarvan de inhoud opmerkelijke lectuur zal vormen in heel de wereld. Daarin staat wat Anthony Matthias werkelijk is. Een gillend, leeg omhulsel, een maniak die nog functioneert, die gewelddadig is en paranoïde, die zich geen idee meer kan vormen van de werkelijkheid. Hij bouwt waanvoorstellingen op uit spookbeelden, fantasieën uit abstracties... hij wordt geprogrammeerd als een losgebroken robot, voert opnieuw zijn

misdrijven en vergrijpen op. Hij is krankzinnig en hij wordt alleen nog maar zieker.'
'Dat kan niet waar zijn!' Kaljazin keek Michael aan. 'Wat hij me heeft verteld... dat zou alleen Anton weten, zich herinneren.'
'Nog zo'n leugen. Die vriend van jou die zo overtuigend spreekt is zojuist hierheen komen rijden uit het dorpje Fox Hollow. Zoals iedere lezer die de gebeurtenissen in de wereld bijhoudt weet, is dat de woonplaats van waaruit een bekend commentator zijn stukken de wereld instuurt. Een zekere Raymond Alexander... hoe noemde juffrouw Karras hem net ook alweer? Jouw Boswell, geloof ik. Ik zal hem eens opzoeken; hij kan onze collectie uitbreiden.'
'Mikhail? Waarom? Waarom zei je die dingen? Waarom heb je tegen mij gelogen?'
'Dat moest ik wel. Ik was bang dat je anders niet naar me zou luisteren... En omdat ik geloofde dat de Anton die we beiden hebben gekend gewild zou hebben dat ik het zo deed.'
'Weer een leugen,' zei Pierce en hij liet zich, met zijn wapen naar voren gericht, voorzichtig door de knieën zakken, pakte de Llama van de vloer en schoof die onder zijn broekriem. 'Ze willen alleen maar die papieren, zodat alles verder normaal door kan gaan. Zodat hun nucleaire comités verder kunnen gaan met het ontwerpen van nieuwe manieren om de goddelozen naar de verdommenis te blazen. Zo noemen ze ons, Alexi. Goddelozen. Misschien maken ze luitenant-ter-zee Decker wel de volgende minister van buitenlandse zaken. Zijn type is erg in trek, het stikt er van de ambitieuze dwepers.'
'Dat zou nooit gebeuren en jij weet dat, trekvogel.'
Pierce keek Havelock aan en nam hem aandachtig op. 'Ja, een trekvogel. Hoe heb je dat gedaan? Hoe heb je me gevonden?'
'Dat zul jij nooit te horen krijgen. Ook niet hoe diep we zijn doorgedrongen in de *paminjatsjik*-operatie.'
De trekvogel staarde Michael aan. 'Ik geloof je niet.'
'Dat maakt geen verschil uit.'
'Het zal zeker geen verschil uitmaken. Wij zullen de documenten in ons bezit hebben. Alle keuzemogelijkheden zullen voor ons openstaan, jullie zullen niets meer overhebben. Niets. Je zult alleen nog maar brandende steden hebben, als je iets verkeerds doet, iets verkeerd beoordeelt. De wereld zal jullie niet langer tolereren.' Pierce gebaarde met zijn pistool. 'We

vertrekken, jullie allemaal. Jij gaat ze voor me opgraven, Havelock. "Drieënzeventig stappen tot aan een kornoeljeboom."'

'Er leiden van hier wel een dozijn paden naar Seneca's Notch,' zei Michael gehaast, 'Je weet niet welk.'

'Alexi zal het me wel wijzen. Wanneer het erop aankomt kiest hij voor ons, niet voor jullie. Nooit voor jullie. Niet normaal met alles doorgaan, onder leiding van leugenaars. Hij zal het me wel vertellen.'

'Doe het niet, Kaljazin.'

'Je hebt tegen me gelogen, Mikhail. Als er dan allesvernietigende wapens moeten bestaan – al is het enkel op papier – dan mogen ze niet aan jullie behoren.'

'Ik heb je verteld waarom ik gelogen heb, maar er is nog een veel belangrijker reden. Hij. Jij voegde je bij ons, niet omdat je in ons geloofde, maar omdat je in hen niet kon geloven. Ze zijn teruggekomen. Hij was de man aan de Costa Brava – hij pleegde de moord aan de Costa Brava.'

'Ik heb gedaan wat jij pretendeerde! Jij durfde alleen maar te doen alsof! Het moest echt gebeuren, niet alleen in scène gezet!'

'Nee, het hoefde niet. Maar wanneer er een keuze is, dan moord jij. Je hebt de man vermoord die de operatie heeft opgezet, een operatie waarbij niemand had hoeven sterven.'

'Ik deed precies wat jij gedaan zou hebben, maar met meer stijl en vindingrijkheid. Zijn dood moest geloofwaardig zijn, moest geaccepteerd worden als wat het moest lijken. MacKenzie was de enige die de gebeurtenissen van die nacht kon nagaan, die zijn mannen kende!'

'Ook vermoord!'

'Dat was onvermijdelijk.'

'En Bradford? Ook onvermijdelijk?'

'Natuurlijk. Hij zou me gevonden hebben.'

'Zie je het patroon, Alexei?' riep Havelock, zijn blik op Pierce. 'Dood, dood, dood...! Herinner je je Rostov nog?'

'Ja.'

'Hij was mijn vijand maar hij was een fatsoenlijk mens. Hem hebben ze ook gedood. Nog maar een paar uur geleden. Ze zijn teruggekomen en ze marcheren weer.'

'Wie?' vroeg de oude Rus en de vraag riep blijkbaar oude herinneringen bij hem op.

'De *Vodennaja*. De maniakken van de VKR.'

'Geen maniakken,' zei Pierce vastberaden, zacht. 'Toegewijde mensen die de aard van jullie haat kennen, van jullie leugenachtigheid. Mensen die geen compromissen zullen sluiten betreffende de principes van de Sovjetunie om dan toe te moeten zien hoe jullie je schijnheilige leugens verbreiden en de wereld tegen ons keren... Onze tijd is gekomen, Alexi. Jij zult een van de onzen zijn.'

Kaljazin knipperde met zijn waterige oogjes en staarde naar Arthur Pierce. Langzaam schudde hij met zijn hoofd en zijn woorden klonken fluisterend. 'Nee... nee, ik zal nooit deel van jullie uitmaken.'

'Wat?'

'Jullie spreken niet voor Rusland,' zei de oude man en zijn stem nam in volume toe tot hij galmde door het vertrek. 'Jullie doden te gemakkelijk... jullie hebben iemand vermoord die mij zeer dierbaar was. Jullie woorden zijn zorgvuldig overwogen en er is waarheid in wat jullie zeggen... maar niet in wat jullie doen of de manier waarop jullie het doen! Jullie zijn beesten!' Zonder de geringste waarschuwing deed Kaljazin een uitval naar Pierce, wierp zijn tengere lichaam tegen de trekvogel aan en greep met zijn magere handen het wapen vast. 'Rennen, Mikhail! Mikhail, ren!' Er klonk een gedempte knal toen het pistool werd afgevuurd in de maag van de oude man. Nog wilde hij niet loslaten. 'Ren...!' Het fluisteren klonk als een kreet, een laatste bevel.

Havelock draaide zich bliksemsnel om en duwde Jenna naar de openstaande keukendeur. Opnieuw zwenkte hij om zijn as, klaar om zich op Pierce te werpen; hij stopte, hield zich in bedwang. Wat hij zag deed hem in een fractie van een seconde een besluit nemen. De stervende Kaljazin klampte zich verbeten vast, maar het bebloede pistool begon los te komen; nog even en het zou op hem worden gericht, op zijn hoofd worden afgevuurd.

Hij wierp zich op de keukendeur, trok die dicht terwijl hij naar binnen rende en botste tegen Jenna op. Ze hield twee messen in haar hand – gewone keukenmessen; ze renden op de buitendeur af en Michael greep het kortste mes.

'De bossen!' schreeuwde Havelock onder het afdak. 'Kaljazin kan hem niet tegenhouden. Schiet op! Jij gaat naar rechts, ik naar links!' riep hij uit, terwijl ze door de stromende regen over het doorweekte gras renden. 'We treffen elkaar een paar

honderd meter verderop in het bos!'
'Waar is het pad? Welk pad is het?'
'Ik weet het niet!'
'Hij zal ernaar zoeken!'
'Dat weet ik.'
Vijf schoten weerklonken, maar niet uit één wapen; er waren er twee. Ze gingen uit elkaar. Michael rende zigzaggend op het donker af onder de bomen aan zijn linkerkant en keek snel achter zich. Drie mannen. Pierce schreeuwde aanwijzingen naar twee anderen die de modderige oprit waren komen oprennen. Ze stormden onder het afdak vandaan, verspreidden zich, met ontstoken zaklantaarns en de wapens in de aanslag.
Hij bereikte de rand van het hoge gras en stortte zich de beschermende bossen in, rukte zijn hoed af en dook in het dichtste struikgewas. Hij kroop naar voren, zijn blik was gericht op het grasveld, op de lichtbundel in het midden; hij werkte zich weer naar de bosrand toe met zijn doorweekte lichaam, door de modder en het doornatte struikgewas. Hij moest zijn gevecht voeren aan de rand van het gras; de stortbui was luid genoeg om dekking te geven voor snelle bewegingen, het onverwachte moest hem de overhand verschaffen. De man zou snel in het bos binnendringen en dan worden afgeremd, door het struikgewas en zijn eigen behoedzaamheid.
Naarmate de lichtbundel naderde kroop Havelock voorzichtig naar de laatste wal van dichte struiken; hij wachtte, zijn lichaam ineengedoken, zijn knieën opgetrokken onder zich. De man ging langzamer lopen en liet zijn lichtbundel overal rondschijnen. Toen drong hij door in het bos en de bundel ging op en neer terwijl hij de takken met zijn arm wegsloeg.
Nu. Michael rolde onder de struik vandaan het gras op, stond op en stormde naar voren. Hij was vlak achter de trekvogel. Hij sprong toe, met het mes stevig in zijn hand en uitgestrekte arm. Hij stak toe en het mes drong door in de rug van de moordenaar, terwijl Havelocks linkerhand langs de keel van de man naar voren schoot, achteruit rukte en zijn mond dichtknelde. Beiden vielen ze in de modder onder de struiken en Michael bewoog het mes wreed heen en weer tot zich onder hem niets meer bewoog. Hij rukte het hoofd omhoog en griste het wapen uit de levenloze hand; het was niet Arthur Pierce. Snel greep hij de zaklantaarn en knipte die uit.

Jenna vloog het donkere, smalle weggetje op dat was uitgehakt tussen de bomen en het struikgewas. Was dit de weg? vroeg ze zich af. Was dit het pad naar Seneca's Notch... 'drieënzeventig stappen naar een kornoeljeboom'? Als dat zo was kwam alle verantwoordelijkheid op haar neer. Niemand mocht daar passeren en de zekerste manier om dat te voorkomen was al even walgelijk als beangstigend.
Toch had ze het al eerder gedaan, altijd was ze doodsbang bij het vooruitzicht en walgde ze over de gevolgen, maar er was nu geen tijd om aan zulke dingen te denken. Ze keek achter zich: de lichtbundel zwaaide naar rechts, van het pad vandaan. Ze stootte even een korte kreet uit die luid genoeg was om door de stromende regen heen gehoord te worden. De lichtbundel bewoog niet meer, bleef even bewegingloos voordat hij naar links zwaaide en op het begin van het pad scheen. De man stormde erop af.
Jenna wierp zich in de dichte takken langs de weg; ze dook ineen en hield het lange lemmet van het keukenmes onbeweeglijk, schuin voor haar knieën. De zwaaiende lichtbundel kwam naderbij, de gestalte erachter rende nu, gleed uit in de modder en concentreerde zich op het pad voor zich, een moordenaar die het punt zocht waar hij dacht de kreet van een ongewapende vrouw gehoord te hebben. *Vier meter, twee... nu!*
Jenna schoot omhoog door de struiken, ogen en lemmet gericht op het lichaam dat vlak achter het licht kwam. Ze maakte contact, walgelijk, gewelddadig contact en een stroom van bloed spoot op toen het lange mes in het lichaam doordrong en de gedaante doorboorde die erin was gelopen.
De man gilde, een afgrijselijke gil die galmde door de bossen en die enkele tellen lang het geluid van de regen overstemde. Jenna lag snakkend naar adem naast de dode man en wreef haar met bloed besmeurde hand door de modder. Ze stak haar hand op, greep de lantaarn en knipte die uit. Toen liet ze zich naar de rand van de weg rollen en braakte.

Havelock hoorde de gil, sloot snel en met een diepe zucht zijn ogen, opende die weer toen hij onvoorstelbaar dankbaar besefte dat het een man was geweest die gegild had. Jenna had het klaargespeeld: ze had de man opgeruimd die opdracht had gekregen haar te vermoorden. En die man was niet Pierce, dat wist hij, hij had hun posities gezien onder het afdak. Pierce

had aan de linkerkant gestaan, het dichtst bij de deur en in die opstelling waren ze aan de achtervolging begonnen.
Arthur Pierce bevond zich ergens tussen het terrein direct voor hem en de weg achter Kaljazins huis, enkele honderden vierkante meters doorweekt bosgebied, waar de regen op neerstroomde, waar overal water droop door het lekkende dak van de boomtoppen.
Waar was de laatste lichtbundel? Die was er niet – natuurlijk was die er niet! Licht vormde een doelwit en Pierce was niet gek. Er waren nu twee beesten, twee roofdieren die elkaar beslopen door de kletsnatte duisternis. Maar het ene was in het voordeel en Michael wist dat instinctmatig, voelde dat sterk. De bossen waren altijd goed geweest voor Mikhail Havlíček, de bossen waren zijn vrienden, verschaften hem asiel. Hij had geen angst voor het met takken doorvlochten duister, want daardoor was hij maar al te vaak gered, beschermd tegen de jagers in uniform die erop uit waren een kind neer te schieten vanwege de vader van dat kind.
Hij kroop snel door het kreupelhout, spande zijn ogen in, hield zijn oren open en probeerde geluiden op te vangen die niet behoorden tot de regen en het kraken van de zware, doordrenkte takken boven zijn hoofd. Hij doorliep het gebied in een halve boog en bij duizenden andere stukjes informatie die hij instinctmatig oppikte, merkte hij dat er geen paden liepen, geen onderbrekingen waren in het bos die in de richting van Seneca's Notch liepen. Binnen had hij gezegd dat er een dozijn van zulke paden waren, om Pierce te misleiden, zonder te weten of dat zo was, want hij was nog nooit verder geweest dan de voordeur van Zelienski-Kaljazin.
Hij beschreef de halve boog opnieuw, nu een kleinere, sloop tussen het struikgewas door, langs boomstammen die de onderbroken muren vormde van zijn versterkte positie, kwam overeind en gebruikte ze als borstweringen, met turende ogen en oren die van kindsbeen af getraind waren om geluiden te horen die zovele anderen niet hoorden.
Beweging! Het geluid van iets soppends, niet van iets wat zwaar was! Een voet of knie die in de modder gedrukt was geweest en die daar nu uit loskwam.
Licht was een doelwit... licht was een doelwit.
Hij kroop uit het gedeelte dat hij doorzocht had, vijf, zeven, tien, vijftien meter daarbuiten en hij wist waarnaar hij zocht,

hij tastte naar – een tak. Hij vond er eentje.
Een jonge boom – sterk en soepel, niet hoger dan anderhalve meter, zijn wortels verankerd in de aarde.
Havelock tastte naar zijn broekriem en haalde de zaklantaarn eruit die hij had afgenomen van de dode trekvogel. Hij legde die naast zich, trok zijn hemd uit, spreidde dat voor zich uit en legde de zaklantaarn midden op het hemd.
Een halve minuut later zat de lantaarn stevig vastgebonden en in het hemd gewikkeld, de mouwen waren eromheen gedraaid en er bleef nog voldoende stof over om het geheel vast te binden. Hij knielde neer naast de lage boom en bond de zaklantaarn dwars tegen de dunne stam, waarbij hij de rest van de stukken mouw er kruislings omheen draaide, zodat alles stevig vast kwam te zitten. Hij trok de boom achteruit en liet hem los om het te proberen. Licht was inderdaad een doelwit.
Hij hield de zwaaiende beweging tegen, knipte het licht aan, trok de stam voor het laatst achteruit en rende rechts het bos in. Hij ging achter een dikke stam staan wachten en keek naar de lichtbundel die spookachtig door de regenvlagen over de grond heen en weer zwaaide. Hij hield het pistool van de trekvogel in de aanslag en drukte het tegen de bast om het onbeweeglijk te houden.
Zijn oren hoorden het soppende geluid opnieuw, voetstappen die naderden door de regen. Toen kwam de gedaante te voorschijn en stond daar als een donkere reus tussen het vlechtwerk van takken.
Pierce kwam naar voren in de lichtstraal en schoot zijn pistool af; de oorverdovende knallen weergalmden door het druipende bos.
'Jij verliest,' zei Michael, hij haalde de trekker over en zag hoe de moordenaar van de Costa Brava om zijn as wentelde en gillend achterover sloeg. Havelock vuurde opnieuw en de man van de *Vodennaja* viel roerloos en zwijgend op de grond. Dood.
'Jij kende de bossen niet,' zei Michael. 'Die heb ik leren kennen door mensen zoals jij.'

'Jenna! Jenna!' schreeuwde hij, terwijl hij strompelend door de bomen naar het open grasveld liep. 'Het is voorbij! Kom naar het grasveld, het grasveld!'
'Mikhail? Mikhail!'

Door de neergutsende regenvlagen zag hij haar in de verte langzaam aan komen lopen, met onzekere pas maar wel rechtop, met een gracieuze voorwaartse beweging, zo uitgeput als ze was, met vastberadenheid ondanks haar angst. Ze versnelde haar pas, begon te rennen. Hij deed hetzelfde, hij stormde vooruit door het natte gras, hij wilde – hij moest – de afstand tussen hen doen verdwijnen.
Ze klemden zich aan elkaar vast, voor enkele momenten samen buiten de hele wereld. De koude regen op zijn blote huid was slechts verkoelend water dat verwarmd werd door haar omhelzing, met haar wang tegen zijn wang.
'Waren er nog andere paden?' vroeg ze ademloos.
'Geen enkel.'
'Dan heb ik het gevonden. Kom mee, Mikhail. Opschieten!'

Ze stonden in het huis van Kaljazin, het lichaam van de oude Rus lag onder een deken, zijn gekwelde gezicht was vol deernis afgedekt. Havelock liep naar de telefoon. 'Het wordt tijd,' zei hij terwijl hij begon te draaien.
'Wat is er gebeurd?' vroeg de president van de Verenigde Staten met gespannen stem. 'Ik probeer je al de hele avond te bellen!'
'Het is voorbij,' zei Michael. 'Parsifal is dood. We hebben de documenten. Ik zal een rapport opstellen waarin staat wat u volgens mij moet weten.'
Het verblufte zwijgen over de lijn werd gevolgd door woorden die enkel werden gefluisterd. 'Ik weet dat u niet zou liegen.'
'Dat zou ik wel, maar niet over deze zaak.'
'Wat ik volgens u moet weten?' vroeg Berquist toen hij zijn stem weer enigszins terughad.
'Ja. Ik zal er niets uitlaten wat voor u van wezenlijk belang is, voor die onmogelijke taak van u.'
'Waar bent u? Ik zal een leger naar u toesturen, alleen maar om die documenten hier te krijgen.'
'Nee, meneer de president. We moeten nog een laatste bezoek afleggen, aan een man die ze Boswell noemden. Maar voordat we vertrekken ga ik ze verbranden. Er is maar één stel en dat ga ik verbranden. Het psychiatrische rapport ook.'
'U hebt...?'
'Het komt allemaal in mijn rapport. Er is een praktische re-

den voor wat ik doe. Ik weet niet wat er daarginds is – ik denk dat ik het weet, maar ik kan er niet zeker van zijn. Hier is het begonnen en hier zal het eindigen.'

'Ik begrijp het.' Berquist zweeg even. 'Ik kan u niet van gedachten doen veranderen en ik kan u niet tegenhouden.'

'Dat is heel juist gezien.'

'Goed dan, ik zal het niet proberen. Ik denk graag dat ik mensen kan beoordelen. Dat moet je tenminste kunnen als je op deze plaats wilt zitten... Wat kan een dankbare natie, een heel dankbare president voor u doen?'

'Mij met rust laten, meneer. Ons met rust laten.'

'Havelock?'

'Ja?'

'Hoe kan ik er zeker van zijn? Van dat verbranden?'

'Parsifal wilde niet dat u er zeker van was. Want ziet u, hij wilde niet dat het nog ooit zou gebeuren. Geen supersterren meer. Hij wilde niet dat u ooit absolute zekerheid had.'

'Daar zal ik eens over na moeten denken, nietwaar?'

'Dat zou een goed idee zijn.'

'Matthias is vanavond gestorven. Daarom probeerde ik u te bellen.'

'Hij is al een hele tijd geleden gestorven, meneer de president.'

EPILOOG

Herfst. New Hampshire gaf zich de ene dag somber over aan de toenemende poolwinden en kwam vervolgens weer tot leven met de vibrerende kleuren van de herfst, terwijl de aanhoudende zon weigerde te wijken voor de langzame nadering van de winter en de akkers en de hekken eromheen verwarmde. Havelock legde de telefoonhoorn op de haak in de afgesloten veranda die, naar Jenna star volhield, zijn studeerkamer moest zijn... Ze had hem gezien, had op zijn ogen gelet toen hij door de deur van de woonkamer was gelopen en daar was blijven staan, gebiologeerd door het uitgestrekte gazon en het ingelijste landschap daarachter. Een bureau boekenplanken tegen de stenen binnenmuur en een samenraapsel van comfortabel meubilair hadden de kale, open ruimte omgetoverd tot een ongewoon maar luchtig vertrek, beschermd door doorzichtige muren waardoor de velden en de bossen zichtbaar waren die zoveel voor hem betekenden. Wat hij kon zien vanuit die ongewone plaats was niet wat anderen zouden zien; niet alleen het hoge gras en de nog veel hogere bomen in de verte, maar een steeds veranderend landschap van... veiligheid.

En herinneringen aan spanning en overleven, die waren er ook, die kwamen onverwacht naar boven tot hij in beweging moest komen – zich fysiek moest bewegen – om ze de baas te worden... om ze te onderdrukken. Dat zou tijd vergen – normaal werd je niet binnen een paar weken, niet eens binnen een paar maanden.

Hij was bezeten door een koorts omdat jullie klootzakken hem vergiftigd hadden. Jullie stelden hem op een dieet van... razernij. Hij had zijn spuit nodig! Matthew Randolph, dood, pratend over een andere dode... en over zovele anderen.

Ze hadden het samen besproken, Jenna en hij, ze hadden samen een definitie gevonden voor de koorts waaraan hij zo nu en dan leed, en zij was de enige dokter die hij nodig had. Dan maakten ze lange wandelingen. Vaak moesten ze dan hard gaan lopen, tot het zweet hem uitbrak en zijn hart bonkte en zijn adem stokte. Maar de koorts ging dan voorbij, de explosies in zijn hoofd stierven weg, de wapens werden tot zwijgen gebracht.

Het slapen ging hem tegenwoordig gemakkelijker af en als zijn rust werd onderbroken dan stak hij enkel zijn hand uit naar haar, niet naar een wapen. Er waren geen wapens in huis; die zouden er nooit zijn, in welk huis hij ook ooit zou wonen.

'Mikhail?' De vrolijke kreet ging vergezeld door het openen en sluiten van de deur aan de andere kant van de woonkamer.

'Hierzo!' Hij draaide zich om in zijn leren draaistoel, de laatste aanwinst van zijn studeerkamer.

Jenna liep het zonovergoten vertrek in, het licht stroomde door haar lange blonde haren die vanonder een donkere, wollen muts over haar schouders golfden, haar tweed jas was dichtgeknoopt om de kilte van de herfst af te weren. Ze liet een canvas tas op de grond zakken, liep naar hem toe en kuste hem licht op de lippen. 'Hier zijn de boeken die je wilde hebben. Heeft er nog iemand gebeld?' vroeg ze terwijl ze haar jas uittrok. 'Ze hebben mij in een comité voor uitwisseling van buitenlandse studenten gezet en ik geloof dat ik vanavond op een vergadering moet zijn.'

'Klopt. Acht uur, bij professor Crane.'

'Prima.'

'Je hebt er lol in, hè?'

'Ik kan helpen, ik help echt. Niet vanwege de talen, maar vooral met al die officiële paperassen. Als je jarenlang papieren hebt vervalst, blijkt dat een voordeel te zijn. Soms vind ik het verschrikkelijk moeilijk om eerlijk te zijn. Het is net of ik iets verkeerds doe.'

Ze lachten beiden. Havelock pakte haar hand vast. 'Er heeft nog iemand gebeld.'

'Wie?'

'Berquist.'

Jenna verstijfde. 'Hij heeft geen contact met je opgenomen sinds je hem je rapport hebt gestuurd.'

'Hij heeft voldaan aan mijn verzoek. Ik zei hem dat hij ons met rust moest laten.'

'Waarom belde hij dan? Wat wil hij?'

'Hij wil niets. Hij vond dat ik op de hoogte moest worden gehouden.'

'Waarover?'

'Met Loring gaat het goed, maar hij zal nooit meer de buitendienst in kunnen.'

'Ik ben blij. Over beide zaken.'

'Ik hoop dat hij het aankan.'

'Dat zal best lukken. Ze zullen wel een strategiebepaler van hem maken.'
'Dat heb ik voorgesteld.'
'Dat dacht ik al.'
Michael liet haar hand los. 'Decker heeft het niet gehaald.'
'Wat?'
'Het is al maanden geleden gebeurd, maar ze hebben het geheim gehouden, en dat was het mildste wat ze konden doen. Op de ochtend na Seneca's Notch is hij zijn huis uitgelopen, recht in het kruisvizier. Het escorte rende nog op de wagen van de moordenaar af... en Decker bleef maar doorlopen. Hij liep de kogels tegemoet en zong *The Battle Hymn*. Hij wilde sterven.'
'De dood van een dweper.'
'Zonder uitzicht. Hij had zijn les geleerd; op zijn verwrongen manier had hij zoveel te bieden.'
'Het is verleden tijd, Mikhail.'
'Verleden tijd,' stemde Havelock in.
Jenna liep naar de canvas tas, knielde en haalde de boeken eruit. 'Ik heb koffie gedronken met Harry Lewis. Ik geloof dat hij al zijn moed aan het verzamelen is om het je te vertellen.'
'"Berkeboom"?' Michael glimlachte. 'Dat is iets wat hij zijn kleinkinderen kan vertellen. Professor Harry Lewis, geheim agent, compleet met codenaam.'
'Ik geloof niet dat hij daar zo verschrikkelijk trots op is.'
'Waarom niet? Hij heeft niets verkeerds gedaan en hij heeft het beter gedaan dan menig ander. Bovendien heeft hij me een baan bezorgd waar ik toevallig erg mee ingenomen ben... Laten we Harry en zijn vrouw te eten vragen en als de telefoon overgaat – en geloof me dat die zal overgaan – dan zal ik zeggen dat het voor "Berkeboom" is.'
'Jij bent hopeloos,' zei Jenna lachend.
Havelocks glimlach verdween van zijn gezicht. 'Ik ben rusteloos,' zei hij.
'Dat kwam door dat telefoontje.'
'Ik wordt zo verrekte... rusteloos.' Hij keek haar aan.
'Laten we wat gaan wandelen.'

Ze beklommen de steile heuvel die op verschillende kilometers ten westen van het huis lag; het hoge gras boog zich in de wind, de aarde lag hardgebakken onder de zon en de hemel was helderblauw, bedekt met flarden van door de wind voortgedreven wolken. Onder hen, naar het noorden toe, liep een kronkelend riviertje waarvan het water zacht door de bochten stroomde en flirtte met de neerhangende takken, om daarna vastbesloten naar het zuiden te vloeien, naar de andere kant van de heuvel.

'We hebben eens gepicknickt in Praag,' zei Michael terwijl hij omlaag keek. 'Weet je nog wel? De Moldau lag onder ons.'

'We gaan hier ook nog eens picknicken,' antwoordde Jenna terwijl ze hem aandachtig bekeek. 'Gekoelde wijn, salade... en die afschuwelijke sandwiches waar jij zo dol op bent.'

'Ham en kaas, met selderij, uien en mosterd.'

'Ja,' zei ze glimlachend. 'Ik herinner het me maar al te goed.'

'Als ik beroemd was zouden ze die naar mij noemen. Ze zouden door het hele land bekend raken, op elk menu opduiken.'

'Blijf dan maar liever onbekend, liefste.'

Hij glimlachte terug en zijn glimlach stierf weg. 'Jij bent sterker dan ik, Jenna.'

'Als je dat wilt geloven vind ik het prima, maar het is niet waar.'

'Het blijft maar terugkomen... die rusteloosheid.'

'Depressie, Mikhail. En steeds minder, dat weten we alletwee.'

'Maar het blijft komen en dan kom ik weer bij jou. Jij hoeft nooit bij mij te komen.'

'Maar dat doe ik toch.'

'Niet op deze manier.'

'Ik heb nooit datgene doorgemaakt wat jij hebt doorgemaakt en niet voor zo'n lange tijd. En er is nog iets anders. Jij was altijd verantwoordelijk, niet ik. Elk besluit dat je nam was een stukje van jezelf. Het was jouw beslissing, jij was erbij. Ik kon me verbergen... achter jou. Ik had nooit kunnen doen wat jij deed. Ik zou er de kracht niet toe hebben, zo simpel is dat.'

'Dat is niet waar.'

'Het lef dan, en dat is wel waar. Al die maanden dat ik op de vlucht was, moest ik zo nu en dan stoppen, blijven waar ik was en niets doen, aan niets denken. Ik kon gewoon niet verder gaan, niet in die toestand, en ik vroeg me niet af waarom niet. Ik wist gewoon dat ik het niet kon. Jij wel. Jij kon het. Als kind en als man, en voor wat je deed moest je een

prijs betalen... voor wat er jou werd aangedaan. Het zal wel over gaan; het gaat al over.'
'Als kind,' zei Havelock en hij keek naar het riviertje beneden hem. 'Ik zie het, ik voel het, maar ik ken het niet echt. Maar ik herinner me het wel. Als het kind bang was of erge honger had of moe was en bang was te gaan slapen, dan klom het bij zonsopgang in een boom om uit te kijken naar patrouilles. Als die er niet waren dan klom hij weer omlaag en rende over de akkers, zo snel hij kon, sneller en sneller en sneller. Na een tijdje voelde hij zich weer lekker, op een of andere manier... zeker van zichzelf. Dan vond hij weer een sleuf in een ravijn of een gebombardeerde schuur en daar viel hij dan in slaap. Een knulletje van zes jaar die een slok whisky krijgt en weer al die zuurstof in zijn longen voelt. Het werkte en daar kwam het alleen op aan. De koorts zakte.'
Jenna raakte zijn arm aan, keek hem in het gezicht en op het hare verscheen een glimlach. 'Ren nu maar, Mikhail. Ren die heuvel af en wacht op mij, maar ren wel zelf. Schiet op, luie donder! Rennen!'
Hij rende, zijn benen schaarden door de lucht, zijn voeten stampten op de grond, de wind zweepte langs zijn gelaat, koelde zijn huid, sneed hem de adem af en verleende hem weer nieuwe adem. Hij bereikte de voet van de heuvel helemaal beneden, en zijn borst zette uit met elke ademtocht die hij inhaalde. Een zacht lachen steeg op uit zijn keel. De koorts trok weg, hij zou spoedig verdwenen zijn. Voor de zoveelste keer. Hij keek omhoog naar Jenna, met de zon achter haar en de blauwe hemel boven haar. Diep ademhalend schreeuwde hij: 'Schiet op, luie donder! Wie het eerst thuis is. In ons huis!'
'Ik zal je op het laatste nippertje pootje haken!' gilde Jenna die snel de heuvel afkwam, maar niet hardliep. 'Je weet dat ik dat kan.'
'Je zal er weinig aan hebben!' Michael haalde een glimmend metalen ding uit zijn zak. 'Ik heb de sleutel van de deur! Onze deur!'
'Sufferd!' schreeuwde Jenna terwijl ze hard begon te lopen. 'Je hebt hem niet eens op slot gedaan! We hebben hem nog nooit op slot gedaan!'
Ze bereikte hem en ze omhelsden elkaar.
'Dat hoeven we niet meer,' zei hij. 'Nooit meer!'

***